Buch

Im Jahre 1064 unternehmen französische und normannische Ritter zum erstenmal einen Kreuzzug gegen die Mauren in Spanien. Dabei begegnen sich vor den Mauern der belagerten Stadt Barbastro drei Männer: Muhammad Ibn Ammar, ein andalusischer Poet arabischer Abstammung, Yūnus Ibn al-A'war, ein jüdischer Arzt, der auf einer Reise in die Länder der Franken einem Rittertrupp in die Hände gefallen ist, und Lope, der fünfzehnjährige Bursche eines spanischen Edelmannes. Die Wege der drei trennen sich, doch nach Jahren treffen sie in einer unheilvollen Nacht auf der Brücke von Alcántara wieder zusammen: Der Poet ist inzwischen zum Großwesir aufgestiegen und Lope, der spanische Christ, hat sich in die Tochter des jüdischen Arztes verliebt. Sie alle müssen in dieser Nacht erkennen, daß die Tage der kulturellen Hochblüte Andalusiens und des friedlichen Zusammenlebens von Christen, Juden und Mauren gezählt sind...

Die Brücke von Alcántara – zwischen den prunkvollen Palästen, düsteren Burgen und blühenden Handelszentren des Mittelalters läßt der Autor in einer Fülle von Gestalten die Zeit der andalusischen Hochblüte in all ihren Farben und Facetten vor dem Auge des Lesers lebendig werden. Mit der Einbettung der spannenden Geschichte dreier sehr unterschiedlicher Lebenswege in die lebendige und historisch genaue Schilderung einer der faszinierendsten Epochen europäischer Geschichte ist Frank Baer ein großartiger Kulturroman gelungen.

Autor

Frank Baer, 1938 in Dresden geboren, wuchs in der Bundesrepublik auf. Nach dem Studium der Philologie verbrachte er einige Zeit im Ausland und war dann in verschiedenen Berufen tätig: Volontär bei einer Tageszeitung, Auslandskorrespondent und seit 1965 Mitarbeiter des Bayerischen Fernsehens. Bereits sein erster Roman *Die Magermilchbande* wurde ein großer Erfolg. Frank Baer lebt in München.

FRANK BAER

DIE BRÜCKE VON ALCÁNTARA

Roman

GOLDMANN VERLAG

Umwelthinweis:
Alle bedruckten Materialien dieses Taschenbuches sind chlorfrei und umweltschonend.
Das Papier enthält Recycling-Anteile.

Der Goldmann Verlag
ist ein Unternehmen der Verlagsgruppe Bertelsmann

Genehmigte Taschenbuchausgabe

Umschlaggestaltung: Design Team München
Umschlagphoto: The Image Bank/Castaneda, München
Druck: Elsnerdruck, Berlin
Verlagsnummer: 9697
UK · Herstellung: Sebastian Strohmaier/sc
Made in Germany
ISBN 3-442-09697-9

5 7 9 10 8 6 4

Für Annette

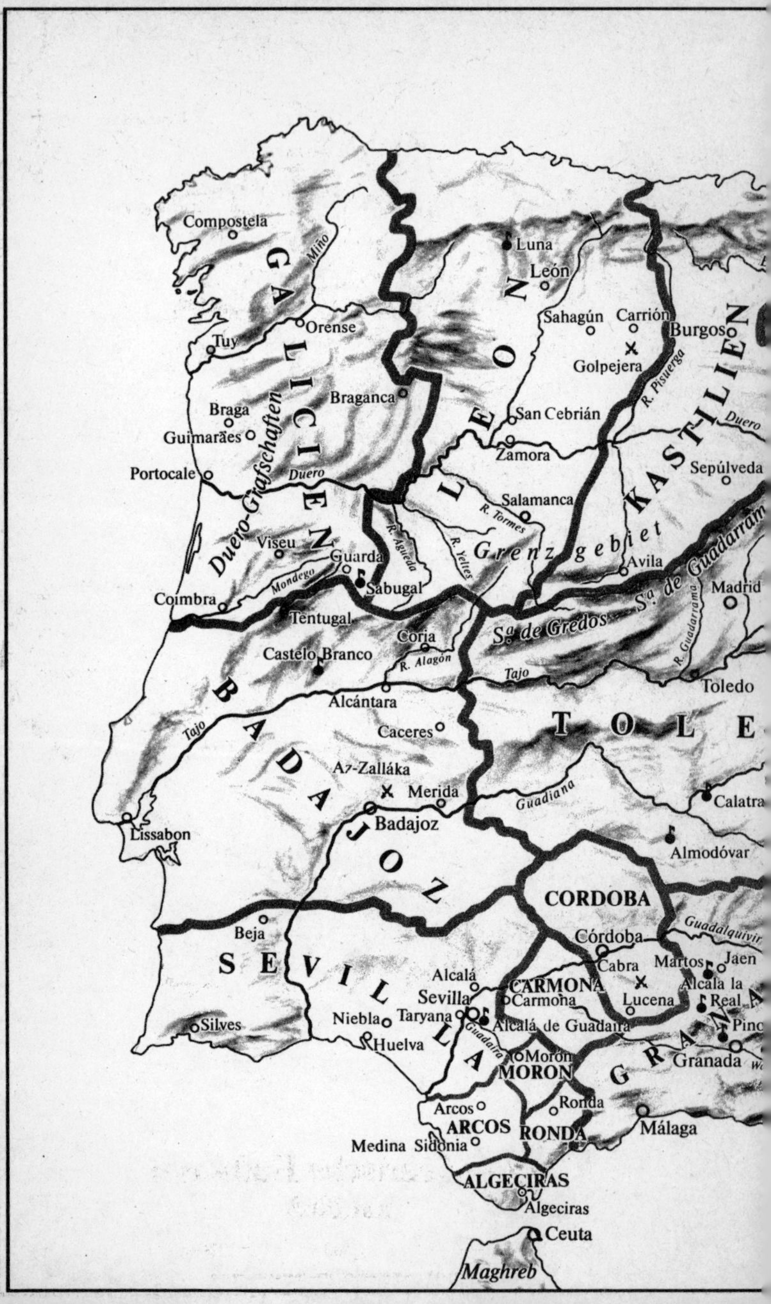
GALICIEN
Duero-Grafschaften
LEON
KASTILIEN
Grenzgebiet
TOLE
BADAJOZ
SEVILLA
CORDOBA
CARMONA
MORON
ARCOS
RONDA
ALGECIRAS
GRANA
Compostela
Miño
Luna
León
Orense
Tuy
Sahagún
Carrión
Burgos
Golpejera
R. Pisuerga
Braganca
Braga
Guimarães
San Cebrián
Duero
Zamora
Portocale
Sepúlveda
Salamanca
R. Tormes
R. Agueda
R. Yeltes
Viseu
Guarda
Mondego
Sabugal
Avila
Sa. de Guadarrama
Madrid
Coimbra
Tentugal
Sa. de Gredos
R. Guadarrama
Coria
Castelo Branco
R. Alagón
Tajo
Toledo
Alcántara
Caceres
Az-Zalláka
Merida
Guadiana
Calatra
Lissabon
Badajoz
Almodóvar
Beja
Guadalquivir
Córdoba
Cabra
Martos
Jaen
Alcalá
Lucena
Alcala la Real
Sevilla
Carmona
Niebla
Taryana
Alcalá de Guadaira
Guadaira
Pinc
Silves
Huelva
Morón
Granada
Arcos
Ronda
Málaga
Medina Sidonia
Algeciras
Ceuta
Maghreb

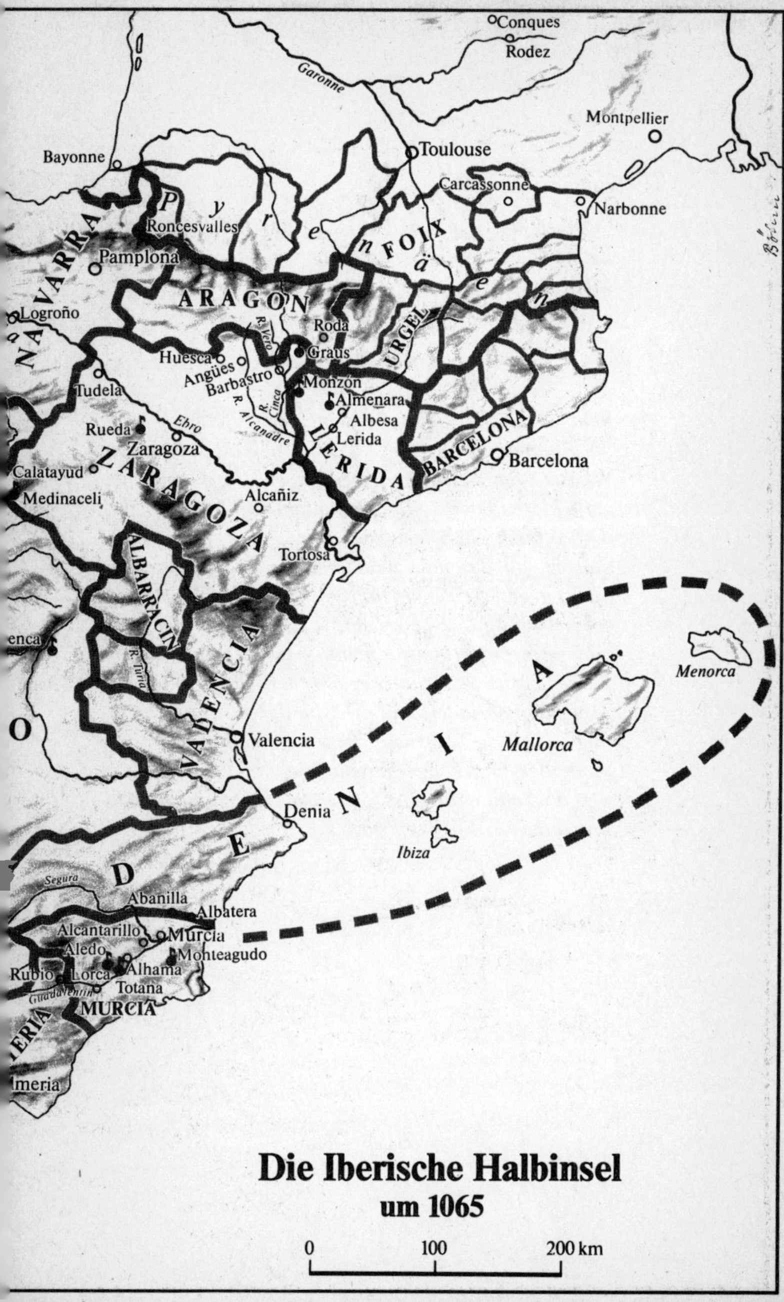

Die Iberische Halbinsel
um 1065

«Von den schönen Dingen dieser Welt lieben die Franken am meisten das Geld, die Juden das gute Essen, die Andalusier aber lieben am meisten die Liebe.»

ANDALUSISCHE SPRUCHWEISHEIT, 11. JH.

«Das Grün der Pflanzen nach einem Frühlingsregen, die Blumen im Morgentau, wenn sich die schwarzen Schatten der Nacht verzogen haben, das Gemurmel eines klaren Baches, der durch blühende Wiesen fließt, der Anblick eines weißen Schlosses inmitten grüner Gärten, all das mag wunderschön sein, aber es ist nichts gegen die Vereinigung mit einem geliebten Menschen. Dies gilt um so mehr, je länger einer sich dem anderen verwehrt oder von ihm getrennt ist, so daß die Leidenschaft zu brennen beginnt und die Flamme der Sehnsucht auflodert und die Glut der Hoffnung angefacht wird... Wahrlich, die Zunge des Beredtesten kann das Glück der Vereinigung nicht beschreiben und die Schilderung des Wortgewaltigsten bleibt weit hinter der Wirklichkeit zurück.»

IBN HAZM, ANDALUSISCHER POET
AUS CORDOBA, 994–1064

INHALT

Erstes Buch

Zweites Buch

Drittes Buch

PERSONEN DES ROMANS

Yūnus Ibn al-A'war	Jüdischer Arzt und Hakīm in Sevilla
Nabīla (‹die Hochgeschätzte›)	
Sarwa (‹Zypresse›)	Pflegetöchter Yūnus Ibn al-A'wars
Karīma (‹die Teure›)	
Dādā	Dienerin im Haus Yūnus
Ammi Hassān	Diener Ibn al-A'wars
Zecharia	Assistent Yūnus Ibn al-A'wars
Etan Ibn Eli	Kaufmann, Freund Yūnus Ibn al-A'wars
Isaak al-Balia*	Rabbi aus Cordoba, Astrologe
Lope	Bursche im Dienst des Grafen von Guarda
Capitan	Spanischer Hidalgo, Lopes Lehrmeister
Don Alvar Perez, der Castellan	Burgherr von Sabugal
Don Fortún Muñoz, der Conde	Graf von Guarda
Don Nuño Mendez*	Graf von Portocale
Don Fernando*	König von Leon
Don Sancho von Kastilien*	
Don Alfonso von Leon*	Söhne und Nachfolger Don Fernandos
Don Garcia von Galicien*	
Don Alvito*	Bischof von Leon
Sire Robert Crispin*	Normannischer Anführer des päpstlichen Expeditionskorps 1064 vor Barbastro
Abu Bakr Muhammad Ibn Ammar*	Andalusischer Dichter
Ibn Mundhir	Kaufmann und Reeder aus Murcia
Zohra (‹die Schöne›)	Frau Ibn Mundhirs
Sammar Ibn Hudail, der Sabī	Neffe und Handelsagent Ibn Mundhirs
Nardjis (‹Narzisse›)	Sängersklavin im Besitz Ibn Mundhirs
Ahmad Ibn Tāhir*	Herr von Murcia
Hassūn Ibn Tāhir	Söhne des Herrn von Murcia
Muhammad Ibn Tāhir*	
Al-Djilliqī, die Sayyīda (‹die Galicierin›)	Mutter des Kronprinzen Hassūn Ibn Tāhir, Burgherrin von Aledo
Abu'l-Fadl Hasdai*	Erster Minister des Fürsten von Zaragoza
Abu Amir Ibn Abbād al-Mutadid*	Fürst von Sevilla
Muhammad Ibn Abbād al-Mutamid*	Sohn und Nachfolger al-Mutadids
Ibn Zaydūn*	Andalusischer Dichter und erster Minister des Fürsten von Sevilla
Abd al-Djalīl Ibn Wahbun*	Dichter am Hof al-Mutamids
Nujūm (‹Sterne›)	Sklavin aus dem Harām al-Mutadids

* Historische Personen sind mit einem Stern gekennzeichnet.

TAQĀSĪM

Vorspiel

Im Jahre 711, nicht einmal acht Jahrzehnte nach dem Tod des Propheten Muhammad, drang der Islam, der sich bis dahin schon in ganz Vorderasien und Nordafrika ausgebreitet hatte, zum ersten Mal nach Europa vor. In diesem Jahr nämlich überquerte ein kleines muslimisches Expeditions-Heer die Meerenge bei jenem Felsenkliff, das seitdem den Namen Gibraltar trägt, und landete in Spanien.

Die iberische Halbinsel wurde von den Westgoten beherrscht, die knapp dreihundert Jahre zuvor, während der Völkerwanderungszeit, die Römer als Oberschicht abgelöst hatten. Der westgotische König Roderich stellte sich den Eindringlingen mit seinem Heer entgegen, aber er wurde besiegt, und im Verlauf von nur fünf Jahren eroberten daraufhin die Muslims, durch nachfolgende Truppen verstärkt, sein ganzes Reich, bis auf ein paar unwegsame Gebirgsregionen im äußersten Norden.

Die Anführer der Eroberungsheere, teils Araber und Syrer, teils Berber aus Nordafrika, holten sich die Töchter des westgotischen Adels als Frauen und bildeten eine neue Oberschicht, die das Land beherrschte. Die Spanier selbst leisteten kaum Widerstand. Die spanischen Juden, die unter der Intoleranz der von westgotischen Bischöfen regierten Kirche sehr zu leiden gehabt hatten, empfanden die Eroberung eher als Befreiung. Auch die Christen paßten sich den neuen Machtverhältnissen schnell an. Die meisten übernahmen im Verlauf der folgenden zweieinhalb Jahrhunderte freiwillig den Glauben der neuen Herren, gleichzeitig die arabische Sprache (ohne allerdings ihr eigenes romanisches Idiom aufzugeben), und mit der Sprache auch die Kultur. Spanien wurde der westlichste Pfeiler des riesigen muslimisch-arabischen Reiches.

Zunächst war es nur eine ganz am Rande gelegene, unbedeutende Provinz. Dann machten sich die Statthalter in Cordoba von den Kalifen unabhängig und bauten ihre Hauptstadt prächtig aus, und als sie reich genug waren, holten sie sich für ein unerhört hohes Honorar den berühmten und hochgebildeten Komponisten und Vortragskünstler

Ziryāb aus Bhagdad, dem Zentrum der damaligen Welt, und ließen sich von ihm Kultur und feine Lebensart beibringen. Zuletzt legten sie sich selbst den Kalifentitel zu.

Im Jahre 974 schickte der deutsche Kaiser Otto II. eine Gesandtschaft nach Cordoba. Sie wurde in der damals gerade erst neu erbauten Palaststadt Madīnat az-Zahrā, deren eindrucksvolle Reste noch heute zu besichtigen sind, mit solchem Pomp empfangen, daß die Herren aus dem fränkischen Norden schon vor dem ersten Palastbeamten, der sie hinter dem Tor willkommen hieß, in die Knie gingen. Bis man ihnen erklärte, daß es erst der Diener des Kämmerers des Fürsten sei, vor dem sie knieten.

Wenig später kam in Cordoba ein Mann an die Macht, der es vom Kātib, vom kleinen Sekretär, bis zum Hādjib brachte, zum Ministerpräsidenten. Er hieß Ibn Abī Āmir und legte sich später den Ehrennamen al-Mansūr zu: Der Siegreiche. Sobald er fest im Sattel saß, schloß er den legitimen Herrscher in einen Palast ein. Dann holte er Berbertruppen aus Nordafrika und baute mit ihnen ein stehendes Heer auf, das ihm bedingungslos ergeben war. Mit diesem Heer schlug er gegen die christlichen Spanier im Norden los.

Die hatten sich in den Jahrhunderten zuvor nach und nach aus ihren Bergen hervorgewagt und mehrere Fürstentümer gegründet, von Galicien im Westen über Leon, Kastilien, Navarra und Aragon bis zur Grafschaft von Barcelona im Osten. Jetzt wurden sie wieder aufs äußerste zurückgedrängt.

Im Jahr 985 legte al-Mansūr Barcelona in Schutt und Asche, 988 zerstörte er die Hauptstadt des Königreichs Leon, und 997 eroberte er schließlich sogar das größte Heiligtum der spanischen Christen im äußersten Nordwesten der Halbinsel: das Grab des Apostels Jakob in Compostela. Das Reich von Cordoba erreichte den Gipfel seiner Macht.

Fünf Jahre später starb al-Mansūr, und sein Reich zerfiel wieder. Machtkämpfe und Bürgerkriege verwüsteten das Land, die Berbertruppen plünderten die Hauptstadt, brannten die Paläste nieder, die Gouverneure in den Provinzhauptstädten machten sich selbständig.

Als schließlich im Jahre 1031 die verschiedenen Parteien den Kampf um das Kalifat in Cordoba aufgaben, war Andalusien in viele Klein-Fürstentümer aufgesplittert: In Zaragoza, Valencia, Almeria, Granada, Sevilla, Badajoz, Toledo, überall saßen eigenständige Herren inmitten kleiner unabhängiger Herrschaften. Das Fehlen einer starken Zentralregierung hatte eine ungeahnte Freiheit im Gefolge. Andalusien erlebte noch einmal eine goldene Zeit, die von einer im Mittelalter sonst nie erlebten Toleranz geprägt war.

Die kleinen Fürsten wetteiferten miteinander in der Ausstattung ihrer Residenzen, der Pracht der Ehrengewänder, der Qualität der Hoforchester. Dichter, Philosophen, Wissenschaftler, Architekten und Kunsthandwerker fanden großzügige Mäzene. Es war eine kulturelle Blütezeit, die von den Historikern mit der Frührenaissance in Italien verglichen wird.

Auch die christlichen Reiche im spanischen Norden erlebten während dieser Zeit einen Aufschwung. Sie erholten sich rasch von den Schlägen al-Mansūrs. Aber kaum war die Bedrohung aus dem Süden gewichen, da stürzten sich die Grafen und Kleinkönige, die alle miteinander verschwistert und verschwägert waren, sofort in mörderische Familienfehden. Aus denen ging zuletzt der Graf von Kastilien als Sieger hervor, Don Fernando der Große, dem es gelang, zu seinem Stammland Kastilien auch noch Galicien und das Königreich Leon hinzuzugewinnen. Um das Jahr 1060 hatte er seine Herrschaft so weit ausgebaut, daß er unbestritten der mächtigste Fürst der ganzen Halbinsel war.

Wenig später setzt die Geschichte ein, die dieses Buch erzählt.

ERSTES BUCH

MUSADDAR

Große Ouvertüre

1063 bis 1064

I

SEVILLA

MITTWOCH 1. ELUL 4823
1. SHABĀN 455 / 30. JULI 1063

Er saß auf dem blanken Boden, die Beine untergeschlagen, die Hände vor dem Gesicht. Er bewegte den Oberkörper vor und zurück im Takt seiner Atemzüge, er bewegte die Lippen, betete mit tonloser Stimme: «Der Herr ist der Herr. Er ist der Ewige. Er hat gegeben. Er hat genommen. Sein Name sei gepriesen von Ewigkeit zu Ewigkeit.»

Er hatte sein Gewand in der Mitte durchgerissen, er hatte seine Schuhe abgestreift und seinen Scheitel bedeckt mit Asche aus allen Herden seines Hauses, wie es der Brauch vorschrieb. Er hatte in der Thora gelesen. Die Rolle lag vor ihm auf dem Lesepult. Jetzt hielt er die Augen geschlossen. Er hatte keinen Trost gefunden. «Warum hast Du genommen, Herr, warum hast Du genommen?» Der Schmerz stak in ihm, wie ein schwarzer Dorn. «Warum hast Du genommen, Herr?»

Er hatte sich in der Khizāna eingeschlossen, die ihm als Arbeitszimmer diente, einem kleinen Nebenraum, der von der Haupthalle des Hauses abging und seine Bibliothek beherbergte. Er hatte den Riegel vor die Tür gelegt und das Fenster zum Innenhof mit dem hölzernen Laden abgedeckt, der für die kalten Tage bereitlag. Er saß seit dem frühen Nachmittag in dem kleinen Raum. Als es dunkel geworden war, hatte er eine Öllampe angezündet. Die Lampe blakte, weil er es unterlassen hatte, den Docht zu kürzen. Es war heiß, und die Luft war stickig vom Ruß der Lampe. Er merkte es nicht. Er bewegte den Oberkörper vor und zurück und murmelte Gebete, formte die Worte mit den Lippen, ohne auf ihren Sinn zu achten. «Herr der Wahrheit, Herr des Lebens, warum hast Du genommen?»

Vielleicht hätte er den Schmerz leichter ertragen, wenn sein Glaube fest gewesen wäre. Vielleicht hätte es ihm geholfen, wenn er Gott hätte verfluchen können, mit ihm hadern wie Hiob, seinen Schmerz zu ihm hinaufschreien. Aber er hatte nicht den Glauben Hiobs. Er konnte keinen Trost finden in der Gewißheit, daß dieser Tod einen Sinn haben mußte nach dem ewigen Ratschluß Gottes, nach den unerforschlichen Maßstäben seiner Gerechtigkeit. Er hatte nicht diese Gewißheit. Er war allein mit seinem Schmerz und seiner Trauer. Allein in der kleinen, düsteren Khizāna zwischen seinen Büchern, neben der blakenden, rußenden Lampe, die zu flackern anfing und mit einem schmurgelnden Zischen verlosch. Er sprach die Worte der Totenklage, wie sie vorgeschrieben waren, sprach sie leer vor sich hin. Sie kamen zwischen seinen Lippen heraus wie trockene Spelzen.

Spät in der Nacht gab ihm die Erschöpfung ein paar Stunden Schlaf.

Er hieß Yūnus Ibn al-A'war und war Mitglied der palästinensischen Kongregation in der Judengemeinde von Sevilla. Ein Mann von zweiundfünfzig Jahren, groß, hager, mit weichen Zügen trotz einer scharf gebogenen Nase, die ein Kennzeichen der Familie seines Vaters war. Der Bart schon grau, die Augen nicht mehr so scharf wie früher, ein wenig zusammengekniffen von der ständigen Anstrengung des Lesens. Ein Arzt mit einer bescheidenen Praxis in der Straße der Lederschlauchmacher, ein angesehener Mann, von dem seine Freunde behaupteten, daß er keine Feinde habe.

Am Vormittag hatte er seine Frau begraben. Sie waren achtundzwanzig Jahre lang verheiratet gewesen und sie waren glücklich gewesen, obwohl sie nicht das Glück gehabt hatten, Kinder zu bekommen. Seine Frau war an einer Krankheit gestorben, die er nicht hatte diagnostizieren können, einer Geschwulst im Bereich des Unterleibs, einer Funktionsstörung der Leber oder der Gallenblase, er hatte es nicht herausfinden können. Es war eine Krankheit gewesen, die mit unerträglichen Schmerzen verbunden war, stechenden, reißenden, zermürbenden Schmerzen, die sich zuletzt auch mit starken Opiumgaben nicht mehr hatten lindern lassen.

Sie war in der letzten Nachtstunde gestorben, kurz vor Sonnenaufgang. Er hatte an ihrem Bett gesessen und hilflos mit angesehen, wie der Schmerz ihr Leben aufgezehrt hatte. Er war ihr gefolgt, als man sie aus dem Haus getragen hatte zum Hof der Synagoge und von dort auf den Friedhof vor die Stadt. Er wäre ihr noch weiter gefolgt, wenn das Gesetz es nicht verboten hätte.

Als er wach wurde, war es schon hell. Er lag auf der Seite, auf dem rechten Arm. Der Arm war eingeschlafen und schmerzte, als wäre er mit heißem Wasser gefüllt. Auch sein Rücken schmerzte, und er hatte Mühe, hochzukommen, und als er endlich aufrecht stand, wurde ihm schwindlig. Er tappte zum Fenster, hob den Laden herunter, brachte seine Augen nahe an das Holzgitter und schaute auf den Innenhof hinaus. Die Sonne stand so niedrig, daß der Hof noch ganz im Schatten lag. Das Licht war mild, und das Weiß der Wände blendete noch nicht, und das Grün der Pflanzen war noch satt vom Tau. Es war ein schöner Morgen, ein Morgen, der wieder einen brüllend heißen Tag versprach. Aber jetzt, so kurz nach dem Sonnenaufgang, war alles noch lind und gedämpft, die Farben, die Schatten, die Geräusche der erwachenden Stadt.

Die alte Dādā war an der Zisterne, um Wasser für die Küche zu holen, und Nabīla und Sarwa kamen in ihren Nachthemden über den Hof und begrüßten sie und verschwanden im Waschraum neben der Küche. Er sah ihnen zu. Er sah, wie sie sich bemühten, leise zu sein, kein Geräusch zu machen, um ihn nicht zu stören, und im gleichen Augenblick überfiel ihn wieder die Trauer und machte ihn gefühllos und starr.

Er begann auf und ab zu gehen in dem kleinen Zimmer zwischen Fenster und Türe, vier Schritte hin, vier Schritte zurück, vier Schritte hin, vier Schritte zurück.

Gegen das Ende der dritten Stunde kam Dādā an die Tür und klopfte leise. «Du mußt essen, Herr, bitte, du mußt essen!»

Er gab keine Antwort, wartete, bis sie gegangen war, nahm seine Wanderung wieder auf.

Es wurde warm im Zimmer, obwohl die gemauerten Wände noch die Kühle der Nacht gespeichert hielten. Der Durst begann ihn zu quälen. Er hatte seit dem Tod seiner Frau nichts mehr getrunken. Seine Kehle war trocken wie Papier.

Nach dem Gebetsruf am Mittag nahm er in plötzlichem Entschluß ein Oktavheft vom Regal, eines jener kleinen Hefte, wie sie die Kaufleute auf Reisen benutzten, um ihre Einnahmen und Ausgaben zu notieren, und setzte sich in die Fensternische, schnitt eine neue Spitze in die Rohrfeder, rührte die Tusche an, glättete das Papier und fing an zu schreiben. Er schrieb in arabischer Sprache, aber in hebräischer Kursivschrift, sehr rasch und mit kleinen Buchstaben und genau auf der Zeile. Er schrieb an seine Frau.

Er hatte ihr immer geschrieben, wenn er fern von ihr gewesen war, auf Reisen, in anderen Städten. Er hatte ihr am Abend geschrieben, was er tagsüber erlebt hatte, genauso wie er ihr zuhause immer alles beim Abendessen berichtet hatte, was am Tag vorgefallen war. Auf diese Weise war sie ihm immer nah gewesen. Er hatte auch jetzt das Gefühl, daß sie ihm nah sei, als er ihr schrieb.

Die beiden Mädchen kamen an die Tür und klopften zaghaft. «Wir bringen etwas zu essen, Vater», hörte er sie rufen. «Dādā sagt, Ihr müßt essen.» Er hörte sie flüstern und unschlüssig hin und her laufen, und wenig später sah er durch das Fenstergitter, wie sie durch den Innenhof zurückgingen und in der Küche verschwanden.

Sie waren die Töchter seines Bruders. Sarwa war elf Jahre alt, Nabīla vierzehn, zwei zarte, stille Mädchen, nach Meinung der besorgten Dādā zu still und zu zart, weshalb sie ständig hinter ihnen her war, um sie mit allen möglichen Leckerbissen aufzupäppeln, und sich bemühte, mit den gleichen Leckerbissen Mädchen aus der Nachbarschaft ins Haus zu locken, damit sie ihnen Gesellschaft leisteten.

Vor knapp zweieinhalb Jahren waren sie von Ceuta mit dem Schiff nach Sevilla gekommen, zusammen mit anderen Flüchtlingen aus dem Maghreb, nichts als ein Kleiderbündel in der Hand und einen in höchster Eile hingekritzelten Brief seines Bruders in einem Lederbeutel um den Hals.

Sein Bruder war Handelsagent in Sijilmāsa gewesen, einer Wüstenstadt im Nordwesten Afrikas, zehn Tagesreisen südlich von Fez, heiß wie ein Schmelztiegel, aber auch erfüllt vom Glanz des Goldes und so bedeutend als Knotenpunkt des westafrikanischen Handels, daß viele der großen Fernhändler aus Alexandria und al-Mahdiyya, aus Sevilla und Almeria dort eigene Niederlassungen unterhielten. Sie schafften Zucker, Öl und Baumwollstoffe hin, Schmuck, Waffen, Lederwaren, und handelten dafür Gold und schwarze Sklaven ein, die in riesigen Karawanen aus den Ländern des Niger heraufgebracht wurden. Die unendlich langen Wüstenstraßen zwischen dem Niger und Sijilmāsa wurden von Nomaden beherrscht, die zum Stamm der Sinhādja-Berber gehörten. Sie kassierten hohe Schutzgebühren von den Gold- und Sklavenkarawanen und kauften dafür jene Waren, die von den Fernhändlern nach Sijilmāsa geschafft wurden. Ein Austausch, der alle Beteiligten zufriedenstellte.

Irgendwann aber hatten die einzelnen Stammesgruppen der Sinhādja angefangen, sich die Herrschaft über das Gold und die Goldstraße untereinander streitig zu machen. Die Almoraviden, die im Westen der großen Wüste beheimatet waren, hatten ihre Stammesbrüder, die die Herrschaft über Sijilmāsa ausübten, in wilden Kämpfen besiegt und unterworfen. Sie waren Wüsten-Nomaden, Halbwilde, Barbaren, von einem muslimischen Eiferer zu fanatischer Glaubensstrenge erzogen.

Vor zweieinhalb Jahren hatten sie Sijilmāsa eingeschlossen und waren über die Stadt hergefallen. Sie hatten nicht nur viele der Einwohner niedergemacht, sondern mit dem eingefleischten Haß der Nomaden auf alle seßhaft Lebenden auch die Palmen umgehackt, die Gärten verwüstet, die Bewässerungsanlagen zerschlagen. Vor allem die jüdische Kolonie hatte unter ihrer Grausamkeit zu leiden gehabt. Manchen ihrer Opfer hätten sie bei lebendigem Leib die Bäuche aufgeschlitzt, um die Eingeweide nach verschluckten Goldmünzen zu durchsuchen. So hatten es die Flüchtlinge berichtet.

Yūnus' Bruder und seine Frau waren in ihrem Haus verbrannt. Gott allein wußte, was die beiden Mädchen an diesem schrecklichen Tag alles hatten mitansehen müssen. Sie hatten nie darüber gesprochen. Aber Yūnus hatte oft nachts an ihren Betten gewacht und miterlebt, wie sie, von Alpträumen geschüttelt, im Schlaf gewimmert hatten. Und die ängstlich-klammernde Zärtlichkeit, mit der sie aneinander hingen, war sicher auch ein Erbe aus Sijilmāsa.

Yūnus sah, wie sie wieder aus der Küche kamen, Sarwa mit einem Korb, Nabīla mit dem Einkaufszettel in der Hand. Sie verschwanden hinter der Tür zur Vorhalle, die das Haustor vom Innenhof trennte. Die alte Dādā hatte sie wohl auf den Markt geschickt.

Gute, alte Dādā. Sie kam später am Nachmittag noch einmal selbst an die Tür.

«Herr, nimm das Wasser, nimm wenigstens das Wasser!» bettelte sie. «Ich lasse den Krug vor der Tür stehen. Nur das Wasser. Nur für die Waschung zum Gebet!»

Was hätte er ohne sie gemacht, wie hätte er diesen Tag überstanden? Die Beileidsbesuche, die schreckliche Geschäftigkeit der Leichenwäscherin, die gaffenden Gesichter der Muslims vor dem Friedhof, die nur gekommen waren, um die Frauen zu betrachten, die im Trauerzug ihre Kopftücher abgenommen hatten. Und dann der Hazzān, der neue Kantor mit seinen Klageliedern auf dem ganzen langen Weg vom Hof der Synagoge bis zum Friedhof vor der Stadt. Seine Stimme hatte ihm fast das Herz abgedrückt. Dieser Hazzān, der hinter dem Sarg hergegangen war, hatte mit der gleichen Stimme gesungen, wie der Kantor in der Synagoge von Almeria, damals, als sie sich zum ersten Mal begegnet waren.

Oh, Karīma, Karīma al-Wuhsha, weißt du noch? Unser Kantor in Almeria?

Es war am letzten Tag des Pessachfestes gewesen. Nie im Leben würde er diesen Tag vergessen. Einen Monat zuvor war er zwanzig Jahre alt geworden, ein angehender Arzt und Hakīm mit guten Aussichten und großen Hoffnungen. Zum ersten Mal sollte er die Parascha lesen, die die Gemeinde seinem Vater für diesen Festtag zugestanden hatte. Eine große Ehre für den Sohn, wahrhaftig eine große Ehre. Aber es gab auch einen guten Anlaß dafür. Sein Vater hatte sich während der Festtage heimlich mit Amram Lebdī getroffen, dem ehrenwerten Ältesten, dem Juwelier, dem reichen Amram, und die beiden Männer hatten eine gewisse Übereinstimmung erzielt über eine Verbindung zwischen ihren Familien. Ihre beiderseitigen Wünsche hatten sich harmonisch ergänzt, denn der reiche Amram wünschte für seine Tochter sehnlichst einen Hakīm zum Mann, den Sohn eines Hakīm. Und sein eigener Vater erwartete eine Schwiegertochter, die so viel Vermögen mit in die Ehe brachte, daß der Sohn unbeschwert von Geldsorgen seine Studien fortsetzen konnte. Beides ließ sich glücklich verbinden. Die Mitgift sollte achthundert Dinar betragen, eine Summe, die von den Frauen auf der Galerie der Synagoge nur mit ehrfürchtigem Flüstern weitergegeben wurde.

Yūnus wußte offiziell von nichts. Der Vater hatte ihn noch nicht um seine Zustimmung gebeten. Aber die Mutter hatte ihm heimlich Bescheid gesagt. Er kannte auch das Mädchen, das ihm zugedacht war, die Tochter des reichen Amram. Jeder heiratsfähige junge Mann der Judengemeinde von Almeria kannte sie. Sie war ein hübsches, unbekümmertes Kind mit fröhlichen Augen, gerade vierzehn Jahre alt. Ja, er hatte sie gekannt, und er war nicht unzufrieden gewesen mit der Wahl seines Vaters.

Doch dann war eben jener letzte Tag des Pessachfestes gekommen. Noch heute war ihm jede Einzelheit gegenwärtig. Er sah sich hinter dem Thorapult stehen. Der Kantor breitete die Rolle vor ihm aus, und er begann zu rezitieren mit lauter, sicherer Stimme. Er kannte den Text der väterlichen Parascha so gut wie die Worte des Morgengebets. Er brauchte nicht auf die Schrift zu achten. Er schaute auf seinen Vater, der stolzgeschwellt vor ihm auf seinem Polster saß und mit dem reichen Amram wohlgefällige Blicke tauschte. Er schaute hoch zur Frauengalerie, wo seine Mutter stand, und suchte sie mit den Augen. Und dann sah er *sie*.

Sie stand auf der Seite der Mädchen, und sie war ein gutes Stück größer als alle anderen (sie war damals schon siebzehn Jahre alt gewesen). Und er fragte sich: Was macht sie bei den Mädchen, warum steht sie nicht bei den Frauen? Er dachte: Ist sie neu in der Gemeinde, ist sie eine Christin, warum habe ich sie noch nie gesehen? Und plötzlich verlor er seinen Text und suchte verzweifelt nach dem Anschluß in der Rolle und fand die Zeile nicht und wäre fast hängengeblieben, wenn ihm der Kantor nicht im letzten Augenblick die Worte zugeflüstert hätte. Der Kantor war der einzige gewesen, der bemerkt hatte, was geschehen war.

Ein paar Tage später hatten es alle gewußt. In der Gemeinde hatte es gesummt wie in einem Bienenstock. Niemand, der nicht heftig Anteil genommen hätte. Der Vater voll Zorn über den Ungehorsam des Sohnes. Der reiche Amram tödlich gekränkt und wütend, weil er fürchtete, sein Gesicht zu verlieren. Die Mutter hilflos in dem Versuch, zu vermitteln. Und er selbst immer halsstarriger, je mehr er bedrängt wurde.

Er hatte schließlich die Stadt verlassen müssen. Die Mutter hatte ihm Geld gegeben und ihn zu ihrem Bruder geschickt, nach Ägypten, nach Fustat. Erst als er schon auf dem Schiff gewesen war, im letzten Augenblick vor dem Ablegen, hatte ihm der Vater doch noch seinen Segen gegeben.

Er war vier Jahre im Orient geblieben, hatte in Kairo und Baghdad studiert. Als er zurückgekommen war, hatten seine Eltern nicht mehr gelebt. Aber *sie* war dagewesen. Briefe waren hin und her gegangen während seiner Abwesenheit. Der junge Kantor war ihr Mittelsmann gewesen. Und *sie* hatte auf ihn gewartet, auch sie gegen den Widerstand ihrer Familie.

Sie hatten geheiratet. Sie hatten die Feindseligkeit der Strenggläubigen ertragen und den offenen Haß des reichen Amram und seiner großen Gefolgschaft. Und als ihre Ehe ohne Kinder geblieben war und die Übelwollenden angefangen hatten, von der gerechten Strafe Gottes zu sprechen, waren sie auch damit fertiggeworden. Aber dann war Ibn Abbās, der großmächtige Vezir des Fürsten von Almeria, mit Samuel Nagdela, dem Vezir des Fürsten von Granada, in Streit geraten und hatte angefangen, seine Wut über den jüdischen Gegenspieler an den Judengemeinden seines Machtbereichs auszulassen mit Sondersteuern und Handelsbeschränkungen und anderen Schikanen, worauf viele Juden ausgewandert waren. Da hatten auch sie die Gelegenheit genutzt und waren nach Sevilla gezogen. Das war vor fünfundzwanzig Jahren gewesen.

Von draußen drang jetzt das dumpfe Gedröhn der Pauken und Trommeln herein, mit denen die Torwachen des al-Qasr die Zeit des ersten

Nachtgebets ankündigten. Kurz darauf war der Gebetsruf vom Turm der Hauptmoschee zu hören und das dünne Vespergeläut der christlichen Kirchen in den Vorstädten. Yūnus verschloß sorgfältig das Tuscheglas, verstaute es zusammen mit den anderen Schreibutensilien in einem der verschließbaren Wandschränkchen und setzte sich wieder in die Fensternische.

Es wurde rasch dunkel. Er saß ruhig, ohne sich zu rühren, beobachtete, wie die Dunkelheit von seinem Zimmer Besitz ergriff und ihn einhüllte, spürte nach, wie die Hitze des Tages sich allmählich verflüchtigte. Erinnerungen und Gedankenfetzen von schmerzender Klarheit gingen ihm durch den Kopf. Er konnte sie nicht festhalten. Unversehens schlief er ein.

Der Durst weckte ihn. Seine Kehle brannte, und seine Zunge klebte am Gaumen, und seine Gedanken kreisten um den Wasserkrug, der draußen vor der Tür stand. Aber er war noch nicht bereit, sein Fasten zu brechen.

Er begann, sich mit dem Problem des Durstes zu beschäftigen. Warum war Durst schwerer zu ertragen als Hunger? Warum starb der Mensch bei Mangel an Flüssigkeit schon nach wenigen Tagen, während er einen völligen Nahrungsentzug notfalls über sechs, acht Wochen hinweg durchhalten konnte, ohne Schaden zu nehmen?

Er arbeitete sich verbissen durch die Standardwerke seiner medizinischen Bibliothek, nahm sich Galen vor und ar-Razi, den Qanun des Ibn Sina und das Kitāb al-Maliki des Ibn al-Abbās, ohne bei den Autoritäten einen brauchbaren Hinweis zu finden. Dann trug er die Fakten zusammen, die ihm aus eigener Praxis geläufig waren, und begann selbst über eine Lösung nachzudenken.

Man mußte ausgehen von den vier Elementen, aus denen sich alles zusammensetzte: Feuer, Luft, Wasser, Erde. Weiter von den vier Körpersäften, deren richtige oder falsche Mischung im menschlichen Körper über Gesundheit und Krankheit entschied: Gelbe Galle, Blut, Schleim, schwarze Galle. Wasser und Schleim wurden von den gleichen Eigenschaften bestimmt: kalt und feucht. Wenn dem Körper kein Wasser zugeführt wurde, konnte sich kein Schleim bilden. Im Mischungsverhältnis der Körpersäfte fehlte die feucht-kalte Komponente, die Konstitution verschob sich zum Warm-Trockenen hin. Die Folge: Fieber, sowie mangelnde Ausscheidung von Speichel, Nasenschleim und Schweiß und eine allgemeine Austrocknung des Körpers. Das waren die Grundtatsachen. Aber sie beantworteten noch nicht die Frage, warum der Mangel an

Wasser, der einen Mangel an Schleim zur Folge hatte, so rasch zum Tod führte.

Er wählte einen anderen Ausgangspunkt für seine Überlegungen, folgte einer Kette von Schlußfolgerungen, die ihn annehmen ließen, daß von den Substanzen, die bei der Verbrennung der Nahrung und der Atemluft im Körper zurückblieben, jene, die normalerweise mit dem Schleim ausgeschieden wurden, womöglich giftiger waren als jene, die mit den anderen Körpersäften über Stuhl, Urin und Blut ausgeschieden wurden. Gab es aufgrund von Wassermangel keine Schleimabsonderungen durch Schweiß und Speichel, blieben die Giftstoffe im Körper. War das die Ursache für den raschen Tod?

Er erinnerte sich an drei Mekka-Pilger, die er damals, als er in Baghdad studiert hatte, im Sinan-Hospital am syrischen Tor behandelt hatte. Die drei waren in der Wüste nur dadurch am Leben geblieben, daß sie ihren eigenen Urin getrunken hatten. Das stützte seine Annahme, war aber noch kein Beweis.

Er schloß in seine Überlegungen ein, daß Fieberkranke mehr Flüssigkeit verlangten als Gesunde, daß der Durst bei großer Hitze wuchs, daß also der Bedarf an Flüssigkeit um so mehr zunahm, je mehr sich das Mischungsverhältnis der Körpersäfte zum Warmtrockenen hin verschob, was seltsamerweise dazu führte, daß der Körper durch Schweißabsonderung noch mehr Schleim ausschied, wodurch sich das Mischungsverhältnis weiter verschlechterte. Was aber bewirkte die Flüssigkeit dann im Inneren des Körpers? Welchen Unterschied machte es, ob man kalte oder heiße Flüssigkeit zu sich nahm? Brauchten Frauen, deren Konstitution von Natur aus mehr zum Kalt-Feuchten neigte, auch mehr Flüssigkeit als Männer? Starben sie auch entsprechend eher bei Flüssigkeitsentzug? Er verirrte sich in einem Labyrinth von Fragen und sah plötzlich den Wasserkrug, den die alte Dādā draußen abgestellt hatte, innen am Türpfosten stehen, starrte auf den Riegel, der die Tür versperrt hielt, suchte verzweifelt nach einer Erklärung, wie der Krug ins Zimmer gekommen war, stand gegen seinen Willen auf, machte zwei Schritte auf den Krug zu, blieb stehen, kniff die Augen zusammen, schlug sich mit den Handballen gegen die Stirn. Kein Krug mehr an der Tür. Eine Wahnvorstellung, nichts als eine Wahnvorstellung, der er zum Opfer gefallen war.

Er erinnerte sich, daß ihm die drei Pilger im Sinan-Hospital von ähnlichen Erfahrungen berichtet hatten. Von leibhaftigen Wasserträgern, von winkenden Beduinen, von ganzen Karawanen, die vor ihren

Augen vorübergezogen waren und sich schließlich beim Nähergehen als ganz gewöhnliche, nicht einmal besonders auffallend geformte Felsbrokken entpuppt hätten. Wirkte demnach der Entzug von Flüssigkeit und der Mangel an Schleim auf das Gehirn? Oder war es weniger das Fehlen des Feucht-Kalten im Mischungsverhältnis der Körpersäfte als vielmehr eine daraus resultierende Überfülle des Warm-Trockenen, das heißt der gelben Galle, die diese Wirkungen im Gehirn hervorrief? Schrieb nicht Galen, daß ein Überfluß an gelber Galle Ursache für den Wahnsinn ist? Deuteten die Wahnvorstellungen nicht auf beginnenden Wahnsinn hin?

Andererseits hatten die drei Pilger in der Endphase des Verdurstens keineswegs die Symptome gezeigt, die normalerweise mit einem Überfluß an gelber Galle einhergingen. Keine cholerischen Zustände, keine Aufgeregtheit, sondern eher Depression, völlige Apathie, also Symptome, die auf einen Überfluß an schwarzer Galle, an Melan Chole, hatten schließen lassen. War Galens Aussage also falsch? Waren seine eigenen Schlußfolgerungen falsch? War die ganze Richtung falsch, in die er dachte, das ganze System?

Noch mehr Fragen. Viel zu viele Fragen. Und welchen Sinn hatten alle diese Fragen? Was war gewonnen, wenn er eine Antwort fand? Was half es dem Pilger, der am Verdursten war, wenn er wußte, *warum* er verdurstete? Brauchte er nicht vielmehr ein ganz anderes Wissen, ein Wissen, das ihm einen Weg aus der Wüste wies, Kenntnisse, die ihn zu einem Wasserloch führen konnten?

Er dachte an die Tage und Nächte, die er am Krankenbett seiner Frau verbracht hatte. Was hatten ihm da all seine Kenntnisse genützt über die Anatomie des Körpers, über die Natur der Krankheiten, über die Wirkungsweise der verschiedenen Pharmaka. Was hatten ihm seine Studien geholfen, seine Bücher, seine Wissenschaft?

Er schloß die Augen und überließ sich einer Verzweiflung, die ihn noch mehr ausdörrte als der Mangel an Wasser.

Am späten Nachmittag kam Zecharia in den Innenhof des Hauses. Zecharia war sein Assistent in der Praxis, sein einziger Schüler. Yūnus hatte sich immer geweigert, Schüler anzunehmen. Der Hang zum Zweifel, der ihm eigen war, machte ihn nach seiner Meinung zum Lehrer ungeeignet. Zecharia war die einzige Ausnahme, zu der er sich einmal durchgerungen hatte. Zecharias Vater war Glasbläser gewesen, im selben Schiff wie Yūnus aus Almeria gekommen. Nach dem Tod des Mannes hatte Yūnus den Sohn in seine Praxis geholt. Seit drei Jahren war der Junge jetzt schon bei ihm, zuerst als Handlanger, dann als Lehrling, seit kurzem als Student. Er war eifrig, lernbegierig, ehrgeizig und von rascher Auffassungsgabe. Und er war verläßlich.

Yūnus sah, wie er im Innenhof mit der alten Dādā sprach und wie sie beide ins Haus gingen. Dann hörte er sie in die Madjlis kommen bis vor die Tür seines Zimmers. Dādā klopfte, zuerst mit dem Finger, dann mit der Faust.

«Herr!» rief sie. «Zecharia hat einen Mann mit einer kranken Frau gebracht. Bauern aus der al-Jarāfe. Sie wollen zu dir, Herr, sie wollen zum Sohn des Einäugigen.»

Er schwieg. Aber diesmal gab sie nicht nach.

«Herr, sie sind in der Vorhalle. Sie warten schon seit gestern auf dich. Die Frau ist sehr krank. Zecharia sagt, sie ist sehr krank.»

Er gab immer noch keine Antwort. Er würde sowieso kein Wort herausbringen mit seinen trockenen, verklebten Lippen und seiner aufgeschwollenen Zunge.

Dādā rüttelte an der Tür. «Herr, wenn du nicht aufmachst, hole ich Ammi Hassān! Hast du gehört, Yūnus! Ich hole Ammi Hassān, damit er die Tür aufmacht. Komm heraus, Yūnus, komm heraus! Es ist nicht gut, was du machst.» Ihre Stimme klang jetzt sehr streng. Sie war ernsthaft böse. Sie nannte ihn nur dann bei seinem Eigennamen, wenn sie sehr ärgerlich auf ihn war.

Er stand auf und ging zur Tür und räusperte sich den Hals frei. «Was sind das für Leute?» fragte er. «Sind es Muslims?»

«Ja, Hakīm», antwortete Zecharia.

«Dann schickt sie zu Yūsuf Ibn Harūn, dem Shaikh. Er kennt sich besser aus mit Leuten vom Land», sagte er durch die geschlossene Tür. Er hörte, wie Zecharia zu einer Antwort ansetzte, aber Dādā kam ihm zuvor.

«Herr, sie wollen zu *dir*. Zecharia hat sie zum Shaikh geschickt, ich habe sie zum Shaikh geschickt, sie lassen sich nicht wegschicken. Sie wollen zum Sohn des Einäugigen. Sie hocken in der Vorhalle, und die Ziege, die sie mitgebracht haben, scheißt den Boden voll. So ist es!»

«Ich habe wirklich alles versucht, Hakīm», setzte Zecharia vermittelnd hinzu. «Sie haben die Nacht in der Abu-Hassān-Moschee verbracht. Die Frau ist sehr geschwächt.»

Yūnus hatte den Riegel schon in der Hand. Er drehte sich noch einmal um. Die Sonne stand so tief, daß ihr Licht unter dem Bogen des Laubengangs hindurch die untersten Öffnungen des Fenstergitters erreicht hatte. Fünf Strahlen fielen herein, griffen quer durch den Raum nach seinen

Füßen wie fünf Finger einer gläsernen Hand, malten fünf hell leuchtende Flecke auf den Boden. Er sah in Gedanken den Bauern vor sich, wie er mit seiner kranken Frau auf dem Esel und mit der Ziege am Strick sich auf den langen, heißen Weg in die Stadt machte und sich von Tor zu Tor durchfragte bis zum Sohn des Einäugigen, dem Hakīm. Er kannte diese Bauern aus seinen ersten Praxisjahren. Wahrscheinlich hatte er vor werweiß-wieviel Jahren einen Nachbarn der beiden in Behandlung gehabt und mit Gottes Hilfe kuriert, und jetzt war ihm ein gewaltiger Ruf zugewachsen in einem Dorf der al-Jarāfe, das er nicht einmal kannte. «Der Sohn des Einäugigen», das war ein Name, den sich die Bauern merkten.

Er schob den Riegel hoch und öffnete die Tür, durchquerte die Madjlis, ohne sich aufzuhalten, lief über den Innenhof zum Waschraum. Die alte Dādā watschelte hinter ihm her wie eine Ente, die ihr Junges wiedergefunden hat. Er wusch sich die Asche aus dem Gesicht und aus den Haaren, trank ein wenig frisches Wasser in kleinen, vorsichtigen Schlucken, legte ein neues Gewand an. Nur die Schuhe, die Dādā ihm hinstellte, ließ er noch stehen.

Als er in die Vorhalle kam, saß die Frau auf dem Boden, in ihre Tücher eingehüllt, den Kopf auf den Knien. Der Mann, der dabeistand, war noch ziemlich jung, vielleicht Mitte zwanzig, sehr groß, sehr kräftig. Er blickte Yūnus mißtrauisch entgegen, stellte sich ihm in den Weg.

«Ich will zu Ibn al-A'war», sagte er mit einem drohenden Unterton. «Keiner geht an meine Frau außer Ibn al-A'war!» Anscheinend hatte er sich den Sohn des Einäugigen älter vorgestellt.

Yūnus holte tief Luft, aber die alte Dādā schob ihn mit einer energischen Armbewegung zur Seite und baute sich vor dem Bauern auf und verkündete mit einer großartigen Geste und der Stimme eines Ausrufers: «Dies ist Yūnus Ibn Ismail Ibn Yūnus al-A'war, der Ehrenwerte, der hochgelehrte Tabīb, der Hakīm, dem Gott die Geheimnisse der Wissenschaft enthüllt hat und dessen Hände er mit heilender Kraft erfüllt hat!» Sie war drauf und dran, auch noch die Namen seiner übrigen Vorfahren anzuhängen mit allen Ehrentiteln bis ins siebte Glied, aber der Bauer war schon vom Anfang so beeindruckt, daß er zur Seite trat.

Yūnus schickte Zecharia hinaus und machte sich daran, die Frau mit Dādās Hilfe zu untersuchen.

2

SABUGAL

DONNERSTAG 7. AUGUST 1063
9. ELUL 4823 / 9. SHABĀN 455

Die Küche befand sich im inneren Teil der Burg in einem Anbau, der sich an den massigen Wohnturm klammerte, wie ein Kind an die Beine der Mutter. Der Eingang lag drei Mannshöhen über dem Boden, ein aufgesperrtes Maul, so groß wie ein Stalltor, das jetzt im Sommer offenstand, damit die Hitze besser abziehen konnte. Eine steile Rampe aus zwei Stämmen, die durch eingelassene Querhölzer miteinander verbunden waren, führte hinauf.

Für jeden Dienstmann auf der Burg, gleichviel ob er Knecht war oder Waffen trug, galt die Regel, daß er am Morgen, wenn er aus dem Mannschaftsbau kam und in die Küche ging, um die Morgensuppe zu fassen und die Tagesration an Brot und Speck oder was es sonst gab, für jeden galt die Regel, daß er ein paar Äste Brennholz mit hochtrug von dem Haufen, der unten aufgeschichtet lag.

An diesem Morgen kam der starke Pere mit leeren Händen oben an. Er hatte es nicht mit Absicht getan, man konnte es ihm ansehen. Der Bauer, der jede Woche eine neue Ladung Holz brachte, war gerade gekommen, und Pere hatte ein paar Worte mit ihm gewechselt und darüber vergessen, sein Stück Holz mitzunehmen. Er wäre wohl auch zurückgegangen und hätte es in Gottes Namen geholt, aber der Koch war schlechter Laune, und Pere kam ihm gerade recht, und er fauchte ihn an, was er sich einbilde, nur fressen und nichts dafür tun wollen, gerade er, der beim Fressen immer der Größte wäre und das Maul nicht voll genug kriegte, und weiter in diesem Ton.

Daraufhin konnte Pere nicht mehr so ohne weiteres zurück, denn es waren schon zu viele Männer in der Küche, die alles mitangehört hatten. Er stand im Eingang mit eingezogenem Kopf, die runden Schultern vorgeschoben, die dicken Arme seitlich abgestreckt, noch gedrungener wirkend gegen den hellen Himmel draußen, als er es ohnehin schon war. Er dachte nach. Man konnte förmlich zusehen, wie es in ihm nachdachte, wie sich die Gedanken hinter der breiten Stirn in Bewegung setzten. Er dachte lange nach.

Dann fing unten der Esel des Brennholzbauern an zu schreien, und Pere, als hätte ihm der Esel das Kommando gegeben, drehte sich um und stapfte die Rampe hinunter. Am Fuß der Rampe stand der Esel. Er hatte das Holz noch auf dem Rücken, einen riesigen Haufen langer Äste, unter denen er fast verschwand. Pere ging neben ihm in die Hocke und nahm ihn mitsamt der Ladung auf den Buckel, stemmte ihn hoch, trug ihn die Rampe hinauf und in die Küche hinein und stellte ihn mitten in den Aschengraben vor das Herdfeuer.

Der Koch ging auf wie ein Brot im Ofen und fing zu kreischen an und schoß aus der Küche, um sich zu beschweren. Aber keiner nahm ihn ernst, denn der Castellan war in Guarda, und die Dueña würde ihn gar nicht erst vorlassen so früh am Morgen, das war gewiß. Sie sahen zu, wie er auf der Außentreppe zum Wohnturm fuchtelnd auf den Kammerknecht einredete, der ihm den Eintritt verwehrte, und lachten dröhnend und klopften dem starken Pere auf die Schultern und fielen fast von der Bank, als der Esel, der immer noch blöde glotzend in der Brandreite stand, vor Angst plötzlich losbrunzte, daß es in den Suppenkessel spritzte. Nur Pere saß ganz ruhig da mit seinem Brot und seiner Schüssel und tat so, als wäre nichts gewesen.

So hatte der Tag begonnen. Es war kein gewöhnlicher Tag gewesen von Anfang an. Kein guter Tag. Eine von den Mägden sagte später, im Vorhof habe eine tote Krähe gelegen, als sie am Morgen in die Burg gekommen sei. Sie habe ein Kreuz geschlagen und nicht weiter darauf geachtet. Wer achtet schon auf alle Zeichen.

Der Junge wäre gern bei den Männern in der Küche geblieben, aber er mußte zurück in den Wohnturm, das Wasser für den jungen Herrn hochtragen. Die Amme würde ihm sowieso die Ohren langziehen, wie es aussah, weil er sich schon wieder verspätet hatte. Er mußte sich an viele Regeln halten, seit er zum Haus gehörte, seit ihn der Conde, der hohe Herr, vor einem Monat zum Leibburschen seines kleinen Sohnes gemacht hatte. Er wußte noch immer nicht genau, wie es dazu gekommen war, und ob er Gott dafür danken sollte oder nicht.

Er hatte am Fuß des Wohnturms gesessen, an der Ostmauer, mit den Sätteln und Packtaschen der ganzen Mannschaft des Conde, um das Lederzeug für den Rückritt nach Guarda zu putzen und zu fetten. Er war darüber eingeschlafen. Ein Schrei hatte ihn geweckt, und er hatte noch halb im Schlaf ein Bündel auf sich zufliegen sehen und war hochgefahren und hatte die Arme ausgestreckt, mehr um sich selbst zu schützen, als um das Bündel aufzufangen. Und dann hatte er sich am Boden wiedergefunden mit dem kleinen Sohn des Conde in den

Armen. So war es gewesen, nicht anders. Und seitdem stand er in diesem strengen Dienst.

Er durfte den Kleinen nie aus den Augen lassen, von morgens bis abends nicht. Nachts mußte er vor seiner Tür schlafen, tags mußte er ständig in seiner Nähe sein, mußte alles tun, was ihm die Amme, die Kindermagd, die Stubenmagd auftrugen, mußte sogar den faden Brei vorkosten, den die Amme dem Kleinen alle zwei Tage gab, um ihn zu entwöhnen. So hatte es der Conde selbst befohlen. Und der Conde war der Herr, der mächtige Graf von Guarda, dem alles untertan war. Auch der Castellan und die Burg von Sabugal. Auch sein Vater und seine Mutter und das Dorf, aus dem er stammte.

Nur am Nachmittag, wenn der Kleine schlief, hatte er drei Stunden frei, damit der Capitan ihn im Gebrauch der Waffen unterrichten konnte. Auch das hatte der Conde so befohlen, und es war das einzige, was ihn mit seinem neuen Dienst versöhnen konnte, die einzigen Stunden des Tages, auf die er sich freute.

Heute sollten diese drei Übungsstunden ausfallen. Heute war Ruhetag für alle Männer auf der Burg, freier Tag, Dienst nur für die Wachen. Der Koch hatte schon seine Messer geschärft, um eine Sau zu schlachten, und am Abend, wenn der Castellan mit seinen Leuten aus Guarda zurückkam, sollte es ein Festessen geben in der großen Halle des Wohnturms. Wein für die ganze Besatzung.

Die Männer hatten den freien Tag hart verdient. Sie hatten eine arbeitsreiche Erntewoche hinter sich. Südwind mit glühender Hitze, und der Castellan hatte auch von den Reitern der Burgbesatzung verlangt, daß sie mit zupackten, wenn Not am Mann war. Dazu noch verstärkter Wachdienst, weil der Castellan kein Risiko eingehen wollte, solange der Sohn des Conde auf der Burg war. Ständig zwei Mann auf dem Turm und zwei Mann am Tor, und das äußere Tor auch tagsüber geschlossen, und nachts Doppelposten und Rundgänge mit den Hunden. Und das alles, obwohl zum Schutz des kleinen Herrn eigens zwei Infanzones aus der Mesnada des Grafen mit ihren Burschen aus Guarda herübergekommen waren, die nur Hofdienst auf der Burg verrichteten und sonst nichts zu tun hatten und nur großspurig herumtaten.

Vor vier Tagen war man mit der Ernte fertig geworden, und die Männer hatten schon aufgeatmet, da war der Castellan mit dem nächsten Auftrag gekommen. Zwanzig Pferde hatten sie von den Sommerweiden holen müssen, von vier verschiedenen Weideplätzen, einer weiter entfernt als der andere, und alles in großer Besetzung und in voller Montur, weil die Schafhirten von den Weiden im Nordosten etwas von einem fremden Reitertrupp gemeldet hatten.

Am Abend zuvor waren die letzten Pferde angekommen. Sie standen in den frisch abgeernteten Weizenfeldern zwischen dem Herrenhof und dem Fluß und hatten die Köpfe tief im Stroh, um nach den saftigen Gräsern zu suchen, die zwischen dem Getreide gewachsen waren. Die Männer waren alle auf der Burg, nur zwei Peones noch draußen, um die Weidezäune weiter flußaufwärts auszubessern. Bis zum Abend sollten noch vierzig Rinder vor die Burg getrieben werden.

Ungefähr zwei Stunden nach Sonnenaufgang erschienen oben am Hang über dem Fluß drei Männer und bogen auf die Straße ein, die zur Brücke führte. Die Brücke war im Juni eingebrochen. Der Castellan hatte schon den Auftrag gegeben, sie wieder herzurichten, aber seit Beginn der Ernte ruhte die Arbeit. Kein Mensch war unten an der Baustelle, als die drei Fremden durch den Fluß wateten. Voraus ging einer zu Fuß in einem Bauernkittel mit einem Tuch um den Kopf, das er auf maurische Art geschlungen hatte. Er trug auch einen maurischen Bogen im Köcher über der Schulter. Hinter ihm kamen zwei Pardos, Bauernreiter auf großen knochigen Pferden, in Lederzeug mit kurzen Lanzen, die Helme am Sattelknopf.

Der Junge sah sie als erster. Er entdeckte sie, noch bevor die Turmwache das übliche Hornsignal hören ließ. Er stand auf dem Wehrgang der Palisade, die den Vorhof vom inneren Burghof trennte, und langweilte sich. Hinter ihm, in dem kleinen Garten, den die Dueña neben dem Wohnturm hatte anlegen lassen, spielte der Sohn des Conde in seinem Laufstall. Der Junge hätte unten bei ihm sein sollen, aber es war noch die Kindermagd da, die aufpaßte, und der Kleine hatte etwas, das ihn beschäftigt hielt. Er spielte mit einem Vogel, den der Brennholzbauer mitgebracht hatte. Der Vogel hing mit einem Fuß an einem langen dünnen Faden, dessen anderes Ende an einem der Gitterstäbe des Laufstalls festgebunden war. Er kämpfte flügelschlagend und angstvoll piepsend um seine Freiheit, hüpfte auf das Gitter, flog hoch, stürzte ab, sobald der Faden sich spannte, flog wieder hoch, stürzte wieder ab, wieder und wieder. Und der Kleine lachte und freute sich über das piepsende, flatternde Federknäuel und versuchte, mit seinen tapsigen Händen den Faden einzuholen. Aber noch war der Vogel kräftig genug, um sich immer wieder loszureißen.

Die drei Fremden hatten den Fluß durchquert und schlugen den Weg ein, der südlich um die Burg und das dahinterliegende Dorf herumführte.

Die Männer der Burgbesatzung, die noch in der Küche waren, hatten sich in den Eingang gestellt und hielten Ausschau. Es war ungewöhnlich, daß so früh am Tage Fremde kamen.

Als die drei an der Abzweigung anlangten, die zum äußeren Tor heraufführte, machten sie Halt, und der zu Fuß, der wie ein Moro aussah, kam allein auf das Tor zu, so daß ihn der Junge aus den Augen verlor.

Das Tor war verschlossen, wie es angeordnet war. Den Dienst als erste Torwache unten hatte der alte Aznar. Als zweiter Mann war einer von den Bauernburschen aus dem Dorf eingeteilt. Der stand oben auf der Torbefestigung und hing mit beiden Armen über der Brüstung.

Der Junge sah, wie der alte Aznar den Schieber am Guckloch zurückschob und mit dem Mann draußen sprach und sich dann abwandte und ausspuckte und auf den Mannschaftsbau zulief, als wollte er jemanden holen. Dann hörte er auf einmal ein herzzerweichend klägliches Piepsen hinter sich und blickte über die Schulter nach unten und sah, daß der Junge im Laufstall es endlich geschafft hatte, sich den Vogel zu greifen. Er hielt ihn fest zwischen seinen dicken Händen und gluckste vor Vergnügen, als das Federbündel noch einmal matt mit den Flügeln schlug, bis er plötzlich merkte, daß das Ding nicht mehr mitspielte, daß es sich nicht mehr rührte, auch wenn er es schüttelte und daran zupfte. Und er verzog das Gesicht zu einer weinerlichen Grimasse, wie er es immer tat, wenn ihm etwas nicht paßte, und war kurz davor loszubrüllen, als plötzlich ein Schrei ertönte, ein so furchtbarer Schrei, daß der Junge meinte, ein kaltes Messer würde ihm über den Rücken gezogen, ein Schrei an der Grenze äußersten Schmerzes. Für einen Augenblick war er heillos verwirrt, er hatte auf das übliche Gebrüll des Kleinen gewartet und starrte ihn völlig entsetzt an, bis ihm klar wurde, daß es gar nicht der Kleine war, der da schrie, sondern daß der Schrei aus dem äußeren Burghof kam.

Der alte Aznar lag auf dem Boden, keine zwanzig Schritte vom Tor entfernt. Er lag auf dem Bauch und ruderte mit Armen und Beinen, um vom Boden hochzukommen und kam nicht hoch und schrie und schrie, hörte nicht mehr auf zu schreien. In seinem Rücken steckte ein Pfeil. Der Kerl mit dem maurischen Bogen mußte ihm durch das kleine Guckloch hindurch einen Pfeil in den Rücken gejagt haben.

Und die drei waren schon auf der Flucht, den Weg hinunter zum Fluß in mäßig scharfem Galopp, als hätten sie es gar nicht eilig. Der mit der Moro-Kopfbinde saß bei einem der beiden Reiter hintenauf.

Der Junge dachte: Heiliger Jakob, sie haben die Burg angegriffen! Drei Mann nur! Drei verdammte Pardos, und sie greifen eine ganze Burg an! Er hörte sich plötzlich schreien: «Sie haben auf den alten Aznar geschossen!» Er stand auf dem Wehrgang und schrie aus Leibeskräften: «Sie haben den alten Aznar umgelegt! Der alte Aznar! Sie haben ihn umgelegt!» Da war schon alles auf den Beinen. Vom Turm tönte die Alarmglocke, und die Männer aus der Küche polterten die Rampe hinunter, und andere kamen aus dem Mannschaftsbau gerannt. Aus dem oberen Fenster des Wohnturms hing die Dueña und schrie. Irgend jemand schrie zurück, überall schrien sie jetzt durcheinander. Die ersten waren schon am Stall im äußeren Burghof, wo immer zwei gesattelte Pferde bereitstanden. Rufe: «Tor auf!» Und Rufe nach dem Capitan, damit er die Waffenkammer aufsperrte. Wo war der Capitan? Die beiden Infanzones kamen mit ihren Burschen aus dem Wohnturm, die Holztreppe herunter: «Was ist los? Was ist los?» Da waren die anderen schon am äußeren Tor und griffen sich irgendwelche Waffen, was gerade herumstand in der Wachstube, der junge Tomás allen voraus, schon auf dem Pferd, ohne Rüstung, ohne Lanze, nur einen kurzen Spieß in der Hand und hinaus durchs Tor und im Losreiten noch den Helm aufgebunden. Der Capitan noch immer nicht da. Die Infanzones noch immer ohne Antwort. «Was ist los, verdammt noch mal, was ist hier los?» Und der auf dem Turm hing nach wie vor an der Glocke, und das himmelhelle Gebimmel mischte sich mit den wahnsinnigen Schmerzensschreien des alten Aznar, der immer noch am Boden lag und nicht hochkam.

Der Junge war mit ein paar Sprüngen an der Leiter und hinunter wie eine Katze und in den äußeren Burghof hinaus. Er achtete nicht auf die Kindermagd, die ihm irgend etwas nachschrie, er hatte nur noch Augen für die Männer draußen, die sich an die Verfolgung der drei Pardos machten. Der starke Pere im offenen Kettenhemd mit einer Axt in der Rechten als einziger Waffe. Enneg, der Stallbursche, auf einem ungesattelten Maultier und Bermudo, der mit seinem Sattel erst jetzt aus dem Mannschaftsbau gerannt kam und nach einem Pferd schrie und zur äußeren Kuppel weiterrannte. Die anderen an ihm vorbei mit den kurzen Spießen aus der Wachstube. Die Waffenkammer noch immer versperrt. Noch immer keine Spur vom Capitan. Und der starke Pere sprengte zum Tor hinaus und die anderen hinterher, zuletzt nur noch der Galicier am Tor, der die Spieße verteilt hatte, und der lange Rechin mit seinem Riesengaul. Der zog noch umständlich seinen Sattelgurt fest und stolperte über seine Lanze und kam endlich doch noch hoch und brachte beide Füße in den Bügeln unter, stellte sich auf, um sich im Sattel zurechtzusetzen, da war der Gaul schon am Tor, und Rechin knallte mit dem Kopf gegen den Torbalken, knallte mit solcher Wucht dagegen, daß es ihn gestreckt aus dem Sattel fegte. Der Junge stand dicht daneben und sah, wie der Lange auf den Boden aufschlug und wie sich sein linker Fuß im Steigbügel verhängte und das Pferd ihn vors Tor schleifte und vorne hochging und wild mit den Vorderfüßen schlug, weil der Lange immer noch festhing.

In diesem Augenblick rannte der Junge los, rannte leichtfüßig mit vorgestreckten Armen auf das Pferd zu, faßte nach dem Zügel, zog Rechins Fuß aus dem Bügel, griff sich die Lanze, zog sich aufs Pferd, indem er die Lanze wie eine Kletterstange benutzte, und brachte das Pferd dazu, daß es sich in Bewegung setzte. Es war ein riesiges Tier, noch größer als es aussah. Der Junge hielt sich am Sattelknopf fest. Seine Beine standen seitlich weit ab, und die Steigbügel hingen leer und schlenkerten dem Tier um die Flanken, während es jetzt immer schneller wurde und den Weg zum Fluß hinunterjagte und aufspritzend durch den Fluß, geradewegs den anderen hinterher, die schon weit voraus waren.

Die Lanze schleifte nach. Lope bemühte sich mit aller Kraft, sie in den Griff zu bekommen. Sie war schwer, viel schwerer als die, mit der der Capitan ihn hatte üben lassen, und er hatte sie viel zu weit hinten gefaßt. Er faßte nach, bis er den aufgerauhten Griff in der Hand spürte, brachte die Spitze nach vorn und in die richtige Höhe. Zwei rote Bänder flatterten am Schaft entlang von der Spitze bis zum Griff, er durfte nicht hinschauen, es sah aus, als flatterte die ganze Lanze in seiner Hand.

Auf der jenseitigen Uferwiese fiel das Pferd in einen schwerfälligen Galopp, der das Äußerste zu sein schien, was es zu leisten imstande war. Der Junge trieb es den Hang hinauf, auf die Straße zu, die nach Guarda führte. Die anderen, die vor ihm ritten, waren schon über dem Hügelkamm verschwunden und nicht mehr zu sehen.

Er merkte plötzlich, daß er die Lanze viel zu tief hielt. Die Spitze neigte sich immer mehr, wurde immer schwerer. Seine Hand zitterte, sein ganzer Arm verkrampfte sich vor Anstrengung, während er sich abmühte, sie waagrecht zu halten. Der Wind verfing sich in den Bändern, drückte die Spitze noch weiter nach unten. Er spürte, wie seine Kraft nachließ, und sah einen Reisighaufen voraus, der rasend schnell näher kam, und hielt die Lanze krampfhaft fest und merkte noch, wie die Spitze in den Haufen einstach, und wie es ihn aus dem Sattel stieß und hochhob. Und er sah, wie das Pferd unter ihm hindurchschoß, und meinte zu schweben, schwerelos für einen kurzen Augenblick hoch über dem Boden, bis er abstürzte, so wie der kleine Vogel am Ende des Fadens.

3

MURCIA

DONNERSTAG 9. SHABĀN 455
7. AUGUST 1063 / 9. ELUL 4823

Das Haus lag in der nördlichen Vorstadt an der Straße, die nach Toledo führte. Ein heruntergekommenes Mietshaus, um einen weiten Innenhof angelegt, zweistöckig, das Obergeschoß erst nachträglich aufgesetzt mit Wänden aus lehmverputztem Flechtwerk, so dünn, daß jeder im Zimmer des Nachbarn mitwohnte. Tür neben Tür, eine Wohnung an der anderen, von kleinen Leuten besetzt, die vom Land zugezogen waren, Latrinenreiniger, Lastträger, Holzsammler. Im Erdgeschoß kleine Handwerker: Flickschuster, Mattenflechter, Kistenmacher, Sackweber. Der Innenhof war erfüllt vom Lärm ihrer Arbeit und vom Geschrei ihrer Kinder.

Ibn Ammar wohnte oben in einer schmalen Kammer, die vorher als Lagerraum gedient hatte, und die so heiß war, daß man es nur nachts darin aushalten konnte. Jetzt, kurz vor Mittag, war die Hitze unerträglich. Brütende, drückende, schweißtreibende Hitze, kein Lufthauch, obwohl Tür und Fensterluke offenstanden.

Er hatte seine Habseligkeiten zu einem Bündel zusammengerollt und in der Ecke unter dem Fenster abgestellt. Das Bündel enthielt alles, was er besaß, ein Baumwolltuch für die Nacht, einen Mantel für die kalte Jahreszeit mit einem Besatz aus Kaninchenfell, ein Untergewand, ein paar Holzschuhe, sein Schreibzeug und einen schmalen Band mit Gedichten von al-Ma'arri, das einzige Buch, das er noch nicht verkauft hatte. Er stand in der Tür und blickte auf das kleine, mit einem Lederriemen verschnürte Bündel. Er würde es irgendwann abholen lassen. Er würde diesen Raum nie wieder betreten. Drei lange Monate hatte er hier gehaust wie eine Ratte im Loch. Drei Monate waren genug.

Er schloß die Tür und machte sich auf den Weg zum Treppenhaus. Die Frauen auf der Galerie zogen sich ehrerbietig zurück und scheuchten die Kinder beiseite und grüßten ihn mit unterwürfiger Freundlichkeit: «Gott schütze dich, Kātib! Gottes Segen sei mit dir!»

Es war noch nicht lange her, da hatte ihn kein Mensch im ganzen Haus beachtet. Da hatte die Frau des Bauarbeiters, bei dem er zur Untermiete wohnte, sich jedesmal, wenn er aus dem Haus gegangen war, mit scharfem Blick vergewissert, daß er seine Habe zurückließ als Pfand für das Essensgeld, das er ihr noch schuldete. Jetzt kam sie ihm eilig mit dem Wasserkrug hinterher. «Wollt Ihr nicht einen Schluck Wasser, Herr, Ihr müßt Durst haben, Herr, der Samum trocknet die Kehle aus.» Seit einer Woche hatte sich alles verändert.

Das Mietshaus gehörte Ahmad Ibn Mundhir, einem der reichsten Männer von Murcia, der Tuchhändler und Reeder war und mehrere Häuser in der Stadt besaß, dazu drei Dörfer in den Huertas im Süden und zwei hochseetüchtige Handelsschiffe im Hafen von Cartagena. Vor zwanzig Tagen hatte einer seiner Verwalter die Mietsparteien im Haus durchgezählt und dabei festgestellt, daß viel mehr Menschen in den Wohnungen hausten, als in den Mietverträgen festgelegt war. Viele Familien hatten Verwandte aufgenommen, viele hatten untervermietet, die Zimmer quollen über von Menschen.

Der Verwalter hatte schweigend seine Zahlen notiert. Am nächsten Tag war er wiedergekommen und hatte angekündigt, daß der Hausherr die Mieten erhöhen würde im gleichen Maßstab, wie sich die Zahl der Bewohner vermehrt habe. Das ganze Haus war in höchste Aufregung geraten, eine Abordnung der ältesten Mieter war in die Stadt gelaufen, um die drohende Mietsteigerung abzuwenden, aber Ibn Mundhir hatte sie nicht einmal vorgelassen. Völlig verzweifelt waren sie zurückgekehrt, hatten beratschlagt, wie sie es anstellen könnten, doch noch an den Hausherrn heranzukommen, und in dieser Lage waren sie auf den Gedanken verfallen, Ibn Ammar einen Brief schreiben zu lassen.

Jeder im Haus wußte, daß er als Schreiber arbeitete. Er hatte seinen Standplatz an der Außenmauer der Freitagsmoschee, abseits vom Haupttor, wo die zweitrangigen Schreiber saßen, ein Platz, den er mit Bedacht gewählt hatte. Er schrieb Gesuche an Beamte und Richter, Heiratskontrakte, Kaufverträge, verfaßte kleine Gedichte für verliebte junge Männer, beschriftete Amulettzettelchen für Kinder, kopierte Traktate und Bücher. Er hatte vorgehabt, die Rolle des kleinen Schreibers mindestens ein halbes Jahr lang beizubehalten, um seine Verfolger ganz sicher abzuschütteln, aber nach zweieinhalb Monaten Dahinvegetierens in äußerster Armut war seine Ausdauer erschöpft gewesen und der Widerwille gegen den Schmutz und das Elend und den Hundefraß, von dem er sich ernährte, größer als seine Angst vor den Agenten al-Mutādids. Der Auftrag der Hausbewohner war ihm wie ein Fingerzeig des Schicksals erschienen. Er hatte sich entschlossen, das Versteckspiel aufzugeben. Ibn Mundhir war nur ein Kaufmann, aber er hatte schon einmal vor Kaufleuten angefangen, und sein erstes Honorar als junger Poet war ein Sack Roggen gewesen. Warum sollte er diesen Weg nicht noch einmal gehen. Wenn ihm der Bittbrief Zugang zur Madjlis Ibn Mundhirs verschaffte, würde er irgendwann auch einen Weg an den Hof Ibn Tahirs finden, des Qa'id von Murcia.

Er hatte ein Kunstwerk verfaßt, einen Brief in gereimter Prosa, in klassischem Arabisch geschrieben, mit einer Einleitung voll versteckter Zitate aus den großen Meistern, einer knappen persönlichen Vorstellung, die in tiefster Demut abgefaßt war, einer Lobeshymne auf den Empfänger, die in den höchsten Tönen schwelgte, und einem in aller Bescheidenheit formulierten Schluß, der mit der Hoffnung auf die Großmut des Adressaten die untertänige Bitte um Milde verband und in kunstvollen Gleichnissen den Standpunkt der Mieter darlegte.

Der Shaikh, als der Sprecher der Hausbewohner, hatte den Brief überbracht, und das ganze Haus hatte in wachsender Spannung auf eine Antwort gewartet. Auch Ibn Ammar.

Tagelang war nichts geschehen. Dann, vor einer Woche, war endlich der Verwalter erschienen. Ein Auflauf im Innenhof, ein plötzliches Abebben des Lärms und in die Stille hinein nur die Frage nach dem Schreiber des Briefes. »Wer ist dieser Abu Bakr Ibn Ammar?« Kein Wort an die Hausbewohner, nur die Frage nach Ibn Ammar.

Der Kaufmann hatte ihn in den Makhāzin seines Stadtpalais empfangen zwischen Tuchstapeln und riesigen, fast mannshohen, in Leinen eingenähten Übersee-Ballen, in denen noch der Salzgeruch des Meeres hing. Ein Mann von sechzig Jahren, klein und knochig, mit grauen Augen, ausdruckslosem Gesicht.

«Und du behauptest, diesen Brief selbst verfaßt zu haben. Ein kleiner Kātib aus der Vorstadt!» Abschätziger Blick voll Mißtrauen. Der Blick eines Händlers, der eine Ware begutachtet, die von guter Qualität zu sein scheint, aber so billig angeboten wird, daß es Verdacht erregt. Ein paar knappe Fragen und ein paar höfliche Antworten, mit denen es Ibn Ammar gleichwohl nicht gelungen war, das Mißtrauen des Kaufmanns zu zerstreuen. Dann der schlaue Einfall, den unbekannten kleinen Schreiber auf die Probe zu stellen.

Man hatte ihn in eine abgeschlossene Kammer geführt und mit Schreibzeug und Papier versorgt und ihm den Auftrag gegeben, ein Einladungsschreiben zu verfassen. Eine geschliffene und polierte Einladung für ein Fest, das Ibn Mundhir zu geben beabsichtigte, in Versform gehalten nach klassischem Vorbild mit ein paar literarischen Finessen: Der Name des Ehrengastes sollte sich aus den Anfangsbuchstaben der Verszeilen ablesen lassen.

Ibn Ammar hatte keine zwei Stunden gebraucht, um das Gewünschte anzufertigen, er war geübt darin, er hatte jahrelang von solchen Gelegenheitsarbeiten gelebt, er kannte den Geschmack dieser reichgewordenen Händler, die sich den Anstrich literarischer Bildung geben wollten. Ein Diener hatte ihm das Manuskript abgenommen, und einige Zeit später hatte er zum zweiten Mal vor Ibn Mundhir gestanden, diesmal in der Madjlis des Hauses. Und diesmal war der Kaufmann ein gutes Stück entgegenkommender gewesen.

«Nicht übel, junger Mann. Ein gewisses Talent ist dir nicht abzusprechen.» Sparsames Lob und eine gönnerhafte Geste, die es Ibn Ammar erlaubt hatte, sich zu setzen.

Der Kaufmann war nicht allein gewesen, ein zweiter Mann war neben ihm gesessen, lässig in die Polster zurückgelehnt, groß, hager mit ruhigen, aufmerksamen Augen und einem ironischen Zug um die Mundwinkel. Kein Händler, soviel war sicher, wohl eher ein Freund des Hauses, den man in Fragen des Geschmacks zu Rate zog. Er hatte Ibn Ammar in ein Gespräch verwickelt. Leichtes Geplänkel über Stilprobleme, beiläufige Fragen nach seiner Herkunft, seiner Ausbildung, die Ibn Ammar ausweichend beantwortet hatte. Zuletzt endlich doch noch das, worauf Ibn Ammar gehofft hatte: ein Auftrag. Die Bestellung eines Lobgedichts auf den Ehrengast des geplanten Festes, der schon im Einladungsschreiben verewigt war.

Und dann die unter dem Siegel strengster Verschwiegenheit weitergegebene Information, daß es sich bei diesem Ehrengast um den zweiten Sohn des Qa'id von Murcia handelte: Muhammad Ibn Tāhir. Ibn Ammar war der Name geläufig, und als man ihm den Auftrag für das Einladungsschreiben gegeben hatte, war er ihm auch aufgefallen, aber er hatte nicht vermutet, daß damit tatsächlich der Prinz gemeint sein könnte. Die Anwesenheit des Prinzen eröffnete auf einmal ganz neue Aussichten.

Er hatte in diesem Augenblick den Brief der Hausbewohner längst vergessen gehabt. Er hatte sich nach allen Regeln der Etikette bedankt und verabschiedet und war schon auf dem Weg zum Ausgang gewesen, da war der Hausherr überraschend selbst noch auf das Thema zu sprechen gekommen.

«Noch eins, junger Mann. Sag diesen Leuten in meinem Haus, daß ich nur das verlange, was mir zusteht. Und daß es rechtens ist, was ich verlange!» Er war aufgestanden. Kein Entgegenkommen mehr, der Ton wieder hart und geschäftsmäßig. «Wenn ich eine Wohnung an sechs Leute für dreißig Dirhem im Monat vermiete, zahlt jeder von den Sechsen fünf Dirhem. Wenn zwei Leute dazukommen, ist es nur recht und billig, daß sie genauso fünf Dirhem zahlen. Jeder Einsichtige wird diese Rechnung gutheißen!»

Ibn Ammar hatte keine Antwort darauf gegeben, er war nur stehengeblieben und hatte sich umgedreht und Ibn Mundhirs Blick in ruhiger Gelassenheit erwidert. Und sei es, daß der Kaufmann sich doch nicht uneingeschränkt im Recht fühlte oder daß er eine Bestätigung von Ibn Ammar erwartete, er hatte jedenfalls plötzlich den Brief in der Hand gehabt und mit spitzem Finger darauf eingestochen und eine erbitterte Klagerede gehalten.

«Du hast das sehr hübsch formuliert in deinem Brief: ‹Die zusätzlichen Untermieter lasten ja nur auf der Erde, die sogar Berge trägt, ohne sich zu beklagen, sie lasten nicht auf dem Hausherrn.› So hast du geschrieben. Aber es ist nicht so, wie du sagst, und ich will dir die Gründe nennen: Sie sind zahlreich und sie sind bekannt und stehen fest. Wenn mehr Untermieter im Haus wohnen, füllt sich die Latrine schneller, ich muß sie häufiger leeren lassen. Mehr Füße laufen über die Fußböden, die Treppen, die Türschwellen, die sich deshalb schneller abnutzen. Mehr Hände öffnen und schließen die Türen, leiern Angeln und Riegel aus (ganz abgesehen davon, daß sowieso sämtliche Beschläge abmontiert und die Nägel herausgezogen werden). Mehr Kinder spielen im Hof, verdoppeln den Lärm, bohren Löcher in den Boden, um Murmel zu spielen, graben die Pflastersteine aus. Mehr Wasser wird in die Wohnungen getragen, tropft auf die hölzernen Stiegen, die gegipsten Estriche, läßt das Holz verfaulen, den Mörtel zerbröckeln, bis die Fundamente brüchig werden und das ganze Haus vom Einsturz bedroht ist, wenn es nicht schon vorher von denen zerstört wird, die überall Pflöcke in die Wände schlagen, um irgendwelche Regale aufzuhängen.

Und was soll ich über die sagen, die ihre Miete nicht zahlen, die mich monatelang hinhalten und immer mehr in Rückstand geraten und dann klammheimlich verschwinden, wenn ich die Shurta schicke? Sie machen sich davon, und ich kann sehen, wie ich zu meinem Geld komme. Was habe ich davon, wenn ich meine Mieter gut behandle und meine Langmut hinterher auch noch bereuen muß. Was habe ich davon, wenn ich Geduld übe und man nimmt mir dafür meine Rechte und entzieht mir meinen Lebensunterhalt, von den Kosten, die mir zusätzlich entstehen, gar nicht zu reden. Denn ich muß ja die Wohnungen fegen und reinigen und herrichten, bevor neue Mieter einziehen, ich muß sie in einwandfreien Zustand versetzen, damit sie ihnen gefällt. Was machen dagegen die Mieter, wenn sie ausziehen? Sie hinterlassen einen Saustall und einen Trümmerhaufen!»

Er hatte sich in Erregung geredet, war gestikulierend auf Ibn Ammar zugekommen, jeden Punkt seiner Argumentation an den Fingern abhakend.

Ibn Ammar hatte gezögert, ob er antworten sollte, er hatte erreicht, was er wollte, was gingen ihn die Leute aus dem Haus an, es gab nichts, was er ihnen geschuldet hätte. Aber dann war ihm plötzlich ein Einfall gekommen, und er hatte Ibn Mundhir eine einfache Rechnung aufgemacht: Viele Familien im Haus seien außerstande eine höhere Miete zu zahlen. Nur mit Hilfe der Untermieter und der aufgenommenen Verwandten kämen sie gerade eben über die Runden. Wenn der Hausherr mehr Miete verlangte, gerieten sie nur noch weiter in Rückstand und würden sich heimlich davonmachen, wie gehabt. Wenn er ihnen aber entgegenkäme, könnte er die Angst vor der Mieterhöhung ausnützen und die bessergestellten Handwerker im Erdgeschoß dazu bringen, daß sie die pünktliche Mietzahlung aller Parteien garantierten und die Reparaturen am Haus selbst übernähmen.

Ibn Mundhir hatte an diesem Abend mit keiner Miene zu erkennen gegeben, was er von dem Vorschlag hielt. Aber am nächsten Morgen war sein Verwalter gekommen und hatte den Ältesten im Haus eben diesen Vorschlag unterbreitet. Und sie waren sich einig geworden, und Ibn Ammar hatte einen Vertrag aufgesetzt, und alle hatten ihn unterzeichnet.

Seitdem verehrten sie ihn, wie den guten Qadi von al-Fayūm. Vor allem die Leute aus dem Obergeschoß. Er beobachtete, während er über die Galerie lief, die Kinder, die ihm mit scheuem Lächeln entgegenblickten, und die Frauen, die sich tief vor ihm verbeugten und ihre Segenswünsche murmelten. Er war sich gar nicht mehr so sicher, ob er ihnen wirklich geholfen hatte. Die Handwerkersippen im Erdgeschoß würden ihnen in Zukunft die Hölle heiß machen, wenn sie nicht rechtzeitig zahlten. Und denen konnten sie nicht so leicht entkommen, die kannten alle Schliche. Die würden sie zwingen, zum Pfandleiher zu gehen, sobald sie auch nur einen Dirhem in Rückstand gerieten, und dort würden sie noch mehr Geld lassen, als der Hausherr ihnen hatte abnehmen wollen.

Er war froh, als er das Haus hinter sich hatte.

Er passierte das Nordtor und bog rechts in die Gasse ein, die an der Stadtmauer entlangführte. Am Ende der Gasse lag ein Bad, daneben eine kleine Moschee, die aus den Einkünften des Bades unterhalten wurde. Der Mann, der die beiden Gebäude gestiftet hatte, war anscheinend auf wenig gottgefällige Weise zu seinem Vermögen gekommen, denn sie waren beide außergewöhnlich reich ausgestattet. Im Bad viel Marmor, farbige Kacheln, hübsche Wandgemälde und in der Maslah ein Springbrunnen, dessen Wasser aus dem Maul eines bronzenen Delphins sprudelte.

Es war noch wenig Betrieb jetzt um die Mittagszeit, der Hammāmi erschien selbst mit den Badetüchern und Ibn Ammar streckte sich wohlig, als er die frische weiße Futa um die Hüften wickelte und in die Badesandalen schlüpfte. Es war lange her, daß er zum letzten Mal die Annehmlichkeiten eines Bades genossen hatte.

In den Gips der Abortwand war eine primitive Zeichnung eingeritzt, die Konturen einer Frau, die dem Betrachter die Beine entgegenspreizte, eine drastische Kritzelei, die ihn trotz ihrer Unbeholfenheit so erregte, daß er sich rasch abwandte. Auch das war schon lange her. Wie lange? Wie weit lag das zurück, daß er zum letzten Mal eine Frau gehabt hatte. Vier Monate? Fünf Monate? Eine schmuddelige, kleine Magd in einer Christenkneipe im Hafen von Almeria. Für einen Dirhem ein hastiger Bocksprung im Stehen hinter der Gaststube zwischen stinkenden Fischabfällen. Er schämte sich, wenn er nur daran dachte.

Er hielt sich nicht lange in den Vorwärmhallen auf, ging bald in den Schwitzraum, setzte sich auf die Empore vor der Ofenwand, lehnte sich zurück, ließ die Arme hängen, wartete darauf, daß der Schweiß aus den Poren trat, als könnte er mit dem Schweiß auch alle bösen Erinnerungen der vergangenen Monate ausschwitzen.

Ein glatzköpfiger Alter, der seine Futa abgelegt hatte, stolzierte vor ihm auf und ab. Vergilbte Haut und ein praller, blaugeäderter Bauch, den er wie eine Geschwulst vor sich hertrug. Er ließ sich stöhnend in das Heißwasserbecken hineingleiten, kam stöhnend wieder heraus, wischte sich das Wasser von der Haut, wandte sich mit einem angestrengten, straff über seine gelben Zahnstummel gezogenen Grinsen an Ibn Ammar und sagte: «Ich habe viel gesündigt, Gott verzeih mir, aber *ein* Gebot des Propheten habe ich immer eingehalten: Daß wir uns von den Freuden des Beischlafs mit einem Bad reinigen sollen.»

Ibn Ammar fiel ein Gedicht von Abu Ishāk ein, das er einmal in Almeria gehört hatte:

Kein schäbigeres Schauspiel auf der Welt,
als wenn ein alter Mann die Federn stellt.
Nur stille Würde läßt die Alten schön erscheinen.
Wenn sie von schwarzen Augen schwärmen, ist's zum Weinen.

Hört her, ihr Alten, die ihr es noch einmal wissen wollt!
Was glaubt ihr, was ihr heut noch aus der Hose holt?
Wo's früher heiß war, stramm und wie der volle Mond,
da ist jetzt nichts mehr, was sich zu erwähnen lohnt!

Er musterte aus halbgeschlossenen Augen die weißen Altmännerbeine mit den unförmig klobigen Gelenken, die dünnen Haare, die dem Alten auf dem Kopf klebten wie welkes Gras, und überlegte flüchtig, welches bedauernswerte Geschöpf dem Mann zu seinem Vergnügen verholfen haben mochte, und kauerte sich zusammen und legte den Kopf auf die Knie und schloß die Augen. Er hatte keine Lust, sich mit einem alten Mann über die Freuden des Beischlafs zu unterhalten.

Er blieb auch im Schwitzraum nicht lange, er war es nicht mehr gewohnt. Rief nach dem Hakkāk und ließ sich einölen und massieren. Ließ den Waschknecht kommen, der ihn mit dem Roßhaarhandschuh bearbeitete und die Schmutzwürstchen, die er aus der Haut rieb, sorgfältig vor seinen Füßen aufreihte, bis er sein Trinkgeld bekam. Ließ sich die Haare entknoten und schneiden und waschen und den Bart stutzen und zuletzt ein frisches Badetuch umlegen. Ging dann zurück in die Maslah, die jetzt nach dem heißen Bad angenehm kühl war, legte sich in eine der Nischen und schlief ein.

Als er wieder aufwachte, war es später Nachmittag. Leise Lautenmusik umspielte das Plätschern des Springbrunnens, und das Gemurmel der Badegäste klang wie ferne Orchesterbegleitung dazu. Die Maslah hatte sich gefüllt. Der Badediener holte mit einer langen Stange frische Tücher von den Seilen, die oben in der Kuppel ausgespannt waren. In dem diffusen Licht, das durch die farbig verglasten Öffnungen der Kuppel sickerte, sah er aus wie ein seltsames langhalsiges Tier, das sich schwankend zwischen den Badegästen herumbewegte.

Ibn Ammar stand auf und begann, langsam in der Maslah auf und ab gehend, das Gedicht zu memorieren, das er am Abend auf dem Fest Ibn Mundhirs vortragen sollte. Er war sich klar darüber, wieviel davon abhing, daß er an diesem Abend auf die Gäste des Kaufmanns und vor allem auf den Prinzen Eindruck machte, aber er verspürte keinerlei Unruhe. Er hatte weder Angst noch Lampenfieber. Er fühlte sich gut. Er war berühmt gewesen für seinen Vortrag, seine kraftvolle Stimme, seine Modulation, für die Art, wie er Pausen setzte, die Tempi wechselte, die Lautstärke, die Stimmlage. Er hatte genug Routine und er hatte sich gut vorbereitet. Die Frage war eher, ob die Kaufherren von Murcia auch imstande waren, die Kunst seines Vortrags und die Eleganz seines Gedichts zu würdigen.

Neben dem Marmorbecken, in das der bronzene Delphin seinen Wasserstrahl spie, hatte einer der Badegäste einen kleinen Schachteppich ausgerollt und einige Figuren zu einem Endspielproblem aufgestellt. Ein paar Zuschauer standen daneben, die respektvoll Abstand hielten. Ibn Ammar stellte sich dazu und beobachtete mit ihnen, wie der Schachspieler Zug um Zug der Lösung näher kam. Der Mann schien ein Könner zu sein. Als er nach dem letzten Zug kurz aufblickte, erkannte ihn Ibn Ammar. Es war der Mann, der sich eine Woche zuvor in der Madjlis Ibn Mundhirs mit ihm unterhalten hatte.

Er versuchte, sich unauffällig davonzumachen. Er hatte vor zwei Tagen sein Gedicht im Hause des Kaufmanns zur Begutachtung abgegeben und er war ziemlich sicher, daß man es dem Schachspieler vorgelegt hatte, um sein Urteil zu hören. Er hatte keine Lust, sich jetzt vor dem Fest noch darüber zu verbreiten und auf neugierige Fragen einzugehen. Aber noch bevor er zwischen den Badegästen untertauchen konnte, entdeckte ihn der Mann und winkte ihn mit einladender Geste zu sich und bedeutete ihm, Platz zu nehmen. Es blieb ihm nichts anderes übrig, als der Einladung zu folgen.

Der Schachspieler deutete eine Verbeugung an. Um die Mundwinkel hatte er wieder das leicht ironische Lächeln, das Ibn Ammar schon kannte. Es schien in sein Gesicht eingewachsen zu sein.

«Ah, unser junger Freund mit dem erstaunlichen poetischen Talent», sagte er und als er Ibn Ammars unwillige Reaktion bemerkte, setzte er schnell und mit einer beschwichtigenden Geste hinzu: «Nein, nein, mein Junge, keine falsche Bescheidenheit. Ich weiß, wovon ich spreche. Mir ist auf diesem abgegrasten Feld der Panegyrik selten etwas so Frisches untergekommen, wie deine Verse. Das ist mein Ernst.» Er nickte mit dem Kopf, wie um seine Worte zu bekräftigen. «Ich gestehe sogar, daß ich dich anfangs für einen geschickten Plagiator gehalten habe. Aber wenn das, was du da geschrieben hast, wirklich von dir stammt und nicht aus einer anderen Quelle, die mir unbekannt ist, dann kannst du es weit bringen, mein Junge.»

Ibn Ammar war nicht unempfänglich für das Lob, aber die Art, wie der andere ihn mit «mein Junge» und «junger Freund» titulierte, mißfiel ihm. Der Mann, der ihm gegenübersaß, war höchstens zehn Jahre älter als er, nicht mehr, und was war er schon, daß er sich anmaßte, Noten zu verteilen, ein Mann aus Murcia, irgendein eingebildeter Provinz-Literat.

«Die guten Quellen zu kennen, gehört auch zum Handwerk», sagte er gereizt.

Der Schachspieler schien seinen Ton nicht übelzunehmen. «Ich wollte dir nichts unterstellen», erwiderte er freundlich. «Ich wollte lediglich zum Ausdruck bringen, wie überrascht ich war. Es fiel mir schwer zu glauben, daß die Verse, die man mir zu lesen gab, von einem Anfänger stammen sollten. Ich hielt es einfach für unmöglich.»

«Vielleicht ein Glückstreffer», sagte Ibn Ammar achselzuckend. Er war auf der Hut.

«Ja, vielleicht», wiederholte der Schachspieler. «Wenn du es so nennen willst.»

Er verstummte, als wäre er an dem Thema nicht mehr interessiert, aber er hielt die Augen mit einem nachdenklich forschenden Blick unverwandt auf Ibn Ammar gerichtet. «Seit unserem ersten Treffen zerbreche ich mir den Kopf, wo ich dich schon einmal gesehen habe», fuhr er schließlich fort. «Ich möchte schwören, daß wir uns schon einmal begegnet sind.»

«Ich bin zum ersten Mal in Murcia», sagte Ibn Ammar.

Der Schachspieler schüttelte den Kopf. «Wenn ich dich hier gesehen hätte, wüßte ich es. Ich bin selbst erst seit zwei Jahren in der Stadt.»

Er rückte abwesend an den Schachfiguren herum.

«Warst du jemals in Toledo?»

Ibn Ammar bestätigte es mit einem kaum wahrnehmbaren Kopfnikken. Er war nie in Toledo gewesen.

«Wann war das?»

«Vor fünf, sechs Jahren.»

«Warst du am Hof des Fürsten?»

«Nein.»

Der Schachspieler verstummte wieder und starrte auf das Spielfeld mit dem leeren Blick eines Mannes, der in seinem Gedächtnis kramt.

Nach einer Weile begann er mit routinierter Schnelligkeit die Figuren für ein neues Spiel aufzustellen.

«Wollen wir ein Spiel machen?» fragte Ibn Ammar.

Der Schachspieler blickte überrascht auf. «Warum nicht», sagte er mit einem schnellen Blick in die Runde. Er setzte sich auf, und in sein Gesicht kam mit einem Mal ein Ausdruck lauernder Spannung, den er vergeblich hinter einem gleichmütigen Lächeln zu verbergen suchte. Ibn Ammar streckte die Hand aus und nahm einen weißen und einen roten Bauern vom Spielfeld und verbarg die beiden Figuren in seinen Händen. Im gleichen Augenblick überfiel ihn der seltsam beunruhigende Gedanke, daß er eben diese Szene irgendwann schon einmal erlebt hätte. Er sah, wie der Schachspieler mit dem Kopf auf seine rechte Hand deutete, er wußte, ohne hinzusehen, daß der weiße Bauer darinlag, und stellte ihn an seinen Platz und postierte danach auch den roten Bauern. Alles das hatte sich schon einmal genauso abgespielt, und plötzlich wußte er auch, wo das gewesen war, und sah jenen anderen Mann vor sich, der ihm damals beim Spiel gegenübergesessen hatte mit dem gleichen lauernden Blick, der gleichen gespannten Haltung. Und er sah das Gesicht jener unvergeßlich schönen Marmorstatue, zu deren Füßen sie den Schachteppich ausgebreitet hatten neben dem großen Wasserbecken in der Maslah des Hammām ash-Shattāra in Sevilla. Wie lange war das her? Es mußten zehn Jahre sein, fast auf den Tag genau. Auch damals war er gerade erst ein paar Monate in einer ihm ganz neuen Stadt gewesen, auch damals hatte er ein Bad aufgesucht, um sich auf einen großen Auftritt vorzubereiten, nur daß es damals der erste große Auftritt seines Lebens gewesen war.

Was für ein Auftritt!

Er war zweiundzwanzig Jahre alt gewesen und hatte eine Einladung an den Hof al-Mutadids in Händen gehabt. Er war mit einem einzigen, gewaltigen Satz aus dem Nichts auf das höchste Podest fürstlicher Gunst gesprungen. Und auch damals, an jenem Nachmittag vor dem alles entscheidenden Auftritt am Hof, war er im Bad an einen Berufsspieler geraten.

«Was ist?» hörte er sein Gegenüber fragen. «Wollen wir dem Spiel ein bißchen Spannung geben, oder wollen wir uns nur die Zeit vertreiben bis zum Abend?» Die Stimme klang gedämpft, und als er aufblickte, sah er, daß der Mann sich vorgebeugt hatte und unauffällig die Hand vor den Mund hielt, so daß die Zuschauer ihn nicht hören konnten.

Er sagte: «Je größer die Spannung, desto schneller vergeht die Zeit.»

Der Schachspieler erwiderte Ibn Ammars Blick, und das Lächeln um seine Mundwinkel vertiefte sich. «Dann sollten wir vielleicht um einen kleinen Einsatz...» Er ließ den Satz unvollendet und blickte Ibn Ammar fragend an, und sein Lächeln wirkte eine Spur verkrampft, während er auf eine Antwort wartete.

Ibn Ammar ließ sich Zeit. Es war sein Spiel, das sie hier spielten. Er wollte es auskosten. «Hat der Prophet uns nicht verboten, um Geld zu spielen?» fragte er.

Der Schachspieler legte die Fingerspitzen an die Nase, so daß seine Hände über dem Mund ein spitzes Dach bildeten. «Er hat es verboten, das ist richtig», sagte er bekümmert, um gleich darauf in gespieltem Ernst fortzufahren: «Aber er hat zwei Ausnahmen gestattet: Beim Wettkampf mit Pfeil und Bogen und beim Pferderennen dürfen die Männer um einen Preis kämpfen, vorausgesezt, daß ein Dritter diesen Preis stiftet, zum Beispiel der Amīr, dem sie dienen.»

«Das ist mir bekannt», sagte Ibn Ammar.

Der Schachspieler streckte den rechten Arm aus und ließ die Hand über dem Spielfeld schweben. «Nun», fuhr er fort, «hier sind vier Männer auf vier Pferden, die gegeneinander reiten. Und hier...», er deutete auf die beiden Könige, »... sind zwei Umarā, die jeder einen Preis stiften. Alle Voraussetzungen sind erfüllt.»

«Vollkommen», sagte Ibn Ammar. «Kein Gesetzeslehrer könnte daran Anstoß nehmen.»

«Also wieviel?» fragte der Schachspieler.

Ibn Ammar blickte zur Seite. Die Zuschauer hatten sich in einem lockeren Halbkreis niedergelassen und warteten auf die Eröffnung. Er zögerte. Es war nicht Unsicherheit, die ihn zögern ließ. Er konnte sich auf seine Spielstärke verlassen. Er war von frühester Jugend an von seinem Vater im Schachspiel unterwiesen worden. Er hatte es später in Cordoba bis zur zweiten Spielklasse gebracht und sich häufig genug seinen Lebensunterhalt damit verdient. Er war danach in Sevilla und in Silves auch oft gegen Meister der ersten Klasse angetreten, wobei es ihm allerdings nie gelungen war, in zehn Spielen gegen einen dieser Meister die erforderlichen sieben Siege zu erringen, die es ihm erlaubt hätten, sich selbst zur höchsten Spielklasse zu zählen. Dazu hatte ihm immer die Ausdauer gefehlt. Aber er traute sich zu, an einem guten Tag gegen jeden Spieler in Andalusien bestehen zu können. Nein, er hatte keine Angst vor einer Niederlage. Das war es nicht. Was ihn zögern ließ, war die beschämende Tatsache, daß er nichts besaß, was er hätte einsetzen können.

Ein halber Dirhem war ihm nach den Ausgaben für das Bad geblieben, das war alles. Er konnte nicht um einen halben Dirhem spielen.

Er legte die Hand an den Mund und sprach leise durch die Finger: «Spielen wir um drei Dinar.»

Der Schachspieler beugte sich weit vor. »Hast du gesagt: drei Dinar?»

«Drei Dinar», bestätigte Ibn Ammar. Er hätte auch zehn Dinar sagen können oder hundert, er hätte in diesem Augenblick um jede Summe gespielt. Er hatte auf einmal eine unbändige Lust auf dieses Spiel, ein Spiel ohne Netz, ohne Rückversicherung, alles oder nichts. Er war immer am besten gewesen, wenn er auf volles Risiko gespielt hatte.

Der Schachspieler beugte sich noch weiter vor. Das Lächeln war aus seinem Gesicht verschwunden. «Hör zu, junger Freund», sagte er mit leiser Eindringlichkeit. «Ich spiele nicht zum Spaß, ich lebe davon, daß sich die Leute an mir messen wollen, und manchmal nehme ich auch ein paar reiche Angeber aus, die sich zu viel auf ihre Spielkunst einbilden. Aber ich habe nicht vor, dich auszunehmen. Laß uns um drei Dirhem spielen, für drei Dirhem liefere ich dir ein riskantes Duell, das dir eine echte Chance läßt, zu gewinnen. Wenn es um drei Dinar geht, spiele ich hart und ohne Mätzchen.»

Ibn Ammar war nahe daran, den Einsatz, den er vorgeschlagen hatte, zu verdoppeln, aber er hielt sich noch rechtzeitig zurück. Er hatte einen Fehler gemacht und er hätte ihn fast noch vergrößert. Er hatte vorgehabt, sein Glück herauszufordern, er hatte herausfinden wollen, ob es an diesem Tag auf seiner Seite stand. Er wußte, daß dies sein Tag war, er war sich ganz sicher. Aber das Spiel hatte auf einmal keine Bedeutung mehr. Es war viel wichtiger, den Mann, der ihm gegenübersaß für sich zu gewinnen. Er hatte ihn falsch eingeschätzt von Anfang an. Der Mann war Berufsspieler, kein Zweifel, er hatte es selbst gesagt, aber er war von anderem Kaliber als der Spieler in Sevilla.

«Gut», sagte Ibn Ammar, «dann laß uns hart spielen, aber ohne Einsatz. Wer verliert, ist dem anderen einen Gefallen schuldig. Ist das ein besserer Vorschlag?»

Der Schachspieler musterte ihn mit belustigter Nachdenklichkeit. «Du glaubst immer noch, du könntest mich schlagen?»

«Ja», sagte Ibn Ammar.

«Um mir zu beweisen, daß du die drei Dinar gewonnen hättest?»

«Nein. Ich will nur ein hartes Spiel. Ohne Vorgabe, ohne Mätzchen, wie du es nennst.»

Der Schachspieler setzte sich zurecht und rückte dann mit einer energischen Bewegung den linken Springerbauern um ein Feld vor. «Das kannst du haben», sagte er. «Ich werde so gut spielen, wie du es mir abverlangst».

Sie brachten die Eröffnungszüge rasch hinter sich. Der Schachspieler baute eine symmetrische Front auf, die beiden Läuferbauern vorgeschoben, die Springer dahinter, von den Bauern der nächsten Linie flankiert, die beiden Türme um je ein Feld nach innen gezogen. Eine klassische Ausgangsstellung wie aus dem Lehrbuch. Ibn Ammar dagegen setzte von Beginn an auf Angriff. Die Bauern in schiefer Linie formiert, der rechte Springer schon davor, beide Läufer herausgezogen, der linke Turm neben dem König postiert. Als er den ersten Bauernabtausch provozierte und kurz danach seinen Königsbauern opferte, um für den Turm eine Gasse zu öffnen, gab es die erste Pause im Spiel. Leises Getuschel unter den Zuschauern, lange Bedenkzeit, während der sein Gegner den Blick nicht vom Spielfeld wandte, bis er endlich doch den Kopf hob. Das ironische Lächeln war wieder um seinen Mund.

«Ich weiß nicht, was du dir von diesem Zug versprichst und ich kann mich auch nicht erinnern, daß mir ein solcher Zug jemals begegnet wäre», sagte er mit leisem Spott.

«Dein Gedächtnis scheint dich öfters im Stich zu lassen», gab Ibn Ammar in aufreizend ruhigem Ton zurück. Die Reaktion kam so schnell, wie er es erhofft hatte.

«Was willst du damit sagen?»

«Du erinnerst dich auch nicht mehr daran, wo du mich schon einmal gesehen hast, ist es nicht so?»

Ein kurzes Zögern. Dann erst die Antwort: «Erinnerst *du* dich?»

«Ich habe nicht behauptet, daß ich dir schon einmal begegnet wäre.» Ibn Ammar hielt den Blick gesenkt und zwang sich zu äußerster Ruhe. Er wußte, daß er mit dem Bauernopfer ein mörderisches Risiko eingegangen war, aber er war sich ebenso klar darüber, daß seine einzige Chance in einem ungestümen, regellosen Angriff lag. Sein Gegner war ein Meister der Verteidigung, ein Spieler, der die Defensive bevorzugte, der die Offiziere um den König scharte, die Figuren zusammenzog, daß sie sich mehrfach sicherten und gegenseitig deckten, der sich verschanzte, sich einigelte und aus unangreifbarer Stellung heraus dann Feld um Feld eroberte, Zug um Zug seine Bauernlinie vorschob, langsam wie eine gepanzerte Schildkröte, unaufhaltsam und unerbittlich. Er war ein Spieler, der es nicht darauf anlegte, den Gegner zu Fehlern zu verleiten, sondern der sich ganz darauf konzentrierte, selbst keinen Fehler zu machen. Ibn Ammar kannte diese Art zu spielen, er hatte sich immer davor gescheut, es war nicht seine Art, es fehlte ihm der lange Atem dazu. Und er wußte inzwischen auch, daß er bei diesem Gegner auf kein Wunder hoffen konnte. Auf dem Schachfeld war das Spiel für ihn kaum mehr zu gewinnen. Nicht nach diesem Bauernopfer, das wurde immer deutlicher. Er mußte nach einem anderen Weg suchen. Er mußte den Mann auf einer anderen Ebene angreifen.

Er begann wie absichtslos, die eine oder andere Bemerkung fallen zu lassen. Er sagte: «Ich habe vor vier Jahren in Malaga einmal gegen einen Mann verloren, der die gleiche Art zu spielen hatte, wie du. Ein Syrer, um die sechzig, nicht aus der Ruhe zu bringen. Er war taubstumm, das habe ich erst hinterher erfahren». Er sagte: «Hast du je von Abu Zikri Ibn Sighmār gehört, dem Juden? Ich habe ihn in Almeria spielen gesehen gegen den jungen Fürsten mit einer Vorgabe von drei Bauern. Ein genialer Spieler. Nie von ihm gehört?» Er fragte: «Warst du je in Almeria? Haben wir uns vielleicht dort gesehen?»

«Ich war nie in Almeria», sagte der Schachspieler. Er schien sich vollkommen in der Gewalt zu haben.

Ibn Ammar spielte mit dem Mut der Verzweiflung. Er brachte den linken Turm hinter die gegnerische Linie, aber er fand keinen Ansatzpunkt für einen Angriff, keine schwache Stelle. Er mußte einen Springer abtauschen und einen Läufer im Zentrum seines Angriffs. Er brachte seinen zweiten Turm auf die offene Linie, konnte ihn aber nicht nach vorn bringen. Sein König stand gefährlich frei, und es war nur noch eine Frage von wenigen Zügen, bis seine Bauernlinie auf der Vezir-Seite vor dem wachsenden Druck der weißen Angreifer nachgeben würde. Er mußte sich etwas einfallen lassen. Er wollte dieses Spiel gewinnen. Er hatte sich darauf versteift. Aber sein Gegner zeigte keine Spur von Schwäche, kein Zeichen nachlassender Konzentration. Er mußte eine heißere Fährte legen, er mußte aus der Deckung heraus. Was sprach auch dagegen? Wenn er an diesem Abend im Hause des Kaufmanns Erfolg hatte, mußte er sich doch früher oder später zu erkennen geben.

Er sagte: «Warst du je in Sevilla? Kann es sein, daß wir uns dort begegnet sind?» Er sprach jetzt so leise, daß ihn die Zuschauer nicht verstehen konnten. «Ich war am Hof al-Mutadids, des Fürsten, und du hast recht gehabt, wenn dir meine Verse nicht wie die Verse eines Anfängers erschienen sind. Ich bin kein Anfänger.»

Er beobachtete sein Gegenüber unter den Brauen hervor, und er brauchte nur einen Blick, um zu sehen, daß der Haken saß, den er ausgeworfen hatte.

Der Schachspieler war über das Spielfeld gebeugt und gab sich den Anschein, als brütete er über dem nächsten Zug. Aber seine Augen waren nicht beim Spiel. Er bewegte sich nicht, starrte wie gebannt auf die Figuren, ohne sie zu sehen. Dann hob er langsam den Kopf.

«In Sevilla, mein Gott, in Sevilla, ich wußte es», murmelte er kaum hörbar.

Ibn Ammar schob mit ruhiger Hand seinen zweiten Turm auf das Feld, das er seit acht Zügen ansteuerte. Er erwiderte den Blick seines Gegners, der ihn jetzt mit unverhohlener Neugier musterte. Er zwang sich mit aller Kraft, nicht auf den weißen Läufer zu schauen, der seinen Angriff mit einem einzigen Zug zum Scheitern bringen konnte.

Er sagte: «Mag sein, daß wir uns in der Madjlis des Prinzen gesehen haben. Es kommt darauf an, *wann* du in Sevilla gewesen bist.»

Der Schachspieler zog eine Braue hoch. «Bei Ismail, dem Kronprinzen?» fragte er zweifelnd.

«Nein», sagte Ibn Ammar. «Bei Muhammad, dem Zweitgeborenen, der Gouverneur in Silves war.»

Der Schachspieler fuhr aus seiner gebückten Haltung hoch und streckte sich, und es war, als hätte man ihm eine quälende Fessel abgenommen.

«Muhammad Ibn Ammar», sagte er mit einem Lächeln der Erleichterung, «der Freund des Prinzen, der Glückliche, der von allen Beneidete, Muhammad Ibn Ammar. Mein Gott, jetzt weiß ich es wieder. Du warst damals gerade vor der Abreise nach Silves mit dem Prinzen, und ich war auf dem Fest, das ihr zu diesem Anlaß gegeben habt. Wann war das? Das muß mindestens sieben Jahre her sein.»

«Acht Jahre», verbesserte Ibn Ammar.

«Acht Jahre», wiederholte der Schachspieler kopfschüttelnd. «Warum bin ich nicht schon bei deinem Namen aufmerksam geworden?»

«Ich habe mich in diesem Brief an Ibn Mundhir mit meinem Rufnamen Abu Bakr vorgestellt, den nur meine Freunde kennen», sagte Ibn Ammar leise.

Der Schachspieler beugte sich vor. «Wieso?» fragte er. «Warum dieses Versteckspiel?»

«Laß uns das Spiel zu Ende bringen, dann werde ich dir alles erklären», sagte Ibn Ammar.

Er beobachtete, wie sein Gegner die Hand unschlüssig über den Figuren hin und her bewegte und schließlich zögernd nach dem Springer griff und die Hand wieder zurückzog und nach langer Überlegung endlich doch diesen Springer bewegte und den Randbauern aus dem Feld schlug, dem Ibn Ammar die Rolle des Köders zugedacht hatte. Er wußte in diesem Augenblick, daß er gewonnen hatte. Fünf Züge weiter würde er den entscheidenden Zug voraus sein, er war sich dessen sicher, er hatte alle Möglichkeiten durchgedacht.

Als er mit dem nächsten Zug seinen Läufer zur Unterstützung der beiden Türme in Stellung brachte, erkannte es auch sein Gegner. Er starrte auf den zweiten Turm, als hätte er ihn erst jetzt richtig wahrgenommen. Er schien so fassunglos, wie der Kommandant einer Festung, der plötzlich die Belagerer über die steilste, für unüberwindlich gehaltene Mauer der Burg kommen sieht. Er wollte es lange nicht glauben, aber dann fand er sich überraschend schnell mit der Niederlage ab. Er war ein guter Verlierer.

«Du hast viele Talente, mein Freund», sagte er in aufrichtiger Bewunderung. «Erstaunlich viele Talente. Ich weiß nicht, wie ich jemals meine Schuld begleichen soll. Ich glaube nicht, daß du auf einen Gefallen von mir angewiesen bist. Ich werde dir lieber die drei Dinar zahlen.»

«Nein», sagte Ibn Ammar, «wir lassen es bei dem, was ausgemacht war. Vielleicht brauche ich heute deine Hilfe nicht, heute ist *mein* Tag. Aber es geht auf und ab, und eines Tages werde ich darauf zurückkommen. Gott weiß es.»

Wenig später machten sie sich gemeinsam auf den Weg zum Hause Ibn Mundhirs, des Kaufmanns.

4

SABUGAL

FREITAG 8. AUGUST 1063
10. SHABĀN 455 / 10. ELUL 4823

Der Junge lag auf dem Rücken. Es war dunkel um ihn und er starrte mit offenen Augen in die Dunkelheit. Er war eingeschlafen und aufgewacht und wieder eingeschlafen und wieder aufgewacht. Er hatte keine Vorstellung, wie spät es sein mochte, nichts war zu hören, das ihm einen Hinweis hätte geben können, nur der gleichmäßige Schlag seines

Herzens und ein dumpfes Pochen hinter seiner Schläfe, dort, wo ihn der Castellan beim ersten Hieb mit dem Peitschenknauf getroffen hatte.

In seltsam undeutlichen, hastig wechselnden Bildern zogen die Ereignisse des Tages an ihm vorüber, wirr und erschreckend und ohne rechten Zusammenhang.

Er dachte daran, wie er am Boden gelegen hatte nach seinem Sturz vom Pferd, mit einem dumpfen Schmerz im Rücken und einem hell singenden Zirpen im Ohr, das sich angehört hatte wie das Zwitschern einer Lerche hoch oben im Himmel. Dann war das Zirpen auf einmal übertönt worden von einem leisen Poltern, sehr fern zuerst, dann lauter werdend, bedrohlich laut, ein immer stärker anschwellendes Getrommel. Er hatte die Augen aufgerissen und Rechins Pferd gesehen, das riesige Vieh, mit dem er losgeritten war. Es hatte friedlich grasend am Fluß gestanden, und dahinter waren plötzlich Reiter aufgetaucht, ein ganzer Trupp von Reitern, die geradewegs auf ihn zugehalten hatten, und er war auf allen Vieren in den Reisighaufen gekrochen, hatte sich mit Armen und Beinen in die Zweige eingewühlt in panischer Angst, wie ein großer Käfer, der das Licht scheut.

Er sah den starken Pere vor sich mit dieser schrecklichen Wunde im Gesicht und er sah die Toten an den Tragestangen hin und her schaukeln. Er sah den Castellan, wie er sich auf ihn stürzte und mit seinen schweren, eisenbesetzten Handschuhen auf ihn eindrosch. Er erinnerte sich deutlich an das staubverkrustete, wutverzerrte Gesicht, an die Augen, die ihn so mitleidlos angeblickt hatten wie die Augen eines Vogelstellers, an den Knurrlaut, den der Castellan bei jedem Schlag ausgestoßen hatte. Sein Leben lang würde er diese unbarmherzigen Schläge nicht vergessen.

Es war ihm klar, warum man ihn verprügelt hatte. Er hatte den Sohn des Grafen aus den Augen gelassen, er hatte den Befehl des Conde mißachtet. Aber er begriff nicht, warum man ihn in Eisen gelegt hatte. Er begriff vieles nicht. Wie war es möglich gewesen, daß die ganze Burgbesatzung auf diese Pardos hereingefallen war, alle, vom letzten Stallburschen bis zu den beiden Infanzones aus Guarda, selbst bis zur Dueña. Auch die Alten und die Erfahrenen hatten sich aufs Kreuz legen lassen, der alte Aznar, der schon seit dreißig Jahren Dienstmann war, und der starke Pere, der drei Männer im Kampf getötet hatte. Keiner hatte auch nur einen einzigen Augenblick überlegt, daß da etwas faul sein mußte, wenn drei Mann mit zwei Pferden eine ganze Burgbesatzung herausforderten. Keiner hatte nachgedacht, keiner hatte halt geschrien, alle waren sie Hals über Kopf den dreien hintennach.

Warum hatte keiner die Männer in der Burg zurückgehalten, warum hatte sich ihnen keiner in den Weg gestellt? Der Capitan hätte sie aufhalten müssen. Der Capitan hätte wissen müssen, was da gespielt wurde. Aber er war nicht dagewesen. Warum war er nicht dagewesen, der Capitan? Wo war er gewesen?

Er dachte darüber nach. Seitdem man sie in diesen Schuppen gesperrt hatte, kaute er an dieser Frage herum. Er hatte nicht gewagt, den Capitan danach zu fragen.

Er fuhr sich mit der Zunge unter die Oberlippe, die dick aufgeschwollen war und nach Blut schmeckte. Die ganze Mundhöhle schien noch immer voll Blut zu sein und seine Vorderzähne schienen nachzugeben, wenn er mit der Zungenspitze dagegenstieß. Er bewegte vorsichtig den Unterkiefer. Die geschwollene Lippe spannte und fühlte sich taub an, aber der Schmerz war erträglich. Er setzte sich auf, saß vornübergebeugt, das Gesicht zwischen den Knien, die Hände an dem Pfosten, um den die Kette lief, mit der seine Beine zusammengeschlossen waren. Er starrte auf die Stelle an der gegenüberliegenden Wand, wo der Capitan liegen mußte. Er konnte nichts erkennen.

«Capitan», rief er leise. Seine Stimme hatte einen ungewohnt heiseren Klang. «Capitan!»

Keine Antwort.

«Capitan», rief er noch einmal, «wo seid Ihr gewesen, Capitan? Heute früh, wo seid Ihr da gewesen?»

Wieder keine Antwort. Auch kein Geräusch, kein Atemzug. Nichts.

«Capitan, hört Ihr mich? Warum seid Ihr nicht da gewesen? Warum, Capitan? Warum?»

Er hielt den Atem an und wartete. Wartete lange auf eine Antwort. Er bekam keine Antwort.

Der Mann, den der Junge mit Capitan angesprochen hatte, lag auf dem Bauch. Sie hatten ihm die Arme auf den Rücken gebunden und mit Lederriemen so straff gefesselt, daß er die Finger schon nicht mehr bewegen konnte. Jedenfalls spürte er nicht mehr, ob sie sich bewegten. Um die Fußgelenke hatte ihm der Schmied Fußeisen angepaßt und unter Aufsicht des Castellans vernietet. Die Kette, die die beiden Eisen verband, hatten sie in einen Mauerhaken gehängt, der so hoch oben steckte, daß seine Knie eine Handbreit über dem Boden waren. Er hatte sich rückwärts gewälzt, gegen die Wand zu, bis er die Knie anstützen konnte, so daß ihm die Eisen wenigstens nicht mehr in die Knöchel schnitten. Er lag still, atmete durch den Mund, versuchte, sich möglichst wenig zu bewegen. Er war wach. Er hatte die Frage des Jungen gut verstanden. Er war hellwach. Es war eine gute Frage, eine verdammt gute Frage. Aber was sollte er darauf antworten? Was wußte der Junge schon, er war ein Kind, gerade vierzehn Jahre alt. Er würde nichts verstehen. Und was hatte es für einen Sinn, lange Erklärungen zu geben?

Er hatte die Burg in der Nacht verlassen. Er hatte sich gleich nach Beginn der ersten Nachtwache von dem alten Aznar, der mit den Hunden an der äußeren Palisade die Runde gemacht hatte, die kleine Schlupfpforte am hinteren Pferdestall aufsperren lassen und den Alten mit einem halben Silberpfennig überredet, ihn am Morgen vor dem ersten Licht an derselben Stelle wieder einzulassen. Es war nicht das erste Mal gewesen, daß er sich nachts aus der Burg geschlichen hatte. Kein Grund, irgend etwas zu befürchten. Zeit der Getreideernte, keine Zeit für Überfälle. Wer sollte sich an die Burg heranwagen, bei fünfzehn Mann Besatzung, die beiden Infanzones und ihre Burschen gar nicht mitgerechnet.

Gut, da war die Sache mit dem Schwertschleifer gewesen. Mafumate aus Coimbra. Jedes Jahr gegen Ende der Erntezeit war er vor der Burg erschienen, ein kleiner freundlicher Mozaraber, überall bekannt in den Bergen, den ganzen Mondego hinauf, bis weit hinter Guarda.

«Kein Mann in ganz Andalusien, der eine bessere Pisse hat zum Polieren von Klingen als Mafumate aus Coimbra», das war immer sein Spruch gewesen.

Er war jedesmal für zwei Tage geblieben, hatte sich im Burghof niedergelassen, um alle Schwerter, Messer, Scheren zu schleifen, hatte Klatsch aus der Nachbarschaft erzählt und Glitzerkram an die Mägde verkauft. Sogar die Dueña hatte ihn regelmäßig in die Halle geholt.

Diesmal war er ausgeblieben. Statt dessen war vor zwei Tagen ein neuer Schwertschleifer aufgetaucht mit dem Esel und dem Schleifbock des alten Mafumate. Der hatte sich im Dorf herumgetrieben und sich vor den Bauern als Mafumates Bruder ausgegeben. Der Alte wäre krank und er selbst hätte eine andere Route und käme erst auf dem Rückweg auf die Burg. Keiner hatte Verdacht geschöpft.

Es war auch eine Warnung von den Schafhirten im Norden gekommen, die die große Ebene gegen Westen hin überblicken konnten. Aber die Hirten hatten ihren dämlichsten Ziegenmelker als Boten geschickt, und es war auch schon die fünfte Warnung gewesen in diesem Sommer. Hinter jeder Staubwolke am Horizont vermuteten diese Schwachköpfe einen fremden Reitertrupp. Keiner auf der Burg nahm sie mehr ernst. Auch diesmal hatte sie keiner ernst genommen.

Also hatte er sich nachts zum Gutshof aufgemacht, um dieses kleine Vögelchen zu rupfen. Sie war eine von den Kleinmägden, ein gottverdammt hübsches Ding. Er hatte miterlebt, wie sie aufgeschossen war, und als sie an diesem Abend die Pferde auf die Koppel gebracht hatten, war ihm auf einmal aufgefallen, daß sie die erste Mauser schon hinter sich hatte und ganz genau zu wissen schien, was für einen Schatz sie zwischen den Beinen mit sich herumtrug. Da hatte er natürlich den Balzhahn gespielt, und sie war auch bereitwillig darauf eingegangen. Sie hatte sich geziert und schüchtern getan und verschämt gekichert, um ihm am Ende doch zu stecken, wo sie nachts zu finden wäre. Das Bett war gemacht gewesen, so hatte er es sich jedenfalls eingebildet.

Aber dann hatte er vor dem verschlossenen Laden gestanden und hatte gekratzt und geschnurrt und sein Lied gesungen, und sie hatte ihm von innen schön getan und ihn hingehalten und ihm heiß und kalt gemacht, bis ihm endlich aufgegangen war, daß die ganze Mädchenkammer mit dem Ohr an der Ritze gehangen hatte.

Er hatte eine Stunde im Burggraben gestanden und Steinchen geworfen, damit ihn der alte Aznar wieder einließ, und danach hatte er sich auf den Heuspeicher über dem hinteren Pferdestall vollaufen lassen. Er hatte sich abgefüllt bis oben hin, bis der Schlauch leer gewesen war.

Man hatte ihm klargemacht, daß er ein alter Sack geworden war. Das kleine Miststück hatte es ihm deutlich genug zu verstehen gegeben. Und sie hatte recht, er war alt geworden. Zu viele Tage im Sattel, zu viele Nächte auf der blanken Erde, zu viele Zähne ausgefallen, zu viele Haare im Helm kleben geblieben. Er war auf dem Heuboden zusammengebrochen. Er hatte den ganzen Überfall einfach verschlafen. Das war es. Das war die ganze Wahrheit.

Er drehte den Kopf und hustete sich den Hals frei. «Hör zu, Junge», sagte er leise in die Dunkelheit hinein, «ich will dir sagen, wo ich gewesen bin. Aber du behältst es für dich, ist das klar!»

Von dort, wo der Junge hockte, war leises Strohgeraschel zu hören und das Klirren der Kette.

Der Capitan senkte seine Stimme zu einem kaum hörbaren Flüstern. «Ich war im Dorf bei einer Frau, du verstehst.» Er machte eine Pause, um dem Jungen Zeit zu geben, diese Neuigkeit zu verdauen.

«Ich verstehe», sagte der Junge ernsthaft. «Dann habt Ihr auch nicht gehört, wie der alte Aznar geschrien hat.»

«Genauso war es. Ich bin erst aufmerksam geworden, als die Glocke läutete. Da war es schon zu spät.»

Der Capitan wartete einen unbehaglichen Augenblick lang, ob der Junge nachfragte. Aber es kam keine Frage mehr.

Natürlich hatte er den alten Aznar schreien gehört. Wie hätte er ihn auch überhören können, der Alte hatte geschrien wie ein Schwein vor dem Schlachter. Irgendwann war dieses tierische Gebrüll auch in seinen Tiefschlaf gedrungen. Zuerst hatte es in seinen Träumen gebrüllt, dann war er davon aufgewacht und hatte tatsächlich geglaubt, sie wären dabei, das Schwein für den Abend abzustechen, für das große Fressen in der Halle. Er hatte es schreien gehört und schreien und hatte gedacht, warum stechen sie nicht zu, warum schneiden sie dem armen Vieh nicht endlich die Gurgel ab. Dann hatte er die Glocke gehört, aber er hatte dabei nicht gleich an Alarm gedacht, sondern es für das Meßläuten gehalten und sich gewundert, warum sie das Schwein gerade in dem Augenblick abstachen, in dem die Messe begann, und es hatte eine ganze Weile gedauert, bis ihm klar geworden war, daß das nicht zusammenpaßte. Und erst da war er richtig wach geworden.

Er war auf allen vieren zur Speicherluke vorgekrochen, hatte sich auf den Strohhaufen hinunterfallen lassen, der unten lag, war mühsam, sich an einem Pfosten hochziehend, auf die Beine gekommen, hatte endlich halbwegs die Augen aufgekriegt, hatte die Stalltür aufgestoßen ... und nichts mehr gesehen. Nichts als gleißende Helligkeit, die ihm wie ein Blitz in die Augen gefahren war.

Das war der schlimmste Augenblick überhaupt gewesen. Da war er schon wieder so weit bei Bewußtsein gewesen, daß er alles mitbekommen hatte, die Rufe der Männer, die Kommandos, das Hufgetrappel auf der Brücke, das wütende Gekläff der Hunde und die kreischende, sich überschlagende Stimme der Dueña: «Wo ist der Waffenmeister! Wo ist dieses versoffene Dreckschwein von Capitan! Ich laß ihn an den Füßen aufhängen, bis ihm das Blut aus den Augen kommt!» Er hatte alles deutlich gehört, hatte instinktiv gespürt, daß die Burg in Gefahr war, und hatte hilflos dagestanden, wie ein Blinder mit der Hand an der Stalltüre, und hatte gewartet, bis er endlich wieder zwischen zusammengekniffenen Lidern etwas hatte wahrnehmen können. Das weitgeöffnete Tor, die Männer auf den Pferden, den Kaplan, der wie ein schwarzer Flattervogel den sich am Boden krümmenden Aznar umkreist hatte. Er war mit einem Schlag nüchtern gewesen, hellwach mit klarem Kopf, kein Schleier mehr, kein dumpfer Nebel im Hirn.

Er war losgelaufen, zu dem alten Aznar zuerst, hatte mit einer knappen Drehung den Pfeil herausgezogen, der dem Alten im Rückgrat steckte, nicht tiefer als die Länge eines Gerstenkorns. Im gleichen Augenblick hatte der Alte zu schreien aufgehört, ganz plötzlich war es unheimlich still gewesen. Dann war der lange Rechin abgeritten, wie immer als Letzter, und war gegen den Torbalken geknallt. Er hatte das Geräusch noch jetzt im Ohr, und es zog ihm den Magen zusammen, wenn er nur daran dachte. Dann war der Junge davon auf Rechins Riesengaul und mit seiner überlangen Lanze. Er war ihm nachgelaufen, hatte ihm hinterhergeschrien, hatte gesehen, wie die Lanze ihn aus dem Sattel gehoben hatte, hoch in die Luft, wie ein Federspiel.

In diesem Augenblick hatte er gewußt, daß alles verloren war. Er hatte noch versucht, mit den paar Männern, die geblieben waren, die Pferde von der Koppel zu holen. Er hatte auf die beiden Infanzones eingeredet, hatte sie angefleht. Die beiden Hartschädel waren zu nichts zu bewegen gewesen, hatten sich in aller Ruhe ihre Panzer anlegen lassen, jede Schnalle, die die Burschen geschlossen hatten, noch einmal selbst nachgezogen, als wollten sie sich auf einen Schaukampf vorbereiten. Sie hatten das Tor schließen und die Brücke hochziehen lassen, hatten alle Hausdiener und Mägde mobilisiert, um Waffen zu verteilen und die innere Palisade zur Verteidigung herzurichten, als ob ein Belagerungsheer im Anmarsch gewesen wäre. Er hatte schier geheult vor Wut über so viel Unverstand.

Und dann war die Bande erschienen. Von Osten her über den Hügelkamm in einem dichten Pulk, knapp zwanzig Mann, nicht mehr, lauter Pardos, nur zwei in Eisen. Vorsichtig sichernd waren sie heruntergekommen, wie streunende Hunde, die sich einer verlassenen Feuerstelle nähern. Räuber, Gesindel, ein zusammengewürfelter Haufen von Viehdieben. Wenn die beiden Infanzones und ihre Burschen mitgeritten wären, hätte er sie auch zu diesem Zeitpunkt noch davonjagen können. Aber dann war es auch dafür zu spät gewesen, dann hatte die Bande entdeckt, daß die Brücke hochgezogen war, und von da an hatte es kein Zögern mehr gegeben.

Sie waren gröhlend durch das Dorf geschwärmt. Sie hätten es im Vorbeireiten angesteckt, wenn die Bauern nicht die Herdfeuer gelöscht hätten. Aber sonst waren sie nur auf die Pferde von der Koppel scharf gewesen. Keine Dummköpfe. Sie hatten nicht länger gebraucht, als es dauert, fünf Vaterunser zu beten, da waren sie schon wieder auf dem Weg gewesen, flußabwärts über die Auwiesen mit der ganzen Koppel.

Erst gegen Mittag hatten es die Infanzones gewagt, dem Castellan, der auf dem Rückweg von Guarda gewesen war, einen Boten entgegenzuschicken.

Von draußen war jetzt wieder das leise Hecheln der Hunde zu hören und die knarzenden Schritte der Wache auf dem Wehrgang. Die zweite Nachtwache hatte gerade begonnen. Er hob den Kopf und drehte ihn in die Richtung, in der er den Jungen vermutete. «Bist du wach?» fragte er.

«Ja», sagte der Junge. Es klang dünn und verzagt.

«Hast du Angst?»

«Ich weiß nicht», sagte der Junge. Und nach einer Weile setzte er fragend hinzu: «Was werden sie mit uns machen?»

Der Capitan zögerte mit der Antwort. Er hätte dem Jungen die Angst nehmen können, aber er wußte nicht, ob er ihn vielleicht noch brauchte. Wenn er ihn brauchte, war es besser, der Junge fühlte sich nicht allzu sicher.

«Keine Ahnung», sagte er in einem unbestimmten Ton, der alles offen ließ. Der Junge hatte nichts zu befürchten, das war sicher. Er stand unter dem Schutz des Conde, weil der Conde glaubte, die Hand Gottes wäre über ihm.

Der Conde hatte Priester werden sollen, und nur weil seine beiden älteren Brüder vorzeitig gestorben waren, hatte man ihn wieder aus der Domschule von Lugo herausgeholt. Er war fromm wie ein alter Mönch. Viele Jahre lang war er nach Compostela gepilgert und hatte dem heiligen Jakob jedesmal zehn Goldmankusen aufs Grab gelegt, damit er ihm einen Sohn schenkte, und als ihm der Wunsch im hohen Alter endlich erfüllt worden war, hatte er den Kleinen als ein Kind des heiligen Jakob angesehen, unverletzlich und unverwundbar. Der Apostel hatte auch ein Zeichen gegeben, daß das Kind in seiner Gnade stand. Als es aus dem Erkerfenster des Wohnturms gefallen war, hatte der Junge unten gestanden, um es aufzufangen. Der Conde hatte den Jungen aus irgendeinem Dorf an der Grenze im Süden auf die Burg gebracht. Der heilige Jakob hatte es so gefügt. Der Junge war ausersehen, den Sohn des Conde zu behüten. Nein, dem Jungen würde nichts geschehen.

Bei ihm selbst sah das anders aus. Er machte sich keine Hoffnungen. Sie würden ihn an einen Balken knüpfen und so lange hängen lassen, bis ihm die Luft ausging. Es war ein Zufall, daß er überhaupt noch am Leben war. Der Castellan hatte schon seine Beißköter auf ihn gehetzt, aber die Dueña hatte sie zurückgepfiffen. Nicht um ein gutes Werk zu tun, sondern um wieder einmal zu zeigen, daß *sie* auf der Burg bestimmte und nicht dieser kleine Dreiviertel-Ritter, bei dem man nicht wußte, ob das Schwert an ihm hing oder er am Schwert. Dieser vom Ehrgeiz zerfressene Infanzon, der sich mit dreißig Jahren an einen alten Besen gehängt hatte, bloß um Castellan von Sabugal zu werden. Jetzt würden sie also auf den Conde warten, damit der das Urteil sprach. Es würde nicht anders ausfallen als das des verdammten Castellans.

Dabei fühlte er sich nicht einmal schuldig. Gut, er hatte verschlafen, er war nicht zur Stelle gewesen. Aber wie hätte er vorausahnen sollen, daß die Mannschaft so schmählich versagen würde.

Acht Jahre lang hatte er sie im Griff gehabt, hatte sie ausgebildet, hatte den Männern gezeigt, wie man eine Lanze hält und wie man das Schwert führt und einen Angriff reitet. Und er hatte ihnen vor allem wieder und wieder jene wichtigste Haupt- und Grundregel eingebläut, die für jeden Kampf gilt, gleichviel ob zu Fuß oder zu Pferd: Keine Einzelattacken, keine wilden Verfolgungsjagden, immer zusammenbleiben, sich nicht auseinandersprengen lassen, nur in der Gruppe angreifen. Acht Jahre lang hatte er die Männer angeführt, er hatte zwei Gefechte mit ihnen durchgestanden, und sie hatten sich gut geschlagen. Er hatte wirklich geglaubt, daß er sich auf sie verlassen könnte.

Aber jetzt hatten sie gerade in diesem entscheidenden Augenblick alles falsch gemacht, alles vergessen, was er ihnen jemals beigebracht hatte. Sie waren hinter diesen drei Pardos hergehetzt wie junge Hunde hinter dem Hasen. Sie waren blind in einen Hinterhalt gerannt, den er selbst nicht besser hätte legen können. Eine gute halbe Meile von der Burg entfernt, über dem Hügelkamm, am Ende des langen Anstiegs auf dem Weg nach Guarda, gerade weit genug, daß die Pferde nach scharfem Ritt die ersten Ermüdungserscheinungen zeigten, an einer Stelle, wo die Straße durch einen Einschnitt führte, links eine steile Böschung, rechts ein mäßig ansteigendes, mit Steineichen und Buschwerk bewachsenes Gelände, das den Angreifern gute Deckung bot. Dort hatten sie gewartet, die ersten drei Verfolger durchgelassen, die nächste Gruppe mit der Lanze angegriffen. Die Männer hatten nicht einmal mehr die Zeit gehabt, ihre Pferde in die Angriffsrichtung zu drehen, so schnell waren die Pardos über ihnen gewesen, hatten sie im Stand erwischt und alle fünf im ersten Anlauf aus den Sätteln geworfen. Sie hatten nicht den Schatten einer Chance gehabt, alle fünf ohne Panzer, drei davon sogar ohne Schild.

Danach war alles nur noch eine wilde Flucht gewesen. Der junge Tomás hatte sein Pferd so weit gehetzt, bis es tot unter ihm zusammengebrochen war. Nur der starke Pere hatte sich zum Kampf gestellt, war wie ein angeschossener Eber auf die Pardos losgegangen, blind wie immer, ohne nachzudenken, er ganz allein. Natürlich hatten sie ihn niedergemacht. Einer hatte ihn im Gesicht getroffen, vom Pferd aus mit durchgezogener Klinge, zwei Finger unter der Nasenwurzel, genau von vorn und durchgeschlagen bis zu den Ohren. Das ganze Gesicht war auseinandergeklappt und hatte offen gestanden wie ein breites rotes Maul. Er war noch auf eigenen Beinen in die Burg zurückgekommen, von zwei Bauern begleitet, die ihn rechts und links gestützt hatten, und seine Kinderaugen hatten dabei so erstaunt geblickt, als könnte er es noch immer nicht fassen, daß einer gewagt hatte, ihn, den starken Pere, anzugreifen. Er war immer ein guter Kämpfer gewesen. Im Zweikampf auf dem Übungsplatz oder beim Gottesgericht als Mann des Grafen, in voller Rüstung mit Schwert und Schild hatte keiner gegen ihn ankönnen. Wenn er zu Fuß kämpfte, hatte er jeden in kurzer Zeit niedergehämmert. Aber er war ein schlechter Reiter, und im Kopf war er nie der Schnellste gewesen. Jetzt hatte es ihm also einer gezeigt, und ihm den Hohlkopf aufgeschlagen wie ein Ei.

Die Männer hatten alle teuer bezahlt. Jetzt würde auch er noch zahlen müssen für ihre Dummheit. Drei Leute tot, vier kurz davor, und sechsundzwanzig Pferde verloren. Das war die Rechnung, die ihm der Conde aufmachen würde. Keine Frage, daß sie ihn hängten. Offen war nur, was sie sich vorher noch für ihn würden einfallen lassen, um ihm den Abgang zu versauern.

Draußen war wieder die Wache mit den Hunden zu hören. Er konnte an den Schritten nicht erkennen, wer es war. Keiner aus der Mannschaft, wie es schien, wahrscheinlich einer von den neuen Leuten, die der Castellan aus Guarda mitgebracht hatte, und die den Treck mit den Pferden und Rindern begleiten sollten. Er mußte auf die nächste Ablösung warten.

Er hatte sich bis jetzt immer nur am Rande damit beschäftigt, was er tun könnte, um sich aus seiner Lage zu befreien. Er hatte noch nicht ernsthaft darüber nachgedacht, in der unbewußten Angst, eine gründliche Überlegung könnte ihm alle Hoffnung nehmen. Er hatte auch keinen Plan, nichts dergleichen, nur eine vage Idee, die sich auf die beiden einzigen Hilfsmittel stützte, von denen er annahm, daß er sich ihrer noch bedienen könnte: Ein kleines Schermesser, das ihm ein Klosterschmied einmal geschenkt hatte und das in seinem Gürtel steckte, und ein Lederbeutel mit zwölf Gold-Dinar, den er schon vor acht Jahren, als er nach Sabugal gekommen war, unter einem Topfscherben in der Erde vergraben hatte. Er rechnete damit, daß er sich mit der Klinge die Handfessel auftrennen könnte, und er hoffte, daß ihm das Gold helfen würde, einen Mann der Burgbesatzung dazu zu bringen, in den Schuppen zu kommen. Vielleicht war es möglich, die Gier des Mannes dann noch mehr anzustacheln.

Aber so weit dachte er noch nicht. Er dachte nur an den ersten Schritt. Wenn der erste Schritt getan war, konnte man an den nächsten denken, vorher lohnte es sich nicht.

Er begann, seine Arme zu bewegen, die Hände zu Fäusten zu ballen, um die Lederfessel zu dehnen, und richtete gleichzeitig seine ganze Aufmerksamkeit auf die Geräusche, die von draußen hereindrangen. Er mußte auf die dritte Nachtwache warten, auf den nächsten Posten, der dann die Runde machte. Wenn die alte Einteilung noch galt, dann war Diego an der Reihe, Diego, die Krähe, wie er wegen der grauen Flecken in seinem Bart von den anderen genannt wurde. Er war vor zwei Jahren aus dem Norden gekommen, aus Galicien, ein verschlossener Einzelgänger, der gut mit dem Messer umzugehen verstand. Er war der einzige aus der ganzen Mannschaft gewesen, der sich nicht an der Verfolgungsjagd auf die Pardos beteiligt hatte, und der Capitan war überzeugt, daß er auch der einzige war, der es wagen würde, in den Schuppen zu kommen. «Heilige Fides von Conques», betete er. «Laß es Diego sein, der die dritte Nachtwache hat.»

5

MURCIA

FREITAG 10. SHABĀN 455
8. AUGUST 1063/10. ELUL 4823

Einem Mann, der Cordoba und Sevilla kannte, mußte Murcia als ein eher kleiner Ort erscheinen. Nicht mehr als fünfzehntausend Einwohner, grob geschätzt nach der Zahl der Männer, die am Freitag die Hauptmoschee füllten. Aber die Stadt war bemerkenswert reich. Das äußerte sich nicht nur in der Pracht der öffentlichen Gebäude, sondern noch mehr in dem Luxus, den die wohlhabenden Bürger in ihren Privathäusern zur Schau stellten.

Die Dachterrasse, auf der sie saßen, war ein Beispiel dafür. Im Rücken gegen den al-Qasr zu durch eine hohe Mauer abgeschirmt, zwischen die

Seitenflügel des Hauses eingebettet und von einem zierlich geschnitzten Laubengang umgeben, wirkte sie wie ein kleiner, verträumter Garten auf dem Lande. Der Boden der Freifläche im Innern war mit verschiedenfarbigen Fliesen ausgelegt. An den Säulen der Laubengänge rankten sich Rosen empor. Topfpalmen, Orangenbäumchen und Oleanderbüsche standen davor in großen kupferbeschlagenen Kübeln, und in der Mitte auf einem gefliesten Podest thronte ein winziger Kiosk mit einem Springbrunnen, der eine grashalmdünne Fontäne in die Luft warf. Nach Osten zu war die Sicht frei, und der Blick ging über den Innenhof des Hauses hinweg und über die Dächer der Stadt. Bei Tag mußte sich eine herrliche Aussicht bieten über das Tal der Segura, das sich weit gegen das Meer hin öffnete, und über die Huertas zu beiden Seiten des Flusses.

Ibn Ammar saß tief in weichen Polstern. Das reichhaltige Mahl, der Wein, der angenehme Duft des Parfums, das die Diener versprühten, die ganze Atmosphäre des Festes versetzten ihn in eine Stimmung träger Behaglichkeit, der er sich willig überließ. Den übrigen Gästen schien es nicht anders zu gehen. Sie saßen in kleinen Gruppen verteilt unter den Laubengängen und um den Kiosk und genossen die Kühle der Nacht. Die Gespräche waren gedämpft, nicht lauter als das Plätschern des Wasserstrahls am Brunnen im Kiosk. Auch die drei Musiker vor der Balustrade, die die Terrasse gegen den Innenhof zu abschloß, vermieden jeden lauten Ton. Es ging auf Mirtternacht zu.

Ibn Ammar hielt den Hausherrn im Auge, der zusammen mit dem Prinzen in der gegenüberliegenden Laube saß. Er wartete darauf, daß er das Zeichen bekam, sein Gedicht vorzutragen. Es konnte nicht mehr lange dauern.

Der Prinz war erst vor einer halben Stunde eingetroffen, ohne Aufsehen in einer Sänfte, nur von zwei Männern seines Gefolges und zwei Leibwächtern begleitet. Ibn Ammar hatte schon die Hoffnung aufgegeben gehabt. Es war ihm von Anfang an ungewöhnlich erschienen, daß ein Mitglied des Fürstenhauses das Fest eines Kaufmanns mit seiner Anwesenheit beehren sollte. In Sevilla ein undenkbarer Vorgang. In Murcia dagegen schien es an der Tagesordnung zu sein. Die großen Handelsherren der Stadt spielten offenbar auch in der Politik eine gewichtige Rolle, und Prinz Muhammad Ibn Tahir, dem man Ambitionen auf die Nachfolge seines Vaters nachsagte, obwohl er nur der Zweitgeborene war, schien es für durchaus nützlich zu halten, einem Kaufmann die Ehre seines Besuches zu erweisen. Er hatte zwar lange auf sich warten lassen, aber er war doch gekommen, und die Art, wie er mit

Ibn Mundhir umging, war ohne jede Herablassung. Der Hausherr repräsentierte offenbar eine politische Macht, die auch ein Sohn des Qa'id respektieren mußte.

Ibn Mundhir war ein bemerkenswerter Mann. Seine Mitbürger kannten ihn besser unter dem Namen Ibn al-Mauwāz: der Sohn des Bananenverkäufers. Sein Großvater war tatsächlich noch mit einem Obstkarren herumgefahren. Fünfzig Jahre lang hatte er auf der großen Hauptstraße zwischen der Freitagsmoschee und dem Markt am Nordtor Bananen und andere Früchte verkauft und mit eiserner Sparsamkeit Dirhem auf Dirhem gelegt, bis er schließlich als Dallāl bei einem kleinen Tuchhändler hatte einsteigen können, als stiller Teilhaber, zuerst mit zwanzig, zuletzt mit zweihundert Dinar. Das Geld war in ein Baumwoll-Importgeschäft investiert worden mit soviel Erfolg, daß der Bananenverkäufer seinem Sohn einen Tuchladen im großen Bazar an der Freitagmoschee hatte einrichten können. Dann war der Sohn unerwartet früh gestorben, und der Enkel hatte den Laden übernehmen müssen. Sechzehn Jahre alt war Ibn Mundhir damals erst, aber unter seiner Leitung war aus dem kleinen Geschäft eine internationale Tuchhandelsfirma geworden und der größte Umschlagplatz für Textilien aller Art in Murcia. Vor acht Jahren hatte er angefangen, sich auch als Reeder zu betätigen, anfangs mit gecharterten, dann mit eigenen Schiffen. Der größere seiner beiden Kauffahrtei-Segler war vor drei Wochen, aus Alexandria kommend, in Cartagena gelandet. Das Schiff hatte ohne Zwischenfall die gefährliche Engstelle zwischen Sizilien und der afrikanischen Küste, die zur Zeit von Piraten aus Pisa und Genua unsicher gemacht wurde, passiert und war mit reicher Ladung gelandet: Muskat, Safran und Kardamom, Jadeschmuck aus China, Eisen aus Indien, Ambra, Sandelholz und Kampfer, Indigo und Antimon, abessinischen Sklaven, ägyptischer Baumwolle, Leinen aus Tinnis und Dabiq, Luxusgütern aus allen Teilen der Welt, deren Preise wegen der Bedrohung der Schiffahrtswege durch die christlichen Piraten so stark angestiegen waren, daß sie zum Teil schon bis zum Dreifachen über dem Durchschnitt lagen.

Die glückliche Landung des Schiffes hatte den Anlaß für das Fest gegeben, und unter den Gästen waren nicht wenige, die allen Grund hatten mitzufeiern. Manche hatten eigene Fracht auf dem Schiff mitlaufen lassen, andere hatten sich an dem Unternehmen direkt beteiligt und das Risiko mitgetragen. Alle hatten sie gewonnen, und die Stimmung, in der sie sich befanden, schien die Höhe des Gewinns widerzuspiegeln.

Die meisten der Geladenen gehörten, wie der Gastgeber, dem Kaufmannsstand an, große Tujjār darunter und die wichtigsten Großhändler des Bazars, Bankiers und Geldwechsler, ein Wakil, der als Handelsrepräsentant die Kaufleute von Alexandria und al-Mahdiyya vertrat und eine große Warenbörse in Cartagena unterhielt, ein unförmig dicker Juwelier, dazu zwei Angehörige des Stadtadels, der Muhtasib und der Sahib ash-Shurta. Nur wenige gehörten nicht der städtischen Oberschicht an, darunter der Schachspieler und ein weißhäutiger, rotblonder Riese, der Unmengen von Wein in sich hineinschüttete und jetzt in angetrunkenem Zustand anfing, kleine schlüpfrige Verse zum besten zu geben, und ein ernster Mann in Ibn Ammars Alter mit sonnenverbranntem, von Pockennarben gezeichnetem Gesicht und der Figur eines Schiffssteuermanns, der ein Neffe und Sabī des Hausherrn war, einer seiner jungen Leute, die für ihn im Fernhandel tätig waren.

Ibn Ammar spürte, wie ihm der Wein zu Kopf stieg. Die beiden in blauweiß gestreifte Seide gekleideten Jungen, die die Gäste bedienten, huschten geräuschlos um ihn her, brachten neue Getränke, schenkten nach, reichten Honigmandeln, Nüsse, Zuckergebäck, füllten die Räucherpfannen, putzten die Öllampen. Weiße Nachtfalter kamen aus dem Dunkel, umflatterten die kupfernen Stehlampen und verschmorten mit leisem Zischen in den Flammen. Die Musiker vor der Balustrade wechselten die Instrumente und begannen, eine laute Tūshiya zu spielen mit einer schreienden Geige, die in den Ohren weh tat. Ibn Ammar spürte, wie er trotz der lauten Musik schläfrig wurde. Mit halbem Ohr hörte er rechts von sich den dicken Juwelier, der schon seit geraumer Zeit mit einer aufdringlich hellen Stimme auf den Sabī einredete und ihn über seine Erlebnisse auszuhorchen versuchte. Der Sabī hatte den Warentransport begleitet, der vor drei Wochen Cartagena erreicht hatte. Er war im Auftrag Ibn Mundhirs in Indien gewesen, und wie üblich, wenn ein Indienfahrer in eine Gesprächsrunde geriet, kam die Sprache unvermeidlich auf jenen sonderbaren Brauch, der den Indern vorschrieb, nach dem Tod eines Mannes auch dessen Frauen zu verbrennen. Der Juwelier war begierig nach Einzelheiten.

«Nein», sagte der Sabī mit dem leicht angestrengten Tonfall eines jungen Mannes, dem die Höflichkeit gebietet, auf alle Fragen eine Antwort zu geben, «nein, nicht alle Witwen werden verbrannt.» Nur in der Oberschicht sei das üblich, nur bei den vornehmen Familien.

«Nein», sagte er. «Sie werden nicht dazu gezwungen. Sie müssen sich aus freien Stücken für die Verbrennung entscheiden.» Aber wenn sie sich weigerten, gelte das als unehrenhaft, und sie würden danach von ihren Familien verachtet und müßten niedrigste Arbeiten verrichten.

«Ja», sagte er, «sie gehen lebend in die Flammen.» Ja, er habe es selbst erlebt. Und widerstrebend begann er zu erzählen.

«In dem Fall, den ich miterlebt habe, ging es um die drei Frauen eines hohen Palastbeamten aus Dahbattān an der Malabārküste. Er war an einem Schlangenbiß gestorben. Drei Tage lang nach dem Tod des Mannes hielten sie ein offenes Haus mit Essen und Trinken und Musik, empfingen ihre Verwandtschaft, als wollten sie von der Welt in aller Form Abschied nehmen. Am Morgen des vierten Tages brachte man drei Pferde, und die Frauen bestiegen sie, mit allem Schmuck angetan und in prächtige Gewänder gehüllt und stark parfümiert. In der Rechten hielten sie eine Kokosnuß, in der Linken einen Spiegel, in dem sie sich betrachteten. Die ganze Verwandtschaft begleitete sie, dazu viele Brahmanen und Musiker mit Trommeln, Hörnern und Trompeten. Die Leute sagten: ‹Richtet Grüße aus an den und den, an meinen Vater, an meinen Herrn!› Und die Frauen antworteten ‹Ja ... ja› und lächelten ihnen zu.

Ich folgte dem Zug zu Pferd mit einigen Freunden etwa drei Meilen weit bis zu einem düsteren Talgrund, der von vielen Wasserläufen durchzogen war. Zwischen hohen, dichtbelaubten Bäumen standen vier Kuppelbauten mit steinernen Götzenbildern. Dazwischen lag ein Weiher, so dicht von Bäumen eingerahmt, daß kein Sonnenstrahl durchdringen konnte. Es sah aus wie ein Tal der Hölle, Gott bewahre uns davor.

Am Ufer des Weihers legten die Frauen ihren Schmuck und ihre Gewänder ab, verteilten beides als Almosen an die Armen, nahmen ein Bad und kleideten sich dann in ungenähte grobe Baumwolltücher, die sie nach landesüblicher Art teils um die Hüften befestigten, teils über Kopf und Schultern zogen.

Währenddessen hatte man in der Niederung in der Nähe des Weihers schon die Feuer angefacht. Die Holzstöße wurden mit Sesam-Öl übergossen, was die Flammen hell auflodern ließ. Fünfzehn Männer mit Reisigbündeln standen bereit, und neben ihnen zehn andere, die lange Holzstangen hielten. Am Rand hatten Musiker Aufstellung genommen. Alle warteten auf die Ankunft der Frauen.

Die Feuer selbst waren noch durch einen Vorhang verdeckt, der von einigen Männern gehalten wurde. Anscheinend wollte man den Frauen den Anblick ersparen. Als die erste vor dem Vorhang ankam, riß sie ihn dem nächststehenden Mann mit einem Ruck aus der Hand und sagte:

‹Was soll das? Glaubst du, ich weiß nicht, wie ein Feuer aussieht. Mach Platz!› Dabei lächelte sie unentwegt.

Dann legte sie die Hände über dem Kopf zusammen und warf sich in das Feuer. Im gleichen Augenblick fielen mit ohrenbetäubendem Lärm die Pauken und die Hörner und Trompeten ein, und die Männer mit den Holzstangen drückten die Frau auf die Glut nieder, und die anderen warfen Reisigbündel über sie. Ich meine gesehen zu haben, daß die beiden anderen Frauen auf gleiche Weise ins Feuer gingen, aber ich kann es nicht beschwören. Das Geschrei der Leute war so durchdringend, und mir selbst wurde so übel, daß ich mich kaum im Sattel halten konnte. Ich habe danach nie mehr einer solchen Zeremonie beigewohnt.»

Die Musiker hatten die Tūshiya zu Ende gebracht und stimmten jetzt eine heitere, leichtfüßig daherkommende Melodie an, die Ibn Ammar von den ersten Tönen an mit geradezu magischer Kraft an Silves erinnerte. Er lehnte sich zurück und schloß die Augen. Bilder eines sonnenlichtdurchfluteten, verschwiegenen Parks stiegen in ihm auf, Erinnerungen an laue Frühlingsnächte in den Rosengärten des Gouverneurspalastes, an den Duft der Veilchen und den Honiggeruch der Mandelblüten, an das silberne Licht des Mondes auf den blanken Spiegelflächen der Wasserbecken und das Gemurmel der Bäche, an die beschwingten Schritte der Mädchen auf den Blumenwiesen um den Kiosk, ihren schnellen Atem nach dem Tanz, ihre erhitzten Gesichter, ihr fröhliches Gekicher, wenn sie mit nackten Füßen in die Becken stiegen und sich mit Wasser bespritzten, bis die fließendweiche Seide ihrer Gewänder an ihnen klebte wie eine zweite Haut und sie sich in gespieltem Erschrecken über ihre Nacktheit in den Kiosk flüchteten. Schöne unbeschwerte Zeit mit dem Prinzen in Silves.

Undeutlich, wie von weit her, drang die Stimme des Sabī an sein Ohr. Noch immer war von Indien die Rede: Daß die Ungläubigen dort Kühe als heilige Wesen verehrten, daß sie den Urin der Kühe als Medizin tränken, welche Strafen jene erwarteten, die eine Kuh schlachteten... Wer wurde bestraft? Wofür? Die Stimmen wurden immer undeutlicher, verloren ihren Sinn, waren nur noch wie ein lästiges Geräusch in seinen Ohren, und er war kurz davor, einzuschlafen, als plötzlich die Musik abbrach und das Stimmengemurmel verstummte. Kein Laut mehr zu hören, nur noch das leise Plätschern des Springbrunnens. Er öffnete die Augen und sah, daß sich Ibn Mundhir, der Hausherr, von seinem Sitz erhoben hatte und vor die Laube herausgetreten war, ein wenig schwankend, so kam es ihm vor, aber das mochte täuschen, war vielleicht nur dem Flackern des Lampenlichts zuzuschreiben.

«Meine Freunde!» begann der Kaufmann. Seine Stimme hatte einen leicht krächzenden Unterton. «Ihr alle wißt, daß ich nicht zu denen gehöre, die ihr Geld für Vergnügungen ausgeben und aus ihrem Haus eine Festhalle machen, ihr alle wißt das.»

Aus den Laubengängen kam zustimmendes Gemurmel, und der dicke Juwelier rief gutgelaunt: «Du untertreibst, Ahmad Ibn Mundhir. Es ist das erste Mal, daß du dir eine Musik geleistet hast?»

Der Hausherr nahm das Gelächter hin. «Ich gebe zu», sagte er, «daß ich darauf bis jetzt nicht allzuviel Wert gelegt habe. Gott verzeih mir, wenn es ein Fehler war. Aber heute soll es anders sein.» Er verbeugte sich gegen den Prinzen hin. «Zu Ehren unseres hohen Gastes, Gott schenke ihm die Erfüllung seiner Wünsche, erlaube ich mir, eine kleine Überraschung anzukündigen, eine Vorführung, die dem hohen Rang unseres Gastes angemessen ist, wie ich hoffe.» Er verbeugte sich noch einmal und drehte sich und klatschte geziert in die Hände. Er trug einen sündhaft teuren pistaziengrünen Seidenumhang und hatte seinen grauen Bart tiefschwarz gefärbt, aber das Kostüm des reichen Lebemannes stand ihm nicht so gut, wie Ibn Ammar fand. In der Rolle des knauserigen Hausbesitzers, mit einer einfachen weißen Baumwoll-Zihāra angetan, war er imponierender gewesen.

Zwei Diener kamen und errichteten aus Stangen und Stoff eine Stellwand, die ein kleines Geviert vor der gegenüberliegenden Laube abschirmte, dort, wo eine Tür in den Seitenflügel des Hauses führte. Die Vorbereitungen deuteten auf den Auftritt einer Qayna hin, kein Zweifel, auch die anderen Gäste schienen etwas Derartiges zu erwarten, sie kamen aus den Lauben heraus und ließen sich um den Kiosk herum nieder, wo sie der Bühne näher waren. Die Anwesenheit des Prinzen machte es wahrscheinlich, daß die Sängerin sich auch außerhalb des Vorhangs zeigen würde. Als Ibn Ammar sich umblickte, sah er, daß außer ihm nur noch der Sabī auf seinem Platz im Schatten der Laube sitzen geblieben war.

Die Musiker intonierten ein Vorspiel. Dann ging die Tür, und der Vorhang bauschte sich leise, und die Musiker legten ihre Instrumente beiseite, und in die Stille hinein erklangen jetzt wie aus weiter Ferne kommend zarte Lautenakkorde, schwer fallenden Tropfen gleich, sanft angerissen, dann aufsteigend und sich in schnelle Läufe auflösend und wieder verklingend, leiser und leiser, bis unerwartet klar die Stimme einsetzte. Eine helle, mädchenhaft reine Stimme, warm und schlank wie der Ton einer Holzflöte, einfach und ungekünstelt, so einfach wie das Lied, das sie sang, ein altes arabisches Liebeslied.

Ibn Ammar dachte darüber nach, wo die Qayna herkommen mochte. Sie war keine Berberin, so viel war sicher, es hörte sich eher so an, als habe sie ihre Ausbildung in Damaskus erhalten, möglicherweise sogar in Baghdad selbst. War sie auf dem Schiff aus Alexandria mitgekommen? Hatte der Sabī sie mitgebracht? Ibn Ammar wandte sich um. Der Sabī saß bewegungslos neben ihm, den Kopf in die Hände gestützt, die Augen mit den Fingern abdeckend, ein schwerer schwarzer Schatten. Er schien wie verzaubert von dem Gesang.

Auch die anderen Gäste lauschten in stummer Verzückung. Eine atemlose Spannung hielt alle erfaßt, und als der Hausherr nach dem ersten Lied ein Zeichen gab und die Diener den Vorhang beiseite zogen, entlud sich diese Spannung in einem hörbaren Seufzer.

Die Qayna saß auf einem hohen Polster, die Laute neben sich. Sie hielt den Schleier vors Gesicht, erhob sich, drehte sich in einer endlos langsamen Pirouette, ließ den Schleier sinken, lächelte in die Runde mit einem Blick, der jeden streifte und keinen erfaßte, verneigte sich vor dem Prinzen und vor dem Hausherrn, winkte den Musikern zu, ihr Spiel zu beginnen.

Die kleine Handtrommel setzte ein, leise, zögernd, wie gehemmt. Die Flöte kam dazu, umspielte den steten Trommelschlag mit drängender Ungeduld, als wollte sie ihn antreiben. Die Qayna verhielt regungslos wie ein Standbild. Sie schien nicht einmal zu atmen. Dann, kaum merklich, begann sie die Hände zu bewegen, die Schultern, die Arme, bis die Bewegung den ganzen Körper ergriff, ihn in Schwingungen versetzte, auf die Zehenspitzen hob und ihn in eine träg kreiselnde Drehung brachte.

Sie war eine Schönheit. Groß, schlank, mit ausdrucksvollem Gesicht, schmalen, langfingrigen Händen. Die Haare schwarz, fast hüftlang, mit farbigen Seidenbändern durchflochten. Die Hautfarbe von einem hellen Braun. Großer Mund, gutgeschnittene Nase, leicht schräggestellte Augen unter hohen Brauenbögen, hohe Stirn. Um den Mund ein nach innen gekehrtes, fast hochmütiges Lächeln, das allen und niemandem galt.

Sie war eine vollausgebildete Qayna, um die fünfundzwanzig Jahre alt, eine Frau, die an jedem Fürstenhof der Welt hätte auftreten können und die in Sevilla wenigstens einen Preis von fünfzehnhundert Dinar erzielt hätte. Wie kam eine solche Frau in das Haus eines Tuchhändlers?

Die Flöte steigerte ihr Tempo, brachte allmählich auch die Trommel dazu, den Rhythmus ihrer Schläge zu beschleunigen, lockte eine zweite Flöte, ihr zu folgen mit angehauchten, langgezogenen Trillern. Die Qayna ließ sich mitreißen, begann sich in rascherem Takt zu bewegen, als würde ihr Körper selbst von der Musik in Bewegung versetzt. Die Schellen um ihre Fesseln klangen auf, verhalten noch und mit sanftem Geklingel. In der Linken hielt sie ein Tamburin. Und während sie sich drehte, wurden unter den fließenden, wehenden Seidenschleiern, die sie verhüllten, für Augenblicke die Konturen ihres schlanken Körpers in dem enganliegenden Tänzerinnengewand sichtbar.

Ibn Ammar rätselte immer noch über ihre Herkunft nach. Unter all den Tänzerinnen und Sängerinnen am Hof von Sevilla war ihm nie ein solcher Frauentyp begegnet. War sie Perserin? Kaukasierin? Als er mit dem Prinzen in Silves gewesen war, hatte ein Händler aus Aleppo einmal eine kaukasische Sklavin für den ungeheuren Preis von zweitausend Dinar angeboten. Der Prinz hatte sie gekauft. Er hatte monatelang von ihr geschwärmt, aber Ibn Ammar hatte sie nie zu Gesicht bekommen.

Woher mochte Ibn Mundhir dieses Mädchen haben? Und vor allem, was hatte er mit ihr vor? Reichten ihm der Tuchhandel und die Reederei noch nicht, wollte er sein Geschäft erweitern?

Ibn Ammar beobachtete aus den Augenwinkeln den Sabī neben sich. Der Riese saß eng zusammengekauert mit eingezogenem Kopf in seltsam verspannter Haltung, den Blick starr auf die Qayna gerichtet, als fürchtete er, daß ihm eine ihrer Bewegungen entgehen könnte. Es war merkwürdig, daß er nicht neben seinem Onkel saß. Ibn Mundhir hatte keine Söhne, der Sabī war sein einziger Neffe, und er hatte großen Anteil am Erfolg der jüngsten Handelsunternehmungen des Kaufmanns. Warum saß er im Abseits, warum war er nicht einmal dem Ehrengast vorgestellt worden? Ibn Ammar konnte sehen, daß er ständig das Glas am Mund hatte. Er trank schwer.

Die Musik hatte jetzt ein atemberaubendes Tempo erreicht. Die Flöten spitz und abgehackt, sich jagend, sich überholend, sich gegenseitig ausspielend, die Trommel dicht hinterdrein in rasendem Stakkato. Die Qayna drehte sich in rasch aufeinanderfolgenden Pirouetten, mit durchgebogenem Körper wie eine kreiselnde Sichel. Das Tamburin in ihren Händen umflatterte sie wie ein großer Schmetterling. Die Füße schlugen einen wilden Wirbel auf den Boden. Die Schleier flogen wie Flügel, und ihr Körper, biegsam wie eine Peitsche, schien schwerelos, während die Musik sich zu noch rasenderem Tempo steigerte.

Die Männer um den Kiosk wurden unruhig, suchten Halt mit fahrigen Händen. In den Gesichtern zuckte es. Ibn Mundhir saß geduckt, die Hände in das Sitzpolster gekrampft. Der dicke Juwelier starrte mit aufgerissenen Augen und weit geöffnetem Mund, und seine Brust ging wie ein Blasebalg. Nur Prinz Muhammad Ibn Tāhir schien ungerührt, lehnte lässig in den Kissen, ein genießerisches Lächeln um die Lippen.

Dann, mit einem schrillen Aufschrei der Flöten, brach die Musik plötzlich ab, und die Qayna sank mit einer letzten Drehung in sich zusammen, die Schleier fielen über sie, hüllten sie ein, deckten sie zu, während sie mit gesenktem Kopf am Boden kauerte, wie ein vom Himmel gefallener bunter Vogel.

Beifall klang auf, gedämpft nur, als wagte keiner, allzusehr aus sich herauszugehen. Ibn Mundhir richtete sich auf, blickte sich um, rote Flecken im Gesicht, scheuchte die Diener herbei, damit sie die Vorhänge wieder vor der jungen Frau zusammenzogen, die noch immer am Boden kauerte, ohne sich zu rühren.

Ibn Ammar versuchte, gleichzeitig den Hausherrn und den Sabī im Auge zu behalten. Wenn es nach den Regeln der Etikette ging, mußte der Prinz jetzt sein Interesse an der Qayna äußern. Ibn Mundhir mußte sie ihm zum Geschenk machen, und der Prinz würde sich dann seinerseits in einigen Tagen mit einem Geldgeschenk erkenntlich zeigen, das, wenn er Lebensart besaß, den üblichen Kaufpreis um einiges überstieg. Nichts anderes war denkbar. Aus welchem anderen Grund hätte man die Qayna sonst vor dem Prinzen auftreten lassen. Aber weder äußerte sich der Prinz, wie es die Höflichkeit geboten hätte, noch ließ Ibn Mundhir mit irgendeiner Geste erkennen, daß er gewillt war, das übliche Geschenk zu machen. Statt dessen drängte sich plötzlich mit unerwarteter Behendigkeit der weißhäutige Riese vor und baute sich vor dem Prinzen auf. Die Gäste begleiteten seinen Auftritt mit freundlichen Zurufen, er schien eine Art Hausdichter der Handelsherren von Murcia zu sein.

Er rezitierte mit lauter, stark tremolierender Stimme, und das war noch das Beste an seinem Vortrag. Sein Gedicht bestand nur aus einer Aneinanderreihung gängiger Bilder, in denen der Prinz mit einer Regenwolke verglichen wurde, die den trockenen Boden erquickt, mit einem Baum, der dem müden Wanderer Schatten spendet, mit dem Wind, der dem Schiffer das Segel füllt und mehr solcher abgedroschener Vergleiche.

Als er zum Ende kam, hängte er aus dem Stegreif noch ein paar Verse an, die sich auf die Qayna bezogen. Es hörte sich an wie ein verabredetes

Stichwort, aber Ibn Mundhir ging auch diesmal nicht darauf ein. Es war unerhört. In Sevilla wäre ein solches Verhalten gegenüber einem hochgestellten Ehrengast als unerträglicher Affront empfunden worden. Was hatte der Kaufmann vor, worauf wollte er hinaus?

Ibn Ammar war so verblüfft, daß er beinahe das Zeichen übersehen hätte, das ihn zu seinem Auftritt rief, und er mußte seine ganze Geistesgegenwart aufwenden, um sich auf seinen Vortrag zu konzentrieren.

Er hatte sein Lobgedicht in eine klassische Form gekleidet. Es begann mit der Schilderung einer jungen Frau in einem Blumengarten. Dann wurde unversehens deutlich, daß das schöne Bild nur in der Erinnerung des Dichters lebendig war, der es mit sehnsuchtsvoller Trauer beschwor. Der Dichter hatte eine Reise antreten müssen. Die Reise hatte ihn in eine ferne Stadt geführt, in die Fänge von Verleumdern, zuletzt in einen Kerker. Und eben dort, in tiefster Not, erinnert er sich an den Blumengarten und an die junge Frau, die er hatte verlassen müssen. Danach erst die eigentliche Eloge: Der Dichter wird gerettet von einem Unbekannten. Er preist dessen Mut, seine Großherzigkeit, sein weises Urteil: indirektes Lob. Erst gegen Schluß hin eine überraschende Wendung, die es erlaubte, in dem unbekannten Retter den Prinzen wiederzuerkennen. Und um es dem Adressaten noch leichter zu machen, den Weihrauch in aller Bescheidenheit anzunehmen, hatte Ibn Ammar am Ende noch zwei Verse angefügt, die er, in leicht abgewandelter Form, auch in jenem Gedicht benutzt hatte, das ihm vor zehn Jahren einen Platz auf der Liste der Hofpoeten im Palast des Fürsten von Sevilla eingetragen hatte:

> Wenn deine Großmut keine Lobeshymnen leidet,
> nimm meine Verse dennoch hin,
> so wie der Blumengarten
> den Wind hinnimmt,
> der seinen Duft weit übers Land verbreitet.

Er verbeugte sich mit geschlossenen Augen, wartete auf den Beifall. Blickte verwirrt auf, als kein Beifall kam. Der Prinz saß stumm vor ihm, musterte ihn von oben bis unten mit kalten Augen. Erst dann rührte er die Hände. Aber es war nur ein wohlwollendes Klatschen ohne Schwung, weshalb auch die übrigen Gäste nur mäßig einfielen. Was war geschehen? Sein Gedicht war gut gewesen, sein Vortrag nicht weniger. Hatte der Prinz keinen Geschmack, wußte er nicht, was gut war?

Er fing die Börse auf, die ihm einer der Begleiter des Prinzen zuwarf, und erlebte die nächste Überraschung. Die Börse enthielt nicht mehr als drei Dinar, er spürte es am Gewicht, er hatte genug Erfahrung, um das abschätzen zu können: Drei Dinar und kein Stück mehr! Drei Dinar vom Sohn des Qa'id einer so reichen Stadt wie Murcia. Er verbeugte sich lächelnd. Er verbeugte sich tiefer, als es die Höflichkeit erfordert hätte. Er beobachtete, wie der Hausherr an den Prinzen heranrückte und sich über sein Ohr neigte. Er hatte schon während seines Vortrags bemerkt, daß der Schachspieler dem Hausherrn flüsternd eine Information über ihn hatte zukommen lassen. Jetzt wußte also auch der Prinz Bescheid. Keine besondere Reaktion, nur ein schiefes Grinsen und ein zweiter taxierender Blick, als könnte ihm beim ersten etwas entgangen sein.

Ibn Ammar entfernte sich rückwärtsgehend, bis er den Schatten des Laubenganges erreicht hatte. Als er saß, schüttete er ein volles Glas in einem Zug hinunter.

Der Prinz verließ die Terrasse kurze Zeit später. Ibn Mundhir begleitete ihn, und einige der älteren Gäste folgten bald nach. Die meisten blieben. Das Einladungsschreiben hatte ein Fest bis zur Öffnung der Bäder versprochen.

Ibn Ammar band die Börse in seinen Gürtel. Drei Dinar! In Sevilla vor zehn Jahren hatte ihm al-Mutadid, der Fürst, für sein erstes Gedicht hundert Dinar auszahlen lassen.

Er stand auf. Der Sabī saß noch auf demselben Platz wie zuvor, allein, dumpf vor sich hinbrütend, das Glas in der Hand. Er ging an ihm vorbei und begann, um den Laubengang die Runde zu machen. Er war eingeladen, die Gäste zu unterhalten, das war sein Metier, das erwartete man von ihm, er mußte sich die Einladung verdienen. Warum auch nicht, es kam nicht mehr darauf an. Er war unter Händlern, also würde er Händlergespräche führen.

Er ließ sich von dem dicken Juwelier in ein Fachgespräch über Perlen verwickeln, bei dem er erfuhr, daß die Perlen aus dem Persischen Golf den Perlen aus Indien vorzuziehen seien, und die Perlen aus China wiederum denen aus dem Persischen Golf. Er ertrug den Vortrag eines Ledergroßhändlers, der ihm auseinandersetzte, welche Vorteile es brachte, wenn er, statt sich um Lieferaufträge an die feinen Lederhändler im Bazar zu bemühen, lieber Partnerschaftsverträge auf Gewinnbeteiligungsbasis mit den Schuhmachern der kleinen Suks und der Vorstadt-Billigmärkte abschloß, und sie damit verpflichtete, ihr Leder ausschließlich von ihm zu beziehen. Er hörte geduldig zu und bemühte sich, interessierte Fragen zu stellen. Warum nicht? Er mußte wieder von unten anfangen, er mußte sich Auftraggeber suchen, er war darauf angewiesen. «Wer keinen großen Gönner findet, muß sich an viele kleine Knauser halten.»

Als er die Runde um die Terrasse beendet hatte, saß der Sabī noch immer auf seinem Platz, unverändert in der gleichen Haltung, als schliefe er. Ibn Ammar setzte sich neben ihn. Der Sabī schien es nicht zu bemerken, aber er war wach, er hatte die Augen offen.

Ibn Ammar beugte sich zu ihm und fragte mit gespieltem Interesse: «Ich habe vorhin nicht ganz verstanden, was die Inder mit den Leuten machen, die eine ihrer heiligen Kühe schlachten. Wie war das gleich?»

Der Sabī rührte sich nicht. Er ließ so viel Zeit verstreichen, daß Ibn Ammar schon nicht mehr mit einer Antwort rechnete. Dann drehte er langsam den Kopf und musterte Ibn Ammar mit einem abwesenden Blick. «Sie nähen sie bei lebendigem Leib in eine Kuhhaut und verbrennen sie», sagte er mürrisch.

«Sie scheinen eine Vorliebe für das Verbrennen zu haben», sagte Ibn Ammar.

Der Sabī hatte sich wieder abgewandt und stierte vor sich hin. Es sah nicht so aus, als habe er noch Interesse an einer Fortsetzung des Gesprächs.

Der dicke Juwelier, der vor ihnen am Kiosk saß, fing an, in kräftigen Zügen zu schnarchen. Einer der beiden Diener eilte herbei und wand ihm das halbvolle Glas aus der Hand und breitete eine Decke über ihn. Ibn Ammar wartete, bis sich der Junge wieder entfernt hatte. Dann fragte er beiläufig: «Warst du es, der die Qayna gekauft hat? Hast du sie aus Alexandria mitgebracht.» Er sah aus den Augenwinkeln, wie der Sabī sich ruckartig aufsetzte.

«Wie kommst du darauf?»

«Es war nur eine Frage», sagte Ibn Ammar beschwichtigend.

«Was soll die Frage?» sagte der Sabī grob. Er schien mit einem Mal wieder nüchtern.

«Der Mann, der sie gekauft hat, besitzt einen guten Geschmack», erwiderte Ibn Ammar.

Der Sabī musterte ihn mit einem so wilden Ausdruck in den Augen, als wollte er auf ihn losgehen. «Woher willst du das wissen?»

«Ich weiß es», sagte Ibn Ammar ruhig. «Sie ist sehr schön. Ihre Stimme, ihre Art zu tanzen, ihre Art sich zu bewegen, alles war von ungewöhnlicher Anmut.» Er legte eine Pause ein und setzte dann ohne besonderen Nachdruck hinzu: «Ich frage mich, was Ibn Mundhir mit ihr vorhat. So wie ich ihn einschätze, gehört er nicht zu den Männern, die im Alter ihr Geld an junge Frauen hängen.»

Der Sabī machte die Augen schmal. «Was geht dich das an!» sagte er grob. Und wandte sich wieder ab, starrte abweisend vor sich hin.

Und diesmal war sich Ibn Ammar sicher, daß es keinen Sinn hatte, weiter in ihn zu dringen. Er wartete eine Weile und stand dann auf und im Weggehen sagte er leise über die Schulter hinweg: «Die Liebe spielt mit meinem Herzen wie die Katze mit der Maus, sagt Abu Nuwās».

Er wartete nicht auf eine Antwort. Er lief unschlüssig den Laubengang entlang, bis er die Gegenseite erreicht hatte. Er war allein, die wenigen Gäste, die noch wach waren, saßen um den Kiosk in der Nähe der drei Musiker, die unermüdlich vor sich hin spielten. Der Mond war untergegangen, und am Osthimmel zeigte sich schon der erste Schimmer des neuen Tages. Er war froh, daß er allein war.

Als er an der Tür vorbeikam, die in den Seitenflügel des Hauses führte, hörte er plötzlich eine flüsternde Stimme, die ihn bei seinem Namen rief: «Muhammad! Muhammad Ibn Ammar!»

Er stand so starr, als wäre er auf eine gläserne Wand geprallt. Er wagte nicht, sich umzudrehen. Es war die Stimme einer Frau gewesen. Er dachte an die Qayna und verwarf den Gedanken im selben Augenblick. Nein, die Stimme war tiefer gewesen, dunkler, die Stimme einer anderen Frau. Wer war sie? Wer konnte sie sein? Wer kannte ihn im Harām dieses Hauses? Denn daran gab es keinen Zweifel, daß der Seitenflügel zum abgeschlossenen Teil des Hauses gehörte, wahrscheinlich gehörte auch die Terrasse dazu, und man hatte sie nur für die Dauer des Festes zugänglich gemacht und zu diesem Zweck alle Fenster und Türen, die auf die Terrasse hinausgingen, mit schweren Läden verschlossen. Er drehte langsam den Kopf. Er glaubte, hinter einem der Fenstergitter eine Bewegung wahrzunehmen. Da war jemand hinter dem Fenster. Und da war auch wieder die Stimme, jetzt ganz deutlich: «Bist du Ibn Ammar aus Sevilla? Muhammad Ibn Ammar, der Dichter? Sag mir, ob du es bist!»

«Ja», flüsterte er, «das bin ich.» Er stand noch immer starr, er sah durch das engmaschige Holzgitter ein Auge auf sich gerichtet. Er wollte einen Schritt rückwärts machen, um näher an das Fenster heranzukommen, als eine laute, lallende Stimme nach ihm rief, und drüben am Kiosk sich ein Arm hob, und er erkannte, daß es der Schachspieler war, der nach ihm rief: «He, Poet, willst du uns nicht Gesellschaft leisten!»

Er konnte nicht länger bleiben. «Gib mir ein Zeichen,» sagte er flüsternd gegen das Fenster hin. «Gib mir Nachricht!»

Im Weggehen sah er, wie hinter dem Gitter der Vorhang fiel.

6

SABUGAL

FREITAG 8. AUGUST 1063
10. SHABĀN 455 10. ELUL 4823

Der Capitan lauschte mit angehaltenem Atem. Vom Wehrgang her waren wieder die Schritte des Postens zu hören und das Hecheln der Hunde. Es mußte die Ablösung sein, es war an der Zeit.

Der Schuppen im Vorhof der Burg, in dem er mit dem Jungen lag, war an die äußere Palisade angebaut. Der Wehrgang führte über das Schuppendach hinweg und endete am Nordturm, der die Eckbefestigung der inneren Burg bildete. Die Wachordnung verlangte, daß der Posten, der den äußeren Wehrgang ablief, am Nordturm wartete, bis der Wachmann, der innen die Runde machte, ihm vom Turm herunter ein Zeichen gab. Dann machte er sich auf den Rückweg, bis er am anderen Ende des Wehrgangs wieder auf den Wachmann traf. Bei jeder Runde kam er zweimal über den Schuppen hinweg.

Der Capitan lauschte auf die Schritte, die rasch näher kamen. Ein neuer Posten, das war deutlich zu hören. Es war die Ablösung, die dritte Nachtwache. Aber war es Diego, der Galicier? Diego war langsam, ließ die Füße schleifen. Der da oben kam forsch und federnd daher, und er war schnell, er war schon am Schuppendach, keine Zeit mehr für lange Überlegungen, keine Zeit für Vorsichtsmaßnahmen. Letzte Chance. Jetzt nach dem Beginn der dritten Nachtwache blieben nur noch gut zwei Stunden, dann wurde der Himmel so hell, daß die Turmwache erkennen konnte, wenn sich am Boden etwas bewegte. Dann war es vorbei.

Er wartete, bis der Posten direkt über ihm war. «Diego!» rief er leise.

Der Mann oben machte noch zwei Schritte, dann hielt er an.

«Diego!» rief der Capitan noch einmal. «Diego!»

Er hörte, wie der Junge hochfuhr und sich aufsetzte. Die Fußkette rasselte. «Was ist los?» fragte der Junge.

«Nichts ist, bleib ruhig!» flüsterte der Capitan. Die Hunde oben winselten leise, und nach einer Weile setzten die Schritte wieder ein und entfernten sich in Richtung auf den Nordturm.

«Hat er etwas gesagt? Was hat er gesagt?» fragte der Junge voll Unruhe.

«Nichts», antwortete der Capitan. «Er hat nichts gesagt.» Er war auf einmal sehr müde. Er lag ruhig und spürte, wie ihm kalt wurde und wie die Angst nach ihm griff. Er streckte die Arme in verkrampfter Hast und ballte die Fäuste. Der bohrende Schmerz in den Gliedern, der von seiner verkrümmten Lage herrührte, raubte ihm fast den Verstand.

Als die Schritte zurückkamen, war er sicher, daß es nicht Diego war, der da oben die Runde machte. Er versuchte es trotzdem. Er rief: «Hör zu! Was hältst du von zwölf Gold-Dinar? Zwölf Metikalen von bestem Gold, hörst du! Was hältst du davon?»

Wieder hielt der Mann oben an. Für einen Augenblick war Stille, als sei er unschlüssig. Dann kam die Antwort. «Halt's Maul, Misthund», rief er herunter. «Hier ist keiner, der noch etwas will von dir, verstehst du.» Sie konnten hören, wie er ausspuckte und dann die Hunde antrieb und mit ruhigem Schritt seine Runde fortsetzte. Es war der Bursche eines der beiden Infanzones aus Guarda.

Der Capitan klammerte die Hand um das Rasiermesser, das er in der vergangenen Stunde unter Aufbietung aller Willenskraft aus dem Gürtel gefingert hatte. Er hörte, wie der Junge Luft holte, als wollte er eine Frage stellen, und wie er den Atem anhielt und die Luft stoßweise wieder ausließ, als traute er sich nicht, die Frage zu stellen. Es war sehr still. Er fing an, mit der Klinge an der Lederfessel herumzuschneiden. Er wollte nicht aufgeben, er durfte nicht aufgeben. Er wußte, daß es unmöglich war, den Mauerhaken, in dem seine Fußkette hing, und den der Schmied mit einem schweren Hammer umgeschlagen hatte, ohne Werkzeug aufzubiegen. Er wußte, daß kein geeignetes Werkzeug in erreichbarer Nähe war, aber er mußte etwas tun. Wenn er nichts tat, würde er verrückt werden. Er bemühte sich, alle Kraft, die ihm noch geblieben war, auf seine Finger zu konzentrieren, die das Rasiermesser führten. Die Riemen waren zäh und viel widerstandsfähiger gegen die Klinge, als er gedacht hatte. Er zitterte vor Anstrengung. Er arbeitete mit solcher Verbissenheit, daß er nicht hörte, wie der hölzerne Riegelbalken vor der Schuppentür herausgehoben und die Tür einen Spalt weit geöffnet wurde. Erst als ihm ein Hauch kühler Nachtluft in die Nase stieg, wurde er aufmerksam. Er sah einen schwarzen Schatten hereingleiten und hatte gerade noch Zeit, das Rasiermesser in der

Höhlung seiner Hand verschwinden zu lassen, da war der Schatten schon über ihm, und eine Stiefelspitze traf ihn hart in die Seite, und ein Messer war an seinem Hals, und eine Hand tastete sich an seinem Rücken hinunter, um sich zu vergewissern, daß die Fessel noch saß. Und dann hörte er eine Stimme dicht am Ohr: «Rühr dich nicht, Alter, keinen Ton, hast du verstanden!» Eine heiser krächzende Stimme, kaum zu verstehen. «Wo sind die zwölf Metikalen?» Es war Diego, der Galicier. Er mußte das Gespräch mit dem Posten belauscht haben.

Der Capitan drehte vorsichtig, so weit es das Messer zuließ, den Kopf zur Seite. Er mußte Zeit gewinnen. Er sagte: «Hör zu, Freund, nimm das Messer weg...»

Der Galicier unterbrach ihn hart. «Ich stoß dir das Ding in die Kehle, bevor du ein Amen herausbringst», sagte er. «Ich will wissen, wo die zwölf Metikalen sind!»

«Gut», sagte der Capitan schnell. Er beschrieb ihm das Versteck am alten Pferdestall. Er beeilte sich. Er spürte, wie das Messer zurückgezogen wurde. Er wartete, bis der Galicier fast an der Tür war, dann sagte er ruhig und mit unüberhörbarem Nachdruck: «Wenn du die zwölf Dinar geholt hast, dann komm zurück. Ich hab noch ein besseres Angebot.»

Der Galicier zögerte ein wenig, dann zog er die Tür vorsichtig auf und verließ den Schuppen so lautlos, wie er hereingekommen war. Sie konnten hören, wie er draußen wieder den Riegel vorlegte.

«Wer war das?» fragte der Junge mit tonloser Stimme.

Der Capitan ließ sich Zeit mit der Antwort. «Keiner, den du kennst», sagte er verdrießlich.

«Was hat er gewollt von Euch», fragte der Junge drängend, «was hat er gewollt?»

Der Capitan dachte über den Jungen nach. Was sollte er mit ihm anfangen, wenn er doch noch hier herauskam? Er konnte ihn nicht einfach hierlassen. Er mußte ihn mitnehmen oder umlegen. Er dachte über die erste Möglichkeit nach, dann über die zweite. Die zweite war die einfachere, und er entschied sich dafür, ohne noch einen Gedanken daran zu verschwenden.

«Er hilft uns, daß wir hier herauskommen», sagte er.

«Aber wie will er das machen?» fragte der Junge. Seine Stimme war jetzt voller Angst.

«Überlaß das mir», sagte der Capitan. «Laß mich das machen, und bleib du ganz ruhig!» Und als er spürte, daß der Junge weiterfragen wollte, wiederholte er noch einmal in schärferem Ton: «Bleib du ruhig, verstanden!»

Er hatte längst wieder angefangen, mit dem Rasiermesser weiterzuarbeiten. Seine Finger waren steif und aufgeschwollen, und es war so wenig Kraft in ihnen, daß er ständig fürchtete, die Klinge würde ihm aus der Hand fallen. Dabei brauchte er um so mehr Kraft, je tiefer die Klinge in das Leder eindrang. Er arbeitete, bis ihn ein Krampf im Unterarm zwang, eine Pause einzulegen.

Er lauschte in die Dunkelheit. Er versuchte, die Zeit zu berechnen, die der Galicier brauchte, um an den Beutel zu kommen. Der Mann mußte den ganzen äußeren Burghof durchqueren. Da mußte er sich dicht an der Mauer halten, um unentdeckt zu bleiben, aber am Versteck selbst hatte er nichts zu befürchten. Die Stelle war vom Wehrgang aus nicht einzusehen. Er mußte die Münzen eigentlich schon in der Hand haben, der Beutel steckte nur einen Fuß tief in der Erde. Wahrscheinlich war er schon auf dem Rückweg, vielleicht wartete er nur, bis die Wache die nächste Runde beendet hatte.

Er kam noch vor der Wache, drückte die Tür hinter sich zu, kauerte sich auf Armlänge vor dem Capitan nieder. Er gab keinen Laut von sich, nur ein durchdringender Knoblauchgeruch verriet seine Anwesenheit. Der Capitan brach schließlich das Schweigen.

«Hast du den Beutel?» fragte er.

Der Galicier blieb stumm. Er hockte lauernd in der Dunkelheit. Kein Atemzug, nicht das geringste Geräusch. Nur von draußen war das leise Piepsen eines Vogels zu hören, zaghaft und unsicher, als wäre das Tier selbst über seinen vorlauten Gesang erschrocken. Es war noch Nacht, es war noch viel zu früh für den Morgengesang.

Die Stimme des Galiciers kam wie aus dem Nichts: «Was für ein Angebot?»

Der Capitan schwieg. Er ließ ihn warten. Er hatte ihn richtig eingeschätzt, er hatte es immer geahnt. Der Galicier war keiner, der sich in einer Mannschaft wohl fühlte. Er war ein Einzelgänger, schon immer darauf aus gewesen, von Sabugal wegzukommen, in eine der Siedlungen im Osten zu gehen, von denen so viel erzählt wurde, nach Salamanca, nach Avila. Dort wurden Männer gesucht, die mit Waffen und mit Pferden umgehen konnten. Dort wurde nicht gefragt, wo einer herkam oder was sein Vater war, dort konnte jeder etwas werden. Der Capitan hatte selbst oft daran gedacht, dort noch einmal einen Anfang zu wagen, aber er hatte nie den Absprung gefunden. Der Galicier hatte den gleichen Gedanken im Kopf, und aus eben diesem Grund war er scharf auf das Geld. Nur mit Geld hatte er die Chance, in einer dieser neuen Städte gleich hoch einzusteigen. Als Caballero mit eigenem Pferd und eigenen Waffen und mit hohem Beuteanteil. Das war es, was er im Kopf hatte.

«Was für ein Angebot?» fragte der Galicier noch einmal. Seine Stimme war um eine Spur lauter.

«Es gibt noch ein Versteck», sagte der Capitan beiläufig.

«Wieviel ist drin?» fragte der Galicier.

«Ein versiegelter Beutel, wie ihn die Moro-Kaufleute benutzen», sagte der Capitan langsam, jedes einzelne Wort betonend. «Ich habe ihn nicht geöffnet, aber nach dem Gewicht müssen mindestens vierzig Metikalen drin sein. Dazu ein Beutel mit Silber. Dirhems und Pfennige, mehr als zweimal hundert Münzen, zwei Hände voll.»

«Er konnte hören, wie der Galicier Atem holte und mit einem leise schmatzenden Geräusch die Lippen befeuchtete.

«Was willst du dafür, Alter?» fragte der Galicier, und es kostete ihn hörbar Mühe, seiner Stimme einen gleichmütigen Klang zu geben.

«Eine Axt», sagte der Capitan.

«Eine Axt?» fragte der Galicier. Er machte nicht einmal den Versuch, seine Verblüffung zu verbergen.

«Eine Axt», wiederholte der Capitan. «Du holst eine Axt und legst sie neben mich hin. Und ich sage dir, wo du das Geld findest. Aber es muß jetzt schnell gehen, wir haben nicht mehr viel Zeit.»

Der Galicier rührte sich nicht. «Warum nur eine Axt? Warum verlangst du nicht, daß ich dich losmache?» fragte er. Seine Stimme war jetzt so heiser, daß sie kaum mehr zu verstehen war.

«Sobald du mich losmachst, bin ich über dir, das weißt du», sagte der Capitan. «Ich will nur die Axt.»

Er hörte, wie der Galicier aufstand und sich zur Wand tastete. Er spürte, wie er mit den Händen die Kette abgriff und den Mauerhaken und die Eisenringe um seine Fußgelenke. «Also eine Axt», hörte er ihn sagen.

Er wartete, bis der Galicier draußen war, dann begann er wieder, das Rasiermesser anzusetzen. Er arbeitete jetzt mit verdoppeltem Eifer. Er hatte einen Riemen durchgeschnitten und die Fessel so weit gelockert, daß seine Finger fester zugreifen konnten.

Als der Wachtposten bei der nächsten Runde das Dach passierte, hatte er die Hände frei. Er drehte sich auf den Rücken, streckte sich, dehnte sich, bewegte die Schultern, knetete die Handgelenke.

«Capitan, was ist?» fragte der Junge erschrocken aus dem Dunkel.

«Halt's Maul!» knurrte der Capitan. «Halt bloß dein Maul!»

Er wälzte sich auf die Seite, mit dem Gesicht zur Tür, und legte die Hände auf dem Rücken zusammen, das Rasiermesser in der Rechten. Er war bereit.

Der Galicier kam schneller zurück, als er erwartet hatte. Er drückte die Tür zu und machte drei Schritte auf den Capitan zu. Blieb dann stehen, blieb ganz ruhig stehen. «Du bist ein schlauer Fuchs, Alter», sagte er lauernd. «Ich frage mich die ganze Zeit, wie du mich zu leimen versucht.»

«Hast du die Axt?» fragte der Capitan.

«Ich habe die Axt», sagte der Galicier.

«Dann leg sie so auf den Boden, daß ich sie mir greifen kann», sagte der Capitan.

Der Galicier rührte sich nicht. Er schien unschlüssig und als er zu sprechen anfing, verstärkte sich dieser Eindruck noch. «Was ist, wenn ich dir die Axt gebe, und du sagst mir, wo das Versteck ist, und ich nehme dir die Axt wieder weg. Was willst du dagegen machen?« Er war mißtrauisch wie eine alte Krähe.

«Wenn du versuchst, mir die Axt zu nehmen, schreie ich», sagte der Capitan ruhig. «Ich würde so laut schreien, daß die Wachen schnell genug da wären, um dich noch zu kriegen. Und dann würde ich reden. Ich habe nichts zu verlieren, verstehst du!»

Der Galicier sagte nichts, und für einen Augenblick panischer Angst fürchtete der Capitan, daß er zu hoch gegriffen hatte mit der Geldsumme in dem angeblichen Versteck. Jeder halbwegs vernünftige Mensch mußte stutzig werden, wenn er darüber nachdachte, warum einer, der so viel Geld in der Hinterhand hatte, nicht schon lange auf und davon war.

«Und wer garantiert mir, daß ich das Geld finde?» fragte der Galicier.

Der Capitan atmete tief. Es klang wie ein Seufzer. «Hör zu, Diego», sagte er mit sanfter Betonung. «Du weißt, wie lange es dauert, bis ich mit der Axt die Handfessel aufkriege. Du kennst den Mauerhaken, in dem meine Fußkette hängt. Das Versteck ist so nah, daß du zurück bist, ehe ich den ersten Riemen durchhabe. Warum sollte ich dir etwas vormachen.»

Es war so still in der Dunkelheit des Schuppens, daß man von draußen den ersten schwachen Windhauch hören konnte, der den Morgen ankündigte. Die Tür öffnete sich einen Spalt weit und zeichnete in die schwarze Finsternis einen um eine Spur helleren, nachtgrauen Streifen, vor dem sich jetzt deutlich die Silhouette des Galiciers abhob.

«Leg die Axt auf den Boden», sagte der Capitan im gleichen ruhigen Ton wie vorher. «Schieb sie unter meinen Rücken. Ich liege auf dem Rücken. Wenn ich die Axt in der Hand habe, sage ich dir, wo du das Geld findest.»

Er sah, wie sich der Galicier bückte. Er hörte, wie er die Axt mit dem Fuß über den Boden schob. Er lag halb auf der Seite, das Gesicht dem Galicier zugewandt, die Hände auf dem Rücken. Als er die Axt spürte, setzte er sich ein wenig auf, faßte die Axt mit der linken Hand, ohne die Hand vom Rücken zu nehmen, als wäre er immer noch gefesselt, hielt sie am Griff. In der Rechten hatte er die Klinge.

«Ich habe die Axt», sagte er. «Also hör mir zu!» Er sprach so leise, daß der Galicier sich bücken mußte, um ihn zu verstehen. Er begann den Weg zu beschreiben, der zu dem Geldversteck führen sollte. Er sprach mit ruhiger Eindringlichkeit und dachte darüber nach, ob er die Axt benutzen sollte oder das Messer. Die Axt war die wirkungsvollere Waffe. Aber wenn er nicht genau traf, konnte es sein, daß der Mann zu schreien anfing. Das Messer würde ihn auf jeden Fall am Schreien hindern, wenn er es nur richtig ansetzte. Er entschied sich für das Messer.

Er sprach jetzt noch leiser, bis der Galicier tief in der Hocke saß. Sein Kopf war genau vor ihm, ein schwarzer Schatten im Ausschnitt der Türöffnung. Er ließ die Axt los. Und während er in ruhigem Ton weitersprach, hob er den Oberkörper so weit an, daß er beide Arme frei hatte und brachte sie nach vorn. Und ohne in seiner Erklärung abzusetzen, griff er zu, faßte dem Galicier mit der Linken in die Haare, riß ihm den Kopf zurück, zog ihm mit der Rechten in einem einzigen zügigen Schnitt das Messer durch die Kehle. Er spürte, wie es ihm warm ins Gesicht spritzte, spürte eine wild krallende Hand an seiner Brust, stieß mit beiden Fäusten zu, stieß den Mann von sich weg, griff nach der Axt, kroch auf Händen und Füßen, seitlich wie eine Krabbe, auf die Wand zu, hielt die Axt schlagbereit.

Ein keuchendes, pfeifendes Geräusch war zu hören, wie von einem undichten Blasebalg, ein Stöhnen ohne Ton. Dann ein wildes Schlegeln, das bald langsamer wurde und in ein hilfloses Zucken überging, ein dumpfes Trommeln, als die Fersen im Todeskampf gegen den Boden schlugen. Und dann, als es vorbei war, die Stimme des Jungen, angstverzerrt und kurz vor dem Überkippen: «Capitan, was ist das! Was macht der da, Capitan?»

«Ganz ruhig, mein Junge», sagte der Capitan in seinem sanftesten Ton. «Bleib ruhig, es ist alles in Ordnung. Der Mann hilft uns nur, hier herauszukommen, das ist alles.»

Er hatte den Satz noch nicht zu Ende gesprochen, als er spürte, wie ihn das Zittern überfiel. Es sprang ihn so plötzlich an, daß er kaum Zeit fand, nach einem Halt zu greifen. Es schüttelte ihn, als ob es ihn totschütteln wollte, beutelte ihn, packte ihn an allen Gliedern. Er zog sich an der Kette hoch, riß krampfhaft den Mund auf, damit die Zähne nicht aufeinanderschlugen, preßte den Kopf ins Genick. Er war hilflos wie eine Katze im Maul des Hundes. Es schüttelte ihn durch in wilden Stößen, die seinen ganzen Körper ergriffen und denen er wehrlos ausgeliefert war. Er hatte Angst, daß der Junge etwas merken könnte, daß er ihn sehen könnte, wie er schlotternd an der Kette hing, und die Angst machte es noch schlimmer. Sein Herz raste, und er atmete in hastigen Zügen durch den weitgeöffneten Mund und krallte seine Finger um die Kette, bis es schmerzte. Und dann ließ allmählich die Spannung nach, und die Schüttelstöße kamen seltener, und der klare Verstand kehrte zurück. Es war vorüber, er wußte, daß es vorüber war, er kannte diese Art von Anfällen, es war nicht das erste Mal, daß es ihn getroffen hatte, weiß Gott nicht das erste Mal. Er war nur nicht darauf gefaßt gewesen. Das letzte Mal lag schon so weit zurück.

Er suchte nach der Axt. Er mußte sich beeilen. Er brauchte etwas, auf das er sich stellen konnte, damit er an den Mauerhaken herankam. Er zerrte die Leiche des Galiciers vor die Mauer, klappte sie so zusammen, daß der Oberkörper auf den Beinen auflag, setzte die Füße darauf und zog sich an der Kette hoch, bis er aufrecht stand. Jetzt hatte die Kette so viel Spiel, daß er sie abziehen konnte, vorausgesetzt, es gelang ihm, den Haken aufzubiegen.

Er zwängte die Schneide der Axt in die Öffnung des Hakens, trieb sie mit dem Handballen weiter hinein, drückte mit aller Kraft, indem er das Blatt und den Stiel der Axt als Hebel benutzte. Es war nicht so schwer, wie er befürchtet hatte. Der Haken gab nach, gab gerade so weit nach, daß er die Kette herausbrachte. Er war frei. Er hatte noch die Eisen an den Füßen und die Kette dazwischen, aber die Kette war gut zwei Ellen lang, wenn er sie straff hielt, machte es kaum ein Geräusch beim Laufen. Er konnte sich bewegen, und er hatte ein Werkzeug, mit dem er die Nieten aufschlagen konnte, wenn er erst weit genug weg von der Burg war.

Er zog dem Galicier den Gürtel ab, schlang ihn durch die Fußkette, verstaute den Beutel mit den zwölf Dinar in seinem eigenen Gürtel, steckte die Axt dazu, griff nach dem Rasiermesser. Er mußte den Jungen stumm machen.

Er lief zur Tür, zog im Laufen die Kette mit der Gürtelschlinge straff, schaute hinaus. Und hätte beinah aufgeschrien vor Wut.

Es war Tag. Es war schon viel zu hell. Im Dorf krähten die Hähne, und Schafe waren zu hören irgendwo ganz in der Nähe. War er taub gewesen, war er blind gewesen? Die Zeit war schneller vergangen, als er gedacht hatte. Oder die Wache hatte später abgelöst als üblich. Er hatte sich verschätzt. Es war zu spät.

Aber während er noch wie gelähmt an der Tür stand, begann es in seinem Kopf schon wieder zu arbeiten. Eine Chance war vertan, er mußte die nächste ergreifen. Irgendeine Chance gab es immer. Der Junge mußte ihm helfen. Er mußte den Jungen dazu bringen, sich durch die kleine Schlupfpforte davonzumachen. Dem Jungen konnte es vielleicht gelingen, am Fluß entlang unbemerkt davonzukommen, er war kleiner, er konnte kriechen, jede kleinste Vertiefung als Deckung ausnutzen. Und selbst wenn ihn die Turmwache entdeckte, würde es eine gute Weile dauern, bis sie ihn eingefangen und ihn ausgefragt hatten. Das war seine Chance.

Er war mit drei Schritten bei dem Jungen, schnitt ihm die Handfessel durch. «Hör zu, Junge.» Er ließ ihm keine Zeit, Fragen zu stellen, erklärte ihm mit knappen Worten, was er zu tun hatte, nahm sich gleichzeitig die Kette vor, die den Jungen an den Dachpfosten fesselte, untersuchte die Fußeisen. Die hatte der Schmied nur kalt genietet, sie ließen sich mit der Axt ohne Mühe aufbrechen. «Lauf, Junge!» sagte er. «Wenn du draußen bist, achte auf die Turmwache und auf die Torwache. Beweg dich nur, wenn sie nicht in deine Richtung schauen. Und wenn sie dich entdecken, lauf so schnell du kannst und so weit du kannst, und lauf durch den Fluß, damit die Hunde deine Spur verlieren.» Sie vereinbarten einen Treffpunkt in einem Steinbruch drei Wegstunden von der Burg entfernt. «Warte dort auf mich. Warte, und wenn es zwei Tage dauert.» Er schob ihn zur Tür hinaus, blickte ihm nach, bis der Junge im Nachtschatten unter dem Wehrgang am Fuß der Palisade verschwunden war. Wenn der Junge durchkam, war er fürs erste gerettet.

Er betete, daß der Junge durchkam. Santa Maria, hilf! San Facundo, San Primitivo! Er zeichnete mit dem Finger ein Kreuz auf die Stirn, auf den Mund, auf die Brust. Er küßte die Muschel, die er an einem

Lederband um den Hals trug, er spuckte in die linke Handfläche und in die rechte und zerrieb die Spucke und legte die Hände aneinander und hielt sie vors Gesicht, so daß die Daumenspitzen die Lippen berührten. In dieser Haltung blieb er hinter der Tür stehen und wartete. Wartete so lange, bis er sicher war, daß der Junge die Schlupfpforte erreicht und die Burg verlassen hatte. Dann begann er nach einem Versteck zu suchen.

Die Rückwand des Schuppens war zugestellt mit allem möglichen Gerümpel, schadhaften Fässern, aufeinandergeschichteten Dauben, ausgefransten Körben, Getreidekrügen, alten Botijos und zerrissenen Lederschläuchen und Stapeln von zugeschnittenen Ästen, wie sie für Zäune gebraucht wurden. Es gab genügend Schlupflöcher, aber sie erschienen ihm zu offenkundig als Versteck geeignet. Er brauchte eine Ecke, in der keiner ein Versteck vermuten würde.

Er fand, was er suchte, im Winkel zwischen der Dachschräge und den Balken, die früher die Speicherdecke getragen hatten. An einer Stelle an der Vorderwand lagen noch einige verflochtene Äste auf den Balken, Stroh darauf, das aussah, als wäre es heruntergefallenes Dachstroh. Dort oben konnte er sich verstecken.

Er hatte sich gerade mühsam über dem Gerümpel an der Rückwand hochgearbeitet, lag bäuchlings auf dem Balken, über den er zur Vorderwand vorkriechen wollte, als die Tür aufging. Sie wurde gleich wieder geschlossen, und er konnte im ersten Augenblick nicht erkennen, wer hereingekommen war, weil ihm der Balken die Sicht versperrte. Er kauerte bewegungslos auf dem Balken mit angewinkelten Armen und Beinen, wie eine Spinne auf ihrem Faden. Dann hörte er die Stimme des Jungen.

«Capitan! Capitan!» rief der Junge leise.

«Sei still!» zischte er zurück. Er war wütend. Er hatte den Jungen losgeschickt, damit er eine Fährte legte. Er hatte sich ausgerechnet, daß der Castellan und seine Leute am Morgen, sobald sie die offene Pforte entdeckten, mit den Hunden losgehen und der Fährte des Jungen folgen würden. Er hatte gehofft, daß sie den Jungen einfangen und ausquetschen und dann im Steinbruch warten würden. Er hätte sie lange warten lassen. Er hatte nie vorgehabt, dem Jungen zu folgen.

«Ich konnte nicht weg», sagte der Junge von unten. «Die Schäfer sind draußen, es ist alles voller Schafe, die Hunde hätten mich fast erwischt.» Seine Stimme klang so, als ob er gleich losheulen wollte.

«Hast du die Tür an der kleinen Pforte offen gelassen?» fragte der Capitan scharf.

«Ja», sagte der Junge und zog den Kopf ein, als erwarte er eine Strafe.

«Dann geh zwischen die Fässer und scheiß dich aus», sagte der Capitan.

«Was soll ich tun?» fragte der Junge.

«Du sollst einen Haufen zwischen die Fässer setzen», wiederholte der Capitan. «Hier oben kommst du nicht mehr dazu.» Er war beruhigt. Also war wenigstens der Riegel an der Schlupfpforte nicht vorgelegt, so daß die Wachen annehmen mußten, daß sie aus der Burg geflohen waren. Das war gut. Das war vielleicht sogar noch besser, als wenn der Junge davongekommen wäre. Wahrscheinlich hätten sie ihn viel zu bald eingefangen.

Er wartete, bis der Junge zwischen den Fässern herauskam, und gab ihm ein Zeichen, daß er hochkommen sollte. Sie fanden beide Platz in dem Versteck, lang ausgestreckt auf dem Bauch liegend, einander gegenüber, Kopf an Kopf, eingewühlt in das Dachstroh.

«Hast du Angst?» fragte der Capitan.

Der Junge schaute ihn an. Er hatte ein breites, offenes Gesicht, das jetzt ein wenig entstellt war durch die Schwellungen um Augen und Mund. Gerade Brauen, die fast schon zu erwachsen wirkten, für die Kinderaugen darunter. Kräftige Nase, rundes Kinn, kräftiges Gebiß. Das Gesicht eines Bauernjungen, ohne Argwohn, mit einem schüchternen Lächeln um die Mundwinkel, das um Zuneigung warb. Vielleicht gehörte der Junge wirklich zu denen, über die ein Engel wachte, zu den Kindern Gottes, wie es der Conde glaubte. Es war ein Wunder, daß ihn niemand entdeckt hatte, während der langen Zeit, die er draußen gewesen war. Es war ein Wunder, daß er den Riegel an der Pforte offen gelassen hatte. Es erschien dem Capitan auf einmal selbst wie eine Fügung des Himmels, daß alles, was in dieser Nacht schief gelaufen war, sich zuletzt doch immer wieder zum Guten gewendet hatte. Sogar die Schafe schienen von einem Engel geschickt zu sein. Wenn die Hunde die Fährte des Jungen am Ausgang der Schlupfpforte verloren, mußte der Castellan annehmen, die Schafe hätten sie zertrampelt.

Vielleicht war es gut, wenn er den Jungen doch mit sich nahm, vielleicht konnte er ihn gebrauchen. Er war noch sehr jung, zu jung für einen Burschen, aber er würde schnell wachsen, und er war anstellig und nicht dumm und kräftig für sein Alter. In zwei, drei Jahren würde er einen guten Burschen abgeben. Es war immer besser, wenn man mit einem Burschen auftrat.

«Keine Angst?» fragte er und bemühte sich, dabei ein Lächeln zu zeigen.

Der Junge schüttelte den Kopf.

«Wir kommen hier heraus», sagte der Capitan mit Überzeugung. «Du kannst dich darauf verlassen». Es war, als erfüllte ihn die Anwesenheit des Jungen mit so viel Zuversicht, daß er wieder etwas davon zurückgeben konnte.

Die Sonne ging auf, und es wurde warm unter dem Strohdach. Er hörte die kleine Glocke der Burgkapelle zur Prim läuten und hörte den hölzernen Gong der Dorfkirche antworten. Er hörte die sanftklingenden Holzglöckchen der Leitschafe, die immer noch um die Burg waren, und den Gesang der Vögel. Er hörte die Geräusche des erwachenden Morgens, als hörte er sie zum ersten Mal. Er spürte, wie die Müdigkeit sich in ihm ausbreitete und seine Lider schwer machte, und er gab ihr nach, weil er sich sicher fühlte in dem Versteck unter dem Dach und neben dem Jungen, der ihn voll Vertrauen anblickte. Er trug dem Jungen auf, ihn zur Terz zu wecken, und sagte ihm, daß er ihn ohne Rücksicht wachrütteln sollte, sobald sich jemand dem Schuppen näherte. Er wollte ihm noch eine ganze Litanei von Vorsichtsmaßregeln einschärfen, aber mitten im Satz schlief er ein.

7

SEVILLA

FREITAG 10. ELUL 4823
10. SHABĀN 455 / 8. AUGUST 1063

Yūnus war schon mit dem Hornruf aufgestanden, der den Muslims an ihrem heiligen Tag die Öffnung der Bäder anzeigte. Er stand am Freitag immer so früh auf, es war der Tag, an dem er in der Praxis am meisten gefordert wurde. Vormittags viele muslimische Patienten, die die Zeit vor dem Freitagsgebet zu einem Arztbesuch nutzten, nachmittags die Juden, die sich kurz vor dem Sabbat noch eine kleine Krankheit einbildeten. Und dann mußte er an diesem Tag auch früher schließen wegen des Bades und der anderen Vorbereitungen für den Sabbat.

Die Praxis lag am Eingang eines kleinen Suks dicht hinter dem Carmona-Tor im Osten der Stadt. Seit er in Sevilla war, arbeitete er hier, seit fünfundzwanzig Jahren. Als er angefangen hatte, war der Suk ein reiner Bauernmarkt gewesen, auf dem ausschließlich Lederwaren verkauft wurden, die auf ländliche Bedürfnisse zugeschnitten waren: Stiefel, Schläuche, Gürtel, Riemen, Zaumzeug. Auch seine Patienten in dieser Anfangszeit waren fast alle nur Leute vom Land gewesen.

Dann waren die Bauern nach und nach auf die billigeren Märkte ausgewichen, die in den Vorstädten entstanden waren, und die Händler und Handwerker des Suks hatten sich auf exklusivere Bedürfnisse eingestellt. Heute fertigten sie nur noch feinste Lederwaren für den gehobenen Geschmack: versilberte Sandaletten, seidenbestickte Halbstiefel, Paradesättel nach Maß, durchbrochene, geflochtene, aus gefärbtem Leder kunstvoll gefertigte Gürtel und Polster, seidengefütterte Beutel und Taschen, goldbedruckte Bucheinbände. Entsprechend hatte sich der Status seiner Patienten gewandelt. Er behandelte jetzt nur noch Bürger der Stadt und kleine Adlige, die von ihren Landgütern hereinkamen. Trotzdem war es noch immer keine feine Adresse für einen Arzt, auch wenn die Schlauchmacher, die der Straße ihren Namen gegeben hatten, inzwischen fast alle abgewandert waren. Aber Yūnus hatte nie daran gedacht, den Platz zu wechseln. Er gehörte nicht zu den Menschen, die ständig Wechsel brauchen.

Als er ankam, hatte Zecharia schon die Staubvorhänge gespannt und die Sitzpolster ausgelegt. Es war kurz nach Sonnenaufgang. Im Warteraum saß nur ein einziger Mann: al-Fāsī, der Schuster.

Al-Fāsī war seit fündundzwanzig Jahren sein Nachbar. Er war einer der wenigen Handwerker des Suks, denen die Umstellung von der Bauernware auf die Luxusproduktion nicht so gut gelungen war. Er machte Lederstiefel. Früher waren es grobe Bauernstiefel gewesen, jetzt stellte er Reitstiefel her, Schuhe aus bestem Material, so sorgfältig verarbeitet, daß sie ein halbes Leben lang hielten. Nur leider waren sie ohne den geringsten modischen Schwung, ohne die Eleganz, die die neue Kundschaft des Suks verlangte. Es waren im Grunde noch immer die alten Bauernstiefel, nur eben jetzt von höchster Qualität. Und deshalb waren sie fast unverkäuflich.

Yūnus kannte alle diese Probleme und auch alle weiteren, die sich daraus ergaben, die gesellschaftlichen, die finanziellen, die familiären. Es gab nichts, das ihm al-Fāsī nicht anvertraut hätte, Yūnus war sein Freund, sein älterer Bruder, sein Parnās. Er war das Meer, in das er die Ströme seiner Sorgen leitete, der Brunnen, über den er die Kaskaden seiner Kümmernisse ausgoß. Al-Fāsī war, wie schon der Name sagte, in Fez aufgewachsen und, obwohl er schon mehr als dreißig Jahre in Sevilla lebte, sprach er noch immer das schauderhafte Arabisch der Leute aus dem Maghreb, das er durch eine besonders blumige Ausdrucksweise zu verbessern trachtete. Was konnte ihn dazu getrieben haben, so früh am Morgen schon seine Werkstatt zu verlassen?

Yūnus bat ihn in den Behandlungsraum, bot ihm ein Polster an. Al-Fāsī weigerte sich, Platz zu nehmen. Er wischte sich mit der Schürze eine Träne aus dem Auge, griff nach Yūnus' Händen, faßte sich ans Herz, kratzte sich mit dem kleinen Finger unter der Lederkappe, die ihm wie eine zweite Haut auf dem Kopf saß. Er war so erregt, wie Yūnus ihn selten erlebt hatte.

«Oh Hakīm, Gott der Erhabene erbarme sich meiner!»

Die Wogen des Unglücks waren über ihm zusammengeschlagen, der Schlund der Verzweiflung hatte sich vor ihm aufgetan. Sein Bruder war gestorben, der Buchbinder, der Pergamentmacher. Vor drei Monaten hatten sie schon die Frau des Bruders zu Grabe getragen, jetzt war die kleine Tochter allein zurückgeblieben, ein Mädchen von sechs, sieben Jahren, al-Fāsī wußte es nicht genau. Natürlich hatte er sie zu sich nehmen müssen. Wer sonst. Der Rest der Sippe saß in Fez. Also hatte er sie in sein Haus geholt.

Daraufhin war seine Frau ausgezogen und hatte sich bei ihrem Bruder einquartiert.

«Sie hat mich allein gelassen, Hakīm! Sie hat mich beschimpft mit Worten, die jede Blume zum Welken gebracht hätten, sie hat mir Namen an den Kopf geworfen, die mir Beulen geschlagen haben. Gott lasse ihr eine Eiterblase auf der Zunge wachsen!»

Yūnus konnte die Frau verstehen. Sie hatte sechs Kinder von al-Fāsī, lauter Töchter. Sie hatte gerade erst die Mitgift für die zwei ältesten zusammengekratzt, da brachte der Mann noch eine siebente daher.

Yūnus folgte al-Fāsī in die Werkstatt. Da saß das Mädchen zwischen den Lederabfällen am Boden. Ein braungebranntes Kind mit dicken schwarzen Haaren und mißtrauischem Blick. Der Bauch aufgedunsen von zuviel Brot und zuviel Kleiebrei. Der Buchbinder schien ein armer Wurm gewesen zu sein, noch ärmer als sein Bruder. Aber sie war hübsch, die Kleine. Wenn al-Fāsīs leibliche Töchter nur halb so hübsch wären wie dieses Mädchen, brauchte sich seine Frau um die Mitgift nicht solche Sorgen zu machen, dachte Yūnus.

«Was soll ich tun, Hakīm, was soll ich tun?» jammerte al-Fāsī.

Yūnus versprach, mit dem Rabbi zu reden. Man konnte die Kleine, wenn es gutging, am Sabbat in der Synagoge vorstellen, vielleicht fand sich eine Familie, die sie adoptierte. Er versprach, mit al-Fāsīs Frau zu reden und mit ihrem Bruder, vielleicht kam sie zurück, wenn die Aussicht auf eine Adoption bestand. Er versprach, die alte Dādā vorbeizuschikken, mit ein paar abgelegten Kleidern seiner eigenen Pflegetöchter, damit man die Kleine für den Auftritt in der Synagoge besser herausputzen konnte.

Al-Fāsī öffnete die Schleusen seiner Dankbarkeit und überschwemmte ihn mit einer Flut von Segenswünschen.

Später am Vormittag, der Warteraum hatte sich längst gefüllt, waren plötzlich vom al-Qasr her die großen Kesselpauken zu hören, und, wenn der Samum ein wenig nachließ, auch Trompeten und Pfeifen. Es klang, als wäre die große Kapelle des Fürsten unterwegs, in Richtung auf die Fähre zu. Keiner der Patienten kannte den Anlaß, auch keiner der Nachbarn. Niemand hatte eine Erklärung dafür.

Dann kam ein Patient in die Praxis, der ein Sekretär des Admirals der fürstlichen Flotte war. Er kam geradewegs vom Hafen, und er wußte Bescheid.

Der Fürst habe Sisnando Ibn David zur Fähre geleitet, al-Kund, den christlichen Grafen, der im Norden des Reiches von Badajoz, in der Nähe von Coimbra, eine kleine Grafschaft besaß und sich länger als einen Monat in Sevilla aufgehalten hatte. Al-Mutadid habe ihn unter hohen Ehrenbezeigungen verabschiedet: Große Militärkapelle, großer Baldachin. Für die Überfahrt über den Fluß sei sogar eigens die goldene Galeere des Fürsten aufgeboten worden, und der Fürst selbst sei vor der Laufplanke vom Pferd gestiegen und habe dem Grafen auf dem Schiff noch drei Ehrengewänder der zweiten Kategorie überreichen lassen.

Die Meinungen über die Bedeutung dieses Ereignisses gingen auseinander. Der Graf war ein Vasall des Herrn von Badajoz gewesen. Vor sechs Jahren hatte er sich mit dem Fürsten verbündet, und der Fürst hatte ihn mit Geld und Waffen unterstützt. Seit dieser Zeit war auch der Sohn des Grafen am Hof in Sevilla gewesen. Jetzt hatte der Graf ihn wieder mit sich genommen mit allen Leuten seines Gefolges. Er hatte kein Mitglied seiner Familie in Sevilla zurückgelassen. Bedeutete das ein Ende des Bündnisses? Oder unternahm der Graf, wie der Sekretär vermutete, im Auftrag des Fürsten eine Gesandtschaftsreise nach Leon, um Verhandlungen mit Fernando, dem König von Leon und Grafen von Kastilien, einzuleiten? Für diese Vermutung sprach der höchst ehrenvolle Abschied, den er erhalten hatte. Sollte es womöglich zu einem Bündnis mit dem König gegen den Herrn von Badajoz kommen, um den Rücken frei zu haben für einen neuen Angriff auf Cordoba?

Dann kamen Augenzeugen vom Ablegeplatz der Galeere, die die Geschehnisse aus nächster Nähe miterlebt hatten. Der Fürst habe müde ausgesehen und ungewöhnlich blaß. Und er sei schlecht zu Pferde gesessen und im übrigen auf einem Zelter, was noch nie vorgekommen sei. Das alte Rückenleiden? Oder hatte sich seine Gicht verschärft?

Am späten Vormittag, als einige der muslimischen Händler des Suks, die von der Hauptmoschee kamen und auf dem Weg waren, ihre Läden zu öffnen, vor der Praxis haltmachten, wurden die Diskussionen heftiger. Mehr oder weniger versteckt wurde Kritik laut an der nach Meinung mancher Beobachter zu ehrenvollen Verabschiedung des christlichen Grafen. Man fand den Aufwand übertrieben für einen so kleinen Herrn. Offenbar hatte auch schon ein Fakih das Thema aufgegriffen und an der Ostmauer der Hauptmoschee eine Brandrede gehalten. Es war das alte Thema, das von den strenggläubigen Muslims so gern wiedergekäut wurde: Keine Verhandlungen mit den Christen im Norden, keine Bündnisse, keine Geschäfte! Auf die Knie mit ihnen! In den Staub! Feldzüge, Strafexpeditionen, ein heiliger Krieg, daß sie um Gnade betteln mußten wie zu Zeiten al-Mansurs, des Siegreichen, der die spanischen Fürsten gezwungen hatte, ihre Töchter in seinen Harām zu schicken, und der die Glocken von Shant-Yago auf den Schultern der Besiegten hatte nach Cordoba tragen und in der Hauptmoschee als Lampen aufhängen lassen. Es gab immer noch viele, die den alten Geschichten von den großen Siegen der muslimischen Heere mit großer Begeisterung zuhörten.

Nach dem Mittagsgebet, als die meisten Muslims gegangen waren und wieder Ruhe eingekehrt war, kam Etan Ibn Eli, der Kaufmann. Er hatte einen riesenhaften Neger bei sich, schwarz wie die Nacht, der ihn um zwei Köpfe überragte und wie ein Leibwächter hinter ihm herging. Yūnus führte ihn in das Operationszimmer, das jetzt, während der heißen Mittagsstunden am kühlsten war und schickte einen Jungen in den großen Bazar, um aus einer der Garküchen ein Essen zu holen.

Ibn Eli hatte von dem Fakih an der Hauptmoschee gehört. Er hatte sein Ohr überall. «Mach dir keine Gedanken!» sagte er. «Was sind das schon für Leute, die auf diese wildgewordenen Fukahā hören. Kleinkrämer, Flickschuster, Eselverleiher, kleine Schreiber ohne Arbeit, armseliges Volk aus den Suks der Vorstädte, das davon träumt, daß wieder einmal ein siegreiches Heer aus dem Norden zurückkehrt mit tausend

Frauen im Troß, wie es der Großvater erzählt hat. Das ist es, woran sie denken. Sie machen große Worte vom heiligen Krieg und haben im Kopf nur ihre schmutzigen kleinen Träume.»

Ibn Eli war einer von Yūnus ältesten Freunden. Sie kannten sich schon aus Almeria, wo ihre Väter Nachbarn gewesen waren. Ibn Eli war ein Jahr früher nach Sevilla gegangen, und als Yūnus nachgekommen war, hatte er ihm die ersten Patienten verschafft. Er war im gleichen Alter wie Yūnus, ein kleiner, kräftig gebauter, quirliger Mann, gestenreich, laut und von unerschütterlichem Optimismus. Er zählte zu den großen Fernhändlern in der Stadt. Trotzdem war er in der jüdischen Gemeinde nicht sehr angesehen. Zu den exklusiven Empfängern des Nagīd wurde er nicht eingeladen, die Ältesten hatten ihm nicht einmal ein Ehrenamt anvertraut, und in den vornehmen Kreisen der großen Kaufherren und Bankiers war er nicht zugelassen. Man mißbilligte seine riskanten Geschäftsmethoden, und viele schätzten auch sein Gewerbe nicht, denn er handelte zwar, wie die meisten Fernhändler, mit fast allem, was Gewinn versprach, aber die größten Geschäfte machte er mit schwarzen Sklaven aus dem Niger, dem Sudan und aus Abessinien. Er unterhielt enge Handelsbeziehungen zu muslimischen Tujjār und war deshalb gewöhnlich besser unterrichtet über das, was in der Regierung vorging, als selbst jene Mitglieder des Ältestenrats, die am Hof zugelassen waren. Er hatte auch diesmal wieder, was die Abreise des Grafen anging, die genauesten Informationen.

«Es ist richtig, daß der Graf im Auftrag des Fürsten nach Leon geht», sagte er mit der lächelnden Beiläufigkeit des Eingeweihten. «Aber es geht nicht um ein Bündnis gegen Badajoz. Der König verlangt Geld, und der Fürst ist bereit zu zahlen, damit der Frieden erhalten bleibt, und damit wir Ruhe haben vor den Spaniern.» Er fächelte sich mit dem Ärmel seiner Zihāra Luft zu und fuhr nachdenklich fort: «Der König von Leon ist sehr stark, Gott schlage ihn mit einer Krankheit. Er hat keine Gegner mehr unter den spanischen Fürsten, die er fürchten müßte, er kann seine ganze Macht gegen Andalusien richten. Nur mit Geld läßt er sich zurückhalten. Al-Muzaffar von Badajoz zahlt schon seit Jahren Tribut an ihn, al-Ma'mūn von Toledo zahlt, al-Muktadir von Zaragoza ebenso. Und jetzt zahlen auch wir. Es wird viel Geld in den Norden fließen in den nächsten Jahren.»

Der Junge mit der Essenstrage kam aus dem Bazar zurück. Ibn Eli aß mit großem Appetit. Die Aussicht, daß mit den Zahlungen an den König der Spanier im Norden das Reich von Sevilla auch in eine gewisse

Abhängigkeit von Leon geraten könnte, schien sein Wohlbefinden nicht zu beeinträchtigen.

«Wir werden uns das Geld wieder holen», sagte er kauend. «Ein guter Kaufmann muß immer dem Geld nachziehen. Er muß mit seinen Waren immer dort sein, wo das Geld ist, und genau das werden wir tun. Ibn al-Kināni wird dort sein, wo es herkommt, in Audagust, in Sijilmāsa, in Fez, wo die Karawanen aus dem Niger ihr Gold hinschleppen. Und ich werde dort sein, wo es hinfließt, in Leon und in Burgos und in Pamplona. Ich werde es wieder zurückholen mit meinen Waren.» Er blickte Yūnus aus fröhlichen Augen an und breitete beide Arme aus. «Was wollen sie schon machen, die Spanier, mit unserem Geld. Sie können nur unsere Waren kaufen, was sonst, was wollen sie sich sonst dafür eintauschen, es gibt nichts bei ihnen.» Und sich einen neuen Bissen in den Mund schiebend, setzte er zufrieden hinzu: «Wir werden gute Geschäfte machen, Ibn al-Kināni und ich.»

Ibn al-Kināni war der Mann, der die berühmteste Schule für Sängerinnen, Tänzerinnen und Artistinnen in ganz Andalusien unterhielt. Er war erst vor drei Jahren aus Cordoba nach Sevilla gekommen, ein alter Herr von über siebzig Jahren, einer der wenigen muslimischen Händler, die über Jahrzehnte hinweg auch beste Handelsbeziehungen zu den Spaniern im Norden unterhalten hatten, und der selbst, wie schon sein Vater vor ihm, mit Musikerinnen und ausgebildeten Kammerzofen und schwarzen Hausdienern an die Höfe der spanischen Fürsten gereist war. Im vergangenen Herbst war sein ältester Sohn auf einer Reise nach Zaragoza zwischen Medinaceli und Calatayúd von einer spanischen Bande auf offener Straße überfallen worden. Ibn Eli war in Tag- und Nachtritten nach Osma gereist, um ihn auszulösen, aber er hatte nur noch seine Leiche zurückbringen können. Danach war er bei Ibn al-Kināni als Partner eingestiegen, und sie hatten sich die Handelssphären untereinander aufgeteilt: Der Muslim besorgte die Geschäfte im Maghreb, wo jüdische Händler zur Zeit wegen der Almoraviden nur unter größten Gefahren Handel treiben konnten, Ibn Eli hielt den Handel mit den Spaniern und den Judengemeinden in den Städten des Nordens aufrecht.

«Ich verstehe nur eines nicht», sagte Yūnus nachdenklich. «Wenn ihr Waren in den Maghreb bringt und die Almoraviden zahlt, damit sie euch erlauben, eure Waren gegen das Gold aus dem Niger einzutauschen, und ihr bringt das Gold dann nach Sevilla, und der Fürst läßt Münzen daraus schlagen, die er dem König von Leon gibt, damit der uns nicht bekriegt, und ihr schafft wiederum Waren in den Norden, um das Gold wieder zurückzuholen, müssen wir dann nicht doch verlieren? Irgendeiner muß doch bei diesem Handel verlieren?»

Ibn Eli wartete mit der Antwort. Er kaute ausgiebig und schluckte und trank und wischte sich die Lippen und lehnte sich bequem zurück. «Wir gewinnen Zeit», sagte er lächelnd.

«Du hast meine Frage nicht beantwortet», sagte Yūnus. «Wer verliert, wenn die Almoraviden gewinnen und die Spanier und du und Ibn al-Kināni. Wer verliert?»

Ibn Eli verzog den Mund zu einem dünnen Lächeln und sagte langsam und mit Bedacht: «Verlieren werden die Handwerker und die kleinen Händler. Verlieren werden genau die Leute, die zu den Fukahā laufen und sich die Geschichten vom heiligen Krieg anhören, von denen wir gerade gesprochen haben. Genau die werden verlieren.«

«Aber haben sie dann nicht recht, wenn sie zu diesen Fukahā laufen?» fragte Yūnus.

«Nein», sagte Ibn Eli ernst. «Mit wilden Reden ist es nicht getan. Sie müßten bereit sein, selbst die Waffen in die Hand zu nehmen, ihre Söhne in die Burgen an der Grenze zu schicken. Aber das wollen sie nicht. Und es wäre auch sinnlos. Mit Bäckern und Handschuhmachern und Barbieren läßt sich kein Krieg führen.» Er ließ sich von dem Negerriesen Wasser über die Hände gießen und blickte Yūnus in entspannter Zufriedenheit an. «Wir sind sehr reich in Andalusien», sagte er langsam und mit nachdenklicher Betonung. «Wir leben in einem schönen, wohleingerichteten Haus, das von einem fruchtbaren Garten umgeben ist. Wir lassen uns erlesene Speisen auftragen, kleiden uns in seidene Gewänder, genießen den Duft der Rosen. Es fehlt uns an nichts. Aber während wir es uns gut gehen lassen, stehen draußen vor den Toren andere, die uns voll Neid beobachten. Sie stehen im Norden, wo sie von ihren kargen Bergen herunterkommen, und an den Küsten Afrikas, die Wüste im Rücken. Sie beginnen an den Toren zu rütteln und an der Mauer hochzuklettern, und wir müssen plötzlich erkennen, daß wir die Mauer vernachlässigt haben, und daß die Torbalken zerbrochen sind, und daß unsere Diener Haus und Garten nicht verteidigen können.» Er beugte sich vor und klopfte mit dem Zeigefinger hart auf das Tablett, auf dem die leergegessenen Schüsseln standen. «Das ist die Lage, in der wir uns befinden.» Er richtete den Zeigefinger auf Yūnus. «Was also sollen wir tun?» Er stellte den Zeigefinger auf und deutete nach oben. «Ich will dir sagen, was wir tun. Wir werfen denen, die vor den Toren stehen, ein paar

Brocken zu, ein paar Happen von unserem Luxus, wie man den Hunden auf dem Hof ein paar Knochen zuwirft. Und wir hoffen dabei, daß sie sich um diese Knochen streiten, sich gegenseitig erschlagen um ihren Besitz. Und daß sie uns dadurch Zeit geben, die Mauern und die Torbalken auszubessern.»

Er schwieg, und sein Zeigefinger kam zur Ruhe, und eine Weile saßen sie sich schweigend gegenüber. Der Neger hatte die Arme vor der Brust gekreuzt. Es war ihm nicht anzusehen, ob er etwas von dem Gespräch verstanden hatte, wahrscheinlich sprach er gar kein Arabisch, sonst hätte Ibn Eli die Unterhaltung sicher in Hebräisch geführt.

«Wieviel Zeit werden sie uns lassen?» fragte Yūnus.

«Ich weiß es nicht», antwortete Ibn Eli vorsichtig. «Ich bin nur ein Kaufmann. Ich gehöre zu denen, die die Brocken vors Tor tragen. Das ist mein Geschäft. Es ist ein riskantes Geschäft, aber dafür lasse ich es mir gut bezahlen.» Er zeigte wieder sein breites Lächeln, und während er aufstand und dem Neger einen Wink gab, setzte er beiläufig hinzu: «Wenn du willst, kannst du dich beteiligen. Ich werde im nächsten Frühjahr eine Reise nach Frankreich unternehmen und dabei unter anderem auch eine Reihe solcher Kerle mitnehmen». Und er wies mit dem Daumen über die Schulter auf den Riesen, der wie eine Statue aus schwarzem Marmor hinter ihm stand. «Meine Leute haben mir geschrieben, daß die Fürsten in Frankreich ganz begierig sind auf schwarze Leibdiener. Vor allem die Kirchenfürsten sollen eine Vorliebe dafür haben, Gott allein weiß, aus welchem Grund. Es scheint eine Art Mode zu sein. Und wie immer in Modedingen werden phantastische Preise gezahlt.» Er schlug dem Neger gutgelaunt mit dem Handrücken vor die Brust. «Je größer sie sind und je schwärzer und je gefährlicher sie aussehen, desto höher ist der Preis. Ibn al-Kināni kauft sie in Sijilmāsa, ich werde sie an die französischen Herren verkaufen.» Er nahm Yūnus am Arm. «Es ist ein gutes Geschäft. So gut wie ohne Risiko. Wenn du einsteigen willst...?»

Yūnus zog die Schultern hoch. Es war nicht das erste Mal, daß Ibn Eli ihm vorschlug, in eine seiner Handelsunternehmungen zu investieren. Er hatte auch diesmal nicht vor, auf das Angebot einzugehen. Er fürchtete, daß ihre Freundschaft unter dem Geschäft leiden könnte, und diese Freundschaft war ihm wichtiger als ein möglicher Gewinn. Er suchte nach einer Ausrede, die den Freund nicht verletzen würde, aber bevor er noch etwas sagen konnte, kam ihm Ibn Eli zuvor.

«Laß es gut sein», sagte er. «Du brauchst dich nicht heute zu entscheiden, es hat noch Zeit.» Er umarmte Yūnus und stellte sich auf die Zehenspitzen, um ihm die Wange zu küssen. «Du hast mir versprochen, mich in meinem Haus zu besuchen, kannst du dich erinnern. Ich brauche dich. Mein jüngster Sohn stellt Fragen, die ich nicht mehr beantworten kann. Du weißt, wie unwissend ich bin.»

Yūnus brachte ihn bis vor die Tür.

Als er wieder in die Praxis zurückging, wurde ihm plötzlich bewußt, daß Ibn Eli in den letzten Wochen auffallend oft von seinem jüngsten Sohn gesprochen hatte. Der Junge war neunzehn, oder war er schon zwanzig? Er wollte Lehrer werden, er war in einem Alter, in dem der Vater nach einer Braut für ihn Ausschau halten mußte. Wie hatte er das übersehen können! Es war so naheliegend, daß Ibn Eli sein Augenmerk auf Nabīla gerichtet hatte. Er mußte das überdenken. Er hatte selbst schon über die Zukunft seiner Pflegetochter nachgedacht, vor vier Monaten, als sie vierzehn geworden war. Die Krankheit seiner Frau hatte ihn nicht zu einem Entschluß kommen lassen. Er mußte sich den Jungen ansehen. Er mußte sehr sorgfältig sein in seiner Wahl, denn Nabīla würde keine Einwände erheben gegen den Mann, den er ihr vorschlug.

Noch vor dem Nachmittagsgebet schloß er die Praxis und machte sich auf den Weg in ein Bad, das am anderen Ende der Stadt lag und das er vorher noch nie aufgesucht hatte. Er hoffte, dort Yūsuf Ibn Harūn anzutreffen, den Shaikh. Er hatte das Bedürfnis, mit ihm zu reden.

Es gab keinen Arzt in Sevilla, dessen Urteil Yūnus höher einschätzte. Der Shaikh war fast achtzig Jahre alt, er hatte seine Ausbildung noch bei Abu'l-Qasim az-Zahrawī in Cordoba empfangen. Es gab keinen, der erfahrener gewesen wäre. Yūnus hatte ihn oft konsultiert und in schwierigen Fällen zu Hilfe gerufen. Er hatte auch nach ihm geschickt, als bei der jungen Bäuerin, die man vor acht Tagen in sein Haus gebracht hatte, die Krise eingetreten war.

Er fand den Shaikh in der Maslah des Bades, und sie gingen in eine der Wandnischen, wo sie ungestört waren.

«Warum bist du nicht gekommen, als ich dich gerufen habe, Yūsuf?» fragte er mit leisem Vorwurf.

Sie blickten beide aneinander vorbei. Der Shaikh schwieg lange. Dann sagte er leise: «Ich war auf dem Weg, Yūnus. Aber ich bin wieder umgekehrt. Der Junge, Zecharia, den du zu mir geschickt hast, hat mir die Symptome beschrieben. Eine Frau von zwanzig Jahren mit diesen Symptomen. Du bist ein guter Arzt, wie hätte ich dir helfen können in einem hoffnungslosen Fall? Wir hätten nur das traurige Bild zweier Ärzte geboten, die sich in ihrer Ratlosigkeit einig sind. Wir hätten nur einer Sterbenden die letzte Zuversicht genommen.» Er machte eine Pause und suchte Yūnus' Blick. «Sie ist tot, die Frau, nicht wahr?» Er fragte nur um eine Bestätigung zu erhalten.

«Sie ist noch am selben Tag gestorben.»

«Und du hattest keine Diagnose?»

«Nein».

«Wie bei deiner Frau.»

Yūnus nickte und sein Blick wurde starr. Der Shaikh legte ihm die Hand auf den Arm, so leicht, als legte er einen Verband auf eine Wunde. «Du machst dir Vorwürfe wegen deiner Blindheit», sagte er mit Wärme.

«Wegen meiner Unwissenheit», sagte Yūnus. Und in einem plötzlichen Ausbruch fuhr er fort: «Ich wollte nicht mehr in meine Praxis gehen. Heute bin ich gegangen. Ich mußte mich dazu zwingen. Ich weiß nicht, ob es richtig war. Meine Unsicherheit ist so groß, daß ich fürchte, sie teilt sich meinen Patienten mit. Wie kann ich Vertrauen einflößen, wenn ich kein Vertrauen mehr in mich selbst habe. Unsere Wissenschaft gibt uns nur eine Krücke in die Hand, mit der wir uns wie Blinde vorwärtstasten. Wir können wenig tun, nicht viel mehr, als dem kranken Körper zu helfen, sich selbst zu heilen. Und wenn wir schon so wenig tun können, wie wichtig ist es da, dem Kranken Kraft zu geben und Zuversicht, wie du selbst gesagt hast. Ich hätte die Frau nicht behandeln dürfen. Ich konnte ihr nicht einmal diese Zuversicht geben.»

«Wenn die Krankheit stärker ist als die Widerstandskraft des Körpers, ist auch der beste Arzt machtlos. Darin sind sich alle Autoritäten einig.»

«Wer sagt, daß ihre Widerstandskraft nicht groß genug war!»

«Die Frau ist tot», sagte der Shaikh mit Nachdruck. «Sie ist tot, Yūnus. Und in unserem Buch steht geschrieben, daß jedem Menschen die Stunde seines Todes vorherbestimmt ist. Gott hat sie festgesetzt. Kein Arzt kann sie hinausschieben.»

Yūnus blickte überrascht auf. Er hatte mit dem Shaikh schon so viele Gespräche geführt, aber er schien ihn immer noch nicht gut genug zu kennen. Er wußte, daß der Shaikh als gläubiger Muslim galt. Manche hielten ihn sogar für einen Hāfiz, der den Qur'an Sure für Sure im Kopf hatte. Es hieß, daß er vierundzwanzig eigenhändige Abschriften des Qur'ans besaß und noch jeden Tag eine Seite schrieb. Aber Yūnus hatte auch Diskussionen im engsten Freundeskreis erlebt, in denen der Shaikh rundweg jede göttliche Offenbarung abgestritten, und die Entstehung der Religionen allein aus altem Brauchtum und dem Bedürfnis der Menschen nach einem allgemein gültigen Sittengesetz erklärt hatte. Er war ein Freigeist, der sich unter einem Mantel der Frömmigkeit versteckte, so hatte Yūnus bisher angenommen. War auch sein Skeptizismus nur ein Gewand, das er sich übergestreift hatte?

«Willst du mir einreden, daß ich an die Vorherbestimmung des Menschen glauben soll?» sagte Yūnus zweifelnd. «Du glaubst selbst nicht daran!»

«Ich habe nicht behauptet, daß das Leben des Menschen vorherbestimmt ist», gab der Shaikh mit ruhiger Beharrlichkeit zurück. «Jeder bestimmt sein Schicksal selbst, nichts spricht dagegen. In unserem Buch heißt es nur, daß jedem die Stunde seines Todes vorherbestimmt ist. Und das ist wahr, weil es weise ist. Es ist eine Erkenntnis, die uns hilft, mit dem Tod zu leben.»

Am späten Nachmittag, in der Bibliothek seines Hauses, als Yūnus die Ereignisse des Tages in das Heft schrieb, das er im Gedenken an seine Frau führte, notierte er am Schluß:

Ich weiß wohl, daß der Shaikh alles tat, um mich zu trösten, und in dem Hammām, während ich ihm gegenübersaß, war ich nur zu gern bereit, seinen Trost anzunehmen. Aber jetzt nagt wieder der Zweifel. Immer fallen mir die Fragen erst hinterher ein. Wenn unser Leben nicht vorherbestimmt ist, dann ist auch nicht vorherbestimmt, ob ein guter Arzt am Bett des Kranken steht oder ein schlechter. Ich hätte dem Shaikh gern eine Geschichte erzählt, die ich von al-Ilbirī habe, dem Chirurgen.

Al-Ilbirī war im Land unserer Väter gewesen, um die heiligen Stätten zu besuchen. Am Grab Abrahams in Hebron, in dem Hospiz, in dem die Pilger ein kostenloses Essen erhalten, stieß er auf eine Gruppe von Franken, die ebenfalls auf Pilgerfahrt waren. Als sie erfuhren, daß er Arzt war, brachten sie ihn zu einem Ritter, der einen Abszeß am Bein hatte, und zu einer schwachsinnigen Frau. Er behandelte den Abszeß mit Brei-Umschlägen, bis er sich öffnete und die Schwellung zurückging, und verordnete der Frau eine Diät, mit der er die feuchte Komponente im Mischungsverhältnis ihrer Körpersäfte zu stärken hoffte.

Danach erschien ein fränkischer Arzt, der sagte: «Dieser Mensch hat keine Ahnung von ärztlicher Behandlung!» Und er sagte zu dem Ritter: «Was ist dir lieber, mit einem Bein zu leben oder mit zwei Beinen zu sterben?» Der Ritter antwortete: «Mit einem Bein leben.»

Darauf sagte der fränkische Arzt: «Dann holt mir einen kräftigen Mann und eine Axt.»

Al-Ilbirī war dabei, als der Mann mit der Axt kam. Der Arzt legte das Bein des Patienten auf einen Holzblock und forderte den Mann mit der Axt auf, es mit einem Schlag abzutrennen. Al-Ilbirī schaute zu, wie der Mann zuschlug, einmal und dann noch einmal, weil der erste Hieb nicht saß. Er sah, wie das Knochenmark ausfloß. Der Patient starb kurze Zeit danach.

Dann untersuchte der fränkische Arzt die Frau. Er sagte: «Diese Frau ist vom Teufel besessen. Er sitzt in ihrem Kopf. Rasiert ihr die Haare ab.» Sie schoren der Frau die Haare und gaben ihr wieder ihren üblichen Fraß: Knoblauch und Zwiebeln. Daraufhin verschlimmerte sich ihr Zustand, und der Arzt sagte: «Der Teufel hat sich in ihrem Kopf festgefressen.» Er nahm ein Rasiermesser und machte einen kreuzförmigen Einschnitt auf ihrem Scheitel, schälte die Haut ab, bis die Schädeldecke freilag, und rieb Salz in die offene Wunde. Auch diese Frau starb kurze Zeit später.

Ich werde al-Ilbirīs Geschichte dem Shaikh bei unserem nächsten Treffen erzählen und ihn fragen, ob al-Ilbirī die Todesstunde dieser beiden Franken nicht hätte hinausschieben können, wenn man ihn seine Behandlung hätte fortsetzen lassen.

Aber ich ahne schon, was er mir sagen wird. Er wird mit dem Spruch unserer Väter antworten, daß der nicht weise ist, der zu weise sein will. Er wird sagen, daß wir nicht mit der scharfen Säge unseres Verstandes an dem Ast sägen sollen, auf dem wir sitzen. Und ich werde wieder ohne eine Antwort sein, die meinen Verstand befriedigt.

Er hat den Satz gebraucht: «Es ist wahr, weil es weise ist». Vielleicht ist das, was er sagt, wahr, weil er weise ist.

Yūnus schloß das Heft. Aus dem Bethaus der Karäer-Kongregation war der leise Gesang zu hören, mit dem sie den Sabbat einsangen. Er war schon dabei, Schreibzeug und Tagebuch in den Wandschrank zu räumen, da fiel ihm noch etwas ein, und er setzte sich noch einmal, um einen letzten kurzen Eintrag zu machen.

Ich habe vergessen, Dir zu sagen, wie das Mädchen heißt, der kleine Pflegling von al-Fāsī, dem Schuster. Sie heißt wie Du, Karīma, sie trägt Deinen Namen.

8

SABUGAL

SAMSTAG 9. AUGUST 1063
11. ELUL 4823 / 11. SHABĀN 455

Der Junge hatte sich alle Mühe gegeben, wach zu bleiben, wie der Capitan es ihm aufgetragen hatte, und hinterher hätte er ohne weiteres einen heiligen Eid auf das Leben seiner Mutter geschworen, daß er die längste Zeit über wach gewesen sei. Dabei hatte er genauso tief geschlafen wie der Capitan, und was er mitbekommen hatte, von dem, was sich um sie herum abgespielt hatte, war ihm nur im Halbschlaf ins Bewußtsein gedrungen: die Hornsignale, das Hundegebell, das vielstimmige Geschrei unten im Schuppen, die durchdringende Stimme der Dueña, das dröhnende Gedonner, als die Fässer durcheinandergeworfen worden waren, das Jaulen der Hunde, die zwischen dem Gerümpel herumgestöbert hatten, und die Hetzrufe der Hundeführer. Er hatte alles gehört, aber er war davon nicht aufgewacht.

Sie hatten beide tief und fest geschlafen, er und der Capitan, sie hatten geschlafen wie unter dem Flügel eines Engels.

Sie schreckten zur gleichen Zeit auf, beide vom selben Geräusch geweckt. Es war schon Abend, die Sonne war untergegangen. Von draußen drangen ungewohnte Laute herein: die hellen, aus der Kehle gepreßten Treibrufe der Peones und das unwillige Muhen der Rinder, Rufe von vielen fremden Stimmen, Kommandos, Hundegebell, Pferdegewieher und immer wieder das Donnern der Hufe auf der Zugbrücke vor dem äußeren Tor. Das war es, was sie geweckt hatte, dieses donnernde Geräusch der Hufe auf der Brücke. Kein Zweifel, der Conde war angekommen mit seiner Mannschaft aus Guarda.

Wenig später hörten sie ihn selbst. Er hatte eine unverkennbar hohe, dünne, fast weinerlich klingende Stimme. Sie hörten ihn näherkommen. Die Dueña war bei ihm und der Castellan, und beide sprachen auf ihn ein, ohne daß zu verstehen war, was gesprochen wurde. Dann waren sie am Schuppen und kamen herein, der Conde voraus, drei Infanzones aus Guarda dicht hinter ihm und sein Leibknappe und ein fünfter Mann in schwarzrotem Hartleder-Panzer mit einer bestickten Kappe auf dem Kopf und schwarzem, geflochtenem Bart. Erst als er zu sprechen anfing, erkannte ihn der Capitan. Es war Diego Mendez, der Bruder des Grafen von Portocale.

Er sagte: «Ich meine, wir sollten die zwei den Hunden überlassen und uns um die Pardos kümmern. Ich meine, es ist schon viel zuviel Zeit vergangen. Die Spur wird kalt. Wir sollten ihnen nach. Sofort! Mit allen Leuten!»

Der Conde ging zur Wand, wo die Leiche des Galiciers lag, stieß den leblosen Körper mit der Fußspitze um, so daß er auf die Seite fiel und die klaffende Wunde am Hals sichtbar wurde. Er schlug ein Kreuz darüber und murmelte etwas, das sich anhörte wie eine hastige Beschwörung. Dann drehte er sich zu Diego Mendez um, der hinter der Schuppentür stehengeblieben war.

«Es sind fast fünfzig Pferde, Diego, diese Spur ist auch morgen noch gut zu verfolgen», sagte er ruhig und setzte mit Nachdruck hinzu: «Im übrigen bin ich der Meinung, daß es genügen sollte, wenn wir ihnen zwanzig Männer hinterherschicken.»

«Nur zwanzig Mann?» sagte Diego Mendez aufbrausend. «Mein Gott, Fortún, du weißt so gut wie ich, was auf dem Spiel steht. Es geht um unsere Ehre und um unser Recht. Wenn wir nicht mit aller Macht zurückschlagen, werden diese Bauernschweine immer wieder kommen und uns keine Ruhe mehr lassen. Bisher haben sie nur unsere Hirten belästigt und unsere Bauern, aber das jetzt war kein einfacher Viehdiebstahl mehr, das war ein regelrechter Überfall, ein Angriff auf eine deiner Burgen. Das ist Krieg!»

Der Conde begann, mit der Spitze seines Stiefels ein Häufchen Erde zusammenzuscharren und auf die eingetrocknete Blutlache zu schieben, die sich auf dem Boden hinter der Schuppentüre ausgebreitet hatte, dort, wo der Galicier verblutet war. «Ich glaube nicht, daß wir es als einen kriegerischen Akt ansehen sollten», sagte er leise. «Es waren Viehdiebe, und wir werden sie verfolgen und bestrafen wie gemeine Viehdiebe, nicht anders.»

«Fortún, sie haben deine Burg angegriffen», unterbrach ihn Diego Mendez, und seine Stimme bebte vor angestautem Zorn. «Sie haben deine Leute in der Burg herausgefordert. Sie fühlen sich stark genug, uns offen zu überfallen. Das hat es noch nie gegeben. Wir müssen ihnen zeigen, daß noch immer wir die Herren sind in diesem Land. Wir müssen es ihnen zeigen!»

Der Conde fuhr fort, die Blutlache mit Erde zuzuhäufeln. Er gab sich den Anschein, als erforderte diese Aufgabe seine ganze Aufmerksamkeit. «Die Frage ist nur, ob wir auch stark genug sind, es ihnen zu zeigen», sagte er gleichmütig.

«Was soll das heißen! Was sind das schon für Leute! Diebe, Knechte, Hurenpack! Lumpenvolk, das sich auf Gäule gesetzt hat.»

«Ich weiß nicht, ob wir mit ihnen so leicht fertig werden», unterbrach ihn der Conde. Er hatte die eine Hälfte der Blutlache zugedeckt und verlagerte jetzt das Gewicht seines Körpers auf das andere Bein, um sich an die zweite Hälfte zu machen. «Es ist nicht mehr so wie früher, Diego», fuhr er fort. «Das Land im Osten, vom Duero südwärts bis zu den Gredos, war immer offenes Land gewesen. Jetzt haben sich diese Siedler festgesetzt. Es hat schon angefangen zu Zeiten meines Großvaters. Damals waren es wenige. Heute sind es so viele, daß sie Städte gründen. Und heute sind sie nicht mehr allein. Es gibt große Herren, die hinter ihnen stehen. Der Abt von Sahagún, der Burggraf von Zamora und an der Spitze von allen der König selbst, Don Fernando, der verdammte Kastilier. Er schickt seine Dienstleute in dieses Land, kleine Hidalgos, Männer ohne Namen, sie sitzen überall, bauen Burgen, führen sich auf wie Grafen, sprechen Recht im Namen des Königs, führen das Siegel des Königs, besetzen das Land für den König.»

«Es ist freies Land, war nie dem König untertan», sagte Diego Mendez mürrisch. «Nicht dem König von Leon!»

Der Conde wiegte den Kopf. Er hatte fast die ganze Blutlache zugehäufelt und deckte jetzt mit einer genau ausbalancierten Bewegung des linken Fußes die letzte offene Stelle zu, drückte die Erde sorgfältig mit der Stiefelsohle glatt.

«Trotzdem müssen wir damit rechnen, daß der König sich hinter die Pardos stellt, wenn wir sie angreifen. Wir haben das Recht, aber er hat die Macht und er ist stark genug, uns unser Recht zu nehmen. Frag deinen Bruder, er ist der gleichen Meinung wie ich. Selbst wenn wir uns zusammenschlössen, alle Grafen am Duero, wären wir nicht stark genug gegen ihn. Aber nicht einmal wir sind uns einig. Sisnando Davidiz war schon in Leon. Gott weiß, wer von den anderen auch schon seine Fühler ausgestreckt hat. Vielleicht wird auch uns bald nichts anderes übrigbleiben, als vor dem König in die Knie zu gehen.»

Diego Mendez spuckte aus.

Der Conde warf ihm einen mißbilligenden Blick zu und trat einen Schritt zurück und wandte sich an den Castellan, der mit gesenktem Kopf neben ihm stand, und fuhr mit unerwarteter Schärfe fort: «Deshalb werden wir die Pardos nur mit zwanzig Mann verfolgen, und du, Alvar, wirst die Verfolgung übernehmen. In deinem Namen und ohne meinen Auftrag. Du verfolgst sie, wie man Viehdiebe verfolgt, und wenn du sie eingeholt hast, behandelst du sie wie Viehdiebe. Häng sie auf, nimm ihnen die Pferde ab, aber führe keinen Krieg gegen ihre Siedlungen.» Sein Ton war jetzt so hart und schneidend, daß der Castellan unter jedem Wort zusammenzuckte. «Und komm nicht zurück ohne die Pferde, wage dich nicht unter meine Augen, bevor du die Pferde zurückgeholt hast!»

Er wandte sich ab und ging zur Tür, wobei er sorgfältig darauf achtete, auf keinen der verstreuten Blutspritzer zu treten. Als er schon die Tür erreicht hatte, drehte er sich noch einmal um und deutete mit dem Kopf auf die Leiche des Galiciers und sagte beiläufig: «Laßt die Leiche wegschaffen, sie fängt an zu stinken». Und im Hinausgehen fügte er hinzu: «Aber zeigt sie vorher den Leuten. Sie sollen sehen, wie es einem ergeht, der denen zu helfen versucht, die wir in Eisen legen.»

Der Capitan wartete, bis sie die Leiche weggeschafft hatten, dann machte er sich mit aller Vorsicht daran, seine Fußfessel aufzubrechen. Er stellte bald fest, daß es unmöglich war, die Fußeisen selbst, die um seine Knöchel lagen, zu sprengen. Sie waren zu gut vernietet. Er konnte nur die Ösen abdrehen, in denen die Kette hing, indem er mit Hilfe der Axt die nächsten Kettenglieder so lange hin und her bewegte, bis das Eisen mürbe wurde. Dann blieben ihm zwar die Fußringe, aber seine Beine waren frei, und wenn er die Ringe mit Stroh auspolsterte, behinderten sie ihn auch nicht mehr beim Laufen. Er würde sie später, sobald sie erst außerhalb der Burg waren, mit der Axt aufbrechen.

Es war längst dunkel, als er die Kette losbekam. Der Junge hatte die ganze Zeit neben ihm gesessen und ihn beobachtet. Jetzt schlief er. Sollte er schlafen. Sie hatten eine harte Zeit vor sich, wenn sie erst aus der Burg heraus waren. Sie mußten die Nacht durchlaufen und den Tag dazu und vielleicht auch die folgende Nacht. Es war gut, wenn er sich jetzt ausruhte.

Der Capitan dachte darüber nach, welche Richtung sie einschlagen sollten. Er hatte zuerst vorgehabt, nach Süden zu gehen, auf maurisches Gebiet. In den letzten Jahren waren die Beziehungen des Conde zu den maurischen Nachbarn im Süden immer lockerer geworden, obwohl er formell noch die Oberherrschaft des Fürsten von Badajoz anerkannte. Trotzdem war Badajoz kein Ziel. Der Conde hatte noch seine Leute dort am Hof. Der Handel lief noch. Der Rindertreck, der morgen früh abgehen sollte, war für Badajoz bestimmt. Wenn sie in den Süden wollten, mußten sie weiterziehen. Nach Cordoba vielleicht, nach Sevilla. Er hatte Männer kennengelernt, Kastilier aus dem Norden, die auf der

Soldliste des Herrn von Sevilla gestanden hatten und als reiche Leute zurückgekommen waren. Sevilla war vielleicht ein gutes Ziel, weit genug weg von Guarda. Die Schwierigkeit lag nur darin, daß er nichts mitbringen konnte, kein Pferd, keine Rüstung, keine Waffen. In seinem Alter tat man sich überall schwer, wenn man zu Fuß und ohne Ausrüstung ankam. Im Süden war es so gut wie unmöglich. Kein Moro-Amir würde ihm einen Vorschuß zahlen, man würde ihm nicht einmal eine Chance geben, seine Kenntnisse und Fertigkeiten vorzuführen. Da gab es genügend Jüngere, die sich bewarben. Nein, wenn er nach Süden ging, konnte er nicht als armer Hund ankommen.

Er ließ sich durch den Kopf gehen, was der Conde gesagt hatte. Wenn die Siedler im Osten gegen den Conde standen, war er bei ihnen am sichersten aufgehoben. Dort waren auch die Informationen, die er bieten konnte, etwas wert. Er kannte den Castellan, er wußte, wie zäh der Mann war, er kannte seine Taktik und seine Tricks, er kannte die Zahl seiner Leute. Wertvolle Kenntnisse für die Pardos, die von ihm verfolgt wurden.

Aber war es möglich, diese Pardos zu finden, bevor sie der Castellan fand? Sollte er ihrer Spur folgen, sie zu erreichen versuchen, ehe der Castellan sie aufspürte? Das war ein aussichtsloses Unterfangen ohne Pferd, und außerdem war er überzeugt, daß die Spur nicht dorthin führen würde, wo die Pardos herkamen. Die Bande hatte nicht ausgesehen wie ein zusammengewürfelter Haufen von kleinen Viehdieben. Das waren erfahrene Leute gewesen, eine gut eingespielte, disziplinierte Truppe. Die hatten das nicht zum ersten Mal gemacht, die würden wissen, daß ihnen eine Meute nachkam, die würden keine Spur zu ihrer Höhle legen, damit man sie ausräuchern konnte. Sie hatten eineinhalb Tage Vorsprung. Sie würden als erstes versuchen, die Pferde loszuschlagen, und deshalb würden sie nach Süden reiten. Denn dort, wo sie herkamen, konnten sie mit den Tieren, die sie erbeutet hatten, nicht viel anfangen. Nicht mit diesen Tieren.

Die Infanzones in Leon und Kastilien liebten große, schwere Pferde. Vierjährige, Fünfjährige, fertig zugeritten, so hingestellt, daß man aufsteigen und losreiten konnte. Solche Pferde waren im Norden gefragt. Die Tiere dagegen, die die Pardos von der Koppel geholt hatten, waren Dreijährige, frisch von der Weide, wild und ungezähmt. Die konnte man nur in Andalusien loswerden. Die Moros bevorzugten diese ungezügelten Tiere. Sie liebten es, ihren Pferden die Kandare selbst einzulegen, mit Honig beschmiert, damit ihnen der Zwang versüßt wurde. Sie legten ihnen mit eigener Hand den Sattel auf, liebevoll, mit vielen guten Worten, sie überließen ihre Pferde nicht fremden Händen, ritten sie selbst zu, warfen ihnen selbst das Futter vor, zogen sie mit der gleichen Liebe groß wie die eigenen Kinder. Deshalb bekam man für diese wilden Dreijährigen nur im Süden einen guten Preis.

Das mußten auch die Pardos wissen. Die Pferde der Grafen von Guarda waren weithin berühmt. Es waren zähe, wendige Tiere mit starken Gelenken, weil sie in den Bergen aufwuchsen. Schon die Vorväter des Conde hatten diese Pferde gezüchtet mit arabischen Zuchthengsten und Stuten, die ihnen der Kalif von Cordoba geschenkt hatte, lange vor der Zeit des großen Almansor. Noch der Vater des Conde hatte einen arabischen Stallmeister gehabt, der die Stammtafeln für jedes Tier in arabischer Schrift geführt hatte. Die Moros schätzten diese Pferde. Deshalb würden die Pardos zu den Moros reiten, nach Coria oder noch weiter. Sie würden versuchen, sie so schnell wie möglich zu verkaufen, und dann würden sie sich auf den Rückweg machen, getrennt und in kleinen Gruppen, damit ihnen keiner so leicht folgen konnte.

Also war es besser, wenn er mit dem Jungen gleich nach Osten ging, in die Richtung, aus der die Pardos gekommen waren, auf der Spur, die sie nach Sabugal gelegt hatten.

Von draußen war das Prasseln der Feuer zu hören, und Rauch war in der Luft und der Geruch nach gebratenem Fleisch. Wie üblich am Abend vor dem Abmarsch eines Rindertrecks in den Süden, ließ der Conde ein paar Hammel braten und Wein ausschenken an alle Männer. Gute Voraussetzungen für eine Flucht. Sie würden alle besoffen sein in der Nacht und schlafen wie die Igel im Winter, und die Wachen würden nicht allzu aufmerksam sein, weil sie sich sicher fühlten, so viele auf einem Haufen.

Nach dem letzten Abendläuten wurde es ruhiger. Der Capitan wartete, bis die erste Nachtwache abgelöst wurde, dann weckte er den Jungen, und sie kletterten aus ihrem Versteck hinunter. Sie blieben im Schuppen, bis die zweite Wache drei Runden hinter sich gebracht hatte. Der Mond war hinter Wolken, als sie den Schuppen verließen. Sie liefen unter dem Wehrgang an der Palisade entlang. Die Feuer waren heruntergebrannt, überall schliefen Männer auf dem Boden. Sie liefen ohne Hast an ihnen vorbei. Keiner wachte auf, keiner rief ihnen nach, kein Hund gab Laut. An der Schlupfpforte war keine Wache, nicht einmal die Balken waren vorgelegt, nur der kleine Klappriegel heruntergelassen. Sie kamen hinaus, ohne aufzufallen. Kein Geräusch, nur ein leises Knacken, als sie die Tür von außen zudrückten und der Riegel in die Verankerung fiel.

Sie wandten sich nach links und liefen im Graben entlang bis zu der niedrigen Palisade, die die äußere Pferdekoppel einschloß, liefen geduckt um die Koppel herum und hielten hinter der äußersten Ecke an, von der aus sie das Burgtor überblicken konnten. Der ganze Weg am Graben entlang von der Zugbrücke bis zum Eingang der Koppel stand voll mit Pferden und Maultieren. Sie waren in einer Reihe an die Hürde gebunden, die den Weg gegen den Graben hin abschloß. Diesseits des Weges, in einem Stoppelfeld, auf halber Strecke zwischen der Ecke, an der sie standen, und der Zugbrücke, brannte ein Feuer. Drei Wachen lagen daneben. Alle drei schienen zu schlafen, das Feuer war schon viel zu weit heruntergebrannt, sie hätten es längst wieder anfachen müssen. Das Tor zur Koppel war verschlossen. Von dem Pferdeknecht, der die Koppel nachts bewachte, war nichts zu sehen. Auch von seinem Hund nicht.

Sie beobachteten die Pferde. Dreißig, mehr als dreißig Tiere standen da, sie konnten sie schnobern hören, sie hatten ihren Geruch in der Nase. Sie waren keine vierzig Schritte entfernt, aber gegen den Eingang der Koppel zu war es so dunkel, daß sie die Tiere nur als schwarze Schatten ausmachen konnten.

Der Capitan hatte nicht an eine solche Möglichkeit gedacht, er war nur seinem Instinkt gefolgt, nicht einem vorgefaßten Plan, als er den Weg zur Torseite der Burg eingeschlagen hatte. Er saß in der Hocke, den Jungen neben sich. Er spürte den Blick des Jungen auf sich gerichtet, erwartungsvoll und voll Vertrauen. Er zögerte, obwohl es nichts zu überlegen gab. Sie mußten es riskieren. Sie waren im Vorteil. Wenn sie unbemerkt bis zu den Pferden kamen, konnten die Wachen sie nicht mehr aufhalten. Sie kannten das Gelände, die Wachen nicht, die sahen aus, als wären es Leute aus Guarda.

«Was ist?» fragte der Junge flüsternd.

Der Capitan zögerte immer noch. Irgend etwas drückte ihm von innen gegen die Brust, quetschte ihm die Kehle zu.

«Lauf zu! Hol eins von den Pferden», sagte er. Seine Stimme klang gepreßt.

Der Junge starrte ihn an. «Ich?» fragte er unsicher.

«Los! Mach zu!» sagte der Capitan hart. Er hatte seine Stimme wieder in der Gewalt.

Der Junge nickte, zeigte die Zähne in einem schiefen Lächeln. Dann lief er los. Er schnürte an der Palisade entlang, gebückt, mit kurzen, schnellen Schritten, die Hände fast am Boden. Er sah aus wie ein großer grauer Hund, ein streunender Hund in der Nacht. Er war deutlich zu sehen, auf der ganzen Strecke, bis er zwischen den Pferden verschwand.

Die Wachen lagen noch immer am Boden, rührten sich nicht. Kein Windstoß, der das Feuer angefacht hätte. Auch auf der Burgmauer nichts zu sehen, kein Geräusch zu hören.

Der Capitan wartete. Wartete in wachsender Unruhe. Warum brauchte der Junge so lang? Was machte er? Es konnte nicht so lange dauern, ein Halfter von der Hürde loszubinden. Wo blieb er?

Er starrte auf die dunkle Reihe der Pferde. Keine Bewegung zu erkennen im Schatten vor dem Tor der Koppel, dort wo der Junge sein mußte. Was war los?

Er kroch ihm nach, um besser sehen zu können, kroch fast die Hälfte der Strecke auf dem Bauch, dicht an der Palisade entlang. Kroch wieder zurück, wartete, flach auf dem Boden liegend, hinter der Ecke der Palisade. Wartete. Santa, santissima Maria, wo war der Junge!

Dann sah er ihn. Sah, wie er langsam näherkam, ruhig, ohne Eile, ein Pferd hinter sich, das er lang am Zügel führte, ein riesiger, schwarzer Schatten, erschreckend deutlich zu erkennen, unübersehbar. Er glaubte zu sehen, daß der Junge eine Lanze in der Hand hielt. Er sah die Lanze. Er sah, daß das Pferd einen Sattel trug. Er blickte zu den Wachen hinüber, die sich immer noch nicht bewegten. Er hörte, daß es unter den Tieren vor dem Eingang zur Koppel unruhig wurde, genau dort, wo der Junge herkam. Aber das nahm er nur noch mit halbem Ohr wahr. Da war der Junge schon heran, und sie hatten das Pferd schon außer Sicht gebracht, um die Ecke der Palisade, waren schon auf dem Weg zum Fluß, über die abgeernteten Felder, weg von der Burg.

Sie führten das Pferd am Zügel bis zum Fluß hinunter und ein Stück am Ufer entlang und dann durch das Wasser. Es war ein ungewöhnlich großes Tier, eine gutgefütterte, starkknochige Stute. Der Capitan stieg auf, nahm dem Jungen die Lanze ab, zog ihn hoch, ließ ihn hinter sich aufsitzen. Er wollte ihm noch etwas sagen, ein Wort der Anerkennung, etwas das nach einem freundlichen Lob klang. Es fiel ihm nichts ein.

Und plötzlich war Hufgetrappel zu hören, leise noch, entfernt, aber deutlich von der Burg her. Sie hörten es beide gleichzeitig, starrten in die Dunkelheit. Nichts zu sehen. Aber das Hufgetrappel wurde lauter. Es kam auf sie zu, kam eindeutig auf sie zu.

Der Capitan rammte dem Pferd die Fersen in die Seite, trieb es an, jagte es den Hang hinauf. Als sie auf halber Höhe angekommen waren, drehte er sich im Sattel um. Das Hufgetrappel war immer noch hinter ihnen. Es kam näher, kam stetig näher. Der Capitan jagte das Pferd in halsbrecherischem Tempo über den Hügelkamm. Er spürte, wie sich der Junge an ihn klammerte.

«Wie viele sind es?» rief er ihm über die Schulter hinweg zu.

«Ich kann sie nicht sehen«, gab der Junge atemlos zurück.

«Kannst du nicht hören!« schrie der Capitan, Angst in der Stimme. «Wie viele?»

«Ich weiß es nicht», rief der Junge zurück, «ich glaube, es ist nur einer.»

«Einer?!»

«Ich weiß nicht, ich glaube ... ja!»

«Nur einer?« wiederholte der Capitan. «Nur einer? Warum nur einer?« sagte er vor sich hin. Die Angst war auf einmal weg. Er war ruhig, saß aufrecht im Sattel, nahm das Pferd ein wenig zurück. Er hatte die Lanze im Griff, spürte den harten, runden Schaft in seiner Hand. Er versuchte, die Entfernung abzuschätzen, die den Verfolger noch von ihm trennte. Der Vorsprung war groß genug, um das Pferd anzuhalten, zu wenden und wieder genügend Fahrt zu gewinnen für einen guten Stoß. Es reichte.

Er traf seine Vorbereitungen mit kalter Entschlossenheit. Er fühlte sich gut jetzt, fühlte sich so gut, wie seit langem nicht mehr. Es war wie in den alten Zeiten, als er noch der Mann mit der Peitsche war, as-Saut, der Barrāz des Amirs von Lerida, der Sahib al-Fahs, der Meister im Zweikampf.

«Halt dich an mir fest!» rief er dem Jungen zu, «leg deine Arme um mich, leg deinen Kopf auf meinen Rücken!»

Er hielt das Pferd an, wendete es fast auf der Hinterhand, trieb es aus dem Stand zu schärfster Gangart an, nahm das Ziel auf nur nach dem Gehör. Legte die Lanze ein, während das Pferd vorwärtsschoß. Er hatte sie weit hinten gefaßt, er hatte keinen Schild, um den Gegenstoß abzufangen, er mußte sie lang nehmen, er mußte es riskieren. Er konnte jetzt den schwarzen Schatten auf sich zukommen sehen, schnell, sehr schnell. Er brachte die Lanze gut aufs Ziel, der schattenhafte Gegner war rasend schnell heran, er sah das Pferd, er sah den Reiter nicht, brachte die Lanze dicht am Kopf des Pferdes vorbei, erwartete den Stoß, stieß ins Leere, während das Pferd an ihm vorbeifegte. Hielt an, so gewaltsam, daß die Stute hinten einknickte, stand gebückt in den Steigbügeln, hielt sich am Sattelknopf fest, atmete tief ein, atmete aus, begann im Ausatmen zu lachen, lachte ohne Ton. Es klang wie ein heiseres Husten. Er lachte, lachte.

Er stellte sich vor, wie er diese Geschichte erzählen würde, wie er sie vor einer Runde von Freunden zum besten geben würde. Und lachte noch mehr, schüttete sich aus vor Lachen. Er hatte ein Pferd ohne Reiter angegriffen, hatte es nach allen Regeln der Kunst mit der Lanze angegriffen. Nein, nicht einmal ein Pferd. Ein Maultier! Es trabte mit hocherhobenem Kopf und aufgestellten Ohren heran, zufrieden schnaubend, begrüßte die große Stute, rieb seinen Kopf an ihr. Mochte der Himmel wissen, vielleicht waren die beiden Tiere zusammen aufgewachsen, vielleicht gehörte die Stute einem Infanzon und das Maultier seinem Burschen, es hatte sich jedenfalls losgerissen und war der Stute nachgelaufen. Ein schönes, starkes Maultier und ein schnelles dazu.

Der Capitan half dem Jungen hinauf. Dann machten sie sich auf den Weg.

Sie ließen die Tiere im Schritt gehen. Es gab keinen Grund mehr, sie zu hetzen. Wenn sie die ganze Nacht durchritten, konnten sie einen guten Vorsprung herausholen.

Sie schlugen den Weg ein, von dem der Capitan glaubte, daß er in jene Gegend führte, aus der die Pardos hergekommen waren.

9

MURCIA

DIENSTAG 21. SHABĀN 455

19. AUGUST 1063 / 21. ELUL 4823

Ibn Ammar saß auf seinem Platz an der Südmauer der Hauptmoschee, nicht weit von der schlanken Bogenbrücke, die den al-Qasr mit der Moschee verband, zwischen den anderen Schreibern, die hier auf Kunden warteten. Er saß auf einer Schilfmatte am Boden, vor sich das kleine Pult mit den Schreibutensilien. Es war später Nachmittag, und in der Gasse zwischen den hohen Mauern des al-Qasr und der Moschee staute sich die Hitze des Tages, eine staubtrockene, gewalttätige Hitze, die sich lähmend auf alles Lebendige legte. Er saß schon den ganzen Tag hier, und er saß noch immer, obwohl der ganze lange Tag erst zwei Kunden gebracht hatte, armselige Bauern dazu, die ihn mit Obst bezahlt hatten. Er hatte nicht die Kraft gefunden, aufzustehen, die Hitze drückte ihn nieder, machte, daß er in träger Ergebenheit weiterwartete.

Er hielt die Augen halb geschlossen, blinzelte durch den Schattenschirm seiner Wimpern hindurch auf das Pflaster der Gasse. Von den Leuten, die durch den kleinen Ausschnitt seines Blickfelds liefen, sah er nicht mehr als die Füße. Plattgetretene Füße, schwielige Füße, verkrümmte, kotbespritzte, grindige Füße, schwarze Negerfüße mit hellen Sohlen, Mädchenfüße in bunten Ledersandaletten, die leicht vorüberhuschten, trippelnde Kinderfüße, müde Füße, mit Lappen umwickelt, hart auftretende Stiefelfüße, Bauernfüße in vielfach geflickten Lederschuhen, denen spitz stochernde Eselhufe folgten, elegante Halbstiefel, von denen nur die Spitzen zu sehen waren unter den Säumen blütenweißer Gewänder, die achtlos im Staub schleiften. Eine endlose Reihe von rechts nach links, von links nach rechts.

Er versuchte, sich die Menschen vorzustellen, die zu diesen Füßen gehörten, versuchte, sich auszumalen, wie sie aussahen, welche Berufe sie haben mochten, welchem Stand sie angehörten. Dann gab er dieses Spiel auf, nahm nur noch die flüchtige Bewegung wahr, das gleichförmige Hin und Her trappelnder Füße und wehender Gewandsäume. Bis mit einem Mal das Bild zum Stillstand kam und zwei Stiefel vor ihm stehen blieben, die Spitzen ihm zugekehrt, genau in der Mitte seines Blickfelds. Er war wach genug, um sofort zu erkennen, daß es kein Kunde war, der da vor ihm stand. Der Stoff des Gewandes zu fein, die Stiefel zu teuer. Und unvermittelt packte ihn eine panische Angst, die ihn steif machte, unfähig, den Kopf zu heben. Er verkrampfte sich in Erwartung von etwas Furchtbarem, einen endlosen Augenblick lang, bis sein Verstand wieder einsetzte und ihm sagte, daß er sich umsonst ängstigte. Was war bloß in ihn gefahren? Es gab keinen Grund mehr, daß er sich ängstigte, nicht hier in Murcia, es mußte an seiner Müdigkeit liegen und an der Hitze, dieser unerträglichen, Halluzinationen fördernden Hitze.

Der Mann, der vor ihm stand, war Sammār Ibn Hudail, der Sabī, der Schwestersohn Ibn Mundhirs, des Tuchhändlers.

«Tut mir leid, wenn ich dich erschreckt habe», sagte der Sabī. Er war noch größer, als Ibn Ammar ihn in Erinnerung hatte, stand wie ein Turm vor ihm. Wettergebräuntes Gesicht mit kurzgeschnittenem Bart, tiefbraun unter der weißen Kopfbinde. Die Augen von einem ungewöhnlich hellen, intensiven Blau.

«Es war nichts», sagte Ibn Ammar schnell. «Ich war nur am Einschlafen, das ist alles.»

Der Sabī musterte ihn ohne Interesse.

«Mein Onkel hat einen Auftrag für dich», sagte er mit leichter Ungeduld in der Stimme. »Ich soll dich holen.»

Ibn Ammar machte keine Anstalten, sich zu erheben. Er blieb ruhig sitzen, blickte in störrischem Trotz an dem Mann vorbei. Seit Tagen wartete er auf diesen Augenblick, seit dem Morgen nach dem Fest hatte er darauf gehofft, daß Ibn Mundhir ihn wieder in sein Haus rief. Er hatte sich so viel von seinem Auftritt versprochen, er war ein paarmal in den Bazar gegangen, hatte sich den Kaufherren gezeigt, die er auf dem Fest kennengelernt hatte. Man hatte ihn wiedererkannt und mit freundlicher Herablassung gegrüßt, aber keiner hatte ihn aufgefordert, sich zu setzen, keiner hatte ihm ein Getränk angeboten. Er hatte eine neue Wohnung in der Stadt bezogen, hatte sich neu eingekleidet, sein ganzes Geld verbraucht in der Hoffnung auf die nächste Einladung, den nächsten Auftrag, aber sie hatten ihn hängen lassen. Seit zwei Tagen saß er wieder auf seinem alten Platz zwischen den Schreibern an der Moschee, um sich wenigstens eine warme Mahlzeit zu verdienen.

«Warum schickt er *dich*?» fragte er bissig. «Warum schickt er nicht einen von seinen Dienern?»

«Er hat einen Mann zu dem Haus geschickt, in dem du wohnst, aber der Mann hat dich nicht angetroffen. Und die Ladendiener kennen dich nicht gut genug, um dich hier zu finden», sagte der Sabī und setzte unwillig hinzu: «Wie ist es, willst du hier bleiben oder kommst du mit. Mein Onkel wünscht dich sofort zu sehen.»

Ibn Ammar packte sein Schreibgerät zusammen, die Papierrolle, die Schilfmatte. Er ließ sich Zeit, viel Zeit. Und ärgerte sich selbst über dieses schäbige Beispiel kleinlicher Rache.

Sie liefen schweigend nebeneinander her. Als sie auf den weiten Platz hinauskamen, der die Moschee vom Bazar-Viertel trennte, war plötzlich von der Straße her, die zum Valencia-Tor führte, der Schlag einer einzelnen Trommel zu hören und ein scharf klatschender Laut, der einen seltsam gleichmäßigen, langsamen Takt dazu schlug. Die Trommel verstummte, und eine schreiende Ausruferstimme setzte ein, so schrill, daß sie nicht zu verstehen war.

Der Sabī war langsamer geworden, und Ibn Ammar sah, daß er angestrengt zu jener Ecke des Platzes hinüberspähte, wo die Straße einmündete. Zwei Lanzenreiter, die die Farben der Palastwache des Qa'id trugen, bogen auf den Platz ein. Dahinter kam der Trommler, gefolgt von einem hohen, zweirädrigen Eselkarren. Auf dem Karren stand ein Mann, der ihnen den Rücken zuwandte. Er war mit ausgespannten Armen zwischen zwei Pfosten gebunden. Dem Mann gegenüber, auf dem rückwärtigen Teil der Ladefläche, stand ein großer Neger mit nacktem Oberkörper, auf dem Kopf eine gelbe Lederkappe, an den Händen gelbe Lederhandschuhe. Von ihm kam das klatschende Geräusch. Er schlug dem Gefesselten mit den behandschuhten Händen ins Gesicht, weitausholend, unerbittlich, rechts und links und rechts und links mit schauerlicher Regelmäßigkeit.

Der Zug nahm den Weg zum al-Qasr, kam genau auf sie zu. Wieder setzte die Trommel aus, und wieder ließ sich die schreiende Stimme vernehmen, und jetzt sahen sie auch den Mann, der schrie, und konnten ihn verstehen. Ein kleiner, dicker Mann mit kahlgeschorenem Schädel und aufgerissenem Gewand, kein Ausrufer, sondern wahrscheinlich ein Diener des Gefesselten, der sich seine Freiheit damit erkaufte, daß er seinen Herrn auf dem Weg zur Hinrichtung verfluchte.

Er schrie: «Seht her? Seht diesen Verfluchten, den Gott in die tiefste Verdammnis stürzen soll! Seht ihn euch an, Abu Mūsā Ibn Abdallāh, den streunenden Hund und Sohn eines streunenden Hundes. In einem lodernden Feuer soll er brennen, wie Abu Lahab, und seine eigene Frau soll das Feuer schüren! Seht her! So ergeht es allen, die unseren Herrn verraten, den erhabenen Qa'id Abu Bakr Ahmad Ibn Tāhir, den Großmütigen, den Gott uns erhalten möge!»

Der Sabī hatte abrupt angehalten, als der Name des Verurteilten gefallen war. Er stand starr mit geballten Fäusten, sein Gesicht war fahl geworden unter der Wetterbräune.

Der Zug näherte sich rasch. Leute kamen über den Platz gelaufen, bildeten eine Gasse. Ein paar Halbwüchsige liefen johlend neben dem Karren her, bewarfen den Gefesselten mit Pferdemist.

Auch Ibn Ammar erinnerte sich jetzt an den Mann. Seit einer Woche wurde in der Stadt hinter vorgehaltener Hand über ihn gesprochen, viele Gerüchte gingen um. Er war vor einigen Jahren völlig mittellos nach Murcia gekommen, aus dem Osten, wie es hieß, ein Mann aus altem arabischen Adel vom Stamm der Quraysh, nach anderen Aussagen ein Abenteurer von zweifelhafter Herkunft. Er hatte überraschend schnell das Vertrauen des Qa'id gewonnen, war jahrelang sein Günstling gewesen, hatte eine einflußreiche Stellung am Hof innegehabt, war zuletzt, kaum dreißig Jahre alt, mit einer Burg belehnt worden und mit großen Ländereien im Süden an der Grenze zu Almeria. Vor einem Jahr, so wurde behauptet, hatte er versucht, sich dem Fürsten von Almeria anzudienen. Der Fürst war zum Schein auf das Angebot eingegangen und hatte ihn festgesetzt, um ihn an Ibn Tāhir auszuliefern, aber Abu Mūsā hatte fliehen und sich nach Granada in Sicherheit bringen können. Zu aller Überraschung war er vor zwei Wochen von dort zurückgekommen, hatte sich dem Qa'id auf Gnade und Ungnade ergeben. Ein Gerücht sagte, daß ihn nur die Sehnsucht nach seiner Frau, die in Murcia zurückgehalten worden war und die er über alles liebte, zu diesem verzweifelten Schritt getrieben habe.

Der Karren fuhr jetzt dicht an ihnen vorüber, und Ibn Ammar konnte den Mann sehen. Das Gesicht war bis zur Unkenntlichkeit aufgeschwollen, rot wie rohes Fleisch. Aus den Augen, der Nase, dem Mund lief Blut. Der Kopf pendelte haltlos hin und her unter den Schlägen des Negers.

Der Sabī hatte den Blick abgewandt und starrte schweigend auf den Boden. Sie warteten, bis sich die Leute zerstreut hatten und der Karren um die Ecke der Moschee-Mauer verschwunden war. Dann nahmen sie ihren Weg wieder auf.

Als sie in das Gassengewirr des Bazarviertels eintauchten, fragte Ibn Ammar: «Hast du den Mann gekannt?»

Der Sabī gab keine Antwort.

«Ist es wahr, was die Leute von ihm sagen, daß er diese Festung an der Grenze bei Cartagena dem Herrn von Almeria übergeben wollte?»

Wieder keine Antwort. Aber Ibn Ammar konnte sehen, daß es dem Sabī schwer fiel, zu dieser Frage zu schweigen.

«Und ist es wahr, daß er nur aus Liebe zu seiner Frau und zu seiner kleinen Tochter zurückgekehrt ist, wie es heißt?»

Eine kurze Weile kämpfte der Sabī noch mit sich, dann konnte er nicht mehr an sich halten. «Ja, ich weiß, was die Leute reden», sagte er bitter. «Sie machen eine rührselige Geschichte daraus. Aus Liebe zu seiner Frau!» Mit einem schnell zupackenden Griff faßte er Ibn Ammar am Arm. Der Griff war so fest, daß er schmerzte. «Ich will dir sagen, was ihn dazu gebracht hat, sich zu stellen. Sie haben gedroht, seine Frau an einen Hafenwirt in Cartagena zu verkaufen. Deshalb ist er zurückgekommen.»

«Ist seine Frau Christin?» fragte Ibn Ammar.

«Sie kommt aus einem christlichen Haus, aber sie hat unseren Glauben angenommen. Sie haben behauptet, sie hätte es nur zum Schein getan.»

«Wer hat das behauptet? Wer wollte sie zur Hure machen?»

Der Sabī zog Ibn Ammar am Arm zu sich heran und sagte leise: «Dieselben Leute, die behauptet haben, er hätte sich an den Herrn von Almeria verkauft.»

«Welche Leute?» fragte Ibn Ammar. «Wem war er im Weg? Wer waren seine Feinde?»

«Alle, die ihm geneidet haben, daß er in der Gunst des Qa'id stand und daß er das Vertrauen Hassūn Ibn Tāhirs besaß, des Kronprinzen.»

«Meinst du Ibn Ta'lab, den Hadjib des Qa'id?» fragte Ibn Ammar.

Der Sabī sagte nichts, und als Ibn Ammar seinen Blick suchte, wich er aus.

«Meinst du Prinz Muhammad, der auf dem Fest deines Onkels war?» fragte er weiter.

Der Sabī nickte kaum merklich.

«Woher willst du das wissen?» fragte Ibn Ammar. «Du warst lange weg.»

«Ich habe Freunde, die es wissen», sagte der Sabī.

Ibn Ammar glaubte allmählich zu begreifen, warum der Tuchhändler so viel Distanz zu seinem Neffen wahrte.

«Der Mann auf dem Karren, Abu Mūsā, war er einer von deinen Freunden?» fragte er mit Wärme.

Der Sabī ließ Ibn Ammars Arm los, als wäre ihm erst in diesem Augenblick aufgegangen, wie fest er ihn die ganze Zeit über im Griff gehalten hatte. «Ich weiß nicht», sagte er leise. «Für mich war er ein Freund. Ich habe ihn gut gekannt. Ich habe ihm mehr vertraut, als ich meinem Bruder vertraut hätte. Du darfst nicht glauben, was die Leute über ihn reden.»

«Ich glaube es nicht», sagte Ibn Ammar.

«Ich habe ihn in Aleppo kennengelernt, auf meiner ersten Reise in die Länder des Ostens», fuhr der Sabī fort. «Er ist auf demselben Schiff nach Cartagena gekommen, das mich von dieser ersten Reise zurückgebracht hat. Er ist der Sohn eines Amirs, aber er hat mich in seinem Haus empfangen wie einen Freund, und auch, als er am Hof war und schon hoch in der Gunst des Qa'id stand, hat er mich nicht vergessen. Gott gebe ihm Kraft.»

«Du glaubst nicht, daß er doch noch Gnade findet vor dem Qa'id?»

«Nein», sagte der Sabī. Und wie zur Bekräftigung wiederholte er noch einmal: «Nein, ich glaube es nicht.»

«Ein Fürst, der keine Gnade kennt, ist kein großer Fürst», sagte Ibn Ammar.

Der Sabī blieb stehen und faßte ihn leicht an der Schulter und zog ihn zu sich heran. «Sag so etwas nicht vor den falschen Leuten», sagte er, und in seinen Augen lag eine ernste Warnung. Ibn Ammar hatte noch nie bei einem Mann Augen von einem so intensiven Blau gesehen.

Der Tuchhändler empfing sie in seinem Kontor, einem kleinen, karg ausgestatteten Raum mit weißgekalkten Wänden, dessen einziger Luxus darin bestand, daß er angenehm kühl gehalten wurde. Irgendwo mußte ein geschickt versteckter Wasserverdunster arbeiten. Ibn Mundhir stand hinter einem Stehpult, schrieb mit langem Arm, ließ sich nicht stören, bis er zu Ende geschrieben hatte.

«Ah, unser junger Mann aus Sevilla!» Knappe Begrüßung. «Du hast eine neue Wohnung bezogen, wie ich höre.» Er kannte den Besitzer des Hauses. «Nicht unbedingt das Passende für einen begabten jungen Mann. Man wird sehen, ob sich etwas Besseres finden läßt.» Dann ohne Übergang zum Geschäft. «Ich habe dich holen lassen, weil ich einige Briefe benötige, die einer besonders...», er suchte nach dem geeigneten Wort und fand es nicht, «...einer besonderen Form bedürfen, du verstehst, was ich meine.»

Er erwartete keine Antwort. Winkte dem Sabī, deutete auf ein Holzkästchen, das neben vielen anderen gleichartigen Kästchen in einer der Wandnischen hinter dem Stehpult stand.

«Ich brauche zunächst zwei Briefe an zwei Empfänger, die mir Geld schulden. Ich benötige das Geld, deshalb bin ich gezwungen, die Zahlung anzumahnen. Aber...», er unterbrach sich, während er in dem Kästchen kramte, «...aber da es sich um sehr hochgestellte Schuldner handelt, muß die Mahnung sehr sorgfältig formuliert sein. Du verstehst, was ich meine.»

Er zog ein kleines Heft heraus, blätterte darin, hielt es mit gestrecktem Arm vor sich hin, las, indem er den Finger zu Hilfe nahm. Er tat sich schwer mit seinen Augen, aber als der Sabī seine Hilfe anbot, lehnte er ab. Es sah so aus, als wollte er das Heft nicht aus der Hand geben.

«Es handelt sich um zwei sehr vornehme Familien, sehr begütert flußabwärts gegen das Meer zu in Abanilla und Albatera.» Er nannte die Namen, die Höhe der Schulden. Es waren beträchtliche Summen, im einen Fall über fünfhundert, im anderen fast sechshundert Dinar und wie es schien, war das Geld ausschließlich für Gewänder und Stoffe ausgegeben worden, die Rückstände waren zum Teil schon über drei, sogar vier Jahre alt.

«Bei manchen Schuldnern ist es nicht leicht, sein Geld einzutreiben. Man kommt nicht an sie heran. Sie lehnen es ab, über Geld zu reden, sie meinen, der Kaufmann müßte es sich zur Ehre anrechnen, daß sie überhaupt bei ihm einkaufen, und diese Ehre sei höher einzuschätzen als das Geld, das sie schuldig bleiben.»

Er kaute mit verkniffenem Mund auf einem Kern herum, der sich nicht knacken ließ, und spuckte ihn wütend aus und spuckte hinterher. «Auf diese Ehre ist geschissen!»

Er verstaute das Heft wieder in dem Kästchen und verschloß es sorgfältig mit einem der vielen Schlüssel, die er, mit einem Ring zusammengeschlossen, an seinem Gürtel trug. Es waren gut zwanzig Schlüssel von gleicher Größe an dem Bund. Er fand auf Anhieb den richtigen.

«Schreib dir die Namen auf und die Summen», sagte er und zeigte auf das Stehpult. «Dort findest du alles, was du brauchst.»

Ibn Ammar schrieb und machte sich Notizen, während der Tuchhändler vor ihm auf und ab ging, die Hände auf dem Rücken, die Schultern hochgezogen, mit abgemessenen Schritten und nickendem Kopf, wie ein Storch auf der Wiese.

«Schreib in meinem Namen. Schreib, daß ich die Ehre hoch einschätze. Und schreib so, daß es literarisch klingt. Es sind Herrschaften, die sich etwas auf ihre Bildung zugute halten. Sie schätzen keine Mahnbriefe, aber sie schätzen Literarisches. Schreib so, wie man in Sevilla schreibt, schreib nach der neuesten Mode. Sie sollen sich wundern, du verstehst! Und laß es nur anklingen, daß ich mein Geld wiederhaben will, formuliere es so, daß...», er wand sich und drehte die Hände, um anzudeuten, was er meinte, aber es gelang ihm auch mit den Händen nicht, weshalb er unvermittelt den Ton wechselte und mit fuchtelndem Zeigefinger fortfuhr: «Aber laß auch deutlich werden, daß ich das Geld dringend benötige, und daß die Fristen weit überzogen sind, und daß ich unter Umständen in die betrübliche Lage kommen könnte, mich mit einigen meiner Freunde im Bazar zusammenzusetzen, von denen ich weiß, daß sie über ähnlich hohe Außenstände zu klagen haben, um mit ihnen gemeinsame Schritte zu überlegen. Laß auch das anklingen!»

«Ich soll ihnen einen drohenden Prügel vorhalten, der aussieht wie ein Blütenzweig», sagte Ibn Ammar, ohne vom Pult aufzusehen.

Ibn Mundhir blieb vor ihm stehen und blickte ihn verblüfft an, und für einen kurzen Augenblick verzog sich sein Gesicht zu einem fast jungenhaft fröhlichen Grinsen.

«Genauso soll es sein!»

Er drehte sich zum Fenster und schaute durch das Gitter auf den Hinterhof hinaus. «Genauso», wiederholte er kichernd.

Ibn Ammar nahm die Schere, die auf dem Pult lag, um die Ecke des Papierbogens, auf die er seine Notizen geschrieben hatte, abzuschneiden, aber Ibn Mundhir unterbrach ihn.

«Warte», sagte er, «das ist noch nicht alles.» Er klopfte mit einem harten Knöchel auf das Pult. «Wie schön du auch schreiben wirst, sie werden nicht zahlen. Deshalb hat der Brief eine Fortsetzung.»

Er nahm wieder seine Wanderung auf zwischen dem Fenster und dem Stehpult.

«Du schreibst, daß ich ihnen ein Angebot mache. Ich biete ihnen an, sich an meinem neuen Frachtschiff, das in Cartagena auf der Werft liegt, zu beteiligen. Die einen mit tausend, die anderen mit zwölfhundert Dinar.»

Er wartete, bis Ibn Ammar die Summen notiert hatte.

«Die Summen, die sie mir schulden, sind dabei als Kredit zu betrachten, den ich ihnen gewähre. Die Restsumme auf tausend beziehungsweise zwölfhundert Dinar ist in bar einzuschießen. Der Kredit wird mit den Gewinnen, die das Schiff einfährt, verrechnet, bis er getilgt ist. Alle weiteren Gewinne werden ohne Abzüge ausgezahlt. Dabei entspricht eine Beteiligung von zwölfhundert Dinar einem Eigneranteil von circa einem Zehntel, die exakte Höhe kann ich erst angeben, wenn die Endabrechnungen der Werft vorliegen.»

Er stockte, weil er bemerkte, daß Ibn Ammar ihn mit verständnisloser Miene ansah, und blieb vor dem Pult stehen und deutete auf den Sabī und setzte kurz angebunden hinzu: «Sammār ist über alles informiert. Er wird dir helfen.»

Dann wandte er sich wieder dem Fenster zu.

«Und diesen Teil der Briefe brauchst du nicht literarisch zu verbrämen. Schreib sachlich. Das Angebot ist gut, es ist unverschämt gut, man muß es nicht verstecken. Aber schreib so, daß diese gebildeten Herren es auch verstehen und ihren Vorteil erkennen können. Hast du verstanden?» In seiner Stimme war jetzt ein zynisch scharfer Ton wie bei ihrer ersten Begegnung, als er über die mangelnde Zahlungsmoral seiner Mieter hergezogen war.

«Ich brauche noch ein paar Informationen über die Oberhäupter der beiden Sippen», sagte Ibn Ammar. «Familiengeschichte, Vorlieben, Eigenheiten und so weiter.»

«Wozu?»

«Wenn die Briefe ihren Geschmack treffen sollen, muß ich ihren Geschmack kennen.»

Ibn Mundhir dachte kurz nach, dann wechselte er ein paar leise Worte mit dem Sābī und sagte: «Du bekommst, was du brauchst. Sammār wird dich in mein Haus bringen und dir ein Zimmer zuweisen.»

Ein Kopfnicken zum Abschied ohne die Spur eines Lächelns, als sei das Maß an Freundlichkeit für diesen Tag bereits erschöpft. «Morgen nach dem Mittagsgebet erwarte ich dich hier.»

Als Ibn Ammar, hinter dem Sābī hergehend, das Kontor verließ, fiel ihm endlich auf, wie die Kühlanlage funktionierte, die eine so angenehme Wirkung in dem kleinen Raum entfaltete. Zwei der vier Wände waren nicht gekalkt, wie es beim ersten flüchtigen Blick ausgesehen hatte, sondern mit weißem Filz von annähernd gleicher Farbtönung bespannt. Die Filzwände wurden unsichtbar von oben mit Wasser getränkt. Ibn Mundhir schien darauf bedacht zu sein, in seinem Laden keine äußeren Anzeichen seines Reichtums erkennen zu lassen.

Der Raum im Stadt-Palais des Tuchhändlers, den man Ibn Ammar zur Verfügung stellte, lag über den Makhāzin, die er schon kannte. Ein hochliegendes kleines Fenster ging auf den Innenhof hinaus. Wenn er am Schreibpult saß, hatte er die Balustrade jener Dachterrasse im Blickfeld, auf der das Fest stattgefunden hatte. Jetzt war sie mit einem engmaschigen Holzgitter verkleidet, das sie vor neugierigen Blicken aus dem Innenhof schützte.

Er machte sich an die Arbeit. Es war eine Arbeit, die ihm geläufig war. Bevor er sich mit Gedichten einen Namen gemacht hatte, war er ein gesuchter Briefeschreiber gewesen, hatte seinen Lebensunterhalt damit verdient, sich kunstvoll geschraubte und gedrechselte Briefe auszudenken: Briefe in gereimter Prosa, Briefe, in denen nicht ein einziges Mal der Vokal a vorkam, Briefe, die eine versteckte Botschaft enthüllten, wenn man nur jedes zwölfte Wort las, Briefe in einem Stil, wie ihn die Herren und Damen des Adels liebten, und wie ihn die Kaufleute mit Hilfe begabter Literatur-Studenten nachzuahmen versuchten. Auch Ibn Mundhir war es anscheinend seinem Stand schuldig, diese Mode mitzumachen.

Kurz nach Sonnenuntergang brachte der Sabī den Mann, der Ibn Ammar die gewünschten Informationen über die Adressaten der Briefe geben sollte. Es war der Schachspieler. Er wußte überraschend gut Bescheid, das Schachspiel schien ihm überall Zugang zu verschaffen.

Die beiden Familienoberhäupter teilten die üblichen Vorlieben des Adels: Jagd, Musik, Bauten. Der eine züchtete Rosen. Ihre beiden Sippen gehörten zu den wichtigsten Adelsfamilien des Landes, sie konnten jeder mehr als vierzig Berittene auf die Beine stellen und saßen auf starken Burgen, die die Straßen nach Denia und Valencia kontrollierten.

«Sie gehören zu den Leuten, auf die der Qa'id Rücksicht nehmen muß», erläuterte der Schachspieler. «Ihre Ländereien grenzen an das Gebiet von Denia, das verleiht ihnen Unabhängigkeit.»

Das Handelsunternehmen Ibn Mundhirs hatte offenbar eine Größe erreicht, die den Kaufherrn dazu zwang, eine Verbindung mit dem Adel zu suchen. War der angebotene Kredit ein Köder? Eine Abschlagszahlung für erwartete politische Unterstützung am Hof des Qa'id?

Ibn Ammar versuchte, den Schachspieler vorsichtig auszufragen, aber er bekam nur ausweichende Antworten. Lediglich so viel wurde klar: Es gab vier große Reeder in Murcia und Cartagena, die Überseehandel betrieben und hochseetüchtige Schiffe besaßen. Der größte war Ibn Ta'lab, der Hadjib des Qa'id, der seine Stellung anscheinend dazu ausnutzte, die anderen unter Druck zu halten. Der Qa'id nutzte das Vorkaufsrecht auf alle in Cartagena angelandeten Waren, das ihm als dem Fürsten zustand und das ihm erlaubte, als erster und weit unter dem Marktpreis einzukaufen, offenbar nur bei den drei kleineren Reedern rigoros aus, während er seinen Hadjib schonte. Versuchte Ibn Mundhir, dem entgegenzuhalten? War seine Position so stark, daß er Politik gegen den stärksten Mann am Hof machen konnte?

Ibn Ammar schrieb bis spät in die Nacht. Eine unbestimmte Unruhe trieb ihn manchmal ans Fenster, ließ ihn die Galerie im Obergeschoß gegenüber absuchen, die Schatten beobachten, die sich hinter den Fenstergittern bewegten. Er wartete auf irgendein Zeichen, ohne zu wissen, worauf er achten sollte. Aber die Lichter im Haus erloschen, und es kam kein Zeichen, bis auch er endlich den Docht seiner Schreiblampe abdrückte.

Am Vormittag kam der Sabī in seine Kammer, setzte sich unter das Fenster und beobachtete Ibn Ammar schweigend, während dieser sein Konzept noch einmal überarbeitete. Irgendwo weit entfernt sang ein

Mädchen ein Lied, leise, kaum zu hören, wie ferner Vogelgesang über dem Lärm der Stadt. Ibn Ammar wurde erst aufmerksam, als er den Sabī ansah, der eng zusammengekauert dasaß, als wollte er sich so klein wie möglich machen, in sich versunken, den Kopf lauschend erhoben, die Augen mit einem leeren Blick gegen die Wand gerichtet. Erst da merkte er, daß es die Qayna war, deren Stimme sie hörten, die Sängerin, die auf dem Fest aufgetreten war.

«Sie ist noch im Haus?» fragte er verwundert.

Der Sabī fuhr hoch wie ein ertappter Schüler. «Sie ist im Haus, ja, warum nicht», sagte er unsicher.

«Hat dein Onkel noch keinen Käufer gefunden?» fragte Ibn Ammar arglos. «Was hat er vor mit ihr? Will er sie am Ende selbst behalten?»

Der Sabī lächelte gequält, und Ibn Ammar musterte ihn verwundert und begriff endlich, sah ihn wieder vor sich in der Nacht des Festes, als er in der gleichen verspannten Haltung den Auftritt des Mädchens verfolgt hatte. Ein Riese von Mann und so hilflos wie ein kleines Kind, weiß Gott, ja, die alte Geschichte. Er hatte recht gehabt mit seiner Vermutung, keine Frage, der Sabī hatte das Mädchen aus Alexandria mitgebracht, er hatte die lange Schiffsreise nach Cartagena mit ihr gemacht, er hatte sein Herz an sie gehängt. Und so wie er aussah, waren seine Gefühle wahrscheinlich sogar erwidert worden. Die uralte und immer gleiche Geschichte und eine hoffnungslose Geschichte dazu. Das Mädchen war so unerreichbar für ihn wie der Mond am Himmel. Wie konnte man ihn trösten, was sollte man ihm sagen? Es gab nichts Tröstliches zu sagen.

Eine Erzählung von Abu'l-Faradj fiel ihm ein. Wenn es schon keinen Trost gab für den Sabī, vielleicht konnte er ihn aufmuntern. Er sagte: «Kennst du die Geschichte vom alten Abu Dulāma und der schönen Sklavin?»

Der Sabī schüttelte stumm den Kopf. Und Ibn Ammar begann zu erzählen:

«Die Geschichte von Abu Dulāma und seinem Sohn und der schönen Sklavin.

Der Dichter Abu Dulāma trat vor al-Chaizurān hin, die erhabene Herrin, die Gemahlin des großen Kalifen Harūn ar-Rashīd, und sagte: ‹O Herrin, ich bin ein alter Mann, wenn du mir Gutes tust, wirst du dir großen Lohn erwerben.›

‹Was willst du?› fragte sie.

Er verbeugte sich und sagte: ‹Schenk mir eine deiner Sklavinnen, o Herrin. Ich brauch etwas, das nett ist, das lieb zu mir im Bett ist, denn meine Frau ist alt, wo sie heiß war, ist sie kalt, wo sie glatt war, ist sie faltig, und ihr Hintern ist gewaltig.›

Al-Chaizurān antwortete lachend: ‹Ich werde deinen Wunsch erfüllen.›

Daraufhin ließ sie eine ihrer schönsten Sklavinnen kommen und rief einen Diener und befahl ihm, das Mädchen zu Abu Dulāma zu bringen. Der Diener machte sich mit der Sklavin auf den Weg, aber als er zum Haus des Dichters kam, traf er nur dessen Frau an. Also händigte er ihr das Mädchen aus und bat sie, es Abu Dulāma zu übergeben, sobald er nach Hause käme.

Der Diener war kaum gegangen, als Abu Dulāmas Sohn heimkam. Er fand seine Mutter in Tränen, und auf seine Frage, warum sie weine, erzählte sie ihm alles und setzte hinzu: ‹Wenn du deiner Mutter einmal in deinem Leben etwas wirklich Gutes tun willst, dann tu es jetzt!›

‹Sag mir, was ich tun soll, und ich werde es tun›, antwortete der Sohn. Worauf ihn die Mutter bat: ‹Geh zu der Sklavin in die Kammer, gib ihr zu verstehen, daß du ihr neuer Herr bist. Dann schlaf mit ihr. Wenn du mit ihr schläfst, ist es deinem Vater verboten, das Gleiche zu tun. Wenn du es nicht tust, wird ihm dieses junge Ding das letzte bißchen Verstand rauben und wir werden nichts mehr zu lachen haben.›

Der Sohn folgte dem Wunsch der Mutter und ging zu dem Mädchen in die Kammer und schlief mit ihr. Sie war sehr angetan davon. Kaum hatte er die Kammer wieder verlassen, da kam sein Vater nach Hause und fragte: ‹Wo ist das Mädchen?›

Die Frau zeigte ihm die Kammer. Er ging sogleich hinein und versuchte, das Mädchen zu küssen, er, Abu Dulāma, ein alter Mann mit weißem Bart und gelben Zähnen.

‹Was fällt dir ein!› schrie das Mädchen. ‹Nimm dich zusammen, Alter, sonst schlage ich dir die Nase aus dem Gesicht!›

Er sagte verärgert: ‹Hat dir al-Chaizurān nicht aufgetragen, deinem neuen Herrn freundlich zu begegnen.›

‹Ich bin ihm freundlich begegnet›, antwortete sie und beschrieb ihm seinen Sohn und sagte: ‹Er war gerade eben hier und hat von mir bekommen, was er wollte.›

Da begriff Abu Dulāma, daß er von seiner Frau und seinem Sohn hereingelegt worden war. Und er stürzte hinaus und packte seinen Sohn und schleppte ihn vor den Kalifen.

‹Was willst du?› fragte der Kalif.

Und Abu Dulāma antwortete: ‹Dieser Lümmel hat mir etwas angetan, was noch kein Sohn seinem Vater angetan hat. Nur sein Tod kann mir meine Ehre wiedergeben!›

‹Was hat er denn getan?› fragte der Kalif verwundert.

Abu Dulāma erzählte es ihm. Worauf der Kalif derart zu lachen anfing, daß er hintenüberfiel.

Als er sich wieder beruhigt hatte, fragte ihn Abu Dulāma: ‹Gefällt dir etwa, was er getan hat, daß du so darüber lachst?›

Da befahl der Kalif: ‹Her mit dem Schwert und dem Leder!›

Aber bevor der Henker kam, wandte sich der Sohn an den Kalifen und sagte: ‹Oh Beherrscher der Gläubigen, du hast die Beweisführung meines Vaters gehört. Höre jetzt auch die meine!› Und als ihm der Kalif ein Zeichen gab, fuhr er fort: ‹Dieser unverschämte alte Sack besteigt seit vierzig Jahren meine Mutter, ohne daß ich mich jemals darüber beschwert hätte. Jetzt mache ich mich ein einziges Mal an seine Sklavin heran, und er führt sich auf wie ein Scheuertuch!›

Ibn Ammar brach ab, als er sah, daß der Sabī keine Miene verzog. Er war voll Mitleid. «Willst du nicht wissen, wie die Geschichte ausgeht?» fragte er.

«Wie geht sie aus?» fragte der Sabī. Er fragte nur aus Höflichkeit.

«Sie geht natürlich gut aus», sagte Ibn Ammar, noch immer um einen aufmunternden Ton bemüht. «Der Kalif lachte sich halbtot. Der Sohn durfte das Mädchen behalten. Die Geschichten gehen immer gut aus, wenn der Kalif lacht.»

Der Sabī sagte nichts. Er hielt den Kopf gesenkt und starrte auf seine Hände, die schlaff zwischen seinen Knien hinunterhingen. Der leise Gesang verstummte, es war auf einmal sehr still. Nach einer Weile hob der Sabī den Kopf und blickte an Ibn Ammar vorbei und sagte düster: «Es gibt keine Kalifen mehr in Andalusien. Es gibt nur noch erbärmliche kleine Potentaten, die sich als Könige aufspielen. Armselige Kater, die sich einbilden, sie wären Löwen.»

«Sag das nicht vor den falschen Leuten», antwortete Ibn Ammar in dem matten Versuch, dem Gespräch doch noch eine andere Wendung zu geben. Und verstummte gleich wieder. Da war nichts, was er noch hätte sagen können.

Als er das Haus verließ, achtete er darauf, ob ihm jemand folgte, aber er konnte nichts Auffälliges entdecken. Er verbrachte einige Zeit in der Hauptmoschee, wo es angenehm kühl war, feilte noch ein bißchen an seinem Konzept, hörte einem alten Mann zu, der im Vorhof mit einer ungewöhnlich klangvollen Stimme Gedichte von al-Buhturī rezitierte, machte sich dann auf den Weg zum Laden Ibn Mundhirs.

Er verließ die Moschee durch den Ausgang an der Westmauer und wandte sich nach Süden, und erst als er die südwestliche Ecke der Umfassungsmauer erreicht hatte, wurde ihm klar, daß er die falsche Richtung eingeschlagen hatte, und er wußte auch, warum er diesen Umweg gemacht hatte. Vor ihm lag die mächtige Tor-Bastion des al-Qasr und als er aufblickte, sah er auf einem der Haken, die über dem Tor in die Mauer eingelassen waren, den Kopf Abu Mūsās. Die Krähen hatten sich schon darüber hergemacht. Nur noch an den Haaren ließ sich erkennen, daß es der Kopf des Mannes war, den der Sabī als seinen Freund bezeichnet hatte.

Ibn Ammar lief rasch weiter. An seinem Stammplatz unter den Schreibern wartete eine Frau. Sie war wie eine Magd gekleidet, aber sie trug Schuhe. Sie schien aus einem vornehmen Haus zu kommen. Wahrscheinlich eine Kammerzofe. Sie sprach ihn ohne Scheu an.

Ob er der Kātib sei, der sonst immer hier seinen Platz gehabt habe. Sie war nicht älter als dreißig Jahre, hielt den Schleier nachlässig vors Gesicht.

Ibn Ammar sagte, daß er nicht mehr als Schreiber arbeite.

Sie bat: «Nur eine Kleinigkeit, nur ein paar Zeilen, Meister. Man hat mich zu euch geschickt.» Sie hatte braune Augen und einen warmherzigen Blick.

«Was soll ich schreiben?» fragte Ibn Ammar.

«Nur einen kleinen Vers», sagte sie. «Die Antwort auf einen Vers.»

Er setzte sich an die Mauer mit angezogenen Beinen, so daß er die Knie als Schreibunterlage benutzen konnte. «Soll ich den Vers finden oder hast du ihn schon?»

«Ich habe nur die Botschaft», sagte sie. Sie blickte ihn unverwandt an.

«Und wie lautet sie?» fragte er.

Sie zögerte, als müßte sie sich die Worte erst zurechtlegen. Dann sagte sie den Vers auf:

> Ich sah dich durch das Fenstergitter.
> Lang wird der Tag mir, süß wird bitter...

Sie gab sich Mühe, aber es klang wie eine Bestellung beim Drogisten.

«Und darauf willst du einen Antwortvers?» fragte er und musterte sie lächelnd und überlegte flüchtig, für wen die Antwort wohl bestimmt sein mochte. Vielleicht war es ein Diener aus dem Nachbarhaus. Es war nicht das erste verliebte Billet, das er an diesem Platz verfaßte, auch unter dem Dienstpersonal galt es als schick, kleine gereimte Liebesgrüße auszutauschen. Er schrieb den ersten Vers nieder, der ihm einfiel, las ihn ihr vor:

Der Tag wird kurz, wenn wir uns finden,
laß uns das Gitter überwinden.

Sie schien glücklich darüber, nahm das Blatt, griff in ihren Ärmel. Ihre braunen Augen erinnerten ihn an die Augen seiner Mutter.

Er sagte: «Das kostet nichts.»

Sie segnete ihn, als er ging.

Erst als er schon fast das Bazarviertel erreicht hatte, wurde ihm auf einmal klar, daß die Botschaft ihm selbst gegolten haben mußte. «Ich sah dich durch das Fenstergitter», das war die Botschaft einer Frau.

Er lief zurück, lief die ganze Strecke ab, lief fast im Laufschritt rund um die ganze Moschee, spähte in alle Seitengassen. Die Zofe war nirgends mehr zu sehen.

10

SEVILLA

SABBAT 25. ELUL 4823
25. SHABĀN 455 / 23. AUGUST 1063

Der Hazzān stand vorne neben dem Thorapult, ein schlanker, großgewachsener Mann mit blassem Gesicht und schwarzen, schöngelockten Haaren. Er hielt die Augen gegen die Decke gerichtet und sang mit einer vollen, vor Kraft vibrierenden, federnden Stimme, die die Kuppel der Synagoge füllte wie der Wind ein Segel.

Er kam aus Italien, wie es hieß, hatte schon in Montpellier und in Narbonne und Barcelona gesungen. Jetzt war er die Attraktion der ganzen Judengemeinde von Sevilla. Seitdem er auftrat, war die Synagoge der Palästinenser-Kongregation immer bis zum letzten Platz gefüllt. Auf der Frauengalerie war das Gedränge so groß, daß junge Mädchen in Ohnmacht fielen. Und eine der Melodien, die er aus seiner Heimat mitgebracht hatte, war inzwischen so beliebt, daß man sie am Abend nach dem Sabbat aus jedem zweiten Hof hören konnte.

Wenn Yūnus sich ein wenig vorbeugte, konnte er den Rabbi sehen, der einige Plätze links von ihm saß, mit hochrotem Kopf, schier platzend vor Zufriedenheit und Stolz, daß es ihm gelungen war, diesen Kantor für seine Synagoge zu gewinnen (dazu noch für ein spottbilliges Honorar, wie er nicht müde wurde zu betonen).

Wenn er sich noch ein wenig weiter vorbeugte, konnte er, an dem Rabbi vorbei, al-Fāsī sehen, den Schuster. Aber dessen Anblick war eher geeignet, ihm die Freude an dem schönen Gesang wieder zu verderben. Al-Fāsī rutschte voller Unruhe auf seinem Sitzkissen herum, drehte mit nervösen Händen die Quasten seines Gebetsmantels, bewegte unaufhörlich die Lippen. Er sollte gleich nach dem liturgischen Gesang zu Wort kommen. Yūnus hatte ihm eine Ansprache verfaßt und den Text ins Hebräische übersetzt, damit er ihn auswendig lernen konnte. Karīma, die kleine Pflegetochter des Schusters, war günstig oben auf der Galerie postiert, ganz vorne, zusammen mit al-Fāsīs sechs leiblichen Töchtern und seiner Frau. Dennoch war Yūnus im Zweifel, ob der Hilferuf auch Gehör finden würde, denn schon vor der Lesung war ein großer Spendenaufruf ergangen, und jene Gemeindemitglieder, die den Hilfsbedürftigen, wenn sie am Sabbat beim Morgengottesdienst um Unterstützung baten, erfahrungsgemäß immer ein offenes Ohr liehen, hatten ihre Großherzigkeit schon zur Genüge bewiesen.

Vor zwei Tagen waren Flüchtlinge aus Sizilien angekommen, vierzehn Familien mit vielen Kindern, die meisten ohne jede Habe. Sie stammten aus Messina, einer Stadt im Osten dieser Insel, die zwei Jahre zuvor von Roger, dem Normannen, mit dem Schwert erstürmt worden war. Sie hatten versucht, sich in Palermo niederzulassen, aber auch dort hatten sie keinen Frieden gefunden. Einer Flotte aus Pisa war es gelungen, den Hafen der Stadt einzunehmen und zahlreiche Schiffe zu erobern. Daraufhin waren sie nach Afrika übergesetzt, um in al-Mahdiyya eine neue Heimat zu suchen. Die dortige Judengemeinde war jedoch nicht in der Lage gewesen, die Flüchtlinge aufzunehmen, sie hatte genug zu tun gehabt, die eigenen Armen zu versorgen, weil der Brotpreis um das Zweieinhalbfache gestiegen war, seit die Getreidetransporte aus Sizilien regelmäßig von italienischen Piraten aufgebracht wurden. Auf dem Weg nach Qayrawān waren die Unglücklichen dann noch von einer Beduinenbande ihrer letzten Habseligkeiten beraubt worden. Danach hatten sie sich völlig mittellos nach Andalusien aufgemacht.

Wie die meisten Juden Siziliens gehörten sie der palästinensischen Glaubensrichtung an, und so hatten sie sich nach der Ankunft in Sevilla zuerst an ihre Glaubensbrüder gewandt. Der Rabbi hatte alles darangesetzt, sie bei den eigenen Leuten unterzubringen, obwohl die Palästinenser-Kongregation innerhalb der großen Judengemeinde von Sevilla nur eine Minderheit darstellte. Die Flüchtlinge hatten zudem als ihren Sprecher einen hochgebildeten Havēr aufgeboten, der ihre Leidensgeschichte in sehr schlichten und gerade deshalb um so bewegenderen Worten geschildert hatte. Die Not und die Entbehrungen, die sie erduldet hatten, ließen al-Fāsīs Sorgen mit seinem Pflegling auf fast schon beschämende Weise unbedeutend erscheinen. Und als der Schuster schließlich an die Reihe kam und vortrat, um seine vorbereitete Rede zu halten, verstärkte sich dieser Eindruck noch.

Die wenigen hebräischen Sätze, die Yūnus ihm aufgeschrieben hatte, waren einfach und ohne Pathos. Aber al-Fāsīs Tonfall machte daraus ein Klagelied, eine händeringende, tränenreiche Jammerarie. Er schien selbst zu spüren, daß er mit seiner Rede genau das Gegenteil dessen bewirkte, was er erreichen wollte, und geriet in Panik. Er setzte das Mühlrad seiner Beredsamkeit in Gang, verfiel ins Arabische, was von den strenggläubigen Mitgliedern der Kongregation mit unwilligem Murren quittiert wurde. Er malte seine Lage in tiefschwarzen Farben aus, die Tugenden des Mädchens in den hellsten. Er rief den Allmächtigen an und die Väter und die Propheten und alle Mitglieder des Ältestenrats mit all ihren Titeln. Zuletzt deutete er mit dramatischer Geste auf die Frauengalerie, wo seine älteste Tochter das Mädchen hochhielt. Die Kleine war hübsch herausgeputzt, lieb anzusehen. Aber dann schien sie auf einmal vor irgend etwas Angst zu bekommen, vielleicht vor den vielen Männern, die sie aus der Tiefe herauf anstarrten, vielleicht fürchtete sie auch hinunterzufallen, jedenfalls regneten plötzlich ein paar Tropfen von der Galerie und ein Paar Tropfen gingen auf das Kleid der ältesten Tochter, und die Tochter schimpfte, und das Mädchen begann zu plärren, und die Tochter wurde grob, und das Mädchen schrie noch lauter, und Gelächter breitete sich aus, und al-Fāsīs Mühlrad kam ächzend zum Stillstand. Niemand fand sich bereit, die Kleine aufzunehmen.

Yūnus verbrachte den Rest des Tages im Hause Etan Ibn Elis. Er war sich mit seinem Freund über die Hochzeit einig geworden. Er hatte seinen Nachbarn ar-Rashīdi gebeten, als Nabīlas Walī zu fungieren und der Apotheker hatte in seinem und in ihrem Namen die Verhandlungen geführt. Yūnus war hoch zufrieden. Nabīla würde gut versorgt sein. Sie hatten sich darauf geeinigt, daß Nabīla eine Mitgift im Wert von zweihundertundzwanzig Dinar in die Ehe mitbringen sollte, nur Wäsche, Hausrat, Kleidung, Schmuck, kein Bargeld. Das Brautgeld, das Ibn Elis Sohn zu zahlen hatte, war auf einhundertundzwanzig Dinar festgesetzt, zehn zur Verlobung (einschließlich zweier goldener Verlobungsringe), vierzig als Hochzeitsgeschenk, der Rest von siebzig Dinar fest angelegt als dritte Rate, die fällig wurde, wenn der Ehemann starb oder wenn er, Gott möge es verhüten, die Scheidung wünschte. Außerdem hatte Ibn Eli sich bereit erklärt, dem jungen Paar eine Wohnung einzurichten. Auch der Tag der Hochzeit stand schon fest: Im kommenden Frühjahr, am zweiten Tag des Monats Adar, rechtzeitig vor der geplanten Reise, die Ibn Eli in die Länder der Franken zu unternehmen vorhatte und zu der er kurz nach dem Purimfest aufbrechen wollte.

Am Vormittag nach dem Gottesdienst hatte es einen großen Empfang gegeben, danach ein Essen im kleineren Kreis. Jetzt am Nachmittag waren sie nur noch zu dritt, Yūnus, Ibn Eli und ar-Rashīdi, der Apotheker. Sie saßen in der Madjlis, alle drei in gelöster Stimmung, glücklich darüber, daß sie sich über den Ehekontrakt so rasch hatten einigen können, ohne Mißton, ohne kleinliche Feilscherei. Sie waren Freunde, und ihre Freundschaft hatte sich bewährt, und sie wärmten sich an dem Gedanken daran. Sie erinnerten sich an die Zeiten, als sie selbst geheiratet hatten. Großer Gott, was für Zeiten!

Ibn Eli war mit der Tochter eines Pelzhändlers verlobt gewesen. Die Väter hatten die Heirat seit langem vereinbart, der Vertrag war unterschrieben, der Hochzeitstag festgesetzt. «Dann machte mein Vater ganz plötzlich schwere Verluste. Innerhalb eines Monats gingen zwei Schiffe unter, auf denen er Waren hatte. Ich selbst war zu der Zeit in Alexandria. Ich kam zwei Tage nach dem vereinbarten Termin an. Es war nicht meine Schuld. Das Schiff hatte für die Reise siebzig Tage gebraucht, vierzig Tage länger als üblich, weil wir auf der Flucht vor Piraten bis in die Nähe von Konstantinopel hatten ausweichen müssen. Aber der Vater der Braut hatte die Gelegenheit schon genutzt und den Ehekontrakt wegen Vertragsbruchs aufgekündigt. Er wollte seine Tochter nicht dem Sohn eines Mannes geben, der vor der Pleite stand. Er hatte auch schon einen neuen Bräutigam an der Hand. Ihr könnt euch nicht vorstellen, wie unglücklich ich war. Das Mädchen war schön wie eine Rose, ich dachte, ich könnte nicht leben ohne sie. Wir trafen uns heimlich. Sie weigerte sich, den anderen zu heiraten. Sie schrie am Sabbat im Hof der Synagoge, daß sie sich eher in den Brunnen stürzen oder den neuen Bräutigam umbringen würde, als in die Ehe einzuwilligen. Daraufhin ließ der Vater sie heimlich, ohne daß ich es wußte, zu Verwandten nach Valencia schaffen.»

Ibn Eli lehnte sich zurück, den Blick nach innen gerichtet, als habe er das Bild des schreienden Mädchens im Hof der Synagoge noch in aller Deutlichkeit vor Augen. Dann schüttelte er diese Erinnerung ab, und ein befreites Lächeln breitete sich in seinem Gesicht aus.

«Vor fünf Jahren habe ich sie durch Zufall wiedergesehen. Sie hat weder mich, noch den anderen zum Mann bekommen, sondern einen Drogisten aus Valencia. Sie war unförmig fett geworden, aufgedunsen wie ein voller Schlauch und häßlich wie eine Kröte. Gott allein weiß, was er uns Gutes tut, wenn wir meinen, daß er uns ins Unglück stürzt.»

Auch Yūnus wurde an die Zeit erinnert, als er selbst mit seiner Frau und ihrem Vater den Ehekontrakt geschlossen hatte. Seine Frau hatte damals keinen Walī geduldet, der für sie verhandelte, sie hatten einander gegenübergesessen und sie waren sich so einig gewesen, wie nur ein verliebtes junges Paar sich einig sein kann. Sie hatten heimlich gelacht, als der Vater mit unnachgiebigem Ernst auf all den alten Klauseln bestand, die das Herkommen vorschrieb, und als er äußerst mißtrauisch mit kurzsichtigen Augen überprüfte, ob Yūnus auch wirklich jede dieser Klauseln ordnungsgemäß in den Kontrakt hineinschrieb: ‹Dem Ehemann ist nicht gestattet, eine zweite Frau zu nehmen. Dem Ehemann ist nicht gestattet, eine Magd ins Haus zu holen gegen den Willen der Ehefrau. Dem Ehemann ist nicht gestattet, die Stadt zu verlassen ohne Einverständnis der Ehefrau. Die Ehefrau hat die letzte Entscheidung in allen Fragen, die die Küche betreffen› und so weiter. Sie hatten damals diesen ganzen Kontrakt für höchst überflüssig gehalten und nur dem Vater zuliebe alle Regeln erfüllt.

Yūnus sah ihn noch vor sich, den alten Färbermeister mit seinem weißen Bartkranz, der bläulich eingefärbt war vom lebenslangen Umgang mit Indigo. Jetzt verstand er ihn. Jetzt war er selbst in der Rolle des Brautvaters. Und er hatte mit der gleichen besorgten Hartnäckigkeit darauf bestanden, daß auch Nabīlas Ehekontrakt die guten alten Klauseln enthielt. Trotz seiner Freundschaft mit Ibn Eli. Gerade dieser Freundschaft zuliebe.

«Du weißt, daß ich nicht deinem Sohn mißtraue, Etan. Ich mißtraue nur der Zeit, die so vieles ändert.»

Als er am Abend nach Hause kam, wartete Zecharia vor dem Tor. Yūnus wunderte sich, warum der Junge nicht ins Haus gegangen war, er hatte bisher noch nie Scheu gehabt, das Haus in seiner Abwesenheit zu betreten, er gehörte fast zur Familie. Yūnus schob ihn durch die Tür.

Zecharia brachte ein Buch zurück, den dritten Band der anatomischen Schriften Galens. Er hätte es auch am nächsten Morgen in der Praxis zurückgeben können, aber offenbar wollte er den nächsten Band holen, um die Nacht nicht zu vergeuden, sein Wissensdrang war beängstigend. Die Mutter hatte Yūnus erzählt, daß ihr Sohn sich manchmal an einem Pfosten festbinde, und sich erst dann wieder losmache, wenn er einen bestimmten Abschnitt eines Buches lückenlos im Kopf habe. Er verbrauche nachts mehr Öl zum Lesen, als sie tagsüber verdiene.

Yūnus hatte angefangen, ihn mit medizinischer Literatur zu versorgen, um seinen wilden Wissensdrang in feste Bahnen zu lenken. Zecharia war neunzehn Jahre alt und in einer schwierigen Phase des Lernens. Er war unzufrieden mit dem täglichen Einerlei einer kleinen Arztpraxis, das ihm keine Antworten gab auf die großen Fragen, die ihn zu beschäftigen begannen. Was er suchte, war eine Art wissenschaftliches System, das ihm alles erklärte, was unerklärlich schien, das auf alle seine Fragen eine Antwort hatte, und was er zu finden hoffte, war eine Autorität, die ihn in die Geheimnisse dieses Systems einweihte.

Yūnus bemühte sich seit einem Jahr, ihm neben der allgemeinen Praxis nach und nach auch die wissenschaftlichen Grundlagen des Arztberufs zu vermitteln. Er hatte zunächst vermieden, ihm Bücher zu geben, weil er aus Erfahrung wußte, wie schnell man als Schüler geneigt ist, alles, was in Büchern steht, für unumstößliche Wahrheit zu nehmen. Er hatte versucht ihm klarzumachen, daß gerade der Arzt seine Erkenntnisse immer wieder in Frage stellen und an der Praxis überprüfen müsse.

Er erinnerte sich an einen Tag, als er ihm einen Vortrag über jene Kräfte gehalten hatte, die die alten Ärzte mit dem Begriff Pneuma bezeichnen, Kräfte, die als feinste Dämpfe in den Körpern aller Lebewesen zu finden sind und die als das eigentliche Prinzip, gewissermaßen als die Verkörperung des Lebendigen angesehen werden müssen. Er hatte ihm die drei Pneumen aufgezählt:

Das physische Pneuma oder die körperliche Kraft, die unsere Körperbewegungen steuert, ihren Sitz im Herzen hat und von den Arterien transportiert wird, die vom Herzen ausgehen.

Das vitale Pneuma oder die Lebenskraft, die unsere Begierden steuert, ihren Sitz in der Leber hat und von den Venen transportiert wird, die von der Leber ausgehen.

Und schließlich das psychische Pneuma oder die geistige Kraft, die ihren Sitz im Gehirn hat und in den Nervenbahnen pulsiert und die uns befähigt wahrzunehmen, zu fühlen und zu denken.

Er hatte ihm erklärt, daß sich diese Pneumen hauptsächlich aus der Luft speisen, die wir einatmen, und daß sie geschädigt würden, wenn die Atemluft verunreinigt wäre, faulig oder verpestet. Er hatte ihm auseinandergesetzt, daß von den drei Pneumen das physische am gröbsten, das psychische am feinsten sei, und daß deshalb das letztgenannte durch schlechte Luft auch am ehesten geschädigt werde. Und er hatte Galen zitiert, der sagt, daß ein Mann, der ständig schlechte Luft einatme, bald an Gedächtnisschwäche zu leiden beginne und in seiner Intelligenz nachlasse.

Am selben Tag war ein Mann aus Taryāna in die Praxis gekommen, der vor Heiserkeit kein Wort mehr herausgebracht hatte. Yūnus kannte ihn seit fünfzehn Jahren, der Mann war Kalk-Sieber. Er war ständig so übler Luft ausgesetzt wie kaum ein anderer in ganz Sevilla. Wenn es nach Galen gegangen wäre, hätte sein psychisches Pneuma schwer geschädigt sein müssen.

Yūnus hatte ihm einen Viertel Liter scharfen Essig zu trinken gegeben und ihm einen Kübel vorgestellt. Dem Mann war schwindlig geworden, und er hatte den Essig hustend und keuchend und würgend wieder von sich gegeben, und mit der Flüssigkeit und dem Schleim war eine Menge Staub herausgekommen. Danach hatte er wieder sprechen können. Er hatte Witze gemacht, er war schlagfertig gewesen, er hatte sich noch genau an seinen ersten Besuch in Yūnus' Praxis erinnern können, besser als Yūnus selbst. Er war psychisch in keiner Weise geschädigt, dagegen körperlich in einem miserablen Zustand. Er hatte Galens Behauptung buchstäblich auf den Kopf gestellt, und Yūnus' These, daß man auch die anerkannten Autoritäten ständig überprüfen müsse, aufs eindrucksvollste unterstützt.

Dennoch war Zecharia nicht von seiner Suche nach dem großen, allwissenden Lehrmeister abzubringen gewesen. Er hatte nur für eine Weile jeden Glauben an Galen verloren, was Yūnus so auch wieder nicht beabsichtigt hatte. Deshalb war er darangegangen, Zecharia die anatomischen Schriften Galens zur Lektüre auszuhändigen, weil sie noch am ehesten seinem Bedürfnis nach exakten wissenschaftlichen Erkenntnissen auf dem Gebiet der Medizin entgegenkamen.

Die alte Dādā kam in die Madjlis, wo Yūnus sich mit Zecharia niedergelassen hatte, und brachte Wein und Wasser und putzte die Lampe. Zecharia lehnte das angebotene Getränk ab. Yūnus bemerkte, daß seine Augen rotgerändert waren und das Gesicht erschreckend blaß. Das Studium schien ihn noch mehr mitzunehmen, als Yūnus befürchtet hatte. Was der Junge sich zumutete, war ganz offensichtlich zu viel: die Assistenz in der Praxis, die Thorastudien im Lehrhaus, die Bücher, die naturwissenschaftlichen Kurse bei einem Lehrer, den Yūnus bezahlte, die philosophischen Dispute mit anderen Studenten, und dazu noch die freien Vorlesungen in der Hauptmoschee und in der Synagoge, die er regelmäßig besuchte. Aus diesen nächtlichen Vorlesungen war sein Glaube an das allumfassende «System» am meisten gepeist worden.

Zuerst war es ein muslimischer Wandergelehrter aus Zaragoza gewesen, der seine Aufmerksamkeit gefesselt hatte, ein Zahirit, ein Fundamentalist, der die alte These wiederkäute, daß der Mensch sein Wissen und seine Kenntnisse nicht aus eigener Kraft und eigenem Vermögen nach und nach erworben habe, sondern daß dies alles auf einmal von Gott dem Enoch offenbart worden sei, dem angeblichen Stammvater aller Wissenschaft. Alles Wissen, alle Kenntnisse der Menschheit gingen auf diesen Enoch zurück, auch alles medizinische Wissen. Beweis: Niemals wäre der Mensch in der Lage gewesen, aus eigener Kraft all die Tausende pflanzlicher, tierischer und mineralischer Stoffe, die es auf der Welt gibt, an all den Tausenden von Krankheiten zu erproben, um herauszufinden, welche Substanzen in welcher Menge und welcher Zusammensetzung und Mischung bei einer bestimmten Krankheit heilende Wirkung haben.

Zecharia war fasziniert gewesen von dieser Lehre. Sie schien ihm endlich einen Weg zu weisen, auf dem er sein Ziel erreichen konnte: Wenn dem Enoch jenes allumfassende Wissen zuteil geworden war, das alle Geheimnisse und Rätsel der Welt erklärte, dann brauchte man nur die Schriften des Enoch und seiner Schüler zu studieren, um alle Antworten zu finden.

Yūnus hatte damals lange Gespräche mit ihm geführt. Er hatte sich bemüht, ihn auf schonende Weise von diesem Weg abzubringen. Er hatte argumentiert, daß es durchaus möglich sei, daß der alte Enoch alles Wissen besessen habe, daß aber seine Schüler und die Schüler seiner Schüler dieses Wissen zum Teil verloren oder vergessen oder falsch überliefert hätten. Und daß wir deshalb heute gezwungen seien, es wieder neu zu erwerben, durch eigenes Bemühen und mit Gottes Hilfe.

Er hatte versucht, es ihm an einem Beispiel aus der Praxis Ibn Butlāns zu verdeutlichen. Der große christliche Arzt, dem Yūnus noch selbst während seines Studienaufenthaltes in Baghdad begegnet war, hatte damals von einem Patienten berichtet, der an Wassersucht litt, und zwar in jener Form, die Galen als Hydrops ascites bezeichnet, und bei der nur die Beine und der Unterleib aufgeschwemmt werden. Der Mann habe sich bereits im Endstadium der Krankheit befunden, körperlich völlig verfallen, die Beine offen, der Unterleib entzündet, der Hals dünn wie ein Hühnerkragen. Mit medizinischen Mitteln sei ihm nicht mehr zu helfen gewesen.

Einige Zeit später sei derselbe Mann an der Praxis vorübergegangen, völlig gesund, ohne Beschwerden. Auf die Frage, wer ihn kuriert hätte, mit welchen Medikamenten, habe er nur gesagt, seine Mutter habe ihn gepflegt, und zwar lediglich mit in Essig eingeweichtem Brot. Ibn Butlān sei daraufhin mit dem Mann nach Hause gegangen, habe sich den Essigkrug angesehen und auf seinem Grund zwei Vipern gefunden, schon fast zersetzt durch den Essig. Und er habe auf diese Weise einen Hinweis auf ein mögliches Mittel gegen Hydrops ascites gefunden: Viperngift, in Essig aufgelöst. Er habe durch Zufall ein Stück Wissen entdeckt oder, wenn man an den alten Enoch glauben wollte, er hatte es wiederentdeckt.

Zecharia hatte sich auch davon nicht überzeugen lassen. Er hatte schon gar nicht hinnehmen wollen, daß die Erweiterung des Wissens von solchen Zufällen abhängen sollte. Er hatte das als geradezu unwürdig erachtet für eine ernstzunehmende Wissenschaft. Eine Zeitlang hatte er sich, wie Yūnus aus verschiedenen Andeutungen hatte heraushören können, in die Idee verrannt, das Wissen des Enoch und seiner Schüler sei keineswegs verlorengegangen, sondern würde in geheimen Büchern verwahrt, die eifersüchtige Gelehrte versteckt hielten. Und er hatte sich an dem Gedanken berauscht, er könnte eines Tages in vergessenen Bibliotheken oder bei den verschollenen Stämmen Israels in den Bergen von Sind diese Schriften des Enoch wiederentdecken.

Inzwischen hatte er einen neuen Leitstern gefunden. Ein junger Jude aus Lucena, der sich selbst als Naturwissenschaftler bezeichnete, hatte vor drei Wochen angefangen, zweimal wöchentlich am Abend in der Palästinenser-Synagoge aus der «Physik» des Aristoteles zu lesen und die Fragen der Studenten zu beantworten. Einige Mitglieder des Ältestenrats hatten versucht, ihm die Synagoge zu sperren, aber sie waren gescheitert, denn der junge Mann hatte die Qualifikation eines Havēr.

Zecharia war einer seiner begeistertsten Schüler geworden. Endlich hatte er sein «System»: Alles Irdische ist für den menschlichen Verstand erfaßbar, alles ist erklärbar, alles ist zweckgerichtet, jede Wirkung hat ihre Ursache, jeder Stoff hat seine feste Form. Die Materie ist ewig und alles, was lebt und sich bewegt und sich verändert, folgt ewigen und unwandelbaren Naturgesetzen. Und wer diese Gesetze kennt, besitzt das Wissen des Enoch, kann alles begreifen, alles erklären, alles bewirken.

Yūnus hatte sich damit abgefunden, daß er Zecharia fürs erste an Aristoteles verloren hatte. Seine kleinen, aus der Erfahrung gewonnenen medizinischen Ratschläge, die leider nur selten einer erkennbaren Gesetzmäßigkeit folgten, konnten mit dem großen Gedankengebäude des griechischen Philosophen nicht konkurrieren.

Vielleicht war es von Anfang an falsch gewesen, den Jungen an seinen eigenen Zweifeln teilhaben zu lassen, dachte er. Der Zweifel ist ein schlechter Lehrmeister.

Er ging mit Zecharia in sein Arbeitszimmer und händigte ihm den nächsten Band der galenischen Anatomie aus. «Laß dir Zeit damit», sagte er. «Und versuche nicht, alles auswendig zu lernen. Du hast bis jetzt drei Bände der Anatomie gelesen, das ist der vierte und noch zwölf weitere stehen dir bevor. Und das ist längst nicht alles, was Galen geschrieben hat, und er ist längst nicht der einzige Autor, den du kennen solltest.»

Zecharia schlug das Buch behutsam in ein Tuch ein, Yūnus wußte, daß Galen in der Zwischenzeit für Zecharia wieder zu einer Art Idol geworden war, seit der Junge entdeckt hatte, daß der römische Arzt sich in seinen Schriften häufig auf Aristoteles beruft.

Als sie die Madjlis verließen, sagte Yūnus: «Ich will dir noch eine Geschichte erzählen, die von der Wissenschaft handelt und von der Weisheit.» Sie gingen langsam, Seite an Seite, über den Innenhof. Es war dunkel, nur gegenüber auf der Galerie, dort wo Nabīla ihr Zimmer hatte, brannte noch ein Licht hinter dem Vorhang. Und Yūnus begann zu erzählen:

«Die Geschichte von den drei Weisen.

Diese Geschichte spielt in einem fernen Land und handelt von drei Männern, die als die weisesten ihres Landes gelten. Zwei von ihnen wollen sich damit nicht zufrieden geben. Sie wollen wissen, wer von ihnen der allerweiseste ist. Also treffen sie sich unter einem großen Baum an einem abgelegenen Ort mitten in der Wüste, um es herauszufinden.

Sagt der erste: ‹Ich bin in der Lage, dank meiner Fertigkeiten und Kenntnisse einen Löwen zu schaffen, so genau und naturgetreu, daß er von einem echten Löwen nicht zu unterscheiden ist.› Und er beginnt, aus den verschiedenartigsten Stoffen und Substanzen die Figur eines Löwen zusammenzusetzen mit solcher Exaktheit, daß sie tatsächlich bis zum letzten Wimpernhaar mit einem echten Löwen übereinstimmt.

Sagt der zweite: ‹Ich muß anerkennen, daß dein Löwe vollkommen ist in allen seinen Teilen. Aber im ganzen fehlt ihm etwas, nämlich der Atem des Lebens. Ich bin in der Lage, dank meiner Fähigkeiten und Erkenntnisse, diese tote Figur mit Leben zu erfüllen.› Und er beginnt mit den Vorbereitungen.

Da unterbricht ihn der dritte und sagt: ‹Habt ihr bedacht, daß es ein Löwe ist, den ihr geschaffen habt und zum Leben erwecken wollt?›

Sagt der erste: ‹Laß ihn einen Versuch machen, er wird scheitern!›

Sagt der zweite: ‹Willst du, daß meine Wissenschaft unfruchtbar bleibt.›

Da bindet der dritte die Schöße seines Gewandes in den Gürtel und sagt: ‹Wartet einen Augenblick, bis ich auf diesen Baum gestiegen bin.›

Und so entschied zuletzt ein wildes Tier, wer von den dreien der weiseste war.»

Und dieser Weiseste hatte Glück, daß in der Wüste noch ein Baum stand, wollte Yūnus hinzufügen, aber er unterließ es.

Sie waren in der Torhalle angekommen, und Yūnus verspürte auf einmal das Bedürfnis, Zecharia den Arm um die Schultern zu legen. Aber er ließ auch das. Der Junge überragte ihn um einen halben Kopf, er war unglaublich gewachsen in diesem Jahr.

Als Yūnus ins Haus zurückkam und sah, daß in Nabīlas Zimmer noch immer Licht brannte, wollte er zu ihr hinaufgehen.

Die alte Dādā versperrte ihm den Weg. «Es ist nicht gut, wenn du jetzt zu ihr gehst, Herr», sagte sie. «Ich glaube, es ist nicht gut.»

«Was hat sie?» fragte er besorgt und noch immer ahnungslos.

«Nichts», sagte Dādā, «nichts, wofür sie einen Arzt brauchte.»

Er blieb stehen und spürte auf einmal, wie ihm die Kehle eng wurde. «Mein Gott», sagte er, «ich habe nie gedacht...» Er tastete sich die dunkle Treppe hinunter. «Seit wann ... wie lange weißt du schon davon?»

Dādā hielt ihn am Arm. «Mach dir keine Vorwürfe, Herr. Niemand hat etwas geahnt, auch die alte Dādā nicht. Auch Dādā ist blind gewesen, sehr dumm, oh ja, sehr dumm.»

Er folgte ihr in die Küche, die er seit Jahren nicht mehr betreten hatte. «Aber warum hat sie mir nichts gesagt?» fragte er noch immer flüsternd.

«Sie ist ein braves Kind», sagte Dādā. «Manchmal denke ich, sie ist ein zu braves Kind.» Sie lief in gebückter Haltung durch die Küche und sammelte Krümel vom Boden auf, die nur sie sah.

«Hör auf sauberzumachen, Dādā», sagte er, «setz dich zu mir.»

Er kannte sie schon, so lange er denken konnte. Sie war ins Haus gekommen, als er gerade zwei Jahre alt gewesen war. Sie hatte zu einer

Gruppe sudanesischer Mädchen gehört, die ein Händler aus Aidhāb nach Almeria gebracht hatte. Die Mädchen waren alle von einem pockenähnlichen, nässenden Ausschlag verunstaltet gewesen. Der Shahbender hatte sie deshalb unter Quarantäne gestellt. Der Mann aus Aidhāb wollte sie loswerden, weil der Herbst schon eingesetzt hatte und das letzte Schiff nach Alexandria bald auslaufen sollte. Er bot sie zu einem Spottpreis an, aber kein Händler wollte sie haben, denn alle Ärzte, die konsultiert worden waren, hatten dringend abgeraten: Der Ausschlag sei tödlich. Nur Yūnus' Vater hatte eine günstigere Diagnose gestellt. Ibn Elis Vater hatte sich auf diese Diagnose verlassen und die Mädchen gekauft. Und er hatte die Jüngste von ihnen, sozusagen als Honorar, Yūnus' Vater überlassen.

«Was soll ich tun, Dādā», sagte Yūnus. «Sag mir, was ich tun kann. Gott verhüte, daß ich Nabīla unglücklich mache, aber was soll ich tun?»

Dādā hatte sich auf einen Schemel neben die Feuerstelle gesetzt. Ihr mächtiger Leib schaukelte schwer hin und her, und in ihrem tiefschwarzen, schweißglänzenden Gesicht spiegelte sich die Flamme der Öllampe.

«Du sollst gar nichts tun, Herr», sagte sie. «Gar nichts sollst du tun. Nabīla wird ein bißchen weinen in ihrem Zimmer, und Zecharia wird ein bißchen Kummer haben, und sie werden beide vergessen.» Sie sprach in jenem leise singenden Tonfall, den er schon als Kind so an ihr geliebt hatte, und in den sie immer dann verfiel, wenn sie ihn trösten wollte. «Zecharia wäre kein guter Mann gewesen für unser Schäfchen, ich sage es dir, Herr, kein guter Mann für Nabīla. Sie braucht einen Mann, der ruhig ist, wie ein Fels, sie ist so zart... Zecharia ist nicht wie ein Fels, er ist wie Quecksilber, immer auf der Suche wie ein hungriger Hund. Er ist kein Mann für Nabīla, glaub der alten Dādā, sie weiß es.»

Er glaubte ihr. Er wollte ihr glauben.

Sie sagte: «Mach dir keine Sorgen um Nabīla. Denk über Sārwa nach, sie wird sehr allein sein, wenn ihre Schwester aus dem Haus geht, sehr allein. Denk darüber nach, Herr.»

Er versprach ihr, darüber nachzudenken.

Zwei Abende später, bei seinem üblichen Tagebucheintrag, schrieb er am Schluß:

Ich muß Dir noch etwas sagen, Karīma, das Wichtigste: Ich habe das Mädchen in unser Haus aufgenommen, das Mädchen, das Deinen Namen trägt.

Al-Fāsī hat die Kleine am späten Nachmittag herübergebracht, im

Hemd und ohne Schuhe, so wie ich sie das erste Mal in seiner Werkstatt gesehen habe. Er hat mir ein Paar seiner Stiefel dazugegeben. Als Geschenk. Ich durfte sie nicht bezahlen. Ich habe Dir nie erzählt, daß ich ihm jedes Jahr ein Paar Stiefel abgekauft habe, seit es mit seinem Laden nicht mehr so gut geht. Sie stapeln sich im Hinterzimmer meiner Praxis. Ammi Hassān pflegt sie regelmäßig mit Lederfett. Zwölf Paar sind es bis jetzt, alle nagelneu (wann braucht ein kleiner jüdischer Tabīb schon einmal Reitstiefel? Und verschenken kann ich sie auch nicht, denn al-Fāsī würde sie ohne Zweifel wiedererkennen). Jetzt kommt also noch ein dreizehntes Paar dazu. Und wir haben dafür das Mädchen.

Die alte Dādā hat gezetert, sie sei zu alt, viel zu alt für einen so kleinen Balg. Und hat sie gewaschen und gefüttert und gekämmt und in ein neues Kleid gesteckt. Gerade eben hat sie sie ins Bett gebracht. Ich höre ihre Stimme. Sie singt ihr dasselbe Lied vor, mit dem sie auch mich früher immer in den Schlaf gesungen hat.

Die Kleine trägt Deinen Namen, Karīma, und ich glaube, wenn sie groß ist, wird sie so schön werden, wie Du es warst.

Gott mache sie wie Sarah, Rebekka, Rahel und Leah!

Er klappte das Heft zu und wartete, bis die alte Dādā ihr Schlaflied zu Ende gesungen hatte und sprach den Segen leise auf Hebräisch noch einmal vor sich hin.

«Jesimech Elohim ke-Sara, Ribka, Rachel we-Lea!»

II

SALAMANCA

SAMSTAG 20. SEPTEMBER 1063
24. TISHRI 4824/24. RAMADAN 455

Jede Nacht machte der Junge den gleichen Gang. Von der Schmiede, die im östlichen Teil der Vorstadt lag, an den Rinderpferchen entlang, die sich zum Fluß hinzogen, bis zu dem breiten Fahrweg, der in einem weiten Bogen von der Brücke in die Stadt hinaufführte. Dort brannten Lichter, der Weg war gesäumt von Kneipen. Er kannte sie alle. Anfangs hatte er den Capitan immer hier gefunden, in einer dieser Kneipen an der Hauptstraße. Ganz am Anfang hatten sie sogar hier gewohnt, gleich hinter dem Brückenturm, in der feinsten Taverne, die in der Vorstadt zu finden war. Da hatte der Capitan noch seine eigene Kammer gehabt und abends in der Gaststube alle an seinem Tisch freigehalten und sich nachts eine von den Mägden kommen lassen. Da war er aufgetreten wie ein Graf und hatte die Leute antanzen lassen, den Waffenschmied, den Panzermacher, den Barbierer, einen nach dem anderen. Aber nach drei Tagen waren seine zwölf Dinar weg gewesen, und eine Woche später war er bei dem Wirt schon mit acht Meticalen in der Kreide gestanden, und noch einmal zwei Tage später hatte er das gute Reitmaultier verkauft, und sie waren in den Mietstall des Serrano-Schmieds gezogen.

Jetzt mußte er den Capitan woanders suchen, weiter flußabwärts, in der westlichen Vorstadt, im Viertel der Gerber, der Abdecker und Kuttelmetzger, am Fuß des Hügels, auf dem der Barrio Castellano lag, dort, wo es die übelsten Kaschemmen gab und wo sich das mieseste Volk herumtrieb: Bettler und Krüppel und Diebe mit Brandmalen durch beide Wangen, blinde Fiedelspieler, abgetakelte Gaukler, alte Huren, die keiner mehr haben wollte, Männer mit Kampfhähnen und Männer mit Tanzbären, Wanderhändler und Schlauchflicker, Spieler und Säufer und Horden von rauflustigen Peones, die mit ihren Rindern vor der Stadt Station machten und sich nachts vollaufen ließen. Er zog jedesmal den Kopf ein und griff nach dem Messer, wenn er von der Hauptstraße abbog und in dieses finstere Viertel eintauchte.

Heute hatte er keine Angst. El Mudo war bei ihm, der Stumme, der Knecht des Serrano-Schmieds. Es war das erste Mal, daß er auf seinem Gang nicht allein war. Sie hatten zusammen gegessen, wie immer in den letzten Tagen, und danach hatte er sich auf den Weg gemacht, wie jede Nacht, und dann, als er schon die halbe Strecke hinter sich gehabt hatte, war plötzlich el Mudo an seiner Seite gewesen und war neben ihm hergetrottet durch die Dunkelheit, lautlos und schweigend wie ein riesiger schwarzer Schatten.

Er hielt zielstrebig auf eine der flachgebauten Hütten auf der Flußseite zu, über deren Eingang ein altes Faß hing. Die letzten fünf Tage war der Capitan immer in dieser Cantina gewesen, er war hinter der Wirtin her, und die Wirtin wußte es und hielt ihn hin und zeigte ihm die Zunge zwischen den Zähnen, und wenn er ungeduldig wurde, holte sie auch einmal eine ihrer gewaltigen Brüste aus dem Hemd und ließ ihn danach greifen.

«Dort vorne», sagte der Junge und deutete mit dem Arm in die Richtung.

El Mudo sagte nichts. Bis vor einer Woche hatte der Junge noch geglaubt, sie hätten diesem stummen Riesen die Zunge herausgeschnitten. Er hatte ihn mit heimlicher Scheu beobachtet, abends, wenn der Capitan zu seiner Tour aufgebrochen war und der Meister zu seinem Haus im Barrio Serrano in der Oberstadt, und wenn sie beide allein in der Schmiede zurückgeblieben waren. Er war in immer engeren Kreisen um die Esse herumgeschlichen, in der el Mudo tags arbeitete und nachts schlief. Zuletzt hatte er sich ein Herz gefaßt und ihn angesprochen. Er hatte irgend etwas gesagt, er hatte einfach das Bedürfnis gehabt, etwas zu sagen, es gab sonst keinen, mit dem er hätte reden können. Er hatte Fragen gestellt, und als seine Fragen ohne Antwort geblieben waren, hatte er weitergeredet, hatte einfach drauflos geredet wie ein Kind, das beim Spielen vor sich hinbrabbelt. El Mudo hatte nie etwas dazu gesagt. Manchmal hatte er genickt, manchmal ein unbestimmtes Brummen hören lassen, nie ein Wort gesagt. Bis zu jenem Abend vor einer Woche. Da war er plötzlich aufgestanden und hatte sich vor den Jungen hingestellt und hatte einen seltsamen, aus der Kehle kommenden Laut ausgestoßen und dazu Daumen und Zeigefinger beider Hände vor der Brust zu einem Kreis zusammengelegt, wie es die Mönche tun, wenn sie um Brot bitten während der Zeit, in der sie nicht sprechen dürfen. Danach war er gegangen und nach einer Stunde mit zwei Kaninchen zurückgekommen. Er war nicht wirklich stumm. Die Worte waren nur irgendwo tief in seinem Inneren verschüttet, und er mußte sie mühsam, Silbe für Silbe, ausgraben, wenn er etwas sagen wollte.

Die Gaststube war düster und voll Rauch, nur von der Feuerstelle kam Licht und von einer dünnen Talgkerze auf dem Tisch des Capitans. Es war das einzige, was ihn noch unterschied von den übrigen Gästen, dieses Licht vor seinem Platz, das letzte Zeichen seiner Würde. Er war schon voll bis oben hin. Es wurde Zeit, daß sie ihn herausholten. Seine Hände wischten fahrig über den Tisch, und als sie sich zu ihm setzten und er aufblickte, rutschten ihm die Augen weg. Er schien sie gar nicht mehr zu erkennen.

Am anderen Ende des Tisches saß der Alte aus Avila mit der verstümmelten Hand, den sie an der Furt über den Rio Yeltes getroffen hatten, am Ende der breiten Spur, die die Pardos nach Sabugal gelegt hatten, dort, wo diese Spur in viele Einzelfährten ausgefranst war und wo sie sich schließlich entschlossen hatten, nach Salamanca zu reiten. Zwei lange Peones waren bei ihm, denen noch nicht aufgefallen war, daß er einen Würfel mit zwei Sechsen in seiner kaputten Hand versteckt hielt, und die seine Geschichte noch nicht kannten, diese verdammte Geschichte von der Cabalgada, die er angeblich einmal vor hundert Jahren mitgemacht hatte und die der Junge schon hundertmal gehört hatte.

«Wir greifen also dieses Dorf an, dieses Moro-Dorf, ein schönes großes Moro-Dorf...» Er war schon mittendrin in seiner Geschichte und er war in Fahrt, er hatte gerade das richtige Quantum Wein in sich, um gut in Fahrt zu sein. «Freie Beute für jeden war ausgemacht, ihr versteht, jeder behält, was er kriegen kann. Keine Teilung. Kein Fünftel für den König oder für sonst wen. Jeder für sich allein...»

Der Junge wußte, daß es noch eine Weile dauern würde, bis das Dorf erreicht war und die Moro-Frauen in höchster Angst auseinanderstoben und ihre Häuser verrammelten, und bis der Alte jene Frau erspäht hatte, auf die die ganze Geschichte zulief. Er zog den Capitan am Arm. «Capitan!» sagte er. «He, Capitan! Ich bin es, Lope. Es ist schon spät Capitan!»

Der Capitan hob mit Mühe den Kopf, stierte ihn an. «Halt's Maul!» sagte er. «Halt's Maul!» Und holte schwerfällig mit dem Arm aus, um ihn wegzustoßen und wischte die Kerze vom Tisch und schrie: «Licht! Wo ist das verdammte Licht! Ich will Licht haben!» Und die Wirtin war schon unterwegs und kam mit einer neuen Talgkerze und pflanzte sie vor ihm auf und drückte seinen Kopf an ihren Busen und sagte beruhigend: «Schon gut, Capitano, alles in Ordnung, Capitano, schon brennt das Licht wieder für unseren Capitano.» Sie sprach das fremdartige Spanisch, wie es die Franzosen aus dem Barrio Franco sprachen.

«... und ich trete die Tür mit dem Absatz ein und da steht diese Frau», sagte der Alte mit leuchtenden Augen. «Was für eine Frau, bei der Milch meiner Mutter, nie mehr im Leben habe ich eine solche Frau gesehen. Und das Zimmer voller Teppiche, auf dem Boden Teppiche, auf dem Bett Teppiche, an den Wänden Teppiche, überall Teppiche, ein reiches Haus. Und ich gehe auf die Frau zu und frage: ‹Wo ist das Geld?› Und ich fange an, ihr die Ringe vom Arm zu ziehen, schwere silberne Ringe. Und ich frage: ‹Wo ist das Geld, Frau? Denaros, Meticales, wo?› Sie zeigt auf eine Truhe. Ich mache sie auf, finde einen kleinen Kasten, ein paar Münzen darin, ein bißchen Gold, ein bißchen Silber, nicht viel, viel zu wenig für dieses reiche Haus. Ich drehe mich um und gehe auf die Frau zu ... gehe auf sie zu, ihr Peones aus den Gredos ... und was glaubt ihr, was ich mit ihr gemacht habe! Was glaubt ihr?»

Der Alte legte eine Pause ein. Er trank seinen Krug leer, trank langsam und mit Genuß und wischte sich den Bart und knallte den Krug auf den Tisch und rief nach dem Schenkkellner. Immer an dieser Stelle legte er eine Pause ein, so wie man kurz vor dem Gipfel noch einmal Halt macht, um den Augenblick des Glücks hinauszuschieben. Die beiden Peones zitterten schier vor Ungeduld, aber er ließ sie warten, er ließ sich Zeit. Der Junge kannte das. Der Alte ließ die beiden genauso lange warten, wie er den Capitan und ihn hatte warten lassen, damals auf dem Weg nach Salamanca. Da war die Geschichte auch für sie noch voller Spannung gewesen, neu und aufregend und wie ein Vorgriff auf eine glänzende Zukunft. Da hatten sie sich noch große Hoffnungen gemacht. Und als sie die Stadt vor sich gesehen hatten, waren diese Hoffnungen noch gestiegen. Der Anblick der Brücke schon allein. Eine steinerne Brücke aus riesigen Quadern, ein Bogen nach dem anderen über den ganzen breiten Fluß. Und dann die Stadt selbst, unvergleichlich viel größer als Guarda, jedes Viertel auf den Hügeln über dem Fluß eine eigene Stadt, zum Teil mit Mauern umgeben aus den gleichen großen Quadern wie die Brücke, zum Teil durch Palisaden geschützt wie die Burg von Sabugal. Die Brücke und die Mauern, hatte der Alte gesagt, seien von den Söhnen des Romulus gebaut worden, die stünden schon seit der Zeit, als sie Christus gekreuzigt hatten.

Sie waren auf dem breiten Fahrweg, der durch die ganze Stadt führte, zur Burg geritten, wo der Tenente des Königs saß. Aber der Tenente hatte sie nicht empfangen. Dann waren sie zum Richter des Barrio Serrano gegangen, dem größten Viertel, in dem die Leute wohnten, die aus den Bergen nördlich von Leon in die Stadt gekommen waren. Auch der Richter war nicht in seinem Haus gewesen. Sie hatten Pech gehabt. Vielleicht wäre alles anders gelaufen, wenn sie an diesem schönen Tag ihrer Ankunft, als sie noch voller Zuversicht gewesen waren, gleich vor den Richter oder den Tenente gekommen wären.

Der Alte nahm seine Geschichte wieder auf. «Also hört zu, ihr Peones», sagte er schwungvoll. «Ich bin so schnell über dieser Frau wie der Hahn auf der Henne. Ich nehm sie mir vor. Ich leg sie mir zurecht. Aber wie ich es auch anstelle, ich komm nicht dorthin, wo ich hin will. Ich denke, weiß der Teufel, was sich diese verfluchten Moros einfallen lassen, damit keiner an ihre Weiber herankommt. Ich schau nach. Und was seh ich? Ich seh eine Lederschlaufe genau dort heraushängen, wo ich hinein will. Ich zieh daran. Und was zieh ich heraus? Was meint ihr, was ich herausgezogen habe, Peones?»

Er strahlte die beiden an und zeigte seine Zahnstummel und bewegte die Hände, als hätte er die Frau leibhaftig vor sich. Und die Peones hatten das Maul offen und konnten es kaum erwarten, daß er ihnen endlich das große Geheimnis verriet. Es war so still, daß man die Kerze knistern hören konnte. Und dann, mitten in die Stille hinein, hieb der Capitan plötzlich mit der flachen Hand auf den Tisch und fauchte: «Jetzt spuck es schon aus!» Seine Stimme war verzerrt vor Wut, und er beugte sich weit über den Tisch und schrie: «Los! Spuck's aus!»

Der Alte klappte mit dem Unterkiefer, als wollte er etwas sagen, aber er brachte nichts heraus, und der große Peon legte ihm die Hand auf die Schulter und schob den Kopf vor und faßte den Capitan ins Auge. «Laß ihn erzählen», sagte er mit einem gefährlichen Unterton in der Stimme. «Laß den alten Mann erzählen, Bruder!»

Auf einmal war auch die Wirtin da, wie aus dem Boden gewachsen, stand zwischen dem Peon und dem Capitan. «Nun erzähl schon, Trubal», sagte sie. «Halt uns nicht so hin!»

Der Alte nahm einen neuen Anlauf, aber er hatte seinen Schwung verloren. «Ich will euch sagen, was sie drin hatte. Hundert Meticalen, sauber aufeinandergeschichtet und in einen Lederbeutel geschoben, ein Ding, so lang und so dick wie ein ausgefahrener Männerschwanz. Das hatte sie drin, genau das hatte sie zwischen den Beinen.» Er grinste wieder wie zuvor, aber diesmal war es ein müdes Grinsen, und er hob schlaff den kaputten Arm, und der Würfel rutschte ihm aus der Klaue und die Peones sahen den Würfel und starrten ihn an in plötzlich erwachendem Mißtrauen.

«Und dann hast du's ihr gegeben, der Moro-Frau, wie Trubal, oder nicht? Hast du's ihr gegeben?» sagte die Wirtin schnell. Sie hielt die Peones im Auge.

Der Alte riß sich noch einmal zusammen und lachte dünn. Es klang wie ein trockener Husten. «Ich hab's ihr gegeben», sagte er lahm, «das kann ich euch sagen. Ich hab's ihr gegeben, zuerst mit dem Lederding und dann mit meinem Ding. Ja, genauso war das ... hab ich's ihr gegeben.» Er war jetzt kaum mehr zu verstehen, schniefte und sabberte. «Nie im Leben mehr so eine Frau gehabt ... bei der Milch meiner Mutter!»

Im selben Augenblick kam der Capitan hinter dem Tisch hoch, stieß hart gegen die Kante, daß es die Krüge umwarf. «Halt's Maul!» schrie er. Stand groß und schwankend hinter dem Tisch, bleckte die Zähne. «Was redet ihr von Frauen! Mein Gott!» Er hielt sich mit beiden Händen am Tisch fest, atmete schwer. «Was wißt ihr von Frauen, was wißt ihr schon!» Er ließ sich schwer auf seinen Sitz zurückfallen, starrte wild vor sich hin, fingerte abwesend nach dem Krug, der auf den Boden gefallen war. Schob plötzlich das Kinn vor, machte die Augen schmal, bösartig jetzt und voll Wut. «Was wollt ihr schon wissen! Ochsentreiber! Lederärsche! Eselficker! Was wollt ihr von Frauen wissen!»

Der große Peon stand langsam auf. Er wurde immer größer. Er stieß mit dem Kopf fast gegen die Decke.

«Sag das noch mal, Bruder», sagte er gefährlich leise. «Sag das noch mal!»

Der Capitan war so schnell auf den Beinen, wie es keiner mehr von ihm vermutet hätte, und er hatte das Messer in der Hand. Nur der Junge sah es. Er wußte es. Es war genauso, wie an jenem Abend in der Taverne am Brückenturm drei Tage nach ihrer Ankunft. Nur daß der Capitan da dem anderen in der gleichen schlangenschnellen Bewegung mit dem Messer schon an der Seite gewesen war, dort, wo die unterste Rippe sitzt. Diesmal war er zu schwerfällig, zu betrunken, und die Wirtin war im Weg, und der andere war zu schnell und zu stark. Kein großmäuliger Hidalgo, wie beim ersten Mal. Der Junge sah es. Er sah den Schlag kommen. Er wollte schreien, aber da war es schon zu spät, da hatte der Capitan die Faust schon im Gesicht und fiel hintenüber, die Beine in der Bank verhakt. Und der Peon stand mit erhobenen Fäusten über ihm und sah das Messer und knurrte: «Das Schwein hat ein Messer!»

Der Junge sah ihn ausholen. «Nein!» schrie er und sah eine schwere Hand auf sich zukommen und konnte ihr nicht mehr ausweichen, wurde zurückgeschleudert, landete krachend in den Bänken, schlug hart mit dem Kopf auf. Er sah noch im Fallen, wie sich die Wirtin von hinten auf den Peon stürzte und mit beiden Händen auf ihn einhämmerte. Er hörte sie schreien. Dann schob sich ein schwarzer Rücken dazwischen, und auf einmal war das Licht aus, und Holz splitterte, und ein schmetternder Schlag war zu hören, und knurrendes Gekeuche und die aufheulende Stimme des alten Trubal. Und im Aufflackern des Herdfeuers konnte er schemenhaft die riesige Gestalt el Mudos erkennen, der den Peon umklammert hielt und ihn mit furchtbarer Gewalt von sich stieß und sich nach dem Capitan bückte und ihn aufhob wie eine Kinderpuppe. Und auf ihn zukam und die freie Hand nach ihm ausstreckte und ihn hochzog. «Komm!» sagte er, «komm!»

Und darüber die schrille, überschnappende Stimme der Wirtin, die hinter ihnen herschrie. Er hatte die Stimme noch im Ohr, als sie längst schon die Hauptstraße erreicht hatten.

Eine Stunde später verließen sie die Schmiede. Der Stumme begleitete sie bis vor das Tor. Als er den Jungen hochhob, um ihn hinter dem

Capitan aufs Pferd zu setzen, wollte er etwas sagen. Der Junge merkte, wie er nach den Worten suchte. Aber er fand sie nicht. Er blieb schweigend in der Dunkelheit zurück.

Sie ritten flußaufwärts in östlicher Richtung. Sie mußten die Stadt möglichst weit hinter sich haben, wenn es hell wurde. Nach dem ersten Vorfall hatte der Richter dem Capitan Zeit bis zum Fest des heiligen Martin gegeben, um die Stadt zu verlassen und er hatte ihm angedroht, daß er die Haut verlieren würde, wenn ihm das Messer noch einmal herausfuhr. Das konnte die Peitsche bedeuten, es konnte aber auch ein Ohr kosten oder die Nase. Der Richter hatte nicht so ausgesehen, als ob er zu den sanften Schafen Christi gehörte.

Der Capitan hatte vor, nach Süden zu gehen. Das hatte ihm schon einer von den Leuten des Tenente empfohlen. Zwei Tagesreisen im Süden der Stadt gebe es noch viel Land, gutes Land am Fuß der Sierra de Gredos. Königsland. Ein ausreichend großes Stück zu freiem Eigen, um einen Hof darauf zu bauen und einen Garten anzulegen. Das andere in Erbpacht, genug, um Äcker anzulegen und Rinder und Schweine und Schafe zu halten. Und das Ganze auf zehn Jahre steuerfrei und danach nur ein Zehntel vom Ertrag an den König und kein Kriegsdienst für den König, sondern nur zur eigenen Verteidigung. Der Mann hatte alles schön ausgemalt, er hatte nur nichts davon gesagt, wo man die Knechte auftreiben könnte, die die Arbeit machten. Nein, der Capitan hatte nie vorgehabt, Bauer zu werden oder sonst etwas in der Art. Er hatte es auch jetzt nicht vor. Aber er rechnete damit, daß die Bauern in dem einen oder anderen dieser Kolonistendörfer im Süden vielleicht einen Mann suchten, der ihnen den Dienst mit der Waffe abnahm gegen ein gutes Entgelt. Jede Aldea mußte für zwei Monate im Jahr einen Bewaffneten stellen mit Pferd und Lanze für die gemeinsame Truppe, die die Grenze bewachte. Es gab Aldeas, die sich dafür Leute kauften. Später konnte man vielleicht auch zu den Moros wechseln, einem Amir seine Dienste anbieten, wenn er gut genug zahlte. Man würde sehen.

Sie hielten sich am Rand der Hügelkette, die den Fluß im Norden begleitete. Zwei Stunden nach Tagesanbruch erreichten sie die Biegung des Flusses, wo das Tal nach Süden abschwenkte. Der Fluß war hier in mehrere Arme aufgeteilt und von dichten Auwäldern und sumpfigen Niederungen gesäumt, so daß sie einen weiten Bogen schlagen mußten, um ihm zu folgen. Je weiter flußaufwärts sie kamen, desto einsamer wurde die Gegend. Keine Dörfer mehr, nur noch vereinzelte Hütten mit steingedeckten Dächern, die sich kaum von der Umgebung abhoben. Ab und zu eine Schafherde, ein paar Ziegenhirten. Erst gegen Abend erreichten sie wieder eine größere Ansiedlung mit einer Kirche und einem stark befestigten Turm, an einer Stelle gelegen, wo sich der Fluß durch eine Felsbarriere zwängte und die Auwälder und Sümpfe, die ihn unzugänglich machten, bis ans Ufer zurückwichen. Das Dorf lag am Ostufer auf der Felskuppe, die sich über dem Fluß erhob, zehn, zwölf Anwesen mit Lehmwänden und Strohdächern, hoch mit Dornengestrüpp eingezäunt. Nur die Kirche und der Turm waren gemauert und zur besseren Verteidigung durch Palisaden miteinander verbunden.

In der Kirche beim Priester fanden sie auch ein Unterkommen, und für gutes Geld bekamen sie ein warmes Brot aus der Herdasche und eine Bohnensuppe. Sie verbrachten die Nacht in dem düsteren Bau, das Pferd hatten sie im Eingang festgebunden. Auch der Priester schlief in der Kirche, er hatte sein Lager hinter dem Altar auf der Truhe, in der das Kirchengerät und das Meßgewand verwahrt wurden, seine Frau oder seine Magd, oder was immer sie war, mit den drei Kindern daneben.

Am nächsten Morgen fragte ihn der Capitan, wie die Aussichten seien weiter im Süden. Er ließ ihnen wenig Hoffnung. Gegen die Gredos zu gäbe es nur noch arme Bauern, Hirten, kleine Leute. Er empfahl ihnen, sich eher nach Westen zu wenden.

Sie folgten seinem Rat, durchquerten die Furt, die dicht oberhalb des Dorfes durch den Fluß führte, und ritten weiter durch das Hügelland in südwestlicher Richtung. Irgendwann gegen Mittag kamen sie an die gepflasterte Straße, die von Salamanca nach Süden führte, bis in die Länder der Moros. Sie folgten ihr eine Strecke weit, dann wandten sie sich wieder nach Westen. Sie ritten den ganzen Tag und kamen nur an drei kleinen Ansiedlungen vorbei. In der dritten kauften sie Brot und fragten nach Quartier, aber man bot ihnen keines an. Die Männer waren abweisend bis zur Feindseligkeit, man gab ihnen nicht einmal Glut für ein Feuer.

Sie ritten weiter bis tief in die Nacht, lagerten im Windschatten eines Granitblocks auf einer Anhöhe, von der aus sie die nähere Umgebung überblicken konnten, und hielten abwechselnd Wache. Beim ersten Tageslicht waren sie schon wieder auf dem Weg. Die Männer in dem Dorf hatten allzu begehrliche Blicke auf das Pferd geworfen.

Im Südwesten schob sich jetzt eine Kette hoher Waldberge über den Horizont, darauf hielten sie zu. Es gab keine Wege mehr, nur noch schmale Trampelpfade ohne erkennbares Ziel. Einmal sahen sie auf einem Hügel drei Häuser, versteckt zwischen mächtigen Steineichen. Sie ritten vorbei, obwohl ihre Vorräte fast aufgezehrt waren: Drei Familien konnten sich zu leicht auf die Teilung der Beute einigen, wenn sie es darauf abgesehen hatten.

Am Abend, als sie den Fuß der Waldberge erreicht hatten, stießen sie auf eine breite, von Rindern und Pferden getretene Spur. Sie folgten ihr. Voraus sahen sie Rauch aufsteigen und dann öffnete sich vor ihnen ein tiefes Tal, und auf dem Gegenhang lag ein großes Dorf mit dreißig Anwesen und einer Kirche und einer kleinen Burg am höchsten Punkt. Ihr Standort befand sich ein gutes Stück höher, und sie konnten sehen, wie eine Herde Rinder hinter die Umzäunung getrieben wurde, die das Dorf umgab. Sie sahen den Wachtposten auf dem Turm der Burg, wie er sich über die Brüstung beugte, und sie sahen Frauen mit weißen Wäschebündeln auf dem Kopf den steilen Serpentinenweg hinaufsteigen, der vom Fluß hochführte.

Der Capitan beschloß, die Nacht noch einmal im Freien zu verbringen. Es war schon zu spät, der Weg durch das Tal zu weit. Bis sie das Dorf erreicht hätten, wäre es schon dunkel gewesen, und so kurz vor Einbruch der Nacht ließ niemand gern zwei Fremde ein, die keiner kannte und die sich auf keinen berufen konnten.

Sie führten das Pferd vom Weg ab in den Wald hinein, verwischten ihre Spuren, so gut es ging, banden das Tier fest, und der Junge warf ihm noch ein paar Zweige vor. Dann war schon die Nacht da.

Der Junge hatte die letzte Nachtwache. Er hatte sich einen Platz unterhalb der Hangkante gesucht, auf einer vorspringenden Felsnase, von der aus er das ganze Tal einsehen konnte. Es war kühl und er war hellwach. Er sah, wie der Himmel im Osten grau und durchscheinend wurde. Er hörte, wie die ersten Vogelstimmen laut wurden, wie im Dorf ein Esel schrie und die Hähne zu krähen anfingen und wie in der Kirche der hölzerne Gong angeschlagen wurde, leise über dem stetigen Rauschen des Flusses im Talgrund. Dünner Rauch quoll aus den Dächern, und die Türen wurde von innen hochgeklappt. Die ersten Leute kamen heraus, Männer pinkelten auf den Mist, Frauen liefen mit Schläuchen zum Fluß, um Wasser zu holen. Dann wurden die Rinder aus der Umzäunung getrieben, und am Burgtor wurde die Zugbrücke heruntergelassen, ein einzelner Reiter erschien und ritt durch das Dorf und verschwand in nördlicher Richtung. Weiter unten kam eine Gänseherde aus der Umzäunung heraus und dahinter ein Mädchen, barfuß in einem blauen Kleid, einen dünnen Stecken in der Hand. Als ihnen ein Hund entgegenkam, machten die Gänse die Hälse lang und der Junge meinte, sie zischen zu hören, und mit einem Mal kam ihm das alles ganz vertraut vor, es war genauso wie in dem Dorf, in dem er aufgewachsen war. Da war es seine Schwester gewesen, die die Gänse gehütet hatte. Er versuchte, sich ihr Gesicht aus dem Gedächtnis zurückzurufen. Sie war zwei Jahre älter gewesen als er. Er erinnerte sich an ihre dicken braunen Haare und an zwei ernste Augen, die ihn unter zusammengezogenen Brauen streng musterten. Aber ihr Gesicht blieb seltsam verschwommen. Auch das Bild seines Dorfes stand nur noch undeutlich in seinem Gedächtnis, er glaubte sich aber zu erinnern, daß bei ihm zu Hause alles viel größer gewesen wäre, als in dem Dorf gegenüber, die Häuser behäbiger, die Felder ausgedehnter. Eine Burg hatte es nicht gegeben, aber dafür war die Kirche viel größer gewesen, ganz unvergleichlich viel schöner, und für einen Augenblick hatte er seinen Vater vor Augen, wie er im weißen Meßgewand vor dem Altar stand und den Kelch hob, und er sah sich daneben mit der Räucherpfanne, in der Wacholderbeeren und Pinienzapfen schmorten. Einen Atemzug lang hatte er sogar ihren Geruch in der Nase. Aber dann verschwand das Bild wieder. Es war schon so lange her. So viele Jahre.

Das Mädchen mit den Gänsen hatte den Steg erreicht, der unten über den Fluß führte, und trieb die Herde am diesseitigen Ufer flußaufwärts, damit die Tiere das saftige Gras an der Uferböschung rupfen konnten.

Er erinnerte sich an den Tag, als der Conde ins Dorf gekommen war. An diesem Tag hatte seine Schwester ihre Gänse einem anderen Mädchen überlassen müssen. Der Vater hatte sie ins Haus gesperrt, und sie hatte nur von der Dachluke aus zusehen dürfen, wie der hohe Herr mit seinem Gefolge ins Dorf eingezogen war. Sie hatte auch nicht in der Kirche dabei sein dürfen, als der Vater vor dem Conde und der Dueña die Messe gelesen hatte. Sie war das schönste Mädchen im ganzen Dorf gewesen, und der Vater hatte Angst gehabt, der Conde würde sie nach Guarda mitnehmen an seinen Hof.

Und dann hatte der Conde *ihn* zu sich gerufen. Und hatte *ihn* mit sich genommen.

Einen ganzen Tag lang war er, hinter dem Rücken eines Schildknappen sitzend, nach Guarda geritten. Drei Monate hatte er in der gräflichen Burg verbracht, hatte nachts geweint vor Heimweh. Dann war es nach Sabugal gegangen, wieder einen ganzen Tag hinter dem Rücken eines Reiters. Er hatte fest daran geglaubt, daß ihn dieser zweite Ritt wieder ganz in die Nähe seines Dorfes gebracht hätte. Er war nachts angekommen, und als er am nächsten Morgen aus der Küche geblickt hatte, hatte er die Hügel über dem Fluß gesehen und den Bergrücken dahinter, und war überzeugt gewesen, hinter diesem Bergrücken müßte sein Dorf liegen. Jeden Morgen hatte er von der Küche aus nach dem Bergrücken Ausschau gehalten und sich mit dem Gedanken getröstet, daß er ihn nur übersteigen müßte, um nach Hause zu kommen. Er hatte nicht mehr geweint. Und eines Tages im Frühjahr, als der Schnee geschmolzen war, hatte er sich heimlich aufgemacht und war über die Hügel hinaufgestiegen und weiter bergan. Er war immer schneller gelaufen, immer schneller mit hart klopfendem Herzen, war über die Felsen geklettert, die sich vor ihm aufgetürmt hatten, und war endlich auf dem höchsten Punkt angekommen. Und nichts mehr war da gewesen, was ihm den Blick versperrt hätte. Er hatte weit übers Land schauen können, aber sein Dorf war nicht zu sehen gewesen, nur ein weites steiniges Hochtal und dahinter eine neue Bergkette und dahinter eine zweite, noch höhere.

Er hatte sein Dorf nie wiedergesehen.

Er erschrak, als er den Capitan plötzlich hinter sich rufen hörte: «Lope! Lope!» Er brauchte eine Weile, bis er begriff, daß *er* gemeint war. Es war das erste Mal, daß der Capitan ihn bei seinem Namen rief. «Was machst du da! Was ist los?» fragte der Capitan.

«Nichts ist», gab Lope zurück. «Alles ruhig, Capitan.»

Er umfaßte noch einmal mit einem letzten Blick das Dorf und das Tal und schaute nach dem Mädchen mit dem blauen Kleid. Sie war jetzt schon gut dreihundert Schritte von dem Steg entfernt, dicht vor dem Rand eines Pinienwaldes, der sich weiter flußaufwärts den Hang hinaufzog. Er sah, wie sie plötzlich anhielt, wie sie die Arme hob in einer Geste der Abwehr und sich umdrehte und zu laufen anfing. Sie rannte zurück auf den Steg zu, rannte so schnell sie konnte, warf auf einmal mitten im Lauf die Arme hoch, fing an zu taumeln, knickte in den Knien ein, fiel vornüber, die Arme immer noch über dem Kopf, rutschte auf dem Boden hin, blieb liegen, rührte sich nicht mehr.

Im ersten Augenblick wollte er aufspringen und zu ihr hinunterlaufen. Er mußte sich zwingen, ruhig sitzen zu bleiben. Er sah, wie die Gänse durcheinanderliefen und dann gegen den Wald hin die Hälse lang machten. Und da sah er die Männer. Zwei Männer. Sie standen gut gedeckt im Schatten eines Felsblocks am Waldrand, er konnte sie nur sehen, weil sie sich bewegten, sonst hätte er sie auf diese Entfernung gar nicht wahrgenommen. Sie hatten Bogen in den Händen, hielten sie schußbereit auf das Mädchen gerichtet, das noch immer regungslos am Boden lag.

«Capitan!» rief Lope und kroch auf allen Vieren zurück, berichtete in atemloser Hast, zog den Capitan mit sich. «Dort drüben!» Er zeigte auf den Felsblock. Die Männer waren verschwunden.

«Du glaubst nicht, daß es Moros waren?» fragte der Capitan.

«Sie hatten Langbogen!» sagte Lope.

«Und du hast nur zwei gesehen?»

«Nur die zwei mit den Bogen.»

Der Capitan zog die Unterlippe zwischen die Zähne. «Verdammt, verdammt!» sagte er. «Wenn sie nur zu zweit wären, hätten sie das Mädchen nicht niedergeschossen. Nicht so nah am Dorf.» Er knetete seinen Kinnbart mit der Rechten.

Aus der Burg drüben kamen zwei Reiter, durchquerten das Dorf, trieben ihre Pferde den Hang hinauf und entfernten sich auf dem gleichen Weg, den der einzelne Reiter vor ihnen genommen hatte. Alles war ruhig und friedlich, nur ein Bauer pflügte vor dem Dorf seinen Acker und trieb mit wüstem, nicht nachlassendem Gefluche und Geschrei seinen Ochsen an.

«Das stinkt!» sagte der Capitan und schlug mit der Faust in die hohle Hand. «Junge, das stinkt!»

Wenig später erschien auf dem Gegenhang der erste Reiter. Er kam aus dem Pinienwald, hetzte sein Pferd schräg über den Hang auf das Dorf zu. Er war in Eisen, mit einer kurzen Lanze und einem Langschild bewaffnet. Kein Moro. Er ritt ein kleines braunes Pferd, das unheimlich schnell vorankam auf diesem schwierigen, steilen Gelände. Dichtauf folgte der nächste Reiter und dann ein ganzer Pulk, alle mit Panzerhemden und Lanzen und Eisenhelmen, zwölf Mann und vier Reitknechte dahinter mit Ersatzpferden. Der pflügende Bauer bemerkte sie als erster, ließ seinen Ochsen stehen, rannte aufs Dorf zu. Sie hörten ihn schreien. Sie sahen, wie der Wachtposten auf dem Turm sein Horn an den Mund setzte, sie nahmen das Warnsignal wahr, bevor sie es noch hören konnten. Sie sahen, wie die Frauen mit wehenden Röcken quer über die Felder liefen, auf den rückwärtigen Eingang des Dorfes zu. Sie sahen, wie ein alter, humpelnder Mann sich abmühte, das Tor in der äußeren Umzäunung zu schließen. Da war der erste Reiter schon auf fünfzig Schritte heran, und zwei scherten aus und nahmen den Bauern in die Zange, der jetzt wohl sah, daß er das Tor nicht mehr rechtzeitig erreichen konnte und einen

Haken schlug und in wilden Sprüngen den Hang hinunterrannte, auf den Fluß zu. Als der erste Verfolger ihn einholte, ließ er sich auf den Boden fallen und kroch hinter einen Felsen. Er gab keinen Ton von sich, als sie auf ihn einstachen.

Die anderen Reiter waren schon am Tor. Der alte Mann, der es hatte schließen wollen, lag auf dem Weg. Sie preschten über ihn hinweg und durch das Dorf auf die Burg zu, drehten ab, als sie sahen, daß das Burgtor geschlossen war, und als drei Köpfe über der Brustwehr erschienen. Wahrscheinlich schossen sie mit Pfeilen herunter, es war nicht genau zu erkennen aus dieser Entfernung. Jetzt waren auch deutlich Schreie zu hören, angstvolles Geschrei, und die lauten Zurufe, mit denen sich die Angreifer untereinander verständigten.

«Verdammt! Verdammt!» sagte der Capitan. Er stand noch in der gleichen Haltung wie zu Beginn des Angriffs, schlug mit der Faust in die hohle Hand, daß es knallte, ließ das Dorf nicht aus dem Auge. «Sechs Wochen! Verdammte Pest!» sagte er zwischen zusammengebissenen Zähnen.

«Was ist?» fragte Lope.

Der Capitan gab keine Antwort.

Aus einem der Dächer im oberen Teil des Dorfes gegen die Burg zu stieg jetzt dicker gelber Rauch auf, und drei Reiter mit langen brennenden Reiserbesen kamen die Dorfstraße herunter und steckten die ganze Reihe der Häuser in Brand. Als sie vorn am Tor ankamen, schlugen hinten schon die Flammen hoch, und glühende Fetzen schossen mit rasender Geschwindigkeit in den Himmel. Die Leute aus dem Dorf stoben in alle Richtungen auseinander wie die Hühner vor dem Habicht. Die Angreifer schienen sich nicht darum zu kümmern. Fünf von ihnen, der auf dem braunen Pferd an der Spitze, hatten sich über den Hügelkamm verteilt und kamen jetzt zurück, trieben die Rinder vor sich her, verhielten auf einmal, schlossen auf, formierten sich, gegen den hellen Himmel deutlich wahrzunehmen. Es sah so aus, als würden sie von der anderen Seite des Hügels her angegriffen. Sie ritten zugleich los mit eingelegten Lanzen, verschwanden über dem Hügelkamm, während die Rinder sich in wilden Sprüngen über den ganzen Hang verteilten.

Die Häuser entlang der Dorfstraße brannten schon lichterloh. Der Capitan und Lope konnten das Prasseln des Feuers hören und das Krachen der Balken, die in der Gluthitze zersprangen.

Dann kam plötzlich ein einzelner Reiter über die Hügelkuppe, raste in vollem Galopp hangabwärts am Tor vorbei auf den Fluß zu, den

Steilabfall hinunter, daß es ein paarmal fast so aussah, als würde sich das Pferd überschlagen. Erst als er schon das Ufer erreicht hatte, erschienen oben die Verfolger, drei Mann dicht hintereinander, der auf dem braunen Pferd vorneweg. Als sie an das Steilstück kamen, hielten sie an. Der Mann unten hatte sein Pferd in den Fluß getrieben, er kämpfte gegen die Strömung und die Angst des Pferdes. Die drei Verfolger standen immer noch an der obersten Kehre des Serpentinenweges, der über das Steilstück hinaufführte. Sie schienen unschlüssig, stiegen schließlich aus den Sätteln, begannen, den Mann unten mit Steinen zu bewerfen. Der hatte sich kriechend und rutschend auf die Uferfelsen hinaufgearbeitet und bemühte sich jetzt mit verzweifelter Anstrengung, sein Pferd nachzuziehen. Als er es endlich auf ebenem Boden hatte, kam er nur mehr mit Mühe in den Sattel. Sein rechter Arm schien verletzt, hing kraftlos herunter.

«Weg hier!» sagte der Capitan. «Wir müssen weg!»

Der Mann kam genau auf sie zu. Er trug einen runden Helm mit Nasenstange und einen mit grünem Stoff verkleideten maurischen Panzer. Als er unter ihnen im Wald verschwand, drehten die drei Reiter drüben auf der anderen Seite ab und ritten zum Dorf zurück.

«Mach das Pferd los!» sagte der Capitan und griff nach seinem Helm und lief voraus auf den Weg zu, auf dem sie am Abend zuvor hergekommen waren, setzte den Helm auf, band in aller Eile den Halsschutz fest, zog die Handschuhe an, während Lope das Pferd nachführte.

Als sie den Weg erreichten, stieg der Capitan in den Sattel, ließ sich die Lanze reichen. Der Mann war schräg unter ihnen. Er hing nur noch im Sattel, stützte sich mit der Linken schwer auf den Sattelknopf, versuchte krampfhaft, sich aufrecht zu halten. Die rechte Schulter hing tief herunter, der Arm baumelte leer. Auch das Pferd war angeschlagen, die ganze rechte Vorderhand war naß von Blut.

«He!» rief der Capitan, als der Mann auf zwanzig Schritte herangekommen war. Der Mann schien nichts zu hören. Erst beim dritten Anruf wurde er aufmerksam, hob den Kopf, starrte sie mit leeren Augen an, knickte plötzlich mit dem linken Arm ein, verlor den Halt, rutschte aus dem Sattel, glitt mit einer sanften Bewegung über die rechte Schulter des Pferdes auf den Boden, Kopf voraus, überschlug sich im Fallen, so daß er auf den Rücken zu liegen kam, die Beine zum Kopf des Pferdes zeigend.

Er lebte noch. Er hatte die Augen offen und starrte sie an. Sein Gesicht war aschfahl, als wäre er völlig ausgeblutet, obwohl von vorn in der Rüstung kein Einstich zu erkennen war. Aber unter dem Halsschutz quoll roter Schaum heraus.

Der Capitan winkte mit der Lanze und Lope ließ sich zögernd neben dem Mann nieder. Er wußte, was er zu tun hatte, aber er scheute davor zurück, weil der Mann noch lebte und ihn unverwandt anstarrte, als wollte er ihn mit den Augen abwehren. Er begann die Riemen aufzuziehen, die den Halsschutz mit dem Panzer verbanden, aber der Capitan fuhr dazwischen: «Laß das! Hör auf damit! Nur das Pferd!» sagte er und sprang aus dem Sattel und riß dem Mann die Zügel aus der Hand. «Verdammt, hast du nicht gesehen, wer das war, da drüben?» Er beugte sich über das Pferd, untersuchte die Wunde an der Vorderhand, die stark schweißte, ein spannenlanger, klaffender Schlitz. Lope stand wie gelähmt. Plötzlich wurde ihm klar, von wem der Capitan gesprochen hatte, er wußte es, aber er wollte es nicht glauben.

«Der Castellan?» fragte er mit dünner Stimme.

«Wer sonst!» knurrte der Capitan. «Verdammter Bluthund! Gibt nicht auf ... sechs Wochen und gibt immer noch nicht auf!» Er hatte angefangen, Wollflusen aus der Satteldecke zu rupfen und damit die Wunde des Pferdes auszustopfen. «Was glaubst du, warum er den Mann hier hat laufen lassen? Der wußte genau, daß der Mann erledigt war. Wenn er mit dem Dorf fertig ist, schickt er ihm ein paar Leute nach, und gnade uns Gott, wenn wir dann nicht weit genug weg sind!» Er ließ sich die Zügel der Stute geben und führte beide Pferde vom Weg ab zwischen die Bäume hinein. «Verwisch die Spuren!» rief er Lope über die Schulter hinweg zu.

Der Mann blickte ihnen nach. Es war noch immer ein Rest Leben in ihm, und er bewegte die Lippen, als wollte er ihnen einen Fluch nachschicken. Lope schlug ein Kreuz und wandte sich ab, aber das Bild der starren Augen, aus denen schon der Tod blickte, nahm er mit.

12

MURCIA

DONNERSTAG 29. RAMADAN 455
29. TISHRI 4824/25. SEPTEMBER 1063

Ein Vogel sang vor dem Fenster, laut und ausdauernd mit langanhaltenden Trillern, die jedesmal in einem fragend hochgezogenen Pfiff endeten. Es war noch dunkel, draußen hatte gerade erst die Morgendämmerung eingesetzt, und die Moskitovorhänge waren zugezogen. Ibn Ammar lag flach auf dem Rücken, lang ausgestreckt, nackt unter dem kühlen Leinenlaken, das nach Nelken duftete. Er lag entspannt mit wohlig schweren Gliedern, hielt die Augen halbgeschlossen, lauschte auf die melodischen Triller mit dem hellen Pfiff am Ende, der wie ein aufmunterndes Signal klang. Bis der Vogel plötzlich seinen Gesang unterbrach und aufflatterte und wenig später aus größerer Entfernung ein häßlich zeterndes Gekreisch anstimmte, das die friedliche Morgenstimmung jäh zerriß.

Ibn Ammar streckte unter dem Laken den Arm aus, suchte tastend mit der Hand, aber der Platz neben ihm war leer, nur noch ein Hauch von Wärme ließ ihn spüren, wo das Mädchen gelegen hatte. Sie war wohl schon in der Küche, um rechtzeitig vor Sonnenaufgang mit dem Morgenessen fertig zu sein. Es war der vorletzte Tag des Ramadan, und er hielt sich an die vorgeschriebenen Fastenregeln, die einzigen Vorschriften seiner Religion, die er immer eingehalten hatte. Das Mädchen folgte nur seinen Anweisungen.

Er hörte sie über den Hof kommen, hörte das leise Klappern ihrer Holzsandalen auf den Steinfliesen, und das Geräusch kam ihm auf einmal seltsam vertraut vor. Sechs Tage lang hatte er sie nicht angerührt. Sie war nur eine Magd, die zum Haus gehörte und deren Aufgabe es war, den Haushalt zu führen. Er hatte nicht vorgehabt, sie sich auch im Bett dienstbar zu machen. Aber in dieser Nacht, als er nach einem langen, heißen Fastentag auf die Dachterrasse gegangen war, um Kühlung zu finden, in dieser lauen, rosenduftgeschwängerten Nacht unter einem mondlos klaren Sternenhimmel, als er zu schnell und auf nüchternen Magen zu viel Wein getrunken hatte, da war das Verlangen nach einer Frau übermächtig geworden. Er hatte nach ihr gerufen und hatte unter ihrer unförmigen Jubba einen schlanken, biegsam-festen Leib gefunden und unter dem tief in die Stirn gezogenen Kopftuch ein hübsches, junges

Gesicht. Sie hatte sich gesträubt und war starr geworden unter seinen Händen, und er hatte sie rauh genommen in stummer, vom Rausch gesteigerter Gier. Aber später in der Nacht, als der Rausch verflogen war, hatte er sich bemüht, sie den bösen Anfang vergessen zu lassen, und in seiner behutsamen Umarmung war ihr Gesicht weich geworden, und sie hatte den Mantel ihrer Scheu zerrissen, und ihre anschmiegsam fordernde Zärtlichkeit hatte seine Gefühle mehr erregt, als es einer Magd gegenüber angemessen war.

Er setzte sich auf, als sie zur Tür hereinkam, das Tablett mit dem Morgenessen auf einer Hand balancierend, nachlässig in ihre Ghilala gehüllt, die Haare noch zerzaust von der Nacht. Er sah ihr zu, wie sie aus den Sandalen schlüpfte und vor seinem Lager niederkniete, in ihrem Gesicht ein halb verschämtes, halb vertrauliches Lächeln, im Ausschnitt ihrer Ghilala der zart gerundete Ansatz ihrer Brüste. Ihre Hand fuhr hoch, als sie seinen Blick wahrnahm, aber er wehrte es ihr und löste mit sanftem Druck den Saum des Gewandes aus ihren Fingern und hielt sie fest und streifte ihr das Gewand von den Schultern und zog sie an sich. In ihren Haaren war der Geruch des frischen, warmen Brotes, das sie gebacken hatte.

Kurz vor Sonnenaufgang stand er auf, stieg auf die Dachterrasse und beobachtete, wie über dem weiten Tal der Segura, dort, wo es sich gegen das Meer hin öffnete, die rote Sonnenscheibe langsam aus dem Morgendunst herauswuchs. Das Mädchen wusch sich unten am Brunnen im Innenhof. Er sah sie undeutlich durch das dichte Gerank der Weinblätter, die das Geländer überwucherten. Sie war nackt und unbefangen in ihrer Nacktheit, und er hörte sie leise vor sich hinsummen.

Ein Morgen in Sevilla fiel ihm ein, ein Morgen nach einem ausgedehnten Fest auf der Terrasse des Dimaq-Palastes weit über der Stadt, als sie alle, der Fürst und die wenigen Vertrauten, die noch um ihn waren, in jenen seltsam schwebenden Zwischenzustand verfallen waren, da der benebelte Kopf wieder durchscheinend klar wird, während der Körper schon zu schlafen beginnt, in jenen hellsichtig-hellhörigen Zustand, da die Augen Farben sehen, die Ohren Geräusche hören, die sie nie zuvor wahrgenommen haben, da alle Sinne bis zum Äußersten aufnahmebereit sind, die Gedanken von einer schmerzenden Schärfe, während doch gleichzeitig Kopf und Körper von Ruhe erfüllt sind, einer überirdischen, alles dämpfenden, alles verklärenden Ruhe. An einen solchen Morgen erinnerte er sich. Der Fürst hatte einige Djawari kommen lassen. Die Mädchen waren auf die Terrasse gehuscht, noch in ihren Träumen verfangen, noch halb im Schlaf. Sie hatten sich um den Springbrunnen versammelt und sich die Augen ausgewaschen, die Wassertropfen waren wie glitzernder Tau auf ihren Gesichtern gehangen, und die Morgenbrise hatte ihre leicht-seidenen Gewänder gebauscht, und gegen das Licht der aufgehenden Sonne hatten sich unter der Seide die Silhouetten ihrer schlanken Körper abgezeichnet, verführerisch schön. Aber die schwerelose Stimmung dieses Morgens hatte kein körperliches Verlangen aufkommen lassen. Die Mädchen waren wie Blumen gewesen, wie zartgliedrige, langbeinige Fohlen auf einer von der Morgensonne beschienenen Wiese, so scheu und voller Unschuld, daß alle den Atem angehalten hatten, um das schöne Bild nicht zu zerstören.

> Wir wachten noch, als sich die Nacht mit Morgentau
> die schwarze Schminke aus den Augen wusch,
> und linder Morgenwind
> den Duft des Weins uns in die Nase wehte.
> Der Duft war schwer, wir waren schwerelos,
> der Wein wie kühles Feuer in der Morgenröte.

Al-Mutadid hatte ihm an jenem Morgen eines der Mädchen zum Geschenk gemacht, als Dank für die Anregung zu diesem Gedicht. Der Fürst war nie großzügiger gewesen, als in solchen Augenblicken abgeklärter Schwerelosigkeit nach durchzechter Nacht in Erwartung des Morgens.

Ibn Ammar verbrachte den Vormittag mit Schreiben. Der Tuchhändler hatte ihm so viele Aufträge verschafft, daß er sie kaum bewältigen konnte. Ihm hatte er auch das neue Domizil zu verdanken, das er seit einer Woche bewohnte. Es war ein kleines Landhaus, eine gute Wegstunde südlich der Stadt am Fuß der Berge gelegen, unmittelbar an dem breiten Bewässerungskanal, der die Huertas im Süden begrenzte. Ein einstöckiger Bau mit einem kleinen Innenhof, die Nordostecke als fester Turm ausgebaut, der doppelt so hoch war wie das Haus selbst, im unteren Teil aus massivem Mauerwerk, oben mit Zinnen versehen, eine kleine Bastion, die früheren Bewohnern einmal Schutz vor Überfällen hatte bieten sollen. Jetzt waren die Mauern bis oben hin von Weinranken überwachsen, was dem Turm sein martialisches Aussehen nahm und ihn wie eine mächtige Baumkrone erscheinen ließ, die das Haus überragte. Wein wuchs auch über der Pergola, die das Haus umrundete, der ganze Bau verschwand fast im Grün, war wie ein lebendiger Teil des Gartens, der ihn einrahmte. Ein beschaulicher, schattiger Garten, nicht mehr als vierzig auf sechzig Schritte, von einer übermannshohen Mauer eingeschlossen, die sich hinter Kletterrosen und Geranien versteckte. In der Mitte ein leichtgebauter Kiosk, von Palmen umstanden. Und versteckt zwischen Büschen und Blumenpolstern ein gluckernder Bach, der über ein Wasserrad aus dem Bewässerungskanal vor der Mauer gespeist wurde.

Nach Ibn Mundhirs Auskunft gehörte das Haus einem ehemaligen Hofarzt, der es für seine Frau hatte bauen lassen. Die Frau war gestorben, das Haus stand angeblich seit Jahren leer, und Ibn Ammar hatte es für eine Monatsmiete von zwei Dinar beziehen können. Das Haus war viel zu luxuriös eingerichtet für diesen Preis, die Ausstattung mit Reitmaultier und Gärtner zu aufwendig, das Mädchen zu hübsch für eine Hausmagd. Es war eher ein Geschenk. Irgendwann würde er dafür zahlen müssen.

Am Nachmittag kam ein Bote des Tuchhändlers, um ihn abzuholen. Ibn Mundhir war auf seinem Landsitz, der zwei Meilen weiter südwestlich lag, tiefer in den Bergen, in einem Seitental versteckt zwischen bewaldeten Hängen. Er hielt sich seit Beginn des Ramadan dort auf, war nur gelegentlich in die Stadt gekommen, hatte über Boten Kontakt zu seinen Geschäftszentren in Murcia und Cartagena gehalten. Der Landsitz hatte eine für diesen Zweck ausgesucht günstige Lage. Die Straße nach Cartagena war über einen Reitweg an der Bergflanke entlang schnell zu erreichen, Murcia lag in Sichtweite, und über Brieftauben war eine rasche Verbindung mit beiden Orten herzustellen, wenn eine dringende Entscheidung verlangt wurde.

Ein Diener erwartete Ibn Ammar am Tor, es war das zweite Mal, daß Ibn Mundhir ihn hier empfing. Er folgte dem Diener in den Innenhof des Herrenhauses, wo ein Springbrunnen Wasserstaub sprühte, der wie ein feiner Nebel in der Luft hing und einen Regenbogen aufscheinen ließ. Als sie in den Laubengang einbogen, der den Innenhof umgab, ging am anderen Ende eine Tür auf, und eine Frau in einer blauen Jubba kam heraus. Sie war unverschleiert. Erst als sie bemerkte, daß es ein Fremder war, der ihr entgegenkam, hob sie den Schleier vors Gesicht. Dann blieb sie plötzlich stehen und wandte sich in hastiger Eile um und verschwand wieder hinter der Türe. Aber da hatte Ibn Ammar sie schon erkannt. Vielleicht wäre sie ihm nicht aufgefallen, wenn sie den Schleier nicht hochgenommen hätte, aber das Bild ihrer Augen in dem schmalen Ausschnitt, den der Lithām freiließ, war ihm noch immer im Gedächtnis. Es waren die Augen, die ihn an seine Mutter erinnert hatten. Es war die Zofe, die ihn vor der

Hauptmoschee um einen Antwortvers auf eine Liebeserklärung gebeten hatte.

Der Diener brachte Ibn Ammar ins Bad, übergab ihn an den Badeknecht, der ihm die Kleider abnahm und eine schneeweiße Futa bereithielt. Ibn Ammar hatte Mühe, seine Erregung zu verbergen. «Ich sah dich durch das Fenstergitter...» Also hatte ihn sein Gefühl doch nicht getrogen. Die Zofe war die Botin jener Frau gewesen, die ihn nachts auf dem Fest durchs Fenstergitter angesprochen hatte.

Er nahm nur ein kurzes Bad, um den Reisestaub loszuwerden, ließ sich abreiben und massieren. Als er in die Maslah zurückkam, erwartete ihn dort der Hausherr, in einen leuchtend blauen Umhang gehüllt, ein Badetuch von gleicher Farbe so um den Kopf geschlungen, daß es wie der Turban eines Gelehrten aussah. Er wirkte erholt, straff, drahtig. Das Gesicht war sonnengebräunt unter dem blauen Turban.

Ibn Ammar beobachtete ihn mit gespannter Aufmerksamkeit. Ein Empfang im Bad, das war neu. Irgend etwas hatte sich verändert. Einen kleinen Kātib empfing man nicht im Bad.

Der Tuchhändler ölte seine Hände und knetete die Finger mit ausdauernder Sorgfalt. Er wartete, bis der Hammāmi sie allein gelassen hatte, dann begann er mit mißmutiger, krächzender Stimme: «Ich habe dich hergebeten, um dir eine Einladung zu übermitteln, eine Einladung zum Fest des Fastenbrechens an den Hof Hassūn Ibn Tāhirs, des Kronprinzen.» Er saß unmittelbar neben dem Wasserbecken und tauchte die Fingerspitzen ins Wasser und benetzte sich damit die Lippen. Es sah so aus, als machte ihm das Fasten zu schaffen. «Du kannst die Nacht in meinem Haus verbringen und morgen Mittag aufbrechen. Ich werde dir zwei von meinen Leuten mitgeben, damit sie dich hinführen.»

Ibn Ammar lehnte sich bequem zurück. Das war es also. Das hatte man mit ihm vor.

Der Kronprinz lebte in einem Sommerpalast drei Wegstunden nordwestlich von Murcia in einem Seitental der Segura. Er war ein Mann ohne Ambitionen, wie es hieß, ohne großes Interesse an den Regierungsgeschäften, und, wenn man dem Stadtklatsch glauben durfte, auch ohne das Format, das von einem Thronfolger erwartet wurde. Aber er war der erstgeborene Sohn des Qa'id und der designierte Nachfolger. Ibn Ammar hatte ihn noch nie zu Gesicht bekommen.

«Wem habe ich die Einladung zu verdanken?» fragte er höflich.

Ibn Mundhir fuhr fort, seine Finger zu kneten. «Man hat dafür gesorgt, daß der Kronprinz das Gedicht zu lesen bekam, das du für Prinz

Muhammad geschrieben hast. Er war davon angetan, wie ich hörte. Er zeigt mehr Interesse für Literatur und Poesie als sein Halbbruder. Du solltest dir Mühe geben, dich möglichst noch zu übertreffen, wenn du morgen vor ihm auftrittst.» Er warf Ibn Ammar einen kurzen, prüfenden Blick zu, das Gesicht glatt und ausdruckslos, keine Möglichkeit daraus abzulesen, was er wirklich über Hassūn Ibn Tāhir dachte. «Ich will ganz offen sein», fuhr er mit gedämpfter Stimme fort. «Man hat uns informiert, daß der Qa'id schwer erkrankt ist. Die Ärzte legen sich nicht fest, wie üblich, aber es scheint so, daß kaum mehr auf Heilung zu hoffen ist. Niemand hat mit dieser Entwicklung gerechnet, der Qa'id hat sich immer bester Gesundheit erfreut, Gott schütze ihn.» Er stand auf und stellte sich, Ibn Ammar den Rücken zuwendend, vor die hochgelegene Fensteröffnung, die auf den Park hinausging. «Wir sind nur wenig informiert über die Intentionen des Kronprinzen. Wir haben kaum Kontakt zu den Leuten, mit denen er sich umgibt. Es sollen Männer von eher zweifelhaftem Ruf sein, Astrologen, byzantinische Heilkünstler, zweitrangige Literaten. Einem Mann von deinen Talenten dürfte es nicht allzu schwer fallen, sein Vertrauen zu gewinnen.»

Ibn Ammar fragte ruhig: «Was erwartet Ihr von mir.»

Der Tuchhändler drehte sich auf dem Absatz um und blickte ihm gerade in die Augen. «Nichts», sagte er ohne zu zögern. «Nichts im besonderen.» Es klang aufrichtig. Er begann, in der Maslah auf und ab zu gehen, die Hände auf dem Rücken. «Aber die Geschäfte im Fernhandel sind schwieriger geworden. Das Meer ist so unsicher wie noch nie. Schiffe aus Pisa und Genua führen einen offenen Kaperkrieg in der Straße von Sizilien, Gott verfluche sie. Auch die Handelswege im Maghreb sind ständigen Überfällen ausgesetzt, Fez von irgendwelchen Beduinenbanden erobert, keine Nachricht von unseren dortigen Handelsagenten. Palermo von einer neuen schweren Niederlage gegen die Normannen heimgesucht, der Handel mit Sizilien völlig unterbrochen. Üble Nachrichten von allen Seiten, Gott helfe uns. Wir wären beruhigt, wenn wir einen Mann in der Nähe des Kronprinzen wüßten, der diese Probleme kennt, das ist alles.» Seine Stimme war so heiser, daß er kaum mehr zu verstehen war, und er blieb vor dem Wasserbecken stehen und benetzte sich wieder die Lippen.

«Ich weiß nicht, ob ich Eure Probleme gut genug kenne», sagte Ibn Ammar zögernd. «Das meiste, was Ihr berichtet habt, war mir neu. Ich schreibe Gedichte, ich kenne mich ein bißchen aus in der Literatur, vielleicht auch in den Wissenschaften, aber ich verstehe nichts vom Handel.»

Ibn Mundhir wandte sich um, und zum ersten Mal, seit Ibn Ammar ihn kannte, zeigte sich auf seinem Gesicht so etwas wie ein freundliches Lächeln. «Wir werden Gelegenheit haben, darüber zu sprechen», sagte er. «Du bist ein Mann von rascher Auffassungsgabe. Ich denke, wir werden uns verstehen.»

Er klatschte nach dem Hammāmi, zog sich den Turban vom Kopf, beugte sich über das Wasserbecken, tauchte beide Hände ein und legte sie sich auf den Scheitel. «Ich habe ein kleines Essen vorbereiten lassen. Ich hoffe, du bist mein Gast.»

Ibn Ammar beobachtete ihn, wie er gierig das Wasser von den nassen Fingern leckte, während ihm der Hammāmi in die Kleider half, ein kleiner, dünner Mann mit kahlem Schädel, die Haut über der Stirn käsig bleich, deutlich abgesetzt vom Braun des Gesichts, längst nicht mehr so imponierend wie zuvor, als hätte er mit dem Turban auch ein Stück seiner Würde abgestreift.

Ein Fürst wird krank, sein Sohn pflegt ein paar Marotten, die ihn unerreichbar machen für die mächtigen Handelsherren des Bazars, und schon wird aus einem kleinen Kātib, der nur die eine Kunst beherrscht, einfache Worte so aneinanderzureihen, daß sie zu klingen beginnen, ein geehrter Gast und Bundesgenosse, dachte Ibn Ammar.

Ein weitläufiger Park empfing sie, als sie das Bad verließen. Der Weg führte mäßig steil bergan zwischen schattigen Pinien hindurch. In einigem Abstand links des Weges verlief eine hohe, ineinander verflochtene Hecke, hinter der sich offenbar der private Teil des Parks verbarg. Der Hausherr lief schweigend voraus mit energischen, schnellen Schritten. Er hielt das Tempo ohne sichtbare Anstrengung, bis sie nach dreihundert Schritten den höchstgelegenen Punkt des Parks erreicht hatten. Die Umfassungsmauern trafen sich hier auf einer kleinen Erhebung, die von einem dreistöckigen Turm gekrönt war. Als sie auf der obersten Plattform anlangten, bot sich ihnen ein weiter Blick nach Norden auf Murcia und nach Westen auf das Tal des Guadalentin und die dahinterliegenden Berge, auf denen die Sonne aufsaß wie ein großer glutroter Ball.

Ibn Mundhir stellte sich an die Brüstung, stützte sich mit beiden Armen auf das Geländer und blieb so stehen, bis die rote Scheibe hinter den Bergen verschwunden war. Geräuschlos tauchte ein Diener auf, der ihnen das Wasser für die Waschung über die Hände goß und sich ebenso geräuschlos zurückzog, während sie das Gebet verrichteten. Danach erschien er wieder, trug zwei große silberne Tabletts mit dem Essen auf, brachte die Räucherbecken, die die Fliegen vertreiben sollten, schenkte Wein ein.

Ibn Mundhir drehte sich um. «Je älter ich werde, desto mehr quält mich der Durst», sagte er verdrießlich. «Ich nehme jeden Nachmittag ein Bad, nur um ein bißchen Badewasser zu schlucken, Gott verzeihe mir. Die Tage sind scheußlich lang, wenn der Ramadan in die heiße Zeit fällt.» Er wanderte an der Brüstung entlang, blickte in den Park hinunter. Nur der westliche Teil mit dem Gästehaus und den Wirtschaftsgebäuden am anderen Ende war einsehbar, der Blick auf den größeren privaten Teil war durch die breiten Schirmwipfel einiger mächtiger Pinien versperrt. «Dieser Augenblick», sagte er leise, «wenn die Sonne schon untergegangen ist und ich mein Gebet verrichtet habe, dieser Augenblick des Zögerns, wenn es mir schon erlaubt ist zu essen und zu trinken und ich trotzdem noch eine Weile warte, bis ich mich niedersetze und den ersten Schluck nehme und den ersten Bissen anrühre, diesen Augenblick liebe ich über alles. Er verschafft mir mehr Genuß als sonst etwas in meinem Alter. Es ist der einzige Augenblick, in dem ich mich wirklich frei fühle, Herr meiner Entschlüsse.» Er blickte auf die einladend ausgebreiteten Speisen, die Glaskaraffen in den mit Eis gefüllten Kühlbehältern. Stieß sich dann in plötzlichem Entschluß vom Geländer ab und ließ sich auf einem der Sitzpolster nieder. «Man soll ihn nicht zu lange ausdehnen», setzte er knurrend hinzu.

Er aß und trank mit gesundem Appetit, kaute ausgiebig und lange mit mahlenden Bewegungen seines Unterkiefers, als folgte er dem Rat eines Arztes, der ihm aufgetragen hatte, jeden Bissen mit einer genau festgesetzten Anzahl von Kaubewegungen zu zerkleinern. Dann begann er, zwischen den einzelnen Happen, die er sich in den Mund schob, kurze Fragen an Ibn Ammar zu richten. Fragen nach seinem Aufenthalt in Sevilla, nach al-Mutadid, dem Fürsten, nach Ibn Ammars Stellung am Hof des Fürsten, nach seinen Beziehungen zum Prinzen Muhammad Ibn Abbād, die verrieten, daß ihn der Schachspieler bereits ausführlich über alle Einzelheiten informiert hatte.

«Und deine Beziehungen zum Prinzen waren freundschaftlicher Art?»

«Ausgesprochen freundschaftlich», bestätigte Ibn Ammar.

«Willst du sagen, mehr als freundschaftlich?»

«Durchaus», sagte Ibn Ammar arglos. Weiß Gott, es war eine enge Freundschaft gewesen, die ihn mit dem Prinzen verbunden hatte. Er war dreiundzwanzig Jahre alt gewesen, als sie sich zum ersten Mal begegnet waren, der Prinz ganze vierzehn. Er hatte kurz zuvor Aufnahme in die Reihe der Hofdichter gefunden, mit Abstand der jüngste von allen, die die Gunst des Fürsten genossen. Der Prinz war gerade erst der Pubertät entwachsen, ein zu kurz geratener, dicker Junge mit Pickeln im Gesicht und einem großen Herzen und einem fatalen Hang zur Poesie. Ibn Ammar war sein großes Vorbild gewesen. Der Prinz hatte ihn mit einer schwärmerischen, manchmal scheuen, manchmal aufdringlichen, manchmal geradezu anbetenden Zuneigung verfolgt. Er hatte ihm jeden Wunsch von den Augen abgelesen, ihn mit Geschenken überhäuft, ihm in Silves einen eigenen Palast eingerichtet unmittelbar neben dem seinen, um ihn immer in der Nähe zu haben. Er hatte keine Entscheidung getroffen, ohne ihn um Rat zu fragen. Ja, es war eine mehr als enge Freundschaft gewesen.

«Willst du sagen, eure Beziehungen waren freundschaftlicher, als es zwischen Männern üblich ist», fragte Ibn Mundhir mit gleichmütiger Penetranz.

Für einen Augenblick war Ibn Ammar verärgert. Die alte, immer gleiche dumme Verdächtigung. Wie schon in Sevilla. Er wollte heftig herausgeben, aber dann fiel ihm die Begegnung mit der Zofe am Nachmittag im Innenhof des Hauses ein und er überlegte, daß möglicherweise gerade jetzt eine Frau aus dem Haushalt Ibn Mundhirs darüber nachdachte, wie sie ihm eine Botschaft zukommen lassen könnte, und der Gedanke amüsierte ihn so, daß er seinen Ärger beiseite schob.

«Nein», sagte er.

«Aber es gab Gerüchte?» insistierte der Hausherr.

«Unterstellungen, böswilliges Gerede», sagte Ibn Ammar knapp.

«Gerüchte, denen der Fürst Glauben geschenkt hat», fuhr der Hausherr ungerührt fort.

«Leider», antwortete Ibn Ammar, und nach einer Pause setzte er erklärend hinzu: «Sein ältester Sohn, Ismail Ibn Abbād, der Kronprinz, pflegt solche Beziehungen, von denen Ihr sprecht. Deshalb hatte der Fürst ein offenes Ohr für die Einflüsterungen.»

«Und du konntest seinen Verdacht nicht zerstreuen?»

«Nein, das war unmöglich. Er ließ mich nicht mehr vor. Als meine Verbannung verfügt war, gab man mir drei Stunden Zeit, die Stadt zu verlassen.»

«Wann war das?»

«Vor fünf Jahren, vor genau fünf Jahren.»

«Und der Prinz? Konnte er nichts bei seinem Vater für dich erreichen?»

«Nichts», sagte Ibn Ammar. «Ihr kennt den Fürsten von Sevilla nicht. Al-Mutadid macht keine Entscheidung rückgängig.»

«Und der Prinz hat dir nicht geholfen, als du in der Verbannung warst?»

«Er hat mir geholfen. Er hat mir gegen den Willen seines Vaters geholfen. Ich war zuerst in Malaga. Er hat mir jede Woche einen Boten geschickt, er hat mir Geld übersandt, Briefe, Gedichte, Geschenke. Wir waren ständig in Verbindung, bis der Fürst dahinterkam. Daraufhin ging ich nach Almeria. Wir setzten unsere Kontakte fort, vorsichtiger, heimlicher, wir wechselten die Boten, die Treffpunkte. Aber auch das wurde dem Fürsten hinterbracht. Danach schickte er mir zwei seiner Leute auf den Hals. Das war der Grund für meine Flucht nach Murcia und für mein Versteckspiel. Ich hatte Angst um mein Leben.»

Ibn Mundhir warf ihm einen zweifelnden Blick zu. «Ist deine Angst wirklich begründet?»

«Ich habe die zwei Männer gesehen, die hinter mir her waren», sagte Ibn Ammar, und als er noch immer eine Spur von Zweifel in Ibn Mundhirs Augen sah, setzte er ruhig hinzu: «Ihr kennt al-Mutadid nicht, ich werde Euch etwas über ihn erzählen.»

Er brauchte nicht lange in seinem Gedächtnis zu suchen, es gab so viele Beispiele. Er berichtete von Abu Amir Ibn Maslama, dem Dichter aus vornehmer Cordobeser Familie, der noch unter den Kalifen als Vezir gedient hatte, und den der Vater des Fürsten, der große Qadi, als seinen Freund nach Sevilla geholt hatte. Eines Tages war al-Mutadid aufgefallen, daß Ibn Maslama sich jedesmal vornehm zurückhielt, wenn die anderen Hofdichter ihre Lobgedichte vor ihm ausstreuten. Er verlangte auch von ihm ein Huldigungsgedicht. Ibn Maslama bat um seinen Abschied. Er wurde ihm gewährt. Einige Wochen später fand man ihn ertrunken im Teich seines Sommerhauses.

Er berichtete über den Fall des byzantinischen Architekten, der den Empfangssaal des Dimaq-Palastes ausgestaltet hatte, und zwar mit solcher Kunstfertigkeit, daß der Bau seitdem als einer der schönsten in ganz Andalusien galt. Der Fürst war sehr stolz darauf. Als der Architekt ein Angebot von al-Ma'mūn, dem Herrn von Toledo, bekam, erhöhte al-Mutadid sein Gehalt um das Doppelte, verbot ihm aber, dem Ruf nach Toledo zu folgen. Der Architekt ging heimlich. Drei Monate später fand man ihn am Hof al-Ma'mūns erstochen in seinem Bett.

Er erzählte die in ganz Sevilla bekannte Geschichte des Edelsteinhändlers Ibn Said. Der Händler war nach zweijähriger Indien-Reise mit einer Sammlung ausgesucht schöner Steine und Perlen zurückgekommen. Der Einkäufer des Fürsten war wie üblich an Bord des einlaufenden Schiffes gegangen, noch bevor die Erlaubnis zum Löschen der Ladung gegeben war, und hatte dem Kaufmann, jedes Gewohnheitsrecht mißachtend, die ganze Sammlung abgekauft zu einem Preis, der dem Verkäufer keinerlei Gewinn gelassen hatte. Der Kaufmann war vor den Qadi gegangen, aber er hatte nicht recht bekommen. Daraufhin hatte er sich am Freitag vor das Moscheetor des al-Qasr gestellt, wo sich diejenigen versammeln, die vor dem Fürsten ihr Recht einklagen wollen. Dreimal hatte er einem Sekretär des Fürsten eine Petition übergeben und an drei Freitagen hatte er allen Leuten vor dem Tor erzählt, welches Unrecht ihm zugefügt worden war. Der Fürst hatte ihn verhaften und blenden lassen, er hatte ihm seinen gesamten Besitz genommen und ihn aus der Stadt verbannt.

Der Edelsteinhändler hatte sich danach als blinder Bettler durchgeschlagen und war im folgenden Jahr mit einer Pilgergruppe nach Mekka gereist. Er hatte sich vor das Tor des Grußes gesetzt, durch das alle Pilger kommen, und wenn er an der Stimme einen erkannt hatte, der aus Andalusien stammte, hatte er ihn aufgehalten und ihm von dem Unrecht erzählt, das ihm von al-Mutadid zugefügt worden war.

Natürlich war das dem Fürsten zu Ohren gekommen. Er hatte einen Brief schreiben lassen, in dem er den Kaufmann um Verzeihung bat und ihm versprach, das Unrecht wiedergutzumachen, wenn er nur wieder nach Sevilla zurückkäme. Und er hatte einen Boten nach Mekka geschickt mit dem Brief und einer Kassette, die mit Gold-Dinaren gefüllt war.

Der Bote hatte den Kaufmann vor dem Tor des Grußes angetroffen und ihm den Brief vorgelesen. Der Blinde war voll Mißtrauen gewesen. Er hatte sich die Kassette geben lassen, hatte die Münzen befühlt und sie schließlich mit den Zähnen auf ihre Echtheit überprüft. Wenig später war er zusammengebrochen, von Krämpfen geschüttelt, Schaum vor dem Mund. Al-Mutadid hatte das Mißtrauen des Mannes richtig eingeschätzt, und die Münzen mit Gift bepinseln lassen.

«Eine der verläßlichsten Eigenschaften des Fürsten ist seine Rachsucht», sagte Ibn Ammar.

Ibn Mundhir ließ seinen Blick nachdenklich über die leergegessenen Schüsseln wandern. Dann hob er den Kopf und sagte mit einem schmallippigen Lächeln: «Von diesen Geschichten erzählst du besser nichts am

Hof Hassūn Ibn Tāhirs. Der Kronprinz ist ein Verehrer des Fürsten von Sevilla, aus welchen Gründen auch immer.» Er wußte mehr, als es den Anschein hatte. Und er war besser informiert, als er sich gab. Man durfte ihn nicht unterschätzen.

«Vielleicht bin ich doch nicht der richtige Mann für die Aufgabe, die Ihr mir zugedacht habt», sagte Ibn Ammar. «Meine Bewunderung für al-Mutādid hält sich in Grenzen, und die Neigungen, die Ihr offenbar bei mir erwartet habt, besitze ich nicht.»

«Ich habe nichts dergleichen erwartet», sagte Ibn Mundhir schnell.

«Nein?»

«Nein!»

«Aber die Vermutung liegt nahe. Es sind Gerüchte im Umlauf über den Kronprinzen.»

«Unsinn», sagte Ibn Mundhir. «Die Leute reden viel. Der Kronprinz ist vierzig Jahre alt und er ist kinderlos, obwohl es ihm nicht an Weibern fehlt. Das gibt immer und überall Anlaß zu Gerüchten.» Es klang bitter, als spräche er aus eigener Erfahrung. Er erhob sich umständlich und setzte dann in überraschend aufgeräumtem Ton hinzu: «Nein, du bist der richtige Mann. Ich bin überzeugt, du bist der richtige Mann für diese Aufgabe. Wir werden sehen.»

Als Ibn Ammar am nächsten Morgen erwachte, hörte er leisen Gesang. Diesmal erkannte er die Stimme sofort. Es war die Qayna, die da in aller Frühe schon sang. Auch sie befand sich also auf dem Landsitz.

Er machte sich bald an die Arbeit, setzte sich in einen Kiosk im Park und begann das Gedicht zu konzipieren, das er am Abend vor dem Kronprinzen Hassūn Ibn Tāhir vortragen sollte. Irgendwann erschien eine Gestalt in einem blauen Gewand, die suchend zwischen den Bäumen herumlief. Er war so in seine Arbeit vertieft, daß es eine ganze Weile dauerte, bis er sie wahrnahm. Es mußte die Zofe sein, aber sie war gerade so weit entfernt, daß er nicht nach ihr rufen konnte, ohne aufzufallen. Er verließ den Kiosk und lief ein Stück auf sie zu. Sie entfernte sich hangaufwärts. Sie war gut fünfzig Schritte vor ihm und hielt den Abstand. Es war die Zofe. Als sie den oberen Teil des Parks erreicht hatte, verließ sie die Pinienallee und bog hinter eine Rosenhecke ein. Als Ibn Ammar nachkam, stand sie wartend unter einem Granatapfelbaum. Er war sich jetzt sicher, daß sie ihn führte und daß er sich nicht zu eilen brauchte, um ihr nachzukommen. Sie führte ihn in Richtung auf die hohen Pinien zu, die unterhalb des Turms standen, und verschwand plötzlich unter einem Baum, dessen Äste bis auf den Boden reichten. Als er dort anlangte, sah er sie keine zwanzig Schritte vor sich, sie stand vor der Hecke, die den Park teilte, dicht unterhalb der Stelle, wo diese Hecke auf die Umfassungsmauer stieß. Sie bog einige Zweige beiseite und tauchte in die Hecke ein und war verschwunden, als die Zweige zurückschnellten.

Das war es also, das war das Ziel, zu dem sie ihn geführt hatte, ein versteckter Zugang in den abgeschlossenen Teil des Parks. Er spürte, wie sein Atem schneller ging. Es hatte einige Kaufmannsfrauen in seinem Leben gegeben, Frauen von reichgewordenen Händlern mit poetischen Ambitionen, gelangweilte Damen, die nach kleinen Abenteuern gesucht hatten, so wie sie in den Geschichten beschrieben waren, die sie heimlich lasen. Es war nicht das erste Mal, daß er durch eine versteckte Gartenpforte in den Harām eines Landhauses eindrang, aber es war das erste Mal, daß er es am hellen Tage tat, und es war auch neu, daß er die Frau, die ihn erwartete, noch nie zuvor gesehen hatte.

Er stieg in die Hecke ein. Es war kein Gang ausgeschnitten, aber die Zweige gaben nach, und es war kein Dornengestrüpp an dieser Stelle, und in dem Zaun, der innerhalb der Hecke entlangführte, war eine Bohle gelockert. Er spähte durch den grünen Blättervorhang ins Freie. Die Zofe war noch da. Sie stand in einem Wald von Oleanderbüschen vor einem Kiosk, der bis zum Dach von Rosen überwuchert war. Sie wandte ihm den Rücken zu. Erst als er näher kam, sah er, daß es eine andere Frau war, größer als die Zofe und geschmeidiger in ihren Bewegungen, und die Jubba, die sie trug, war zwar von gleicher Farbe wie der Umhang der Zofe, aber aus feinstem Seidenbrokat, auf den die Sonne einen goldenen Schimmer legte.

Er ging langsam näher, ließ sie nicht mehr aus den Augen, er brauchte nicht auf die Umgebung zu achten, sie würde dafür gesorgt haben, daß niemand in der Nähe war. Er war nur noch fünf Schritte entfernt, als sie sich umdrehte. Sie war unverschleiert, und für einen Augenblick sah er ihr Gesicht, das Gesicht einer schönen Andalusierin, dunkle Augen, leicht gebogene, kräftige Nase, großer Mund, der sich zu einem feinen Lächeln verzog, das nicht zu der hastigen Bewegung paßte, mit der sie den Schleier hochnahm und in den Eingang des Kiosks zurückwich.

«Wer seid Ihr?» fragte sie, und das atemlose Erschrecken, das sie in ihre Stimme legte, klang überraschend echt. Er war verwirrt. Die Stimme klang anders, als er sie in Erinnerung hatte.

«Was sucht Ihr hier?» fragte sie streng.

«Verzeiht, Sayyīda», sagte er und verbeugte sich, ohne den Blick von ihr zu wenden. «Und verzeiht meinen Augen, die nicht von Euch lassen wollen.»

Sie erwiderte seinen Blick, und er meinte unter ihrem Schleier noch immer das Lächeln zu sehen. Er sagte schnell: «Ich bin einer Dienerin gefolgt, die ich zu kennen glaubte. Ich folgte ihr, wie man einer Hoffnung folgt. Und, Sayyīda, nie hat sich eine Hoffnung schöner erfüllt.» Er machte einen Schritt auf sie zu, aber sie hob abwehrend die Hand.

«Ihr seid in den Harām dieses Hauses eingedrungen, in dem Ihr Gast seid, und Ihr wißt es!» sagte sie abweisend. Und jetzt erkannte er auch ihre Stimme wieder. Es war dieselbe Stimme. Sie war die Frau, die ihn damals bei seinem Namen gerufen hatte. Sie war es, obwohl sie die Überraschte spielte, die von einem unerwarteten Eindringling erschreckte Dame. Sie spielte nur das Spiel. Er hatte ihr Interesse geweckt, und ihr Interesse war so groß gewesen, daß sie ihm eine Botschaft geschickt und sogar ein Treffen gewagt hatte. Sie war ihm weit entgegengekommen, sie hatte ihm sogar für einen kurzen Augenblick zu sehen erlaubt, was ihn hinter ihrem Schleier erwartete. Jetzt zog sie sich wieder zurück, wahrte Abstand, hielt sich einen Rückweg offen. Jetzt war es an ihm, sich zu zeigen. War er ein Mann, der das Interesse lohnte? War er das Wagnis wert, oder war er nur ein langweiliger Dummkopf?

Er ging auf das Spiel ein, er hielt sich an die Regeln. Er hatte es oft genug gespielt, und es hatte ihn immer unvergleichlich viel mehr gereizt, als die leichte Verfügbarkeit, die willige Nachgiebigkeit der Mädchen im Palast von Silves oder am Hof von Sevilla. Er liebte die Gefahr, und er brauchte sie. Er hatte immer als außergewöhnlich mutiger Mann gegolten. Nur er allein wußte, daß sich hinter seinem Draufgängertum eine tiefsitzende Angst verbarg. Er wußte es, und seine Mutter hatte es gewußt und einige der Frauen, die er gekannt hatte. Er war schon als Kind ängstlich gewesen, voll von bösen Vorahnungen und angsterfüllten Träumen. Aber er hatte gelernt, mit seinen Ängsten zu leben, und er hatte die Erfahrung gemacht, daß sie verschwanden, wenn er nur den Mut fand, sich einer Gefahr auszusetzen.

Er hatte eine panische Angst vor Schlangen gehabt, aber als achtjähriger Junge hatte er es fertiggebracht, vor den Augen seines Vaters eine Leiter zu holen und zum Sims des Hauses hinaufzuklettern und mit bloßer Hand eine Viper zu fangen, die sich dort gesonnt hatte. Er war nur darauf aus gewesen, sich als der mutige Junge zu beweisen, den der Vater sich gewünscht hatte. Und dabei war ihm die aufregende Erfahrung zuteil geworden, daß sich die Angst verloren hatte, sobald er losgelaufen war, um die Leiter zu holen.

«Was wartet Ihr noch, was steht Ihr noch hier?» sagte die Frau mit einem raschen Blick in die Runde. «Wißt Ihr nicht, was Euch erwartet, wenn die Wächter Euch sehen.»

«Ich fürchte nur eines, Sayyīda», sagte er mit verhaltenem Feuer, «Euer Mißfallen zu erregen.» Er atmete tief den Duft der Rosen ein, hielt den Blick ruhig auf die Frau gerichtet. Er stand der Frau seines Gastgebers gegenüber, sie mußte die Frau Ibn Mundhirs sein. Nach dem Wert des Schmucks zu schließen, den sie trug, und nach der Eleganz ihres Gewandes konnte sie nur die Herrin des Hauses sein. Sie war eine stolze, furchtlose Frau, nur wenig jünger als er selbst, es mußte eine Lust sein, das Spiel mit ihr zu spielen.

Sie würden heute nur die ersten, tastenden Züge machen, eine vorsichtige Annäherung, ein kleines Geplänkel mit hübschen Worten und versteckten Anspielungen. Sie würde ihn abwehren und ihn hinhalten, aber am Ende würde er ihr doch das Zugeständnis abringen, ihm eine Botschaft zu schicken mit dem Versprechen auf ein neues Treffen.

«Schickt mich nicht fort ohne die Hoffnung auf ein Wiedersehen, Sayyīda», sagte er flehend. «Was Ihr mir auch befehlt, ich werde gehorchen. Wenn Ihr über mich hinwegsehen wollt, werde ich mich klein machen, wenn Ihr mich nicht anhören wollt, werde ich schweigen, wenn Ihr mich mit Schweigen straft, werde ich Geduld haben. Aber laßt mich nicht gehen ohne die Hoffnung, daß ich Euch wiedersehe.»

Er machte wieder einen Schritt auf sie zu, und diesmal ließ sie es geschehen und hob die Hand nur, weil die Regeln es verlangten.

Und sie begannen das Spiel zu spielen.

13

SEVILLA

DONNERSTAG 20. MARCHESHWAN 4824
20. SHAUWAL 455 / 16. OKTOBER 1063

Yūnus kam an diesem Tag eine halbe Stunde vor Sonnenuntergang nach Hause, früher als gewöhnlich. Er hörte die Kleine schon schreien, als er gerade erst in die Gasse einbog, in der sein Haus lag. Es waren kurze, wütende Schreie, durchdringend hoch und gepreßt, als wäre sie am Ersticken. Sie war jetzt schon fast zwei Monate in seinem Haus, aber sie hatte sich noch immer nicht eingewöhnt. Sie war ein schwieriges Kind, kaum zu bändigen. Nur Ammi Hassān, der schwarze Hausdiener mit seiner unendlichen Geduld, kam mit ihr zurecht. Er hatte sie unwiderruflich ins Herz geschlossen, ertrug alle ihre Launen, ihre Wutausbrüche, ihre Dickköpfigkeit, nahm sie vor der alten Dādā in Schutz, die sich manchmal nur mit Schlägen zu helfen wußte. Er liebte sie, als wäre sie ein Engel.

Im Hof kam sie Yūnus heulend entgegen, klammerte sich an seinen Beinen fest, begann schluchzend und nach Luft japsend in ihrem schauderhaften Spanisch eine Geschichte zu erzählen, die Yūnus erst begriff, als Nabīla dazukam und ihn aufklärte.

Eine Frau war nachmittags ans Tor gekommen mit einem Kind im Arm, das sie mit einem Tuch verdeckt gehalten hatte. Für einen Vierteldirhem hatte sie das Tuch abgenommen und einen Jungen enthüllt, dem zwei Köpfe aus dem Körper gewachsen waren. Alle im Haus hatten sich das mißgestaltete Wesen angeschaut, der alte Hillel, der im Obergeschoß zur Miete wohnte, Ammi Hassān, Dādā, die Küchenmagd und Nabīla. Nur Sarwa und der kleinen Karīma hatten sie den Anblick verwehrt. Sarwa hatte sich damit abgefunden, aber die Kleine hatte zu brüllen angefangen und nicht mehr aufgehört. Sie brüllte seit drei Stunden.

Yūnus nahm sie mit in sein Arbeitszimmer. Das Arbeitszimmer war der einzige Raum des Hauses, der ständig abgeschlossen war, und Karīma betrachtete es als besondere Vergünstigung, wenn sie in diesen geheimnisvollen, versperrten Raum durfte. Sie war völlig erschöpft, und Yūnus kam es fast so vor, als wäre sie ihm dankbar, daß er ihr einen Anlaß gegeben hatte, das Gebrüll endlich einzustellen. Sie saß still auf dem Boden und sah ihm zu, wie er einen Bogen Papier zurechtschnitt und mit der Feder einige Buchstaben aufmalte, und machte sich dann brav daran, die vorgezeichneten Linien nach seinen Anweisungen mit dem Pinsel in roter Farbe auszumalen.

Seit einem Monat gab Yūnus ihr regelmäßig Unterricht. Er hatte zuerst vorgehabt, sie auf eine Grundschule zu schicken, die einer der Flüchtlinge aus Sizilien vor kurzem eröffnet hatte, ein Lehrer, der die Anfänger im Schreiben und Lesen nach einer interessanten neuen Methode unterrichtete, nach der sich die Schüler nicht so sehr die einzelnen Buchstaben, sondern vielmehr gleich ganze Wörter und kleine Sätze einprägen mußten. Die Frau des Lehrers, die eine eigene Klasse für die Mädchen unterhielt, unterrichtete nach der gleichen Methode. Trotzdem hatte Yūnus schließlich doch davon abgesehen, Karīma zur Schule zu schicken. Nicht weil er den neuen Lehrmethoden mißtraute, sondern weil die Kleine nicht die geringsten Voraussetzungen mitbrachte. Sie sprach fast ausschließlich Spanisch, ihr Arabisch war äußerst lückenhaft, man mußte ihr zunächst einmal die Sprache beibringen, bevor man an eine weitergehende Ausbildung denken konnte. Yūnus hatte sich deshalb vorgenommen, im kommenden Frühjahr, sobald Nabīla verheiratet sein würde, eine Frau ins Haus zu holen, die Karīma Privatunterricht geben sollte. Bis dahin wollte er selbst diese Aufgabe übernehmen.

Kurz nach dem Trommelwirbel zum ersten Nachtgebet klopfte es am Tor. Yūnus sah durch das Fenstergitter, wie die alte Dādā über den Hof ging, während das Klopfen immer heftiger wurde. Er sah sie in heller Aufregung zurückkommen, sie nahm nicht den Weg durch die Madjlis, sondern kam gleich ans Fenster und erstattete ihm stotternd Bericht: Vor dem Tor stünde ein Khādim aus dem Haushalt des Fürsten, begleitet von einem Reiter der Palastwache.

Yūnus ging mit weichen Knien hinaus, um nach dem Grund für diesen völlig ungewöhnlichen Besuch zu fragen, aber der Khādim ließ ihn gar nicht erst zu Wort kommen, sondern trug ihm mit barscher Stimme auf, seine Arzttasche zu holen und das bereitgehaltene Maultier zu besteigen. Man würde ihm das Nötige auf dem Weg erklären.

Yūnus versuchte, den Khādim hinzuhalten, er sei nur ein kleiner jüdischer Tabīb, unwürdig, einen vornehmen Patienten aus dem Haushalt des Fürsten zu behandeln, er versuchte sogar, den Mann mit fünf Mithqal zu bestechen, damit er sich an einen anderen Arzt wandte, aber der ließ sich auf nichts ein, bestand unnachgiebig darauf, daß Yūnus mitkam, als hätte er den festen Auftrag, nur ihn zu holen und keinen anderen.

Die Gasse hatte sich inzwischen gefüllt, die Nachbarn waren zusammengelaufen und drängten sich in immer größerer Zahl um die Reittiere, die allmählich unruhig wurden. Als sie losritten, wurden unwillige Rufe laut, und die alte Dādā rannte jammernd und sich die Haare raufend hinter ihnen her bis zum Tor des al-Qasr.

Auch Yūnus hatte böse Vorahnungen. Und es kam genauso, wie er es befürchtet hatte. Der Patient, zu dem man ihn brachte, war der Sohn einer Djariya des Fürsten, einer ehemaligen Konkubine, die aber offensichtlich längst nicht mehr in der Gunst stand und im ältesten Teil des al-Qasr im Harām des al-Mubārak-Palastes wohnte, obwohl sie eine Umm Walad war, die vom Fürsten empfangen hatte.

Als er den Sohn zu Gesicht bekam, wurde ihm klar, warum der Fürst weder ihn noch die Mutter in seiner Nähe dulden wollte. Der Junge war klein, fett, weißhäutig und schielte auf beiden Augen, ein Kind, wie es nur eine Mutter lieben konnte. Man hatte ihm in einem Nebenzimmer eines der Empfangsräume zwischen dem offenen Teil des Palastes und dem Harām eine Art Krankenlager oder auch schon das Totenbett gerichtet, zu dem Yūnus von dem Khādim geführt wurde. Der Junge lag wimmernd in den Kissen, er schwitzte stark, der Puls war kaum zu fühlen, der Atem ging stoßweise, und die Milz war so hart aufgeschwollen und empfindlich, daß er beim geringsten Druck aufschrie. Es sah tatsächlich so aus, als wäre er kurz vor dem Ende.

Aus der Mutter war kaum etwas herauszubringen über die Vorgeschichte. Sie saß heulend neben dem Lager. Sie war noch sehr jung, ein wenig aufgedunsen, Yūnus schätzte sie auf höchstens zwanzig Jahre, war sich aber nicht ganz sicher, da der Junge mindestens sieben Jahre alt war. Sie trug vor dem Gesicht eine der reichbestickten steifen Halbmasken nach Art der Berberfrauen, wie sie gerade in Mode waren. Die schwarze Kool-Schminke um ihre Augen war tränenverschmiert. Sie war keine Hilfe.

Nach der ersten Untersuchung war Yūnus überzeugt, daß Gift im Spiel sein mußte. Alle Symptome deuteten darauf hin, und er vermutete, daß auch die Hofärzte zu diesem Schluß gekommen waren und sich eben aus diesem Grund vor der Behandlung gedrückt hatten. Wenn man versucht hatte, den Jungen zu vergiften, war er ein undankbarer Fall: Brachte man ihn durch, waren möglicherweise gewisse hochgestellte Personen ungehalten, die ein Interesse daran hatten, daß der Junge umkam. Brachte man ihn nicht durch, hatte man immerhin einen leiblichen Sohn des Fürsten sterben lassen, was dem ärztlichen Ansehen nicht unbedingt förderlich war.

Yūnus ließ die Mutter die erste Sure beten und gab dem Jungen ein starkes Brechmittel und war auf alles gefaßt. Aber dann löste sich der so kritisch scheinende Fall überraschend in Nichts auf. Der Junge erbrach eine ganze Schüssel voll grüner Trauben vermischt mit halbzerkauten Nüssen und Mandelkernen, er würgte sich fast die Eingeweide heraus, und als der Magen endlich leer war, schlief er ruhig ein.

Die Mutter war am Rande der Hysterie. Yūnus versuchte ihr zu erklären, daß alles überstanden sei, aber sie wollte ihm nicht glauben und bestand darauf, daß er im Palast blieb, in der Nähe des Jungen.

Er mußte die Nacht in einer von außen verriegelten Kammer verbringen. Er mußte auch den Freitag am Bett des Jungen bleiben und ihm mit eigener Hand die Speisen einflößen, die er ihm zur Stärkung verordnet hatte. Er fügte sich ins Unvermeidliche, er konnte die Sorge der jungen Frau verstehen. Wenn der Junge starb, verlor sie alle Vorrechte, die sie als Mutter eines Prinzen genoß.

Er wurde so spät entlassen, daß keine Zeit mehr blieb für die Vorbereitungen auf den Sabbat, aber dafür ließ ihm die dankbare Mutter zum Abschied ein Gewand aus wunderbar leichtem Dabīqī-Leinen überreichen und einen Beutel mit zwanzig Mithqal, eine Summe, deren Höhe wohl dem Ausmaß der Angst entsprach, die sie ausgestanden hatte.

Am nächsten Morgen, auf dem Weg zur Synagoge, erfuhr er, welch großartiges Ereignis ihm durch den erzwungenen Aufenthalt im Palast entgangen war. Eine Gesandtschaft aus Granada war in der Stadt angekommen, angeführt von einem Juden namens Isaak Ibn Baruch al-Balia. Die ganze Judengemeinde schien den Kopf höher zu tragen. Am Freitag, unmittelbar nach dem Mittagsgebet, war der jüdische Gesandte zu Pferd in die Stadt eingeritten, hinter ihm noch zwei weitere jüdische Würdenträger zu Pferd. Eine Ehreneskorte der Palastwache hatte sie bis in den Vorhof des al-Qasr gebracht, und erst dort waren sie aus den Sätteln gestiegen. Und noch am selben Tag waren sie vom Fürsten empfangen worden.

«Stellt Euch vor! Hättet Ihr so etwas für möglich gehalten? Drei Juden reiten hoch zu Roß in den al-Qasr ein!»

Natürlich waren die drei Gesandten während des Sabbats als Ehrengäste in der Hauptsynagoge der Babylonischen Kongregation. Aber auch in das kleine Gotteshaus der Palästinenser-Gemeinde fiel ein Strahl von dem großen Glanz. Al-Balia hatte eine Botschaft Joseph Ibn Nagdelas an die Juden der Stadt überbracht, die übliche, jedes Jahr mit neuer Spannung erwartete Botschaft des großen Nagīd ha-Negidim, des hochweisen, hochedlen Sar ha-Sārīm. «Möge Gott das Füllhorn seiner Segnungen über ihn ausschütten!» Der Kantor verlas sie mit volltönender Stimme vor der ganzen Gemeinde.

Joseph Ibn Nagdela hatte eine Stellung inne, die nie ein Jude vor ihm in Andalusien je erreicht hatte. Er war der Hādjib und die rechte Hand des Fürsten Badis von Granada, erster Minister und Doppelvezir, dem nicht nur die zivile Verwaltung unterstand, sondern auch die Armee. Und das nicht nur aus einer Laune des Fürsten heraus, sondern bereits in der zweiten Generation. Schon sein Vater Samuel hatte dieses hohe Amt innegehabt. Dreißig Jahre lang war er Vezir und Hādjib in Granada gewesen, vor sieben Jahren war er gestorben, und der Sohn hatte sein Amt übernommen. Joseph Ibn Nagdela war damals gerade erst fünfundzwanzig Jahre alt gewesen, aber niemand hatte ihm die Nachfolge streitig gemacht, so groß war sein Ansehen und seine Macht.

Yūnus hatte den alten Hādjib immer sehr bewundert. Gegenüber dem Sohn war er eher kritisch eingestellt. Er wußte, daß die bevorzugte Stellung der Juden in Granada nur den besonderen Umständen zu verdanken war, die dort herrschten. Badis, der Fürst, war Berber. Nachfahre eines der Söldnerführer, die der große al-Mansūr aus dem Maghreb nach Andalusien geholt hatte. Er hätte einen seiner Verwandten oder seiner Unterführer zum Hādjib machen können, aber kein Berber war in der Lage, ein so großes Reich wie das von Granada zu verwalten. Die Mitglieder des alteingesessenen arabischen Adels kamen auch nicht für das Amt in Frage. Sie haßten die Berber als Eindringlinge, die die Macht usurpiert hatten. Die Christen stellten nur eine arme Minderheit dar. Blieben als einzige die Juden, die zudem den Vorzug hatten, daß sie in der Hauptstadt den größten Bevölkerungsanteil stellten. Samuel Ibn Nagdela, der Vater, hatte sich, nachdem er seine Macht erst einmal gefestigt hatte, immer auf diese große Judengemeinde von Granada, die mehr als fünftausend Köpfe zählte, stützen können. Joseph, der Sohn, hatte sich während seiner kurzen Regierungszeit schon mit einigen der großen jüdischen Familien der Stadt überworfen, oder hatte zumindest nicht vermocht, sie auf seiner Seite zu halten. Er war dabei, seine Machtbasis zu untergraben. Er hatte nicht das Format seines Vaters.

Am Abend nach dem Sabbat schrieb Yūnus in sein Tagebuch:

In der Synagoge wieder einmal die jährliche Siegesbotschaft des großen Nagīd aus Granada, Gott sehe über seinen Hochmut hinweg. Die Meldungen vom Erfolg seines diesjährigen Sommerfeldzuges waren wie immer in ein sehr wortreiches Gedicht gekleidet, das mir diesmal noch länger vorkam als in den vergangenen Jahren. Ich kann mich nicht mehr an alle seine Eroberungen erinnern, die Aufzählung war zu ermüdend, aber wenn ich mich recht erinnere, hat er die unbotmäßige Stadt Guadix als glänzende Perle wieder in das Diadem des Reiches eingefügt, wie er sich ausdrückte, und zahlreiche Burgen im Wādī Ash eingenommen. Das Ganze gefaßt in eine sehr geschmäcklerische Sprache, feinstes Hebräisch, sehr elegant, sehr glatt, mit vielen Farben. Das fiel mir am meisten auf, die leuchtenden Farben, die er gebrauchte, um seinen Triumph auszumalen: Das Gold seines Helms, das die Augen der

Gegner blendete, wie eine zweite Sonne. Der silberne Glanz auf den Spitzen seiner Lanzen und den Schneiden seiner Schwerter, die sich rot färbten vom Blut seiner Feinde. Und mehr in dieser Art. Sehr gekonnt, sehr wirkungsvoll. Aber die Siegesgedichte seines Vaters früher haben mir besser gefallen. Sie waren nicht nur kürzer gewesen, sondern auch ehrlicher. Jeder Krieg ist grausam, und das vergossene Blut behält nur für kurze Zeit seine schöne Farbe. Der alte Hādjib, Gott sei ihm gnädig, hat das immer ohne Umschreibung gesagt. Bei ihm gab es kein Farbenspiel von Rot und Silber, bei ihm steckten auf den Lanzenspitzen abgeschlagene Köpfe mit gebleckten Zähnen, und seine Freude war erst vollkommen, wenn diese Köpfe zu Girlanden aufgefädelt über den Toren von Granada hingen. Er sprach die gleiche Sprache, wie sie unser Fürst liebt. Hart, wild und von ungezügelter, erschreckender Grausamkeit. Einer Grausamkeit aber, die sich jedenfalls nicht hinter schönen Wortspielereien versteckte.

Aber natürlich stand ich wieder einmal ziemlich allein mit dieser Einschätzung. Die Botschaft versetzte die ganze Gemeinde in Hochstimmung, jeder Sieg wurde bejubelt, und je blutiger er ausgefallen war, desto besser eignete er sich als Trostpflaster für die Demütigungen, die jeder kleine Jude in Sevilla übers Jahr hin hat erdulden müssen. Es gibt nicht wenige unserer Glaubensbrüder in Andalusien, die insgeheim davon träumen, daß es Josef ha-Levi Ibn Nagdela eines Tages sogar gelingen könnte, sich selbst an die Spitze des Reiches von Granada zu setzen. Ein jüdischer Fürst in Andalusien, Begründer eines neuen Königreichs der Juden im Lande Sepharad, ein zweiter David. Hatte nicht schon Samuel Ibn Nagdela, der Vater, immer von sich gesagt, daß er der David seiner Zeit wäre! Warum sollte sich der Spruch nicht bei seinem Sohn bewahrheiten. Gebe Gott, daß es ein Traum bleibt.

Am Nachmittag des Sabbat fand beim Nāsī ein feierlicher Empfang für die drei Gesandten statt. Nur die Spitzen der Gemeinde waren geladen. Auch Yūnus erhielt eine Einladung. Es war das erste Mal. Die Fraktion der Strenggläubigen im Ältestenrat hatte ihm wegen seines frei geäußerten Skeptizismus in Fragen der Religion bisher immer den Zugang zu den exklusivsten Zirkeln verwehrt. Deshalb war es um so verwunderlicher, daß er gerade zu diesem Empfang gebeten wurde, zu dem sich ausnahmslos sämtliche Honoratioren unter Einsatz all ihres Einflusses und ihrer Beziehungen drängten.

Das Rätsel löste sich, als Yūnus dem Leiter der Gesandtschaft vorgestellt wurde: Isaak al-Balia kannte ihn und hatte selbst auf seiner Einladung bestanden. Yūnus hatte zehn Jahre zuvor eine Reise nach Cordoba unternommen, um einige Bücher zu suchen, die in Sevilla nicht zu finden gewesen waren. Während dieser Reise hatte er einen gelehrten Rabbi aus Frankreich kennengelernt, der für einige Zeit in Cordoba unterrichtete. Isaak al-Balia war einer der Schüler des Rabbi gewesen, damals achtzehn Jahre alt, ein vielversprechender junger Mann aus einer der angesehensten Familien der Judengemeinde von Cordoba.

Auch jetzt wirkte er noch auffallend jung zwischen den würdigen Herren des Gemeinderates, aber er war ohne die geringsten Hemmungen vor deren Alter. Er stand im Mittelpunkt, und er schien es für selbstverständlich zu halten, daß sich alles um ihn drehte. Er war eher klein, stämmig, mit großem Kopf, kräftigem Kinn, einer Nase, die wie ein Rebmesser gebogen war, aufmerksamen grauen Augen unter auffallend beweglichen Brauen. Er verstand es, seine Gesprächspartner auf Distanz zu halten und ihnen gleichzeitig das Gefühl zu geben, daß jedes Wort, das er an sie richtete, eine besondere Auszeichnung darstellte. Den Ruf großer Bildung, der ihm voranging, unterstrich er noch dadurch, daß er sich während der Unterhaltung zurückhielt und nur ab und zu an passender Stelle eine Bemerkung einfließen ließ, die deutlich machte, wie gut er über den Gesprächsgegenstand Bescheid wußte. Er galt als Sprachgenie, beherrschte sogar Latein und mehrere fränkische Dialekte. Aber auch das Spanisch der kleinen Leute in Andalusien war ihm so geläufig, daß man seinen Tonfall nicht von dem eines Lastenträgers im Bazar unterscheiden konnte, und er machte sich einen Spaß daraus, gerade in hochgestochenen Gesprächen unvermittelt ein paar Sätze in diesem Gossen-Spanisch einzuschieben wie ein Jongleur, der gerne zeigt, mit wie vielen Bällen er jonglieren kann, oder wie ein Musiker, der seine Könnerschaft dadurch beweist, daß er auf einem gewöhnlichen Grashalm eine virtuose Melodie pfeift. Er schien eine Vorliebe dafür zu haben, seine Gesprächspartner durch überraschende Wendungen zu verblüffen.

Den Nāsī, der sich angelegentlich erkundigte, ob der hochgeschätzte Joseph Ibn Nagdela tatsächlich alle Regierungsentscheidungen in eigener Person treffe, ohne den Fürsten auch nur um seine Meinung zu fragen, wie es behauptet wurde, beschied er knapp: «Was bleibt ihm anderes übrig, der Fürst ist Tag und Nacht betrunken!»

Einen der Ältesten, der ihn mit einer honigtriefenden Lobeshymne langweilte, in der er den Hādjib als Stütze des Glaubens und Hort der Religion rühmte, ließ er noch härter auflaufen. Er stimmte in das Lob ein und brachte das Gespräch auf die Frau Joseph Ibn Nagdelas, die eine Tochter des hochberühmten Rabbi Nissim aus Qayrawān war. Der Älteste begann in wachsender Begeisterung seine Lobeshymne auch auf die Frau auszudehnen.

Al-Balia unterbrach ihn mit bedauernder Miene: «Nur schade, daß sie so klein gewachsen ist.»

Der Älteste war verwirrt. «Sie ist klein? Ist das ein Schaden?»

«Ein Schaden nicht, aber ein Nachteil», antwortete al-Balia ungerührt. «Der Hadjib liebt große, stattliche Frauen.»

Der Älteste war so verwirrt, daß er kaum zu fragen wagte. «Wollt Ihr damit sagen, daß er mehr als eine Frau hat?»

«Nicht vor dem Gesetz», antwortete al-Balia mit unbewegter Miene. «Aber der Harām seines Hauses ist voll von großen, stattlichen Frauen. Er steht darin keinem muslimischen Mawla nach, Gott stärke ihn in seinen Fähigkeiten.»

Der Älteste zog sich entsetzt zurück und wagte sich bis zum Ende des Empfangs nicht mehr in al-Balias Nähe.

Yūnus unterhielt sich lange mit ihm. Sie sprachen über den Rabbi aus Frankreich, mit dem al-Balia noch in regem Briefwechsel stand, über Cordoba und über die Gründe, die ihn bewogen hatten, die Stadt vor drei Jahren zu verlassen.

«Eine Stadt ohne Zukunft», sagte er, «eine Stadt, die ihre große Zeit hinter sich hat.» Abulwalīd Ibn Djahwar, der Qadi, habe dem Stadtadel und den großen Kaufherren zu viele Mitspracherechte bei der Regierung eingeräumt. «Jetzt kann er sich nicht mehr gegen sie durchsetzen. Die großen Familien haben ihre Stadtpaläste zu Festungen ausgebaut und befehden sich gegenseitig. Sie bewaffnen Tagelöhner und das Gesindel der Vorstädte und führen Kriege von einem Viertel zum anderen. Zustände wie vor fünfzig Jahren nach dem Tod al-Mansūrs und seiner Söhne.» Niemand kümmere sich mehr um den Schutz der Dörfer in der Umgebung der Stadt. Aus den benachbarten Reichen, aus Carmona, Toledo, Granada, ja auch aus Sevilla fielen bewaffnete Banden über die Campina her, viele Dörfer seien schon verlassen, das Land sei teilweise entvölkert und veröde mehr und mehr.

«Die Zukunft gehört den großen Residenzstädten. Toledo, Zaragoza, Sevilla, da ist noch Hoffnung, da ist das Geld und die Macht.»

Seit drei Jahren lebte er schon am Hof Joseph Ibn Nagdelas. Er hatte im Auftrag des Hadjibs zwei Gesandtschaftsreisen nach Toledo unternommen und war von dort aus im Auftrag des Fürsten al-Ma'mūn auch an den Hof nach Leon gereist, um mit König Fernando zu verhandeln. Er machte kein Hehl daraus, wie sehr er den Hādjib von Granada bewunderte, aber seine Bewunderung schien weniger der Person zu gelten als dem Amt und der Macht, die damit verbunden war. Und Yūnus hatte den Eindruck, daß ihn vor allem auch die Freiheiten faszinierten, die man dem Inhaber einer so mächtigen Stellung zugestand, zum Beispiel die Freiheit, sich eine Vorliebe für große, stattliche Frauen leisten zu können.

Über die Ziele seiner diplomatischen Mission in Sevilla sagte er nichts, ließ nur sehr wirkungsvoll gegen Ende des Empfangs verlauten, daß ihn al-Mutadid, der Fürst, in Privataudienz empfangen werde, was seinen Ruhm noch einmal beträchtlich vermehrte.

Yūnus bekam ihn in der folgenden Woche nicht mehr zu Gesicht, aber er wurde ein paarmal an das Gespräch erinnert, das er mit ihm über Cordoba geführt hatte: Von Sonntag an trafen ständig neue Reiterabteilungen aus dem Westen des Reiches ein, aus Beja, Silves, Huelva, Niebla. Kleine Trupps, die in Taryāna mit der Fähre über den Fluß setzten und nach Alcalá de Guadaira weiterritten, wo Ismail, der Kronprinz, seine Truppen für den Herbstfeldzug sammelte.

Es hatte zunächst geheißen, daß die diesjährige Expedition sich gegen Carmona richten sollte, die Nachbarstadt im Nordosten, die von einem Berber-Clan beherrscht wurde, ebenfalls Nachkommen eines Söldnerführers von al-Mansūr. Im Lauf der Woche sickerte dann durch, daß statt dessen ein kurzer Feldzug in das Gebiet von Cordoba geplant war, wo mit weniger Gegenwehr gerechnet wurde. Im Bazar hieß es dazu, es habe Mißstimmungen zwischen dem Fürsten und dem Kronprinzen gegeben wegen der geringen Zahl der Truppen, die al-Mutadid seinem Sohn zur Verfügung gestellt habe.

Als am Freitag vor dem Abmarsch des Heeres einige Eliteabteilungen, angeführt von der großen Militärkapelle, durch die Stadt paradierten, fehlte der Fürst, der dem Kronprinzen bei solchen Gelegenheiten sonst immer bis zum Tor das Geleit gegeben hatte. Das war um so auffallender, als der Fürst kurz zuvor in der Hauptmoschee noch mit allen Anzeichen väterlichen Stolzes die Geburt des dritten Sohnes des Prinzen Muhammad, seines Zweitgeborenen, bekanntgegeben hatte.

Am Nachmittag im Bad erfuhr Yūnus von dem wie üblich gut informierten Ibn Eli den wahren Grund für die geringe Truppenzahl.

«In zwei Tagen wird eine Gesandtschaft aus Leon erwartet», sagte Ibn Eli so leise, daß nur Yūnus es hören konnte. «Der Fürst hat einen Teil der Truppen zurückgehalten, um den Spaniern einen eindrucksvollen Empfang zu bieten. Der Feldzug in diesem Jahr ist ohne Bedeutung, nur das übliche Militärschauspiel, das den Leuten vormachen soll, daß alles seinen gewohnten Gang geht. In Wirklichkeit ist die Lage durchaus gespannt. Der König von Leon hat sein Heer in Zamora zusammengezogen und alles deutet darauf hin, daß das geplante Treffen zwischen dem Fürsten und dem König schon in drei, vier Wochen stattfinden wird. Al-Mutadid braucht alles, was er an Truppen aufbieten kann, um in den Verhandlungen mit dem König möglichst stark auftreten zu können. Er kann sich zu diesem Zeitpunkt keinen Feldzug gegen Carmona leisten.»

Als Yūnus nach Hause kam, mußte er die Erfahrung machen, daß die vielberedete Truppenparade auch in seiner Familie für Aufregung gesorgt hatte. Wieder kam ihm die kleine Karīma heulend entgegen. Sie hatte mit Nabīla und Sarwa zusammen am Vormittag das klingende Spiel der Militärmusik gehört und natürlich hatten sie alle drei, wie die meisten Nachbarkinder auch, zum Carmona-Tor laufen und dem Abmarsch der Truppen zuschauen wollen. Aber die alte Dādā hatte sie nicht gehen lassen. Yūnus selbst hatte ihr die strenge Anweisung erteilt, die Mädchen im Haus zu halten. Er hatte erfahren, daß sich unter den Einheiten, die durch die Stadt zogen, auch eine Abteilung Sinhādja-Berber befand, die der Kronprinz in Ceuta angeworben hatte, Schleierträger wie die Almoraviden. Er hatte Sarwa und Nabīla den Anblick dieser Berberkrieger in ihren weißen Burnussen und den hochgeschlossenen Gesichtsmasken, die nur einen schmalen, gefährlich aussehenden Augenschlitz freiließen, ersparen wollen. Er hatte verhindern wollen, daß sie an die böse Zeit in Sjilmāsa erinnert würden.

Die beiden Älteren hatten sich längst über das versäumte Schauspiel hinweggetröstet, aber Karīma vergaß nicht so schnell. Sie hatte ihre Wut den ganzen Tag über heiß gehalten, und als Yūnus in den Hof kam, legte sie los. Sie schimpfte und schrie und schüttelte sich vor Wut und bewarf die alte Dādā, die sie für die Schuldige hielt, mit Ausdrücken, die Yūnus noch nie in seinem Leben gehört hatte. Er zog sie mit sich, aber diesmal half auch der Zauber seines Arbeitszimmers nicht.

Erst spät in der Nacht, als er sie mit Ammi Hassāns Hilfe endlich ins Bett gebracht hatte, ließ sie sich beruhigen.

Nach dem Sabbat schrieb er darüber in sein Tagebuch:

Was Karīma angeht, die Kleine, so hält sie nach wie vor das ganze Haus in Atem. Seit drei Wochen weigert sie sich, abends ins Bett zu gehen, erfindet immer neue Ausreden, will nicht einschlafen. Jeden Abend gibt es den gleichen Aufstand. Manchmal habe ich das Gefühl, daß sie sich nur deshalb so aufführt, weil sie Angst hat, am nächsten Morgen nicht mehr bei uns aufzuwachen. Wir versuchen, sie mit Gute-Nacht-Geschichten zu beruhigen, Nabīla erzählt ihr eine, Ammi Hassān und Dādā ebenso, und wenn gar nichts hilft, muß auch ich einspringen. Heute war es nicht mit einer Geschichte getan, ich mußte noch eine anhängen und dann noch eine, und zuletzt wollte sie noch eine ganz lange hören.

«Gut», sage ich, «du sollst die längste Geschichte hören, die ich kenne. Die Geschichte vom König und seinem Erzähler.» Und ich begann, ihr die Geschichte zu erzählen:

«Der König hatte einen Erzähler, der mußte ihm jeden Abend Geschichten erzählen, so lange, bis der König eingeschlafen war. Eines Abends konnte der König nicht einschlafen und verlangte von seinem Erzähler immer noch eine neue Geschichte und wieder eine, bis dem Erzähler vor Müdigkeit schon fast die Augen zufielen. Aber der König gab keine Ruhe. Da sagte der Erzähler schließlich: ‹Herr König, ich will Euch eine Geschichte erzählen, die so lang ist, daß Ihr zufrieden sein könnt. Aber Ihr dürft nicht einschlafen dabei, denn die Geschichte hat ein wunderschönes Ende und es wäre schade, wenn Ihr das versäumen würdet.› Und er begann zu erzählen:

‹Es war einmal ein Schäfer, der hatte tausend Schafe. Eines Tages erhielt er einen Brief von seinem Bruder, der Marktaufseher in der Stadt war. Darin stand, daß er sich gleich auf den Weg machen solle mit allen seinen Schafen, denn ein geheimnisvoller Fremder mit einer wunderschönen Tochter sei auf einem schwarzen Schiff in der Stadt angekommen, der kaufe alle Schafe auf zum doppelten Preis.

Der Schäfer machte sich sofort mit seinen tausend Schafen auf den Weg, aber als er zum Fluß kam, war die Brücke weggeschwemmt, denn es war Frühling und der Fluß führte Hochwasser. Da blieb dem Schäfer nichts anderes übrig, als seine tausend Schafe mit einem Boot überzusetzen, das er am Ufer fand. Das Boot war so klein, daß außer ihm selbst immer nur ein einziges Schaf hineinpaßte. Er setzte also das erste Schaf in das Boot und ruderte über den Fluß und setzte es am anderen Ufer ab und ruderte zurück und setzte das zweite Schaf in das Boot. Dieses Schaf war sehr schwer und hatte schwarze Füße und er brauchte ein wenig länger, bis er es hinübergerudert hatte. Er setzte es am anderen Ufer ab und ruderte zurück und setzte das dritte Schaf ins Boot und ruderte es hinüber…›»

Beim fünften und sechsten Schaf wurde ihr allmählich klar, daß ich sie überlistet hatte, aber sie wollte es nicht zugeben. Sie preßte die Lippen aufeinander und schaute mich finster an und gab sich alle Mühe, sich nichts anmerken zu lassen. Nach dem zwölften Schaf begann sie die Geschichte spaßig zu finden, lachte in sich hinein, drehte ihr Gesicht weg, damit ich nicht sehen konnte, wie sie lachte, und beobachtete mich aus den Augenwinkeln, wild entschlossen, bis zum tausendsten Schaf wachzubleiben.

Sie hielt immerhin durch bis zum fünfundvierzigsten. Beinahe wäre ich vor ihr eingeschlafen. Oh, sie hat einen starken Willen. Gott schütze sie.

14

CORIA

FREITAG 31. OKTOBER 1063
6. DU'L-QADA 455 / 6. KISLEW 4824

Coria war die erste Moro-Stadt, die Lope zu Gesicht bekam. Die Lage der Stadt erinnerte ihn an Salamanca: Auch Coria thronte auf einer steilen Uferböschung über einem Fluß. Auch hier gab es eine steinerne Brücke, die aus den Zeiten der Söhne des Romulus stammte. Damit aber waren die Gemeinsamkeiten erschöpft. Coria war keine Ansammlung von flachen Holzbauten und schnell errichteten Hütten mit Stallungen und Viehpferchen dazwischen und breiten schlammigen Wegen, in denen die Schweine nach Abfällen wühlten, sondern ein fester, von einer durchgehenden Mauer umschlossener Ort, so schön gebaut wie ein Vogelnest mit weißgekalkten zweistöckigen Häusern und sauberen gepflasterten Gassen. Im Norden, wo das Haupttor lag, und der Zugang eben war, die Mauer nicht durch die natürliche Böschung geschützt, erhob sich der al-Qasr mit einem hohen viereckigen Turm, über dessen Zinnenkrone der lange Wurfgalgen eines Geschützes hinausragte, und ein dünner Mast, an dem die Fahne des Qa'ids von Coria hing, des Burgherrn der Stadt, der dem Fürsten von Badajoz untertan war.

Sie waren vor einem Monat angekommen. Der Capitan kannte die Stadt, er war schon ein paarmal durchgekommen mit Pferden aus Guarda und mit Rindern auf dem Treck nach Cordoba. Einer von den Wirten an der breiten Überlandstraße, die die Stadt im Osten umrundete und zur Brücke hinunterführte, hatte ihn wiedererkannt, und sie waren bei ihm eingezogen. Der Capitan konnte sich mit den Leuten in der Sprache der Moros unterhalten. Er war ein angesehener Mann. Seit ihrer Ankunft trug er eine weiße Kopfbinde, wie die Moros sie trugen, so daß er auch äußerlich kaum von ihnen zu unterscheiden war.

Sie hatten anfangs nur einige Tage in Coria Station machen und bald weiter nach Süden ziehen wollen, aber dann waren ihnen Gerüchte zu Ohren gekommen, daß Don Fernando, der König von Leon, in Zamora sein Heer sammelte, um in die Länder der Moros zu ziehen und mit den Moro-Fürsten zu verhandeln. Sie hatten zuerst nicht daran glauben wollen, aber die Gerüchte hatten sich schnell bestätigt. Aus dem Süden waren Reiterabteilungen eingetroffen, um die Burgbesatzung zu verstärken. Bauern aus dem Umland hatten begonnen, die Gräben und Böschungen vor der Stadtmauer zu roden und vom nachgewachsenen Gestrüpp zu befreien, das Mauerwerk auszubessern und Steine und Balken und Faschinen auf die Türme und Wehrgänge zu schleppen. Schwere, mit Pfeilen und Wurfspießen, mit Schilden und Helmen und Rüstungen beladene Wagen waren von Panzerreitern in die Burg geleitet worden. Saumtierkolonnen hatten Öl und Getreide, Heu, Stroh und Brennmaterial in die Stadt gebracht.

Auch der Capitan hatte sich vorbereitet. Er trank nicht mehr wie in Salamanca. Statt dessen war er jeden Morgen mit Lope ausgeritten, um ihm einzuüben, was der Bursche eines Hidalgos im Dienst beherrschen mußte. Er hatte ihm beigebracht, wie der Bursche seinem Herrn in die Panzerweste hilft, wie er den ledernen Beinschutz am Panzer befestigt und in welcher Reihenfolge er die Riemen schließt. Er hatte ihn gelehrt, wie man dem Herren die Haare zurückkämmt, darüber die knapp sitzende Leinenkappe zieht, und über die Kappe die dicke, gesteppte, kaninchenhaargefütterte Polsterhaube, und darüber wiederum die Kapuze der Panzerweste mit dem Halsschutz, auf die zuletzt der Eisenhelm gesetzt und mit Lederriemen befestigt wird. Er hatte ihm vorgeführt, wie der Bursche dem Herrn den Schwertgürtel umlegt, wie er den Steigbügel hält und die Lanze übergibt. Und er hatte ihm eingeschärft, wie er vor dem Abreiten noch einmal den Sitz des Sattelgurtes kontrolliert und den Verschluß der Gurtschnalle und die Befestigung des überstehenden Riemenendes.

Sie waren jeden Tag unterwegs und übten noch immer. Sie übten, wie der Bursche beim Reiten die Position hält, links von seinem Herrn, dicht hinter ihm, so daß er die Schildseite deckt. Sie übten, an welchen Zeichen er erkennt, wann der Herr die Richtung ändern will, wann er das Tempo wechselt, vom Schritt in den Trab, vom Trab in den Galopp übergeht. Sie übten, wie er es vermeidet, zu weit vorzustoßen, zu weit zurückzufallen oder gar auf das Pferd des Herrn aufzulaufen. Der Capitan ritt den Hengst, den sie damals bei dem Dorf in den Bergen dem sterbenden Mann abgenommen hatten. Lope ritt die große Stute aus Guarda.

Er war ein guter Reiter. Zwei Sommer lang war er mit den Pferdehirten auf den Hochweiden im Westen von Sabugal gewesen, er hatte das Reiten ohne Sattel gelernt, er hing wie eine Klette auf dem Pferderücken. Aber es war etwas anderes, ob man beide Hände frei hatte oder in der Linken Zügel und Schild halten mußte und in der Rechten eine Waffe. Ob man seine ganze Aufmerksamkeit auf das Pferd konzentrieren konnte und auf den Weg, der vor einem lag, oder ob das Auge nicht nur den Weg auffassen mußte, sondern auch noch den mannshohen Stab, den der Capitan in den Boden gesteckt hatte, und den man mit dem Prügel, der beim Üben das Langschwert ersetzte, im Vorbeireiten treffen mußte. Und nicht nur einfach irgendwie treffen, sondern mit dem richtigen Armschwung und im richtigen Abstand und genau eine Handbreit unterhalb der Spitze und mit solcher Wucht, daß es das obere Ende glatt abfetzte.

«Ein Mann, der zu Pferd kämpft, ist so gut wie er reitet!» rief der Capitan. Es war ein Satz, den er jeden Tag wiederholte. «Denk an den starken Pere», rief er immer wieder, während Lope vorbeijagte und sich bemühte, das Pferd gerade in der Spur zu halten, genau in der Angriffsrichtung.

«Ein guter Mann, der starke Pere, aber ein schwacher Reiter», rief der Capitan. «Du hast gesehen, wie er zurückgekommen ist! Du hast gesehen, wie sie ihn zugerichtet haben!» Er ließ Lope nicht aus den Augen, kein Fehler entging ihm, er war ein unerbittlicher Lehrer.

«Dein Pferd darf kein fremdes Tier unter dir sein», rief er. «Es muß zu einem Teil deines Körpers werden, es muß spüren, was du vorhast, noch ehe du ihm das Kommando dazu gibst. Durch die Haut muß es spüren, was du von ihm willst, am Druck deiner Schenkel, deiner Fersen, an der Art, wie du dein Gewicht verlagerst. Du mußt mit deinem Pferd zusammenwachsen, du mußt es mit dem Hintern reiten, nicht mit dem Kopf.»

Lope glaubte inzwischen zu wissen, was der Capitan meinte. Er hatte in Sabugal auch einige Monate bei den Peones verbracht und hatte an ihren wilden Mutproben teilgenommen, bei denen es darum gegangen war, so nah an einen Stier heranzureiten, daß man ihn mit der Hirtenlanze am Nacken kitzeln konnte. Er hatte erfahren, was es heißt, die eigene Angst niederzukämpfen und dem Pferd die Angst vor den Hörnern des Stiers zu nehmen. Er hatte gelernt, ein Pferd so zu reiten, daß er es aus dem Stand in den Galopp bringen konnte, wenn der Stier zum Angriff ansetzte, Volten zu schlagen, damit der Stier ins Leere stieß, blitzschnelle Wendungen zu vollführen, Drehungen auf der Hinterhand, Seitschritte und Rückwärtsbewegungen auf engstem Raum, um den Stier zum Kreiseln zu bringen, bis er in den Vorderbeinen einknickte. Er hatte das alles mitgemacht, er beherrschte manches, von dem er gar nicht ahnte, daß er es konnte. Der Capitan machte es ihm bewußt, zeigte ihm die Feinheiten, die kleinen Kniffe, bleute ihm die Regeln ein, brachte ihm die richtige Haltung bei.

«Die Füße vor, bis du die Fußspitzen sehen kannst! Locker in den Beinen, nicht die Knie durchdrücken! Nicht vorbeugen! Gerade Haltung, als hättest du einen Krug auf dem Kopf!»

Und Lope lernte den mannshohen Stab vom Pferd aus mit dem Prügel zu köpfen, Stück für Stück von oben nach unten, bis nur noch drei Handbreiten über dem Boden stehenblieben. Er lernte, mit einer Stange von der Länge einer Lanze nach einem Ring zu zielen, der reiterhoch von einem Ast hing, und lernte dazu, im Vorbeireiten die Stange wieder aus dem Ring herauszuziehen, weit nach hinten gelehnt und mit gestrecktem Arm, damit sie ihn nicht aus dem Sattel hebelte. Der Capitan ließ ihn nur mit Stöcken und stumpfen Holzstangen üben, damit er das Pferd nicht aus Unvermögen verletzte und für immer für den Kampf unbrauchbar machte. Er war ständig hinter Lope her, immer dichtauf, er schrie und schimpfte und schlug zu, wenn er nah genug war. Mit Lob war er sparsam, verlangte jeden Abend auch noch, daß Lope die Pferde selbst versorgte, ihnen das Futter zumaß und das Wasser, sie mit Stroh abrieb und striegelte. Und wenn Lope die Arbeit des Pferdeknechts getan hatte, mußte er in der Gaststube den Diener machen, dem Capitan vor dem Essen das Wasser über die Hände gießen und ihm das Trockentuch reichen und die Speisen vorlegen und die Bota mit Wein füllen. Erst wenn der Capitan mit dem Essen fertig war, durfte er selbst zulangen. Manchmal war er so müde, daß er über dem Essen einschlief, was ihm jedesmal einen harten Schlag mit der offenen Hand eintrug.

Aber am nächsten Tag, wenn er wieder im Sattel saß, war alles vergessen. Sein Eifer war größer als die Ungeduld des Capitans, und er lernte rasch.

Als die Nachricht kam, daß der König mit seinem Heer Zamora verlassen hätte, brachen sie auf und ritten über die Brücke nach Süden eine Tagesreise weit, bis zum Tajo, dort wo die Straße, die aus Salamanca kam, den Fluß in einer weiten Furt durchquerte.

Sie blieben in den Bergen östlich der weiten Talsenke, und Lope baute einen Unterstand aus Zweigen in sicherer Entfernung von der Straße. Die Tavernen an der Furt waren längst voll belegt.

Sie sahen den Quartiermeister des Königs ins Tal reiten und das Lager inspizieren, das am Nordufer des Flusses errichtet worden war, und sie sahen das Empfangsaufgebot des Fürsten von Badajoz auf dem Weg nach Norden, dreimal hundert Mann mit wehenden Wimpeln und flatternden Helmbändern. Am Mittag des dritten Tages kam die Vorhut des königlichen Heers und besetzte das Lager und begann die Zelte aufzubauen. Vier Stunden später traf der König selbst ein mit der Hauptmacht seiner Truppen. Voraus die Moro-Reiter, dann die Ritter Don Fernandos in kleineren und größeren Trupps, angeführt von ihren Herren. Einige trugen die gleichen bunten Waffenröcke wie die Moros, die meisten zeigten blankes Eisen, nur die Helme waren farbig bemalt oder mit Stoff in leuchtenden Farben bespannt. Großrädrige Karren ratterten vorbei, schwer mit Waffen beladen, mit eisenbeschlagenen Truhen, mit großen Fässern. Dann die Standarte des Königs und die Ritter seiner Leibwache. Sein zweiter Sohn Don Alfonso, sein dritter Don Garcia, seine älteste Tochter Donna Urraca mit ihren Frauen. Zwei Bischöfe dahinter mit großem Gefolge und Trompeter und Hornisten und Hundeführer und Falkner, das Kriegsroß des Königs, einzeln geführt, fertig gesattelt und aufgezäumt, ein mächtiger schwarzer Hengst. Danach weitere Reiterabteilungen und Bogenschützen zu Fuß und die lange Kette der Wagen und Saumtiere des Trosses und der Marketender und fahrenden Leute, die den Schwanz jedes Heerzuges bilden.

Lope stand mit dem Capitan an der Straße. Beide waren sie zu Pferd, beide voll gerüstet, die Waffen blank geputzt, die Pferde frisch gestriegelt mit geflochtenen Mähnen und polierten Hufen. Der Capitan wollte sich sehen lassen.

Am Abend ließ er sich von Lope das Kinn glattrasieren und die Haare im Nacken ausschneiden, wie er es bei den Infanzones in der Umgebung des Königs gesehen hatte.

Am folgenden Morgen gingen sie schon im ersten Tageslicht über den Fluß und stellten sich wieder am Straßenrand auf. Sie waren nicht die einzigen, die auf das Heer warteten und auf die Gelegenheit, einen Dienstherren zu finden. Da gab es noch andere, die in der gleichen

Absicht hergekommen waren, verwegene Gestalten darunter, Pardos, alte Haudegen, junge Burschen mit zusammengestückelter Bewaffnung, zu zweit und zu dritt.

Regen setzte ein, aber der Capitan rührte sich nicht, ließ sich auch nicht den gewachsten Umhang umlegen, saß regungslos im Sattel, während die Kolonnen des Heeres vorbeizogen. Nur seine Augen waren in Bewegung, schienen jeden einzelnen Mann zu erfassen, jedes Gesicht einer Prüfung zu unterziehen. Als der König vorbeiritt, nahm er den Helm ab und hob die Lanze und rief mit lauter Stimme: «Gott schütze den Herrn König, Gottes Segen sei mit ihm und mit seinen Männern!» Seine Stimme war so laut, daß alle im Zug herüberschauten, auch der König wandte ihnen kurz das Gesicht zu, ein blasses Gesicht mit einem dünnen, schwarzen Schnauzbart, dessen Enden über die Mundwinkel herunterhingen.

Sie schlossen sich dem Troß an. Während der Mittagsrast ritten sie bis in die Nähe des Sonnensegels vor, das für den König aufgebaut worden war, und der Capitan fragte einen der Bewaffneten nach dem Hauptmann der Leibwache.

«Verschwinde!» sagte der Mann. Mehr war nicht aus ihm herauszuholen.

Einer von den Pferdeknechten sagte ihnen schließlich, daß sie sich an den Connetabel des Bischofs von Leon wenden sollten. Dem wären in Zamora vier Leute an einer Pilzvergiftung eingegangen, der hätte vielleicht Bedarf an einem Dienstmann auf Zeit.

Der Connetabel war nicht viel freundlicher als der Posten vor dem Unterstand des Königs. Ein schwerer, rundgesichtiger Mann, den die Mühen der Reise sichtlich mitgenommen hatten. Er musterte den Capitan mit dem Mißtrauen eines alten Pfandleihers.

«Wo kommst du her?» fragte er den Capitan in einem Ton, der wenig Hoffnung ließ.

«Aus Aragon», sagte der Capitan.

«Das ist weit weg», stellte der Connetabel fest.

«Mein Name ist Raymond de Montmurat», sagte der Capitan.

Der Blick des Connetabels wurde noch um eine Spur mißtrauischer. «Unter welchem Herrn gedient?» fragte er.

«Unter dem Grafen von Toulouse.»

«Als Lehnsmann des Grafen?»

«Zuerst am Hof, dann als Lehnsmann.»

«Wann?»

«Ich kam schon als Kind an den Hof des Grafen. Das Lehen gab er mir vor zwanzig Jahren.»

«Und wie kommst du hierher?»

«Eine lange Geschichte», sagte der Capitan.

Der Connetabel warf ihm einen lauernden Blick zu. Dann rief er einen der Bediensteten zu sich, die hinter ihm beim Essen saßen und sagte: «Hol mir den Franzosen!»

Der Mann lief los und kam kurze Zeit später mit einem Hidalgo zurück, einem untersetzten Mann mit dichtem dunklem Haar, annähernd im gleichen Alter wie der Capitan.

Der Connetabel lehnte sich zurück und faßte den Capitan ins Auge. «Nenn mir den Namen des Grafen», sagte er.

Der Capitan verzog keine Miene. «Pons, Sohn des Guillem Taillefer», sagte er.

«Und die Frau des Grafen?»

«Almodis, Tochter des Grafen Bernal de la Marche de Limousin.»

Der Connetabel schaute zu dem Hidalgo hoch. Der nickte kaum wahrnehmbar.

«Gut», sagte er und entließ den Hidalgo mit einer Handbewegung. «Erzähl deine Geschichte, aber mach es kurz. Wenn sie gut ist, kannst du bleiben. Wenn sie erlogen ist, werde ich es herausfinden.»

Von der Spitze des Zuges her kam das erste Trompetensignal zum Aufbruch. Der Schildknappe führte das Pferd des Connetabel vor und half dem schweren Mann in den Sattel. Auch der Capitan und Lope bestiegen ihre Pferde.

«Warum so viel Mißtrauen?» fragte der Capitan.

«Weil sich zu viele Leute herumtreiben, die lange Geschichten erzählen und behaupten, sie hätten einen Namen und hätten bei großen Herren gedient», sagte der Connetabel scharf.

Das zweite Signal ertönte, und der Connetabel ritt nach vorn und setzte sich an die Spitze der bischöflichen Truppe. Er winkte den Capitan an seine Seite. Lope hielt sich dicht hinter ihm, neben dem Schildknappen, der sich Mühe gab, ihn nicht zu beachten.

«Ich höre», sagte der Connetabel. Und der Capitan begann zu erzählen.

«Es war vor zwanzig Jahren, vielleicht auch vor einundzwanzig, ich weiß es nicht mehr genau, zur Geburt seines zweiten Sohnes, da machte mein Herr, der Graf, eine Schenkung an ein Kloster, das zum Erbe des Jungen gehören sollte. Dabei war auch ein kleines Lehen: Eine Burg, ein

Dorf, eine Mühle. Bevor die Schenkung in Kraft trat, gab mir mein Herr die Witwe, die auf der Burg saß, zur Frau. Sie war kinderlos, aber noch jung genug, um Kinder zu haben, und ein Jahr nach der Heirat bekamen wir zwei Töchter. Ich sah sie nur ein paar Monate aufwachsen, dann ging mein neuer Herr, der Abt, nach Jerusalem und ich mußte ihn begleiten. Wir nahmen den Landweg bis zum Hafen von Luna in Italien und bestiegen dort ein Schiff. Als wir die Meerenge bei Messina in Sizilien durchquert hatten, gerieten wir in einen Sturm. Das Schiff wurde gegen eine Klippe getrieben und zerschellte. Ich konnte mich an eine Planke klammern und überlebte. Auch mein Knappe kam mit dem Leben davon. Er wurde an die italienische Küste gespült und konnte sich bis Luna durchschlagen. Dort ging er zu dem Kaufmann, bei dem ich zur Sicherheit Geld hinterlegt hatte. Als er zu Hause ankam, erzählte er, daß ich bei dem Schiffbruch ertrunken sei. Meine Frau trauerte eine Weile, dann machte sie sich schön und hielt nach neuen Freiern Ausschau. Aber das alles erfuhr ich erst sehr viel später.»

Lope lauschte dem Bericht des Capitans mit gespannter Aufmerksamkeit. Er kannte den Capitan seit drei Jahren, seit er nach Sabugal gekommen war. Nie hatte er sich Gedanken über seine Herkunft gemacht, er hatte geglaubt, der Capitan wäre immer in Sabugal gewesen. Er hatte sich auch nicht viel dabei gedacht, als ihm der Capitan nach ihrer Flucht eingeschärft hatte, kein Wort vom Castellan oder vom Conde zu erzählen, nichts von Guarda oder von Sabugal. «Du hast in deinem Dorf gelebt bis jetzt. Dann bin ich gekommen und habe dich deinem Vater abgekauft und bin mit dir nach Salamanca geritten. Das ist die Geschichte, die du erzählst, wenn dich einer fragt!» So hatte es ihm der Capitan immer wieder eingehämmert. Der Capitan mußte seine Gründe dafür haben, irgendwann würde auch *er* sie erfahren, irgendwann würde er begreifen. Er war voll Neugier. Es war das erste Mal, daß er den Capitan von sich erzählen hörte, das erste Mal, daß er seine Geschichte hörte. Merkwürdig war nur, daß ihm die Geschichte so bekannt vorkam. Als hätte er sie schon einmal gehört.

«Ich trieb also auf einer Planke im Meer», fuhr der Capitan fort. «Ich war zwei Tage im Wasser. Nur der Selbsterhaltungstrieb, den wir mit den Tieren gemeinsam haben, hielt mich noch am Leben. Am Morgen des dritten Tages fischte mich eine Galeere aus dem Wasser, eine große Sarazenen-Galeere mit fünfzehn Ruderbänken. Das Schiff landete in einem Hafen an der Küste von Afrika: al-Mahdiyya. Dort kam ein Dolmetscher, und sie begannen mich auszufragen. Ich gab mich als

Bauer aus. Ich hatte noch die Hoffnung, meinen Leuten eine Nachricht zukommen lassen zu können, damit sie mich auslösten. Für einen Ritter verlangen sie das Zwölffache an Lösegeld.

Als Bauer wurde ich auf ein Landgut gebracht und sie gaben mir eine Hacke in die Hand. Ich konnte nicht mit der Hacke umgehen, ich wollte auch nicht. Sie prügelten mich, schlossen mich nachts in Eisen, bis ich endlich zugab, daß ich nur das Waffenhandwerk verstünde. Sie glaubten mir nicht. Ich verlangte ein Schwert und einen Schild und zeigte es ihnen. Da brachten sie mich vor den Āmir. Sie haben gute Reiter dort, Leute aus der Wüste. Sie sind gut mit dem Bogen, dem Wurfspeer, mit der kurzen Lanze zu Pferd, aber im Kampf mit Schwert und Schild war ich ihnen überlegen. Der Amir nahm mich in seine Truppe auf. Ich blieb acht Jahre in seinen Diensten.»

«Und deine Leute haben kein Lösegeld geschickt?» fragte der Connetabel.

«Ich dachte nicht an Lösegeld, auch nicht an Flucht», antwortete der Capitan. «Bei meiner Aufnahme in die Truppe des Āmirs gaben sie mir einen Kräutertrank, der mich alles vergessen ließ, was vorher gewesen war.»

«Und nach acht Jahren?» fragte der Connetabel erwartungsvoll.

«Nach acht Jahren unternahmen wir einen Feldzug gegen den Herrn von Barqa», fuhr der Capitan fort. «Er hieß Jabbāra und war der größte Pirat an der Küste zwischen al-Mahdiyya und Alexandria. Wir zogen bis vor die Stadt, dann lief die Hälfte unserer Truppe zu ihm über. Jabbāra hatte alle Unterführer bestochen. Ich selbst wurde gefangengenommen. Man ließ mir die Wahl zwischen dem Sklavenmarkt und Jabbāras Soldliste. Ich trat in seine Dienste.»

Lope hörte den Capitan erzählen, er hörte jedes Wort, aber er hatte auf einmal eine ganz andere Stimme im Ohr, eine alte brüchige Stimme, von ständigem Husten unterbrochen, eine Stimme, die in einem fremden Dialekt sprach, den er nur schwer verstehen konnte, und die langsam und schleppend von unglaublichen Abenteuern berichtete, von wilden Kaperfahrten auf den Galeeren des großen Piraten Jabbāra von Barqa, von Überfällen auf Kauffahrer und Pilgerschiffe, vom Kampf mit dem Enterhaken, von erbeuteten Frauen und unermeßlichen Schätzen. Er hatte die Stimme genau im Ohr, er kannte jedes Wort.

«Wir griffen alles an, was uns vor den Bug kam», hörte er den Capitan sagen. «Schiffe aus Andalusien und aus Sizilien, ägyptische, italienische, griechische Handelsschiffe, Christen und Muselmanen, wir machten keinen Unterschied, brachten alles auf, was nicht schnell genug war, um uns davonzusegeln, und nicht stark genug, um uns abzuschrecken. Im Herbst, wenn wir unsere Beute auf dem Markt von Barqa verkauften, kamen Kaufleute bis aus Damaskus und aus Baghdad, um sie uns abzuhandeln. Wir lebten wie die großen Herren, wenn wir würfelten, dann nur um Gold. Sechs Jahre war ich in Barqa, dann gerieten wir an ein pisanisches Schiff, das uns überlegen war. Die Pisaner machten unsere ganze Besatzung nieder bis auf zwei Griechen und mich. Sie brachten mich nach Pisa, und von dort kam ich nach Luna, und als ich den Hafen von Luna wiedersah, löste sich die Wirkung des verfluchten Zaubertranks, und ich begann mich wieder zu erinnern an meine Familie, meine Burg, meine Heimat.

Ich machte mich auf den Weg. Niemand erkannte mich, als ich nach Hause kam. Fast fünfzehn Jahre waren vergangen. Ich nahm Quartier bei einem Bauern in dem Dorf, das zu meiner Burg gehörte, um in Ruhe herauszufinden, was inzwischen geschehen war. Ich erfuhr, daß meine Burg durch Tausch in die Hände des Grafen von Rouergue gelangt war und daß der Graf einen seiner Bastard-Brüder darauf gesetzt und mit meiner Frau verheiratet hatte. Ich wandte mich an meine alten Nachbarn, keiner wollte mir helfen, der neue Burgherr war ein zu mächtiger Mann. Dann, eines Tages, erkannte mich eine Magd, mit der ich früher einmal vertraut gewesen war, während sie mich im Bad wusch, an einer alten Narbe über der Hüfte.»

Sobald der Capitan die Narbe erwähnte, stand Lope auf einmal wieder alles klar vor Augen. Er sah den alten Mann vor sich, abends in der Küche, vor dem flackernden Herdfeuer, wie er umständlich sein Beinkleid hochkrempelte und die Narbe zeigte, einen fingerdicken rötlichen Wulst auf der Innenseite des Schenkels. Lope konnte sich genau erinnern. Es war in Guarda gewesen. Da hatte sich dieser alte Mann vor dem Burgtor herumgetrieben, zerlumpt und hungrig und fieberkrank. Sonntags in der Kirche hatte er sich an die Dueña herangemacht, und die Herrin hatte Mitleid gehabt und ihn aufgenommen. Drei Wochen lang war er auf der Burg gewesen, dann war er gestorben, aber vorher hatte er seine Geschichte erzählt, in der Küche und in der Halle, jedem der sie hören wollte, hatte er sie erzählt. Da waren einige gewesen, die ihm seine Geschichte nicht hatten abnehmen wollen, aber die Herrin hatte ihm geglaubt. Und jetzt hatte der Capitan sie zu seiner eigenen Geschichte gemacht. Er hatte sie nur um die drei Jahre verlängert, die seitdem vergangen waren, und er hatte den Sitz der Narbe verändert.

«Das verdammte Miststück von einer Magd hatte nichts besseres zu tun, als zu meiner Frau zu rennen, und ihr Bescheid zu geben», sagte der Capitan. «Sie schickten mir drei Männer auf den Hals, so daß mir nichts als die Flucht blieb. Ich kam nach Narbonne und schiffte mich ein, ich habe in Ceuta gedient und in Lissabon, jetzt bin ich auf der Suche nach einem neuen Dienstherrn.»

Er verstummte. Er saß aufrecht im Sattel und hielt den Kopf gerade.

«Und du sprichst die Sprache der Moros?» fragte der Connetabel.

«Ich kann mich mit ihnen verständigen», sagte der Capitan.

Der Connetabel beugte sich leicht zu ihm hinüber und sagte: «Gut, ich werde mit dem Bischof reden. Ich denke, du kannst bleiben.»

Zwei Stunden vor Sonnenuntergang erreichten sie eine Stadt, die Caceres hieß und besetzten das Lager, das davor errichtet worden war. Der Connetabel hatte sie drei Infanzones zugeteilt, denen die Bewachung des von der Mesnada des Bischofs bewohnten Lagerabschnitts anvertraut war. Am Abend holte er sie in das Zelt des Bischofs.

Lope trug dem Capitan Schild und Schwert nach. Ein Kaplan empfing sie im Inneren des Zeltes, wo ein düsteres Halbdunkel herrschte. Die Luft war so stark geräuchert, daß es in der Nase biß. Gegenüber dem Eingang stand ein Tisch, ein Kruzifix darauf, zwei Kerzen und ein goldglänzendes Reliquienkästchen. An einem Vorhang vorbei konnten sie den Bischof sehen, der, von Kissen gestützt, auf einer Matratze lag. Er hustete und stöhnte. Ein zweiter Kaplan war bei ihm, und ein Mann, der ihm einen Trinkbecher an die Lippen hielt, offenbar ein Arzt.

Der Kaplan, der sie empfangen hatte, näherte seinen Mund dem Ohr des Capitans. «Hat dich der Connetabel über die Bedingungen informiert?» fragte er flüsternd, und als der Capitan den Kopf schüttelte, warf er dem Connetabel einen abschätzigen Blick zu und setzte kaum hörbar hinzu: «Du bekommst monatlich ein Stück Gold in maurischer Währung, dazu angemessene Unterkunft und Verpflegung und Geschenke, wie es üblich ist.»

«Zwei Goldstücke», gab der Capitan genauso leise zurück.

Den Kaplan riß es herum, als hätte einer an seiner Cappa gezerrt. «Was soll das! Mit welcher Begründung?»

«Ich bringe eigene Waffen und eigene Pferde mit», sagte der Capitan.

Der Kaplan zog die Lippen straff. «Dies ist kein Ort, an dem gehandelt wird», sagte er spitz.

Der Connetabel nahm den Capitan am Arm. «Laß es gut sein», flüsterte er mit unbewegtem Gesicht.

Der zweite Kaplan holte das Reliquienkästchen und winkte den Capitan an das Lager des Bischofs. Und Lope sah zu, wie sich der Capitan vor dem Bischof auf ein Knie niederließ und die Schwurfinger hob, und wie der Bischof zuletzt das Kreuz über ihn schlug, bevor er sich wieder in die Kissen zurücksinken ließ.

Der Capitan erhob sich und blieb unschlüssig stehen, als erwarte er noch etwas, aber die beiden Kapläne machten unmißverständliche Zeichen, daß die Zeremonie beendet sei, und der Connetabel zog ihn schließlich am Arm mit sich zum Ausgang. «Kein Fluch! Nicht solange es der Bischof hören kann!» zischte er ihm zu.

Als sie vor dem Zelt standen, spuckte der Capitan aus. «Der Kaplan hat die üblichen Geschenke versprochen», knurrte er wütend. «Ist kein Antrittsgeschenk üblich in Leon?»

«Nicht bei unserem Herrn, dem Bischof», antwortete der Connetabel mit einem spöttischen Lächeln. «Der ehrwürdige Don Alvito ist ein heiliger Mann, der alles Geld in seine Kirche steckt, die am Weihnachtstag geweiht werden wird, wenn Gott will, und wir sicher nach Leon zurückkommen. Auch das Geschenk, das dir zusteht, wird der neuen Kirche zugute kommen, ein Geschenk an deine Seele, für das du nach deinem Tod einmal dankbar sein wirst.» Es war dem Connetabel nicht anzusehen, ob er selbst ernst nahm, was er sagte.

Noch am selben Abend bekamen sie eine weitere Vorstellung von der Heiligkeit des Bischofs. Ein Schafhirte erschien am Lagertor, ein baumlanger, hagerer Mann mit wirrem schwarzem Haar, der zum König vorgelassen zu werden verlangte. Er käme von einem Eremiten, dem ein Engel des Herrn eine Botschaft für den König überbracht hätte. Man führte ihn vor den Kämmerer des Königs. Der ließ den Mann nicht vor, weil der König schon schlief. Daraufhin führte man ihn vor den Bischof.

Der Bischof sprach lange mit dem Mann, dann ließ er aufsitzen und ritt selbst voraus, von sechs Moro-Reitern begleitet und acht seiner eigenen Leute, der Capitan und Lope darunter. Und sie folgten alle dem langen Hirten in die Nacht hinaus.

Nach einem Ritt von eineinhalb Stunden kamen sie zu einer kleinen Kapelle aus aufeinandergeschichteten Steinen, nicht größer als eine Hirten-Hütte, die am Ende eines baumlosen, mit Felsblöcken übersäten Tales lag. Der Eremit wartete davor mit ein paar Hirten. Er war ungehalten, als er erfuhr, daß nicht der König vor ihm stand, sondern nur ein Bischof. Er dürfe seine Botschaft nur dem König selbst übermitteln.

Der Bischof redete auf ihn ein, und sie einigten sich darauf, den Engel noch einmal in gemeinsamem Gebet herbeizurufen, um ihn zu fragen, ob auch der Bischof teilhaben dürfe an der Botschaft. Danach legten sie sich beide nebeneinander vor den Altar, lang ausgestreckt mit ausgebreiteten Armen auf den blanken Boden im Schein einer dünnen, flackernden Kerze.

Es war kalt, und ein scharfer Wind wehte, und es gab kein Feuerholz, und der Kaplan, der mitgekommen war, bewachte den Eingang der Kapelle und ließ keinen hinein. Sie warteten. Sie saßen dichtgedrängt im Windschatten der Kapelle und warteten Stunde um Stunde. Irgendwann setzte sich Lope vor den Eingang. Er beobachtete, wie der Kaplan versuchte, seinen Mantel über den Bischof zu breiten, und wie der Bischof den Mantel von sich wies und den Kaplan mit einer heftigen Geste zurückscheuchte. Er lauschte auf das heisere Gemurmel des Eremiten, das kein Ende nahm. Er sah, wie die Kerze herunterbrannte.

Irgendwann unterbrach der Eremit sein Gebet, erhob sich auf die Knie, breitete die Arme aus und verbeugte sich tief wie ein Muslim und kroch nahe an den Bischof heran und zischelte ihm etwas ins Ohr. Dann fing er an, mit hoher, dünner Stimme zu singen: «Benedicite Angeli Domini Domino, benedicite Coeli Domino ...»

Der Bischof versuchte sich aufzurichten, aber er kam nicht hoch. Der Kaplan stürzte vor, stützte ihn, rief um Hilfe. Der Bischof war steif wie ein Brett. Man bettete ihn auf übereinandergelegte Mäntel, hetzte die Hirten los, um Stangen zu holen für eine Tragbahre. Erst in der Morgendämmerung erreichten sie das Lager.

Nach dem Frühgottesdienst kam der König. Der Bischof empfing ihn allein, niemand erfuhr, wie die Botschaft des Engels lautete.

Danach kam der Leibarzt des Königs, ein vogelköpfiger Jude mit grauem Gesicht, das noch grämlicher wirkte, als er wieder aus dem Zelt des Bischofs herauskam und vor den versammelten Domherren und Dienstleuten Bericht erstattete: Don Alvito sei nicht in der Lage, die Reise fortzusetzen.

Sie blieben im Lager zurück, während das Heer weiterzog, die ganze Mesnada des Bischofs unter dem strengen Regiment Don Jimenos, des Erzdiakons, eines großen, bleichgesichtigen Mannes, der ständiges Gebet anordnete und an dem kleinen Altar im Zelt des Bischofs Tag und Nacht Messen lesen ließ. Nach vier Tagen hatte sich Don Alvitos Zustand so weit gebessert, daß sie die Reise fortsetzen konnten, der Bischof in einer Sänfte, die der Fürst von Badajoz geschickt hatte, und die von zweimal acht Negersklaven abwechselnd getragen wurde.

Als sie in Merida ankamen, waren die Verhandlungen zwischen dem König und den maurischen Fürsten schon beendet. Nur aus der Ferne sahen sie die prächtige Zeltstadt am anderen Ufer der Guadiana, in der der Herr von Sevilla residierte, und während des Dankgottesdienstes, den der König am folgenden Morgen anordnete, konnten sie den Sohn des Moro-Fürsten bewundern, der im Austausch gegen den Prinzen Don Alfonso für die Dauer der Verhandlungen in das spanische Lager gekommen war und mit seinen Begleitern der Messe beiwohnte, glänzend in Seide und Brokat, die Beschläge an seinen Waffen und die Helmzier blitzend von Gold. Kein Mensch wußte etwas über das Ergebnis der Verhandlungen, aber das Lager war voll von Gerüchten über die Geschenke, die die Moro-Fürsten Don Fernando zu Füßen gelegt hätten, und noch der letzte Pferdeknecht hegte die Hoffnung, daß ein paar Tropfen von diesem goldenen Regen auf ihn fallen würden.

Am Abend dieses Tages, als das Heer schon mit den Vorbereitungen für die Rückreise begonnen hatte, versammelte der Erzdiakon die gesamte Mesnada des Bischofs vor seinem Zelt und verkündete, daß Don Alvito mit einem Teil seiner Mannschaft und zusammen mit dem Bischof von Astorga und dem Grafen Muño Gonzalez den Fürsten al-Mutadid in dessen Hauptstadt Sevilla begleiten werde.

Der Capitan und Lope waren unter denen, die die Reise mitmachen sollten.

15

MURCIA

FREITAG 20. DU'L-QADA 455
14. NOVEMBER 1063 / 20. KISLEW 4824

Gott verschone uns vor dem großen Wasser», murmelte der Gärtner, während er in ehrfürchtiger Scheu zu dem Wolkengebirge aufblickte, das sich schwer und schwarz über der Sierra im Westen auftürmte.

«Du meinst, es wird ein Unwetter geben?» fragte Ibn Ammar.

«Ja, Herr», erwiderte der Gärtner. «Ich bin sicher, Herr. Gott gebe, daß es nicht so schlimm kommt, wie vor acht Jahren. Da ist es über Lorca hereingebrochen wie aus Gießkübeln und hat den Guadalentin in einen reißenden Strom verwandelt und das ganze Tal von Murcia bis zum

Meer unter Wasser gesetzt. Tausend Menschen sind ertrunken in den Huertas. Gott schütze uns.»

«Sind auch wir in Gefahr?» fragte Ibn Ammar.

«Nein, Herr», beeilte sich der Gärtner zu versichern, «keine Gefahr, das Haus liegt weit genug weg vom Fluß. So hoch ist das Wasser noch nie gestiegen. Nicht so lange ich mich erinnern kann.»

«Und die Fähre über den Fluß?»

«Keine Fähre, Herr! Wenn dieses Wetter herunterkommt, gibt es zwei Tage lang keine Fähre in Murcia.»

Ibn Ammar hörte es nicht ungern. Wenn niemand über den Fluß kam, hatte er auch nicht so schnell die Ankunft eines Boten zu befürchten, der ihn an den Hof Hassūn Ibn Tāhirs zurückrief. Zwei Tage wenigstens waren ihm sicher, zwei Tage unbeschwerten Alleinseins.

Der Kronprinz hatte ihn nach dem Fest zum Ende des Ramadan in seinem Sommerpalast festgehalten und nicht mehr losgelassen. Er hatte sich mit einer klebrigen Zuneigung an ihn gehängt, die Ibn Ammar kaum Luft zum Atmen gelassen hatte.

Hassūn Ibn Tāhir war knapp über vierzig Jahre alt, ein Mann mit dem schlaffen Körper eines alten Eunuchen und dem Gemüt eines dicken, wehleidigen Jungen. Er hielt exotische Vögel in riesigen Volieren und eine Menagerie wilder Tiere im Park seines Palastes. Er spielte Laute und sang selbst dazu mit einer dünnen, tremolierenden Stimme. Er machte kleine Gedichte, auf die er sich viel zugute hielt und für die er überschwenglich gelobt sein wollte. Er redete viel und trank die Nächte durch und geriet dabei jedesmal unweigerlich gegen Morgen in einen Zustand haltlosen Selbstmitleids, in dem er schluchzend und schniefend und in weinerlichem Falsett sein Innerstes ausschüttete. Er war langweilig und verwöhnt und feige und ohne Würde, aber er war der älteste Sohn des Qa'id, und seit sein Vater krank darniederlag und die Bulletins der Ärzte immer wortkarger wurden, wuchs die Zahl derer, die in seine Madjlis drängten. Er hatte viele Anhänger unter den großen Familien der Stadt und den Adelssippen des Umlands, die darauf hofften, daß sich unter einem schwachen Fürsten wie ihm ihre Machtstellung erweitern ließe.

Dennoch wäre er allein niemals in der Lage gewesen, seine Ansprüche auf die Nachfolge seines Vaters gegenüber seinem viel ehrgeizigeren Halbbruder Muhāmmad aufrechtzuerhalten, hätte er nicht seine Mutter an der Seite gehabt, eine willensstarke, harte Frau von über sechzig Jahren, die wie ein Mann im Sattel saß und keinen Schleier trug, auch wenn sie mit Männern sprach, die nicht zu ihrem Haus gehörten, eine Frau, die alle Schwächen ihres Sohnes wettmachte.

Sie war eine unter den vielen Konkubinen des Qa'id gewesen, eine galicische Sklavin, und von daher hatte sie auch ihren Namen: al-Djillikī, die Galicierin. Nach der Geburt ihres Sohnes war sie zur Sayyīda seines Harāms aufgestiegen und hatte sich aus dieser Stellung nie mehr verdrängen lassen, auch nicht von der Mutter des Prinzen Muhammad, die immerhin eine der Hauptfrauen war. In den vierzig Jahren seither hatte sie ungeheure Reichtümer angehäuft. Sie besaß ausgedehnte Ländereien in den Huertas bis nach Lorca hinauf, sie war an vielfältigen Handelsunternehmungen beteiligt, kontrollierte den Getreidemarkt, befehligte über ihre Vertrauensleute die Flotte des Qa'id, die in Cartagena lag, und hielt eine ganze Reihe von Burgen im Tal des Guadalentin mit ihren Gefolgsleuten besetzt.

Sie wußte, daß ihr Sohn unfähig war, und verachtete ihn insgeheim, aber sie hielt ihre Hand über ihn, weil sie ihn brauchte. Er war für sie der Schlüssel zur Macht. Wenn der Qa'id starb und es ihr gelang, dem Sohn die Nachfolge zu sichern, dann war sie die unumschränkte Herrin über Murcia. Von ihrem Sohn erwartete sie nichts, aber sie hatte nie die Hoffnung aufgegeben, daß ihr eines Tages noch ein Enkel geschenkt würde, dem sie die Macht übergeben könnte. Sie hoffte darauf mit verzweifelter Hartnäckigkeit, obwohl sich der Kronprinz auch in dieser Hinsicht bisher als unfähig erwiesen hatte. Sie hatte einen eisenharten Willen und genug Geld, um ihn durchzusetzen. Nur der Enkel fehlte ihr. An dieser Stelle war sie verwundbar.

Ibn Ammar wußte davon. Er war zweimal zu einer Unterredung befohlen worden, nachdem sie erfahren hatte, daß der Kronprinz ihn ins Herz geschlossen habe. Und sie hatte ihm deutlich zu verstehen gegeben, daß er ein großer Mann in Murcia werden könnte, wenn es ihm gelänge, Hassūn Ibn Tāhir zu einem Sohn zu verhelfen. Die zweite Unterredung hatte im Park des Palastes bei den Tiergehegen stattgefunden. Es war ein seltsames Gespräch gewesen, ein Austausch von Andeutungen, sprechenden Blicken, versteckten Hinweisen, Anspielungen. Die Galicierin war am Rand der gemauerten Grube, die die Löwen beherbergte, stehengeblieben. Ein Berberlöwe mit mächtiger Mähne hatte unten gelegen, schläfrig blinzelnd in der Sonne, drei Löwinnen daneben, satt, faul, nur die Schweife in Bewegung, um die Fliegen zu verscheuchen.

Sie hatte auf den Löwen gedeutet. «Den da habe ich vor sieben Jahren in Ceuta kaufen lassen. Als man ihn brachte, haben wir ihm einen jungen

Schafbock vorgesetzt, wir wollten sehen, wie er ihm mit seinen Pranken das Rückgrat zerschmettert. Aber dann ging der Bock mit seinen Hörnern auf den Löwen los und jagte ihm so viel Angst ein, daß er auf diese Palme zu klettern versuchte. Er sieht aus wie ein Löwe, aber er ist kein Löwe.» Sie hatte eine Weile geschwiegen und dann hinzugefügt: «Ich habe sieben Löwinnen gekauft, um ihn zu erfreuen, aber er hat keine von ihnen bestiegen. Vier sind eingegangen, vielleicht aus Enttäuschung. Ich frage mich, woran es liegen mag. An den Löwinnen oder an dem Löwen, der kein Löwe ist?»

«Vielleicht verhält es sich so wie mit dem Falken, der nicht aufsteigt, wenn nicht ein zweiter Falke ihm die Beute streitig macht», hatte Ibn Ammar geantwortet. «Vielleicht fehlt ein zweiter Löwe.»

Die alte Frau hatte ihn lange angesehen. «Es ist unmöglich, einen zweiten Löwen in den Käfig zu lassen. Der stärkere Löwe würde den schwächeren zerfleischen, ist es nicht so?»

«Der zweite Löwe muß dem ersten nicht ins Gehege kommen», hatte Ibn Ammar erwidert.

«Du willst sagen, es gibt noch eine andere Möglichkeit?»

«Warum nicht?»

Er war ihrem Blick nicht ausgewichen und um ihren Mund hatte sich ein kaum wahrnehmbares Lächeln abgezeichnet, ein hartes, schmallippiges Lächeln, in dem sich Hoffnung und Zweifel mischten. «Wie kommt es, daß du dich so gut auskennst mit Löwen», hatte sie gefragt.

«Ich hatte Gelegenheit, sie zu beobachten, in Sevilla, am Hof al-Mutadids.»

Sie hatte ihn mit einem kalt forschenden Blick gemustert und ihm einen Beutel mit zweihundert Dinar überreichen lassen, dazu ein Dokument mit ihrem Siegel, das die Torwachen anwies, ihn unverzüglich zu ihr vorzulassen, wann immer er es wünschte. «Ich schätze Männer mit Kenntnissen», hatte sie gesagt.

Ibn Ammar wußte, worauf er sich eingelassen hatte. Er hatte ihre Hoffnung angefacht, wider alle Vernunft, nur aus einer Laune heraus, einer Regung des Mitleids für eine alte Frau oder auch der Bewunderung, weil sie ihm hinter allem Stolz ihre Schwächen offenbart hatte. Er wußte, was ihn erwartete, wenn er sie enttäuschte, wenn sich ihre Hoffnung in Wut umkehrte. Aber er empfand keine Angst.

Es begann zu regnen in schweren, einzeln fallenden Tropfen, die wie flüssiges Blei auf das Dach klatschten. Unten klopfte es ans Tor. Er sah vom Dach aus zu, wie der Gärtner durch das Guckloch schaute und sich umdrehte und die Hand an den Mund legte. «Sayyid, es ist die Frau, die schon seit Wochen nach Euch fragt. Soll ich sie hereinlassen?»

Er nickte ihm zu und machte sich auf den Weg nach unten.

Die Frau führte einen Esel herein, der hochbeladen war mit Schwämmen, Bürsten, Kämmen, Bimsstein, Seifenkrügen und anderen Toilettenartikeln. Mit Ibn Ammars Erlaubnis führte sie den Esel in den Stall. Der Regen war heftiger geworden.

Sie war unförmig dick und trug ein schwarzes Kopftuch und einen indigoblauen Umhang, und sie hatte eine Botschaft. Jeder wußte, daß sie eine Botschaft brachte, aber sie machte ein Geheimnis daraus und wartete, bis Ibn Ammar mit ihr allein war, erst dann rückte sie damit heraus. Es war ein kleiner, parfümierter, in ein Seidentäschchen eingenähter und mit Wachs versiegelter Brief. Er enthielt nur zwei Zeilen in einer schön gerundeten, großzügigen Schrift:

> Ich hab das Schifflein meiner Sehnsucht ausgeschickt,
> Gott geb's, daß ihm die Heimkehr glückt.

Ibn Ammar steckte den Brief wieder in das Täschchen zurück. Der feine Duft von Rosenblüten stieg ihm in die Nase. Die Rosen um den Kiosk. Die zartrote, sich öffnende Knospe, die er ihr überreicht hatte, bevor er gegangen war, die flüchtige Berührung ihrer Hände, als sie die Blume entgegengenommen hatte. Damals waren die Rosen noch in voller Blüte gewesen, wie lange war das her, wie lange. Er sah ihr Gesicht unter dem Schleier, das Lächeln um ihre Lippen. Er hatte den Kronprinzen ein paarmal um Urlaub gebeten, aber kein einziger freier Tag war ihm gewährt worden. Er hatte ihr nicht einmal schreiben können, weil er keinen Boten kannte, der Zugang zu ihr gehabt hätte.

In die untere Ecke des Seidentäschchens war der Name Zohra eingestickt. Es mußte ihr Name sein. Er hatte sie zum Abschied um ihren Namen gebeten, und sie hatte gezögert und ihm dann versprochen, daß er ihn erfahren würde, vielleicht, irgendwann, vielleicht schon bald. Zohra, die Schöne. Es war ein Name, der zu ihr paßte.

«Was hat man dir sonst noch aufgetragen, das du mir sagen sollst?» fragte er die Frau.

Sie verbeugte sich eilfertig. «Oh ja, Herr, gute Nachrichten, Herr, welch ein Glück, daß ich Euch angetroffen habe, Herr, gerade heute, Herr!» Sie verbeugte sich jedesmal, sooft sie ihn ansprach. «Achtmal bin ich schon zu Euch gekommen, Herr, achtmal habe ich schon an Eure

Tür geklopft, acht Mal den weiten Weg gemacht, Herr, ein weiter Weg, Herr!»

Er begriff, daß sie zuerst ihren Lohn haben wollte, und holte einen Dinar aus seiner Börse und drückte ihn ihr in die Hand.

«Gott segne Euch, Herr!» Sie kam noch näher und senkte ihre Stimme zu einem Flüstern, obwohl sie allein waren. «Gute Nachrichten, Herr. Ich soll Euch sagen, daß Ihr erwartet werdet. Schon am Abend, Herr, an diesem Abend nach dem zweiten Nachtgebet.»

«An diesem Abend? Bist du sicher?»

«So hat man es mir aufgetragen, Herr. An diesem Abend nach dem Atamah-Gebet.» Sie beschrieb ihm flüsternd den Treffpunkt, an dem er erwartet wurde.

«Und du wirst der, die dich geschickt hat, Bescheid geben, daß ich komme?»

«O ja, Herr, das werde ich tun.»

Er holte sein Schreibzeug, schrieb ein paar Zeilen auf einen Bogen Papier, faltete ihn und gab ihn der Frau ungesiegelt.

«Wirst du diesen Brief überbringen, noch heute, so rasch wie dein Esel dich tragen kann?»

«Zu Euren Diensten, Herr, Ihr könnt Euch auf die alte Hafsah verlassen, Herr. Immer zu Diensten, wenn Ihr einen Boten braucht, Herr, laßt nur nach der alten Hafsah rufen, jeder kennt mich.»

Er gab ihr noch einen zweiten Dinar, um sich ihrer Verschwiegenheit zu versichern.

Kurz nach Sonnenuntergang kam der Junge, der ihn führen sollte, ein Neffe des Gärtners, noch keine sechzehn Jahre alt, aber offenbar gut vertraut mit der Gegend. Er lief neben Ibn Ammars Pferd her, und als die Dunkelheit hereinbrach, nahm er es am Zügel. Sie folgten zuerst dem Weg, der den Kanal am Rande der Huertas begleitete. Es hatte am späten Nachmittag aufgehört zu regnen, die Hufe machten keinen Lärm auf dem feuchten Boden. Dann bogen sie nach Süden ab in die Berge hinein, steil aufwärts durch Pinienwälder und über steinige Wege, die nur der Junge erkennen konnte. Er schien Augen an den Füßen zu haben.

«Es ist besser, wenn Ihr das Pferd hier laßt, Herr», sagte er.

«Wo sind wir?» fragte Ibn Ammar.

«Es sind nur noch dreimal hundert Schritte bis zur Mauer», sagte der Junge. «Dort drüben ist der Turm.»

Ibn Ammar konnte den Turm nicht erkennen, er sah nicht einmal, in welche Richtung der Junge deutete. Er stieg aus dem Sattel, übergab dem Jungen das Pferd, hörte, wie er das Tier zwischen die Bäume hineinführte und es am Hals tätschelte und beruhigend auf es einsprach.

Sie gingen zu Fuß weiter, bis die plumpe, eckige Silhouette des Turms vor ihnen auftauchte, deutlich abgesetzt vor dem nachtschwarzen Himmel. Der Treffpunkt sollte am Fuß der Mauer sein, dreißig Schritte östlich des Turms. Der Junge blieb stehen.

«Ist ein Posten oben?» fragte Ibn Ammar.

«Ich kann es nicht sehen», sagte der Junge. «Sonst ist immer einer oben mit einem Hund. Auch im Park laufen nachts Hunde herum.»

Sie starrten zu der Plattform des Turms hinüber. Nichts rührte sich. Vielleicht hat sie dem Wachtposten mit Opium versetzten Wein geben lassen, dachte Ibn Ammar. Wahrscheinlich hat sie auch den Hund einschläfern lassen und die Hunde im Park. Sie hätte den Treffpunkt nicht so nah an den Turm gelegt, wenn sie nicht sicher wäre, daß keine Gefahr bestand.

Sie liefen bis an den Fuß der Mauer vor und besprachen sich leise, und Ibn Ammar ließ sich die Richtung zeigen, in der das Pferd stand und prägte sich die Horizontlinie ein und vereinbarte ein Signal für den Notfall. Dann schickte er den Jungen zurück.

Er wartete in der Dunkelheit, den Rücken gegen die Mauer gelehnt. Der erste Muezzin begann zu rufen, so dünn und so weit entfernt, daß es klang wie der Ruf eines Nachtvogels. Ein zweiter setzte ein, schon näher, und ein dritter folgte und ein vierter, die Dörfer schienen nahe beieinander zu liegen, wahrscheinlich waren es die Dörfer, die zum Besitz Ibn Mundhirs gehörten. Die Rufe überlagerten sich, gingen ineinander über. Er lauschte gegen den Turm hin, ob etwas zu hören wäre, wenn der Posten sein Gebet verrichtete. Er hörte ein Geräusch, aber es kam nicht vom Turm, sondern vom Fuß der Mauer. Und dann ließ sich eine Stimme vernehmen, dicht neben ihm, kaum hörbar: «Sayyid! Sayyid!» Eine Frauenstimme, die Stimme der Zofe.

Er machte sich bemerkbar, tastete sich an der Mauer entlang. Er spürte eine Hand, die ihn am Ärmel seines Mantels ergriff und ihn mit sich zog. In der Mauer war eine Öffnung, keine zwei Ellen hoch. «Vorsicht, Herr!» Er ging auf die Knie, er hörte, wie die Tür hinter ihm wieder geschlossen wurde, der Riegel vorgelegt. «Folgt mir, Herr!» Die Hand zog ihn weiter, und er folgte blindlings. Erst als sie an der Hecke anlangten, fand er die Orientierung wieder.

Vor dem Kiosk blieb die Zofe stehen. «Wartet, Herr», sagte sie und huschte davon. Er hörte ein leises Klopfen, hörte sie zurückkommen, eine Tür ging geräuschlos, er fühlte sich mit sanftem Druck nach innen geschoben, eine zweite Tür öffnete sich, und er schloß geblendet die Augen.

Er stand still. In seiner Nase war ein betäubender Duft nach Rosen, nach Kampfer und Aloe. Seine Augen gewöhnten sich allmählich an das Licht, und er blickte sich blinzelnd um. Er stand in einem kreisrunden, von einer Kuppel überwölbten Raum. Die Wände waren mit blumenbestickten Seidentapeten behängt, auf dem Boden lagen viele Teppiche übereinander und Polster und Kissen darauf in verschwenderischer Fülle. Zwei Räucherbecken standen dazwischen, zwei hohe Kerzenleuchter, ein geflochtener Vogelkäfig hing von der Decke. Er war allein, kein Geräusch zu hören außer dem leisen Knistern des Aloeholzes in den Räucherpfannen. Er stand immer noch still, bewegte sich nicht, atmete tief, ließ den Rosenduft in sich einströmen. Nahm aus den Augenwinkeln eine Bewegung wahr, eine fließende Bewegung zwischen den Vorhängen an der Wand, hörte ein feines Geklingel wie von winzigen silbernen Schellen. Und dann sah er sie. Sie war wie ein Schatten hereingeglitten. Der Umhang, den sie trug, hatte die gleiche Farbe wie die Wandbehänge und war mit dem gleichen Blütenmuster bestickt. Sie schien außer Atem, als wäre sie schnell gelaufen. Sie bewegte die Lippen, ohne etwas zu sagen, die Augen fest auf ihn gerichtet.

Er hatte sich einen Vers zurechtgelegt für diesen Augenblick, zwei geschliffene Zeilen, um das Spiel fortzusetzen, das sie vor Wochen begonnen hatten, das Spiel des Annäherns und des Zurückweichens, des Verzögerns und des Nachdrängens, aber der Vers paßte nicht mehr, das war kein Spiel mehr, alle Regeln waren schon über den Haufen geworfen, alle Schwellen überschritten.

«Sayyīda!» sagte er, «Sayyīda!»

Sie unterbrach ihn hastig, beinahe flehend. «Nicht, nicht!» sagte sie. «Du kennst meinen Namen, du kennst ihn!»

Er war mit drei Schritten bei ihr, und sie kam ihm entgegen, stieß hart gegen ihn, klammerte sich an ihn, hing an seinem Hals, wild und stürmisch, preßte sich gegen ihn. Seine Hände suchten ihren Körper unter der dichten Schicht ihrer Gewänder.

«Zohra», sagte er, «Zohra!»

Ihre Zähne an seinem Hals, ihre Lippen auf seiner Wange, auf seinen Augen, auf seinem Mund, ihre Zähne an seinen Zähnen, ungestüm, schmerzhaft, ihre Zunge zwischen seinen Lippen, ihre Finger zärtlich auf seinem Gesicht, in seinen Haaren: «O Abu Bakr, wie lange habe ich gewartet!»

Plötzlich war sie still in seinen Armen, schmiegte ihr Gesicht in die Beuge seines Halses, und ihre Schultern zuckten, und als er ihren Kopf zwischen seine Hände nahm, waren ihre Augen feucht, und ihr Gesicht war voll Hingabe, und sie war ohne Angst in seinen Armen, nachgiebig und weich, als wären sie sich längst vertraut wie ein Liebespaar, das sich nach langer Trennung wiederfindet.

Und sie hielt still, als er ihr die Malhafa von den Schultern streifte, die die gleiche Farbe hatte wie die Vorhänge und mit den gleichen Blumen bestickt war. Und als er ihr die pistaziengrüne Hulla mit den golddurchwirkten Säumen abnahm, die sie unter dem Umhang trug. Und die wolkengraue Hulla darunter und das nachtblaue Qamis darunter. Sie wandte den Blick nicht ab von ihm, während er sie entkleidete. Eine Ghilāla aus muskatbrauner Seide, eine Ghilāla aus sandelholzfarbener Seide.

Sie sagte: «Ich habe meine schönsten Gewänder angelegt für dich, Abu Bakr, ich habe meinen Schmuck angelegt, ich wollte schön sein für dich, Abu Bakr, ich wollte wie eine Braut sein für dich.»

Er nahm das Tuch ab, das ihr Haar verbarg, tiefschwarzes Haar mit Silberfäden durchflochten. Und er löste die Spange der Ghilāla, die sie zuunterst trug und die flammrot war und so durchscheinend fein, daß sie ihren Körper kaum mehr verhüllte. Sie stand immer noch regungslos, aber plötzlich entzog sie sich ihm und trat mit einem schnellen Schritt aus dem Ring der Gewänder, die um sie aufgehäuft lagen, und stand vor ihm, ohne ihn aus den Augen zu lassen, und schlüpfte mit einer geschmeidigen Bewegung aus der flammroten Ghilāla. Die Reifen, die sie um die Handgelenke trug, klingelten leise. Sie war schlanker, als er es erwartet hatte, mit einer hohen, festgerundeten Brust. Um den Bauch trug sie einen Gürtel aus Golddraht mit einem Medaillon, das ihren Nabel bedeckte. Ihre Scham war enthaart und glatt und weiß wie Elfenbein, und das Tor zum Paradies war mit Goldstaub bedeckt.

Die Reize der Frau des Kaufmanns, dachte er flüchtig, während er sich die Kleider vom Leib riß. Der Satz flog wie ein Vogel aus seinem Gedächtnis auf, er konnte ihn nicht festhalten.

Als sie müde von der Liebe nebeneinander in den Kissen lagen, sagte sie: «Ich habe dich in Sevilla gesehen, weißt du das, Abu Bakr? Vor zehn Jahren habe ich dich gesehen auf der Silberwiese am Fluß. Du warst zusammen mit Muhāmmad Ibn Abbād, dem Prinzen, und du bist so nah an mir vorübergegangen, daß ich dich hätte berühren können.» Sie blickte ihn lächelnd an. «Damals auf dem Fest habe ich dich auf den ersten Blick wiedererkannt. Ich habe dich nie vergessen.»

«Wie alt warst du, als du mich in Sevilla gesehen hast?» fragte Ibn Ammar verwundert.

«Ich war achtzehn Jahre alt.»

«Wie kommst du dann nach Murcia in dieses Haus?»

«Das ist keine Geschichte für diese Nacht», sagte sie ausweichend.

«Erzähl sie mir», sagte er.

«Wenn du es willst», sagte sie. Sie legte sich auf den Rücken und blickte gegen die Decke. «Es ist eine ganz alltägliche Geschichte. Mein Vater war Tuchhändler in Sevilla. Er war sehr wohlhabend, solange ich noch ein Mädchen war. Dann verlor er innerhalb eines Jahres sein ganzes Vermögen. Ich war damals verlobt mit dem Sohn eines Wakīls. Der Vertrag wurde gelöst. Mein Vater mühte sich vier Jahre lang, seine Schulden zu bezahlen. Er konnte alle seine Gläubiger zufriedenstellen bis auf einen. Dann wurde er krank. Das letzte Geld, das er besaß, war meine Mitgift, die fest angelegt war in einem großen Mietshaus in Taryāna. Mein Vater schrieb seinem letzten Gläubiger einen Brief und machte ihm den Vorschlag, mich zu heiraten. So kam ich nach Murcia.»

«Willst du sagen, Ibn Mundhir hat dich nur deshalb zur Frau genommen, um sein Geld nicht zu verlieren?»

«Vielleicht ... ich weiß es nicht», sagte sie lächelnd.

Ibn Ammar stützte sich auf. «Du haßt ihn?» fragte er.

«Nein», sagte sie, «warum sollte ich ihn hassen. Er hat mich immer gut behandelt, er ist großzügig allen meinen Wünschen gegenüber, ich habe keinen Grund zu klagen.» Sie erwiderte seinen Blick, und ihr Lächeln vertiefte sich. «Nein, ich habe keinen Grund zu klagen.»

Er sah sie vor sich liegen, ihre Haut hatte einen schimmernden Glanz im warmen Licht der Kerzen. Er dachte, wie viele Männer mag sie so schon empfangen haben vor mir in diesem verschwiegenen Kiosk, und schob den Gedanken gleich wieder von sich, es war kein guter Gedanke, nicht in dieser Nacht und nicht vor dieser Frau. «Die Reize der Frau des Kaufmanns.» Noch einmal flog ihm dieser Satz zu und jetzt wußte er auch, was es damit auf sich hatte und ließ sich in Erinnerungen lächelnd in die Kissen zurückfallen.

Als Student in Cordoba hatte er einmal die Vorlesungen eines Philologen über altarabische Literatur gehört, eines Traditionalisten, der im Geruch großer Frömmigkeit stand. Der alte Mann hatte, um die ausschweifenden Phantasien seiner jungen Studenten zu dämpfen, mehrmals im Verlauf seiner Vorlesungen eine bestimmte Geschichte erzählt: Die Geschichte von dem frommen Jüngling und der Frau des Kaufmanns. Ibn Ammar konnte sich noch an jedes Wort erinnern.

Ein Kaufmann in Cordoba lud einen jungen Mann, der sich dem Dienst Gottes geweiht hatte und in ein Ribāt an der Grenze gehen wollte, um gegen die Ungläubigen zu kämpfen, zu einem Abschiedsmahl in sein Haus ein. Als sie schon beim Essen saßen, wurde der Kaufmann in Geschäften in ein anderes Stadtviertel gerufen. Er ging und trug seiner Frau auf, den jungen Gast bis zu seiner Rückkehr zu bewirten und zu unterhalten.

Die beiden warteten bis zum zweiten Nachtgebet, danach war es gewiß, daß der Kaufmann in dieser Nacht nicht mehr in sein Haus zurückkommen würde, denn um diese Zeit wurden die Tore zwischen den Stadtvierteln geschlossen, und niemand konnte mehr passieren.

Der junge Mann war sehr ansehnlich, und die Frau des Kaufmanns war ebenso jung wie er und nicht weniger ansehnlich, und die vertraute Nähe, in der sie beieinandersaßen, und die günstigen Umstände ihres Beisammenseins ließen Begierden erwachen, die nicht lange zu unterdrücken waren. Die Frau rückte näher an ihren Gast heran und begann ihm ihre Reize zu zeigen. Der junge Mann war nur zu bald bereit, der Verlockung nachzugeben, aber dann, gerade noch zur rechten Zeit, fiel ihm sein Gelübde ein, und er dachte an Gott den Erhabenen und hielt einen Finger in die Flamme einer Öllampe und sagte sich, daß der Schmerz, den er in diesem Augenblick verspürte, nur ein schwacher Vorgeschmack dessen wäre, was ihn in der Hölle erwartete, wenn er sich verführen ließe. Und er blieb standhaft.

Die Frau fing an, ihre Reize noch mehr zu enthüllen, und der junge Mann hielt den zweiten Finger in die Flamme, um ihr zu widerstehen. Als endlich der Morgen graute, hatte er all ihren Verführungskünsten getrotzt, aber um den Preis, daß alle Finger seiner rechten Hand zu schwarzer Kohle verbrannt waren.

So hatte die Geschichte geendet. Sehr erbaulich. Ibn Ammar erinnerte sich jedoch genau, daß damals, als der alte Traditionalist sie erzählt hatte, ihm nie die verkohlten Finger des standhaften jungen Mannes vor Augen gewesen waren, sondern immer nur die Reize der schönen Frau. Die Reize der Frau des Kaufmanns.

«Woran denkst du?» fragte die Frau des Kaufmanns neben ihm.

«An einen, der an falscher Stelle standhaft war», sagte er.

Sie tranken süßen Wein. Sie liebten sich. Sie aßen von den Speisen, die die Zofe auftrug. Sie sprachen über belanglose Dinge. Sie lachten zusammen.

Irgendwann, als er schon halb im Schlaf war, sah er, daß sie mit der Zofe an der Tür kauerte, und hörte, wie die beiden leise miteinander tuschelten, während die Zofe das Klistier handhabte, um die Spülung vorzunehmen. Die Kerzen waren schon weit heruntergebrannt.

Irgendwann schlief er ein.

Als er aufwachte, war es dunkel. Er hörte flüsternde Stimmen. Zohras Stimme, die Stimme der Zofe, ein hastig gezischeltes Hin und Her. Und dann von weit her Hundegebell und erschreckend laut einen dröhnenden Donnerschlag mit lang hinrollenden Ausläufern, der alle anderen Geräusche übertönte. Er konnte nichts erkennen in der Dunkelheit.

«Zohra, was ist?» rief er leise in die Richtung, aus der die Stimmen kamen.

Die Tür ging auf, und sie kam herein mit einem Windlicht, die Zofe hinter sich.

«Schnell!» sagte sie. «Schnell, Abu Bakr!» Ihre Stimme klang gehetzt, und sie stolperte über die Schleppe ihres Mantels. «Du mußt weg!»

«Was ist geschehen?» fragte er. Er fuhr in sein Gewand, griff nach seinem Mantel, seiner Kopfbinde, war schon an der Tür.

«Ich weiß nicht», sagte sie, während sie der Zofe in den Vorraum folgten. «Leute mit Fackeln sind draußen und mit Hunden. Sie kommen vom Haus her, ich weiß nicht warum.» Sie löschte das Licht, als die Zofe die Außentür öffnete.

Ein Blitz zuckte über die Berge, und die Bäume rauschten auf unter einer Sturmbö. Das Hundegebell war schon ziemlich nah, deutlich zu hören. Er hörte ihre Stimme dicht hinter sich: «O Abu Bakr, sei schnell, sei vorsichtig.» Der Donner, der dem Blitz folgte, schnitt ihr das Wort ab. Er drehte sich um, griff blind in der Dunkelheit nach ihr, zog sie an sich. «Ich schicke dir Nachricht über die alte Hafsah!» Eine Hand zog ihn am Ärmel. «Herr, wir müssen gehen!» Die Zofe, Angst in der Stimme. Das Hundegebell war jetzt schon sehr nah, und Rufe waren zu hören. Er folgte der Zofe, er hörte ihren Atem gehen, schnell und gehetzt. Als er sich umdrehte, sah er die Fackeln, drei helle Lichtpunkte, die durch die Dunkelheit tanzten, kaum mehr als hundert Schritte entfernt. Voraus war die Hecke und der schwarze Schattenriß der Zypresse, bei der sie auf dem

Herweg zum Kiosk abgebogen waren. Er hielt die Zofe am Arm fest. «Warte!» sagte er. «Geh zu deiner Herrin zurück!» Sie schien unschlüssig. «Die Herrin hat mir aufgetragen, Euch bis zur Mauer zu bringen.» Er schob sie in die Richtung auf den Kiosk zu. «Es ist besser, du bist bei ihr im Haus, wenn die Leute mit den Hunden kommen», sagte er.

Er lief an der Hecke entlang. Unversehens legte sich der Wind, es kam so überraschend, daß er erschreckt stehenblieb. Nichts mehr zu hören, nur noch ein fernes Rauschen und das jaulende Hundegekläff. Dann ein Geräusch hinter ihm in der Hecke, eine Bewegung zwischen den Zweigen, und als er sich in jäh aufsteigender Angst umdrehte, sah er einen Schatten auf sich zukommen und zog instinktiv den Kopf ein und duckte sich und griff nach dem Messer, das er im Gürtel trug, aber im selben Augenblick traf ihn ein harter Schlag unter dem Auge, der ihn von den Beinen riß, und der andere war schon über ihm, groß wie ein aufgerichteter Bär, stieß ihn zu Boden, stürzte sich auf ihn, daß er meinte, das Kreuz müßte ihm brechen. Er spürte, wie sich eine Hand um seinen Hals krallte, er wollte schreien und brachte keinen Ton heraus und sah in erschrekkender Deutlichkeit den schwarzen Schatten über sich, als plötzlich ein Blitz über den Himmel zuckte und alles in grelles Licht tauchte. Er sah den erhobenen Arm, das Messer in der Hand, er sah das Gesicht des Mannes, der über ihm war, und dachte verwundert, der Mann sieht aus wie Sammār Ibn Hudail, der Sabī, während er auf den Stoß des Messers wartete. Und er schloß die Augen, seltsam ruhig auf einmal. Er meinte zu spüren, daß sich der Griff um seinen Hals lockerte. Ein blendend heller Blitz fuhr herunter, dem ein schmetterndes, berstendes Krachen folgte, als würde ein Berg mitten entzweigerissen, und während prasselnd der Regen einsetzte, hörte er die Stimme des Sabī: «Ibn Ammar? Verdammt, du bist Ibn Ammar! Wie kommst du hierher?» Die Stimme klang heiser und verzerrt, aber es war unverkennbar die Stimme des Sabī.

Er kam taumelnd auf die Beine, sein Kopf dröhnte, und vor seinen Augen tanzten hell leuchtende Kreise. Er spürte, wie der Sabī ihn an den Schultern packte und ihn schüttelte. «Wir müssen weg hier!» hörte er ihn sagen. «Wir müssen weg, Mann! Weißt du, wie wir hier herauskommen?» Vage ging ihm auf, daß es der Sabī sein mußte, hinter dem sie her waren, er hörte die Rufe und das Hundegebell gefährlich nah. Er zog den Sabī mit sich, die Hecke entlang, fand den Oleanderbusch, der den Durchgang verbarg, fand die versteckte Pforte, durch die ihn die Magd eingelassen hatte. Als sie vor der Mauer standen, kam der Regen wie ein Wasserfall auf sie herunter.

Zwei Stunden später hatte Ibn Ammar den Sabī endlich so weit, daß er alles erzählte, was sich ereignet hatte. Es war um die Qayna gegangen, die schöne Sängerin, die auf dem Fest Ibn Mundhirs aufgetreten war. Sie hieß Nardjis, wie die Blume, und der Sabī hatte versucht, sie aus dem Harām des Landhauses seines Onkels herauszuholen. Eine Magd hatte Alarm geschlagen, einer der Wächter hatte ihn gesehen und zweifelsfrei erkannt. Alles war verloren. Ibn Mundhir würde das Mädchen unverzüglich an einen sicheren Ort bringen, und er würde alle seine Beziehungen ausspielen, um seines Neffen habhaft zu werden.

Ibn Ammar hatte gleich nach ihrer Ankunft in seinem Landhaus das Bad heizen lassen. Sie saßen im Schwitzraum, der Sabī mit hängenden Schultern, aschgrau, hoffnungslos. Er hatte vorgehabt, mit dem Mädchen nach Almeria zu fliehen, von dort auf einem Küstensegler nach Ceuta, wo er Freunde hatte. Im nächsten Jahr dann mit dem ersten Schiff in den Orient und, wenn möglich, gleich weiter nach Indien, um sich dort niederzulassen. Nardjis war schon auf dem Schiff während der Reise von Alexandria nach Cartagena seine Geliebte geworden. Er war es auch gewesen, der sie gekauft hatte. Nach und nach brachte Ibn Ammar die Geschichte aus ihm heraus.

Er war auf einem großen Frachtensegler, von Indien kommend, mit vielen anderen Kaufleuten in Aden eingelaufen. Als er beim Shahbender den Hafenzoll bezahlt hatte, war er gewarnt worden, daß eine Flotte des Fürsten von Kish erwartet wurde. Die meisten Kaufleute hatten es vorgezogen, im Schutz des Hafens zu bleiben. Nur der Sabī und zwei andere hatten ihre Waren auf eine kleine Dhau umladen lassen und waren weitergesegelt. Sie waren unbehelligt bis Aidhab gekommen, von dort über den Landweg nach Assuan und den Nil abwärts nach Alexandria. Vier Wochen lang waren sie die einzigen Händler gewesen, die Waren aus Indien hatten anbieten können. Italienische Kaufleute waren im Hafen gewesen, die jeden Preis gezahlt hatten. Der Sabī hatte riesige Gewinne gemacht. Er hatte versucht, das Geld wieder in Waren umzusetzen, aber kurz vor dem Abfahrtstermin seines Schiffes war er immer noch auf sechshundert Dinar in Gold gesessen.

«Ich mußte das Geld ausgeben, ein guter Kaufmann trägt kein bares Geld mit sich herum. Aber es war eine große Summe, und die Zeit war knapp. Dann erfuhr ich, daß in Kairo über dreihundert Frauen und Mädchen zum Verkauf angeboten wurden, Musikerinnen, Tänzerinnen, Sängerinnen. Sie stammten aus dem Haushalt eines hohen Palastbeamten, der in Ungnade gefallen und hingerichtet worden war. Eines Khādim, der einer der reichsten Männer am Hof des Sultans von Ägypten gewesen war. Er hatte die Aufsicht über die Schatzsucher, die in den Gräbern der alten Könige, die die Pyramiden gebaut haben, nach Gold graben. Er zog das Fünftel für den Sultan ein und ein weiteres Fünftel für sich selbst. Die Mädchen aus seinem Haushalt sollten von ausgesuchter Schönheit sein, wie mir berichtet wurde, die Preise ungewöhnlich niedrig wegen des großen Angebots. Deshalb fuhr ich sofort nach Kairo.»

Der Sabī verstummte. Und Ibn Ammar begann darüber nachzudenken, wie man ihn in Sicherheit bringen könnte. Bis zum Abend würde jeder Dorfwāli und jede Brückenwache seine Beschreibung haben. Tagsüber konnte er sowieso nicht nach draußen. Man mußte ein Reittier besorgen, man mußte ihm Geld mitgeben. Der Sabī war völlig mittellos. Es sah so aus, als hätte er den Entführungsversuch ohne jede Vorbereitung, ohne Plan in Angriff genommen. Blind vor Liebe, weiß Gott.

«Warum hast du so überstürzt gehandelt?» fragte Ibn Ammar, um das Schweigen zu brechen. «Warum hast du niemand bestochen im Haus? Warum hast du keine Pferde bereitgestellt für die Flucht?»

«Mir blieb keine Zeit», sagte der Sabī. Seine Stimme klang heiser. «Nardjis sollte nach Murcia gebracht werden, das habe ich erst gestern am Vormittag erfahren. Ich konnte ihr nicht einmal mehr eine Nachricht zukommen lassen. Mein Onkel will sie dem Prinzen zum Geschenk machen.»

Ibn Ammar fuhr hoch. «Hassūn Ibn Tāhir?»

«Nein, Muhāmmad, dem Zweitgeborenen.»

«Wieso das? Warum hat er sie dem Prinzen dann nicht schon auf seinem Fest angeboten?»

«Er hatte vor, sie der Galicierin anzubieten. Ich weiß nicht, warum er seine Pläne geändert hat. Ich weiß nur, daß er sie Muhāmmad Ibn Tāhir zum Geschenk macht, in zwei Wochen, wenn der Prinz das Fest der Beschneidung seines ersten Sohnes feiert.»

«Ein offizielles Geschenk?»

«Nein, nicht offiziell.»

«Wer weiß davon?»

«Nur die engsten Freunde meines Onkels.»

«Also eher ein Zeichen, als ein Geschenk?»

Der Sabī zuckte die Achseln. Aber Ibn Ammar brauchte seine Antwort nicht. Es war ein Zeichen. Die großen Herren des Bazars signalisierten dem Prinzen, daß sie seinen Ambitionen auf die Nachfolge seines Vaters nicht ablehnend gegenüberstanden. Oder war es mehr? Zeigte es schon ihre stillschweigende Unterstützung an? Hatte er Ibn Mundhir falsch eingeschätzt? Er mußte versuchen, mehr aus dem Sabī herauszuholen.

Er rief nach der Magd. Er hatte sie eingeweiht, sie war vertrauenswürdig. Sie mußte den Sabī versorgen und ihn vor neugierigen Blicken verstecken. Im Haus war er für die nächste Zeit erst einmal sicher. Irgendwann konnte man ihn dann über die Berge und an die Küste schaffen.

Nach dem Bad legte Ibn Ammar sich schlafen. Aber schon wenig später weckte ihn die Magd wieder. Entgegen der Voraussage des Gärtners war doch ein Bote gekommen, der ihn an den Hof Hassūn Ibn Tāhirs, des Kronprinzen, zurückrief. Das Gewitter in der Nacht hatte den Fluß nicht so stark anschwellen lassen, daß die Fähre in Murcia ihren Betrieb eingestellt hätte.

16

SEVILLA

SONNTAG 29. KISLEW 4824
29. DU'L-QADA 455 / 23. NOVEMBER 1063

Mittags kam ein Bote, der einen Brief mit dem Siegel Isaak al-Balias vorwies und auf der Stelle vorgelassen zu werden wünschte. Zecharia führte den Mann in die Praxis, obwohl Yūnus ihm die strikte Anweisung gegeben hatte, ihn unter keinen Umständen zu stören. Einen Boten Isaak al-Balias, des hochweisen Rabbi und Gesandten, konnte man nicht vor der Tür stehenlassen. Aber Yūnus weigerte sich, ihn zu empfangen.

«Er soll sich gedulden!»

Yūnus hatte sich im Operationsraum eingeschlossen, lief mit langen Schritten auf und ab, den Kopf zwischen die Schultern gezogen, die Hände auf dem Rücken. Er war wütend und erregt, und er versuchte seiner Erregung Herr zu werden, indem er sich Bewegung verschaffte. Es hatte in der Praxis einen unschönen Auftritt gegeben, der ihm endlich die Augen geöffnet hatte darüber, warum in letzter Zeit so auffallend viele Witwen reiferen Alters seinen ärztlichen Rat suchten. Er mußte erst darüber hinwegkommen. Er ließ den Boten eine Viertelstunde warten, bis er ihn anhörte.

Al-Balias Brief war äußerst knapp und enthielt die dringende Bitte an

Yūnus, sofort in ein Kloster zu kommen, das eineinhalb Wegstunden im Norden der Stadt lag. Ein Mitglied der spanischen Gesandtschaft sei schwer erkrankt. Der Fürst lege größten Wert darauf, daß der Mann Sevilla nicht auf einer Totenbahre verlasse. Ein Nachsatz in kaum leserlichem hebräischem Kursiv: «Ich brauche Dir nicht zu sagen, welche Vorteile es der Gemeinde bringen würde, wenn es uns gelänge, dem Wunsch des Fürsten zu entsprechen.»

Yūnus war sich klar darüber, daß sich die Gunst des Fürsten in diesem Fall vor allem über al-Balia selbst ergießen würde. Der junge Mann hatte schon jetzt eine märchenhafte Karriere hinter sich. Er hatte den Fürsten nach Merida begleitet und an allen Verhandlungen mit dem König von Leon teilgenommen. Und wie aus dem Brief hervorging, betreute er jetzt offenbar auch die Gesandtschaft des Königs in Sevilla.

Yūnus beauftragte Zecharia, seine Arzttasche herzurichten. Es blieb ihm keine Wahl. Die Erwähnung des Fürsten machte aus al-Balias Bitte einen Befehl, dem er Folge leisten mußte.

Der Bote begleitete ihn über den Fluß nach Taryāna. In einem Funduq vor dem Tor erwartete sie ein Lanzenreiter des Fürsten mit einem Pferd und ein spanischer Hidalgo, den ein halbwüchsiger Bursche begleitete. Der Spanier sprach ihn in gebrochenem Arabisch an und drängte zur Eile. Er war ein großer, hagerer Mann um die fünfzig, mit einer Narbe, die ihm einen merkwürdig mißmutigen Gesichtsausdruck verlieh. Ein scharfes Messer mußte ihm irgendwann einmal den rechten Mundwinkel aufgeschlitzt haben. Die schmale Narbe, die es hinterlassen hatte, zeigte schräg nach unten.

Das Kloster, in das sie Yūnus brachten, lag in der Nähe der kleinen Stadt Alcalá. Er war noch nie dort gewesen, aber er kannte es dem Namen nach. Es war ein beliebtes Ausflugsziel, bekannt für den ausgezeichneten Wein, den die Mönche ausschenkten.

Kaum daß er das Tor passiert hatte, kam ihm al-Balia schon entgegen. Yūnus erkannte ihn erst, als er vor ihm stand. Der junge Rabbi war ungewohnt bescheiden gekleidet. Er trug einen einfachen braunen Wollmantel, ohne die Kopfbinde hätte man ihn fast für einen der Mönche halten können. Er führte Yūnus beiseite in den von einer Hecke eingefaßten Gemüsegarten des Klosters, wo sie allein waren.

«Ich danke dir, daß du so rasch gekommen bist, Yūnus Ibn al-A'war», sagte er. Er sah müde aus und seine Stimme klang angespannt. «Ich bin dir ein paar Erklärungen schuldig, bevor wir uns zu dem Kranken begeben.»

«Wer ist es, daß sich der Fürst so um seine Gesundheit sorgt?» fragte Yūnus.

«Ein Bischof. Der Bischof von Leon», erwiderte al-Balia und begann, während sie langsam auf die Kirche zugingen, in knappen Worten die Vorgeschichte zu umreißen.

Der Fürst hatte für die Gesandschaft ein Landhaus im Westen der Stadt räumen lassen. Der Bischof jedoch hatte wegen seiner angegriffenen Gesundheit darauf bestanden, in einer Kirche untergebracht zu werden, weshalb schließlich das Kloster zum Aufenthaltsort für ihn und sein Gefolge bestimmt worden war. «Sehr zum Unwillen des hiesigen Abtes übrigens. Der Stellvertreter des Bischofs hat verfügt, daß die Kirche gesperrt und, vor allem, daß der Weinausschank eingestellt wird, der womöglich Gottes Unwillen auf seinen Herrn, den Bischof, lenken könnte.»

Schon am Abend nach der Ankunft des Kranken hatte al-Balia Ibn Sa'īd, den einzigen Christen unter den Hofärzten des Fürsten, kommen lassen. Der hatte den Bischof untersucht und dringend eine Verlegung des Patienten aus der kalten, feuchten Kirche empfohlen, dazu Bäder und Einreibungen und eine kräftigende Diät. Der Bischof hatte sich allem widersetzt, worauf Ibn Sa'īd jede weitere Verantwortung abgelehnt hatte und nach Sevilla zurückgeritten war. «Wie du siehst, ist der Fall nicht ganz einfach.»

«Warum hat der Bischof die Behandlung abgelehnt?» fragte Yūnus.

«Nun, mir scheint», begann al-Balia zögernd, «daß der Bischof als außergewöhnlich frommer Mann gilt, um es vorsichtig auszudrücken. Ibn Sa'īd hat ihn als alten, bigotten Asketen bezeichnet, obwohl er sein Glaubensbruder ist.» Er nahm Yūnus am Arm und fuhr eindringlich fort: «Wir müssen jedenfalls behutsamer vorgehen. Der Bischof verspricht sich anscheinend von der Nähe des Altars Heilung von seiner Krankheit. Also läßt er es nicht ohne weiteres zu, daß man ihn in einen anderen Raum verlegt. Er fastet. Also kann man ihm nur eine Diät vorschlagen, die mit seinen Fastengeboten im Einklang steht. Außerdem hat er ein Gelübde abgelegt, bis zur Weihe seiner neuen Kathedrale in Leon kein Bad zu nehmen und das Untergewand nicht zu wechseln.»

«Mein Gott!» sagte Yūnus entsetzt. «Seit wann macht er das?»

Al-Balia warf ihm einen belustigten Seitenblick zu. «Seit er mit der Renovierung seiner Kathedrale begonnen hat. Seit zwölf Jahren.»

«Seit zwölf Jahren!» wiederholte Yūnus in ungläubigem Staunen.

Sie hatten die Kirche erreicht, und al-Balia grüßte die beiden Männer des Bischofs, die vor dem Portal Wache hielten. Die Posten ließen sie ohne weiteres passieren.

«Ich wollte dich nur vorbereiten, damit du weißt, was dich erwartet», sagte al-Balia flüsternd.

Der Bischof hatte seine Lagerstatt auf der rechten Seite vor dem Altar. Gegen das Kirchenschiff hin war er durch einen Vorhang abgeschirmt. Er lag so, daß er den Altar und das darauf stehende goldene Kreuz unmittelbar vor Augen hatte. Am Kopfende und am Fußende seines Bettes standen edelsteinbesetzte Reliquiare und silberne Kerzenleuchter. Ein Kaplan war bei ihm und fächelte ihm mit einem Flabellum Luft zu. Ein zweiter Kaplan kniete im Gebet vor dem Altar.

Sie blieben neben dem Vorhang stehen und warteten, bis der Kaplan mit dem Fächer zu ihnen kam. Al-Balia unterhielt sich leise mit ihm in einem harten Spanisch, das Yūnus nur zur Hälfte verstand. Dann ging der Kaplan zum Bett des Bischofs zurück.

«Wie spreche ich ihn an?» fragte Yūnus leise.

«Eure Heiligkeit», sagte al-Balia. Und mit einem amüsierten Lächeln setzte er hinzu: «Du kannst auch Vestra Sanctitas sagen, wenn es dir lateinisch leichter über die Lippen geht.»

Der Kaplan winkte sie näher. Sie verbeugten sich tief und al-Balia sprach einen lateinischen Segen, den der Bischof erwiderte. Yūnus hatte nach al-Balias Vorbemerkungen einen hageren Mann erwartet, aber der Bischof gehörte eher zum phlegmatischen Typus. Er war untersetzt, mit kurzem Hals und rundem Kopf. Er saß in seinem Bett, im Rücken von mehreren Kissen gestützt. Und Yūnus sah mit Erschrecken, daß er nur unter großer Anstrengung Luft bekam.

Al-Balia stellte Yūnus vor, und der Bischof schenkte ihm ein mildes Lächeln. «Du bist Arzt, mein Sohn?» fragte er ohne viel Interesse.

«Ich bemühe mich mit Gottes Hilfe, den Kranken Erleichterung zu verschaffen», antwortete Yūnus vorsichtig und setzte ein wenig zögernd ein «Vestra Sanctitas» hinzu. Aber der Bischof unterbrach ihn sofort mit einer matten Geste der Abwehr. «Nicht, mein Sohn», sagte er, «ich bin nur ein kleiner Diener Christi und ein großer Sünder vor dem Herrn. Nenn mich Don Alvito, das soll genügen.» Er sprach mit großer Mühe, schnappte nach Luft, als hätte er eine Schlinge um den Hals.

«Erlaubt mir, daß ich Euch meine ärztliche Hilfe anbiete», sagte Yūnus und verbeugte sich wieder. Der Kaplan, der das Flabellum neben dem Kopf des Bischofs auf und ab bewegte, warf ihm einen feindseligen Blick zu.

Der Bischof verzog das Gesicht zu einem schmerzlichen Lächeln. «Ich bin in Gottes Hand», sagte er. «Gott hat mir diese Krankheit geschickt als Strafe für meine Sünden. Gott wird sie wieder von mir nehmen, wenn ich gebüßt habe. Gott ist mein Arzt.»

Yūnus stellte seine Arzttasche ab. Man hatte ihn nicht von vorn herein abgewiesen. Er fühlte sich nicht mehr ganz so gehemmt, obwohl ihn das Halbdunkel der Kirche, das flackernde Kerzenlicht, der schwere Geruch von Weihrauch und Kerzenruß, das kalte Mißtrauen, das der Kaplan ausstrahlte, die ganze lastende, düstere Feierlichkeit des Ortes noch immer verunsicherten. Er tat sich schwer, einen leichten Ton zu finden, als er antwortete. «Ich weiß, daß meine ärztliche Kunst nichts ist gegen ein Gebet zu Gott», sagte er gegen seine Überzeugung, «aber mit Gottes Hilfe ist auch mein geringes Wissen manchmal von Nutzen, um eine Krankheit abzuwehren.»

«Du glaubst, daß du eine Krankheit abwehren kannst, die Gott geschickt hat, um mich zu strafen?»

«Das nicht», erwiderte Yūnus schnell. «Ich behaupte nur, daß ich manche Krankheiten abwehren kann, wenn es mir Gott erlaubt.» Er ging ein wenig näher an das Bett heran, blieb neben dem Fußende stehen. «Nehmt zum Beispiel den Fall, daß sich ein Mann an einer Arterie verletzt, am Handgelenk, dort, wo der Puls schlägt. Die Wunde ist sehr groß, der Mann in Gefahr zu verbluten. Soll er seine Zuflucht nur im Gebet zu Gott suchen, oder soll er nicht auch einen Arzt rufen, der den Arm abbindet und die Wunde näht? Gott hat uns das Wissen gegeben, wie eine solche Wunde zu behandeln ist. Sollen wir es nicht benutzen, um ein Leben zu retten, das vielleicht sogar dem Dienst Gottes geweiht ist?»

Der Bischof blickte ihn lange an, als fiele es ihm schwer, eine Antwort darauf zu finden. «Meine Krankheit ist von anderer Art», sagte er schließlich. Es klang nicht mehr ganz so selbstsicher.

«Ich weiß, daß Eure Krankheit nicht so offen erkennbar ist wie eine Wunde», erwiderte Yūnus geduldig. «Aber für einen Arzt, der die Wissenschaften der Medizin studiert hat, ist auch manche verborgene Krankheit so deutlich erkennbar wie eine offene Wunde. Sollen wir dieses Wissen des Arztes nicht auch benutzen? Hat nicht Gott auch die Ärzte erschaffen und ihnen ihre Kenntnisse verliehen?» Er wartete auf einen Einwand des Bischofs, und als kein Einwand kam, fuhr er im gleichen ruhigen Ton fort: «Man erzählt auch von Moses, daß er einmal krank darniederlag und die Heilmittel ablehnte, die ihm die Ärzte anboten, weil er von Gott geheilt werden wollte. Darauf erschien ihm

Gott und befahl ihm, die Mittel zu nehmen, wobei er ihm sagte: ‹Willst du mir nicht vertrauen, der ich den Heilmitteln ihre Wirksamkeit gegeben habe? Willst du meine Weisheit mißachten!›»

«Davon steht nichts in der Schrift», sagte der Bischof abweisend.

«Es steht nicht in der Schrift», erwiderte Yūnus, «aber es ist von unseren Vätern überliefert.»

Der Bischof beugte sich vor. «Unser Apostel Jacobus sagt in seinem Brief im fünften Kapitel: ‹Wenn einer krank ist, der rufe die Ältesten und lasse sie über sich beten und sich salben im Namen des Herrn. Und das Gebet des Glaubens wird ihm helfen und der Herr wird ihn aufrichten.›» Er hob den Finger und wiederholte streng: «Der *Herr* wird ihn aufrichten!»

Yūnus erwiderte ruhig seinen Blick und sagte: «Es heißt aber auch im Prediger: ‹Der Allmächtige ließ Heilkräuter aus der Erde wachsen, und der Kluge wird sie nicht zurückweisen.› Und weiter heißt es: ‹Ehre den Arzt, wenn du ihn brauchst, denn auch ihn hat Gott geschaffen.› Und Hieronymus, der Eremit, den Ihr zu den Heiligen Eurer Kirche zählt, hat gesagt: ‹Wer nicht den Arzt aufsucht, wenn er ihn braucht, muß dumm und unklug genannt werden.›» Er hatte sehr bestimmt gesprochen und mit erhobener Stimme, und als er jetzt endete, war es plötzlich sehr still in der Kirche. Sogar der Kaplan hatte aufgehört zu fächeln, nur noch das keuchende Atemholen des Bischofs war zu vernehmen.

Dann begann der Kaplan mit verstärktem Eifer wieder das Flabellum zu schwenken, aber der Bischof gebot ihm mit einer unwilligen Handbewegung Einhalt und scheuchte ihn weg und winkte mit der anderen Hand Yūnus zu sich heran. Als Yūnus neben ihm stand, lächelte er ihm mit schmalen Lippen zu und sagte so leise, daß es die beiden Kapläne nicht hören konnten: «Dann muß ich demnach dumm und unklug genannt werden. Willst du das sagen?»

Yūnus wollte etwas erwidern, aber der Bischof winkte ab, und das Lächeln verschwand aus seinem Gesicht, und er faßte nach Yūnus' Mantel und zog ihn zu sich herunter und fuhr mit keuchender Stimme fort: «Hör mich an, mein Sohn. Ich weiß, daß Gott mich bald aus diesem Leben abberufen wird. Ich weiß es. Ich bin krank auf den Tod. Ich habe zwölf Jahre gearbeitet, um meine Kirche in Leon schön zu machen zur Ehre Gottes. Ich bin hierhergekommen in Eure Stadt, um ein Kleinod zu holen, das der schönste Schmuck meiner Kirche werden soll, hörst du!» Er krallte die Finger um Yūnus' Arm, und seine Stimme hatte jetzt einen fast flehenden Klang. «Drei Tage vor dem Geburtsfest unseres Herrn soll meine Kirche geweiht werden. Ich will dieses Kleinod nach Leon bringen. Ich bete zu Gott, daß er mir die Frist noch schenkt, mein Werk zu vollenden. Ich bete darum, daß er mich meine Kirche noch einmal sehen läßt. Glaubst du, daß Gott mir diese Frist noch schenken wird?» Sein Gesicht war jetzt so nah, daß Yūnus ihn nur noch undeutlich wahrnehmen konnte. Seine Hände zitterten vor Anstrengung, während er auf Antwort wartete.

Yūnus wußte nicht, was er ihm antworten sollte. Konnte er ihm Hoffnung machen? War es nicht wider alle Vernunft anzunehmen, daß dieser Mann im beginnenden Winter eine Reise von wenigstens zwanzig Tagen überstehen könnte mit diesen Anzeichen schwerster Krankheit, die schon auf den ersten Augenschein zu erkennen waren. Durfte er ihm Hoffnung machen?

«Betet *Ihr* zu Gott», sagte er, «und laßt *mich* versuchen, mit den Mitteln, die Er uns in die Hand gegeben hat, Euch zu helfen.»

Der Bischof blickte ihn starr an. Seine Hände zitterten nicht mehr, aber sie hielten Yūnus noch immer fest. Dann ließ er sich plötzlich in die Kissen zurücksinken und schloß die Augen und krampfte die Hände in die Brust und schnappte mit weit geöffnetem Mund keuchend nach Luft, während Yūnus sich bemühte, ihm Erleichterung zu verschaffen, indem er ihn unter den Achseln faßte und aufrichtete. Die beiden Kapläne eilten mit flatternden Händen herbei, Gebete murmelnd, immer noch voll Mißtrauen gegenüber Yūnus, aber in ihrer Abneigung verunsichert, weil der Bischof so vertraulich mit ihm gesprochen hatte. In hilfloser Sorge blieben sie neben dem Lager stehen, bis der Anfall endlich vorüberging, und der Bischof wieder ein wenig leichter atmete.

«Wenn ich Euch helfen soll, muß ich Euch untersuchen«, sagte Yūnus. «Erlaubt Ihr mir das? Erlaubt Ihr, daß ich Euch ein paar Fragen stelle?» Der Bischof schien ihn nicht zu hören.

Yūnus faßte nach seinem Handgelenk. Der Puls war sehr schwach und erschreckend unregelmäßig. «Wenn Ihr liegt, bekommt Ihr keine Luft, nicht wahr? Nur im Sitzen könnt Ihr atmen.» Der Bischof nickte matt. «Und Ihr habt Schmerzen in der Brust, einen schmerzhaften Druck, ist es so?» Der Bischof nickte wieder. «Und Schmerzen in den Beinen? Schon seit längerer Zeit?» Der Bischof wollte antworten, aber Yūnus kam ihm zuvor. «Ihr braucht nichts zu sagen. Es genügt, wenn Ihr mir ein Zeichen gebt. Ihr sollt nicht sprechen, es strengt Euch zu sehr an.» Er faßte mit der linken Hand unter die Decke und fand bestätigt, was er von Anfang an befürchtet hatte. Wasser in den Beinen, auch der Unterleib schon stark aufgeschwollen. Wassersucht. Hydrops anasarca in einem schon ziemlich weit fortgeschrittenen Zustand. Zum Glück noch kein Wasser in den oberen Partien des Körpers und noch kein Fieber. Aber eine ziemlich eindeutige Diagnose, auch durch die weiß belegte Zunge bestätigt: Überfluß an Phlegma, an Schleim. Die Mischung der Körpersäfte weit zum Kalten und Feuchten hin verschoben, verstärkt durch die schon von Natur aus phlegmatische Konstitution des Kranken, verschlimmert noch durch sein hohes Alter, die kalt-feuchte Jahreszeit und durch falsche Ernährung, die zu Verdauungsstörungen geführt hatte. Überfluß auch an schwarzer Galle, ausgelöst wahrscheinlich durch übermäßiges Fasten verbunden mit falscher Ernährung. Dadurch zwar eine Abschwächung der feuchten Komponente, aber eine lebensgefährliche Verstärkung der kalten. Als Folge davon eine starke Abkühlung des Herzens, die ausstrahlte auf das Pericardium und auf die Lunge. Dadurch bedingt eine mangelhafte Verbrennung der Atemluft und wiederum als Folge davon eine ungenügende Versorgung mit dem vitalen Pneuma, das durch die Verbrennung der Atemluft entsteht. Weiterhin eine ungenügende Verteilung dieser vitalen Kraft durch das Blut der Arterien im Körper aufgrund der Schwächung des Herzens. Das heißt, sowohl vom Magen als auch vom Herzen und der Lunge her ein sich gegenseitig verstärkender Mangel an der Qualität des Heißen, die das Prinzip des Lebens ist, und ein ständig zunehmendes Übermaß an der Qualität des Kalten, die das Prinzip des Todes ist. Eine Krankheit zum Tode. Und der Körper bereits dermaßen geschwächt, daß jede Anwendung von Mitteln mit starker, ja auch schon mittelstarker Wirkung völlig ausgeschlossen war.

Yūnus öffnete seine Tasche. Er hatte nur wenige Medikamente eingepackt. Er mußte herausfinden, ob er bei den Mönchen das Nötige finden konnte. Er mußte wegen der Diät mit dem Koch des Bischofs sprechen. Er mußte die Kapläne dazu bringen, ein Tragegestell am Krankenbett anzubringen, damit man den Bischof wenigstens in Fällen akuter Atemnot an ein Fenster mit frischer Luft tragen konnte. Er mußte dringend ein auf die augenblickliche Krasis des Patienten abgestimmtes, herzstärkendes Mittel herstellen lassen.

Er wandte sich an den Bischof, der ihn aus halbgeschlossenen Augen beobachtete. «Ich werde Euch einen Heiltrank zubereiten», sagte er. «Ein einfaches Mittel, das eine erwärmende Wirkung hat und nur gemahlenen weißen Pfeffer und Muskat mit Honig enthält.» Er hielt es für wichtig, den Bischof genau zu informieren, um sein Vertrauen zu gewinnen. «Ich werde Euch zum Essen ein Hühnchen in Wein kochen lassen, wenn Eure Fastengebote das erlauben. Ihr dürft dazu eingetunktes Kleiebrot essen und hinterher getrocknete Feigen oder Pflaumen, um die Verdauung zu fördern. Keinen Fisch! Kein Gemüse, kein frisches Obst, keine kalten Speisen und Getränke!» Er fragte: «Habt Ihr Schwierigkeiten beim Schlucken?»

Der Bischof schüttelte abwesend den Kopf.

«Das ist immerhin ein gutes Zeichen», fuhr Yūnus fort. «Ich werde Euch zum Trinken einen Sirup vorbereiten aus fünf Teilen Honig und einem Teil Wein, den Ihr in heißem Wasser aufgelöst trinken sollt. Das ist von großer Wichtigkeit: Nur heiße Speisen! Nur heiße Getränke!»

Der Bischof nickte und versuchte zu lächeln und faßte wieder nach seiner Brust, während ihm der Schmerz das Gesicht verzog. «Gott hilf mir!» sagte er stöhnend. «Oh mein Gott, dieser schreckliche Druck. Als würde mir ein Dämon auf der Brust sitzen.»

Yūnus stützte ihn im Rücken. «Das Mittel, das ich Euch bringe, wird Euch Erleichterung verschaffen», sagte er aufmunternd. «Ich bete zu Gott, daß es Euch hilft.»

Als Yūnus wenig später mit al-Balia die Kirche verließ, stand die Sonne schon dicht über dem Horizont, und vom Turm der Klosterkirche läutete die Vesperglocke. Er fragte nach dem Weg zur Küche und schlug einen so schnellen Schritt an, daß al-Balia Mühe hatte, ihm zu folgen.

«Wie viele Tage gibst du ihm noch?» fragte al-Balia ohne lange Vorrede.

«Ich weiß nicht», sagte Yūnus. Es klang unwirsch. Er fand die Frage unpassend. «Wenn er in dieser Kirche bleibt, kann es jeden Tag mit ihm zu Ende gehen.»

«Bist du sicher?»

«Absolut sicher.»

Al-Balia hielt ihm am Ärmel fest, zwang ihn zu einer langsameren Gangart. «Was sollen wir tun, um Gottes willen. Er läßt sich nicht aus dieser Kirche schaffen, du hast es selbst gesehen!»

«Er muß schon schwer krank gewesen sein, als er diese Reise angetreten hat», sagte Yūnus, ohne auf die Frage einzugehen. «Was hat ihn überhaupt dazu bewogen? Er sprach von irgendeinem Kleinod für seine Kirche in Leon, das er hier erwerben will. Was meint er damit?»

«Er meint ein Kleinod seiner Religion», antwortete al-Balia. «Die Gebeine einer Heiligen namens Justa oder Justina, einer Märtyrerin seines Glaubens aus römischer Zeit, die aus Sevilla stammt. Die Gebeine waren Gegenstand der Verhandlungen zwischen dem Fürsten und dem

König von Leon. Ein besonderer Wunsch der Königin, die die Kathedrale von Leon mit diesen Reliquien ausstatten will. Und natürlich auch ein Herzenswunsch des Bischofs.»

«Wo ist diese Reliquie? Wo befindet sie sich?» fragte Yūnus

Al-Balia blieb stehen und zwang auch Yūnus stehenzubleiben, indem er ihn am Ärmel festhielt. «Warum fragst du? Was weißt du davon?»

«Ich frage, weil der Bischof an die Heilkraft dieser Reliquie glaubt. Je bedeutsamer diese Reliquie, desto größer ihre Heilkraft. Zweifellos sind die Gebeine, die er haben will, für ihn besonders bedeutsam. Wenn sie in einer Kirche wären, die besser geeignet ist für seinen Zustand, die vielleicht einen Raum hat, den man heizen kann, dann bestünde vielleicht die Möglichkeit, ihn dorthin zu verlegen.»

Al-Balia starrte an ihm vorbei. «Mein Gott, du hast recht. Wie recht du hast!» sagte er verdrossen. Und in anklagendem Ton fuhr er fort: «Aber sie sind weg, die Gebeine! Weg! Verschwunden! Versteckt! Gestohlen! Niemand weiß angeblich, wo sie sind!»

Yūnus blickte ihn verblüfft an. Dann nahm er seinen Geschwindschritt wieder auf. «Ich muß nach Sevilla, ich muß das Mittel in Auftrag geben, damit es heute abend noch hergebracht werden kann.» Und fragte im selben Atemzug: «Wieso sind sie weg?»

Al-Balia lief atemlos und mit beiden Händen gestikulierend neben ihm her. «Ich habe dir gesagt, daß sie Teil des Vertrages waren. Die Spanier haben einen jährlichen Tribut verlangt. Offiziell heißt es anders, aber es ist eine einseitige Zahlung ohne Gegenleistung. Reine Erpressung. Sie haben eine unverschämt hohe Summe verlangt ...»

«Wieviel?»

«Die Höhe der Summe ist geheim, sie tut nichts zur Sache. Die Forderung war jedenfalls unglaublich. Wir haben versucht zu verhandeln. Aber der König blieb hart. Er hatte zweitausend Bewaffnete mit sich, der Großteil beritten. Unsere Position war miserabel. Bis diese Gebeine ins Gespräch kamen. Wir erfuhren, daß die Königin den Auftrag gegeben hatte, diese Gebeine aus Sevilla zu holen. Sie ist die Erbin der Königskrone von Leon und die Herrin dieses Landes. Don Fernando ist Graf von Kastilien und nur durch die Heirat König geworden. Ich will damit sagen, daß die Königin sehr großes Gewicht hat am Hof von Leon. Das gab uns endlich einen Hebel in die Hand.»

Sie hatten die Küche erreicht, einen kleinen quadratischen Bau mit hohem Kamin, der an das Hauptgebäude des Klosters angebaut war.

Der Küchenmeister war ein alter Mann, nicht tonsuriert, schwerhörig. Yūnus mußte schreien, um sich verständlich zu machen.

Al-Balia berichtete weiter. Er wechselte lediglich, sobald sie in die Küche kamen, vom Arabischen ins Hebräische.

«Du verstehst. Wir besaßen endlich ein Faustpfand für die Verhandlungen. Der Fürst hatte den Erzbischof von Sevilla mit nach Merida genommen. Das erwies sich als äußerst nützlich in diesem Fall. Der Erzbischof weigerte sich, die Gebeine dieser römischen Märtyrerin herauszugeben. Er betrachtete die Forderung seines Amtskollegen aus Leon als blanken Raubversuch. Du kannst dir vorstellen, wie delikat die Situation war. Ihr Bischof gegen unseren Bischof, und wir in der Rolle des Vermittlers.» Al-Balia hatte sich in Begeisterung geredet, die Erinnerung an die Verhandlungen schien ihn zu beflügeln, als habe er selbst den größten Anteil an ihrem günstigen Ausgang. «Der Fürst machte dem Erzbischof von Sevilla einige Zugeständnisse, die ihn nichts kosten, strich ein paar Auflagen beim Glockengeläut, bei Trauerumzügen und Prozessionen. Und schon gab der Erzbischof seinen Widerstand auf. Und der König von Leon ging mit seinen Forderungen auf ein erträgliches Maß herunter.»

«Und warum sind die Gebeine jetzt auf einmal nicht mehr da?» fragte Yūnus unbeeindruckt, während er Pfeffer und Muskat im Mörser kleinstieß.

«Sie sind weg, weil dieser Erzbischof von Sevilla ein Hohlkopf ist», sagte al-Balia düster. Die Hochstimmung war verflogen. «Er konnte die Sache nicht für sich behalten, er mußte hinausposaunen, welche großartigen Erleichterungen er für seine Gemeinde herausgeschlagen hatte. Der Abt des Klosters San Justa, in dem sich die Gebeine befanden, erfuhr von dem Handel. Und seine Mönche ließen die Reliquie umgehend verschwinden.»

«Weiß Don Alvito davon?» fragte Yūnus. Er gebrauchte zum ersten Mal den Namen des Bischofs.

«Nein, selbstverständlich nicht.»

«Und der Fürst?»

«Nein», sagte al-Balia. «Nur Ibn Zaydūn, der Hādjib. Er hat für morgen früh ein Treffen anberaumt. Mit dem Abt und dem Erzbischof von Sevilla.»

«Du bist dabei?»

«Ich bin dabei.»

«Und was wollt ihr tun? Den Abt zwingen?»

«Nein», sagte al-Balia. «Das ist nicht möglich, solange die Gesandtschaft hier ist. Es ist auch nicht nötig. Wir überlassen alles den Christen. Entweder der Erzbischof schafft die Gebeine der heiligen Justa herbei, oder er muß für Ersatz sorgen.»

«Was für einen Ersatz?»

«Eine andere Reliquie von gleichem Wert», sagte al-Balia. Und auf Yūnus' fragenden Blick setzte er hinzu: «Zum Beispiel die Gebeine des heiligen Isidor.»

«Darauf wird er sich niemals einlassen», sagte Yūnus bestimmt. «Du weißt nicht, was San Isidor für die Christen dieser Stadt bedeutet! Er war der größte Bischof von Sevilla, der größte Gelehrte der andalusischen Christenheit. Er ist ihr Stadtheiliger!»

«Mag sein», erwiderte al-Balia ruhig. «Aber wir überlassen die Entscheidung ganz dem Erzbischof. Er kann frei wählen.»

«Und bis wann muß er sich entscheiden?» fragte Yūnus.

«Bis morgen», sagte al-Balia.

«Das ist gut», sagte Yūnus und kam ohne Überleitung wieder auf den Anfang ihres Gesprächs zurück. «Dann sorge dafür, daß die Reliquie, welche es auch sein wird, in eine Kirche kommt, wie ich sie dir beschrieben habe. Und laß Don Alvito möglichst noch am selben Abend dort hinschaffen.» Al-Balia musterte ihn unter zusammengezogenen Brauen hinweg. Dann begann sich sein Gesicht zu entspannen, und er faßte Yūnus freundschaftlich am Arm und sagte mit einem breiten Lächeln: «Genau das werde ich tun, Yūnus Ibn al-A'war.»

Yūnus hatte eine kleine Menge Öl in die Masse aus Honig, Pfeffer und Muskat gerührt, um die Schärfe des Pfeffers um einen Grad zu dämpfen, und Brösel von Kleiebrot, um dem Gemisch eine festere Konsistenz zu geben. Jetzt machte er sich daran, aus dem steifen Teig kleine, runde Pillen zu formen. Er streifte al-Balia mit einem Seitenblick und sah, daß der junge Rabbi immer noch das selbstzufriedene Lächeln im Gesicht hatte: Isaak al-Balia, der begnadete Diplomat.

«Du hast dir eine gute Position geschaffen hier in Sevilla», sagte er leise, ohne al-Balia anzusehen. «Hast du überhaupt vor, wieder nach Granada zurückzugehen?»

Al-Balia nahm eine der fertigen Pillen und drehte sie zwischen Daumen und Zeigefinger. «Hilft das auch mir?» fragte er, wieder ins Arabische wechselnd.

«Es schadet nicht», sagte Yūnus. «Wenn du müde bist, hilft es dir wieder auf die Beine.»

«Ich bin nicht müde», sagte al-Balia breit grinsend, «ganz und gar nicht müde.» Er steckte sich die Pille in den Mund, und während er daran lutschte, setzte er beiläufig hinzu: «In Granada ist das Klima besser als in Sevilla. Sehr viel besser.»

«Du meinst das Wetter?»

«Das Wetter. In erster Linie das Wetter.»

«Aber zu viele Juden, wie?» sagte Yūnus. «Und der erste Platz schon besetzt von einem, der noch genauso viele Jahre vor sich hat wie du.» Er sagte es ohne Bosheit.

Al-Balia beobachtete ihn aus den Augenwinkeln. Er lächelte nicht mehr. «Zunächst werde ich die Gesandtschaft nach Leon zurückbegleiten und im Auftrag des Fürsten an dem Hoftag teilnehmen, den der König über die Weihnachtstage in Leon abhält», sagte er in ungewohnt förmlichem Ton. Dann ging er um den Tisch herum, an dem Yūnus arbeitete, bis er vor ihm stand, und setzte in beiläufigem Ton hinzu: «Vielleicht begleitest du mich.»

Yūnus starrte ihn an. Er war aufrichtig erschrocken. «Nicht das, Isaak», sagte er. «Nicht das! Verlang das nicht von mir.»

Al-Balia erwiderte seinen Blick, aber er sagte nichts. Auf seinem Gesicht war der Anflug eines Lächelns.

Spät am Abend nach diesem Tag schrieb Yūnus in sein Tagebuch:

Vorhin bringe ich Karīma, unsere Kleine, ins Bett. Ich spreche mit ihr das Nachtgebet. Danach stelle ich ihr eine Frage. Auf hebräisch (ich war irgendwie abwesend). Sie antwortet auf hebräisch. Ich stelle noch eine Frage. Sie antwortet wieder auf hebräisch. Seit einem Vierteljahr ist sie jetzt bei uns und kein Mensch hat geahnt, daß sie hebräisch spricht. Ich frage sie, wer es ihr beigebracht hat. Der Vater, sagt sie. Ihr Vater, der Buchbinder. Anscheinend hat er die Bücher, die man ihm gebracht hat, nicht nur gebunden, sondern auch gelesen. Vielleicht hat er zuviel gelesen und ist deshalb so arm gestorben. Aber Karīma hat er ein gutes Erbe hinterlassen. Ich habe mich schon die ganze Zeit über gewundert, warum sie im Lesen und Schreiben so unglaublich rasch vorankommt. Ich denke, ich werde sie jetzt doch auf die Schule schicken.

Am Vormittag ein unerfreuliches Erlebnis in der Praxis. Eine neue Patientin erschien. Eine wohlhabende Witwe zwischen vierzig und fünfzig, teuer gekleidet, mit Schmuck behängt, sorgfältig geschminkt und parfümiert, von einer Hausdienerin begleitet. Eine Patientin von jener Sorte, die Arztbesuche als eine Art gesellschaftlichen Zeitvertreib ansehen. Und nicht nur das. Sie gehörte auch noch zu jenen, die an die Wunder der Urinbeschau glauben.

Dieser Unsinn scheint wieder einmal in Mode zu kommen, und es gibt einige Kollegen, die das schamlos ausnutzen. Sie setzen eine alte Frau ins Wartezimmer, die die Patientinnen aushorcht, und hinterher nehmen sie dann das Uringlas in die Hand und lesen die unwahrscheinlichsten Geheimnisse heraus: Daß die Patientin von einem jungen Mann geträumt habe, daß sie mit einer Nachbarin in Streit liege, daß an dem Huhn, das sie mittags gegessen habe, zuviel Salbei gewesen sei und ähnlichen Humbug. Ibn Abd al-Ra'ūf, der Syrer, der vor zehn Jahren diesen Unsinn als erster wieder aufgebracht hat, besitzt inzwischen drei Häuser in der Stadt und eine Tausend-Dinar-Beteiligung an einer Zukker-Raffinerie im Delta, wie mir der Shaikh neulich erzählt hat.

Ich war denn auch nicht gerade besonders freundlich, als mir diese neue Patientin von ihrer Dienerin als erstes ein gefülltes Uringlas übergeben ließ. Vielleicht wurde ich danach auch zu grob, jedenfalls verließ die Dame höchst aufgebracht meine Praxis, und als sie draußen war, schmetterte sie das Uringlas auf das Pflaster der Gasse. Natürlich gab es einen Auflauf. Al-Fāsī kam herüber und die anderen Nachbarn. Das wäre noch nicht weiter bemerkenswert gewesen. Aber dann fing al-Fāsī an, von einer gewissen Witwenkrankheit zu sprechen und die vielen Patientinnen im reiferen Alter zu erwähnen, die seit einigen Wochen zunehmend meine Praxis bevölkern. Und da begriff ich endlich.

Das Trauerjahr ist noch nicht zur Hälfte vorüber und sie kommen schon in meine Praxis mit dem Uringlas in der Hand und erwarten womöglich noch, daß ich ihre Absichten daraus ablese. Eine widerliche Vorstellung. Anscheinend erwartet man allgemein, daß ich mich wieder verheirate. Aus den Bemerkungen meiner Nachbarn war das deutlich herauszuhören.

Ich habe mir bis jetzt noch keine Gedanken darüber gemacht. Und ich werde auch in Zukunft nicht darüber nachdenken. Wenn die Ältesten auf einer Heirat bestehen, werde ich lieber auf weibliche Patienten verzichten. Aber ich werde nicht wieder heiraten. Gott weiß es.

Sein Segen sei über unseren Kindern und über unserem Haus.

17

SEVILLA

DIENSTAG 25. NOVEMBER 1063
2. TEBET 4824 / 1. DU'L-HIDJDJA 455

Es war noch finstere Nacht, als Lope wach wurde. Irgendein Geräusch hatte ihn geweckt. Er setzte sich auf und lauschte in die Dunkelheit. Die drei Burschen, die die Kammer mit ihm teilten, schliefen noch. Er konnte ihre ruhigen Atemzüge hören. Sonst nichts. Tiefe Stille. Dann plötzlich eine Stimme, undeutlich, von weit her. Und eine zweite Stimme. Es klang so, als ob die Stimmen aus der Kirche kämen. Er lauschte mit angehaltenem Atem.

Sie hatten Don Alvito am Vortag in sein neues Quartier geleitet, in die Kirche des Erzbischofs von Sevilla, die mitten in der Stadt lag, in der Nähe des Flusses. Die Kammer, die man Lope und den anderen Burschen zugewiesen hatte, ging von einem Gang ab, der die Kirche mit dem Haus des Erzbischofs verband. Das Krankenlager für Don Alvito selbst war in der Kirche aufgeschlagen worden, auf einer Empore über dem Altar.

Wieder ließen sich die Stimmen vernehmen, und jetzt war Lope sicher, daß sie aus der Kirche kamen, und er meinte auch Don Alvitos Stimme herauszuhören. Sie klang erregt, beinahe wütend. Er stand leise auf, tastete sich auf den Gang hinaus. Unter der Tür, die zur Kirche führte, leuchtete ein schmaler Lichtstreifen. Er lauschte an der Tür.

«Was hat der Abt damit zu tun?» hörte er Don Alvitos Stimme. Eine zweite Stimme gab Antwort, aber sie war so leise, daß sie nicht zu verstehen war. Er hörte ein Geräusch vom anderen Ende des Ganges hinter ihm. Eine Tür ging, und der Schein einer Lampe flackerte über die Wand. Lope schlüpfte durch die Tür in die Kirche und schlich im Schatten der Wand bis zu einer Mauernische hinter einer Halbsäule.

«Wie konnte der Abt es wagen, sich deinen Anordnungen zu widersetzen?» hörte er Don Alvito sagen. Der Bischof stand mit dem Rücken zum Altar. Einer seiner beiden Kapläne stützte ihn. Ihm gegenüber, am Chorgitter, stand der Erzbischof.

«Das Kloster ist exemt, es untersteht mir nicht», sagte der Erzbischof.

Aus dem Gang, den Lope gerade verlassen hatte, kam der Erzdiakon, stürzte mit beschwörend vorgestreckten Armen auf Don Alvito zu. «Hochwürdiger Herr, Ihr dürft Eure Gesundheit...» Der Bischof fuhr herum, schnitt ihm mit einer unwirschen Handbewegung das Wort ab.

«Laß mich. Es ist gut!» Und ein harter Befehl in Latein, den Lope nicht verstand.

«Es ist auch nicht der Abt», fuhr der Erzbischof fort. «Du hast ihn gestern selbst gehört, er wäre bereit gewesen. Es ist das Kapitel, das sich sträubt.» Auch der Erzbischof war nicht allein, ein junger Kaplan war bei ihm und zwei Domherren.

«Wie konntest du uns dann in Merida die verehrungswürdigen Reliquien versprechen, wenn sie im Besitz des Klosters sind, und das Kloster exemt ist?» fragte Don Alvito scharf.

«Ich hatte meine Hoffnung auf den Abt gesetzt. Ich hatte gehofft, daß auch das Kapitel Verständnis haben würde für unsere schwierige Situation. Daß man vielleicht zu einem Kompromiß bereit sein würde, einem Tausch möglicherweise, einer Teilung.»

«Von Teilung war nicht die Rede», warf Don Alvito ein.

«Ich hoffte auch auf dein Verständnis, Bruder. Ich habe versucht, dir die schwierige Lage zu schildern, in der sich meine Gemeinde befindet, hier unter dem Schwert der Ungläubigen, der Söhne Ismails, der Feinde Christi.» Der Erzbischof bekreuzigte sich und fuhr mit flüsternder Stimme fort: «Wir sind den Launen des Fürsten und des Qadis dieser Stadt ausgesetzt. Wir sind zahllosen Beschränkungen unterworfen in der Ausübung unseres Glaubens.»

«Ich habe nicht diesen Eindruck», unterbrach ihn Don Alvito ungerührt. «Ich bin eher überrascht.»

«Dein Eindruck täuscht, Bruder», erwiderte der Erzbischof mit bebender Stimme. «Es sind zahlreiche Wölfe, die meine Herde bedrohen. Und es war nur die Sorge um meine Herde, die mich zu gewissen Zugeständnissen bewogen hat. Aber du sollst wissen, Bruder, daß uns dein Wunsch, die verehrungswürdigen Gebeine der heiligen Justa nach Leon zu bringen, in tiefste Gewissensnöte gestürzt hat.»

«Nicht *mein* Wunsch! Nicht *mein* Wunsch!» unterbrach ihn Don Alvito mit erhobener Stimme. «Es war die heilige Märtyrerin selbst, die diesen Wunsch geäußert hat, als sie unserer Herrin, Donna Sancha, der Königin des Reiches von Leon, im Gebet erschien und sie aufforderte, ihre verehrungswürdigen Gebeine aus dem Joch der Heiden zu befreien.»

«Wie aber ist das möglich», erwiderte der Erzbischof schnell. «Wie ist es möglich, daß die Heilige einen solchen Wunsch äußert und die Erfüllung dieses Wunsches selbst verhindert?»

«Selbst verhindert?» wiederholte Don Alvito schneidend. «Sie hätte es selbst verhindert? Sagtest du nicht, daß der Abt, daß die Mönche des Klosters die Gebeine versteckt hätten? An einen geheimen Ort gebracht?»

«Nicht versteckt. Nicht auf welche Weise auch immer fortgeschafft. Ich sagte, sie seien verschwunden. Auf wunderbare Weise verschwunden!»

«Du hast gesagt, der Abt und das Kapitel hätten sich geweigert, die Gebeine herauszugeben. Wie können sie sich weigern etwas herauszugeben, das sie gar nicht mehr besitzen?»

«Sie besitzen den Schrein und sie glaubten die Gebeine in dem Schrein, in dem sie seit Anbeginn ruhen. Aber als sie den Schrein gestern nach unserer Unterredung öffneten, war er leer.»

«Der Schrein war leer?»

«So ist es. Er war leer, obwohl kein sterbliches Wesen ihn berührt hat. Weder der Abt, noch die Brüder. Sie sind bereit zu beschwören, daß keiner von ihnen den Schrein berührt hat.»

«Sie sind bereit, das zu beschwören?» fragte Don Alvito voller Zweifel.

«Bereit, auf den Altar der Heiligen zu schwören», antwortete der Erzbischof mit fester Stimme. Sie standen sich auf Armlänge gegenüber und starrten sich an, als hätten sie es beide darauf angelegt, nicht als erster dem Blick des anderen auszuweichen.

Ein paar Atemzüge lang war Stille, gespannte Stille in dem hohen, steinern-düsteren, von zwei Altarkerzen nur schwach erleuchteten Kirchenraum. Lope drückte sich noch tiefer in die Nische. Eine beklemmende Angst ergriff ihn, daß der Erzdiakon ihn im nächsten Augenblick entdecken könnte. Der unnahbar strenge, blaßgesichtige Mann machte ihm jedesmal angst, wenn er ihm begegnete.

Endlich ließ sich Don Alvito wieder vernehmen. «Ich finde keine Erklärung», sagte er langsam, für jedes Wort neu Atem holend. «Wenn es die heilige Märtyrerin Justa nicht war, die unserer Herrin, der Königin erschienen ist, wer war es dann?» Er blickte hilfesuchend auf das Kruzifix, das in der Mitte des Retabels über dem Altar hing. «Ist es möglich, daß unsere Herrin, geblendet und überwältigt vom Glanz der Erscheinung, die heilige Märtyrerin vor sich zu sehen meinte, während in Wahrheit ein anderer vor ihr stand. Sind so vielleicht diese unbestreitbaren Widersprüche zu erklären?»

Der Erzbischof hob beide Arme in einer Geste der Abwehr, aber Don Alvito ließ sich nicht aufhalten. «Die Königin sprach von einem Zweig oder einem Stock, den die Erscheinung in der Hand gehalten habe, als sie vor ihr gestanden sei. Könnte es nicht ein Hirtenstab gewesen sein, der Hirtenstab eines Bischofs?»

«Bruder in Christo!» unterbrach ihn der Erzbischof mit vor Erregung zitternder Stimme.

«Der Krummstab eines heiligen Bischofs», setzte Don Alvito ungerührt hinzu.

Der Erzbischof stellte sich so dicht vor Don Alvito hin, daß dieser ihm nicht mehr ausweichen konnte. «Don Alvito!» sagte er aufs höchste erregt. «Don Alvito, wir waren uns gestern vor dem Hādjib des Fürsten einig, daß dies kein Thema für Verhandlungen ist!»

«Wir wußten gestern auch noch nicht, daß zwar der Schrein der heiligen Justa wieder aufgetaucht ist, nicht aber ihre verehrungswürdigen Gebeine», sagte Don Alvito mit kalter Härte.

Der Erzbischof faßte ihn am Arm. «Bruder», sagte er flehend, «als Diener des Herrn und als Diener seiner Kirche wirst du nicht von uns verlangen, etwas zu geben, das wir nicht geben können. Du wirst es nicht auf dein Gewissen nehmen, den Hort unseres Glaubens, den gnädigen Helfer unserer Bedrängnis aus dieser Stadt hinwegzuführen, die seine Stadt war, aus dieser Kirche, die seine Kirche war, aus diesem Grab, in dem er ruht, seit es Gott gefallen hat, ihn aus diesem Leben abzuberufen. Du wirst es nicht wagen, Bruder!»

Lope sah, wie Don Alvito starr auf den Altar blickte, wo ein vergoldeter, mit Edelsteinen besetzter Kasten stand. Und er begriff auf einmal, wovon der Erzbischof gesprochen hatte. Am Abend nach ihrer Ankunft in der Kirche hatten der Erzbischof und Don Alvito eine Messe gelesen und dazu war der vergoldete Schrein in feierlicher Prozession aus der Krypta geholt und auf den Altar gestellt worden. Der Schrein des heiligen Isidor. Don Alvito hatte in seiner Predigt verkündet, daß ihm der Heilige in der Nacht zuvor im Traum erschienen sei und ihn wunderbar erquickt habe. Dank San Isidors segensreicher Hand habe er das Krankenlager verlassen können, nur dank seiner Fürbitte bei Gott wäre er in den Stand versetzt worden, wieder eine Messe lesen zu können.

Auch jetzt stand er so aufrecht, als hätte ihn die Krankheit gänzlich verlassen. Sein Atem ging ruhig, und seine Stimme war fest, als er dem Erzbischof antwortete.

«Wie könnte ich es wagen, Euch etwas abzuverlangen, das Ihr nicht aus freien Stücken und mit freudigem Herzen geben wollt», sagte er feierlich, «du und die Priester deiner Kirche und das Volk deiner

Gemeinde. Wie könnte ich es wagen, ich, ein unwürdiger Diener unseres Herrn und ein erbärmlicher Sünder vor seinem Angesicht. Wie könnte ich es wagen!» Er bekreuzigte sich und verbeugte sich gegen den Altar hin und stand dann in sich versunken, als spräche er ein stilles Gebet. Stand eine ganze Weile schweigend in Betrachtung des goldenen Schreins. Dann richtete er sich plötzlich zu voller Größe auf und fuhr in erhobenem Predigerton fort: «Aber wie könnte ich schweigen, wenn der Heilige selbst will, daß ich rede. Wenn er selbst zu mir gesprochen hat durch den Mund der Königin, unserer Herrin. Wie könnte ich schweigen, wenn er selbst uns ein Zeichen gibt, daß ihm Böses droht, ihm und den Christen dieser Stadt ...»

«Welches Zeichen?» rief der Erzbischof erregt. «Welches Zeichen?»

Don Alvito tat so, als hörte er ihn nicht und überschrie ihn. «Muß ich nicht meine Stimme erheben, wenn seinem heiligen Leib, der uns so teuer ist, Gefahr droht in der Hauptstadt der Heiden. Muß ich ihm nicht zu Hilfe eilen, wenn er mir ein Zeichen gibt, daß die Ruhe seines Grabes bedroht ist von den Sendboten des Antichrist!»

«Welches Zeichen?» schrie der Erzbischof. «Was für ein Zeichen?»

Don Alvito hörte ihn nicht, beachtete ihn nicht, schüttelte die Hand ab, die an seinem Ärmel zerrte. «Laßt uns beten, Brüder!» heulte er mit überkippender Stimme. «Laßt uns beten, daß der heilige Bischof uns die Augen öffne und unseren Geist erleuchte. Laßt uns beten, daß wir die Zeichen erkennen, die er uns gibt. Laßt uns beten, Brüder.» Und er kniete vor dem Altar nieder und begann zu beten. Seine beiden Kapläne ließen sich neben ihm nieder, und der Erzdiakon stand hinter ihm wie ein großer schwarzer Engel. Don Alvito betete. Seine laute, durchdringend helle Stimme hallte von den Gewölben wider. Er sprach Latein, Lope konnte ihn nicht verstehen, er hörte nur immer wieder, wie der Bischof den Namen des Heiligen beschwor: «Sancto Isidoro! Sancto Isidoro!» Und die Kapläne antworteten im Chor: «Te rogamus. Audi nos!»

Der Erzbischof stand unschlüssig unterhalb der Stufen, die zum Altar hinaufführten. Begab sich dann zu seinen Leuten, die vor dem Chorgitter warteten. Drei Männer waren noch dazugekommen, ohne daß Lope es bemerkt hatte, sie trugen alle die gleiche schwarze Cappa wie der Erzbischof. Sie redeten heftig gestikulierend auf ihn ein, steckten die Köpfe zusammen, blickten mit allen Zeichen der Empörung auf Don Alvito, der immer noch laut betend vor dem Schrein kniete.

Dann erhob sich Don Alvito unvermittelt, und die Arme gegen den Schrein ausstreckend und vom Lateinischen wieder ins Spanische fallend, sagte er mit lauter Stimme: «Und so laßt uns denn den Schrein öffnen, meine Brüder, den altehrwürdigen Schrein, der die Gebeine des gottseligsten, heiligsten Bischofs enthält. Laßt uns das Gefäß öffnen, das seine sterblichen Reste umschließt, auf daß er uns ein Zeichen gebe! Ein Zeichen, Brüder, ein Zeichen!»

Der Erzbischof schien für einen Augenblick wie erstarrt, unfähig, sich zu rühren, während Don Alvito, von seinen Kaplänen unterstützt, an dem Deckel des Schreins herumzerrte. Und dann ging der Deckel auf, und Lope meinte, ein Donnerschlag müßte ertönen und ein Blitzstrahl müßte auf ihn niederfahren, weil er heimlich und unerlaubt Zeuge einer so heiligen Handlung geworden war, und er schloß entsetzt die Augen. Aber nichts geschah, kein Blitz, kein Donner, nur Don Alvitos laute, durchdringende Stimme war zu hören, und als Lope die Augen wieder öffnete, sah er, wie der Bischof das grüngolden glänzende Tuch hob, das den Inhalt des Schreins bedeckte. Eine Staubwolke wirbelte auf im Licht der Kerzen und dann sah er die Knochen. Braune, grau eingestaubte Knochen. Rippen, Schenkelknochen, Beckenknochen, dicht aufeinandergeschichtet, mitten darin der Schädel mit leer starrenden Augenhöhlen und gelben Zähnen.

Don Alvito umfaßte die Gebeine mit einem verzückten Blick und fuhr fort die Litanei zu beten, wobei er zwischen jede Zeile eine Anrufung des heiligen Isidor einschob. Der Erzbischof verharrte neben ihm, unschlüssig, mit halb erhobenen Armen. Seine Kapläne versuchten, den Kaplänen Don Alvitos den Deckel des Schreins zu entwinden in einem seltsam versteckten, in starrer Haltung, nur mit den Händen ausgetragenen stummen Kampf, der immer wieder aufflackerte und bis zum Ende der Litanei anhielt, ohne daß eine der Parteien einen entscheidenden Vorteil erringen konnte.

Dann griff plötzlich Don Alvito mit beiden Händen in den Schrein hinein und hob den Schädel heraus und hielt ihn mit gestreckten Armen vor sich hin und sprach ihn mit lateinischen Worten an, als könnte der Totenschädel ihn hören und verstehen. Er sprach lange, endlos lange, bis seine Arme vor Anstrengung zu zittern begannen und ihm die Stimme versagte. Die Kapläne eilten hinzu und stützten ihn und halfen ihm, den Schädel wieder im Schrein zu versenken. Und der Erzbischof näherte sich ihm von hinten und beugte sich über sein Ohr und sprach flüsternd auf ihn ein. So standen sie eine ganze Weile, umgeben von den Kaplänen und dem Erzdiakon und den schwarzgekleideten Domherren, ein Knäuel dunkler Gestalten, halb stehend, halb kniend, auf den Stufen des Altars.

Bis Don Alvito seinen Begleitern mit einer herrischen Handbewegung bedeutete, daß sie sich entfernen sollten, und auch der Erzbischof seine Leute wegschickte, so daß die beiden alten Männer zuletzt allein vor dem Altar und dem geöffneten Schrein zurückblieben. Sie knieten nebeneinander, sprachen mit unterdrückter Stimme aufeinander ein, so leise, daß Lope kein Wort verstehen konnte. Er sah nur, daß es ein erregter Disput war, ein heftiges Widereinanderreden, als bespuckten sie sich gegenseitig mit Worten.

Zuletzt griff Don Alvito mit der Rechten noch einmal nach dem Totenschädel, faßte mit drei Fingern in eine der leeren Augenhöhlen, hielt ihn so dem Erzbischof hin. Der bekreuzigte sich entsetzt, faßte widerstrebend mit dem gleichen Griff in die zweite Augenhöhle, hielt dagegen. Eine Weile verharrten sie so nebeneinander, verbissen schweigend, den Schädel zwischen sich. Dann begann Don Alvito zu ziehen. Der Erzbischof zog dagegen. Beide verstärkten den Zug, beide blieben stumm, nur ihre keuchenden Atemzüge waren zu hören, ein Stöhnen äußerster Anstrengung. Bis der morsche braune Knochen plötzlich nachgab und Don Alvito taumelnd zur Seite fiel und hinter den Altarstufen zu Boden ging, so daß Lope ihn aus den Augen verlor.

Nur der Erzbischof war noch vor dem Altar, in der gleichen Haltung wie zuvor, bewegungslos, mit hochgezogenen Schultern und aufgerissenen Augen. Er starrte in fassungslosem Entsetzen auf das kleine Stück Knochen, das zwischen seinen Fingern geblieben war. Er schwankte und seine Kapläne stürzten vor, um ihn zu halten. Und im gleichen Augenblick ertönte Don Alvitos Stimme, laut und triumphierend: «Das ist das Zeichen, Brüder, das ist das Zeichen! Das Zeichen!» Und er kam hoch hinter dem Altar, so behende, als hätte ihn eine unsichtbare Hand unter den Achseln gefaßt. Er hatte den Schädel in der Hand und hielt ihn hoch und rief: «Der heilige Isidor selbst will es, er selbst will es, daß wir ihn aus den Händen der Heiden befreien, daß wir seine verehrungswürdigen Gebeine nach Leon bringen, wo sie sicher sind vor den Söhnen der Finsternis und den Schildträgern des Antichrist. Das ist das Zeichen! Er selbst will es! Er selbst!»

Die Glocken begannen plötzlich zu läuten und Lope sah, daß es draußen schon hell war. Und von allen Seiten, aus der Sakristei und aus dem Gang, der zum Haus des Erzbischofs führte, kamen jetzt Leute, Kirchendiener und Diakone und Männer aus der Mesnada Don Alvitos. Auch der Capitan erschien und die Burschen aus der Kammer. Lope konnte sich unter sie mischen, ohne aufzufallen.

Später am Vormittag kam der jüdische Arzt. Man hatte den Bischof wieder in sein Bett gebracht. Er schlief zwei Stunden. Als er aufwachte, klagte er über Schmerzen in der Brust und sein Atem ging hechelnd wie der Atem eines Hundes.

Der Capitan war zum Wachdienst eingeteilt. Lope stand mit ihm an der Tür des Krankenzimmers. Jedesmal, wenn die Tür ging, konnten sie den hechelnden Atem des Bischofs hören.

Der Koch kam mit dem Essen und trug es unberührt wieder zurück. Der Bischof war nicht in der Lage zu essen. Der Erzdiakon ließ vor dem Hauptaltar der Kirche Messen lesen und den Schrein des heiligen Isidor in das Krankenzimmer bringen und am Fußende des Bettes aufstellen.

Im Lauf des Nachmittags wurde der Zustand des Bischofs so bedrohlich, daß sich die Männer der Mesnada im Krankenzimmer versammelten. Der Erzdiakon ließ alles für die letzte Kommunion vorbereiten und die Sterbekerzen anzünden.

Aber dann, dank Gottes oder des heiligen Isidors oder des jüdischen Arztes Hilfe, erholte sich der Bischof ganz überraschend und atmete ruhig und entspannt und gegen Abend konnte er sogar wieder etwas zu sich nehmen. Lope konnte durch die geschlossene Türe hören, wie er seine Anweisungen für die Abreise gab, die am Morgen des übernächsten Tages vonstatten gehen sollte, so wie geplant. Es schien, als hätte der Bischof wie durch ein Wunder seine volle Gesundheit wiedergewonnen.

Kurz nach Sonnenuntergang kam der jüdische Arzt aus dem Krankenzimmer. Der jüngere der beiden Kapläne war bei ihm, und sie sprachen leise miteinander, und dann holten sie den Capitan zu sich und unterhielten sich mit ihm. Zuletzt winkten sie Lope, und der Capitan sagte: «Du wirst mit diesem Hakīm gehen. Was er dir befiehlt, wirst du tun, so als hätte ich es dir befohlen! Hast du verstanden!»

Lope nickte, und der junge Kaplan legte ihm die Hand auf die Schulter und sagte: «Du wirst den Hakīm zu seinem Haus begleiten. Merke dir den Weg, damit du ihn wiederfindest, wenn wir dich in der Nacht losschicken müssen, um ihn zu holen.»

Lope nickte wieder und folgte dem Arzt nach draußen. Als sie hinter der Kirche in eine breite Gasse einbogen, sagte der Arzt: «Der Weg ist leicht zu finden, du brauchst dir nur zwei Gassen zu merken. Der Himmel ist nicht bedeckt, auch in der Nacht wird es so hell sein, daß du den Weg nicht verfehlen kannst. Wenn du dem Nachtwächter begegnest, sagst du ihm, daß du aus dem Haus des Bischofs kommst und daß du zu mir willst, dem Hakīm. Dann wird er dich begleiten.»

Nach achtzig Schritten bogen sie in eine Seitengasse ein, die schmäler war und weniger belebt, und nach weiteren hundert Schritten blieben sie vor einem grün gestrichenen Tor stehen und der Hakīm betätigte den Türklopfer.

Ein großer, tiefschwarzer Neger öffnete ihnen und leuchtete mit einem Windlicht. Sie durchquerten einen kleinen Vorraum und kamen durch ein zweites Tor auf einen gepflasterten Innenhof, der vier auf zehn Schritte maß, und in dem eine einzelne kleine Palme wuchs. Alles war dunkel, nur hinter einer offenen Tür gegenüber brannte Licht.

Dann kam plötzlich aus dem Schatten des Laubenganges, der den Hof umrundete, ein kleines Mädchen herausgerannt, barfüßig in wehendem weißem Nachthemd. Sie rannte fröhlich krähend auf den Hakīm zu. Und fast im selben Augenblick kam aus der erleuchteten Tür gegenüber eine Frau herausgeschossen, genauso schwarz wie der Neger, der ihnen geöffnet hatte, aber um zwei Köpfe kleiner und rund wie ein Faß. Sie rief der Kleinen etwas zu und versuchte ihr den Weg abzuschneiden, sie war verblüffend schnell trotz ihrer unförmigen Gestalt. Aber die Kleine war schneller. Sie war als erste bei dem Hakīm, klammerte sich an seinen Beinen fest und drückte sich an ihn. Und der Hakīm nahm sie auf den Arm und küßte sie auf die Stirn, während die dicke Negerin sich vor ihm aufbaute und auf die Kleine schimpfte. Dann sah Lope, wie das Mädchen über die Schulter des Hakīms auf ihn herunterschaute und mit dem Finger auf ihn deutete und den Hakīm leise etwas fragte. Er senkte den Kopf und war sehr verlegen.

Sie gingen über den Hof hinter dem großen Neger her, der das Licht hielt, und kamen in einen weiten Raum, der mit Teppichen ausgelegt war, mit Sitzpolstern in den Ecken, die Wände mit grünem Tuch bespannt. Der Neger zündete eine Lampe an, und der Hakīm stellte das Mädchen auf den Boden und winkte Lope zu sich, und als Lope nah genug heran war, nahm der Hakīm ihn am Arm und stellte ihn so hin, daß er genau vor das Mädchen zu stehen kam.

«Wie heißt du, mein Junge?» fragte er.

Lope nannte seinen Namen.

«Hörst du, er heißt Lope», sagte der Hakīm zu dem Mädchen und an Lope gewandt fuhr er fort: «Das ist Karīma, meine jüngste Tochter. Sie ist sieben Jahre alt und sie sollte längst im Bett sein.» Er machte ein strenges Gesicht und zwinkerte ihr mit einem Auge zu. «Sie will nicht einschlafen, wenn ich ihr nicht eine Geschichte erzähle. Sie will einfach nicht einschlafen, der kleine Fratz!» Er gab ihr einen Klaps, und die

Kleine drängte sich an ihn und vergrub ihr Gesicht in den Falten seines Mantels, aber gerade nur so weit, daß sie Lope noch im Auge behielt. «Vielleicht erzählt dir Lope eine Geschichte», fuhr der Hakīm fort. «Ich habe heute keine Zeit, meine kleine Karīma. Ich muß noch zu Onkel Musa, dem Apotheker, und eine Medizin holen für Lopes Herrn. Er ist sehr krank, Lopes Herr, und er braucht ganz dringend seine Medizin, und Lope muß sie ihm bringen.»

Das Mädchen nickte ernsthaft, und der Hakīm lächelte ihr zu und deutete auf Lope und sagte: «Wenn du ihn bittest, wird er dir sicher etwas erzählen. Er kommt von weit her. Er ist zwanzig Tage lang geritten, bis er nach Sevilla gekommen ist. Und er hat ein eigenes Pferd und ist der Sohn eines großen Hidalgos.» Er wandte sich an Lope und fragte: «Ja? Ist das richtig? Bist du der Sohn?»

Lope schüttelte den Kopf, den Blick starr auf den Boden gerichtet.

«Dann bist du sein Bursche, sein Knappe, ist es so?»

Lope nickte steif, und der Hakīm wandte sich wieder an das Mädchen und sagte: «Hörst du, er ist der Ghulām eines großen Ritters aus dem Land des Königs von Leon. Er hat viel erlebt, er kann dir viel erzählen.»

Er legte Lope mit sanftem Druck die Hand auf die Schulter und nickte ihm aufmunternd zu. Dann schloß er eine Tür auf und verschwand mit dem großen Neger in einem Nebenraum und Lope blieb allein mit dem Mädchen zurück.

Das Mädchen musterte ihn mit schiefgehaltenem Kopf und ihre Finger spielten mit dem dicken schwarzen Zopf, der ihr nach vorn über die Schulter hing. Lope verschränkte die Arme vor der Brust und schaute über sie hinweg. Dann, um nicht ganz unnütz dazustehen und nur in die Gegend zu schauen, begann er, die Sitzpolster zu zählen, die zu beiden Seiten des Kamins an der Stirnwand aufgereiht waren. Er zählte zweimal, um sicher zu gehen.

«Stimmt es, daß du ein Pferd hast?» fragte das Mädchen.

«Was ist?» fragte er zurück, um Zeit zu gewinnen. Er hatte sie gut verstanden.

«Ob es stimmt, daß du ein Pferd hast?» wiederholte sie geduldig.

«Es ist nicht mein Pferd», antwortete Lope unwillig. «Es gehört dem Capitan.»

Sie starrte ihn aus großen runden Augen an. «Wer ist das, der Capitan?» fragte sie.

«Der Capitan ist der Capitan», sagte Lope mit seiner tiefsten Bruststimme.

Sie zog die Brauen zusammen, aber dann hellte sich ihr Gesicht wieder auf. «Ist das der Hidalgo, von dem du der Ghulām bist?» fragte sie.

Lope zuckte die Achseln, um anzudeuten, daß ihn das Gespräch nicht im geringsten interessierte. Es war unter seiner Würde. Was ging ihn ein siebenjähriges Mädchen an.

Sie kam einen vorsichtigen Schritt näher. «Stimmt es, daß du auf einem Pferd reiten kannst?» fragte sie. Ihre Augen waren voll Bewunderung.

Er überlegte, ob er auf diese unsinnige Frage überhaupt eine Antwort geben sollte. Er hielt es für überflüssig, aber dann fiel ihm ein, daß sie womöglich anfangen könnte zu plärren, wenn er nichts sagte, und daß dann vielleicht der jüdische Hakīm verärgert wäre, auf den der Capitan anscheinend so große Stücke hielt, und er beschloß doch zu antworten. «Warum nicht», sagte er zwischen den Zähnen.

Der große Neger kam aus dem Nebenraum mit einem Zettel in der Hand und verließ die Halle sehr eilig durch die Türe, durch die sie hereingekommen waren. Der Hakīm ließ sich nicht blicken.

Lope sah mit großem Unbehagen, wie die Kleine noch einen Schritt näher auf ihn zukam.

«Was ist das, was du da oben hast?» fragte sie und deutete mit gestrecktem Arm auf seine Stirn.

«Nichts», sagte Lope.

«Doch, da ist was über der Augenbraue, da hast du was!» sagte sie eigensinnig und kam noch näher mit ihrem spitzen Zeigefinger.

Er wußte, was sie meinte. Er hatte eine Narbe über der rechten Braue, eine sichelförmig nach oben gebogene Narbe.

«Das ist eine Narbe», sagte er.

«Woher hast du die Narbe?» fragte sie unerbittlich weiter.

Lope bemühte sich immer noch, über sie hinwegzuschauen, aber er wußte, daß er es nicht mehr lange würde durchhalten können. «Von einem Streit», sagte er ausweichend.

«Was für ein Streit?» fragte sie sofort. Ihre Augen leuchteten vor Neugier.

Widerstrebend schaute er auf sie hinunter. «Ich hab mich eben gestritten mit irgend jemand.»

«Mit wem?»

«Mit jemand ... der so alt war wie ich. Wir haben gerauft, das ist alles.»

«Warum?» fragte sie. «Warum habt ihr gerauft?»

Er ahnte, daß er in eine Gasse geraten war, aus der es keinen Ausweg mehr gab. Was sollte er ihr erzählen? Der Junge, mit dem es damals die Rauferei gegeben hatte, war wie er auf die Burg nach Guarda geholt worden. Die Peones auf der Burg und die älteren unter den Knappen hatten ihn manchmal den «Sohn der Hündin» genannt. Lope hatte ihn deswegen verspottet, und so waren sie aneinandergeraten. Erst hinterher hatte er erfahren, wie der Junge zu diesem Namen gekommen war.

Er war der Sohn eines großen Bauern aus der Nähe von Guarda gewesen. Sechs Monate nach seiner Geburt war auf dem Hof seines Vaters eine furchtbare Krankheit ausgebrochen, eine Art Pest, die seine ganze Familie innerhalb von zwei Tagen dahingerafft hatte, Eltern, Geschwister, Knechte und Mägde. Die Nachbarn hatten das Hoftor von außen verrammelt und das Zeichen des Todes auf die Wände gemalt.

Sechs Wochen später war der Bruder des Vaters gekommen, um sein Erbe in Besitz zu nehmen. Er hatte den Hof in Begleitung eines Pfarrers betreten. Und beide hatten sie den Jungen dann gefunden: In einem Schuppen unter einem Wurf junger Welpen. Eine Hündin hatte ihn an ihren Zitzen saugen lassen und auf diese Weise gerettet. Zwei der Hunde, die die Milchbrüder des Jungen gewesen waren, hatten noch gelebt, als Lope nach Guarda gekommen war.

Das war die Geschichte. Wie sollte er sie dem Mädchen erzählen? Sie war viel zu lang!

Er sagte: «Wir haben gerauft, weil der andere ein Pferd geschlagen hat.» Er hoffte, daß sie sich damit zufriedengeben würde. Sie schien sich irgendwie für Pferde zu interessieren.

«Er hat es geschlagen?» fragte sie entsetzt.

«Ja», sagte Lope. Und sah ihre Augen groß und staunend auf sich gerichtet und wußte im selben Augenblick, daß er nur einen kurzen Aufschub gewonnen hatte, und daß hinter ihrer Stirn noch tausend weitere Fragen lauerten, und unwillkürlich wich er einen Schritt zurück.

Aber dann ging zum Glück hinter ihm die Tür, und der große Neger kam zurück mit einem kleinen Leinensäckchen und einer verkorkten Flasche. Und der Hakīm kam aus der Kammer und winkte das Mädchen zu sich und strich ihr über den Scheitel und sagte: «Na, hat er dir was schönes erzählt?» Und sie nickte stumm, ohne Lope aus den Augen zu lassen. Und der Hakīm fuhr fort: «Dann geh jetzt schön ins Bett. Und wenn du brav bist, dann kommt Lope vielleicht noch einmal zu dir und erzählt dir noch etwas.»

Die Kleine kam bis zum Haustor mit, und als Lope mit dem Hakīm in die Gasse einbog, die zum Haus des Bischofs führte, stand sie an der

Hand des großen Negers unter dem Torbogen und schaute ihnen nach mit diesen großen fragenden Augen. Lope meinte, ihre Blicke in seinem Rücken zu spüren. Er hoffte, daß er ihr nie wieder begegnen würde.

18

MURCIA

FREITAG 4. DU'L-HIDJDJA 455
28. NOVEMBER 1063 / 5. TEBET 4824

Unter fünf ist's Einsamkeit, über fünf Bazar.

Nach diesem Wahlspruch des Kronprinzen hatte Ibn Ammar die Zahl der Teilnehmer an dem Fest auf fünf beschränkt. Außer ihm selbst und dem Gastgeber waren nur noch zwei von dessen engsten Freunden geladen. Fünfter Gast war der neue Hofastrologe, Seth, der Ägypter, der seit sechs Wochen auf der Gehaltsliste des Kronprinzen stand und Ibn Ammar den Vorwand für das Fest geliefert hatte. Seth, der Zauberer der Nacht, ein eindrucksvoller Mann um die fünfzig, sehr groß und von gewaltigem Leibesumfang, mit gekraustem pechschwarzem Haar und ebenso schwarzem Vollbart, der in auffallendem Kontrast zum Milchweiß seines Gesichts stand.

Ibn Ammar hatte ihn irgendwann, einige Tage nach seiner Ankunft am Hof, eher beiläufig gefragt, ob sich für die bedauerliche Zeugungsschwäche des Kronprinzen möglicherweise eine Begründung in den Gestirnen finden ließe. Und der Ägypter hatte tatsächlich nach kurzer Berechnung für die Geburtsstunde Hassūn Ibn Tāhirs eine bislang völlig übersehene Opposition des Saturn und einen ungünstigen Merkur-Aspekt über dem Schwanz des Drachens herausgefunden, Konstellationen, deren verderblicher Einfluß es dem Kronprinzen geradezu unmöglich gemacht hatten, ein Kind zu zeugen. Auf Drängen Ibn Ammars war er außerdem zu dem Ergebnis gekommen, daß dieser böse Einfluß nur bis zum vierzigsten Lebensjahr reichte, ein Alter, das der Prinz glücklicherweise eben überschritten hatte, und daß gänzlich überraschend eine unwiederholbar segensreiche Konstellation unmittelbar bevorstand, die alle Voraussetzungen für die Zeugung eines Sohnes mit sich bringen sollte. Eine Konjunktion von Jupiter und Venus mit einem Abstand von deutlich weniger als sechs Grad, und die größte Annäherung an einem Freitag, der der Tag der Venus war, und nach genauester Berechnung sogar in der ersten Tagesstunde, die die Stunde sowohl der Venus als auch des Jupiter war. Und um die Summe der günstigen Vorzeichen voll zu machen, fand die Konjunktion auch noch im Zeichen des Stiers statt, dem Zeichen, unter dem der Prinz geboren war und das von der Venus regiert wurde, ein Umstand, der den für den Zeugungstrieb so ungemein förderlichen Einfluß der Venus noch um ein Vielfaches verstärkte.

Die Zeichen standen so günstig, daß Ibn Ammar zuerst an einen platten Schwindel geglaubt hatte. Aber nachdem der Kronprinz auf die Eröffnungen des Ägypters hin umgehend seinen alten Astrologen entlassen hatte, und sich kein zweiter Fachmann am Hof befand, der die fabelhaften Berechnungen des neuen Wundermannes hätte überprüfen können, hatte Ibn Ammar seine Bedenken rasch beiseite geschoben und damit begonnen, einen Plan zu entwickeln, der auf eben jenen bewußten Freitag abgestellt war.

Ibn Ammar fand den Astrologen in dem Kuppelsaal, der der Schauplatz des Festes sein sollte. Der Architekt war bei ihm, der die Dekoration entworfen hatte, und der Tanzmeister.

«Alles zu deiner Zufriedenheit?» fragte Ibn Ammar.

Der Ägypter schob die wulstigen Lippen vor und hob die Schultern. «Im großen und ganzen ja», gab er zu verstehen und mit der gequälten Stimme eines Mannes, der die ganze Last der Verantwortung auf seinen Schultern spürt, setzte er hinzu: «Nur noch ein paar Kleinigkeiten an den Kostümen.» Und verschwand hinter der Tür, die zu den Nebenräumen führte, wo sich die Mädchen auf ihren Auftritt vorbereiteten. Er war unter seiner würdevollen Gelehrtenmaske ein geiler alter Bock mit einer Vorliebe für ganz junge Mädchen. Irgendwann, wenn seine Überheblichkeit noch weiter zunahm, würde man ihm einmal eine blutjunge Hure unterschieben, die an einer üblen Krankheit litt, dachte Ibn Ammar ohne Haß.

Zwei Diener machten sich daran, die Lampen anzuzünden. Von den Sitzpolstern aus, auf denen der Prinz und seine Gäste Platz nehmen sollten, bot sich der überraschende Anblick einer Wüstenlandschaft, die trotz der geringen Ausmaße des Kuppelsaals einen unerwartet weiten Eindruck machte. Der Boden war mit weißem Sand bedeckt, achtzig Saumtierlasten feinsten Küstensandes, die der Architekt aus Cartagena hatte heranschaffen lassen. Im Hintergrund lagerte eine weiße Düne, sanft ansteigend wie der Schenkel einer auf der Seite liegenden Frau und steil abfallend wie die Biegung ihrer Hüfte. Aus der Sandfläche erhoben sich ringsum gleichfarbig weiße Wandbehänge, unmerklich ging eines ins andere über. Eine verschwimmende Horizontlinie war angedeutet, ein blaugrüner Himmel wölbte sich darüber, der sich nach oben gegen die Kuppel zu immer mehr verdunkelte. Auf der linken Seite wuchsen einige Palmen aus dem Sand mit sattgrünen Wedeln und schweren, honigglänzenden Datteltrauben. Davor ein Brunnen, eine Feuerstelle, ein freier Platz. Rechts daneben, ein gutes Drittel des Raumes ausfüllend, ein großes Beduinenzelt mit einer Außenhülle aus safrangelber Seide. Es war ein Bild, das unwillkürlich an alte Gedichte erinnerte.

Der Kronprinz war ein großer Liebhaber altarabischer Dichtung. Er verehrte die Helden der klassischen Beduinenlyrik: Ibn Shaddād, Abu Nuwās, al-Muzani. Er liebte vor allem die immer wiederkehrende Geschichte vom unglücklich verliebten jungen Wüstenreiter, der hoffnungsvoll den Spuren der Sippe des geliebten Mädchens folgt, und, wenn er den Lagerplatz endlich erreicht, nur noch den leeren Schöpfeimer am Brunnen vorfindet und die erkaltende Asche des Lagerfeuers. An diesem Festabend sollte Hassūn Ibn Tāhir alles so erleben, wie seine Lieblingsgedichte es beschrieben. Mit nur einem Unterschied: Diesmal hatte das Mädchen den Lagerplatz noch nicht verlassen, ihr Zelt stand noch neben dem Brunnen. Sie würde zurückkommen. Bei Sonnenaufgang würde sie ihn empfangen. Genau zur ersten Stunde des Tages.

Der Kronprinz erschien pünktlich um Mitternacht in Begleitung seiner beiden Freunde. Ibn Ammar hatte den Beginn des Festes mit Absicht auf diese späte Stunde gelegt, um dem Kronprinzen nicht so viel Zeit für den Wein zu lassen. Aber wie es aussah, war diese Vorsichtsmaßnahme vergeblich gewesen. Hassūn Ibn Tāhir hatte schon vorgetrunken. Er war in seltsam überdrehter Stimmung, hatte hektische Flecken auf den Wangen, kicherte, schnitt Grimassen. Die Dekoration immerhin schien ihm zu gefallen. «Hübsch», sagte er. «Sehr hübsch, ganz bezaubernd, ausgesprochen hübsch und bezaubernd!»

Seine Freude steigerte sich noch, als ihm der Ägypter zu erläutern begann, mit welcher Raffinesse das Interieur auf die beiden Glückssterne des Tages abgestimmt war.

«Darf ich Euren Blick ergebenst auf die Farben lenken, Herr. Wie Ihr erkennt, sind es die Farben Jupiters. Weiß der Sand, grün die Palmen und der Himmel, gelb das Zelt.»

«Die Farben Jupiters, natürlich!» sagte der Kronprinz. «Ganz reizend! Höchst gelungener Einfall!»

«Und darf ich Euch auf die Düfte aufmerksam machen, Herr. Düfte Jupiters und der Venus: Kampfer, Moschus, Balsam.»

Der Kronprinz zog schnuppernd die Luft durch die Nase. «Oh ja, Kampfer und Moschus, ja richtig, Moschus der Venus zugeordnet, ganz reizender Einfall.» Er hob abwehrend die Hand, als der Ägypter mit seinen Erläuterungen fortfahren wollte. Er dilettierte selbst in Astrologie und wollte die Zuordnungen auch selbst deuten.

Ibn Ammar führte ihn vor das Zelt und schlug das Tuch zurück, das den Eingang verhängte. Das Innere des Zeltes war ein einziger verführerisch ausgestatteter Garten der Venus, eine Liebesgrotte mit grünseidenen Schleiern und Seidenbehängen, die mit Blumen und Pflanzenranken bestickt waren, mit Mandelblüten und Jasmin. Das Lager eine langflorige, lilienübersäte Wiese aus Seide, die Laken wie aus Blättern zusammengenäht, die Kissen wie mit leuchtend grünem Moos überzogen. In den Betthimmel war die vielversprechende Konstellation im Zeichen des Stiers eingestickt, am Kopfende hing eine Lampe aus acht Kristallschalen, die nach dem Vorbild der Plejaden angeordnet waren. Hassūn Ibn Tāhir warf nur einen kurzen Blick hinein und wandte sich rasch wieder ab, die Schultern hochgezogen, in seinen Augen ein unruhiges Flackern.

«Ja, ganz bezaubernd, hübsch aufeinander abgestimmt, ausgesprochen hübsch.»

Ibn Ammar gab den Pagen das Zeichen, die Gläser zu füllen. Leise Musik klang auf. Es war eine kleine Besetzung, die Ibn Ammar gewählt hatte, der Intimität des Festes angemessen. Zwei Lauten, eine tiefe Rohrflöte. Die drei Musikerinnen saßen am rückwärtigen Rand des Palmenhains, hinter Vorhängen verborgen. Der Kronprinz nahm die Musik gar nicht wahr, begann sofort schwer zu trinken. Er schien voll Unruhe, seine Hand zitterte, wenn er das Glas zum Mund führte, und in seinem rechten Mundwinkel war ein unkontrolliertes Zucken. Um ihn abzulenken, zog Ibn Ammar den Auftritt der Sängerin vor, die er als Überraschung angekündigt hatte.

Sie schwebte herein, schön wie eine Huri des Paradieses, setzte sich auf den Brunnenrand. Es war Nardjis, die Qayna aus dem Hause Ibn Mundhirs, des Tuchhändlers, die Sängerin, an die der Sabī sein Herz verloren hatte.

Ibn Ammar hatte sie im Auftrag der Galicierin gekauft, wenige Tage nach dem nächtlichen Zusammentreffen mit dem Sabī im Park des Landhauses Ibn Mundhirs. Er war nach Murcia geritten und hatte den Tuchhändler in seinem Kontor im Bazar aufgesucht. Er hatte verhindern wollen, daß das Mädchen als politisches Geschenk an Muhāmmad Ibn Tāhir, den Halbbruder des Kronprinzen, ging. Er hatte dabei weniger an den Sabī gedacht, als an die Hoffnungen, die die Galicierin in ihn selbst setzte. Der Sabī spielte nur mittelbar eine Rolle in seinen Plänen.

Er war sich klar gewesen darüber, daß er Hassūn Ibn Tāhir niemals zu einem Sohn verhelfen konnte, wenn er sich nicht eine Vertrauensperson im Harām des Palastes verschaffte, eine Frau, auf deren Ergebenheit er sich verlassen konnte, und die in der Lage war, Informationen zu sammeln und Nachrichten weiterzugeben. Nardjis sollte diesen Part übernehmen. Die Tatsache, daß er dem Sabī Unterschlupf in seinem Haus gewährte, sollte das Pfand sein, das ihm ihre Mitarbeit und ihre Verschwiegenheit sicherte.

Sie war entsetzlich abgemagert gewesen, als er sie gekauft hatte, krank vor Kummer, eine vom Frost gestreifte Blume. Aber die Nachricht, daß ihr Geliebter in Sicherheit war, hatte sie rasch wieder aufblühen lassen. Und die Aussicht, ihn wiederzusehen, hatte sie zu einem willigen Werkzeug in Ibn Ammars Händen gemacht.

Er beobachtete sie aus halbgeschlossenen Augen. Sie trug ein Kostüm, das der Tracht der Beduinenmädchen aus dem Hijāz nachempfunden war, viel Goldschmuck, die Haare kunstvoll geflochten. Sie war noch schöner, als er sie in Erinnerung hatte. Auch ihre Stimme hatte sich verändert, war voller geworden, weicher, als hätte der Schmerz sie reifen lassen. Sie sang so unvergleichlich schön, daß man meinen konnte, der ganze Raum sänge mit, die Wölbung der Kuppel, die Wedel der Palmen, der Wein in den Gläsern.

Selbst der Prinz schien hingerissen. Er hatte den Wein vergessen und seine nervenzuckende Unruhe und lauschte mit schiefgehaltenem Kopf. Als Nardjis nach drei Liedern ihren Auftritt beenden wollte, verlangte er eine Zugabe. Als sie danach näher kam, um den Beifall entgegenzunehmen und das übliche Geschenk, wehrte er beinahe erschrocken ab. Den Ring, den er ihr zugedacht hatte, ließ er durch einen der Pagen überreichen.

Erst hinterher, als sie den Raum verlassen hatte, wurde er wieder gesprächig, lobte überschwänglich ihren Auftritt, ihren Gesang. Lobte auch Ibn Ammar für die gelungene Überraschung.

«Entzückend! Wirklich entzückend! Was hast du für sie gezahlt, Abu Bakr?»

«Sechshundert Mithqal, Herr», antwortete Ibn Ammar.

«Ah ja, sechshundert, guter Kauf, wirklich sehr hübsch, sehr angenehme Stimme.» Dann die erste Einschränkung. Ibn Ammar hatte schon darauf gewartet. «Die Nase vielleicht eine Spur zu scharf, meint ihr nicht auch, meine Freunde. Und eine Spur zu dünn für eine Madjdula.» Und an Ibn Ammar gewandt: «Was sagst du, Abu Bakr? Ein bißchen zu flach, meinst du nicht auch?» Und beschwichtigend: «Nicht daß ich damit sagen wollte, sie wäre den Preis nicht wert, den du bezahlt hast. Keineswegs. Du hättest das Dreifache zahlen können, und es wäre nicht zuviel gewesen. Es wundert mich nur, daß Ibn Mundhir sie dir so billig verkauft hat.» Und in plötzlich erwachendem Mißtrauen: «Ist sie vielleicht krank? Hast du sie von einem Arzt untersuchen lassen, bevor du sie gekauft hast?»

Es war seine übliche Art, einer Frau zu begegnen, deren Schönheit ihn beunruhigte. Ibn Ammar kannte das schon zur Genüge. Man konnte dem Kronprinzen die schönsten Tänzerinnen vorführen, ausgesuchte Djawāri, gazellenzarte Mädchen, er hatte immer etwas zu bemängeln. Er suchte mit sezierenden Augen nach den kleinen Unvollkommenheiten, von denen auch die schönste Frau nicht frei ist, und die in den Augen anderer ihre Schönheit nur noch unterstreichen, er biß sich an diesen kleinen Makeln fest, bauschte sie auf, vergröberte sie, bis er auch die bezauberndste Schönheit häßlich geredet hatte. Es war seine Art, mit der Unfähigkeit fertig zu werden, die ihm Gott auferlegt hatte. Er mäkelte an einer Frau, die er begehrte, so lange herum, bis er sie nicht mehr begehrenswert fand. Ibn Ammar hatte es mehrmals erlebt, und irgendwann hatte er begriffen, daß das Wunder, auf das die alte Galicierin wartete, von sich aus niemals eintreten würde. Nicht durch die begehrenswerteste aller Frauen, nicht durch die Zaubermittel indischer Ärzte, nicht durch den Ägypter und seine Sterne.

Der Kronprinz stopfte sich mit spitzen Fingern Mandelkerne in den Mund und sagte kauend: «Und wie, hast du gesagt, ist ihr Name? Nardjis?»

Ibn Ammar bestätigte es.

Der Kronprinz kaute auf dem Namen herum. «Nardjis ... Nardjis ... wie diese Blume, die ich nicht leiden kann. Eine Blume, die nicht duftet!» sagte er spitz und blickte beifallheischend auf seine Freunde und begann wieder dem Wein zuzusprechen.

Ibn Ammar hatte vorgehabt, das Mädchen nach dem Essen noch einmal mit einem Beduinentanz auftreten zu lassen, aber er strich diesen Teil des Programms, zog statt dessen die komischen Nummern vor.

Zwei unmäßig dicke Negerinnen traten auf mit einem winzigen, kalkweiß geschminkten Zwerg, der sich an die beiden schwarzen Riesinnen heranzumachen versuchte und zwischen ihren ausladenden Hinterbacken und kürbisgroßen Brüsten schier erdrückt wurde. Der Kronprinz und seine Freunde überließen sich einer übersteigerten, zotigen Fröhlichkeit, überboten sich gegenseitig mit immer alberneren Geschichten und schlüpfrigen Anspielungen und schmierigen Witzen.

«Kennst du Ahmad Ibn al-Haddād aus Lorca? Er schluckt eine zwei Ellen lange Seidenschnur, so dick wie ein Strohhalm und mit vielen Knoten versehen. Und wenn er den Anfang der Schnur im Arschloch zu fassen kriegt, zieht er sie sich langsam heraus. Das, sagt er, verschaffe ihm mehr Befriedigung als alles andere!»

Glucksendes Gelächter. «Hast du es ausprobiert, Hassūn?»

«Überlegt, wie gut es der Elefant hat. Er besitzt vorne einen Schwanz und hinten einen und in der Mitte einen dritten. Und wie hat Gott mich ausgestattet?»

«Er hat dir oben einen großen Kahlkopf gegeben und unten einen kleinen. Was willst du mehr?» Noch lauteres Gelächter, wieherndes Gelächter, schenkelschlagendes Gelächter.

Ibn Ammar entfernte sich leise und drückte sich unbemerkt durch die Tür, die zu den Nebenräumen führte. Er sprach kurz mit dem Tanzmeister und mit dem Khasī, der die Tanzmädchen und Knaben beaufsichtigte, die als nächste auftreten sollten. Er gab Nardjis ein Zeichen, ohne sie anzusehen, und stellte sich so, daß sie in seine Nähe kommen konnte, ohne aufzufallen. Er hatte seit einer Woche keine Nachricht mehr von ihr erhalten. Er mußte mit ihr sprechen, auch wenn es riskant war. Er brauchte die Gewißheit, daß die Frau, von deren Einverständnis alles abhing, bereit war mitzuspielen. Er mußte wissen, woran er war, ob es sich noch lohnte, seinen Plan weiterzuverfolgen.

«Hast du mit ihr gesprochen?» fragte er flüsternd.

Sie nickte.

«Und? Ist sie einverstanden?»

Sie zögerte. «Ich ... ich glaube, ja.»

«Du glaubst?» fragte er entsetzt. «Hast du sie nicht gefragt? Hat sie dir keine Antwort gegeben?»

«Was habt Ihr für eine Antwort erwartet», sagte sie kaum hörbar. «Sie ist eine Frau, und es ist sehr viel, was Ihr von ihr verlangt.»

«Es ist sehr viel, was sie gewinnen kann», gab Ibn Ammar grob zurück.

«Das weiß sie», sagte Nardjīs beschwichtigend. «Ich habe es ihr erklärt, so wie Ihr es mir aufgetragen habt, und sie hat es begriffen.»

«Du meinst, sie hat genug Mut?»

«Ja, das meine ich.»

«Wie alt ist sie?»

«Sechzehn, siebzehn ... ein hübsches Mädchen, gesund, kräftig. Sie könnte viele Kinder haben.»

«Ist sie eine von den Hauptfrauen?»

«Ja, das ist sie. Sie wurde dem Prinzen vor zwei Jahren zugeführt, aber er hat sie noch kein Mal zu sich kommen lassen, wie man mir gesagt hat.»

Aus dem Kuppelsaal war das haltlose Gelächter Hassūn Ibn Tāhirs und seiner Freunde zu hören und der kollernde Lachbaß des Ägypters.

«Weiß sie, was sie zu tun hat?» fragte Ibn Ammar hastig. Er mußte sich beeilen, die komische Nummer mit dem weißen Zwerg war bald zu Ende.

«Ich habe ihr alles genau so gesagt, wie Ihr es mir erklärt habt, Herr.»

«Und warum hast du mir nicht früher Nachricht gegeben?»

«Das war nicht möglich, Herr. Seit einer Woche sind alle Wachen verdoppelt, nicht einmal im Park können wir uns frei bewegen.»

«Wer hat das angeordnet?»

«Niemand weiß es, es gibt nur Gerüchte. Einer von den Khisyān hat behauptet, daß die Wachen auf Befehl der Galicierin verdoppelt worden seien. Ich bin nicht sicher!»

«Auf Befehl der Galicierin?» wiederholte Ibn Ammar nachdenklich. Und nickte Nardjis zu. «Du hast deine Sache gut gemacht.» Er sah ihre Augen fragend auf sich gerichtet und sagte rasch, bevor er sich zum Gehen wandte: «Hab Geduld. Es geht ihm gut. Ich werde dir von ihm Nachricht bringen. Bald.» Er hatte ihr versprochen, sie zur Belohnung für ihre Dienste mit dem Sabī zusammenzubringen. Er bemühte sich, ihrem fragenden Blick standzuhalten. Er hatte nicht die geringste Ahnung, wie er sein Versprechen jemals einlösen sollte.

Als er durch die Vorhangtür in den Kuppelsaal zurückglitt, hing der weiße Zwerg hilflos eingeklemmt zwischen den Hinterbacken der beiden Negerinnen. Die kurzen Beine strampelten in der Luft. Der Prinz und seine Freunde krümmten sich vor Lachen. Keiner schien Ibn Ammars Abwesenheit bemerkt zu haben.

Er dachte an die Galicierin. Sie hatte alles kompliziert. Ohne sie wäre es so einfach gewesen: Irgendeine ehrgeizige Konkubine, irgendein halbwegs dem Kronprinzen ähnelnder Bursche, den man hinterher hätte verschwinden lassen, irgendein bestechlicher Khasī im Harām des

Palastes. Und schon hätte sie ihr Wunder gehabt, den so sehnlich gewünschten Enkel, den Erben ihrer Macht. Aber sie hatte es nicht so einfach haben wollen, die alte Sayyīda. Nein, nicht auf einem so glatten Weg.

Sie hatte Ibn Ammar auf ihrer Burg in Aledo empfangen, einem wilden Felsennest in den Bergen, eine gute Tagesreise westlich von Murcia gelegen, hoch über der Straße, die nach Lorca führte. Er hatte ihr von Seth, dem Ägypter, erzählt und von dessen Berechnungen und den so überaus günstigen Konstellationen, die ihrem Sohn bevorstünden. Sie war voll Mißtrauen gewesen.

«Was hast du vor, junger Mann? Sag mir, was du vorhast!»

Er hatte ihr seine Pläne erläutert: Das Fest, die Darbietungen, die den Kronprinzen auf das entscheidende Ereignis vorbereiten sollten, das Beilager in der ersten Tagesstunde, die nach den Aussagen des Astrologen so überaus fruchtbar wäre.

Ihr Mißtrauen hatte nur noch zugenommen. «Glaubst du an das, was dieser ägyptische Scharlatan behauptet?»

«Vielleicht ist er ein Scharlatan, aber er hat ein Schreiben vorgelegt mit dem Siegel des Kaisers Konstantin Monomachos und mit der Bestätigung, daß sich viele seiner Voraussagen am Hof von Konstantinopel bewahrheitet hätten.»

«Ich frage dich, was *du* von ihm hältst?»

«Ich weiß nur, daß Euer Sohn viel von ihm hält, Sayyīda, Gott schenke ihm die Erfüllung seiner und Eurer Wünsche. Er glaubt an diese Voraussagen, er ist überzeugt davon, daß sie zutreffen. Ist das nicht wichtiger als meine Meinung? Ist das nicht die beste Voraussetzung für diesen wichtigen Tag, diese entscheidende Stunde?»

«Eine gute Voraussetzung für ein Wunder, wie?» hatte sie höhnisch erwidert. Und dann hatte sie ihre Bedingungen gestellt: Keine Konkubine, keine neu gekaufte Sklavin, sondern eine der Hauptfrauen. Kein Zufallskind, sondern ein offizielles Beilager. Keine heimliche Affäre im Harām des Palastes, sondern alles in offenem Licht, vor Zeugen, unter den Augen vertrauenswürdiger Männer, unter der Aufsicht des Oberkämmerers.

«Mein Sohn ist vierzig Jahre alt und hat noch kein Kind gezeugt. Wenn er dieses Wunder doch noch vollbringen sollte, muß es über jeden Zweifel erhaben sein. Es darf nicht der Schatten eines Zweifels auf die Vaterschaft meines Sohnes fallen.

Ibn Ammar hatte versucht, Einwände zu erheben, sie von ihren harten

Bedingungen abzubringen. «Al-Hakam Ibn Abdarrahman, Gott segne ihn, hat im Alter von fünfzig Jahren seinen ersten Sohn gezeugt, Sayyīda. Und niemand hat seine Vaterschaft in Frage gestellt.»

«Er war der Kalif von Cordoba, der Herr von ganz Andalusien. Niemand hätte gewagt, an seinem Wort zu zweifeln.»

«Auch an Eurem Wort wird niemand zweifeln, Sayyīda.»

Sie hatte ihn aus müden alten Augen angeblickt und mit einem harten Griff sein Handgelenk umfaßt. «Hör mir zu, junger Mann», hatte sie gesagt, «du hast das Ohr eines Fürsten gehabt, den ich sehr verehre. Ich will offen zu dir sein. Es gibt viele, die das Knie vor mir beugen, das ist wahr. Aber sie beugen das Knie nicht vor al-Djillikī, der Galicierin, sondern vor der Frau des Fürsten, vor der Mutter des Kronprinzen. Ich gebe mich keinen Illusionen hin. Ich weiß, was geschehen wird, wenn ich allein bin.» Sie hatte ihn zu dem schmalen Fenster geführt, das auf den Burghof hinausging und auf die große Schildmauer und die Dächer der kleinen Stadt, die sich auf dem schmalen Felsensporn ausbreitete. Von unten war das stumpfe Geklingel der Steinmetzhämmer heraufgedrungen. «Du siehst, daß ich die Mauern meiner Burg Aledo verstärken lasse. Es ist nur eine Vorsichtsmaßnahme. Keiner kennt die Wege Gottes. Ich habe keine Angst um mich, ich will nur für die sorgen, die mir treu ergeben sind.» Und dann hatte sie ihn unvermutet mit beiden Händen am Kragen seines Umhanges gepackt und hatte seinen Kopf zu sich heruntergezogen und hatte ihn, ihr Gesicht keine Handbreit von dem seinen entfernt, mit halberstickter Stimme angefleht: «Schaff mir diesen Enkel, Muhāmmad Ibn Ammar, schaff mir diesen Enkel.»

Und er hatte begriffen, daß ihr scharfer Verstand zwar nicht bereit war, an ein Wunder zu glauben, daß sie aber dieses Wunder aus ganzem Herzen ersehnte, so sehr, daß sie bereit war, sich notfalls auch betrügen zu lassen. Allerdings nur zu Bedingungen, die einen Betrug so gut wie ausschlossen. Und genau das erwartete sie von ihm: Einen Betrug, so fein gewoben, daß die falsche Masche nicht zu erkennen war, ein Täuschungsmanöver, so raffiniert in Szene gesetzt, daß keiner, nicht einmal sie selbst, in der Lage war, es zu durchschauen.

Es ging inzwischen schon auf den Morgen zu, und jener Teil des Festes begann, der den Kronprinzen auf das Beilager einstimmen sollte. Der Platz vor dem Zelt füllte sich mit Tieren, die im Zeichen von Venus und Jupiter standen. Die Tiere wurden von Mädchen und Knaben dargestellt. Ein Pfau stolzierte herein, gefolgt von seiner Henne. Er trug ein mit Lapislazuli besetztes Pfauenkrönchen und zog seine lange Federschleppe hinter sich her, schlug sie zu einem funkelnden Rad. Ein Gazellenpaar folgte, der Bock mit hocherhobenem Kopf und langen gebogenen Hörnern. Eine Schafherde zog herein, angeführt von einem schwarzen, von einem großen, schlanken Sudanesen dargestellten Schafbock. Die Rohrflöte übertönte die Lauten, ließ eine getragene, langgezogene Hirtenweise ertönen. Ein Frosch hüpfte aus dem Palmenhain heraus, ein fetter, breitmäuliger Frosch, unter dessen grünglänzender Seidenhaut unverkennbar eine dicke, aber höchst bewegliche Frau steckte. Ein kleiner, schlanker Frosch folgte dem dicken, hüpfte in hohen Sprüngen um ihn herum. Zwei Turteltauben ließen sich am Brunnenrand nieder, begannen zu schnäbeln. Unmerklich verloschen die Lampen um den Sitz des Kronprinzen, eine nach der anderen, bis nur noch der Platz vor dem Zelt in hellem Licht war. Und während die Rohrflöte, umspielt von den Lauten, schmeichelnde, seufzende Lockrufe ertönen ließ, begannen die Tiere, einander zu umkreisen, zu umtänzeln, zu umwerben.

Der schwarze Schafbock wählte sich ein Schaf aus seiner Herde, der Pfau balzte gravitätisch vor seiner Henne, der Täuberich trippelte mit ruckendem Kopf neben der Taube hin und her, der kleine Frosch mühte sich verzweifelt, in den Rücken seines dicken Weibchens zu kommen. Es war ein Spiel, das sich Ibn Ammar vor Jahren in Silves für den jungen Prinzen Muhāmmad Ibn Abbād ausgedacht hatte. Damals waren sie selbst in die Rollen des Pfaus und des Gazellenbocks geschlüpft und hatten mit den verkleideten Mädchen das Liebesspiel der Tiere nachgeahmt, die Zärtlichkeit der Gazellen, das lächerlich steife Gehabe des Pfaus, die rüde Gier des Schafbocks, der sich nicht entscheiden kann, welches Schaf seiner Herde er zuerst besteigen soll. Diesmal war es nur eine stilisierte Vorführung, ein angedeutetes Schauspiel, das den Zweck verfolgte, den Kronprinzen in die gewünschte Stimmung zu versetzen.

Jedes Paar kam nach vorn, zeigte sein Liebeswerben, zog sich zurück, um dem nächsten Paar Platz zu machen, kam wieder, um das Ritual der Annäherung und der Verweigerung und der Wiederannäherung fortzusetzen. Unsichtbare Hände löschten die Lampen, es wurde allmählich dunkler, als ginge der Tag zur Neige, während jetzt der Gazellenbock zum dritten Mal in den Vordergrund kam und erkennen ließ, daß er eine steif wippende Rute aus Elfenbein trug.

Der Kronprinz wurde unruhig. Er war schon schwer angetrunken, in seinem Mundwinkel war wieder das Zucken und seine Bewegungen waren fahrig und unbeherrscht. Ibn Ammar beobachtete ihn mit wachsender Sorge. Alles hing davon ab, daß er bei Sonnenaufgang, wenn man ihm die Frau zuführte, in einem Zustand war, der es noch glaubhaft erscheinen ließ, daß er mit ihr das Beilager ausübte. Wenn er sich bis zur Besinnungslosigkeit betrank, war alles umsonst gewesen. Es gab zu viele Zeugen, die Kämmerer, die Eunuchen aus dem Harām, die Mädchen, die Musikerinnen. Zu viele Augen und Ohren, die alles aufnehmen würden, mit Sicherheit auch einige darunter, die für Muhāmmad Ibn Tāhir, den Bruder des Kronprinzen, spionierten. Noch am selben Tag würden alle maßgeblichen Leute in Murcia Bescheid wissen.

Auf dem Sandplatz vor dem Zelt bestieg der Pfau seine vor ihm kauernde Henne und schlug ein Rad, das sie beide vor den Blicken der Zuschauer verbarg. Nur eine einzige Lampe brannte noch. Es war Nacht geworden im Kuppelsaal, während draußen der Tag anbrach. Der Oberkämmerer erschien, um die Gäste hinauszugeleiten, und aus dem Palmenhain kamen die zwei abessinischen Sklavinnen, die den Kronprinzen zum Zelt geleiten sollten. Hassūn Ibn Tāhir war noch in der Lage, aus eigener Kraft aufzustehen, er hielt sich ohne Mühe aufrecht und folgte den beiden Mädchen, ohne zu schwanken. Ibn Ammar sah es mit großer Erleichterung, bevor der Oberkämmerer die Tür hinter ihm schloß.

Er begleitete die anderen Gäste in das Untergeschoß, wo für die folgende Stunde, während der der Kronprinz die auserwählte Hauptfrau empfing, ein Ruhelager vorbereitet war. Er legte sich aber nicht dort nieder wie die anderen, sondern begab sich statt dessen in den Pavillon, den er im Gästeflügel des Palastes bewohnte. Dort nahm er ein kurzes Bad, setzte sich dann nackt vor den Kamin und rieb sich das Glied mit einem Mittel ein, das ihm einer der Leibärzte des Fürsten von Sevilla einmal empfohlen hatte. Das Mittel setzte sich zusammen aus zehn getrockneten Regenwürmern, im Mörser vermischt mit drei Dirhem Pech und einem Viertel Dirhem Ammoniaksalz, das Ganze mit Jasminöl und Olivenöl zu einer weichen Paste verarbeitet. Er rieb so lange, bis das Glied rot wurde, salbte mit der öligen Creme auch die Hoden und die Hüften. Danach trank er drei Eidotter, verquirlt mit Rindermark und Hirn vom Sperlingsmännchen, und aß drei Löffel von einer Masse, die die Magd nach seinen Anweisungen aus zwei Teilen abgeschäumtem Bienenhonig und einem Teil Zwiebelsaft angerührt und so lange über kleiner Flamme erhitzt hatte, bis alle Flüssigkeit verdampft war. Dann kleidete er sich an und legte zuletzt die safrangelbe Hulla um, die die Magd bereitgelegt hatte. Er traf seine Vorbereitungen mit der Sorgfalt eines Barrāz, der sich für einen Zweikampf rüstet.

Als kurz vor Beginn der zweiten Tagesstunde der Diener kam, um ihn zu holen, war er bereit. Er fühlte sich frisch, und er war voll Zuversicht. In einer knappen Stunde würde die Sayyīda ankommen, um das blutbefleckte Laken in Augenschein zu nehmen, das den erfolgreichen Vollzug des Beilagers bezeugen sollte. Irgendwann davor würde er ihr, wenn alles gut ging, den Enkel machen, den sie so sehr wünschte. An ihm sollte es nicht fehlen. Ob es dann ein Sohn wurde oder nur ein Mädchen, das lag in Gottes Hand.

Als er mit den anderen Gästen den Kuppelsaal betrat, war das Licht noch immer gedämpft, die Luft schwer von Kampfer und Moschus. Quer durch den Raum war jetzt ein weißer Vorhang gezogen, doppelt mannshoch und so dicht, daß das Zelt dahinter nur wie ein gelber Schatten zu erkennen war.

Der Oberkämmerer, der am Eingang stand, verbeugte sich und klopfte mit seinem Stock und begann nach einem ausgedehnten Segensspruch dem Kronprinzen, der sich noch im Inneren des Zeltes befand, die Rückkehr seiner Gäste anzukündigen.

Die Stimme Hassūn Ibn Tāhirs unterbrach ihn. «Genug! Es ist genug!» rief er. «Nehmt Platz, meine Freunde! Trinkt! Leistet mir Gesellschaft!» Die Stimme klang wie eine Trompete. Ibn Ammar hatte ihn am Morgen nach einem Fest noch nie so euphorisch erlebt, so hochgestimmt, so sprühend vor guter Laune. Kein Zweifel, die Frau hatte seine Anweisungen befolgt und dem Kronprinzen das Gefühl gegeben, seine Aufgabe erfüllt zu haben. Der erste Teil des Plans war aufgegangen.

«Hört zu, meine Freunde!» rief der Kronprinz aus dem Zelt. «Was haltet ihr von diesem Einfall: Ich will zwei Kugeln stiften für die Spitze des Minaretts der Hauptmoschee in Murcia, Venus und Jupiter, beide sieben Spannen im Durchmesser und beide aus getriebenem Silber, wenn mir Gott diesen Sohn schenkt. Was haltet ihr davon?»

Seine beiden adligen Freunde, noch halb im Schlaf und halb im Rausch, schienen erst jetzt zu begreifen, was vor sich ging. Sie sprangen auf, vergaßen alle Formen der Konvention. «O Hassūn, Hassūn, was sagst du da!» Sie beglückwünschten ihn, überschütteten ihn mit Segenswünschen, als ob der Sohn schon geboren wäre.

«Wein für meine Freunde!» rief der Kronprinz aus dem Zelt. «Trinkt, meine Freunde, trinkt mit mir!»

Ibn Ammar ließ den anderen den Vortritt, wartete, bis der Ägypter das Horoskop auf den von den Sternen verheißenden Sohn verlesen hatte (die Sterne ließen nicht den geringsten Zweifel, daß es ein prächtiger Sohn werden würde), hielt dabei unauffällig den Saal im Auge, registrierte jede Bewegung. Zunächst waren nur der Page zu sehen, der sie bediente, und der Oberkämmerer, der den Eingang und den Vorhang vor dem Zelt bewachte. Er beobachtete die Wandverkleidung vor der Tür, die zu den Nebenräumen führte. Was dem Kronprinzen und der Frau, die bei ihm war, an Speisen und Getränken zugetragen wurde, mußte von dort her kommen. Aber bis jetzt hatte sich noch keine Dienerin sehen lassen. Auch die Musikerinnen waren nicht mehr im Raum, obwohl Musik zu hören war. Wahrscheinlich spielten sie außerhalb unter einem Schalltrichter, der in die Kuppel mündete.

Dann war plötzlich aus dem Zelt leises Klatschen zu hören, und durch den weißen Vorhang hindurch sah er, daß sich vor dem Zelteingang etwas bewegte, und sein Magen krampfte sich zusammen, als er bemerkte, daß es eine Dienerin war, die dort kauerte und sich jetzt aufrichtete und in tiefer Verbeugung einen Befehl entgegennahm. Durch den Vorhang hindurch konnte er jede ihrer Bewegungen verfolgen, er konnte sogar erkennen, daß sie eine Negerin war. Für einen Augenblick war er wie gelähmt. Er hatte mit allem gerechnet, aber nicht damit, daß eine Dienerin den Zelteingang bewachen würde. Warum hatte die Frau das nicht verhindert? Sie mußte wissen, daß damit alles vereitelt war, der ganze Plan zunichte. Warum hatte sie keinen Vorwand gefunden, das Mädchen wegzuschicken?

Aus den Augenwinkeln nahm er wahr, wie der Oberkämmerer seine statuarische Haltung aufgab und an der Tür lauschte und dann dem Kronprinzen mitteilte, daß die Torwachen die Ankunft der Sayyīda gemeldet hätten. Er sah ihn den Kuppelsaal verlassen, sah, wie die Tür von außen zugezogen wurde. Das war der Zeitpunkt, den er für den entscheidenden Schritt vorgesehen hatte. Der argwöhnischste Aufpasser mußte für kurze Zeit seinen Posten verlassen, um die Sayyīda im Vorhof des Palastes zu empfangen. Auch anderswo würde die Wachsamkeit nachlassen, jetzt, da das Beilager offensichtlich zu aller Zufriedenheit beendet war und die Mutter des Kronprinzen schon vor der Tür stand. Er griff nach dem Gedicht in seinem Ärmel, bat darum, es vortragen zu dürfen. Er fühlte sich wie ein Soldat, der blind weiterkämpft, obwohl die Schlacht längst verloren ist. Er begann zu rezitieren, hörte die Worte stumpf und ohne Klang über seine Lippen kommen:

Dem Vater einen Sohn. Gott soll es lenken.
Dem Sohn sechs Brüder soll er schenken!

Er hörte den Widerhall seiner Stimme aus der Kuppel und kam unerwartet schnell zum Ende seines Vortrags, so schnell, daß er schon fürchtete, er hätte einige Verse ausgelassen. Dann hörte er die Stimme des Kronprinzen, der ihn zu sich befahl, um ihm ein Geschenk zu überreichen. Das Geschenk! Der silberne Becher! Genau wie es abgemacht war. Die Frau im Zelt hielt sich exakt an seine Anordnungen. Sicher hatte sie auch alles andere befolgt, hatte den kleinen Eingriff vorgenommen, der das Blut aufs Laken brachte, hatte genug Liebesgestöhn hören lassen, um die Lauscher hinter den Türen zu befriedigen. Warum nur hatte sie keinen Vorwand gefunden, die Dienerin fortzuschicken?

«Komm, Abu Bakr», hörte er den Kronprinzen rufen, «hol dir deine Belohnung!»

Er ging mit steifen Schritten zum Vorhang, schlüpfte hindurch, ging langsam weiter auf den Eingang des Zeltes zu, wo die Dienerin wartete. Sie lag auf den Knien und hielt den Schleier vors Gesicht und blickte ihn über den Saum des Schleiers hinweg an. Sie war keine Negerin, sie sah aus, wie die Mischlingsmädchen aus dem Maghreb. Erst als er näherkam, senkte sie den Blick.

Er blieb neben dem Zelteingang stehen. «Herr, Ihr habt mich zu Euch befohlen.» Von innen hörte er sanftes Geraschel, Seide gegen Seide, dann die Stimme des Kronprinzen: «Oh Abu Bakr, du sollst den Becher haben, aus dem ich an diesem Morgen getrunken habe, an diesem glücklichen Morgen.»

Ibn Ammar sah eine schmale Frauenhand zwischen den gelben Seidenvorhängen herauskommen. Er nahm den silbernen Becher entgegen. Er sagte: «Herr, Eure Freude an diesem Morgen macht mich glücklich, und Euer Geschenk macht mein Glück vollkommen.» Er sah, wie die Hand hinter den Vorhängen verschwand, und starrte auf die Dienerin, die bewegungslos vor ihm kauerte, tief gebückt, das Gesicht zwischen den Händen, die Stirn am Boden. Und eine irrwitzige Hoffnung keimte in ihm auf. Wenn sie in dieser Haltung verharrte, war es vielleicht doch noch möglich, auch den letzten Teil des Plans auszuführen. Es mußte möglich sein.

Die Musik war lauter geworden, er betete, daß sie so laut blieb. Er sagte: «Herr, erlaubt mir, Euch meine Dankbarkeit zu zeigen und meiner

Freude Ausdruck zu geben mit einem kleinen Buch, von dem ich zu hoffen wage, daß es Euch gefällt.» Er holte das Buch aus dem Ärmel.

«Was für ein Buch?» fragte der Kronprinz.

Ibn Ammar hörte ihn flüstern und sah die Hand wieder zwischen den Vorhängen erscheinen und legte den schmalen Band hinein. Er wollte antworten, aber er hatte plötzlich Angst, die Stimme könnte ihm versagen. Er ließ sich neben dem Zeltpfosten auf die Knie nieder.

«Es ist eine kleine Sammlung mit Gedichten von Abu Nuwās», brachte er endlich heraus. Er hielt die Dienerin im Auge, die immer noch in der gleichen gebückten Haltung neben ihm kauerte. Und sah plötzlich eine Bewegung am unteren Rand des Zelteingangs und sah zwei weiße Füße mit hennarot bemalten Sohlen unter den Vorhängen herauskommen. Er rutschte auf den Knien näher heran, zog seine Arme in die Ärmel seiner Hulla zurück. Die Beine der Frau waren jetzt schon bis zu den Knien im Freien. Er war genau hinter ihr und sah, wie sich die Zeltwand ihm entgegenbauschte und sah ihre Hand, die sich abmühte, die schwere Seide über ihre Schenkel hochzuschieben. Er versuchte ihr zu helfen und verhedderte sich in den Falten seiner Hulla, deren Saum noch unter seinen Knien festgeklemmt war, und als er endlich die Hände frei bekam, hatte sie sich schon selbst geholfen und den Vorhang über die Rundung ihres Hinterns gezerrt. Und er sah diesen Hintern vor sich, milchweiß, eingerahmt von safrangelber Seide, wie ein seltsames Tier, das ihn erschreckt aus dem Eingang seiner Höhle heraus anblickte. Für einen Augenblick war er unfähig sich zu rühren. Das Ganze erschien ihm so unwirklich, so lächerlich, als befände er sich inmitten einer lüsternen Posse, eines albernen Schwanks, bis es ihm endlich doch gelang, den Saum seiner Hulla über diesen aufgereckten Hintern zu breiten und ihn zu verhüllen. Es war kein Unterschied zwischen dem Gelb des Zeltes und dem Gelb seiner Hulla.

Er griff nach seinem Glied, und eine panische Angst packte ihn plötzlich, daß er versagen könnte, daß ihm die Kraft fehlen könnte, das zu vollenden, was er mit so viel Sorgfalt vorbereitet hatte. Er kniff die Lider zusammen, versuchte sich Bilder vor Augen zu holen, die ihn in Erregung versetzen könnten. Die Reize der Frau des Kaufmanns, Zohra in ihrer flammroten Ghilāla, die sie kaum mehr verhüllte. Zohra nackt im Schmuck ihrer Perlenketten und ihrer klingelnden Armreifen. Er meinte sie vor sich zu sehen, er meinte ihre Stimme zu hören. Er hörte die Stimme des Kronprinzen.

«Gott segne dich, Abu Bakr», hörte er ihn sagen, «dieses Buch ist ein Schatz! Wo hast du es her, wo hast du es gefunden?»

Er hatte die Antwort parat. Er hatte dieses Gespräch so oft in Gedanken durchgespielt, daß er auf jede Frage vorbereitet war. «Herr, Euer Lob ist wie Öl auf das Feuer meiner Freude», sagte er und spürte im gleichen Augenblick, wie der Hintern sich gegen ihn drängte und wie gleichzeitig zu seiner größten Verwunderung sein Glied sich streckte und steif wurde. Und während er mit einer geschmeidigen Bewegung zustieß, setzte er hinzu: «Ich habe es bei einem Arzt in Murcia entdeckt. Es stammt aus Cordoba. Der Großvater des Arztes hat es einem Metzger abgekauft, der es im Bürgerkrieg, zur Zeit der großen Wirren, bei der Plünderung des Kalifenpalastes erbeutet hatte.» Er lauschte seinen Worten nach. Er wunderte sich, daß sie so glatt und flüssig herauskamen, ohne das geringste Anzeichen von Unruhe oder gar von Erregung. Er fühlte sich auf einmal so ruhig, als kniete er auf einem Gebetsteppich, und er bewegte sich ohne Hast mit sanfter Gleichmäßigkeit.

Er versuchte sich vorzustellen, wie der Kronprinz zwischen den Polstern am Kopfende seines Lagers lehnte, das Buch in der Hand. Die Lampe war mit Vorbedacht im rückwärtigen Teil des Zeltes angebracht worden. Nein, Hassūn Ibn Tāhir würde nichts von dem wahrnehmen, was da in seiner unmittelbaren Nähe vor sich ging: Zu viele Kissen dazwischen, zu viele Schleier, die vom Zelthimmel herabhingen.

Ibn Ammar stieß härter zu, steigerte den Rhythmus seiner Bewegungen, spürte, wie die Frau ihm entgegenkam, seine Stöße erwiderte. Er schaute nach der Dienerin. Sie hatte ihre Haltung nicht verändert, schien nichts zu bemerken. Mein Gott, dachte er, mach, daß sie noch einen kurzen Augenblick in dieser Stellung verharrt, mach, daß sie nicht den Kopf hebt, nur noch einen Augenblick, nur noch diesen einen Augenblick. Er krallte seine Finger in die Hüften der Frau, zog sie an sich, während er in immer schnellerem Rhythmus zustieß. Und kam endlich ans Ziel, hielt sich krampfhaft aufrecht, hörte ein leises, halbersticktes Stöhnen, hörte die Stimme des Kronprinzen wie aus weiter Ferne, so weit, daß er sie kaum verstehen konnte.

«Aber sage mir Abu Bakr, hältst du das Buch für eine andalusische Arbeit? Wenn ich die Illustrationen betrachte, würde ich eher sagen, daß es aus Bagdad stammt, findest du nicht auch?»

Ibn Ammar atmete tief mit weitgeöffnetem Mund, bemühte sich, der zitternden Erregung Herr zu werden, die ihn noch immer gepackt hielt, den Krampf zu lösen, der ihn starr machte und unfähig, ein Wort herauszubringen. Er schob den Hintern von sich weg. Er fuhr sich mit der Zunge über die trockenen Lippen. «Oh Herr, Euer Scharfsinn übersteigt jedes menschliche Maß», hörte er sich sagen. Er war überrascht, daß seine Stimme so unbeteiligt klang, kein Zittern, kein falscher Ton. Er sah, wie die Frau sich hinter die Zeltwand zurückzog. Er sagte: «Wenn Ihr die letzte Seite aufschlagt, Herr, werdet Ihr einen Eintrag finden, aus dem hervorgeht, daß das Buch von einem der Bibliothekare al-Hakams, des Kalifen, in Bagdad erworben wurde.»

Von draußen waren Stimmen zu hören und gedämpfte Kommandos. Er ordnete sein Untergewand, steckte die Arme wieder durch die Ärmelöffnungen, richtete sich auf, schaute nach der Dienerin. Und erstarrte mitten in der Bewegung, stand gebückt wie in einer halben Verbeugung. Die Dienerin hatte den Schleier fallen gelassen. Sie blickte ihn starr an mit offenem Mund und runden Augen, mit einem Ausdruck fassungsloser Verblüffung, der keinen Zweifel daran ließ, nicht den geringsten Zweifel, daß sie gesehen hatte, was geschehen war. Er war wie betäubt. Er hörte, wie das Eingangstor geöffnet wurde, er hörte die dröhnende Stimme des Oberkämmerers, der die Ankunft der Sayyida ankündigte und die Gäste aufforderte, sich zu ihrem Empfang zu erheben. Er sah, wie die Dienerin hastig nach dem Schleier faßte, er glaubte, ein kaum wahrnehmbares Lächeln um ihren Mund zu sehen, bevor der Schleier ihn verdeckte, er sah das Lächeln auch in ihren Augen, die ihn nicht losließen, während er jetzt auf steifen Beinen rückwärtsgehend sich entfernte. Und er begriff plötzlich, daß sie nicht irgendeine der Dienerinnen des Palastes war, sondern die Kammerzofe der Frau, ihre Vertraute, ihre Beschützerin. Daß sie nicht als Wächterin vor dem Zelt saß, sondern als Komplizin. Und ein Gefühl grenzenloser Erleichterung erfüllte ihn auf einmal, machte ihn schwerelos, daß er meinte, über dem Boden zu schweben.

Er reihte sich neben die beiden Freunde des Kronprinzen ein, die hinter dem Tor Aufstellung genommen hatten und auf die Ankunft der Galicierin warteten. Die Türflügel wurden aufgerissen, die Wachen salutierten, und sie kam herein in einer Wolke von Parfüm und Pferdeschweiß, kam mit schnellen, kurzen Schritten, klein, aufrecht, unverschleiert wie immer, nur von ihrem schwarzen Leibwächter begleitet. Ibn Ammar blickte auf, als sie an ihm vorüberrauschte, und für die Dauer eines Wimpernschlags sah er ihre Augen auf sich gerichtet mit einem Blick, in dem sich Bewunderung und Mißtrauen und bange Erwartung mischten.

Dann gab der Oberkämmerer das Zeichen, daß die Gäste den Kronprinzen mit seiner Mutter und der Mutter seines Sohnes allein zu lassen hätten, und sie verließen die Halle.

Ibn Ammar verbrachte den Rest des Tages allein in seinen Räumen. Er legte sich nieder und schlief bis zum späten Nachmittag, ohne ein einziges Mal aufzuwachen. Kurz vor Sonnenuntergang klopfte es an seine Tür. Ein Palastdiener stand davor mit einer Frau, die einen dunklen Reiseschleier trug. Ibn Ammar erkannte sie auf den ersten Blick, obwohl ihr Gesicht vollständig verhüllt war. Es war Nardjis, die Qayna.

Der Kronprinz in seiner unvergleichlichen Güte und Großzügigkeit habe sie Ibn Ammar zum Geschenk gemacht, erklärte der Palastdiener mit einer auffallend tiefen Verbeugung.

19

SAN CEBRIÁN

DONNERSTAG 25. TEBET 4824
24. DU'L-HIDJDJA 455 / 18. DEZEMBER 1063

Es war gegen Ende der dritten Nachtstunde, und Yūnus war gerade dabei, sich schlafen zu legen, als in höchster Eile ein Diener des Bischofs kam, um ihn zu holen. Don Alvito habe nach ihm verlangt. Der Bischof liege im Sterben, er habe schon die heilige Kommunion empfangen und sei dabei, seine letzten Verfügungen zu treffen.

Yūnus hatte darauf gewartet. Schon in Zamora hatte er befürchtet, der Bischof würde die Nacht nicht überleben. Der Zustand des Kranken hatte sich stetig verschlechtert, seit sie von Sevilla aufgebrochen waren. In Merida waren ihm Gaumen und Zunge so aufgeschwollen, daß er nur noch flüssige Nahrung zu sich nehmen konnte, seit Salamanca litt er auch noch unter einem verheerenden Durchfall. In den letzten Tagen hatte Yūnus immer wieder darauf gedrängt, eine Pause einzulegen. Er hatte auf die Kapläne eingeredet und auf die Domherren. Am Vortag in Zamora hatte er sich sogar an Don Jimeno gewandt, den Erzdiakon, und hatte ihn auf die lebensbedrohliche Verschlimmerung des Krankheitszustandes aufmerksam gemacht.

«Der hochwürdige Herr Bischof wird Leon nicht lebend erreichen, wenn wir nicht eine Pause einlegen. Ich kann es als Arzt nicht verantworten, daß er die Reise morgen fortsetzt.»

Der Erzdiakon hatte ihn aus kalten Augen angeblickt. «Willst du dich vermessen, die Stunde vorauszusagen, die unserem Herrn, dem Bischof, bestimmt ist und die nur Gott allein kennt?»

«Ich sage nicht seine Todesstunde voraus, ich behaupte, daß er nach meiner ärztlichen Erfahrung keine zwei Tage mehr überlebt, wenn Ihr die Reise nicht unterbrecht.»

«Es ist sein eigener Wunsch, so schnell wie möglich nach Leon zu kommen. Er selbst drängt zur Eile.»

«Dann müßt Ihr ihn daran hindern. Wenn er seine Kathedrale noch einmal sehen will, muß er morgen eine Ruhepause einlegen.»

«Er ist in der Obhut Jesu Christi, unseres Herrn, und es ist Gottes Wille, was mit ihm geschieht!» hatte der Erzdiakon mit unbeteiligter Stimme geantwortet und Yūnus mit einer knappen Handbewegung die Tür gewiesen.

Am nächsten Morgen waren sie schon im ersten Dämmerlicht aufgebrochen. Mit dem Bischof in der Sänfte, die von Ibn Elis Negerriesen getragen wurde.

Yūnus erinnerte sich an das Gespräch, das er danach mit Isaak al-Balia geführt hatte. Er hatte dem jungen Rabbi von seiner Unterredung mit dem Erzdiakon berichtet und ihn über die befremdliche Tatsache informiert, daß ihm in den letzten Tagen mehrmals der Zutritt zum Lager des Kranken verwehrt worden war.

«Was erwartest du von einem Mann, der von einem vertrauenswürdigen Arzt erfährt, daß für ihn in zwei Tagen der Weg auf einen Bischofsstuhl frei wird?» hatte al-Balia mit einem spöttischen Lächeln erwidert. «Soll er sich selbst den Weg verbauen, der so schön offen steht?»

«Woher willst du das wissen?» hatte Yūnus gefragt.

«Ich zähle nur die Fakten zusammen. Der Erzdiakon ist der erste Mann nach dem Bischof, sein natürlicher Nachfolger. Außerdem gehört Don Jimeno einer der ersten Familien des Königreiches von Leon an. Und falls der Bischof stirbt, bevor wir die Hauptstadt erreichen, wird er auch der erste sein, der von seinem Tod erfährt. Ein unschätzbarer Vorteil für einen Mann, der sich um die Nachfolge bewirbt. Mit der Todesnachricht wird er ungehindert zum König vorgelassen und kann als erster sein Angebot unterbreiten. Er kann den Domherren goldene Versprechungen machen, ehe die anderen Bewerber auch nur ahnen, daß die Jagd schon eröffnet ist. Er gewinnt einen uneinholbaren Vorsprung.»

Am Abend hatte die ganze Gesandtschaft in einem Kloster Halt gemacht, auch der Burggraf von Zamora, der sich ihnen mit seiner

Mannschaft angeschlossen hatte, weil er am Hoftag des Königs in Leon teilnehmen wollte. Nur die Mesnada Don Alvitos war weitergeritten, eine gute Stunde lang, bis zu einem Dorf, das zum Besitz des Bistums von Leon gehörte. Als sie in das Dorf eingeritten waren, hatte al-Balia auf eine Koppel gedeutet und auf die Pferde, die dort gestanden hatten. «Schau dir diese Pferde an. Sie sehen nicht so aus, als ob sie den Bauern in diesem Dorf gehörten.»

Die Pferde hatten wahrhaftig nicht ausgesehen wie Bauerngäule. Es waren wohlgenährte, hochbeinige Renner gewesen, schnelle Reitpferde, die in der Lage waren, die restliche Strecke nach Leon in zwei Tagen zurückzulegen.

Sie hatten den Bischof in die Dorfkirche gebracht, die auf Yūnus' Anraten mit Kohlebecken und heißen Steinen notdürftig erwärmt worden war. Dorthin wurde er jetzt in aller Eile von dem Diener geführt.

Der Bischof lag flach auf seinem Lager, in eine alte schwarzbraune Kutte gehüllt. Man hatte ihm eine Stola umgetan und ein großes silbernes Kreuz auf die Brust gelegt. Über dem Kreuz waren seine Hände gefaltet, die Handflächen mit Asche eingerieben. Zwölf Kerzen brannten auf dem Altartisch hinter ihm. Der Schrein des heiligen Isidor zu seinen Füßen war geöffnet, und der Kerzenschein spiegelte sich in dem schwergoldenen Brokattuch, das al-Mutadid beim Abschied der Gesandtschaft in Sevilla zuletzt noch mit einer schamlos aufgesetzten Geste verzweifelten Trennungsschmerzes über die Gebeine gebreitet hatte. Alle Männer der Mesnada waren um das Totenbett versammelt.

Yūnus blieb in einigem Abstand vor dem Altar stehen. Der Erzdiakon kauerte neben dem Kranken und neigte ihm sein Ohr zu, die beiden Kapläne standen mit Wachstafeln in den Händen daneben und schrieben auf, was der Erzdiakon von den Lippen des Bischofs ablas und an sie weitergab. Es ging um Stiftungen und Schenkungen zum Heil seiner Seele, soweit Yūnus verstehen konnte. Um den Wert der Almosen, die jeder seiner Amtsbrüder laut irgendeinem Vertrag zu seinen Gunsten verteilen mußte, um die Zahl der Seelenmessen, die jeder Priester und jeder Diakon seines Bistums für ihn lesen sollte, um die Zahl der Messen, die vor dem Hauptaltar der Kathedrale, unter dessen Stufen er begraben zu werden wünschte, gelesen werden sollten, um die Höhe der Geldsumme, die in seinem Namen vor den Toren der Kathedrale an Arme ausgeteilt werden sollte, um die Zahl der Brote, um soundsoviel Schüsseln Suppe, die soundsoviel Tage lang nach seinem Begräbnis auszugeben waren. Die Kapläne kritzelten in rasender Hast ihre Tafeln voll, der

Bischof schien voll Angst, ihm könnte nicht mehr genug Zeit bleiben, alle Almosen zu benennen.

Irgendwann geriet er ins Stocken mit seiner Aufzählung, und Unruhe kam auf, und dann verstummten alle, und in die Stille hinein sagte der Bischof laut und für jeden hörbar: «Wo ist der Hebräer?» Und als er keine Antwort erhielt, wiederholte er noch einmal mit befehlsgewohnter Stimme: «Holt mir den Hebräer!»

Yūnus fühlte sich gegen das Bett hin geschoben, wo der Erzdiakon ihm unwillig Platz machte. Er ließ sich auf die Knie nieder. Der Bischof winkte ihn mit zitternder Hand näher zu sich heran. «Hilf mir, mein Freund», sagte er mit heiser flüsternder Stimme. «Beim heiligsten Urvater Abraham, der auch dein Vater ist, hilf mir!» Und er begann gehetzt und zusammenhanglos aufzuzählen, an welchen Tagen er wie viele Messen gelesen hätte, und wie viele an jedem Fastentag und an den kleinen Feiertagen und den großen Feiertagen. Yūnus begriff zuerst nicht, worauf er hinaus wollte, bis ihm der jüngere der beiden Kapläne eine hastige Erklärung ins Ohr flüsterte: Der Bischof wünschte die Zahl der Messen zu errechnen, die er in seinem Leben gelesen hatte, aller Messen, die exakte Zahl, keine zuwenig, keine zuviel. Er bestand darauf mit dem Eigensinn eines kleinen Kindes, als hinge der Frieden seiner Seele von dieser einen Zahl ab. Er fing noch einmal von vorn an: Zweihundert Messen aufgrund eines Gelübdes, achtzig nach überstandener Krankheit, hundertundzwanzig für die Königin zu ihrer Hochzeit, sechzig für den König während des Feldzugs gegen Zaragoza. Er hatte ein unfaßbar gutes Erinnerungsvermögen, es war, als habe jede Messe, die er seit seiner Priesterweihe zelebriert hatte, eine Kerbe in seinem Gedächtnis hinterlassen.

Yūnus notierte die Zahlen auf dem Laken des Sterbebettes, addierte die Zahlenkolonnen, schrieb die Summen untereinander, addierte noch einmal, zählte die Schalttage hinzu, kam auf eine Gesamtsumme von zwanzigtausenddreihundert.

«Bist du sicher, daß dies die richtige Zahl ist?» fragte der Bischof voll ängstlicher Sorge.

«Ich bin sicher», sagte Yūnus bestimmt.

«Zwanzigmal tausend und dreimal hundert», wiederholte der Bischof mit stummen Lippen, und seine Züge entspannten sich und er schloß mit einem zufriedenen Lächeln die Augen. Er lag so still, daß Yūnus schon dachte, er sei sanft hinübergegangen. Sein Kopf war gesalbt und auf die Stirn war mit Asche das Kreuzeszeichen gemalt. Er lag wie tot. Aber dann öffnete er noch einmal die Lider und blickte Yūnus gerade in die Augen und fragte mit dünner Stimme: «Glaubst du, Gott wird mit mir zufrieden sein?»

Yūnus spürte, wie ihm die Tränen kamen. Das Wasser saß ihm immer dicht hinter den Augen, und das kindliche Vertrauen, das ihm der alte Mann an der Schwelle des Todes entgegenbrachte, rührte ihn ans Herz. «Ja, ehrwürdiger Vater», sagte er. Es war das erste Mal, daß er diese Anrede gebrauchte. «Gott, der Herr, wird Euch Eure kleinen Sünden verzeihen und Eure guten Taten belohnen.»

Der Bischof nickte kaum merklich, und ohne Yūnus aus den Augen zu lassen, sagte er plötzlich mit überraschend klarer Stimme, so daß ihn alle, die näher standen, deutlich hören konnten: «Komm zu mir, mein Sohn, und lege deinen Mund auf den meinen und empfange so den Hauch meines Geistes.»

Es wurde so still, und die Stille war so bedrückend, daß Yūnus kaum mehr zu atmen wagte. Er blickte hilfesuchend auf den Erzdiakon, der am Kopfende des Bettes stand und mit abweisender Miene über ihn hinwegsah. Er zögerte. Irgend etwas hielt ihn zurück, eine unerklärliche Scheu, eine warnende Stimme.

Dann, in plötzlichem Entschluß, beugte er sich über den Bischof und drückte seinen Mund auf die welken, blau verfärbten Lippen, die sich anfühlten, als wäre der Tod schon in ihnen. Und richtete sich mit einem Ruck wieder auf, beschämt und verwirrt. Entfernte sich rückwärtsgehend. Spürte die Blicke der anderen auf sich gerichtet. Versuchte, ihnen auszuweichen. Sah, wie der Erzdiakon nach dem Handgelenk des Bischofs griff. Sah, wie er sich auf die Knie niederließ. Tastete sich, immer noch rückwärtsgehend, an der Wand entlang zum Eingang, während jetzt auch die Domherren und die Kapläne niederknieten und ihre Gebete mit noch größerer Inbrunst fortsetzten. Drückte sich durch die Tür ins Freie.

Was hatte der sterbende Bischof mit dieser Geste bezweckt? Warum hatte er gerade ihn ausgewählt? Von allen Männern, die um ihn gewesen waren ausgerechnet ihn, den Fremden, den Andersgläubigen, den Juden? War es ein Versuch gewesen, ihn zu bekehren?

Al-Balias Warnung fiel ihm ein, sich vor der Zuneigung des Bischofs zu hüten, den vertraulichen Umgang mit ihm zu meiden. «Er ist ein christlicher Bischof, der im Geruch der Heiligkeit steht. Du bist ein jüdischer Hakīm, dem ein hohes Maß an Klugheit nachgesagt wird. Kein Jude wird annehmen, daß du den Bischof zum Glauben der Väter bekehren willst, aber viele Christen werden glauben, daß der Bischof dank seiner Heiligkeit die Gabe besitzt, aus dir einen Christen zu machen.»

Yūnus dachte darüber nach. Er hatte viel Gelegenheit gehabt in diesen letzten Wochen, den alten Mann zu beobachten, allein, ohne Zeugen, ohne die Schranken der Konvention. Er hatte ihn liebgewonnen trotz seines einfältigen Wunderglaubens, seiner Höllenängste, seiner asketischen Gelübde, trotz der eisenharten Bauernschläue, die er zum Wohl seiner Kirche ausgespielt hatte. In den Nächten am Krankenbett hatten sie auch oft über Fragen des Glaubens gesprochen, und Yūnus war manchmal sogar im Zweifel gewesen, ob die unkritische Frömmigkeit des Bischofs wirklich nur eine Folge seiner mangelnden Bildung war, oder ob sich dahinter nicht eine tiefere Einsicht verbarg, eine Form der Erkenntnis, die er mit seinem logisch geschulten Verstand nicht erfassen konnte. Der alte Mann hatte nie den Versuch unternommen, ihn seinem Glauben abspenstig zu machen. Nein, der Kuß auf dem Sterbebett war kein Bekehrungsversuch gewesen. Yūnus schob den Gedanken von sich.

Am Morgen brachte Isaak al-Balia die Nachricht, daß alle geistlichen Herren aus der Mesnada des Bischofs, ausgenommen nur der jüngere der beiden Kapläne, in der Nacht mit Ersatzpferden nach Leon aufgebrochen seien. An der Spitze Don Jimeno. Er sprach so, als wollte er sich dafür entschuldigen, daß seine Voraussage so rasch eingetroffen war.

Yūnus begab sich in die Kirche. In der Tür kam ihm ein Hidalgo aus der Wachmannschaft entgegen, der so aussah, als hielte er etwas unter seinem Umhang verborgen. Innen war alles dunkel, keine Kerze brannte mehr. Der Bischof lag aufgebahrt auf dem Altar. Das Bett war beiseite geräumt, einer der Diener stand davor und wühlte darin herum. Er verdrückte sich eilig, als Yūnus näher kam. Der Kaplan, der zurückgeblieben war, schlief auf den Stufen des Altars. Yūnus ließ ihn schlafen. Er vermied es, dem Toten noch einmal ins Gesicht zu blicken.

Leon

Lope war enttäuscht von Leon. Er hatte erwartet, daß die Hauptstadt Don Fernandos, des großen Königs, zumindest ebenso groß sein müßte wie die Stadt des Maurenfürsten al-Mutadid. Aber Leon war nur ein Städtchen gegen Sevilla, nicht den zehnten Teil so groß. Ohne den Hoftag des Königs wäre der Anblick noch enttäuschender gewesen, aber so herrschte wenigstens Leben in der Stadt. Die Äbte und Bischöfe und Grafen, die mit ihren Dienstleuten und Knechten aus allen Teilen des

Reiches angereist waren, hatten die Einwohnerzahl fast verdoppelt. Auf dem mäßig ansteigenden Hang zwischen dem Fluß und der Stadtmauer war eine Zeltstadt aufgebaut, die Vorstädte quollen über von Menschen, der große Marktplatz vor dem Königstor an der Kirche des heiligen Martín war auch jetzt, eine Stunde nach Sonnenuntergang, noch hell erleuchtet. Überall vor den Tavernen und in den Garküchen und den Fleischbratereien brannten Feuer, und der aufgewirbelte Staub und der Rauch und der Dampf aus den Kesseln sammelte sich zu einer dichten Wolke, die, vom Feuer angestrahlt, wie ein rötliches Zeltdach über dem Platz hing.

Sie hätten nirgends in der Stadt mehr ein Quartier gefunden, wenn der Hidalgo aus Sahagún nicht gewesen wäre, der seit Merida mit ihnen geritten war. Der Hidalgo hatte einen Bruder, der eine Taverne besaß im Barrio San Martín. Dort waren sie untergekommen.

Als Lope in die Gaststube kam, saß der Mann aus Sahagún mit dem Capitan am selben Tisch, und der Rote war dabei, das rothaarige Großmaul, das ihnen am Morgen, als sie vergeblich versucht hatten zur Christmette einen Platz vor der Kathedrale zu ergattern, um den König und sein Gefolge zu sehen, über den Weg gelaufen war. Der Rote war zur gleichen Zeit nach Guarda gekommen wie der Capitan, aber er hatte den Dienst beim Conde schon vor Jahren quittiert, lange bevor Lope nach Guarda gekommen war. Jetzt hatte er vor Don Sisnando die Hand gehoben, dem Grafen von Tentúgal, und wie es sich anhörte, hielt er große Stücke von seinem neuen Herrn. Er hätte es nie besser getroffen, sagte er.

«Was soll besser sein in Tentúgal, als es in Guarda gewesen ist?» erwiderte der Capitan mürrisch. «Die gleichen steinigen Berge, die gleichen armen Bauern. Was willst du in Tentúgal?»

«Es geht nicht um Tentúgal. Tentúgal ist nur der Anfang», sagte der Rote geheimnisvoll.

Lope setzte sich an das freie Tischende und wartete darauf, daß ihm der Capitan die Reste seines Essens zuschob, die vor ihm lagen. Der Capitan schien ihn nicht zu bemerken.

Der Rote beugte sich vor. «Es gibt viele Grafen südlich des Duero», fuhr er mit leiser Stimme fort, «aber wenn du auf einen setzen willst, dann setz auf Don Sisnando. Denn wenn du auf ihn setzt, setzt du auf den Burggrafen von Coimbra.»

«Was soll das!» sagte der Capitan. «Er ist nicht der Tenente von Coimbra, er ist nichts als ein kleiner Graf, nicht besser als die anderen.»

«Er wird bald in der Burg von Coimbra sitzen», sagte der Rote mit ruhiger Gewißheit.

«Ein Graf, dem keine hundert Pferde folgen?» fragte der Capitan höhnisch. «Bist du je in Coimbra gewesen? Kennst du die Stadt? Weißt du, wie hoch ihre Mauern sind? Sie werden auf ihn herunterspucken, wenn er vors Tor kommt.»

Der Hidalgo aus Sahagún richtete sich auf und legte dem Capitan die Hand schwer auf die Schulter. «Laß ihn ausreden, Freund», sagte er. «Es hört sich an, als wüßte er, wovon er redet.»

Lope wurde aufmerksam. Der Hidalgo aus Sahagún war ein besonnener Mann. Er hatte beim Āmir von Merida ausgemustert und war genauso auf der Suche nach einem neuen Dienstherrn wie der Capitan seit dem Tod des alten Bischofs. Vielleicht konnten sie alle in Don Sisnando einen neuen Herrn finden.

«Coimbra ist eine Moro-Stadt, dem Fürsten von Badajoz untertan», sagte der Capitan unwillig. «Don Sisnando aber ist Christ. Die Leute von Coimbra werden keinen Burgherrn über sich dulden, der ein Christ ist!»

«Auch wenn ihn der Fürst von Badajoz selbst eingesetzt hat?» fragte der Rote triumphierend.

«Wer sagt das?» fragte der Capitan zurück.

«Ich sage es!» antwortete der Rote.

Vom Eingang her war eine laute, krakeelende Stimme zu hören, die Lope so bekannt vorkam, daß es ihn herumriß. Ein langer Kerl in Lederzeug stand in der Tür. Lope meinte, ihn schon einmal irgendwo gesehen zu haben, aber bevor er in dem Halbdunkel das Gesicht erkennen konnte, war schon der Schenkkellner bei dem Mann und drängte ihn hinaus.

Der Capitan stützte sich mit beiden Händen auf den Tisch und beugte sich weit vor. «Und selbst wenn ihn der Fürst von Badajoz eingesetzt hat, wer sagt dir, daß ihm die Leute von Coimbra das Tor öffnen?»

«Sie werden ihn einlassen müssen, denn der König ist auf seiner Seite», sagte der Rote so leise, daß Lope ihn kaum mehr verstehen konnte.

«Don Fernando?» fragte der Capitan in ungläubigem Staunen.

«Don Fernando, der König», bestätigte der Rote.

Lope hielt den Kopf gesenkt und tat so, als hätte er nichts gehört. Er wartete immer noch auf sein Essen, er hatte einen brüllenden Hunger.

«Woher weißt du das, Freund?» fragte der Hidalgo aus Sahagún.

«Ich weiß es», erwiderte der Rote.

«Es klingt gut, was du sagst», fuhr der Hidalgo fort und, an den

Capitan gewandt, setzte er hinzu: «Was meinst du dazu? Klingt es nicht gut? Ich meine, es klingt besser als Aragon.»

Der Capitan blickte mißmutig vor sich auf den Tisch. «Selbst mit dem ganzen Aufgebot des Königs ist es nicht möglich, die Burg von Coimbra zu nehmen. Sie ist unangreifbar.»

«Wenn nicht die Burg, dann die Stadt. Was willst du mehr», sagte der Hidalgo. Und in aufmunterndem Ton setzte er hinzu: «Was sollen wir machen. Ohne Krieg werden wir es nicht haben können. Aragon oder Coimbra. In Aragon ist der Krieg härter. Ich kenne die Moros im Norden und ich kenne die im Süden. Ich kämpfe lieber gegen die im Süden. Und ich bin lieber dort, wo es warm ist, als in den verdammten Bergen von Aragon.»

Lope wußte, wovon die Rede war. Schon seit Tagen sprachen die beiden davon, nach Aragon zu gehen, wenn sich nichts Besseres anbot. Der König von Aragon wollte einen Feldzug gegen Zaragoza unternehmen, um den Tod seines Vaters zu rächen, der von einem Moro-Mörder umgebracht worden war. Er suchte in ganz Spanien Leute für seinen Feldzug.

Von draußen war wieder die schreiende Stimme zu hören, und wieder kam sie Lope seltsam bekannt vor. Er stand unbemerkt auf, drückte sich zur Tür, spähte durch den Vorhang, mit dem der Eingang verhängt war. Ein halbes Dutzend Männer saß um das Feuer, das draußen brannte. Drei davon kannte er aus Guarda: Einen Peon und zwei Hidalgos, die der Wachmannschaft des Conde angehört hatten. Zum Glück waren sie alle schon stark angetrunken.

Er hastete zurück, berichtete dem Capitan von seiner Beobachtung. Der Capitan glaubte ihm nicht, ging selbst zur Tür, um sich zu vergewissern. Sie hatten seit ihrem Einzug in die Stadt immer wieder nach Leuten aus Guarda Ausschau gehalten, sie hatten alle Zelte durchgemustert nach den Farben des Grafen von Guarda. Sie hatten von einem, der es wissen mußte, erfahren, daß der Conde nicht zum Hoftag kommen würde. Hatte der Mann sie falsch informiert?

Der Capitan war um eine Spur blasser, als er zurückkam. «Der Conde ist in der Stadt, der Graf von Guarda, hast du davon gehört?» fragte er den Roten.

«Er ist heute angekommen», sagte der Rote.

«Er selbst?»

«Er selbst mit allen seinen Leuten.»

«Warum? Warum kommt er nach Leon. Er ist kein Vasall des Königs?»

«Er ist es noch nicht, aber er wird bald seinen Bückling machen», sagte der Rote mit offenem Spott. «Die anderen Grafen südlich des Duero haben auch schon alle ihren Schwur geleistet, was bleibt ihm übrig. Er kann froh sein, wenn der große König ihn gnädig bei der Hand nimmt. Einer seiner Männer hat ein Dorf des Königs niedergebrannt irgendwo im Süden an der Grenze. Er hat die Spurfolge mißachtet, er hat ein paar Bauern niedergemacht und einen Tenente des Königs getötet. Es heißt, der König will sich gnädig zeigen, wenn er dafür einen neuen Vasallen gewinnt.»

Der Capitan sagte nichts. Er hielt unauffällig die Tür im Auge.

«Was ist?» fragte der Hidalgo aus Sahagún. «Willst du deine Dienste dem Grafen von Guarda anbieten?»

«Nein!» sagte der Capitan.

«Warum gehen wir dann nicht zu Don Sisnando», fuhr der Hidalgo fort. «Es ist nie schlecht, sich an einen Mann zu hängen, der große Pläne hat und die Gunst des Königs besitzt.»

«Wir werden sehen», sagte der Capitan verdrossen. Aber Lope wußte, daß er sich in diesem Augenblick schon entschieden hatte. Sie würden nach Aragon gehen, dorthin, wo der Krieg härter war, wie der Hidalgo aus Sahagún gesagt hatte. Er wußte es. Er rückte auf der Sitzbank ein Stück weiter an den Capitan heran und griff nach dem Brot und dem Ölkrug und begann gierig zu essen. Der Capitan schien ihn gar nicht wahrzunehmen.

Yūnus fand erst vier Tage nach seiner Ankunft in Leon genügend Zeit, ein paar Eintragungen in sein Tagebuch zu machen.

2. SHEWAT

Heute, am zweiten Tag des Festes, das die Christen zur Geburt des Nazareners feiern, ist der Hoftag des Königs zu Ende gegangen. Mit einem Eklat, wie man hört. Don Sancho, der Kronprinz, ist mittags mit seinem ganzen Gefolge abgereist. Im Streit mit seinem Vater, dem König. Der Hintergrund des Streits bereitet der hiesigen Judengemeinde größte Sorgen.

Der König hat den Hoftag offiziell aus Anlaß seines sechzigsten Geburtstages einberufen. Der gesamte Adel von Kastilien, Leon und Galizien war erschienen. Als die Barone und Kirchenfürsten versammelt waren, überraschte sie der König damit, daß er ihnen einen vorbereiteten Plan zur Regelung seiner Nachfolge vorlegte und sie zwang, seinen Söhnen als den künftigen Herren des Reiches zu huldigen. Dieser Schachzug wird von den maßgeblichen Männern des Ältestenrates hier durchaus bewundert. Über die Nachfolgeregelung selbst dagegen ist man eher unglücklich.

Der König hat verfügt, daß die Herrschaft nach seinem Tod nicht an seinen ältesten Sohn Don Sancho übergeht, sondern daß das Reich geteilt wird. Don Sancho soll nur das väterliche Stammland Kastilien erhalten, während das Königreich Leon an den Zweitgeborenen Don Alfonso gehen soll und Galicien im Westen an den dritten Sohn Don Garcia.

Im Ältestenrat ist man überzeugt, daß es Krieg geben wird, sobald der König tot ist. Und der Auszug des Kronprinzen heute Mittag gilt schon als erstes Anzeichen dafür. Don Sancho soll den Teilungsplan von vorneherein abgelehnt haben. Er beansprucht nach dem Erstgeburtsrecht der alten Westgoten-Könige von Toledo das ganze Reich. Die Brüder halten dagegen, daß sich niemand auf dieses Recht berufen könne, solange Toledo noch in den Händen der Mauren sei. Der Keim zum Bruderkrieg ist jedenfalls schon gelegt.

Ibn Eli sieht das als hoffnungsvolles Vorzeichen an. Je wilder sie im Norden aufeinander einschlagen, desto ruhiger werden wir es in Andalusien haben, sagt er. Er meint allerdings dazu, wir sollten beten, daß der König nicht mehr allzu lange lebt. Das Kriegspotential, das er in Leon zur Schau gestellt habe, sei erschreckend. Eine furchtbare Drohung, solange es sich geballt in einer Hand befinde.

Es wird behauptet, daß der König seine Kriegsmacht im kommenden Frühjahr gegen Coimbra einsetzen will. Nach Isaak al-Balias Meinung deutet sich dabei eine neue Art der Eroberungspolitik gegenüber Andalusien an. Auf Wunsch des Königs (oder auf seine Forderung hin, was auf das Gleiche hinauskommt) soll der Fürst von Badajoz den kleinen, unabhängigen Grafen Sisnando Ibn David, der als Kind lange in Sevilla gelebt hat und ein Vertrauter unseres Fürsten war, zum Burggrafen von Coimbra bestimmt haben. Offiziell wird er damit ein Vasall des Fürsten von Badajoz, de facto aber ist er ein Vasall des Königs von Leon. Und der König ist es auch, der ihm mit Waffengwalt zu seinem Amt verhelfen will. Denn natürlich weigert sich die Stadt, Don Sisnando, der in Wirklichkeit ein Mann des Königs ist, als neuen Burggrafen anzuerkennen.

Al-Balia war sichtlich entsetzt, als er mir davon berichtete. Er ist als Gesandter ständig am Hof und bestens informiert. Der Nāsī gibt morgen am Sabbat für ihn einen Empfang.

Gerade höre ich Ibn Eli kommen. Er ist blendender Laune. Er hatte schon in Sevilla die geniale Idee, dem kranken Bischof seine Neger-

Riesen als Sänftenträger anzubieten, was ihm sowohl den Ausfuhrzoll in Sevilla als auch den Einfuhrzoll in Leon erspart hat. Jetzt hat er zwei dieser Neger den beiden Töchtern des Königs zum Geschenk gemacht (die jüngere, Donna Elvira, soll einen unstillbaren Appetit auf Männer haben). Er erhielt dafür einen Schutzbrief, der ihm Unterkunft in allen Klöstern des Reiches garantiert (einem andalusischen Juden!), und er hat inzwischen auch schon vier andere Interessenten aus dem Hochadel gefunden, die bereit sind, viel Geld für einen schwarzen Leibwächter zu zahlen. Die Reise habe sich schon jetzt für ihn gelohnt, sagt er. Er reist übermorgen nach Frankreich ab. Ich werde mich in drei Tagen mit al-Balia auf den Rückweg nach Sevilla machen. Möge Gott unser Rafīq sein.

Die Herren des Gemeinderats standen in steifer Würde herum, sehr fromm, sehr ehrbar in ihren düster-schwarzen Gebetsmänteln. Yūnus hatte noch nie eine so dumpfe, eifernde Frömmigkeit erlebt wie hier bei seinen Glaubensbrüdern in Leon. Es schien, als wäre ihnen am Sabbat auch das Lachen verboten, ja sogar das Lächeln. Kein Vergleich zu den Juden von Sevilla oder anderswo in Andalusien. Selbst Ibn Eli sah bedrückt aus, ungewohnt ernst.

Schon gleich nach seiner Ankunft war Yūnus dieser Unterschied aufgefallen. Heute, am Sabbat, war er noch deutlicher geworden. Endlose Gebete, endlose Religionsgespräche. Yūnus bedauerte, daß Isaak al-Balia noch nicht da war mit seiner Spottlust und seinem scharfen Witz. Als Gesandter des Fürsten von Sevilla hatte er an einem Festessen Don Garcias, des jüngsten Prinzen, teilnehmen müssen und wurde erst im Laufe des Nachmittags erwartet. Aber wahrscheinlich würde es auch ihm nicht gelingen, aus dieser säuerlichen Versammlung einen Funken zu schlagen.

Seit dem Mittagsgebet kreisten die Gespräche vorwiegend um den neuen Bischof. Der König hatte am Vormittag seine Wahl bekannt gegeben: Don Jimeno, der Erzdiakon, der Sohn des Grafen von Bierzo. Wie erwartet. Wie befürchtet. Alle trauerten dem alten Bischof nach. Die ganze Gemeinde hatte aschenbedeckt und jammernd und klagend am Straßenrand gestanden, als die Bahre Don Alvitos durch die Stadt zur Kathedrale getragen worden war. «Ein guter Herr, ein mildherziger Herr, ein gerechter Herr! Gott sei seiner Seele gnädig!»

Die Judengemeinde von Leon war zur Hälfte Donna Sancha, der Königin, untertan, zur anderen Hälfte dem Bischof der Stadt. Die

Königin war stets dem Rat des Bischofs gefolgt, der Bischof war immer zugänglich gewesen, weil er immer Geld gebraucht hatte zum Bau seiner Kathedrale. Sie hatten ihm das Recht zur Erweiterung ihrer Synagoge abgekauft, sie hatten ihm ein Verbot der Judenmission abgehandelt, sie hatten sogar für viel Geld erreicht, daß er jenen üblen Beschluß des Konzils von Coyanza aufgehoben hatte, der vor dreizehn Jahren allen Christen des Königreichs untersagt hatte, mit Juden unter einem Dach zu wohnen, mit ihnen an einem Tisch zu essen.

Jetzt stellte sich die bange Frage, ob der neue Bischof diese teuer erkauften Rechte bestätigen würde. Und wieviel er dafür verlangte.

«Gott der Erhabene sei uns gnädig in seiner Güte und Barmherzigkeit!»

Ein Diener erschien und kündigte mit gedämpfter Stimme die Ankunft Isaak al-Balias an. Die Ältesten nahmen Aufstellung, der Nāsī breitete die Arme aus, um den Ehrengast zu begrüßen. Al-Balia kam herein wie ein Windstoß. Blieb in der Tür stehen. Blickte um sich. Schoß an dem völlig verdutzten Nāsī vorbei auf Yūnus zu. Packte ihn am Arm: «Du mußt weg! Du mußt sofort aus der Stadt!» Und bevor Yūnus noch eine Frage stellen konnte, fuhr er mit einem schnellen Blick in die Runde fort: «Wo ist Ibn Eli?» Und ging zu Ibn Eli hinüber. Der Nāsī vor Aufregung flatternd hinterdrein: «Um Gottes Barmherzigkeit willen, was ist geschehen?» Al-Balia mit abwehrend erhobenen Armen: «Verzeiht! Ich erkläre euch alles, Brüder. Sofort!» Und zu Ibn Eli, leise und eindringlich: «Wie schnell kannst du ein Maultier bereitstellen? Einen zuverlässigen Mann?» Yūnus hilflos daneben, noch immer nicht in der Lage, eine Frage anzubringen. Und Ibn Eli schon unterwegs, zur Tür hinaus. Al-Balia jetzt beim Nāsī, von den Ältesten umringt. «Wir müssen verbreiten, daß Yūnus bereits gestern abgereist ist ... nach Sevilla ... eine schlechte Nachricht ... sein Vater liegt im Sterben ... ja, sein Vater.» Und im selben Atemzug zu Reuben Ben Meir, dem Arzt, dessen Gast Yūnus war. «Es ist möglich, daß man in deinem Haus nach ihm fragt. Kannst du dafür sorgen, daß die richtige Antwort gegeben wird, wer auch immer fragen sollte.» Und endlich Yūnus dazwischen, al-Balia am Ärmel zu sich herumziehend: «Isaak, was ist? Was soll das? Wer sagt, daß ich abreise?» Atemlose Stille. Alle Blicke auf al-Balia gerichtet. Und al-Balia faßte Yūnus ruhig ins Auge und sagte: «Es wird öffentlich behauptet, daß Don Alvito, der verstorbene Bischof, auf seinem Sterbebett mit dem letzten Atemzug noch einen Juden zum christlichen Glauben bekehrt habe. Man hat mir berichtet, daß eben dies heute in der

Kathedrale öffentlich verkündet worden sei. Von der Kanzel herab. Von einem Priester des neuen Bischofs.» Er sprach schnell und ohne Pause und als er merkte, daß Yūnus ihn unterbrechen wollte, wehrte er ab. «Es wird behauptet, daß er nicht nur einen einfachen Juden bekehrt hätte, sondern einen jüdischen Schriftgelehrten! Einen Alfachím, wie sie hier sagen.»

«Das ist absurd, völlig absurd», stammelte Yūnus.

«Wie unsinnig diese Behauptung auch sein mag», fuhr al-Balia ungerührt fort, «es besteht offenbar ein bestimmtes Interesse daran, sie in die Welt zu setzen. Es steckt eine Absicht dahinter.»

«Aber das ist absolut unsinnig», sagte Yūnus mit einer hilflosen Geste der Abwehr. «Ich kann das sofort aufklären, ich kann alles erklären ...»

«Wir haben keine Zeit mehr für Erklärungen, Yūnus», unterbrach ihn al-Balia scharf. «Der tote Bischof liegt in der Kathedrale aufgebahrt. Zwei Wunder haben sich angeblich schon vor dem Katafalk ereignet. Auch die Bekehrung auf dem Sterbebett wird als Wunder betrachtet. Man hat mir berichtet, die Kathedrale sei voll von Gläubigen, die den bekehrten Juden sehen wollen. Man wartet schon darauf, daß er sich öffentlich taufen läßt, als Beweis für das Wunder!»

«Gerechter Gott!» sagte der Nāsī entsetzt. «Ein heiliger Bischof, der als Judenbekehrer verehrt wird! Das wäre furchtbar!»

Al-Balia wandte sich ihm zu und sagte ruhig: «Wir brauchen ein unauffälliges Gewand für Yūnus. Dazu Stiefel und eine Kopfbinde. Und einen Mann, der ihn durchs Cauri-Tor bringen kann, ohne daß er angehalten wird. Und wir brauchen es rasch!»

Der Nāsī entfernte sich eilig, um die Aufträge auszuführen und al-Balia faßte Yūnus am Arm und nahm ihn beiseite: «Hör mir zu, Yūnus», sagte er, «einer von Ibn Elis Männern wird dich nach Burgos bringen. Niemand wird dich in dieser Richtung vermuten. Wenn du die Nacht durchreitest, bist du am Morgen auf kastilischem Gebiet, außerhalb der Reichweite des Bischofs von Leon. In Burgos findest du einen vertrauenswürdigen Mann, der dich weiter nach Logroño bringt, wo du bleiben kannst, bis Ibn Eli nachkommt. Ich gebe dir ein Schreiben mit.»

Yūnus machte noch einen letzten Versuch, sich aufzulehnen. «Isaak, warum glaubst du mir nicht», sagte er flehend. «Es ist kein Wort wahr an dieser Geschichte. Ein Mißverständnis! Eine völlig unsinnige, aus der Luft gegriffene Interpretation einer reinen Freundschaftsgeste!»

«Wir wissen, daß nichts daran wahr ist, Yūnus», sagte al-Balia mit geduldigem Ernst. «Aber es geht nicht um unsere Wahrheit, sondern um die Wahrheit, die der Bischof von der Kanzel verbreiten läßt und die von den Gläubigen in der Kathedrale geglaubt wird. Sie werden dich zur Taufe zwingen, um wahr zu machen, was sie behaupten. Sie haben die Mittel, jeden so weit zu bringen, Yūnus. Und wenn du standhaft bleibst, werden sie Druck auf die Judengemeinde ausüben. Sie werden unsere Glaubensbrüder bis aufs Blut ausquetschen. Der Bischof braucht Geld. Er hat die Domherren bestochen, er hat dem König eine horrende Summe gezahlt für seine Wahl. Er wird zu jedem Mittel greifen. Der tote Don Alvito als wunderwirkender Heiliger füllt ihm die Opferstöcke seiner Kirche. Als heiliger Judenbekehrer gibt er ihm einen Prügel in die Hand, mit dem er das letzte Geld aus den Juden von Leon herauspressen kann. Wenn der alte Bischof noch lebte, hätte er vielleicht für dich gezeugt, Yūnus. Als Toter nützt er nur den anderen. Und uns bleibt nur die Flucht. Ihre Lüge ist stärker als unsere Wahrheit, Yūnus. Gott schütze dich.»

Yūnus hatte ihm in stummer Ergebenheit zugehört. Danach ließ er sich willenlos die schweren Lederstiefel anlegen und die wollene Kopfbinde, die seinen Bart verdeckte und das grobe Gewand, das aus ihm einen Hausknecht machte. Er ließ sich durch Hinterhöfe und schmale Gassen zum Cauri-Tor führen und an den Wachen vorbei zu dem Mietstall, wo Ibn Eli mit den Maultieren auf ihn wartete.

Ibn Elis Sohn begleitete ihn. Als sie ein gutes Stück hinter der Stadt auf die Straße einbogen, die nach Sahagún und weiter nach Carrión und Burgos führte, war die Sonne nur noch zwei Handbreiten über dem Horizont. Sie hatten den Wind im Rücken, einen scharfen, kalten Wind, der dünne Schneeflocken vor sich hertrieb. Noch bevor die Dunkelheit einsetzte, wurde es so kalt, daß die Flocken auf dem Boden liegenblieben. Die weiße Schneedecke machte die Nacht so hell, daß sie keine Mühe hatten, ihren Weg zu finden.

20

MURCIA

FREITAG 9. MUHARRAM 456
11. SHEWAT 4824/2. JANUAR 1064

Aber nicht mehr als drei Tage, Abu Bakr», hatte der Kronprinz bestimmt. «Keinesfalls länger als drei Tage. Du weißt, wie sehr ich deinen Rat brauche, gerade jetzt, Abu Bakr!»

Immerhin drei Tage. Drei Tage Urlaub nach sieben Wochen am Hof. Sieben Wochen Hofdienst, Tag für Tag, viele Nächte hindurch, ohne Pause. Nicht daß er einen Grund zur Klage gehabt hätte. Seit dem Fest im Kuppelsaal des Sommerpalastes wurde er mit Gunstbeweisen überschüttet. Seit die Ärzte bestätigt hatten, daß Fahda Bint Ali Ibn Mudjāhid, Prinzessin von Denia und jetzt die erste Frau im Harām des Kronprinzen, empfangen hatte, überraschten ihn auch die Palasteunuchen, die das sicherste Gespür für die Machtverhältnisse am Hof hatten, mit kleinen Aufmerksamkeiten und Vergünstigungen. Nein, was seine äußere Stellung anging, gab es keinerlei Grund zur Klage.

In dem neuen Palastflügel im al-Qasr von Murcia, in den der Kronprinz auf Anordnung seiner Mutter umgezogen war, um zur Stelle zu sein, wenn der Qa'id starb, war Ibn Ammar ein luxuriös eingerichtetes Quartier mit eigenem Innenhof zugewiesen worden. Er hatte zwei Mägde und einen Khasī, der den Haushalt führte, und einen Negerpagen und eine Zofe für Nardjis. Er bezog ein monatliches Gehalt von vierzig Dinar und hatte das Vorrecht, den Marstall des Kronprinzen benutzen und einen Lanzenreiter seiner Leibwache anfordern zu können, wenn er auszureiten wünschte. Er war auf dem gleichen Gipfel, auf dem er schon einmal in Sevilla gestanden war. Er hatte es wieder erreicht. Aber er zahlte dafür. Er lebte wie der Vogel im goldenen Käfig. Und er war allein in seinem Käfig. Kein Freund, kein Vertrauter im ganzen Palast. Der einzige Mensch, mit dem er ein offenes Wort reden konnte, war Nardjis. Aber auch sie war eher zu einer Belastung geworden. Eine junge Frau, die sein Eigentum war und doch einem anderen gehörte. Eine verführerische Schönheit, die jeden Tag um ihn war und ihm jeden Tag begehrenswerter erschien, und die mit ihm umging wie die Schwester mit dem Bruder.

Er hätte sie längst in sein Landhaus gebracht, aber der Kronprinz hatte die unangenehme Eigenschaft, sich immer wieder nach den Geschenken, die er einmal gemacht hatte, zu erkundigen, um sich zu vergewissern, daß sie auch geschätzt würden. Ibn Ammar hatte aus diesem Grund auch den Sabī noch nicht informiert, um ihn nicht zu einem tollkühnen Ausflug zu verleiten. Jetzt endlich sollten sich die beiden sehen. Drei Tage lang. Nardjis war nur noch ein Bündel fiebernder Ungeduld, seit der Tag der Abreise feststand.

Auch er hatte seine Vorbereitungen getroffen. Über die alte Hafsah, die Schwammverkäuferin, waren Briefe zwischen Zohra und ihm hin und her gegangen, sehnsuchtsvolle Briefe, leidenschaftliche Briefe, Botschaften, Billets, Gedichte voll wehmütigen Verlangens. Jetzt hatte er ihr seine Ankunft angekündigt:

Ich schicke Dir mein Herz voraus,
gib darauf acht, bis ich komme.

Und sie hatte zurückgeschrieben, daß sie auf ihn warte, dort wo sie ihn schon einmal erwartet habe, im selben Pavillon, im Park des Landhauses.

Drei Tage, drei lange Tage. Ibn Mundhir, der Tuchhändler, war in Cartagena. Niemand würde ihr Zusammensein stören.

Als er an diesem Freitagmorgen, der der erste Tag seines Urlaubs sein sollte, hinter dem Kronprinzen die Madjlis im alten Teil des al-Qasr betrat, in der der Empfang des Qa'id gegeben wurde, fühlte er sich wie befreit.

Der große Kuppelsaal war vollbesetzt. Hassūn Ibn Tāhir hatte zur Bedingung gemacht, daß er als Letzter ankam, unmittelbar vor seinem Vater, dem Qa'id. Muhāmmad, der jüngere Bruder, war bereits anwesend und saß auf dem ihm zustehenden Platz zur Linken des erhöhten Sitzpolsters, das für den Qa'id bereitlag. Aber während alle anderen Gäste sich zur Begrüßung des Kronprinzen erhoben, blieb er allein sitzen, blätterte in Papieren, als habe er den Auftritt seines Bruders nicht wahrgenommen. Er blieb sitzen, bis der Kronprinz die Mitte des Saales erreicht hatte. Und für einen Augenblick sah es so aus, als beabsichtigte er eine offene Herausforderung. Aber dann, während alle schon den Atem anhielten, sprang er plötzlich auf, kam strahlend auf seinen Bruder zu, umarmte ihn, entschuldigte sich wortreich für seine Unaufmerksamkeit und geleitete ihn an seinen Platz. Es war ein genau kalkuliertes Schauspiel. Keinem im Saal war entgangen, wie hilflos der Kronprinz auf den Affront reagiert hatte.

Auch Ibn Ammar war die Szene nicht entgangen. Sie hatte ihn in Unruhe versetzt wie ein fernes Warnsignal. Er hatte die beiden Brüder noch nie nebeneinander gesehen. Es war kaum ein größerer Unterschied zwischen zwei Brüdern vorstellbar. Muhāmmad klein, dünn, hager, beinahe verwachsen. Hassūn groß, schwer, schwammig und schlaff. Ein Wiesel und ein Kaninchen, dachte Ibn Ammar. Der Gedanke war ihm unbehaglich.

Der Qa'id kam ohne Ankündigung durch eine Tür, die in einer der Wandnischen versteckt war. Er ging gebückt mit steifen Knien, und der Schirmträger hielt sich so dicht hinter ihm, daß er ihn im Notfall stützen konnte. Sein Gesicht war verzerrt, als litte er unter großen Schmerzen, und seine Augen waren rotgerändert, die Haut durchscheinend dünn wie Pergament.

Ibn Ammar sah ihn zum ersten Mal und war überrascht über die auffallende Ähnlichkeit zu seinem jüngeren Sohn, die trotz aller Zeichen des Verfalls noch deutlich erkennbar war. Die gleichen vorstehenden Zähne, das gleiche spitze Gesicht mit der vorstechenden Nase, die gleiche Hagerkeit. Es war leicht zu verstehen, warum der Qa'id zeitweise dem jüngeren Sohn den Vorzug gegeben hatte. Muhāmmad war sein Ebenbild und, wie es schien, war er es nicht nur vom Äußeren her.

Jetzt allerdings, während des Empfangs, ließ der Qa'id nicht den geringsten Zweifel daran, daß er seinen Erstgeborenen zum Nachfolger bestimmt hatte. Er machte es nicht nur durch die Ehrenbezeugungen deutlich, die er ihm vor aller Augen erwies, und durch die Art, wie er im Gespräch immer wieder seinen Rat erfragte. Sondern er gab ein unmißverständliches Zeichen, indem er ihm, als er sich nach kurzer Zeit wieder zurückzog, sowohl den Vorsitz der Madjlis als auch den erhöhten Sitz des Qa'id überließ, so daß zur Herrscherwürde nur noch der Schirmträger fehlte.

Beim anschließenden Gottesdienst in der Hauptmoschee wurde der Name Hassūn Ibn Tāhirs im gleichen Zug mit dem des Qa'id genannt und mit dem gleichen Segensspruch bedacht. Kein Mensch in Murcia zweifelte mehr daran, daß er seinem Vater bald auf den Thron folgen würde. Die Sayyida hatte ihren ganzen Einfluß ausgespielt, und wie es schien, hatte sie gewonnen.

Als Ibn Ammar von der Hauptmoschee zurückkam, wartete Nardjis schon voll Unruhe, in einen schweren Reisemantel gehüllt, das Gepäck in zwei große Satteltaschen verstaut, reisefertig, zitternd vor Aufregung, stumm, blaß, mit unnatürlich weit geöffneten Augen. Sie sah aus, als hätte sie keine Stunde geschlafen in der Nacht. Und während Ibn Ammar nach den Pferden schickte und ihr in den Sattel half, wurde ihm schmerzlich bewußt, wie sehr er den Sabī beneidete. Nicht um die Frau, sondern um den Augenblick des Wiedersehens, der ihm vergönnt war. Er hatte den Sabī von seiner bevorstehenden Ankunft unterrichtet. Er hatte ihm nicht geschrieben, wen er mit sich bringen würde.

Sie ritten durch die Huertas nach Süden. Der Lanzenreiter ritt voraus. Der Samum wehte, wie schon seit Tagen, und blies ihnen seinen staubtrockenen Atem ins Gesicht. In den Gärten waren viele Bauern an der Arbeit, schnitten die Weinstöcke, bereiteten die Mistbeete vor für die erste Gemüsesaat. Ein Hauch von Frühling war in der Luft, die ersten gelben Zitronen hingen in den Bäumen, die ersten Narzissen blühten. Nardjis, die Blume, nach der die Qayna benannt war. Ibn Ammar stieg aus dem Sattel und pflückte einen kleinen Strauß und überreichte ihn ihr. Eine Blume ohne Duft hatte der Kronprinz die Narzisse genannt. Aber wie schön und wie zart sie war. Und vielleicht waren unsere Nasen nur nicht fein genug, um ihren Duft zu riechen.

Nach zweistündigem Ritt erreichten sie das Landhaus. Ibn Ammar entließ den Lanzenreiter mit einem großzügigen Trinkgeld, hob Nardjis aus dem Sattel, überließ die Pferde dem Gärtner, der ihnen das Tor geöffnet hatte. Die Magd kam aus dem Haus, um ihn zu begrüßen. Er schob Nardjis vor sich her zum Eingang. Sie hatte den Staubschleier noch vor dem Gesicht. Er spürte, wie sie zitterte.

Im Innenhof kam ihnen der Sabī entgegen. Er stürzte sich auf Ibn Ammar mit dem stürmischen Überschwang eines großen, treuen Hundes, der nach langer Trennung seinen Herrn wiederfindet. «Oh Abu Bakr, Freund, Bruder, daß du wieder da bist!» Er schloß ihn in die Arme, erdrückte ihn schier, küßte ihn auf beide Wangen, auf den Mund, hob ihn in die Luft. «Mein Bruder, ich kann dir nicht sagen, wie froh ich bin, daß du wieder hier bist!»

Ibn Ammar gelang es endlich, sich aus der Umarmung zu befreien. «Ich wollte, ich hätte früher kommen können, Sammār», sagte er. «Ich habe wirklich alles versucht.» Er drehte sich nach Nardjis um, die in der Tür der Eingangshalle stehengeblieben war. Sie stützte sich mit einer Hand gegen den Türpfosten, als suchte sie Halt.

Der Sabī schien sie noch nicht einmal wahrgenommen zu haben. Er legte Ibn Ammar den Arm um die Schultern und zog ihn mit sich. «Komm, Bruder», sagte er, «alles ist für deinen Empfang hergerichtet, das Bad geheizt, das Essen bereitet . . .»

«Warte!» unterbrach ihn Ibn Ammar. «Ich bin nicht allein gekommen, Sammār.» Er wand sich aus dem Arm, der ihn um die Schultern gefaßt hielt, und ging zum Eingang zurück und schob Nardjis mit sanftem Druck vor sich her auf die Tür zu, die in die Madjlis führte. «Ich habe jemanden mitgebracht», sagte er. Er schob Nardjis durch die offene Tür. Er sah den erstaunt fragenden Ausdruck auf dem Gesicht des Sabī und die aufflackernde Hoffnung in seinen Augen. Er sah, wie Nardjis den Staubschleier zurückschlug und schob auch den Sabī in die Madjlis hinein und zog mit einem Ruck die Tür zu, daß sie hart gegen den Rahmen schlug.

Weiß Gott, wie er die beiden um diesen Augenblick beneidete, er wollte nicht auch noch Zeuge ihres Glücks sein.

Er hielt die Tür zu. Er hörte den Sabī seinen Namen rufen und hängte sich mit aller Kraft an den Türgriff, als er spürte, daß von innen dagegengezogen wurde.

«Wir sehen uns später, Sammār», sagte er schroff. «Laß es gut sein, ich habe nichts damit zu tun. Alles Gute, das uns zuteil wird, kommt von Gott.»

Er entfernte sich rasch, lief zum Tor zurück, wo der Gärtner noch damit beschäftigt war, die Reittiere zu versorgen und die Satteltaschen abzunehmen, rief nach der Magd, ließ sich ins Bad bringen, legte den Riegel vor, als die Magd ihn wieder verlassen hatte.

Er blieb den ganzen Nachmittag im Bad. Jedesmal wenn der Sabī an die Tür kam und klopfte, schickte er ihn wieder weg. Er sagte: «Hör auf, mir die Tür einzurennen, Sammār. Geh zu ihr zurück. Ihr habt nur drei Tage. Ich muß sie wieder mit mir zurücknehmen nach Murcia. Frag sie, sie wird es dir erklären.» Er wurde grob, um der Dankbarkeit des Sabī zu entgehen. Er war froh, daß eine verschlossene Tür zwischen ihnen war.

Kurz vor Sonnenuntergang verließ er leise das Bad. Er war fertig angekleidet, in einen dunklen Umhang gehüllt. Er schlich sich im Schatten des Laubengangs durch den Innenhof und hörte im Vorbeigehen, wie der Sabī seine Pläne vor Nardjis ausbreitete: «Cartagena ... Ceuta ... Alexandria ... Aidhab und dann nach Indien ...» Er kam unbemerkt hinaus, trug der Magd auf, die beiden zu versorgen, sagte ihr Bescheid, daß sie ihn erst am übernächsten Morgen zurückerwarten sollte, nahm sie flüchtig in die Arme, als er sah, daß ihre Augen feucht wurden.

Der Junge wartete schon vor dem Tor, lächelte schüchtern, als er das Pferd hinausführte, hielt das Tier am Zügel, während Ibn Ammar in den Sattel stieg. Es war derselbe Junge, der ihn schon einmal geführt hatte. Und es war derselbe Weg, auf dem er ihn führte, und dasselbe Ziel an der Parkmauer neben dem großen Turm. Alles war so, wie es schon einmal gewesen war, und alles war anders. Die Zofe wartete an der versteckten

Pforte und geleitete ihn auf dem verschwiegenen Weg durch die Dornenhecke zum Pavillon. Aber diesmal kannte er den Weg schon und wußte, was ihn erwartete. Diesmal war es nicht die Neugier, die ihn trieb, und der Reiz des Abenteuers, diesmal war es die Sehnsucht. Was aufregend neu gewesen war, war jetzt auf noch erregendere Weise vertraut. Zohra, die Schöne. Er hatte ihr Bild immer vor Augen gehabt, ihre Augen, ihr glänzendes Haar, den Schimmer des Kerzenlichts auf ihrer Haut. Er hatte sich ausgemalt, was ihn erwartete, wenn sie sich wiedersahen. Er wußte, was ihn erwartete. Aber als sie sich in den Armen lagen, war wieder alles ganz anders, als er es erwartet hatte. Alles war vertraut und alles war neu. Und sie war schön, sie war unvergleichlich schön.

«Zohra», sagte er, «Zohra, Zohra.»

Und Gott sah über sie hinweg, während sie sich liebten, und die Zeit ging an ihnen vorbei und ließ sie zurück. Es gab kein Vorher mehr und kein Nachher, und die Welt um sie herum versank. Da war nur noch dieser Pavillon im Park wie eine Insel im Meer, und da war diese Zofe mit den warmherzigen braunen Augen, die wie ein Fährmann über das Meer kam und Früchte und Wein brachte und die Kohlenbecken füllte und neue Kerzen aufsteckte und das Badewasser wärmte und sie beschützte wie ein guter Engel.

Und sie machten die Nacht zum Tag und den Tag zur Nacht, und die Zeit blieb stehen und die Zeit verging, während sie nebeneinander einschliefen und nebeneinander aufwachten und sich unsinnige Dinge sagten und miteinander lachten und alle Spiele der Liebe spielten.

Irgendwann kam auch einmal eine Nachricht aus der fernen Welt draußen, scheuchte sie für einen kurzen Augenblick auf, als hätte sich ein wild flatternder Vogel in den Pavillon verirrt: Ibn Mundhir war überraschend aus Cartagena zurückgekommen. Aber er hielt sich nicht auf, blieb nur so lange, wie es dauert die Pferde zu wechseln, kam nicht einmal ins Haus, ritt sofort weiter nach Murcia, ohne eine Erklärung zu geben, ohne eine Botschaft zu hinterlassen.

Sie vergaßen den Zwischenfall. Sie vergaßen alles, was draußen war. Sie vergaßen die Zeit.

Aber der Tag verging, und die letzte Nacht brach an, und die Zeit holte sie ein. Nur noch eine Nacht, die ihnen blieb. Sie waren glücklich, daß es Winter war und die Zeit der langen Nächte. Sie hofften auf ein rasendes Wintergewitter, das den Fluß anschwellen ließ und ihn unpassierbar machte. Sie hofften auf ein Wunder, das die Sonne unter dem Horizont festhielt. Sie waren voll Unruhe, wenn sie einschliefen, und blickten ängstlich auf die Kerzen, wenn sie aufwachten, um sich zu vergewissern, wie weit sie schon heruntergebrannt waren.

Irgendwann begann ihnen die Zeit davonzulaufen. Sie lief immer schneller, je näher der Morgen kam. Und dann stand die Zofe in der Tür und mahnte zum Aufbruch. Sie wollten ihr nicht glauben, daß es schon hell würde im Osten, sie wollten die Morgenvögel nicht hören, die schon so laut waren, daß ihr Gesang durch die geschlossenen Läden des Pavillons hereindrang. Und die Zofe drängte voller Angst, und sie hielten sich ein letztes Mal in den Armen und noch ein letztes Mal.

Als er sich endlich losriß, war es schon so hell, daß er den Weg erkennen konnte und die schwarze Wand der Hecke, die zur Mauer führte.

Er lief los, zog im Laufen die Kapuze seines Mantels über den Kopf. Er hörte Zohra rufen hinter sich, aber er drehte sich nicht um. Er durfte sich nicht umdrehen. Er wäre umgekehrt, wenn er sich noch einmal umgedreht hätte. Er mußte sich beeilen. Es war schon viel zu hell.

Er beschleunigte seine Schritte, sobald er im Schatten der Hecke war, wartete lange zwischen den Bäumen unterhalb der Mauer, bis der Wachtposten auf dem Turm den Standort wechselte. Als er die Pforte hinter sich hatte, mußte er noch einmal warten, in der Mauernische kauernd, das Gesicht hinter der Kapuze, die Hände in den Ärmeln versteckt, bis der Posten seinen Ausguck an der Mauerbrüstung verließ.

Der Junge schlief, mit dem Rücken gegen den Baum gelehnt, an den er das Pferd gebunden hatte, aber er wachte auf wie ein guter Wachhund, bevor Ibn Ammar ganz heran war. Er grüßte stumm und nahm das Pferd am Zügel und ging voraus auf dem schmalen Pfad durch das Buschwerk. Sobald sie außer Sichtweite waren, machte er halt und hielt den Steigbügel, um Ibn Ammar in den Sattel zu helfen. Dann lief er voraus in einem lockeren Laufschritt, dem das Pferd gut folgen konnte.

Als sie auf die Talebene hinauskamen, war es heller Tag, und die ersten Bauern waren an den Schleusen der Bewässerungskanäle, und die Frauen kamen vom Wasserholen, und die Kinder scheuchten das Geflügel aus den Ställen. Ab und zu kam ihnen ein Bauer entgegen auf einem Esel. Manchmal grüßte der Junge und wurde wieder gegrüßt. Ibn Ammar band seine Kopfbinde so, daß sie nur Augen und Nase freiließ. Das nächste Mal mußte er früher aufbrechen, mindestens eine Stunde vor Tagesanbruch. Wahrscheinlich war es auch angebracht, von Mal zu Mal den Weg zu wechseln. Wenn er vorhatte, den Weg noch öfter zu machen, mußte er vorsichtiger sein.

Ein alter Mann mit einem verkrüppelten Fuß, der eine Ziegenherde vor sich hertrieb, kam ihnen entgegen. Er blieb stehen, als sie näher kamen und sprach den Jungen an. Die beiden unterhielten sich in ihrem spanischen Bauerndialekt, so daß Ibn Ammar kaum ein Wort verstand. Er begriff nur, daß von einer Majshar die Rede war. Der Alte gebrauchte das arabische Wort.

«Was ist los? Was will er?» fragte Ibn Ammar.

Der Junge hob die Hand. «Wartet, Herr», sagte er und sprach eindringlich auf den Alten ein. Der Alte antwortete mit einem Schwall unverständlicher Worte und deutete mit seinem Hirtenstecken in die Richtung, aus der er hergekommen war.

Der Junge blickte auf Ibn Ammar, drehte sich wortlos um und rannte los, rannte, als ob es um sein Leben ginge. Ibn Ammar trieb das Pferd an und folgte ihm.

«Was war das? Was hat er gesagt?» fragte er.

Der Junge drehte sich im Laufen um. «Er sagt, es sind Soldaten im Dorf gewesen.»

Ibn Ammar spürte, wie ihn eine kalte Hand im Nacken faßte. «Er hat von einer Majshar gesprochen. Von welcher Majshar?» fragte er. Er wußte, daß es nur zwei Landhäuser in der Umgebung des Dorfes gab. Das eine gehörte einem jüdischen Parfümhändler, das zweite bewohnte er.

Der Junge tat so, als hörte er nicht.

Ibn Ammar streckte ihm den Arm hin. «Steig auf!» befahl er. Der Junge griff im Laufen nach dem Arm und Ibn Ammar zog ihn auf die Kruppe. «Von welcher Majshar hat er gesprochen?» fragte er.

«Ich weiß nicht, Herr», sagte der Junge noch immer zögernd. «Der alte Mann erzählt viele Geschichten, er ist nicht mehr ganz richtig im Kopf.»

«Von welcher Majshar?» fragte Ibn Ammar noch einmal, obwohl er es längst wußte.

«Von Eurer, Herr», sagte der Junge kleinlaut. «Er sagt, die Soldaten wären in Eure Majshar gegangen.» Und setzte hoffnungsvoll hinzu: «Aber vielleicht sind sie nur gekommen, um Euch eine Nachricht zu bringen, Herr.»

«Wann war das?» fragte Ibn Ammar.

«Er hat gesagt, zwei Stunden vor Sonnenaufgang.»

«Was für Soldaten?»

«Lanzenreiter, Herr. Wie der eine, der Euch herbegleitet hat.»

«Wie viele?»

Der Junge zögerte. «Er hat gesagt ... fünf.»

Fünf Lanzenreiter, dachte Ibn Ammar. Um eine Botschaft zu überbringen, schickt man keine fünf Lanzenreiter in der Nacht.

Sie waren jetzt schon so nah, daß sie das Landhaus erkennen konnten, den wuchtigen Turm, der über dem Haus aufragte, die Wipfel der Bäume. Die Umfassungsmauer leuchtete weiß auf im Licht der Morgensonne. Das Tor stand offen, ein paar Leute aus dem Dorf standen davor, zogen sich scheu zurück, als Ibn Ammar näher kam. Er ritt durch das Tor, hielt das Pferd dicht dahinter an, ließ den Jungen absteigen. Auch die Stalltür stand offen, die Boxen waren leer. Er rief nach dem Gärtner, stieg aus dem Sattel, klopfte an die Tür des kleinen Anbaus neben dem Stall, den der Gärtner bewohnte, wenn er im Haus war. Der Junge stand hinter ihm. Die Leute aus dem Dorf drängten sich in der Toreinfahrt.

Er meinte ein Geräusch zu hören aus der Gärtnerwohnung und klopfte härter und rief lauter, und dann ließ sich endlich der Gärtner vernehmen: «Wartet Herr, ich komme, Herr!» Jammernde Stimme. «Gott segne Euch, daß Ihr gekommen seid, Herr!» Er kam heraus. Auf seinem Gesicht war Blut. Er hatte sich die Kopfbinde wie einen Verband um die Stirn gewickelt. Blut sickerte durch den Stoff. Er hielt sich mit beiden Händen den Kopf. «O Herr, o Herr», jammerte er. «Sie haben alles mitgenommen, Herr!»

«Was ist geschehen?» fragte Ibn Ammar grob. «Sag mir, was geschehen ist?»

«Sie haben mich geschlagen, Herr», heulte der Gärtner. «Ich konnte nichts tun, Herr, sie hätten mich getötet, Herr!»

«Wo ist mein Gast?» fragte Ibn Ammar. «Wo ist die Frau, die mit mir gekommen ist? Wo ist die Magd?»

«Ich weiß nicht, Herr», jammerte der Gärtner. «Wie soll ich es wissen, Herr! Sie haben mich geschlagen, Herr!»

Einer der Bauern am Tor sagte etwas, und der Junge gab es weiter: «Er sagt, die Magd ist bei ihren Leuten im Dorf. Er sagt, ihr ist nichts geschehen.»

Ibn Ammar ließ den Gärtner stehen, ging zum Haus. Der Junge folgte ihm bis zum Eingang. Auch die Haustür stand offen. Keine Spur von Gewaltanwendung. Entweder hatte die Magd den Eindringlingen freiwillig geöffnet oder sie waren über das Dach ins Innere gestiegen und hatten die Tür später von innen aufgemacht. In den Zimmern sah es wüst aus, jeder Raum durchsucht und leergeräumt, in der Madjlis die

Stoffbehänge von den Wänden gerissen, die Bezüge von den Polstern und Kissen, kein einziger Teppich mehr auf dem Boden, bis auf die billigen Schilfmatten in den Gängen.

Ibn Ammar lief durch die leren Räume, seine Schritte waren ungewohnt laut, er wagte nicht zu rufen, er ahnte, was ihn erwartete, und hielt sich doch an einer winzigen Hoffnung fest. Es gab eine versteckte Tür, die in den Garten führte, und eine Geheimpforte in der Umfassungsmauer. Vielleicht war den beiden doch die Flucht gelungen.

Die Tür zu dem Zimmer, das er dem Sabī als Schlafraum zugewiesen hatte, war geschlossen. Er zögerte. Er holte tief Luft, bevor er die Tür aufstieß.

Sie waren beide tot. Beide nackt und blutüberströmt. Nardjis noch halb in den Laken, zusammengekrümmt in einer Blutlache, mehrere Stichwunden im Rücken. Der Sabī vor dem Bett hingestreckt, als hätte er im letzten Augenblick noch versucht, sich den Angreifern entgegenzuwerfen. Es sah aus, als wären sie im Schlaf überrascht worden, ohne Vorwarnung, ohne die geringste Chance, sich zur Wehr zu setzen oder zu fliehen.

Ibn Ammar ging in das Zimmer hinein, das angefüllt war vom Geruch des Blutes. Wo sich das Blut in Lachen gesammelt hatte, war es noch rot, als bluteten die Wunden noch immer. Er zog das Laken weg, das den Kopf des Sabī bedeckte. Und prallte zurück, ging rückwärts mit steifen Schritten zur Tür, hielt sich mit beiden Händen fest. Sie hatten der Leiche den Kopf abgeschnitten.

Er war sich jetzt ganz klar darüber, was vorgefallen war, er brauchte keine Erklärung mehr. Die Lanzenreiter waren gekommen, um seinen Kopf zu holen. Irgend etwas völlig Unerwartetes mußte geschehen sein im al-Qasr von Murcia während seiner Abwesenheit. Ein Umsturz? Ein gewaltsamer Machtwechsel? Hatte Muhāmmad Ibn Tāhir gegen seinen Vater geputscht? War der alte Qa'id gestorben und hatte es einen Kampf um die Nachfolge geben? Was auch immer geschehen war, der Kronprinz mußte unter den Verlierern sein, und die neuen Machthaber nutzten die Stunde, um seine Gefolgsleute aus dem Weg zu räumen. In seinem Fall hatten sie den falschen Kopf genommen. Das gab ihm ein paar Stunden Vorsprung für die Flucht. Vier Stunden vielleicht. Es blieb ihm nicht viel Zeit.

Gegen eine würgende Übelkeit ankämpfend, ging er noch einmal in das Zimmer zurück, deckte die beiden Leichen zu. Verließ dann rasch das Haus, schloß alle Türen hinter sich, schloß auch das Haustor. Der

Junge wartete noch davor. Die Bauern begannen ihre Scheu zu verlieren und drängten in den Hof wie hungrige Hunde. Er machte keinen Versuch, sie hinauszuscheuchen, sie würden ohnehin über das Haus herfallen, sobald er weg war.

Er ließ den Jungen bei seinem Pferd zurück und lief zu dem Turm an der rückwärtigen Ecke des Hauses, wo er am Mauerfuß ein Geldversteck angelegt hatte, das einen Beutel mit zweihundert Dinar enthielt. Er verstaute das Geld in seinem Gürtel, lief zum Tor zurück. Einem weißhaarigen Shaikh, den er dort fand, gab er einen Dinar und trug ihm auf, die beiden Leichen, die im Haus lagen, auf dem Friedhof des Dorfes zu bestatten. Es war das einzige, was er noch tun konnte für den Sabī und Nardjis. Dann stieg er in den Sattel.

Der Junge stand abwartend am Tor, und für einen Augenblick überlegte Ibn Ammar, ob er ihn mitnehmen sollte. Er konnte einen Führer gebrauchen. Aber er ließ es. Es war zu gefährlich für den Jungen. Er warf ihm eine Münze zu und machte sich allein auf den Weg.

Er machte keinen Versuch, seine Spur zu verwischen, er hatte zu wenig Zeit, um eine falsche Fährte zu legen. Er ritt am Rande der Huertas entlang in östlicher Richtung. Nach einer Stunde, die er sein Pferd in einem scharfen Trab hatte gehen lassen, erreichte er die Ausläufer des Bergrückens, der das Tal der Segura im Süden begleitete, und hielt von da an in südöstlicher Richtung durch das hügelige Buschland gerade auf die Küste zu. Vier Stunden später erreichte er die schmale Straße, die ungefähr eine Meile landeinwärts an der Küste entlangführte. Er folgte ihr in nördlicher Richtung. Vor dem nächsten Dorf hielt er das Pferd an, drückte ihm einen Stechginsterstachel so in den rechten Vorderhuf, daß er beim Auftreten schmerzen mußte und führte es am Zügel weiter. Es war unwahrscheinlich, daß der Wāli des Dorfes schon von dem Machtwechsel in Murcia unterrichtet war, aber er wollte ganz sicher gehen. Ein Mann, der ohne Gepäck ankam und ein gutes Pferd zum Verkauf anbot, um zu Schiff weiterzureisen, machte sich immer als Flüchtling verdächtig.

Er fand im Dorf einen Mann, der ihm das humpelnde Tier für zwölf Dinar abkaufte und sich sehr beeilte, den Handel abzuschließen, ihm auch bereitwillig half, einen Fischer zu finden, der ihn gegen gutes Geld nach Denia zu bringen versprach. Zwei Stunden später brachen sie mit einem winzigen Segelboot auf. Der Samum blies immer noch, nicht stark, aber stetig. Schon am folgenden Nachmittag landeten sie in einer Bucht, die nur zwei Stunden Fußmarsch von Denia entfernt war.

Vier Tage später fuhr Ibn Ammar mit einem Küstensegler weiter nach Tortosa und machte sich von dort aus auf den Weg nach Zaragoza.

Und erst dort, in Zaragoza, vier Wochen nach seiner Flucht, erfuhr er von einem Kaufmann, was sich damals im al-Qasr von Murcia abgespielt hatte.

Es war ein Komplott nach klassischem Muster gewesen. Der Qa'id war eines natürlichen Todes gestorben, noch am selben Tag, an dem der Empfang stattgefunden hatte. Der Oberkämmerer hatte den Tod geheimgehalten und nur Muhāmmad Ibn Tāhir, den jüngeren Sohn, informiert. In der folgenden Nacht war Muhāmmad Ibn Tāhir, nur von wenigen Männern begleitet, mit Hilfe des Oberkämmerers in den al-Qasr eingedrungen. Beide hatten dann den Hauptmann der Leibwache in das Totenzimmer kommen lassen und ihm die Wahl gelassen, seinen Kopf zu verlieren oder Muhāmmad als neuem Qa'id zu huldigen. Der Hauptmann hatte gehuldigt, und man hatte seine Treue sofort auf die Probe gestellt, indem man ihn gezwungen hatte, an dem anschließenden Angriff auf den Palast des Kronprinzen Hassūn und an dessen Ermordung teilzunehmen. Weder in der Stadt noch beim Landadel hatte es danach noch nennenswerten Widerstand gegen den neuen Machthaber gegeben.

Die alte Sayyīda, die Galicierin, so berichtete der Kaufmann, hätte sich mit den wenigen Gefolgsleuten, die ihr geblieben waren, nach Aledo zurückgezogen.

21

CONQUES

PALMSONNTAG 15. NISSAN 4824
4. APRIL 1064 / 13. RABI II 456

Es war der erste Tag des Pessachfestes, und es war das erste Mal, daß Yūnus dieses Fest nicht in seinem Haus und im Kreis seiner Familie feierte. Er hatte den Sederabend allein im Kloster verbracht. Jetzt hoffte er, daß man ihn noch vor Mittag abreisen ließ, damit er wenigstens am zweiten Feiertag in Rodez und unter Glaubensbrüdern sein konnte.

Die Glocken begannen zu läuten, und aus dem Portal der neuen Klosterkirche kamen vier Fahnenträger, gefolgt von mehreren Laienbrüdern, die Kreuze und mannshohe Kerzen trugen und Weihwasserbecken und Weihrauchkessel. Zymbelschläger und Hornbläser folgten, und die Klosterschüler mit Blumen in den Händen, dahinter die Mönche mit ihren Palmwedeln, in leuchtend blaue Chorröcke gekleidet. Yūnus sah die Prozession nur in dem schmalen Ausschnitt, den die Lücke zwischen dem Torbau und dem Gästehaus des Klosters freiließ. Den Vorplatz der Kirche, auf dem der Abt in feierlicher Zeremonie die Dienstleute des Klosters verabschieden wollte, konnte er nicht einsehen.

Er saß im Obergeschoß des Krankenhauses, im Zimmer des Armarius, dem er am Vortag eine Fistel aus dem Tränenkanal des rechten Auges geschnitten hatte. Der Kranke schlief, oder er tat so, als ob er schliefe. Yūnus saß am Fenster. Sein Tagebuch lag aufgeschlagen vor ihm. Er hatte das Datum eingetragen und hielt die Rohrfeder in der Hand, aber er fand keinen Anfang. Während der drei Monate seit seiner Flucht aus Leon hatte er kaum mehr etwas eingeschrieben. Er überflog die letzten Einträge. Es waren nicht mehr als fünf kurze, in aller Hast hingekritzelte Absätze.

20. SHEWAT / 11. JANUAR

Gestern, nach langem Warten, kam endlich Ibn Eli aus Leon hier in Logroño an. Er ist im Gefolge des Bischofs von Le Puy gereist, der in Compostela gewesen war und auf dem Rückweg an dem Hoftag des Königs in Leon teilgenommen hat. Wie es scheint, hat Ibn Eli große Geschäfte mit dem französischen Bischof gemacht. Er steht jedenfalls in hohem Ansehen bei ihm. Wenn alles gutgeht, werden wir uns morgen auf einem Flußboot einschiffen, um den Ebro hinab nach Zaragoza zu reisen.

25. SHEWAT / 16. JANUAR

Immer noch in Logroño. Ibn Eli hat erfahren, daß es keine Möglichkeit gibt, von Zaragoza aus über die Berge nach Frankreich zu gelangen, wie er es vorhat. Der König von Aragon hält alle Pässe gesperrt. Er bereitet einen Feldzug gegen Zaragoza vor, um den Tod seines Vaters zu rächen, der im vergangenen Frühjahr bei der Belagerung der Grenzfestung Graus mitten in seinem Kriegslager von einem Mann des Fürsten von Zaragoza erstochen worden ist.

Ibn Eli will jetzt in Eilmärschen dem Bischof von Puy nachreisen, um mit ihm auf navarresischem Gebiet über die Berge zu kommen, was anscheinend im Winter immer ein gefährliches Unterfangen ist. Er hat zu seinem Schutz einen spanischen Hidalgo in Dienst genom-

men, einen Mann, der mir schon in Sevilla begegnet ist. Er hat damals dem Gefolge des verstorbenen Bischofs von Leon angehört.

Mir bleibt die Wahl, auf dem Ebro bis nach Tortosa zu fahren und von dort aus mit einem Küstensegler weiter nach Sevilla, oder mit Ibn Eli zu gehen und mit ihm gemeinsam von Narbonne aus die Heimreise anzutreten. Es gäbe für mich noch den direkten Landweg über Medinaceli und Toledo, aber davon raten alle ab: zu unsicher.

28. SHEWAT / 19. JANUAR

Heute in Pamplona angekommen, der Hauptstadt des Königs von Navarra. Es liegt Schnee und es ist sehr kalt. Auch der Bischof von Le Puy ist noch in der Stadt, um besseres Wetter abzuwarten. Der Paß von Roncesvalles, der nach Frankreich führt, soll nicht ungefährlich sein, wie man hört, und zwar nicht nur wegen der Wetterunbilden, sondern vor allem wegen der wilden Bergbewohner, von denen man hier Schauergeschichten erzählt. Sie zwängen harmlose Pilger und andere Reisende, sie auf dem Rücken die Berge hochzutragen und ähnliches mehr. Die Untertanen des Königs von Navarra gelten insgesamt als ein ungebärdiges Volk. Der große Julius Caesar hätte einst walisische und schottische Legionäre nach Spanien geschickt, um dort einen Aufstand zu bekämpfen. Diese Legionäre seien dann von den Kastiliern in die Berge zwischen Pamplona und Bayonne zurückgedrängt worden, hätten sich dort niedergelassen, alle einheimischen Männer niedergemacht und sich deren Frauen genommen. Daraus sei das Volk von Navarra entstanden.

29. ADAR / 19. FEBRUAR

Seit drei Tagen in Rodez, einer kleinen, starkbefestigten Stadt, nördlich der Hauptstadt des Grafen von Toulouse gelegen. Der Bischof von Le Puy hat mich an seinen Amtsbruder von Rodez «ausgeliehen» (das ist wohl die beste Bezeichnung dafür). Meine Anwesenheit ist völlig überflüssig. Es gibt einen ausgezeichneten Arzt hier, einen Griechen. Aber ich gelte als Wundermann, und der Bischof von Le Puy benutzt mich als eine Art Wandergeschenk, das ihm dazu dient, sich bei den umliegenden Herren in ein gutes Licht zu setzen.

Ich bin hier gezwungen, mich als Flüchtling auszugeben, weil alle Leute aus Andalusien als verdächtig gelten. Die Ermordung des Königs von Aragon hat auch die französischen Herren in Erregung versetzt, und der Aufruf zum Feldzug gegen die «Ungläubigen» findet großen Widerhall, wie es scheint. Viele haben vor, sich daran zu beteiligen, auch der Bischof von Rodez will seine Leute nach Aragon schicken.

Ibn Eli ist schon Anfang des Monats nach Norden weitergereist, nach Orleans und Paris. Er will noch vor Purim zurück sein. Gott sei mit ihm.

21. WEADAR / 12. MÄRZ

Noch immer in Rodez, wo mich der Bischof unter allen möglichen Vorwänden festhält, um mich nun seinerseits an befreundete Herren weiterzureichen. Übermorgen muß ich nach Conques, ein Kloster, wo die Statue einer angeblichen Heiligen namens Fides verehrt wird. Es liegt eine Tagesreise weit im Norden. Der Abt ist erkrankt.

Das Reisen wird zunehmend gefährlicher. Die Ernte im vergangenen Jahr soll ungewöhnlich schlecht ausgefallen sein. So viel Regen, daß das Korn teilweise schon auf dem Halm gekeimt hat. Jetzt wird der Mangel fühlbar. Die Armen essen rohe Wurzeln und backen Brot aus Hirsemehl und zermahlenen Eicheln. Die Straßen sind voll von Tagelöhnern, die nirgends mehr Brot und Arbeit finden und sich vor den Stadttoren und den Klöstern und den Kirchenportalen mit den einheimischen Bettlern um die Almosen prügeln. Ständig hört man von Überfällen, an denen in jüngster Zeit auch kleine Ritter beteiligt sein sollen. Die jüdische Gemeinde hier ist alarmiert. Der Nachbar meines Hauswirts wurde gerade eben für ein Lösegeld von zehn Pfund Pfennig Toulouser Währung, was ungefähr vierzig Dinar entspricht, aus der Gefangenschaft freigekauft. Irgendein kleiner Baron hatte ihn zehn Tagesreisen von hier auf aquitanischem Gebiet auf offener Straße überfallen. Der Bischof konnte nichts zu seiner Freilassung tun. Die Familie mußte zahlen. Jetzt fürchtet man weitere Übergriffe. Nach den Erfahrungen der Vergangenheit seien Hungerjahre immer auch böse Jahre für die Judengemeinden, heißt es allgemein. Die Verzweiflung der Armen verwandle sich nicht selten in eine unberechenbare Wut, die sich manchmal gegen die Obrigkeit kehre, meist aber an den Juden ausgelassen werde.

Ich warte auf Nachricht von Ibn Eli, der inzwischen längst zurück sein sollte. Auch sein Sohn, der in Le Puy geblieben ist, meldet sich nicht. Gott allein weiß, wie sehr ich mich danach sehne, wieder daheim in Sevilla zu sein.

Gott allein weiß es, dachte er. Und legte die Feder beiseite und klappte das Heft zu, ohne eine Zeile hinzugeschrieben zu haben. Er war heute nicht in der Stimmung zu schreiben. Es war sonderbar. Je mehr sich ereignete, desto weniger Zeit fand er, es schriftlich festzuhalten.

Er schaute aus dem Fenster, sah die Zuschauer, die sich vor dem

Kirchenportal drängten, hörte die Stimme des Abtes. Er konnte nichts verstehen, aber der Infirmarius hatte ihm erzählt, daß der Abt dem Aufgebot des Klosters zum ersten Mal die altehrwürdige Fahne der heiligen Fides mitgeben würde, damit die Ritter sie auf dem Feldzug gegen die Ungläubigen vorantrügen. Viele im Kloster erwarteten sich fabelhafte Reichtümer von diesem Feldzug. Auch der Abt gehörte dazu.

Yūnus kannte ihn. Er hatte ihn mehrfach wegen seiner Gicht behandelt und ihm einen strengen Diätplan zusammengestellt, von dem er wußte, daß er nicht eingehalten wurde. Der Abt war fast siebzig Jahre alt, ein großer, schwerer, zur Fettleibigkeit neigender Mann, mächtig und machtbewußt und von der gleichen Bauwut besessen, wie Bischof Alvito von Leon, aber ohne dessen asketischen Lebensstil. Gleich nach seinem Amtsantritt vor dreißig Jahren hatte er damit begonnen, eine neue Klosterkirche zu bauen, eine Kirche von so ungeheuren Ausmaßen, wie man sie in der christlichen Welt noch nie gesehen hatte. Er hatte den Bau fortgesetzt, obwohl in den Gewölben armdicke Risse aufgesprungen waren, und viele Mönche schon den Zorn Gottes an dem babylonischen Bauwerk sich hatten entzünden sehen. Er liebte die Pracht. Seine beiden Mönchskapläne waren ausgesucht schöne junge Männer. Das blauseidene Meßgewand, das er zur Palmenprozession trug, war mit 365 silbernen Glöckchen behängt. Er hatte die Zahl der Kantoren verdoppelt und die Zahl der Offizien, die während der Messe angestimmt wurden, er liebte es, die Kirche mit Hunderten von Kerzen taghell zu erleuchten, wenn er selbst die Messe las. Aber er wollte die Pracht nicht nur für sich selbst, er ließ auch die Mönche daran teilhaben. So hatte er dem Kloster aus seinem Eigenbesitz ein großes Gut vermacht, aus dessen Erträgen der Etat der Kleiderkammer um ein Drittel auf jährlich neunzig Pfund Pfennige erhöht worden war, und er hatte dazu noch aus seinem Erbe zwei Kirchen übereignet, deren Einnahmen es der Klosterküche erlaubten, das außerhalb der Fastenzeit gereichte Mittagessen im Refektorium um einen zweiten Gang zu erweitern. «Er stopft den Mitbrüdern das Maul mit gutem Essen, er blendet sie mit seidenglänzenden Kukullen, damit sie seinen wahnwitzigen Bauplänen zustimmen», hatte der Infirmarius einmal in großer Verbitterung Yūnus gegenüber geäußert. «Statt Armut predigt er Aufwand, statt Arbeit angenehmes Leben. Er sollte dem Frieden dienen und schickt die Dienstleute des Klosters in den Krieg. Er sollte der Welt entsagen, und holt die Welt in unser Kloster!»

Der Infirmarius schien jedoch ziemlich allein zu sein mit seiner Kritik. Die meisten Konventualen verehrten den Abt ohne Einschränkungen.

Während seiner Amtszeit war das Ansehen des Klosters beträchtlich gestiegen. Die Wunder, die die heilige Fides bewirkt hatte, waren weithin publiziert worden, was Jahr für Jahr mehr Wallfahrer nach Conques gelockt hatte. Mit der Zahl der Wallfahrer waren die Einnahmen gestiegen, die Opfer, die Spenden, die Schenkungen, die Übereignungen an Geld und Gut und Landbesitz, die Gewinne aus dem Verkauf von Wachs und Pilgerzeichen, die Pachtgebühren der Wirte und Händler, die am Strom der Pilger verdienten, die Zahl der Novizen aus reichen Familien, die mit ihrem Erbe den Besitz des Klosters vermehrten. Zwar hatte dieser riesige Strom von Gold und Geld noch immer nicht ausgereicht, um die gewaltigen Löcher zu stopfen, die der Neubau der Kirche in die Kassen des Klosters gerissen hatte, aber jetzt sollten mit einem Schlag alle Schulden getilgt werden. Der Feldzug gegen den Fürsten von Zaragoza sollte so viel Beute bringen, daß die Vollendung des großartigen Baues gesichert war. Deshalb hatte der Abt die Verabschiedung der Klostertruppen auf den Palmsonntag verlegt, deshalb veranstaltete er eine so aufwendige Zeremonie mit Messen an drei Stationen, mit Segnungen für Mann und Roß, mit feierlicher Fahnenweihe.

Yūnus sah die Ritter mit aufgestellten Lanzen, von deren Spitzen lange Wimpel flatterten, den steilen Weg hinunterreiten, der von der Stadt und vom Kloster ins Tal führte, vorbei an der Burg des Vogtes, der die Truppe anführte. Alle Glocken läuteten und noch einmal ertönte der Gesang der Mönche, als sie in langsamer Prozession den Weg zurück in die Kirche nahmen.

Wenig später sah Yūnus den Infirmarius über den Hof kommen und verließ leise das Zimmer und begab sich nach unten.

Das Infirmarium war ein vom übrigen Kloster abgeschlossener Bereich, ein Kloster im Kloster gewissermaßen, mit eigener Küche, eigenem Refektorium, eigener Kapelle, von einem kleinen Kräutergarten umgeben. Im Obergeschoß lagen die Schlafsäle der Kranken und die Räume der Senioren des Klosters, die hier den Vorzug geheizter Zellen und der reichhaltigeren Kost der Krankenhausküche genossen. Jetzt, gegen Ende der Fastenzeit und nach dem langen, harten Winter, waren alle Betten belegt. Viele Patienten mit Schwächeerscheinungen, viele mit Ausschlägen und Furunkeln, verursacht durch die einseitige Fastenkost und durch mangelnde Hygiene (die Mönche nahmen nur zweimal im Jahr vor Weihnachten und vor Ostern ein Bad). Auch einige Simulanten darunter, die einen Aderlaß verlangt hatten, um sich im Krankenhaus wieder einmal satt zu essen.

Yūnus ging mit dem Infirmarius die Reihen der Betten ab, erläuterte seine Diagnosen, gab Ratschläge zur Behandlung, während sich der Infirmarius auf einer Wachstafel Notizen machte. Der junge Leiter des Klosterkrankenhauses hatte keine medizinische Ausbildung, das hätte den Regeln seines Ordens widersprochen, er besaß nur einiges angelesene Wissen und ein paar praktische Kenntnisse über einfache Heilmittel und die Grundregeln der Wundbehandlung. Wenn er nicht weiter wußte, holte er einen Arzt aus Rodez, in schweren Fällen den Leibarzt des Bischofs selbst. So war auch Yūnus in das Kloster gekommen.

Als sie auf dem Weg zur Zelle des Armarius waren, begann plötzlich die große Glocke zu läuten, ungewöhnlich laut und unregelmäßig und ohne ersichtlichen Anlaß. Sie blickten aus dem Gangfenster in den Hof. Vom Kirchenportal her war Geschrei zu hören. Einige Mönche liefen eilig, so schnell, wie es die Würde gerade noch zuließ, auf das Claustrum zu, offenbar in der Absicht, von dort aus in die Kirche zu gelangen. Kurz darauf ließ sich der harte Schlag des hölzernen Gongs vernehmen, der die Konventualen in den Kapitelsaal rief.

«Was ist geschehen?» fragte Yūnus.

Der Infirmarius schlug ein Kreuz. «Ich weiß es nicht», sagte er. «Entweder etwas sehr Gutes oder etwas sehr Übles.» Und als er schon den Treppenabsatz erreicht hatte, rief er hoffnungsvoll über die Schulter zurück: «Vielleicht ein Wunder!»

Yūnus blieb am Fenster. Er hatte den Infirmarius oft von solchen Wundern erzählen hören. Wenn man ihm glauben wollte, war die heilige Fides, die in der Klosterkirche verehrt wurde, geradezu spezialisiert auf bestimmte Wunder. Sie machte Blinde sehend, sie weckte Tote auf, auch tote Tiere, und sie befreite Gefangene. Die Kirche hing voll von Ketten und Handschellen, die freigekommene Häftlinge ihr zu Füßen gelegt hatten. Daneben sollte die Heilige auch wunderbare Heilungen bewirken, und das war es, was Yūnus am meisten interessiert hatte. Er war mehrmals in der Kirche gewesen, einmal eine ganze Nacht hindurch, mitten zwischen den Gläubigen, zwischen Männern, Frauen, Kindern, zwischen Bauern, Bettlern, Kranken, Krüppeln in einem unbeschreiblichen Gestank aus Schweiß und Weihrauch und Kinderpisse und Kerzenruß. Er hatte hautnah die animalische Inbrunst dieser Leute miterlebt, die ansteckend war wie eine Krankheit, eine stöhnende, schwitzende, schreiende Frömmigkeit, die anschwellend und wieder abebbend wie eine Flutwelle durch das Kirchenschiff geschwappt war. Er hatte einen Mann erlebt, der, ans Chorgitter gekettet, den nackten Oberkörper von einem nässenden Ausschlag verunstaltet, sich so lange gegeißelt hatte, bis er heulend und zuckend zusammengebrochen war. Er hatte die Gläubigen so dicht gedrängt vor dem Chorgitter stehen sehen, daß eine Frau, die ohnmächtig geworden war, nur über die Köpfe hinweg hatte hinausgeschafft werden können, von vielen Händen zugleich getragen und weitergereicht. Sie war buchstäblich über den Köpfen hinausgeschwebt. Er hatte die irren, nervenzerrenden Schreie noch im Ohr, mit denen ein Lahmer plötzlich den leisen Gesang der Mönche zur Matutin übertönt hatte, um anzuzeigen, daß ihm die heilige Fides die Kraft gegeben hätte, auf eigenen Füßen zu stehen. Er erinnerte sich an den Aufschrei der Menge, als der Mann ein paar taumelnde, hilflose Schritte gemacht hatte, und an die gellenden Stoßgebete, die sich zu einem Wutgeheul gesteigert hatten, als er wieder zusammengebrochen war.

Die Kirche war ständig voll von Kranken, Tag und Nacht. Manche lagen wochenlang herum, manche hatten sich vor dem Chorgitter wohnlich eingerichtet, besaßen ihre Stammplätze, die sie mit handgreiflicher Zähigkeit verteidigten. Sie rissen sich schamlos die Kleider vom Leib, um der Heiligen ihre Wunden und Entstellungen zu zeigen. Sie ließen nachts ihre Kürbisflaschen herumgehen, sangen ihre Lieder, und Yūnus war überzeugt, daß sie in den dunklen Ecken der Seitenschiffe noch ganz anderen Vergnügungen nachgingen. Er hatte alles Mögliche erlebt, aber noch nie eine jener angeblich so berühmten Wunderheilungen mit eigenen Augen beobachten können.

Eine halbe Stunde nach dem ungewöhnlichen Glockengeläut kam der Infirmarius aus dem Claustrum zurück, ein Bündel auf den Armen tragend, das sich beim Näherkommen als ein Kind entpuppte. Ein Schwarm von Mitbrüdern folgte ihm, unter denen Yūnus den Sakristan erkannte, der ihm bis jetzt immer mit unverhohlener Abneigung begegnet war. Er wartete oben.

Der Infirmarius kam selbst, um ihn zu holen. Er war erregt und außer Atem und seine Augen leuchteten, als er auf Yūnus zukam. «Ein Wunder», sagte er strahlend. «Ein blinder Junge, dem das Augenlicht wiedergegeben wurde. Alle in der Kirche haben es miterlebt, er kann wieder sehen!»

«Bist du sicher, daß er blind war?» fragte Yūnus.

«Er war blind, ich weiß es. Er stammt aus Conques, jeder kennt ihn, jeder weiß, daß er blind war!»

«Wurde er blind geboren?» fragte Yūnus.

Der Infirmarius zog ihn am Arm die Treppe hinunter. «Nein, man hat ihm das Augenlicht genommen. Sein Vater war Hufschmied im Kloster. Er ist mit einem der Bastardsöhne des Vogts in Streit geraten und hat ihn erschlagen. Danach ist er Hals über Kopf mit seiner Frau geflohen. Der Junge blieb zurück. Als die Leute des Vogts ihn fanden, stachen sie ihm mit einer Ahle beide Augen aus. Ich habe die Wunden selbst gesehen, die durchstochenen Augen. Ich habe sie verbunden. Ich habe für ihn gebetet. Seit sechs Monaten habe ich für ihn gebetet.»

Man hatte den Jungen im Refektorium auf einen Tisch gesetzt. Die Mönche umstanden ihn in einer dichten Traube. Er war nicht älter als fünf, sechs Jahre, mit aufgetriebenem Leib und steckendünnen Gliedmaßen und dem Gesicht eines Greises. Er saß starr vor Angst auf der Tischplatte, die Beine angezogen, die Augen weit aufgerissen. Der unverhältnismäßig große Schädel schaukelte hin und her, die Lippen waren über die Zähne zurückgezogen, was ihm das Aussehen eines in die Enge getriebenen Hundes gab. Es war ganz eindeutig, daß er etwas sah, daß er zumindest hell und dunkel unterscheiden konnte. Einer der Mönche bewegte eine Kerze auf Armlänge vor ihm hin und her, und er folgte der Flamme mit den Augen.

«Er hat das Augenlicht! Er hat das Augenlicht!» schrie der Mönch und ließ sich auf die Knie nieder. Ein anderer nahm ihm die Kerze aus der Hand, jeder wollte das Wunder selbst erleben. «Oh gnadenreiche Jungfrau, oh heilige Fides, du schönste Perle des himmlischen Jerusalem!» schrie der Mönch auf den Knien, und seine Mitbrüder drängten sich noch dichter um den Jungen, und das Stimmengewirr wurde noch lauter, bis plötzlich eine schneidend helle Stimme den Lärm übertönte. Der Sakristan. Augenblicklich war Ruhe. Der Sakristan sprach mit verminderter Lautstärke weiter. Er sprach Latein. Yūnus konnte nicht verstehen, was er sagte, er sah nur, daß sich auf einmal alle Blicke auf ihn selbst richteten, und daß die Männer ihm respektvoll eine Gasse öffneten, während der Sakristan ihn an den Tisch winkte.

Aus der Nähe sah der Junge noch erschreckender aus. Er war völlig ausgezehrt. Als der Infirmarius sich über ihn beugte und beruhigend auf ihn einsprach, krallte er sich am Ärmel der Kutte fest und schrie mit dünner, winselnder Stimme: «Erbarmen, Herr, habt Erbarmen, Herr, habt Mitleid, Herr, um der heiligen Fides willen, habt Mitleid, Herr!»

«Er war bei den Bettlern», sagte der Infirmarius leise zu Yūnus, als wollte er den Jungen entschuldigen. «Er war die ganzen sechs Monate lang unter den Bettlern am Kirchenportal.»

«Wir sollten dafür sorgen, daß er etwas zu essen bekommt», sagte

Yūnus flüsternd. «Wir sollten ihn von hier wegschaffen, er hat Angst, es sind zu viele Leute hier.»

Der Sakristan unterbrach ihn. Wieder die schneidende Stimme, wieder in Latein. Der Infirmarius beeilte sich, seine Worte zu übersetzen. «Unser Vater, der ehrwürdige Herr Abt, wünscht, daß du den Jungen untersuchst», sagte er und setzte zögernd das «Magister» hinzu, das er immer dann benutzte, wenn er Yūnus vor Dritten ansprach. «Er wünscht, daß du seine Augen nach allen Regeln deiner medizinischen Wissenschaft untersuchst, Magister.»

Yūnus hob überrascht den Kopf. Bis auf den Sakristan, der sich ostentativ abwandte, blickten ihn alle an. Er konnte auf den Gesichtern hoffnungsfrohe Erwartung ablesen, sogar atemlose Spannung, aber auch Argwohn und Mißtrauen und hochmütig zur Schau gestellte Verachtung. Und er begriff auf einmal, was man da von ihm verlangte. Er sollte ein Wunder bestätigen. Er, der Jude, der nur jene Wunder anerkannte, die die Schrift den Propheten zuschrieb, sollte hier das angebliche Wunder einer christlichen Heiligen bestätigen. Und er konnte nicht ohne weiteres ablehnen. Es war ein Wunsch des Abtes. Er mußte versuchen, Zeit zu gewinnen. Er sagte: «Ich brauche einen Raum mit mehr Licht, und ich brauche Ruhe.»

Der Sakristan nickte kaum merklich mit dem Kopf.

«Alles nach deinen Wünschen, Magister», sagte der Infirmarius glücklich.

Yūnus brachte den Jungen in den Baderaum, der hinter der Küche lag, und setzte ihn auf das Fenstersims. Er bestellte beim Koch eine Brühe mit Kleiebrot und begann mit der Untersuchung, indem er dem Jungen zunächst wechselweise die Augen abdeckte. Als er sich umdrehte, sah er, daß ihm nicht nur der Infirmarius gefolgt war, sondern auch der Sakristan und einer der Senioren, der ständig im Krankenhaus wohnte. Sie hatten sich auf einer Bank neben der Tür niedergelassen.

Yūnus wandte sich flüsternd an den Infirmarius. «Was wollen die beiden hier?» fragte er. «Mir wäre es lieber, wir wären allein.»

«Das ist nicht möglich», antwortete der Infirmarius ebenso leise. «Der Capiciarius Sacrista führt das Protokoll über dieses Wunder. Er muß über alles informiert werden.»

Yūnus schaute sich die Narben im Augapfel an, während er den Jungen fütterte. «Er sieht nur auf dem rechten Auge, und ich glaube, daß er uns nur schemenhaft wahrnehmen kann», sagte er und auf das blinde Auge deutend, fuhr er fort: «Du siehst, daß hier die Linse durchstochen ist. Sie ist zerstört. Auf diesem Auge wird er nie mehr sehen können. Während der Stich beim anderen Auge daneben gegangen ist. Der Augapfel ist zwar auch hier durchbohrt, aber die Linse wurde nur am Rande beschädigt.»

Er sah den verständnislosen Blick des Infirmarius und rief nach dem Küchenknecht und ließ sich ein Stück Holzkohle bringen und begann, auf dem weißgescheuerten Badetisch die Seitenansicht eines Auges zu zeichnen. Über die Schulter hinweg bemerkte er, wie der Sakristan sich streckte und neugierig herüberäugte, ohne jedoch seinen Platz aufzugeben.

«Du siehst hier den Augapfel», sagte Yūnus, während er die Zeichnung vervollständigte. «Er ist eingehüllt von mehreren hauchdünnen Häutchen, wie eine Zwiebel von mehreren Schalen eingehüllt ist. Darunter liegt eine dickere Schicht, die wir Hornhaut nennen, und die das Auge schützt. Darunter liegt die Schicht, die die Farbe der Iris trägt. Sie besitzt vorn eine Öffnung, die Pupille. Hinter dieser Öffnung liegt das, was wir die Linse nennen, weil es die Form einer Linse hat. Die Linse ist durchsichtig und ähnelt geschmolzenem Glas, und wenn man mit dem Skalpell hineinschneidet, fühlt es sich an, als würde man durch morsches Eis schneiden.»

«Wenn man hineinschneidet?!» fragte der Infirmarius entsetzt.

«Einer meiner Lehrer hat es mir an einem Rindsauge demonstriert, das ich vom Metzger holen mußte», beeilte sich Yūnus zu erklären, und fuhr rasch fort: «Die Linse ist der wichtigste Teil des Auges. Sie liegt eingebettet in einem Netz feinster Nerven, wie ein Fisch im Netz des Fischers. Die Nerven münden hinter der Linse in einen Nervenstrang, der ins Gehirn führt und also das Auge mit dem Gehirn verbindet.»

Er hatte die Zeichnung vollendet und wartete auf eine Frage. Aber es kam keine Frage. Auch der Sakristan blieb stumm.

«Die alten Ärzte waren der Meinung, daß der Mensch beim Sehen einen Strahl aussendet, der vom Gehirn über die Nerven zur Linse läuft und von dort mit unvorstellbarer Geschwindigkeit zu dem Gegenstand eilt, den wir vor Augen haben, sich Form und Farbe des Gegenstandes einprägt und mit dieser Information auf dem gleichen Weg zurückkehrt: über die Linse und durch die hohlen Nervenbahnen ins Gehirn. Dieser Sehstrahl soll aus einer Art Pneuma bestehen, einem unendlich feinen, dem Feuer verwandten Stoff. Andere dagegen, jüngere Gelehrte, wie Ibn Haithām aus Kairo, sagen, daß es keinen Sehstrahl gibt, der vom Auge ausgeht, sondern daß umgekehrt das Auge von einem Lichtstrahl getroffen wird. Jeder Gegenstand, der leuchtet oder Licht widerspiegelt, sendet Lichtstrahlen aus, die das Auge treffen und durch die Linse und die Nervenbahnen zum Gehirn weitergeleitet werden. Was wir sehen, ist nichts anderes als dieses Licht.»

Yūnus hatte sehr schnell gesprochen. Jetzt brach er ab. Er war sich klar darüber, daß er mit seinen Erklärungsversuchen auch den gutwilligen und lernbegierigen Infirmarius überforderte. Es war unsinnig, christlichen Mönchen ohne jede Vorbildung die unterschiedlichen Theorien des Sehens nahebringen zu wollen. Es war absolut unsinnig.

«Wie auch immer», setzte er schnell hinzu, «es gibt viele Theorien, aber alle sind sich darin einig, daß der Vorgang des Sehens immer über die Linse verläuft und über die Nervenbahnen, die sie mit dem Gehirn verbinden. Wenn eines von beiden zerstört ist, kann der Mensch nicht mehr sehen. Darüber sind sich alle Autoritäten einig.»

Er schwieg, um seine Worte wirken zu lassen. Dann setzte er leise und nur für die Ohren des Infirmarius bestimmt hinzu: «Deshalb ist es auch unmöglich, daß ein Mensch, dem man beide Augen ausgerissen hat, jemals wieder sehen kann. Es ist unmöglich in dieser Welt.» Er wußte, welch heikles Thema er damit berührte, denn in der ersten Wundergeschichte, die von der Klosterheiligen überliefert war, wurde die gegenteilige Behauptung aufgestellt. «Bei diesem Jungen ist glücklicherweise der Augapfel noch erhalten», beeilte er sich fortzufahren. «Und auf dem rechten Auge ist auch die Linse noch intakt. Sie wurde zwar beschädigt, aber die Wunde hat sich wieder geschlossen. Deshalb kann der Junge wieder sehen.»

Er stockte. Er hielt den Jungen mit der linken Hand im Rücken und spürte plötzlich, daß der schmächtige Körper aufgehört hatte zu zittern. Der große Kopf schaukelte nicht mehr wild hin und her, die verstümmelten Augen waren auf sein Gesicht gerichtet, auf seinen Mund vielmehr, als hätte sich der Junge an seiner Stimme festgehalten und beruhigt. Yūnus fühlte sich seltsam angerührt. Er blickte auf den Infirmarius, er sah die zusammengepreßten Lippen, die Enttäuschung auf dem Gesicht des jungen Mönchs.

Er wollte etwas Versöhnliches sagen, er wollte sagen, daß man es durchaus als ein Wunder ansehen könne, wie Gott das Auge mit der Fähigkeit ausgestattet habe, selbst schwerste Verstümmelungen auszuheilen. Er wollte den Mönchen ihr Wunder nicht nehmen, aber bevor er ein Wort herausbrachte, kam ihm der alte Mönch zuvor, der an der Tür saß, und ihm bis jetzt ebenso schweigend wie der Sakristan zugehört hatte. Der Alte erhob sich mit einem leisen Klagelaut, stand da mit zuckenden Mundwinkeln, die Hände ineinander verhakt, brach plötzlich los: «Das sind die Worte eines Ketzters! Er ist ein jüdischer Ketzer. Er ist verstockt, wie es seine Väter waren, die die Wunder geleugnet haben, die unser Herr Jesus Christus vor ihren Augen bewirkt hat.» Er hatte eine hohe singende Stimme, die in den Ohren wehtat, obwohl er nicht laut sprach. «Gott wird ihn dafür strafen, wie er seine Väter gestraft hat!» Er nahm seine Stimme noch mehr zurück, als hätte ihn der Ausbruch zu sehr erschöpft, und setzte heiser und von keuchendem Atemholen unterbrochen hinzu: «Oh du verhärtetes Menschenherz, du blindes Auge, du taubes Ohr, du verwirrter Geist, du stammelnde Zunge, was weißt du von den Wundern Gottes! Ich habe einen Mann gesehen, der die Wunder der heiligen Fides leugnete wie du. Auch er sagte, wo der Mensch ein Auge ausreißt, kann Gott nicht mehr sehend machen. Auch er behauptete, in leeren Augenhöhlen könne Gott kein Licht mehr anzünden. Er war ein Ketzer wie du, ein Sohn Satans. Ich habe ihn auf seinem Sterbebett gesehen. Ich habe den widerlichen Geruch der Hölle gerochen, der ihm entströmte, ich habe die schwarze Schlange gesehen, die aus seinem Mund kroch, als der Tod nach ihm faßte. Ich habe sie mit eigenen Augen gesehen.» Er hielt schwer atmend inne, ließ sich auf die Bank fallen, saß da mit bleichem Gesicht, die Augen starr auf Yūnus gerichtet. Der letzte Rest an Kraft war in seinem Blick gebündelt, als wollte er Yūnus noch mit den Augen verfluchen.

Es war so still, daß man durch die geschlossene Tür das Summen des Wasserkessels über dem Küchenfeuer hören konnte. Yūnus blieb stumm. Auch der Infirmarius wagte nichts zu sagen. Er wirkte gepeinigt, geprügelt, als hätten ihn die Worte des alten Mönchs mitten ins Gesicht getroffen.

Der Sakristan stand auf, die Hände in den Ärmeln seiner Kappa gefaltet. «Wenn Gott will, macht er die Blinden sehend», sagte er mit schneidender Stimme. «Wenn Gott will, läßt er uns aus leeren Augenhöhlen sehen. Wenn Gott will. Er ist der Herr. Wer an ihn glaubt, wird geheilt werden!» Er machte einen Schritt auf den Infirmarius zu und fuhr mit leiser teilnahmsloser Stimme fort: «Bring das Kind in die Kirche zurück. Die Pilger wollen es sehen. Sie wollen das Wunder sehen, das Gott durch die Fürbitte der heiligen Fides an ihm gewirkt hat.» Und ohne Yūnus eines Blickes zu würdigen, drehte er sich um, faßte den alten Mönch unter dem Arm und zog ihn mit sich hinaus.

Der Infirmarius blickte auf den Jungen, dann auf Yūnus, hilfesuchend, mit hochgezogenen Schultern. «Ich muß gehorchen», sagte er unglücklich.

Yūnus wartete, bis er mit dem Jungen das Krankenhaus verlassen hatte, dann ging er in die Kammer, die man ihm als Schlafraum zugewiesen hatte und begann zu packen. Er war fast fertig, als ihm einfiel, daß er vergessen hatte, den Verband des Armarius zu wechseln. Er ließ in der Küche ein kleines Maß Wein erhitzen und ging hinauf.

Der alte Mann lag in seinem Bett wie aufgebahrt. Sein schmächtiger Körper hob sich kaum ab unter der schweren Wolldecke, nur die Zehen stachen hervor. Einer der Mönche, die mit dem Jungen aus dem Claustrum gekommen waren, saß an seinem Lager. Er verstummte, sobald Yūnus die Tür öffnete, und beeilte sich, den Raum zu verlassen, drückte sich scheu an Yūnus vorbei, schlug hastig ein Kreuz.

«Wer ist da?» fragte der Armarius mit unsicherer Stimme. Der Verband deckte ihm beide Augen ab.

«Ich bin es, der Hebräer», sagte Yūnus. Er stellte seine Arzttasche neben das Bett und machte sich daran, den Verband abzuwickeln. Die Operationswunde sah zufriedenstellend aus. Keine Entzündung, keine Sekretion, keine Schwellung. Er wusch die Wundränder mit dem warmen Wein und legte einen Breiumschlag auf. Der Armarius beobachtete ihn mit dem gesunden Auge.

«Unser junger Freund, der Infirmarius, ist ein großer Bewunderer deiner Kunst», sagte er.

«Ist er das?» erwiderte Yūnus, ohne seine Arbeit zu unterbrechen. Er wollte den neuen Verband auflegen, aber der Armarius hielt seinen Arm fest. «Hast du gewußt, daß *er* es war, der unserem Herrn Abt den Vorschlag gemacht hat, dich mit der Untersuchung zu beauftragen», fragte er.

«Nein, das wußte ich nicht», sagte Yūnus.

«Aber du bist nicht überrascht.»

«Ich habe es vermutet.»

Der Armarius hielt Yūnus' Arm noch immer fest. «Es war kein guter Einfall, nicht wahr?»

Yūnus zuckte leicht die Achseln. Er sagte nichts.

«Du glaubst nicht an das, was meine Mitbrüder ‹Wunder› nennen», fuhr der Armarius fort.

«Nein», sagte Yūnus.

Der Armarius ließ Yūnus' Arm los und richtete den Blick gegen die Zimmerdecke. «‹Wunder› ist ein großes Wort. Ein zu großes Wort dafür.

Die Bauern, die in unsere Kirche kommen, sprechen von den Spielchen der heiligen Fides, von ihren kleinen Späßchen. Das trifft es besser.» Er richtete das gesunde Auge wieder auf Yūnus und lächelte ihm aufmunternd zu.

«Der Gott, an den ich glaube, offenbart sich nicht durch kleine Wunderspielchen», sagte Yūnus mit größerer Heftigkeit, als er beabsichtigt hatte.

Der Armarius schien es nicht übel zu nehmen. «Hast du nie Zweifel?» fragte er ruhig.

«Ich habe Zweifel», sagte Yūnus, «große Zweifel, wenn du willst.»

Der Armarius lächelte nicht mehr. «Nicht jeder ist so stark im Geiste oder so stark im Glauben», sagte er.

«Von wem sprichst du? Von Bruder Gerald, dem Infirmarius?»

«Auch von ihm.»

Yūnus schüttelte entschieden den Kopf und wandte den Blick ab und sagte ruhig gegen das Fenster hin: «Er hat einen wachen Verstand und er benutzt ihn, um Gott näher zu kommen. Es ist der gleiche Weg, auf dem die Väter meines Volkes sich bemüht haben, zu Gott zu gelangen. Es ist ein steiler Weg, ein Weg ohne Ende, aber für mich ist es der einzige Weg.» Er stand auf und begann, neben dem Bett auf und ab zu gehen. Sie hatten diesen Punkt schon oft erreicht in ihren Gesprächen, hatten ihn umrundet, mit Argumenten eingekreist, leidenschaftlich, aber ohne Verbissenheit. Der Leiter der Bibliothek war neben dem Infirmarius der einzige im Kloster, der über solche Fragen ohne missionarischen Eifer diskutieren konnte. Offenbarte sich Gott nur der Vernunft, dem Verstand? Oder führte der Weg zu ihm nur über den Glauben?

«Willst du alle von Gott ausschließen, die schwach an Verstand sind, die Kinder, die Unmündigen, die Armen im Geiste? Sollen nur die Verständigen Gott nahe kommen, die Klugen, die Schriftgelehrten?» hatte der Armarius gefragt. Und Yūnus hatte geantwortet: «Wie kann ein unmündiges Kind Gott erkennen? Von welchem Alter an kann es ihn erkennen? Als Säugling? Als Sechsjähriger? Brauchen wir nicht die Erkenntnis, um ihn zu erkennen, und wächst die Erkenntnis nicht erst mit dem Alter, mit dem Verstand, mit dem Studium der Schrift?» Und der Mönch: «Vor Gott sind wir alle unmündige Kinder, auch der weiseste der Schriftgelehren!» Und Yūnus: «Aber wir sind auch Ebenbilder Gottes, und es ist die Vernunft, mit der wir ihm am nächsten sind!» Und so fort. Endlos. Ohne Ergebnis.

Yūnus blieb am Fußende des Bettes stehen. Er wollte sich nicht noch einmal auf ein solches Gespräch einlassen. «Es tut mir leid», sagte er, «wir wollen nicht mehr darüber reden.»

Der Armarius streckte die Hand nach ihm aus. «Nur eine Frage noch, mein Freund», sagte er. Es war das erste Mal, daß er diese vertrauliche Anrede gebrauchte. «Wenn Gott allmächtig ist, hat er dann nicht auch die Macht, einen Blinden aus leeren Augenhöhlen sehen zu lassen?»

«Gott hat uns Augen gegeben, damit wir sehen. Ohne Augen sind wir blind und bleiben für immer blind. Warum sollte Gott seinen eigenen Schöpfungsplan mißachten.»

Der Armarius nickte. Dann griff er nach Yūnus' Hand und zog ihn näher zu sich heran und sagte mit einer kleinen, dünnen Stimme: «Und wenn du selbst blind wärst, könntest du leben mit diesem Wissen? Könntest du leben ohne Hoffnung? Ohne jede Hoffnung?»

«Ich weiß es nicht», sagte Yūnus. Und schüttelte zögernd den Kopf und bekräftigte noch einmal: «Nein, ich weiß es nicht.»

Der Armarius lächelte ihm zu. «Und wenn ein Blinder zu dir käme und fragte dich in seiner Verzweiflung: Magister, gibt es Hoffnung, daß ich wieder sehen kann? Würdest du ihm antworten: Nein, keine Hoffnung?»

«Ich weiß es nicht», sagte Yūnus, obwohl er wußte, daß er damit das Tor öffnete für viele andere Fragen. Er fühlte sich auf einmal sehr müde.

«Warum willst du uns dann verwehren, daß wir Hoffnung geben, wo der Arzt keine Hoffnung mehr sieht?» fragte der Armarius. «Helfen wir nicht dem Kranken, wenn wir ihm Hoffnung geben, auch wenn es wider alle Vernunft ist? Willst du ihn der Hoffnungslosigkeit überlassen, der Verzweiflung? Willst du, daß die Krankheit des Leibes auch seine Seele erfaßt und ihn an Gott verzweifeln läßt?» Er hatte sich in Erregung geredet, jetzt schwieg er erschöpft und blickte Yūnus erwartungsvoll an. Aber Yūnus gab keine Antwort. Er hatte plötzlich das Bild des Jungen vor sich, die dünnen Arme, die sich ihm in einer Bettelgebärde entgegenstreckten, die aufgerissenen Augen. Sechs Monate lang war der Junge unter den Bettlern vor der Kirche gelegen, den ganzen harten Winter hindurch. Ein Wunder, daß er überlebt hatte. Ein Wunder, daß gerade jetzt das Auge gut genug verheilt war, um die gläubigen Wallfahrer auf ihn aufmerksam zu machen. Jetzt würden sich die Mönche seiner annehmen, ihn aus dem Elend befreien, dafür sorgen, daß er wieder zu Kräften kam, schon im Interesse des Klosters. Das war das eigentliche Wunder. Wahrhaftig ein Wunder.

«Denk auch an unseren jungen Freund, den Infirmarius», fuhr der alte

Mönch fort. «Ich beobachte ihn seit fünf Jahren, seit er zu uns gekommen ist. Er ist ein guter Mönch, aber er will ein vollkommener Mönch sein. Er hat gehofft, in unserem Kloster ein Abbild des Reiches Gottes zu finden, aber er hat nur Unzulänglichkeiten gefunden. Er ist voller Verzweiflung. Er will glauben mit aller Kraft seines Herzens, aber die Vernunft läßt ihn zweifeln an seinem Glauben, und die Unvollkommenheiten seiner Mitbrüder bestärken ihn noch in seinen Zweifeln. Er hat in diesen blinden Jungen seine ganze Hoffnung gesetzt. Er hoffte auf ein Wunder. Er hat für ihn gebetet, er hat seine Hand über ihn gehalten. Er wollte ihn ins Kloster holen, aber aus Rücksicht auf die Familie des Vogts hat man es verhindert. Als ich hörte, daß es dieser Junge war, der das Augenlicht wiedergewonnen hatte, war ich sicher, daß der Infirmarius seinen Frieden finden würde. Es war das Wunder, auf das er so lange gewartet hatte. Und er war sich dieses Wunders so sicher, daß er den Abt bat, dich mit der Untersuchung zu beauftragen. Er bewundert dich, er bewundert die Kraft deines Verstandes. Er hoffte, daß auch du ...» Er brach unvermittelt ab, als hätte er das Ziel seiner Rede aus den Augen verloren, lauschte mit schräggehaltenem Kopf. «Es läutet nicht mehr», sagte er.

Die Glocken waren verstummt. Auch Yūnus nahm es erst jetzt wahr.

«Sie verkünden das Wunder von der Kanzel», sagte der Armarius leise. Und nach einer Weile fügte er mit einem schmerzlichen Lächeln hinzu: «Aber er wird es nicht anerkennen. Er wird es nicht anerkennen.» Dann drehte er den Kopf und faßte Yūnus fest ins Auge und sagte in bittendem Ton: «Willst du ihm nicht helfen, mein Bruder. Um des allmächtigen Gottes willen, den wir beide anbeten, hilf ihm! Ich verlange nicht, daß du von einem Wunder sprichst. Nenne es wie du willst, göttliche Gnade, Heilkraft der Natur, unerklärliches Phänomen. Ich bitte dich nur um das Zugeständnis, daß du mit deiner ärztlichen Kunst dem Jungen nicht hättest helfen können, sondern daß es ein anderes war, das ihm das Augenlicht wiedergegeben hat. Hilf unserem jungen Freund, seinen Glauben wiederzufinden, den Glauben an den allmächtigen Gott, der ihm hilft, anderen zu helfen.»

Die Sonne war so weit gewandert, daß sie ins Zimmer schien und einen schmalen, leuchtend hellen Streifen auf die weiße Wand am Fußende des Bettes warf. Yūnus beobachtete, wie der Streifen breiter wurde und ihm anzeigte, daß es inzwischen längst zu spät geworden war für die Abreise. Eine seltsam versöhnliche Stimmung hatte ihn erfaßt, ein Gefühl wärmender Zuneigung, das von innen kam und ihn ganz erfüllte. Gegen sein besseres Wissen, gegen seinen Willen nickte er dem alten Mann zu.

Am selben Tag noch wurde das Wunder ein zweites Mal verkündet, diesmal vom Abt selbst. Und Yūnus stand auf der offenen Empore über der Pforte, die vom Claustrum in den Chor der Klosterkirche führte. Stand für alle sichtbar vor den Augen der Pilger, die das Kirchenschiff bis zum letzten Platz füllten, während der Abt mit ausgestrecktem Arm auf ihn deutete und ihn als den großen hebräischen Arzt vorstellte, der wider seinen Glauben das Wunder hätte bestätigen müssen.

Yūnus aß nicht und trank nicht und wusch sich nicht. Er wachte die ganze Nacht. Beim ersten Morgengrauen schrieb er in kalter Verzweiflung in sein Tagebuch:

Alles hat sich verkehrt, alles ist mir zum Schlechten ausgeschlagen. Oh Karīma, ich kann nur zu Dir sprechen. Hör mich an.

Ich sage: Nein, Gott will nicht, daß wir dem unheilbar Kranken vorgaukeln, er könne geheilt werden. Er will nicht, daß wir Hoffnung wecken, wo keine Hoffnung ist. Er will nicht, daß wir vor ihm auf dem Bauch kriechen und heulend um Heilung betteln. Er ist Gott, der Herr, der Allmächtige. Er ist kein Arzt. Und wer in seinem Namen die Kranken, die Lahmen, die Blinden, die mit unheilbaren Leiden behafteten zu sich ruft und ihnen gegen alle Vernunft vormacht, sie könnten geheilt werden, nur durch das Gebet, der befreit sie nicht von ihren Leiden, sondern beraubt sie ihrer Vernunft und versündigt sich gegen Ihn, den Herrn. Denn Gott hat uns nicht als unmündige Kreaturen geschaffen, sondern nach seinem Ebenbild.

Wenig später klopfte der Infirmarius an Yūnus' Tür und holte ihn an das Bett des Jungen. Der Junge fieberte stark. Er erbrach alles, was sie ihm einflößten. Sie wachten gemeinsam an seinem Bett. Zwei Stunden nach Sonnenaufgang starb er.

Kurz danach verließ Yūnus das Kloster. Der Infirmarius begleitete ihn bis vor das Tor. Sie weinten beim Abschied. Sie weinten beide. Und Yūnus wußte, daß sein Opfer auch dem Infirmarius nicht den Frieden gebracht hatte. Es war alles vergebens gewesen.

22

TOULOUSE

DONNERSTAG 8. APRIL 1064
19. NISSAN 4824 / 17. RABI II 456

Sie ritten über die breite Lagerstraße, auf der ein wüstes Gedränge herrschte: Leute aus der Stadt, die über den Fluß gekommen waren, um die fremden Ritter anzugaffen, Bauern, die Heu und Stroh brachten, Hirten mit Ziegen und Schafen, Brennholzverkäufer, schreiende Händler und noch lauter schreiende Ausrufer, die sich bemühten, den Wirten an der Brücke neue Kunden zu verschaffen. Rechts und links waren Zelte aufgebaut, eine Stadt von Zelten, ein Wald von Fahnen und Wimpeln, viele Farben, die ihnen unbekannt waren, Aufgebote von Herren, die über Länder herrschten, von denen auch der Capitan noch nie gehört hatte, Pferdekoppeln, Troßwagen, schwerbewaffnete Posten. Sie fragten sich durch, fragten nach den Namen der Herren. Guilleaume, Herzog von Aquitanien und Graf von Poitou. Ebles de Roucy. Thibert de Semur, Graf von Chalon. Gerard, Sire de Busseuil. Barone aus Burgund und aus der Provence. Aufgebote von Bischöfen und Klöstern. Eine eindrucksvolle Streitmacht. Nicht so gewaltig wie das Heer des Königs von Leon in Merida, nicht so prächtig wie die Lanzenreiter des Fürsten von Sevilla, aber schlagkräftig und gut bewaffnet. Und viele Herren, denen man seine Dienste anbieten konnte.

Der Capitan hielt Ausschau. Sie waren am Nachmittag mit dem Troß des Grafen Ebles de Roucy angekommen. Der Capitan hatte schon auf dem Herweg versucht, sich dem Grafen anzudienen, aber der hatte ihn nicht zu sich vorgelassen. Auch jetzt hatte er kein Glück. Die französischen Herren schienen keinen Bedarf zu haben an einem Mann, der die Sprache der Sarazenen sprach und ihre Art zu kämpfen kannte. Sie gaben sich so, als ginge es schon darum, die Beute zu verteilen, und als würde jeder neue Mann nur ihren Anteil verringern. Manche Posten wurden schon mißtrauisch, wenn der Capitan nur davon anfing zu erzählen, daß er schon in den Ländern der Sarazenen gewesen sei, als hielten sie ihn für einen Spion. Vielleicht lag es aber auch nur daran, daß der Capitan zu alt war. Wohin sie auch kamen, überall trafen sie nur auf junge Männer, zwanzig Jahre, fünfundzwanzig Jahre, nicht älter. Nur ein paar von den Anführern hatten graue Bärte. Vielleicht war der Capitan wirklich zu alt.

Als sie an dem Lagerabschnitt vorüberkamen, den die Leute des

Grafen Ebles de Roucy besetzt hielten, und an der Koppel, auf der die Pferde seines Aufgebots standen, sah Lope das Maultier Ibn Elis, des Kaufmanns aus Sevilla, und daneben die Reittiere der vier anderen jüdischen Kaufleute, die sich ihnen bei der Abreise in Paris angeschlossen hatten. Noch ein anderes Maultier stand da, das ihm bekannt vorkam. Er hatte ein gutes Auge für Tiere.

Er machte den Capitan darauf aufmerksam. «Dort drüben, Herr, seht Ihr das Maultier? Es gehört dem Hakīm aus Sevilla.»

«Dem jüdischen Hakīm?» fragte der Capitan. «Bist du sicher?»

Lope sagte, daß er sicher wäre.

«Wie soll das Maultier des Hakīm hierherkommen?» fragte der Capitan.

«Vielleicht haben sie ihn genauso mitgenommen wie Ibn Eli, den Kaufmann, und die anderen Juden», sagte Lope.

«Das ist unmöglich», sagte der Capitan. «Wir hätten es sehen müssen.»

«Vielleicht war es die Vorhut», sagte Lope.

Der Capitan sagte nichts. Er vermied es, zu dem Maultier hinüberzuschauen. Auch Lope fühlte sich unbehaglich. Es war nicht gut gewesen, was die Leute des Grafen mit dem Kaufmann gemacht hatten und mit den anderen. Es war nicht gut gewesen, daß sie ihn geschlagen hatten und aus dem Sattel gezerrt. Der Kaufmann war immer anständig zu ihnen gewesen und er hatte dem Capitan gutes Geld gezahlt für seine Dienste. Er hatte den Leuten des Grafen sogar verschwiegen, daß der Capitan in seinem Dienst war. Lope begriff nicht, warum sie ihm nicht hatten helfen können. Er begriff nicht, warum es die französischen Ritter nicht leiden mochten, daß ein christlicher Hidalgo im Dienst eines Juden war. Er begriff vieles nicht. Er hoffte nur, daß es dem Hakīm nicht ebenso ergangen war wie dem Kaufmann. Auf der langen Reise von Pamplona über die Berge hatte der Hakīm oft mit ihm gesprochen, so wie ein Vater mit seinem Sohn spricht, nicht wie ein vornehmer Herr zum Burschen eines Hidalgos. Der Hakīm hatte ihm oft eine Münze zugesteckt, und einmal, auf dem Paß, als er gefroren hatte wie ein nasser Hund unter dem eiskalten Bergwind, hatte er ihm eine Decke gegeben.

«Der Hakīm ist in Le Puy», sagte der Capitan mürrisch. «Weit weg von der Straße, auf der wir hergekommen sind.»

Lope wünschte, er hätte das Maultier nicht gesehen.

Am Ende der Lagerstraße stand ein Dutzend Zelte, die aussahen wie jene, die sie im Feldlager des Fürsten von Sevilla gesehen hatten. Gestreifte Leinwand, blau-rot und grün-gelb in leuchtenden Farben, die Zeltstangen reich geschnitzt. Einige der Pferde, die vor den Zelten festgebunden waren, trugen maurisches Zaumzeug, und einer der beiden Posten, die den Eingang bewachten, hatte einen maurischen Helm auf. Die Fahne, die über dem Hauptzelt hing, war gelb mit einem eingestickten silbernen Schlüssel.

Der Capitan stieg vom Pferd und fragte den Posten mit dem maurischen Helm, wer sein Herr wäre und woher er käme.

«Was willst du?» fragte der Posten zurück. Er sprach die gleiche Sprache wie die normannischen Ritter, die im Aufgebot des Grafen Ebles de Roucy mitgezogen waren.

«Ich suche Arbeit», sagte der Capitan. Er trat nicht mehr so großspurig auf wie am Anfang der Lagerstraße.

Der Posten musterte ihn, ohne eine Miene zu verziehen, und wandte sich an den zweiten Posten, und die beiden unterhielten sich in einer anderen, unverständlichen Sprache. Dann lief der zweite Posten los und verschwand in einem der Zelte.

Als er zurückkam, war ein baumlanger, weißhäutiger Mensch bei ihm, glattrasiert, barhäuptig, die Haare auf eine seltsame Weise geschnitten. Der Lange stellte sich vor dem Capitan auf und blickte auf ihn hinunter. «Was hast du zu bieten außer Pferd und Waffen?» fragte er. Es klang nicht unfreundlich.

«Ich spreche die Sprache der Sarazenen», sagte der Capitan. Er war einen Kopf kleiner als der Lange.

«Wir haben einen bei uns, der die Sprache der Sarazenen von seiner Mutter gelernt hat», sagte der Lange und verzog den Mund zu einem kaum merklichen Lächeln.

«Du glaubst mir nicht?» fuhr der Capitan auf. «Oder was willst du damit sagen?»

Der Lange hob die Achseln. «Was hast du sonst noch zu bieten, Alter?» fragte er.

«Ich war dort, wo Ihr hinwollt», sagte der Capitan schroff. «Ich war an der Grenze von Aragon, ich war in Lerida, in Zaragoza. Ich kenne die Gegend, ich kenne die Moros.»

Der Lange nickte mit dem Kopf und lächelte. «Das hört sich gut an», sagte er. Und wandte sich zum Gehen und bedeutete dem Capitan mit einer Kopfbewegung, daß er ihm folgen sollte.

Der Capitan schnallte sich umständlich den Schwertgürtel ab und gab ihn Lope und deutete mit dem Daumen über die Schulter auf die Fahne an der Zeltstange und fragte den Langen beiläufig: «Wer ist das? Ich habe diese Farben noch nie gesehen?»

«Der Bischof von Rom», sagte der Lange.

Den Capitan riß es herum. «Der Bischof von Rom? Der Papst?» fragte er zweifelnd. «Ihr dient dem Papst in Rom?»

«Warum nicht», sagte der Lange gleichmütig. «Ein Dienstherr wie jeder andere.»

Der Capitan beeilte sich, ihm nachzukommen, während Lope bei den Pferden zurückblieb.

Sie waren Gott dankbar, daß es warm war, und der Boden trocken, und daß die Sonne schien. Bis auf die beiden Schwiegersöhne des Kaufherrn aus Toulouse waren sie alle in einem Alter, in dem eine Nacht im Freien tödlich sein konnte, wenn es naß und kalt war. Und sie hatten schon einige Nächte hinter sich. Ja, sie konnten Gott dankbar sein.

Sie waren zu sechst, Yūnus, Ibn Eli, die drei Tolosaner und ein Rabbi aus Montpellier, der ständig betete. Sie kauerten zwischen den Rüstwagen, die Füße an einer Kette, die durch zwei Räder lief. Als sie in Toulouse angekommen waren, hatte man sie gefesselt, obwohl die Rüstwagen von vier Posten scharf bewacht wurden und an eine Flucht nicht zu denken war. Die Kette schien auch eher als Druckmittel gedacht zu sein, um die Lösegeldverhandlungen zu beschleunigen.

Yūnus starrte teilnahmslos vor sich hin. Die vier Tage Fußmarsch hatten ihn so ausgelaugt, daß er keine Kraft mehr hatte, sich aufzulehnen. Noch immer kam ihm das, was geschehen war, auf eine merkwürdige Weise unwirklich vor. Als weigerte sich sein Verstand, sich damit auseinanderzusetzen, als wollte er es nicht wahrhaben. Er erinnerte sich mit besonderer Deutlichkeit an jene unbegreifliche Szene in der Taverne, die seiner Gefangennahme vorausgegangen war. Er allein am Tisch über den gekochten Eiern, die er in Ermangelung koscherer Kost beim Wirt bestellt hatte. Am anderen Ende des Schankraums die Ritter, zwei alte und sechs junge, fröhlich und ausgelassen beim Wein. Und dann plötzlich dieser eine von den Rittern vor ihm. Ein junger Kerl, groß, mit rosigem Gesicht, kaum achtzehn Jahre alt. Und ihm die Kappe vom Kopf geschlagen, mit kalten Augen, ohne Vorwarnung, ohne Anlaß. Und ihn am Bart über den Tisch gezerrt und mit einem Tritt zur Tür hinaus. «Was macht der Jude hier! Raus!»

Er hätte sofort fliehen sollen nach diesem Vorfall, aber seltsamerweise hatte er nicht einen Augenblick an Flucht gedacht. Er war entsetzt gewesen, gedemütigt, aufgebracht, er hatte an alles mögliche gedacht, an eine Verwechslung, eine Geistesverwirrtheit, eine unverschämt freche Sufflaune eines zu jungen Burschen, der den Wein nicht gewohnt war. Aber er hatte sich nicht wirklich in Gefahr geglaubt.

Auch danach, als er all seiner Habe beraubt worden war, und sie ihn an einem Strick hatten hinter sich herlaufen lassen, auch da hatte er noch nicht für möglich gehalten, daß es ein Stück alltägliche Wirklichkeit war, was er erlebte, daß es gang und gäbe war in den Ländern der Franken, nichts außergewöhnliches. Erst heute, als Ibn Eli und die anderen plötzlich zu ihm zwischen die Wagen gestoßen worden waren, erst als er erfahren hatte, daß sie das Gleiche durchgemacht hatten, erst da war ihm allmählich aufgegangen, in welcher Lage er sich befand. Es war schwer zu verstehen. Es war schwer, weil der Verstand es nicht fassen wollte.

Vom Lagertor her war die Stimme des Kaplans zu hören, ein lautes, wütendes Gebell. Unter diesem Kaplan des Grafen Ebles de Roucy hatten die anderen schon genug zu leiden gehabt. Der Priester hatte dafür gesorgt, daß ihnen die Reittiere weggenommen worden waren, und hatte ihnen jeden Tag von früh bis spät eine Zeile aus dem 59. Psalm vorgehalten: «Heißt es nicht im Buch eurer Väter im 59. Psalm: Herr, lasse sie herumwandern!» Immer wieder war er mit diesem Spruch gekommen, auch als kein Mensch mehr über seinen albernen Scherz gelacht hatte.

Sie hörten ihn näher kommen, sahen ihn zwischen den Wagen auftauchen, klein, giftig, mit hochgerecktem Kinn. Er stieß einen Jungen vor sich her, der einen groben, kurzen Rock trug. «Ich gebe euch Zeit für drei Vaterunser!» sagte er barsch.

Der Kaufherr hob entsetzt die Arme, als er den Jungen sah. Er wollte etwas sagen, aber er brachte kein Wort heraus. Er brauchte nichts zu sagen, jeder konnte sehen, daß der Junge sein Sohn war.

«Verzeiht, Vater», sagte der Junge. «Wir haben wenig Zeit. Wir sind erst heute morgen benachrichtigt worden, und man hat mich erst jetzt zu Euch vorgelassen.» Er sprach schnell und eindringlich, und in seiner Stimme schwang Furcht mit, obwohl er es zu unterdrücken versuchte.

«Habt Ihr nicht den Bischof verständigt?» unterbrach ihn sein Vater. «Warum ist kein Vertreter des Bischofs mit dir gekommen?»

«Verzeiht, Vater, aber der Nāsi verhandelt schon seit vier Tagen mit den Leuten des Bischofs. Außer Euch sind noch vierzehn andere Mitglieder der Gemeinde in Gefangenschaft.»

«Du meinst hier in diesem Kriegslager?» fragte der Kaufherr entsetzt.

«Einige hier, einige in Saint Sernin.»

«In Saint Sernin?» fragte Ibn Eli.

«In der Vorstadt», erklärte einer der beiden Schwiegersöhne des Kaufherrn.

«Und warum sorgt der Bischof nicht dafür, daß man uns freiläßt?» fragte der Kaufherr mit schriller Stimme dazwischen.

«Vater verzeiht, wenn ich Euren Unwillen erregt habe», erwiderte der Junge mit zermürbender Höflichkeit. «Aber Ihr wißt nicht, was in den letzten Tagen in der Stadt vorgefallen ist. Der Bischof läßt unser Viertel von seinen Leuten bewachen. Gott allein weiß, was uns zugestoßen wäre, wenn er uns nicht beschützt hätte. Alle Häuser außerhalb des Viertels wurden geplündert. In Saint Sernin haben sie vier Häuser angezündet.» Er nannte in aller Eile die Namen der betroffenen Hauseigner, die Namen derer, die bei den Plünderungen getötet oder verletzt worden waren. «Wir sind eingeschlossen, Vater, niemand wagt, das Viertel zu verlassen. Ich selbst bin nur durch das kleine Tor am Bischofspalast hinausgekommen.»

«Das habe ich nicht gewußt», murmelte der alte Mann mit tonloser Stimme. «Gott möge seine Hand nicht von uns abziehen.»

Der Junge wiederholte die Bitte um den Beistand Gottes und fuhr dann mit leiser Stimme fort: «Der Nāsi, Gott schütze ihn, läßt Euch ausrichten, daß die Entscheidung getroffen wurde, in dieser Situation nicht auf Lösegeldforderungen einzugehen. Alle Mitglieder des Rates haben sich dieser Entscheidung angeschlossen.»

«Eine richtige Entscheidung», sagte Ibn Eli grimmig.

Der Junge sprach in großer Hast weiter: «Ich soll Euch mitteilen, daß die Herren, die gegen die Sarazenen ziehen, auf dem Weg hierher auch Glaubensbrüder aus Rodez, Albi, Caracassonne und Narbonne gefangengenommen haben und in diesem Lager festhalten. Ich soll Euch mitteilen, daß die Gemeinde von Narbonne sich an den Erzbischof gewandt hat, und daß der Erzbischof einen Gesandten nach Rom geschickt hat, um den Bischof von Rom um ein Sendschreiben zu bitten, in dem er den Herren, die in seinem Auftrag gegen die Ungläubigen kämpfen, verbietet, die Mitglieder der hebräischen Gemeinden wie Ungläubige zu behandeln und auszurauben und zu ermorden.»

«Wann ist der Bote abgereist?» fragte der Kaufherr.

«Vor sechs Tagen», antwortete der Junge. «Die Nachricht kam heute morgen.»

«Erst vor sechs Tagen!» schrie der Kaufherr auf. «Er braucht zwanzig

Tage bis er in Rom ist, und zwanzig Tage zurück, und wer weiß, wie lange sich der hohe Herr in Rom Zeit läßt für seine Antwort. Sollen wir noch monatelang unter dieser Mörderbande ausharren?»

Der Junge rutschte näher zu seinem Vater heran und sagte leise: «Verzeiht Vater, aber ich habe nur weitergegeben, was man mir aufgetragen hat. Sagt mir, was ich tun soll und ich werde es tun.»

Der Kaufherr beugte sich zu ihm und sprach auf ihn ein. Er sprach stockend und gehetzt und so leise, daß nichts zu verstehen war.

Ibn Eli neigte sich über Yūnus' Ohr. «Der Dummkopf will zahlen, ich ahne es», sagte er. «Er begreift nicht, was auf dem Spiel steht.»

«Er ist ein alter Mann, Etan», flüsterte Yūnus zurück.

«Er ist nicht viel älter als wir», erwiderte Ibn Eli unbeeindruckt.

Der Kaplan stand plötzlich zwischen ihnen. «Schluß jetzt!» sagte er grob und zog den Jungen am Kragen hoch und zerrte ihn hinter sich her. Der Kaufherr rief ihm auf Hebräisch ein paar Flüche nach, so furchtbare Flüche, daß selbst Ibn Eli zusammenzuckte.

Später, eine halbe Stunde vor Sonnenuntergang, als ein Knecht ihnen das Essen brachte, kam der Kaplan noch einmal zurück, baute sich vor ihnen auf und musterte sie, einen nach dem anderen, mit einem lauernden Grinsen, das seine Vorderzähne entblößte.

«Es gibt einen schönen alten Brauch in dieser schönen Stadt Toulouse, einen Brauch, der leider schon fast in Vergessenheit geraten war», sagte er langsam und jedes Wort auskostend. «Morgen am Leidenstag unseres Herrn wird man ihn wieder aufleben lassen. Morgen wird ein Jude all das erleiden, was unser Herr Jesus Christus von euren Vätern erleiden mußte, als er vor dem hohen Rat in Jerusalem stand. Und es wird einer von euch sein, der es erleiden wird. Wir haben den guten Leuten von Toulouse versprochen, daß wir ihnen einen Juden zur Verfügung stellen für ihren schönen alten Brauch.» Er wandte sich grinsend ab und setzte im Weggehen hinzu: «Ihr habt Zeit bis zum Morgen, um unter euch zu entscheiden, wem ihr diese ehrenvolle Aufgabe anvertrauen wollt.»

Yūnus beobachtete, wie der Kaufherr zusammenzuckte und einen entsetzten Blick mit seinen beiden Schwiegersöhnen wechselte.

«Was ist das für ein Brauch?» fragte Ibn Eli. Auch er schien jetzt beunruhigt.

«Es ist gegen das Gesetz! Es ist gegen alle Verträge und Abmachungen», heulte der Kaufherr plötzlich los. «Der Bischof wird es nicht zulassen, der Graf wird es verhindern, wir haben unterschriebene Verträge, wir haben das Wort des Bischofs, wir haben es verbrieft und gesiegelt!»

Ibn Eli unterbrach ihn grob, indem er sich an einen der Schwiegersöhne wandte. «Was für ein Brauch?»

Der junge Mann blickte unsicher zwischen seinem Schwiegervater und Ibn Eli hin und her. Dann begann er zu berichten. «Es war so, daß früher an jedem Karfreitag ein Mitglied der Judengemeinde von Toulouse in der Kirche des Bischofs vor den Augen aller Christen der Stadt geschlagen wurde als Buße für die angeblichen Verbrechen unserer Väter an diesem Jesus von Nazareth. Vor dreißig Jahren ist es der Gemeinde gelungen, diese Unsitte abzuschaffen, und seitdem sind wir davor verschont geblieben.»

«Wir haben horrende Summen bezahlt dafür!» schrie der Kaufherr dazwischen. «Wir haben ungeheure Gelder gegeben an den Bischof und an den Grafen, wir haben geblutet, um diesen scheußlichen Brauch aus der Welt zu schaffen. Der Bischof kann ihn jetzt nicht wieder einführen! Es ist gegen jedes Gesetz!»

«Mir scheint, daß der Bischof wenig damit zu tun hat», sagte Ibn Eli an den Schwiegersohn gewandt.

Der junge Mann nickte. «Es sind die Leute aus Saint Sernin», sagte er leise.

«Die Leute aus den Vorstädten», bestätigte Ibn Eli mit steinernem Gesicht. «Das verfluchte Volk aus den Vorstädten. Wie immer, wie überall.»

In plötzlichem Entschluß griff er nach der Schüssel, die der Knecht auf dem Boden abgestellt hatte, und schob sie in die Mitte. «Wir werden bis morgen früh warten und dann werden wir entscheiden, was wir tun», sagte er entschlossen. «Jetzt laßt uns essen!»

Yūnus starrte auf die Schüssel, die einen grauen Brei enthielt, in dem schmierige Brocken schwammen. Der Rabbi aus Montpellier begann laut den Tischsegen zu sprechen. Ibn Eli unterbrach ihn schon nach den ersten Worten. «Wir wollen unseren Dank an Gott nicht übertreiben», knurrte er grimmig. «Nicht für diesen Fraß!»

Als Yūnus am nächsten Morgen erwachte, fühlte er sich frisch und ausgeruht. Es war das erste Mal seit seiner Gefangennahme, daß er die ganze Nacht durchgeschlafen hatte. Die anderen hatten keine so gute Nacht hinter sich, wie es schien, und sie hatten offenbar voll Ungeduld auf sein Erwachen gewartet. Ibn Eli hielt fünf Grashalme auf der flachen

Hand, die auf Fingerlänge gekürzt waren. Der Rabbi betete mit tonloser Stimme.

Yūnus blickte auf Ibn Elis Hand. «Ich werde gehen», sagte er leise und ohne besondere Betonung. Und bevor Ibn Eli noch etwas erwidern konnte, setzte er mit fester Stimme hinzu: «Laß es gut sein, Etan, ich weiß, was ich tue, ich habe meine Gründe dafür.»

Als der Kaplan kam, stand er so schnell auf, daß ihm schwarz vor Augen wurde und er sich festhalten mußte, um nicht umzufallen.

«Warum er? Warum der Arzt?» hörte er den Kaplan fragen. Argwohn in der Stimme.

«Das Los ist auf mich gefallen», sagte Yūnus. Er spürte mit Erleichterung, wie das Schwindelgefühl nachließ.

Der Kaplan rief einen Knecht, der mit Hammer und Meißel die Fußschelle öffnete und Yūnus zur Lagerstraße brachte, wo zwei Reiter auf ihn warteten. Sie nahmen Yūnus zwischen sich, und der eine band ihm ein Seil um die Brust, das am Sattelknauf befestigt war. Dann machten sie sich auf den Weg, die Lagerstraße hinunter, auf die Stadt zu.

Über dem Fluß lag ein leichter Nebel, der die Sicht auf die Stadt versperrte und die Sonne, die dicht darüber stand, nur als hellen Fleck erscheinen ließ. Die Lagerstraße, die sonst auch am frühen Morgen schon überquoll von Menschen, war ungewöhnlich leer. Sie kamen unbehelligt bis zu der Hüttenstadt, die die Brückenauffahrt umlagerte. Vor der Brücke bogen sie ab und benutzten eine Furt weiter flußabwärts, um ans andere Ufer und in die Vorstadt von Saint Sernin zu kommen. Als sie das Tor hinter sich hatten, wurden plötzlich Rufe laut: «Der Jude! Der Jude!» Und die Leute blieben stehen und Kinder rannten neben ihnen her und trugen den Ruf weiter: «Der Jude ist da! Der Jude!»

Die beiden Reiter trieben ihre Pferde an. Yūnus hatte Mühe, mit ihnen Schritt zu halten, bis die Reiter ihn zuletzt unter den Achseln faßten und hochhoben, so daß seine Füße kaum mehr den Boden berührten. Die Kinder blieben schreiend zurück.

Nach kurzer Zeit kamen sie auf einen weiten Platz hinaus, auf dem sich eine gewaltige rote Backsteinkirche erhob. Der Bau war auf zwei Seiten noch eingerüstet, das Dach erst zur Hälfte gedeckt. Der Platz war leer, nur vor dem Portal der Kirche drängte sich das Volk, Hunderte von Bettlern und Kranken und Krüppeln, die die Hoffnung auf die Mildtätigkeit der Karfreitags-Kirchgänger zusammengetrieben hatte.

Sie umrundeten die Kirche in weitem Bogen, bis sie zu einem burgartigen Gebäude kamen, das unmittelbar an die Kirche angebaut war. Dort empfing sie ein schwarzgekleideter Mann, der mit unbeteiligter Miene den Strick übernahm, mit dem Yūnus gefesselt war, und ihn wie ein Stück Vieh hinter sich herzog und im Inneren des Hauses in ein kleines, finsteres Gelaß sperrte, das die Schräge unter einer Treppe ausfüllte.

Yūnus kauerte sich am Boden zusammen. Der Raum war zu eng, um sich hinlegen, und zu niedrig, um darin stehen zu können. Er wartete. Irgendwann war von weit her leiser Gesang zu hören, irgendwann kam der schwarzgekleidete Mann zurück und stellte schweigend einen Krug Wasser auf den Boden.

Yūnus trank in kleinen, vorsichtigen Schlucken. Es war gutes, frisches Wasser, er mußte sich zwingen, es nicht gierig hinunterzustürzen. Dann hörte er Schritte näher kommen, und der Schein einer Lampe blendete ihn, und als sich seine Augen an die Helligkeit gewöhnt hatten, sah er zwei Priester in tiefschwarzen Chorröcken vor sich stehen, die auf ihn herunterstarrten, als wäre er ein giftiges Insekt. Sie unterhielten sich auf französisch, sprachen aber so schnell, daß er sie nicht verstehen konnte. Wenig später kam der Schwarzgekleidete wieder und winkte ihn zu sich und führte ihn die Treppe hinauf und durch einen langen Gang, der nur durch schmale hochliegende Fensterschlitze erleuchtet war. Ein seltsames Brausen war zu hören, das immer lauter wurde, dann öffnete sich eine schwere Tür, und sie standen in der Kirche, und das Brausen war jetzt so laut, daß es in den Ohren dröhnte, und Yūnus konnte einzelne Geräusche ausmachen, die aus dem allgemeinen Lärm heraustönten: Rufe, Gelächter, Hundegebell und den stumpfen Klang eines hölzernen Gongs.

Sie waren im Chor der Kirche, vor dem Altar, der mit schwarzen Tüchern verhängt war. Ein düsteres Dämmerlicht herrschte, nirgends brannte eine Kerze, nur am anderen Ende des Kirchenschiffes, gegen das Hauptportal zu, wo das Dach noch offen stand, fiel ein breiter Streifen gleißenden Lichts herein, so hell, daß es blendete.

Der Schwarzgekleidete brachte Yūnus bis dicht an das Holzgitter heran, das den Chor vom Kirchenschiff trennte. Yūnus konnte jetzt die Gläubigen sehen, die Kopf an Kopf standen und das ganze Kirchenschiff ausfüllten. Und im selben Augenblick nahmen die Leute auch ihn wahr, und der Lärm schwoll an, und die gleichen Rufe ertönten, die er schon draußen gehört hatte: «Da ist er! Der Jude! Der Jude ist da!» Spitze Schreie, die von den Gewölben widerhallten.

Ein hölzerner Pfahl war in den Boden eingelassen. Yūnus begriff, daß der Pfahl für ihn bereitstand. Er wehrte sich nicht, als man ihn mit dem

Rücken dagegenstellte und ihm die Arme fesselte und einen Strick unter den Achseln hindurchzog. Durch das Chorgitter sah er einzelne Gesichter, schreiend aufgerissene Münder, hochgereckte Fäuste. Er schloß die Augen.

Als er sie wieder öffnete, standen drei Männer vor ihm, alle drei kleiner als er, untersetzt, mit dicken Armen und runden, kurzgeschorenen Köpfen. Er schaute sie an, einen nach dem anderen, er verspürte keine Angst. Die zwei, die außen standen, wandten die Augen ab, nur der in der Mitte hielt seinem Blick stand und zeigte grinsend die Zähne. Er hatte eine breite Lücke im Oberkiefer.

Aus der Tiefe des Chors ertönte jetzt ein getragener Gesang, der unmerklich lauter wurde und den Lärm der Kirchgänger immer mehr übertönte. Dann war vom Altar her die Stimme des Priesters zu hören, und aus dem Kirchenschiff die vielstimmige, schleppende Antwort der Gemeinde, die wie eine Brandungswelle gegen die Gewölbe schlug. Yūnus kannte das Ritual des christlichen Gottesdienstes, er hatte auch in groben Zügen den Text der Evangelien im Kopf, so daß er der Lesung folgen konnte. Er beobachtete die drei Männer, die vor ihm standen und unruhig von einem Bein aufs andere traten.

«Schweigt jetzt und vernehmt die Worte des Heiligen Evangeliums nach Sankt Markus», hörte er den Priester sagen und sah plötzlich, wie sich alle Augen auf ihn richteten und wußte jetzt auch, was ihm bevorstand, und die Angst kroch in ihm hoch. Er erinnerte sich auf einmal ganz deutlich an die Schilderung jenes Verhörs, dem Jesus von Nazareth zwei Tage vor dem Pessachfest vor dem hohen Rat in Jerusalem unterzogen worden war. Ob er wirklich der Sohn Gottes sei, hatten ihn die Mitglieder der Yeshiva gefragt, und er hatte geantwortet: «Ihr sagt es!» Und hatte mit dieser seltsam zweideutigen, indirekten Antwort die gesamte Yeshiva in hellen Aufruhr versetzt, weil die darin versteckte Behauptung gegen die erste und wichtigste Glaubenswahrheit des Judentums verstieß, gegen die eherne Wahrheit, daß es nur einen Gott gibt, den einen und einzigen Herrn des Himmels und der Erde.

Yūnus kannte auch die Fortsetzung der Geschichte, die mit all ihren unschönen Details in allen vier Evangelien ausführlich erzählt wird: Wie die Mitglieder des Rates den Gotteslästerer bespuckt hatten. Wie sie den Ratsdienern befohlen hatten, ihm einen Sack über den Kopf zu ziehen und ihn zu schlagen mit der höhnischen Aufforderung, doch anzusagen, wer ihm welchen Schlag versetzt hätte, um seine angebliche göttliche Allwissenheit unter Beweis zu stellen.

Der Priester las mit laut tönender Stimme die Vorgeschichte, die mit dem Lammessen am Sederabend begann und mit der Gefangennahme noch in derselben Nacht ihre Fortsetzung erfuhr. Die Gemeinde begleitete seine Worte mit lauten Zurufen. Die Frauen schluchzten, die Männer stießen wilde Drohungen aus, als die Rede auf den Verräter Judas Ischariot kam. Yūnus hatte nicht mehr den genauen Ablauf der Geschichte im Kopf, aber er nahm an, daß das Verhör auf die Gefangennahme folgen würde. Und so war es auch.

Auf einmal ging alles sehr rasch. Als der Priester an die Stelle kam, wo der Gaon die Todesstrafe wegen Gotteslästerung ankündigt, traten die drei Männer plötzlich vor und spien Yūnus ins Gesicht, so überraschend, daß er kaum noch rechtzeitig die Augen schließen konnte. Er spürte, wie ihn der Speichel im Gesicht traf, er hörte das Gejohle der Menge und die wütenden Anfeuerungsrufe, die den drei Männern galten, und hatte im nächsten Augenblick schon den Sack über dem Kopf und hörte die Stimme des Priesters durchdringend laut über dem Geschrei der Menge: «Da fingen einige an, ihn anzuspeien und verdeckten ihm die Augen und schlugen ihn mit Fäusten.»

Er zog den Kopf zwischen die Schultern, biß die Zähne zusammen, kniff die Augen zu. Er wartete in wachsender Panik auf den ersten Schlag, er spürte ihn kommen, aber er war nicht vorbereitet auf die furchtbare Wucht, mit der es ihn traf. Er meinte, der Schädel müßte ihm zerspringen. Sein Kopf pendelte haltlos hin und her unter den Schlägen, und ein knirschendes Krachen war in seinen Ohren, ein Dröhnen, das alle anderen Geräusche übertönte. Er konnte nicht mehr unterscheiden, wo es ihn überall traf. Er wollte schreien, aber der Schrei blähte ihm nur schmerzhaft den Hals auf. Er spürte, daß er kurz davor war, das Bewußtsein zu verlieren und bemühte sich verzweifelt, die Knie durchzudrücken in der panischen Angst, daß er sonst ins Bodenlose stürzen würde, bis ihn auf einmal alle Kraft verließ und er hilflos zusammensackte, nur noch durch die Fessel aufrecht gehalten. Im selben Augenblick hörten die Schläge auf, und er stellte fest, daß er kaum einen Schmerz verspürte, nur das schier unerträgliche betäubende Dröhnen, das seinen Kopf auseinanderzusprengen drohte.

Er lauschte auf die entfernten Geräusche, die über dieses Dröhnen hinweg allmählich wieder in sein Bewußtsein drangen, Kindergekreisch und schrille Schreie und das winselnde Gejaule eines Hundes. Und dann wieder die Stimme des Priesters: «Wahrhaftig, du bist einer von ihnen, du redest wie einer aus Galiläa, du gehörst zu ihm!» Er verstand jedes

Wort, aber er begriff den Sinn nicht. Von welchem Galiläer war da die Rede, und wen kannte dieser Galiläer nicht? Das Dröhnen ließ nach und wurde abgelöst von einem dumpf pochenden Schmerz, der seinen ganzen Schädel auszufüllen schien. Er versuchte, diesen Schmerz zu lokalisieren, öffnete die Lider um einen Spalt, bewegte vorsichtig den Unterkiefer, tastete mit der Zungenspitze die Zähne ab. Bei jeder Bewegung zuckten neue Schmerzen auf, als würden ihm glühende Nadeln durch die Schläfen gestochen. Er schmeckte Blut zwischen den Zähnen, und die Oberlippe begann dick und hart zu werden, und auf dem rechten Auge lag ein ständig zunehmender Druck, der ihn daran hinderte, die Lider zu öffnen. Er spürte den Druck der Fessel um seine Brust und in den Achselhöhlen, aber er unternahm keinen Versuch sich aufzurichten. Er ließ sich hängen, er fühlte sich unendlich müde, und er war dankbar, daß man ihn in Ruhe ließ. Es war das erste Mal, daß er Prügel empfangen hatte, eine gänzlich neue Erfahrung, nicht einmal als Kind war er geschlagen worden, weder von seinem Vater noch sonst von irgend jemand.

Er nahm kaum wahr, wie man ihm den Sack vom Kopf zog und ihn von dem Pfahl losband, setzte mechanisch die Beine voreinander, als man ihn aus der Kirche führte und in das kleine Gelaß unter der Treppe zurückbrachte. Irgendwann später stellte er beschämt fest, daß ihm unter den Schlägen der Schließmuskel versagt haben mußte, und er nahm sich vor, seine Kleider zu reinigen. Aber dann ließ er es. Die Schmerzen in seinem Kopf waren leichter zu ertragen, wenn er sich nicht bewegte.

Nach dem Dunkelwerden kam ein Mönch, der ihm Wasser einflößte und mit einem nassen Lappen sein Gesicht abwusch. «Sie warten draußen, um dich zurückzubringen», sagte er, während er Yūnus auf die Beine half. Er war voll Mitgefühl.

Es waren dieselben Männer, die Yūnus am Morgen hergebracht hatten, aber jetzt waren sie zu Fuß, und sie hatten es eilig und wurden grob, wenn Yūnus ihren Schritt nicht mithielt. Als sie in die Lagerstraße einbogen, wurden ein paar Halbwüchsige aufmerksam, und einer erkannte Yūnus und fing an zu schreien: «Da ist der Jude, den sie in der Kirche verdroschen haben!» Und eine alte Frau stellte sich ihnen in den Weg und versuchte Yūnus anzuspucken. Die Wachen scheuchten sie beiseite. «Macht keinen Unsinn, Leute! Verschwindet! Aus dem Weg!»

Im Flackerlicht einer Fackel nahm Yūnus das Gesicht eines Mannes wahr, das ihm bekannt vorkam. Ein blasses glattrasiertes Gesicht mit scharfen Linien um die Mundwinkel. Er verlor den Mann aus den Augen. Fünfzig Schritte weiter sah er ihn wieder und erinnerte sich plötzlich. Er kannte ihn aus Conques, ein Mönch, dem er bei seinem ersten Besuch im Kloster einen Furunkel geschnitten hatte, ein einfältiger, wehleidiger Mensch, der die harmlose Operation trotz einer kräftigen Dosis Opium mit tierischem Gebrüll begleitet hatte. Der Mann stand auf einmal mitten auf der Lagerstraße, eine Fackel hoch über den Kopf haltend, die andere Hand gegen Yūnus erhoben, eine Hand wie eine Kralle, Zeigefinger und kleiner Finger vorgestreckt. Er begann zu schreien. Kurze, in höchster Erregung hervorgestoßene Sätze, ein unverständliches, sich überschlagendes gellendes Gekeife.

Die beiden Wachen drohten mit ihren Spießen, aber der Mönch ließ sich nicht aufhalten, lief rückwärtsgehend vor ihnen her und fuhr fort zu schreien. Und jetzt war auch zu verstehen, was er schrie. «Satanas! Satanas! Er ist ein Knecht des Teufels, ein Schüler Satans! Er ist mit dem Satan im Bund!»

Immer mehr Leute kamen angelaufen, und das Gedränge wurde so groß, daß die Wachen nur noch mit Mühe eine Gasse bahnen konnten. Der Mönch hob jetzt beide Arme und begann in tremolierendem Predigerton auf die Menge einzureden: «Hört mich an, ihr Streiter Christi, unseres Herrn, hört mich an! Ich komme aus dem Kloster der heiligen Fides. Ich kenne diesen Mann. Er ist ein Jude, ein Ketzer, ein Diener Satans! Ich kenne ihn, ich werde euch sagen, wie er einen unserer Mitbrüder dem Satan ausgeliefert hat, dem Geist des Bösen und dem Herrn der Finsternis. Ich werde es euch sagen!»

Die Wachen waren stehengeblieben, und Yūnus mit ihnen. Es gab kein Vorwärtskommen mehr, ein dichter Kreis hatte sich um sie geschlossen, ein Kreis gaffender Gesichter und scheu starrender Augen, die in flackernder Neugier auf Yūnus gerichtet waren, während der Mönch in seiner Rede fortfuhr: «Hört weiter, was ich euch berichten will. Einer unserer Mitbrüder wurde eines Tages von Gott mit einer Krankheit gestraft. Der Teufel gab ihm ein, nach einem Arzt zu schikken, obwohl es doch heißt bei Jeremias im siebzehnten Kapitel: ‹Verflucht der Mensch, der sich auf Menschen verläßt!› Oh, hätte er doch nur sein Vertrauen in Gott gesetzt und in die heilige Fides. So aber kam dieser Jude und Zauberer in unser Kloster.» Er griff nach dem Kreuz, das ihm auf der Brust hing, und hielt es Yūnus entgegen. «Durch Schmeichelei und zauberische Kräfte gewann er das Vertrauen unseres Mitbruders und weihte ihn zuletzt in seine Geheimnisse ein, nutzte die gotteslästerliche Neugier dieses unseligen Mitbruders, versprach ihm ein Treffen mit dem Teufel, dem großen Satanas selbst, dem Meister der Bosheit. Und hört mich an, ihr Kinder des wahren Glaubens, hört, was weiter geschah.»

Yūnus starrte den Mönch in fassungsloser Verwunderung an. Wovon sprach dieser Mann? Was wollte er von ihm? Er war dem Mann so oft in Conques begegnet, und es hatte nie eine Auseinandersetzung gegeben. Was hatte der Mönch auf einmal gegen ihn?

«Hört, wie dieser jüdische Zauberer den Teufel beschwor, um unseren Mitbruder zu verderben!» fuhr der Mönch mit erhobener Stimme fort. «Sie trafen sich an einem geheimen Ort, und der Fürst der Hölle sagte zu unserem Mitbruder: ‹Wenn du der verborgenen Lehren der Magie teilhaftig werden willst, mußt du mir ein Opfer bringen.› Und unser Mitbruder in seiner Verblendung fragte ihn: ‹Welches Opfer soll ich bringen?› Und der Satan antwortete: ‹Jenes, welches dem Mann das liebste ist.› ‹Welches ist das, o Fürst der Finsternis?› fragte unser Mitbruder, und der Satan antwortete: ‹Es ist der Ausfluß deines Samens. Gib mir deinen Samen, und du sollst Meister sein in allen Wissenschaften der Zauberei und sollst die Geheimnisse der versiegelten Bücher kennen.› Das sagte der Satan durch diesen Juden, der sein Schüler ist und sein vertrauer Diener, und wahrlich, er sagte es zu einem geweihten Priester. O schändliches Verbrechen, o entsetzliche, fluchwürdige Tat!»

Die Zuhörer bekreuzigten sich, und einige stöhnten auf, und einige fingen an zu beten, und eine Frau wiederholte in winselnd hohem Ton immer wieder den gleichen Spruch. Yūnus beobachtete entsetzt, wie sich die Feindseligkeit in den Gesichtern immer mehr in offenen Haß verwandelte. Aber noch immer weigerte er sich zu begreifen, was da vor sich ging. Wie war es möglich, daß die Leute diesem Mann glaubten, der offensichtlich verrückt war? Warum kam keiner auf den Gedanken, ihn zu fragen, ob er bei diesem angeblichen Treffen mit dem Teufel dabeigewesen sei? Woher er so genau wüßte, was bei diesem Treffen gesprochen worden war? Wie war es möglich, daß keiner mißtrauisch wurde?

«Hört!» fuhr der Mönch schreiend fort. «Hört, ihr Schafe Christi, was ich euch weiter berichte. Dieser dem Teufel verfallene Mitbruder begann Umgang zu pflegen mit einer Nonne und holte sie heimlich in seine Zelle, um mit ihr das zu treiben, was ihm vom Teufel und von diesem Juden eingegeben war. Und als der Abt kam, den die Sorge um den Mitbruder herbeigeholt hatte, da verwandelte jener unwürdige Diener des Herrn kraft der magischen Künste, die dieser teuflische Jude ihn gelehrt hatte, die Frau in eine Hündin, um sie so vor dem Abt zu verbergen. Dies alles sage ich euch, und ich habe es mit eigenen Augen gesehen und kann es bezeugen vor dem Vater und dem Sohn und dem Heiligen Geist!»

Er machte einen Schritt auf Yūnus zu und streckte ihm das Kreuz entgegen wie eine Waffe. «Und dieser da, dieser Jude und Ketzer und Feind unseres Herrn Jesus Christus, hat dem Teufel jene arme Seele überantwortet. Dieser da hat es getan!»

Er kam noch näher, und die, die in seiner Nähe standen, folgten ihm nach. Der Kreis wurde enger, und Yūnus merkte, wie die beiden Wachen vorsichtig von ihm abzurücken begannen.

«Dieser da war es! Dieser da!» schrie der Mönch. Er war jetzt keine drei Schritte mehr entfernt. Und Yūnus sah das Kreuz dicht vor seinem Gesicht und sah die verzerrten Gesichter der Leute, in denen der Haß schon die Oberhand gewonnen hatte über die Scheu, die sie bis jetzt noch zurückgehalten hatte.

«Dieser da ist schuld! Dieser Jude da!»

Yūnus stand bewegungslos, unfähig, sich zu rühren. Und schloß die Augen, um nicht zu sehen, wie sie über ihn herfielen, und senkte den Kopf, stand hilflos und ohne einen Gedanken und starr wie ein Opfertier. Und wartete auf das Furchtbare, vor dem er die Augen verschlossen hatte. Bis plötzlich Rufe an sein Ohr drangen und harte Kommandos und Pferdegetrappel. «Platz da! Auseinander!» sagte eine befehlsgewohnte Stimme, und als Yūnus die Augen öffnete, sah er zwei Reiter auf sich zukommen, die ihre Pferde rücksichtslos in die Menge hineintrieben. Der vordere war ungewöhnlich groß mit heller Haut und hellen Haaren, bartlos und mit einem Haarschnitt, wie Yūnus ihn noch nie zuvor gesehen hatte: Der ganze Nacken kahlrasiert bis über die Rundung des Hinterkopfs hinauf, die Haare auf dem Scheitel fingernagelkurz und nach vorn länger werdend in einer störrischen Bürste über der Stirn. Der Mann verhielt sein Pferd dicht vor Yūnus und wartete, bis der zweite neben ihm stand, dann ließen beide ihre Pferde um die Vorderfüße drehen und sprengten mit diesem einfachen Manöver den Kreis, der sich um Yūnus gebildet hatte. Erst als Yūnus sicher zwischen den beiden Pferden stand, sah er, daß noch zwei weitere Reiter zu seiner Rettung gekommen waren: Der spanische Hidalgo, der sie seit Sevilla begleitet hatte, und sein Bursche.

Die folgende Stunde erlebte Yūnus wie in einem Wachtraum, ständig am Rande einer Ohnmacht und gleichzeitig hellwach. Man brachte ihn in ein auffallend großes Zelt. Ein schwarzer Diener nahm ihn in Empfang, führte ihn zu einem Mann, der ihn in fließendem Arabisch ansprach und sich als Sohn eines Qa'id vorstellte, von arabischer Herkunft, aus Sizilien stammend, früher dem Āmir von Palermo untertan, jetzt einem normannischen Herrn dienend. Der Mann litt an einer Geschwulst, die seine rechte Hand auf die doppelte Größe hatte anschwellen lassen. Ein Eiterherd, den ein Pfuscher zu früh geschnitten hatte, worauf sich ein neuer Eiterherd unter dem alten gebildet hatte, der inzwischen auf den ganzen Arm ausstrahlte. Der rote Streifen, der die Ausstrahlung anzeigte, reichte schon bis zum Ellenbogen.

Yūnus band den Arm ab und schnitt die Geschwulst und wusch den geöffneten Eitersack mit Eiweiß und Essig aus. Als die Operation beendet war, kam der normannische Baron, ein rotgesichtiger Riese mit Haaren wie Hanf, und erkundigte sich in aufrichtiger Sorge nach dem Befinden des Kranken, als wäre er ein naher Verwandter. Es schien unglaublich. Ein sizilianischer Muslim im Dienste eines normannischen Herrn, mitten im Kriegslager der französischen Ritterschaft, die gegen die Sarazenen ins Feld zog, gegen eben jene Muslims, zu denen der Sizilianer gehörte.

Aber es wurde noch unwirklicher, als man Yūnus in ein anderes Zelt brachte, wo Ibn Eli ihn erwartete und ihm berichtete, daß der normannische Baron, der den Namen Robert Crispin trug, auch noch ein Vasall des Bischofs von Rom war, den die ganze christliche Kirche als ihren Papst und obersten Herrn anerkannte.

«Diese Normannen scheinen ein bemerkenswertes Volk zu sein», erklärte Ibn Eli bewundernd. «Sehr pragmatisch eingestellt, ganz anders als die Franzosen hier. Dieser Robert Crispin, ihr Anführer, hat sogar meinen Scheck akzeptiert ohne zu zögern.»

«Welchen Scheck?» fragte Yūnus.

«Ich habe ihm vorgeschlagen, uns auszulösen», antwortete Ibn Eli mit zufriedenem Lächeln. «Daraufhin hat er mit dem Grafen Ebles de Roucy verhandelt und sie haben sich auf hundert Gold-Dinar geeinigt. Er hat den französischen Grafen mit einem Sattel abgefunden, der, um ehrlich zu sein, keine fünfzig Dinar wert war und ich habe ihm dafür einen Scheck über hundert Dinar ausgestellt. Sie sind auch bemerkenswert geschäftigstüchtig, diese Normannen.»

Yūnus wußte, daß Ibn Eli damit gerechnet hatte, das drei- oder vierfache dieser Summe zu verlieren. «Und warum ist er auf diesen Handel eingegangen?» fragte er.

«Er brauchte einen Arzt», antwortete Ibn Eli. «Der Sizilianer ist seine rechte Hand, er scheint große Stücke auf ihn zu halten.»

«Heißt das, daß wir frei sind, oder haben wir nur den Herrn gewechselt und sind jetzt Gefangene dieses Normannen?» fragte Yūnus in plötzlich erwachendem Mißtrauen.

Ibn Eli hob die Achseln und breitete die Arme aus. «Ich würde sagen, wir haben jetzt einen neuen Herrn, unter dem wir uns ziemlich frei fühlen können», erwiderte er arglos.

«Du willst sagen, daß er uns zwingt, mit ihm zu ziehen?»

Ibn Eli schüttelte nachsichtig lächelnd den Kopf und sagte fröhlich: «Aber natürlich werden wir mit ihm ziehen. Ich werde meinem Sohn schreiben, daß er in Le Puy bleiben soll, bis meine Schuldner bezahlt haben und sich die Lage beruhigt hat, und daß er dann über Narbonne mit dem Schiff nach Hause reist, wie wir es vorgehabt haben. Und wir beide werden unter dem Schutz dieser Normannen sicher über die Berge gelangen, bis nach Barbastro.»

«Nach Barbastro?» fragte Yūnus.

«Die Stadt, die sie angreifen wollen», sagte Ibn Eli leise auf Hebräisch.

«Woher weißt du das?» fragte Yūnus.

«Der Sizilianer hat es mir gesagt», antwortete Ibn Eli und setzte schnell hinzu: «Von Barbastro aus sind es nur noch drei Tagesreisen bis Zaragoza und sobald wir in Zaragoza sind, sind wir in Sicherheit. Du siehst, wir haben keinen Grund mehr zur Sorge.» Er beobachtete Yūnus von der Seite, und als er sah, daß seine Worte nicht den gewünschten Eindruck machten, stand er rasch auf und faßte ihn unter dem Arm und zog ihn hoch. «Komm mit, mein Freund», sagte er aufmunternd. «Ich habe noch eine Überraschung für dich. Diese Normannen sind nebenbei auch bemerkenswert zivilisiert. Sie haben ein eigenes Badezelt hier. Ich habe ein Bad für dich vorbereiten lassen.»

Yūnus schloß die Augen. Jede Bewegung ließ einen grellen Schmerz durch seinen Kopf zucken. «Es ist Sabbat, Etan!» sagte er leise.

«Ich weiß», erwiderte Ibn Eli ungerührt und fuhr fort, Yūnus mit sanfter Gewalt zum Ausgang zu ziehen. «Aber ich glaube, Gott wird uns dieses eine Mal verzeihen. Heute ist kein gewöhnlicher Sabbat, Yūnus, heute nicht.»

23

ZARAGOZA

SONNTAG 5. DJUMADA I 456
6. IJAR 4824/25. APRIL 1064

Die Sonne stand über dem Horizont im Westen, ein leuchtend roter Ball, dessen unterer Rand schon auf den Bergen aufsaß. Der weite Talgrund des Ebro lag im letzten Licht des Tages, ein hauchfeiner Dunstschleier schwebte über dem Land, hüllte die kleinen weißen Dörfer ein, die aus dem dunklen Grün der Huertas herausleuchteten wie verstreute Perlen auf einem moosfarbenen Teppich.

Ibn Ammar wandte den Blick nach Osten, und wie jedesmal, wenn er die Stadt im Abendlicht vor sich liegen sah, war er auch jetzt wieder verzaubert von ihrem Anblick. Schon mehrmals, seit er nach Zaragoza gekommen war, hatte er am Spätnachmittag auf der großen steinernen Brücke den Ebro überquert und war durch die Vorstadt hindurch am jenseitigen Ufer eine halbe Meile weit flußaufwärts gelaufen, um von einem kleinen Hügel aus, der freie Sicht bot, das Bild der Stadt im schwindenden Abendlicht zu genießen. Es war ein faszinierender Anblick: Über dem träg dahinströmenden Fluß erhob sich dreißig Ellen hoch eine Mauer aus gewaltigen schwarzverwitterten Quadern, und über dieser riesigen schwarzen Wand schwebten die weißgekalkten Häuser der Stadt, im letzten Abendlicht geheimnisvoll aufleuchtend, wie von Geisterhand zwischen Himmel und Erde gehalten. «Die schwebende Stadt» wurde Zaragoza deshalb von den Geografen genannt. Jeder, der sie zum ersten Mal zu Gesicht bekam, mußte an ein Wunder glauben. In Wirklichkeit gab es eine einfache Erklärung für das Phänomen. Das Straßenniveau innerhalb der Stadtmauer lag nur um fünf Ellen tiefer als die Mauerkrone. Deshalb ragten die Häuser so hoch darüber hinaus. Aber selbst wenn man darum wußte, verlor der Anblick nichts von seinem Zauber.

Vom neuen Palast aus gesehen war das Bild nicht ganz so eindrucksvoll. Der Standort war zu hoch. Der Fürst hatte darauf Wert gelegt, daß die höchstgelegenen Räume seines neuen Palastes die Dächer der Stadthäuser noch um ein gutes Stück überragten.

Die Madjlis, in der sie sich befanden, lag auf dem östlichen Eckturm. Ein leichter Kuppelbau, auf schlanken Säulen ruhend, die nach allen Seiten freien Ausblick gewährten auf den Fluß und auf die schneebedeckten Berge im Norden und auf die mächtige Stadt, die tausend Schritte flußabwärts am Ufer des Ebro lagerte. Die grüne Madjlis, wie sie genannt wurde wegen der Pflanzen-Mosaiken grün auf Gold, die das Kuppelgewölbe schmückten, und wegen der zahllosen Topfpflanzen, die auf der Turmplattform verteilt waren und den Eindruck erweckten, als befände man sich in einem luftigen Kiosk inmitten eines weitläufigen Parks, und nicht auf der hochaufragenden Eckbastion eines zur uneinnehmbaren Festung ausgebauten Palastes.

Ibn Ammar genoß zum ersten Mal die hohe Ehre einer Einladung an den Hof des Fürsten. Außer ihm waren nur noch zwei weitere Gäste anwesend: Ein sechzigjähriger Shaik mit nachlässig gestutztem weißem Bart und listigen Augen, der als bedeutender Astronom galt und schon von Sulaiman Ibn Hud, dem Vater des Fürsten, an den Hof berufen worden war. Und Abu'l-Fadl Hasdai, dem Ibn Ammar die Einladung zu verdanken hatte, ein Mann, der nur ein paar Jahre älter war als er selbst, elegant, gescheit, glänzend informiert über alles, was im Reich des Fürsten und an den anderen Höfen Andalusiens und der spanischen Fürstentümer vor sich ging. Ein Jude, von dem es hieß, daß er alle Aussichten hätte, der Nachfolger des alten Hadjibs zu werden, wenn er sich nur bereit erklärte, zum Islam überzutreten. Er gehörte zu den wenigen, die ungehinderten Zugang zum Fürsten hatten. Er war sein Vermögensverwalter, Leiter der Finanzbehörden und oberster Āmil, und besaß sein uneingeschränktes Vertrauen, was ihn zu einem der mächtigsten Männer des Reiches von Zaragoza machte.

Ibn Ammar saß dem Fürsten gegenüber, nur durch einen niedrigen Schachtisch von ihm getrennt. Ahmad Abu Djafar Ibn Sulaiman Ibn Hud al-Muktadir, Fürst von Zaragoza, Herr über das ganze fruchtbare Tal des Ebro von Tudela fast bis zur Küste, von Huesca am Fuß der Pyrenäen bis nach Medinaceli, der riesigen Bergfestung an der Grenze gegen Toledo zu. Vierzig Jahre alt, hochgewachsen, ernst bis zur Verschlossenheit, ein strenger Herr, der an seinem Hof und in seinem Reich ein straffes Regiment führte, jedoch ohne die Willkür al-Mutadids von Sevilla. Der Hof von Zaragoza kannte nicht den Prunk und die Prachtentfaltung der Fürstenhöfe im Süden Andalusiens, die Atmosphäre war nüchterner, kälter, und wegen der ständigen Abwehrkämpfe an der Grenze auch kriegerischer. Truppenkommandeure und Festungskommandanten gaben am Hof den Ton an, und statt mit Dichtern und Literaten umgab sich al-Muktadir lieber mit Wissenschaftlern, Astronomen, Geografen, Botanikern und Agrarfachleuten.

Daß Ibn Ammar Zugang zum Hof gefunden hatte, lag deshalb auch nicht an seinem Ruf als Dichter, sondern an seiner Qualifikation als Schachspieler. Der Fürst selbst spielte bemerkenswert gut, seine Freude am Spiel litt nur darunter, daß er mit ständig wachem Argwohn darauf lauerte, ob ihm seine Gegner nicht heimliche Vorgaben machten. Ibn Ammar war denn auch bemüht, sich keine Blöße zu geben, und hielt sich an den Rat Abu'l-Fadl Hasdais, der ihm erklärt hatte, daß sich der Fürst über eine knappe Niederlage gegen einen anerkannt guten Gegner mehr freue als über einen geschenkten Sieg.

Es war aber nicht allein seine Könnerschaft im Schachspiel, die ihm einen so raschen Aufstieg in Zaragoza ermöglicht hatte. Es gab andere Gründe, warum der jüdische Vezir sich um ihn bemühte. Aus Sevilla waren aufregende Nachrichten gekommen. Es hieß, daß sich Ismail, der älteste Sohn des Fürsten von Sevilla, mit seinem Vater überworfen habe. Es hieß, der Kronprinz habe sich öffentlich beklagt, daß er von seinem Vater mit einem unzureichenden Truppenaufgebot in einen sinnlosen Frühjahrsfeldzug gegen Cordoba gehetzt worden sei. Und er sei verärgert über die Art, wie der Fürst den Prinzen Muhāmmad, den zweitgeborenen Sohn, in aller Öffentlichkeit bevorzuge, weil der ihm schon drei Enkel geschenkt hatte, während der Kronprinz, der sich nur mit Männern umgab, bis jetzt kinderlos geblieben war.

Abu'l-Fadl Hasdai verfügte möglicherweise über noch bessere Informationen. In jedem Fall war er über die enge Freundschaft informiert, die Ibn Ammar mit dem neuerdings so bevorzugten Prinzen Muhāmmad verbunden hatte, und er war vorausschauend genug, um darauf zu investieren.

Es war so still, daß man von der Stadt her das Knarren der Wasserräder auf den Schiffsmühlen hören konnte. Der abessinische Page, der die Gäste bediente, huschte geräuschlos umher und entzündete die Öllampen. Die Musikerinnen, die hinter einem Wandschirm verborgen waren, hatten für eine Weile ausgesetzt. Der Fürst saß tief über den Schachteppich gebeugt.

Drei Züge vor dem Matt erkannte er, daß er verloren hatte. Und setzte sich auf und überreichte Ibn Ammar mit einem kaum wahrnehmbaren Lächeln den Kopfschmuck seines roten Königs, einen Rubin von der Größe einer Linse.

«Schöner Angriff mit dem Läufer», sagte er mit schmallippigem Lächeln. Dann lehnte er sich zurück und faßte Ibn Ammar ins Auge und kam ohne Überleitung auf das Thema, das im Augenblick alle Gespräche in Zaragoza beherrschte: den bevorstehenden Feldzug des Königs von Aragon.

«Wir haben seit heute sichere Nachrichten, daß sich die Hauptmacht der fränkischen Ritter mit den Truppen des Königs vereinigt hat», sagte er.

«Gott verfluche sie», erwiderte Ibn Ammar pflichtschuldig. Abu'l-Fadl Hasdai hatte ihn auf das Gespräch vorbereitet.

«Es wird berichtet, daß das Heer sechstausend Mann zählt, aber die Zahlen sind übertrieben wie immer.» Der Fürst warf einen fragenden Blick auf den Vezir, der ihn mit einem Kopfnicken bestätigte.

«Sie rücken auf Graus vor, auf dem gleichen Weg, den der Vater des Königs im vergangenen Jahr genommen hat», fuhr der Fürst fort. «Wir haben nicht vor, mit einem Entsatzheer einzugreifen. Wir werden lediglich die Garnisonen der Grenzburgen verstärken. Ansonsten soll der Feind ungehindert bis nach Barbastro vorstoßen, und er soll auch den Weg nach Lerida frei finden. Wir werden nur dafür sorgen, daß er nicht in unsere Länder eindringt. Nicht weiter, als bis Barbastro.»

Ibn Ammar hörte mit wachsender Aufmerksamkeit zu. Da war einiges neu für ihn, neu und verwirrend. Er wußte, warum der Fürst ungehalten war über die Bürger von Barbastro und über den Qa'id, der die Garnison auf dem al-Qasr der Stadt befehligte. Abu'l-Fadl Hasdai hatte ihn auch darauf vorbereitet, daß der Fürst ihn mit einer Gesandtschaft nach Barbastro betrauen wollte. Welchen Sinn sollte aber eine Gesandtschaft haben, wenn der Fürst fest entschlossen war, der Stadt nicht zu Hilfe zu kommen?

«Ich wünsche, daß du nach Barbastro gehst und dem Qa'id und dem Qadi dieser undankbaren Stadt meine Entscheidung bekanntmachst», schloß der Fürst. Und erhob sich ohne weitere Erklärung und klatschte nach dem Pagen, der sich beeilte, ihm einen Mantel umzulegen, und verließ die Madjlis in Begleitung des Shaikh, um die über der Kuppel gelegene Aussichtsplattform aufzusuchen, wo er sich in sternklaren Nächten regelmäßig astronomischen Beobachtungen zu widmen pflegte.

Abu'l-Fadl Hasdai winkte Ibn Ammar zu sich. «Du wirst am Morgen abreisen. Es ist alles vorbereitet. Der Amīr von Huesca wird eine Eskorte stellen, die dich bis nach Barbastro bringt.»

«Reise ich im offiziellen Auftrag des Fürsten?» fragte Ibn Ammar.

Der Vezir zögerte. «Ein offizieller Gesandter des Fürsten müßte die bedingungslose Unterwerfung der Stadt fordern», sagte er schließlich in eher beiläufigem Ton und ohne Ibn Ammar anzusehen. «Du stehst nicht im Dienst des Fürsten. Dein Status erlaubt es dir, konzilianter aufzutreten und geschmeidiger zu verhandeln.»

«Aber in wessen Auftrag verhandle ich?» fragte Ibn Ammar.

«In meinem Auftrag», erwiderte der Vezir lächelnd. «Im Auftrag des Leiters der Steuerbehörden.»

«Und was soll Gegenstand der Verhandlungen sein? Welche Angebote kann ich machen? Der Fürst sprach lediglich davon, daß ich seine Entscheidung bekanntzugeben habe.»

«Das ist deine erste Aufgabe», sagte der Vezir mit unbewegtem Gesicht. «Die maßgeblichen Leute in Barbastro sollen erfahren, daß sie keine Hilfe aus Zaragoza zu erwarten haben. Nicht die geringste Hilfe. Du sollst ihnen klarmachen, daß der Fürst über ihren Ungehorsam zutiefst empört ist. Du kannst verlauten lassen, als vertrauliche Information vom Hof, daß der Fürst im engsten Kreis geäußert habe, wenn sie sich schon seinem Bruder unterwerfen wollten, sollten sie sich auch nach Lerida um Hilfe wenden. Diese Information ist allerdings nur für den Qa'id bestimmt.»

Ibn Ammar begann zu begreifen. Er wußte, daß der Qa'id von Barbastro und eine Gruppe einflußreicher Bürger und Mitglieder des Stadtadels unter dem Qadi versucht hatten, die Spannungen zwischen Zaragoza und Lerida für sich auszunutzen. Sie hatten al-Muzaffar, dem Herrn von Lerida, das Angebot unterbreitet, ihm die Stadt auszuliefern, wenn er bereit wäre, ihnen dafür bestimmte Vorrechte einzuräumen: Steuerbefreiungen und ein größeres Maß an Selbstverwaltung. Barbastro lag an der äußersten Grenze im Norden. Wegen dieser exponierten Lage waren die Stadt und ihr Umland häufigen Überfällen von Räuberbanden aus den Bergen ausgesetzt, im Frühjahr oft auch organisierten Streifzügen von Rittern des Königs von Aragon und seiner Vasallen. Sie genoß deshalb wie alle Grenzorte schon seit langem besondere Vorrechte, wie sie für die Städte im Süden Andalusiens undenkbar gewesen wären.

Barbastro hatte darüber hinaus noch einen weiteren Vorzug, der für die Selbständigkeitsbestrebungen der Bürger von Vorteil war. Die Stadt grenzte nicht nur an Aragon, sondern auch an das Reich von Lerida. Und dank ihrer beherrschenden Lage am Ausgang einer wichtigen Paßstraße über die Pyrenäen in die Länder der Franken mußte es für den Herrn von Lerida ein höchst begehrenswertes Ziel sein, sie seinem Herrschaftsbereich einzuverleiben.

Lerida war ursprünglich ein Teil des Reiches von Zaragoza gewesen.

Vor zwanzig Jahren, nach dem Tod Sulaiman Ibn Huds, war das Reich geteilt worden. Al-Muktadir, der älteste Sohn, hatte den größeren Teil mit der Hauptstadt Zaragoza erhalten, al-Muzaffar, der zweitgeborene, war mit Lerida abgefunden worden, einer kleineren Provinz im Nordosten gegen die Grafschaft von Barcelona zu. Al-Muktadir hatte sich mit dieser Teilung nie abgefunden. Von Anfang an hatte es einen ständigen Kleinkrieg zwischen den Brüdern gegeben, regelmäßige Razzien über die gemeinsame Grenze hinweg, hinüber und herüber, mit Söldnern aus Barcelona auf der Seite von Lerida und kastilischen Abenteurern auf der Seite von Zaragoza. Vor sechs Jahren waren die Brüder zum letzten Mal zu Friedensverhandlungen zusammengekommen. Dabei war ein navarresischer Ritter aus der Leibgarde al-Muktadirs unversehens mit der Lanze auf den Herrn von Lerida eingedrungen. Al-Muzaffar hatte den Anschlag nur deshalb überlebt, weil er vorsichtshalber unter dem Mantel eine Panzerweste getragen hatte.

Der Fürst von Zaragoza hatte jede Attentatsabsicht abgestritten und den Ritter sofort hinrichten lassen. Aber in Zaragoza konnte man von jedem hinter vorgehaltener Hand hören, daß der Mann nur deshalb so schnell seinen Kopf verloren hatte, weil seine Attacke erfolglos geblieben war. Die Feindschaft zwischen den Brüdern hatte sich seitdem nur noch verschärft.

Unter diesen Voraussetzungen war es verständlich, warum der Fürst von Zaragoza mit solcher Härte auf den Abfall seiner Stadt Barbastro reagierte. Es war aber auch unschwer zu erraten, welches Ziel er damit verfolgte. Wenn er die Stadt im Stich ließ, zwang er seinen Bruder dazu, ihr zu Hilfe zu eilen. Wenn al-Muzaffar aber tatsächlich mit einem Entsatzheer anrückte und im Verein mit den Bürgern gegen die aragonesisch-fränkischen Belagerungstruppen kämpfte, konnte er in Ruhe zusehen, wie sich die beiden Heere gegenseitig aufrieben und danach in einem schnellen Vorstoß den geschwächten Sieger überwältigen. Die Frage war nur: Mußten nicht al-Muzaffar und seine Berater zu den gleichen Schlußfolgerungen kommen? Was war, wenn der Herr von Lerida der belagerten Stadt nicht zu Hilfe kam?

Ibn Ammar stellte Abu'l-Fadl Hasdai diese Frage. Der jüdische Vezir schien darauf gewartet zu haben. Er erwiderte lächelnd Ibn Ammars Blick und sagte ruhig, ohne ihn aus den Augen zu lassen: «In diesem Fall beginnt deine zweite Aufgabe. Wenn die Belagerung andauert, ohne daß der Herr von Lerida Entsatz schickt, kannst du dem

Qadi gegenüber andeuten, daß sich der Fürst zu bestimmten Zugeständnissen bereit erklären könnte, wenn die Stadt ihm ihre Unterwerfung anbietet. Das gilt jedoch nur für die Stadt, nicht für den Burgherrn. Wir sind nicht sicher, von wem der Verrat ausgegangen ist, aber der Fürst ist der Meinung, daß den Qa'id die Hauptschuld trifft. Da spielen auch andere Gründe eine Rolle. Der Qa'id war ein enger Vertrauter der Familie des Fürsten, ein Waffengefährte seines Vaters. Der Fürst fühlt sich persönlich getroffen.»

«Welche Zugeständnisse?» fragte Ibn Ammar.

Der Vezir holte ein mehrfach gefaltetes Papier aus dem Ärmel und übergab es Ibn Ammar. «Es ist ein Bündel von Angeboten: Befristete Nachlässe für die Steuerpächter, Erhöhung des städtischen Anteils an den Marktgebühren, Überlassung von Wasserrechten und Mühlrechten und so weiter. Du kannst dir die Einzelheiten auf der Reise einprägen, aber du solltest das Papier rechtzeitig vor der Ankunft in Barbastro vernichten.» Er beobachtete aufmerksam, wie Ibn Ammar das Schreiben überflog. «Du findest unten einige Namen von Leuten, die dem Fürsten treu ergeben sind und von denen du im Notfall Hilfe erwarten kannst.»

Ibn Ammar schaute sich die Namensliste an. Es waren auch die Namen zweier jüdischer Kaufleute darunter. Er faltete das Papier wieder zusammen und steckte es weg. «Was ist, wenn die Stadt mit dem König von Aragon verhandelt?» fragte er. «Was ist, wenn sie eine Art Sonderfrieden abschließt?»

«Das wird nicht geschehen», sagte Abu'l-Fadl Hasdai bestimmt. «Erstens, weil zu viele Franken an dem Feldzug teilnehmen, die nur an Beute interessiert sind und nicht an irgendwelchen Verträgen. Zweitens, weil der König von Aragon einen Rachefeldzug führt.» Er senkte seine Stimme zu einem Flüstern, so daß ihn auch der abessinische Page, der in der Nähe stand, um auf ihre Wünsche zu warten, nicht hören konnte. «Du weißt, daß der Vater des Königs im vergangenen Frühjahr bei der Belagerung von Graus in seinem Feldlager erstochen worden ist. Von einem Mann, dem wir viel Geld gezahlt haben für diese Tat, obwohl er selbstverständlich auf eigene Faust gehandelt hat. Du weißt aber nicht, *wie* der König erstochen wurde. Die wenigsten wissen das. Der Mann hat ihm in der Abtrittsgrube aufgelauert. Der König starb mit einem Spieß im Leib, dessen Schaft ihm zum Hintern herausragte. Kein sehr würdevoller Tod für einen König.» Er lehnte sich zurück und verschränkte die Arme vor der Brust und setzte mit ruhiger Gewißheit hinzu: «Nein, es wird keinen Sonderfrieden geben zwischen dem König und Barbastro.»

«Bleibt noch die Möglichkeit, daß die Stadt den Feinden in die Hände fällt», sagte Ibn Ammar trocken.

«Auch das wird nicht geschehen», antwortete der Vezir. «Der König von Aragon ist ein gefährlicher Gegner, und die Franken sind es nicht weniger. Aber sie sind nicht in der Lage, eine gut befestigte Burg zu erobern, noch viel weniger eine Stadt wie Barbastro. Sie haben weder das nötige Belagerungsgerät dazu, noch die erforderlichen Kenntnisse.» Er lächelte Ibn Ammar zu. «Du kannst dich in der Stadt absolut sicher fühlen, und es wird dir auch keine Schwierigkeiten bereiten, während der Belagerung mit mir in Verbindung zu bleiben. Die Leute an der Grenze sind sehr mutig und sehr erfindungsreich. Du wirst sie kennenlernen.»

Ibn Ammar brach früh am Morgen auf. Ein Lanzenreiter des Fürsten und ein Diener aus dem Haushalt des Vezirs begleiteten ihn. Am Abend des dritten Tages kam er vor Barbastro an. Nach den letzten Informationen, die er in Huesca erhalten hatte, war das Heer des Königs von Aragon bis zur Festung Graus vorgedrungen, eine Tagesreise nördlich der Stadt.

Barbastro lag auf einem mäßig steilen Hügelrücken in einer Schleife des Flusses Vero. Auf dem höchsten Punkt erhob sich der al-Qasr, eine mächtige Burganlage, die den Hügelkamm abriegelte. Auf dem Abhang davor drängte sich die Stadt, dicht zusammengebaut hinter einem massiven Mauerring, der so aussah, als stammte er noch aus den Zeiten der Römer. Davor breitete sich eine weitläufige Vorstadt aus, die bis an den Fluß heranreichte und von einer Palisade aus Baumstämmen umgeben war. Die Stadt war nicht allzugroß, in Friedenszeiten mochte sie vielleicht drei- bis viertausend Einwohner zählen. Jetzt war sie umlagert von Flüchtlingen, die hinter den festen Mauern Schutz suchten.

Die Straße, die von Huesca kam, mündete in einen langgestreckten freien Platz, der sich an der Stadtmauer entlangzog und vom Haupttor der Stadt, das unterhalb der Freitagsmoschee lag, bis zur Vorstadt reichte. Der Platz, der sonst offenbar als Marktplatz diente und als Umschlagplatz für Vieh, war jetzt voll von Menschen. Am Rand hatten sich Bauern mit ihrem Hausrat und ihrem Vieh in provisorischen Unterkünften niedergelassen, vor den Toren stauten sich Saumtiere und Karren mit Getreide und Bauholz und Steinen und frischgeschnittenem Gras. Die Torwachen waren schwer bewaffnet, die Kontrollen ungewöhnlich streng. Anscheinend befürchtete man, daß der anrückende Feind versuchte, Spione einzuschleusen. In die Stadt wurden deshalb nur jene Bauern eingelassen, die dem Qa'id oder den Bürgern untertan oder dienstpflichtig waren. Wer nicht zu den städtischen Untertanen gehörte und keinen Gewährsmann in der Stadt nennen konnte, wurde abgewiesen.

Ibn Ammar ritt mit seiner Begleitung weiter bis zum Tor des al-Qasr. Dort war das Gedränge weniger groß. Er übergab dem Kommandanten der Torwache das gesiegelte Schreiben, das ihn als Abgesandten des Schatzkanzlers auswies, und nahm in der Wachstube Platz.

Dort ließ man ihn sechs Stunden warten.

Erst mitten in der Nacht kam ein Diener des Qa'id, der ihn mit seinen beiden Leuten ins Innere der Burg holte. Man nahm ihnen die Waffen ab, auch ihre Messer, brachte sie in einen Raum, der eher einem leerstehenden Stall glich als einem Gästezimmer. Kein Bad, keine frischen Kleider, keine Erklärung. Nur die nichtssagende Auskunft, daß der Qa'id wegen der drohenden Belagerung noch keine Zeit für einen formellen Empfang gefunden hätte.

Am nächsten Tag die gleiche Auskunft. Ein Wachtposten vor der Tür, der Ibn Ammar daran hinderte, den Raum zu verlassen. Noch ein Tag und noch ein Tag. Keine weiteren Informationen, keine Möglichkeit zu erfahren, was draußen vor sich ging, ob der Feind schon vor der Stadt angekommen war. Ab und zu ein paar unverständliche Hornsignale, sonst nur das stete nervtötende Gehämmer der Zimmerleute und Steinmetzen, das die ganze Burg zu erfüllen schien und erst bei Einbruch der Nacht aussetzte. Was immer Abu'l-Fadl Hasdai sich auch von der Gesandtschaft versprochen hatte, er hatte den Qa'id offensichtlich unterschätzt.

Am Morgen des siebten Tages kam statt des Dieners ein Mann, der sich als Neffe des Qa'id vorstellte. Er brachte Ibn Ammar auf den gewaltigen Eckturm, der die große, quer über den Hügelrücken verlaufende Schildmauer im Nordwesten flankierte und die gesamte Burganlage überragte. Auf der obersten Plattform dieses Turms empfing ihn der Qa'id.

Er hieß Ibn at-Tuwail. Von der äußeren Erscheinung her war er wenig beeindruckend, ein Mann von über sechzig Jahren, mittelgroß, dünn, unter Rheumaschmerzen leidend, die ihn beim Laufen behinderten und einen verkniffenen Ausdruck in sein Gesicht gezeichnet hatten. Er war umgeben von mehreren Wachen in voller Rüstung, trug jedoch selbst keine Waffen, auch keinen Panzer, wie es schien. Die Begrüßung war knapp und beiläufig. Ein halber Satz als Entschuldigung für die empörende Behandlung, den völligen Mangel an Gastfreundschaft. Eine eckige Geste mit dem Arm über die Mauerbrüstung hinweg.

«Du siehst selbst, wie es steht. Wir waren Tag und Nacht beschäftigt!»

Ibn Ammar folgte mit den Augen dem ausgestreckten Arm. In der Verlängerung des Hügelrückens, zwei Pfeilschußweiten entfernt, lag ein regelmäßig geformter, abgeplatteter Felsbuckel, der zwei Mannshöhen über die Umgebung aufragte. Darauf standen Zelte, dicht an dicht, ein Balkenturm mit zwei Wachtposten. Auf beiden Seiten des Felsbuckels waren zahlreiche Leute dabei, Schanzen anzulegen, Pferdegespanne schleppten Baumstämme heran, Lanzenreiter patrouillierten im Vorfeld.

«Sancho Ramirez, der König von Aragon», sagte der Qa'id und setzte knurrend hinzu: «Gott lasse ihn verrecken, wie sein Vater verreckt ist!»

Seine Männer wiederholten den Fluch.

Der Qa'id wandte sich nach Norden. Dort fiel der Hügelrücken steil zum Talgrund ab, der Blick ging weit über den Fluß, der sich in einer sanften Doppelkurve durch einen Teppich kleiner Äcker und mit Steinmauern eingefaßter Gärten zog. Auf dem Hügel, der sich jenseits des Flusses erhob, stand ein zweites Zeltlager.

Der Qa'id wandte sich mit einer herrischen Kopfbewegung an einen der beiden Schreiber, die ihn begleiteten. Der Kātib blätterte in einem Stoß gesiegelter Pergamentblätter. «Guilleaume, Sohn des Guilleaume, Herzog von Aquitanien, Graf von Poitou», las er mit beflissenem Eifer aus seinen Papieren.

«Franken!» knurrte der Qa'id und spuckte über die Brüstung.

Auf dem nächsten Hügel im Nordosten zwei weitere Lager. «Ebles, Graf von Roucy, und Thibert de Semur, Graf von Chalon», las der Kātib mit stockender Stimme vor. Er hatte Schwierigkeiten mit den fremdländischen Namen.

Der Qa'id begab sich zur Ostseite der Plattform. Von dort aus ließ sich der ganze al-Qasr überblicken und die Stadt dahinter und die Vorstadt, ein Gewirr kleiner Häuser und Hütten, das sich in die Schleife des Flusses zwängte wie ein Bauch in einen Gürtel. Auf dem jenseitigen Berghang, genau gegen die aufgehende Sonne zu und auf gleicher Höhe wie der al-Qasr, war ein viertes Lager. Nur wenige Zelte, aber ein großes Aufgebot, soweit es sich aus der Entfernung erkennen ließ, ein ameisenhaftes Gewimmel vieler Männer, die Gräben aushoben und Steine und Baumaterial zusammentrugen.

«Ermengol, Graf von Urgel», sagte der Kātib.

«Verfluchter Hund!» sagte der Qa'id in einem Ton, der erkennen ließ, daß ihm der Graf von Urgel kein Unbekannter war.

Sie setzten ihren Rundgang fort um das Katapult eines riesigen Schleudergeschützes herum, das den größten Teil der Turmplattform ausfüllte. Nach Südosten zu lag der große Marktplatz, auf dem sich eine Woche zuvor noch die Flüchtlinge gedrängt hatten. Jetzt war er menschenleer. Auf der Anhöhe dahinter breitete sich der Friedhof der Stadt aus. Über der entfernten Friedhofsmauer waren die Spitzen weiterer Zelte zu erkennen, die sich scharf gegen den blauen Himmel abzeichneten.

Der Kātib stotterte eine lange Liste fränkischer Namen herunter, die mit dem des Grafen von Toulouse begann. Der Qa'id brachte ihn mit einer unwilligen Handbewegung zum Schweigen.

«Das Lager dieser Franken ist von hier aus nicht zu sehen», sagte er mürrisch und deutete dann mit dem Kopf auf die Zelte hinter dem Friedhof und setzte mit vorgeschobenem Kinn hinzu: «Das da sind andere. Madjūs, Normannen. Ihr Anführer nennt sich Sire Robert Crispin. Er sagt, er hätte schon in Sizilien gekämpft gegen den Amīr von Palermo. Er sagt, daß er im Dienst des Bischofs von Rom stehe, der der Imam aller Christen ist. Er behauptet, daß dieses Land, das unsere Väter erobert haben, nach altem Recht seinem Herrn gehöre. Er ist ein Lügner, aber wir werden ihn im Auge behalten müssen.» Der Qa'id wandte sich zum Gehen und lief steifbeinig zwischen den pyramidenförmig aufgeschichteten Steinkugelhaufen hindurch, die für das Schleudergeschütz bereitlagen. Als er die Treppe erreicht hatte, die nach unten führte, drehte er sich noch einmal um und sagte über die Schulter hinweg: «Immerhin ist er ein Mann, der sich zu benehmen weiß. Er hat seine Botschaft in unserer Sprache abgefaßt.»

Die nächsten vier Stunden verbrachte der Qa'id auf einem Inspektionsgang, der ihn durch alle Bastionen und Verteidigungsanlagen der Burg führte. Ibn Ammar schloß sich seinem Gefolge an. Niemand beachtete ihn, niemand sprach ihn an oder fragte ihn um seine Meinung, aber man hinderte ihn auch nicht daran, sich alles anzuschauen. Er konnte beobachten, mit welcher Sorgfalt der Qa'id alle Verteidigungsmaßnahmen kontrollierte, die Depots an Pfeilen und Armbrustbolzen und Katapultspeeren, die Feuereimer, die Fackeln und die Hakenstangen, die dazu dienen sollten, die Sturmleitern abzustoßen. Wie er die Löschwasserbehälter prüfte, die Wergballen und die Fässer voll Öl und Talg, und die Brandtöpfte und das andere Material zur Abwehr von Belagerungsmaschinen. Wie er sich die Zwinger der Wachhunde vorführen ließ und die Signaltrommeln der Turmwächter, die Stapel von

Bauholz und Steinen und eisernen Krampen, die hinter den Mauern bereitlagen, damit man im Notfall eine Bresche rasch verblenden konnte, die klafterbreiten Leiterrampen, die auf die Wehrgänge der Außenmauer führten, damit die Besatzungen auf gefährdeten Abschnitten schnell verstärkt werden konnten, die Schließbalken der kleinen Tore, die die Türme mit den Wehrgängen verbanden, die sinnreichen Hebelmechanismen an den Stützbalken der Wehrgänge, die es erlaubten, die gesamte Holzkonstruktion hinter der Mauerkrone zwischen zwei Türmen samt Dach und Laufgang herunterkrachen zu lassen, falls es dem Feind gelingen sollte, einen bestimmten Mauerabschnitt zu ersteigen und zu besetzen.

Der Qa'id sprach mit jedem Turmkommandanten, mit jedem Wachtposten, hatte auch für den einfachen Radjul ein aufmunterndes Wort, kannte alle seine Leute mit Namen, quälte sich über alle Leitern hinauf und hinunter, obwohl es ihm sichtlich Schmerzen verursachte. Er war ein erfahrener Mann, angesehen bei seinen Untergebenen, das Musterbeispiel eines guten Truppenführers. Ibn Ammar begann immer mehr daran zu zweifeln, ob der Fürst gut beraten war, einen derart fähigen Mann fallen zu lassen.

Während des Inspektionsgangs hatte der Qa'id den Fürsten nicht ein einziges Mal erwähnt. Auch beim Mittagessen in der großen Madjlis der Burg fiel kein Wort über Zaragoza oder Lerida. Keine Frage nach den Botschaften, die Ibn Ammar aus der Hauptstadt mitgebracht hatte. Der Qa'id aß schweigend, ließ nur ab und zu eine bissige Bemerkung fallen über die Belagerer draußen vor der Mauer, machte trockene Witze, die seine Gefolgsleute mit dröhnendem Lachen beantworteten, grub mit seinen verkrümmten Fingern das Fleisch aus der Mitte der Schüssel, wischte sich mit dem Handrücken das Fett vom Mund, spuckte hinter sich. Er benahm sich wie ein Soldat, der zeigen will, daß er keinen Wert legt auf die feinen Sitten, wie sie bei Hofe gepflegt werden.

Erst nach dem Essen, als die meisten seiner Leute schon wieder gegangen waren, sprach er Ibn Ammar an, kam ohne Einleitung gleich zur Sache.

«Was hat man dich beauftragt, mir zu sagen?» fragte er grob. «Und wer war es, der dich beauftragt hat?»

Ibn Ammar sah die gespannte Haltung, in der der Qa'id ihn beobachtete, und den lauernden Ausdruck in seinen Augen, und er beschloß auf jedes diplomatische Spiel zu verzichten und mit der gleichen Direktheit zu antworten. «Ich komme nicht im Auftrag des Fürsten, wie du aus dem

Beglaubigungsschreiben weißt, das ich deinem Diener gegeben habe. Ich bin hier als Bote Abu'l-Fadl Hasdais, des Kātib az-Zimām.»

«Des Juden, der Hādjib werden will?» fragte der Qa'id höhnisch.

«Ja», sagte Ibn Ammar. «Er hat mir aufgetragen, dir zu berichten, daß der Fürst nicht gewillt ist, der Stadt Barbastro mit Truppen zu Hilfe zu kommen.»

Der Qa'id schob den Dattelkern, auf dem er herumgekaut hatte, mit der Zunge behutsam auf den Handrücken und betrachtete ihn nachdenklich, wie ein alter Mann seinen letzten Zahn betrachten mochte, der ihm eben ausgefallen ist. Dann warf er ihn hoch und fing ihn mit derselben Hand auf.

«Stammt das aus dem Munde des Fürsten selbst?» fragte er scharf.

Ibn Ammar zögerte keinen Augenblick mit der Antwort, obwohl er damit die vereinbarte Linie verließ. «Es sind seine eigenen Worte», sagte er. «An mich gerichtet. Während eines Schachspiels.»

Der Qa'id wandte sich an den Mann, der zu seiner Rechten saß, und unterhielt sich flüsternd mit ihm. Der Mann war erst während des Essens zu ihnen gestoßen, er war um die vierzig Jahre alt, von gleicher Statur wie der Qa'id und mit dem gleichen verdrossenen Ausdruck im Gesicht. Man hatte ihm den Ehrenplatz eingeräumt, und Ibn Ammar hatte deshalb angenommen, daß es sich um den ältesten Sohn des Qa'id handeln müsse. Die beiden unterhielten sich längere Zeit, ohne daß Ibn Ammar verstehen konnte, was sie besprachen. Dann wandte sich der Qa'id wieder an ihn, und sein Ton war noch schärfer als zuvor.

«Warum hat man *dich* beauftragt, diese Nachricht zu überbringen?»

«Ich vermute, daß man keinen anderen gefunden hat, der bereit war, den Boten zu machen.»

Der Qa'id verzog keine Miene, aber in seinen Augen war die Spur eines Lächelns, als hätte ihm die Antwort Vergnügen bereitet. Und Ibn Ammar wußte plötzlich, daß er auf ganz dünnem Eis stand. Der jüdische Vezir hatte ihm einige wichtige Informationen vorenthalten, wie es schien. Jetzt mußte er sich auf seinen Instinkt verlassen.

«Ich komme aus Murcia», sagte er mit erzwungener Ruhe. «Ich war ein Gefolgsmann des Kronprinzen Hassūn Ibn Tāhir, der seinem Bruder in der Thronfolge unterlegen ist. Ich kam als Flüchtling nach Zaragoza. Ein Flüchtling muß für jeden Auftrag dankbar sein, auch für einen undankbaren.»

Der Qa'id wechselte wieder ein paar Worte mit seinem Nachbarn.

«Was hat man dir sonst noch aufgetragen?» fragte er dann.

Ibn Ammar zeigte die leeren Hände. «Nichts weiter», erwiderte er bestimmt. «Nur daß ich meine Botschaft auch dem Qadi der Stadt überbringen soll.»

Für einen unbehaglichen Augenblick herrschte Stille, während der Qa'id zusammengekauert auf seinem Polster saß und seine Fußgelenke knetete. Dann stand er unvermittelt auf, stellte sich mit einem schmerzhaften Ruck auf die Beine und sagte beiläufig, mit der rechten Hand auf den Mann an seiner Seite deutend: «Diesen Auftrag hast du erfüllt. Das ist Ahmad Ibn Isa, der Qadi von Barbastro.»

Auch der Qadi erhob sich, und beide verließen die Madjlis ohne ein weiteres Wort, ohne Gruß. Nur der Neffe des Qa'id blieb zurück. Er brachte Ibn Ammar zu einer neuen Unterkunft, die im südöstlichen Teil der Burg lag. Ein quadratischer Raum, vier auf vier Schritte groß, im Fuß eines kleinen Turms gelegen, mit einem einzigen schießschartenähnlichen Fenster, nur vom Obergeschoß aus durch eine Falltür und über eine Leiter zu erreichen. Ein Wasserkrug stand am Boden, ein Kübel für die Notdurft, in einer Ecke lag ein Strohsack. Auch seine Packtaschen waren da.

Der Neffe des Qa'id deutete auf eine Markierung neben dem Fenster, die die Gebetsrichtung angab. Sonst blieb er stumm, gab auf keine Frage Antwort, gab auch keine Auskunft über den Verbleib der beiden Bediensteten, die Ibn Ammar seit dem Morgen nicht mehr zu Gesicht bekommen hatte. Als er ging, zog er die Leiter hinter sich hoch und schloß die Falltüre in der Deckenöffnung.

Ibn Ammar machte sich daran, seine Packtaschen zu untersuchen. Außer seinem Rasiermesser, einer Bartschere und einem Dolch, den ihm Hassūn Ibn Tāhir in Murcia geschenkt hatte, fehlte nichts. Er warf einen Blick aus dem Fenster. Es war nur eine glatte, von einem Wehrgang gekrönte Mauer zu sehen. Der Wehrgang war leer, soweit er ihn überblicken konnte.

Von oben waren Stimmen zu hören und Schritte auf der Balkendecke, die sich jedoch bald wieder entfernten. Ibn Ammar legte sich rücklings auf den Strohsack und verschränkte die Hände unter dem Nacken.

Es sah so aus, als hätte er viel Zeit, um über seine Lage nachzudenken.

24

BARBASTRO

SONNTAG 13. JUNI 1064
24. DJUMADA II 456/26. SIWAN 4824

Lope saß am oberen Rand des Abhangs, der sich auf den weiten Platz vor der Stadt hinabsenkte. Er saß im Schatten eines Feigenbaums, den Rücken gegen den Stamm gelehnt, die Beine ausgestreckt. Es war Mittag, und es war so heiß, daß die Luft über dem Boden flimmerte, aber im Schatten war es erträglich, und manchmal kam von den Bergen her ein Lufthauch, der sanft über die Haut strich wie ein frischer Atem.

Fast sieben Wochen waren vergangen, seit sie vor der Stadt angekommen waren, eine endlos lange Zeit, wie es ihm schien. Bis auf die letzten beiden Tage war der Krieg ganz anders gewesen, als er ihn sich vorgestellt hatte. Nichts als Arbeit, knochenharte, zermürbende Arbeit von Sonnenaufgang bis in die Nacht, Tag für Tag fast ohne Pause. Sie hatten ein Lager aufgebaut mit Wall und Graben und einer Palisade aus Baumstämmen und verflochtenem Astwerk. Sie hatten im Osten und im Westen des Lagers zwei hölzerne Wachttürme errichtet, um den Belagerungsring noch dichter zu schließen. Sie hatten Bäume gefällt und Baumaterial herangeschafft, Steine und Balken aus verlassenen Häusern. Sie hatten Brennholz geschlagen und Reisig für Faschinen. Vor zwei Wochen, als das Lager endlich fertig gewesen war, hatte man sie dem zweiten Bautrupp zugeteilt, der unter Anleitung eines griechischen Schiffszimmermanns auf der Anhöhe über dem großen Platz vor der Stadt einen Belagerungsturm baute, der nach dem Willen des Sire ebenfalls mit einer Schanze umgeben werden mußte. Die Arbeit hörte nicht auf, und der Sire machte jeden Tag selbst zweimal die Runde, um die Leute anzutreiben. Viele von den Bauernburschen und Abenteurern, die sich ihnen unterwegs angeschlossen hatten, waren deshalb schon heimlich in der Nacht verschwunden und hatten sich anderen Herren angedient, wie dem Grafen von Urgel, der von seinen Leuten nicht soviel verlangte.

Auch für Lope hatte es Tage gegeben, an denen er so erschöpft gewesen war, daß er sich am liebsten aus dem Staub gemacht hätte. Aber gleichzeitig war er auch voll Stolz, daß er mit dem Capitan unter den Normannen diente, und er war stolz auf das Ansehen, das der Capitan genoß und an dem auch er seinen Anteil hatte.

Heute war ein Tag, an dem er besonders stolz sein konnte. Es war ein guter Tag. Es hätte ein vollkommener Tag sein können, wenn nicht dieses Gewimmer gewesen wäre, dieses ständige, hilflos klagende Gewimmer hinter seinem Rücken. Es war leiser geworden in der letzten Stunde, und jetzt setzte es manchmal ganz aus. Aber auch wenn es aussetzte, war es in seinen Ohren. Es ließ ihn nicht los.

Er hielt die Augen halb geschlossen, schaute auf sein Pferd, das neben ihm im Schatten stand und auf den Zweigen herumkaute, die er mit dem Messer vom Baum gehauen hatte. Wandte den Blick dann wieder der Mauer zu und dem von zwei mächtigen Türmen flankierten Stadttor auf der gegenüberliegenden Seite des Platzes. Sobald auf der Mauerkrone über dem Stadttor ein weißes Tuch herabgelassen wurde, mußte er zusammen mit dem Cabanier, der mit ihm für diese Aufgabe eingeteilt war, die beiden Gefangenen von dem Balken abnehmen, an dem sie mit den Händen aufgehängt waren. Das weiße Tuch war das Zeichen, daß die Moros in der Stadt bereit waren, die Gefangenen auszulösen. Wenn dagegen das Tor aufging, was nichts anderes bedeuten konnte, als daß die Moros einen Ausfall unternehmen wollten, war es ihre Aufgabe, so rasch wie möglich die Stricke durchzuschneiden, an denen die Gefangenen hingen, damit die beiden in die spitzen Pfähle stürzten, die unter ihnen im Boden steckten. Das war der Auftrag, den ihnen der Capitan gegeben hatte. Lope durfte die Stadtmauer nicht aus den Augen lassen. Vor allem das Tor nicht.

Ein Geräusch war plötzlich zu hören, Stein auf Stein, schräg hinter ihm, und er sprang auf im ersten Schreck und griff nach dem Messer. Aber es war nur der Cabanier, der mit Steinen nach den Gefangenen warf. Die beiden hingen an einem langen Balken, der so abgestützt war, daß das freie Ende über die Kante des Abhangs hinausragte. Sie waren nackt, und man konnte deutlich sehen, daß es ihnen die Arme schon aus den Schultern gezogen hatte. Sie hingen bewegungslos wie die abgehäuteten Tiere in einem Fleischerladen. Dem Älteren stand der Schwanz aufrecht. Das war es, worauf der Cabanier mit den Steinen zielte.

«Hör auf!» sagte Lope. «Laß ihn in Ruhe!»

Der Cabanier tat, als ob er nichts gehört hätte, und warf noch einen Stein und noch einen. Und traf mit dem zweiten den jüngeren an der Hüfte. Der war noch ein Junge, nicht älter als vierzehn. Er zuckte zusammen wie ein ermatteter Fisch an der Angel und riß die Augen auf, warf einen irren Blick um sich, der nichts mehr wahrnahm. Dann rutschten ihm die Augäpfel nach oben weg, und sein Kopf fiel wieder nach vorn. Er hatte geweint wie ein Kind, als sie ihn an den Balken gehängt hatten, und als die Schmerzen gekommen waren, hatte er gejammert und geschrien, und dann hatte er nur noch gewimmert, hatte stundenlang gewimmert.

«Du sollst aufhören, verdammt!» sagte Lope. Er war wütend darüber, daß er sich von dem Geräusch der Steine derart hatte erschrecken lassen, und er war wütend, weil der Cabanier es mitbekommen hatte.

Der Cabanier warf noch einen Stein, ohne zu zielen, und wandte sich zu Lope um und zeigte grinsend die Zähne. «Scheiß dir in die Hosen, Kleiner», sagte er. Seine Oberlippe war zu kurz geraten. Sooft er den Mund aufmachte, rutschte sie hoch und entblößte die Vorderzähne bis zum Zahnfleisch.

Lope ließ sich wieder auf seinen Platz nieder und versuchte, die Wut zu unterdrücken, die in ihm zitterte. Eines Tages würde er es diesem Scheißkerl zeigen. Schon vom ersten Tag an hatte er ihn nicht leiden können. Ein dreckiger, kleiner Schafhirte, der in den Bergen hinter Toulouse zu ihnen gestoßen war und sich ihnen aufgedrängt hatte. Der Capitan hatte ihn als zweiten Burschen angenommen, weil er sich so verdammt gut auskannte in den Bergen, und weil er wußte, wo in den Wildbächen die Fische stehen und wo man nachts in den Bergwäldern die Schlingen ausspannen mußte. Er war eine Handbreit kleiner als Lope, aber zwei Jahre älter und um einiges kräftiger, ein grober, struppiger Klotz mit dickem Kopf und breiten Händen, schlau und verschlagen, unterwürfig vor dem Capitan und von lauernder Hinterhältigkeit gegenüber Lope. Man durfte ihm keinen Augenblick trauen.

Lope wandte seine Aufmerksamkeit wieder dem Tor zu, suchte mit den Augen die Mauerkrone ab. Am Anfang hatte es hinter den Zinnen nur so gewimmelt von Moros, die zu ihnen herübergeäugt und mit den Armen gestikuliert hatten. Jetzt schien alles ruhig, niemand mehr zu sehen. Hatten sie die beiden armen Schweine schon aufgegeben? Konnte die Familie das Geld nicht aufbringen? Der Capitan war so sicher gewesen, daß die Moros zahlen würden.

Die beiden waren Brüder, teuer gekleidet gewesen, keine Schwielen an den Händen, Söhne eines Pelzhändlers, wie sie zugegeben hatten, als der Capitan angefangen hatte sie auszuquetschen. Warum konnte ein reicher Pelzhändler nicht die zweihundert Gold-Dinar aufbringen, die der Capitan verlangte? Sollte die ganze Mühe vergebens gewesen sein?

Zwei Nächte lang hatten sie auf der Lauer gelegen, der Capitan und zwei von den normannischen Rittern mit ihren Knappen und zwei von den Bogenschützen, die scharf darauf gewesen waren, sich ein Pferd zu verschaffen. Sie hatten sich auf dem Bauch kriechend an der Friedhofsmauer und am Rand des großen Platzes entlang bis an den Graben vor der Stadtmauer herangearbeitet und dort gewartet, die Gesichter mit Ruß geschwärzt, die Kleider mit Pferde-Urin getränkt. In der zweiten Nacht waren die Moros aus der kleinen Pforte unterhalb des Stadttors herausgekommen, um ihre Pferde im Graben grasen zu lassen, wie es der Capitan vorausgesagt hatte. Sechzehn Pferde, jedes von einem Mann geführt, zwei Wachen mit Hunden dabei. Der Capitan hatte sich einen großen Rappen ausgesucht mit einer faustgroßen weißen Blesse auf der Stirn, die trotz der Dunkelheit gut zu erkennen gewesen war. Sie hatten gewartet, bis sich die Moros wieder auf den Rückweg gemacht hatten. Dann war plötzlich alles unheimlich schnell gegangen. Der Capitan war aufgesprungen, lautlos wie eine Katze, und war mit ein paar Schritten am Grabenrand gewesen und hatte den Arm über dem Kopf geschwungen, und ein pfeifendes Geräusch war zu hören gewesen, und im nächsten Augenblick hatte es den Reiter des Rappen aus dem Sattel gerissen wie von Geisterhand, der Capitan noch gut fünf Schritte von ihm entfernt. Und das Pferd dahinter war hochgestiegen und hatte seinen Reiter abgeworfen, da waren auch schon die Normannen im Graben gewesen, hatten die beiden Männer heraufgezerrt, die Pferde hintennach. Und die anderen Moros waren in Panik auseinandergestoben, schreiend und nach ihren Leuten auf der Mauer um Hilfe rufend, während sie sich davongemacht hatten, im Laufschritt den Hügel hinauf mit den Pferden und den beiden Gefangenen, bis zur Mauer des Moro-Friedhofs, wo ihnen die Pfeile von der Mauer herunter nichts mehr hatten anhaben können.

Lope starrte blinzelnd auf das Tor, vor seinen Augen noch die Bilder der vergangenen Nacht. Und fuhr plötzlich hoch. Da hing das Tuch, das weiße Tuch. Es hing ausgespannt zwischen zwei Zinnen. Hatte er geschlafen? Wie lange hing das Tuch schon da, ohne daß er es gemerkt hatte? Er sprang auf.

«Das Tuch! Da! Das Tuch!» rief er dem Cabanier zu und trat aus dem Schatten des Baumes heraus und schaute nach dem Wachtposten auf der Torbastion der Schanze um den Belagerungsturm, die von seinem Standort aus gerade noch über der Hügelkante zu erkennen war. Und sah, daß der Posten mit einer Fahne Zeichen gab. Also hatte er das weiße Tuch auch schon gesehen und war dabei, die Lagerwachen zu verständigen, damit sie dem Capitan Bescheid gaben.

Lope machte sich daran, zusammen mit dem Cabanier die beiden Gefangenen von dem Balken abzunehmen, wie es ihnen der Capitan aufgetragen hatte für den Fall, daß sich die Moros in der Stadt verhandlungsbereit zeigten. Sie ließen zuerst den Jungen herunter, Lope faßte ihn an den Beinen und ließ ihn sich auf die Schulter gleiten, während der Cabanier das Seil nachließ. Dann legte er ihn im Schatten des Feigenbaums nieder. Die Arme hingen schlaff und seltsam verdreht in den Schultern, aber der Junge gab keinen Laut von sich. Er war ohnmächtig. Lope war froh, daß er ohnmächtig war.

Als sie auch den älteren am Boden hatten, war Hufgetrappel zu hören, und im nächsten Augenblick kam der Capitan den Hügel herab. Er war hundert Schritte seitab, ritt geradewegs auf das Tor zu. Die beiden Normannen, die sich an dem Überfall beteiligt hatten, waren bei ihm, und Ibn Eli, der jüdische Kaufmann, und hintennach kam jetzt auch noch Yūnus, der jüdische Hakīm, auf einem Esel, die Beine weit abgespreizt, damit sie nicht am Boden schleiften. Der Hakīm hielt genau auf sie zu, er hatte seine Arzttasche dabei. Aber bevor er noch heran war, hörte Lope den Capitan rufen und machte sein Pferd los und sprang in den Sattel und preschte los, steil den Hügel hinunter und über den Platz, reihte sich hinter den Capitan ein.

Sie ritten bis auf sechzig Schritte an das Stadttor heran, und Lope stellte sich so, daß er den Capitan gegen die Mauer hin deckte. Der Wehrgang zwischen den Tortürmen und die Mauerabschnitte rechts und links davon waren jetzt voll von Menschen, überall zwischen den Zinnen schauten die Moros herunter. Sie waren so nah, daß Lope sie reden hören konnte.

Dann sprach der Capitan mit Ibn Eli, und der jüdische Kaufmann legte die Hände an den Mund und rief etwas auf Arabisch zur Mauerkrone hinauf, und vom linken Torturm antwortete ein Mann mit einer roten Kopfbinde. Es ging mehrmals hin und her, und dazwischen unterhielt sich Ibn Eli leise mit dem Capitan, und einmal mischte sich der Capitan selbst ein und rief etwas zum Turm hinauf, auch er in Arabisch, und seine Stimme klang erregt und später machte er sogar Anstalten, als wollte er die Verhandlungen ganz abbrechen. Aber dann schien sich der jüdische Kaufmann doch einig zu werden mit dem Moro oben auf dem Turm und drehte sich um und machte mit der Hand ein Zeichen, daß alles in Ordnung wäre und sagte, daß die Moros bereit wären zu zahlen.

Der Capitan schickte Lope zurück, um die beiden Gefangenen zu holen. Der Hakīm hatte ihnen die Arme wieder eingerenkt und war dabei, ihre Gesichter mit Wein abzureiben. Sie waren beide wieder bei Bewußtsein, aber sie waren zu schwach, um auf eigenen Beinen zu laufen, also legte Lope sie mit Hilfe des Hakīms bäuchlings über den Rücken seines Pferdes und brachte sie so auf den Platz hinunter. Hinter ihnen auf der Hangkante hatte sich inzwischen das halbe Lager versammelt, um das Schauspiel der Übergabe mitzuerleben.

Die Moros kamen aus der kleinen Pforte unterhalb des Stadttors, sieben Männer, alle zu Pferd und bewaffnet. Als der Capitan den Arm hob, hielten sie an, und als er allein mit Ibn Eli auf sie zuritt, lösten sich zwei aus der Gruppe und kamen ihm entgegen. Sie trafen sich in der Mitte, und Lope konnte sehen, wie der eine der beiden Moros zwei Lederbeutel vom Gürtel losband und erst den einen, dann den anderen an Ibn Eli übergab, der sie öffnete und einige Münzen daraus entnahm, und sie mit einer kleinen Waage überprüfte. Der Kaufmann ließ sich viel Zeit damit, prüfte sorgfältig, gab die Beutel danach wieder zurück. Dann kam er allein herübergeritten, während der Capitan mit den beiden Moros wartete, und holte den ersten Gefangenen, den jüngeren, der noch immer wie leblos über dem Pferderücken hing. Er übergab ihn an die Moros und nahm dafür den einen der beiden Beutel mit dem Geld in Empfang. Kam damit zurück, während gleichzeitig der zweite Moro den Jungen zur Stadtmauer brachte, warf den Beutel dem einen der beiden Normannen zu, führte den zweiten Gefangenen vor, der inzwischen schon wieder so weit zu Kräften gekommen war, daß er auf eigenen Füßen laufen konnte. Der Capitan ließ sich den zweiten Beutel aushändigen und kam dann mit Ibn Eli zurückgeritten. Erst als er heran war, und die Moros schon den Graben erreicht hatten, trieb er sein Pferd an, und Lope und die anderen ritten hinter ihm her bis zum Rand des Platzes und den Weg hinauf, der zum Lager führte.

«Wieviel?» fragte der eine der beiden Normannen voll Ungeduld. «Wieviel ist es?»

«Zweihundert», antwortete der Capitan. «Wie es ausgemacht war. Zweihundert in gutem Gold.» Er saß lässig im Sattel, nahm den Helm ab, hängte ihn an den Sattelknopf. Sein Gesicht war unbewegt, keine Spur von Triumph darin, nur ein leichtes Lächeln um den Mund.

Oben auf dem Hügel vor der Schanze des Belagerungsturms drängten sich die Männer um ihn, rannten schreiend und gestikulierend neben ihm her. «Wo ist das Gold? Das Gold! Laß es sehen! Zeig her!» Der Capitan gab keine Antwort, klopfte nur mit der freien Hand auf seinen Gürtel, hielt das Pferd im Trab.

Auf der Kuppe zwischen der Schanze und dem Lager kam ihnen der Sire entgegen. Er kam in vollem Galopp herangefegt, einige der normannischen Ritter hinter sich, der Sizilianer dabei, der immer an seiner Seite war. Er ritt an ihnen vorbei, ohne sie zu beachten, fuhr unter die Leute wie ein Sperber unter die Spatzen, brüllte sie zusammen, weil sie die Baustelle verlassen hatten, scheuchte sie zurück an ihre Arbeit, schlug mit dem Lanzenschaft auf diejenigen ein, die seinen Befehlen nicht unverzüglich Folge leisteten. Als er ins Lager zurückkam, sorgte er auch dafür, daß Lope und der Cabanier und die Knappen der beiden Normannen wieder ihren Dienst an der Baustelle aufnahmen. Er gestattete keine Ausnahme. Dann zog er sich mit dem Capitan und den anderen Herren in sein Zelt zurück, um die Beuteanteile in Empfang zu nehmen, die ihm zustanden: ein Fünftel für sich selbst, als Anführer der Truppe, ein Fünftel für seinen Dienstherrn, den Bischof von Rom. Auch den Rappen mit der weißen Blesse mußte der Capitan ihm zum Geschenk machen.

Lope arbeitete bis zum Einbruch der Nacht. Als er müde heimkam, empfing ihn Yūnus, der Hakīm, mit der Nachricht, daß der Capitan ins Dorf gegangen sei, und daß er ihm dorthin nachfolgen solle. Er wartete, bis es dunkel war, er hatte keine Eile, er wußte, wo er den Capitan finden würde.

Das Dorf lag eine gute Meile von der Stadt entfernt hinter dem Lager des Grafen von Urgel auf der abgewandten Seite des Höhenrückens, der den Rio Vero vom Rio Cinca trennte, an der Straße, die nach Graus führte. Zuerst waren es nur ein paar verlassene Steinhäuser gewesen, aus denen die Leute des Grafen von Urgel alles Brauchbare entfernt hatten. Dann hatte sich in dem größten der Häuser ein Wirt niedergelassen, und auch die anderen waren besetzt und mit neuen Dächern und Türen und Fenstern ausgebaut worden, und zu beiden Seiten der Straße waren Hütten emporgewachsen, und Händler und Huren und Hehler hatten sich niedergelassen, und Handwerker und Musikanten und alles mögliche Gesindel, wie es sich im Gefolge jedes Heeres findet. Ein kleines Dorf war entstanden, eine Hüttenstadt, in der es jede Nacht hoch herging und wo für Geld alles zu haben war, was man in den Kriegslagern vor der Stadt entbehren mußte: Wein und Weiber und Würfelspiel, Lamm vom Spieß und Räucherfisch und Schweineschinken, Vorführungen von Schwertschluckern, Bärenführern, dressierten Affen, und Musikanten, die die ganze Nacht durchspielten, wenn sich einer fand, der sie zahlte. Es gab Schuster, die Stiefel nach Maß anfertigten, Flickschneider, Wäscherinnen, Barbierer, Zahnreißer, es gab Sklavenhändler und Pfandleiher und Aufkäufer für Waren jeder Art, es gab junge Burschen aus dem Hinterland, die bereit waren, für eine Mahlzeit am Tag jeden Dienst zu verrichten, und Halunken, die keine Skrupel hatten, einen Mann gegen ein angemessenes Honorar umzulegen. Es gab alles, was man für Geld kaufen konnte, vorausgesetzt man hatte genügend Geld.

Der Capitan hatte genug. Mit seinem Anteil am Gold der Moros in der Tasche war er ein reicher Mann, ein König im Dorf. Lope brauchte nicht lange nach ihm zu fragen, schon in der ersten Taverne wußten sie Bescheid, er hatte die Runde bei den Wirten gemacht, jetzt war er bei der schwarzen Doda.

Die schwarze Doda wohnte in dem zweitgrößten der fünf Steinhäuser des Dorfes, abseits der breiten Hüttenstraße, wo sich das einfache Volk der Sergeanten und kleinen Hidalgos vergnügte. Sie war die beste Hure, die vor der Stadt zu finden war, die teuerste, die nur für Gold zu haben war, die begehrteste, die sich ihre Kunden aussuchen konnte und nur solche vorließ, die zu Pferd kamen. Die schöne Doda, von der sich auch die großen Herren bedienen ließen. Sie hielt Hof wie eine Dame, hatte einen Hausknecht und zwei Mägde und zwei Leibwächter. Sie war die Frau oder die Schwester oder die Beischläferin eines Metzgers aus Carcassonne, eines bärenstarken Kerls, der im Troß des Grafen von Toulouse mitgekommen war. Jeder im Belagerungsheer kannte sie, jeder schwärmte von ihr. Auch der Capitan war schon zweimal bei ihr gewesen.

Als Lope vor ihrem Haus ankam, verstellte ihm einer der Leibwächter den Weg. «Hau ab, Junge, verschwinde!» Erst als Lope erklärte, daß er der Bursche des Capitans sei, wurde der Mann friedlicher und ließ ihn in den Stall, wo das Pferd des Capitans stand. Es war stockdunkel, Wolken am Himmel, kein Mond, auch aus dem Haus kam kein Lichtschein, die Fenster waren mit Holzläden verschlossen. Lope setzte sich in die Stalltüre, kauerte sich zusammen, legte den Kopf auf die Knie. Der Capitan war schon seit Wochen nicht mehr auf Tour gewesen, weil das Geld knapp geworden war. Es würde eine lange Nacht werden.

Er döste vor sich hin. Manchmal hörte er den Capitan aus dem Haus. Vollmundige Flüche und heiseres Gelächter. Manchmal hörte er die Stimme der Frau, weich und tief mit einem kehligen Unterton wie Taubengurren, oder hell auflachend in kurzen, atemlosen Stößen, oder laut und herrisch, wenn sie nach der Magd schrie: «Mira! Mira!» Es riß ihn jedesmal hoch, wenn dieser Ruf ertönte, als würde nach ihm gerufen.

Er schlief ein. Und wachte wieder auf, von irgendeinem Geräusch geweckt. Er hörte, wie die Stimme des Capitans heiser wurde und brüchig, bis nichts mehr zu verstehen war, nur noch ein großmäuliges Lallen, ein haltloses, zusammenhangloses Gegröle. Er wußte, daß der Capitan bald ganz verstummen würde, er kannte ihn gut genug. Er war schon oft genug dabeigewesen, wenn der Capitan sich hatte vollaufen lassen. Er konnte ihn förmlich vor sich sehen mit pendelndem Kopf und stierem Blick aus halbgeschlossenen Augen, Speichelfäden im Bart. Es konnte nicht mehr lange dauern, bis er umkippte und zu schnarchen anfing.

Aber dann sah ihn Lope plötzlich aus der Tür kommen. Er tastete sich an der Mauer entlang, kam über den Vorplatz auf den Stall zu, schlingernd mit ausgebreiteten Armen, in den Knien einknickend, mühsam das Gleichgewicht haltend. Stellte sich vor die Stallmauer, um sein Wasser abzuschlagen, stützte sich mit beiden Händen gegen die Wand, brabbelte vor sich hin.

Als Lope aufstand, um sich bemerkbar zu machen, fuhr er zurück, griff nach dem Gürtel, fluchte, weil er sein Messer nicht fand. «Wer ist da?» fragte er knurrend.

«Ich bin es, Herr», sagte Lope schnell. «Ich wollte Euch nur sagen, daß ich da bin, wenn Ihr mich braucht.»

Der Capitan kam steifbeinig auf ihn zu. «Lope! Verdammt! Was zum Teufel hast du hier zu suchen!» Seine Stimme war nur noch ein heiseres Röhren, und Lope machte sich schon auf ein paar Hiebe gefaßt, als er sah, daß der Capitan den Arm hob. Aber dann schlug ihm die Hand nur auf die Schulter und der Capitan sagte: «Gut, daß du da bist. Gut gemacht, mein Junge!» Und zog ihn mit sich, zum Haus hin, hielt sich an ihm fest. «Komm mit, mein Junge, komm mit ins Haus! Wird Zeit, daß ich dir beibringe, wie man mit der eigenen Lanze zustößt, mein Junge, hast du verstanden?»

Der Mann, der vor der Tür Wache hielt, stellte sich ihnen entgegen. «Nicht, Sire, der Junge darf nicht ins Haus, nicht der Junge!» sagte er höflich aber bestimmt.

«Mach, daß du wegkommst!» sagte der Capitan und nahm den Arm von Lopes Schulter und ging auf den Mann zu. «Aus dem Weg, Schwachkopf!» knurrte er und stieß plötzlich zu, bevor er das letzte Wort noch ganz heraus hatte, stieß ohne Ansatz mit der rechten Faust zu, in Bauchhöhe, und so schnell, daß selbst Lope überrascht war, machte eine Bewegung mit dem linken Bein, kaum zu sehen, und der Mann ging zu Boden, rollte auf die Seite, die Hände in die Magengrube gepreßt und schnappte stöhnend nach Luft mit weitgeöffnetem Mund wie ein Fisch, dem man ins Genick geschlagen hat. Der Capitan stieg über ihn hinweg, drückte die Tür auf, schob Lope in einen großen Raum, der nur durch ein schwach glimmendes Feuer erhellt war, das vor der gegenüberliegenden Wand brannte. Aus den Augenwinkeln nahm Lope ein Mädchen wahr, das neben der Feuerstelle stand, aber da schob ihn der Capitan schon weiter auf einen schweren Vorhang zu, der den Raum nach der linken Seite hin abschloß. «Komm, mein Junge, dorthin! Hier sind wir richtig!» sagte der Capitan und schlug den Vorhang auf und zog Lope mit sich in den Raum, der sich dahinter öffnete, ein großer, mit verschwenderischem Luxus eingerichteter Raum, so hell erleuchtet, daß Lope geblendet die Lider zusammenkniff. Ein aufdringlicher, harziger Duft stieg ihm in die Nase, der ihm fast den Atem nahm. Und im gleichen Augenblick hörte er die Stimme der Frau, schrill und böse. «Was soll das! Was soll der Kerl da! Raus mit ihm, raus!»

Lope spürte die Hand des Capitans schwer auf seiner Schulter.

«Halt's Maul!» hörte er den Capitan sagen.

«Schaff den Jungen raus! Du bist ja besoffen!» kreischte die Frau.

«Du sollst dein vorlautes Maul halten!» sagte der Capitan in versöhnlichem Ton.

Lope kannte die schöne Doda nur aus den Erzählungen der Männer im Lager, er hatte sie nie mit eigenen Augen gesehen. Sie saß tief zwischen maurischen Kissen und hielt mit der Linken ein gelbes Tuch hoch, um ihre Blöße zu bedecken. Lope konnte ihre nackten Schultern sehen, weiche, runde Schultern. Weiße Haut, so weiß, wie es Lope noch nie bei einer Frau gesehen hatte. Schwarze wildgelockte Haare wie eine Mähne um ihren Kopf.

Sie zischte wie eine Schlange und schrie keifend auf den Capitan ein und warf ein Tablett nach ihm, ohne ihn zu treffen. Der Capitan schrie zurück, überschrie sie. «Hör auf, du Miststück, sei friedlich, hör endlich auf, hab ich gesagt!» Er stand vornübergebeugt vor ihr, gab Lope plötzlich einen Stoß, daß es ihn neben die Frau in die Kissen warf, deutete mit gestrecktem Arm auf ihn hinunter. «Verdammt, das ist mein Bursche!» schrie er. «Hast du gehört? Mein Bursche! Ich habe ihn ausgebildet, ich bringe ihm bei, wie ein Mann zu kämpfen hat. Eines Tages wird er ein Kämpfer sein, ein al-Barrāz wie ich, eines Tages wird er mein Nachfolger sein!» Er stand groß und gefährlich über ihr, kein Schwanken mehr, keine Spur von Unsicherheit, die Stimme so fest, als hätte er keinen einzigen Schluck getrunken. «Er ist mein Bursche, hast du verstanden! Also sei freundlich zu ihm!» Er ließ sich breitbeinig neben ihr auf einer Matratze nieder und langte nach dem Weinkrug und nahm einen kräftigen Schluck.

Lope hielt die Frau im Auge. Sie schien innerlich zu kochen, während sie den Capitan aus schwarzen Augen anfunkelte. Sie preßte die Zähne aufeinander, und ihre Lippen zuckten, aber sie sagte nichts.

«Wir brauchen Wein», sagte der Capitan gutgelaunt. «Wein für mich und meinen Burschen, hast du gehört! Sag deiner kleinen Schlampe, daß sie Wein bringen soll!» Seine Stimme klang nicht mehr so sicher wie zuvor, und als er den Krug abstellte, mußte er sich abstützen, damit er nicht umfiel. Aber im nächsten Augenblick richtete er sich wieder auf und schüttelte den Kopf, als wollte er den Suff endgültig aus sich herausschüteln, und ein breites Grinsen ging in seinem Gesicht auf, und mit einer schlangenschnellen Hand griff er nach dem gelben Tuch, mit dem sich die Frau bedeckt hielt, zog es mit einem Ruck an sich, genauso schnell und überraschend, wie er vor dem Haus den Leibwächter überrumpelt hatte.

Lope starrte auf die Frau. Sie war nackt bis zum Gürtel, und er sah ihre Brüste, schwere weiße Brüste, von denen die Männer im Lager schon oft erzählt und deren ausladende Rundung sie mit den Händen beschrieben hatten. Er wandte den Blick nicht ab, er saß wie versteinert, unfähig, sich zu rühren, bis die Frau plötzlich aufkreischte und wie ein Kampfhahn auf den Capitan losfuhr und mit ausgefahrenen Krallen auf ihn einschlug und ihn eindeckte mit einer Flut von Flüchen und Schimpfworten: «Elender alter Mistbock! Besoffenes Schwein! Dreckiger verpißter Lahmsack! Der Schwanz soll dir abfaulen! Das Arschloch soll dir zuwachsen, daß du an deiner eigenen Scheiße erstickst!»

Der Capitan wehrte lachend ihre Schläge ab, deckte sich mit beiden Armen, zog sie an den Haaren, griff nach ihren Brüsten, während sie sich bemühte, das Oberteil ihres Kleides wieder über die Schultern zu ziehen. «Schau dir das an!» rief er Lope zu. «Schau dir diese Titten an! So muß eine Frau gebaut sein, merk dir das, mein Junge!» Er versuchte sie daran zu hindern, daß sie das Kleid vor der Brust schloß. «Laß das, verdammt! Laß den Jungen sehen, was du zu bieten hast. Ich will, daß du ihn dir vornimmst, hast du gehört! Er ist mein Bursche, ich zahle für ihn. Also nimm ihn dir vor! Zeig es ihm, verdammt!»

Lope beobachtete die Frau. Und sah, wie sie sich versteifte und vor den Händen des Capitans zurückwich. Und dann auf einmal ausholte und ihm einen klatschenden Schlag versetzte, der ihn beinahe umwarf.

«Besoffener Hurensohn!» fauchte sie. «Ich bin keine Bauernnutte, die sich vor jedem Ziegenmelker flachlegt, merk dir das! Und mach, daß du verschwindest mitsamt diesem kleinen Bastard! Hau ab!» schrie sie. «Hau bloß ab!» Sie stand mit blitzenden Augen vor dem Capitan, der auf den Knien lag und sich die getroffene Backe hielt. Sie zitterte vor Wut, aber der Capitan schien ihre Wut nicht ernst zu nehmen. Auf seinem Gesicht lag das gleiche Grinsen wie zuvor, nur eine Spur kälter, eine Spur starrer. Und das Grinsen vertiefte sich noch, als er jetzt unvermittelt nach ihren Fußgelenken faßte und sie mit einem Ruck von den Beinen riß und ihr mit dem Handrücken zwei kurze, trockene Schläge ins Gesicht versetzte, kaum daß sie sich wieder aufgerichtet hatte.

Sie steckte die Schläge ein, ohne einen Laut von sich zu geben, hob nicht einmal die Hände vors Gesicht, als hätte sie keinerlei Schmerz empfunden. Ihre Augen waren nur noch schmale, schwarze Schlitze in ihrem weißen Gesicht.

Der Capitan fummelte an seinem Gürtel herum und holte eine Goldmünze heraus und ließ sie auf der flachen Hand springen und fing sie wieder auf und warf sie Lope zu. Die Frau folgte der Münze mit den Augen, ohne den Kopf zu bewegen.

«Ich hab dir gesagt, er ist mein Bursche», sagte der Capitan. Es klang versöhnlich, beinahe sanft. Und im gleichen sanften Ton fuhr er fort: «Und weil er mein Bursche ist, kann er sich die beste Hure leisten. Die beste von allen, hast du verstanden!»

Sie zeigte die Zähne. Auf ihren Wangenknochen begannen sich die Spuren der Schläge abzuzeichnen. Sie schwieg, aber ihr Blick wanderte hin und her zwischen dem Capitan und Lope und Lopes Hand, die die Münze umklammert hielt. Und dann breitete sich auf ihrem Gesicht ein Lächeln aus, und sie lehnte sich weich in die Kissen und warf den Kopf zurück, daß die Haare flogen, und sagte mit ihrer tiefen, gurrenden Stimme, die Lope noch von draußen im Ohr hatte: «Was willst du, alter Freund. Ich hab nichts gegen den Bengel hier. Aber du hast für die ganze Nacht gezahlt. Und es ist *deine* Nacht. Willst du sie mit einem kleinen Jungen teilen?»

Sie griff nach dem Weinkrug und schaute hinein und drehte den Kopf nach der Vorhangwand und rief: «Mira!» So laut, daß Lope zusammenfuhr. Und wandte sich wieder dem Capitan zu und setzte, übergangslos in die einschmeichelnd tiefe Stimmlage zurückfallend, hinzu: «Das Mädchen ist noch da. Wenn der junge Hahn springen will, laß ihn auf das Hühnchen springen.»

Der Capitan brummte etwas, das nicht zu verstehen war und kniff die Lider zusammen. Und die Frau rief noch einmal: «Mira!» Noch durchdringender als zuvor, und im gleichen Augenblick erschien das Mädchen zwischen den Vorhängen. Sie stand da mit gesenktem Kopf, wartete auf die Befehle ihrer Herrin. Sie trug einen schmucklosen blauen Kittel, der bis zu den Knien reichte. Ihre Haare waren von dem gleichen tiefen Schwarz wie die ihrer Herrin, aber sie waren nicht so wild gelockt, und ihre Hautfarbe war nicht so hell, und sie war jünger, sehr viel jünger, sie war fast noch ein Kind, und sie war schmal wie ein Kind.

«Wir brauchen Wein, Mädchen», sagte die Frau. Ihre Stimme klang nicht unfreundlich.

Das Mädchen ging zu ihr. Sie war barfuß und ihre Füße machten kein Geräusch. Sie bückte sich nach dem Krug, hielt den Blick am Boden.

«Und nimm den jungen Mann hier mit», fuhr die Frau fort. «Er ist der Bursche dieses Herrn, hast du verstanden. Kümmere dich um ihn, er soll sich wohl fühlen in meinem Haus.»

Das Mädchen war stehengeblieben mit dem leeren Krug in der Hand, und Lope sah, daß sie ihn verstohlen musterte, obwohl sie den Kopf noch immer gesenkt hielt. Er wagte kaum zu atmen. Er blickte hilfesuchend auf den Capitan, aber der Capitan hatte die Augen geschlossen und schien die Frau gar nicht gehört zu haben.

«Na geh schon, Junge», drängte die Frau. «Geh mit ihr, sie ist ein hübsches Mädchen, schau sie dir an.»

Lope rührte sich nicht. Das Mädchen blieb abwartend stehen, und er meinte zu sehen, daß sie ihren Mund zu einem spöttischen Lächeln verzog, während sie ihn unter den Brauen heraus musterte. Keiner sagte etwas, bis der Capitan plötzlich die Stille unterbrach.

«Nun mach schon! Geh zu! Nimm dir die Kleine vor, besorg es ihr! Mach mir keine Schande!» sagte er mit heiserer Stimme und schwenkte seinen Arm in einer weitausholenden Geste. Er war schon wieder halb hinüber, kriegte kaum mehr die Augen auf.

Lope stand auf und folgte dem Mädchen in den vorderen Teil des Hauses, der durch den Vorhang abgetrennt war. Das Feuer war heruntergebrannt, er konnte kaum mehr etwas erkennen. Er stolperte hinter dem Mädchen her, ließ sich auf der Sitzbank neben der Feuerstelle nieder, auf die sie deutete, beobachtete stumm, wie sie eine Falltür im Boden aufzog und mit dem Weinkrug in dem darunterliegenden Kellerraum verschwand. Es war so still, daß er sein Herz pochen hörte.

Er betrachtete die Münze, die er immer noch in der Hand hielt, und verbarg sie sorgfältig in seinem Gürtel. Er war nicht bereit, diese Münze für ein Mädchen wegzugeben, für kein Mädchen der Welt. Sie war viel mehr für ihn als nur irgendein Stück Gold, sie war der erste Lohn, den er je erhalten hatte. Nie hatte der Capitan ihm etwas gezahlt, nicht einen halben Pfennig für all die Dienste, die er ihm geleistet hatte. Er besaß nichts, weder die Waffen, die er führte, noch das Pferd, das er ritt, nicht einmal die Kleider, die er am Leib trug. Alles gehörte dem Capitan. Sogar das, was er erbeutete oder sich erkämpfte, mußte er seinem Herrn abgeben. Nichts war sein Eigentum, bis auf diesen einen Gold-Dinar, den ihm der Capitan jetzt gegeben hatte. Dieser Gold-Dinar gehörte ihm allein, er war wie ein Schatz, ein Beweis, daß der Capitan ihn wahrhaftig als seinen Burschen anerkannte. Er war kein kleiner Stalljunge mehr, der froh sein durfte, wenn ihn sein Herr nicht davonjagte, er war jetzt ein vollwertiger Knappe, der für seine Dienste entlohnt wurde. Er spürte die Münze durch das Leder des Gürtels hindurch, hart und rund. Er würde sich niemals von dieser Münze trennen, um nichts in der Welt.

Das Mädchen stieg aus dem Keller und brachte den gefüllten Krug zu ihrer Herrin. Als sie zurückkam, ging sie noch einmal hinunter und kam mit einem kleinen Lederschlauch zurück und setzte sich neben Lope auf die Bank.

«Wie heißt du?» fragte sie flüsternd.

Er nannte ihr seinen Namen.

«Ich heiße Mira», sagte sie.

«Ich weiß», sagte er. Er hatte nicht vor, eine lange Unterhaltung mit ihr anzufangen.

Sie hielt ihm den Schlauch hin. «Trink», sagte sie. «Das ist guter Wein.»

Er nahm den Schlauch, aber er trank nicht. Er machte sich nichts aus Wein. Er hatte den Capitan zu viel Wein trinken gesehen, er hatte ihn zu oft kotzen gesehen.

«Was ist?» fragte das Mädchen. «Hast du noch nie Wein getrunken?»

Er glaubte, einen spöttischen Unterton aus ihrer Stimme herauszuhören, und zuckte die Achseln und schnaubte verächtlich durch die Nase und goß sich einen kräftigen Schluck in den Hals. Sie sollte nicht meinen, daß er nichts vertrug.

Sie nahm ihm den Schlauch aus der Hand und hielt den Kopf schief und ließ den Wein fließen, streckte den Arm, ohne daß der Strahl die Öffnung ihres Mundes verfehlte, brachte den Schlauch wieder an die Lippen, ließ den Wein durch die Kehle rinnen, ohne zu schlucken. Weiß

Gott, sie war noch jünger, als er selbst, aber sie ging mit dem Weinschlauch um wie eine alte Wirtin. Sie lächelte ihm zu. Ihre Zähne leuchteten weiß in der Dunkelheit.

«Mit wem möchtest du es lieber machen?» fragte sie. «Mit mir oder mit der Herrin?»

Die Frage stürzte ihn in eine heillose Verwirrung. Er hatte nicht die geringste Ahnung, was er darauf antworten sollte. Er wußte genau, wovon sie sprach, er war oft genug dabei gewesen, wenn sich der Capitan nachts eine Magd in sein Bett geholt hatte. Er hatte im Halbdunkel das wilde Geschiebe und Gerangel beobachtet, und hatte das Gestöhne gehört und das atemlose Gekeuche. Er kannte das alles, er kannte auch die Unruhe, die ihn jetzt plötzlich erfaßte, er kannte die schmutzigen Witze und die wüsten Geschichten, die an den Kneipentischen und um die Lagerfeuer erzählt wurden. Er wußte Bescheid über alles, was sich zwischen Männern und Frauen abspielte, aber das Geheimnis selbst kannte er nicht.

«Sag, mit wem möchtest du lieber schlafen?» fragte das Mädchen und rückte näher an ihn heran, so nah, daß sie ihn berührte.

«Wieso?» fragte er zurück, nur um irgend etwas zu sagen. Er kam sich entsetzlich dumm vor und schämte sich. Er war froh, daß es so dunkel war.

«Es gibt viele Herren, die lieber mit mir schlafen», sagte sie. Aus ihrer Stimme klang Stolz, und Lope begriff, daß sie alles wußte, was er nicht wußte, und es wurde ihm heiß bei diesem Gedanken. Er spürte die Wärme ihres Körpers an seiner Seite, er sah ihr Gesicht ganz nah, ihre Augen, die ihn ohne Scheu musterten, die flüchtige Kopfbewegung, mit der sie die Haare aus der Stirn warf. Er hätte in diesem Augenblick sein halbes Leben weggegeben, wenn er sich dafür nur einen kleinen Teil von den Erfahrungen des Capitans hätte einhandeln können.

Sie gab ihm den Weinschlauch. «Willst du?» fragte sie.

Er trank gierig in langen Zügen, spürte, wie ihm der Wein die Kehle hinunterrann und ihm von innen her heiß machte. Es war das erste Mal, daß ihm der Wein schmeckte.

Sie nahm ihm den Schlauch aus der Hand. «Du mußt es machen wie ich», sagte sie und hielt ihm den Schlauch vor die Lippen, und als er gehorsam den Mund öffnete, spritzte sie ihm den Weinstrahl in die Kehle, und er verschluckte sich, und der Wein floß ihm übers Gesicht, und sie lachte laut auf und schlug sich im nächsten Augenblick mit der Hand auf den Mund und saß starr, den Kopf lauschend erhoben gegen den Vorhang hin. Sie lauschten beide mit angehaltenem Atem, aber alles blieb still, niemand schien etwas gehört zu haben.

«Wir müssen leise sein», flüsterte sie mit verschwörerischer Miene und legte den Finger auf die Lippen. Sie war jetzt so nah, daß Lope ihren Atem auf der Haut spüren konnte.

«Willst du, daß ich dich küsse?» fragte sie.

«Warum nicht», sagte er. Er erkannte seine eigene Stimme nicht mehr. Er saß steif wie ein Stecken und rührte sich nicht. Und spürte ihre Lippen auf seinem Mund, zart und weich und dann mit festem Druck, und spürte plötzlich, wie sich etwas zwischen seine Lippen drängte, und es dauerte eine ganze Weile, bis er begriff, daß es ihre Zunge war, die flink und suchend in seinen Mund fuhr, und einen schrecklichen Augenblick lang dachte er, sie hätte ihn nur an sich gelockt, um mit einem geheimnisvollen Zauber in ihn einzudringen. Aber der Gedanke verschwand so schnell, wie er gekommen war, während sie sich an ihn schmiegte und ihre Arme um seinen Hals legte. Er dachte an gar nichts mehr, ließ in zitternder Erwartung geschehen, was sie mit ihm machte, mit ihren Lippen, mit ihrer Zunge, mit ihren wissenden Händen.

Dann war plötzlich die Stimme der Frau in seinen Ohren, ein häßlicher Laut, der die Stille zerriß. Das Mädchen stieß sich von ihm ab und sprang auf, und er sah, wie sie nach vorn lief, auf den Vorhang zu und im Laufen ihre Haare glattstrich.

«Mira!» rief die Frau. «Mira!»

Das Mädchen verschwand, und er hörte durch den Vorhang, wie die Frau auf sie einsprach. Als sie zurückkam, blieb sie in der Vorhangöffnung stehen und winkte ihn zu sich. «Komm her!» rief sie mit unterdrückter Stimme, und als er neben ihr stand, setzte sie leise hinzu: «Die Herrin will, daß du zu ihr kommst.» Ihre Stimme klang gepreßt, und er meinte zu spüren, daß ihre Hand zitterte, als sie ihn durch den Vorhang schob, aber es blieb ihm keine Zeit, darüber nachzudenken.

Die Frau saß noch auf dem gleichen Platz in den Kissen, lässig zurückgelehnt. Der Capitan lag neben ihr, in einiger Entfernung gegen die Wand zu. Er lag auf dem Rücken, Arme und Beine von sich gestreckt, den Kopf zur Seite gedreht. Er schnarchte in stockenden, unregelmäßigen Zügen.

«Setz dich, Kleiner», sagte die Frau und deutete mit einer schlaffen Hand auf den Platz neben sich. Lope folgte ihr zögernd. Er war auf der Hut, er hatte den Blick nicht vergessen, mit dem sie den Gold-Dinar verfolgt hatte, den ihm der Capitan zugeworfen hatte. Zwei Schritte vor ihr blieb er stehen. Sie klopfte ungeduldig mit der flachen Hand auf das Polster neben sich, und als er immer noch zögerte, beugte sie sich vor und zog ihn am Gürtel zu sich herunter. Sie lächelte ihm zu mit einem abwesenden Lächeln, reichte ihm mit steifem Arm den Weinkrug. «Trink, Kleiner! Trink mit mir!» Der Krug war nur noch zu einem Viertel gefüllt, und wie es aussah, hatte sie ihn allein leergetrunken. Ihre Zunge war schwer, und sie hatte Mühe, den Kopf aufrecht zu halten. Lope nippte an dem Wein. Sie drängte ihn, mehr zu trinken. Sie fing an, über den Wein zu reden, wo sie ihn her hätte, wie teuer er gewesen wäre, welche Mühe es sie gekostet hätte, ihn zu besorgen, mit welcher Unverschämtheit der Weinhändler versucht hätte, sie zu betrügen. Sie nötigte ihn, immer mehr zu trinken, und jedesmal, wenn sie sich zu ihm herüberbeugte, öffnete sich der Ausschnitt ihres Kleides weiter.

Er spürte, wie ihm der Wein in den Kopf stieg, und versuchte, von ihr wegzurücken, um ihren Händen zu entgehen, aber sie hielt ihn fest.

«Der Capitan!» sagte er in einem hilflosen Versuch, sie abzuwehren.

«Dein Capitan wacht nicht mehr auf vor dem Morgen», sagte sie. Und griff mit beiden Händen in seine Haare und zog seinen Kopf an ihre Brust. Und er versank in einer Wolke aus Rosenduft und Weindunst und Schweißgeruch, versank in diesem weißen, weichen, warmen Fleisch, gab nach unter ihren Händen, die schon alles an ihm zu kennen schienen, hörte auf, sich zu wehren. Er hörte ihre Stimme, heiser und seltsam gehetzt, und lag zwischen den Kissen und spürte ihr Gewicht auf sich lasten und sah durch den Schleier ihrer Haare den Capitan, seinen im Schlaf weit geöffneten Mund, die gelben Pferdezähne, die Speichelbläschen, die ihm in den Mundwinkeln hingen. Er schloß die Augen. Irgendwo hinter seiner Stirn war der Gedanke, daß es die schwarze Doda war, die er in seinen Armen hielt, die schöne Doda, von der alle Männer im Lager träumten, und er dachte daran, was sie sagen würden, wenn er ihnen davon erzählte. Und für einen Augenblick war da auch ein Gedanke an das Mädchen draußen und an die zarte Berührung ihrer Lippen auf seinem Mund, und ganz weit hinten gab es noch den beunruhigenden Gedanken an den Gold-Dinar in seinem Gürtel. Aber dann geschah etwas mit ihm, das alle Gedanken auslöschte und ihn in einen wilden Strudel zog und mit sich fortschwemmte wie ein reißendes Wasser.

25

BARBASTRO

MONTAG 27. SIWAN 4824
14. JUNI 1064 / 25. GUMADA II 456

Der 39. Tag der Belagerung nach der offiziellen Zählung, die eingesetzt hat mit dem Tag, an dem die Herren vor den Stadttoren ihre gesiegelten Schreiben mit der Kapitulationsaufforderung überreicht haben. Auch im Krieg wird offenbar streng auf Recht und Ordnung geachtet. Zumindest wird der Schein gewahrt. Eine verblüffende Erfahrung für einen einfachen Bürger wie mich, der sich das Kriegsgeschehen viel unzivilisierter vorgestellt hat. Der Krieg beginnt erst, wenn die Kriegserklärung ordnungsgemäß dem Gegner ausgehändigt worden ist. Keine Rede von Beutemachen, die Herren verteidigen nur ihre Rechte. Der König von Aragon hat in seinem Schreiben geltend gemacht, daß Barbastro ihn als Oberherrn anerkennen müsse, weil die Stadt nach altem Recht seinen Vorfahren untertan gewesen sei. Sire Robert Crispin, der Herr unserer Truppe, behauptet sogar, daß ganz Andalusien rechtmäßig seinem Dienstherrn, dem Bischof von Rom, zustehe. Die französischen Herren wollen die christlichen Bürger von Barbastro wieder in ihre alten Rechte einsetzen. Der ganze Feldzug dient nur der Wiederherstellung alter Rechte.

Auch die Wirklichkeit des Krieges sieht anders aus, als ich es erwartet habe. Keinerlei Kämpfe bisher, keine Attacken, kein Schwertergeklirr. Ab und zu ein paar Pfeile, wenn sich einer zu nah an die Stadtmauer heranwagt, ein paar Katapultkugeln gegen die Baustelle des Belagerungsturms, sonst nichts. Alles ruhig. Man steht sich abwartend gegenüber. Auf der einen Seite die Stadt, sicher im Schutz ihrer hohen Mauern. Davor die Belagerer, ebenso eingeigelt, hinter Gräben und Wällen und Palisaden verschanzt, als würden sie ihrerseits belagert. Dazwischen eine Art Niemandsland, in dem sich beide Parteien relativ frei bewegen. Man kann tagsüber oft Bürger aus der Stadt sehen, die friedlich ihre Gärten vor der Mauer bestellen. Bis vor kurzem haben sie sogar noch ihre Toten auf dem Friedhof bestattet, der zwischen unserem Lager und dem al-Qasr liegt. (Erst seitdem irgendwelche Leute angefangen haben, die frisch Beerdigten nachts wieder auszugraben, um nach Schmuck zu suchen und die Leichentücher zu rauben, werden die Toten nicht mehr außerhalb der Stadtmauer begraben.) In den ersten Wochen der Belage-

rung konnte ein unerfahrener Beobachter, wie ich es bin, tatsächlich den Eindruck gewinnen, ein Krieg sei eine harmlose, eher unblutige Veranstaltung, bei der mit den Waffen nur gerasselt, nicht geschlagen wird.

Seit einiger Zeit allerdings läßt sich ahnen, daß es nicht mehr lange so ruhig bleiben wird. Die Langeweile des Lagerlebens ist umgeschlagen in eine bösartige Reizbarkeit, die sich entlädt in wüsten Schlägereien zwischen den Soldaten und in heftigen Disputen zwischen den Herren. Das Belagerungsheer ist keine einheitliche Truppe mehr, jede Abteilung wacht eifersüchtig über das Territorium, das sie besetzt hält, französische Ritter überfallen Leute des Königs von Aragon, die von Streifzügen heimkehren, und nehmen ihnen die Beute ab. Ein Trupp Bogenschützen aus unserem Lager hat den Tolosanern, die ihr Lager weiter östlich am Fluß haben, drei Flüchtlinge abgejagt. Dabei hat es zwei Tote gegeben. Die Herren streiten endlos über Fragen der Taktik und über die Verteilung der erwarteten Beute.

Dabei sind die Bedächtigeren längst überzeugt, daß nur eine geringe Chance besteht, die Stadt selbst einzunehmen. Die Mauern sind zu stark, es gibt offenbar keinen Mangel an Wasser und ausreichende Lebensmittelvorräte. Die Leute des Königs von Aragon bauen an einem Belagerungsturm auf dem Hochplateau, der gegen die besonders stark befestigte Schmalseite des al-Qasr vorgeschoben werden soll. Ein aussichtsloses Unterfangen, wie die Experten sagen. Auch unser Sire läßt einen solchen fahrbaren Turm bauen, auf halbem Weg zwischen dem Lager und der Stadt. Er soll, wenn er fertig ist, auf den großen Platz vor der Südostmauer der Stadt gebracht werden. Aber es wird noch mindestens sechs Wochen dauern, bis er fertig ist und dann muß noch der Graben aufgefüllt werden, um ihn dicht genug an die Mauer heranbringen zu können.

Die Hoffnungen der Belagerer richten sich deshalb auf die Vorstadt, die nur durch den Fluß geschützt ist, der um diese Jahreszeit kein großes Hindernis darstellt, und durch eine Palisade, die nicht unüberwindlich erscheint. Die Vorstadt ist zudem voll von Bauern aus der Umgebung, und es herrscht Hunger, wie man von Flüchtlingen weiß, die nachts aus der Stadt zu fliehen versuchen. Die Zahl dieser Flüchtlinge ist in den vergangenen Tagen immer größer geworden. Sie versuchen, sich zwischen den Lagern und am Fluß entlang durch den Belagerungsring zu schleichen. Die Franzosen und die Leute des Grafen von Urgel liegen jede Nacht auf der Lauer. Viele werden eingefangen und ausgeraubt und, wenn sie jung sind, an die Sklavenhändler verkauft, die jetzt überall hinter den Lagern um die Vorstadt zu finden sind.

Auch bei uns im Lager hat es sich inzwischen herumgesprochen, daß vor der Vorstadt eher Beute zu machen ist als in unserem Abschnitt. Viele ziehen nachts heimlich los, um sich ihren Anteil zu holen. Seit Tagen gehen auch Gerüchte um, daß ein Angriff auf die Vorstadt geplant sei. Es scheint, daß sie sich bewahrheiten, und vieles spricht dafür, daß der Angriff am morgigen Tag stattfindet. Der König von Aragon hat offenbar bis zuletzt versucht, ihn zu verhindern, in der Hoffnung, man könnte die ganze Stadt zu Übergabeverhandlungen zwingen, wenn der Hunger in der Vorstadt unerträglich würde. Er hat heute morgen eine Versammlung aller Anführer des Belagerungsheers einberufen. Die meisten der französischen Herren, die vor der Vorstadt liegen, und der Graf von Urgel sind nicht erschienen, wie ich von unserem spanischen Hidalgo erfahren habe.

Und es gibt noch andere Hinweise. Nach Ibn Elis Informationen sind die französischen Ritter ihren Herren gegenüber nur zu vierzig Tagen Kriegsdienst im Jahr verpflichtet. Morgen ist der vierzigste Tag der Belagerung. Auch das Datum scheint eine Rolle zu spielen. Nach dem christlichen Kalender ist morgen der 15. Juni. In den Lagern der Franzosen sollen Geschichten im Umlauf sein von einem Ritter namens Roland, einem Dienstmann des großen fränkischen Kaisers Carolus. Französische Mönche sollen angeblich von allen möglichen Heldentaten dieses Ritters berichten, Spielleute sollen Lieder über ihn singen. Er wäre vor langen Zeiten mit dem Kaiser nach Andalusien gezogen, hätte mehrere Ritter des Fürsten von Zaragoza im Zweikampf besiegt, wäre dann auf dem Rückweg mit der Nachhut des kaiserlichen Heeres auf dem Paß von Roncesvalles in einen Hinterhalt geraten und hätte dort den Tod gefunden. Anscheinend werden die Geschichten benutzt, um bei den französischen Rittern und ihrer Gefolgschaft Rachegefühle zu wecken. Aufschlußreich ist jedenfalls, daß als Todestag dieses Roland der 15. Juni gilt.

Auch bei uns herrscht heute ungewohnte Aktivität, obwohl unser Lager vor der Stadt postiert ist und der normannische Abschnitt nur am äußersten rechten Rand an die Vorstadt grenzt. Niemand weiß etwas Genaues, aber jeder scheint etwas zu ahnen. Soldaten haben ein erstaunlich feines Witterungsvermögen, wie ich festgestellt habe.

Yūnus klappte das Heft zu und verstaute es mitsamt dem Schreibzeug in einem Tonkrug und versenkte den Krug in einem Erdloch im Inneren der Schilfhütte, die er mit Ibn Eli bewohnte. Dann paßte er den Grasboden wieder ein, der das Loch verschloß, und trat ihn fest. Alles im Lager, was nicht sorgfältig versteckt oder bewacht war, wurde gestohlen. Die Soldaten bewiesen auch in dieser Hinsicht erstaunliche Fähigkeiten.

Als er wieder ins Freie trat, stand die Sonne schon so tief, daß sie nicht mehr blendete. Er setzte sich vor den Eingang der Hütte und beobachtete Lope, der nebenan das Pferd des Hidalgos sattelte. Es war der Kampfsattel mit der hohen Rückenlehne, den er auflegte. Auch der Hidalgo schien etwas vorzuhaben. Vielleicht wußte er mehr, als er gesagt hatte.

Vom Nordtor her kam Ibn Eli über die breite Lagerstraße herauf. Yūnus ging ihm entgegen. Der Kaufmann war schon früh am Morgen aufgebrochen, er war in den letzten Tagen viel unterwegs gewesen zwischen den Lagern, wo sich jetzt auffallend viele Händler eingefunden hatten.

«Ich habe recht gehabt», sagte er, ohne auf eine Frage zu warten. «Es geht los. Morgen bei Tagesanbruch.» Er sprach Hebräisch. Yūnus wußte, daß er Kontakt zu zwei Juden aus Barcelona aufgenommen hatte, die Geschäftsverbindungen zum Grafen von Urgel unterhielten und vor sechs Tagen im Lager des Grafen eingetroffen waren. Auf irgendeine Weise verstand es Ibn Eli immer, eine Quelle aufzutun, die ihm zuverlässige Informationen lieferte.

«Ein Angriff im Morgengrauen, nur mit Leitern, kann das Erfolg haben?» fragte Yūnus zweifelnd. «Wissen sie nicht auch in der Vorstadt längst, daß ein Angriff bevorsteht?»

«Ich nehme an, daß sie es wissen», sagte Ibn Eli. «Aber die Leute, mit denen ich gesprochen habe, sind trotzdem überzeugt, daß die Vorstadt fallen wird. Ich vermute, daß der Graf von Urgel seine Vorbereitungen getroffen hat. Es gibt eine große Christengemeinde in der Vorstadt, wahrscheinlich auch einige Familien aus Urgel darunter. Man wird geheime Abmachungen getroffen haben. Der Graf garantiert schonende Behandlung, dafür wird ihm ein Abschnitt der Palisade, der den Christen zur Verteidigung anvertraut ist, kampflos überlassen. So ungefähr wird es sich abspielen.»

Sie gingen schweigend nebeneinander her.

«Und dann?» fragte Yūnus. «Was kommt danach?»

Ibn Eli zögerte mit der Antwort. «Ich hoffe, daß der Krieg danach zu Ende ist», sagte er schließlich. «Sie werden genug Beute machen, daß es für alle reicht, auch wenn der Graf von Urgel nur einen Teil abgibt. Und dann werden sie bald einsehen, daß die Stadt nicht so leicht zu erobern ist wie die Vorstadt, und sie werden abziehen. Kein Mensch in der Umgebung des Grafen glaubt daran, daß die Stadt zu nehmen ist.»

Als sie vor ihrer Hütte ankamen, war die Sonne schon zur Hälfte hinter dem Horizont. Der Hidalgo kam mit seinem Burschen an ihnen vorbei. Beide hoch zu Roß, beide voll gerüstet. Er grüßte lässig. «Es wird bald Arbeit geben, Hakīm», rief er lachend.

Sie blickten den beiden nach.

«Die Nacht der Beutemacher», sagte Ibn Eli leise. «Die armen Leute in der Vorstadt. Gott stehe ihnen bei.»

Eine der beiden Torwachen auf dem Turm neben dem Lagertor beugte sich über die Brüstung und brüllte herunter: «He, Alter, wie war's? Heiße Nacht? Hast du ihn noch hochgebracht?»

Der Capitan gab keine Antwort. Er saß schlaff im Sattel. Lope beobachtete ihn, während er vorschriftsmäßig eine halbe Pferdelänge links hinter ihm herritt. Der Capitan hatte den größten Teil des Tages auf seinem Lager verbracht, elend und mißgelaunt. Er hatte Lope und den Cabanier mit immer neuen Aufträgen herumgehetzt: Frisches Wasser zu bringen, ihm Luft zuzufächeln, die Hütte mit Wacholder zu räuchern, den Hakīm zu holen. Er war so übler Laune gewesen wie schon lange nicht mehr. Aber Lope hatte es mit Gelassenheit ertragen. Er fühlte sich gut. Am Morgen, als sie ins Lager zurückgekommen waren, und er entdeckt hatte, daß es der verdammten Hure doch gelungen war, seinen Gold-Dinar aus dem Gürtel zu fingern, hatte er fast geheult vor Wut. Aber jetzt war auch das schon vergessen, es machte ihm nichts mehr aus. Er fühlte sich besser als je zuvor. Irgend etwas war anders geworden. Der Capitan war nicht mehr so groß. Und er selbst war nicht mehr so klein vor ihm. Er trug den Kopf hoch.

Sie schlossen sich den anderen an, die sich schon vor dem Lagertor versammelt hatten. Der Sire hatte befohlen, die Wachmannschaft der Schanze um den Belagerungsturm um das Dreifache zu verstärken. Die Palisade auf der Rückseite der Schanze war noch nicht ganz geschlossen und man fürchtete, die Moros aus der Stadt könnten einen Ausfall unternehmen, um die Bauten zu zerstören. Jeder wußte, daß etwas bevorstand in der Nacht, die Bogenschützen hatten Befehl, auf jeden zu schießen, der sich unerlaubt aus dem Lager oder aus der Schanze entfernte.

Lope legte sich in der Nähe der Turm-Baustelle, im Windschatten eines Balkenstapels neben den beiden Pferden, zum Schlafen nieder. Als er zu Beginn der dritten Nachtwache geweckt wurde, war er noch längst nicht ausgeschlafen, aber die kühle Nachtluft machte ihn schnell munter. Der Himmel war sternenklar. Vom Laufgang der Palisade aus konnten sie die ganze Stadt überblicken, die Türme des al-Qasr, die gezackte Linie der Stadtmauer, die schlanke Silhouette des Minaretts der großen Moschee hinter dem Stadttor. Die Vorstadt unten im Tal verschwamm im Dunkel. Auch im Lager des Grafen von Urgel und in den Lagern der Franzosen war kein Licht zu erkennen. Kein Feuerschein, kein Geräusch, das auf den erwarteten Angriff hingedeutet hätte.

Die Sichel des abnehmenden Mondes schob sich langsam hinter dem Bergrücken im Osten heraus. Die meisten Wachen hatten sich inzwischen an der Nordostecke der Schanze eingefunden, von der aus sich das Tal und die Vorstadt am besten überblicken ließ, und obwohl unten noch immer nichts zu erkennen war, kamen jetzt auch andere auf den Laufgang und auf die Plattform des Eckturms, die gar nicht zur Wache eingeteilt waren, alle in Waffen, alle von einer gespannten Unruhe erfaßt.

Der Mond verlor allmählich seinen kalt schimmernden Glanz und die Konturen der Berge hoben sich schärfer gegen den Himmel ab. Und plötzlich war von der Vorstadt her der aufgeregte Schlag einer Trommel zu hören, und kurz darauf mehrere Hornsignale und ein wild hämmernder hölzerner Gong. Da wußten sie, daß der Angriff begonnen hatte.

Es wurde jetzt rasch heller, und die Geräusche des beginnenden Tages setzten ein. Hähnekrähen und Eselgeschrei und Hundegebell und der Morgengesang der Vögel, und über all diesen friedlichen Lauten der erwachenden Natur erhob sich immer lauter ein unbestimmter Lärm, der aus dem Talgrund heraufdrang, vielstimmiges Geschrei und Hornsignale und der dumpf dröhnende Schlag vieler Trommeln. Und durch den Dunst, der vom sanft einsetzenden Wind langsam flußaufwärts getrieben wurde, konnten sie allmählich erkennen, was unten vor sich ging.

Sie sahen, wie die Männer des Grafen von Toulouse am Fluß entlang auf die Vorstadt vorrückten. In den vergangenen Tagen hatten sie dort unten eine Schneise durch die Huertas gelegt, Obstbäume geschlagen und die Begrenzungsmauern der Gärten niedergerissen. Auf diesem Weg gingen sie jetzt vor, brachten mit Eseln und auf hochbeladenen Karren Faschinen heran. In achtzig Schritt Entfernung vor der Palisade war ein Steinwall aufgeschichtet, dort luden sie die Brennholzbündel ab, und andere Männer trugen sie zur Palisade vor, hielten sie sich vor die Brust zum Schutz vor den Pfeilen, warfen sie in den Graben vor der Palisade, rannten zurück, einen Langschild auf dem Rücken, holten neue Bündel. Der Graben war an einer Stelle schon auf zehn, fünfzehn Schritt Breite aufgefüllt und der Haufen wuchs zusehends. Bogenschützen hatten sich halbwegs zwischen dem Steinwall und der Palisade hinter mannshohen Setzschilden postiert und hielten die Verteidiger unter Beschuß. Weiter rückwärts, zwischen den Huertas, standen Lanzenreiter bereit.

Lope beobachtete den Angriff in atemloser Spannung. Er beobachtete, wie die Leute in der Vorstadt über Eimerketten Wasser auf die Brustwehr der Palisade brachten und es über den Faschinenhaufen schütteten, er sah zu, wie die Franzosen Fackeln in den Haufen warfen, und wie fetter gelbschwarzer Rauch aufquoll und die Palisade einhüllte und in schweren Schwaden über die Vorstadt zog. Es war wie ein seltsam unwirkliches Spiel. Winzige Männchen rannten da unten hin und her, manchmal fiel einer um und blieb liegen, und andere kamen, um ihn zurückzuschleppen. Man konnte die Pfeile nicht sehen, die hin und her flogen, und die Geräusche drangen nur mild gedämpft herauf, es sah nicht wie Kampf aus, was sich da unten abspielte, eher wie Kinderspiel. Auch der Capitan und die Normannen, die bei ihm standen, schienen es nicht ernst zu nehmen. Sie fingen an, die Anstrengungen der Franzosen mit abfälligen Bemerkungen zu begleiten. Der Wind wäre viel zu schwach, um das Feuer ausreichend anzufachen, die Verteidiger hätten zu viel Wasser zum Löschen, der ganze Angriff wäre von vornherein zum Scheitern verurteilt. Sie spotteten über den jungen Grafen von Toulouse, der bei seinen Ausritten immer einen Falken auf der Faust trug und sich ständig von drei Kaplänen begleiten ließ und eine schwere Truhe mit sich führte, voll von Reliquien, die ihm bei der Belagerung helfen sollten. Man konnte ihn von oben sehen, in sicherer Entfernung hinter seinen angreifenden Truppen, geschützt zwischen Bäumen. Sein Fahnenträger und die Herren seines Gefolges waren bei ihm, und die drei Kapläne knieten vor der Truhe in weißen Alben, von Ministranten umgeben.

«Sie sollten die verdammte Truhe ins Feuer werfen, vielleicht kämen sie damit weiter», sagte einer der Normannen, und die anderen lachten dröhnend, als hätte er einen guten Witz gemacht.

Es wurde jetzt rasch heller, und mit einem Mal war ein neues Geräusch in der Luft, ein bedrohlicher Lärm, undeutlich zuerst, dann immer lauter werdend. Lope hatte noch nie etwas dergleichen gehört, er lauschte voll Unruhe, er konnte nicht einmal genau die Richtung bestimmen, aus der das merkwürdige Geräusch herkam, bis einer von den Normannen mit gestreckten Arm auf den Gegenhang über dem Fluß deutete.

«Da», sagte der Normanne. «Da kommen sie!»

Und in diesem Augenblick sah es auch Lope. Der ganze Hang war in Bewegung, als wälzte sich ein Erdrutsch auf die Vorstadt zu, Männer in dichten Haufen, Männer mit Leitern und mit Faschinen, mit Äxten und Spießen, die vordersten verschwanden schon hinter dem dichten Rauchvorhang, der über der Vorstadt lag, Hunderte von schreienden Männern, die da den Hang herunterkamen. Es waren die Leute des Grafen von Urgel. Sie hatten den Fluß vor sich und die Palisade, aber sie stürmten darauf los, als könnte sie nichts aufhalten.

Alle starrten jetzt hinüber, keiner sagte mehr etwas. Der Rauch lag so dicht über der Vorstadt, daß die Palisade und der Fluß kaum mehr zu erkennen waren. Die ersten Angreifer mußten schon dicht davor sein. Und dann hob sich der Rauchvorhang für einen kurzen Augenblick, und sie konnten sehen, wie die Männer über die Brustwehr kamen und die Leitern nachzogen und sie auf der Innenseite herunterließen, sie quollen über die Palisade wie überlaufender Brei über den Rand eines Topfes, bis sich die Rauchschwaden wieder davor legten und die Sicht versperrten. Aber alle hatten es gesehen, kein Zweifel war mehr möglich, die Leute des Grafen von Urgel waren in der Vorstadt, ein ganzer Abschnitt der Palisade zwischen zwei Türmen schien ihnen in die Hände gefallen zu sein.

Das Geschrei schwoll noch mehr an, die ganze Vorstadt war erfüllt davon, und alle, die hinunterstarrten, wußten, was jetzt hinter diesem Rauchvorhang vor sich ging. Seit Wochen hatten sie die Vorstadt im Blickfeld. Sie hatten beobachten können, wie viele Menschen dort unten zusammengedrängt waren, Tausende von Flüchtlingen, die mit ihrem Hausrat und mit ihrer ganzen Habe hinter den Palisaden Schutz gesucht hatten, dazu die einheimischen Bürger mit ihren Besitztümern. Und alles schien jetzt dem Grafen von Urgel und seinen Leuten in die Hände zu fallen. Lope konnte förmlich zusehen, wie den Männern neben ihm das Blut in den Kopf stieg, wie die Gier sie packte.

Auf der Palisade neben dem qualmenden Holzstoß der Franzosen tauchten die ersten Flüchtlinge auf, ließen sich an Seilen in den Graben hinunter, versuchten, sich durch die Huertas davonzuschleichen, hetzten los wie die Hasen, als die Lanzenreiter des Grafen von Toulouse auf sie aufmerksam wurden und hinter ihnen herjagten. Dann war plötzlich Hufschlag zu hören, und vom Lager her kam ein Pulk von Reitern herangeprescht, fünfzehn, zwanzig Pferde, die in vollem Galopp in den Weg einbogen, der zum Fluß hinunterführte. Die Männer schauten sich an. Es war keine Frage mehr, daß auch sie losreiten würden, um sich ihren Anteil an der Beute zu holen, es war nur noch die Frage, wer zurückblieb, um die Schanze zu bewachen.

«Seid ihr wahnsinnig, Leute! Das könnt ihr nicht machen!» schrie einer von den Älteren los, aber da waren die beiden Normannen, die vorher das große Wort geführt hatten, schon an der Luke und auf dem Weg die Leiter hinunter. «Halt die Luft an, Alter!» Der Capitan hinterher. Lope wollte ihm nach, aber der Alte stellte sich mit gezogenem Schwert vor die Luke und ließ keinen mehr durch. Auch die Burschen der beiden Normannen mußten oben bleiben. Und von oben sahen sie zu, wie der Capitan und die anderen auf die Pferde sprangen und zum rückwärtigen Tor jagten. Da waren noch mehr, die hinaus wollten, aus allen Ecken der Schanze kamen sie, alles, was Pferde hatte, auch ein paar Bogenschützen dabei, die zu Fuß mitmachen wollten. Sie schoben die Torwachen beiseite und fegten hinaus und in einer Staubwolke zum Fluß hinunter, mindestens dreißig Mann, die halbe Schanzenbesatzung.

Der Alte schrie mit schriller Stimme zu den Torwachen hinüber, daß sie das verdammte Tor schließen und jeden niedermachen sollten, der den anderen noch nachsetzen wollte, und machte sich dann in wütender Hast daran, die verbliebenen Männer auf die Bastionen und Wehrgänge zu verteilen, scheuchte alles hoch, was Beine hatte, auch die Zimmerleute von der Baustelle. Lope schickte er auf den Eckturm, der dem Stadttor gegenüberlag, und schärfte ihm ein, die Moros auf der Stadtmauer nicht aus den Augen zu lassen und jede verdächtige Bewegung sofort zu melden.

Die Sonne ging auf über dem Bergrücken im Osten. Die Vorstadt lag noch immer unter dichtem Qualm, so daß nicht zu erkennen war, ob die Leute von Teruel sie schon fest in der Hand hatten oder ob noch gekämpft wurde, noch immer kamen Flüchtlinge über die Palisade, aber von seinem neuen Standort aus konnte Lope nicht erkennen, ob sie eingefangen wurden. Auch von dem Trupp, der zum Beutemachen losgezogen war, war nichts zu sehen.

Lope starrte auf die Stadtmauer und auf die Türme der Torbastion. Die üblichen Beobachter und Wachtposten standen hinter den Zinnen, nichts Ungewöhnliches, alles war ruhig, kein Grund zu besonderer Wachsamkeit. Er stand bewegungslos hinter der Brustwehr, döste vor sich hin. Es wurde ihm heiß unter dem Helm, er hätte ihn gern abgenommen, aber der alte Normanne hatte es ihnen verboten.

Irgendwann nahm er eine Bewegung wahr an einem der eisenbeschlagenen Flügel des Stadttors, meinte eine Bewegung wahrzunehmen, brauchte eine ganze Weile, bis er begriff, daß es keine Sinnestäuschung war, sondern daß die großen Torflügel wahrhaftig aufschwangen, wurde mit einem Schlag wach, fing zu schreien an: «Sie kommen! Sie kommen!» Schrie aus Leibeskräften, wedelte wild mit den Armen, deutete auf das Tor, während aus dem dunklen Halbrund der Torhalle schon die ersten Reiter herausdrängten. «Sie kommen! Sie kommen!» Irgendeiner hatte die Geistesgegenwart, sich den Prügel zu greifen, der für den Alarmfall bereitlag, und damit gegen den aufgehängten Holzbalken zu schlagen, der als Gong diente. Von irgendwo her ertönte ein atemloser Hornruf. Und Lope hörte endlich auf zu schreien, stand wie angewurzelt, starrte auf die herankommenden Reiter. Die vordersten hatten schon den Rand des Platzes erreicht und immer noch kamen neue aus dem Tor und jetzt auch Scharen von Fußsoldaten, die im Laufschritt den Reitern folgten. Sie hielten nicht auf die Schanze zu, sondern schwenkten nach Süden ab, als hätten sie es gar nicht darauf abgesehen, die Schanze anzugreifen. Laute Kommandorufe waren zu hören, unverständlich in dem anschwellenden Lärm, dann war plötzlich der alte Normanne am Fuß des Turms und brüllte herauf: «Drei Mann bleiben oben, die anderen kommen mit mir!» Sie waren zu acht auf der Plattform, und einige zögerten. Lope war als erster an der Leiter, er war froh, daß einer da war, der ihm sagte, was zu tun war, er war froh, daß sich die Erstarrung gelöst hatte, in die ihn der Anblick der angreifenden Moros versetzt hatte. Er kletterte in rasender Eile die Leiter hinunter. An der Ausstiegsluke stand einer, der Spieße verteilte. «Los, los, los!» brüllte der Alte.

Lope band sein Pferd los, einer von den Zimmerleuten stieg hinter ihm auf, und sie folgten dem Alten zum rückwärtigen Tor. Die Palisade zwischen diesem Tor und dem südöstlichen Eckturm war noch nicht fertiggestellt. Wegen des felsigen Untergrunds hatte man keinen Graben ausheben können, es gab noch eine Lücke von vierzig Schritt Breite, die nur durch einen mannshohen Zaun aus Ästen und Dornengestrüpp geschützt war. Wenn die Moros angriffen, würden sie an dieser Stelle angreifen, das wußte jeder.

«Verteilt euch!» schrie der Alte und scheuchte die Bogenschützen auf die Türme. Lope hielt sich dicht bei ihm, band wie er sein Pferd an der gleichen Stelle hinter dem Tor fest, folgte ihm zu der Lücke in der Palisade, reihte sich ein. Von der Baustelle kamen zwei herübergerannt mit Pfeilbündeln in den Händen, stiegen auf die Torbastion. Der Alte fegte fluchend herum, brüllte nach Verstärkung. Lope kletterte auf den Laufgang hinauf, stellte seine Spieße ab. Rechts von ihm stand ein langer, dünner Kerl in Lederzeug mit einem unförmig dicken, mit Stoff umwikkelten Helm. Links von ihm war der Zimmermann, der mit ihm hergeritten war. Beide hatte er noch nie zuvor gesehen. Er fühlte sich elend, er fühlte sich alleingelassen. Warum kam der Capitan nicht zurück mit den anderen? Warum waren sie dem Alarmruf nicht gefolgt? Sie konnten ihn nicht überhört haben.

Er schaute über den Rand des Zauns. Da waren die ersten Moro-Reiter schon heran, standen dichtgestaffelt am Fuß der Anhöhe, die den Blick auf das Lager versperrte. Und von rechts kamen sie angerannt in hellen Scharen, kamen schreiend näher mit runden Schilden, die in der Sonne glänzten, und mit flatternden Tüchern um die Helme. Paukengedröhn in der Luft, das dumpf gegen den Magen schlug, und ein gellend helles, nervenzerrendes Pfeifen. Wie viele waren das? Mein Gott, wie viele waren das, die da herankamen? Und wie viele standen hinter dem Zaun, um den Angriff abzuwehren? Sie waren nicht viel mehr als zwölf Mann auf der ganzen Breite der Lücke, die meisten junge Burschen wie er selbst. Sie hatten keine Chance hinter dem niedrigen Zaun, nicht die geringste Chance.

Die Moros kamen jetzt unheimlich schnell näher, die ersten Trupps waren schon auf fünfzig Schritt heran, so nah, daß Lope ihre Gesichter erkennen konnte, die schreiend aufgerissenen Münder. Die Bogenschützen auf den Türmen begannen, sie mit Pfeilen einzudecken, aber auch die Moros schossen jetzt, schossen im Laufen und aus dem Sattel, und Lope duckte sich unwillkürlich, als die ersten Pfeile über seinen Kopf hinwegschwirrten und klappernd zwischen das Astwerk des Zauns fuhren. Aus den Augenwinkeln nahm er wahr, wie der Lange mit dem umwickelten Helm den ersten Spieß schleuderte, und richtete sich auf, warf seinen Spieß, ohne zu zielen, auf die anstürmenden Moros, sah plötzlich, als er nach dem nächsten Spieß griff, daß der Zimmermann nicht mehr an seiner Seite war, sah den Alten humpelnd zum Tor rennen und drei Männer, die in gebückter Haltung vom Zaun weg auf die Baustelle zuliefen, sah den Alten schreien, ohne daß er etwas hörte, das ohrenbetäubende Gebrüll der Angreifer war schon so nah, daß es alles andere übertönte. Und er stand immer noch wie gelähmt, bis er den Zimmermann sah, der bei seinem Pferd war und versuchte, das scheuende Tier festzuhalten, um in den Sattel zu kommen. Da erst rannte er los, ließ alles liegen und stehen, seinen Schild, die bereitliegenden Spieße, sah die anderen in fliegender Hast ins Innere der Schanze flüchten, sah den Zimmermann davonjagen auf seinem Pferd, hinter dem Alten her, fand sich auf einmal allein unter dem Torturm, und als er sich umdrehte, sah er schon die ersten Moros über den Zaun kommen. Und rannte weiter in panischer Angst, rannte zwischen die Bauhütten hinein und zwischen die Balkenstapel, die neben der Baustelle aufgeschichtet waren, stürzte, kroch auf allen Vieren in eine enge Gasse hinein zwischen einer Bauhütte und einem mannshohen Haufen frischer Rindshäute, kroch zwischen die steifen, klebrigen Häute, blieb schweratmend, am ganzen Körper zitternd liegen, zog die Beine an, schloß die Augen wie ein kleines Kind, das glaubt, es wäre unsichtbar, wenn es selbst nichts mehr sieht.

Er lag zitternd in seinem Versteck, lag lange Zeit, ohne irgend etwas wahrzunehmen, bis der blind und taub machende Zugriff der Angst allmählich nachließ, und seine Sinne wieder aufnahmen, was um ihn herum vorging. Der ekelhaft süßliche Gestank der Rindshäute stieg ihm in die Nase, er hörte das aufdringliche Gebrumm der unzähligen Fliegen, die ihn umschwirrten, hörte die Rufe der Moros und Hufgetrappel und laute Axtschläge und das Prasseln eines Feuers ganz in der Nähe. Er öffnete die Augen und sah in dem schmalen Ausschnitt seines Blickfelds zwischen den Rindshäuten hindurch den Fuß des Belagerungsturms, um den hochauf Reisigbündel geschichtet waren. Dort brannte es, rasende Flammen schossen hoch, fraßen sich in das Holz des Balkengerüsts. Er sah durch die Flammen und den Rauch den Turm an der Nordostecke der Schanze, auf dem er selbst vorher gestanden hatte, sah die Männer hinter der Brustwehr der obersten Plattform, sah wie sie Steine herunterwarfen und die Moros mit Pfeilen unter Beschuß hielten. Anscheinend hatten sich die meisten Männer der Besatzung auf die gutbefestigten Türme gerettet. Aber der Innenraum der Schanze gehörte ganz den Moros, sie waren überall, und von überall her war ihr Geschrei zu hören. Und an allen Enden prasselten Feuer auf, auch die Bauhütte, hinter der er lag, schien zu brennen. Er spürte, wie die Hitze zunahm, und hörte plötzlich den dünnen Ton einer Trompete, die immer wieder das gleiche hastende Signal wiederholte, und sah, wie sich der Platz um den brennenden Belagerungsturm leerte und wie sich die Moros auf das Nordtor zu entfernten, das der Stadt gegenüberlag. Vielleicht kam Entsatz aus dem Lager, und die Moros wollten einem Kampf aus dem Weg gehen, vielleicht war es auch nur ihr Ziel gewesen, die Baustelle zu zerstören und den halbfertigen Belagerungsturm niederzubrennen, und sie zogen sich jetzt wieder zurück.

Die Hitze begann unerträglich zu werden, und Lope kroch in verzweifelter Hast unter den Häuten heraus, schob sich mit Händen und Füßen arbeitend ins Freie, kroch wie eine Eidechse über den Boden, weg von den Flammen, schnaufend und hustend, weil ihm der Rauch in die Lungen gekommen war, und zitternd vor Anstrengung. Da sah er den Mann. Er erkannte auf den ersten Blick, daß es ein Moro war, ein alter Mann, älter als der Capitan, nicht größer als er selbst, mit einem blauen Tuch um den Helm und einem zu großen Panzerhemd, das ihm bis auf die Schenkel reichte. Der Mann trug einen Spieß in der Rechten und über der linken Schulter ein dickes Bündel, das ihn am Laufen hinderte. Er war auf dem Weg zum Tor, und er hatte es eilig. Als er Lope sah, schrak er genauso zusammen wie Lope erschrak, und fing laut an zu schreien, als wollte er um Hilfe rufen. Sie waren keine fünfzehn Schritte voneinander entfernt, und Lope dachte schon, der Mann würde umdrehen und die Flucht ergreifen, aber dann ließ er plötzlich das Bündel fallen und hob den Arm und schleuderte seinen Spieß, bevor sich Lope noch ganz aufgerichtet hatte. Der Spieß fuhr dicht an Lopes Kopf vorbei. Lope sah ihn nicht, nahm nur das zischende Geräusch wahr, ganz nah an seinem Ohr. Er zog mit zitternden Händen sein Schwert aus der Scheide, merkte erst jetzt mit Entsetzen, daß er keinen Schild mehr hatte, da kam der Mann schon schreiend auf ihn zugerannt, schreiend wie ein Tier mit einer wahnwitzig hohen, heulenden Stimme. Lope wollte zurückweichen, aber seine Beine gehorchten ihm nicht, und im nächsten Augenblick war der Mann über ihm, schlug auf ihn ein. Und Lope hielt sein Schwert beidhändig mit steifen Armen über den Kopf, versuchte die Schläge abzuwehren, duckte sich unter das Schwert. Er sah das Gesicht des Mannes vor sich, die aufgerissenen Augen, die Zahnstummel in seinem Mund, er hörte seine Schreie, die sich bei jedem Schlag zu einem winselnden Jaulen steigerten. Der Mann schlug nur von oben, wie mit dem Hammer, Lope sah die Schläge kommen, brachte sein Schwert immer wieder irgendwie zwischen sich und die niedersausende Klinge, ohne zu denken, ohne einen Schmerz zu spüren, wenn er getroffen wurde. In seinem Kopf hämmerte plötzlich die Stimme des Capitans: «Selbst schlagen, nicht den anderen schlagen lassen! Selbst schlagen! Selbst schlagen! Und schlagen und stechen! Schlagen und stechen!» Er hörte den Capitan so deutlich, als stünde er neben ihm, aber er konnte ihm nicht folgen, er war wie gelähmt, duckte sich hilflos unter sein Schwert.

Dann war auf einmal wieder dieser hohe, helle Trompetenton zu hören, wie ein ferner Warnruf, und der Mann hielt für einen Augenblick inne, und sein Mund klappte zu, und das Geschrei setzte aus, und im selben Augenblick stieß Lope zu, stieß sein Schwert blindlings nach vorn und spürte in den Händen, daß er etwas getroffen hatte, und sah, wie dem Mann der Helm vom Kopf fiel und wie er zurücktaumelte, und schlug mit aller Kraft zu, schlug heulend mit geschlossenen Augen zu und traf wieder, ohne zu wissen, wo er getroffen hatte. Ein glühend heißer Wind fuhr ihm ins Gesicht, und er riß die Augen auf und sah den Mann schwankend vor sich stehen, die Arme halb erhoben, das Gesicht seltsam gelöst in einem Ausdruck schmerzlichen Erstaunens, sah, wie er unendlich langsam in sich zusammensank, wie der Rumpf nach vorn kippte, bis der Kopf auf den Boden aufschlug, sah in fassungslosem Entsetzen, wie die Schädeldecke aufklappte und ein blutiger Klumpen herausfiel und ihm vor die Füße rollte. Er riß den Mund auf und sog stoßweise die Luft ein, als wäre er am Ersticken. Er wandte sich ab, aber das Bild dieses roten Klumpens, der aussah wie ein blutgetränkter Schwamm, verschwand nicht vor seinen Augen. Ein würgendes Gefühl stieg in ihm hoch, das ihn zusammenkrümmte und ihn in schmerzhaften, krampfartigen Zuckungen alles herauskotzen ließ, was er im Magen hatte. Er dachte, es würde ihm seine Eingeweide herauswürgen.

Irgendwann hörte er Hufschlag, und durch den Rauch und das Feuer und durch die in der Gluthitze flimmernde Luft sah er einen Reiter auf sich zukommen. Er hatte keine Kraft mehr, davonzulaufen. Wenn es ein Mororeiter gewesen wäre, hätte er sich ohne Gegenwehr niederstechen lassen. Aber es war kein Moro, es war ein Normanne. Und als er heran war, erkannte Lope, daß es einer von den beiden war, die den Überfall im Stadtgraben mitgemacht hatten.

«Was ist, Kleiner?» rief der Normanne und hielt vor ihm an und stocherte mit der Lanze an der Leiche herum und drehte sie auf den Rücken. «Hast du den erledigt?»

Lope gab keine Antwort.

Der Normanne sprang aus dem Sattel und las den Helm des toten Moros auf und das Schwert, und machte sich daran, die Riemen des Panzerhemdes zu lösen. «Gut gemacht, mein Junge», sagte er, «sehr gut gemacht!»

Lope schaute schweigend zu, wie der Normanne den Toten auszog, zuerst das Panzerhemd, dann die Stiefel und die Beinkleider, bis nur noch die nackte Leiche am Boden lag. Er spürte auf einmal, daß er hemmungslos zitterte. Er schämte sich dafür und bemühte sich verzweifelt, das Zittern zu unterdrücken. Aber es ließ sich nicht unterdrücken.

26

BARBASTRO

SABBAT 9. TAMUS 4824
26. JUNI 1064/8. RADJAB 456

Am Vormittag war ein Gewitter über dem Tal niedergegangen, ein Inferno zuckender Blitze und krachender, schmetternder Donnerschläge, die von den Bergen widerhallten und den Himmel aufrissen, daß das Wasser in Sturzbächen herunterkam, als wollte es das ganze Tal wegschwemmen. Eine Stunde lang war schwarze Nacht gewesen, jetzt schien die Sonne wieder, und nur der Dampf, der aus der Erde aufstieg, und das Rauschen des Flusses, der zu einem tobenden, gischtenden, gelbbraunen Wildwasser angeschwollen war, erinnerten noch an das Unwetter.

Kein Dach hatte dem Wolkenbruch standgehalten. Überall war man dabei, die naßgewordenen Kleider, die Bettsäcke und Matratzen zum Trocknen in der Sonne auszubreiten, überall waren Wäscheleinen ausgespannt. Das ganze Lager bot ein ungewohnt friedliches Bild. Seit der Eroberung der Vorstadt vor elf Tagen hatte sich die Besatzung um zahlreiche Frauen und Mädchen vermehrt. Kein Soldat, der seinen Haushalt seitdem nicht von einer Magd führen ließ. Manchmal hatte es fast den Anschein, als wären die Frauen in der Überzahl.

Man hatte auch Yūnus eine Magd angeboten. Er hatte abgelehnt, weil er an der Hoffnung festhielt, daß sein Zwangsaufenthalt bald ein Ende haben würde. Aber Ibn Eli, als er vor drei Tagen aus Zaragoza zurückgekehrt war, hatte schließlich doch ein Mädchen gekauft. Die Preise waren wegen des übergroßen Angebots geradezu lächerlich gering. Es war ein kräftiges, junges Ding von vierzehn Jahren, das sich seitdem mit großem Eifer um ihr Hauswesen kümmerte und sie mit rührender Anhänglichkeit umsorgte. Sie hatte für Yūnus an der Rückwand der Hütte ein Sonnensegel gespannt. Er lag dort im Schatten, lang ausgestreckt auf dem Rücken, und genoß die Ruhe. Er hatte Ruhe nötig. Er fühlte sich schwach und elend. Noch nie war ihm sein Alter so bewußt geworden wie in den vergangenen Tagen. Seit drei Monaten war seine Ernährung unzureichend, hatte er keinen Bissen Fleisch angerührt. In den vergangenen elf Tagen war noch die schier unerträgliche Anspannung des Berufs dazugekommen. Nach den Kämpfen um die Vorstadt war er mit den schrecklichsten Verletzungen konfrontiert worden. Er hatte zahlreiche Amputationen vorgenommen, klaffende Fleischwunden vernäht, Pfeile und Lanzenspitzen extrahiert, hatte Knochenbrüche behandelt, zerschmetterte Kiefer, eingedrückte Schädel. Er hatte Männer gesehen, die so furchtbar zugerichtet waren, daß es jede Vorstellungskraft überstieg, er hatte zu viele Sterbende gesehen, denen kein Arzt mehr helfen konnte. Er hatte auch heute wieder die Runde machen wollen in den Lagern, um nach den Verletzten zu sehen, aber Ibn Eli hatte ihn gezwungen, sich wenigstens an diesem Sabbat Ruhe zu gönnen. Er war dem Freund dankbar dafür. Er war am Ende seiner Kraft.

Er dachte über die merkwürdigen Wechselfälle dieser Reise nach. Er hatte anfangs gehofft, den unfreiwilligen Aufenthalt in den Ländern der Franken zur Erweiterung seiner medizinischen Kenntnisse nutzen zu können. Er hatte nach jenen ominösen Naturheilverfahren gesucht, von denen manche Reisende berichteten, er hatte nach neuen, unbekannten Arzneimitteln Ausschau gehalten. Er hatte nichts Brauchbares gefunden.

Dafür hatte er sich jetzt in diesem Feldlager vor Barbastro, als er gar nichts dergleichen erwartet hatte, Fertigkeiten erworben, die er sich in seiner Praxis in Sevilla niemals hätte aneignen können. Er hatte, wenn auch unter furchtbaren Umständen, eine Fülle neuer Erkenntnisse auf chirurgischem Gebiet gewonnen. Allein schon durch die unglaublich große Zahl der Verletzten und der Operationen, die er hatte ausführen müssen, war er zu einem brauchbaren Chirurgen geworden. Am ersten Tag hatte er noch mit flatternden Händen operiert, war unsicher gewesen und zaghaft wie ein Student. Aber dann war ihm mit jedem Tag mehr Sicherheit zugewachsen, mit jedem neuen Fall hatten seine Fähigkeiten zugenommen, er hatte gelernt mit einer Schnelligkeit zu operieren, mit einer Grobheit, die ihn manchmal selbst erschreckte, die aber, wie er allmählich begriff, oft die einzige Chance bot, mit den grauenhaften Verletzungen fertig zu werden. Er war inzwischen in der Lage, die Arbeit mit Skalpell und Knochensäge bei einer Unterschenkelamputation in kürzerer Zeit auszuführen als es braucht, den ersten Psalm herunterzubeten.

Er hatte vieles nur auf Kosten seiner Patienten gelernt, und das einzige, was sein Gewissen beruhigen konnte, war die Tatsache, daß außer ihm selbst kein ausgebildeter Arzt dagewesen war, der ihm die Verantwortung hätte abnehmen können. Die christlichen Fürsten waren mit einer unerklärlichen Sorglosigkeit in den Krieg gezogen. Es gab einige Leibärzte, aber die behandelten nur Herren von Stand. Die einfachen Soldaten mußten sich mit ein paar Wundärzten begnügen, die äußerst beschränkte Kenntnisse hatten, und ansonsten auf irgendwelche Kräuterweiber vertrauen, die im Troß mitzogen und ihre mehr oder weniger harmlosen Wundermittelchen verkauften. Keinerlei medizinische Vorsorge, keine Truppenärzte, wie sie in den andalusischen Einheiten selbstverständlich waren. Wer verwundet wurde, blieb sich selbst überlassen.

Das war auch der Grund für das gewaltige Ansehen, das Yūnus inzwischen in allen Lagern um die Stadt genoß. Die Soldaten verehrten ihn wie einen Wundermann, liefen zusammen, sobald er auftauchte, versuchten ihm die Hände zu küssen, brachten ihm kleine Geschenke, überhäuften ihn mit Dankesbezeugungen. Sie brauchten ihn, sie waren auf seine Hilfe angewiesen. Er konnte sie nicht verlassen. Und das war die zweite Merkwürdigkeit dieser Reise.

Seit Monaten lebte er in der Hoffnung, daß er endlich wieder nach Hause zurückkehren könnte. Er war krank vor Heimweh. Jetzt war er frei, konnte aufbrechen, wann es ihm beliebte, hätte in spätestens einem Monat in Sevilla sein können. Und blieb trotzdem, blieb aus freien Stücken.

Vor zwei Wochen hatte er zusammen mit Ibn Eli den Sire endlich überreden können, sie beide ziehen zu lassen, wenn sie sich mit barem Geld auslösten. Ibn Eli war am Tag danach von einer streifenden Reiterabteilung bis Angües auf halbem Weg nach Huesca gebracht worden und von dort nach Zaragoza weitergeritten, um das Geld zu besorgen.

Dann aber, noch vor Ibn Elis Rückkehr, war ein päpstlicher Legat aus Rom angekommen mit einem Dekret seines Herrn, des Papstes Alexander, das die Anführer des christlichen Heeres anwies, auf ihrem Feldzug gegen die Sarazenen keinen Juden zu belästigen oder an Leib und Gut zu schädigen. Der Graf Ebles de Roucy hatte auf Anordnung des Legaten den Sattel herausrücken müssen, den ihm der Sire für die Überlassung seiner beiden Gefangenen ausgehändigt hatte. Sie waren beide schon frei gewesen, als Ibn Eli aus Zaragoza zurückgekommen war, um sie freizukaufen.

Der Legat war ein bemerkenswerter Mann. Yūnus hatte ihn schon ein paarmal zu Gesicht bekommen und auch eine seiner Predigten gehört. Er war mittelgroß und hager, Mitte der Vierzig mit fast albinohaft weißer Hautfarbe und weißen Haaren, auf einem Auge schielend, vom Äußeren her eher abstoßend, aber ein mitreißender Redner mit einer weittragenden Stimme und ein Mann von scharfem Verstand. Er hieß Hugo mit dem Beinamen Candido und war Kardinalpriester, einer der engsten Vertrauten des Bischofs von Rom. Seit seiner Ankunft machte er die Runde bei den Anführern des Belagerungsheeres, um sie zur Fortsetzung des Kampfes zu bewegen.

Er war gerade in dem Augenblick eingetroffen, als die meisten schon hatten aufgeben wollen. Die Ereignisse vor elf Tagen, dieses Wechselbad von Erfolg und Mißerfolg, von Sieg und Niederlage dicht hintereinander hatte die Stimmung in allen Lagern gedrückt. Am Morgen die Eroberung der Vorstadt durch die Truppen des Grafen von Urgel fast ohne Blutvergießen mit riesiger Beute und mehr als zweitausend Gefangenen, dann wenig später der Ausfall der Belagerten aus der Stadt und die Zerstörung des Belagerungsturms der Normannen, im Rückblick gesehen fast so etwas wie eine Vorwarnung, wenn es bei diesem ersten Ausfall auch noch kaum Verluste gegeben hatte. Und dann in der Nacht die Katastrophe. Der Gegenangriff aus der Stadt, dieser völlig unerwartete, geräuschlos im Schutz der Dunkelheit vorgetragene Angriff auf die vom Plündern erschöpften und vom übermäßigen Weingenuß halb bewußtlosen Sieger des Vormittags, die sich in der Vorstadt breitgemacht hatten mit ihrer Beute und den eingefangenen Frauen. Das furchtbare Gemetzel unter ihnen, die Verfolgung der Flüchtenden bis in das Lager des Grafen von Urgel hinauf, die schwere Verwundung des Grafen selbst. All das hatte die Hochstimmung ins Gegenteil umschlagen lassen.

Yūnus wußte, wie viele Opfer der Ausfall gekostet hatte, er kannte den Ablauf der schrecklichen Ereignisse aus den Erzählungen der Verletzten, die er behandelt hatte. Aber auch die anderen konnten sich ein Bild machen. Sie brauchten nur vor die beiden Tore der Stadt zu gehen. Dort hingen an die zweihundert Köpfe zu Girlanden aufgefädelt von den Tortürmen herab: Die Köpfe der Männer von Urgel, die bei dem Ausfall ihr Leben verloren hatten.

Daß es dem Legaten unter diesen Umständen gelungen war, vor allem die französischen Herren zu einer Fortsetzung der Belagerung zu bewegen, grenzte an ein Wunder und warf ein Licht auf seine außergewöhnliche Beredsamkeit.

Yūnus blickte aus halbgeschlossenen Lidern zu der Matte hinauf, die ihm als Schattenspender diente. Die Sonnenstrahlen drangen durch das Geflecht der Schilfblätter und ließen ein glitzerndes Mosaik winziger Lichtpunkte aufscheinen. Er schloß die Augen. Er hatte nicht wie Ibn Eli die Gabe, überall und jederzeit einschlafen zu können, aber diesmal übermannte ihn doch der Schlaf. Er war zu erschöpft.

Ein heftiger Wortwechsel weckte ihn, holte ihn aus schweren, verworrenen Träumen. Er konnte Ibn Elis Stimme heraushören, die anderen Stimmen kannte er nicht, nach dem Dialekt mußten es Männer aus den Bergen sein, aus Aragon oder aus Urgel. Er stand auf und trat vor die Hütte. Es waren zwei Reiter des Grafen von Urgel, die ein gesatteltes Beipferd mit sich führten. Yūnus kannte den einen, er brauchte nicht zu fragen, was sie wollten, er hatte schon den ganzen Tag darauf gewartet, daß sie kamen, um ihn zu holen.

Es war das zweite Mal, daß Yūnus zu Ermengol von Urgel gerufen wurde. Der Graf war in derselben Nacht verwundet worden, in der die Leute aus Barbastro seine Männer in der Vorstadt niedergemacht hatten. Ein Reitertrupp aus der Stadt hatte die Flüchtenden bis mitten in das Lager hinein verfolgt. Der Graf war den Angreifern mit einigen Gefolgsleuten entgegengetreten. Man hatte ihm in aller Eile die Rüstung übergezogen, ohne die Schnallen richtig zuzuziehen. Beim anschließenden Handgemenge war ihm die Lanze eines Gegners durch die seitliche Öffnung des Kettenpanzers gefahren. Die Spitze war in die Achselhöhle eingedrungen, hatte zwei Rippen durchtrennt und war zwischen dem Schulterblatt und dem siebten Wirbel wieder ausgetreten. Der Lanzenschaft war zwei Spannen unterhalb der Spitze abgebrochen, und die Spitze im Körper steckengeblieben.

Erst am Morgen war ein Arzt gekommen, der Leibarzt des Königs von Aragon, ein Grieche aus Süditalien, ein junger Mann noch, Anfang der Dreißig, in Salerno ausgebildet, sehr von sich überzeugt. Yūnus hatte ihn bei seinem ersten Besuch kennengelernt. Der Grieche hatte die Lanzenspitze nach rückwärts herausgezogen, den Wundkanal drainiert und einige Tage offen gehalten, und die beiden Wundöffnungen fachgerecht verbunden. Seine Behandlungsmethode war durchaus korrekt gewesen, wenn auch Yūnus aufgrund seiner neugewonnenen Erfahrungen inzwischen eher dazu geraten hätten, den gesplitterten Lanzenschaft abzusägen, und die Spitze, die sowie schon im Rücken auf zwei Fingerbreiten ausgetreten war, ganz durchzustoßen, was den Wundkanal sicherlich weniger stark aufgerissen hätte.

Als Yūnus den Grafen vor vier Tagen zum ersten Mal untersucht hatte, war die Wunde gut abgeheilt gewesen, die Wundränder auch an der Einstichstelle schon geschlossen, äußerlich hatte alles auf eine rasche Genesung hingedeutet, aber danach hatten sich einige bedenkliche Symptome eingestellt: ein spürbares Pochen unter dem Schulterblatt, Anfälle von Schüttelfrost und hohes Fieber.

Als Yūnus im Zelt des Grafen ankam, stand der griechische Arzt am Krankenbett, dazu der Kaplan des Grafen und einige Herren seines Gefolges. Alle stellten besorgte Mienen zur Schau, nur der Graf selbst machte eine Ausnahme. Er wirkte gutgelaunt und munter, versuchte zumindest diesen Eindruck zu erwecken, obwohl seine angespannte Stimme und die starre Haltung seines Kopfes verrieten, daß er starke Schmerzen litt. Aber er bemühte sich, auch das vor seinen Leuten zu verbergen.

Er streckte Yūnus die gesunde Hand entgegen wie einem vertrauten Gast, nötigte ihn am Rand seines Lagers Platz zu nehmen. «Ich habe dich rufen lassen, weil ich deine Meinung hören will zu einem Experiment, das dieser junge Mann uns vorgeschlagen hat.» Er deutete mit dem Kopf auf den griechischen Arzt. «Er sagt, wir sollten einen von den gefangenen Moros nehmen und ihm einen Lanzenstich beibringen mit derselben Lanzenspitze, die mich getroffen hat und an derselben Stelle, an der ich getroffen wurde.» Er warf dem jungen Arzt einen fragenden Blick zu. «Ist es so?»

Der Grieche bestätigte es mit einer knappen Verbeugung.

Yūnus glaubte im ersten Augenblick, nicht richtig gehört zu haben. Hatte dieser Arzt vor, einem Mann absichtlich eine Wunde beizubringen und ihn danach zu töten, um ihn sezieren zu können? Er wollte eine Frage stellen, aber der Grieche kam ihm zuvor.

«Der Mann, den wir für das Experiment auswählen, muß selbstverständlich von der Statur wie auch von seiner Konstitution und vom Alter her dem Grafen möglichst ähnlich sein. Sonst lassen sich keine brauchbaren Schlüsse ziehen. Aber falls wir einen geeigneten Mann finden, erwarte ich mir einige sehr nützliche Hinweise auf den Heilungsprozeß im gesamten Verlauf des Wundkanals unterhalb der bereits vernarbten Wundöffnungen. Dazu Aufschlüsse über die Lage der gebrochenen Rippen, ob die Bruchkanten möglicherweise Reizungen hervorgerufen haben oder den Lungensack gefährden, natürlich auch Aufschlüsse darüber, wie am besten eine innere Geschwulst zu behandeln wäre, falls sich eine solche Geschwulst gebildet haben sollte.» Er sprach mit ruhiger

Sachlichkeit, knapp und präzise wie ein Klinikchef, der seinen Studenten am Krankenbett einen Fall erläutert. Er hatte zweifellos vor, den Mann zu sezieren.

Yūnus beobachtete ihn mit einer Mischung aus Abscheu und Neugier. Er fragte sich, was einen begabten jungen Arzt dazu bringen mochte, ein solches Experiment in Betracht zu ziehen, das allen Geboten des Vaters der Ärzte widersprach. War es hemmungslose Wißbegier, wissenschaftlicher Forschungsdrang, der so stark war, daß er alle Regungen der Menschlichkeit beiseite fegte? Oder dachte der Grieche nur an seine Karriere? Wollte er seine Herren beeindrucken mit einem ungewöhnlichen Vorschlag: Der große Spezialist aus Salerno mit den ganz neuen Behandlungsmethoden?

Yūnus wandte sich an den Grafen. «Verzeiht, Herr», sagte er mit betont gleichmütiger Stimme. «Ich muß meinem Kollegen einige medizinische Fragen stellen, für die mir in Eurer Sprache die Worte fehlen. Erlaubt mir, daß ich mich kurz in Arabisch mit ihm unterhalte.»

Der Graf nickte, eine Spur von Mißtrauen in den Augen. Yūnus blieb an seiner Seite sitzen, drehte nur den Kopf nach dem Griechen, der zwei Schritte hinter ihm stand.

«Was soll dieses unsinnige Experiment?» fragte er, jede Höflichkeit beiseite lassend, aber im gleichen ruhigen Ton, wie er ihn dem Grafen gegenüber angeschlagen hatte. «Es bringt nichts, was bei der Behandlung des Grafen helfen könnte. Also was soll der Unsinn?»

Der Grieche zeigte ein verbindliches Lächeln, das nur seine Augen nicht berührte. «Ich bin anderer Meinung», sagte er ruhig. «Und ich habe vorhin schon angedeutet, was ich mir von der Sache verspreche.»

«Das kann nicht dein Ernst sein», gab Yūnus zurück. Es fiel ihm schwer, seine Wut hinter einer sanften Stimme zu verstecken. «Was willst du aus einer Wunde herauslesen, die elf Tage jünger ist als die Verletzung des Mannes, den du heilen willst. Wenn du dein Opfer in elf Tagen sezierst, um herauszufinden, wie sich seine Verletzung entwickelt hat, ist die Wunde des Grafen schon wieder elf Tage älter. Das heißt, er ist entweder schon an ihr gestorben oder er ist auf dem Weg der Besserung. In beiden Fällen hätte dein Experiment nicht den geringsten Nutzen gebracht.»

«Ich bin nicht der Meinung, daß ich elf Tage warten muß, bis ich seziere», sagte der Grieche ungerührt und mit dem gleichen glatten Lächeln wie zuvor. «Ich kann schon nach drei, vier Tagen feststellen, ob sich im Inneren des Wundkanals eine Endzündung zeigt, die auf die

Bildung einer Geschwulst hindeutet. Das würde meine Vermutung bestätigen, daß wir im Fall des Grafen bereits mit einer Geschwulst rechnen müssen.»

«Deine Vermutung! Deine Vermutung!» unterbrach ihn Yūnus mit kaum mehr verhüllter Heftigkeit. «Es gibt überhaupt keinen Zweifel, daß sich bereits eine Geschwulst gebildet hat! Du brauchst kein Experiment, um es zu beweisen, die Symptome beweisen es!»

«Das Experiment würde mir Gewißheit geben, und es könnte mir einen Weg zeigen, wie ich an den Tumor herankommen kann.»

«Soll das heißen, daß du schneiden willst?! Einen Tumor unter dem Schulterblatt?»

«Warum nicht?» sagte der Grieche noch immer lächelnd. «Wenn mir das Experiment Gewißheit darüber verschafft, wo er genau sitzt.»

Yūnus starrte ihm ins Gesicht, suchte nach einem Zeichen von Unsicherheit oder von Selbstzweifel. Aber da war kein Zweifel. Nicht eine Spur davon. «Gerechter Gott», sagte er. «Ich glaube, du bringst es tatsächlich fertig, irgend so einen armen Hund an eine Wand zu stellen und ihm eine Lanze durch die Schulter zu bohren. Du bringst es fertig. Gott strafe dich dafür.»

Der Grieche schien nicht im mindesten beeindruckt. Er wandte sich noch immer lächelnd an die Herren des Gefolges und sagte in seinem weichen, italienisch gefärbten Spanisch: «Der jüdische Hakīm hält es für ein Verbrechen, wenn wir einen Gefangenen opfern, um das Leben des Grafen zu retten.» Dann beugte er sich zu dem Kranken hinunter und setzte mit ernster Miene hinzu: «Auch ich würde es für unzulässig halten, wenn dieser Gefangene ein Christ wäre.» Er hob den Zeigefinger. «Aber ich habe vorgeschlagen, einen Sarazenen für dieses Opfer auszuwählen, einen Feind unseres Herrn Jesus Christus, einen gottverfluchten Ungläubigen. Warum soll nicht ein dem Teufel verfallener Anhänger des falschen Propheten Mohammed sterben, wenn durch seinen Tod das Leben eines Ritters Christi gerettet werden kann?»

Es wurde sehr still, und alle blickten Yūnus an, alle mit Ausnahme des jungen Arztes. Und Yūnus begriff, daß sie sich alle schon entschieden hatten. Er wußte nicht, ob es noch einen Sinn hatte, etwas dagegen zu sagen.

Er sagte: «Herr, ich bin mir mit dem jungen Kollegen aus Salerno darüber einig, daß sich in Eurer Wunde ein Tumor gebildet hat, eine Eiterblase, die sehr tief sitzt. Es kann sein, daß dieser Tumor aufbricht und der Eiter den ganzen Körper vergiftet, und daß Gott Eurem Leben ein Ende setzt. Es kann aber auch sein, daß die Geschwulst sich zurückbildet oder abkapselt und Ihr in drei Wochen als gesunder Mann aufsteht. Wir Ärzte können nichts anderes tun, als die Kräfte Eures Körpers zu stärken durch kräftigende Nahrung und Arzneien und durch Umschläge mit Knochenmark und Rindertalg. Wir können die Geschwulst nicht schneiden. Alle Lehrer der Medizin stimmen darin überein, daß bei einer tiefsitzenden Geschwulst ein Eingriff mit dem Messer in jedem Fall zu unterlassen ist.»

Der Grieche maß Yūnus mit einem Blick voll kühler Arroganz. «Eben wegen der Gefährlichkeit eines solchen Eingriffs habe ich das Experiment vorgeschlagen. Es soll uns gerade für den äußersten Notfall von Hilfe sein, wenn uns als letzter Ausweg nach Gottes Ratschluß nur noch die Operation bleibt.»

Yūnus beobachtete den Grafen und seine Gefolgsleute, die düster schweigend auf der anderen Seite des Bettes standen. Es war zwecklos, vor ihnen eine medizinische Diskussion anzuzetteln. Er sagte leise: «Herr, bedenkt aber auch, daß es Gott mißfallen könnte, wenn ein Heide getötet wird, der eines Tages den Weg zu Christus finden könnte.»

«Ich habe vorgeschlagen, einen verstockten Heiden auszuwählen», erwiderte der Grieche schnell, und zum ersten Mal war aus seiner Stimme eine leichte Nervosität herauszuhören. «Einen verstockten Heiden!» wiederholte er mit eindringlicher Betonung.

«Auch ein verstockter Heide kann irgendwann die Taufe annehmen, um seine Seele zu retten», sagte Yūnus ruhig, ohne den Grafen aus den Augen zu lassen. «Bedenkt, Herr, daß Gott am Tage des Gerichts seine Seele von Euch einfordern könnte.» Er schwieg, und wieder herrschte für eine Weile völlige Stille. Aber diesmal wußte er, daß es *seine* Argumente waren, die getroffen hatten.

Der Graf blickte hilfesuchend auf seinen Kaplan, der am Kopfende des Lagers stand. «Du hast gehört, was er gesagt hat. Wie steht es? Hat er recht mit dem, was er behauptet?»

Der Kaplan schlug eilig ein Kreuz. Er war ein alter Mann mit einer Tonsur, die er nicht mehr rasieren mußte, und mit schlaff herabhängenden Backen unter hellen, seltsam kindlich blickenden Augen. «Gott allein weiß ...», begann er zögernd.

«Ich will nicht wissen, was Gott weiß, ich will deine Meinung hören», unterbrach ihn der Graf grob. Er war verunsichert, das war unschwer zu erkennen, er hatte Angst um sein Leben, aber er hatte auch Angst um sein Seelenheil.

Der Kaplan beugte sich über sein Ohr und sprach flüsternd auf ihn ein. Yūnus konnte nicht verstehen, was er sagte. Er wartete, bis der Kaplan sich wieder aufgerichtet hatte, dann setzte er schnell hinzu: «Herr, ich mache Euch einen Vorschlag, der es Euch erspart, eine Entscheidung zu treffen, die vielleicht nicht die Gnade Gottes findet. Ich schlage vor, das Experiment statt an einem Menschen an einem Tier vorzunehmen.»

«An einem Tier?» entgegnete der Grieche mit äußerster Mißbilligung. «Wie soll ich an einem Tier, das einen gänzlich anderen Körperbau ...»

«Man müßte selbstverständlich ein Tier nehmen, das dem Menschen in gewisser Weise ähnlich ist», unterbrach Yūnus. Er überlegte fieberhaft, welche Art von Tier er vorschlagen sollte. Es mußte ein Tier sein, das verfügbar war. Er dachte an die dressierten Affen, die manche von den Gauklern mit sich führten, aber der Gedanke war nicht gut. Der Graf hätte sich beleidigt fühlen können. Ein Haustier kam ebensowenig in Frage. Er fühlte, daß alle Blicke auf ihn gerichtet waren, und war schon entschlossen, doch den Affen vorzuschlagen, da kam ihm bei dem Gedanken an die Gaukler der rettende Einfall. «Man könnte einen Bären benutzen.» Er hatte erst vor kurzem im Lager einen Bärenführer mit zwei ausgewachsenen Tanzbären gesehen. «Der Bär ist nicht nur von der Größe her mit dem Menschen vergleichbar, er hat auch die Fähigkeit, aufrecht zu gehen wie ein Mensch.»

Der Grieche umfaßte mit einem raschen Blick den Grafen und die Herren des Gefolges. Er wußte, daß er verloren hatte. «Der Vorschlag ist akzeptabel», sagte er mit einer knappen Verbeugung gegen Yūnus hin.

Der Graf war sichtlich erleichtert. Er ließ Yūnus zum Abschied einen gewaltigen Schweineschinken überreichen. Das Ländchen, über das er herrschte, lag hoch oben in den Bergen nördlich von Lerida, ein paar Hochtäler, von Hirten und kleinen Bauern bevölkert. Wie das Geschenk bewies, war er anscheinend auch selbst noch nicht allzuweit über die engen Grenzen seines Ländchens hinausgekommen.

Es war noch hell, als Yūnus ins Lager zurückkam. Die Dämmerung hatte gerade erst eingesetzt. Auf dem freien Platz vor dem Zelt des Sire hatten die Zimmerleute eine Rednertribüne aufgebaut. Sie waren gerade dabei, Fackeln an die Eckpfosten zu binden. Der Legat liebte es, seine Reden bei Einbruch der Nacht zu halten. Er war sich offenbar bewußt, daß sein Äußeres weniger eindrucksvoll war als seine Stimme. Yūnus beeilte sich, daß er nach Hause kam.

Später, als er mit Ibn Eli beim Essen saß, drang die laute, volltönende

Stimme des Legaten zu ihnen herüber. Der Wind stand so, daß sie jedes Wort verstehen konnten. Es klang, als stünde der Legat unmittelbar hinter ihrer Hütte.

Er hielt eine einpeitschende, unüberhörbar kriegerische Predigt, sprach seine Zuhörer als «Kämpfer des heiligen Petrus» an, als «Streiter unseres Herrn Jesus Christus», und sprach vom «heiligen Krieg gegen die Heiden» und davon, daß jeder, der im Kampf gegen die ungläubigen Sarazenen sein Leben lasse, ein «Märtyrer Christi» sei. Dann verkündete er mit erhobener Stimme eine Botschaft seines Herrn, des Bischofs von Rom, wonach jedem, der am Kampf gegen die Heiden teilnehme, ein vollständiger Ablaß zuteil werde, die Vergebung aller Sündenstrafen. «Laßt Christus euren Fahnenträger sein», rief er. «Laßt ihn an eurer Spitze marschieren und ihr werdet die Heiden besiegen!»

Yūnus dachte an ein langes Gespräch, das er mit dem Infirmarius in Conques geführt hatte. Der junge Mönch hatte ihm voll strahlender Hoffnung von den Anstrengungen berichtet, die die Kirche unternahm, um den Krieg zu besiegen. Äbte und Bischöfe hätten sich verbündet, um den kriegerischen Adel zum Frieden zu zwingen. Schon sei ein allgemeiner Gottesfriede erlassen, der Frauen und Kinder, Bauern und Geistliche vor jedem Angriff schütze, und der es den kriegslüsternen Herren verbiete, von Anfang Advent bis nach Epiphanias und vom Beginn der Fastenzeit bis nach Pfingsten die Waffen zu erheben. Auch für den Rest des Jahres sei ihnen der Gebrauch des Schwertes nur von Montag Sonnenaufgang bis Mittwoch Sonnenuntergang gestattet, nicht mehr als neunzig Tage im Jahr. Die Prophezeiung Jesaja erfülle sich, Schwerter würden zu Pflugscharen umgeschmiedet, Lanzenspitzen zu Rebmessern, das Reich Gottes sei nahe, Frieden auf Erden.

Was aber, hatte Yūnus gefragt, wenn die weltlichen Herren das Friedensgebot der Kirche mißachteten? Müsse dann die Kirche nicht selbst zu den Waffen greifen, um die kriegführenden Mächte zu zwingen, die Waffenruhe einzuhalten? Müßten Bischöfe und Äbte, die den Frieden predigten, nicht selbst Krieg führen?

Das müßten sie wohl, hatte der Infirmarius zugegeben, bedauerlicherweise, notwendigerweise, für eine kurze Übergangszeit, bis alle Länder befriedet wären, bis alle Waffen ruhten. Dann aber wäre endlich der letzte Sieg errungen, der Bruder würde nicht mehr gegen den Bruder kämpfen, der Knecht nicht mehr gegen den Herrn, der Nachbar nicht mehr gegen den Nachbarn. Der Bauer könnte unbehelligt sein Feld bestellen, Pilger und Kaufleute könnten ohne Furcht ihres Weges ziehen, die Bürger der Städte brauchten sich nicht mehr hinter Mauern zu verbergen. Frieden wäre unter den Menschen, schon bald, er selbst würde es noch erleben.

Voll aufrichtiger Begeisterung hatte der junge Mönch das Bild einer friedlichen Welt ausgemalt. Yūnus hatte damals nicht das Herz gehabt, es ihm zu zerstören, er hatte seine Zweifel für sich behalten.

Nein, es würde keinen Frieden geben auf Erden. Auch die christliche Kirche würde den Krieg nicht besiegen, schon gar nicht, wenn sie selbst Krieg führte gegen den Krieg. Der Krieg war älter als die Kirche, ein böses Erbteil des Menschen, eine Krankheit der Mächtigen und der Machtgierigen, gegen die es kein Heilmittel gab. Die Äbte und Bischöfe wußten es gut genug, der Papst wußte es, und sein Legat verkündete die Botschaft offen von der Kanzel. Sie predigten nicht gegen den Krieg an sich, sondern nur gegen den Krieg unter Christen. Sie ließen den kriegslüsternen Herren einen Ausweg. Sie sagten, führt ruhig weiter Krieg, aber kämpft nicht untereinander, Christ gegen Christ, sondern streitet gegen die Feinde Christi, die anderen, die Ungläubigen, die heidnischen Sarazenen.

Yūnus hatte in Frankreich mit großer Verwunderung erfahren, daß die christliche Kirche den kriegführenden Herren und ihren Dienstleuten nach jedem Kampf harte Bußleistungen abverlangte. Wer einen Gegner auf dem Schlachtfeld getötet hatte, mußte ein Jahr Fasten einhalten, für jeden Verwundeten wurden vierzig Fastentage gefordert. Ein Bogenschütze, der nicht wissen konnte, ob er den Feind getötet oder nur verwundet hatte, mußte dreimal vierzig Tage fasten, einem Söldner, der nur für Geld kämpfte, wurde sogar die gleiche Bußleistung auferlegt wie einem gemeinen Mörder: Er mußte eine Wallfahrt nach Rom oder Santiago oder gar nach Jerusalem unternehmen, um sich von der begangenen Todsünde des Mordes zu befreien. Natürlich wurden diese Bußforderungen nicht immer eingelöst, wie man Yūnus gegenüber zugegeben hatte. Die Dienstleute drückten sich davor, die Herren kauften sich frei mit einer Stiftung an das Hauskloster und ließen die Mönche für sich fasten. Aber die Kirche erhob doch immerhin den Anspruch der Buße, belegte die Gewalttätigkeiten des Krieges mit Strafe und verurteilte sie.

Jetzt, im Kampf gegen die Ungläubigen, galt das alles nicht mehr. Krieg war nicht gleich Krieg und gleichermaßen zu verurteilen. Der Kampf gegen die Sarazenen war vielmehr ein frommes Werk, gottgefällig, heilig. Die Priester selbst riefen auf zu diesem heiligen Krieg, nicht anders, als es die Imame der Muslims taten, die vor der Schlacht den

Kämpfern versprachen, daß sie ins Paradies aufgenommen würden, wenn sie fielen. Der Legat des Papstes draußen versprach das gleiche: «Wem bestimmt ist, im Kampf gegen die Heiden zu sterben, das Gesicht gegen den Feind gewendet, dem werden seine Sünden vergeben, und Gott wird seine Seele aufnehmen und das Paradies wird ihm offenstehen.»

Yūnus erinnerte sich noch gut, wie stark ihn vor Jahren, als er zum ersten Mal die christlichen Evangelien gelesen hatte, die Friedensbotschaft des Jesus von Nazareth beeindruckt hatte. Jetzt stellte ein christlicher Priester diesen selben Jesus als Fahnenträger dar, als Heerführer, der seinen Soldaten in die Schlacht voranzieht. Es war das Übel dieser Religion, daß sie zu viel von den Menschen verlangte. Sie erhob zu hohe Ansprüche, als daß der Mensch sie einlösen konnte, und zwang ihn so zur Verlogenheit, machte ihn unvermeidlich zum Sünder.

Der Legat beendete seine Rede mit einem Gebet, in das seine Zuhörer in dumpfem Wechselgesang einfielen. Es war längst dunkel geworden. Ibn Eli zog sich zum Schlafen in die Hütte zurück, nur Yūnus blieb noch draußen sitzen und starrte schweigend in die Dunkelheit. Als er das Nachtgebet sprach, meinte er, die Worte des päpstlichen Legaten noch im Ohr zu haben, und als er in die alte Klage um den Verlust Jerusalems und die Ohnmacht seines Volkes einstimmte, empfand er an diesem Abend nicht nur Trauer, sondern auch Trost. Mochte sein Volk auch ohnmächtig sein und über die ganze Welt verstreut, die Ohnmacht schützte es immerhin vor jener Krankheit, die zum Krieg führte.

Als Yūnus am folgenden Tag in das Lager des Grafen von Urgel kam, stand neben dem Zelt des Grafen ein roh gezimmertes Holzgerüst. Ein Bär war darauf festgeschnallt, rücklings mit ausgebreiteten Vordertatzen, ein Tier von der Größe eines ausgewachsenen Mannes. Der Bär bewegte den Kopf mit der gleichen tapsigen Unermüdlichkeit, mit der die Tanzbären sonst zum Trommelschlag ihrer Führer von einem Bein aufs andere treten. Er bemühte sich vergeblich, mit der Schnauze an die Wunde zu kommen, die man ihm beigebracht hatte. Eine Fessel um den Hals hinderte ihn daran. Bei jeder Bewegung seines schweren dickbehaarten Kopfes stieß er ein tief aus der Brust kommendes Knurren aus, das nicht so sehr wie ein Schmerzenslaut klang, als vielmehr wie ein Laut ohnmächtiger Wut.

27

BARBASTRO

FREITAG 21. RADJAB 456
22. AB 4824/9. JULI 1064

Die große Moschee war bis auf den letzten Platz gefüllt, vierzehn Reihen mit jeweils über fünfzig Männern, die ganze Stadt schien versammelt zu sein. In der ersten Reihe vor der Qibla-Wand war eine breite Lücke für den Qa'id und sein Gefolge freigelassen. Als er seinen Platz einnahm, kam Unruhe auf und die Männer in den hinteren Reihen reckten die Hälse, aber es war eher Neugier, die sich darin äußerte, kein Zeichen von Mißfallen. Es gab auch keine Sicherheitsvorkehrungen, die Leute des Qa'id trugen keine Waffen unter den Mänteln. Falls der Burgherr Feinde in der Stadt hatte, brauchte er sie offenbar nicht zu fürchten.

Ibn Ammar war wie benommen, als er in die große Halle trat. Der Anblick der vielen Menschen, das dumpf brodelnde Stimmengewirr erschienen ihm seltsam bedrohlich, versetzten ihn fast in Panik nach den langen Wochen des Alleinseins in seinem Gefängnis. Er war froh, als das Gebet begann.

Er wußte noch immer nicht, welchem Umstand er seine überraschende Freilassung zu verdanken hatte. An diesem Freitagmorgen war er gegen jede Gewohnheit schon vor Tagesanbruch geweckt worden. Der Diener hatte ihm einen zweiten Krug Wasser hingestellt mit einem Schwamm, so daß er sich zum ersten Mal wenigstens notdürftig wieder hatte waschen können. Dann hatte ihm ein Barbier Haare und Bart gestutzt und ausgekämmt, und gegen Mittag war der Neffe des Qa'id gekommen mit einem frischen Gewand und hatte ihn in den Burghof gebracht, wo sich das Gefolge des Qa'id zum Gang in die Moschee versammelt hatte.

Er hatte versucht, aus dem jungen Mann etwas herauszubekommen, aber er hatte auf keine seiner Fragen eine Antwort erhalten. Er wußte nicht einmal, wie es um die Belagerung stand, er hatte nur einmal ein Gespräch zwischen zwei Wachtposten belauschen können, aus dem er erfahren hatte, daß die Vorstadt gefallen war. Er versuchte, seine Gedanken auf etwas anderes zu richten, es war sinnlos, sich in Mutmaßungen zu verlieren, er hatte schon viel zu viel herumgegrübelt, zu viele Überlegungen angestellt, ohne daß er zu einem Schluß gekommen war. Als ein Mann auf die Kanzel stieg, brauchte er eine ganze Weile, bis er erkannte, daß es der Qadi von Barbastro war, den er schon einmal in der Madjlis des Burgherrn gesehen hatte.

«Männer von Barbastro! O ihr tapferen Mitstreiter und Verteidiger dieser Stadt, hört, was ich euch zu berichten habe!» rief der Qadi über die Köpfe der Menge hinweg. Seine Stimme klang seltsam unbeteiligt, obwohl er sich angestrengt um einen pathetischen Tonfall bemühte. «Gott hat unsere Gebete erhört. Er hat uns ein Zeichen gegeben, daß er unserem Kampf gewogen ist, er hat unsere Feinde niedergeschmettert. In dieser Nacht ist Ermengol, der zur Hölle fahren soll, der Graf von Urgel, der verfluchte Rebell, er ist schmählich geflohen. In dieser Nacht hat er sein Lager heimlich verlassen, tot oder sterbend, wie man uns berichtet hat, und mit ihm seine verfluchten Männer, die wenigen, die unserem Schwert entgangen sind!»

Jubel brandete auf in einer doppelten Welle, als die Nachricht auch an die Männer in den hinteren Reihen weitergegeben wurde, die den Qadi beim ersten Mal nicht verstanden hatten. Laute Zurufe und Geschrei. Alles drängte gegen die Kanzel hin. Der Qadi war kaum mehr zu verstehen.

«Der Graf von Urgel ist nur der erste, der den Kampf aufgibt, ihr Männer von Barbastro, die anderen werden folgen und die Flucht ergreifen wie der verfluchte Ermengol. Gott ist groß, Gott wird sie vernichten, und wir werden der Arm sein, mit dem er sie vernichtet!»

Seine letzten Worte gingen im Jubelgeschrei unter. Vom Hof der Moschee her drängten immer mehr Menschen herein, fielen sich in die Arme, drängten sich in einem dichten Knäuel um die Kanzel zusammen. Die Männer des Qa'id schlossen einen Kreis um ihren Herrn, um ihn vor dem Ansturm der Menge zu schützen. Ibn Ammar fand sich plötzlich allein am Rand der großen Halle, der einzige, der keinen Anlaß hatte mitzujubeln, ausgeschlossen von der allgemeinen Begeisterung.

Was brachte die Nachricht vom Abzug des Grafen für ihn? Was hatte er davon zu erwarten? Man hatte ihn aus der Haft entlassen. Offensichtlich brauchte der Qa'id nichts mehr zu befürchten. Wenn er und der Qadi überhaupt je politische Gegner in der Stadt gehabt hatten, waren sie jetzt mundtot gemacht. Der gemeinsame Kampf hatte die ganze Stadt zusammengeschweißt. Wenn die Feinde wirklich abzogen, waren die beiden einflußreichsten Männer der Stadt in ihrer Stellung unangefochten, noch um vieles mächtiger als zuvor. Die Rechnung, die Abu'l-Fadl Hasdai, der jüdische Vezir des Fürsten von Zaragoza, aufgemacht hatte, war nicht aufgegangen. Der Herr von Lerida hatte keinen Entsatz geschickt. Die Stadt war nicht so sehr in Bedrängnis geraten, daß sie den Fürsten zuletzt doch hätte zu Hilfe rufen müssen. Sie hatte den Angriff aus eigener Kraft abgewehrt, sie hatte ihre Unabhängigkeit bewahrt und konnte ihre Forderungen stellen, ganz gleich, ob sie in Zukunft die Oberherrschaft des Herrn von Lerida anerkannte oder die des Fürsten von Zaragoza.

Nach der Rückkehr in den al-Qasr wurde Ibn Ammar ein eigenes Zimmer zugewiesen. Es lag in einem Vorhof, der unmittelbar an die Mauer grenzte, die die Burg von der Oberstadt trennte. Man behandelte ihn jetzt wie einen Gast, nicht mehr wie einen Gefangenen. Er durfte sich innerhalb des al-Qasr frei bewegen. Für den Abend war er zu einem Empfang des Qa'id geladen. Als er den Wunsch äußerte, die Verteidigungsanlagen der Burg zu besichtigen, begleitete ihn der Neffe des Qa'id zu einem Rundgang.

Die Belagerung war noch nicht aufgehoben. Die Lager der Feinde standen noch, das Vorfeld um die Mauern war menschenleer, nichts zu erkennen, was auf einen Abzug hingedeutet hätte. Die Vorstadt schien fast vollständig entvölkert zu sein, soweit sie sich von oben überblicken ließ. Dort mußten furchtbare Brände gewütet haben, der größte Teil der Häuser war eingeäschert. Auf dem Turm, der die Brücke über den Vero bewachte, wehte eine fremde Fahne. Die Stadt hatte keinen Zugang mehr zum Fluß.

«Wie steht es mit dem Wasser?» fragte Ibn Ammar.

Der Neffe des Qa'id führte ihn in den Innenhof der Burg. Ein weiter gepflasterter Hof, auf allen Seiten von hohen Gebäuden eingefaßt. In der südöstlichen Ecke, die am tiefsten lag, stand ein Brunnenhaus mit einem auf Steinsäulen ruhenden Kuppeldach.

«Der Brunnen stammt noch aus den Zeiten der Römer», erklärte der Neffe des Qa'id. «Er ist sechzig Ellen tief. Unten ist ein Kanal, der genug Wasser führt. Wir haben keine Probleme mit dem Wasser.»

Geröllhaufen lagen um das Brunnenhaus, Steinmetzen arbeiteten dazwischen, Wasserträger warteten, daß ihre Schläuche gefüllt wurden. Um die Brunnenröhre war der Boden auf vier Mannslängen Tiefe ausgeschachtet und mit Balken verschalt. Unten wurde weitergegraben. Zwei Männer drehten an einer Winde, mit deren Hilfe ein großer lederner Schöpfeimer in die Tiefe gelassen und wieder hochgezogen wurde. Die Brunnenröhre führte lotrecht nach unten. Sie war mit großen behauenen Quadern ausgemauert und maß nicht mehr als eine Elle im Durchmesser.

«Seit die Franken das Schöpfrad an der Brücke zerstört haben, und seit die Vorstadt in ihren Händen ist, müssen wir auch die Leute in der Stadt von hier aus mit Wasser versorgen», sagte der Neffe des Qa'id. «Mein Onkel hat befohlen, die Brunnenöffnung zu erweitern, damit wir mehr Wasser in kürzerer Zeit heraufholen können, es ist genug da.»

Wenn der Baulärm für einen Augenblick aussetzte, konnte man es aus der Tiefe des Schachtes rauschen hören. Der Brunnen mußte auf einer mächtigen Wasserader sitzen.

Sie folgten zwei Wasserträgern in den äußeren Burghof hinaus. Andere Träger mit leeren Schläuchen kamen ihnen vom Tor her entgegen. Der Himmel war wolkenlos, und die Sonne brannte heiß herunter. Ibn Ammar zog sich in sein Zimmer zurück, um die Mittagsstunden in der Kühle des Hauses zu verbringen.

Irgendwann am Nachmittag wurde er aufgeschreckt. Eine seltsame Unruhe war in der Luft, aufgeregte Rufe drangen von draußen herein, Männer rannten über den Hof zum inneren Tor. Ibn Ammar ging ihnen nach, eher einer Eingebung folgend als einem klaren Gedanken. Als er in den Innenhof kam, sah er, daß die halbe Burgbesatzung um das Brunnenhaus stand, gestikulierende Bauarbeiter dazwischen. Die ausgehobene Grube war dicht umlagert. Ein schreiender Mann wiederholte immer wieder das gleiche Stoßgebet, während er weggeführt wurde: «Barmherziger Gott! Barmherziger Gott!» Eine hohle Stimme war zu hören, die aus der Brunnenröhre zu kommen schien, andere Stimmen, die von der Grubensohle antworteten, fassungslose Gesichter überall, geflüsterte Fragen: «Was ist los? Was ist geschehen?» Niemand schien die Antwort zu wissen, auch die, die vorn am Rand der Grube standen, hatten nur unzureichende Erklärungen. Anscheinend war etwas in den Brunnen gefallen, die Röhre verstopft. Der Schöpfeimer hing leer an der Winde.

Ibn Ammar sah den Qa'id aus dem Turmhaus kommen, von einem Schwarm von Männern begleitet. Der Kreis um die Grube öffnete sich. Die Männer machten schweigend Platz, beobachteten schweigend, wie der Qa'id über die Leiter in die Grube hinunterstieg. Ibn Ammar entfernte sich unauffällig. Wieder folgte er nur seinem Instinkt, keiner bewußten Überlegung.

Der äußere Vorhof war leer, kein Mensch zu sehen. Am Tor nur ein einziger Wachtposten, der keine Fragen stellte, als Ibn Ammar das Losungswort nannte, das er von seinem Rundgang mit dem Neffen des Qa'id her kannte. Er konnte ungehindert passieren.

Vor dem Tor öffnete sich ein kleiner Platz. Drei Wege gingen ab, zwei breite Gassen, die rechts und links der Burgmauer folgten, eine gepflasterte Straße, die geradeaus in die Stadt hineinführte. Ibn Ammar schlug den Weg nach rechts ein, bog vierzig Schritte weiter in einen engen Durchgang ab, der sich in das Gewirr der Häuser hinein verzweigte. Weißgekalkte fensterlose Mauern, abweisend verschlossene Türen. Ein paar Halbwüchsige, zwei alte Frauen ohne Gesichtsschleier, die ihn neugierig musterten, während er vorbeihastete. Er zwang sich zu einer langsameren Gangart, er durfte nicht auffallen. Sein Verstand begann wieder zu arbeiten, klar und mit hellsichtiger Schärfe. Er mußte Leute in der Stadt finden, denen er vertrauen konnte, Männer, die auf der Seite des Fürsten standen. Er hatte die Namen noch im Kopf, die ihm Abu'l-Fadl Hasdai genannt hatte, aber wie sollte er die Männer finden. Er konnte nicht nach ihnen fragen. Wenn der Qa'id nach ihm suchen ließ, würde seine Spur zu leicht zu verfolgen sein. Ein Fremder in einer belagerten Stadt, der nach einer Adresse fragte, machte sich immer verdächtig. Jeder, den er fragte, würde sich an ihn erinnern.

Zwei Männer kamen ihm entgegen. Nach ihrer Barttracht konnten es Juden sein, aber er war sich nicht sicher. Wenn es ihm gelang, das Viertel zu finden, in dem die Juden der Stadt wohnten, und das Haus des Nāsi der Judengemeinde, dann konnte er vielleicht seine Spur verwischen. Bei den Juden konnte er am ehesten Hilfe erwarten, auch der Vezir hatte es angedeutet. Die Juden waren überall die treuesten Diener der Fürsten, und fast in allen Städten hatten sie ihre Häuser in der Nähe des al-Qasr. Warum nicht auch in Barbastro. Vielleicht befand er sich schon im jüdischen Viertel. Über den Toren waren keine frommen Sprüche aus dem Qur'an aufgemalt, wie es sonst an den Häusern der Muslims üblich war.

Er fragte zwei Jungen nach der Synagoge. Sie deuteten auf ein schmales Tor am Ende der Gasse. Er ging an dem Tor vorbei, ohne anzuhalten, bog in die nächste Seitengasse ein, hielt vor dem dritten Haus an, das einen besonders reich geschnitzten Erker hatte, betätigte den Türklopfer.

Ein junger Mann öffnete das kleine Torfenster über dem Klopfer.

«Shalom», sagte Ibn Ammar. Der Junge erwiderte den Gruß. Es war ein jüdisches Haus, wie Ibn Ammar vermutet hatte. «Laß mich ein», setzte er schnell hinzu. «Ich komme aus Zaragoza, ich bin ein Bote Abu'l-Fadl Hasdais, des Vezirs, ich habe dringende Nachrichten für den Nāsi eurer Gemeinde.»

Der Junge schloß das Fenster, ohne etwas zu sagen, und Ibn Ammar meinte schon, man hätte ihn ausgesperrt, aber dann öffnete sich doch die kleine Tür, die als Einlaß diente, und er konnte eintreten.

«Ich bitte Euch, hier zu warten, bis ich meinem Vater Bescheid gesagt habe», sagte der Junge höflich. Ein stämmiger Mann war bei ihm, der den Zugang zum Inneren des Hauses verstellte und Ibn Ammar nicht aus den Augen ließ, während sie in der Torhalle warteten.

Der Hausherr war ein Mann von unscheinbarem Äußeren, eher klein, fast schmächtig mit hochgezogenen Schultern, in ein einfaches Hausgewand gekleidet. Er erwiderte Ibn Ammars Gruß mit deutlicher Zurückhaltung, nannte keinen Namen, stellte keine Frage, wartete darauf, daß der unbekannte Besucher von sich aus eine Erklärung gab.

Ibn Ammar berichtete in knappen Worten, was ihn nach Barbastro geführt hatte, schilderte seine Ankunft in der Stadt, die Inhaftierung im al-Qasr, die Umstände, die ihn vor das Haus in der Nähe der Synagoge gebracht hatten. Der Hausherr hörte aufmerksam zu, ohne zu unterbrechen. Als Ibn Ammar geendet hatte, blickte er ihn zweifelnd an.

«Kannst du beweisen, was du sagst?» fragte er ruhig.

Ibn Ammar erwiderte seinen Blick. «Ich habe mein Beglaubigungsschreiben dem Qa'id übergeben, ich habe nichts in der Hand», sagte er. «Ich kann nur sagen, daß mir der Vezir geraten hat, mich im Notfall an den Nāsi der jüdischen Gemeinde zu wenden. Ich verlangte nicht, daß Ihr mir glaubt, ich bitte Euch nur, mich vor den Nāsi zu bringen.»

Der Hausherr musterte ihn mit unbewegtem Gesicht. «Ich bin der Nāsi der Judengemeinde von Barbastro», sagte er schließlich ohne besondere Betonung, die Augen unverwandt auf Ibn Ammar gerichtet.

Ibn Ammar verbeugte sich leicht. «In diesem Fall soll ich Euch die Grüße des Vezirs übermitteln und Euch ausrichten, daß er dem Sohn Eures Bruders wunschgemäß ein Empfehlungsschreiben an den hochweisen Rabbi Musa Ibn Meir mitgegeben hat, damit er seine Studien in Toledo fortsetzen kann.»

Der Nāsi nickte kaum merklich und wandte sich zur Tür und hielt sie einladend auf. «Entschuldige mein Mißtrauen», sagte er, «aber wir sind in einer schwierigen Lage. Wir sind dem Fürsten treu ergeben, und der Vezir, Gott erhalte ihm seine hohe Stellung, kann auf unsere Loyalität bauen. Andererseits sind wir auch auf das Wohlwollen des Qa'ids angewiesen. Das Gleiche gilt für den Qadi der Stadt. Wir sind auch den Herren der Stadt Treue schuldig.»

Als sie sich in der Madjlis des Hauses gegenübersaßen, wurde er noch deutlicher. «Ich bin mir nicht sicher, ob der Vezir gut beraten war, dich zu uns zu schicken. Ich weiß nicht, ob ich dir helfen kann. Ich fürchte, daß die Leute des Qa'id sehr schnell zu mir finden, wenn sie erfahren, daß du in unserem Viertel gesehen worden bist.» Er gab sich keine Mühe, seine Unruhe zu verbergen.

«Wer kann mir sonst helfen in der Stadt?» fragte Ibn Ammar. «Hat der Qa'id keine Gegner mehr in Barbastro?»

«Er hatte viele Gegner, aber die Situation hat sich geändert», antwortete der Nāsi in wachsender Unruhe. «Die meisten von den großen Händlern hier hängen ihre Fahnen in den Wind. Nach dem Feldzug des Fürsten im vergangenen Jahr gegen den König von Aragon zum Entsatz der Festung Graus war die Stimmung sehr gereizt. Die Stadt hatte hohe Kosten zu tragen, nicht nur wegen der Raubzüge der Leute aus Aragon, sondern auch durch die Einquartierung der Truppen aus Zaragoza. Nach dem Sieg des Fürsten hatte man Steuererleichterungen erwartet. Der Fürst hat sie nicht gewährt, er wird seine Gründe gehabt haben, Gott schütze ihn, aber seine Entscheidung war schwer verständlich, auch für uns, die wir zu seinen treuesten Dienern zählen. Alle einflußreichen Familien der Stadt haben sich damals dem Qa'id angeschlossen, auch der Qadi. Fast die ganze Stadt war sich einig gewesen gegen den Fürsten.»

Eine Magd brachte Mandeln und Sorbet. Der Nāsi wartete, bis sie sich wieder entfernt hatte, erst dann fuhr er fort: «Danach, als der Qa'id anfing, mit dem Herrn von Lerida zu verhandeln, schlug die Stimmung wieder um. Barbastro lebt vom Handel. Vieh, Leder, Wolle, Pelze. Sobald der Fürst unsere Absatzmärkte in Zaragoza sperrte und die Handelswege nach Toledo, waren wir abgeschnitten. Lerida konnte keinen Ersatz für die verlorenen Märkte bieten. Daraufhin schwenkten die meisten wieder um. Noch gestern hätte ich dir Dutzende von Männern nennen können, die alles getan hätten, um dem Fürsten zu gefallen und dem Qa'id zu schaden. Aber inzwischen hat sich wieder alles geändert. Seit bekannt ist, daß der Graf von Urgel abgezogen ist, sind alle überzeugt, daß der Qa'id nur ein waghalsiges Spiel gespielt hat. Das Angebot an den Herrn von Lerida war nur ein Scheinangebot. Wenn die Belagerung aufgehoben ist, wird sich der Qa'id wieder an den Fürsten wenden, und er wird seine Forderungen stellen, noch weitergehende Forderungen, als die Stadt sie im vergangenen Jahr gestellt hat. Und der Fürst wird darauf eingehen müssen. Einem Mann, der als erfolgreicher Verteidiger von Barbastro auftritt, kann er nichts abschlagen. Das ist die allgemeine Meinung. Und es ist auch unsere Meinung.» Er hob die Schultern und blickte Ibn Ammar gerade in die Augen und setzte mit bekümmerter Miene hinzu: «Ich fürchte, daß es kein guter

Entschluß war, den al-Qasr zu verlassen. Wenn du meinen Rat hören willst, würde ich vorschlagen, daß du zurückgehst.»

Ibn Ammar beugte sich vor. «Ihr vergeßt, daß sich die Lage noch einmal verändert hat», sagte er ruhig. «Eure Schlußfolgerungen stützen sich auf die Annahme, daß sich die Stadt halten kann. Ich habe Euch erzählt, warum ich den al-Qasr verlassen habe: Der Brunnen ist verstopft. Kann sich die Stadt halten ohne das Wasser dieses Brunnens?»

«Der Brunnen im al-Qasr liefert seit Jahrhunderten Wasser», erwiderte der Nāsi mit nachsichtigem Lächeln. «Soweit die Erinnerung zurückreicht, ist er noch nie versiegt.»

«Man hat versucht, den Brunnenschacht zu erweitern. Vielleicht hat die gemauerte Brunnenfassung nachgegeben, vielleicht sind schwere Brocken in die Röhre gestürzt.»

«Eine Vermutung!»

«Der Qa'id selbst ist in den Schacht hinuntergestiegen. Man holt nicht den Burgherrn, wenn nur ein kleines Mißgeschick passiert ist.»

«Der Burgherr ist ein Mann, der sich um alles selbst kümmert. Er ist bekannt dafür. Kein Grund zur Sorge.» Der Nāsi schüttelte lächelnd den Kopf.

Ibn Ammar spürte, wie seine Handflächen feucht wurden. Hatte er übereilte Schlüsse gezogen? Hatte er sich getäuscht? Er rief sich die entsetzten Gesichter der Männer um den Brunnen ins Gedächtnis zurück, die stumme Bestürzung, mit der sie in den Schacht hinuntergestarrt hatten, die hektische Eile, in der der Qa'id die Leiter hinabgeklettert war. Nur eine Summe von Eindrücken, kein Beweis. Der Nāsi war nicht bereit, nur auf äußere Eindrücke hin aus seiner Deckung herauszugehen. Man konnte es ihm nicht übel nehmen, er war Jude, er mußte taktieren, er konnte es sich nicht leisten, das Mißfallen, ja auch nur den Argwohn des Qa'id zu erregen. Nicht in dieser Situation. Aber würden sich die Muslims, die ihm der Vezir als treue Anhänger des Fürsten genannt hatte, nicht genauso verhalten. Würden sie sich überzeugen lassen?

Ibn Ammar nannte die Namen. «An wen kann ich mich wenden?»

Der Nāsi hob abwehrend die Hände. «Wie soll ich das wissen? Die Zeiten haben sich geändert, die Verhältnisse haben sich geändert, aus Feinden sind Freunde geworden. Wie könnte ich dir einen Rat geben.»

«Nennt mir nur einen Mann, von dem Ihr glaubt, daß er mir helfen kann», sagte Ibn Ammar.

Der Nāsi wand sich. Seine Augen gingen unruhig hin und her, als erwarte er jeden Augenblick vom Haustor her ein hartes Klopfzeichen zu hören. «Ibn at-Turtushī vielleicht», sagte er schließlich. «Ibn at-Turtushī, der Viehhändler.»

«Warum gerade er?» fragte Ibn Ammar.

«Weil es persönliche Feindschaften gibt zwischen seiner Familie und der des Qa'id. Er ist nicht nur ein politischer Gegner.»

«Dann bring mich zu ihm», sagte Ibn Ammar grob und jede Höflichkeit beiseite lassend. Er erhob sich und wandte sich zur Tür. Der Nāsi kam ihm mit flatternden Armen nach.

«Wie stellst du dir das vor! Man könnte dich sehen, man könnte erfahren, daß du aus meinem Haus kommst. Ibn at-Turtushī wohnt an der Nordmauer auf der anderen Seite der Stadt! Der Weg ist zu weit, zu viele Leute auf den Straßen, es ist unmöglich!»

«Dann warten wir, bis es dunkel ist», unterbrach ihn Ibn Ammar und ließ sich wieder auf seinen Platz nieder.

Sie warteten bis zum Ende der vierten Nachtstunde. Danach machte sich Ibn Ammar, von einem jungen Diener begleitet, auf den Weg. Zuerst von Hof zu Hof durch versteckte Pforten und enge Durchlässe, die die benachbarten Anwesen miteinander verbanden, dann, außerhalb des Judenviertels, durch die Gassen der Oberstadt, dicht an den Mauern der Häuser entlang, vom Bellen der Hunde begleitet, bis zur Stadtmauer. Dort blieb der Junge stehen und zeigte ihm das Haus und verschwand in der Dunkelheit der Gasse, aus der sie gekommen waren.

Das Haus war zweistöckig, im unteren Teil aus großen, grob behauenen Steinen aufgemauert, an der abgewandten Seite von einem turmartigen Aufbau überragt. Ibn Ammar klopfte leise an das Torfenster. Der Nāsi hatte ihn noch vor Sonnenuntergang durch einen Diener ankündigen lassen, aber er mußte das vereinbarte Klopfzeichen mehrmals wiederholen, bis ihm aufgemacht wurde. Er kam in eine düstere Torhalle, in der es durchdringend nach Molke roch und nach Urin und Männerschweiß. Zwei finstere Gestalten, die wie Viehtreiber gekleidet waren, schlossen das Tor hinter ihm, ein dritter, der älter war, leuchtete ihm mit einer Lampe ins Gesicht. Er sagte seinen Spruch auf. Der Mann mit der Lampe hörte ihn schweigend an und verschwand dann. Erst nach Stunden, wie es Ibn Ammar schien, kam er zurück mit der Nachricht, daß der Hausherr sich schon zur Ruhe begeben hätte.

Ibn Ammar mußte die Nacht in der Torhalle verbringen neben den beiden stinkenden Peones, die keinerlei Interesse zeigten, mit ihm eine Unterhaltung anzufangen. Ibn at-Turtushī empfing ihn erst um die Mitte des Vormittags. Er war ein großer, schwergewichtiger Mann, kahlköpfig und schwitzend mit riesigen roten Händen. Er hörte sich Ibn Ammars Bericht in schweigendem Mißtrauen an, wurde erst aufmerksam, als die Rede auf den Brunnen kam, ohne allerdings sein Mißtrauen abzulegen und ohne eine Meinung zu äußern. Zuletzt wies er Ibn Ammar eine Kammer im Erdgeschoß des Hauses zu und brüllte nach einem Diener, der ihn hinbringen sollte. Er schien es nicht für nötig zu erachten, sich selbst um seinen Gast zu bemühen.

Im Innenhof des Hauses stand Vieh unter roh gezimmerten Schutzdächern, Pferde, Rinder, Schafe. Hühner scharrten im Mist. Ein halbes Dutzend Männer lungerte herum, lauter Peones, die meisten lagen im Schatten der umlaufenden Galerie. Ibn Ammar setzte sich in die offene Tür der Kammer und beobachtete, was im Hof vorging. Er war müde und erschöpft, aber er war zu unruhig, um Schlaf zu finden.

Er sah, wie im Lauf des Nachmittags mehrere Männer durch die Torhalle hereinkamen und in die Madjlis geführt wurden. Er zählte acht Männer. Als er selbst vor den Hausherrn gerufen wurde, fand er alle acht um ihn versammelt. Die Namen von dreien waren ihm geläufig, sie hatten auf der Liste des Vezirs gestanden, ein Shaikh darunter mit einem Bart wie gekrempelte Baumwolle, und einer, dem der linke Arm fehlte. Alle waren ernst, saßen in angespannter Haltung auf ihren Polstern, geduckt, betreten, Ibn Ammar mit unruhigen Augen musternd. Der Hausherr hatte sie offenbar schon über ihn ins Bild gesetzt.

«Wie steht es mit dem Brunnen?» fragte Ibn Ammar.

Die Männer verständigten sich mit den Augen und einigten sich darauf, dem Hausherrn die Antwort zu überlassen. Es war so, wie Ibn Ammar es vermutet hatte. Bei den Ausschachtungsarbeiten war ein Teil des uralten Mauermantels der Brunnenröhre ausgebrochen. Sechs schwere Quader waren in die Tiefe gestürzt und hatten sich am Grund des Brunnens verklemmt, saßen unverrückbar fest. Man hatte versucht, den obersten Stein mit eisernen Haken und Seilwinden herauszuzerren. Ohne Erfolg. Die Haken hatten sich aufgebogen. Jetzt wurde der Versuch unternommen, die Steine mit Hammer und Meißel aus dem Weg zu räumen. Die Röhre war jedoch so eng, daß man die Steinmetzen, an den Füßen aufgehängt, kopfunter hinablassen mußte. In dieser Lage konnten sie jeweils nur kurze Zeit arbeiten. Bis jetzt war kaum ein Fortschritt erzielt worden. Der Qa'id hatte sich bemüht, das Unglück noch geheim zu halten, aber in der Stadt schwirrten schon die wildesten Gerüchte, und über kurz oder lang mußte man die

Bürger informieren, damit sie ihre Wasservorräte rationierten. Es gab keine Zisternen, keine Reserven. Alle hatten sich auf den Brunnen im al-Qasr verlassen.

«Wie lange wird es dauern, bis man auch draußen vor der Mauer Bescheid weiß?» fragte Ibn Ammar.

«Bis morgen ... bis übermorgen», erwiderte der Hausherr. «Vielleicht sind sie schon jetzt informiert, die verfluchten Schweinefresser. Sie haben ihre Leute in der Stadt, sie sind immer gut informiert.»

«Und wie lange kann sich die Stadt noch halten ohne Wasser?» fragte Ibn Ammar.

Die Männer blickten sich schweigend an. Keiner sagte etwas, sie schienen wie gelähmt.

«Zwei Wochen? Drei Wochen?» fragte Ibn Ammar.

«Vielleicht schickt Gott Regen», sagte der Shaikh, aber seine Stimme klang so, als würde er selbst nicht daran glauben. Stille breitete sich aus wie Qualm aus einem erstickten Feuer.

«Ich nehme an, daß der Qa'id versuchen wird, den Herrn von Lerida zu einem Entsatzangriff zu bewegen», sagte Ibn Ammar. Er sprach jetzt rasch und bestimmt. Er hatte sich einen Plan zurechtgelegt, er hatte genügend Zeit gehabt, um in Gedanken alle Möglichkeiten durchzuspielen. «Ich nehme an, daß er noch in dieser Nacht Boten losschickt. Deshalb bin ich der Meinung, daß auch Ihr auf schnellstem Wege den Fürsten in Zaragoza benachrichtigen solltet. Ich glaube nicht, daß sich der Herr von Lerida zu einem Entsatz entschließen wird, aber ich bin überzeugt, daß der Fürst eingreifen wird, so wie die Dinge jetzt liegen.»

«Er hat bisher keine Neigung gezeigt, uns zu Hilfe zu kommen», entgegnete der Hausherr mürrisch. «Warum sollte er es jetzt tun.»

«Weil er jetzt sicher sein kann, die Stadt wiederzugewinnen, wenn es ihm gelingt, die Belagerer zu vertreiben», erwiderte Ibn Ammar. «Bisher war der Qa'id unangreifbar. Jetzt kann er sich nicht mehr halten im al-Qasr. Das ist der Unterschied.»

Die Männer wichen seinem Blick aus. Sie begriffen sehr gut, was das bedeutete. Nicht nur der Qa'id war dem Fürsten ausgeliefert, auch die Stadt. Wenn der Entsatzangriff Erfolg hatte, war der Fürst der Sieger, und er würde nicht nur den Qa'id, sondern auch die Stadt für ihren Ungehorsam zahlen lassen. Er würde einen Mann aus seinem Haus in den al-Qasr setzen mit dem Auftrag, die Stadt fest im Griff zu halten. Und das alles nur, weil ein paar verfluchte Steine einen Brunnen verstopft hatten.

«Wir sollten abwarten», sagte der Einarmige unvermittelt, ohne den Blick vom Boden zu heben. «Wir sollten erst überprüfen, wieviel Wasser wir haben und wieviel Wein. Wir sind nicht hilflos. Wir können einen Ausfall unternehmen zum Fluß und uns Wasser holen. Wenn wir bereit sind, etwas auf uns zu nehmen, können wir noch Monate aushalten.»

«Das glaube ich nicht», erwiderte Ibn Ammar schnell. «Ihr habt nur zwei Wege zum Fluß. Man wird sie euch schon in wenigen Tagen versperren. Und selbst wenn ihr euch noch länger halten könnt, die Garnison auf dem al-Qasr kann es nicht. Es gibt auf der Burg noch weniger Wasser als in der Stadt. Und es gibt noch etwas zu bedenken.» Er legte eine Pause ein und faßte den Hausherrn ins Auge, der von den anderen offensichtlich als Wortführer anerkannt wurde. «Ihr in der Stadt habt alles zu verlieren, eure Familien, eure Leute, eure Häuser, euren Besitz. Bei den meisten Männern der Garnison sieht es anders aus. Sie haben nur ein bißchen Habe und ihre Waffen. Sonst haben sie nichts. Sie werden den Qa'id zu geheimen Verhandlungen mit dem König von Aragon zwingen. Zusicherung von freiem Abzug gegen die Überlassung des al-Qasr. Das wird der Qa'id mit dem König vereinbaren. Und damit ist auch die Stadt geliefert.» Er wartete, bis er sicher war, daß seine Worte gewirkt hatten, dann setzte er leise hinzu: «Ich bin überzeugt, daß ihr nur noch die Möglichkeit habt, den Fürsten zu Hilfe zu rufen.»

Der Hausherr rückte unbehaglich auf seinem Sitz hin und her. «Und du würdest den Boten machen?» fragte er mit hochgezogenen Brauen.

«Wenn Ihr es wünscht», sagte Ibn Ammar achselzuckend. Er hatte sich die Entscheidung reiflich überlegt. Die Chancen, daß er durch den Belagerungsring kam, standen vielleicht eins zu eins. Nicht allzu gut, aber immer noch besser, als wenn er in der Stadt zurückblieb. Hier würde er den Franken mit Sicherheit in die Hände fallen. Er war überzeugt, daß auch der Fürst von Zaragoza der Stadt nicht zu Hilfe kommen würde, genausowenig wie al-Muzaffar von Lerida.

Im Hof wurden Stimmen laut. Es hörte sich an, als wollten zwei der Peones aufeinander losgehen. Ibn at-Turtushī sprang auf, stampfte schnaubend zum Fenster und brüllte ein paar Befehle durch das Gitter mit solcher Lautstärke, daß der Lärm draußen augenblicklich verstummte. Als er zurückkam, blieb er vor Ibn Ammar stehen. «Wir werden uns beraten», sagte er und deutete mit dem Kopf zur Tür. «Laß uns allein.»

Ibn Ammar begab sich wieder in die Kammer, die man ihm zugewiesen hatte. Seine Unruhe war verflogen. Er schlief auf der Stelle ein.

Als er geweckt wurde, war es dunkle Nacht. Kein Mond am Himmel. Er fragte den Diener, der ihn geweckt hatte, nach der Zeit. Es war eine Stunde vor Mitternacht. In der Madjlis erwarteten ihn nur noch der Hausherr und der Einarmige. Sie hatten sich entschieden, den Fürsten über die Lage in der Stadt zu informieren. Außer Ibn Ammar sollten noch zwei weitere Boten losgeschickt werden. Sie sollten an verschiedenen Stellen über die Mauer gehen, um die Wahrscheinlichkeit zu erhöhen, daß zumindest einer durch den Belagerungsring kam.

Sie besprachen den Inhalt der Botschaft. Der Hausherr legte Wert darauf, daß sich Ibn Ammar die Namen der Männer einprägte, die an dem Treffen am Nachmittag teilgenommen hatte, um sie in Zaragoza herausstreichen zu können. Der Fürst sollte erfahren, wer seine treuesten Anhänger in Barbastro waren. Ein Diener brachte einen dunklen Rock und eine Hose aus Ziegenleder, wie sie die Hirten trugen. Zuletzt kam noch der Führer dazu, der Ibn Ammar zu Fuß durch die feindlichen Linien und bis nach Huesca bringen sollte. Kurz vor Mitternacht brachen sie auf.

Ibn at-Turtushī war Befehlshaber des Turms der Stadtbefestigung, der seinem Haus gegenüberlag. Ein ganzer Mauerabschnitt wurde von seinen Leuten bewacht. Über einen leichten, ausfahrbaren Steg konnte man vom Dach seines Hauses unmittelbar auf den Wehrgang gelangen. Als sie ins Freie kamen, war der Mond noch immer nicht zu sehen, aber über dem Bergrücken im Osten zeigte sich ein fahler Schein, der die Sterne verblassen ließ. Es würde nicht mehr lange dauern, bis der Mond herauskam.

Der Hausherr verabschiedete sich noch auf dem Dach. Einer der Posten brachte sie auf den Wehrgang hinüber. Sie befestigten das Seil an einem der Balken, die das Dach des Wehrgangs trugen, ließen zuerst den Führer hinunter. Er verlor sich schnell in den schwarzen Schatten am Fuß der Mauer, sie konnten nicht erkennen, wann er den Grund erreichte, sie spürten es erst an der nachlassenden Spannung des Seils. Ibn Ammar wartete schon auf der Mauerkrone, tastete mit dem Fuß nach dem Seil, schlang es sich einmal ums Bein, wie es der Führer ihm vorgemacht hatte, ließ sich vorsichtig über die Kante gleiten. Er war froh, daß er unter sich nichts sehen konnte, nur ein schwarzes Loch ohne Grund. Er war nicht schwindelfrei, geriet schnell in Panik, wenn der Blick zu steil in die Tiefe ging. Jetzt kam er rasch voran. Er hörte, wie das Seil unter seinem Gewicht ächzte, wie es plötzlich einen seltsam singenden Ton von sich gab, spürte im gleichen Augenblick einen heftigen Ruck, verlor den Halt, fiel, während er das Seil noch immer krampfhaft umklammert hielt, stürzte in das dunkle Loch, das sich unter ihm auftat. Er dachte, Gott hilf mir, das Seil ist gerissen. Er dachte, diese Hundesöhne haben das Seil durchschnitten, Ibn at-Turtushī hat mich hereingelegt, sie haben sich doch gegen den Fürsten entschieden. Er dachte, einer von den Leuten des verdammten Viehhändlers ist ein Verräter, der Führer unten wird meine Leiche beiseite schaffen, kein Mensch wird je etwas erfahren. Die Gedanken jagten sich in seinem Kopf, aber bevor er sie zu Ende denken konnte, schlug er auf den Boden auf, und ein irrwitziger Schmerz fuhr wie ein glühendes Messer durch seinen Körper. Als die Spitze des Messers seinen Kopf erreichte, verlor er das Bewußtsein.

28

BARBASTRO

SAMSTAG 10. JULI 1064
22. RADJAB 456/23. AB 4824

Am Tag zuvor hatte es vor der Mauer der Unterstadt ein kleines Scharmützel gegeben. Zwei gefangene Moros aus dem Lager des Grafen von Toulouse unten am Fluß hatten sich in der Mittagshitze davongemacht und versucht, die kleine Pforte in der Stadtmauer am Nordende des großen Platzes zu erreichen. Ein paar französische Bogenschützen hatten die beiden verfolgt und kurz vor der Mauer eingeholt. Daraufhin war ein ganzer Schwarm von Moros aus der Pforte herausgestürzt, um die Gefangenen wieder zu befreien. Es war zu einer wilden Schießerei gekommen mit Pfeilen hin und her, bis sich die Franzosen schließlich hatten zurückziehen müssen.

Lope selbst hatte nichts davon bemerkt, aber der alte Pero hatte den Kampf von der Schanze des Belagerungsturms aus beobachtet, und er hatte behauptet, daß eine Menge Pfeile herumliegen müßten vor der Mauer. Der alte Pero hatte vor, Lope das Bogenschießen auf maurische Art beizubringen, dazu brauchten sie die Pfeile.

Sie hatten den Capitan gefragt und er war einverstanden gewesen, daß sie nachts losgingen, um die Pfeile einzusammeln, aber er hatte ihnen aufgetragen, den Cabanier mitzunehmen, für den Fall, daß sie auf

Flüchtlinge stießen oder einer Moro-Streife in den Weg liefen oder sonst wem. Zu dritt könnten sie besser mit solchen Überraschungen fertig werden. Also war auch der verdammte Cabanier dabei.

Sie waren zwei Stunden nach Sonnenuntergang aufgebrochen, von der Schanze aus geradewegs auf die Stadt zu und am äußeren Rand des Platzes entlang, mitten durch die Huertas, bis zum Graben unmittelbar vor der kleinen Pforte, wo der Kampf stattgefunden hatte. Es war dunkle Nacht gewesen, aber der alte Pero hatte sie zielstrebig an allen Hindernissen vorbeigeführt, er hatte sich in der schwarzen Finsternis so sicher bewegt wie ein Fuchs in seiner Höhle. Der alte Pero gehörte seit drei Wochen zu ihnen. Einige Tage nach der Eroberung der Vorstadt war er im Lager aufgetaucht und hatte seine Dienste angeboten. Er hatte behauptet, er käme aus den Bergen, aber Lope war sich ziemlich sicher, daß er einer von denen war, die es geschafft hatten, aus der Vorstadt herauszukommen, bevor die Leute aus Urgel darüber hergefallen waren. Er wußte zu gut Bescheid über die Stadt und kannte sich zu gut aus in der Umgebung. Das war auch der Grund, warum ihn der Capitan in seine Dienste genommen hatte, obwohl ihn sonst keiner hatte haben wollen, weil er schon ein alter Knochen war, grau und verwittert wie die Bäume hoch oben in den Bergen. Wenn man alles glauben wollte, was er über sich erzählt hatte, dann stammte er aus einem Dorf in der Nähe von Pamplona, der Hauptstadt des Königs von Navarra. Vor mehr als fünfzig Jahren, als er noch ein kleiner Junge gewesen war, hätten die Moros unter dem Sohn des großen Almansor von Cordoba einen Feldzug gegen den König von Navarra unternommen. Sein Dorf wäre niedergebrannt worden und er selbst mit seinen Leuten in Gefangenschaft geraten. Ein arabischer Herr aus Medinaceli hätte ihn gekauft und zum Bogenschützen ausbilden lassen. Später wäre er zum Qa'id von Tudela gekommen und hätte ihm zwanzig Jahre lang gedient, zuerst in der Leibwache, dann als Jäger, bis sie eines Tages auf der Bärenjagd in einen Hinterhalt geraten wären. Dabei wäre sein Herr, der Qa'id, durch einen Pfeilschuß ins Auge tödlich getroffen worden, und er selbst hätte sich in die Berge geflüchtet, weil er hätte befürchten müssen, daß man ihn, als den Führer der Jagdgesellschaft, für den Tod des Qa'ids verantwortlich machen würde. Danach hätte er sich bei verschiedenen französischen Herren im Norden der Berge verdingt, zuletzt wäre er Hundeführer beim Grafen von Cerdagne gewesen, und als der ihn wegen seines Alters entlassen hätte, wäre er wieder in die Berge gegangen und hätte sich als Pelztierjäger und Fallensteller durchgeschlagen. Das war seine

Geschichte. Über den Schluß pflegte er sich auszuschweigen, aber Lope vermutete, daß er die Pelze, die er im Winter erbeutete, im Frühjahr auf den Markt nach Barbastro brachte und aus diesem Anlaß auch in der Stadt gewesen war, als sich der Belagerungsring geschlossen hatte.

Er war ein Meister mit dem maurischen Bogen, ein listenreicher, kluger alter Mann, der die Sprache der Moros so gut beherrschte wie seine Muttersprache und sich in vielen Dingen auskannte. Lope hatte ihn vom ersten Tag an gemocht, und wie es schien, erwiderte der alte Mann seine Zuneigung. Er war ihm ein guter Lehrer, nachsichtig und geduldig, nicht so hart wie der Capitan. Lope mochte ihn sehr.

Sie suchten zu dritt in der Dunkelheit nach den verschossenen Pfeilen, krochen auf allen vieren auf dem Boden herum, tasteten sich mit den Händen vorwärts. Als der Mond aufging, hatten sie gerade erst ein halbes Dutzend gefunden. Dann wurde es rasch heller, und der alte Pero drängte zum Aufbruch, und sie machten sich auf den Rückweg, liefen tief gebückt an den kleinen Mauern entlang, mit denen die Gärten am Rand des Grabens eingefaßt waren, der alte Pero wieder voraus mit den Pfeilen im Köcher auf dem Rücken, Lope am Schluß. Sie folgten ungefähr dem gleichen Weg, auf dem die Franzosen am Vortag zurückgeflüchtet waren, suchten auch dort nach Pfeilen, denn die Moros hatten die Fliehenden von der Mauer herunter beschossen, aber sie fanden nicht einen einzigen.

Als sie sich von der Mauer abwandten und den Rückweg zum Lager einschlugen, hörte Lope plötzlich ein leises Geräusch, das ihn innehalten ließ. Es war nichts, das ihn hätte erschrecken können, es klang eher wie der klägliche Schmerzenslaut eines kleinen Tieres, das in einer Falle steckt, so hilflos klagend, daß es ihn anrührte. Er drehte sich um und lief ein paar Schritte zurück bis zu einem Steinwall, von dem aus er den Graben überblicken konnte, suchte mit den Augen die Grabensohle ab, es hatte sich so angehört, als wäre das Geräusch von dort unten gekommen. Und dann sah er den Mann liegen. Er sah nur einen Fuß und den Kopf, der tiefer lag, der Körper war hinter einem Felsblock verborgen. Er kauerte sich zusammen, machte sich klein hinter dem Steinwall, schaute zur Mauerkrone hinauf, während er sein Messer zog. Niemand zu sehen, keine verdächtige Bewegung, auch im Graben nichts zu erkennen, was auf einen Hinterhalt hingedeutet hätte. Eine seltsame Unruhe ergriff ihn auf einmal, eine fiebrig heiße Erregung, die in ihm zitterte wie die Schwanzspitze einer Katze vor dem Sprung auf die Maus. In den letzten Tagen war im Lager viel von Flüchtlingen die Rede gewesen, die ungeheure Schätze mit sich geschleppt hatten. In der Nähe des Moro-Friedhofs war ein junger Kerl eingefangen worden mit zweihundert Gold-Dinar im Gürtel und einem Beutel voll Perlen unter der Hose, und hinter dem Lager des Königs von Aragon hatten sie angeblich einen mit vierhundert Goldstücken in die Hände bekommen. Vielleicht war der Mann da vor ihm auch so ein fetter Fisch.

Er kroch aus seiner Deckung heraus, ließ sich in den Graben hinuntergleiten, hielt sich dicht am Boden, mit einem Auge immer nach der Mauerkrone schielend. Als er nur noch zehn Schritte entfernt war, hörte ihn der Mann und drehte ihm das Gesicht zu. Er hielt das Messer stoßbereit, während er weiterkroch. Der Mann starrte mit weitgeöffneten Augen auf das Messer und hob beide Hände, die Handflächen nach außen. «Amān!» rief er leise zwischen hastigen Atemzügen. «Amān, Amān!» Und dann auf Spanisch: «Nicht, Junge! Nicht! Ich bin verletzt, ich kann mich nicht wehren!» Seine Stimme überschlug sich vor Angst. «Hör zu, Junge, ich habe Geld! Ich habe Leute in Zaragoza, die für mich zahlen, hörst du! Leute, die für mich zahlen! Du kannst dich darauf verlassen, daß sie zahlen. Hilf mir, Junge, du wirst es nicht bereuen, wenn du mir hilfst!» Er sprach so schnell, daß Lope ihn kaum verstehen konnte. Er sprach nicht das Spanisch, wie es die Moros aus Barbastro sprachen. Er hörte sich eher so an wie der jüdische Hakīm aus Sevilla. Er war tatsächlich verletzt, Lope war jetzt so nah, daß er es selbst sehen konnte. Das rechte Bein war unter dem Knie abgeknickt, der Fuß nach hinten verdreht.

«Halt's Maul!» sagte Lope zwischen den Zähnen, und seine Stimme klang so rauh, daß der Mann augenblicklich verstummte. Er steckte das Messer weg. Plötzlich ging ihm auf, daß er vergessen hatte, die beiden anderen zu verständigen. Er war zu tief im Graben, um sie sehen zu können, und er wagte nicht zu rufen, er wußte, daß die Moros nachts Hunde auf der Mauer hatten.

Der Mann versuchte sich aufzurichten und faßte sich stöhnend zwischen die Beine und ließ sich wieder fallen. Lope hielt den Grabenrand im Auge. Der Mond schien so hell, daß er jede Einzelheit erkennen konnte, die Mauern der Huertas, die Sträucher, die Kronen der Obstbäume. Dann hörte er einen leisen Pfiff und sah den alten Pero tiefgebückt oben am Graben stehen und pfiff zurück und winkte. Und sobald der Alte nah genug heran war, rief er ihm zu: «Komm her! Hierher! Hier ist einer, ein Moro!»

Der Alte kroch durch den Graben und hockte sich neben Lope nieder und besah sich den Mann. Der fing wieder an auf sie einzureden mit der gleichen gehetzten Stimme wie vorher und mit den gleichen Worten: Daß er Leute hätte in Zaragoza, die ihn auslösen würden, und daß er Geld hätte und daß sie nur die Summe festsetzen sollten. Und beschwor es bei Gott und beim Leben seiner Mutter.

Der alte Pero schien gar nicht zuzuhören. Er schaute zur Mauerkrone hoch und beugte sich dann über den Mann und faßte nach dem verdrehten Fuß und tastete, während der Mann aufstöhnte, weiter das Bein ab und die Hüfte und hatte auf einmal den Gürtel in der Hand und wog ihn abschätzend und sagte: «Sieht so aus, als wäre er von der Mauer gefallen. Das Bein ist gebrochen, wir müßten ihn tragen, ich glaube nicht, daß sich das lohnt.»

Lope blickte auf den Mann, der ihn in stummem Entsetzen anstarrte, und dann auf den alten Pero, der nach seinem Messer griff. Der Gedanke, daß er mit ansehen sollte, wie dem Moro ein Messer in den Hals gedrückt wurde, war ihm unbehaglich.

«Glaub mir, es hat keinen Sinn», sagte der alte Pero ruhig. «Wir schleppen uns ab, bis wir ihn im Lager haben, und nach drei Tagen ist er hin.»

Lope zögerte. «Und wenn es stimmt, was er sagt», widersprach er ohne viel Überzeugung. «Wenn er wirklich Leute hat, die ihn auslösen?»

Er hörte ein Geräusch hinter sich und schrak zusammen, aber es war nur der Cabanier, der durch den Graben auf sie zukam. Er wartete, bis der Cabanier bei ihnen war, dann sagte er, mit dem Kopf auf den Mann deutend: «Ein Moro ... er sagt, sie würden Lösegeld für ihn zahlen.»

«Das sagen sie alle», antwortete der Cabanier. «Scheißlösegeld», sagte er. «Das steckt bloß der Alte ein. Wir nehmen, was er hat und teilen es, braucht kein Mensch zu wissen, daß wir uns einen Moro geschnappt haben.» Er zog das lange Messer, das er an einem Achselriemen trug, aus der Scheide. «Wir können den Kopf mitnehmen. Manchmal zahlen sie dafür, damit er am jüngsten Tag nicht ohne Kopf dasteht.»

Der Mann bewegte die Lippen, aber es kam kein Ton heraus.

«Nein», sagte Lope. «Wir schaffen ihn ins Lager!» Er sagte es nur, um dem Cabanier zu widersprechen. Er war der zweite Mann nach dem Capitan. Wenn einer hier zu bestimmen hatte, dann war er es. Das wollte er dem Cabanier klarmachen.

Der Cabanier stand schon über den Mann gebeugt, das Messer in der Hand, und für einen Augenblick sah es so aus, als würde er sich nicht zurückhalten lassen, aber dann drückte ihn der alte Pero zur Seite.

«Wenn du meinst, dann bringen wir ihn eben ins Lager», sagte er zu Lope gewandt, und kniete neben dem Mann nieder und deutete auf das gebrochene Bein. «Halt ihn am Knie fest.» Dann sprach er den Mann auf arabisch an, und der Mann antwortete mit einem atemlosen Wortschwall, als hätte er Angst, sie würden ihm nicht genug Zeit lassen, alles zu sagen, was er sagen wollte. Als der alte Pero ihn am Fußgelenk faßte und anzog, verstummte er mit einem gurgelnden Aufschrei und sank schlaff in sich zusammen.

«Gib mir seine Kopfbinde», sagte der alte Pero und holte die Pfeile aus seinem Köcher und schiente damit das Bein und wickelte die Kopfbinde darum. Dann trugen sie den Mann zu dritt durch den Graben und ins Lager. Als sie ankamen, war er noch immer ohne Bewußtsein.

Yūnus schnitt den Stiefel auf und untersuchte das Bein. Nach dem Bericht des Jungen war er auf einen Stauchbruch mit bösen Knochenaufsplitterungen gefaßt oder auf einen Bruch des Sprunggelenks oder des Schienbeinkopfes, aber tatsächlich hatte es nur das Schienbein und das Wadenbein glatt abgeschlagen, ein einfacher Bruch und nicht einmal offen. Er hatte keine Mühe, das Bein auszurichten. Sehr viel übler war die Hodenquetschung, die der Mann davongetragen hatte. Offenbar war er, nachdem das rechte Bein die erste Wucht des Aufpralls abgefangen hatte, rittlings auf einen Felsen aufgekommen und daran abgerutscht. Der Hodensack war eingerissen, beide Hoden auf Faustgröße aufgeschwollen und von Blutergüssen verfärbt. Die Schmerzen mußten hart an der Grenze des Erträglichen sein. Als Yūnus die nötigen Vorbereitungen traf, um den Riß zu nähen, und dabei die Hoden berührte, wachte der Mann schreiend aus seiner Ohnmacht auf, und beim Nähen selbst schrie und stöhnte er ununterbrochen durch das Beißleder hindurch, das ihm im Mund steckte. Yūnus mußte ihn an Armen und Beinen festschnallen, um ihn ruhig zu halten. Der Mann gehörte nicht zu jenen Patienten, die sich lieber die Zunge abbeißen, als einen Schmerzenslaut von sich zu geben.

Später, als Yūnus ihm etwas zu essen brachte, entschuldigte er sich kleinlaut und suchte nach Worten, um seine Dankbarkeit auszudrücken. Yūnus sah die fragende Angst in seinen Augen und sagte: «Du wirst dich mit dem Gedanken vertraut machen müssen, daß du nicht mehr Vater werden kannst, so wie deine Verletzung aussieht.»

Das Gesicht des Mannes wurde grau, und Yūnus beeilte sich, der schlechten Nachricht die gute folgen zu lassen. «Das soll nicht heißen, daß du kein Mann mehr bist, sondern nur, daß du wahrscheinlich deine Zeugungskraft verloren hast.» Er erinnerte sich plötzlich, daß er die gleichen Worte gebraucht hatte wie einst einer seiner Lehrer in Bagdad. Damals war der Patient ein Hufschmied gewesen, ein grobschlächtiger Klotz von einem Mann, der seine Hodenatrophie dem Tritt eines Maulesels zu verdanken gehabt hatte. «Ihr meint, ich kann's meiner Frau noch besorgen, aber ich kann ihr nicht mehr den Bauch füllen», hatte der Schmied damals zurückgefragt, und auf die Bestätigung des Arztes hin hatte er sich mit der Faust auf die Brust geschlagen und geklagt: «Gott helfe mir! Wenn ich das gewußt hätte, hätte ich mir schon vor acht Jahren die Eier auf dem Amboß breitgeschlagen. Vier Töchter wären mir erspart geblieben.»

Gegen Mittag machte sich Yūnus auf den Weg, um ein paar Blutegel zu besorgen, die er für die Behandlung der Blutergüsse brauchte. Als er aus der Hütte kam, hielt ihn Ibn Eli auf.

«Kann man schon mit ihm reden?» fragte der Kaufmann. Yūnus wußte, daß Ibn Eli den Auftrag hatte, mit dem Mann über das Lösegeld zu verhandeln. Der Capitan hatte es eilig, er wollte wissen, wieviel Geld er herausschlagen konnte, und wie schnell er es bekommen würde. «Du kannst zu ihm», sagte Yūnus. Er war froh, daß er bei diesen Verhandlungen nicht zugegen sein mußte.

Als er nach einer Stunde zurückkam, erwartete ihn Ibn Eli schon am Lagertor, faßte ihn am Arm mit allen Zeichen der Erregung, zog ihn mit sich.

«Weißt du, wer der Mann ist, der in unserer Hütte liegt?» fragte er mit leuchtenden Augen. Er sprach Hebräisch.

«Wieso?» fragte Yūnus arglos zurück. «Er heißt Ibn Ammar, er stammt aus der Gegend von Silves.»

«Er heißt Abu Bakr Muhammad Ibn Ammar», verbesserte Ibn Eli, jeden Teil des Namens einzeln betonend. «Sagt dir das nichts? Ibn Ammar, der Dichter, der Freund des Prinzen Muhāmmad Ibn Abbād?»

«Den der Fürst verbannt hat?» fragte Yūnus. Er begann, sich vage zu erinnern.

«Eben der!» bestätigte Ibn Eli. «Hast du ihn nie gesehen in Sevilla?»

Yūnus schüttelte den Kopf.

«Ich habe ihn auf den ersten Blick erkannt, weiß Gott, ich hatte einmal mit ihm zu tun», sagte Ibn Eli und holte tief Atem, als hätte er schwer an der Erinnerung zu tragen. «Ich habe ihm vor fünf Jahren zusammen mit Ibn al-Kināni zwei Mädchen verkauft. Er akzeptierte den Preis, ohne auch nur den Versuch zu machen uns herunterzuhandeln. Wir waren gezwungen, ihm ein drittes Mädchen zum Geschenk zu machen, um ihn nicht als Kunden zu verlieren. Eine Woche danach kam das Verbannungsurteil. Ein Mädchen im Wert von vierhundert Dinar! Das überflüssigste Geschenk, das du dir denken kannst. Ich lag mit Gott im Streit damals.» Er verzog das Gesicht zu einer schmerzlichen Grimasse und legte im nächsten Augenblick Yūnus den Arm um die Schultern und setzte verschmitzt lächelnd hinzu: «Jetzt sieht es so aus, als wollte mich Gott entschädigen.»

«Wie meinst du das?» fragte Yūnus.

Ibn Eli starrte ihn einigermaßen verwundert an. «Erinnerst du dich nicht mehr an die Nachrichten, die ich aus Zaragoza mitgebracht habe?»

Yūnus dachte darüber nach, und während sie die Lagerstraße hinuntergingen und Ibn Eli mit beiden Händen gestikulierend auf ihn einredete, begann er allmählich zu begreifen, was es mit seinem Patienten auf sich hatte.

Nach Ibn Elis Berichten hatte es in Sevilla einen Aufstand gegeben: Ismail Ibn Abbād, der Kronprinz, hatte versucht, seinem Vater die Macht zu entreißen. Nach einem Feldzug gegen Cordoba war er nachts mit wenigen Getreuen und auf ausgepumpten Pferden vor dem äußeren Tor des al-Qasr von Sevilla erschienen und hatte sich Einlaß verschafft mit der Behauptung, daß ihm feindliche Reiter dicht auf den Fersen seien. Durch das zweite Tor war er mit Hilfe seiner Mutter gekommen, die einen der Torwächter bestochen hatte. Dann hatte er mit seinen Leuten den ganzen Harām des al-Qasr abgesucht, um seines Vaters habhaft zu werden. Aber der Fürst war nicht da gewesen. Al-Mutadid hatte am Abend überraschend und ohne Aufsehen den al-Qasr verlassen und sich in seinen neuen Palast auf der anderen Seite des Flusses begeben. Damit war das Komplott gescheitert, und dem Kronprinzen war nur noch die Flucht geblieben. Er hatte daraufhin alle Boote am stadtseitigen Ufer des Guadalquivir leckschlagen lassen, damit der Fürst nicht benachrichtigt werden konnte, hatte in der Stadt zweihundert Maultiere requirieren lassen und war am frühen Morgen mit dem größten Teil des Staatsschatzes und mit seiner Mutter und deren Gefolgsleuten und seiner Berber-Leibwache nach Süden aufgebrochen, angeblich um von Algeciras aus nach Afrika überzusetzen und beim Bruder seiner Mutter Zuflucht zu suchen.

Al-Mutadid war jedoch noch im Lauf der Nacht von einem Ritter, der den Fluß auf seinem Pferd durchschwommen hatte, über den Attentatsversuch seines ältesten Sohnes unterrichtet worden. Er hatte sofort alle Burgherren auf dem Weg nach Algeciras durch Eilboten und Brieftauben verständigen lassen. Einem von ihnen, dem Qa'id von Medina Sidonia, war es dann gelungen, den Kronprinzen zur Aufgabe zu bewegen und ihn nach Sevilla zurückzubringen. Einen Tag später hatte der Fürst seinem ältesten Sohn mit eigener Hand den Kopf abgeschlagen.

Nach der Hinrichtung Ismaīls war Muhāmmad, der Zweitgeborene, zum Kronprinzen in Sevilla aufgerückt. Ibn Ammar aber, der Patient, der in ihrer Hütte lag, war der engste Vertraute dieses Prinzen, sein Vorbild, sein Mentor, sein Freund. Ganz Sevilla wußte über die enge Freundschaft Bescheid, die die beiden verbunden hatte. Von seiten des Prinzen aus war es fast eine Art Hörigkeit gewesen, eine derart innige Zuneigung, daß der Fürst Ibn Ammar schließlich verbannt hatte, um zu verhindern, daß der Prinz gänzlich in die Abhängigkeit des Dichters geriet. Jeder in Sevilla wußte das, jeder wußte auch, daß der Prinz seinen Freund in der Verbannung heimlich unterstützt hatte, und jeder konnte ahnen, was geschehen würde, wenn der alte Fürst das Zeitliche segnete.

Als Yūnus und Ibn Eli von der Lagerstraße abbogen und auf ihre Hütte zugingen, kam ihnen die Magd entgegen und sagte, daß ein Mann zu dem Patienten in die Hütte gegangen sei. Nach der Beschreibung, die sie gab, mußte es der Sizilianer sein, die rechte Hand Sire Robert Crispins, des normannischen Anführers. Yūnus wurde unruhig und wollte sofort zu ihm, aber Ibn Eli hielt ihn am Arm zurück.

«Noch eine Bitte, Yūnus», sagte er mit ruhigem Ernst. «Kein Wort zu Ibn Ammar über die Geschehnisse in Sevilla. Kein Wort auch darüber, daß wir wissen, wer er ist. Er hat mich nicht wiedererkannt, und ich habe mich nicht zu erkennen gegeben. Dabei wollen wir es lassen, bis wir nach Zaragoza kommen.»

Yūnus nickte abwesend. Er wollte noch eine Frage stellen, als plötzlich ein furchtbarer Schrei ertönte, ein unmenschlicher Schrei, der ihnen die Haare im Nacken aufstelle und sie für einen Augenblick in völliger Bewegungslosigkeit erstarren ließ.

Bis über Mittag hinaus hatte Ibn Ammar dem dringenden Bedürfnis, Wasser zu lassen, Widerstand geleistet. Dann war der Druck auf der Blase so unerträglich geworden, daß er den Schmerz in seinen Hoden übertäubte, und er hatte sich mühsam aufgerichtet und das gesunde Bein abgespreizt und neben das Bett gepißt. Der unerträgliche Schmerz in seinen Hoden hatte ihm über die Peinlichkeit der Situation hinweggeholfen. Danach war er lange Zeit bewegungslos mit geschlossenen Augen auf dem Rücken gelegen, alle Sinne nach innen gerichtet auf das furchtbare Pochen, das ihm im Takt seines Herzschlags wie mit einem Schlegel gegen die Hoden schlug und nur dann zu ertragen war, wenn er keinen Muskel rührte.

Er hatte nicht gehört, wie der Mann in die Hütte gekommen war, er hatte nicht bemerkt, wie er neben das Lager getreten war, auf dem er lag. Er war schon wieder in einen milden Dämmerschlaf gefallen, die tröstliche Versicherung des jüdischen Hakīm im Bewußtsein, daß das schmerzhafte Pochen bald nachlassen würde und das Schlimmste schon überstanden sei. Er war auf nichts gefaßt gewesen. Der Schmerz war mit derart höllisch peitschender Wucht durch seinen Körper gefahren, so völlig unerwartet, daß er im ersten Augenblick nicht einmal gespürt hatte, wovon er ausgegangen war. Erst als sich der Schleier, den der Schmerz vor seine Augen gelegt hatte, lichtete, und als er den Mann neben seinem Lager bemerkte, das kalte Lächeln in seinem Gesicht, die gezierte Umständlichkeit, mit der er sich den Lederhandschuh, den er sich über die rechte Hand gezogen hatte, von den Fingern zupfte, erst da ging ihm auf, was geschehen war. Er mußte einen tierischen Schrei ausgestoßen haben, denn plötzlich erschienen die beiden Juden in der Hüttentüre und starrten ihn aus entsetzten Augen an, bis sie der Fremde mit einer Handbewegung wieder hinausscheuchte. Dann setzte sein Bewußtsein aus, aber offenbar nur für kurze Zeit, denn als er wieder zu sich kam, stand der Fremde noch an der gleichen Stelle und war gerade erst dabei, den Handschuh hinter seinen Gürtel zu stecken. Ibn Ammar sah ihn jetzt deutlicher, obwohl er noch immer halb betäubt war vor Schmerz und seine Augen wie im Krampf verdreht schienen. Der Mann war um die vierzig Jahre alt mit tiefbraunem Gesicht, elegant geschnittenem schwarzem Bart, dunklen Augen, es konnte nur der Araber aus Sizilien sein, von dem der jüdische Kaufmann erzählt hatte.

Er sprach Ibn Ammar in einem seltsam rauhen, beinahe holpernden Arabisch an, das nur schlecht zu seiner eleganten Erscheinung paßte. «Gott schenke dir Gesundheit», sagte er. «Tut mir leid, wenn ich dir weh getan habe, es war nicht böse gemeint.» Er lächelte, aber das Lächeln war nur um seinen Mund, seine Augen waren kalt und unbewegt wie die Augen eines Vogels. «Mein Freund, der Herr dieses Lagers ist Normanne, du verstehst: Madjūs. Er wollte zuerst selbst kommen, um dir ein paar Fragen zu stellen. Ich habe ihn davon abgehalten. Ich habe ihm gesagt: Laß mich zu dem Mann gehen, laß mich mit ihm reden, wir sprechen die gleiche Sprache, wir können uns verständigen.» Er zog mit der Stiefelspitze einen hölzernen Packsattel neben das Lager und ließ sich darauf nieder. «Hast du je mit Normannen zu tun gehabt?» fragte er. «Im Bösen, meine ich?»

Ibn Ammar schüttelte stumm den Kopf.

«Gott verschone dich davor», sagte der Sizilianer. Er stützte sich bequem auf seine Knie. «Ich will dir eine Geschichte erzählen», fuhr er fort. «Es ist ein Jahr her, da lagen einige der Normannen, die hier im Lager sind, vor einer Burg des Āmirs von Palermo in der Nähe von Messina. Bei einem Ausfall bekamen sie einen der Söhne des Burgherrn zu fassen, der ein Gefolgsmann des Āmirs war. Der Anführer der Normannen wollte von ihm wissen, wie viele Vorräte noch in der Burg wären. Der Junge wollte nichts sagen. Also ließen die Normannen ihm einen Zahn ziehen. Und eine Stunde später den nächsten. Und wieder eine Stunde danach den dritten. Am Abend sagte der Junge schließlich, was man von ihm wissen wollte. Da hatte er schon zwölf Zähne verloren, schöne gesunde Zähne.» Das Lächeln um seinen Mund vertiefte sich noch, und er ließ eine Reihe makellos weißer Zähne sehen. «Völlig unsinnig, findest du nicht auch?» Er beugte sich vor, und das Lächeln verschwand aus seinem Gesicht. «Ich habe ein paar Fragen an dich», sagte er.

Ibn Ammars Atem ging schnell und in flachen Stößen. Die Angst schnürte ihm die Brust ab. «Was willst du wissen?» fragte er. Seine Stimme hörte sich an, als hätte er Sand in der Kehle.

«Wir haben Informationen, daß es kein Wasser mehr gibt in der Stadt», sagte der Sizilianer. «Ich möchte wissen, ob diese Informationen zutreffen.»

Ibn Ammar nickte. Er war auf diese Frage vorbereitet, er hatte von Anfang an gewußt, daß man ihn aushorchen würde, er hatte sich die Antworten schon zurechtgelegt. Er hatte sich vorgenommen, nur einen Teil von dem preiszugeben, was er wußte, aber unter dem kalt lächelnden Blick des Sizilianers brach dieser Vorsatz schnell zusammen. Er berichtete alles, was er erlebt und gesehen hatte, überschwemmte den Mann, der ihn aushorchte, geradezu mit Informationen. Er war so begierig, ihm alles mitzuteilen, daß ihm die Tränen kamen, wenn der andere eine mißtrauische Nachfrage stellte, die den Eindruck aufkommen ließ, als würde er ihm nicht glauben. Die Angst vor neuem Schmerz machte ihn willenlos weich und gefügig. Er hätte sein Innerstes ausgestülpt, sein ganzes Leben ausgebreitet, wenn dieser geschmeidig leise, höfliche Sizilianer daran interessiert gewesen wäre, er hätte hemmungslos die eigene Mutter verraten, nur um diesen Mann freundlich zu stimmen.

Er schämte sich dafür, er fühlte sich gedemütigt, er empfand eine so tiefe Scham, daß er allen Schmerz darüber vergaß. Als nach einer Weile der hakennasige Hidalgo, der der Herr der drei Kerle war, die ihn vor der Mauer aufgelesen hatten, und der jüdische Kaufmann in die Hütte kamen, um über das Lösegeld zu verhandeln, lag er apathisch auf seinem Bett. In völliger Teilnahmslosigkeit hörte er zu, wie der Hidalgo die absurde Forderung von sechshundert Dinar stellte. Mit dem gleichen Desinteresse ließ er die Bemühungen des jüdischen Kaufmanns, die Summe herunterzuhandeln, an sich vorübergehen. Als sich der Hidalgo schließlich mit der vergleichsweise geringen Summe von hundertundzwanzig Dinar begnügte, empfand er weder Trost noch Dankbarkeit. Das Verhör durch den Sizilianer hatte ihn schlimmer verletzt als der Sturz von der Mauer. Er fühlte sich wie an der Seele entmannt.

29

BARBASTRO

SAMSTAG 17. JULI 1064
29. AB 4824/29. RADJAB 456

Zwei Stunden vor Sonnenuntergang brachen sie auf. Siebzig Mann mit über hundert Pferden, die eine Hälfte der Truppe aus dem normannischen Lager, die andere aus dem Lager des Königs von Aragon. Seit der Moro-König von Zaragoza die Garnisonen der Grenzburgen durch schnelle Reiterabteilungen verstärkt hatte, wagte keiner mehr eine Cabalgada in den Süden, wenn nicht mindestens ein halbes Hundert Männer aufgeboten wurde. Drei Wochen zuvor war eine französische Streife von den Moros aufgerieben worden. Nur einen einzigen Mann hatten sie am Leben gelassen, der war barfuß und halbnackt und ohne Nase und Ohren ins Lager zurückgekommen.

Sie ritten acht Stunden fast ohne Pause, tief in die Nacht hinein, zuerst nach Süden, bis sie die Burg von Monzón hinter sich hatten, dann nach Südosten in die Ebene hinaus. Ein Adalil ritt an der Spitze, ein einheimischer Peon, der jeden Steig kannte und auf den sie sich verlassen konnten, weil seine Frau und seine beiden Söhne im Lager unter Aufsicht standen. Der Adalil führte sie abseits der Straßen über schmale Hirtenpfade und über bewaldete Höhenrücken an tiefeingeschnittenen Tälern entlang bis zu einem Hügel, der sich als letzter Ausläufer des Gebirges über dem flachen Land erhob. Am Westhang dieses Hügels in einem Steineichenwald verbrachten sie den Rest der Nacht, stellten Wachen aus, schliefen auf dem Boden in ihre Satteldekken gewickelt, zwischen ihren angepflockten Pferden, die Waffen griffbereit neben sich.

Lope war mit dem alten Pero zur Frühwache eingeteilt. Der Adalil brachte sie auf den Gipfel des Hügels, wo sie sich einen bequemen Platz suchten, einen Baumstamm im Rücken. Der alte Pero schlief bald wieder ein, und Lope ließ ihn schlafen, er fühlte sich frisch, es war keine Gefahr, daß auch er vom Schlaf übermannt würde.

Als die Morgendämmerung einsetzte, stieg er auf einen Baum und blickte in die Ebene hinaus. Im Süden, drei Meilen entfernt, lag ein großes Dorf, er konnte die weiße Kuppel der Moschee erkennen und die dünne Spitze des Minaretts daneben und die strohgedeckten Dächer der Häuser, die sich hinter der Palisade, die das Dorf umgab, zusammendrängten. Er hielt die Wege im Auge und die in hellem Gelb leuchtenden Dreschplätze. Nirgends waren Leute zu sehen, keine Bauern, die sich zur Feldarbeit aufmachten, keine Eseltreiber, keine Hirten, die Vieh auf die Weide trieben, alles war ruhig, befremdlich ruhig.

Noch vor Sonnenaufgang ertönte der Pfiff, der sie zum Lagerplatz zurückrief. Die Männer standen in Gruppen zusammen, man hatte Kundschafter ausgeschickt, die bestätigten, was auch Lope aufgefallen war. Die Bauern hatten sich in ihrem Dorf verschanzt, die Überraschung war mißglückt, irgendein Posten oder ein Ziegenhirte hatte beobachtet, wie sie in der Nacht angeritten waren, und hatte die Leute im Dorf gewarnt. Die Moros ließen sich nicht mehr so leicht überrumpeln, sie waren auf der Hut nach so vielen Überfällen, und mit hundert Pferden war es fast unmöglich, sich unbemerkt anzuschleichen. Es war nichts mehr zu machen.

Ein paar von den Rittern aus Aragon sprachen sich dafür aus, das Dorf zu stürmen, aber alle anderen waren dagegen. Es würde zu viele Verletzte geben, zu viele Pferde könnten verlorengehen, das lohnte die Beute nicht, und der Rückweg war zu weit. Seit bekannt war, daß die Moros in Barbastro kein Wasser mehr hatten, wollte keiner mehr viel riskieren. Also machten sie sich wieder auf den Rückweg, ließen jetzt einen Vortrupp vorausreiten, zwölf Mann, die den Auftrag hatten, in Sichtweite zu bleiben. Sie ritten zwei Stunden lang in leichtem Trab nach

Westen durch offenes Gelände, in der Hoffnung, vielleicht doch noch auf ein paar Bauern zu stoßen, die man gegen Getreide eintauschen könnte. Aber das ganze Land schien menschenleer, alle Dörfer, an denen sie vorbeikamen, waren verrammelt, von den Minaretts wehten lange, grüne Wimpel, es schien, als säße auf jedem Hügelrücken ein Späher, der ihren Weg verfolgte und ihr Erscheinen rechtzeitig ankündigte.

Sie verlangsamten ihr Tempo. Wenn sie an Kornfeldern vorbeikamen, die noch nicht abgeerntet waren, hielten sie an und schnitten in der glühenden Hitze eigenhändig mit Schwertern und Messern die Ähren von den Halmen und stopften sie in die Säcke, die sie mitgeführt hatten, um sie mit dem Korn der Moros zu füllen. Über dem Tal der Cinca legten sie eine erste Rast ein, damit die Pferde ausruhen konnten. Lope wurde mit sechs anderen zum Wasserholen geschickt. Als er zurückkam, stand einer von der aragonesischen Truppe vor dem Capitan, ein Mann wie ein Stier, schwarzhaarig mit vorgestrecktem Kopf und kurzem Hals, zwischen dreißig und vierzig Jahre alt, Lope wußte ihn nicht so genau einzuschätzen, er wußte nur, daß der Mann von seinen Leuten «Vierfinger» genannt wurde, weil ihm an der linken Hand der kleine Finger fehlte.

Der Mann starrte den Capitan aus zusammengekniffenen Augen an. «Du kommst mir bekannt vor, Alter», sagte er. «Ich habe das verdammte Gefühl, als ob ich dich schon irgendwo gesehen hätte.»

Der Capitan drehte langsam den Kopf und hob die Augenlider und betrachtete den Mann, wie man einen lästigen Bittsteller betrachtet, und drehte den Kopf wieder weg.

«Du siehst einem ähnlich, hinter dem ich seit zwanzig Jahren her bin, du siehst ihm verdammt ähnlich, Alter», fuhr der Mann fort. Er machte noch zwei Schritte auf den Capitan zu und verschränkte die Arme vor der Brust. «Kann es sein, daß du dich vor zwanzig Jahren schon einmal in dieser Gegend hier herumgetrieben hast?» fragte er. «Kann es sein, daß du in der Leibwache des Herrn von Lerida gedient hast, damals vor zwanzig Jahren?»

Der Capitan tat so, als hörte er nichts, aber der andere ließ sich nicht so leicht abweisen, er stand da wie ein Klotz, breitbeinig und in gefährlicher Ruhe. Auch seine Stimme klang ruhig, als er weitersprach.

«Man erzählt von dir im Lager, du hättest nachts einen Moro aus dem Sattel geholt, ohne mit den Händen nach ihm zu greifen, wie durch Zauberei. Der Hundesohn, hinter dem ich her bin, konnte das auch.»

Einige Hidalgos von der aragonesischen Truppe, die in der Nähe herumlungerten, wurden aufmerksam und kamen einer nach dem anderen herüber.

«Ich war dabei, wie dieser Hundesohn einen Pfeil abbekam. Ich habe gesehen, wie man ihm den Schaft durch die Wade gezogen hat. Er muß zwei Narben davon behalten haben, und ich weiß, wo sie sitzen. Du kannst mir einen großen Gefallen tun, wenn du mich dein Bein sehen läßt. Nur diese eine Stelle an der rechten Wade. Du kannst mich von einem häßlichen Verdacht befreien und meiner Seele wieder Frieden verschaffen.»

Der Capitan spuckte ihm vor die Füße. «Verschwinde!» knurrte er. «Laß mich in Ruhe mit deinen Geschichten!»

Der Mann, den sie Vierfinger nannten, rührte sich nicht von der Stelle. Und Lope, der ihn nicht aus den Augen ließ, wurde auf einmal von einer leise aufflackernden Angst ergriffen, wie er sie im Beisein des Capitans noch nie erlebt hatte. Er hatte sich immer sicher gefühlt an der Seite des Capitans, er war immer überzeugt gewesen, daß der Capitan mit jedem Gegner fertig werden könnte, er hatte grenzenloses Vertrauen gehabt in seine Gewandtheit und seine Stärke und seine Geschicklichkeit im Kampf. Jetzt begann er zum ersten Mal daran zu zweifeln. Er blickte auf den Capitan, der in seltsam verspannter Haltung am Boden saß, knochig, hager, mit verklebten Haaren und mit Staubrändern im Gesicht, die ihn hohlwangig und alt erscheinen ließen. Und er blickte auf den Mann, der vor ihm stand, schwer, gewalttätig und vor Kraft strotzend. Und er ahnte, daß der Capitan mit diesem Kerl nicht fertig werden würde, daß er keine Chance hätte gegen ihn.

«Hör zu, Alter», sagte der Mann. «Der Hundesohn, hinter dem ich her bin, hat meinen Vater auf dem Gewissen und meinen Bruder. Ich suche ihn seit zwanzig Jahren und ich werde ihn finden. Und deshalb werde ich mich vergewissern, ob du an deiner rechten Wade diese Narben trägst. Ich werde das nachprüfen, Alter, auch wenn es dir nicht paßt. Ich halte dich im Auge, merk dir das, Alter, ich halte dich von jetzt an im Auge!»

Er hielt seinen Blick auf den Capitan gerichtet und schob das Kinn vor und stand eine ganze Weile so da, als wollte er ihn mit seinen Blicken zwingen, das Bein zu entblößen. Dann wandte er sich ab und stiefelte davon, ohne sich noch einmal umzudrehen.

Erst als er außer Hörweite war, hob der Capitan den Kopf und blickte in die Runde und sagte achselzuckend: «Was will dieses Großmaul? Was will er von mir? Was habe ich mit seinen Geschichten zu tun?» Es sollte höhnisch klingen, aber es hörte sich eher gepreßt an, so als steckte ihm etwas im Hals, das ihn am Sprechen hinderte.

Die folgenden Tage vergingen in trägem Nichtstun. In allen Lagern wartete man darauf, daß die Stadt die Übergabeverhandlungen eröffnete. Die Arbeiten am Belagerungsturm waren eingestellt, die Wachen verdoppelt, um einem Ausfall der Moros vorzubeugen. Die Posten langweilten sich und vertrieben sich die Zeit mit Würfelspiel. Sie spielten schon um die Beute, die sie sich erwarteten.

Nachts fanden sich manchmal kleine Gruppen zusammen, die sich vor die Stadtmauer schlichen, um Flüchtlingen aufzulauern, aber im normannischen Abschnitt blieb diese Jagd erfolglos. Die meisten Moros versuchten, über den Fluß zu entkommen, wateten im Flußbett entlang oder ließen sich im Wasser flußabwärts treiben, dort, wo die Franzosen lagen. Bei den Franzosen fingen sie jede Nacht ein paar ein.

Lope war der einzige, der die Zeit nutzte. Jeden Tag verbrachte er einige Stunden mit dem alten Pero auf einem kahlen Hügelrücken eine halbe Meile südlich des Lagers, um sich im Bogenschießen zu üben. In Sabugal hatte er gelernt, mit dem Langbogen umzugehen. Jetzt mußte er alles vergessen, was er gelernt hatte. Der maurische Bogen verlangte eine ganz andere Handhabung als der Langbogen. Schon in der äußeren Form unterschieden sich die beiden Waffen. Der Langbogen war aus einem Stück Eibenholz gefertigt, der maurische aus mehreren Teilen zusammengesetzt, aus Holz, Horn und Tiersehnen kunstvoll verleimt, mit geschweiften Enden, die die wunderbare Eigenschaft hatten, daß sie dem Schützen beim Ziehen nur am Anfang alle Kraft abverlangten, während sie sich am Ende, wenn der Bogen fast ganz ausgezogen war, nachgiebig zeigten, was wiederum bewirkte, daß der Schütze sein Ziel viel sicherer auffassen konnte. Genauso unterschiedlich war die Technik des Schießens. Beim Langbogen wurde die Sehne mit den drei mittleren Fingern gezogen, der maurische Bogenschütze zog mit dem Daumen. Er legte das erste Daumenglied um die Sehne und umfaßte die Daumenspitze mit dem Zeigefinger. Auf diese Weise blieben drei Finger frei, mit denen der Schütze, wenn er im Sattel saß, sein Pferd lenken konnte. Das war das Geheimnis der maurischen Bogenschützen zu Pferd. Eine Hand hielt den Bogen und holte mit Daumen und Zeigefinger den Pfeil aus dem Köcher. Die andere Hand übernahm, auch wieder nur mit Daumen und Zeigefinger, den Pfeil, legte ihn auf die Sehne und zog ab. Die Schwierigkeit lag darin, daß diese Hand, weil sie mit den übrigen drei Fingern den

Zügel ständig in Höhe des Sattelknopfes halten mußte, nur einen geringen Bewegungsspielraum hatte. Statt die Hand zu bewegen, mußte der Schütze den Körper um die Hand bewegen. Das verlangte nicht nur hohe Reitkunst, sondern auch eine akrobatische Körperbeherrschung. Und das war es, was der alte Pero Lope als erstes beibrachte.

Sie übten im Stand und im Sattel. Sie übten die Handgriffe beim Auflegen der Sehne und beim Aufnehmen des Pfeils aus dem Köcher, sie übten die Haltung der Finger und der Arme und der Schultern und die Bewegungsabläufe beim Ziehen und beim Zielen. Sie übten Tag um Tag, ohne daß Lope einen einzigen Pfeil abgeschossen hätte. Der alte Pero ging sparsam mit seinen Pfeilen um, er war ein Lehrer mit Methode. Nur einmal ließ er die Pfeile fliegen, ganz am Anfang, als er Lope die hohe Kunst des Bogenschießens vorführte: Zwölf Pfeile, in der Zeit, die ein eiliger Priester braucht, das Vaterunser zu beten, auf achtzig Schritte in ein Ziel von der Größe einer Schafhaut zu setzen. Das gleiche Ziel aus der gleichen Entfernung auch in vollem Galopp aus dem Sattel zu treffen, und im Stand noch aus dreihundert Schritt Entfernung von drei Pfeilen mindestens zwei in dieses Ziel zu bringen. Das war die Kunst, die Lope lernen sollte.

Der Capitan tat in dieser ganzen Zeit nicht einen Schritt vor das Lagertor. Er benahm sich seltsam, trank keinen Wein mehr, lungerte in seiner Hütte herum, ließ seine Waffen polieren, Helm, Rüstung, Sattelzeug, war mit nichts zufrieden, gab sich unleidlich, übellaunig, streitsüchtig. Lope beobachtete ihn voll banger Sorge. Morgens, wenn der Capitan sich ankleidete, hielt Lope halb unbewußt seine Beine im Auge, aber es gab keine Gelegenheit zu erkennen, ob an der rechten Wade zwei Narben waren. Er konnte sich auch nicht erinnern, solche Narben je bemerkt zu haben.

Der Mann, den sie Vierfinger nannten, ließ sich nicht mehr blicken. Sie sahen ihn erst am achten Tag nach der erfolglosen Cabalgada wieder, und es war blanker Zufall, daß sie ihn wiedertrafen.

Der Capitan hatte sich an diesem Tag zum ersten Mal wieder einen Krug Wein bringen lassen. Der Wein weckte seinen Unternehmungsgeist, und bei Sonnenuntergang schickte er Lope in das Marketenderdorf, um für die Nacht seinen Besuch bei der schwarzen Doda anzukündigen. Er verlangte, daß Lope volle Rüstung anlegte, und auch der alte Pero und der Cabanier mußten mitkommen. Er wollte als großer Herr auftreten, wenn er seine Aufwartung machte.

Lope ritt voraus. Als er vor dem Haus der schönen Doda ankam und in den Hof einritt, sah er Mira aus der Türe kommen, das Mädchen. Die Luft blieb ihm weg, als er sie sah. Sie war noch schöner, als er sie in Erinnerung hatte. Sie trug ihre schwarzen Haare offen und sie lächelte ihm zu, als er vom Pferd stieg, aber sie schien ihn nicht zu erkennen, obwohl vor dem Haus eine Fackel brannte. Erst als er den Namen des Capitans nannte, erkannte sie ihn und schlug sich mit der Hand auf den Mund und tat zerknirscht und schob es auf den Helm, der sein Gesicht halb verdeckte und auf das Flackerlicht und fragte in gespieltem Vorwurf, warum er sich so lange nicht hätte sehen lassen. «Wo bist du gewesen? Ich habe auf dich gewartet.» Sie sprach auf ihn ein, während sie ihn zum Haus zog, und hängte sich an ihn und rief nach einem der Knechte, damit er sich um das Pferd kümmerte. «Weißt du noch», sagte sie. «Oh, ich war böse auf meine Herrin, du glaubst nicht, wie böse ich auf sie war!» Sie sprach ihn nicht mit seinem Namen an, sie hatte auch seinen Namen vergessen, aber es machte ihm nichts aus. Er spürte ihren Körper durch das Panzerleder hindurch, und der Geruch des schweren Parfüms, das aus ihren Haaren stieg, war in seiner Nase. Er hatte noch jedes Wort im Gedächtnis, das sie damals in der Küche neben dem Herdfeuer gewechselt hatten, jede Berührung ihrer Lippen und ihrer Hände.

Im Inneren des Hauses war alles verändert. Schilfmatten auf dem Boden, im Dach neue Balken eingezogen, der Raum, in dem die Hausherrin ihre Besucher empfing, durch eine frischverputzte Wand von dem Vorraum getrennt, Kupferkessel und Glaskaraffen neben der Feuerstelle, Zeichen eines neuen, stolz zur Schau gestellten Wohlstands. Auch Mira zeigte ihn. Sie trug eine rote Korallenkette um den Hals und silberne Ringe um die Handgelenke, und ihr Kleid war aus Seide. Sie war auch nicht mehr die Küchenmagd, wie es schien, es war ein zweites Mädchen da, das am Herdfeuer stand, ein großes, kräftiges Mädchen von vierzehn Jahren, größer als Mira, mit hellen Haaren, die ihr in einem Zopf über den Rücken hingen. Mira gab ihr mit einer Handbewegung zu verstehen, daß sie aus der Küche verschwinden sollte. Sie folgte unwillig, und als sie an Lope vorbeiging, blickte sie ihm gerade ins Gesicht und zeigte lächelnd die Zähne, und zwischen den Zähnen war für einen Augenblick ihre Zunge zu sehen. Sie ging so nah an ihm vorbei, daß ihr Rock ihn streifte, und er zuckte zusammen, als er es spürte, und war so verwirrt, daß er sich nicht nach ihr umzudrehen wagte, als sie den Raum verließ.

«Siehst du das da?» sagte Mira und zeigte auf die neue Mauer, deren Verputz an manchen Stellen noch feucht war. «Der Graf von Toulouse hat gewünscht, daß wir diese Wand bauen lassen», erklärte sie. «Der Graf von Toulouse war schon dreimal bei uns. Er hat zwölf Ritter bei sich, wenn er kommt, er ist ein vornehmer Herr.» Und mit unüberhörbarem Stolz setzte sie hinzu: «Wir empfangen nur noch vornehme Herren.»

Lope ging nicht darauf ein. Er sagte ihr, was der Capitan ihm aufgetragen hatte zu sagen. Sie zog die Stirn kraus und erwiderte, daß ihre Herrin nicht im Haus wäre, und daß sie sie erst fragen müßte, und daß die vornehmen Herren, die sie jetzt empfingen, sich für gewöhnlich einige Tage im voraus ankündigen ließen. Dann legte sie den Kopf schief und musterte ihn unter hochgezogenen Brauen hinweg und sagte, daß er warten sollte und warf ihre Haare aus der Stirn und ging nach draußen.

Lope blieb unschlüssig mitten in der Küche stehen. Er starrte auf die Bank neben der Feuerstelle, auf der er damals mit ihr gesessen hatte. Er merkte nicht, wie die neue Magd in die Küche zurückkam, er hörte sie erst, als sie schon hinter ihm war, hörte das Geraschel ihrer Schritte auf den Schilfmatten am Boden. Sie ging an ihm vorbei, ohne ihn anzusehen, ein Brennholzbündel unter dem Arm. Der blaue Rock, den sie trug, war ihr zu kurz, er reichte gerade über die Knie. Lope schaute ihr zu, wie sie sich an der Feuerstelle zu schaffen machte, die Asche abfegte, die Glut anblies und Holz nachlegte. Sie hatte lange, braune Beine. Der Zopf fiel ihr nach vorn, als sie sich über das Feuer beugte, sie warf ihn mit der Hand zurück und drehte den Kopf und lächelte ihm über die Schulter zu.

Er wich ihrem Blick aus, aber er sah aus den Augenwinkeln, wie sie sich aufrichtete und die Asche von den Händen streifte, während sie langsam auf ihn zukam.

«He, Hübscher», sagte sie. «Was ist?» Sie blieb zwei Schritte vor ihm stehen und ohne den Blick von ihm zu wenden, hob sie mit einer raschen Bewegung ihren Rock und zeigte, was sie zu verkaufen hatte. «Soll ich dir's machen?» sagte sie. «Komm, Hübscher, ein halber Silberpfennig. Sag, was du dafür willst, und ich mach's dir.» Sie kam noch näher und griff nach seiner Hand und zog sie zwischen ihre Beine. Er spürte die weichen Haare auf ihrer Scham und zog seine Hand heftig zurück und machte einen Schritt von ihr weg, aber sie kam ihm nach und drängte sich gegen ihn und faßte ihn um den Hals. «Ich mach dir's gut, Hübscher, komm!» Er wollte etwas sagen und brachte nichts heraus, und versuchte zurückzuweichen, aber seine

Füße verfingen sich in den Schilfmatten, so daß er ins Stolpern kam und in den Knien einkickte. Dann sah er, wie sie sich auf einmal mit flinken Händen den Rock glattstrich und eilig zur Feuerstelle zurücklief und mit den Kupferkesseln zu hantieren begann. Und im gleichen Augenblick hörte er die Tür gehen und sah, noch halb am Boden, einen Mann hereinkommen. Er wußte sofort, wer der Mann war, obwohl er ihn noch nie gesehen hatte, er hatte oft genug zugehört, wie die Männer im Lager ihn beschrieben hatten, es konnte nur dieser Mann sein, der Metzger aus Carcassonne, der Bruder der schwarzen Doda oder ihr Zuhälter oder Beischläfer, was immer er war. Ein Riese, der sich tief bücken mußte, damit er durch die Tür kam. Braunrotes, wild wucherndes Haar, braunroter Schnauzbart, der ihm über die Mundwinkel herabhing, breiter Mund mit starken Zähnen, nackte, braunrot behaarte Arme, Hände so groß wie Schaufelblätter. Hinter dem Metzger kam die schöne Doda herein, lachend, leichtfüßig, mit schwingenden Röcken und farbigen Bändern im Haar. Sie sagte etwas in einer Sprache, die Lope nicht verstand und lachte glucksend, und ihr Blick streifte Lope, der starr vor Schreck dastand. Aber der Blick ging über ihn hinweg und die Frau verschwand lachend hinter dem Doppelvorhang in der neu eingezogenen Wand.

«Wein!» rief der Metzger gegen die Feuerstelle hin, wo die Magd stand, und das Mädchen beeilte sich, daß sie in den Keller kam, während er der Frau in den anderen Raum nachfolgte.

Die Haustür stand noch offen, und Lope sah, wie Mira hereinhuschte, scheu und mit eingezogenem Kopf. Hinter ihr kam ein zweiter Mann herein, und auch ihn erkannte Lope auf den ersten Blick: Es war der Mann, den sie Vierfinger nannten.

Er zog die Tür hinter sich zu, als er Lope sah. «Was macht der Junge hier?» fragte er lauernd, ohne die Augen von Lope zu lassen.

«Er ist aus dem normannischen Lager, er hat nur seinen Herrn angekündigt für heute nacht, er geht gleich wieder», sagte Mira in zitternder Hast. Sie hatte sich bis an die hinterste Wand neben die Feuerstelle zurückgezogen. Lope machte einen Schritt auf die Tür zu.

«Du bleibst!» sagte Vierfinger. Er ging langsam bis in die Mitte des Raums und öffnete im Laufen die Riemen seiner ledernen Reithosen.

Die Magd kam aus dem Keller mit einem Krug Wein und brachte ihn in das Zimmer nebenan, aus dem die tiefe, brummige Stimme des Metzgers zu hören war und das helle Lachen der Frau. Der Mann verfolgte sie mit den Augen und seine Blicke gingen an ihr auf und ab, während sie an ihm vorbeilief. Als sie zurückkam, sagte er: «Bring mir auch einen Krug, Mädchen!»

Sie wandte ihm den Rücken zu und tat so, als hätte sie ihn nicht gehört, und eine gefährliche Stille breitete sich aus, bis endlich Mira sich aufmachte, in den Keller zu gehen.

«Nicht du!» sagte Vierfinger scharf und deutete mit dem Kopf auf die Magd. «Sie!»

Die Magd blickte auf ihn und dann auf Mira, und als Mira hastig mit dem Kopf nickte, setzte sie sich in Bewegung und ging noch einmal in den Keller, lässig und ohne Eile, und kam mit einem gefüllten Krug zurück.

Vierfinger nahm den Krug entgegen. «Was ist mit dir?» fragte er. «Bist du neu hier?»

Sie warf den Kopf zurück und sagte schnippisch: «Warum nicht.»

Er schaute sie an. Er stand ganz ruhig vor ihr, den Krug in der Linken, ein flaches Lächeln im Gesicht. Er schlug so schnell zu, daß sie keine Zeit mehr fand auszuweichen. Er traf sie mit dem Handrücken am Kopf, und der Schlag war so hart, daß es sie von den Beinen riß. Sie flüchtete sich mit einem leisen Wehlaut hinter das Wasserschaff in die hinterste Ecke. Er folgte ihr langsam, streifte sich im Gehen das schwere Lederzeug von den Beinen, warf es über die Bank neben der Feuerstelle, setzte sich darauf, lehnte sich bequem gegen die Wand.

Die Stimme des Metzgers nebenan wurde plötzlich laut, und die Frau antwortete mit einem schrillen Wortschwall, und der Metzger schrie zurück, ein hitziges Wortgefecht, das schnell und heftig aufflackerte und genauso schnell wieder abbrach. Dann kam der Metzger in die Küche und starrte mit zusammengekniffenen Augen gegen das hell lodernde Feuer hin. «Komm, wir gehen!» sagte er.

«Geh du voraus, ich komme nach», sagte Vierfinger. Und mit dem vollen Krug auf Lope deutend, setzte er hinzu: «Sein Herr wird hier erwartet, einer aus dem Normannenlager, alter Bekannter von mir. Ich hab ein paar Worte mit ihm zu reden.»

«Wie du meinst», sagte der Metzger mürrisch und ging hinaus. Bevor er die Tür von außen schloß, steckte er noch einmal den Kopf herein und sagte, zu Mira gewandt: «Und ihr bedient ihn, wie er es wünscht. Er zahlt nicht, er ist ein Gast des Hauses!»

Lope beobachtete, wie die Tür zufiel. Der Riegel lag nicht mehr vor. Wenn der Metzger weg war, konnte man es vielleicht riskieren sich davonzumachen, um den Capitan zu warnen, dachte er. Die Tür aufstoßen, über den Hof, zum Tor hinaus und im Gewühl der Tavernenstraße untertauchen. Das Pferd könnte man später holen. Aber wahrscheinlich war das Tor verschlossen, und Vierfinger würde dem Posten rechtzeitig zurufen, daß er den Weg versperrte. Selbst wenn das Tor offen stand, konnte man nicht sicher sein hinauszukommen, dachte er. Er mußte eine günstigere Gelegenheit abwarten.

Vierfinger saß ruhig auf der Bank, die Beine weit von sich gestreckt. «Was ist mit der Bedienung», sagte er leise.

Keines der beiden Mädchen rührte sich von der Stelle, weder Mira noch die Magd, die noch immer die Hand an der Wange hielt. Lope sah, wie sich die Augen des Mannes verengten. Und dann sah er, wie Mira als erste nachgab und steifbeinig Fuß vor Fuß setzend auf Vierfinger zuging, und sah in starrem Entsetzen, wie sie sich zwischen seinen ausgestreckten Beinen auf die Knie niederließ und sich an seinem Gürtel zu schaffen machte.

«Verschwinde!» sagte Vierfinger und stieß sie mit der Hand weg. Und wandte sich nach der Magd um und sagte: «Du da! Komm her du!»

Und Lope sah, wie die Magd furchtsam aus ihrer Ecke herauskam und vor Vierfinger stehenblieb, die Hände abwehrend vorgestreckt. Und er sah, wie der Mann sich vorbeugte und nach ihrem Rock griff und sie näher zu sich heranzog und auf die Knie zwang. «Komm, Mädchen, stell dich nicht so an!» hörte er ihn sagen. Und sah, wie er ihren Zopf ergriff und ihn sich wie einen Strick um die Hand wand, während sie ihm die Beinkleider aufnestelte. Und er wandte den Blick ab. Jetzt, dachte er, jetzt ist der Augenblick. Bis er hochkommt, bin ich längst an der Tür und draußen, und wenn er mir nach will, ist ihm die Magd im Weg. Er verlagerte sein Gewicht und begann, sich unmerklich auf die Tür zuzubewegen.

«Bleib, wo du bist, Junge, bleib ganz ruhig!» sagte Vierfinger, und seine Stimme klang so, daß Lope augenblicklich erstarrte. Er wagte kaum mehr zu atmen, stand mit gesenktem Kopf, die Schultern hochgezogen, sah aus den Augenwinkeln, am Rande seines Blickfelds, Mira stehen, mit dem Rücken zur Wand, sah ihre angstvoll geweiteten Augen auf sich gerichtet. Und dann hörte er auf einmal von draußen die Stimme des Capitans, laut und krakeelend, unverkennbar, schon ganz nah, dicht vor der Haustür. Es hörte sich so an, als hätte er sich unterwegs schon einen eingegossen, als hätte er in einer der Tavernen an der Dorfstraße halt gemacht.

Lope sah, wie Vierfinger hochschnellte und in einer einzigen geschmeidigen Bewegung die Magd zur Seite stieß und auf die Beine sprang und den herunterhängenden Latz seines Beinkleides durch den Gürtel zog, während er zur Tür lief. Als sich die Tür öffnete, stand er schon an der Mauer daneben, stand tief im Schatten, kaum mehr zu erkennen. Der Capitan sah ihn nicht, als er hereinkam. Er blieb schwankend und mit zusammengekniffenen Augen vor Lope stehen und blickte über ihn hinweg und sagte grollend: «Ich dachte, ich werde empfangen wie die Taube nach der Sintflut. Was erlebe ich statt dessen! Kein Mensch an der Tür! Kein Licht im Hof! Kein volles Glas zur Begrüßung!» Und faßte Lope ins Auge und schrie ihn an: «Was stehst du hier herum! Los, raus! Kümmere dich um die Pferde!» Erst als Lope sich danach immer noch nicht rührte und unentwegt an ihm vorbeistarrte, wurde er aufmerksam und drehte langsam den Kopf.

Er zeigte kein Zeichen von Erschrecken, er schien nicht einmal überrascht, oder er hatte sich so gut in der Gewalt, daß man ihm nichts anmerkte. Er blieb ganz ruhig stehen, blickte über die Schulter auf Vierfinger, der sich von der Wand abstieß und langsam auf ihn zuging.

«Guter Platz für ein Wiedersehen», sagte Vierfinger leise, «was meinst du dazu, Alter.» Er ging um den Capitan herum, gerade so weit, daß er ihn vor sich hatte, ohne Lope aus den Augen zu verlieren. «Freut mich, dich wiederzusehen nach so vielen Tagen, freut mich aufrichtig, Alter.»

«Verschwinde!» sagte der Capitan. «Mach, daß du verschwindest!»

Vierfinger schüttelte langsam den Kopf und verzog den Mund zu einem schiefen Grinsen. «Du verstehst mich nicht, du verstehst mich immer noch nicht, Alter», sagte er gedehnt. «Ich will dein Bein sehen, nur diese eine Stelle an der rechten Wade. Ich will keinen Streit, hörst du, aber du hast mich einmal abgewiesen und das genügt!»

Lope sah den Capitan an und wußte auf einmal, daß er nicht bereit war nachzugeben. Er sah es an der Art, wie der Capitan unmerklich das Kinn anzog und die Brauen zusammenschob und wie er begann, durch den halbgeöffneten Mund in langen, tiefen Zügen Atem zu holen und sich voll Luft zu pumpen. Er hatte plötzlich eine panische Angst um ihn, es waren keine drei Schritte, die den Capitan von dem Mann trennten, zu nah, um noch rechtzeitig das Messer ziehen zu können, zu wenig Platz für ein Ausweichmanöver. Warum gibt er nicht nach, dachte Lope verzweifelt, warum läßt er den Mann nicht sein verdammtes Bein sehen, was ist dabei, warum riskiert er es, von diesem Stier aufs Kreuz gelegt zu werden, was hat er davon? Seine Augen gingen hin und her vom einen zum anderen, und ein bohrender Verdacht stieg in ihm auf, daß es nicht nur Eigensinn sein könnte, wenn sich der Capitan weigerte, sein Bein zu zeigen. Aber im selben Augenblick ging die Tür auf, und die beiden Normannen, die bei dem Überfall an der Mauer dabeigewesen waren, kamen herein, grölend, fröhlich, mit hochroten Köpfen, schlugen dem Capitan auf die Schulter: «Mann, ich denke, du bist schon zu Gange! Wo sind die Weiber?» Schlossen mit der gleichen Ausgelassenheit auch Vierfinger in ihre Begrüßung ein: «Feiern wir zu viert, oder was machst du hier?»

«Schon bedient», sagte Vierfinger. Und drückte sich an dem Capitan vorbei zur Tür und sagte im Vorübergehen: «Bis bald, Alter! Wir sehen uns!» Und war im nächsten Augenblick zur Tür hinaus.

Lope hatte den Befehl des Capitans längst vergessen. Er drehte sich erleichtert zu Mira um und sah sie mit lachendem Gesicht aus ihrer Ecke kommen, und für einen Augenblick dachte er, sie käme auf ihn zugerannt, aber sie lief an ihm vorbei und sprang dem größeren der beiden Normannen an den Hals und hielt sich an ihm fest und bedeckte sein Gesicht mit wilden Küssen, während ihr die Haare um die Schultern flogen.

«Du sollst dich um die Pferde kümmern», knurrte der Capitan. «Und halte die Augen offen, ich will keine Überraschungen erleben, hast du verstanden!» Er schlug mit der flachen Hand zu, als Lope an ihm vorbeihastete. Lope spürte den Schlag nicht.

Er übernahm die erste Nachtwache, saß vor der Stalltür, während der Cabanier und der alte Pero im Stroh bei den Pferden schliefen. Er hörte die Geräusche aus dem Haus, das aufgedrehte Geschrei und Gegröle der Männer, das Lachen der schönen Doda und die hellen Stimmen der Mädchen und ihre spitzen Schreie. Er hörte Miras Stimme heraus und ihr fröhlich quietschendes Gekicher. Er hörte sie auch, wenn er sich die Hände vor die Ohren hielt.

Er blieb die ganze Nacht wach. Er blieb auch wach, als die beiden anderen seinen Posten übernahmen und es drinnen im Haus längst still geworden war.

Einmal kam Mira heraus. Sie war halbnackt und so schwer betrunken, daß sie lang auf den Boden hinschlug. Sie kroch um die Ecke des Hauses, und Lope konnte hören, wie sie sich übergab. Aber als er zu ihr hinging, schlug sie mit den Fäusten nach ihm und fauchte wie eine Katze.

Es war eine lange Nacht bis zum Morgen.

30

ZARAGOZA

FREITAG 28. AB 4824
13. AUGUST 1064/26. SHABĀN 456

Das Bad lag mitten im jüdischen Viertel in der Nähe der großen Synagoge, und an diesem Nachmittag vor dem Sabbat war es überfüllt, aber als Gästen des Nāsi der Judengemeinde und mächtigen Finanzverwalters des Fürsten, des ehrwürdigen Abu'l-Fadl Hasdai, war ihnen eine Privatnische in einer der erhöht gelegenen Masātib, die den vornehmen Badegästen vorbehalten waren, zugewiesen worden.

Yūnus hatte den Vorhang halb zugezogen, er war allein. Ibn Eli war noch im Schwitzraum und hatte sich den Masseur bestellt und den Barbier, um alle Freuden des Bades auszukosten. Der Kaufmann war erst vor einer guten Stunde angekommen, erschöpft nach einem zweitägigen Gewaltritt aus Barbastro, verschwitzt und verdreckt und von dem einzigen Wunsch erfüllt, ein ausgedehntes Bad zu genießen. Es würde noch eine Weile dauern, bis er in die Maslah zurückkam.

Yūnus nahm sich das schmale Heft vor, das ihm als Tagebuch diente. Er hatte in der vergangenen Woche keine Gelegenheit mehr gehabt, seine Notizen fortzuführen. Man hatte ihn von einem Empfang zum anderen weitergereicht. Er hatte im Haus des Nāsi immer wieder vor wechselndem Publikum seine Erlebnisse in Barbastro schildern müssen. Er war zusammen mit Ibn Ammar sogar in die Madjlis des Fürsten gerufen worden, um vor dem gesamten Hof Vortrag zu halten. Die Nachricht von der Kapitulation der Stadt hatte ganz Zaragoza in höchste Unruhe versetzt. Niemand, von den wenigen Eingeweihten abgesehen, die über die unglückliche Blockierung des Brunnens informiert gewesen waren, hatte mit einer solchen Entwicklung gerechnet. Man war bisher mit dem alten Gegner im Norden immer ohne größere Schwierigkeiten fertig geworden. Nie war es dem König von Aragon gelungen, auch nur eine der größeren Burgen an der Grenze zu erobern. Jetzt auf einmal hatte er eine der größten Städte des Reiches in seine Gewalt gebracht.

Die meisten Beobachter waren überzeugt, daß der König diesen Sieg nur der Unterstützung durch die fränkischen und normannischen Aufgebote zu verdanken hätte. Viele waren von einer völlig irrationalen, an Hysterie grenzenden Angst ergriffen. Die wildesten Gerüchte machten die Runde, vor allem über die Normannen, deren Verschlagenheit und kriegerische Tüchtigkeit man schon aus den Berichten sizilianischer Geschäftsfreunde kannte. Deshalb war es nur zu verständlich, daß Yūnus als Augenzeuge, der diese Normannen aus nächster Nähe erlebt und während der ganzen Zeit der Belagerung beobachtet hatte, ständig von allen Seiten mit Fragen bestürmt wurde. Er hatte die Ereignisse, die zur Einnahme Barbastros geführt hatten, inzwischen so oft erzählt, daß sie ihm seltsam unwirklich erschienen, so, als lägen sie schon Monate zurück.

Er schlug das Heft auf und ging noch einmal die letzten Eintragungen durch. Sie waren zum Teil in solcher Hast hingekritzelt, daß er sie nur mit Mühe entziffern konnte.

DONNERSTAG 6. AB / 22. JULI

Vier Reiter aus der Stadt sind gestern früh aufgebrochen, je zwei nach Zaragoza und nach Lerida. Der König von Aragon hat sie von starken Eskorten bis nach Monzón und Angüés geleiten lassen. Die vier Botschafter sollen ausfindig machen, ob die Stadt noch mit Entsatz rechnen kann. Wieder ein Beispiel für die merkwürdige Geschäftsmäßigkeit dieses Belagerungskrieges, die einen Laien wie mich stets aufs neue in Erstaunen versetzt. Da werden die scheußlichsten Grausamkeiten begangen, um die Verteidiger der Stadt zur Aufgabe zu bewegen, da wird der Belagerungsring immer dichter geschlossen, und dann läßt man ganz offiziell vier Botschafter passieren, gibt ihnen sogar noch Geleitschutz mit auf den Weg, um sie auch ganz sicher ans Ziel zu bringen. Natürlich steckt hinter der Großzügigkeit kalte Berechnung: Die Belagerer sind überzeugt, daß weder al-Muktadir von Zaragoza, noch al-Muzaffar von Lerida zum Entsatz anrücken werden, und daß die Stadt um so eher kapitulieren wird, je eher die Botschafter mit dieser Nachricht wieder zurückkommen.

Unser Sire bestand darauf, daß die vier vor dem Abmarsch einer Leibesvisitation unterzogen wurden. Es war vereinbart, daß jeder von ihnen fünfzig Dinar in Gold mit sich führen dürfte. Einer hatte siebenhundert Dinar mehr auf dem Leib, eingenäht in seine Kleidung. Natürlich hat man ihm das Übergepäck abgenommen.

In den letzten Tagen werden immer häufiger junge Männer mit riesigen Geldbeträgen aufgegriffen. Die wohlhabenden Leute in der Stadt versuchen offenbar, auf diesem Weg wenigstens einen Teil ihrer Vermögen in Sicherheit zu bringen. Die Geldboten sind mit einem Zehntel beteiligt, wenn es ihnen gelingt, die anvertrauten Schätze durch den Belagerungsring zu schaffen. Es ist ein Spiel mit hohem Risiko, denn die jungen Männer, die sich darauf einlassen, müssen nicht nur an den Belagerern vorbei, sondern auch an den Abenteurerbanden, die das Hinterland unsicher machen. Seit bekannt ist, daß die Stadt kein Wasser mehr hat, nimmt keiner der Herren mehr einen Mann in seine Dienste. Die Zuspätgekommenen versuchen deshalb, sich ihren Anteil auf eigene Faust zu holen. Sie lauern den Flüchtlingen auf, die unseren Posten entgangen sind. Sie überfallen die Händler, die in die Lager kommen. Sie greifen sogar einzelne Trupps aus dem Belagerungsheer an, falls sie sich zu weit von ihren Stützpunkten entfernen und nicht stark genug sind. Es sollen viele Leute des Grafen von Barcelona unter diesen wilden Banden sein. Der Graf konnte sich offiziell nicht an der Belagerung von Barbastro beteiligen, weil er einen Bündnisvertrag mit dem Herrn von Lerida hat.

MONTAG 10. AB / 26. JULI

Alles ist ruhig. Auf der Stadtmauer kaum ein Posten mehr zu sehen. Auch unsere Wachen nachlässig wie nie zuvor. Man kann sich unbehelligt außerhalb des Lagers bewegen bis dicht an die Stadtmauer heran. Die Leute in der Stadt scheinen wie gelähmt. Der Wassermangel muß furchtbar sein.

Gestern mittag in der heißesten Zeit konnte ich einen Burschen aus unserem Lager beobachten, der bis unmittelbar an den Fuß der Stadtmauer heranging und dort mit einer Frau verhandelte. Die Frau bat um Wasser. Sie hatte einen Säugling im Arm und ließ ein Seil herunter, an dem ein Schlauch hing. Der Bursche füllte den Schlauch am Fluß. Als er wieder zurückkam, verlangte er Geld. Die Frau warf zwei Armreifen über die Mauer. Er verlangte ihr Kopftuch dazu. Sie warf das Kopftuch hinunter. Er band den Schlauch an das Seil, hielt ihn aber fest und verlangte jetzt auch noch den Umhang, den sie trug. Sie warf ihm auch den Umhang hinunter. Er ließ das Seil los, aber bevor der Schlauch aus seiner Reichweite war, stieß er sein Messer hinein. Die Frau zog den Schlauch in die Höhe, so schnell sie konnte, während das Wasser in einem dünnen Strahl herausspritzte. Ich weiß nicht, wieviel von dem kostbaren Naß sie noch retten konnte, viel kann es nicht mehr gewesen sein, aber sie hatte nicht einmal mehr die Kraft, den Burschen unten zu verfluchen.

Der zeigte mir voll Stolz seine Beutestücke, als er auf dem Rückweg an mir vorbeikam. Er war ein junger Kerl, kaum sechzehn Jahre alt, der

Bursche eines der normannischen Ritter. Ich kannte ihn gut, er war mir immer eher harmlos und gutmütig erschienen. Der Krieg verroht sie alle. Die Jüngsten am ehesten.

MITTWOCH 12. AB / 28. JULI

Die Angst in der Stadt ist inzwischen so groß, daß Eltern ihre Kinder nachts über die Mauer schicken. Es gibt Schlepper, Leute aus der Umgebung, die sich heimlich durch die Postenketten schleichen und den wohlhabenden Bürgern der Stadt anbieten, ihre Söhne und Töchter gegen viel Geld nach Monzón oder Huesca zu bringen. Angeblich arbeiten sie mit Wachen aus den Lagern zusammen, die beteiligt sind. Manchmal rauben sie die Kinder aus und überlassen sie unseren Posten. Dann beginnt jedesmal ein ekelhafter Handel um das Lösegeld. Man führt die jungen Leute, Mädchen von zwölf, dreizehn Jahren darunter, vor die Stadtmauer und läßt sie nach ihren Eltern rufen. Dann bringt man sie auf einen der Wachttürme gegenüber der Mauer, und sobald die Eltern auf dem Laufgang erscheinen, droht man, die Kinder hinunterzustürzen, um die Lösegeldsumme hochzutreiben.

Die Rohheit hat erschreckend zugenommen im Lauf der Belagerung. Keine Seite steht der anderen dabei nach, und jede Scheußlichkeit wird mit einer noch übleren Scheußlichkeit beantwortet. Als der schwerverletzte Graf von Urgel sein Lager verließ, um sich nach Hause schaffen zu lassen, schlugen seine Leute dreißig Gefangenen vor der Stadtmauer die Köpfe ab. Vor drei Wochen, im Gegenzug sozusagen, schlichen sich einige Soldaten der al-Qasr-Besatzung nach Anbruch der Dunkelheit unbemerkt durch eine kleine Mauerpforte, umgingen das Lager des Königs von Aragon, das dem al-Qasr gegenüberliegt, und überfielen ein junges Paar, das in einem Obstgarten neben dem Lager Schach spielte und offenbar zu nachlässig bewacht wurde: einen Kaplan des Königs und eine adlige Dame. Sie erschlugen den Kaplan und schleppten die Dame mit sich. Während der Nacht wurde sie auf der Plattform des großen Eckturms der äußeren Burgmauer im Schein von Fackeln und im Angesicht des aragonesischen Lagers von der ganzen Turmmannschaft vergewaltigt. Am Morgen schnitt man ihr den Kopf ab, katapultierte ihn in das Lager und stürzte den Körper in den Graben.

FREITAG 14. AB / 30. JULI

Im Lager des Königs von Aragon haben die Übergabeverhandlungen begonnen. Gestern sind die vier Botschafter zurückgekommen. Wie erwartet, wird es keinen Entsatzangriff geben, weder aus Zaragoza noch aus Lerida. Unruhige Stimmung im Lager. Die einfachen Soldaten sind voll Argwohn. Sie mißtrauen von Grund auf allen Verhandlungen. Sie fürchten, daß die Herren über ihre Köpfe hinweg die Beute unter sich aufteilen, und daß sie selbst dabei leer ausgehen. Seit drei Monaten hoffen sie darauf, die Stadt plündern zu können, die große Beute zu machen. Jetzt sieht alles so aus, als würde die Stadt nicht ihnen überlassen, sondern ordnungsgemäß an ihre Herren übergeben werden.

Aber auch die Herren sind sich nicht einig. Der König von Aragon will die Stadt seinem Reich einverleiben. Er ist daran interessiert, sie möglichst unversehrt in die Hände zu bekommen und die Bürger als neue Untertanen zu gewinnen. Er will nur soviel an Geld und Beute, wie man aus den Bürgern gerade noch herauspressen kann, ohne sie an der Zukunft verzweifeln zu lassen. Er baut auf langfristigen Gewinn, deshalb verfolgte er das Ziel, die Stadt insgesamt zahlen zu lassen und jedem der Anführer im Belagerungsheer seinen Anteil an der Beute zuzumessen.

Den französischen Herren dagegen ist das Schicksal der Leute von Barbastro gleichgültig. Sie wollen so viel Beute mit nach Hause nehmen, wie es nur irgend geht. Deshalb schlagen sie vor, die Stadt aufzuteilen. Jeder besetzt sein ihm zugewiesenes Viertel, jeder kann damit machen, was er will. Bis jetzt ist noch keine Einigung erzielt worden, wie es scheint. Die Normannen neigen angeblich eher der Ansicht des Königs zu, was darauf hindeuten könnte, daß sie vorhaben, in der Stadt zu bleiben.

Der Ausrufer geht gerade wieder durch die Lagergassen mit der Ankündigung, daß es künftig bei Strafe von fünfzig Stockhieben verboten ist, den Leuten in der Stadt heimlich Wasser zu verkaufen. «Was gebt ihr euch mit ein paar Silbermünzen zufrieden, wenn ihr morgen alles Gold der Stadt haben könnt!» ruft er.

MONTAG 17. AB / 2. AUGUST

Zwei böse Tage liegen hinter uns und eine furchtbare Nacht für die armen Leute in der Stadt. Ich habe mich früher oft über jene seltsam lasche Bestimmung unseres Gesetzes gewundert, die es dem Soldaten zwar auferlegt, eine im Krieg erbeutete Frau zu schonen, ihm aber gleichzeitig erlaubt, sie einmal mit Gewalt zu nehmen. Jetzt begreife ich die Nachsicht des Gesetzgebers. Der gewalttätige Rausch des Sieges scheint sich durch kein Gesetz eindämmen zu lassen.

Aber ich will versuchen, die Ereignisse der Reihe nach zu schildern.

Am Sabbat hatten sich alle Herren im Lager des Königs von Aragon versammelt, um die Zahlungen in Empfang zu nehmen, die für den freien Abzug der Garnison des al-Qasr und der führenden Männer der Stadt vereinbart worden waren. Angeblich einhundertfünfzig Sklaven und achtzigtausend Dinar in Gold.

Am Sonntag die offizielle Übergabe. Der größte Teil des Belagerungsheeres auf dem großen Platz vor dem Haupttor der Stadt versammelt. (Ich konnte den Ablauf des Geschehens mit Ibn Eli von der Schanze des Belagerungsturms aus beobachten.) Am Morgen zuerst ein feierlicher Feldgottesdienst. Dann wird das Tor geöffnet. Die ersten Leute aus der Stadt kommen über die Grabenbrücke und auf den Platz heraus, der Qa'id und der Qadi an der Spitze, die Herren zu Pferd, die Soldaten der Garnison dahinter zu Fuß, alle in Waffen, aber ohne jedes zusätzliche Gepäck, auch ohne ihre Frauen (sie hatten sich den härtesten Bedingungen fügen müssen). Zwei Ketten von Reitern halten eine Gasse offen durch die Masse des Belagerungsheers. Die französischen Fußtruppen in den hinteren Reihen drängen nach vorn, als immer mehr Männer aus dem Stadttor kommen und sich in den Zug der Flüchtlinge einreihen, dessen Spitze schon die Einmündung der Straße nach Monzón erreicht hat. Die Gasse wird immer enger. Und dann zwängen sich plötzlich ein paar von den Fußsoldaten durch die Kette der Reiter hindurch und stürzen sich auf die Flüchtlinge (hinterher heißt es, daß es Leute aus dem Aufgebot des Grafen Ebles de Roucy gewesen wären, die den Anfang gemacht hätten). Sie versuchen, den Flüchtlingen die Waffen zu entreißen, die Rüstungen, die Kleider. Die Reiter in der Kette bemühen sich anfangs noch, die eigenen Leute zurückzudrängen, aber bald ist jede Ordnung aufgelöst, sind die Flüchtlinge eingekeilt, nur die Herren des Stadtadels an der Spitze des Zuges, und die Soldaten, die schon den Rand des Platzes erreicht haben, können noch entkommen, und die, die so nah am Tor sind, daß sie zurückflüchten können. Alle anderen auf dem Platz werden in kürzester Zeit niedergemacht, werden buchstäblich zerhackt und zertrampelt und in Stücke gerissen (ich habe die Leichen später gesehen, über einhundertundachtzig Tote).

Natürlich wurde auch das Tor sofort geschlossen.

Dann gelang es den Herren, wieder Ruhe zu schaffen. Ein Teil der Fußtruppen wurde in die Lager zurückbeordert, der andere Teil am Rande des Platzes postiert, die Leichen in den Friedhof gebracht. Gegen Mittag ließ der König die Bürger durch einen Ausrufer auffordern, das

Tor erneut zu öffnen und sich ohne Waffen auf dem Platz zu versammeln. Der Ausrufer versprach Schonung und Sicherheit. Daraufhin kamen die ersten zögernd heraus und stellten sich, von Reitern abgeschirmt, am Rande des Grabens auf. Als sich erkennen ließ, daß diesmal nichts zu befürchten war, setzte plötzlich ein wildes Geschiebe am Tor ein, alle wollten auf einmal hinaus, das Gedränge wurde so groß, daß mehrere Kinder und alte Leute erdrückt wurden. Viele ließen sich an Seilen über die Mauer hinunter, um schneller an die Wasserfässer zu kommen, die der König vorsorglich hatte aufstellen lassen. Einige Frauen tranken so unmäßig, daß sie daran starben. Der Platz füllte sich rasch, schon eine Stunde nach Mittag war die ganze Stadt leer, nur im al-Qasr blieben einige zurück, die noch immer nicht aufgeben wollten und sich dort verschanzt hatten.

Danach zogen Vortrupps aus allen Aufgeboten in die Stadt ein, besetzten Mauern und Türme, während die Besiegten in brütender Hitze auf dem Platz lagerten, mehr als viertausend Menschen nach meiner Schätzung. Um die Mitte des Nachmittags trat wieder der Ausrufer des Königs vor und befahl allen Hausbesitzern, mit ihren Angehörigen und ihrer Dienerschaft in die Stadt und in ihre Häuser zurückzukehren. Von denjenigen, die auf dem Platz zurückblieben, wurden die Alten ausgesondert, nach Geld durchsucht und fortgeschickt, die Jungen verteilte man auf die einzelnen Aufgebote und schaffte sie unverzüglich in die Lager, wo die Händler schon warteten.

Dann, eine Stunde vor Sonnenuntergang, ritten die Herren mit ihrem Gefolge in die Stadt ein. Der König von Aragon hatte nachgeben müssen. Die Stadt, Gasse für Gasse, Haus für Haus, war im vorhinein unter die einzelnen Aufgebote aufgeteilt worden. Die Anführer zogen in die Häuser des Stadtadels ein, die Ritter in die Häuser der Kaufleute und Handwerker, je nach Rang und Ansehen. Jedes Haus war persönliche Beute dessen, der es besetzte, die Bewohner eingeschlossen samt allem, was sich an Gütern darin befand. Bis zum Einbruch der Dunkelheit war die ganze Stadt besetzt, und es begann jene schreckliche Nacht der Sieger. Der neue Herr nahm sich die Frau des Hauses oder ihre Töchter. Die Dienerinnen und Mägde wurden den Gefolgsleuten und Knechten überlassen. Die Hausherren, wenn sie nicht zu den wenigen Privilegierten gehörten, die sich freien Abzug erkauft hatten, unterwarf man scheußlichen Quälereien, um herauszupressen, wo sie Geld und Wertsachen versteckt hätten. Man machte keinen Unterschied, welchem Glauben einer anhing, ob Muslim, Jude oder Christ, alle waren gleicherma-

ßen der Willkür der Sieger ausgesetzt. Ich will lieber schweigen von dieser Nacht.

MITTWOCH 19. AB / 4. AUGUST

Heute vormittag haben sich auch die Männer ergeben, die den al-Qasr noch besetzt gehalten hatten. Sie mußten Frauen und Kinder zurücklassen wie alle anderen auch, aber man gewährte ihnen freien Abzug mit ihren Waffen. Es waren knapp vierzig Männer. Gegen Abend kam die Nachricht, daß sie auf dem Weg nach Monzón von einer jener Abenteurerbanden, die die Umgebung der Stadt unsicher machen, überfallen worden wären. Die meisten hätten den Tod gefunden, heißt es.

Ebenfalls heute morgen wurde in der Hauptmoschee der Stadt nach ausgedehnten Exorzismen, die sich über die ganze Nacht hingezogen hatten, die erste christliche Messe gelesen. Der Mönch aus Conques, dessen Verleumdungen mich in Toulouse fast das Leben gekostet hätten, hat die Moschee der heiligen Fides, der Schutzpatronin seines Klosters, geweiht. Bei all seiner Beschränktheit hat er offenbar rasch begriffen, daß die Hauptmoschee über erhebliche Stiftungsgelder und ausgedehnten Grundbesitz verfügt. Sire Robert Crispin, der Anführer unseres normannischen Aufgebots, hat als einziger der Herren nicht an dem Gottesdienst teilgenommen. Es wird behauptet, daß er gegen die Umwandlung der Moschee in eine Kirche protestiert habe. Ob aus Mitleid mit den gedemütigten Muslims oder aus Berechnung, ist eine Frage, die ich nicht zu beantworten vermag. Immerhin ist es möglich, daß er bald auf die Unterstützung der Muslims in Barbastro angewiesen ist. Der König von Aragon soll ihm angetragen haben, ihn zu seinem Vasallen zu machen und mit der Herrschaft über die Stadt zu belehnen. Ein Normanne, ein Madjūs, als Burgherr von Barbastro! Aber wahrscheinlich ist das für die bedauernswerten Bürger der Stadt noch ein Segen. Der Sizilianer hat mir berichtet, daß die Normannen in seiner Heimat den Muslims durchaus alle Glaubensfreiheiten ließen und sie sogar vor den eigenen Priestern schützten, ja sogar vor den Missionsbemühungen des Bischofs von Rom.

Fast alle normannischen Ritter richten sich darauf ein, in der Stadt zu bleiben, während die meisten französischen Herren schon ihre Rückkehr vorbereiten. Der König von Aragon hat allen Herren von Adel, die sich verpflichten, auf Dauer in der Stadt zu bleiben und im Jahr nicht mehr als drei Monate abwesend zu sein, ein ihrem Rang angemessenes Haus mit allem dazugehörigen Grund als freies Eigentum angeboten samt Freistel-

lung vom Kriegsdienst und zwanzigjähriger Steuerbefreiung. Trotzdem wollen offenbar nur wenige Herren aus Frankreich und Aragon von dem Angebot Gebrauch machen. Ohne die Normannen wäre die Stadt gar nicht zu halten.

Die französischen Herren haben einigen reichen Händlern der Stadt erlaubt, nach Huesca und Zaragoza zu reisen, um ihnen Gelegenheit zu geben, Geld zur Auslösung ihrer Familien aufzutreiben. Ibn Eli soll das Geld nach Barbastro zurückbringen und die Lösegeldverhandlungen führen. Er besitzt eine vom König von Aragon gesiegelte Urkunde, die ihn als offiziellen Exea ausweist, wie sie es hier nennen: als Gefangenen-Freikäufer. So Gott will, werden wir morgen abreisen.

Sie waren am Morgen des vierten Tages nach der Kapitulation aufgebrochen und am Abend in Huesca angekommen. Am nächsten Tag hatte Yūnus mit Ibn Ammar die Weiterreise nach Zaragoza angetreten, während Ibn Eli in Huesca zurückgeblieben war, um dort zu warten, bis die Kaufleute aus Barbastro die geforderten Lösegeldsummen beschafft hatten.

Yūnus schnitt eine neue Spitze in seine Schreibfeder und machte sich daran, die Ereignisse dieser Reise und seines Aufenthalts in Zaragoza niederzuschreiben. Das Stimmengewirr aus der Maslah drang an sein Ohr, ohne daß er es wahrnahm. Vor seinen Augen tauchten beunruhigende Bilder auf, von denen er wußte, daß er sie nie mehr im Leben würde vergessen können. Das graue Gesicht eines Mannes, der sich in fahriger Hast abmühte, seine Eingeweide wieder in die offene Wunde zurückzustopfen, die seinen Unterleib aufklaffen ließ. Das verstörte Gesicht einer Zwölfjährigen, die im Hof der Synagoge zwei normannischen Bogenschützen in die Hände gefallen war. Die angstvoll ungeduldige Geste, mit der ein kleiner Junge seine Mutter aus der Erstarrung zu wecken suchte, die er in kindlicher Ahnungslosigkeit für einen tiefen Schlaf hielt. Die arabeskenhaften, wie mit dem Pinsel aufgetragenen Blutspritzer an der weißen Wand eines Bades und das ausgerissene Auge auf dem kalten Marmorfußboden davor, das ihn in stummem Vorwurf anzustarren schien.

Er erschrak, als plötzlich Ibn Eli in sein Blickfeld kam, gutgelaunt und strahlend und stöhnend vor Behaglichkeit, während er sich neben ihm niederließ. Yūnus nahm es dem Freund nicht übel, er wußte, was Ibn Eli empfand, er hatte es selbst nach seiner Ankunft in Zaragoza erlebt: Nach fast neun Monaten endlich wieder ein Bad, das wohlige Gefühl alles umfassender Sauberkeit, die angenehme Empfindung, daß mit dem Staub und dem Schmutz und dem Ungeziefer auch alle bösen Erfahrungen dieser vergangenen Monate abgewaschen würden, alle Ängste und Erniedrigungen und peinigenden Erlebnisse. Er gönnte dem Freund diese Augenblicke unbeschwerten Wohlbefindens, er wußte noch gut genug, wie er sie selbst genossen hatte.

Erst als sie das Bad verließen, brachte Yūnus das Gespräch auf jenes Thema, dem er seit Tagen in wachsender Ungeduld nachhing: die Heimreise nach Sevilla. Er hatte Erkundigungen eingezogen. Zwei Tage nach dem Sabbat ging ein Waffentransport nach Medinaceli, dem sich einige nach Toledo reisende Kaufleute anschließen wollten. Wenn sie diese Gelegenheit wahrnahmen, konnten sie mit Gottes Hilfe in drei Wochen in Sevilla sein. Yūnus' Heimweh wurde so übermächtig bei diesem Gedanken, daß es schmerzte. Aber Ibn Eli wich seinen Fragen aus und später, am Abend des Sabbat, den sie im Hause des Nāsi verbrachten, gab er zu verstehen, daß seine Mission als Gefangenen-Freikäufer in Barbastro noch nicht beendet sei, und daß er vorhabe, noch einmal in die eroberte Stadt zu reisen. Und vor den atemlos lauschenden Gästen des Nāsi, Ibn Ammar darunter und mehrere Honoratioren der jüdischen Gemeinde von Zaragoza, begann er zu berichten, unter welch dramatischen Umständen seine erste Reise nach Barbastro verlaufen war.

Bericht des Kaufmanns Etan Ibn Eli über seine Erfahrungen als Exea in der eroberten Stadt Barbastro.

«Das größte Unglück für die bedauernswerten Einwohner von Barbastro besteht darin, daß es an den Höfen des fränkischen Adels zur Zeit große Mode ist, sich von andalusischen Dienern und Dienerinnen aufwarten zu lassen, von sarazenischen Gefangenen, wie sie es nennen. Den meisten Jungen und Mädchen der Stadt, den jungen Männern und jungen Frauen, sofern sie von ansprechendem Äußeren sind, steht das Schicksal bevor, in die Länder der Franken verschleppt zu werden. Allein Sire Robert Crispin, der Anführer des normannischen Aufgebots, hat schon fünfzig junge Leute nach Rom geschickt als Kriegsbeute für seinen Dienstherrn, den Papst der Christen. Die französischen Herren werden es ihm gleichtun, wenn sie in ihre Heimatländer zurückkehren. Es wird viele Tränen geben in Barbastro, viele Eltern werden um ihre Kinder weinen. Nur wer in der Lage ist, viel Geld anzubieten, kann darauf hoffen, seine Kinder vor der Verschleppung zu bewahren, denn nur mit Gold lassen sich die Herzen der Franken erweichen. Ihre Gier nach Gold übersteigt jede Vorstellungskraft.

Ich hatte im Auftrag von sechs Kaufleuten, zwei Juden und vier Muslims, die ihre Kinder und Frauen auslösen wollten, mit dem Herzog von Aquitanien und dem Grafen von Chalon verhandelt und die Erlaubnis erwirkt, daß die sechs die Stadt verlassen durften, um die geforderten Summen beschaffen zu können. Die Summen waren so hoch, daß nur die beiden Juden sie in Huesca auftreiben konnten, die anderen mußten nach Zaragoza weiterreisen. Ich richtete mich auf einige Tage Wartezeit ein, aber dann wurde ich überraschend in den al-Qasr von Huesca gerufen und vor einen Mann gebracht, der von vornehmer arabischer Abkunft war und zu den einflußreichsten Bürgern von Barbastro gezählt hatte, Gott erbarme sich seines Schmerzes, ich will seinen Namen nicht nennen. Wenn ihr meinen Bericht zu Ende gehört habt, werdet ihr meine Gründe verstehen.

Der Mann, von dem ich spreche, hatte zu den wenigen gehört, die sich vor der Kapitulation der Stadt freien Abzug hatten erkaufen können. Aber er hatte eine Tochter in der Gewalt der Sieger zurücklassen müssen und eine Sängerin, an der sein Herz hing. Er wünschte, daß ich die beiden freikaufte, so rasch wie möglich und beinahe um jeden Preis. Er war bereit, eine Summe von über zweitausend Dinar zu bieten, teils in Gold, teils in Gewändern und kostbaren Stoffen.

Ich brach am nächsten Morgen auf. Die Schätze meines Auftraggebers ließ ich auf drei Maultiere laden, auch das Geld der beiden jüdischen Kaufleute nahm ich mit. Nie im Leben bin ich mit einer so großen Summe Bargeld gereist, aber es blieb mir nichts anderes übrig, denn mit den Franken kann man nur handeln, wenn man ihnen das gemünzte Gold unter die Nase hält. Glücklicherweise gab mir der Qa'id von Huesca eine Reiterabteilung mit, die mich bis in Sichtweite von Barbastro begleitete.

Ich kam am späten Nachmittag an. Das Haus meines Auftraggebers war dem Grafen von Roda zugeschlagen worden, der zu jenen gehörte, die vorhatten, in der Stadt zu bleiben. Ich kannte ihn aus der Zeit der Belagerung. Ein junger Mann, Anfang der Zwanzig, schwarzhaarig, grobschlächtig, ungebildet wie ein Bauer. Als ich vor ihm stand, erkannte ich ihn kaum wieder. Er empfing mich im Harām des Hauses, in den Privatgemächern des Hausherrn, an denen er offensichtlich nicht das geringste verändert hatte. Die Wandgemälde, die Behänge, die Teppiche und Polster, alles zeugte von feinstem andalusischem Geschmack, und auch der Graf selbst war gekleidet wie ein vornehmer Andalusier. Er trug ein Gewand des Hausherrn und saß auf dessen Lager. Mehrere junge Frauen waren bei ihm, alle unverschleiert und mit offenen Haaren.

Der Graf fragte nach dem Grund meines Besuchs, und ich beschrieb meinen Auftrag offen und ohne Umschweife. Er deutete lächelnd auf die jungen Frauen und sagte in seinem aragonesischen Dialekt: ‹Schau sie dir an und zeig mir die beiden, um die es geht. Wenn du sie hier nicht findest, kannst du auf meine Burg nach Roda gehen, dort habe ich eine noch größere Auswahl.›

Ich antwortete, es wäre nicht nötig nach Roda zu gehen, die beiden befänden sich hier bei ihm. Mein Auftraggeber hatte sie mir so genau beschrieben, daß ich sie sofort erkannte. Ich zeigte sie ihm und sagte: ‹Nennt mir den Preis und ich werde zahlen, ohne zu handeln.›

Er sagte: ‹Was hast du zu bieten?›

Ich antwortete, daß ich bereit wäre in Gold zu zahlen und in kostbaren Stoffen und Gewändern.

Er erwiderte höhnisch: ‹Und du glaubst, du könntest mich damit beeindrucken!› Dann wandte er sich an eine der Dienerinnen und deutete auf eine große Truhe, die neben dem Lager stand, und sagte: ‹Masha!› (das Mädchen hieß Bahdja, aber er konnte den Namen nicht richtig aussprechen), er sagte also: ‹Masha, zeig diesem Judensack, was wir in dieser Truhe haben!›

Die Dienerin öffnete die Truhe und holte Beutel voll Gold und Silber heraus und silberne Tabletts und Becher und Kannen und Schatullen, die mit Perlen und wertvollen Steinen gefüllt waren, und schichtete alles vor ihm auf. Sie häufte so viel aufeinander, daß er fast hinter dem Haufen verschwand, und er öffnete voll Stolz einige der Beutel und Schatullen, um mir den Inhalt zu zeigen. Dann wandte er sich wieder an die Dienerin und befahl ihr, die Gewänder und Stoffe zu bringen, die er erbeutet hatte. Das Mädchen Bahdja brachte auch das und breitete alles auf dem Lager aus: Teure Kleidungsstücke, Ballen wertvollsten Seidenbrokats und feinsten Leinens in solcher Menge, daß ich es kaum glauben mochte. Was ich ihm anzubieten hatte, war tatsächlich nur eine Kleinigkeit dagegen.

‹Ich habe noch mehr davon›, sagte er zuletzt. Und faßte mich scharf ins Auge und setzte mit kaltem Lächeln hinzu: ‹Aber selbst wenn ich diese Schätze nicht hätte und wenn dein Angebot noch viel höher wäre, selbst dann würde ich nicht auf diesen Handel eingehen, denn ich habe nicht vor, mich von diesen beiden Frauen zu trennen, die du von mir verlangst.› Und er deutete auf die erste und fuhr fort: ‹Sie ist die Tochter des

Mannes, der dieses Haus und alle diese Schätze vorher besessen hat. Sie ist hübsch anzusehen, und ich habe sie zu meiner Geliebten gemacht und hoffe, daß sie mir viele Kinder schenken wird. Ihr Vater ist ein vornehmer Herr unter den Sarazenen, und seine Vorfahren, als sie noch die Macht dazu hatten, haben sich unsere Frauen in gleicher Weise genommen. Jetzt hat sich das Blatt gewendet, und wir nehmen uns ihre Töchter.›

Danach wandte er sich zu der anderen um und sagte: ‹Auch sie werde ich nicht herausgeben, um keinen Preis, denn sie war die Geliebte jenes Mannes. Wenn ihm der Sinn danach stand, sich beim Wein zu vergnügen, ließ er sie kommen, damit sie ihm etwas zur Laute vorsang. Jetzt habe ich selbst Gefallen daran gefunden, mich auf diese Weise zu vergnügen, und habe meine Freude an ihr. Sieh dir an, wie schön sie ist!› Und er winkte die junge Frau zu sich und befahl ihr in einem radebrechenden Arabisch, das er wohl von seiner Kindermagd gelernt hatte: ‹Nimm deine Laute und sing diesem Judensack eines von deinen Liedern vor!› Und die junge Frau tat, wie ihr befohlen war, und setzte sich und stimmte das Instrument. Ich sah, wie ihre Augen sich mit Tränen füllten, während sie sang. Es war ein altarabisches Lied, das sie zu Gehör brachte, ich konnte den Text nicht verstehen. Der Graf konnte es noch viel weniger, aber er hörte andächtig zu und seufzte an manchen Stellen und nippte genießerisch von dem Wein, den ihm eine der Dienerinnen reichte. Als die Sängerin geendet hatte, wischte er ihr heimlich die Tränen vom Gesicht. Ich wußte, daß es sinnlos war, weiter in ihn zu dringen, also verabschiedete ich mich und begab mich zu jenen Herren, die die Häuser der beiden jüdischen Kaufleute besetzt hielten. Auch dort hatte ich nur mäßigen Erfolg. Die Eroberer haben so viel Beute gemacht, daß für manche selbst das Gold seinen Reiz verloren zu haben scheint. Ein Mann, den ich vorher während der Belagerung als kleinen Hidalgo gekannt habe, besitzt jetzt so viel, daß er sich vier Pferde halten kann. Er ließ einen Hammel schlachten, nur weil er Appetit auf die Leber hatte.»

Damit schloß Ibn Eli seinen Bericht. Der Kaufmann machte noch dreimal die Reise nach Barbastro, um Lösegeldverhandlungen zu führen und Männer, Frauen und Kinder freizukaufen. Er war der einzige vertrauenswürdige Mann, der die aragonesischen, französischen und normannischen Herren kannte und mit einiger Aussicht auf Erfolg mit ihnen verhandeln konnte.

Yūnus übte sich in Geduld. Eine Zeitlang erwog er, allein abzureisen, aber dann wartete er doch auf den Freund, und sie brachen schließlich gemeinsam auf. Sie nahmen nicht den Landweg über Toledo, sondern fuhren auf einem Flußschiff den Ebro hinunter bis Tortosa und von dort auf einem schnellen Segler die Küste entlang über Valencia und Denia nach Almeria und auf einem zweiten Küstensegler über Malaga und Algeciras direkt nach Sevilla, wo sie drei Wochen nach ihrer Abreise wohlbehalten ankamen.

Als Yūnus über die Schwelle seines Hauses ging, schwor er sich, nie mehr eine Reise anzutreten. Nie mehr im Leben.

31

BARBASTRO

FREITAG 12. NOVEMBER 1064
1. KISLEW 4825 / 29. DU'L-QADA 456

Lope hielt den langen Stecken, der ihm als Lanze diente, steil nach oben. Er blickte auf die gepolsterte Lederkappe, mit der die Spitze umhüllt war, und auf den Stoffetzen, der den Wimpel markierte und an dem der Bergwind zerrte. Sie übten mit trockenen, leicht angemorschten und auf die richtige Länge zugeschnittenen Ästen, die sofort brachen, wenn sie auftrafen. Sie hatten ein ganzes Bündel solcher Übungslanzen vorbereitet. Nach jeder Runde brauchten sie nur die Lederkappen umzustecken und die Stoffetzen neu zu befestigen und waren schon für den nächsten Anlauf gerüstet. An jedem Übungstag ritten sie zwölf, fünfzehn Runden, manchmal auch mehr, wenn der Capitan gut in Form war.

Lope sah ihn über den Hügel herunterkommen und trieb sein Pferd an. Er schlug einen Bogen, um Höhe zu gewinnen und dem Capitan den Vorteil zu nehmen, hangabwärts angreifen zu können. Er nahm den runden, maurischen Schild hoch, hakte ihn mit dem unteren Rand am Sattelknopf ein, machte sich klein dahinter, beugte sich weit vor, achtete darauf, daß das Pferd den Kopf tief hielt, und daß es gerade anritt, gerade auf den Gegner zu, daß es nicht die Seite zeigte, nicht ausbrach. Er hielt die Lanze noch immer so, daß die Spitze schräg nach oben zeigte, bis der Capitan auf dreißig Schritte heran war, begann erst dann sie zu senken, während er über den Rand des Schildes hinweg das Ziel aufnahm, auf den Halsschutz anhielt oder auf die vier Nieten der Schildhalterung, wo man im Ernstfall den Schild durchstoßen und den Schildarm verletzen konnte. Er preßte die Lanze mit dem Ellenbogen in die Seite, so fest wie es nur irgend ging, krampfte die Hand um den Schaft, bis zu jenem rasend schnell herankommenden Augenblick, da beide Lanzen nahezu gleichzeitig auftrafen, jenem wimpernschlagkurzen Augenblick, der über Sieg und Niederlage entschied, über Leben und Tod, wenn der Kampf ernst war.

In dieser entscheidenden Phase des Kampfes den Überblick zu behalten, darin lag die Kunst: Das Ziel nicht aus den Augen zu lassen, den Schild zur Seite zu reißen, sobald man spürte, wie die Lanze des Gegners einstach, die eigene Lanze loszulassen, sobald sie splitternd zerbrach, und während die Pferde in rasender Geschwindigkeit aneinander vorbeistoben, zu versuchen, mit der rechten Hand durch den Zügel des Gegners zu fahren oder den Gegner selbst irgendwo zu packen, an der Hand, am Arm, ihn im Vorbeireiten herumzureißen und aus dem Sattel zu hebeln, und gleichzeitig zu verhindern, daß der andere einen selbst in ähnlicher Weise zu fassen bekam. Das versuchte der Capitan ihm beizubringen.

Am Anfang hatte der Capitan ihn so oft zu fassen gekriegt und das dünne Bändchen zerrissen, das den Lederzügel ersetzte, und ihn vom Pferd gerissen, daß Lope jedesmal völlig lahm und zerschlagen nach Hause gekommen war. Jetzt konnte er sich schon besser zur Wehr setzen, aber der Capitan war noch längst nicht zufrieden. Kaum waren sie aneinander vorbei, hörte ihn Lope schon schreien:

«Du sollst nicht auf das achthaben, was ich mache, du sollst deine eigene Lanze im Auge behalten. Du sollst nicht gut abwehren, du sollst gut treffen! Wann wirst du das endlich begreifen! Je besser deine Lanze trifft, desto schlechter trifft meine. Bemüh dich, deine Lanze so gut ins Ziel zu bringen, wie du kannst! Überlaß die Abwehr deinen Reflexen, hast du verstanden! Greif mit dem Kopf an und wehr mit dem Körper ab, das ist das Geheimnis!»

Und während sie zum Fuß des Hügels ritten, wo die Ersatzlanzen lagen, gab er Lope die Anweisungen für die nächste Runde: «Versuch mich diesmal ganz eng zu nehmen, so steil von vorn, wie es möglich ist. Nimm die Lanze tief, versuch, sie ganz dicht am Kopf meines Pferdes entlangzuführen, so dicht, daß du in meinen Zügel fahren kannst. So hast du nicht nur die eine Chance mich zu treffen, sondern auch noch die zweite, mir den Zügel zu zerreißen.» Und sie entfernten sich wieder voneinander, um einen neuen Angriff zu reiten.

Seit drei Monaten, seit er seinen Diensteid vor dem Sire geleistet hatte, übte der Capitan mit Lope in dieser Weise. Fast jeden Tag machten sie sich frühmorgens auf den Weg, ritten nach Osten über den Bergrücken ins Tal der Cinca hinunter, in jene weite, von schmalen Wasserarmen durchzogene und von ausgedehnten Sandbänken und Geröllhalden bedeckte Talsenke, die ein ideales Übungsgelände abgab, mit Flachstükken aus feinem Kies, der den Pferden ein sicheres Geläuf bot, mit Hohlwegen und steilen Abstürzen, mit dichtem Buschwerk und Erlengehölzen, die sie den Blicken Neugieriger entzogen. Meist war der alte Pero dabei, den der Capitan auf einen Hügel postierte, damit er die Umgebung im Auge behielt. Manchmal nahmen sie auch den Cabanier mit, aber nur als Wachtposten. Bei den Übungskämpfen war der Capitan mit Lope allein. Er nannte ihn jetzt bei seinem Namen, sagte «mein Sohn» zu ihm und behandelte ihn auch so, als wäre er sein eigener Sohn.

«Ich werde einen guten Kämpfer aus dir machen, mein Sohn! Ich werde einen Campeador aus dir machen, einen al-Barrāz, der keinen Gegner zu fürchten braucht. Also gib acht auf das, was ich dir sage!»

Sie übten den Kampf mit der Lanze und den Zweikampf mit dem Schwert. Und Lope, mit einem Stück Holz bewaffnet, statt mit der echten Klinge, lernte, wie ein guter Schwertkämpfer im Sattel und zu Fuß ficht, wie er zwischen Hieb und Stich abwechselt, wie er dem Gegner über den Unterarm hinweg unter die Achsel kommt, wo die Panzerung am schwächsten ist. Er lernte, sich mit den Fußspitzen im Steigbügel zu halten und sich aufzurichten, wenn er zu Pferd kämpfte, und die Schwerthand weit außen zu führen, wenn der Gegner von vorn kam, und nach dem Schlagabtausch im Vorbeireiten noch einmal nachzustechen, um den Gegner am Schenkel zu treffen.

«Zieh das Schwert nicht zu früh!» rief ihm der Capitan zu. «Ein guter Kämpfer zieht erst, wenn er dicht am Feind ist, merk dir das! Wenn einer auf dich zukommt, der schon von weitem mit dem Schwert fuchtelt, kannst du sicher sein, daß er ein Anfänger ist!»

Und wenn sie erschöpft innehielten und für eine Weile ausruhten, setzte er mit eindringlichem Ernst hinzu: «Präg dir eines ein, mein Sohn, präg dir vor allem diese eine Regel ein: Jeder gute Mann hat Angst vor dem Kampf, auch der Tapferste, auch der Erfahrenste. Gerade der Erfahrenste, denn er weiß am besten, was ihn erwartet. Du brauchst dich nicht zu schämen, wenn du zitterst vor dem Kampf. Nur ein Dummkopf behauptet, daß er ohne Furcht sei. Frag alle tapferen Männer, die du triffst, alle werden dir das gleiche sagen. Der gute Kämpfer muß nur wissen, wann es Zeit ist, seine Angst zu überwinden. Denk dir zwei

Männer, die sich in Waffen gegenüberstehen. Sie gehen nicht gleich aufeinander los, sie beschimpfen sich zuerst, zeigen ihre Kraft, blasen sich auf, als würden sie von einer geheimnisvollen Scheu zurückgehalten, aufeinander einzuschlagen. Erst wenn sie ihre Wut aufs höchste gesteigert haben, greifen sie zu den Waffen. Der gute Kämpfer weiß das und macht es sich zunutze. Er wartet nicht erst, bis die Wut heiß ist, er schlägt vorher zu, mit kaltem Blut, unerwartet, ohne Vorwarnung und schnell wie eine Schlange. Das bringt den entscheidenden Vorteil. Dieses Wissen brauchst du vor allem anderen, wenn du ein guter Kämpfer werden willst.»

Gegen Mittag legten sie für gewöhnlich eine längere Pause ein. Meist brachte der alte Pero dann ein paar Fische oder ein Kaninchen und ein paar Vögel, die sie am Feuer brieten. Danach zog sich der Capitan mit Lope auf eine weite Sandbank zurück, die so versteckt zwischen hohen Baumreihen lag, daß auch der alte Pero von seinem Beobachtungsposten aus sie nicht einsehen konnte. Und dort begannen sie eine dritte Art des Zweikampfes zu üben, mit einer Waffe, die nur der Capitan zu handhaben wußte, und von der Lope noch nie zuvor gehört hatte, jener geheimnisvollen Waffe, mit der der Capitan damals vor der Mauer von Barbastro aus fünf Schritten Entfernung einen Moro-Reiter aus dem Sattel geholt hatte.

Sie hatten erst vor wenigen Tagen damit begonnen. Der Capitan hatte sein blankes Schwert in den Sand gestoßen und Lope davor niederknien und einen feierlichen Eid schwören lassen: «Schwöre auf dieses Schwert, als ob es ein heiliges Kreuz wäre. Schwöre, daß du mir, deinem Meister, nie mit Schwert oder Lanze noch mit sonst einer Waffe gegenübertreten wirst. Schwöre, daß du niemals die Künste gegen mich wendest, die ich dich lehre. Schwöre beim heiligen Georg und beim heiligen Martin und beim heiligen Mauritius, daß du die Geheimnisse, in die ich dich einweihe, an keinen lebenden Menschen weitergeben wirst, ohne meine Einwilligung, und daß du meine Kunst keinen Mann lehren wirst, solange ich, dein Meister, noch am Leben bin!»

Lope hatte den Schwur geleistet, auf das Kreuz des Schwertes, auf die drei heiligen Ritter und auf das Leben seiner Mutter. Und danach hatte ihm der Capitan auf jener versteckten Sandbank im weiten Tal der Cinca die Waffe gezeigt, die Waffe mit der Zauberkraft: As-Saut, die Peitsche.

Es war eine Peitsche aus Bullenleder. Der kurze Stiel durch Kochen gehärtet, am unteren Ende mit einer langen Schlaufe versehen, die man am Sattelknopf einhängen konnte, das Peitschenende mehr als zwölf

Ellen lang, kunstvoll aus dünnen, in einem Stück geschnittenen Riemen geflochten, gegen die Spitze hin sich immer mehr verjüngend. Eine schwere, geschmeidige Lederpeitsche, in deren Spitze eine Bleikugel von der Größe eines Taubeneis eingeflochten war.

Es war eine Waffe, deren Gefährlichkeit vor allem darin bestand, daß keiner auf sie vorbereitet war, eine Waffe, mit der man jeden Gegner überraschen konnte. Die Handhabung sah einfach aus. Man legte den geflochtenen Riemen in Schleifen, wie man es bei einem Lasso machte, schwang die Peitsche über dem Kopf, wenn der Gegner anritt, passierte ihn in drei, vier Schritten Entfernung außerhalb der Reichweite seiner Lanze, berechnete den Schwung so, daß sich das Peitschenende um seinen Hals schlang und zog ihn im Weiterreiten rücklings aus dem Sattel. Wenn ihn der Sturz vom Pferd noch nicht erledigte, konnte man ihn am Sattelknopf hinter sich herschleifen, bis er aufgab.

Lope hatte die Technik schnell begriffen, aber er wußte inzwischen auch, daß der zielsichere Schwung der Peitsche, der so leicht aussah, ungeheuer viel Übung erforderte und viel Kraft in Arm und Schulter. Er übte meist für sich allein, während der Capitan, in seine Satteldecke gewickelt, zwischen den Bäumen seinen Mittagsschlaf hielt. Er hatte sich aus Ästen und Stricken einen Bock von der Größe eines Pferdes gebaut und darauf ein Stück Schwemmholz gestellt, das den Reiter markieren sollte. Daran übte er mit unermüdlicher Ausdauer, bis er vor Schwäche die Peitsche nicht mehr über den Kopf heben konnte.

Er übte auch an diesem Tag. Er war so vertieft in seine Aufgabe, daß er die drei Männer erst wahrnahm, als sie schon auf sechzig Schritte heran waren. Sie kamen unter den Bäumen heraus, die den schmalen Flußarm im Osten der Sandbank säumten, alle drei auf starken braunen Pferden und mit langen Lanzen bewaffnet, die beiden äußeren in Lederzeug, der in der Mitte ganz in Eisen, das Gesicht hinter der Nasenstange und dem bis übers Kinn hinaufreichenden Halsschutz nicht zu erkennen.

Lope stieß einen Warnruf aus und sah, wie der Capitan aufsprang und die Decke abschüttelte und hastig nach seiner Lanze griff und noch versuchte, in den Sattel zu kommen, aber dazu war schon keine Zeit mehr, die drei Reiter schon zu nah. Und jetzt erkannte Lope auch den im Kettenhemd. Es war der Mann, der hinter dem Capitan her war, der Mann, den sie Vierfinger nannten.

Sie hatten ihn nicht mehr gesehen seit jenem Abend im Haus der schwarzen Doda. Auch nach der Eroberung der Stadt war er nicht mehr aufgetaucht, und Lope war überzeugt gewesen, daß er die Stadt verlassen hätte wie die meisten anderen Ritter auch.

«Ganz ruhig, Alter!» rief er dem Capitan zu. «Keine falsche Hast!»

Lope trieb sein Pferd an, um zwischen ihn und den Capitan zu kommen, aber Vierfinger war schneller.

«Laß das, Kleiner! Bleib, wo du bist!» sagte er und kam langsam auf ihn zu und deutete auf die Peitsche. «Gib mir dieses Ding herüber! Los, gib es mir!»

Lope blickte hilfesuchend auf den Capitan, aber im nächsten Augenblick hatte Vierfinger ihm die Peitsche schon aus der Hand gerissen und drehte sie sorgfältig auf und hängte sie über den Sattelknopf.

«Das war es, was mir Gewißheit verschafft hat, Alter», sagte er, mit der flachen Hand auf die Peitsche klopfend.

Der Capitan sagte nichts.

«As-Saut, die Peitsche, so haben sie dich damals genannt in Lerida», fuhr Vierfinger mit ruhiger Stimme fort. «Ich kann mich noch gut erinnern. Ich wußte nie, warum sie dich so nannten. Jetzt weiß ich es. Ich habe lange gebraucht, um dich zu finden, Alter, sehr lange.» Er ritt auf den Capitan zu, die Lanze stoßbereit in der Rechten. Ein paar Schritte vor ihm hielt er an.

«Mach's kurz!» sagte der Capitan mit heiserer Stimme. «Was willst du noch!»

Vierfinger stellte die Lanze auf den Boden und stützte sich mit der linken Hand bequem auf den Sattelknopf. «Nicht so eilig, Alter», sagte er. «Niemand soll mir nachsagen, ich hätte einen wehrlosen Mann niedergemacht. Du sollst einen ehrlichen Kampf haben, Alter, einen ehrlichen letzten Kampf.» Er wandte sich zu Lope um und winkte ihn ungeduldig mit der Hand heran. «Los, hilf ihm aufs Pferd!» befahl er.

Lope ritt im Bogen um ihn herum und sprang neben dem Capitan aus dem Sattel. Der Capitan schien ihn gar nicht wahrzunehmen, und als Lope sich daranmachen wollte, den Sattelgurt zu befestigen, stieß er ihn beiseite und zog den Gurt eigenhändig stramm. Er schien äußerlich ganz ruhig, aber Lope sah, daß seine Hände zitterten und daß er im Gesicht kalkweiß war und daß ihm über den Schläfen der kalte Schweiß austrat.

Er zog sich auch eigenhändig den Panzer über, ließ Lope nur den Beinschutz anlegen und Helm und Handschuhe anschnallen, sagte kein Wort, starrte mit abwesendem Blick vor sich hin, während Vierfinger ihn aus einiger Entfernung beobachtete, lässig auf Lanze und Sattelknopf gestützt, drohend schwarz gegen den hellen Himmel, über den sich allmählich ein rötlicher Schimmer zu breiten begann.

Erst als der Capitan fertig gerüstet war, und als Lope ihm die Lanze hielt und den rechten Steigbügel niederdrückte, um ihm beim Aufsteigen zu helfen, erst da brach er sein Schweigen und hielt kurz inne, den Fuß schon im Bügel, und sagte: «Vergiß nicht, was ich dir beigebracht habe, mein Sohn!» Seine Stimme war so heiser und so leise, daß Lope ihn kaum verstehen konnte. «Mach mir keine Schande! Kann sein, daß ich dich nicht wiedersehe, mein Sohn. Mach mir keine Schande!»

Lope schaute ihn an und spürte, wie ihm die Kehle eng wurde. Der Capitan sah ihn nicht, er blickte starr über ihn hinweg, und dann war er auf einmal im Sattel und packte die Lanze und stieß im gleichen Augenblick dem Pferd die Sporen in die Seiten und trieb es mit einem wilden Schrei aus dem Stand in den Galopp und hielt auf seinen Gegner zu, tief vornübergebeugt mit eingelegter Lanze, trieb schreiend das Pferd an, um es so schnell zu machen, wie es auf die kurze Entfernung nur möglich war. Der andere stand keine zwanzig Schritte von ihm weg, und er war so überrascht, daß er nicht einmal mehr die Zeit fand, sein Pferd in die Angriffsrichtung zu drehen, er wandte dem Capitan die Breitseite zu, brachte gerade noch rechtzeitig die Lanze über den Hals des Pferdes, da war der Capitan schon bei ihm, und Lope meinte zu sehen, wie die Lanze des Capitans in den Schild fuhr, und sah plötzlich, wie das Pferd des Capitans aus voller Fahrt zum Stand kam, als wäre es gegen eine Mauer gelaufen, und wie es den Capitan nach hinten riß und wie er im Sattel schwankend nach Halt suchte, während sein Pferd ein paar stolpernde Schritte nach rückwärts machte. Eine Lanze fiel zu Boden, und Lope sah, daß es die Lanze des Capitans war, und sah auch, daß Vierfinger seine Waffe noch in der Hand hielt und sie jetzt mit einem Ruck zurückzog und mit gestrecktem Arm hochhielt, während der Capitan langsam nach vorn fiel und mit beiden Armen den Hals des Pferdes umklammernd aus dem Sattel rutschte und auf den Boden glitt. Das Pferd warf den Kopf und wich tänzelnd zur Seite, und Lope sah den Capitan am Boden liegen, sah, wie er sich mit beiden Armen hochzustützen suchte und wieder zusammensackte und heftig mit dem linken Bein ausschlug in einem krampfartig wilden Zucken, sah ihn regungslos am Boden liegen, das Gesicht im Sand.

Er stand mit angehaltenem Atem in der gleichen Haltung wie zuvor, als hätte er den Steigbügel noch in der Hand. Die Luft sprengte ihm fast die Lungen, und eine heiße Welle der Wut stieg in ihm hoch, als er sah, wie Vierfinger den leblosen Körper des Capitans mit der Lanze auf den Rücken drehte. Und er riß sein Schwert heraus und rannte schreiend gegen den Mann an, blind und taub vor Wut, rannte torkelnd vorwärts, seine Füße schienen im Sand zu versinken, und dann war auf einmal ein riesiger Schatten neben ihm und ein harter Schlag traf seinen Helm und irgend etwas rannte ihn von hinten um, daß er kopfüber zu Boden stürzte.

Als er wieder zu sich kam und sich aufrichtete und blinzelnd um sich blickte, sandspuckend, die Augen voll Wasser und im Kopf ein schmerzhaftes Dröhnen, als der Schleier vor seinen Augen sich lichtete, sah er Vierfinger vor sich stehen, breitbeinig zwischen den Füßen des Capitans. Seine beiden Burschen waren bei ihm. Sie hatten ihm schon den Helm abgenommen und waren dabei, ihm aus dem Panzer zu helfen.

Lope tastete nach seinem Schwert, das im Sand lag, und versuchte auf die Beine zu kommen.

«Laß es gut sein, Kleiner», sagte Vierfinger. «Es lohnt sich nicht für diesen Hurensohn, hörst du. Laß es gut sein!»

Lope blieb mit hängenden Armen stehen. Er spürte, wie ihm die Tränen aus den Augen flossen, und wischte sich mit dem Handrücken über das Gesicht und schluckte, um das würgende Gefühl loszuwerden, das ihm in der Kehle saß.

«Ich will dir sagen, was für ein Schwein er war», fuhr Vierfinger fort. «Ein feiger Hund und der Sohn eines feigen Hundes. Er war in der Leibwache des Āmirs von Lerida zusammen mit meinem Vater und meinem Bruder. Das war noch zu jener Zeit, als in Zaragoza der große König Soliman herrschte und das Reich noch nicht geteilt war. Auch ich diente damals in der Wache des Āmirs, ich war der Bursche meines Vaters, und ich war so alt, wie du heute bist.» Er legte eine Pause ein, während ihm seine Leute den Panzer über den Kopf zogen. Er trug unter dem langen Kettenhemd noch eine enganliegende, maurische Panzerweste, die mit leuchtend grünem Stoff verbrämt war. «An jenem Tag, von dem ich dir erzählen will, hatten wir den Auftrag, die Frauen des Āmirs aus dem Sommerpalast, in dem sie die heißen Monate verbracht hatten, nach Lerida zurückzubringen. Wir waren zwölf Reiter, lauter erfahrene Männer. Wir brauchten nichts zu fürchten. Und als sie uns überfielen, wären wir leicht mit ihnen fertig geworden. Sie waren nur eine Bande von Viehdieben, Leute von der Grenze, dreckige Hirten, nicht mehr als dreißig Mann, und nur die Hälfte beritten. Wir hätten sie niedergemacht und in die Flucht geschlagen, wenn wir alle auf einem Haufen gewesen wären, aber dieser Hurensohn hier war vorausgeritten mit vier Mann. Wir konnten ihn sehen weiter oben am Berg, und er konnte uns sehen. Er konnte uns gut sehen, er war nicht mehr als dreihundert Schritte entfernt. Er sah zu, wie sie über uns herfielen und uns aus den Sätteln holten, einen nach dem anderen, und wie sie die schreienden Frauen aus den Sänften rissen und die Mägde und Diener einfingen. Er konnte alles sehen und kam uns nicht zu Hilfe und machte sich aus dem Staub, ohne sich umzudrehen, während mein Vater starb und mein Bruder starb und alle anderen, alle, bis auf mich. Ich weiß nicht, warum sie mich am Leben ließen, vielleicht weil ich so jung war, vielleicht weil sie mich für tot hielten, vielleicht weil Gott wollte, daß ich es diesem Hurensohn eines Tages heimzahle.» Seine Stimme klang jetzt rauh und bitter, und er sprach so leise, als hätte er Lope längst vergessen und spräche nur noch zu sich selbst. «Zwanzig Jahre war ich hinter diesem Hurensohn her», sagte er. «Zwanzig lange Jahre. Ich habe schon nicht mehr darauf zu hoffen gewagt, daß ich ihn je finden würde.» Er hockte sich nieder, während seine Leute Helm und Panzer auf sein Pferd banden, und machte sich am rechten Bein des Capitans zu schaffen, schnallte den Lederschutz ab, zog den Stiefel herunter, wickelte in aller Ruhe die Fußlappen auf, bis das Schienbein freilag.

Lope sah, wie er sich darüber beugte, um nach der Narbe zu suchen, und wie er dann aufschaute und ihm einen triumphierenden Blick zuwarf. Und sah im gleichen Augenblick den Capitan, sah in starrem Entsetzen, wie der Capitan sich plötzlich aufrichtete, und glaubte seinen Augen nicht zu trauen, als er ihn zustoßen sah, eine kurze, blitzende Klinge in der Hand, und als die Klinge dem Mann in die Kehle fuhr und wieder herausgerissen und noch einmal hineingestoßen wurde bis zum Heft. Und glaubte im ersten Augenblick, der leibhaftige Teufel selbst wäre in den leblosen Körper gefahren und hätte das Messer geführt, bis er sah, wie der Capitan in keuchender Hast wegzukriechen versuchte, auf der Seite liegend und mit lahmen Beinen über den Boden scharrend wie ein zertretener Käfer.

Vierfinger hatte die Augen weit aufgerissen in fassungslosem Schreck, und seine Hände suchten nach dem Messer, das ihm in der Kehle steckte, aber sie hatten nicht mehr die Kraft, es herauszuziehen. Und sein Mund klappte auf wie ein Fischmaul und ein Schwall von Blut kam heraus und floß über den leuchtend grünen Stoff seiner Panzerweste, während er auf den Rücken fiel und zuckend sein Leben aus dem Leib strampelte.

Dann sah Lope, wie der größere der beiden Burschen, der dem Capitan am nächsten stand, sich aus seiner Erstarrung löste und nach der Lanze griff, die neben ihm im Sand steckte. Und hörte einen Ruf von der Seite her, scharf wie ein Peitschenknall: «Halt!» Die Stimme des alten Pero. «Laß die Lanze los, Mann!» Er sah ihn zwischen den Büschen stehen, den Bogen schußbereit in den Händen, keine dreißig Schritte entfernt. Und für ein paar Augenblicke atemloser Stille standen sie alle bewegungslos, als wäre die Zeit stehengeblieben, bis der zweite Bursche, der hinter dem Pferd stand, plötzlich mit einem Satz in den Sattel sprang und tief über den Hals des Pferdes gebückt davonjagte, quer über die Sandbank auf den Fluß zu. Und Lope hörte über sich das hell zirpende Geräusch des Pfeils, den der alte Pero dem Mann nachschickte, während jetzt auch der andere Bursche auf sein Pferd sprang und die Flucht ergriff, und sah den alten Pero mit ruhigen, gleichmäßigen Bewegungen einen neuen Pfeil aus dem Köcher holen und den Bogen spannen und den Pfeil abschießen und den nächsten aus dem Köcher holen. Und sah das vordere der beiden Pferde hochsteigen und sich schütteln und dann wild mit der Hinterhand ausschlagen, sah den Mann darauf mit ausgebreiteten Armen schon halb aus dem Sattel, und sah das zweite Pferd reiterlos mit schlenkernden Bügeln und wandte endlich den Blick ab und lief auf den Capitan zu und kauerte sich neben ihm nieder.

Der Capitan hatte aufgehört, mit den Füßen zu scharren, er lag auf dem Rücken, die Augen blicklos starr nach oben gerichtet. Er lebte noch. Sein Atem ging schnell und flach, der Mund stand offen und die Lippen spannten straff über den langen gelben Zähnen. Das Panzerhemd war auf der rechten Seite in Höhe der untersten Rippe aufgerissen, ein kaum wahrnehmbarer Riß, nur fünf, sechs Kettenglieder, die es aufgesprengt hatte und aus denen Blut sickerte.

«Capitan», rief er leise, «Capitan! Kann ich Euch helfen, Capitan?»

Der Capitan rührte sich nicht, aber seine Lippen bewegten sich und als Lope sich über seinen Mund beugte, konnte er ihn verstehen. Er sprach mühsam und abgehackt, als müßte er jedes Wort einzeln aus der Lunge stoßen.

«Was ist mit dem Schwein?» fragte er, «hab ich ihn erledigt?»

Lope nickte eifrig. «Ja, Capitan», sagte er. «Ja, er ist tot. Er liegt hier, Capitan.» Und er deutete auf die Leiche des Mannes.

«Ich hätte ihn mit der Lanze erledigt, wenn der Boden nicht so tief gewesen wäre», sagte der Capitan. «Gottverdammter Sand!»

«Ja, Capitan», sagte Lope. Er spürte, wie sich seine Augen wieder mit Wasser füllten. «Ich weiß, Capitan.»

Der Capitan schloß die Augen, und ein trockener Husten schüttelte ihn. «Du darfst nicht glauben, was er dir erzählt hat», sagte er. «Er ist ein Lügner, ein verdammter Lügner. Keiner kann sagen, ich wäre ein Feigling gewesen. Ich war der Zweikämpfer des Āmirs von Lerida, keiner war besser als ich, ich war der al-Barrāz, vergiß das nicht, mein Sohn.» Er riß die Augen auf und versuchte, den Kopf zu heben, aber er brachte ihn nicht hoch, bis Lope seine Hand unter den Helm schob und ihm aufhalf. Ein Hustenanfall schüttelte ihn wieder, und sein Atem ging jetzt rasend schnell und setzte manchmal aus, und unter keuchenden Atemstößen sagte er: «Grab ihm kein Grab. Laß ihn hier liegen. Die Schweine sollen ihn fressen. Zu Scheiße soll er werden!»

Dann wurden seine Züge schlaff und sein Kopf fiel zur Seite, und ein dünner Faden blasigen, blutigen Schleims floß ihm aus dem Mundwinkel.

Lope rührte sich nicht. Er hielt noch den Kopf des Capitans und wagte die Hand nicht wegzunehmen. Irgendwann spürte er, daß ihn eine Hand an der Schulter berührte und blickte auf und sah den alten Pero hinter sich.

«Laß ihn, Junge», sagte der alte Mann. «Er ist tot.»

Sie gruben mit den Händen ein Grab in den Sand, an der Stelle, an der es den Capitan vom Pferd geworfen hatte. Und legten ihn hinein mit Helm und Panzer, so wie er war. Und deckten ihn mit Sand zu und beschwerten das Grab mit Steinen, die sie vom Fluß holten. Und der alte Pero murmelte etwas dazu, das wie ein Gebet klang.

Dann zogen sie den drei Männern die Panzer aus und die Helme und sammelten die Waffen ein und schleiften die Leichen zwischen die Büsche und versteckten Sättel und Waffen unter einem Haufen Schwemmholz, das am Ufer des Flusses lag. Die überzähligen Pferde trieben sie in ein Erlendickicht, auch den Rotfuchs des Capitans, und banden sie fest.

Es war schon spät in der Nacht, als sie sich endlich auf den Heimweg machten. Sie ritten nicht in die Stadt zurück, denn die Tore waren längst geschlossen, und an der Nachtpforte, wo sie noch Einlaß hätten finden können, saß womöglich einer, der den Capitan kannte und nach ihm gefragt hätte, dem wollten sie sich nicht aussetzen. Sie verbrachten die Nacht in einer Hirtenhütte am Berghang, eine halbe Wegstunde vor der Stadt.

Lope wickelte sich in seine Decke und versuchte zu schlafen. Aber er fand keinen Schlaf. Er wälzte sich unruhig auf seinem Lager und hörte mit weit offenem Ohr seltsam knackende und knarzende und scharrende Geräusche, die ihm Furcht einflößten und ihn aufschreckten und hellwach machten, obwohl er sich müde und zerschlagen fühlte und sein Kopf noch immer schmerzte von dem Schlag, den er abgekriegt hatte.

«Kannst du nicht schlafen?» fragte der alte Pero.

«Nein», sagte Lope.

«Woran denkst du?» fragte der Alte.

«An nichts», sagte Lope. Er wußte nicht, was er sonst hätte sagen sollen. Es waren so viele Gedanken in seinem Kopf.

Eine Weile schwiegen sie. Dann nahm der alte Pero das Gespräch wieder auf. «Was willst du jetzt machen?» fragte er. «Hast du schon daran gedacht?»

«Nein», sagte Lope. Er hatte daran gedacht, aber er hatte den Gedanken wieder von sich weggeschoben.

«Du könntest dir einen neuen Herrn suchen.»

«Wen?» fragte Lope. «Zu wem sollte ich gehen?»

«Es gibt viele. Du bist jung und kräftig und nicht dumm. Du könntest zu einem von den normannischen Herren gehen. Sie sind besser als die Franzosen und auch besser als die aus Aragon. Mit den Normannen kommst du weit herum. Wenn ich an deiner Stelle wäre, ich würde es bei einem von den normannischen Herren versuchen.»

«Ich weiß nicht», sagte Lope ausweichend. Und nach einer Pause fragte er: «Was hast du vor? Was willst du machen?»

Der alte Pero schwieg lange, bevor er eine Antwort gab. «Ich denke, daß ich wieder in die Berge gehe», sagte er. «Es wird bald Winter. Höchste Zeit, daß ich mich umsehe, wo ich meine Fallen aufstellen kann.»

«Du bist zu alt für die Berge im Winter», sagte Lope.

«Ich bin zu alt für alles. Was soll ich tun. Gott hat mir kein Haus gegeben, in dem ich alt werden könnte», erwiderte der alte Pero.

Am Morgen machten sie sich frühzeitig auf den Weg in die Stadt. Sie stellten ihre Pferde in dem Mietsstall in der Vorstadt unter, in dem sie einen Dauerplatz hatten, und gingen dann zu dem Haus, das dem Capitan nach der Eroberung zugeteilt worden war, und in dem sie seitdem ihr Quartier hatten. Es lag in der Oberstadt in der Nähe des al-Qasr und gehörte einem jüdischen Pelzhändler, der auch einen Laden im Bazar besaß. Sie klopften am Tor, aber niemand öffnete. Es war

Sabbat und es war die Zeit, in der der Jude mit seiner Familie gewöhnlich in der Synagoge war, aber der Cabanier mußte im Haus sein und die Küchenmagd, die eine Christin war. Sie klopften weiter. Erst als sie schon aufgeben wollten, wurde endlich der Schieber am Guckloch zurückgezogen, und der Cabanier schaute heraus und öffnete mit einer lahmen Entschuldigung die Türe und ließ sie ein.

«Wo ist die Magd?» fragte der alte Pero.

«Auf dem Markt», erwiderte der Cabanier, ohne ihn anzuschauen. Er ging voraus, und sie folgten ihm in den Innenhof. Lope fiel auf, daß der Cabanier Reitstiefel trug und den Lederpanzer, den ihm der Capitan gegeben hatte, als die Beute verteilt worden war.

«Du bist allein, wie?» fragte der Alte. «Niemand sonst im Haus?»

«Sie sind in ihrer verdammten Kirche, was sonst», gab der Cabanier mürrisch zurück.

«Und was hast du mit dem Esel vorgehabt?» fragte der Alte. Er war in der Tür, die von der Eingangshalle in den Innenhof führte, stehengeblieben und stützte sich auf seinen Bogen. Lope warf ihm einen verwunderten Blick zu und schaute dann auf den Cabanier, der breitbeinig mitten im Hof stand.

«Mit welchem Esel?» fragte der Cabanier zurück.

«Mit dem Esel, der gerade eben noch hier im Hof gestanden ist», antwortete der alte Pero ruhig.

Lope folgte seinem Blick und sah den Haufen vor der Stalltüre neben dem Taubenschlag, einen frischen Haufen, aus dem noch der Dampf aufstieg.

«Was soll das, Alter, was willst du?» sagte der Cabanier. Er hatte den Kopf zwischen die Schultern gezogen und bewegte sich mit kurzen steifen Schritten auf die Stalltür zu.

«Ich will wissen, ob du einen Mann kennst, dem an der linken Hand ein Finger fehlt?» fragte der alte Pero.

«Was für ein Mann? Was für ein Finger?» sagte der Cabanier. Seine Stimme klang schrill.

Lope stand wie auf dem Sprung und blickte voll Unruhe vom einen zum anderen. Und auf einmal war ihm alles klar vor Augen. Er hatte in der Nacht lange herumgerätselt, wie es Vierfinger fertiggebracht hatte, sie auf dieser Sandbank zu überrumpeln, ohne daß der alte Pero auf ihn aufmerksam geworden war. Es war unmöglich, daß der Alte die drei Reiter übersehen hatte in diesem weiten offenen Flußtal. Jetzt kannte Lope die Lösung: Die drei waren schon zur Stelle gewesen. Sie hatten gewußt, wo sie warten mußten, um dem Capitan aufzulauern. Sie hatten es vorher gewußt.

«Was hat er dir gegeben, der mit den vier Fingern?» fragte der alte Pero scharf.

Der Cabanier zog den Kopf noch tiefer zwischen die Schultern und warf dem Alten einen haßerfüllten Blick zu und war mit drei Sätzen an der Stalltür und riß sie auf und warf sie hinter sich zu.

Lope wollte ihm nach, aber der alte Pero hielt ihn auf. «Laß ihn!» rief er ihm zu. «Er kommt wieder, keine Angst!» Der Alte stand noch immer mit seinem Bogen in der Tür der Eingangshalle. «Setz dir den Helm auf!» sagte er.

Lope zog sich die Kapuze mit dem Halsschutz über den Kopf und stülpte den Helm darüber und band ihn fest. Er hatte gerade noch Zeit, den kleinen Moro-Schild vom Rücken zu holen, da wurde die Stalltüre aufgestoßen, und der Cabanier stürzte heraus, hinter den Langschild des Capitans geduckt und das Schwert in der Hand, knurrend und mit gebleckten Zähnen wie ein in die Enge getriebener Hund.

«Verschwinde! Hau ab, oder ich mach dich fertig!» schrie er, als Lope ihm den Weg zum Tor versperrte. Er schwang das Schwert wild über den Kopf und ging auf Lope zu. «Ich hau dich um! Ich mach dich hin!» schrie er.

Lope schlug zu, wie der Capitan es ihn gelehrt hatte, hart und ohne Ankündigung. Aber der Schlag kam zu langsam, und der Cabanier konnte ihm ausweichen, obwohl er nicht darauf gefaßt war. «Schwein!» schrie er. «Du Schwein! Ich hau dich zu Brei!» schrie er und holte aus und begann mit wilden Schlägen auf Lope einzudreschen.

Lope sagte nichts. Er stand fest auf beiden Beinen und hob den linken Arm und stieß den Schild im schrägen Winkel gegen das herniedersausende Schwert, um den Schlägen die Wucht zu nehmen. Er sah die Schläge kommen. Es war, als wüßte sein linker Arm schon im voraus, wie er sie zu parieren hatte. Er hatte keine Angst. Eine kalte Wut war in ihm, eine klare, hellsichtige Gewißheit, daß er diesen Kampf gewinnen würde, ein Gefühl ruhiger Überlegenheit, das ihn auch unter den härtesten Schlägen des Cabaniers nicht verließ. Er hielt die Schwerthand unten, schlug nur selten zu. Er wußte, daß sie beide zu gut gepanzert waren, um einen entscheidenden Schlag landen zu können, solange sie beide noch frisch waren und nicht der Zufall zu Hilfe kam. Er wartete auf seine Chance. Hieb und Stich. Er mußte mit einem Stich treffen. Er sah die Siegeszuversicht in den Augen seines Gegners und er sah die aufkeimende Angst, als der andere merkte, daß seine Schläge ohne Wirkung blieben. Er wartete, bis den Cabanier die erste Kraft verließ, bis seine Hiebe schwächer wurden, und bis er erschöpft und schweratmend innehielt. Dann griff er selbst an. Hieb und Stich, wie es ihm der Capitan beigebracht hatte.

Er hielt den Cabanier über den oberen Rand des Schildes hinweg im Auge und stieß unter dem Schild heraus zu. Er sah nicht, wo er ihn traf, aber er sah ihn zurücktaumeln und drängte sofort nach, schlug zu, stach zu. «Freu dich nicht über einen guten Schlag, nutz ihn aus!» hatte ihm der Capitan immer wieder eingeschärft. «Laß den Gegner nicht mehr zur Ruhe kommen, wenn du ihn einmal angeschlagen hast!» Er drängte den Cabanier Schritt für Schritt zurück, ließ ihn nicht mehr Fuß fassen, stach kaltblütig zu, als der andere strauchelte und die Deckung öffnete, um nicht umzufallen, schlug zu, als er das Gleichgewicht verlor, stieß ihn zu Boden, schlug mit aller Kraft auf den Liegenden ein, der sich jetzt hilflos mit Armen und Beinen zu wehren versuchte und spitze Schreie ausstieß, kindlich hohe, gehetzte Schreie der Angst. Schlug zu, bis die Schreie erstarben, bis der da unten am Boden sich nicht mehr rührte, stach ihm sein Schwert am Ohr in den Hals, bis er sicher war, daß kein Leben mehr in ihm war.

Dann wandte er sich ab. Der Anblick des Toten erfüllte ihn plötzlich mit Ekel, und er fühlte sich leer und ausgepumpt. Er empfand weder Triumph noch Erleichterung über seinen Sieg, er empfand gar nichts. Seine Knie knickten ein, als er ein paar Schritte zur Seite machte, und er mußte sich an der Wand abstützen, damit er nicht umfiel.

Der alte Pero stand noch immer im Eingang, und Lope sah, daß er die Sehne vom Bogen nahm. Er hatte nicht bemerkt, wann er sie aufgezogen hatte. Der Alte kam zu ihm herüber und nahm ihm das Schwert aus der Hand und wischte es sauber und steckte es in die Scheide, ohne etwas zu sagen. Dann ging er in den Stall und holte den Esel des Pelzhändlers heraus und schleifte die Leiche des Cabaniers hinein und schloß die Tür und legte den Riegel vor.

Der Esel hatte den Packsattel auf dem Rücken, und die Lederbeutel auf beiden Seiten waren gefüllt. Der Cabanier hatte alles schon vorbereitet, alle Truhen ausgeräumt. Nur das Geld, das der Capitan irgendwo in seinen Räumen versteckt haben mußte, hatte er nicht gefunden, obwohl alles durchsucht war, die Polster und Matratzen aufgeschnitten, die Stoffbehänge von den Wänden gerissen, sogar die Dielenbretter an manchen Stellen mit der Axt aufgebrochen.

Sie suchten nicht weiter. Sie hatten genug, und sie mußten aus der Stadt sein, bevor der Jude mit seinen Leuten aus der Synagoge zurückkam. Sie führten den Esel in die Vorstadt und luden das Gepäck den Pferden auf und verließen die Stadt durch das südliche Tor, das auf die Straße nach Monzón hinausführte. Als sie außer Sichtweite waren, gingen sie über den Fluß und nach Osten über den Bergrücken in das Tal der Cinca.

Die Pferde standen noch dort, wo sie sie angebunden hatten.

Sie warteten bis zum Einbruch der Nacht, dann ritten sie durch das Tal flußaufwärts und nach Osten in ein kleineres Seitental hinein. Sie ritten in völliger Finsternis an der Festung Graus vorbei auf schmalen Saumpfaden und versteckten Wegen, die nur der alte Pero zu kennen schien. Am Morgen machten sie Halt an einer Bergflanke über einem Tal, das von Fichtenwäldern bedeckt war, so weit das Auge reichte. Der alte Pero machte sich auf einem Pferd davon und kam mittags mit Öl und Dachsfett und gewachster Leinwand zurück. Den Rest des Tages verbrachten sie damit, die Waffen und Rüstungen, die sie nicht selbst brauchten, zu ölen und wasserdicht zu verpacken. Am nächsten Morgen, nachdem sie wieder eine ganze Nacht durchgeritten waren, versteckten sie sie tief im Inneren einer Höhle.

Danach ritten sie zu einem Kloster, das am Ende des Tales lag, nicht weit von der Stelle, wo der Fluß aus einer tiefen, engen, wie mit der Säge in den Berg gefrästen Schlucht herausschoß. Der alte Pero kannte den Mönch, der an der Pforte saß. Sie stellten zwei ihrer Pferde unter, die anderen vier verkauften sie an den Bruder Cellerarius. Sie bekamen einen unverschämt niedrigen Preis dafür, und davon wurde ihnen auch nur ein Viertel ausbezahlt. Ein Viertel ging an den Schmied für eine Axt und eine Säge und anderes Werkzeug, das sie über den Winter brauchten, und für ein paar Fangeisen. Ein Viertel mußten sie wohl oder übel dem Kloster stiften und ein weiteres zahlten sie für Proviant und für die Unterstellung der Pferde bis zum Frühjahr, wobei sie dem Cellerarius auch noch zugestehen mußten, daß er die Tiere für die Landwirtschaft des Klosters einsetzen durfte.

Zwei Tage nach ihrer Ankunft machten sie sich auf den Weg nach Norden und gingen über den Paß auf die französische Seite des Gebirges, wo die Jagdgründe lagen, aus denen der alte Pero seine Pelze holte.

TUSHIYA

Erstes Zwischenspiel

1064 bis 1070

Der Fall von Barbastro versetzte ganz Andalusien in Angst und Schrecken. Als die Nachricht Mitte August des Jahres 1064 Cordoba und Sevilla erreichte, löste sie einen Schock aus. Es war das erste Mal, daß die Feinde im Norden eine große andalusische Stadt erobert hatten, eine Stadt, die dreieinhalb Jahrhunderte in den Händen der Muslims gewesen war. Viele sahen darin ein Zeichen von böser Vorbedeutung, zumal nur wenige Tage zuvor schon eine andere üble Nachricht eingetroffen war.

Auch die Stadt Coimbra, ebenfalls eine Grenzstadt, auf der anderen Seite der Halbinsel im äußersten Nordwesten Andalusiens gelegen, hatte kapituliert. Sie hatte dem Druck des Belagerungsheers Don Fernandos, des Königs von Leon, nachgeben und den christlichen Grafen Sisnando Ibn David als Burgherrn anerkennen müssen. Die Ereignisse waren zwar kaum vergleichbar, Coimbra war erst vor einem dreiviertel Jahrhundert von al-Mansūr wieder fest dem muslimischen Herrschaftsbereich einverleibt worden, die Stadt war unbedeutender als Barbastro, und die meisten Einwohner waren Christen. Auch hatten die Truppen Don Fernandos lediglich die Vorstadt erobert, und der neue Burgherr war kein Vasall des Königs von Leon, sondern ein unabhängiger Gouverneur, ein Andalusier, kein Spanier, und offiziell sogar noch Untertan des Fürsten von Badajoz. Aber es war dennoch unstreitbar eine Niederlage gewesen, und das auffällige zeitliche Zusammentreffen der beiden Ereignisse machte den Schock um so nachhaltiger.

An zwei Stellen zugleich war der feste Wall der Grenze im Norden, der jahrhundertelang sicher gehalten hatte, plötzlich eingebrochen. Kein Wunder, daß jetzt überall in Andalusien die Fuqahā zum heiligen Krieg aufriefen und die Fürsten aufforderten, den bedrängten Landsleuten im Norden zu Hilfe zu eilen, und daß in allen Moscheen für den Freikauf der armen gefangenen Glaubensbrüder gesammelt wurde.

Yūnus Ibn al-A'war und Etan Ibn Eli mußten, kaum daß sie in Sevilla angekommen waren, dem Fürsten al-Mutadid Bericht erstatten. Ibn Ammar benachrichtigte von Zaragoza aus den Kronprinzen Muhammad in ausführlichen Briefen. Als al-Muktadir, der Fürst von Zaragoza, im Frühjahr 1065 ein Heer aufstellte, um Barbastro zurückzuerobern, schickte al-Mutadid von Sevilla ein Hilfsaufgebot von über hundert Reitern zu seiner Unterstützung.

Am 17. April 1065 wurde die Stadt zurückerobert. Sire Robert Crispin, der Oberbefehlshaber der Besatzungstruppe, hatte einen allgemeinen Ausfall befohlen und konnte mit dem Großteil seiner Ritter entkommen, aber die meisten Fußsoldaten mit ihren Weibern und Kindern fielen den Muslims in die Hände und wurden niedergemacht oder gefangengenommen.

Ein Aufatmen der Erleichterung ging durch Andalusien, aber der glänzende Sieg konnte die vorangegangene Niederlage nicht ganz vergessen machen. Die Bedrohung blieb. Mit der Beute, die die französischen und normannischen Eroberer aus Barbastro nach Hause geschickt hatten, war auch die Kunde von den sagenhaften Reichtümern Andalusiens in die Länder der Franken gedrungen und hatte der unruhigen Ritterschaft dieser Länder ein neues Ziel gewiesen. Es war noch ein Glück für Andalusien, daß die Normannen in Süditalien mit der Eroberung Siziliens beschäftigt waren, und daß die Barone und Ritter der Normandie unter ihrem Herzog William dem Bastard sich nach dem Tod des englischen Königs Edward Anfang Januar 1066 auf die Eroberung der britischen Inseln vorbereiteten und deshalb weniger Interesse an Kriegszügen über die Pyrenäen zeigten. Dafür kamen jetzt Männer aus der französischen Ritterschaft in immer größerer Zahl, um sich den spanischen Fürsten anzudienen, oder auf eigene Faust im Kampf gegen die «Sarazenen» ihr Glück zu machen. Die Geschichten vom tapferen Roland, der unter dem großen Kaiser Karl gegen diese Sarazenen gekämpft hatte, machten in ganz Frankreich die Runde. Nicht nur die Ritter ließen sie sich erzählen, auch die Pilger, die sich nach Compostela aufmachten, um das Grab des Apostels Jakob aufzusuchen. An den verschiedensten Orten tauchten plötzlich Rolandsreliquien auf: In Blaye wurde sein Grab entdeckt, in Bordeaux sein Horn, in Belin und Orange fand man die Gräber seiner Waffengefährten. Nicht wenige Ritter verbanden die fromme Übung der Compostela-Wallfahrt mit dem Abenteuer des Kampfes gegen die Ungläubigen. Sie kamen als Pilger, um der Kirche Genüge zu tun, die bei Mord und Totschlag dem Täter eine

Wallfahrt zum heiligen Grab in Jerusalem oder zu einem der Apostelgräber in Rom oder Compostela als Buße auferlegte, und verdingten sich auf dem Rückweg als fahrende Ritter an den Höfen von Leon, Kastilien und Aragon.

Auch für die spanischen Fürsten bedeutete Barbastro einen Wendepunkt. Die Begegnung mit Franzosen und Normannen weitete ihren Horizont und ließ sie zum ersten Mal über die Pyrenäen hinwegblicken. Sie begannen, Verbindung zu ihren Standesgenossen jenseits der Berge aufzunehmen.

Guilleaume, Graf von Poitou und Herzog von Aquitanien, der an der Belagerung von Barbastro teilgenommen hatte, einer der mächtigsten Fürsten Frankreichs, hatte nach der Einnahme der Stadt eine Pilgerreise nach Compostela angetreten. In Leon war er mit Don Fernando zusammengetroffen und hatte mit ihm eine Heirat vereinbart: Don Alfonso, der zweite Sohn des Königs und künftige Erbe des Königreichs Leon, sollte Agnes, die einzige Tochter des Herzogs, zur Frau bekommen. Auch Sancho Ramirez, der junge König von Aragon, fand durch Barbastro zu einer französischen Gemahlin. Er hatte sich während der Belagerung mit dem gleichaltrigen Grafen Ebles de Roucy angefreundet und vermählte sich mit dessen Schwester Felicia.

Im selben Jahr 1065, in dem Barbastro zurückerobert wurde, eröffnete sich al-Ma'mūn, dem Fürsten von Toledo, die Chance, Valencia zu gewinnen, die reiche Stadt am Meer, die «Parfumflasche», der «Blumenstrauß» Andalusiens, wie sie genannt wurde, Zentrum einer fruchtbaren Provinz.

Der Herr von Valencia, Abd-al-Malik, war noch ein Kind gewesen, als er die Nachfolge seines Vaters angetreten hatte. Kaum wurde er volljährig, verstieß er seinen Vormund und versuchte, sich von Toledo, das eine formelle Oberherrschaft über Valencia ausübte, unabhängig zu machen. Al-Ma'mūn hatte dem jungen Abd-al-Malik eine seiner Töchter zur Frau gegeben. Jetzt wandte er sich nach Leon und erkaufte sich die Unterstützung Don Fernandos für einen Feldzug gegen den rebellischen Schwiegersohn. Der König nahm selbst an dem Feldzug teil und leitete die Belagerung der Stadt. Anfang November mußte sich Abd-al-Malik ergeben. Der Schwiegervater internierte ihn auf der Festung Cuenca und ernannte den abgesetzten Vormund Abd-al-Azīz zum neuen Herrn von Valencia.

Die Episode ist nur deshalb erwähnenswert, weil Don Fernando, damals schon dreiundsechzig Jahre alt, bei der Belagerung am Typhus erkrankte. Am Tag vor Weihnachten kam er, schon vom Tod gezeichnet, in Leon an. Vier Tage später starb er. Mit seinem Tod trat die Teilung seines Reiches unter seine drei Söhne, die er zwei Jahre zuvor auf dem großen Hoftag von Leon verfügt hatte, in Kraft: Don Sancho, der älteste, bekam das Stammland Kastilien, Don Alfonso wurde König von Leon, Don Garcia, der jüngste, König von Galicien.

Don Sancho hatte schon auf dem Hoftag gegen diese Teilung protestiert und wollte sich auch jetzt nicht mit ihr abfinden. Ein Krieg zwischen den drei Brüdern war unvermeidlich. Sie hielten nur deshalb Frieden, weil die Mutter noch lebte, Donna Sancha, die Königin, die mächtige Herrin von Leon.

Im November 1067 starb auch sie, und schon im Sommer des folgenden Jahres kam es zur ersten kriegerischen Auseinandersetzung zwischen Don Sancho und Don Alfonso. Auf den Feldern von Llantada an der Pisuerga, dem Fluß, der ihre beiden Reiche trennte, trafen sie sich zur Schlacht. Don Sancho siegte, aber es war kein entscheidender Sieg. Der Streit hielt an.

Von den andalusischen Fürsten verstand es in dieser Zeit nur ein einziger, seine Macht auszudehnen: Al-Mutadid von Sevilla. Mit beispielloser Grausamkeit und zäher Ausdauer, mit Gewalt und List und gut verteilten Bestechungsgeldern eroberte er nach und nach die von Berber-Amīren beherrschten Provinzen Ronda, Morón, Arcos und Algeciras, zuletzt auch die als uneinnehmbar geltende Festungsstadt Carmona. Er schob so die Ostgrenze seines Reiches bis gegen Cordoba und Granada vor.

Im Sommer 1067 eröffnete sich ihm eine weitere Chance auf Zugewinn: Die Bürger von Malaga hatten sich gegen ihren Oberherrn, den Berberfürsten Badis von Granada, erhoben. Die meisten Burgherren in der Umgebung der Stadt hatten sich dem Aufstand angeschlossen, nur die aus Negern bestehende Garnison auf der Alcazaba, der Zitadelle von Malaga, hielt noch die Stellung. Die Bürger sandten eine Botschaft nach Sevilla, in der sie al-Mutadid ihre Unterwerfung anboten, wenn er ihnen zu Hilfe käme.

Der Fürst von Sevilla schickte ein Heer unter dem Befehl seines Sohnes Muhammad. Es wurde ein fröhlicher Feldzug. Auf dem Weg nahm man einige Burgen ein, deren Besatzungen sich freiwillig ergaben. In Malaga warteten die Bürger mit Geschenken. Der Kronprinz schlug vor den

Toren sein Lager auf und feierte den Sieg mit Sängerinnen und Tänzerinnen und mit dem schweren Wein, für den die Stadt schon damals berühmt war.

Dann griff völlig überraschend ein Heer aus Granada an. Gleichzeitig unternahm die Negerbesatzung der Alcazaba einen Ausfall gegen die Stadt. Die siegestrunkenen Sevillaner ergriffen die Flucht, der Kronprinz konnte sich mit knapper Not nach Ronda retten. Die große Chance, mit der Herrschaft über Malaga dem Berberfürsten Badis von Granada den Zugang zum Meer abzuschneiden, war vertan.

Der Fürst von Sevilla tobte. Der Sohn schickte aus Ronda ein reuevolles Gedicht:

> ... die Seele schwer, die Augen tränennaß,
> wag ich vor Scham den Blick nicht zu erheben.
> Mit weißem Haar, die Stirne blaß,
> steh ich vor Dir. Wie soll ich weiterleben?

Al-Mutadid ließ sich besänftigen und verzieh. Der leichtsinnige Sohn Muhammad blieb Kronprinz und designierter Nachfolger.

Die Bürger von Malaga hatten für ihren Aufstandsversuch ein Machtvakuum genutzt, das durch den Tod Josef Ibn Nagdelas entstanden war. Der jüdische Hādjib des Fürsten von Granada und Regent des Reiches, der Mann, der eine so hohe Machtstellung erreicht hatte wie kein Jude sonst in der ganzen bekannten Welt, der große Nagīd, war zum Entsetzen der ganzen Judenschaft Andalusiens Ende Dezember 1066 im Verlauf einer Palastrevolte erschlagen worden. Er hatte seine Macht zu selbstbewußt herausgestellt. Er hatte sich auf dem al-Hamra-Hügel, dem Burgberg der Stadt, unmittelbar hinter dem al-Qasr und den Palastgärten des Fürsten Badis einen eigenen Palast errichten lassen, der prächtiger war als der seines Herrn. Er hatte sich mit zu vielen der mächtigen Berber-Clans angelegt, und auch mit einigen der einflußreichen jüdischen Familien innerhalb der über fünftausend Köpfe zählenden Judengemeinde von Granada. Daß er Jude gewesen war, hatte es seinen Gegnern nur noch erleichtert, ihn zu vernichten.

Mit ihm wurden Hunderte seiner Gefolgsleute umgebracht. Einer seiner engsten Vertrauten jedoch konnte entkommen: Isaak Ibn al-Balia, der Rabbi aus Cordoba. Er flüchtete nach Sevilla, in die Stadt, die er schon einmal in glücklicheren Zeiten als Gesandter des jüdischen Hādjibs besucht hatte. Dort erneuerte er seine Bekanntschaft mit Yūnus Ibn al-A'war, dem Hakīm, und vertiefte sie noch, als er erfuhr, daß Yūnus vor Barbastro mit Ibn Ammar, dem Jugendfreund des Kronprinzen Muhammad, zusammengetroffen war.

Yūnus selbst saß wieder wie eh und je in seiner Praxis in der Straße der Lederschlauchmacher und behandelte seine alten Patienten Tag für Tag, den Sabbat ausgenommen und den späten Nachmittag des Freitag, den er im Bad verbrachte. Das Leben nahm seinen gewohnten Gang. Er verheiratete Nabīla, die ältere der beiden Töchter seines Bruders, die in seinem Haus aufgewachsen waren, mit dem Sohn Ibn Elis, des Kaufmanns, wie sie es vereinbart hatten.

In Barbastro hatte er den Entschluß gefaßt, Sarwa, die jüngere, seinem Assistenten Zecharia zur Frau zu geben. Aber die alte Dādā überzeugte ihn, daß die beiden nicht zueinander paßten, und deshalb wählte er für Sarwa, als sie vierzehn Jahre alt wurde, den jüngsten Sohn seines Nachbarn, ar-Rashīdis, des Apothekers, zum Mann.

Zecharias Lerneifer war ungebrochen, und sein Ehrgeiz wuchs mit seinen Kenntnissen. Als er das neunzehnte Lebensjahr erreichte, schickte ihn Yūnus, mit ausreichend Geld und mehreren Empfehlungsschreiben versehen, nach Baghdad, um ihm Gelegenheit zu geben, sich die Approbation als Arzt an einer der großen, anerkannten Kliniken jener Stadt zu erwerben. Nach Zecharias Abreise und nach Sarwas Hochzeit blieb nur noch Karīma, die kleine Pflegetochter, im Haus.

Als Yūnus von seiner langen Reise zurückgekommen war, hatte sie ihn mehr als einen Monat lang nicht angesehen, hatte sich vor ihm versteckt, kaum mit ihm gesprochen. Es hatte ihn viel Geduld und Zuwendung gekostet, ihr Vertrauen wiederzugewinnen und sie vergessen zu machen, daß er sie so lange allein gelassen hatte. Schließlich aber hatte sie ihm doch alles verziehen und war die kleine Prinzessin des Hauses geworden, von Yūnus und von Ammi Hassān, dem Hausdiener, gleichermaßen ins Herz geschlossen und verwöhnt, so sehr, daß die alte Dādā alle Mühe hatte, die nötige Strenge aufzubringen, um die übergroße Zuneigung und die Nachgiebigkeit der beiden Männer auszugleichen.

Karīma wuchs heran. Mit vierzehn Jahren war sie ein so auffallend hübsches Mädchen, daß die Männer auf der Straße stehenblieben, wenn sie vorüberging. Ammi Hassān ließ sie nicht mehr aus den Augen und folgte ihr wie ein Schatten, sooft sie das Haus verließ.

In Zaragoza war Abu'l-Fadl Hasdai, der jüdische Finanzverwalter des Fürsten al-Muktadīr, auf die Nachricht von der Ermordung Josef Ibn

Nagdelas in Granada hin zum islamischen Glauben übergetreten und hatte eine Muslimin zur Frau genommen. Danach machte ihn der Fürst zu seinem engsten Berater und ernannte ihn zum Hādjib.

Ibn Ammar nahm am Aufstieg seines Gönners teil. Nach seiner Rückkehr aus Barbastro hatte ihn Abu'l-Fadl Hasdai an seinen Hof geholt und in den Stab seiner wichtigsten Mitarbeiter aufgenommen. Sie waren annähernd im gleichen Alter und vertraten die gleichen politischen Ansichten, so daß sich bald ein enges Vertrauensverhältnis zwischen ihnen entwickelte. Ibn Ammar lernte viel von dem erfahrenen Verwaltungsfachmann und Finanzexperten, der Abu'l-Fadl Hasdai war. Als Botschafter des Hādjibs lernte er auch die Fürstenhöfe des spanischen Nordens kennen. Er verhandelte mit Don Sancho in Burgos, mit Sancho Garcés, dem König von Navarra, und mit Ramón Berenguér, dem Grafen von Barcelona. Er genoß hohes Ansehen in Zaragoza. Trotzdem sehnte er sich nach Sevilla zurück. Er war Südandalusier. Der Norden war ihm zu streng, zu kalt im Winter, zuwenig lebensfroh. Er sandte einen bewegenden Brief nach Sevilla, in dem er al-Mutadid um Aufhebung der Verbannung bat. Er schickte feurige Gedichte, die die Siege des Fürsten gegen die Berber-Amīre verherrlichten, und in die er all sein Können legte.

Er erhielt keine Antwort.

Um so enger wurde die Briefverbindung mit Muhammad Ibn Abbād, dem Sohn des Fürsten. Der Kronprinz ließ ihm überschwengliche Gedichte zukommen, lange Briefe, in denen er ihre alte Freundschaft beschwor und in gemeinsamen Jugenderinnerungen schwelgte. Ibn Ammar antwortete in gleichem Überschwang, setzte im übrigen auf die Zukunft und faßte sich in Geduld.

Die Nachricht, auf die er hoffte, kam schneller als erwartet. Am 28. Februar 1069 starb al-Mutadid, der Fürst von Sevilla. Mitte März kam die Nachricht nach Zaragoza. Schon wenige Tage später machte sich Ibn Ammar auf den Weg. In Cordoba erwartete ihn eine Eskorte, die ihm sein fürstlicher Freund entgegengeschickt hatte. Eilboten kündigten seine bevorstehende Ankunft an. Muhammad Ibn Abbād, der sich bei seinem Machtantritt den Herrschernamen al-Mutamid zugelegt hatte, kam ihm bis weit vor die Stadt entgegengeritten. Das Wiedersehen ließ er mit einem dreitägigen Fest feiern.

Danach bot er dem Freund seiner Jugend ein Amt nach freier Wahl an: Jedes Amt, das in seinem Reich zu vergeben war, auch das des Hādjibs, wenn er es wünschte. Ibn Ammar erbat sich Bedenkzeit. Die Stellung des

Hādjibs von Sevilla, dem als Doppelvezir sowohl die Zivil- wie die Militärverwaltung unterstand, bekleidete seit fast zwanzig Jahren Abu'l-Walid Ibn Zaydūn, ein Mann, den Ibn Ammar immer bewundert hatte. Ibn Zaydūn stammte aus einer alten Cordobeser Adelsfamilie und galt als einer der größten Dichter Andalusiens. Ibn Ammar hatte ihn während seiner Studienzeit in Cordoba ein paarmal aus der Ferne gesehen, und Ibn Zaydūns leidenschaftliche, und dennoch von klassischem Maß beherrschten Gedichte waren für ihn immer ein Vorbild gewesen.

Wie jeder in Andalusien kannte auch er die leidenschaftliche Liebesgeschichte, die den jungen Ibn Zaydūn mit der berühmten Prinzessin Wallāda verbunden hatte, der Tochter des Umayyaden-Kalifen al-Mustakfī, der um 1024 für die kurze Spanne von eineinhalb Jahren in Cordoba regiert hatte. Die Prinzessin war eine außergewöhnliche Frau gewesen, eine blauäugige, blonde Schönheit, die ihr Haar nach einer unerhörten neuen Mode kurz geschnitten und offen getragen hatte und auch in der Öffentlichkeit ohne Schleier aufgetreten war. Sie hatte in Cordoba einen literarischen Salon geführt, in dem sich die goldene Jugend der Hauptstadt getroffen hatte: hoffnungsvolle Dichter und dichtende Aristokraten und die Söhne der reichsten und mächtigsten Familien der Stadt. Die Wallāda war der bunte Schmetterling in dieser illustren Gesellschaft gewesen, und sie hatte Ibn Zaydūn genug Anlaß gegeben für zahllose Gedichte voll Trennungsschmerz und peinigender Eifersucht. Zuletzt hatte sie ihn verlassen.

Aber Ibn Zaydūn war nicht nur ein großer Dichter, er hatte als Hādjib des Reiches von Sevilla unter einem so eigenwilligen Fürsten, wie al-Mutadid es gewesen war, auch bewiesen, daß er mit der Macht umzugehen verstand. Er war im ganzen Reich hoch angesehen. Ibn Ammar hatte weder den Wunsch noch die Absicht, ihn aus seinem Amt zu verdrängen.

Als al-Mutamid, der junge Fürst, sein Angebot wiederholte, bat Ibn Ammar um das Amt des Gouverneurs in Silves. Es war die bescheidenste Bitte, die er vorbringen konnte, ohne den Fürsten zu beleidigen, und es war gleichzeitig ein Wunsch von diplomatischer Finesse: Der Gouverneurspalast von Silves war der Ort, an dem sie ihre schönsten gemeinsamen Jugendjahre verbracht hatten.

Der Verzicht auf höhere Ämter machte Ibn Ammar neben dem Hādjib auch die anderen Würdenträger am Hof gewogen. Al-Mutamid war zutiefst gerührt, und als Ibn Ammar aufbrach, begleitete er ihn mit großem Gefolge bis nach Niebla. Bevor sie sich trennten, überreichte er ihm ein Gedicht, das in einer kostbaren Kapsel aus getriebenem Silber steckte. Unter Tränen nahmen sie voneinander Abschied.

Ibn Ammar wußte, daß die Trennung nicht von langer Dauer sein würde.

Lope lernte das Leben in den Bergen kennen, den Schnee und die eisigen Stürme, die über die Höhen fegten, und die langen, bitterkalten Nächte im Winter. Er erlebte den Frühling mit seinen Wasserfluten, die durch wilde Schluchten und steile Felsabstürze ins Tal rauschten, und mit seinem frischen Grün, das sich wie ein zarter Schleier über die grauen, vom Schnee niedergedrückten Matten legte. Er lernte die Tiere kennen, denen der alte Pero nachstellte: Bär, Wolf, Luchs, Fuchs, Marder, Hermelin. Und er erlernte die vielfältigen Methoden, mit denen sie gefangen wurden: mit Gattern, Schlingen, Netzen, Eisen, Kastenfallen. Er lernte die Menschen kennen, die in den Bergen und in den Wäldern lebten: Hirten und Jäger, verschrobene Eremiten, verwilderte Waldläufer, Flüchtige und Ausgestoßene und Irre, die wie Tiere in Höhlen hausten.

Er blieb drei Jahre mit dem alten Pero zusammen. Jedes Frühjahr brachten sie ihre Felle ins Tal und verkauften sie dort an die Händler. Im Spätsommer gingen sie wieder in die Berge und durchstreiften ihr Revier, markierten Höhlen und Baue und Wechsel und Schlafbäume und Einstandsplätze, ehe im Dezember die Jagd aufging.

Im vierten Winter, in einer klirrend kalten Nacht, als sie so erschöpft in ihre Hütte zurückkamen, daß sie nicht mehr die Kraft fanden, das Feuer anzufachen, starb der alte Pero. Er schlief ein und wachte nicht mehr auf. Lope fand ihn am Morgen so kalt und steifgefroren wie die Tiere in ihren Fallen. Er blieb noch zwei Monate allein in den Bergen. Als der Boden auftaute, begrub er den Alten und machte sich mit den Fellen auf den Weg ins Tal, wie er es gelernt hatte. Im Herbst darauf verdingte er sich bei einem Verwalter des Grafen Pierre von Foix als Wolfsjäger. Der Graf hatte hohe Prämien ausgesetzt auf die Tiere, die während des langen kalten Winters bis weit in die Täler heruntergekommen waren. Lope brachte so viele Wölfe zur Strecke, daß die Leute ihm den Namen «el Lobo» gaben. Nach zwei Jahren wurde sogar der Graf auf ihn aufmerksam. Er ließ sich vorführen, wie Lope mit dem maurischen Bogen umgehen konnte, und holte ihn an seinen Hof, zuerst als Jäger, dann als Bogenschütze und schließlich als Lanzenreiter in seiner Mesnie.

Lope machte mehrere Feldzüge mit und nahm an drei Gefechten teil. Er tötete einen Burgherrn des Vizegrafen von Carcassonne im Zweikampf, nahm drei Männer des Ritters gefangen und erbeutete fünf Pferde. Danach gürtete ihn der Graf mit dem Schwert und machte ihn zum Ritter an seinem Hof.

Zu Beginn des Jahres 1070 starb der Graf von Foix an einer kleinen Kratzwunde über dem Auge, die ihm einer seiner Jagdfalken beigebracht hatte. Der Kopf schwoll ihm auf, und er starb einen qualvollen Tod. Kaum war er unter der Erde, zog sein Sohn in die Burg von Foix ein. Der hatte mit dem Vater seit Jahren im Streit gelegen, brachte sein eigenes Gefolge mit und entließ die meisten der Männer des alten Grafen. Auch Lope war unter denen, die ihren Abschied nehmen mußten. Als er ankündigte, nach Spanien zu gehen, schlossen sich ihm sechs andere Männer an. Sie folgten ihm über das Gebirge zuerst nach Aragon, dann nach Kastilien. Vier verdingten sich beim Grafen von Carrión, zwei blieben in Sahagún, wo der Propst des Klosters San Facundo y Primitivo Kolonisten für eine neue Ansiedlung im Süden suchte.

Lope ritt weiter. Er hatte anfangs kein festes Ziel gehabt, aber als er nach Leon kam, schlug er wie von selbst die Richtung nach Salamanca ein, und von dort aus wandte er sich nach Südwesten und machte sich auf den Weg nach Guarda. Er spürte auf einmal das Verlangen, seine Leute wiederzusehen, sein Dorf, seine Eltern, seine Geschwister. Er wollte wissen, ob sie noch lebten und was aus ihnen geworden war. Er wollte nach Hause.

ZWEITES BUCH

QASĪDAH

Klassisches Lied

1070 bis 1071

32

GUARDA

FREITAG 1. APRIL 1070
17. NISSAN 4830 / 16. DJUMADA II 462

Sie hatten seit Sonnenaufgang sechs Stunden im Sattel gesessen und waren gerade dabei, sich einen windgeschützten Platz für die Mittagsrast zu suchen, als sie den Reiter sahen. Der Weg war so schmal, daß sie nur hintereinander reiten konnten, Lope an der Spitze, danach die drei Juden, die sich ihm in Salamanca angeschlossen hatten, und am Schluß der Infanzon aus Braganca mit seinem Burschen und den beiden Hidalgos, die ihn begleiteten.

Der Reiter kam über einen flachen Hügelrücken herunter, kam geradewegs auf sie zu. Er war allein, wie es schien, der erste Mensch, der ihnen begegnete, seit sie am Morgen die Taverne an der Furt über den Rio Agueda verlassen hatten. Lope suchte mit den Augen die Umgebung ab. Der ganze Hang war gut einsehbar, niemand außer diesem einen Reiter zu erkennen. Trotzdem holte Lope den Bogen aus dem Köcher und legte die Sehne auf.

Der Mann war unbewaffnet. Er war jung, Anfang der Zwanzig, nicht viel älter als Lope selbst. Er trug eine maurische Kopfbinde und ritt einen Moro-Sattel. Als er auf zwanzig Schritte herangekommen war, hielt er an, stieg vom Pferd, ging zu Lope, kniete nieder, küßte Lopes Steigbügel und sagte: «Herr, ich bin ein Flüchtling, ich bitte um die Gnade Eures Schutzes.» Er sprach Spanisch mit andalusischem Akzent. Er war groß und gut gebaut mit breitem, ebenmäßigem Gesicht und kräftigen Zähnen. Er trug die Kleidung eines Stallknechts, aber er sah nicht aus wie ein Knecht.

«Wo kommst du her?» fragte Lope.

Der Fremde verneigte sich. «Ich komme aus Badajoz, Herr. Ich war der Diener eines Vezirs des Fürsten von Badajoz. Man hat mich verdächtigt, einer der Frauen aus dem Hause meines Herrn zu nahe getreten zu sein. Ich bin seit vier Tagen auf der Flucht, Herr, fast ohne Pause!»

Er sah nicht so aus, als hätte er einen viertägigen Gewaltritt hinter sich. Auch sein Pferd nicht. Es war ein ungewöhnlich edles Tier, das er ritt.

«Herr, alles, was ich besitze, soll Euch gehören. Nehmt mich als Euren Diener an, Herr, mein Name ist Sālim.» Er kniete noch immer und hielt Lopes Steigbügel fest.

Lope beugte sich zu ihm hinunter und zog ihn am Arm hoch. «Ich brauche keinen Diener, und ich bin auch nicht in der Lage, einen zu halten», sagte er. «Such dir einen anderen Herrn.» Er deutete auf den Infanzon hinter sich.

Der Fremde umfaßte Lopes Bein. «Laßt mich bei Euch bleiben, Herr. Ihr werdet sehen, daß ich Euch nützlich sein kann», bat er.

Der Infanzon drängte sich an ihnen vorbei und begutachtete das Pferd. Dann winkte er mit entschlossener Geste seinen Burschen heran und sagte: «Pferd und Sattel stehen mir zu!»

Keiner erhob einen Einwand.

«Wenn Ihr einen Lagerplatz sucht, Herr», sagte der Fremde voll Eifer, «auf der anderen Seite des Hügels, zwei Meilen von hier, gibt es einen Brunnen mit gutem Wasser.»

Lope war auf der Hut. Er befahl dem Fremden vorauszugehen und hielt die Augen offen. Er glaubte nicht an die Geschichte, die der Mann erzählt hatte. Aber es war nichts Verdächtiges zu sehen, keine auffliegenden Vögel, kein Hohlweg, der sich für einen Hinterhalt geeignet hätte, keine Bewegung zwischen den Bäumen. Auch der Lagerplatz, zu dem er sie führte, war unverdächtig. Ein überschaubarer Talgrund, ein gefaßtes Brunnenloch unter einigen einzeln stehenden Steineichen.

Als sie ankamen, beeilte er sich, Wasser zu schöpfen, besprengte den Boden, nahm den Pferden die Sättel ab, rieb die Tiere mit trockenem Gras ab, tat alles, seinen neuen Herren zu gefallen. Beim Aufbruch reihte er sich gehorsam vor Lope ein, ohne auch nur den Versuch zu machen, wieder zu seinem Pferd zu kommen.

«Ich meine, wir sollten ihn aufsitzen lassen», schlug Lope vor, aber der Infanzon lehnte ab. «Das ist kein Pferd für einen Moro-Sklaven», sagte er. «Ich bin sicher, er hat es gestohlen.»

Der Fremde lief zu Fuß, ohne zu klagen. Er lief bis zum Abend, ohne ein Zeichen der Ermüdung zu zeigen. Er kannte auch einen sicheren Rastplatz für die Nacht, am Fuß eines Felsens, von dessen Spitze aus man die Gegend weithin überblicken konnte. Jeder Argwohn gegen ihn war in der Zwischenzeit geschwunden, und als er die Pferde versorgte und sich dann auch noch daranmachte, die Arbeit des Feuermachens und Kochens zu übernehmen, begannen die anderen schon, Lope um einen so anstelligen Diener zu beneiden.

«Ich biete dir vierzig Dinar für den Mann», flüsterte ihm der älteste der drei jüdischen Kaufleute zu, als sie um die Feuerstelle saßen.

«Er ist nicht mein Diener», sagte Lope unwillig.

Der Fremde machte sich auf, um Salbei und Rosmarin zu holen. Als er zurückkam, ging er wie zufällig an den Pferden vorbei, die an der windabgewandten Seite der Feuerstelle standen, und an den Sätteln, die er daneben aufgeschichtet hatte, und griff nach Lopes Bogen und Köcher, spannte die Sehne auf.

«Was halten die Herren davon, wenn ich zu den Gewürzen noch ein paar Kaninchen schieße», sagte er lächelnd. Und hatte im nächsten Augenblick den Köcher auf dem Rücken und einen Pfeil auf der Sehne und zersprengte den tönernen Kochtopf, der in der Glut stand, und bevor Lope und die anderen sich noch aus ihrer Erstarrung gelöst hatten, saß er schon auf seinem Pferd und schoß den nächsten Pfeil ab. Er traf den Burschen des Infanzons, der als einziger noch gerüstet war, weil er die erste Wache übernehmen sollte, in die Brust, und als der Junge davonzulaufen versuchte, schoß er ihm einen zweiten Pfeil in den Rücken, der ihn auf der Stelle niederstreckte. Er war so nah, daß die Pfeile den Lederpanzer des Jungen glatt durchschlugen.

«Was machst du da!» schrie der Infanzon, der noch immer nicht begriff, was vor sich ging. «Bist du wahnsinnig geworden!»

«Halt's Maul, Alter!» sagte der Fremde ruhig. Er hatte schon den nächsten Pfeil auf der Sehne.

Lope schätzte die Entfernung bis zu seinem Pferd ab, aber er machte keinen Versuch loszulaufen. Die Strecke war zu weit, und der andere ging zu gut mit dem Bogen um. Sie hatten keine Chance gegen ihn.

«Zieht euch aus!» sagte der Fremde. Und als sie zögerten, hob er den Bogen und zielte auf den Infanzon und wiederholte: «Ihr sollt euch ausziehen!» Seine Stimme ließ keinen Zweifel, daß er es tödlich ernst meinte.

Sie begannen, ihre Kleider abzulegen. Die drei Juden jammerten leise in ihrer Sprache vor sich hin. Lope konnte nicht heraushören, ob sie beteten oder fluchten. Sie waren so erleichtert gewesen, als sie in Lope einen Begleiter gefunden hatten auf dem gefährlichen Weg durch das Niemandsland, und seitdem an der Furt über die Agueda auch noch die vier Reiter aus Braganca zu ihnen gestoßen waren, hatten sie sich völlig sicher gefühlt. Sie stammten aus Coimbra und hatten in Salamanca Stoffe und Perlen und Korallenschmuck verkauft und viel Geld eingenommen. Wahrscheinlich beteten und fluchten sie gleichzeitig.

Der Fremde bestand darauf, daß sie sich auch ihrer Unterkleider entledigten. Dann kam er ein Stück näher und warf ihnen ein paar Stricke zu und befahl ihnen, sich gegenseitig zu fesseln. «Hände auf den Rücken, und jeder einzeln an einen Baum!»

Lope fesselte die drei Juden. Danach ging er hinüber zu dem Infanzon, der in der Zwischenzeit die beiden Hidalgos gebunden hatte.

«Dreh dich um!» sagte Lope.

Der Ritter aus Braganca sah ohne seine Reithosen und sein gefüttertes Wams erbärmlich dünn aus, ein kleines, weißhäutiges Männchen mit schlaffem Bauch und gerötetem Hintern. «Warum ich?» protestierte er mit einem Rest von Würde.

«Weil ich es will!» sagte Lope grob.

Als er ihn gefesselt und an einen Baum gebunden hatte, drehte er sich um.

«Was jetzt?» fragte er. Er war nackt bis auf seine Reitstiefel.

«Zieh die Stiefel aus!» sagte der Fremde ruhig.

Lope zuckte die Achseln. «Die Stiefel sind neu», sagte er. «Ich habe sie in Salamanca gekauft. Ich kriege sie nicht von den Füßen.»

«Dann setz dich auf den Boden!» befahl der Fremde. Er stieg vom Pferd und holte sich das Schwert des Infanzons und steckte den Bogen in den Köcher und kam zu Lope herüber. Er ließ sich Lopes Hände zeigen und ging, das Schwert locker in der Hand, in sicherem Abstand einmal um ihn herum. Er war vorsichtig wie ein alter Wolf.

«Es ist nicht so, daß ich etwas gegen dich hätte», sagte er zuvorkommend. «Ich nehme nur, was ich kriegen kann.» Er hielt das Schwert stoßbereit in der Rechten. «Und laß dir nichts einfallen. Es lohnt sich nicht. Ich habe nicht vor, euch umzulegen. Du wirst mich eine Meile weit begleiten, dann kannst du zurück und deine Leute befreien. Also sei friedlich.»

Lope streckte ihm den linken Fuß entgegen, und während der andere mit der freien Hand nach der Stiefelferse faßte, griff er nach dem Messer, das im Schaft des rechten Stiefels steckte, an der gleichen Stelle, an der auch der Capitan immer ein verborgenes Messer getragen hatte. Er zog das linke Bein mit einem Ruck an und beugte sich dem Mann entgegen und packte ihn und zog ihn zu sich, daß er das Gleichgewicht verlor, und stieß gleichzeitig mit der Rechten zu, stieß mit solcher Wucht zu, daß das Messer bis zum Heft eindrang. Der Mann war tot, bevor er noch ganz am Boden lag.

Sie stellten doppelte Wachen auf, als die Nacht hereinbrach, und löschten das Feuer, schliefen in der Rüstung, die Waffen griffbereit neben sich. Aber es gab keine weiteren Überraschungen. Der Mann, der sich Sālim genannt hatte, schien ein Einzelgänger gewesen zu sein.

Sie banden ihn bäuchlings auf sein Pferd, als sie am nächsten Morgen aufbrachen, und nahmen ihn mit. Der Infanzon wollte ihn dem Grafen von Guarda vorführen.

Zwei Stunden vor Sonnenuntergang kamen sie in der Stadt an. Lope hatte nicht vorgehabt, nach Guarda zu gehen und sich vor dem Grafen zu zeigen, aber der Infanzon, der auf der Burg erwartet wurde, hatte darauf bestanden, daß er mitkam, und so hatte er schließlich nachgegeben. Er hatte nichts zu befürchten. So wie er jetzt aussah, mit Schnauzbart und halblangen Haaren und gut einen Kopf größer, würde ihn niemand in Verbindung bringen mit dem schlaksigen, kurzgeschorenen Vierzehnjährigen, der vor sieben Jahren heimlich aus der Burg von Sabugal geflohen war. Er wäre auch nicht wiedererkannt worden, weder vom Conde selbst noch von den Leuten seiner Mesnada, wenn nicht der Zufall mitgespielt hätte.

Nur eine Stunde nach ihnen war auch der Castellan von Sabugal auf der Burg von Guarda angekommen. Er hatte zwölf Pferde gebracht, die für die Gräfin von Braganca bestimmt waren. Lope krampfte sich der Magen zusammen, als er ihn sah. Der Mann, der ihn damals so furchtbar verprügelt hatte, erschien ihm nicht mehr so schreckerregend groß, wie er ihn in Erinnerung behalten hatte, aber sonst war er kaum verändert. Sein Haar war noch immer pechschwarz, und in seinem Gesicht war noch immer jener Ausdruck unbarmherziger Härte, der ihm den Beinamen «Eisenkopf» eingetragen hatte.

Der Castellan erkannte Lope genausowenig wieder wie alle anderen, aber in seiner Begleitung war der lange Rechín, und der kam am Abend in der Halle neben Lope zu sitzen.

Lope hatte noch das Bild vor Augen, wie Rechín an jenem Tag des Überfalls auf die Burg von Sabugal von seinem Pferd über die Zugbrücke geschleift worden war, nachdem er sich vorher fast den Schädel am Torbalken zerschmettert hatte. Der Lange war immer freundlich zu ihm gewesen, ein Sonderling, den die anderen oft ausgelacht hatten, abergläubisch und ein bißchen einfältig, aber auch mit jener alles nachsehenden Gutmütigkeit gesegnet, die man bei einfältigen Menschen häufig findet, und mit einem verblüffend guten Gedächtnis begabt. Irgend etwas an Lope, der Klang der Stimme, die Art, sich zu bewegen, weckte seine Erinnerung, machte ihn hellhörig und schärfte seinen Blick. Und schließlich entdeckte er das Muttermal an Lopes Handgelenk.

Es war ein kleiner, brauner, birnenförmiger Fleck, nicht größer als eine Linse, der genau auf dem Knöchel saß, ein unscheinbares Mal, das keinem Menschen, nicht einmal Lope selbst je aufgefallen war. Aber damals, zu jener Zeit, als Lope den Sohn des Grafen bei seinem Sturz aus dem Fenster des Wohnturms von Sabugal aufgefangen hatte, und als er daraufhin vom Conde als ein Auserwählter Gottes und Schützling des heiligen Jakob angesehen und zum Leibburschen seines einzigen Sohnes ernannt worden war, da hatte der lange Rechín auf einmal entdeckt, daß er an der gleichen Stelle ein ganz ähnlich geformtes Muttermal trug, und hatte in seiner Einfalt daraus eine Art innerer Verwandtschaft abgeleitet, die sie beide angeblich verband und ihn teilhaben ließ an der Lope zugeschriebenen Gnade und ihn ebenso unverwundbar machte und gefeit gegen alles Unglück und alle Widrigkeiten des Lebens.

Er geriet völlig außer sich, als er jetzt dieses Zeichen am Handgelenk seines Nachbarn wiederfand und Lope auf einmal wiedererkannte. Er sprang auf und schrie seine Entdeckung laut hinaus, stotternd vor Aufregung, atemlos, mit beiden Armen wild in der Luft herumfuchtelnd: «Don Fortún, Dueño mie vida, gnädiger Herr, sieh hier, wer unter uns ist, sieh den verlorenen Sohn, der nach Hause zurückgekehrt ist. Lope, der Beschützer Eures Sohnes, Herr, das Kind des heiligen Jakob, er ist wiedergekommen, Herr, ein Wunder! Gott hat seine Hand über ihn gehalten, er ist wieder bei uns, wie ich es vorausgesagt habe!»

Für einen Augenblick herrschte Stille, und der Graf rief nach einem Diener und befahl, daß er Lope ins Gesicht leuchtete, und im hellen Licht erkannten ihn jetzt auch die anderen, glaubten, ihn wiederzuerkennen, und der Castellan erhob sich von seinem Sitz und stützte sich schwer auf den Tisch und sagte mit seiner flachen, ausdruckslosen Stimme: «Überlaßt ihn mir, Don Fortún. Ich achte den Frieden Eures Hauses, aber überlaßt ihn mir. Ich bitte Euch um diese Gunst.»

Der Conde tat so, als hätte er ihn nicht gehört. Es sah aus, als stünde der Castellan nicht mehr hoch in seiner Gunst. Nicht mehr so hoch wie früher, als der Conde ihm seine Schwester zur Frau gegeben hatte.

Am nächsten Tag machte der Conde Lope das Angebot, wieder in seine Dienste zu treten mit den gleichen Aufgaben, die er ihm schon vor Jahren zugedacht hatte: Über seinen Sohn zu wachen, ihm ein Führer und älterer Bruder zu sein und ein geduldiger Lehrer in allen ritterlichen Künsten.

«Er ist jetzt neun Jahre alt, und er ist immer noch bei meiner Schwester in Sabugal. Wenn er zwölf ist, wirst du mit ihm an einen größeren Hof gehen, vielleicht nach Braganca, vielleicht nach Coimbra zu Don Sisnando Davidiz, vielleicht auch an einen maurischen Hof, Gott allein weiß es. Die Zeiten sind nicht mehr so, daß man lange vorausplanen könnte.»

Er zischelte beim Sprechen, als fehlten ihm die Vorderzähne. Er mußte um die sechzig Jahre alt sein, aber er sah älter aus, und ohne Übergang verfiel er plötzlich in jenen zaghaft weinerlichen Ton, in den er jedesmal verfiel, wenn er in Erregung geriet, und den Lope auch nach so vielen Jahren noch genau im Ohr hatte.

«Die Zeiten haben sich geändert, mein Sohn. Nichts ist mehr, wie es früher war. Don Garcia, der sich König von Galicien nennt, streckt seine Hand nach uns aus. Er gibt sich nicht mit dem zufrieden, was ihm sein Vater vererbt hat, er will auch noch die Grafschaften am Duero in seine Gewalt bringen. Er macht Ansprüche geltend, die gefälscht und erlogen sind. Nie waren wir einem fremden Herrn untertan, weder dem König von Leon noch dem Kalifen von Cordoba. Selbst der große al-Mansūr hat unsere Freiheiten geachtet und die Verträge anerkannt, die unsere Väter mit Musa geschlossen haben, dem Sohn des Nuseir, dem großen Eroberer, der den Gotenkönig von Toledo besiegt hat. Und jetzt will uns dieser Milchbart Don Garcia unter seine Herrschaft zwingen!»

Er sprach in eindringlicher Hast auf Lope ein, faßte ihn am Arm, kam ihm immer näher. Sein Atem stank nach Knoblauch und nach Wein. Er hatte den Kammerknecht einen frisch gefüllten Krug bringen lassen und trank mit heimlicher Gier, als hätte er den Wein aus einer Kirche gestohlen. Lope hatte ihn früher nie Wein trinken gesehen.

«Don Garcia macht unseren Infanzones unter der Hand unverschämte Versprechungen, um sie auf seine Seite zu ziehen. Ich weiß nicht, wie empfänglich sie sind für seine Versprechungen. Kleine Ritter, deren Väter noch Knechte waren. Ich weiß nicht, auf wen ich mich noch verlassen kann, ich weiß es nicht einmal von Alvar Perez, dem Castellan von Sabugal, dem ich meinen einzigen Erben anvertraut habe. Ich setze meine Hoffnung auf dich, mein Sohn. Du bist mir von Gott geschickt worden. Du wirst mich nicht enttäuschen!»

Er stand auf und nahm ein großes hölzernes Kreuz von der Wand. In den Fußbalken war auf der Rückseite eine Höhlung eingelassen, die ein schmales, in goldglänzende Seide gewickeltes Päckchen enthielt. Er nahm es heraus und legte es in Lopes offene Hand und schloß die Finger darum und hielt sie fest.

«Schwöre!» sagte er feierlich. «Schwöre auf diesen Finger des heiligen Fructuosus, daß du mir, Don Fortún Muñoz, dem Grafen von Guarda und Sabugal, und meinem einzigen Sohn und leiblichen Erben, Don Muño Fortúnez, die Treue hältst und daß du uns beschützt vor den Anschlägen und Nachstellungen derer, die unsere Feinde sind, auch wenn es dein Leben kostet. Schwöre es bei Gott und bei seinem Sohn, unserem Herrn Jesus Christus!»

Lope leistete den Schwur und schwor danach auch den Diensteid und kniete nieder und legte seine gefalteten Hände in die Hände des Conde, wie es üblich war. Danach zählte ihm der Graf umständlich drei Goldstücke maurischer Währung in die Hand und segnete ihn und ließ sich dann schweratmend wieder auf seinen Sitz fallen. Er hatte den Krug zur Hälfte geleert, und der Wein begann Wirkung zu zeigen. Als er sich noch einmal an Lope wandte, war seine Stimme dünn und greinend wie die eines erschreckten Kindes.

«Du wirst meinen Sohn behüten!» sagte er. «Versprich es mir. Du wirst einen Mann aus ihm machen, einen Ritter, der sich zu wehren weiß. Du wirst ihm ein guter Lehrer sein, hörst du!» Er rückte noch näher an Lope heran und starrte ihn ohne Lidschlag an. Seine Augen waren rotgerändert und seltsam starr wie die Augen eines Blinden. «Meine Schwester begreift nicht, was ihm nottut. Nur Kapläne um den Jungen und alte Mägde, die ihm fromme Sprüche beibringen. Sie wird wunderlich auf ihre alten Tage. Du mußt dir den Jungen vornehmen, mein Sohn! Faß ihn hart an!»

Lope hatte den jungen Grafen am Abend mit dem Castellan in die Halle kommen sehen und ihn später am Tisch seines Vaters aus der Nähe beobachten können. Ein schmaler Junge mit großen, neugierigen Augen und sanft gewellten graublonden Haaren. Er war Lope mit mißtrauischer Abneigung begegnet, wie einer, der von allen Veränderungen nur Schlechtes erwartet und in jedem Fremden zuerst einen Feind wittert. Beim Gehen zog er das linke Bein nach, als wäre er in der Hüfte verwachsen. Es war zweifelhaft, ob man aus ihm je einen guten Reiter machen konnte.

«Er muß hart werden, hörst du!» fuhr der Conde fort. «Denn er wird harte Zeiten erleben! Ich bin ein alter Mann, ich weiß nicht, wie lange ich meine Hand noch über ihn halten kann. Ich weiß nicht einmal, ob meine

Kraft noch ausreicht, ihm sein Erbe zu erhalten. Bei den durchbohrten Füßen Christi, ich kann nur für ihn beten!» Und er bekreuzigte sich hastig und begann in rasender Eile das Vaterunser herunterzuleiern, während sich Speichelbläschen in seinen Mundwinkeln sammelten und in seinem vergilbten Bart versickerten. Dann verstummte er plötzlich und entließ Lope mit einer schroffen Handbewegung, ohne ihn noch eines Blickes zu würdigen.

Als Lope sich in der Tür noch einmal umdrehte, lag er schon schnarchend über dem Tisch, und der Kammerdiener hatte die Hand in seinem Gürtel.

Lope war bedrückt und ernüchtert zugleich. Als man ihn mit zehn Jahren nach Guarda gebracht hatte, war der Graf so weit von ihm entrückt gewesen wie Gott im Himmel, ein unnahbarer, hocherhabener Herr, der kaum noch menschliche Züge getragen hatte. Jetzt war er einem bedauernswerten alten Mann begegnet, einem schwächlichen Greis, den schleichende Ängste quälten, und der nicht so aussah, als würde er die Volljährigkeit seines Sohnes noch erleben. Lope war voll Mitleid für ihn.

Aber vier Tage später, als er in seinem Gefolge nach Guimaraes ritt, erlebte er ihn wieder ganz anders. Da saß der Conde aufrecht im Sattel, gab streng und herrisch seine Befehle und fauchte seinen Falkenmeister, der einen von der Hand gefallenen Beizvogel nicht gleich wieder zu fassen bekam, mit solcher Schärfe an, daß dem Mann alle Farbe aus dem Gesicht wich. Er hatte seine Leute fest im Griff, ließ während des dreitägigen Ritts kein Zeichen von Schwäche erkennen.

Graf Nuño Mendez von Portocale hatte alle Duero-Grafen zu einem Treffen auf die Burg von Guimaraes geladen. Es war ein Aufruf zu einer offenen Verschwörung gegen Don Garcia, den König von Galicien. Der Conde hatte zunächst gezögert, daran teilzunehmen, aber durch eine Nachricht, die der Infanzon aus Braganca überbracht hatte, war er schließlich doch dazu bewogen worden, den Schritt zu wagen.

Der Graf von Braganca war im Herbst des vergangenen Jahres gestorben. Er hatte eine Frau und einen achtjährigen Sohn hinterlassen. Die Gräfin hatte die Herrschaft übernommen, um dem Sohn das väterliche Erbe zu erhalten und es bis zu seiner Volljährigkeit zu verwalten, aber Don Garcia machte jetzt die Rechte eines königlichen Lehnsherrn geltend. Er hatte der Gräfin eine Botschaft zukommen lassen, die sie vor die Wahl stellte, entweder einen Vormund für den Sohn zu akzeptieren, den er benennen wollte, oder einen Mann zu heiraten, den er vorschlug, oder aber, wenn sie die Grafschaft weiterhin im Namen ihres Sohnes selbst regieren wollte, jährlich dreißig Pfund in Gold an ihn zu zahlen. Die Gräfin hatte den Boten abgewiesen, aber allein war sie machtlos gegen den König.

Der Kaplan des Conde hatte sie Lope auf der Reise beschrieben: «Eine stolze Frau. Sie sitzt zu Pferde wie ein Mann, und sie brunzt aus dem Sattel wie ein Peon, ich habe es mit eigenen Augen gesehen.»

Lope lernte sie am Abend des Sonntags in der Burg von Guimaraes kennen, als sich die Grafen und Infanzones in der Halle zur Beratung versammelten. Sie war auffallend groß, daß Gesicht von vornehmer Blässe, und die schwarze Witwentracht konnte weder ihre Schönheit noch ihre brandroten Haare verbergen. Die Stimme war leise und von einer weiblichen Sanftheit, die die Worte des Kaplans Lügen zu strafen schien. Aber sie klang nur sanft, solange die Gräfin das Los ihres unmündigen Sohnes beklagte. Als sie auf Don Garcia zu sprechen kam, wurde ihre Zunge rauh wie eine Feile.

«Ihr Herren glaubt vielleicht, daß ihr euch auf eure altüberkommenen Rechte berufen könnt, daß es genügt, wenn ihr die Verträge vorzeigt, die die Väter eurer Väter mit den Kalifen von Cordoba geschlossen haben. Aber bei den Wunden Christi, ich werde euch sagen, was ihr von diesem Hurensohn zu erwarten habt. Er wird die Verträge vor euren Augen zerreißen und euch die Fetzen ins Maul stopfen und euch befehlen, sie hinunterzuschlucken. Und danach wird er euch seine eigenen Urkunden vor die Nase halten. Dieser lausige Hund läßt schamlos von seinen Schreibern Urkunden fälschen und mit nachgemachten Siegeln versehen. Er fälscht die Unterschriften der alten Könige. Er behauptet mit unverschämter Frechheit, Braganca sei altes Königsland. Er wird bald auch euch seine gefälschten Urkunden vorlegen. Er wird keinen auslassen von uns, auch nicht Don Sisnando, der sich jetzt noch am Mondego in Sicherheit wiegt und meint, er hätte es nicht nötig, sich uns anzuschließen. Laßt uns zusammenstehen, ihr Herren!» rief sie durch die Halle. «Laßt uns diesem Hurensohn mit dem Schwert antworten! Laßt uns kämpfen, ihr Herren! Nicht jeder für sich, sondern alle gemeinsam, damit es uns nicht ebenso ergeht wie Ramiro von Tuy!» Ihr Blick wanderte über die Reihen der Männer hinweg, und es war, als wollte sie jeden einzeln ins Auge fassen.

Die Herren schwiegen betreten.

Der Graf von Tuy war im vergangenen Sommer von Don Garcia

überfallen worden, ohne daß ihm einer zu Hilfe gekommen wäre. Er war der erste der unabhängigen Grafen im Süden von Galicien, den der König überwältigt hatte.

Tuy war bis zum Jahre des Herrn tausendundsechzehn Bischofssitz gewesen. In jenem Jahr waren Normannen auf ihren schnellen Schiffen unbemerkt den Miño heraufgekommen, hatten die Stadt geplündert und niedergebrannt und die meisten Bewohner in die Sklaverei verschleppt. Hatten auch die Domkirche zerstört und den Bischof entführt. Niemand hatte je mehr etwas von ihm gehört.

Nur die Grafen von Tuy waren damals ohne größeren Schaden davongekommen. In der Folgezeit hatten sie sich nach und nach weite Teile des ehemaligen Bischofslandes angeeignet und um die Mündung des Miño eine große Herrschaft aufgebaut. Vor drei Jahren hatte Don Garcia damit begonnen, diese Ländereien wieder zurückzufordern mit der Begründung, daß er das Bistum von Tuy wieder aufrichten wollte. Als sich der Graf von Tuy geweigert hatte, war der König mit einem kleinen Heer überraschend vor die Stadt gezogen und hatte ihn überrumpelt und gefangengesetzt. Jetzt war er dabei, die Domkirche wieder aufzubauen, um einen neuen Bischof in die Stadt zu setzen.

«Wir müssen verhindern, daß er ohne unsere Zustimmung einen seiner Günstlinge zum Bischof von Tuy macht!» rief Don Nuño Mendez, der nach der Gräfin das Wort ergriffen hatte. Der Herr von Portocale und Guimaraes war der mächtigste der Duero-Grafen und wurde von ihnen allen als Wortführer anerkannt. «Er hat schon einen seiner Speichellecker auf den Stuhl von Compostela gesetzt. Er hat einem zweiten das Bistum von Orense übertragen. Wenn es ihm auch in Tuy gelingt, haben wir ihn unmittelbar im Nacken. Und Tuy ist noch nicht alles, was er will. Man hat mir zugetragen, daß er auch den Stuhl von Braga wieder aufrichten will!»

Ein Raunen ging durch die Reihen der Männer. Jeder in der Halle wußte, was das bedeutet. Braga war eines der großen Erzbistümer Spaniens gewesen. Die Mauren hatten den Metropoliten schon vor Jahrhunderten vertrieben, seitdem war der Stuhl verwaist. Es gab keinen Grafen zwischen Miño und Duero, der nicht auf Ländereien des ehemaligen Erzbistums von Braga gesessen hätte. Jeder wußte auch, daß die Macht des Königs nicht mehr zu erschüttern sein würde, wenn es ihm gelänge, als erster spanischer Fürst eines der alten, von den Mauren unterjochten Erzbistümer unter christlicher Herrschaft wieder aufzurichten.

Es wurde still in der Halle. Der Regen prasselte auf das Dach, während alle schweigend auf Don Nuño starrten.

Der Graf von Portocale gab seinem Kämmerer einen Wink, und kurz darauf trugen zwei Kammerknechte einen geschnitzten Tisch herein, auf dem ein silbernes Reliquiar stand.

«Meine Brüder, meine Freunde!» begann er mit erhobener Stimme. «Laßt uns einen feierlichen Eid schwören, daß wir einander beistehen gegen den Feind, der unsere Freiheit bedroht. Daß alle zu Hilfe kommen, wenn einer um Hilfe ruft. Daß jeder mit seinem ganzen Aufgebot anrückt, wenn es zum Kampf kommt. Daß keiner beiseite steht, wenn wir ins Feld ziehen.» Und er schwor als erster, die Linke auf dem Reliquiar, die Rechte hoch erhoben. Und rief danach die Gräfin von Braganca auf, mit ihrem Sohn, und nach ihr die anderen Grafen und die Infanzones, die über eigene Lehnsleute geboten. Und einer nach dem anderen leistete den Eid, alle ohne Ausnahme, keiner schloß sich aus.

Am Ende der Zeremonie hörte es plötzlich auf zu regnen. Einer der beiden Priester, die den feierlichen Akt mit ihren Gebeten begleitet hatten, machte Don Nuño darauf aufmerksam.

«Ein Zeichen Gottes!» rief der Graf.

Und Beifall kam auf, und die Männer trommelten auf die Tische, und als ob sich auch in der Halle eine düstere Wolke verzogen hätte, wurde die Stimmung laut und ausgelassen. Musiker kamen herein, und süßer Wein wurde aufgetragen, und dann gebot der Graf noch einmal Stille und, angeführt von einem baumlangen Diener, kam ein winziges Männchen in die Halle, keine zwei Ellen hoch, in ein schreiend buntes Federgewand gekleidet, mit kurzen krummen Beinen und einem unförmig großen Kopf. Der Diener hob den Kleinen auf einen Tisch, wo er von allen gesehen werden konnte, und während auf allen Seiten Gelächter laut wurde, rief der Graf in die Halle: «Meine Freunde! Ich will euch einen Gast vorstellen, der aus Orense kommt, geradewegs vom Hof dieses eingebildeten Königs. Seht ihn euch an: den Hofnarren Garcias, den Narren eines Narren. Hört euch an, was er über seinen Herrn zu erzählen weiß!»

Der Narr verbeugte sich in komischer Würde nach allen Seiten und schwenkte seine Federkappe und sagte: «Hört, ihr Herren, hört, was ich euch zu berichten habe vom Hof Don Garcias, des Einfältigen. Zwei Jahre habe ich in seinem Dienst gestanden, bis er seinen Dienern befahl, mich am Torbalken aufzuhängen. Ich hatte schon den Strick um den Hals, aber mit Gottes Hilfe bin ich entkommen.»

Er hatte eine hohe, quäkende Stimme, die bis in die hintersten Ecken der Halle trug.

«Wollt ihr hören, ihr Herren, womit ich den Zorn meines Herrn erregt habe? Wollt ihr es hören?»

Er drehte sich mit trippelnden Schritten im Kreis und warf seine Kappe in die Luft.

«Hört, ihr Herren, es waren Gäste geladen am Hof, und der Herr König sprach mit ihnen und machte seine einfältigen Bemerkungen, wie es so seine Art ist. Da sage ich in meiner Art: ‹Hört, hört, unser Herr König wird unserem Herrn Jesus Christus immer ähnlicher!› Alle verstummen, und der Herr König fühlt sich sehr geschmeichelt und fragt mich: ‹Wie meinst du das, Narr?› und ich antworte: ‹Von unserem Herrn Jesus Christus heißt es, daß er als kleines Kind schon so weise gewesen sei wie ein Mann von fünfundzwanzig Jahren. Von unserem Herrn König aber kann man sagen, daß er mit fünfundzwanzig Jahren so weise ist...» Er ließ den Satz in der Schwebe und grinste über beide Ohren und schwenkte seine Kappe in einer tiefen Verbeugung.

Und allmählich begriffen die Männer den Sinn seines Scherzes, und ihr Gelächter füllte die Halle, dröhnendes, schenkelschlagendes, befreites Gelächter. Alle hatten sie schon davon gehört, daß der König nicht der hellste wäre im Kopf, jetzt war es offenbar, aus erster Quelle bestätigt.

Sie feierten bis weit über Mitternacht hinaus.

Nur der Graf von Guarda ließ sich nicht mitreißen von der allgemeinen Hochstimmung. Er hatte auch den Scherz des Narren nicht belacht wie die anderen.

«Es ist ein Fehler, seine Feinde vor sich selbst klein zu machen», sagte er verdrossen. «Es ist ein verdammter Fehler!»

33

SILVES

FREITAG 23. DJUMADA II 462
24. NISSAN 4830/8. APRIL 1070

Über den Westhimmel spannte sich ein breites Wolkenband, dessen ausgefranster oberer Rand bis in den Zenit reichte, und das sich jetzt, als die Sonne langsam hinter dem Horizont versank, in eine glutrote Fahne verwandelte. Ein frischer Wind kam vom Meer herauf und ließ das runde, an langem Seil vom Ast einer Platane hängende Weidenbett, in dem Ibn Ammar ruhte, sanft hin und her schaukeln. Er lag entspannt in den Kissen, die Hände hinter dem Kopf verschränkt. Der Wind strich ihm über die Haut, wie eine zärtliche Hand. Er sah das Mädchen zwischen den Rosenbüschen, dort wo der Bach, der sich durch den Palastgarten schlängelte, in glitzernden Kaskaden über eine Marmorbalustrade stürzte. Sie saß am Rande des kleinen Beckens, in das sich der Wasserfall ergoß, und sang leise vor sich hin, eine seltsam wehmütige, fremdartige Melodie, die sie verlor und wieder aufnahm und immer aufs neue wiederholte, als hinge eine schöne Erinnerung daran. Er hatte den fremdländischen Namen, den sie ihm genannt hatte, vergessen, und einen anderen hatte er ihr noch nicht gegeben. Sanftes braunes Mädchen.

Niemand wußte, wo sie herkam. Ein fränkischer Händler hatte sie ihm vor drei Wochen zu einem verblüffend niedrigen Preis angeboten. Sie sprach kein Wort arabisch und auch sonst keine Sprache, in der man sich mit ihr hätte verständigen können. Sie hatte keine Ausbildung, weder als Sängerin noch als Tänzerin oder Konkubine. Aber der Händler hatte versichert, daß sie noch Jungfrau sei, und eine Dienerin hatte es bestätigt, und als sie vor ihm entkleidet worden war, hatte ihm schier der Atem gestockt. Sie war schön wie eine Blume am Morgen, schön wie eine Huri, eine schlanke, schwarzäugige Gazelle von so vollkommener Schönheit, daß man glauben mochte, sie wäre wahrhaftig aus dem Paradies heruntergestiegen.

In Sevilla, in der Maslah des Hammām ash-Shattāra, des schönsten Bades der Stadt, stand eine Statue aus weißem Marmor, die man zu Zeiten des alten Qadi in Italica, der ehemaligen Römersiedlung auf der anderen Seite des Flusses, ausgegraben hatte. Sie stellte eine junge Frau dar, die ein Kind auf dem Schoß hält, und mit einem unbeschreiblich schönen Ausdruck, in dem sich Schreck und besorgte Zärtlichkeit mischen, eine Schlange abwehrt, die das Kind bedroht.

Es geschah immer wieder, daß sich Männer, junge und alte gleichermaßen, in diese Frau aus Marmor verliebten und über Wochen und Monate hinweg täglich das Bad aufsuchten, um sie in stummer Verzükkung anzubeten. Man erzählte sogar von einem Studenten, der sich ihretwegen das Leben genommen hätte.

Von ähnlicher, beinahe unnahbarer Schönheit war dieses braune Mädchen, das ihm der fränkische Händler verkauft hatte.

Er hatte sie nicht angerührt. Er hatte sie zurückgehalten für diesen heutigen Tag, einen Tag, der von vollkommener Harmonie sein sollte. Er hatte auf diesen Tag gewartet.

Er hatte von Anfang an gewußt, daß ihm nur eine kurze Zeit in Silves bleiben würde. Kein irdisches Paradies ist von Dauer. Es war zu schön gewesen. Ein ruhiges, friedliches Land, weitab von allen Kämpfen und Kriegen. Freundliche Bauern, die voll Stolz ihre größten Melonen zu ihm in den Gouverneurspalast brachten, so große Früchte, daß sie nicht mehr als vier auf den Schultern tragen konnten. Fleißige Winzer, die einen samtigen, milden Wein kelterten, der das Herz erwärmte. Fischer, die mit verwegenem Mut ihre winzigen Boote durch die Brandung steuerten, auf der Jagd nach dem Thunfisch. Ein gottgesegnetes Land, gerade so arm, daß der Neid keine Nahrung fand, aber reich genug, daß jeder Bauer sich einen Esel halten konnte.

Am Vortag, zwei Stunden vor Sonnenuntergang, war ein erschöpfter Eilbote angekommen mit einem Brief, der das Siegel al-Mutamids trug. Der Brief lag noch immer ungeöffnet neben ihm. Er wußte, was darinstand. Er hatte seinen Privatsekretär kommen lassen und alle Verpflichtungen für den nächsten Tag abgesagt, den üblichen Vormittagsempfang in der Madjlis, die Besprechung mit dem Muhtasib und dem Leiter der Finanzkammer, die vorgesehene Gerichtsverhandlung mit dem Qadi der Stadt. Er hatte die Nacht allein verbracht, hatte sich am Morgen von seiner Lieblingssängerin mit einem Lied wecken lassen, war im Morgentau durch den Park gestreift und hatte mit dem Gärtner die Anlage eines kleinen Orangenhains besprochen.

Nach Sonnenaufgang war er ausgeritten, nur von zwei Leibwachen begleitet, denen er befohlen hatte, so weit zurückzubleiben, daß er in seiner Einsamkeit nicht gestört wurde. Er war nach Süden geritten, bis er das Meer vor Augen gehabt hatte. Das «Meer der Finsternis», wie es von den Geographen genannt wurde, weil es im Dunkel lag, wenn die Sonne über dem bewohnten Teil der Erdkugel stand. Das «grüne Meer», wie die Menschen an der Küste sagten, die es täglich vor Augen hatten.

Er hatte sich in den Schatten eines Baumes gesetzt und auf das Meer hinausgeblickt, gegen Südwesten hin, wo weit hinter dem Horizont jene sagenhaften Inseln der Glückseligkeiten liegen mußten, die den westlichsten Teil der bewohnten Erde bildeten, und hinter denen nichts mehr lag bis zu den entferntesten Küsten Indiens und Chinas als das endlose Meer, einsam und unberührt von Sonnenaufgang bis Sonnenuntergang.

Die Inseln der Glückseligen.

Hatte Gott das größte Glück an den Rand der Welt gelegt?

In seiner Jugend hatte er einmal einem alten Seemann zugehört, der behauptet hatte, auf jenen Inseln gewesen zu sein. Mit sieben anderen Abenteurern war er von Lissabon nach Westen gesegelt, um den großen Ozean zu überqueren. Nach elf Tagen hatte sie der Mut verlassen, und sie waren nach Süden abgedreht. Weitere zwölf Tage später hatten sie eine Insel erreicht, auf der riesige Schafherden weideten, ohne daß sie einen Hirten zu Gesicht bekommen hätten. Danach waren sie noch einmal zwölf Tage nach Süden gefahren und hatten endlich wieder bewohntes Land gefunden, eben jene glücklichen Inseln. Sie hatten großgewachsene Menschen angetroffen mit glatten, rotblonden Haaren, die Frauen von außergewöhnlicher Schönheit. Man hatte sie gefangengesetzt, aber freundlich behandelt und nach einigen Wochen auf ein Schiff gebracht und nach dreitägiger Fahrt mit verbundenen Augen an der afrikanischen Küste freigelassen. Von dort hatten sie auf dem Landweg zwei Monate gebraucht, um nach Lissabon zurückzugelangen.

Wenn diese fernen Inseln wirklich von Gott im Übermaß mit Glück gesegnet waren, dann hatte er den Weg dahin beschwerlich weit gemacht.

Vielleicht stammte das braune Mädchen von einer der Inseln?

Er hatte sie sich, nach der Rückkehr von seinem Ausflug, nach einem guten Essen mit vertrauten Freunden, nach einem erquickenden Schlaf bei leiser Lautenmusik, am späten Nachmittag im Garten des Palastes zuführen lassen, geschmückt und geschminkt, wie er es liebte, in blaue Seide gehüllt, die Haare kunstvoll mit Korallenschnüren durchflochten.

Er hatte ihr das Gewand abgestreift und ihre Schönheit genossen, das Spiel von Licht und Schatten auf ihrer Haut, und hatte ihr mit kundiger Zärtlichkeit die Mädchenschaft genommen.

Aber es war nicht das vollkommene Vergnügen gewesen, das er sich erhofft hatte. Sie hatte seine Umarmungen in schlaffer Duldsamkeit ertragen und seine Liebkosungen teilnahmslos über sich ergehen lassen. Er war enttäuscht gewesen und beschämt zugleich. Vielleicht hätte er sie besser vorbereiten lassen sollen auf diesen Abend, vielleicht war es die Sprachlosigkeit gewesen, die sie gehindert hatte, seine Stimmung zu teilen. Vielleicht hatte er auch nur zu viel erwartet.

Die Zeit, die er hatte wiederaufleben lassen wollen, lag schon so weit zurück. Wie lange war es her, daß er mit dem Prinzen nach Silves gekommen war? Wie lange, daß sie in diesem zauberhaften Park des Gouverneurspalastes ihre fröhlichen Spiele gespielt hatten? Vierzehn Jahre, fünfzehn Jahre? Unbeschwerte Jugendtage, vergoldet im Glanz der Erinnerung. Mußte davor nicht alles verblassen?

Jenes Gedicht ging ihm durch den Sinn, das al-Mutamid ihm beim Abschied in Sevilla überreicht hatte, und das die Stimmung jener Tage so gut wiedergab: Die Leichtigkeit, das Ungestüm, den Überschwang ihrer Jugendzeit.

Grüß mir mein Silves, Abu Bakr, und frage,
ob es sich noch erinnert unsrer Jugendtage,
und sag auch, meine Sehnsucht wär noch immer groß,
nach dem Palast, dem ash-Sharādjīb-Schloß,
dem Löwenhof, den Marmorstatuetten
im Park, den still verträumten Stätten,
wo wir in kühlem Palmenschatten
Gazellenmädchen um uns hatten,
mit weißer Haut und brauner Haut und gertenschlank
beim Tanze,
wo mancher Blick uns tiefer traf als blankes Schwert
und Lanze.
Wie viele Stunden habe ich dort zugebracht,
im Park, am Wasserfall in lauer Frühlingsnacht
mit einer, deren Augen selbst den vollen Mond
erblassen ließen,
die trunken mich gemacht mit ihren Zärtlichkeiten,
ihren Küssen,
viel mehr als mit dem Wein, den sie mir gab.
Sie schlug die Laute, daß ich's nie vergessen hab.
Wie Blütenblätter ließ sie ihre Kleider fallen.
Wie eine Knospe, die sich öffnet, war sie, schön vor allen.

Die Wolkenfahne am Himmel hatte sich tiefschwarz verfärbt, nur am unteren Rand, dicht über dem Horizont trug sie noch einen roten Saum. Das Mädchen saß noch immer am Marmorbecken, die Füße im Wasser. Ein matter Schimmer lag auf ihrer Haut, ein Abglanz des letzten Sonnenlichts.

Er rief nach ihr, und sie sprang auf und kam zu ihm herüber unter das Platanendach, leichtfüßig mit wiegenden Hüften. Ihre nackten Sohlen machten kein Geräusch auf dem Boden.

Genügte es nicht, daß sie schön war? Hätte Gott ihr auch noch Leidenschaftlichkeit geben sollen und Klugheit und alle Arten weiblicher Künste und Begabungen?

Eine Geschichte fiel ihm ein, die man von al-Mutassim, dem Herrn von Almeria, erzählte. Der Fürst hatte seine Architekten beauftragt, einen Palast zu entwerfen, der von vollkommener Schönheit sein sollte. Er ließ die Grundstücke, die für den Bau nötig waren, aufkaufen, und konnte sie alle erwerben, bis auf ein einziges, auf dem ein Waisenhaus stand. Es lag in der Macht des Fürsten, auch dieses Waisenhaus abreißen zu lassen, aber bevor er den Befehl dazu gab, fragte er einen Shaikh um Rat, der als ein weiser Mann galt. Der Shaikh sagte zu ihm: «Du hast die Wahl, Leuten mit gutem Geschmack zu gefallen oder Gott.» Also ließ al-Mutassim das Waisenhaus stehen, und sein neuer Palast bekam an einer Stelle einen Knick, der die Symmetrie der ganzen Anlage empfindlich störte. Es war kein vollkommener Bau mehr, wie er ihn sich gewünscht hatte. Aber wenn ein Besucher al-Mutassim darauf ansprach, pflegte der Fürst zu antworten: «Am Anfang war ich nicht sehr glücklich darüber, doch nun muß ich sagen, es gibt nichts an meinem Palast, das mir besser gefällt, als diese kleine Unvollkommenheit.»

Er winkte das Mädchen zu sich, und sie legte sich gehorsam neben ihn, und er nahm sie noch einmal und entließ sie mit dem goldenen Armschmuck, den er ihr für diesen ersten Abend zugedacht hatte.

Der Tag war vorüber. Die schönen Tage in Silves waren vorüber, und er wußte, daß sie für immer vorüber waren. Er war nicht gemacht für das stille Glück, für den paradiesischen Frieden einer kleinen Stadt am Rande der Welt. Er würde nie mehr hierher zurückkehren. Er würde das Mädchen mit sich nehmen, damit sie ihn erinnerte an das Land am grünen Meer und an den Palast über der Stadt und die duftenden Rosengärten, und er würde sich am Anblick ihrer Schönheit erfreuen in der Gewißheit, daß es nichts zu vermissen gab.

Er ging durch den nachtdunklen Park zum Palast zurück und in das kleine Bad, das er für sich und das Mädchen hatte vorbereiten lassen, und das er jetzt allein aufsuchte. Er genoß den Aufenthalt im Schwitzraum und die Massage und ließ sich die Haare schneiden und zog ein frisches Gewand an. Dann erst, in dem hochgelegenen Pavillon auf dem Ostturm des Palastes über dem Park, nahm er sich den Brief vor, den ihm al-Mutamid geschickt hatte.

Der Brief enthielt nur wenige Zeilen, eigenhändig geschrieben, ohne die üblichen Floskeln der Hofkanzlei:

O Abu Bakr, Freund und Bruder,
voll Sehnsucht schaue ich den Wolken nach,
und westwärts geht mein Blick.
Ich wollt, ich hätte Flügel, um ihnen nachzufliegen,
doch lästige Pflichten halten mich zurück.
Was bleibt mir anderes, als Dich zu mir zu rufen,
ich bitte Dich, ich flehe:
Beeile Dich, mein Freund, Großes steht uns bevor,
ich brauche Deinen Rat und Deine Nähe.

Darunter die schwungvolle Unterschrift al-Mutamids, die er sich schon als junger Mann eingeübt hatte.

Es war die Nachricht, die Ibn Ammar erwartet hatte. Der Rückruf an den Hof nach Sevilla. Ein Brief, wie er charakteristisch war für den jungen Fürsten: Kein offener Befehl, sondern eine gefühlvolle Bitte, die dennoch keinen Aufschub duldete.

Ibn Ammar ließ noch in der Nacht die nötigen Vorbereitungen treffen, um schon am frühen Morgen mit kleiner Begleitung aufbrechen zu können. Er wählte den Landweg, die Seereise würde zu lange dauern. Al-Mutamid war großzügig wie kein zweiter Fürst in Andalusien, aber er war auch ungeduldig wie ein Kind. Man durfte ihn nicht warten lassen.

Sevilla

Drei Meilen vor der Stadt wurde ein Rappe edelster Rasse für Ibn Ammar bereitgehalten, kostbar gesattelt und aufgezäumt. Als er an den Fluß kam und auf der goldenen Galeere des Fürsten übergesetzt wurde, kleidete man ihn in ein Ehrengewand der ersten Klasse. Am Ufer erwartete ihn die große Kapelle mit den Kesselpauken, um ihn zum al-Qasr zu geleiten. Sechs Neger-Askarī in Paraderüstung übernahmen seine Bewachung. Eine persische Sängerin sang zur Begrüßung ein eigens zu diesem Anlaß komponiertes Lied. Jede Stunde des Ankunftstages brachte ein neues Geschenk bis zum Abend, als ihn der Fürst selbst in das weiträumige Stadtpalais führte, das er für ihn hatte vorbereiten lassen. Es schien, als wollte al-Mutamid sogar jenen großartigen Empfang noch übertreffen, den er ihm bei seiner Rückkehr aus der Verbannung gegeben hatte.

Die Freude des Fürsten über das Wiedersehen war so groß, daß er jedes Protokoll durchbrach und Ibn Ammar vor aller Augen wie einen

Bruder umarmte. Sie hatten vereinbart, im offiziellen Umgang alle Vorschriften des Hofzeremoniells einzuhalten, einschließlich der formellen Anrede, die dem Fürsten gebührte. Ibn Ammar selbst hatte darauf gedrungen und al-Mutamid in einem langen Gespräch überzeugt, daß ihre Freundschaft vor der Würde des Herrscheramtes zurückstehen müßte. Er hatte keine Mühe, die langatmigen Titel formvollendet zu gebrauchen, aber dem Fürsten fiel es an diesem Tag sichtlich schwer, die steife Zurückhaltung zu wahren, die von ihm erwartet wurde. Voll Ungeduld kürzte er das Empfangszeremoniell, entließ die Gäste schon kurz nach Einbruch der Dunkelheit und zog sich mit Ibn Ammar in ein Turmzimmer des al-Muharram-Palastes zurück.

Ibn Ammar war gerührt über seine Anhänglichkeit und seine Großzügigkeit, die keine Grenzen zu kennen schien, aber er war auch beunruhigt. Ihre Freundschaft hatte schon in den unbeschwerten Jugendtagen unter dem Mißverhältnis ihrer Herkunft gelitten: der mittellose Dichter aus kleiner Familie und der goldene Junge aus fürstlichem Haus. Al-Mutamid hatte es nie wahrhaben wollen und sich stets alle Mühe gegeben, Ibn Ammar wie einen Gleichgestellten zu behandeln. Aber eine Kluft war immer geblieben. Sie zeigte sich in den übersteigerten Freundschaftsbekundungen des Fürsten ebenso wie in der erzwungenen Zurückhaltung, die sich Ibn Ammar auferlegte, um diese Freundschaft nicht allzusehr zu belasten.

Er hatte nie jenen Abend in Silves vergessen, als er die schwärmerische Zuneigung al-Mutamids einmal ausgenutzt und ihn um eine verbotene Gunst gebeten hatte. Eine Tänzerin hatte ihm ihre Zuneigung zu erkennen gegeben, und er hatte sich leidenschaftlich in sie verliebt, obwohl der Prinz sich das Mädchen selbst vorbehalten hatte. Al-Mutamid war damals siebzehn Jahre alt gewesen, und seine Freundschaftsschwüre hatten nie aufrichtiger geklungen, als zu jener Zeit, aber nach dieser Bitte war er in rasende Eifersucht verfallen und hatte sich in eine tödliche Wut hineingetrunken und im Rausch die Wachen gerufen und den Henker. Und erst als das Blutleder schon am Boden gelegen hatte, war er aufgewacht und hatte in heulender Zerknirschung um Verzeihung gebeten und Geschenk auf Geschenk gehäuft, um den Vorfall vergessen zu machen. Aber Ibn Ammar war noch nach Wochen nachts schweißgebadet aus gewalttätigen Träumen aufgewacht, in denen der Prinz eigenhändig das Richtschwert über ihn geschwungen hatte. Die Freundschaft zwischen Fuchs und Löwe ist für den Fuchs nie ganz geheuer. Auch dieser Tag hatte es wieder gezeigt. Der Empfang war um jenes Maß zu pompös ausgefallen, das natürliche Herzlichkeit von übertriebener Zuneigung trennt.

Unter den Gästen hatte Ibn Zaydūn gefehlt. In den geheimen Informationen vom Hof, die Ibn Ammar in Silves erhalten hatte, war nie von einem Zerwürfnis zwischen dem Fürsten und dem Hādjib die Rede gewesen. Erst kurz vor dem Empfang im al-Qasr hatte man ihn davon unterrichtet, daß Ibn Zaydūn sich schon seit Tagen in Cordoba aufhielt. Hatte der Hādjib diese Reise unternommen, um dem Empfang aus dem Weg zu gehen? Hatte der Fürst ihn nach Cordoba geschickt, um sich seiner zu entledigen? Gab es Pläne für eine Allianz?

Al-Mutamid ließ ihn nicht lange im Ungewissen. «Du ahnst, warum ich dich hergebeten habe?» fragte er, sobald sie sich allein gegenübersaßen, und gab gleich selbst die Antwort: «Abdalmalik Ibn Djahwar von Cordoba hat uns um Beistand ersucht.»

«Gegen seinen Bruder?» fragte Ibn Ammar.

«Nein, gegen al-Ma'mūn von Toledo», erwiderte al-Mutamid mit erwartungsvoller Langsamkeit, als wollte er die Überraschung auskosten, die er dem Freund mit dieser Nachricht bereitete.

Es war eine Überraschung, auf die Ibn Ammar nicht gefaßt war, eine Nachricht, die ungeahnte Aussichten eröffnete. «Hat al-Ma'mūn vor, Cordoba anzugreifen?» fragte er.

«Abdalmalik behauptet es.»

«Und seine Informationen sind zuverlässig?»

«Wir sind überzeugt, daß sie es sind.»

Ibn Ammar war sich nicht sicher, ob das *wir* auch den Hādjib mit einschloß. «Gibt es keine verläßlichen Nachrichten aus Toledo selbst?» fragte er.

«Noch nicht», sagte al-Mutamid. «Aber es sind Boten unterwegs.» Und fragend setzte er hinzu: «Spielt es eine Rolle, ob wir eine Bestätigung aus Toledo bekommen?»

«Nein», sagte Ibn Ammar nach kurzem Nachdenken, «im Grunde nicht.» Er kannte die Verhältnisse in Cordoba gut genug, um sich ein Urteil bilden zu können. Abulwalīd Ibn Djahwar, der große alte Qadi, der die Regierung von Cordoba nach den Bürgerkriegswirren übernommen hatte, war vor sechs Jahren wegen eines chronischen Leidens zurückgetreten und hatte die Amtsgeschäfte seinen beiden Söhnen übertragen. Abdarrahmān, der ältere, war Leiter der Zivilverwaltung geworden, Abdalmalik hatte die Führung des Heeres übernommen. Aber diese Teilung der Regierungsgewalt war nur von kurzem Bestand gewesen, dann hatte Abdalmalik seinen Bruder entmachtet. Er hatte ihn jedoch nicht ganz aus der Stadt vertreiben können, denn noch lebte der Vater, und zum anderen konnte sich Abdarrahmān auf eine starke Fraktion des Stadtadels stützen, die das Machtstreben Abdalmaliks mit größtem Mißtrauen beobachtete. Der neue Herr von Cordoba hatte erst vor kurzem Anspruch auf die Stellung eines Fürsten erhoben, indem er sich als «Herrscher von Gottes Gnaden» in das Freitagsgebet hatte einschließen lassen, was dem alten Qadi niemals in den Sinn gekommen war. Beinahe wäre es zu einem Aufstand in der Stadt gekommen.

«Braucht Abdalmalik deine Hilfe nur gegen Toledo oder auch gegen seine Feinde in der Stadt?» fragte Ibn Ammar.

«Offiziell geht es nur um einen Beistandspakt für den Fall eines Angriffs», sagte al-Mutamid lächelnd.

Ibn Ammar erwiderte sein Lächeln. «Al-Ma'mūn wagt keinen Angriff auf Cordoba, wenn er nicht auf Verbündete in der Stadt selbst zählen kann», sagte er. «Wer ist es? Abdarrahmān, der Bruder?»

«Was vermutest du?» fragte al-Mutamid zurück.

Ibn Ammar stand auf und ging zu einer der schmalen, von schlanken Säulen flankierten Türöffnungen, die auf den Turm-Umgang hinausführten. «Es gibt viele große Familien in Cordoba, die gleiche Rechte auf die Herrschaft geltend machen können wie die Banu Djahwar», sagte er nachdenklich. «Ein Fürst, der weitab in Toledo sitzt, wäre ihnen wahrscheinlich lieber als einer aus den eigenen Reihen, der alles daransetzen muß, sie zu entmachten, damit er sich an der Spitze halten kann.» Er wandte sich zu al-Mutamid um. «Auf wen kann sich Abdalmalik stützen? Hat er alle großen Familien gegen sich?»

«Die meisten», erwiderte al-Mutamid. «Aber er hat den Bazar auf seiner Seite und die Leute auf der Straße.»

«Die Leute auf der Straße sind immer für den, der ihnen Versprechungen macht, und die Händler im Bazar sind immer auf der Seite des Fürsten, solange er stark genug ist, für Ruhe und Ordnung zu sorgen, und solange ihre Geschäfte gut gehen», sagte Ibn Ammar. «Die Frage ist, ob Abdalmalik stark genug ist.»

«Ibn Zaydūn wird es herausfinden. Dazu habe ich ihn nach Cordoba geschickt», sagte al-Mutamid mit einem Anflug selbstbewußter Würde.

«Was sagt der Hādjib zu dem Beistandspakt?» fragte Ibn Ammar in die Nacht hinaus.

«Warum interessiert dich seine Meinung?» erwiderte der Fürst nach einer unbehaglichen Pause.

«Er kommt aus Cordoba, er stammt aus einer der großen Familien dort. Es gibt keinen, der die Stadt besser kennt, als er», sagte Ibn Ammar. Er wandte dem Fürsten noch immer den Rücken zu.

«Ibn Zaydūn ist seit zwanzig Jahren nicht mehr in Cordoba gewesen», widersprach al-Mutamid unwillig und fragte mit mühsam unterdrückter Ungeduld: «Ich will wissen, was du davon hältst, Abu Bakr?»

Ibn Ammar drehte sich um und blickte ihn strahlend an. «Das fragst du noch!» sagte er mit dem Schwung aufrichtiger Begeisterung. «O Muhammad, du weißt es längst. Du hättest mich mit keiner besseren Nachricht überraschen können. Es ist die Gelegenheit, auf die schon der Vater deines Vaters gewartet hat, Gott nehme ihn in sein Paradies auf. Du wirst es sein, der jetzt seine Hoffnungen erfüllt. Du wirst erreichen, was deinem Vater immer verwehrt geblieben ist!» Er machte ein paar Schritte auf den Fürsten zu, als drängte ihn die Begeisterung zu ihm hin. Er hatte mit Bedacht den Großvater zuerst genannt und die Rolle des Vaters verkleinert, obwohl er wußte, daß es allein der Vater gewesen war, der den Weg nach Cordoba eröffnet hatte. Sein Geld erst hatte es Abdalmalik ermöglicht, die Macht an sich zu reißen. Aber der Fürst liebte es nicht, an seinem Vater gemessen zu werden, während er seinen Großvater abgöttisch verehrte.

Al-Mutamid sprang auf und umarmte Ibn Ammar in ungestümer Freude. «Ich wußte es!» rief er. «O Abu Bakr, ich wußte es.»

Später standen sie nebeneinander an der Brustwehr des Turms und blickten über den Park hinweg auf den Fluß, der zwischen den Wipfeln der Palmen hindurchschimmerte.

«Es ist derselbe Fluß, hier wie dort», sagte Ibn Ammar.

«Derselbe Fluß», wiederholte al-Mutamid gedankenverloren. «Aber es ist heißer dort. Die Sommer sind heißer, sagt man.»

«Ich habe es nicht so empfunden», erwiderte Ibn Ammar. «Es gibt so viel Wasser, sprudelnde Bäche in allen Gärten, klares, kühles Wasser, das von den Bergen kommt.»

«Kennst du den az-Zahrā-Palast?» fragte al-Mutamid.

«Ich bin oft dortgewesen», sagte Ibn Ammar. «Die Berber, die ihn damals geplündert haben, waren gründlich genug. Sie haben alles herausgerissen, was sich zu Geld machen ließ, aber einige Hallen stehen noch, und selbst die Ruinen sind noch unvergleichlich schön. Auch die Bäche fließen noch durch die Parks. Manchmal an schönen Feiertagen ist halb Cordoba dort, die Leute bringen in Körben ihr Essen mit und sitzen unter den Bäumen, und überall ist Musik.»

«Man könnte den Palast wieder aufbauen», sagte al-Mutamid schwärmerisch.

Ein sanfter Wind kam von Süden und trug den salzigen Geruch des Meeres mit sich.

«Riechst du das Meer?» fragte Ibn Ammar. Er durfte den Fürsten nicht zu leichtsinnig mit diesen Gedanken an Cordoba spielen lassen. Al-Mutamid war zu redselig und zu schnell bereit, sich in phantastische Zukunftsträume zu versteigen. Er mußte ihn auf festen Grund zurückbringen. Er mußte sich selbst erst Klarheit verschaffen. Die Aussichten, die das Bündnisangebot Abdalmaliks für Sevilla eröffneten, konnten auch einen nüchternen Geist beflügeln.

Cordoba, das war ein Ziel, das jedes Risiko lohnte. Cordoba, diese Riesenstadt voller Leben, voll unruhiger Gelehrsamkeit, die Hauptstadt des alten Kalifats, neben der selbst Sevilla verblaßte, der Nabel Andalusiens. Wer über Cordoba herrschte, hatte Anspruch auf das ganze Reich. Al-Mutamid als Nachfolger der Umayyaden-Kalifen, ein neuer al-Mansūr, der Andalusien wieder einte und Spanier und Franken im Norden hinter ihre Berge zurückwarf. Konnte der junge Fürst von Sevilla diese Träume wahr machen? War er der richtige Mann für diese Aufgabe?

O mein Andalusien, dachte Ibn Ammar, mein schönes Andalusien. Und eine Fabel fiel ihm ein, die ihm sein alter Lehrer al-A'lam in Silves einmal erzählt hatte:

Als Gott das Trockene vom Feuchten trennte und die Erde schuf, bat Andalusien um einen immer blauen Himmel.

Gott erfüllte die Bitte.

Andalusien bat um ein azurnes Meer, um süße Früchte, schöne Frauen.

Gott erfüllte alles.

«Und eine gute Regierung?» bat Andalusien.

«Nein», sagte Gott. «Das wäre zuviel. Begnüge dich damit, ein irdisches Paradies zu sein.»

Aber warum sollte Gott nicht Mitleid haben mit dem schönsten Land, das er erschaffen hatte? Warum sollte er es diesen Barbaren im Norden ausliefern? Vielleicht hatte al-Mutamid nicht das Format des großen Herrschers, vielleicht war er zu weich, zu entschlußlos, zu schwärmerisch. Aber er war bei seinen Untertanen beliebt, und sein Vater hatte ihm eine gefüllte Schatzkammer hinterlassen und ein wohlgeordnetes Reich. Und warum sollte er nicht mit den Aufgaben wachsen, die ihm gestellt wurden? Der Gewinn von Cordoba konnte ein guter Anfang sein, ein Paukenschlag, der ganz Andalusien aufhorchen lassen würde. Man mußte ein Zeichen setzen, den Angriff al-Ma'mūns mit solch geballter Macht zurückschlagen, daß kein Zweifel mehr aufkommen konnte am Herrschaftsanspruch und an der Überlegenheit des Reiches von Sevilla.

Der Fürst von Toledo würde sein Heer wie üblich mit Söldnern aus Leon verstärken. Man mußte ihm ein überlegenes Aufgebot entgegenstellen. Die Haustruppen al-Mutamids reichten dazu nicht aus. Man mußte Reiter aus dem Maghreb anwerben, die Berberabteilungen verstärken und zusätzlich, als Gegengewicht zu den Berbern, ebenfalls spanische Söldner anwerben. Man konnte sie aus Galicien verpflichten oder noch besser, sich an Sisnando Ibn David wenden und an die anderen Grafen nördlich des Mondego, mit denen schon der Vater al-Mutamids gute Beziehungen gepflegt hatte. Der Fürst mußte aus diesem ersten Feldzug als glänzender Sieger hervorgehen. So bald wie möglich mußten Boten nach Ceuta und nach Coimbra gehen, am besten schon morgen.

Und er begann, mit vorsichtiger Zurückhaltung, den Fürsten auf seine Pläne einzustimmen.

Yūnus erhielt die Einladung während einer Vormittagssitzung des Ältestenrates. Auch Ibn Eli war geladen. Isaak Ibn al-Balia nahm sie beide am Ende der Sitzung beiseite und teilte ihnen mit, daß Ibn Ammar, der hochgeehrte Vezir des Fürsten, sich mit größtem Entgegenkommen nach ihnen erkundigt habe und sie zu einer Privataudienz erwarte. Er legte den Kopf schief und lächelte Yūnus mit jener Miene selbstsicherer Überlegenheit zu, die bei ihm äußerstes Wohlwollen ausdrückte. Er war über alles informiert. Er wußte immer alles vor allen anderen.

Al-Balia hatte einen märchenhaften Aufstieg hinter sich. Der Fürst hatte ihn auf Empfehlung Ibn Ammars zum Hofastrologen ernannt und wenig später, nach zwei überraschend früh eingetroffenen Voraussagen, zum obersten Nagīd aller Judengemeinden im ganzen Reich von Sevilla gemacht. Er genoß das Vertrauen des Fürsten in einem Maße, wie noch kein Jude je zuvor am Hof von Sevilla.

«Der Vezir hat mir gegenüber angedeutet, welchen Vorschlag er dir im Verlauf dieser Audienz unterbreiten will», sagte er beiläufig. «Ich nehme an, er erwartet von mir, daß ich dich darüber unterrichte.»

Yūnus nickte steif. Seit al-Balias Ernennung zum Nāsī fühlte er sich in dessen Gegenwart immer seltsam gehemmt. Was ihn störte, war nicht die hohe Stellung, die der Rabbi jetzt einnahm, und der oft verletzende

Hochmut, den er dabei an den Tag legte (ihm selbst und Ibn Eli gegenüber war er stets von größter Zuvorkommenheit und vergaß nie, daß sie beide es gewesen waren, die ihn bei Ibn Ammar eingeführt hatten), was ihn störte, war die Unverfrorenheit, mit der al-Balia den astrologischen Hokuspokus, der ihm die Gunst des Fürsten verschafft hatte, jetzt auch im privaten Kreis als ernstzunehmende Wissenschaft pries, obwohl er, wie Yūnus sehr wohl wußte, die Sterndeuterei früher ebenso abgetan hatte wie jeder vernünftige Mensch. Schon ein Augenzwinkern hätte Yūnus genügt, aber der Nāsī gestattete sich keine solche Geste mehr.

«Der Vezir spielt mit dem Gedanken, ein Krankenhaus zu stiften, um Gott für seine Erhöhung zu danken», fuhr al-Balia fort. «Eine kleine Verbeugung vor den Strenggläubigen. Er will den alten Funduq am Färbertor dafür kaufen und herrichten lassen. Es soll kein großes Krankenhaus werden, um den Hādjib nicht vor den Kopf zu stoßen, nur eine bescheidene, fromme Stiftung für Leute, die es sich nicht leisten können, einen guten Arzt ins Haus kommen zu lassen.» Er faßte Yūnus ins Auge. «Ich vermute, der Vezir will dir die Leitung dieses Krankenhauses übertragen.»

Yūnus schüttelte unwillig den Kopf. «Das ist kein guter Gedanke!» sagte er. «Was denkt er sich dabei! Eine fromme Stiftung machen und sie einem Juden anvertrauen!»

«Ich nehme an, er fühlt sich dir verpflichtet», sagte al-Balia achselzuckend. «Er will dir seine Dankbarkeit zeigen.»

«Er würde alle frommen Muslims vor den Kopf stoßen!» sagte Yūnus.

«Was würdest du ihm statt dessen empfehlen?»

«Einen Muslim zum Leiter zu machen.»

«Kennst du einen muslimischen Arzt, den du vorschlagen könntest?»

Yūnus nannte zwei Namen. «Mit wie vielen Arztstellen will er das Haus ausstatten?» fragte er.

«Mit drei oder vier, soviel ich weiß», sagte al-Balia.

«Warum nicht ein Muslim, ein Jude und ein Christ?» warf Ibn Eli ein.

Al-Balia ging nicht darauf ein. Er hielt Yūnus im Auge, der in wachsender Unruhe auf und ab ging. «Wärst du bereit, an diesem Krankenhaus unter einem muslimischen Leiter zu arbeiten, wenn der Vezir es dir anbietet?» fragte er. «Die Stelle ist hoch dotiert... eine große Ehre!»

Yūnus wand sich. «Genügt es nicht, daß er mich schon auf die Liste der Hofärzte gesetzt hat? Gibt es keine Möglichkeit, der Ehre zu entgehen?»

«Es wäre auch eine Ehre für unsere Gemeinde», sagte al-Balia unnachgiebig. «Ibn Ammar ist der kommende Mann. Er ist zu klug, um den Hādjib aus seinem Amt zu verdrängen, aber er wird ihm bald nachfolgen. Ibn Zaydūn ist alt, und mit seiner Gesundheit steht es nicht zum besten. Du kannst eine noble Geste des künftigen Hādjibs nicht ohne schwerwiegende Gründe zurückweisen.»

«Warum *ich*, Isaak? Ich bin ein alter Mann mit alten Patienten, die auf mich angewiesen sind. Warum nicht ein anderer jüdischer Arzt?»

«Ibn Ammar will *dich* ehren, Yūnus. Wenn es anders wäre, hätte er eine Moschee gestiftet oder ein Bad.»

«Warum nicht Zecharia?» sagte Ibn Eli mit verbindlichem Eifer.

«Ja, warum nicht Zecharia!» stimmte Yūnus hoffnungsvoll bei. «Er ist ein guter Arzt, er wird ein besserer Arzt werden, als ich es bin, er hat alle Voraussetzungen...»

«Ja, Yūnus! Wenn er dein Sohn wäre!» unterbrach ihn al-Balia ungeduldig.

«Er ist mir wie ein Sohn, er ist mein Assistent seit fast zehn Jahren, er geht in meinem Haus ein und aus wie ein eigener Sohn!»

«Er ist nicht dein Sohn!» sagte al-Balia, jedes Wort einzeln betonend.

Eine Weile standen sie sich schweigend gegenüber. Dann sagte Yūnus leise: «Er wird bald mein Schwiegersohn sein.» Und als er einen lächelnden Blick Ibn Elis auffing, setzte er mit gesenktem Kopf hinzu: «Ich bitte euch, darüber noch Schweigen zu bewahren. Es ist ein Wunsch, den ich noch allein mit mir herumtrage.» Im ersten Augenblick schämte er sich, daß er das Geheimnis vorzeitig preisgegeben hatte, aber er beruhigte sich bald wieder. Es gab keinen in der Gemeinde, der etwas anderes erwartet hätte, als daß er Karīma mit Zecharia verheiratete, die Pflegetochter mit dem jungen Mann, den er zum Arzt gemacht hatte, der sein Helfer in der Praxis war und der einmal sein Nachfolger werden würde. Er hatte diese Verbindung schon vor Jahren erwogen, ohne viel darüber nachzudenken. Als Zecharia aus Baghdad zurückgekommen war, hatte er mit stiller Genugtuung beobachtet, daß der junge Mann keine Anstalten gemacht hatte, sich nach einer anderen Frau umzutun. Und als Karīma in diesem Jahr vierzehn geworden war, hatte er ohne lange Überlegung beschlossen, den beiden seinen Segen zu geben. Er war überzeugt, daß sie zueinander paßten, und die alte Dādā war der gleichen Meinung. Er wußte auch, daß Zecharia schon voll Ungeduld auf ein Wort von ihm wartete, er war sich nur noch nicht ganz sicher gewesen, ob Karīma Zecharias Zuneigung erwiderte.

Aber vor vier Wochen waren die beiden zufällig in seiner Praxis zusammengetroffen, und seitdem stand sein Entschluß fest.

Er hatte Karīma in einem äußerst komplizierten Fall zu Hilfe holen müssen. Ein Nagelschmied aus Taryāna, ein strenggläubiger Muslim, hatte ihm wochenlang Urinproben seiner Frau in die Praxis getragen und eine Ferndiagnose verlangt, weil er die Frau von keinem Arzt, auch von keiner Helferin hatte untersuchen lassen wollen. Aufgrund des Urinbildes und der Beschreibung, die der Mann gegeben hatte, war er zu dem Schluß gekommen, daß die Frau unter Bauchwassersucht litt. Die Patientin selbst hatte jedoch an eine Schwangerschaft geglaubt, und das hatte ihn unsicher gemacht, denn sie war eine Mutter von sechs Kindern, die die Anzeichen einer Schwangerschaft zweifellos kennen mußte. Als sich ihr Zustand immer mehr verschlechtert hatte, war der Mann unter der Zusicherung, daß ein Mädchen die Untersuchung vornehmen würde, endlich doch bereit gewesen, die Frau in die Praxis zu bringen.

Karīma hatte sie im Operationsraum untersucht und schnell herausgefunden, daß eine Schwangerschaft ausgeschlossen war. Danach hatte sie festgestellt, daß auch die Diagnose auf Wassersucht nicht mit den Symptomen übereinstimmte, die sie vorfand, sondern daß die Frau an einer Erkrankung der Gebärmutter litt, in einer Form, die tatsächlich leicht mit einer Schwangerschaft zu verwechseln war.

Er hatte während dieser Untersuchung das Wort fast ganz Zecharia überlassen und still zugehört, wie die beiden jungen Leute durch die verhängte Tür Fragen und Antworten ausgetauscht hatten, präzise und kenntnisreich und mit viel Einfühlungsvermögen. Er hatte sich vor allem über Karīma gewundert. Sie hatte mit zwölf Jahren angefangen, ihn über seinen Beruf auszuhorchen, und bald so viel Interesse gezeigt, daß er dazu übergegangen war, ihr kleine Vorträge zu halten und sie nach und nach auch mit einigen leichtverständlichen medizinischen Schriften vertraut zu machen. Sie war ihm seitdem auch mehrmals in der Praxis zur Hand gegangen, aber an diesem Tag hatte er verblüfft festgestellt, daß sie mehr wußte, als er ihr beigebracht hatte. Sie mußte sich heimlich in die Bücher seiner Bibliothek eingelesen haben.

Er war so stolz gewesen, wie es der Vater einer schönen, klugen Tochter nur sein kann.

«Wenn Zecharia dein Schwiegersohn wird, spricht nichts mehr dagegen, daß du ihn als Ersatz vorschlägst», sagte al-Balia und blickte ihn beifällig an. «Der Wunsch des Vezirs, dich zu ehren, ist erfüllt. Auch die Gemeinde hat ihren Vorteil. Und der Vezir kann uns dankbar sein, daß wir ihn vor einem Schritt bewahren, der ihn eher in die falsche Richtung führen würde.»

Er schien höchst befriedigt. Und Yūnus hatte auf einmal das bestimmte Gefühl, als hätte der Nāsī sie beide, Ibn Eli und ihn, von Anfang an, ohne daß es ihnen bewußt geworden wäre, zu dieser Lösung hingesteuert.

Die Audienz bei Ibn Ammar bestätigte nur Yūnus Verdacht. Al-Balia hatte alle Fäden in der Hand und unmerklich und mit feiner Diplomatie brachte er auch Ibn Ammar dazu, allen seinen Vorschlägen zu folgen.

Yūnus war zuerst peinlich berührt, aber dann überwog doch seine Freude. Er freute sich für Zecharia. Auf dem Heimweg nahm er sich vor, Karīma noch im Lauf des Abends in seine Pläne einzuweihen und sie um ihre Zustimmung zu bitten. Er versuchte, sich die Worte zurechtzulegen, mit denen er es ihr sagen wollte, aber als er zu Hause ankam und Karīma ihm über den Hof entgegenlief und sich in seinen Arm hängte und ihn in die Madjlis führte, wo sie schon einen kleinen Imbiß bereitgestellt hatte, verschob er es noch einmal.

In der Nacht schrieb er in sein Tagebuch:

Gott weiß, ich bin ein eigensüchtiger Vater. Sie ist vierzehn, und sie ist weit voraus für ihr Alter, ich sollte längst die Hochzeit vorbereiten. Aber so oft sie vor mir steht, wird es mir weh ums Herz, und ich fürchte den Tag, an dem sie aus meinem Haus geht. Es wird sehr einsam werden ohne sie. Ich wollte es ihr schon zu Pessach sagen, und ich wollte es ihr heute sagen. Gott möge mir verzeihen, wenn ich noch ein paar Wochen warte. Nur noch ein kleiner Aufschub. Nur noch bis Shawuot.

Etan Ibn Eli kam noch auf einen Sprung mit ins Haus. Er hatte bei dem Empfang ein langes Gespräch unter vier Augen mit Ibn Ammar. Er reist nach Coimbra. «Auch *in Geschäften*», *wie er sagte. Das heißt, er reist im Auftrag Ibn Ammars. Gott schütze ihn.*

Ich denke, wir werden mit der Hochzeit warten, bis er zurückkommt.

34

SEVILLA

FREITAG 20. MAI 1070
6. SIWAN 4830/6. SHABĀN 462

Die Vorhut, die während des ganzen Ritts in Sichtweite geblieben war, hielt plötzlich an, als wäre der Weg durch ein unerwartetes Hindernis verstellt. Die Männer im Haupttrupp wurden unruhig, und als kein Reiter zurückkam, um wie üblich Meldung zu machen, ritten die vordersten los und zogen die anderen nach und wurden immer schneller, der ganze Haufen in einem einzigen langgestreckten Schwarm, bis sie schließlich in vollem Galopp zu der Stelle kamen, wo der Vortrupp Halt gemacht hatte.

Nur Lope und Ibn Eli blieben gelassen und ließen ihre Pferde im Schritt weitergehen. Sie wußten, was die Vorhut aufgehalten hatte, sie kannten jenen Punkt der Straße, wo sich dem aus dem Norden kommenden Reisenden zum ersten Mal ein freier Blick über das Tal des Guadalquivir bietet und über die große Stadt mit ihren weißleuchtenden Häusern. Als sie nachkamen, waren die meisten Männer aus den Sätteln gestiegen und standen am Straßenrand und schauten hinunter, die Augen mit den Händen gegen die Sonne schützend.

«Sevilla?» fragten sie in ehrfürchtigem Staunen. «Ist das Sevilla?»

«Ja, das ist Sevilla!»

Es war kurz nach Mittag. Vor elf Tagen waren sie in Guarda aufgebrochen. Nur elf Tage hatten sie für die lange Strecke gebraucht, ein Gewaltritt fast ohne Pause, jeden Tag acht, neun Stunden im Sattel. Wie ein schwarzer Spuk waren sie durch das Reich des Fürsten von Badajoz gefegt, dreihundert Reiter mit Ersatzpferden und Packmaultieren, die die Rüstungen trugen. Sie waren so schnell gewesen, daß die Moro-Reiter, die die Bauern vor ihnen hatten warnen sollen, kaum nachgekommen waren. Nirgends waren sie behelligt worden auf dem langen Ritt, nur in Merida hatte der Amīr seine Wachen in Alarmbereitschaft versetzt, als sie auf der großen steinernen Brücke über die Guadiana gegangen waren.

Sie hatten sich vor Alcántara gesammelt, Trupps aus Braganca, aus Portocale, aus Coimbra, aus Guarda. Ibn Eli hatte den Grafen gutes Geld geboten, und die hatten in aller Eile die Männer zusammengetrommelt, die sie entbehren konnten. Das Angebot aus Sevilla war gerade recht gekommen. Sie brauchten viel Geld für den bevorstehenden Kampf gegen Don Garcia, den König.

Der Conde hatte den Castellan von Sabugal zum Anführer des Trupps aus Guarda bestimmt. Lope hatte mit dem jungen Grafen auf der Burg bleiben sollen, als aber der Conde erfahren hatte, daß Lope den Gesandten des Fürsten von Sevilla kannte, und sogar mit einem seiner Vezire vertraut war, hatte er seinen Entschluß geändert.

Er hatte lange mit Lope gesprochen und ihm aufgetragen, dem Vezir eine Botschaft zu übermitteln, und hatte ihm zwei seiner besten Pferde mitgegeben als Geschenk für den Fürsten. «Sag ihnen, daß wir bereit sind, jeden Pakt zu schließen gegen diesen Bastard von Galicien. Sag, daß wir unsere Verträge mit den Moro-Königen immer gehalten haben. Sag, daß es auch ihr Vorteil ist, wenn wir diesen Bastard hinter dem Miño halten. Sag ihnen das!»

Als sie die Talebene erreichten, wurden sie von einer Moro-Reiterabteilung empfangen und zu einem weitläufigen Gutshof gebracht, wo Quartiere für sie vorbereitet waren. Der Hauptmann der Moros ließ Geld verteilen, kaum daß sie die Pferde untergestellt hatten, zwei Gold-Dinar für jeden Mann und für die Anführer prall gefüllte Börsen. Es war ein guter Empfang.

Am späten Nachmittag machte sich Lope mit Ibn Eli auf den Weg, um Yūnus zu besuchen, den Hakīm. Sie ritten eine knappe Wegstunde in westlicher Richtung am Fuß der Berge entlang und bogen dann in ein schmales Seitental ein. Nach einer halben Meile weitete sich das Tal, und sie fanden sich einer Reihe kleiner weißgekalkter Landhäuser gegenüber, die versteckt in grünen Gärten lagen. Weiter voraus, gegen das Ende des Tales hin, war eine turmbewehrte Mauer zu erkennen, die den Weiterweg versperrte.

«Der Palast?» fragte Lope. Er hatte von Ibn Eli erfahren, daß der Hakīm zum Leibarzt eines der Söhne des Fürsten ernannt worden war, und daß man ihm ein Landhaus in der Nähe einer Sommerresidenz, die der Prinz regelmäßig mit seiner Mutter aufsuchte, übereignet hatte.

«Ja», sagte Ibn Eli. «Und die Fürstin scheint da zu sein.»

Vor dem Tor stand ein Doppelposten. Der Hauptmann der Moro-Truppe hatte behauptet, daß sich die Mutter des Prinzen schon seit zwei Wochen in ihrer Sommerresidenz aufhielt, und Ibn Eli hatte daraus geschlossen, daß sie in diesem Fall auch den Hakīm in seinem Landhaus antreffen müßten. Der Prinz sei erst sieben Jahre alt. Der Leibarzt habe den Auftrag, ständig in erreichbarer Nähe zu sein.

Sie fragten eine Wäschemagd und ließen sich den Weg zeigen. Das Haus des Hakīm war das letzte in der Reihe, der Residenz am nächsten gelegen. Als sie näher kamen, hörten sie Stimmen, und als sie ans Tor klopften, öffnete ihnen der große schwarze Diener, den Lope schon einmal vor vielen Jahren in Sevilla gesehen hatte.

Er grüßte freudig überrascht, als er Ibn Eli erkannte, blickte dann mit unverhohlenem Mißtrauen auf Lope und blieb im Tor stehen und versperrte den Weg.

«Keine Sorge, Ammi Hassān», sagte Ibn Eli. «Er ist ein Freund, der Hakīm kennt ihn, er wird sich freuen, ihn zu sehen.»

Der Diener blickte unschlüssig über die Schulter, bevor er den Weg freigab, und als sie die Pferde durch das Tor führten, sagte er etwas zu Ibn Eli, das Lope nicht verstehen konnte, und Ibn Eli blieb zögernd stehen und sagte: «Dann geh ins Haus und gib Bescheid, wir kümmern uns selbst um die Pferde.»

Lope stand noch am Tor. Das Haus war nicht zu sehen. Rosen und Jasminbüsche verstellten den Blick. Der gedeckte Pferdestellplatz hinter dem Tor war leer. Lope schloß das Tor hinter sich. Ibn Eli war schon dabei, sein Pferd anzubinden, während der Diener sich langsam rückwärtsgehend entfernte, als könnte er sich nicht entschließen, den Gästen seines Herrn die Arbeit mit den Pferden allein zu überlassen.

Er war noch nicht ganz bei den Rosenbüschen angelangt, als plötzlich eine helle Stimme zu hören war, und im nächsten Augenblick kam ein Mädchen um die Büsche herum, ein Mädchen in einem blütenweißen Kleid, barfuß und ohne Kopftuch, ein Lächeln strahlender Vorfreude im Gesicht, das plötzlich verschwand, als sie die fremden Pferde sah, und wieder aufleuchtete, als sie Ibn Eli erkannte. Sie lief auf ihn zu, als wollte sie ihm um den Hals fallen. Ihre Haare flogen auf und nieder bei jedem Schritt, lange, wildgelockte Haare, schwarz wie eine Rabenschwinge über dem weißen Kleid.

«Ammi Etan! Ammi Etan!» rief sie und ergriff Ibn Elis Hände und redete auf ihn ein in stürmischer Wiedersehensfreude. Ihre Stimme war wie Gesang.

Lope stand hinter seinem Pferd. Sie sah ihn nicht gleich. Erst als Ibn Eli zu ihm herüberschaute, wurde sie aufmerksam. Sie verstummte und hob eine Hand vors Gesicht in einer Geste scheuen Erschreckens, und als er ihre Augen auf sich gerichtet sah, erkannte er sie wieder: Das kleine Mädchen in Sevilla, die Tochter des Hakīm, die ihn mit ihren neugierigen Kinderfragen schier aus der Fassung gebracht hatte. Sie war lang aufgeschossen, sie war größer als Ibn Eli. Er senkte den Kopf, um nicht unhöflich zu erscheinen, aber er ließ sie nicht aus den Augen, und er sah, daß auch sie den Blick nicht abwandte, während sie ein Tuch aus dem Ärmel zog und es um ihre Haare schlug in dem vergeblichen Versuch, die ungebärdige schwarze Mähne zu verstecken.

Dann war da auf einmal, wie vom Himmel gefallen, eine dicke Negerin, die aufgeregt schnatternd auf die Tochter des Hakīm zuschoß und sie schimpfend unter ihren weiten Umhang nahm und mit sich fortzog zum Haus hin. Ein Blick funkelnden Vorwurfs traf Lope, bevor sie mit dem Mädchen zwischen den Rosenbüschen verschwand. Lope hatte auch sie wiedererkannt, er erinnerte sich sogar an ihren Namen. Dādā hatte das kleine Mädchen sie damals genannt, die alte Dādā.

Der schwarze Hausdiener löste sich aus seiner Erstarrung und kam zu Lope herüber und nahm ihm die Zügel aus der Hand. Und Ibn Eli sagte mit einem Anflug von Verlegenheit: «Der Hakīm ist noch im Schloß. Seine Tochter hat *ihn* erwartet, er sollte längst zurück sein.» Und Lope am Arm mit sich ziehend, setzte er gutgelaunt hinzu: «Mein Gott, sie hat mir gerade gesagt, daß Shawuot ist, Pfingstfest. Ich habe überhaupt nicht daran gedacht.»

Das Haus war größer, als es von außen aussah, ein schmuckloser, weißgestrichener Bau, der um zwei Innenhöfe angelegt war. Die alte Dādā empfing die beiden Gäste vor dem Eingang. Sie hatte sich beruhigt und geleitete sie freundlich in die Halle und beeilte sich dann, das Bad zu richten. Sie konnten sie hören, wie sie mit lautem Befehlston dem Hausdiener ihre Anweisungen gab.

Das Mädchen ließ sich nicht mehr blicken. Lope sah sie erst am Abend wieder, als sie sich mit dem Hakīm unter der großen Palme im Innenhof zum Essen niedersetzten.

Yūnus war kurz nach Sonnenuntergang zurückgekommen. Er hatte seine Gäste in freudiger Überraschung willkommen geheißen und Lope gerührt in die Arme geschlossen. «Weiß Gott, ich hätte dich nicht mehr wiedererkannt, wenn ich dir auf der Straße begegnet wäre. Wie lange ist das her? Du bist ein Mann geworden. Ist es schon so lange her?»

Als die alte Dādā das Essen auftrug, kam auch das Mädchen. Sie trug jetzt einen blauen Umhang mit einem Kopftuch, das nur ihr Gesicht freiließ, und sie hielt das Tuch so, daß auch ihr Mund verdeckt war.

«Meine Tochter Karīma», sagte Yūnus zu Lope gewandt. Niemand schien ihm gesagt zu haben, daß die beiden sich schon am Tor begegnet waren.

Sie verbeugte sich leicht und ließ sich auf dem Sitz nieder, den Yūnus ihr zuwies, ein wenig abgesondert, außerhalb des Lichtscheins der Lampe.

«Du hast sie schon einmal gesehen, als sie klein war. Kannst du dich erinnern?» fuhr Yūnus fort.

Lope nickte höflich. «Ich habe es nicht vergessen», sagte er.

«Du hast sie gewaltig beeindruckt damals», sagte Yūnus mit einem lächelnden Seitenblick auf seine Tochter. «Noch Jahre später hat sie mich nach dir ausgefragt. Der Ghulām des spanischen Ritters, o ja, sie hat jedes Wort von dir behalten. Weißt du noch, Karīma?»

Sie nickte stumm. Lope beobachtete sie verstohlen, aber sie hielt den Kopf gesenkt, und das Kopftuch fiel so, daß er ihr Gesicht nicht sehen konnte.

Während des Essens sprachen sie über den Bischof von Leon, in dessen Gefolge Lope damals nach Sevilla gekommen war. Sie sprachen über Barbastro. Sie kamen auch auf Ibn Ammar zu sprechen.

«Er wird dir anbieten, dich in seine Dienste zu nehmen», sagte Yūnus lachend zu Lope. «Er wird dich zum Arīf machen, sobald er dich wiedererkennt, zum Hauptmann seiner Leibwache, was weiß ich.»

«Er ist schon informiert», sagte Ibn Eli. «Ich habe dem Boten, der vorausgeritten ist, eine Nachricht mitgegeben. Ich vermute, er läßt schon den Empfang vorbereiten.»

«Er kennt kein Maß in seiner Dankbarkeit für diese Geschichte damals in Barbastro», fuhr Yūnus fort. «Ich habe ihn nur ein bißchen zusammengeflickt, Etan hat ihm ein bißchen Geld geliehen, aber du hast ihm das Leben gerettet. Er wird dir kein Landhaus schenken, sondern einen Palast.»

«Er wird ihm eine Tochter des Fürsten zur Frau geben», überbot ihn Ibn Eli fröhlich. Und sie lachten alle drei.

Aber dann wurde Yūnus unvermutet ernst und sagte kopfschüttelnd: «Wenigstens kann er ihn nicht zum Hofarzt machen.» Und in unerwartet resigniertem Ton setzte er hinzu: «Alle beneiden mich um meine Stellung, aber ich komme kaum mehr in meine Praxis, ich verbringe meine Zeit damit, nach den wackelnden Milchzähnen eines siebenjährigen Jungen zu sehen, ich habe nichts zu tun und sitze in einem viel zu großen Landhaus und verdiene das Sechsfache dessen, was ich früher mit viel Arbeit von meinen Patienten bekommen habe. Was für ein Leben!»

Sie schauten schweigend zu, als die alte Dādā das Essen abtrug und das Wasser zum Händewaschen brachte und die Lampe nachfüllte. Die Alte kam immer wieder und strich unruhig herum, wie eine Katze, die ihr

Junges mit sich locken will, und Lope begriff, daß es für die Tochter des Hakīms an der Zeit war, die Runde der Männer zu verlassen. Er beobachtete sie aus den Augenwinkeln und wurde sich plötzlich bewußt, daß er sie nie mehr wiedersehen würde, und dieser Gedanke versetzte ihn in eine sonderbare, nie gekannte Erregung.

Er begann auf einmal, einen unerklärlichen Haß auf die alte Dienerin zu empfinden, die nicht aufhörte, um das Mädchen herumzustreichen. Er verfolgte sie mit den Augen, als könnte er sie mit seinen Blicken zwingen, den Hof zu verlassen. Er atmete befreit auf, wenn sie endlich ging und in der Küche verschwand, um sofort wieder von einer zitternden Unruhe befallen zu werden, sobald sie zurückkam.

Die Tochter des Hakīm hörte schweigend zu, während das Gespräch hin und her ging. Sie hielt das Gesicht halb hinter dem Kopftuch verborgen, die Stirn in scheuer Zurückhaltung gesenkt. Lope hatte während des Essens ein paarmal zu spüren gemeint, daß ihre Augen auf ihn gerichtet waren, aber er war ihrem Blick nie begegnet. Als das Gespräch unvermittelt einschlief, geriet er in Angst, daß Yūnus die Pause benutzen könnte, seine Tochter zu verabschieden, und er war unendlich erleichtert, als er Ibn Eli etwas sagen hörte, als wäre ihm damit eine Gnadenfrist gewährt worden.

«Nein, niemand weiß etwas, aber am Hof gehen Gerüchte um, daß al-Ma'mūn von Toledo seine Truppen schon in Calatrava sammelt», hörte er Yūnus sagen. Er hatte Ibn Elis Frage nicht verstanden.

«Und wann sollen die Truppen des Fürsten abgehen?» fragte Ibn Eli.

«Ich glaube heute», sagte Yūnus nach kurzer Überlegung. «Ja, heute. Es hieß, daß der Fürst sie am Morgen des Freitag vor der Stadt verabschieden will. Am Vormittag soll es auf der Shāria eine Parade geben.»

«Und wer führt sie an, der Hādjib?«

«Nein. Ibn Zaydūn soll krank sein.»

«Ibn Ammar?»

«Nur die Truppenkommandeure, soviel ich weiß. Ibn Martīn und Halaf Ibn Nadjāh.»

«Und der Fürst?»

«Der Fürst wird nachfolgen, wenn es soweit ist.»

«Wenn alles gut gegangen ist!» ergänzte Ibn Eli mit leisem Spott.

Die alte Dādā hatte zum zweiten Mal den Docht der Lampe geputzt und entfernte sich widerstrebend. Ihr breites, schweißglänzendes Gesicht war ein einziger grollender Vorwurf. Lope schaute ihr nach und atmete auf, als sie endlich wieder im Haus verschwand. Er war dem

Gespräch nur mit halbem Ohr gefolgt und schrak zusammen, als Yūnus sich unversehens an ihn wandte und mit dem bemühten Interesse eines Hausherrn, der seinen Gast ins Gespräch ziehen will, eine Frage an ihn richtete.

«Weiß man in eurer Truppe schon, wann es nach Cordoba geht?»

Lope hatte Mühe, seine Verwirrung zu verbergen. Er hatte jedes Wort verstanden, aber der Sinn der Frage war ihm trotzdem entgangen. Er stotterte etwas, das wie eine Entschuldigung klang, und drehte hilfesuchend den Kopf, wie einer, der aus tiefem Schlaf erwacht und sich in fremder Umgebung wiederfindet. Und bevor ihm noch eine Antwort eingefallen war, traf ihn auf einmal der Blick des Mädchens. Es war ein offener Blick ohne Scheu und ängstliche Verschämtheit, ein ernster, forschender Blick, der ihn so unvermutet traf, daß er meinte, sein Herz müßte aufhören zu schlagen. Sie hielt die Augen unverwandt auf ihn gerichtet, hielt ihn fest mit ihrem Blick. Er mußte sich gewaltsam losreißen. Er spürte, wie ihm die Röte ins Gesicht stieg. Er war überzeugt, daß der Hakīm ihn längst durchschaut hatte, und fühlte sich wie ein kleiner Junge, den man beim Stehlen ertappt hat. Er war auf alles gefaßt. Aber als er aufblickte, sah er, daß der Hakīm ihm freundlich zulächelte, als wäre nichts geschehen, und auch Ibn Eli schien nichts bemerkt zu haben, und das Mädchen saß da wie zuvor, mit züchtig gesenktem Kopf und niedergeschlagenen Augen.

«Der Arīf, der uns empfangen hat, hatte noch keine Befehle», erklärte Ibn Eli, als wollte er Lope zu Hilfe kommen. «Ich glaube nicht, daß man die Spanier an der Parade teilnehmen läßt. Man wird sie in Alcalá übersetzen und auf direktem Weg nach Carmona reiten lassen und dort mit den anderen Truppen vereinigen.»

«Gehst du mit?» fragte Yūnus, an Ibn Eli gewandt.

«Um Gottes willen, nein!» erwiderte Ibn Eli in gespieltem Entsetzen. «Ich werde in aller Frühe nach Sevilla reiten und den ganzen Nachmittag im Bad verbringen und mir für drei Stunden den Masseur bestellen. Diese Reise hat mich mehr mitgenommen als alles, was ich bisher erlebt habe. Ich werde allmählich alt.»

Die schwarze Dienerin tauchte wieder auf aus dem Dunkel des Laubenganges, der den Hof einschloß, und diesmal blieb sie hartnäckig neben dem Mädchen stehen, bis Yūnus sie nicht mehr übersehen konnte und seine Tochter mit sanftem Tadel aufforderte, ihr zu folgen.

«Es ist Zeit, Karīma!»

Sie erhob sich gehorsam und verabschiedete sich von Ibn Eli und verbeugte sich stumm vor Lope, ohne ihm einen Blick zu schenken, und umarmte ihren Vater auf eine liebevoll vertraute Art, die Lope seltsam anrührte. Er sah den väterlichen Stolz in Yūnus' Augen und schaute ihr nach, als sie über den Hof davonging, groß und aufrecht und lang ausschreitend neben der schwergewichtigen Dādā, die zufrieden schnaubend neben ihr herstapfte.

Bevor sie in den Laubengang einbog, drehte sie sich noch einmal um, und wieder fing Lope einen Blick von ihr auf. Es war ein Blick, der nur ihm galt und der um jene winzige, vielsagende Spanne länger war, als es die Schicklichkeit erlaubte.

Er schaute ihr nach, bis die Dunkelheit sie seinen Blicken entzog. Karīma, dachte er, sie heißt Karīma. Und er prägte sich den Namen ein, um ihn nie mehr zu vergessen.

Cordoba

Das Quartier, in dem man die Truppen des Fürsten untergebracht hatte, lag eine halbe Meile östlich der Stadt in einer Schleife des Flusses unmittelbar am Ufer. Ein weites Areal, von einer halbverfallenen Mauer umgeben, so groß wie eine eigene Stadt. Ein Labyrinth von Häusern, die meisten nur noch Ruinen mit eingestürzten Dächern und zerborstenen Fassaden. Weitläufige Palais mit schönen Innenhöfen, denen man noch die einstige Pracht ansehen konnte, einige Bauten bewohnbar, einige notdürftig wieder hergerichtet, mit dünn eingeputztem Astwerk verblendet, neue Mauern aus den Trümmern alter Mauern aufgeschichtet, die Löcher in den Dächern mit Schilf gedeckt, die leeren Fensterhöhlen mit Matten verhängt. Der Arīf, der sie seit Sevilla begleitete und ihnen als eine Art Verbindungsoffizier diente, hatte ihnen erzählt, die riesige Ruinenstadt sei einst von al-Mansūr erbaut worden, dem großen al-Mansūr. Sein ehemaliger Palast lag im östlichen Teil des Areals, durch eine hohe Mauer von dem Häuserlabyrinth getrennt. Gewaltige halbeingestürzte Säulenhallen, offene Zimmerfluchten, grün überwucherte Terrassen, marmorne Becken, in denen noch klares Wasser sprudelte. Dort hatte man die andalusischen Truppen des Fürsten und die Negerabteilungen einquartiert. Die Berbereinheiten lagerten in Zelten in dem verwilderten Park, der sich zwischen dem Palast und dem Fluß erstreckte.

Sie waren nicht allein in der alten Palaststadt. Überall dort, wo es noch Dächer gab, die den Regen abhalten konnten, hausten Leute, armes

Volk, Tagelöhner, kleine Handwerker. Zerlumpte Kinder in den Gassen, Schafe und Ziegen in den kahlgefressenen Gärten, Hühnerverschläge zwischen zerbrochenen Marmorsäulen, kleine Märkte, billige Tavernen und Garküchen, irgendwo hinter einem engen Hof auch eine Halle mit einem Kreuz über dem Eingang und einer dünn bimmelnden Glocke über dem First. Die meisten Leute, die hier lebten, schienen Christen zu sein. Vielleicht hatte man sie deshalb hier untergebracht. Ein, zwei Mann in jedem der größeren Häuser. Die Bewohner waren verpflichtet, für Verpflegung und angemessenes Nachtlager zu sorgen. Am Anfang hatte es viel Geschrei gegeben und ein paar wüste Schlägereien, aber inzwischen hatten sich die Leute mit ihren Zwangsgästen abgefunden und machten ihre Geschäfte mit ihnen. Huren hatten sich eingefunden. Musiker spielten in den Tavernen, und der Wein floß in Strömen.

Lope wohnte mit den anderen Anführern der spanischen Söldnertruppe in einem der weniger zerstörten und teilweise wiederaufgebauten Palais am Rande der Palastmauer. Die Herren Infanzones hatten ihm während des Ritts häufig genug zu verstehen gegeben, daß sie ihn nicht als einen der Ihren anerkannten. Er war ein Mann ohne Namen. Aber seit dem Empfang in Carmona, auf dem ihn Ibn Ammar, der große Moro-Vezir, wie sie ihn nannten, vor allen anderen ausgezeichnet und reich beschenkt hatte, waren sie zugänglicher geworden.

Alle, bis auf den Castellan von Sabugal.

Sie waren vor fünf Tagen in Cordoba angekommen, waren in einer einzigen langen Kolonne über die Brücke geritten und auf der breiten Uferstraße, die vor der Stadtmauer entlanglief, in ihr Quartier gezogen. Seitdem warteten sie auf die Ankunft des Gegners aus Toledo. Jeden Morgen trafen sie sich im Palastbezirk mit den Kommandeuren der Einheiten aus Sevilla, Ibn Nadjāh und Ibn Martīn und ihren Offizieren, und mit Abdalmalik, dem Fürsten von Cordoba, um die Berichte der Kundschafter entgegenzunehmen, die den Anmarsch des feindlichen Heers beobachteten. Ibn Martīn führte das große Wort. Er war ein bulliger Mann von vierzig Jahren, Sohn eines kastilischen Söldners, der schon unter dem Großvater des Fürsten von Sevilla gedient und den islamischen Glauben angenommen hatte. Er war nur ein Qa'id und stand im Rang unter Abdalmalik, aber er hatte den Oberbefehl über die dreizehnhundert Mann aus Sevilla, während der junge Fürst von Cordoba nur über eine Truppe von zweihundert Reitern verfügte.

An diesem Morgen entschied er, daß das Heer ausrücken sollte. Die Kundschafter hatten berichtet, der Feind stehe nur noch zwei Tagesreisen vor dem Guadimellato, dem letzten größeren Fluß, der die Straße nach Cordoba sperrte.

Der Guadimellato war nicht weiter als fünf Wegstunden von Cordoba entfernt, ein schwer passierbarer, von dichten Auwäldern gesäumter Fluß. Die Brücke, die hinüberführte, lag dicht oberhalb der Mündung in den Guadalquivir. Das Tal war eng. Die Berge, die den Guadalquivir im Norden begleiteten, schoben sich an dieser Stelle bis nah an den Fluß heran, ein Engpaß, der leicht zu verteidigen war. Neben der Brückenauffahrt stand ein fester Turm, dessen Besatzung längst verstärkt war. Ein christliches Kloster am Fuß der Berge diente als Lager für das Gros des Heeres. Der Ort war gut zu verteidigen. Der Feind mußte den Fluß überwinden und hatte keine Möglichkeit, die Sperre zu umgehen.

Schon am ersten Abend, nachdem die sevillanischen Truppen ihre Stellungen bezogen hatten, ließen sich ein paar Reiter der toledanischen Vorhut am jenseitigen Ufer sehen. Zwanzig Mann auf schnellen Pferden, die bis auf Pfeilschußweite an die Brücke herankamen, danach das Ufer des Guadimellato abritten und dann wieder verschwanden.

Zwei Tage später erschien der Kommandeur der Toledaner in einem Pulk von Reitern und nahm das Gelände selbst in Augenschein. Er folgte dem gleichen Weg, den die Vorhut genommen hatte. Zuletzt ritt er ein gutes Stück den Berghang hinauf, um sich einen Überblick zu verschaffen.

Die Kundschafter hatten im Heer von Toledo nicht mehr als ein halbes Tausend Berittene und ebensoviel Mann zu Fuß gezählt. Offenbar hatte man nur mit geringem Widerstand gerechnet. Was die Toledaner jetzt zu Gesicht bekamen, mußte ihnen deshalb jede Hoffnung nehmen.

Ibn Martīn hatte seine ganze Streitmacht Aufstellung nehmen lassen. Fünfzehnhundert Mann standen dicht bei dicht, eine Abteilung neben der anderen auf dem schmalen Uferstreifen zwischen dem Fluß und dem Fuß der Berge.

Der Feldzug endete, noch bevor er richtig begonnen hatte. Es gab keine Schlacht, es kam nicht einmal zu den üblichen Scharmützeln zwischen Spähtrupps und Vorhuten. Ibn Martīn sperrte die Brücke und ließ keinen einzigen Mann hinüber. Als die in den Bergen postierten Beobachter meldeten, daß die Toledaner den Rückzug angetreten hätten, und die Offiziere seines Stabes darauf drängten, sofort mit allen Kräften nachzustoßen, verhinderte er auch das und hielt die ganze

Truppe in der Stellung hinter dem Fluß zurück. Er blieb selbst dann bei seinem Entschluß, als die Toledaner auf dem Rückzug mehrere Dörfer niederbrannten.

Gerüchte machten die Runde, Ibn Martīn habe geheime Abmachungen mit dem Gegner getroffen, und der Bruder des Grafen Nuño Mendez, der die Truppe aus Portocale und Guimaraes anführte, schürte offen den Verdacht, daß der sevillanische Heerführer die Spanier nur um ihren Anteil an der Beute bringen wollte, und brach schließlich mit seinen Männern auf eigene Faust zur Verfolgung auf. Die Truppe aus Braganca schloß sich an und noch ein paar andere Trupps. Auch die Männer aus Guarda wollten mitreiten, aber der Castellan stellte sich dagegen.

«Zeitverschwendung! Unsinnige Schinderei!» sagte er. «Der Anführer der Toledaner war schlau genug, sich zurückzuziehen. Er wird auch die Nachhut so stark machen, daß ihr sie nicht überrumpeln könnt!»

Der Castellan behielt recht. Nach drei Tagen kamen die Verfolger zurück. Sie hatten acht Pferde verloren, zwei Mann waren getötet worden, ein paar andere hatten Verletzungen davongetragen. In der Nachhut des toledanischen Heers waren Söldner aus Leon geritten, harte Knochen, genauso erbittert darüber, daß der Feldzug keine Beute gebracht hatte, wie die Verfolger selbst. Bei denen war nichts zu holen gewesen.

Danach führte Ibn Martīn das ganze Heer wieder zurück und ließ sich in Cordoba als Sieger feiern. Drei Tage lagen sie noch in al-Madīnat az-Zāhira, der Ruinenstadt, dann wurde der Abmarsch vorbereitet.

Es war der fünfte Tag der Woche. Vor der Stadt sollte eine Parade abgehalten werden, und es hieß, daß Abdalmalik, der Fürst von Corboda, jedem Mann der Truppe vier Goldstücke auszahlen würde, den Reitern das Doppelte, den in Eisen das Vierfache.

Sie nahmen auf der Uferstraße vor der Stadtmauer Aufstellung, Pauken und Trompeten voraus, dann die Negertruppe und Ibn Martīn mit den Männern seines Gefolges. Dahinter die andalusischen Einheiten, alle wie zur Schlacht gerüstet. Lope stand mit den Männern aus Guarda und den anderen Söldnertrupps am Rande des gepflasterten Platzes, der sich zwischen der Brückenbastion und dem Stadttor ausbreitete. Er konnte Abdalmalik erkennen. Der Fürst saß auf einem Schimmel, umgeben von seinen Leibwachen. Ein in leuchtendes Rot gekleideter Neger hielt einen Schirm über ihn. Er stand gut sichtbar für alle auf der Rampe, die zum Tor hinaufführte. Seine Truppe in drei Reihen vor ihm, zu Fuß, mit langen Spießen bewaffnet, wie ein Riegel vor das Tor postiert.

Auch Abdalmalik ließ seine Kesselpauken schlagen und seine Kapelle spielen und hielt eine Rede in seiner Sprache, die sie nicht verstanden.

Als er geendet hatte, reckten alle die Hälse, um zu sehen, ob vorne am Tor schon mit der Auszahlung des Solds begonnen wurde, aber es war nichts zu erkennen. Abdalmalik saß steif im Sattel, die Postenkette vor ihm stand wie eine Mauer. Es wurde still. Die ganze Truppe starrte auf den Fürsten, der noch immer keine Anstalten machte, den Befehl zu geben, auf den sie alle warteten.

Plötzlich ließ der Trompeter Ibn Martīns ein Signal ertönen, das wie das Signal zum Abmarsch klang, und Unruhe kam auf. Aber noch standen alle, und auch die Pauken setzten noch nicht ein, sondern weit hinter ihnen, am anderen Ende der Uferstraße, wo die Berbertruppen als Nachhut standen, antwortete ein zweites Trompetensignal. Und dann war vorn auf einmal eine laute Stimme zu hören, die den anwachsenden Lärm übertönte, und ein Aufschrei ging durch die Reihen der Andalusier vor ihnen. Lope hatte keine Ahnung, was vor sich ging, keiner von den Spaniern verstand etwas, bis der Arīf plötzlich losbrüllte: «Kein Sold! Er will uns den Sold nicht auszahlen, das Schwein!»

Im selben Augenblick kam Bewegung in die Postenkette vor dem Tor, und eine ganze Abteilung brach aus und lief auf Ibn Martīn zu, die Spitzen der Lanzen nach hinten gekehrt, die Schilde auf dem Rücken. Und mit einem Donnerschlag setzten die Pauken ein, und wildes Geschrei brach los.

Lope sah, wie vorn die Negertruppe losstürmte, er sah den Schimmel Abdalmaliks im Torhaus verschwinden, die ihm treu gebliebenen Truppen in wilder Flucht hintendrein, während sich seine Wachen verzweifelt bemühten, das eisenbeschlagene Tor gegen den Strom der Flüchtenden zu schließen. Er sah Ibn Martīn, der mit seinen Offizieren und Leibwachen ruhig vor der Brückenbastion gegenüber dem Tor stand, als ginge ihn der ganze Tumult nichts an. Und er dachte, so also war das eingefädelt, das Soldversprechen nur ein schlau verbreitetes Gerücht, die Parade nur ein Vorwand, um Abdalmalik leichter überrumpeln zu können, alles von langer Hand vorbereitet.

Der Strom der Pferdeleiber, in dem er mitgerissen wurde, staute sich vor dem Tor, aber dann war er auf einmal hindurch und in der Stadt, und sein Pferd folgte einem Pulk anderer Reiter, die gleich hinter dem Tor nach rechts abgebogen waren. Sie preschten an hohen Mauern entlang, jagten durch menschenleere Straßen und Gassen, weiße Häuserwände rechts und links, alle Tore versperrt, das Hufgeklapper überlaut auf dem

Pflaster, und von allen Seiten wütendes Hundegebell. Ab und zu ein Stein, der neben ihnen aufs Pflaster knallte, und Gebrüll von oben, wo die Leute auf den Dächern standen und auf sie herunterstarrten, nur die Köpfe sichtbar hinter den Mauerbrüstungen. Sein Bursche war noch bei ihm, sonst keiner aus seinem Trupp, nur noch ein paar Männer aus Braganca, die sich dicht hinter ihm hielten.

Die Stadt schien kein Ende zu nehmen. Irgendwann stießen sie auf eine Mauer, der sie in nördlicher Richtung folgten, dann bogen sie nach Westen in das Gewirr der Gassen hinein. Irgendwann trafen sie auf Männer, die sich mit Äxten und langen Messern bewaffnet hatten und in der gleichen Richtung unterwegs waren. Andere kamen ihnen entgegen, die Beute mit sich schleppten, Matratzen, Hausrat, Kleiderbündel. Irgendwo vor ihnen wurde geplündert, und ein unbestimmter Lärm brandete plötzlich auf, und dann kamen sie auf einen großen Platz heraus, der voll von Menschen war, Reiter und Fußsoldaten aus allen Abteilungen des Heeres, Moros aus der Stadt, bewaffnete und unbewaffnete, eine schreiende, johlende Menge, die gegen einen palastartigen Bau an der Nordseite des Platzes vordrängte. Ein Tor war offen. Reiter jagten hinein, die sich unter ihre Schilde duckten. Auf dem Dach standen Bogenschützen, ein paar Tote lagen mitten auf dem Platz, und einer, dem ein Pfeil im Arm steckte, kam kreischend auf sie zu.

Erst später erfuhren sie, daß es der Palast Abdalmaliks gewesen war, den die Leute aus der Stadt geplündert hatten, während sich der Fürst auf einem der Ecktürme des Vorderhauses verschanzt hatte. Lope war um diese Zeit schon wieder bei seinen Leuten. Sie lagerten in einem der vielen Höfe des alten Kalifenpalastes, der die ganze Südwestecke der Stadt einnahm, ein riesiges, ummauertes Gelände, eine verwirrend unübersichtliche Ansammlung von Festungsbauten und ineinander verschachtelten Häusern und Stallungen und Magazinen und braunverwitterten Türmen und weißen Marmorpalästen in allen Stadien des Verfalls. Sie saßen mißmutig zusammen, kaum einer hatte Beute gemacht, keiner wußte genau, was vorging, keiner wußte, warum die Stadt nicht zur Plünderung freigegeben wurde und warum man ihnen den Befehl gegeben hatte, sich zurückzuziehen.

Am späten Nachmittag wurde bekannt, daß Abdalmalik sich dem Kommandeur ergeben habe und schon als Gefangener auf dem Weg nach Sevilla sei.

Zwei Stunden nach Einbruch der Dunkelheit tauchte der Arīf bei den Wachen am Eingang des Hofes auf und fragte nach dem Castellan und nach Lope.

«Mein Herr hat einen Auftrag für euch», sagte er.

«Welcher Herr?» fragte der Castellan.

«Der Befehl kommt von ganz oben», sagte der Arīf.

Der Castellan musterte ihn mit offenem Mißtrauen. «Warum wir?»

Der Arīf lächelte verbindlich. «Du hast dich am Guadimellato als besonnener Mann erwiesen. Man hat Vertrauen zu dir.» Er legte eine Pause ein, als erwartete er noch eine Frage, und deutete dann auf die große Mauer, die hinter ihm aufragte, und sagte: «Hinter dieser Mauer liegt die Hauptmoschee von Cordoba. Ein heiliger Ort. Ein Ort des Friedens. Leider hat ein Mann darin Zuflucht gesucht, den mein Herr lieber in seiner Nähe hätte. Ihr habt den Auftrag, diesen Mann zu überzeugen, daß es besser für ihn ist, die Moschee zu verlassen.»

«Wer ist der Mann?» fragte der Castellan.

«Es ist nicht nötig, daß ihr das wißt», sagte der Arīf.

«Ich will es wissen», sagte der Castellan.

Der Arīf dachte eine Weile nach, dann sagte er achselzuckend: «Abulwalīd Ibn Djahwar, der Vater Abdalmaliks.»

«Ist er allein?»

«Nein, seine Frauen sind bei ihm und seine Dienerschaft.»

«Wachen?»

«Keine Wachen.»

«Wer ist sonst in der Moschee?»

«Nur die Moscheediener.»

«Bewaffnet?»

«Ohne Waffen.»

«Und die Leute aus der Stadt?»

«Es gibt keinen Zugang. Die Tore sind seit dem Angriff verriegelt.»

Das schnelle Hin und Her von Frage und Antwort brach plötzlich ab, und in die Stille hinein fragte der Castellan mit unerwarteter Schärfe: «Wenn die Tore versperrt sind, wie ist dann euer Mann hineingekommen?»

«Es gibt einen geheimen Gang», sagte der Arīf schnell.

«Und warum holt ihr euch den Mann nicht selbst?»

«Wir achten den Frieden der Moschee. Wir sind Muslims.»

Der Castellan überlegte einen Augenblick. «Was ist euch der Mann wert?» fragte er dann.

Der Arīf blickte ihn mit ausdruckslosen Augen an. «Ihr könnt behalten, was ihr bei seinen Leuten findet. Aber ihn selbst rührt nicht an. Auch seine Frauen nicht. Und achtet die Heiligkeit des Ortes!»

Der Castellan wählte zehn Männer aus und befahl ihnen, Mäntel überzuziehen und Tücher um die Helme zu binden, wie es bei den Moros Sitte war. Dann machten sie sich auf den Weg.

Der Arīf führte sie durch dunkle Gänge und eine Treppe hinunter zu einer Tür, vor der zwei Wachtposten standen. Ein schmaler Gang öffnete sich dahinter, der wieder an einer Treppe und vor einer geschlossenen Tür endete. Der Arīf schob den Riegel zurück und öffnete die Tür und trat dann zur Seite. Sie blieben in einer dichten Traube hinter dem Ausgang stehen, überwältigt von dem Anblick, der sich ihnen bot.

Ein Wald von Säulen lag vor ihnen, eine gewaltige Halle, die sich nach allen Seiten endlos auszudehnen schien. Sie war von einem geheimnisvollen, atmenden Licht erfüllt und von seltsam überirdischen Geräuschen durchpulst, die von weit her zu kommen schienen und doch wunderbarerweise ganz deutlich zu hören waren. Zu ihrer Rechten, weit entfernt, nur zu erahnen hinter den endlosen Säulenreihen, leuchtete ein heller Schein, der sich in funkelndem Gold spiegelte.

«Bringt den alten Mann hierher», hörten sie die Flüsterstimme des Arīfs hinter sich. «Er ist dort, wo das Licht brennt. Er liegt in einer Sänfte. Die anderen laßt dort, wo sie sind, wenn sie ihm nicht freiwillig folgen.» Dann streckte er den Arm aus und faßte mit zwei Fingern nach dem Mantel des Castellans und setzte nachdrücklich hinzu: «Vergreift euch nicht an den Schätzen der Moschee, ihr kommt sonst nicht lebend wieder heraus. Und erledigt euren Auftrag leise, ohne Geschrei!»

Der Castellan zog kaum merklich die Brauen zusammen und blickte auf den Arīf und auf die Hand, die ihn am Mantel festhielt, und wandte sich dann wortlos ab und lief los, in die Halle hinein.

Lope und die anderen folgten ihm auf dem Fuß. Sie hielten sich dicht an der Wand, spähten in lauernder Scheu um sich, in die kreuzenden Säulengänge hinein, die einer nach dem anderen an ihnen vorüberglitten, sich öffneten, sich wieder schlossen, schweigend und dunkel und scheinbar ohne Ende. Die Säulen und die Bogengirlanden darüber schienen sich zu bewegen, verschoben sich gegeneinander im Takt ihrer Schritte, bildeten rasch wechselnde Muster, verdeckten sich und tauchten wieder auf in steter Wiederholung, während sie hinter dem Castellan herhasteten.

Dann war da plötzlich etwas, das die Symmetrie störte, ein Schatten zwischen den Säulen, der sich gegen den gleichförmigen Rhythmus bewegte. Ein Mann in dunklem Umhang und mit weißem Turban, keine dreißig Schritte von ihnen entfernt. Ein alter Mann. Er starrte zu ihnen herüber und fragte etwas mit unterdrückter Stimme. Sie konnten ihn nicht verstehen, er sprach arabisch. Als sie stumm blieben, wiederholte er seine Frage und kam näher. Sie hatten die Mäntel abgenommen, und als er nah genug heran war, sah er ihre Waffen und stutzte für einen Augenblick und lief dann mit ausgebreiteten Armen auf sie zu, laut schreiend und ohne jede Furcht, der alte Mann allein gegen so viele Bewaffnete, als glaubte er, sie mit seinen bloßen Händen davonjagen zu können. Der Castellan schlug ihm mit der flachen Klinge über den Schädel, daß er mit einem Aufschrei in sich zusammenfiel.

Der Schrei hallte von den Gewölben wider, ein vielfach gebrochenes Echo, das immer leiser wurde und sich in der Ferne verlor. Sie standen wie erstarrt und lauschten angestrengt und hörten plötzlich noch einen anderen Laut, einen halberstickten Ruf, eine Frauenstimme voller Angst.

«Los!» sagte der Castellan und lief schräg in den Säulenwald hinein, in die Richtung, aus der der Ruf gekommen war. Er hatte das Schwert in der Hand behalten, auch die anderen zogen jetzt ihre Klingen. Es wurde heller um sie, und viele Stimmen waren auf einmal zu hören, ein aufgeregtes Gewisper. Und dann standen sie vor einer goldglänzenden Wand, und daneben, zwischen den Säulen, sahen sie den alten Mann, auf einer Trage sitzend, so wie es der Arīf beschrieben hatte, ein Kissen im Rücken, das ihn aufrecht hielt. Seine Leute waren um ihn, Frauen, Mägde, schwarze Diener, dreißig, vierzig Leute, eng zusammengekauert im Schatten der Gewölbe.

Eine Weile standen sie sich schweigend gegenüber, dann streckte der alte Mann eine zitternde Hand gegen sie aus und sagte etwas, das sich wie ein Fluch anhörte. Seine Stimme klang wie zersprungenes Glas.

Der Castellan rief über die Schulter hinweg vier seiner Männer zu sich. Einige der Frauen schrien leise auf, als sie die spanischen Namen hörten. «Holt ihn euch!» sagte er und ging langsam mit den Vieren auf die Gruppe zu.

«Wir sind ohne Waffen», schrie der alte Mann auf spanisch. «Gott verfluche euch, wenn ihr den Frieden der Moschee mißachtet!» schrie er mit immer brüchiger werdender Stimme, während der Castellan die Frauen und Diener mit der blanken Klinge aus dem Weg scheuchte, und die vier die Trage aufnahmen und den alten Mann wegtrugen. «Gott verfluche euch! Sein Fluch komme über euch!» schrie er, bis ihm die Stimme versagte.

Der Castellan wartete, bis die Trage hinter ihm abgesetzt war, dann breitete er seinen Mantel auf dem Boden aus und deutete mit der Spitze seines Schwertes darauf und sagte: «Hier will ich alles sehen, was ihr bei euch habt, Schmuck, Geld, alles, was von Wert ist. Alles!» Er richtete die Spitze des Schwertes auf eine von den Mägden. «Du da! Komm her! Du machst den Anfang!»

Das Mädchen rührte sich nicht, keiner rührte sich, alle saßen wie gelähmt, als könnten sie noch immer nicht glauben, was sich da vor ihren Augen abspielte.

«Komm her!» sagte der Castellan gefährlich leise. Aber bevor das Mädchen seinem Befehl folgen konnte, erhob sich eine Frau, die weiter hinten zwischen zwei schwarzen Dienerinnen saß. Sie kam langsam nach vorn, bis sie vor dem Castellan stand. Sie war klein und schmal und alt und trug ein dunkelblaues Gewand, auf dem ein silberner Schimmer lag. Sie stellte sich mitten auf den Mantel und riß sich mit einem Ruck das Kopftuch von den Haaren. Sie hatte weiße Haare, zu einem Zopf geflochten, der ihr wie eine Krone um den Kopf lag. Sie war eine vornehme Frau, jeder konnte es sehen.

«Du wirst es nicht wagen, Spanier», sagte sie mit fester furchtloser Stimme. «Du wirst es nicht wagen, wehrlose Frauen zu bestehlen! Nicht an dieser heiligen Stätte!» Sie stieß mit dem Zeigefinger auf ihn ein, als könnte sie ihn damit treffen. «Du wirst es nicht wagen, Spanier!»

Der Castellan griff nach ihrer Hand, schnell wie die Katze nach der Maus, und hielt sie fest und streifte ihr die goldenen Armreifen ab, die sie am Handgelenk trug, und warf sie auf den Mantel zu seinen Füßen.

Sie riß ihre Hand los und spuckte ihm ins Gesicht. Und für einen Augenblick sah es so aus, als hätte sie ihn aus der Fassung gebracht. Aber dann schlug er zu, schlug ihr mit dem Handrücken ins Gesicht, so hart, daß es sie ein paar Schritte zur Seite schleuderte. Sie blieb regungslos am Boden liegen wie ein Bündel Wäsche, und einer ihrer Armreifen rollte davon und kam in einem weiten Bogen zurück und wurde langsamer und fing zu kreiseln an auf dem glatten Marmorboden mit einem hell singenden Geklingel, das immer schneller wurde und sich immer höher hinaufschraubte, bis es in einem letzten rasenden Triller erstarb. Alle standen wie erstarrt und blickten auf den Goldreif, der, wie von einer überirdischen Macht gelenkt, wieder zu seiner Besitzerin zurückgerollt war und keine zwei Spannen weit neben ihrer Hand lag. Ein Nachhall des Trillers klang noch in den Gewölben nach.

Einer der Männer, die vor Lope standen, trat schließlich vor und bückte sich und hob den Armreif auf. Es war ein Peon aus Sabugal, ein Althirte, der sich hochgedient hatte, und den Lope noch von früher kannte. Er blieb neben der alten Frau hocken, die noch immer wie tot am Boden lag, und fing an, ihre Arme abzutasten und an ihrem Hals und an den Ohren nach Schmuck zu suchen.

Lope war mit drei Schritten bei ihm. «Laß das!» sagte er scharf. «Laß die Frau in Ruhe!»

Der Peon schaute verunsichert zu ihm auf und wandte den Blick dann hilfesuchend auf den Castellan, und im selben Augenblick begriff Lope, daß er einen Fehler gemacht hatte. Er sah das herausfordernde Grinsen, das sich auf dem Gesicht des Peons ausbreitete, er meinte die feindseligen Blicke der Männer in seinem Rücken zu spüren. Sie hatten Beute gesehen. Sie waren alle auf seiten des Castellans, alle ohne Ausnahme. Er wußte es.

«Verschwinde!» hörte er den Castellan sagen. «Halt du dich da heraus!» Die Stimme war flach und ausdruckslos.

Er zwang sich zur Ruhe. Er sah zu, wie sie die Leute des alten Mannes in gieriger Gründlichkeit ausraubten, wie sie die Frauen mit zudringlichen Händen abtasteten, er sah, wie die Begehrlichkeit der Männer wuchs und immer mehr wuchs, je größer der Haufen auf dem Mantel wurde.

Lope behielt den Castellan im Auge. Er war schon einmal in ähnlicher Weise mit ihm aneinandergeraten. Das war in Sabugal gewesen, drei Wochen nach seiner Rückkehr, an einem Sonntag.

Der Castellan hatte Gäste empfangen, und die Hausherrin hatte das gute Geschirr auftragen lassen, die Silberpokale und die Glaskaraffen aus ihrer Mitgift. Beim Aufräumen hatte einer der Pagen ein Glas fallen lassen. Der Kämmerer war auf ihn losgegangen, und der Junge hatte sich schreiend in das Zimmer geflüchtet, das Lope mit dem Sohn des Conde teilte. Er hatte sich vor dem jungen Grafen niedergeworfen und seine Beine umfaßt und ihn mit angstbebender Stimme um seinen Schutz angefleht! «Habt Erbarmen, Herr! Er schlägt mich tot, Herr, wenn Ihr mir nicht helft!»

Der Kämmerer war ein Vetter des Castellans gewesen, ein jähzorniger, grobschlächtiger Mann. Er hatte den Castellan zu Hilfe geholt, und der hatte ihm die Erlaubnis gegeben, sich den Jungen zu greifen.

Lope war dazwischengegangen. Der Page stehe unter dem Schutz des jungen Grafen, keiner dürfe ihn anrühren.

Daraufhin hatte der Castellan seinem Vetter den ausdrücklichen

Befehl gegeben, sich den Jungen zu holen. Der Kämmerer hatte ihn an den Haaren gepackt und mit sich gezerrt, aber ehe er noch zwei Schritte weit gekommen war, hatte sich der junge Graf auf ihn gestürzt und ihm sein Messer in den Bauch gerannt. Der Mann war vier Tage darauf gestorben.

Seitdem verfolgte der Castellan Lope mit einem kalten, unversöhnlichen Haß, und Lope wußte, daß sie eines Tages ohne Zeugen aneinandergeraten würden.

Er hatte schon oft darüber nachgedacht, ob er Sabugal nicht heimlich verlassen, den Dienst beim Conde aufkündigen sollte. Er dachte auch in dieser Nacht in der Moschee daran. Er dachte daran, als sie vor Sevilla mit Paukengedröhn und Trompetengeschmetter entlassen wurden, und ihm Ibn Ammar das verlockende Angebot machte, in seine Leibwache einzutreten. Er dachte daran, sooft er sich an die Tochter des Hakīms erinnerte und an den Blick, den sie ihm zum Abschied zugeworfen hatte. Er dachte auf dem ganzen Ritt zurück nach Guarda daran. Dreißig Mann hatten in der ersten Nacht nach dem Abmarsch heimlich die Truppe verlassen, um sich dem Fürsten von Sevilla anzudienen.

Lope blieb. Er hatte geschworen, dem Grafen von Guarda treu zu dienen, und der Capitan hatte ihm beigebracht, daß ein Mann sein Wort hält.

Er glaubte, keine andere Wahl zu haben.

35

SEVILLA

DIENSTAG 11. TISCHRI 4831
11. DU'L-HIDJDJA 462 / 20. SEPTEMBER 1070

Es war der Tag nach Jom Kippur, dem letzten der zehn Bußtage am Beginn des neuen Jahres. Yūnus hatte den Abend nach dem vierundzwanzigstündigen Fasten mit Ibn Eli und ein paar anderen Freunden verbracht. Sie hatten gut gegessen und sich gut unterhalten. Am Morgen war er wie üblich in die Praxis gegangen, hatte eigenhändig die Läden abgenommen, das Vordach ausgespannt, die Sitzkissen ausgelegt und es sich danach im Untersuchungszimmer mit einem Buch gemütlich gemacht. Nach den Bußtagen ging es immer sehr ruhig zu.

Seit sechs Wochen saß er wieder in seiner Praxis. Als al-Mutamid, der

Fürst, nach Cordoba aufgebrochen war, hatte die Sayyīda al-Kubrā mit ihren Söhnen den Sommerpalast verlassen und war wieder in die Stadt gezogen. Seitdem war auch er wieder in Sevilla, empfing seine Patienten, machte seine Hausbesuche. Nur zweimal hatte man ihn in den al-Qasr gerufen zu zwei kurzen Konsultationen, ansonsten hatte man ihn in Ruhe gelassen.

Es gab nichts, was ihn den Hof vermissen ließ. Er saß zufrieden in seiner Praxis und fühlte sich fast wieder wie in seinen Anfangsjahren als junger Arzt: Wenige Patienten, viel freie Zeit, die er zum Lesen nutzen konnte, und kein ehrgeiziger junger Mann, der seine Aufmerksamkeit beanspruchte und ihn zu steter Konzentration zwang. Zecharia hatte vor zwei Wochen seinen Dienst im Krankenhaus angetreten.

Es war ein schöner, sonniger Tag ohne die Hitze des Sommers. Der Herbst hatte eingesetzt, die Schwalben waren aus dem Norden zurückgekehrt und schossen mit schrillem Geschrei an der offenen Tür vorbei. Er hatte einen Nachbarjungen in den Bazar geschickt, um ein Essen zu holen. Der Junge hätte längst wieder zurück sein müssen, schon seit einer Viertelstunde, er war sonst immer zuverlässig gewesen.

Yūnus trat vor die Tür und blickte die Gasse hinunter. Niemand war zu sehen, aber in der Luft war ein seltsam unbestimmbarer Lärm, der aus der Gegend um den Hauptbazar herzukommen schien. Er ging in das Behandlungszimmer zurück und wartete weiter. Wenig später rannten draußen zwei Männer vorbei und dann eine schreiende Frau. Sie waren schon verschwunden, als er an die Tür kam. Auch die Nachbarn waren jetzt auf die Gasse herausgekommen, standen vor ihren Läden. Al-Fāsī, der Schuster, hob lauschend den Kopf und richtete seine kurzsichtigen Augen auf Yūnus. «Was ist das?» fragte er verstört.

Der Lärm war deutlich lauter geworden. Er erinnerte Yūnus an das vielstimmige Geschrei der Menge auf der Shāria, wenn die Berberkavallerie ihre Reiterspiele vorführte. «Klingt wie ein Haufen Leute», sagte er verwundert.

Der Junge, den Yūnus in den Bazar geschickt hatte, tauchte mit leerer Essenstrage am Eingang der Gasse auf und verschwand im Haus seines Vaters, bevor sie ihm eine Frage stellen konnten.

«Gott steh uns bei!» sagte al-Fāsī. «Gott steh uns bei!»

Aus dem anschwellenden Lärm waren jetzt einzelne Stimmen herauszuhören, laute Schreie und rhythmisches Gebrüll. Und Yūnus wußte auf einmal, was das war, er hatte dieses Gebrüll noch im Ohr, er hatte es schon einmal gehört, damals in Toulouse, als die Meute auf ihn losgegangen war. Er hatte es nie vergessen. Da war es wieder, das gleiche Gebrüll, und mitten in Sevilla, in seiner Stadt. Er hörte in fassungslosem Entsetzen, wie es immer näher kam.

«Weg von der Straße!» schrie er den anderen zu. «In die Häuser! Verrammelt die Tore!» Und machte sich selbst daran, in rasender Eile den Laden vorzulegen. Da kamen sie weiter unten schon in die Gasse gestürmt, eine wilde, mit Prügeln bewaffnete Horde. Er schob die Tür hinter sich zu, legte den Riegel vor, zerrte in panischer Hast den Operationstisch aus dem Nebenraum herüber und kippte ihn gegen das Fenster. Das Gebrüll war jetzt schon unmittelbar vor seiner Praxis, und laute Schläge waren zu hören, Holz gegen Holz, und irgend etwas stürzte krachend um, und Stoff riß, und ein Schlag donnerte gegen den Fensterladen, während er sich zitternd mit dem Tisch dagegenstemmte. Gott gebe, daß sie keine Leitern dabeihaben, dachte er und hastete zur Tür, die unter dem Ansturm nachzugeben drohte. O mein Gott, betete er in jagender Hast, verschone mein Haus, verschone meine Familie, mach, daß Ammi Hassān zu Hause ist, Herr!

Dann wanderte der Lärm auf einmal weiter. Yūnus spähte durch eine Ritze im Fensterladen nach draußen und sah, daß die Gasse leer war. Nur noch ein paar Nachzügler hasteten der Meute hinterher: Träger aus dem Bazar, die Stirnriemen wie Peitschen in der Hand, und halbwüchsige Burschen und zerlumpte Männer, die aussahen, als kämen sie vom Tagelöhnermarkt. Er holte die Leiter aus der Kammer und stieg durch die Luke in der Decke des Operationsraums aufs Dach und schaute vorsichtig über die Brüstung hinunter. Nichts war zu sehen. Die Türen der Häuser waren alle noch verschlossen. Al-Fāsī hatten sie das Ladenschild abgerissen, und vor seiner Praxis waren die Balken der kleinen Veranda, die ihm als Warteraum diente, herausgebrochen und die Dachplane weggerissen. Auch die Sitzkissen waren alle weg. Vielleicht hatte diese kleine Beute die Wut der Leute so weit gedämpft, daß sie weitergezogen waren.

Was für Leute waren das gewesen?

Das Gebrüll kam jetzt von der Synagoge her, aber auch aus der Gegenrichtung um das Carmona-Tor herum war Geschrei zu hören. Was war geschehen? War aus Granada ein Funke übergesprungen? Seit Menschengedenken hatte es keinen derartigen Aufruhr in Sevilla gegeben. Die Judengemeinde hatte in Ruhe und Frieden hier leben können. Manchmal ein ultraorthodoxer Faqih, der eine giftige Rede hielt, wenn ein Jude seine hohe Stellung am Hof dazu ausnutzte, zu Pferd durch die

Stadt zu reiten, manchmal ein glaubensstrenger Qadi, der den Neubau einer Synagoge verbot, bis man das Gebäude als Versammlungsraum deklarierte und ein paar Gelder an den richtigen Stellen plazierte. Aber nie hatte es irgendwelche Übergriffe gegeben, keine Plünderungen, nicht einmal die üblichen Belästigungen. Warum gerade jetzt dieser völlig unerwartete Überfall? Mitten im Frieden, in einer Zeit nie gekannten Wohlstands. Er fand keine Erklärung dafür.

Er blieb auf dem Dach, bis der Lärm nachließ und wieder Ruhe einkehrte. Als er sah, daß einige seiner Nachbarn ihre Häuser verließen, ging auch er auf die Gasse hinunter. Alle waren gleichermaßen entsetzt über den Vorfall und alle hatten genausowenig eine Erklärung wie er selbst.

Kurz danach kam Ammi Hassān, um ihn abzuholen. Sie räumten gemeinsam die Trümmer der Veranda beiseite, packten vorsichtshalber die wertvollsten Instrumente und Arzneimittel in eine Tasche und machten sich auf den Heimweg. Die Gasse, in der sein Haus lag, war nicht behelligt worden, aber in der Nähe der Synagoge war es den Plünderern gelungen, drei Häuser aufzubrechen, und am Carmona-Tor hatten sie mehrere Läden ausgeräumt, darunter auch die Apotheke ar-Rashīdis, seines Nachbarn.

Noch vor Sonnenuntergang wurde der Ältestenrat zusammengerufen. Da Isaak Ibn al-Balia, der Nāsī, mit dem Fürsten in Cordoba war, trafen sie sich im Haus des Rabbis der babylonischen Kongregation. Und dort endlich, als im Lauf des Abends immer zuverlässigere Informationen eintrafen, stellte sich nach und nach heraus, was diesen merkwürdigen Aufruhr ausgelöst hatte.

Yūnus kam erst spät in der Nacht von der Sitzung nach Hause zurück. Nur Ammi Hassān, der auf ihn gewartet hatte, war noch wach, die anderen schliefen schon. Er ließ sich eine Lampe anzünden und setzte sich dann in die Bibliothek an sein Schreibpult, um die Ereignisse der vergangenen Stunden in seinem Tagebuch festzuhalten. Er hatte erst eine halbe Seite geschrieben, als es unerwartet an der Tür klopfte und Karīma hereinkam.

Sie blieb zögernd in der Tür stehen. «Störe ich Euch, Vater?» fragte sie.

Er schüttelte lächelnd den Kopf und legte die Feder beiseite. Jeder im Haus wußte, daß er nicht gern gestört wurde, wenn er bei seinen Büchern saß, und jeder respektierte das, auch Karīma, seit sie kein Kind mehr war. Aber diese Nacht war nicht wie die anderen, und Karīma war sicher nicht die einzige, die keinen Schlaf fand.

Er berichtete ihr in knappen Worten, was er im Haus des Rabbi erfahren hatte, und versuchte, sie zu beruhigen. «Wir sind alle überzeugt, daß sich die Geschichte nicht wiederholen wird. Ein völlig unverständlicher Vorgang. Ein paar dumme Jungen und ein paar Tagelöhner ohne Arbeit, die von irgendeinem Fanatiker aufgestachelt wurden. Eine ganz dumme Geschichte, du brauchst dir keine Sorgen zu machen.»

Sie sah nicht so aus, als ob sie sich Sorgen machte. Sie saß auf einem Polster am Boden, die Arme um die Beine geschlungen, das Kinn auf die Knie gestützt. Die schwarzen Haare quollen unter der Kapuze ihres Umhangs hervor. Die Augen waren mit einem ernsten Ausdruck auf ihn gerichtet, hinter dem sich ein vertrautes Lächeln versteckte.

Wie schön ihre Augen sind, dachte er. Und wie schön diese dunklen, weitgeschwungenen Brauen, die sie hat. Ihre Brauen schienen eine eigene Sprache zu sprechen in ihrem Gesicht: Hochmütig gebogen, wenn im Hof der Synagoge die Männer sich nach ihr umdrehten, gerade im Zorn, tief über die Augen gezogen und gegen die Nasenwurzel hin aufgeworfen, wenn etwas ihre Neugier oder ihr Mißfallen erregte. Die Nase zu groß und mit dem gleichen Bogen, den auch seine Nase hatte. Jeder, der nicht Bescheid wußte, hielt sie deswegen für seine leibliche Tochter. Nein, dachte er, ihre Nase ist nicht zu groß. Eine kleine Nase hätte nicht zu ihrem Gesicht gepaßt, nicht zu diesem Mund. Was für ein ausdrucksvoller Mund für ein Mädchen von vierzehn Jahren. Was für eine Frau würde sie einmal werden. Manchmal beneidete er Zecharia. Er war ein guter Vater, er bildete sich ein, ein guter Vater zu sein. Aber manchmal beneidete er Zecharia, wie ein Mann einen anderen Mann um eine schöne Frau beneidet.

«Ihr schreibt noch, Vater, so spät in der Nacht?» fragte sie.

«Ich schreibe fast jede Nacht, wenn du schon schlafen gegangen bist», sagte er.

«Und was ist es, was Ihr schreibt? Darf ich es wissen?» fragte sie.

«Ich schreibe nieder, was sich am Tag ereignet hat. Ich versuche es festzuhalten», sagte er.

«Ein Tagebuch?» fragte sie.

«Wenn du so willst... ja... ein Tagebuch», sagte er. Er hatte das Heft zugeklappt, als sie hereingekommen war. Er hatte ihr nie etwas davon erzählt. Außer Ibn Eli wußte niemand, daß er diese Hefte führte. Jetzt schlug er es wieder auf. «Ich habe damit angefangen, als meine Frau gestorben ist. Ich habe mir vorgestellt, daß ich an sie schreibe, das hat mir über ihren Tod hinweggeholfen. Dann ist es zu einer Art Gewohnheit geworden. Inzwischen denke ich oft an dich, wenn ich schreibe.»

«An mich?» fragte sie.

«Ja, an dich», sagte er. «Ich denke mir, daß du diese Hefte eines Tages lesen wirst, wenn ich nicht mehr da bin. Und dann wirst du dich an mich erinnern, und ich werde bei dir sein.» Und mit einem leisen Lächeln setzte er hinzu: «Ich gebe mir Mühe, leserlich zu schreiben.»

Sie neigte den Kopf und blickte unter zusammengezogenen Brauen hinweg zu ihm auf. «Schreibt Ihr manchmal auch etwas von mir hinein?» frage sie leise.

«Ich schreibe sehr viel über dich», sagte er. «Du bist meine Tochter, niemand steht mir näher als du.»

«Über alles, was ich mache?» fragte sie ungläubig.

«Über alles, was mir wichtig erscheint», sagte er.

Sie dachte einen Augenblick nach und fragte dann mit großem Ernst: «Auch über das, was an Rosch ha-Shana war?»

«Auch über das», sagte er lächelnd. Am Abend des Neujahrstages hatte er sie endlich nach vielen Aufschüben gefragt, ob sie mit seinem Vorschlag, sie Zecharia zur Frau zu geben, einverstanden sei. Sie hatte lange geschwiegen und dann *ihn* um einen Aufschub gebeten. Sie empfinde große Zuneigung für Zecharia, aber es sei eine Art von Zuneigung, wie man sie gegenüber einem Bruder empfinde. Jetzt, da Zecharia am anderen Ende der Stadt wohne und nicht mehr so oft ins Haus komme, würden sich ihre Gefühle vielleicht ändern, und dann wäre sie mit Freuden bereit, seinem Wunsch zu entsprechen. Aber er solle ihr noch ein wenig Zeit lassen.

Er war sehr glücklich gewesen über diese Antwort, nicht nur, weil sie für die Klugheit seiner Tochter sprach, wie er meinte, sondern auch, weil sie seine Saumseligkeit nachträglich rechtfertigte und die Trennung noch einmal hinauszögerte, ohne daß er sich väterliche Eigensucht vorwerfen mußte.

«Ich habe nicht nur über diesen Tag geschrieben», fuhr er mit einem zufriedenen Lächeln fort. «Ich werde auch über den Tag schreiben, an dem du dich entscheidest. Und über den Tag deiner Hochzeit. Und wenn ich es noch erlebe, werde ich auch über deine Kinder schreiben.»

Sie hielt den Blick gesenkt, und er hatte auf einmal das unbestimmte Gefühl, als wäre sie abwesend, weit weg mit ihren Gedanken, an einem entfernten Ort, wohin er ihr nicht folgen konnte. Aber dann blickte sie wieder auf, und in ihren Augen war wieder jenes herzerwärmende Vertrauen, das ihn mit ihr verband.

«Vielleicht fange ich auch an, ein Tagebuch zu schreiben», sagte sie nachdenklich.

«Das wäre eine hübsche Idee», sagte er. «Dann kannst du später einmal dein Heft neben das meine halten und vergleichen, was jeder von uns geschrieben hat.»

«Aber vielleicht schreibe ich von anderen Dingen als Ihr, Vater», sagte sie mit fragenden Augen.

«Ich bin sicher, daß du das tust», sagte er. «Jeder sieht die Welt anders. Was mir wichtig erscheint, mag für dich ganz nebensächlich sein.»

Sie dachte einen Augenblick nach. «Vielleicht finde ich Dinge wichtig, von denen Ihr gar nichts wißt», sagte sie dann, ohne ihn anzusehen.

«Warum nicht», sagte er. «Je älter du wirst, desto mehr Geheimnisse wirst du vor mir haben.» Er kam sich sehr verständnisvoll vor, aber sie schien mit seiner Antwort nicht zufrieden, und so setzte er nach einer Weile von sich aus hinzu: «Ich verspreche dir, daß ich niemals lesen werde, was du geschrieben hast, wenn du es nicht wünschst.»

Sie warf ihm einen kurzen Blick zu, der ihn seltsam beunruhigte.

«Ich kaufe dir ein Heft, wenn du willst», sagte er.

«Das gleiche, wie Ihr es habt?» fragte sie.

«Das gleiche», sagte er.

Sie sprang auf und umarmte ihn und küßte ihn auf beide Wangen, wie sie es immer tat, wenn sie sich zur Nacht von ihm verabschiedete. «Ich bin müde, ich gehe jetzt wieder schlafen», sagte sie. Ihre Stimme klang gar nicht müde.

Er schaute ihr nach, bis sie die Tür hinter sich geschlossen hatte. Dann wandte er sich wieder dem Schreibpult zu und trug folgenden zusammenfassenden Bericht über die Hintergründe des Überfalls auf das Judenviertel in sein Tagebuch ein:

Wie üblich gibt es einen äußeren Anlaß, der ziemlich offen zutage liegt, und eine Reihe von Mutmaßungen über die eigentlichen Ursachen, die alle noch nicht bestätigt sind.

Der Anlaß: Ein jüdischer Kaufmann aus Fustāt, der im Karavansarai von Ibn Abdallah am Hafen ein Lager gemietet hat, ließ sich am

Abend nach Jom Kippur eine Hure in sein Büro kommen, unglücklicherweise ein muslimisches Mädchen. Ein Beamter der Shurta überraschte die beiden und drohte dem Mädchen mit dem Scheiterhaufen. Daraufhin behauptete sie, der Jude hätte sie vergewaltigt und ihr das Geld, das man bei ihr fand, erst hinterher ohne ihr Wissen zugesteckt. Sie fing zu schreien an, es gab einen Auflauf, und als man die beiden vor den Qadi brachte, wurde die Menge immer größer. Man forderte die sofortige Bestrafung des Juden. Als der Qadi die beiden einsperren ließ und die Untersuchung auf den nächsten Tag verschob, zog die aufgebrachte Meute ins Judenviertel.

Das sind die Tatsachen. Im Rat ist man jedoch überzeugt, daß der Vorfall provoziert und die Menge von interessierter Seite bewußt zu dem Überfall angestachelt wurde. Unklar ist nur, wer dahintersteckt. Am wahrscheinlichsten erscheint mir jene Mutmaßung, die auch Ibn Eli vertritt: Danach soll die Händlerschaft in der Stadt höchst beunruhigt sein über die sich immer mehr verdichtenden Gerüchte, daß der Fürst den gesamten Hof und die Regierung nach Cordoba verlegen wolle. Im Bazar vermute man, daß Ibn Ammar die treibende Kraft hinter den Plänen des Fürsten sei. Man wage jedoch nicht, den Vezir selbst anzugreifen, sondern mache statt dessen seine ‹jüdischen Berater›, wie es heißt, verantwortlich: Also Isaak Ibn al-Balia, von dem man weiß, daß er aus Cordoba stammt. Der provozierte Aufruhr sei als eine Warnung an die Adresse des Vezirs und des Nāsī anzusehen.

So weit klingt alles logisch, aber es bleiben ein paar Ungereimtheiten: Warum gibt man nicht Ibn Zaydūn die Schuld, dem Hādjib, der doch ebenfalls aus Cordoba kommt? Warum schlägt man auf uns ein, wo doch die jüdischen Händler die gleichen Verluste zu befürchten haben, wenn der Hof in die alte Hauptstadt geht?

Der Rat hat noch in der Nacht einen Boten an den Nāsī gesandt, um ihn zu informieren.

Cordoba

Eine erste knappe Nachricht über die Unruhen in Sevilla traf schon am nächsten Tag mit Brieftauben in Cordoba ein. Ibn Ammar hatte den Fürsten am Morgen dieses Tages in den al-Qasr begleitet zu einer sorgfältig vorbereiteten Besichtigungstour. Alle Bewohner waren ausquartiert, die Parks mit Hunden durchgekämmt worden. Die zwei Hundertschaften der fürstlichen Haustruppe, die im alten Palast lagen, hatten Anweisung, das Gebäude nicht zu verlassen, die Leibwache hielt lediglich die Außenmauern besetzt. Das ganze Areal war menschenleer, und zwar nicht nur der al-Qasr-Bereich mit seinen zahllosen Gebäuden und Höfen und Parks, sondern auch die riesigen Gärten, die sich im Westen daran anschlossen und sich fast eine Meile weit am Ufer des Guadalquivir entlangzogen.

Ibn Ammar hatte Hunderte von Handwerkern und Tagelöhnern aufgeboten, um diese Gärten, so gut es in der kurzen Zeit möglich war, für den Besuch des Fürsten herzurichten. Während des Bürgerkriegs vor sechzig Jahren hatten die ehemaligen Berbertruppen al-Mansūrs hier gehaust, hatten die Pavillons als Pferdeställe benutzt, zahllose Bäume umgehackt, die Anlagen verwüstet. Seitdem waren nur einige der Terrassen am Fluß wieder instandgesetzt worden, den größten Teil hatte man verwildern lassen. Aber was sich erhalten hatte, war noch immer eindrucksvoll genug. Abdarrahmān an-Nāsir, der große Kalif, hatte vor hundertundzwanzig Jahren Bäume und Sträucher aus allen Teilen der Welt zusammenholen lassen. Majestätische Zedern ragten in den Himmel, Zypressen, Drachenbäume, Palmen aller Arten. Es gab Kamelienhaine und Orangenalleen und rauschende Mimosenwälder, es gab Seerosenteiche und weitläufige Tiergehege und die filigranen Überreste haushoher Volieren, die einmal exotische Vögel beherbergt hatten. Jeder, der auch nur mit ein wenig Phantasie begabt war, konnte sich ausmalen, was ein fürstlicher Bauherr aus diesem verwunschenen Zaubergarten machen konnte.

Al-Mutamid wohnte im ar-Rusāfa-Palast, der im Nordwesten der Stadt am Fuß der Berge lag, dem einzigen Umayyaden-Schloß, das den Bürgerkrieg ohne größere Schäden überstanden hatte. Auch der Park, der es umgab, war noch in alter Pracht erhalten. Ibn Ammar hatte dieses Schloß mit Bedacht als Aufenthaltsort für den Fürsten ausgewählt, um seine Phantasie anzuregen. Er hatte al-Mutamid nach Madīnat az-Zahrā und al-Madīnat az-Zāhira geführt, den riesigen Palaststädten, die sich Abdarrahmān an-Nāsir und al-Mansūr hatten erbauen lassen. Er hatte ihm die Berge im Norden gezeigt, wo im Sommer so viele Rosen blühten, daß das ganze Land danach duftete, und ein Qintar Rosenblätter in der Stadt nur sechzehn Dirhem kostete. Er hatte ihn auf die Hügel hinter Madīnat az-Zahrā begleitet, über die sich im Frühling ein Flaum weißer Mandelblüten legte, und er hatte ihm dazu die jedem Cordobesen geläufige Geschichte von Abdarrahmān an-Nāsir und seiner Lieblingsfrau az-Zahrā erzählt:

Der große Kalif hatte die Favoritin seines Herzens vor das neue Schloß geführt, das ihren Namen trug, und sie um ihre Meinung gefragt. Sie hatte die Hügel betrachtet, die damals noch von düsteren Steineichenwäldern bedeckt gewesen waren, und das Schloß, das sich weiß schimmernd davor ausstreckte, und hatte es mit einer zauberhaft schönen Frau verglichen, die in den Armen eines abessinischen Sklaven liege. Daraufhin hatte der Kalif die Eichenwälder fällen und die Hänge mit Mandelbäumen bepflanzen lassen.

Ibn Ammar hatte dem Fürsten alle Schönheiten Cordobas vorgestellt. Der Besuch in den Palastgärten des al-Qasr an diesem Morgen sollte ihm nur noch einen anderen unschätzbaren Vorzug der Stadt vor Augen führen: Den Überfluß an frischem, klarem Wasser.

Wie jeder Sevillaner liebte al-Mutamid Wasserspiele und Brunnen und sprudelnde Bäche über alle Maßen. In Sevilla mußte das Trinkwasser aus dem Guadalquivir geschöpft werden, ein gutes Stück im Norden der Stadt, wo die Flutwelle des Meeres nicht mehr hinreichte. Von dort wurde es in Booten herangeschafft und von Wasserträgern verteilt. In Cordoba gab es auch im heißesten Sommer so viel frisches Wasser, daß Bäche und Brunnen überliefen. Die Palastgärten waren berühmt gewesen für ihre Wasserspiele. Ibn Ammar hatte alles darangesetzt, die Wasserläufe und Kaskaden wenigstens teilweise wieder freizulegen, die Marmorbecken zu säubern. Er hatte sogar eines der drei gewaltigen Wasserräder am Fluß wieder instandsetzen lassen, mit denen die Springbrunnen in Gang gehalten wurden.

Sie hatten den al-Qasr und das Parkgelände mehrere Stunden lang zu Fuß durchstreift, nur der Fürst und Ibn Ammar, dazu der Hofbaumeister und ein Gartenarchitekt aus Valencia und in Begleitung des Fürsten eine persische Sängerin mit Namen Djawhāra, die schon seit einigen Monaten seine besondere Gunst genoß und die er beeindrucken wollte. Al-Mutamid war überwältigt und voller Pläne. Er sah im Geist schon die zerfallenen Gebäude abgerissen, den alten Kalifenpalast in heroischem Stil renoviert, daneben einen gewaltigen neuen Palast errichtet. Er vertiefte sich mit den beiden Architekten in Einzelheiten, ließ sich über Kosten und Bauzeiten informieren, bestimmte, welche der traditionsreichen Bauten aus der Zeit der westgotischen Könige und der alten Umayyaden-Amire erhalten und in die Neuplanungen einbezogen werden sollten, zeichnete eigenhändig kühne Grundrisse in den Sand. Das ehrwürdige Alter vieler der Bauten des al-Qasr, der geschichtsträchtige Boden, die großen Namen der Vergangenheit, denen er auf Schritt und

Tritt begegnete, versetzten ihn geradezu in einen Rausch. Und seine Begeisterung erreichte ihren Höhepunkt, als er auch noch feststellte, daß sich in den Palastgärten einer seiner Lieblingswünsche verwirklichen ließ.

Er hatte noch als Kronprinz an einem denkwürdigen Fest teilgenommen, das al-Ma'mūn, der Fürst von Toledo, zur Beschneidung seines achtjährigen Enkels Ya'ya ausgerichtet hatte. Im neuen Palast des Fürsten vor Toledo war ihm dabei ein Pavillon von ungeahnter Schönheit vorgeführt worden, ein leichter, vielfach durchbrochener Kuppelbau aus weißem Marmor, auf dessen Spitze eine gewaltige Fontäne entsprang, die den ganzen Bau in einen glitzernden Wasservorhang hüllte. Die Rundung der Kuppel war so genau in die Wölbung der herabstürzenden Fontäne eingepaßt, daß die Außenwand an windstillen Tagen nirgends vom Wasser bespült wurde. Wer den Pavillon aufsuchte, saß kühl unter rauschenden Wassern, ohne daß ein einziger Tropfen sein Wohlbefinden störte. Bei Nacht, wenn die Kuppel beleuchtet war, bot sich ein feenhafter Anblick. Der Wasservorhang verwandelte sich in eine Glocke aus flüssigem Glas.

Nach seinem Regierungsantritt war es eine der ersten Maßnahmen al-Mutamids gewesen, seinen Hofbaumeister nach einem geeigneten Platz für einen solchen Pavillon suchen zu lassen. Aber in Sevilla gab es nirgends die Wasserkraft, die für den Betrieb einer solchen Fontäne erforderlich war. Hier dagegen, in den Palastgärten von Cordoba, war sein Traum unschwer zu erfüllen.

Mittags saßen sie auf einer der Terrassen über dem Fluß, wo ein Essen vorbereitet war. Ibn Ammar war überzeugt, daß er gewonnen hatte. Der Fürst schien fest entschlossen, nach Cordoba zu gehen. Er sprach von nichts anderem. Als ein Bote Ibn Ammar die Nachricht von den Unruhen in Sevilla überbrachte, gab er sie ungeschönt an den Fürsten weiter. Al-Mutamid tat sie mit einer großen Geste ab.

«Man wird die Schuldigen bestrafen», sagte er selbstbewußt. «Man wird meine Entscheidung über Cordoba schon bald bekanntgeben, und wir werden dafür sorgen, daß sie respektiert wird!»

Ibn Ammar suchte am späten Nachmittag in Begleitung Isaak Ibn al-Balias den Hādjib auf, der in die ehemalige Stadtresidenz Abdalmaliks eingezogen war. Ibn Zaydūn war krank. Er kämpfte seit einem halben Jahr gegen ein rätselhaftes Leiden, das ihn mit bohrenden Kopfschmerzen und anhaltenden Schwächeanfällen heimsuchte. Deshalb hatte er am Morgen auch seine Beteiligung an der Besichtigung des al-Qasr absagen müssen. Er empfing sie auf seinem Lager sitzend, von Kissen gestützt, das Gesicht grau und eingefallen und mit jenem angespannten Ausdruck, den ständiger Schmerz hervorruft. Er schien die Ereignisse, die aus Sevilla gemeldet worden waren, ernster zu nehmen, als Ibn Ammar erwartet hatte.

«Ich habe nicht mit so viel Widerstand gerechnet», sagte er nachdenklich. «Nicht zu diesem frühen Zeitpunkt.»

«Die Frage ist doch, ob der Aufruhr bewußt angeheizt wurde, oder ob sich darin eine allgemeine Unzufriedenheit äußert», erwiderte Ibn Ammar.

«Ich glaube, daß beides zusammentrifft», sagte Ibn Zaydūn. «Natürlich kann man ein Feuer anfachen, aber nicht in so kurzer Zeit. Nicht ohne Glut. Irgendwo im Bazar muß es unter der Oberfläche schon gebrannt haben.»

«Bis heute war nicht einmal *ich* mir sicher, wie sich der Fürst entscheiden wird», sagte Ibn Ammar. «Ich frage mich, was die Leute im Bazar so sicher macht?»

«Gerüchte sind immer stärker als Informationen», sagte Ibn Zaydūn mit einem müden Lächeln. «Natürlich haben sie Angst, die Kleinen noch mehr als die Großen. Die Lastenschlepper in den Suks, die Schauerleute am Hafen sind sich doch klar darüber, daß sie als erste die Arbeit verlieren, wenn der Handel zurückgeht.»

«Aber wer schürt die Gerüchte?» fragte Ibn Ammar ungeduldig.

Ibn Zaydūn ließ sich Zeit mit der Antwort. Er schloß gequält die Augen, als müßte er seine Gedanken vor den Schmerzen in Sicherheit bringen. «Von einem guten Kaufmann erwartet man, daß er ein Geschäft wittert. Warum sollte er mit dem gleichen Organ, das ihn befähigt, gute Geschäfte zu machen, nicht auch politische Entwicklungen vorausahnen können? Muß er nicht besonders empfindlich sein für solche Entwicklungen, die seinen Geschäften schaden?»

«Das beantwortet noch nicht meine Frage», sagte Ibn Ammar.

«Ich glaube nicht daran, daß irgend jemand gezielt einen Aufruhr schürt», sagte Ibn Zaydūn, ohne sich drängen zu lassen. «Die großen Händler werden untereinander im Laden und im Kontor ihre Befürchtungen austauschen. Ihre Schreiber und Gehilfen schnappen einen Satz auf und tragen ihn weiter, und bis die Gerüchte unten bei den kleinen Leuten ankommen, sind sie zu angsteinflößender Größe angewachsen.» Er bewegte den Kopf, als suchte er nach einer Haltung, die den Schmerz erträglicher machte. «Natürlich haben sie Angst. Und wir wissen auch, daß ihre Angst begründet ist. Wenn der Hof nach Cordoba geht, wird Sevilla zur Provinz, daran gibt es keinen Zweifel. Auch im Bazar weiß man das.»

«Der Fürst hat von Anfang an mit Widerstand aus dem Bazar gerechnet, aber er will seine Entscheidung davon nicht beeinflussen lassen», sagte Ibn Ammar zuversichtlich und zitierte die Antwort, die al-Mutamid auf die Nachrichten aus Sevilla gegeben hatte.

Ibn Zaydūn schickte die beiden Pagen hinaus, die neben seinem Bett bereitstanden. «Wir sollten den Bazar nicht unterschätzen», sagte er nachdrücklich. «Es gibt große Bankiers in Sevilla, die heute ohne weiteres in der Lage sind, den Bau einer Burg zu finanzieren. Es gibt Großmetzger und Viehhändler, die aus dem Stand fünfzig, achtzig bewaffnete Männer auf die Beine stellen können.» Er beugte sich vor und stach mit spitzem Zeigefinger auf ein Polster ein. «Die Banu Hadjdjadj, die Banu Khaldun, die Banu Sayyid, alle großen Familien von Sevilla, die früher einmal Macht und Einfluß hatten, sind heute ohne Bedeutung. Was sie verloren haben, ist den Händlern zugewachsen. Das große Geld geht heute durch den Bazar.» Er lehnte sich wieder zurück und schloß erschöpft die Augen.

Ibn Ammar wechselte einen schnellen Blick mit al-Balia. Dann fragte er mit leisem Vorwurf: «Ändern die Befürchtungen der Leute im Bazar irgend etwas an der Richtigkeit der Entscheidung, Cordoba zur Hauptstadt zu machen? Ändern sie etwas an Eurer Überzeugung, Hādjib?»

Ibn Zaydūn schüttelte müde den Kopf. «Der Löwe schwimmt nicht durch den Fluß, dort wo er tief ist, auch wenn drüben die fettesten Hammel weiden. Er sucht sich eine flache Stelle zum Übersetzen.»

«Der Hengst setzt nicht über die Hürde, auch wenn auf der anderen Seite das saftigste Gras wächst. Er läuft lieber meilenweit am Zaun entlang. Aber ein guter Reiter kann ihn mit einem Satz hinüberbringen», sagte Ibn Ammar.

Ibn Zaydūn gab keine Antwort. Er hielt noch immer die Augen geschlossen, und Ibn Ammar war sich nicht sicher, ob er überhaupt zugehört hatte. Der alte Mann war schwer zu durchschauen. Er war ein Fuchs, ein kluger Taktiker, der über einen ungeheueren Schatz von Erfahrungen verfügte. Ibn Ammar verspürte immer ein gewisses Gefühl der Unterlegenheit, wenn er ihm gegenübersaß. Aber er kannte auch die Fehler des Hādjibs: sein Zaudern, seine endlose Kompromißbereitschaft, seine Vorliebe, ein Ziel lieber mit vielen kleinen Schritten anzusteuern als in einem einzigen energischen Anlauf. Er war überzeugt, daß jetzt nach der Einnahme Cordobas keine Zeit mehr für Kompromisse war. Er begriff nicht, was den Hādjib schon wieder zögern ließ.

Sie waren sich nach dem Hilfeersuchen aus Cordoba sofort einig gewesen, Abdalmalik, den Herrn der Stadt, aus dem Sattel zu stoßen. Sie waren sich einig gewesen, daß der junge Fürst von Sevilla mit der Einnahme Cordobas auch den Anspruch auf die Herrschaft über ganz Andalusien gewonnen hatte. Sie waren sich einig gewesen, daß der Fürst mit dem ganzen Hof in die alte Hauptstadt übersiedeln mußte, um diesem Anspruch Geltung zu verschaffen. Sie hatten beide auf al-Mutamid eingewirkt, jeder auf seine Art. Und sie hatten ihn schließlich gemeinsam überzeugt. Erst in Cordoba war es zwischen ihnen zu Differenzen gekommen. Erst da hatte sich Ibn Zaydūn wieder in den großen Zauderer verwandelt, der überall nur die Gefahren sah und nicht die großen Möglichkeiten. Bei den Beratungen im kleinsten Kreis in der Madjlis des Fürsten hatte er sich immer nur mit warnender Stimme hören lassen: Man müsse die Campina um Cordoba, die über weite Strecken entvölkert sei, wieder besiedeln, die zerstörten Dörfer wieder aufbauen, die landflüchtigen Bauern, die in den Vorstädten hausten, umquartieren. Die Nachbarn auf allen Seiten des Reiches, Badajoz, Toledo und Granada, betrachteten Sevilla nach der Annektion von Cordoba als Bedrohung, deshalb müsse man einem Bündnis dieser drei möglichen Gegner mit allen Mitteln zuvorkommen, das Heer verstärken, Grenzburgen ausbauen, Bestechungsgelder verteilen. Cordoba selbst müsse erst noch mit aller Härte eingenommen, der rebellische Stadtadel entmachtet und aus seinen festungsartig ausgebauten Palästen vertrieben und zur Stellung von Geiseln gezwungen werden. Und so fort.

Ibn Zaydūn hatte den Fürsten immer wieder nur vor neue Aufgaben gestellt, die ihn nicht interessierten und die ihn in seiner Entschlußkraft überforderten. Er hatte in allem recht. Aber er schien nicht zu begreifen, daß es erst einmal darauf ankam, al-Mutamid dazu zu bringen, die große Herausforderung anzunehmen. Er schien nicht zu begreifen, daß man den Fürsten nur dadurch bewegen konnte, an seiner Entscheidung für Cordoba festzuhalten, wenn man seine Bauleidenschaft ansprach, seine Prunksucht, seine Vorliebe für große Gesten. Es schien ihm noch nicht einmal bewußt geworden zu sein, daß der Fürst jetzt endlich einen Entschluß gefaßt hatte und bereit war, ihn öffentlich zu verkünden.

«Hādjib!» sagte Ibn Ammar in beinahe flehendem Ton. «Verehrter Hādjib! Auf Euren Rat hin könnte der Fürst schon morgen die Entscheidung für Cordoba bekanntgeben.»

«Das würde ich nicht für gut halten», sagte Ibn Zaydūn. Seine Antwort kam so schnell, als hätte er auf diesen Vorschlag schon die ganze Zeit gewartet, um ihn abzulehnen. «Es wäre auch nicht gut für dich, mein Sohn», fuhr er, die im Schmerz zusammengekniffenen Augen auf Ibn Ammar richtend, fort. «Du weißt, daß man in Sevilla dir die Schuld zuschiebt. Es ist nicht gut, sich am Anfang einer so hoffnungsvollen Karriere zu viele Feinde zu schaffen.»

«Hādjib, Ihr selbst habt mir erklärt, daß nur ein geeintes Andalusien stark genug ist, einem Angriff aus dem Norden zu widerstehen», sagte Ibn Ammar mit verzweifelter Eindringlichkeit. «Die drei Söhne Fernandos von Leon kämpfen gegeneinander, aber wie lange noch! Wieviel Zeit bleibt uns noch, bis einer den Sieg davonträgt und mit der geballten Macht dreier Reiche auf uns losschlägt?»

«Uns bleibt noch viel Zeit, mein Sohn», erwiderte Ibn Zaydūn mit ruhigem Ernst. «Genug Zeit. Die drei haben gerade erst angefangen, sich zu bekriegen.» Sein Gesicht war so starr wie eine Maske, nicht die Spur eines Entgegenkommens darin. Und mit dem gleichen unbewegten Gesicht wandte er sich an Isaak Ibn al-Balia.

«Weiß der Nāsī der Judengemeinde, wie die großen jüdischen Kaufleute zu den Plänen des Fürsten stehen?» fragte er.

Al-Balia schien überrascht. «Wir sind treue Untertanen des Fürsten, ehrwürdiger Hādjib«, sagte er ausweichend.

«Ich weiß es», sagte Ibn Zaydūn mit kaum hörbarem Spott. Und mit dem Kopf beiläufig auf Ibn Ammar deutend, fuhr er fort: «Ich weiß, daß du auf seiner Seite stehst. Ich frage dich nur, ob du für alle Mitglieder deiner Gemeinde sprechen kannst?»

«Es gibt auch bei uns unterschiedliche Meinungen», sagte al-Balia vorsichtig. «Es ist durchaus möglich, daß die Politik des Nāsī und der Gemeinde sich in manchen Fällen nicht verträgt mit den Geschäftsinteressen einzelner Mitglieder der Gemeinde.»

«In Fällen wie dem, den wir hier besprechen?»

«Ihr sagt es, ehrwürdiger Hādjib.»

«Und ist es möglich, daß der Nāsī nicht informiert ist, wenn einzelne Mitglieder seiner Gemeinde an einem politisch bedeutsamen Treffen im Bazar teilnehmen?»

Al-Balia erstarrte auf seinem Sitz und warf Ibn Ammar einen hilfesuchenden Blick zu.

«Was für ein Treffen?» fragte Ibn Ammar aufs höchste alarmiert.

«Ein Treffen der einflußreichsten Leute des Bazars, über das ich leider nur unzureichend informiert bin», sagte Ibn Zaydūn. «Ich weiß lediglich, daß es dabei um Geld ging. Eine große Summe Geld, eine sehr große Summe.»

Ibn Ammar überlegte in fieberhafter Eile, was der Hādjib mit dieser Eröffnung bezwecken mochte. War es nur ein Schachzug, oder wußte er wirklich mehr? Der alte Fuchs hatte immer die besseren Informationen. In den zwanzig Jahren, die er an der Spitze der Regierung stand, hatte er überall seine Spione und Zuträger plaziert. Er hatte immer einen Vorsprung vor allen anderen. Seinen geheimen Verbindungen war es auch zu verdanken gewesen, daß sie Cordoba in die Hand bekommen hatten.

«Geld? Für wen?» fragte Ibn Ammar.

«Nicht für mich», sagte Ibn Zaydūn mit einem nachsichtigen Lächeln. Er sah entspannt aus, so als hätten die Schmerzen ganz plötzlich ihren Griff gelockert.

Sein Arzt kam durch eine Vorhangtür herein und stellte sich mit besorgtem Gesicht neben dem Bett auf. «Es ist schon weit über die Zeit, Herr», sagte er und drückte den Hādjib in die Kissen zurück. Ibn Ammar hatte den Verdacht, daß der Arzt sich auf Abruf hinter dem Vorhang bereitgehalten hatte.

«Wir sollten den Leuten in Sevilla noch ein wenig Zeit geben, sich an die neue Situation zu gewöhnen», sagte Ibn Zaydūn mit gewinnender Freundlichkeit. «Vielleicht kann der Fürst zunächst mit einer gewissen Regelmäßigkeit den ar-Rusāfa-Palast als Sommerresidenz wählen. Vielleicht kann man damit anfangen, daß der Kronprinz seinen Sitz in Cordoba nimmt. Nur für eine Übergangszeit natürlich.»

Ibn Ammar nickte stumm und verabschiedete sich in beinahe unhöflicher Hast. Er hatte Mühe, seine Enttäuschung zu verbergen. Er wußte, für wen das Geld bestimmt war. Und aus dem Gesicht des Nāsī, der schweigend neben ihm herlief, konnte er ablesen, daß auch al-Balia Bescheid wußte. Es gab nur eine Person in Sevilla, die so viel Einfluß auf den Fürsten hatte, daß sie ihn von seiner Entscheidung für Cordoba wieder abbringen konnte: Itimad, die Mutter seiner Söhne, as-Sayyīda al Kubrā, die große Fürstin.

Fünf Tage nach dieser Unterredung, als immer neue Meldungen aus Sevilla eintrafen, die von Unruhen in der Stadt berichteten, reiste Ibn Zaydūn ab, um dem Aufruhr ein Ende zu machen. Der Fürst lebte immer noch in dem Glauben, daß er sein Reich bald von Cordoba aus regieren würde, und vertiefte sich in die Pläne seiner Architekten.

Als wiederum eine Woche später ein hochrangiger Khādim aus dem Haushalt der Fürstin im ar-Rusāfa-Palast erschien und den Wunsch seiner Herrin übermittelte, den Fürsten mit allen vier Söhnen, die sie ihm geboren hatte, in Cordoba zu besuchen, befahl er, den Prinzen und ihr einen großartigen Empfang zu bereiten, der den Empfängen am Hof der Umayyaden-Kalifen in nichts nachstehen sollte.

Am selben Tag reiste Isaak Ibn al-Balia nach Zaragoza ab. Ibn Ammar hatte ihn an den Hof Abu'l-Fadl Hasdais geschickt, um dem Hādjib des Fürsten von Zaragoza einen Plan zu unterbreiten, den er seit langem mit sich herumtrug und dessen Umrisse er schon damals, als er selbst noch in Zaragoza gewesen war, in ausgedehnten Gesprächen mit Abu'l-Fadl entwickelt hatte. Der Plan sah vor, Andalusien in zwei Einflußsphären aufzuteilen, eine nördliche, die das Ebrotal, den Großteil des Königreichs von Toledo und die Regionen an der Küste des Mittelmeers bis hinunter nach Denia umfassen sollte, und eine südliche mit Badajoz, Sevilla, Granada, Almeria, Murcia und Teilen des toledanischen Gebiets bis zur Guadiana. Der Norden sollte von Zaragoza beherrscht werden, der Süden von Sevilla.

Ibn Ammar hatte sich damit abgefunden, daß die hochfliegenden Pläne, mit denen er nach Cordoba gekommen war und die das ganze Andalusien umfaßt hatten, vorerst nicht zu verwirklichen waren.

36

B R A G A

MITTWOCH 18. JANUAR 1071
13. RABI II 463 / 13. SHEWAT 4831

Es regnete, seit sie den Duero überschritten hatten. Der Himmel sah aus, als wäre ein triefend nasses, einfarbig graues, tiefhängendes Tuch darübergespannt, das unverrückbar von Horizont zu Horizont reichte und aus dem ohne Unterlaß eine kalte, schmierige Nässe auf sie herabsprühte. Der Regen fiel nicht nur von oben, er schwebte als feiner Wasserstaub in der Luft und stieg als nasser Nebel wieder vom Boden auf, saugte sich in den Kleidern fest, kroch unter die gewachsten Umhänge, tropfte in die Stiefel, bis alles von einer klammen, klebrigen, gefühllos machenden Nässe durchtränkt war. Der nasse Stoff scheuerte die Haut auf, das Lederzeug wurde schmierig, die Panzer rosteten trotz

Öl und Fett, der Hafer für die Pferde quoll auf, daß die Säcke platzten. Nichts war vor der Nässe sicher. Abends schürten sie riesige Feuer und hängten das nasse Zeug zum Trocknen auf. Am Morgen war es immer noch feucht. Auch das Feuer kam nicht gegen die Nässe an.

Erst in Braga hatten sie wieder ein halbwegs trockenes Quartier gefunden. Sie waren zwei Tage in der Stadt geblieben. Dann war die Nachricht gekommen, daß das Heer Don Garcias in Tuy aufgebrochen sei, und sie hatten die Hügel im Norden der Stadt überquert und eine Meile vor dem Fluß bei einem Dorf ihr Kriegslager aufgeschlagen. Sie hatten Zelte aufgestellt, die Troßwagen im Kreis aufgefahren und mit Stangen und Stämmen zu einem Bollwerk ausgebaut. Sie hatten gewartet, bis auch die Truppen Don Garcias auf der anderen Seite des Flusses ein Feldlager bezogen hatten. Seit zwei Tagen lagen sie sich gegenüber. Es regnete immer noch. Der Regen war stärker geworden, und ein scharfer Wind blies stetig von Westen her. Manchmal rissen die Wolken auf, und der Wind fegte den Himmel weiß, und der Regen setzte für ein paar Stunden aus, aber die Luft blieb feucht, und die Nässe blieb in den Kleidern sitzen. Die Männer lagen frierend in den Zelten, saßen frierend um die Feuer. Die meisten litten an Durchfall, das ganze Lager stank wie eine Kloake. Der Graf von Portocale hatte am Abend Wein ausgeben lassen, aber auch der Wein hatte die Männer nicht erwärmen können. Es war alles ruhig im Lager. Es war der Abend vor der Schlacht.

Lope saß in dem Haus, das der Graf von Guarda sich als Quartier ausgewählt hatte. Über der Feuerstelle brannte ein kleiner Holzstoß. Das Holz war naß und rauchte mehr, als daß es heizte, nur am Boden war die Luft zum Atmen. Die Bauern hatten das ganze Haus leer geräumt, bevor sie geflüchtet waren, sie hatten auch die Fensterläden und die Türen mitgenommen, es zog an allen Ecken und Enden. Außer Lope waren noch elf Männer in dem Raum, die meisten schliefen schon. Im Stall, der sich unmittelbar an den vorderen Raum anschloß, standen die Streitrösser des Conde und die des Castellans und zweier anderer Vasallen. Neben der Feuerstelle, zu Lopes Füßen, lag der junge Graf, in eine Decke eingerollt. Er war müde, aber er kämpfte gegen den Schlaf und fragte Lope mit flüsternder Stimme in einer Mischung aus Angst und Neugier nach der bevorstehenden Schlacht.

«Wird mein Vater auch mit der Lanze kämpfen? Wirst du mit dem Bogen schießen? Glaubst du, daß wir gewinnen?»

Lope hatte sich gewundert, warum der Conde seinen Sohn den unvorhersehbaren Gefahren einer Schlacht aussetzte. Anfangs hatte er vermutet, daß der Junge und er selbst aus dem gleichen Grund an dem Feldzug teilnehmen sollten, aus dem der Conde auch alle Reliquien aus seinem Hauskloster und aus der Kirche von Guarda mitgenommen hatte, aber dann hatte er gesehen, daß auch die anderen Grafen sich von ihren Söhnen begleiten ließen, selbst die Gräfin von Braganca. Vielleicht wollten sie sich gegenseitig ihre Siegeszuversicht beweisen. Sie waren alle voller Siegeszuversicht.

Sie hatten lange vorausgewußt, daß es um diese Zeit im Januar zum entscheidenden Treffen mit Don Garcia kommen würde. Der König von Galicien hatte für den dreizehnten Tag des Januar einen Hoftag in Tuy anberaumt, an dem er die renovierte Kathedrale weihen und den neuen Bischof in sein Amt einsetzen wollte. Er hatte alle seine Vasallen mit ihren Aufgeboten zu sich befohlen, und er hatte Donna Urraca, seine Schwester, und Don Alfonso, seinen Bruder, eingeladen. Als der König von Leon sein Kommen zugesichert hatte, war klar gewesen, daß Don Garcia die Gelegenheit zu einem Angriff auf die unbotmäßigen Duero-Grafen nützen würde. Er hatte alle Truppen an der Südgrenze seines Reiches versammelt, und aus Leon war kein Angriff zu befürchten: Bessere Voraussetzungen konnte er sich nicht wünschen.

«Sag, glaubst du, daß wir gewinnen werden?» fragte der Junge.

«Dein Vater glaubt fest daran», sagte Lope.

Der Conde war mit den anderen Anführern in der kleinen Dorfkirche, um Schlachtordnung und Taktik für das Treffen zu besprechen. Es blieb ihnen nur noch wenig Zeit. Am Morgen waren zwei Priester aus dem Lager Don Garcias über den Fluß gekommen und hatten das erwartete Schreiben des Königs gebracht, in dem er noch einmal die Rechtmäßigkeit seiner Ansprüche darlegte und die Duero-Grafen zur Unterwerfung unter seine Herrschaft aufforderte. Die Grafen hatten daraufhin ihrerseits ein Schreiben geschickt, in dem sie ihr altüberkommenes Recht auf Unabhängigkeit betont und gleichzeitig vorgeschlagen hatten, die Sache durch ein Gericht entscheiden zu lassen oder, falls der König kein irdisches Gericht anerkennen wollte, Gott um ein Urteil zu bitten durch einen Zweikampf der Anführer. Don Garcia hatte dieses Ansinnen, wie erwartet, durch einen weiteren Boten zurückweisen lassen mit dem höhnischen Hinweis, daß er als rechtmäßiger König nicht das Schwert mit einem aufrührerischen Vasallen kreuzen werde. Damit hatte man beiderseits der Form Genüge getan, und die Schlacht war für den folgenden Tag, den achtzehnten Tag des Januar, vereinbart worden.

«Weckst du mich?» fragte der Junge. Er konnte kaum mehr die Augen offenhalten.

«Du wirst von selbst aufwachen, wenn du die Trommeln hörst», sagte Lope. «Es wird genug Lärm geben.»

Von der Kirche her war der leise Gesang der Priester und Mönche beim Graduale zu hören. Seit dem Nachmittag, seit der Termin der Schlacht feststand, wurden vor dem Altar Messen gelesen, eine nach der anderen. Es würden noch viele werden bis zum Morgen.

Der Conde kam erst spät aus der Kirche zurück. Der Castellan war bei ihm und drei andere Burgherren, die zu seinen Vasallen zählten. Sie standen vor dem Feuer und schlugen sich die Arme um die Brust. Lope hatte schon geschlafen. Er wurde nur kurz wach. Das einzige, was er hörte, war die Neuigkeit, daß der Graf von Valdarez um die Ehre gebeten hatte, den ersten Angriff reiten zu dürfen, und daß ihm die Bitte gewährt worden war.

Am Morgen regnete es noch immer. Es war wärmer geworden, aber der Wind blies mit unverminderter Heftigkeit, und als sich das Heer zur Messe auf dem freien Platz vor der Kirche versammelte, hetzten die Priester in ungebührlicher Eile durch die heilige Handlung und ließen nur die Anführer, stellvertretend für alle, an Brot und Wein teilhaben.

Der Conde war ungehalten darüber. Er sagte nichts, aber man konnte es ihm ansehen. Und als danach die Priester seiner eigenen Begleitung ihre Vorbereitungen für die Schlacht trafen, ließ er sich um so mehr Zeit. Sie banden ihm in feierlicher Zeremonie einen Kranz von Reliquien um den Hals, flochten seinem Streitroß eine Reliquie in die Mähne, segneten ihn und das Pferd und seine Rüstung und seine Waffen, wiederholten die ganze Zeremonie mit seinem Sohn, segneten dann unter ständigem Gebet auch alle seine Männer und ihre Waffen, flehten auf jeden den Schutz Gottes herab. Erst danach gab der Conde den Befehl, die Rüstungen anzulegen.

Was dabei geschah, wurde später von den Männern, die es miterlebt hatten, in ganz unterschiedlicher Weise wiedergegeben. Jeder wollte etwas anderes gesehen haben. Aber nur Lope hatte alles von Anfang an beobachten können. Nur er und der Conde selbst und der unglückliche Knappe, der an allem schuld war, wußten wirklich, was sich abgespielt hatte.

Lope stand unmittelbar neben dem Conde und seinem Sohn. Er hielt den Burschen im Auge, der dem Jungen das gefütterte Lederwams überzog und den Halsschutz anschnallte. Er war verantwortlich für den Jungen, und der Capitan hatte ihm beigebracht, beim Anlegen der Rüstung nur sich selbst zu vertrauen. Dann hörte er plötzlich, wie der Conde einen unterdrückten Fluch ausstieß, und sah ihn in wütender Hast an seinem Kettenhemd zerren, und sah im gleichen Augenblick, daß er es verkehrt herum trug, die Innenseite nach außen. Sein Knappe mußte es ihm falsch übergezogen haben. Es war ein übles Vorzeichen, Lope wußte es, und der Conde wußte es, und der Knappe wußte es auch. Und Lope sah, wie der Conde blaß wurde und heimlich ein Kreuz schlug, als er den Panzer endlich wieder los war, und wie er verstohlen in die Runde blickte, ob einer von den Männern um ihn herum etwas bemerkt hatte. Lope wandte sich rasch ab, ohne aber den Knappen ganz aus den Augen zu lassen. Der Mann schlotterte vor Angst. Er war ein erfahrener Mann, der dem Conde schon seit mehr als zwanzig Jahren diente, kein grüner Bursche, dem man hätte zugute halten können, daß er vor seiner ersten Schlacht die Nerven verlor. Gerade das machte es nur noch schlimmer. Lope beobachtete, wie der Mann dem Conde mit zitternden Händen den Helm aufsetzte und ihn festschnallte, und wie er schließlich den Gürtel mit dem Schwert holte, um ihn seinem Herrn mit der üblichen Feierlichkeit umzulegen. Er verfolgte jede seiner Bewegungen in gespannter Aufmerksamkeit, als ahnte er schon, was unvermeidlich kommen mußte, und sah im nächsten Augenblick, wie der Mann auf einem glitschigen Stein ausrutschte und die Arme in die Luft warf, um sich im Gleichgewicht zu halten, und dann in voller Länge vor dem Conde zu Boden stürzte. Das Schwert fiel neben ihn in den Dreck. Und dieses zweite Vorzeichen war jetzt nicht mehr zu verheimlichen. Jeder hatte es gesehen. Die Männer standen wie erstarrt und schauten zu, wie sich der Knappe in panischem Schrecken hochrappelte und das Schwert mit dem Ärmel seiner ledernen Panzerjacke zu säubern suchte.

Der Conde riß es ihm mit einem Ruck aus der Hand und holte aus und schlug es ihm mit solcher Heftigkeit gegen den Arm, daß es die Scheide durchtrennte und das Leder der Panzerjacke, und danach noch so viel Wucht hatte, den Armknochen glatt zu durchhauen. Der Knappe stand steif wie ein Pfahl und glotzte mit blöden Augen auf seinen Arm, der lose an seiner Seite herabbaumelte. Keiner wagte auch nur einen Finger zu rühren, bis plötzlich einer der Kapläne mit schreiender Stimme zu beten anfing. Einige der Männer bewegten die Lippen, als wollten sie das Gebet mitsprechen, aber im nächsten Augenblick fuhr der Conde mit wutverzerrtem Gesicht zu dem Kaplan herum, brachte ihn mit einem

Fluch zum Schweigen und stieg rasch entschlossen auf sein Pferd und hob das blutige Schwert über den Kopf und rief mit lauter Stimme über die Köpfe seiner Männer hinweg: «Ihr habt gesehen, wie scharf dieses Schwert ist, Männer! Mit der gleichen Schärfe sollt auch ihr unter die Feinde fahren. Laßt sie eure Schwerter spüren, Männer! Laßt sie euren Mut spüren, Männer! Gott ist mit uns!»

Auf Befehl des Grafen von Portocale blieben nur die Kranken im Lager zurück und ein paar Bogenschützen für den Fall, daß feindliche Reiter angreifen sollten. Sie konnten auf keinen Mann verzichten. Ihr ganzes Aufgebot zählte zwölfhundert Bewaffnete, während das Heer Don Garcias mehr als eineinhalbtausend Mann stark war. Aber sie hatten auch einen Vorteil auf ihrer Seite. Der König verfügte nur über dreihundert Reiter. Sie hatten die Hälfte mehr, und sie hatten die besseren Pferde.

Es regnete noch immer. Es war so naß, daß sie nicht einmal die Trommeln schlagen lassen konnten, als sie zum Fluß zogen. Zwei Bogenschußweiten vor dem Ufer machten sie halt. Ebenes Gelände. Eine von dichtem Wald gesäumte Schneise, die sich zum Fluß hinzog, der an dieser Stelle breit und flach dahinfloß und leicht zu durchqueren war. Kleine, von Steinwällen gesäumte Äcker, auf denen handhoch die Wintersaat stand, dicht umzäunte Weingärten, von Hecken umgebene Viehweiden, ein paar kahle Bäume dazwischen, ein paar Steinhütten. Vom Feind nichts zu sehen. Das andere Ufer verschwamm im Nebel. Aber der Vortrupp, der schon vor Tagesanbruch über den Fluß gegangen war, meldete, daß auch das Heer Don Garcias bereit stand und eine halbe Meile jenseits des Flusses Stellung bezogen hatte.

Die Grafen berieten sich und entschieden dann, auf den Angriff des Königs zu warten. Sie hatten vorgehabt, selbst anzugreifen, die Überlegenheit ihrer Reiterei auszunutzen, die berittenen Bogenschützen, die der Fürst von Badajoz zu ihrer Unterstützung entsandt hatte, vorauszuschikken, um den Feind zu einem Ausfall zu reizen und dann mit den Panzerreitern nachzustoßen. Sie hatten die Schlacht gleich im ersten Ansturm durch einen Kampf mit Garcias Rittern entscheiden wollen, ohne dem König die Chance zu geben, die Masse seiner Fußtruppen gegen sie einzusetzen. Aber jetzt fehlte die wichtigste Voraussetzung dafür: Die Moro-Reiter fielen aus. Ihre geleimten Bogen waren bei der Nässe nicht zu gebrauchen. Es war die erste böse Überraschung an diesem Morgen der Schlacht, und es sollte nicht die letzte sein. Bald stellte sich heraus, daß die Überlegenheit an berittenen Truppen auch sonst nicht auszuspielen war. Der Boden war so aufgeweicht, daß die Pferde bis zu den Fesseln einsanken. Selbst über kurze Strecken war kein schneller Galopp möglich.

Es gab einige, die zum Rückzug rieten, der Conde als erster. Er schlug vor, nach Braga zurückzugehen und sich in der Stadt zu verschanzen, bis besseres Wetter käme. Aber die anderen hörten nicht auf ihn.

Sie nahmen an der engsten Stelle der Schneise Aufstellung, die Hauptmasse der Fußtruppen in der Mitte, die Schützen mit den Langbogen hundert Schritte vorgeschoben an den Flanken, nah am Wald, der ihnen Deckung vor den Reitern bot. Dazwischen die berittenen Aufgebote der Grafen hinter ihren Fahnenträgern. Der Graf von Valdarez mit seinen Reitern als Vorhut über dem Fluß, um den Feind zu beobachten.

Don Nuño Mendez ritt vor den Linien entlang, ohne Helm, mit heruntergeklapptem Halsschutz, und hielt aus dem Sattel heraus eine Ansprache: «Zeigt euren Mut, Männer!» rief er. «Zeigt eure Tapferkeit. Denkt daran, daß ihr nicht nur um Sieg und Beute kämpft, sondern um eure Freiheit. Vergeßt die Schilde, gebraucht nur eure Schwerter. Gott wird entscheiden, wer von uns im Recht ist, und er wird sich für uns entscheiden, denn wir sind im Recht!»

Der Wind blies ihm die Worte vom Mund, er war nur von denen zu verstehen, die in der ersten Reihe standen, aber die Männer jubelten ihm trotzdem zu. Er hatte reichlich Wein austeilen lassen.

Sie warteten. Weißgekleidete Priester schritten die Reihen ab, mit langen Kreuzen und Glöckchen und Weihwasserkesseln. Mönche trugen Reliquien vorbei und ließen jeden, der sich des Schutzes der Himmlischen versichern wollte, die heiligen Schreine berühren.

«Herr, fahre wie ein Wirbelsturm unter unsere Feinde, mache sie wie Spreu vor dem Wind. Verbrenne sie, wie das Feuer den Wald verbrennt, laß Flammen aus dem Boden schlagen. Zerschmettere sie mit Deinen Blitzen, erschrecke sie mit Deinem Donner! Stürze sie in Schande, o Herr!»

Sie warteten Stunde um Stunde, während es unablässig weiterregnete. Der Wind kühlte sie aus, sie tranken Wein gegen die Kälte und gegen die Angst und gegen die Ungewißheit und die Langeweile des Wartens. Ab und zu kam ein Reiter der Vorhut über den Fluß und meldete, daß auch Don Garcias Truppen in ihrer Stellung verharrten. Der König schien genausowenig entschlossen, seine Männer über dieses schwere, grundlose Gelände zum Angriff vorgehen zu lassen wie sie selbst.

Ein Hidalgo aus dem Gefolge der Gräfin von Braganca ritt vor die Linien und warf das blanke Schwert in die Luft und fing es am Griff wieder auf und sang mit heller, weittönender Stimme das Lied vom tapferen Infanzon. Jeder kannte das Lied, und jeder kannte die Geschichte, die dahinterstand: Sie handelte von einem Franzosen, der als der «schwarze Guy» bekannt war, einem Abenteurer und Weiberhelden, der die besondere Gunst des Königs genossen hatte. Er hatte die Frau eines Infanzons verführt. Der Infanzon hatte ihn dafür erschlagen, hatte ihn vor den Augen des Königs und des ganzen Hofes mit einer eisernen Kohlenpfanne erschlagen, und keiner der großen Herren des galicischen Adels hatte eine Hand gerührt, um ihn zu fassen.

«Haltet ihn!» rief da der König,
doch der Infanzon entfloh
und das Zetern half ihm wenig.
Bald geht es ihm ebenso,
geht's ihm wie
dem schwarzen Guy.
Wenn er unsre Fraun entehrt,
steht aus unsrer Mitte schon
auf ein tapfrer Infanzon,
der's ihm mit dem Schwert verwehrt.

Die Männer sangen gröhlend mit. Viele waren schon so betrunken vom Wein, daß sie sich kaum mehr auf den Beinen halten konnten.

Nach Stunden endlich, es mußte schon weit über Mittag hinaus sein, kam der Graf von Valdarez mit seiner Mannschaft zurück und berichtete, daß das Heer des Königs im Anmarsch sei. Sie sahen es durch den Regendunst über den Fluß herankommen. Zuerst erschien ein Vortrupp zu Pferd, dann tauchten die Bogenschützen auf, die nach beiden Seiten gegen den Waldrand vorrückten, während das Fußvolk in langen Kolonnen durch die Furt kam. Es dauerte fast eine Stunde, bis sich die Linien am diesseitigen Ufer formiert hatten und bis auch die berittenen Einheiten nachgekommen waren.

Alle warteten darauf, daß Don Nuño Mendez das Signal zum Angriff gab. Der Feind stand noch so nah am Ufer, daß seine Reiter kaum Platz hatten, auszuschwärmen, und die Fußtruppen waren durch den Anmarsch ermüdet. Aber der Graf von Portocale zögerte. Vielleicht hatte ihn die Masse der Feinde überrascht, die vielen Eisenpanzer in der ersten Reihe. Vielleicht traute er seinen eigenen Leuten nicht mehr zu, geordnet zum Angriff vorzugehen. Jedenfalls gab er seinem Alférez nicht den Befehl, die Fahne zu heben, und dann war es zu spät, und die Linien des Königs begannen langsam vorzurücken. Sie hielten nach hundert Schritten wieder an. Auch Don Garcia schien sich noch nicht zum Angriff entschlossen zu haben. Und wieder begann das zermürbende, nervenzerrende Warten.

Lope stand an der linken Flanke, wo die Aufgebote aus Guarda, aus Valdarez und Braganca postiert waren. Er stand im rückwärtigen Glied, so weit hinten, daß er die feindlichen Linien nur undeutlich wahrnehmen konnte. Er hatte den Auftrag, in jedem Fall zurückzubleiben und mit den beiden Hidalgos, die den Sohn des Conde auf der Schildseite deckten, erst dann in den Kampf einzugreifen, wenn der Sieg schon sicher war und es nur noch darum ging, Gefangene zu machen. Sie hatten die meiste Zeit im Schutz einer kleinen Mauer zugebracht und die Pferde als Windfang benutzt und sich mit den Schilden gegen den Regen zu schützen versucht, aber inzwischen war ihnen die Nässe trotzdem bis auf die Haut gedrungen. Der Junge fror so, daß er mit den Zähnen klapperte, und obwohl er sich Mühe gab, tapfer zu erscheinen, kamen ihm die Tränen. Er hatte sich eine Schlacht ganz anders vorgestellt.

Als der Feind am diesseitigen Ufer in Stellung gegangen war, hatte Lope den Jungen in den Sattel gehoben, und der Anblick der vorrückenden Truppen hatte ihn die Kälte fürs erste vergessen lassen. Sie hatten einen leicht erhöhten Standort, von dem aus sie gut über die Köpfe ihrer Vorderleute hinwegsehen konnten. Sie sahen auch, wie sich auf einmal auf der linken Flanke ein einzelner Reiter aus den Reihen der Feinde löste und langsam auf den freien Platz zwischen den beiden Heeren herausritt.

Als er die Mitte erreichte, blieb er stehen und stellte sich in den Steigbügeln auf und hob seine Lanze, an der ein langer, schmaler, leuchtend weißer Wimpel hing. Dann legte er die Lanze quer über den Sattel und hob die Hand an den Mund und rief etwas herüber. Sie konnten sehen, wie er schrie, aber sie konnten seine Stimme nicht hören. Er ritt noch ein paar Pferdelängen weiter und ließ seinen Rotfuchs mit den Vorderfüßen hochgehen und schrie wieder und ritt dann mit erhobener Lanze ein Stück weit an der Linie entlang.

Vorne bei den Leuten des Grafen von Valdarez machte sich einer bereit, ein Infanzon, der einen nach maurischer Art mit Stoff verkleideten Panzer trug und ein Tuch um den Helm geschlungen hatte, beides von so auffallend hellblauer Farbe, als wollte er sich absichtlich vor den anderen herausheben. Er sprengte in kurzem Galopp auf den feindlichen

Reiter zu, und als er seine Lanze hob, brüllte das ganze Heer los, und die Männer trommelten auf ihre Schilde und schwenkten ihre Waffen vor Begeisterung. Es war, als bräche ein Damm, als wollte sich die ganze angestaute Spannung dieses endlos langen Tages in einem einzigen Schrei entladen.

Der mit dem weißen Wimpel wendete sein Pferd und ritt ein Stück auf die eigenen Leute zu und kam dann in einem weiten Halbkreis wieder zurück, bis er dem Mann aus Valdarez genau gegenüber war. Das Geschrei aus den vorderen Reihen war leiser geworden, aber es hielt immer noch an, während die beiden Reiter sich jetzt langsam zu umkreisen begannen, immer die gleiche Entfernung haltend, die Schildseite einander zugewandt. Sie brüllten sich gegenseitig an, ohne daß etwas davon zu verstehen war. Sie ritten einen ganzen Kreis und brüllten ständig aufeinander ein und hoben drohend die Lanzen, und die ganze Truppe, wie von einem Sog gepackt, schob sich vorwärts, auch Lope und der Sohn des Conde neben ihm wurden mitgezogen, ihre Pferde folgten einfach den anderen.

Und dann, unter dem Aufschrei der Menge, riß der Hellblaue plötzlich sein Pferd herum, und im gleichen Augenblick setzte auch sein Gegner zum Anlauf an, beide aus dem Stand in den Galopp, aber auffallend langsam, so als verhindere der schwere Boden, daß sie voll in Fahrt kamen. Sie senkten gleichzeitig die Lanzen, und der weiße Wimpel flatterte deutlich sichtbar wie ein Schlangenband um den Schaft, und dann stießen sie aufeinander und ritten aneinander vorbei, als wäre nichts geschehen, aber vorne flogen die Arme in die Höhe, und kurz darauf war ein jubelnder Aufschrei zu hören, und jetzt konnten es auch die weiter hinten Stehenden sehen: Der Hellblaue hielt die Lanze noch in der Hand. Die seines Gegners war abgebrochen, der weiße Wimpel fehlte. Sie sahen, wie er den Schaft fallenließ und den Schild auf den Rücken warf und in den Bügeln stehend sein Pferd antrieb, um zu den eigenen Linien zurückzukommen. Der aus Valdarez versuchte, ihm den Weg abzuschneiden, und jagte hinter ihm her wie der Hund hinter dem Hasen. Sie kamen beide weit auf die linke Flanke heraus, und es war schon fast abzusehen, wann sie aufeinandertreffen mußten, der Hellblaue war eindeutig schneller, er hatte die Lanze schon zum Stoß gesenkt, aber dann war ihm auf einmal ein Steinhaufen im Weg, und sein Pferd kam nicht vom Boden weg und landete mit den Vorderfüßen in der abschüssigen Böschung mitten in den Steinen, knickte ein und überschlug sich, stand für einen Augenblick lang ausgestreckt auf dem Kopf und schlug auf dem Boden auf, den Reiter unter sich begrabend. Es wurde so totenstill, daß sie den Aufprall hören konnten, ein dumpf hallender Laut, als fiele ein gefällter Baum zu Boden.

Das Pferd sprang wieder auf und scheute und hielt den Kopf tief, als hätte der Reiter die Zügel noch in der Hand. Er lag am Boden, dicht hinter dem Steinhaufen, sie konnten ihn nicht genau sehen, er rührte sich nicht. Der andere hatte sein Pferd gewendet und sprang aus dem Sattel und ging langsam auf die Stelle zu, wo der Hellblaue lag. Er hielt sein Schwert in der Hand, und sie konnten sehen, wie er sich über seinen am Boden liegenden Gegner beugte und sich wieder aufrichtete und sein Schwert hoch über den Kopf hielt gegen seine Leute hin, und dann hörten sie das Gebrüll, das drüben aufbrandete, und sahen, wie die feindlichen Linien sich in Bewegung setzten und stampfend und schreiend näher kamen.

Der Ritter, der den Zweikampf auf so unehrenhafte Weise gewonnen hatte, war nicht mehr als eine knappe Pfeilschußweite von seinen eigenen Linien entfernt. Er hatte sich den leblosen Körper seines Gegners auf die Achsel gehoben und versuchte, ihn über den Sattel zu legen, aber das Pferd scheute noch immer, und er schwankte unter der Last und ging in die Knie. Und im selben Augenblick ertönte vorne ein gellender Schrei und ein Hornruf dichtauf, und der Fahnenträger des Grafen von Valdarez hob seine Lanze mit dem rotgoldenen Wimpel, und das ganze Aufgebot des Grafen preschte los, siebzig Mann in einem Pulk, dichtaufgeschlossen in einer Wolke von Dreck und aufgewirbelten Erdbrocken. Die Männer aus Braganca folgten ihnen auf dem Fuße, nur der Conde zögerte noch. Er reckte sich im Sattel und blickte angestrengt zur rechten Flanke hinüber, wo Don Nuño Mendez mit der Hauptmasse der Reiterei stand. Der Graf von Portocale hatte noch immer nicht das Zeichen zum Angriff gegeben, alles war ruhig auf der anderen Seite, als hätten sie dort nicht mitbekommen, was geschehen war.

Lope sah, wie der Conde ein Kreuz schlug und dann, immer noch zögernd, die Hand hob. Er ahnte, daß der Conde wider sein besseres Wissen angriff. Der Graf von Valdarez war zu früh losgestürmt und auf das falsche Ziel. Jeder konnte es sehen. Die Angriffsreihen Don Garcias waren schon jetzt auseinandergerissen, obwohl sie gerade erst ein Viertel der Strecke, die die beiden Heere trennte, zurückgelegt hatten. Die in der Mitte waren voraus, die an den Seiten hingen zurück. Wenn der Graf nicht so voreilig gewesen wäre, hätte er von der

Seite her zwischen sie fahren können, statt dessen ging er auf die Flanke los, wo die Bogenschützen standen. Es war ein selbstmörderisches Unterfangen, bei diesem schweren Boden gegen Bogenschützen anzureiten, die am Waldrand in Deckung standen. Es war ein sinnloser Angriff, nur um die Leiche eines Mannes herauszuhauen. Der Zweikämpfer Don Garcias hatte sich längst mit dem Pferd des Hellblauen davongemacht.

Vorne stürzten die ersten Reiter, und die nachfolgenden verkeilten sich dahinter, der ganze Angriff kam schon weit vor dem Waldrand ins Stocken. Die Mannschaft des Conde versuchte, nach rechts auszuweichen, um nicht aufzulaufen, und geriet zu weit gegen die Mitte hin und wurde auch von dort aus mit einem Pfeilhagel überschüttet. Die Reihen des Königs hatten angehalten und die Lücken wieder geschlossen. Die Männer standen dicht an dicht in mehreren Linien, unangreifbar für jede Reitertruppe.

Auch von den Leuten des Conde gingen jetzt einige zu Boden, und zwei reiterlose Pferde jagten in rasendem Galopp über das freie Feld auf die rechte Flanke zu. Dort rührte sich noch immer nichts. Aber hinter den feindlichen Reihen tauchten plötzlich die Reiter Don Garcias auf, in breiter Front zum Angriff formiert. Sie stießen genau auf die Mannschaft des Conde zu, die zurückgewichen war, um aus der Reichweite der Pfeile zu kommen, und die viel zu dicht stand, um sich für einen Gegenstoß ordnen zu können. Weit voraus war für einen Augenblick noch der rotgoldene Wimpel des Grafen von Valdarez zu sehen, da wandten sich die ersten Reiter schon zur Flucht.

Lope blickte sich um. Es war nur eine kleine Gruppe, die zurückgeblieben war: Die Gräfin von Braganca mit ihrem Sohn, der jüngste Bruder des Grafen von Valdarez, die Infanzones, die der Conde zur Bedeckung seines Sohnes abgestellt hatte, nicht mehr als zwei Dutzend Pferde. Sie mußten sich zurückziehen, wenn sie nicht von den Flüchtenden überrannt werden wollten.

Sie ritten quer über die Äcker auf die rechte Flanke zu, hielten sich in einem Abstand von hundert Schritten hinter den Linien der Fußtruppe. Plötzlich waren Signale zu hören und anschwellendes Geschrei, das sich die Reihen der Männer entlang fortpflanzte und auf sie zukam, und dann sahen sie Don Nuño Mendez und seine Leute und das ganze Aufgebot von Portocale vor den eigenen Linien vorbeijagen, eine dröhnende Kavalkade, nur die Reiter und die Köpfe der Pferde zu sehen und die Lanzenspitzen darüber und die Wimpel. Es war ein so überwältigender Anblick, daß sie unwillkürlich anhielten. Weiß Gott, der Graf von

Portocale hatte den richtigen Zeitpunkt abgewartet. Wenn Don Garcias Reiter die Verfolgung nicht abbrachen, würde er sie in der Flanke zu fassen bekommen, und er würde den Flüchtenden auf dem linken Flügel genügend Zeit verschaffen, um sich wieder zu formieren. Mit diesem Angriff konnte er alles wettmachen, was der Graf von Valdarez verdorben hatte.

Sie ritten bis an die hinterste Linie heran und sahen noch die letzten Reiter vorbeijagen, sie konnten nicht erkennen, was am linken Flügel inzwischen vorging, sie standen zu tief, eine flache Anhöhe lag dazwischen. Sie hörten nur das Geschrei der Männer vor ihnen und das sich entfernende Getrommel der Hufe.

Der Regen hatte irgendwann aufgehört, ohne daß sie es bemerkt hatten, und im Westen riß der Himmel auf, und für kurze Zeit kam blendend hell die Sonne zwischen den Wolken heraus. Die Gräfin schickte zwei ihrer Leute auf die Anhöhe, die ihnen die Sicht versperrte. Kaum waren die beiden losgeritten, kamen vom linken Flügel her, auf dem gleichen Weg, auf dem sie selbst vorher gekommen waren, ein paar Reiter, sie konnten nicht erkennen, ob Freund oder Feind. Es wurden immer mehr, fünfzehn, zwanzig Pferde. Sie kamen in einem weiten Bogen auf sie zugeritten, es mußten eigene Leute sein, aber erst als sie auf hundert Schritte heran waren, erkannte Lope den Wimpel des Castellans von Sabugal.

Der Castellan hatte seine ganze Mannschaft dabei, Ersatzpferde und alles. Kein Mann fehlte, kein Mann war verletzt. Er ritt an der Spitze, kam geradewegs auf Lope zu, verhielt sein Pferd neben dem Sohn des Conde.

«Er kommt mit mir!» sagte er ohne ein Wort der Erklärung und machte Anstalten, nach dem Zügel zu greifen.

Lope kam ihm zuvor und zog das Pferd des Jungen aus seiner Reichweite. «Don Muño ist *uns* anvertraut», sagte er.

«Befehl des Conde!» erwiderte der Castellan knapp.

«Wer bezeugt das?» fragte Lope.

«Alle meine Männer können es bezeugen», sagte der Castellan.

«Das genügt nicht», sagte Lope scharf.

Der Castellan steckte den Hieb ein, ohne eine Miene zu verziehen. Er saß steif im Sattel, nur seine Augen gingen hin und her.

Die Gräfin von Braganca drängte sich hinzu. «Was machst du hier, Infanzon?» fragte sie. «Was geht drüben vor? Wie steht es?»

Der Castellan deutete eine Verbeugung an. «Noch keine Entscheidung, Dueña», sagte er und ritt ohne ein weiteres Wort davon, seine Männer wie eine Meute gut abgerichteter Hunde hinterher.

«Wer war das?» fragte die Gräfin.

«Don Alvar Perez, Burgherr von Sabugal», sagte Lope.

«Was macht er hier? Seine Leute sahen nicht so aus, als ob sie gekämpft hätten!» fragte sie voll Argwohn. Aber im selben Augenblick brandete plötzlich am rechten Flügel der Fußtruppe des Königs ein wüster Lärm auf, und sie sahen, daß die Reihen schon in Bewegung waren und in einem ungeordneten Angriff schreiend näher kamen. Und im nächsten Augenblick jagte oben auf dem Kamm der Anhöhe eine Kette von Reitern nach hinten, und aus den rückwärtigen Reihen der eigenen Fußtruppe vor ihnen brachen die ersten Männer aus und warfen ihre Schilde weg, und bald war die ganze Linie in Auflösung, und alles wandte sich zur Flucht. Sie gaben den Pferden die Sporen und kamen gerade noch davon, bevor die Flüchtenden sie erreichen und sich an die Sättel hängen konnten.

Für kurze Zeit trat wieder die Sonne heraus, eine grelle, kalte Sonne, deren Strahlen nicht wärmten. Sie erreichten die Straße, wo die Pferde endlich wieder festen Boden unter den Hufen fanden. Die Reiter zu ihrer Rechten, von denen sie nicht wußten, ob sie auch auf der Flucht waren oder ob sie angriffen, blieben rasch zurück. Links vor ihnen tauchten die berittenen Bogenschützen aus Badajoz auf, die auch die Straße zu gewinnen suchten, um zum Lager zurückzuflüchten.

Lope gab dem Sohn des Conde ein Zeichen und ließ sich zurückfallen. Die Infanzones aus Guarda mit ihm. Eine halbe Meile vor dem Lager bogen sie in einen Seitenweg ein und umrundeten es außer Sichtweite, bis sie im Süden wieder die Straße erreichten. Sie ritten ungefähr eine halbe Stunde auf der Straße weiter und hielten dann vor der Ruine einer kleinen Kirche an. Es war der Treffpunkt, den sie für den Fall einer Niederlage mit dem Conde vereinbart hatten.

Der Graf von Guarda kam eine Stunde nach Einbruch der Dunkelheit. Er kam mit zwanzig Männern, einige schwer vom Kampf gezeichnet, alle erschöpft und niedergeschlagen.

Sie hörten sich schweigend seinen Bericht an.

«Der verfluchte Hurensohn war schon besiegt. Wir hatten seine Ritter in der Zange, das ganze Aufgebot. Gott hat es nicht gewollt. Nuño Mendez hat einen guten Angriff geritten, nie habe ich einen mutigeren Angriff erlebt, der Herr lasse ihn seiner Herrlichkeit teilhaftig werden. Kein Feind hat ihn besiegt, sein Pferd ist getroffen worden, und die anderen waren zu dicht hinter ihm. Die eigenen Leute sind über ihn hinweg, weiß Gott, er hätte einen besseren Tod verdient.»

Er stieg vom Pferd und umarmte seinen Sohn und drückte ihn an sich. «Geh mit Gott, mein Sohn!» sagte er leise. «Unser Herr Jesus Christus halte seine Hand über dich.» Dann winkte er Lope und die beiden Infanzones der Bedeckung zu sich und ging mit ihnen ein paar Schritte zur Seite und sagte: «Ihr bürgt mir für das Leben meines Sohnes. Bringt ihn nach Sevilla. Er soll weit weg sein, wenn Garcia verlangt, daß ich ihn als Geisel an seinen Hof schicke. Wir haben eine Schlacht verloren, aber noch nicht unsere Freiheit. Der König wird sich zuerst nach Braga wenden, also haben wir noch Zeit!» Er blickte ihnen, einem nach dem anderen, in die Augen und fuhr mit eindringlicher Stimme fort: «Mein Kämmerer in Guarda wird euch einen Brief an den Fürsten von Sevilla mitgeben. Ihr wartet in Guarda auf die Reiter aus Badajoz, die sich noch heute oder morgen auf den Rückweg machen werden. Denen schließt euch an. Aber geht nicht mit ihnen nach Badajoz, auch wenn sie euch dazu auffordern sollten. Der Herr von Badajoz könnte versucht sein, meinen Sohn als Pfand zu benutzen, um sich bei Garcia einen guten Eintritt zu verschaffen, wenn er von seinem Sieg erfährt. Geht über Alcántara. Bittet den Amīr von Merida um Geleit, er ist mir verpflichtet. Haltet euch nirgends auf, bis ihr in Sevilla seid. Und bleibt dort, bis ich euch einen Boten schicke.»

Er wandte sich an Lope: «Und laß mir eine Nachricht zukommen über den Juden, den du kennst.»

Lope versprach es.

«Ist der Weg nach Guarda sicher?» fragte einer der Infanzones.

«Nichts ist mehr sicher, wenn die Nachricht von unserer Niederlage bekannt wird», erwiderte der Conde bitter. «Zwei Burgherren des Grafen von Portocale sind schon zu Garcia übergelaufen, und auch mich hat Gott mit einem Verräter bestraft.»

Für einen Augenblick stand er bewegungslos und starrte mit blicklosen Augen an ihnen vorbei. Dann faßte er Lope mit gestreckten Armen bei den Schultern und verabschiedete in gleicher Weise auch die beiden Infanzones. «Bringt meinen Sohn sicher nach Sevilla», sagte er mit erstickter Stimme. «Ich werde es euch danken!»

37

SEVILLA

MONTAG 18. RABI II 463
23. JANUAR 1071 / 18. SHEWAT 4831

In Alcalá hatten sie einen Dieb gefaßt, einen Mann namens al-Bāzī al-Ashhab, der seit Jahren die Gegend unsicher machte, ein Meister im Aufbrechen von Schlössern und im Ausspähen von Gelegenheiten zum Einbruch. Der Qadi hatte ihn ans Kreuz binden und an der Hauptstraße nach Sevilla in der Nähe eines Brunnens aufstellen lassen, damit ihn möglichst viele Leute sehen konnten. Er hing also am Kreuz, schon der Erde entrückt, aber sich noch immer ans Leben klammernd. Frau und Tochter hockten am Boden und jammerten: «Wer sorgt jetzt für uns, al-Bāzī, was sollen wir machen, wenn du nicht mehr bist?»

Unterdessen kam ein Bauer auf einem Maultier vorüber, der in zwei Sattelkörben einen Haufen Gepäck mit sich führte, Kleider und anderes. Der Dieb sprach ihn an.

«Meister!» rief er von oben herunter. «Schau, was sie mit mir gemacht haben. Sieh dir meine traurige Lage an. Willst du mir nicht einen Gefallen tun?»

«Was soll das sein?» fragte der Bauer mißtrauisch.

«Siehst du diesen Brunnen?» sagte der Dieb und deutete mit dem Kopf in die Richtung. «Kurz bevor die Shurta mich geschnappt hat, habe ich dort einen Beutel mit hundert Dinar hineingeworfen. Hol ihn heraus und wir teilen. Eine Hälfte für dich, die andere für meine unmündige Tochter und ihre Mutter, die ich sonst ohne einen Dirham auf dieser Welt zurücklassen müßte.»

Der Bauer war einverstanden. Er gab der Frau das Maultier zu halten und stieg am Strick in den Brunnen hinunter, wie das Sprichwort sagt: Auf eine Meile sieht der Vogel den Köder, das Netz daneben sieht er nicht.

Als er den Boden des Brunnens erreicht hatte, schnitt die Frau das Seil durch, holte aus den Sattelkörben das Wertvollste, soviel sie tragen konnte, und machte sich mit ihrer Tochter aus dem Staub.

Der Bauer schrie vom Grunde des Brunnens herauf um Hilfe, aber es war Mittag und die heißeste Zeit des Jahres. Es dauerte Stunden, bis endlich einer vorbeikam, der ihn aus seiner mißlichen Lage befreite.

Er erzählte jammernd seine Geschichte. Die Leute lachten ihn aus. Die

Geschichte machte die Runde. Am Abend war sie schon in Sevilla. Am nächsten Morgen kam sie al-Mutamid zu Ohren. Der Fürst lachte sich halbtot und befahl, den Dieb vor ihn zu bringen.

«Hast du keine Angst vor dem Zorn Gottes, daß du noch im Angesicht des Todes ans Stehlen denkst?» fragte er ihn.

«Ach, hoher Herr», antwortete al-Bāzī al-Ashhab. «Ich habe mein Leben lang gestohlen, warum hätte ich mir im Tod untreu werden sollen.»

«Und wenn ich dich freiließe und dir ein Gehalt aussetzte», sagte al-Mutamid, «wärst du dann bereit, dein Gewerbe aufzugeben?»

«Wie könnte ich ein Angebot ausschlagen, das mir das Leben rettet», sagte al-Bāzī al-Ashhab.

Daraufhin begnadigte ihn der Fürst und wies den Sahib ash-Shurta an, ihn als Polizist in seine Dienste zu nehmen. Und die Bürger von Sevilla hatten nicht nur etwas zu lachen über einen schlauen Dieb, sondern sie konnten sich auch über einen klugen und großmütigen Fürsten freuen.

Die Geschichte hatte sich kurz vor der Eroberung Cordobas zugetragen. Sie war seitdem schon gut ein Dutzend Mal am Hof erzählt worden, jedem neuen Gast wurde sie aufgetischt, der Fürst konnte sie nicht oft genug hören. Sie stellte ihn so dar, wie er sich selbst gern sah: Der leutselige Herrscher, bewundert und geliebt von seinen Untertanen. Der Märchenfürst, der sich selbst mit kleinen Dieben in größter Freimut unterhält und sie mit königlicher Milde auf den rechten Weg bringt.

Ibn Zaydūn, der Hādjib, und Ibn Ammar hatten anfangs versucht, ihm mehr Zurückhaltung anzuempfehlen, mehr Würde und Unnahbarkeit, aber der Fürst war dazu nicht geschaffen. Er war jetzt einunddreißig Jahre alt und seit fast zwei Jahren unumschränkter Herr des mächtigsten Reiches in Andalusien, aber er gab sich noch immer als der unbeschwerte, fröhliche Prinz, der er in seiner Jugend gewesen war. Er war schon von der äußeren Erscheinung her wenig dazu angetan, unnahbare Würde auszustrahlen. Er war klein und gedrungen, pausbäckig und kurznasig, ein groß gewordener Junge mit gewaltigen Körperkräften. Er redete zuviel und lachte zu laut und trank unmäßig. Er prahlte mit seiner Männlichkeit und seinen vierzig Kindern, die er bis jetzt gezeugt hatte. Er liebte es, mit bloßen Händen Hufeisen aufzubiegen und Eisennägel mit dem Handballen durch daumendicke Bretter zu treiben. Er liebte es, wie einst Harūn ar-Rashīd, der Kalif, verkleidet durch die Stadt zu streifen und auf amouröse Abenteuer auszugehen, die ohne sein Wissen von Ibn Ammar im vorhinein sorgfältig arrangiert wurden. Er liebte es vor allem, geliebt zu werden, und zwar nicht als Fürst, sondern um seiner selbst willen.

Die Sevillaner liebten ihn so, wie er geliebt werden wollte. Sie hatten gute Gründe dafür. Seine prächtige Hofhaltung zog allen Reichtum des Landes in die Hauptstadt. Es war eher Eigenliebe, die ihre Zuneigung beflügelte, aber al-Mutamid sah es nicht so. Er fühlte sich von ihnen wahrhaftig geliebt und war glücklich dabei. Kritik, Widerstand, Feindseligkeit konnten ihn zutiefst verunsichern. Ibn Ammar hatte es in Cordoba zu seiner eigenen Bestürzung miterlebt.

Die großen Pläne, Cordoba zur Hauptstadt des Reiches zu machen und von dort aus ganz Andalusien zu erobern und unter der Herrschaft al-Mutamids zu vereinigen, waren letztlich an dieser Schwäche des Fürsten gescheitert. Und es hatte dazu nicht mehr bedurft, als ein wenig weiblicher List. Itimad, die Fürstin, war mit großem Pomp in der Stadt angekommen. Sie hatte begeistert den Bauvorhaben des Fürsten gelauscht und im Hintergrund ihre Fäden gesponnen, um ihn wieder nach Sevilla zurückzulocken. Ein paar diskrete Hinweise an den Stadtadel, der den Fürsten ebenfalls lieber in Sevilla sah, ein paar Tausend Silberdirhams unter den Vorstadtpöbel verteilt, und am folgenden Freitag, als al-Mutamid mit ihr die Hauptmoschee besucht hatte, war bei der Nennung seines Namens in den hinteren Reihen Unmut laut geworden und Gebetspolster waren nach vorne geflogen. Der Fürst hatte fluchtartig die Maqsūra der Moschee verlassen und war eine Woche später nach Sevilla abgereist.

Die große Chance war fürs erste vertan. In Cordoba saß Ibn Martīn als Gouverneur, ein Söldnerführer ohne politische Weitsicht. Die Fürstin hatte von den Herren des Bazars in aller Stille ein Geschenk von hundertundzwanzigtausend Dinar entgegengenommen. Und al-Mutamid residierte nach wie vor in Sevilla.

Man mußte Geduld haben mit diesem Fürsten. Er war kein Mann der Tat, wie al-Mutadid, sein Vater, dessen Ehrgeiz durch Widerstände nur noch mehr angestachelt worden war. Er besaß auch nicht die Härte und die Zähigkeit seines Vaters. Er war launisch und sprunghaft wie ein Kind. Sein Zorn war Jähzorn, seine Begeisterung nur ein Strohfeuer. Er war ein Fürst für schöne Tage, der lieber Paläste baute als Burgen, der sich lieber mit Männern umgab, die eine gute Feder führten, als mit ehrgeizigen Truppenkommandeuren und strengen Qadis. Aber gerade das machte das Leben an seinem Hof auch so angenehm. Er war ein liebenswürdiger Herrscher, großmütig und freigebig bis zur Verschwendung. Seine offene Hand zog Künstler aus allen Himmelsrichtungen an, gebildete Abenteurer aus Baghdad und Alexandria, Poeten aus Sizilien, die vor den Normannen geflohen waren, Architekten und Kunsthandwerker aus Byzanz, Literaten, Musiker und Wissenschaftler aus allen Teilen Andalusiens.

Er hatte unmittelbar nach seinem Regierungsantritt damit begonnen, den alten al-Mubārak-Palast im al-Qasr, der von seinem Vater zugunsten des neuen Schlosses in den Hügeln auf der anderen Seite des Flusses vernachlässigt worden war, wieder herzurichten. Jetzt, nachdem die Vorhaben in Cordoba vorerst aufgeschoben worden waren, warf er sich mit seiner ganzen Bauleidenschaft auf diese Verschönerungsarbeiten. Er hatte einen gewaltigen Audienzsaal errichten lassen, der von sieben Nebensälen eingefaßt war. Die Böden waren mit glasierten Kacheln in vielfarbigen Mustern belegt, die Wände mit vergoldeten Stukkaturen verziert, die Kuppeln und Gewölbefelder mit Szenen aus dem höfischen Leben ausgemalt, mit Herren auf der Falkenjagd und Damen beim Schachspiel, mit musizierenden Mädchen und servierenden Pagen, die so lebendig dargestellt waren, daß sie sich im Spiel von Licht und Schatten zu bewegen schienen.

Der Saal, der den Namen at-Tarayya erhalten hatte, war an diesem Abend zum ersten Mal Schauplatz der montäglichen Soiree, zu der al-Mutamid seit der Rückkehr aus Cordoba regelmäßig seine engsten Vertrauten und illustre Besucher zu versammeln pflegte. Es hatte zunächst einen offiziellen Einweihungsempfang gegeben, an dem auch die beiden ältesten Prinzen, die Qadis der Stadt und zahlreiche Vertreter des Adels und der Hofbeamtenschaft teilgenommen hatten. Von den Palastdienern war literweise Rosenwasser versprüht worden, um den Geruch der frischen Farbe zu überdecken. Das Hoforchester hatte gespielt, Jongleure und Tänzerinnen waren aufgetreten, und die Hofdichter hatten in langen Elogen die Pracht des Bauwerks und das Genie des Bauherrn gewürdigt. Danach waren die meisten Gäste entlassen worden, und der Fürst hatte sich mit dem kleinen Kreis seiner Montagsgesellschaft in den besonders reich geschmückten Nebensaal am Kopfende der Halle zurückgezogen.

Al-Djawhāra, die persische Lieblingssängerin des Fürsten, war mit ihren zwei Musikerinnen dazugestoßen. Abu'l-Hadjdjadj war dabei, der als einer der größten Gelehrten Sevillas galt. Abu Marwan Ibn Siradj, der Wissenschaftler, Ibn Salih ash-Shantamarī, ein dichtender Aristokrat und Freund des Fürsten, Isaak Ibn al-Balia, der Hofastrologe. Dazu der erste Leibarzt des Fürsten und einige aus der Riege der Hofdichter, zwei Neulinge darunter, die zum ersten Mal die Ehre hatten, vor al-Mutamid aufzutreten. Nur der Hādjib fehlte, seine Krankheit hielt ihn schon seit Wochen fern. An seiner Stelle war sein Sohn gekommen, Abu Bakr Ibn Zaydūn, der sich noch immer Hoffnungen auf die Nachfolge seines Vaters im Amt des Hādjibs machte, obwohl der Fürst ihn seit Monaten schon vor aller Augen unter seinem Rang behandelte und das Amt längst Ibn Ammar versprochen war. Auch an diesem Abend nahm nicht er, sondern Ibn Ammar den Ehrenplatz zur Rechten des Fürsten ein.

Al-Mutamid war glänzender Laune. Der süße Wein, der ausgeschenkt wurde, steigerte noch seine Stimmung. Die Schranken der Konvention waren längst niedergerissen, das Gespräch flog leicht hin und her, aller Ernst wurde ins Scherzhafte verkehrt, jeder Witz mit einem neuen Witz beantwortet. Als der erste der beiden Neulinge in der Runde aufgefordert wurde, vorzutreten und auf dem Schemel Platz zu nehmen, der vor dem Fürsten für die Rezitatoren bereitstand, waren alle so aufgedreht, daß er sich ein besseres Publikum nicht hätte wünschen können.

Er war ein ernster junger Mann aus Yābiza, niemand hatte je etwas von ihm gehört, aber er hatte Referenzen aus Valencia und vielleicht auch einen heimlichen Gönner am Hof. Der Sāhib al-Inzāl hatte ihn jedenfalls auf die Liste der Aspiranten gesetzt. Möglicherweise war er sogar ganz talentiert, aber zu seinem Unglück hatte er keinerlei Gespür für die Stimmung des Abends. Er brachte eine schwere, sorgfältig ausgefeilte Qasīdah zum Vortrag, streng nach klassischem Muster aufgebaut: am Anfang die vergebliche Suche nach der Geliebten, dann im Mittelteil die Schilderung seiner hoffnungsvollen Reise nach Sevilla und am Schluß eine Lobeshymne auf den Fürsten.

Schon nach dem ersten Teil, der in ausgesuchten Versen beschrieb, wie er am Rande einer Oase das verlassene Lager der Geliebten findet, in der Asche ihres Feuers stochert, aus dem Brunneneimer trinkt, aus dem auch sie getrunken hat, und in die Fußstapfen tritt, die sie im Wüstensand hinterlassen hat, beugte sich ash-Shantamarī zu al-Mutamid hinüber und sagte vernehmlich: «Warum pinkelt er nicht auch dorthin, wo sie hingepinkelt hat?»

Der Fürst verschluckte ein Lachen, aber noch hielten sich alle im Zaum. Erst als der junge Dichter ans Ende kam, fielen sie über ihn her.

«Tritt auf, als käm er aus Baghdad, reimt wie al-Buhturī. Doch jede Zeile, die er schreibt, schreit auf, das schafft er nie!» warf Ibn al-Qasīra, einer der Hofdichter, mit trockenem Ernst in die Runde. Die Qasīdah mochte ihre Qualitäten gehabt haben, aber nach diesem Kommentar blieb nichts mehr davon übrig. Der junge Dichter sank auf seinem Schemel zusammen.

Al-Mutamid beugte sich zu Ibn Ammar. «Wer ist der Mann?» fragte er belustigt.

«Der größte Dichter von Yābiza», erwiderte Ibn Ammar im Ton ehrfürchtiger Bewunderung.

Der Fürst blickte ihn fragend an. «Yābiza?»

«Eine Insel vor der Küste von Valencia, dem Herrn von Denia untertan», sagte Ibn Ammar.

Der Fürst verzog das Gesicht zu einem breiten Grinsen. «Ah Yābiza», sagte er gedehnt. Und dann in gespieltem Ernst: «Der größte Dichter von Yābiza, ich verstehe.» Und wieder an Ibn Ammar gewandt: «Wie groß, sagst du, ist diese Insel?»

Ibn Ammar dachte einen Augenblick nach. «Bei schlechter Sicht kommt es manchmal vor, daß die Seeleute sie übersehen», sagte er dann.

«So groß!» sagte der Fürst und brach in schallendes Gelächter aus. «Der größte Dichter von Yābiza!» Er heulte vor Lachen, schüttete sich aus vor Lachen, schlug Ibn Ammar klatschend auf die Schulter. «Was meinst du ... wenn wir ihm fünfzig Dinar geben ... wird es reichen für die Heimreise?»

«Es reicht nicht nur für die Heimreise», sagte Ibn Ammar, «er kann sich dafür die halbe Insel kaufen.»

Der Fürst platzte schier vor Lachen und winkte prustend einem Pagen, der das Honorar auszahlte, und der Dichter aus Yābiza verließ mit hochrotem Kopf den Saal.

Ibn Ammar blickte nachdenklich auf den zweiten Neuling, der neben Abu'l-Hadjdjadj saß. Er kam aus Murcia. Auch er war noch jung, nicht älter als fünfundzwanzig. Er hatte bis jetzt kein Wort gesagt, hatte nur dem Wein zugesprochen und die Gesellschaft mit aufmerksamen Augen beobachtet. Er würde es schwer haben nach diesem Auftritt. Al-Mutamid war großherzig, aber er neigte zur Schadenfreude. Jeder wußte das in der Runde. Wer nicht den richtigen Ton traf, wurde schnell niedergemacht, um dem Fürsten sein Vergnügen zu verschaffen. Ibn Ammar hatte ein gewisses Interesse daran, daß der zweite Mann nicht ebenso durchfiel wie der Dichter aus Yābiza. Er hatte Abu'l-Hadjdjadj versprochen, sich für ihn einzusetzen.

Der alte Herr hatte eine Vorliebe für junge gutaussehende Männer, er war stadtbekannt dafür, und er machte keinen Hehl daraus, ein Päderast von der angenehmen Sorte, gescheit, witzig, ungemein belesen. Ibn Ammar hatte seit langem nach einem Weg gesucht, ihn sich zu verpflichten. Abu'l-Hadjdjadj gehörte nicht nur der angesehensten Sevillaner Familie an, er war vor allem der Lehrer des Kronprinzen. Er hatte Zugang zum Harām des Fürsten, und wenn man dem Hofklatsch glauben durfte, hatte er sich darüber hinaus im Lauf der Jahre auch das besondere Vertrauen der Fürstin erworben. Wie es hieß, hörte die Sayyīda al-Kubrā nicht nur in Fragen des guten Geschmacks auf seinen Rat. Er war ein Mann, der wie kein zweiter in Sevilla über die Stimmungen und Strömungen am Hof Bescheid wußte. Hier war endlich die Gelegenheit, ihm einen Gefallen zu erweisen.

Jeder konnte sehen, daß der junge Mann aus Murcia sein neuer Liebhaber war. Die Art, wie er ihn ansah und mit welcher Unruhe er seinem Vortrag entgegenfieberte, ließen keinen Zweifel daran. Das machte es nicht gerade leicht, ihm zu helfen. Der Fürst konnte, wenn er getrunken hatte, sehr ausfallend werden, wenn es um Männerfreundschaften solcher Art ging. Auch ash-Shantamarī war in dieser Beziehung bekannt für seine sarkastischen Bemerkungen. Andererseits schien der Junge verblüffend viel Talent zu haben. Abu'l-Hadjdjadj hatte Ibn Ammar ein paar Verse von ihm vorgelegt, eine kurze Eloge, die dem älteren Freund und Gönner gewidmet war. Die Anfangszeile war Ibn Ammar im Gedächtnis geblieben:

So groß war seine Liebe,
sie fand nur unter Sternen Platz...

Da war ein eigenwilliger neuer Ton darin, sehr virtuos und sehr persönlich. Die Frage war nur, ob die Runde um den Fürsten in diesem Stadium fortgeschrittener Ausgelassenheit noch willens war, solche poetischen Qualitäten anzuerkennen.

Der junge Mann trank viel. Er schien genauso nervös auf seinen Auftritt zu warten wie sein Gönner, aber Ibn Ammar war sich nicht sicher, ob es klug war, ihn jetzt schon aufzurufen.

Al-Djawhāra, die Sängerin, kam ihm unerwartet zu Hilfe und nahm ihm die Entscheidung ab. Sie stimmte ihre Laute, schlug ein paar Akkorde an und sagte, an den Fürsten gewandt, in das abflauende Gelächter hinein: «Erlaubt mir, Herr, daß ich ein paar Verse von al-Mutanabbī vortrage!» Und mit einem spöttischen Lächeln setzte sie hinzu: «Ein guter Schluck Wein vertreibt den üblen Geschmack beim Essen. Ein guter Vers macht ein schlechtes Gedicht vergessen.»

Der Fürst nickte erfreut Zustimmung und blickte geschmeichelt in die Runde. Die Djawhāra hielt sich jetzt schon seit mehr als einem Jahr in seiner Gunst. Sie war eine große, zur Fülle neigende Frau von nicht ganz dreißig Jahren mit ausladenden Hüften und einem gewaltigen Busen, das Gesicht breitflächig und von animalischer Schönheit, die Stimme tief und voll. Sie besaß eine umfassende Bildung, die sie den meisten Männern in der Runde überlegen machte, und sie verfügte über einen fast unerschöpflichen Schatz an Versen und Liedern. Der Fürst war stolz auf sie, wie ein Kind stolz auf ein Spielzeug ist, das sonst keiner besitzt, und er war stolz auf den Beifall, den sie immer wieder auslöste.

Es wurde still, und sie war kurz davor, ihren Musikerinnen das Zeichen zum Einsatz zu geben, als plötzlich der junge Mann aus Murcia die Stimme erhob. Niemand war darauf gefaßt, und Ibn Ammar merkte, daß selbst Abu'l-Hadjdjadj sichtlich zusammenfuhr. Es war fast ein Sakrileg, die Djawhāra zu unterbrechen.

«Ein guter Spruch», sagte er. «Auch wenn er aus Baghdad stammt.» Seine Stimme war genauso volltönend wie die der Sängerin, sonor und unerwartet männlich und mit einem heiseren Klang, der ohne Anstrengung den ganzen Saal füllte.

Die Djawhāra drehte langsam den Kopf, eine Braue steil nach oben gezogen.

«Was soll das heißen, junger Mann», sagte sie mit einem gefährlichen Grollen in der Stimme. «Auch wenn er aus Baghdad stammt!?» Sie hatte ihre Ausbildung in Baghdad erhalten, und sie gehörte zu denen, die die alte Hauptstadt der Kalifen noch immer für den Nabel der Welt hielten, für das unumstrittene Zentrum von Kunst und Kultur, und die alles andere, was sich außerhalb der Mauern von Baghdad abspielte, für provinziell erachteten.

«Das soll heißen, daß ich mich wundere, wie ein solcher Spruch aus Baghdad kommen kann, wo heutzutage weder gute Weine noch gute Verse zu finden sind», antwortete der Mann aus Murcia. Er war keineswegs betrunken, und er war auch nicht nervös, wie es den Anschein gehabt hatte. Er saß lächelnd auf seinem Polster, ruhig, aber wachsam und bis in die Fingerspitzen gespannt. Er hatte die Djawhāra ganz bewußt angegriffen, und er hatte den Angriff an ihrer schwächsten Stelle angesetzt. Der Fürst beklagte sich nicht selten über ihren Dünkel. Hatte Abu'l-Hadjdjadj einen Hinweis darauf gegeben?

Das Gesicht der Sängerin war eine Maske hochmütiger Verachtung. «Ach», sagte sie gedehnt. Es klang wie das Zischen einer Schlange. «Und wo findet man nach deiner Meinung besseren Wein und bessere Verse?»

«Bei uns in Andalusien, wo sonst», sagte der Mann aus Murcia ohne zu zögern.

Es war totenstill. Keiner hatte je gewagt, die Djawhāra so unverblümt anzugehen. Ibn Ammar riskierte einen vorsichtigen Seitenblick auf den Fürsten und meinte, eine Spur von amüsierter Verblüffung in seinem Gesicht zu entdecken, eine gewisse Neugier auf den Fortgang dieses Wortgefechts.

Die Djawhāra faßte sich schnell. Sie richtete sich zu voller Größe auf und sagte mit ihrer tiefsten Bruststimme: «Und wer bist du, daß du dir anmaßt, über den Geschmack der Leute zu urteilen?»

«Ich bin Abd al-Djalīl aus Murcia.»

«Abd al-Djalīl?» Sie zerbiß den Namen zwischen den Zähnen. «Nie gehört. Was für ein Abd al-Djalīl soll das sein?»

«Abd al-Djalīl Ibn Wahbun.»

«Ibn Wahbun? Welcher Wahbun?»

«Wenn du nach Murcia kommst, frag im Bazar. Frag nach Wahbun, dem Pelzhändler, jeder kennt ihn in Murcia.»

Die Djawhāra warf einen siegessicheren Blick in die Runde. «Dann sind es also die Söhne von Pelzhändlern, die in Andalusien über den guten Geschmack bestimmen!»

«Willst du mir vorwerfen, daß ich nicht aus vornehmer Familie stamme?» gab Ibn Wahbun kampflustig zurück. «Wirfst du der Rose vor, daß sie aus dornigem Gestrüpp wächst?»

Die Djawhāra ließ ihre Blicke zwischen dem jungen Mann und seinem Gönner hin und her wandern und lächelte süffisant. «Du vergleichst dich mit einer Rose?»

«Die Rose war ein Geschenk an dich», erwiderte Ibn Wahbun mit einer eleganten Verbeugung.

Sie verzog das Gesicht, als hätte man ihr einen Stein zu schlucken gegeben. Zwischen den Perlen um ihren Hals pochte eine zornige Ader. Aber dann entspannten sich ihre Züge, und sie lächelte mit schmalen Augen. Sie hatte ein großes Herz, und sie war klug genug, um zu erkennen, daß sie ihrem Gegner an diesem Abend nicht gewachsen war. Sie sagte: «Du hast ein schnelles Mundwerk, Sohn des Pelzhändlers. Ich hoffe nur, daß dir deine Gedichte genauso flüssig von den Lippen kommen. Ich werde dir ein paar Verse vorgeben, die nicht so leicht zu überbieten sind.»

Und sie stimmte die Laute und begann, die versprochenen Verse vorzutragen.

Sie sang, als wäre sie allein auf der Welt. Ihre Stimme stieg empor wie ein Vogel im Wind. Sie ließ die Worte schweben und brachte jede Silbe zum Klingen. Ihr Arabisch war so rein und klar, und so makellos trug sie al-Mutanabbīs Verse vor, daß man meinen mochte, der Dichter selbst müßte aus dem Grab aufstehen, um sich vor ihr zu verneigen.

Beifall hüllte sie ein, als sie geendet hatte. Der am heftigsten klatschte, war Ibn Wahbun.

Sie wandte sich zu ihm um und sagte so laut, daß es alle hören konnten: «Wenn du solche Verse machen willst, geh nach Baghdad, um zu lernen!»

«Was soll ich dort», erwiderte er, noch immer Beifall klatschend, «wenn die schönste Stimme von Baghdad in Sevilla singt.»

Der Fürst beugte sich zu Ibn Ammar hinunter und sagte leise: «Was meinst du, sollen wir ihm das Maul stopfen wie diesem Jüngling aus Yābiza?»

Ibn Ammar roch den Weindunst in seinem Atem und sah das böse Funkeln in seinen Augen und sah aus den Augenwinkeln das bleiche Gesicht Abu'l-Hadjdjadjs auf sich gerichtet, Schweißperlen auf der Stirn, die flatternden Hände in einer hilflosen bittenden Geste vor der Brust. Und er wußte, daß der Junge aus Murcia nicht mehr zu retten war. Der Fürst wollte ein Opfer, er hatte schon zu viel getrunken.

Aber im nächsten Augenblick packte ihn unversehens der Ehrgeiz, es doch noch einmal darauf ankommen zu lassen. Das alte Spiel zu spielen, auszuloten, wie weit sein Einfluß auf den Fürsten noch reichte. Alles zu riskieren, um nichts, um einen kleinen, talentierten Burschen aus Murcia, der so frech war, daß es selbst ihm die Sprache verschlagen hatte. Weiß Gott, der Junge erinnerte ihn an alte Zeiten, als er selbst mit der gleichen Unverfrorenheit aufgetreten war: Bis an die äußerste Grenze gehen, nur auf das eigene Talent vertrauen, auf Geistesgegenwart und Schlagfertigkeit, hoffen, daß in höchster Not schon von irgendwoher der rettende Einfall käme, und den düpierten Herren dann im richtigen Augenblick ein so geöltes Loblied in die Ohren schmieren, daß sie nicht anders konnten, als ihren Geldbeutel aufzumachen. Das war auch seine Devise gewesen, als er angefangen hatte.

«Warum schon jetzt?» sagte er so leise, daß nur der Fürst ihn verstehen konnte. «Warum hören wir uns nicht ein paar Texte von ihm an. Er hat Talent, du hast es selbst bemerkt. Je weiter er sein Maul aufreißt, desto mehr Spaß werden wir mit ihm haben, so oder so!»

Er sah, daß der Fürst zögerte, und stand kurzentschlossen auf und hob die Hand, um die Runde zum Schweigen zu bringen, und wandte sich dann an den Mann aus Murcia: «Steh auf, Abd al-Djalīl Ibn Wahbun!» sagte er und zeigte auf den Schemel vor dem Fürsten. «Hier ist dein Podium. Du hast die Verse von al-Mutanabbī gehört, die unser Fürst vor allen anderen schätzt. Wenn du einen Funken vom Feuer dieses Dichters in dir hast, dann tritt vor. Wenn nicht, dann erspare uns deinen Vortrag und geh!»

Er fing einen dankbaren Blick Abu'l-Hadjdjadjs auf, als er sich wieder setzte. Der Fürst blickte mit verkniffener Miene vor sich hin. Er war kein Freund scharfzüngiger Gespräche. Sein Witz war nicht schnell genug, seine Zunge geriet leicht ins Stolpern, wenn die Worte zu flink hin und her flogen. Der Mißmut, den er zeigte, war nichts anderes als der uneingestandene Neid des begabten Dilletanten vor dem Könner.

Ibn Wahbun verbeugte sich und nahm auf dem Schemel Platz.

«Al-Mutanabbī hat von sich gesagt, er sei der Prophet der Poesie», begann er mit unerwarteter Demut. «Wenn er gewußt hätte, wie sehr Ihr, hoher Fürst, seine Verse bewundert, er hätte sich für den Gott der Poesie gehalten.»

Beifälliges Gemurmel ringsum. Ash-Shantamarī pfiff anerkennend durch die Zähne. Selbst der Fürst schien wieder versöhnlicher gestimmt. Es war genau jene Art von Lob, die er liebte: Dick aufgetragen, aber so elegant dargebracht, daß es nicht allzusehr auffiel.

«Und du wagst es trotzdem, mit einem eigenen Gedicht aufzutreten, nachdem wir die Verse al-Mutanabbīs gehört haben?» fragte er von oben herab.

Ibn Wahbun erwiderte lächelnd seinen Blick und sagte: «Al-Mutanabbīs Verse sind so gut, weil ihn der Kalif so gut dafür bezahlt hat. Die Großzügigkeit ist die Mutter der Poesie.»

Das gönnerhafte Lächeln auf dem Gesicht des Fürsten gefror zu einem starren Grinsen.

Ibn Ammar versuchte, die Katastrophe noch abzuwenden. «Zweifelst du an der Großmut dessen, der alles gesät hat, was in Sevilla blüht?» fragte er scharf.

«Ich bin hierhergekommen, weil unter den Dichtern in ganz Andalusien nur noch von dieser Großmut gesprochen wird», antwortete Ibn Wahbun unerschrocken.

«Dann gib uns den Beweis, daß du dieser Großmut würdig bist», sagte Ibn Ammar. Und sah plötzlich etwas aufblitzen in den Augen des jungen Mannes, und tief in seinem Gedächtnis glomm auf einmal ein Warnsignal auf, verschwommen noch, aber deutlich zu erkennen. Hatte ihm da nicht irgend jemand in Silves von einem Kerl erzählt, der mit einem unverschämten Gedicht von Hof zu Hof hausieren ging. Hatte es nicht geheißen, der Kerl käme aus Murcia?

Ibn Wahbun setzte sich auf seinem Schemel zurecht. «Ich weiß nicht, ob ich es wagen soll», begann er zögernd. «Ich habe da ein kleines Gedicht, das mir gut für den Anfang zu passen scheint. Aber wo ich es auch vorgetragen habe bisher... hinterher war ich immer nur um eine schöne Hoffnung ärmer und um eine böse Erfahrung reicher.» Er blickte fragend in die Runde und setzte nach einer wohlabgemessenen Pause mit einem schüchternen, um Verständnis werbenden Lächeln hinzu:

In Valencia wurde ich mit Hunden aus der Stadt gehetzt,
In Almeria hat der Sāhib al-Inzāl mich eigenhändig vor
die Tür gesetzt.
In Murcia, wo ich daheim bin, hat der Qa'id höchstpersönlich
mich verflucht;
In Granada und Toledo habe ich's gar nicht erst versucht.

Er warf dem Fürsten einen erwartungsvollen Blick zu, in dem sich Unterwürfigkeit und Unverfrorenheit seltsam mischten, und als der Fürst mit einem wohlwollenden Nicken antwortete, erhob er sich und begann mit voller Stimme sein Gedicht vorzutragen. Es setzte ein im Ton einer großen Huldigungshymne:

Wer kann mir einen nennen, der noch sein Versprechen hält?
Wo gilt ein Wort noch, wo in aller Welt?
Wo gibt es Großmut, wo die offne Hand?
In alten Fabeln allenfalls, im Märchenland.

Dann brach er unvermittelt ab und setzte ein spöttisches Lächeln auf und fuhr in trockenem Ton fort:

So seh ich das und hab es langsam satt
und halt es nach wie vor für ein Gerücht,
daß einer hier in dieser Stadt
hätt' tausend Mithqal einkassiert für ein Gedicht.

Ibn Ammar spürte, wie ihm der kalte Schweiß ausbrach. Er starrte fassungslos auf diesen Kerl, der sich seelenruhig wieder auf seinem Schemel niederließ und sein Glas leerte, als wäre nichts gewesen. Er starrte auf Abu'l-Hadjdjaɑj, der immer mehr in sich zusammenschrumpfte, als wollte er sich unsichtbar machen. Tausend Mithqal! Der Kerl mußte wahnsinnig geworden sein. Kein Zweifel, er war der Mann, vor dem man ihn in Silves gewarnt hatte.

Er sah den Fürsten in unnatürlich steifer Haltung auf seinem Polster sitzen, im Gesicht einen Ausdruck beleidigter Würde, der noch hin und her schwankte zwischen Empörung und Unsicherheit, und nahm allen Mut zusammen und flüsterte ihm zu: «Der Kerl ist unverschämt, aber er ist unverschämt gut.»

Und was er nicht für möglich gehalten hätte, geschah. Der Fürst reckte langsam, und wie gegen einen inneren Widerstand ankämpfend, das Kinn, und gab dann, ohne sich umzudrehen, dem Pagen, der hinter ihm stand, ein Zeichen. Und alle sahen zu, wie der Page mit zitternden Händen zehn Beutel aus der Truhe holte und sie vor Ibn Wahbun auf den Boden legte.

Der Mann aus Murcia verzog keine Miene. Er wartete, bis sich der Page wieder an seinen Platz zurückgezogen hatte, und faßte den Fürsten ins Auge und sagte mit ruhiger Stimme: «Wenn al-Mutanabbī sagt, daß die Großzügigkeit die Mutter der Poesie ist, dann sage ich, daß al-Mutamid der Vater aller Poeten ist!» Und beugte sich vor und ergriff mit beiden Händen die zehn Beutel und tat so, als wollte er aufstehen und würde niedergehalten vom Gewicht des Goldes, und ließ die Beutel fallen und wandte sich in gespielter Verzweiflung an den Fürsten: «O Malik, Ihr habt einem schwachen Poeten ein so schweres Geschenk aufgebürdet, daß er es nicht tragen kann. Habt die Güte, ihm noch ein Lasttier zu schenken, dem er es aufladen kann.» Seine Augen zeigten an, welches Tier er meinte. Alle konnten es sehen, und alle erstarrten. Es war der äußerste Gipfel der Unverschämtheit. Was er ins Auge gefaßt hatte, war der schwersilberne, mit Perlen besetzte Pokal des Fürsten, aus dem ihm sein Page den Wein einschenkte und der die Form eines Kamels hatte.

Alle Augen waren auf al-Mutamid gerichtet, und er schien es zu spüren, obwohl er den Blick nicht von Ibn Wahbun wandte. Er hatte sich nicht aus seiner starren Haltung gerührt, seit er dem Pagen das Zeichen gegeben hatte. Er schien wie gelähmt vor unterdrückter Wut. Aber dann streckte er plötzlich den Arm aus und griff nach dem Pokal und schleuderte ihn gegen Ibn Wahbun, schleuderte ihn mit solcher

Wucht, daß es den Mann aus Murcia rücklings vom Schemel riß und flach auf den Boden streckte.

Allen stockte der Atem, und die Blicke gingen in banger Erwartung zwischen dem Fürsten und dem jungen Dichter hin und her. Und Ibn Wahbun setzte sich langsam auf, den Silberpokal mit beiden Händen gegen die Brust drückend, und verkündete mit ehrfurchtsvoll gedämpfter Stimme: «Was für ein Fürst! Seine Großmut wirft mich um!»

Und bevor sich die anderen noch aus ihrer Erstarrung gelöst hatten, sprang er auf, der teure Pokal war nur noch wie ein wertloses Anhängsel in seiner Hand, und stellte sich vor den Fürsten hin und begann sein Loblied zu singen.

Seine Stimme fegte wie ein Sturmwind durch den Saal, seine Verse hatten die Gewalt eines Gießbachs, der alles mit sich fortriß. Alles war vergessen, was vorher gewesen war. Die freche Dreistigkeit seiner Rede? Längst vergeben. Seine schamlose Raffgier? Nur noch ein ferner Schatten in der Erinnerung. Da sprach einer, der mit Worten zu zaubern verstand, dessen Pathos so viel Schwung hatte, daß es alle umwarf.

Dein ist der Ruhm, mein Fürst,
doch ist der Ruhm verderblich
und wie ein Hengst, der scheut.
Erst der Poet legt ihm die Zügel an
und lenkt ihn hügelan,
erst meine Verse machen dich, mein Fürst, unsterblich.
Drum sei'n sie dir geweiht.

Ibn Ammar beobachtete, wie sich al-Mutamid auf seinem Polster aufrichtete, wie er unter dem Ansturm der Verse Ibn Wahbuns die Schultern straffte und eine angestrengt majestätische Haltung einnahm, als wollte er sich der hymnischen Lobpreisungen würdig erweisen. Sein Zorn hatte sich längst verflüchtigt, der Ausdruck gekränkter Eitelkeit auf seinem Gesicht hatte einem selbstgefälligen Stolz Platz gemacht, seine Trunkenheit schien gänzlich verflogen.

Als der letzte Vers verklungen war, rührte sich keine Hand. Alles wartete auf den Fürsten.

Al-Mutamid behielt seine würdevolle Haltung bei. Er ließ sich viel Zeit, während Ibn Wahbun in stummer Verbeugung vor ihm stand. Dann blickte er auf den goldenen Becher, den er in seiner Rechten hielt, und setzte ein hoheitsvolles Lächeln auf und warf ihn Ibn Wahbun in sanftem Bogen zu.

«Mit einer Hand kann man nicht Beifall klatschen», sagte er.

Es war, als würde nach einem langen, schwül-lastenden Gewittertag, nach Sturm und Blitz und Donner endlich ein prasselnder Regen einsetzen. So rauschte der Beifall auf.

Ibn Ammar war seltsam berührt. Al-Mutamid hatte einem denkwürdigen Abend einen passenden Abschluß gegeben. Er war kein großer Fürst, aber er war zu großen Gesten fähig, und eines Tages würde ihm vielleicht auch jene andere Größe zuwachsen, die zu großen Taten befähigte. Große Könige werden nicht geboren, dachte Ibn Ammar hoffnungsvoll, es ist die Zeit, die sie groß macht, es sind die Herausforderungen, die ihnen Größe abverlangen. Herausforderungen wie jene, die dieser Abend unerwartet mit sich gebracht hatte.

Irgendwann in angeregtem Gespräch fing Ibn Ammar einen dankbaren Blick des jungen Poeten aus Murcia auf. Irgendwann drückte ihm Abu'l-Hadjdjadj verstohlen den Arm. Er hatte zwei Freunde gewonnen. Er brauchte sie, er brauchte viele Verbündete. Am Nachmittag hatte ihm einer der Leibärzte des Fürsten zu verstehen gegeben, daß Ibn Zaydūn, der Hādjib, nur noch wenige Monate zu leben hätte, wahrscheinlich sogar nur noch einige Wochen. Er mußte möglichst viele einflußreiche Männer auf seiner Seite haben, wenn der Tag kam und der Fürst ihm offiziell die Nachfolge anbot.

Irgendwann im Lauf des Abends sah er die Augen Abu Bakr Ibn Zaydūns auf sich gerichtet. Augen voller Haß. Der Sohn des Hādjibs würde ein mächtiges Haus erben und große Reichtümer, aber nicht das Amt seines Vaters. War es das, was seinen Haß schürte? Oder gab es noch andere Gründe? War er es vielleicht gewesen, der den Dichter aus Yābiza an den Hof gebracht hatte?

Ibn Ammar wußte, daß er ihn im Auge behalten mußte. Er mußte von jetzt an vieles im Auge behalten. Er lebte in dünner Luft.

Aber er atmete leicht. Er war allein, er war ohne ererbten Besitz und ohne Familie, auf die er Rücksicht hätte nehmen müssen. Es war alles nur ein Abenteuer.

Das Leben ist wie ein Gang über eine Brücke, dachte er. Geh hinüber und halte dich nicht auf.

38

SEVILLA

SONNTAG 29. JANUAR 1071
24. SHEWAT 4831 / 24. RABI II 463

Lope hatte das befremdliche Gefühl, als hätte er schon lange wach gelegen, ohne daß es ihm bewußt geworden wäre. War er wach? Träumte er, daß er wach wäre? Er spürte seinen Körper nicht. Es kam ihm vor, als läge er flach auf dem Rücken, aber er wußte es nicht genau, sein Körper schien zu schweben. Er hörte das Pochen seines Herzens, rasend schnell und gehetzt und so laut, daß er nichts anderes wahrnehmen konnte. Er lauschte auf die dröhnenden Schläge, die ihn von innen heraus erschütterten, und bemerkte auf einmal ein zweites Pochen, weit entfernt, irgendwo an einer anderen Stelle seines Körpers. Er konnte nicht ausmachen, von welchem Teil seines Körpers es seinen Ausgang nahm, er merkte nur, daß es näher kam. Es pochte im gleichen Takt wie sein Herz, aber die Schläge setzten um die Spanne eines Wimpernzuckens später ein, hetzten dem Schlag seines Herzens hinterher, ohne es einholen zu können. Das Pochen kam immer näher, und er spürte jetzt, daß es mit jedem Schlag eine Welle kochenden Schmerzes vor sich herschob, die höher und höher wuchs und dröhnend gegen seinen Kopf brandete. Er spürte, wie der Schmerz ihn in immer neuen Wellen überflutete und sein ganzes Inneres ausfüllte. Der Schmerz kam aus seinem rechten Bein. Was war mit seinem Bein geschehen?

Er öffnete die Augen und sah ein weißes Viereck, das von hellem Blau eingefaßt war. Sein Verstand brauchte lange, bis er erfaßte, was seine Augen sahen. Er lag in einem Zimmer. Er konnte sich nicht erinnern, das Haus gesehen zu haben. Er hatte noch den Blick auf die Biegung des Flusses im Gedächtnis und auf die weiße Stadt, die halb im Dunst verborgen gewesen war. Er konnte sich erinnern, daß er Zaqūti den Weg beschrieben hatte. Wo war Zaqūti? Wo waren die anderen? Wo war der Sohn des Conde?

Er versuchte, den Kopf zu heben. Er nahm alle Kraft zusammen, seinen Kopf nur um eine Fingerbreite anzuheben, aber unter der Anstrengung schwanden ihm die Sinne, und er fiel wieder in schwarze Nacht zurück.

Als er das nächste Mal erwachte, war er mit dem Augenaufschlag sofort bei hellem Bewußtsein. Es war dunkel, aber ein Lichtschein lag auf der Zimmerdecke. Der Lichtschein bewegte sich, irgendwo in dem Zimmer, in dem er lag, mußte eine flackernde Lampe brennen. Und da war noch etwas. Er spürte es. Er spannte alle Sinne, während er bewegungslos auf dem Rücken lag und sich starr machte wie ein wehrloses kleines Tier, das sich totstellt, wenn es eine Gefahr wittert. Er lauschte angestrengt, aber er konnte nichts hören außer dem Pochen seines Herzens und dem Pochen des Schmerzes in seinem Bein. Plötzlich war der Schmerz wieder da, breitete sich in ihm aus, machte seine Sinne stumpf, machte ihn unempfindlich gegen die Angst. Er drehte vorsichtig den Kopf und sah die Lampe, die nur noch schwach flackerte, und dann sah er das Mädchen.

Karīma.

Er hatte sie keinen Tag vergessen. Er hatte auf dem ganzen langen Ritt an sie gedacht. Er hatte an sie gedacht, als er mit diesem Lanzenstich im Bein in wahnwitzigem Galopp durch die Berge geflohen war. Er war am Anfang auf eine verquere Weise beinahe dankbar gewesen für die Wunde, weil sie ihm einen Vorwand gegeben hatte, das Landhaus ihres Vaters aufzusuchen. Er hatte später, als der Weg immer länger geworden war und die Wunde nicht aufgehört hatte zu bluten, obwohl Zaqūti das Bein abgebunden hatte, sich nur mit dem Gedanken an sie aufrecht gehalten. Und er hatte ihr Bild vor Augen gehabt, als er zuletzt, bäuchlings mit zusammengebundenen Füßen auf dem Rücken seines Pferdes liegend, in eine barmherzige Bewußtlosigkeit gefallen war.

Sie kauerte auf einem Polster neben der Lampe, eine Schulter gegen die Wand gelehnt, den Kopf auf die Knie gebettet. Sie hatte mit den Armen ihre Knie umfaßt, aber die linke Hand war abgerutscht, und der Arm hing herunter, so daß er einen Ausschnitt ihres Gesichts sehen konnte. Sie schlief. Eine Strähne ihres schwarzen Haars hatte sich aus dem Kopftuch gelöst und fiel ihr über die Wange. Ihre Lider zuckten über dem dicht geschlossenen Vorhang ihrer Wimpern, aber ihr Atem ging ruhig und in gleichmäßigen Zügen.

Lope hielt sie mit seinem Blick umfangen. Er spürte den Schmerz nicht mehr in seinem Bein. Er lag so ruhig, als läge er noch im Schlaf. Jeder Zug ihres Gesichts war ihm vertraut, er hatte ihr Bild mit sich getragen, wie das Wissen um einen verborgenen Schatz. Er hatte nicht zu hoffen gewagt, sie noch einmal wiederzusehen. Sein Verstand hatte es ihm ausgeredet. Er war ein kleiner Hidalgo im Dienste des Grafen von Guarda. Da war ein tiefer Graben zwischen ihm und der Tochter des jüdischen Hakīms aus Sevilla, ein unübersteigbarer Graben. Er hatte sich keine Illusionen gemacht. Nicht einmal in seinen Träumen.

Aber jetzt auf einmal saß sie neben ihm, war so nah, daß er nur seine Hand auszustrecken brauchte, um sie zu berühren.

Plötzlich schlug sie die Augen auf. Ihr Blick war auf ihn gerichtet, aber sie sah ihn nicht. Ihre Augen waren noch blind vom Schlaf. Er sah zu, wie allmählich das Bewußtsein in ihnen aufging. Er wagte nicht zu atmen, aus Angst, sie zu erschrecken. Er hoffte, die Zeit bliebe stehen, als ihre Blicke ineinandertauchten. Ein Lächeln flatterte über ihr Gesicht, und er versuchte, es zu erwidern, aber im nächsten Augenblick richtete sie sich hastig auf, und das Lächeln verschwand.

«Ich habe geschlafen», sagte sie, als wollte sie sich entschuldigen.

Er versuchte, ihr zu antworten, aber seine Zunge gehorchte ihm nicht.

«Nicht!» sagte sie und hob abwehrend die Hand. «Nicht! Du darfst dich nicht bewegen!»

Er spürte, wie ihm schwarz vor Augen wurde, und ließ sich erschöpft zurücksinken. Als er wieder klar sehen konnte, war sie neben ihm. In ihren Augen war ein Ausdruck besorgter Anteilnahme.

«Du mußt ganz ruhig liegen», sagte sie. «Du hast viel Blut verloren.»

Er bewegte die Lider zum Zeichen, daß er verstanden hatte.

Sie fuhr ihm mit einem kühlen, feuchten Tuch über die Stirn und über die Lippen, er spürte die Berührung ihrer Finger durch das Tuch hindurch. Dann schob sie ihre Hand unter seinen Kopf und stützte ihn mit einem Kissen. Er überließ sich dankbar ihrer Fürsorge.

«Ich gebe dir etwas zu trinken», sagte sie. «Du mußt viel trinken.» Sie brachte die Öffnung eines Schnabelkrugs an seine Lippen und flößte ihm einen Trank ein, der angenehm sauer schmeckte und der ihm warm durch die Kehle rann. Es tat so wohl, daß er die Augen schloß. Er trank in gierigen Zügen und schnaufte vor Anstrengung und mußte aufhören, weil er sich verschluckte und ihm von der Anstrengung des Hustens schwindlig wurde. Als er die Augen wieder öffnete, sah er ihr Gesicht über sich.

Sie lächelte. Sie sagte: «Laß dir Zeit.» Und wartete, bis sein Atem wieder ruhiger ging und setzte ihm den Krug dann noch einmal an die Lippen.

Er schaute sie unverwandt an, während er trank, und sie wich seinem Blick nicht aus. Sie nahm den Krug ab, um ihm Zeit zum Ausruhen zu geben, und er fuhr sich mit der Zunge über die Lippen und schluckte und wollte etwas sagen, aber sie legte ihm zwei Finger auf den Mund und schüttelte den Kopf. «Nicht sprechen», sagte sie, «es ist zu anstrengend für dich!»

Er spürte den sanften Druck ihrer Fingerspitzen auf seinen Lippen.

«Ich muß dir ein paar Fragen stellen», sagte sie, als sie ihm wieder zu trinken gab. «Du brauchst nur zu nicken oder den Kopf zu schütteln als Antwort.»

Er nickte.

«Hast du starke Schmerzen?» fragte sie.

Er wußte nicht gleich, was er antworten sollte. Ihre Anwesenheit hatte seine Schmerzen auf unerwartete Weise aus seinem Bewußtsein verdrängt. Er schüttelte den Kopf. Nein, der Schmerz war leicht zu ertragen.

«Aber die Wunde in deinem Bein muß doch schmerzen!» sagte sie ungläubig.

Er schüttelte wieder den Kopf. Seine Schmerzen erschienen ihm immer weniger bedeutsam.

«Pocht es in der Wunde?» fragte sie.

Er nickte, froh darüber, daß er ihr zustimmen konnte, und war verwirrt, als er sah, daß ihr Gesicht wider Erwarten einen besorgten Ausdruck annahm.

«Ein starkes Pochen?» fragte sie.

Er lauschte in sich hinein. Er spürte das Pochen noch, aber es war schwächer geworden, sein Herz schlug viel lauter. Er schüttelte den Kopf.

«Das ist gut», sagte sie. Sie schien erleichtert. «Wenn es anfängt, hart in der Wunde zu pochen, mußt du es uns sofort sagen.»

Er nickte ernsthaft. Die Wärme des Getränks breitete sich wohlig in seinem Körper aus. Er hatte keinen Durst mehr, aber er trank in kleinen Schlucken weiter, weil er hoffte, sie auf diese Weise noch länger in seiner Nähe halten zu können. Sie war so nah und so vertraut, und sie erwiderte seinen Blick mit solcher Unbefangenheit, daß es ihm wie ein Wunder erschien.

Als er den Krug geleert hatte und sie aufstand und aus seinem Gesichtskreis verschwand, holte er tief Luft und fragte abgehackt zwischen hastigen Atemzügen: «Wie lange... habe ich... geschlafen?» Seine Stimme war ohne Ton, nur ein heiseres Flüstern.

Sie kam zurück und beugte sich über ihn. «Hast du etwas gesagt?»

Er wiederholte seine Frage.

Sie hob seinen Kopf an und entfernte das Kissen unter seinem Nacken und sagte: «Du warst ohne Bewußtsein, als sie dich gebracht haben. Du warst in einem bösen Zustand. Du hast so viel Blut verloren gehabt, daß mein Vater schon das Schlimmste befürchtet hat. Die Wunde war so ausgefranst, daß er die Wundränder beschneiden mußte. Dabei hast du noch mehr Blut verloren.» Sie lächelte ihm aufmunternd zu und fuhr ihm mit der Hand über die Stirn. «Du warst eine ganze Nacht ohne Bewußtsein, und dann hast du geschlafen bis jetzt.»

«Bis jetzt?» fragte er.

Sie nickte. «Ich glaube, es muß schon nach Mitternacht sein. Ich weiß es nicht genau.»

«Wo sind ... meine Leute?» fragte er.

Sie schüttelte mit leisem Tadel den Kopf. «Du sollst nicht soviel sprechen», sagte sie und zog ihm die Decke bis unter das Kinn und tupfte ihm mit dem feuchten Tuch die Lippen ab. «Deine Leute sind in Sevilla. Sie sind im Haus Ibn Ammars. Der Vezir hat schon nach dir fragen lassen, und einer von den Männern, der Zaqūti heißt, war am Nachmittag hier. Er sagt, er hätte deine Wunde verbunden. Er hat es gut gemacht. Du wärst nicht mehr am Leben, wenn er dir nicht das Bein abgebunden hätte.»

Er erinnerte sich, wie ihn Zaqūti fast mit Gewalt gezwungen hatte, anzuhalten, obwohl die Verfolger noch immer dicht hinter ihnen gewesen waren, und wie er ihm mit dem Messer in die ausgefranste Wunde gefahren war, daß es ihm vor Schmerz schier die Augen aus den Höhlen gedrückt hatte, und wie er dann seine Kopfbinde in Streifen gerissen und sie ihm um das Bein gewickelt hatte. Zaqūti war einer der beiden Hidalgos, die der Conde ihm zugeteilt hatte. Er war ein guter Mann.

«Er ist ein Moro», sagte er, und als ihm einfiel, daß sie diesen Ausdruck vielleicht nicht schätzen könnte, setzte er rasch hinzu: «Er ist aus Coimbra.»

«Er kommt morgen wieder», sagte sie lächelnd. «Mach jetzt die Augen zu. Du mußt versuchen, wieder einzuschlafen. Du mußt viel schlafen.»

Er hörte ein Geräusch hinter sich und eine tiefe Flüsterstimme und dachte im ersten Augenblick, daß es der Hakīm wäre, aber dann erkannte er, daß es die Stimme des schwarzen Hausdieners war. Er konnte ihn nicht verstehen, der Diener sprach arabisch, er meinte nur zu hören, daß die Stimme voll drängender Ungeduld war.

«Es ist gut, Ammi Hassān», sagte Karīma.

Lope ließ sie nicht aus den Augen. Sie nickte ihm mit einem flüchtigen Lächeln zu und legte für einen kurzen Augenblick ihre Hand auf die seine. Er spürte die Berührung durch seinen ganzen Körper gehen.

Dann verließ sie das Zimmer.

Er sah noch, wie der Diener den Schemel, den sie an sein Lager gerückt hatte, wieder an die Wand stellte und sich darauf niederließ. Er fragte schon halb im Schlaf: «Wo ist der Hakīm?» Und hörte ihn antworten, daß der Hausherr im Palast wäre. Und schloß die Augen und sah das Gesicht des Mädchens vor sich, so deutlich, als stünde sie noch vor ihm, und schlief ein wie ein Kind in der Wiege.

«Aufstehen! Komm, aufstehn, es ist Zeit!» rief die alte Dādā voll Ungeduld, während sie hart an die Tür klopfte.

Karīma fuhr erschrocken auf. Draußen war es noch nicht einmal ganz hell. Es mußte weit vor Sonnenaufgang sein.

«Was ist?» fragte sie zurück. Sie war noch halb im Schlaf. Sie war todmüde. Als sie mitten in der Nacht in ihre Kammer zurückgekommen war, hatte sie lange nicht einschlafen können. «Was ist denn?» fragte sie noch einmal, aber sie erhielt keine Antwort. Dādā war schon wieder gegangen.

Sie stand schnell auf. Sie durfte nicht zeigen, daß sie noch so müde war, sie durfte die alte Dienerin nicht noch mißtrauischer machen, als sie es ohnehin schon war. Sie hatte sich am Abend heimlich an Dādās Schlafkammer vorbei in den zweiten Hof geschlichen, wo das Krankenzimmer lag, um Ammi Hassān abzulösen. Ammi Hassān hatte sich nur schwer überreden lassen, ihr die Nachtwache an Lopes Krankenbett zu überlassen. Aber mit ihm konnte man wenigstens noch reden, während Dādā ganz unzugänglich war.

Sie hörte sie draußen auf dem Hof herumschreien. Es hörte sich an, als holte sie den Esel aus dem Stall. Was wollte sie mit dem Esel in aller Frühe? Warum schrie sie so laut?

«Was hast du vor?» fragte sie vorwurfsvoll, als sie auf den Hof hinauskam.

«Wir gehen einkaufen!» antwortete Dādā kurz angebunden. «Wir müssen ins Dorf.»

Karīma tat so, als hätte sie das *wir* überhört. «Warum weckst du mich dann so früh?»

«Weil du mitkommst!» sagte Dādā in einem Ton, der keine Widerrede duldete.

«Warum soll ich mit ins Dorf?» fragte Karīma.

«Weil es dein Vater nicht gutheißen würde, wenn ich dich allein im Haus zurückließe», sagte Dādā unerbittlich.

«Aber Ammi Hassān ist doch da!»

«Ammi Hassān!» sagte Dādā mit einem verächtlichen Schnauben. «Ammi Hassān!» Und während sie dem Esel ächzend die Packkörbe auflegte und sie festschnallte, setzte sie um eine Spur freundlicher hinzu: «Am Brunnen habe ich ein neues Kleid hingelegt ... und Frühstück ist in der Küche.»

Karīma beschloß, nicht weiter zu widersprechen. Es war besser so. Sie ging zum Brunnen, um sich zu waschen. Das Kleid, das Dādā bereitgelegt hatte, war eines ihrer ältesten, eine einfache, schon ganz ausgewaschene Jubba und eine dunkelblaue Malhafa. Sie fand, daß Dunkelblau ihr überhaupt nicht stand. Sie war nahe daran, ein anderes Kleid zu holen, aber dann ließ sie es doch. Für den Gang ins Dorf waren die alten Sachen immerhin gut genug, und wenn sie zurückkam, konnte sie sich umziehen.

Während sie ihre Haare kämmte und mit der Bürste bearbeitete, dachte sie darüber nach, ob sie nicht vor dem Frühstück noch rasch in den Gästetrakt hinübergehen sollte, um mit Ammi Hassān zu sprechen. Vielleicht hatte es irgendwelche Komplikationen gegeben in der Nacht. Wahrscheinlich war Ammi Hassān noch im Krankenzimmer. Er war nirgends zu sehen. Als sie sich die Zähne putzte, betrachtete sie prüfend ihr Gesicht im Spiegel. Sie putzte sich sehr sorgfältig die Zähne. Dann entdeckte sie plötzlich, daß Dādā sie vom Hof her beobachtete, und legte betont unauffällig den Spiegel beiseite. Sie überlegte, daß es vielleicht doch besser wäre, Ammi Hassān erst später zu fragen, wenn Dādā mit anderen Dingen beschäftigt war.

Was sie bloß alle hatten?

Sie kamen erst gegen Mittag zurück. Dādā hatte stundenlang mit den Händlern und den Bauern verhandelt um ein Stück Butter, ein paar Eier, einen Krug Wein, einen Krug frische Milch, ein paar Hühner. Es hatte nicht viel gefehlt, und sie hätte jedes Ei einzeln gekauft. Karīma war fast wahnsinnig geworden vor Ungeduld.

Als Ammi Hassān das Tor öffnete, warf sie wie gewohnt zuerst einen Blick auf den Stall. Das Maultier ihres Vaters stand in seiner Box, und wie üblich freute sie sich, daß er aus dem Schloß zurückgekommen war, aber diesmal mischte sich in ihre Freude eine Spur von Enttäuschung. Sie hätte lieber vor seiner Rückkehr noch allein mit Ammi Hassān gesprochen.

Yūnus saß in der Madjlis des Hauses über einem Buch. Sonst pflegte er mittags immer eine Stunde zu ruhen, aber an diesem Tag schien er sich nicht müde zu fühlen. Die Begrüßung fiel ziemlich einsilbig aus, wie sie fand. Sie blieb abwartend in der Madjlis stehen, obwohl er sich wieder über sein Buch beugte. Er hatte sicherlich nach Lope gesehen, sobald er zurückgekommen war. Warum sagte er nichts? Sie zögerte, ihn von sich aus zu fragen.

«Der Junge hat die Masern», sagte Yūnus unvermittelt, ohne aus seinem Buch aufzublicken.

Sie fuhr zusammen, und für einen Augenblick war sie starr vor Schreck, bis sie begriff, daß er von dem Sohn der Fürstin sprach. Der Prinz hatte vor vier Tagen plötzlich Fieber bekommen, ein Bote hatte ihren Vater Hals über Kopf aus der Praxis geholt, und sie war am nächsten Tag mit Dādā und Ammi Hassān nachgereist. Was für ein Glück, dachte sie plötzlich. Wenn der Prinz nicht die Masern bekommen hätte, wäre niemand im Landhaus gewesen, als die Reiter Lope gebracht hatten. Was für ein glücklicher Zufall.

«Die Fürstin ist völlig außer sich», sagte Yūnus immer noch lesend. «Sie hat irgend so einen griechischen Scharlatan zugezogen, der sie maßlos beeindruckt, weil er ständig die großen Autoritäten zitiert. Der Kerl hat alle Lehrbücher Wort für Wort im Kopf und wirft ununterbrochen mit allen möglichen Zitaten um sich!» Er blies vernehmlich die Luft durch die Nase. «Jetzt muß ich selbst auch noch nachlesen. In meinem Alter! Gott allein weiß, wie viele Kinder mit Masern ich schon behandelt habe.»

Sie beobachtete ihn, wie er heftig raschelnd die Seiten umblätterte und schließlich das Buch zuklappte und es entschlossen beiseite legte.

«Ach was, alles Unsinn! Ich werde den Fratz so behandeln, wie ich sie alle behandelt habe», sagte er. Und mit einem Blick auf Karīma setzte er hinzu: «Dich eingeschlossen!» Er schien sie erst jetzt richtig wahrzunehmen. «Habt ihr alles bekommen im Dorf?» fragte er.

Sie berichtete über Dādās Einkäufe.

«Das ist gut», sagte er. «Unser Patient braucht jetzt kräftiges Essen.»

Sie bemühte sich, ihr Interesse hinter einer unbeteiligten Miene zu verstecken.

«Ich habe ihm den Verband gewechselt», fuhr Yūnus fort. «Die Wunde sieht gut aus, soweit man es erkennen kann. Keine Entzündung bis jetzt. Er scheint zäh genug zu sein, er ist auch jung genug, er wird es überstehen.»

Sie sagte nichts und senkte den Blick, als sie seine Augen auf sich gerichtet sah.

«Wenn alles gut geht, können wir ihn vielleicht schon in einer Woche nach Sevilla bringen», sagte er.

«So bald?» fragte sie überrascht und verstummte sofort wieder.

«Ibn Ammar will eine Sänfte schicken, wenn es soweit ist», sagte Yūnus. «Es war schon wieder ein Bote von ihm da. Er will jeden Tag informiert werden.»

Sie schwieg mit niedergeschlagenen Augen.

Yūnus sperrte das Buch in den Wandschrank neben der Tür. «Lope ist überzeugt, daß es Leute des Herrn von Badajoz gewesen sind, die seine Truppe überfallen haben», sagte er. «Der kleine Junge, der dabei war, ist der Sohn des Grafen, dem er dient. Er glaubt, daß der Herr von Badajoz versucht hat, den Jungen in seine Hände zu bekommen.»

«Und jetzt bleibt der Junge in Sevilla?» fragte Karīma.

«Wahrscheinlich», erwiderte Yūnus. «Am Hof des Fürsten, nehme ich an.» Er kam auf sie zu und legte ihr den Arm um die Schultern und führte sie auf den Hof hinaus. «Lope hat mir gesagt, daß du an seinem Bett gewacht hast», sagte er mit Wärme.

Sie blickte starr vor sich auf den Boden, während sie neben ihm herging.

«Es ist schön, daß du dir Sorgen machst um unseren kranken Gast», fuhr er fort. «Aber jetzt, nachdem er das Schlimmste überstanden hat, solltest du es vermeiden, allein zu ihm zu gehen. Es ist nicht gut. Du bist kein Kind mehr, und er ist ein Fremder. Dādā und Ammi Hassān können nach ihm sehen. Er hat genug Pflege.» Er drückte sie sanft an sich. «Versprich es mir», sagte er.

Sie lächelte ihn aus unschuldigen Augen an und küßte ihn flüchtig auf die Wange und sagte: «Ich geh nur schnell ein anderes Kleid anziehen, es war staubig auf der Straße.» Und lief quer über den Hof zu ihrer Kammer. Ihre Füße berührten kaum den Boden, so leicht fühlte sie sich.

Am Nachmittag half sie Ammi Hassān beim Schneiden der Weinreben und schaute ihm zu, wie er ein Zitronenreis auf ein Orangenbäumchen aufpfropfte. Sie ließ sich alles genau erklären und hielt beiläufig den Weg im Auge, der vom Schloß herunterführte. Es kam ein Reiter, der so schnell war, wie sie es von den Botenreitern kannte, die ihren Vater abzuholen pflegten, aber er ritt an der Abzweigung vorbei, die zum Haus heraufführte.

Später zog sie sich mit einem Buch auf die Dachterrasse zurück, von der aus man nicht nur den Weg zum Schloß, sondern auch die Straße, die von Sevilla kam, einsehen konnte. Yūnus hatte zwar von einem Boten Ibn Ammars erzählt, aber er hatte nicht gesagt, daß es der Mann gewesen war, der Zaqūti hieß. Vielleicht kam Zaqūti noch. Am Vortag war er auch erst zwei Stunden vor Sonnenuntergang gekommen. Sie begann zu lesen, aber ihre Gedanken schweiften immer wieder ab.

Sie versuchte, sich zu erinnern, was Yūnus ihr damals, als er von seiner langen Reise zurückgekommen war, über Barbastro erzählt hatte. Er hatte auch von Lope gesprochen, sie wußte es noch genau. Wie lange war das schon her? Lope konnte damals nicht viel älter gewesen sein, als sie es jetzt war. Was mußte er alles erlebt haben. Was für ein gefährliches Leben mußte er führen, daß er solche Verletzungen davontrug.

Als am Eingang des Tales zwei Reiter auftauchten, hatte sie erst eine halbe Seite gelesen. Sie beobachtete, wie die beiden Reiter in schnellem Trab die Straße heraufkamen. Lange bevor sie die Abzweigung erreicht hatten, wußte sie schon, daß es Zaqūti war, der, wie auch am Vortag, von einem Lanzenreiter Ibn Ammars begleitet wurde. Sie vergewisserte sich, daß Ammi Hassān noch im Garten arbeitete, und wartete, bis die Reiter nur noch hundert Schritte vom Haus entfernt waren, dann stieg sie langsam die Treppe hinunter.

Sie holte einen Arm voll Brennholz aus dem Verschlag neben der Küche und ging damit in die Madjlis. Yūnus stand hinter seinem Stehpult und schrieb. Sie blieb in der Tür stehen, bis er aufblickte, und fragte schüchtern, ob sie ihn störe, und als er den Kopf schüttelte, begann sie das Holz im Kamin aufzuschichten. Als sie über den Hof gegangen war, hatte sie das Klopfen am Tor gehört, jetzt hörte sie, wie die Haustüre ging, aber sie ließ sich nichts anmerken.

«Unser Patient kriegt Besuch», sagte Yūnus.

Sie hob das Ende ihrer Malhafa vor den Mund, als Ammi Hassān mit Zaqūti hereinkam, und hielt sich unauffällig im Hintergrund, während die Männer sich begrüßten.

Zaqūti war ein Mann von vielleicht vierzig Jahren, sie konnte es nicht genau abschätzen. Er war groß und sehnig mit einem hageren Gesicht, das die Farbe von Rindsleder hatte. Sein linkes Auge war weiß, und das Lid hing halb herunter, was ihm ein unheimliches Aussehen verlieh, aber aus irgendeinem Grund fand sie ihn dennoch sympathisch. Vielleicht lag es an seiner Stimme, die ungewöhnlich tief war und einen warmen, vertrauten Klang hatte.

Als die Männer sich auf den Weg in den rückwärtigen Teil des Hauses machten, wo das Krankenzimmer lag, schloß sie sich an. Sie ging wie auf Zehenspitzen und machte sich klein in der Hoffnung, ihr Vater würde sie übersehen, aber als sie den Durchgang erreichten, der in den zweiten Innenhof führte, blieb er in der Tür stehen und wandte sich zu ihr um und sagte ohne besondere Betonung: «Wir kommen gleich zurück in die Madjlis, Karīma. Richte etwas zu trinken her für unseren Gast. Und sag Dādā, sie soll sich um den jungen Mann kümmern, der mitgekommen ist.»

Sie war so enttäuscht, daß sie nur stumm nicken konnte, und eine ganze Weile stand sie in dem dunklen Durchgang und kämpfte gegen die Tränen. Dann ging sie in die Küche und gab den Auftrag an Dādā weiter und holte eine Pfanne voll Glut aus dem Herd und schürte in der Madjlis das Feuer an.

Als sie ihren Vater mit Zaqūti über den Hof zurückkommen hörte, setzte sie sich in den Schatten des Wandschirms, den sie neben dem Kamin aufgestellt hatte. Die beiden Männer waren so in ihr Gespräch vertieft, daß sie sie gar nicht zu bemerken schienen, als sie in die Madjlis kamen.

«... viel zu gut gerüstet», sagte Zaqūti. «Außerdem kamen sie hinter uns her. Wenn es irgendeine Bande gewesen wäre, hätten sie uns aufgelauert, und wir hätten kaum eine Chance gehabt. Ihre Pferde waren völlig ausgepumpt, das hat uns schließlich auch gerettet. Wir sind überzeugt, daß es Leute aus Badajoz waren, obwohl sie natürlich keinen Wimpel zeigten. Unser Pech war es, daß wir erst auf sie aufmerksam wurden, als sie schon dicht hinter uns waren.» Er verstummte, als er Karīma erblickte, und blieb vor dem angebotenen Sitzpolster stehen und verbeugte sich.

«Meine Tochter Karīma«, stellte Yūnus sie vor. Er schien überrascht über ihre Anwesenheit, und einen zitternden Augenblick lang fürchtete sie, er würde sie hinausschicken, wie er sie auch schon vorher im Durchgang weggeschickt hatte. Aber dann wandte er sich wieder seinem Gast zu und bat ihn, Platz zu nehmen. Und Zaqūti setzte seinen Bericht fort.

«Sie waren so schnell, daß uns nicht viel Zeit zum Nachdenken blieb», sagte er. «Unser Problem war, daß wir nur leichte Rüstung trugen. Lope war der einzige, der im Doppelpanzer war. Zu diesem Zeitpunkt wußten wir auch noch nicht, daß ihre Pferde so ausgeritten waren, sonst hätten wir es gar nicht darauf ankommen lassen. Aber am Anfang holten sie noch einmal alles aus ihren Pferden heraus, und wir ritten eine ganze Weile vor ihnen her, ohne daß wir den Abstand hätten vergrößern können. Dann kamen wir an eine Steigung, wo die Straße enger wurde, und Lope machte den Vorschlag, daß wir zu dritt angreifen sollten, um dem jungen Grafen einen Vorsprung zu verschaffen.»

Karīma lauschte Zaqūtis Bericht in so atemloser Spannung, daß sie vor Ungeduld mitschluckte, als sich der Hidalgo aus dem Schnabelkrug bediente.

«Wir hatten uns im Reiten, so gut es ging, die Panzer übergezogen. Lope wollte nach einer Biegung der Straße anhalten und allein einen Angriff reiten. Wir sollten zu zweit nachstoßen. Wir waren uns alle klar darüber, daß wir nicht das Geringste gegen unsere Verfolger ausrichten konnten, es waren mehr als zwanzig Mann. Wir konnten nur versuchen, sie aufzuhalten, und wir wußten, daß wir kaum eine Chance hatten, davonzukommen. Aber man kommt nicht viel zum Denken in solchen Situationen.»

Er zeigte ein schiefes Lächeln und goß sich noch einen Schluck Wein ein. «Lope wendete sein Pferd an einer Stelle, die ihm günstig erschien, und ritt allein seinen Angriff, wie wir es ausgemacht hatten. Wir konnten ihn zwischen den Bäumen hindurch beobachten. Die Verfolger hielten an, als sie ihn kommen sahen. Die Schneise im Wald war so eng an dieser Stelle, daß sie nicht ausschwärmen konnten, aber sie war immerhin breit genug, um ihn in einen Sack laufen zu lassen, wenn Ihr wißt, was ich meine.»

Er blickte Yūnus fragend an, und als er dessen verständnislose Miene sah, begann er, die Situation mit Mandeln und Pinienkernen auf dem Tablett zu verdeutlichen. Er zog mit dem Finger zwei Linien auf das blankpolierte Messing, die den Waldrand rechts und links des Weges anzeigen sollten, und legte zwischen die Linien mehrere Reihen von Kernen, die die Verfolger darstellten. Dann nahm er eine Mandel zwischen Daumen und Zeigefinger. «Denkt Euch, daß das hier der Angreifer ist», fuhr er fort und führte die Mandel zwischen den Linien entlang auf die Pinienkerne zu. «Wenn der Angreifer nah genug heran ist, weichen die Reiter in der ersten Reihe rechts und links nach der Seite hin aus und lassen ihn durch. Die in der zweiten Reihe stellen ihre Pferde quer und sperren den Weg.» Er verschob die Pinienkerne so, wie er es beschrieben hatte. «Das Pferd des Angreifers hält vor der Mauer aus Pferdeleibern an, und damit haben sie ihn in der Falle.» Er ließ die Mandel zwischen den Pinienkernen liegen und lehnte sich zurück.

«Das Pferd hält an?» fragte Yūnus verwundert.

«Wenn es keine Lücke findet, hält es unweigerlich an», bestätigte Zaqūti. «Der Reiter hat keine Chance.»

Er beugte sich wieder vor und nahm noch zwei Mandeln auf. «Das war die Situation, als wir angriffen. Die beiden Reiter auf seiner Schildseite hatten ihn schon fast vom Pferd geworfen. Der erste hatte am Hals eingestochen, um ihn aus dem Sattel zu stoßen, dabei war Lopes linkes Bein hochgekommen, und der zweite hatte mit seiner Lanze unter den Beinschutz fahren können. Deshalb diese ungewöhnliche Wunde. Sie waren so beschäftigt mit ihm, daß sie uns zu spät sahen und keine Zeit mehr hatten, ihre Pferde zu wenden und uns entgegenzukommen. Wir warfen die zwei vordersten aus dem Sattel. Das gab Lope so viel Zeit, daß er sich wieder aufrichten konnte. Er rief uns zu, daß wir flüchten sollten. Er hatte gesehen, daß die Pferde der anderen völlig erschöpft waren, das sagte er mir später. Wir jagten also zu dritt los, die Lanze steckte noch in seinem Bein. Ich dachte, er spießt sich auf, aber er streckte das Bein nach hinten, und die Lanze schleifte nach, ein gutes Stück weit, bis sie herausgeschüttelt wurde. Deshalb war die Wunde so weit aufgerissen. Die anderen verfolgten uns, aber wir konnten sie abhängen. Ich traf noch ihre vordersten Pferde mit ein paar Pfeilen, das gab uns einen ziemlich großen Vorsprung. Erst danach sah ich das Blut an Lopes Bein. Es tropfte nicht, es floß wie aus einem angestochenen Schlauch. Ich wußte, daß er nicht weit kommen würde mit dieser Wunde. Als wir die Steigung hinter uns hatten und weit genug voraus waren, ließen wir den dritten Mann weiterreiten, und ich nahm Lope die Zügel aus der Hand und führte sein Pferd so tief zwischen die Bäume hinein, daß man uns von der Straße aus nicht mehr sehen konnte.»

Er blickte nachdenklich auf die Nüsse, die er auf dem Tablett ausgelegt hatte, und schüttelte erinnerungsschwer den Kopf. «So war das», sagte er. «Gott schützt die, die er schützen will.»

Karīma hatte in starrer Anteilnahme zugehört. Ihre Miene war so gespannt, daß Zaqūti unwillkürlich lächeln mußte, als er es sah. Yūnus drehte sich erschrocken um.

«Du bist noch da!» sagte er. «Ich dachte, du wärst längst gegangen!»

Sie erhob sich gehorsam und verbarg ihr Gesicht hinter dem Kopftuch und verließ die Madjlis ohne Gruß. Als sie die Tür hinter sich geschlossen hatte, lehnte sie sich mit dem Rücken dagegen und verhielt für ein paar tiefe Atemzüge in starrer Regungslosigkeit. Sie hatte das Gefühl, ihre Beine müßten unter ihrem Gewicht nachgeben.

39

SEVILLA

MONTAG 30. JANUAR 1071
25. SHEWAT 4831/25. RABI II 463

Yūnus mußte schon früh am Vormittag ins Schloß, Karīma begleitete ihn bis vor das Tor. Sie wußte, daß er nicht vor dem Abend zurückkommen würde. Ein ganzer langer Tag lag vor ihr. Irgendwann an diesem Tag würde sich eine Gelegenheit ergeben, das Krankenzimmer aufzusuchen, irgendwann würde sie Lope sehen. Sie hatte so viel nachgedacht über Zaqūtis Bericht, sie hatte so viele Fragen. Sie mußte ihn sehen. Sie mußte unbedingt mit ihm sprechen.

Sie kam unter allen möglichen Vorwänden in die Küche und bot der alten Dādā mit einschmeichelnder Zuvorkommenheit ihre Dienste an. «Kann ich dir helfen, Dādā? Soll ich Kräuter holen, Dādā? Soll ich das Dach fegen?»

Als das Essen für Lope fertig war, fragte sie in harmloser Hilfsbereitschaft, ob sie es ihm bringen sollte. Als sie bemerkte, daß Ammi Hassān sich im rückwärtigen Teil des Hauses in der Nähe des Krankenzimmers aufhielt, erfand sie eine Frage, die sie ihm ganz dringend stellen müßte. Aber die alte Dādā ließ sich auf nichts ein. «Das Essen bringe ich selbst», sagte sie kurz angebunden. «Und Ammi Hassān wird gleich wieder zurückkommen. So lange wirst du noch warten können!» Sie ließ die Küchentüre weit offen stehen und hatte immer ein Auge auf Karīma. Sie bewachte den Durchgang wie ein Kettenhund. Es war unmöglich, unbemerkt an ihr vorbeizukommen.

Der Tag verging, und Karīma wurde von Stunde zu Stunde unruhiger. Ein paarmal war sie nahe daran, es einfach darauf ankommen zu lassen und ohne lange zu fragen an der Küche vorbeizugehen und im Durchgang zu verschwinden. Aber zuletzt hielt sie sich doch immer zurück. Sie wußte, daß Dādā ihrem Vater alles berichten würde, und sie wollte nicht ungehorsam erscheinen.

Sie wartete auf Zaqūtis Ankunft. Sie hoffte, daß der Hidalgo Dādā irgendwie ablenken würde, so daß sie eine Gelegenheit fände, unbemerkt in den rückwärtigen Hof zu kommen. Aber sie wartete vergebens. Zaqūti kam an diesem Tag nicht.

Am Abend, nach Yūnus Rückkehr, schloß sie sich in ihr Zimmer ein und weinte vor Enttäuschung.

Am nächsten Tag kam ihr der Zufall zu Hilfe. Sie saß in der Madjlis und stickte an einem Polsterbezug, der zu ihrer Aussteuer gehören sollte. Manchmal arbeitete sie in besessener Eile, als wollte sie die Zeit antreiben, die so quälend langsam verging. Manchmal saß sie halbstundenlang da, ohne einen Nadelstich zu tun, ließ die Hände zwischen den Knien herabhängen, hielt die Augen starr auf den Boden gerichtet, ohne etwas wahrzunehmen. Sie war nicht bei ihrer Arbeit, aber sie konnte auch keinen anderen Gedanken festhalten. In ihrem Kopf ging alles wild durcheinander. Sie kannte sich selbst nicht mehr.

Nach Mittag kam die Frau, die regelmäßig einmal in der Woche die Wäsche zum Waschen holte. Die alte Dādā begleitete sie, weil der Wäschestapel so groß war und weil sie Karīma unter der Aufsicht ihres Vaters wußte. Aber eine halbe Stunde später wurde Yūnus ins Schloß befohlen, und mit einem Mal waren alle weg, und sie war mit Ammi Hassān allein im Haus, und mit Ammi Hassān konnte sie reden, mit ihm war sie schon immer zurechtgekommen, er konnte ihr nichts abschlagen. Sie verlor keine Zeit. Aber Ammi Hassān war hartnäckiger, als sie es erwartet hatte. Er schlichtete Brennholz in den Verschlag neben der Küche und hielt den Durchgang besetzt, und als sie aus der Vorratskammer kam, einen Teller mit Datteln und Nüssen in der Hand, und zielstrebig an ihm vorbei auf die Tür zulief, die auf den rückwärtigen Hof hinausführte, kam er ihr mit flatternden Armen hinterher.

«Wo willst du hin, Töchterchen! Was hast du vor! Was wird der Hakīm sagen! Was wird Dādā sagen!» Er hätte beiden hoch und heilig versprechen müssen, auf sie acht zu geben.

Sie versuchte ihn zu beruhigen. Sie hätte doch nur vor, dem Patienten ein paar Süßigkeiten zu bringen, was sei schon dabei. Nicht einmal Dādā könnte etwas dagegen haben. Außerdem würde Dādā ja auch gar nichts davon erfahren. Und sie ließ ihn einfach stehen. Sie wußte, daß er sich über kurz oder lang auf das Dach begeben und nach Dādā Ausschau halten würde. Sie kannte ihn gut genug, er würde sie niemals verraten.

Lope schlief, als sie in das Zimmer kam, und im ersten Augenblick war sie völlig verwirrt, weil sie nie daran gedacht hatte, daß er schlafen könnte. Sie überlegte, ob sie sich zurückziehen oder sich irgendwie bemerkbar machen sollte, und war schon fast entschlossen, das Zimmer wieder zu verlassen, als er plötzlich die Augen aufschlug. Er war sofort wach und blickte sie unverwandt an, was sie noch mehr in Verwirrung stürzte.

Sie spürte, wie ihr die Röte ins Gesicht stieg, und hielt den Teller mit den Nüssen hoch und murmelte irgend etwas, sie hatte das Gefühl, sie müßte ihm für ihr Eindringen eine Erklärung geben. Dann wandte sie sich rasch ab, um nach einem Gegenstand zu suchen, auf dem sie ihren Teller abstellen konnte. Sie fühlte sich entsetzlich unsicher. Sie hatte noch das Bild vor Augen, wie er vor zwei Tagen auf seinem Lager gelegen hatte. Sie hätte nie für möglich gehalten, daß er sich in dieser kurzen Zeit so gut erholen könnte. Er war noch weiß wie die Wand, aber er war beunruhigend wach.

Sie zog einen Schemel neben das Bett und stellte den Teller darauf ab und blieb dann unschlüssig neben dem Bett stehen. Sie wußte nicht, was sie mit ihren Händen anfangen sollte, nachdem sie den Teller abgestellt hatte.

«Was macht das Bein?» fragte sie, nur um das Schweigen zu brechen.

Er blickte sie immer noch an, ließ sie nicht aus den Augen. «Ach, das Bein», sagte er. «Es wird bald wieder in Ordnung sein.»

Sie nickte und überlegte verzweifelt, was sie noch dazu sagen könnte, aber es fiel ihr nichts ein. Sie fühlte sich hilflos. Sie war sonst nie um Worte verlegen. Was war nur mit ihr los? Sie zupfte eine Falte aus dem Wandbehang. Sie rückte den Schemel näher an das Bett.

«Mein Vater hat gesagt, daß Ibn Ammar eine Sänfte schicken will», sagte sie lahm gegen die Wand hin. Sie spürte seinen Blick auf sich gerichtet und wagte nicht, ihn zu erwidern. Was war nur geschehen? Vor zwei Tagen hatte sie ihm ohne Scheu in die Augen geblickt, warum konnte sie es heute nicht mehr?

«Wozu eine Sänfte?» hörte sie ihn sagen. Sie stand noch immer steif wie ein Lampenständer neben dem Bett. Sie sagte: «Ich glaube, ich muß jetzt wieder gehen.» Sie warf ihm einen schnellen Blick zu und sah die Enttäuschung in seinem Gesicht. Sie fand noch eine Stelle am Wandbehang, die sie geradeziehen konnte.

«Ich wollte dich etwas fragen», sagte Lope.

Sie drehte sich um. «Ja?» sagte sie und ärgerte sich, daß ihre Stimme so unbeteiligt klang.

Er richtete sich vorsichtig auf und versuchte, sich ein Kissen in den Rücken zu ziehen. Sie hinderte ihn daran.

«Du sollst dich nicht aufsetzen», sagte sie streng. «Wenn du dich zuviel bewegst, kann die Wunde wieder aufbrechen.» Sie rückte das Kissen unter seinem Kopf zurecht. Er ließ es sich gefallen.

«Woher weißt du das alles?» fragte er.

«Von meinem Vater», sagte sie, und als er sie nur stumm anblickte, setzte sie nach einer Weile erklärend hinzu: «Er holt mich manchmal in seine Praxis, wenn er eine Frau behandeln muß.»

«Bist du ein Hakīm, wie es dein Vater ist?» fragte er respektvoll.

«Nein!» erwiderte sie mit einem nachsichtigen Lächeln. «Ich helfe ihm nur manchmal. Ich kann ein paar Krankheiten erkennen, und ich kann Wunden behandeln, mehr nicht. Aber ich versuche zu lernen, und ich lese die Bücher, die mir mein Vater gibt.»

Er blickte sie mit großen Augen an. «Du kannst in Büchern lesen?» fragte er staunend.

«Warum nicht», sagte sie leichthin. «Es ist nichts dabei.» Und verstummte plötzlich, als ihr aufging, in welch peinliche Situation sie ihn brachte. Sie kannte die komischen Geschichten, die über die Spanier im Norden in Umlauf waren: Daß sie nicht einmal ihren Namen schreiben könnten und statt dessen ein Kreuz machten. Daß sie ihren Körper nur zweimal im Leben mit Wasser in Berührung brächten: zur Taufe und bei der Leichenwäsche. Daß sie sich von Knoblauch und Zwiebeln und verschimmelter Milch ernährten. Daß sie an Zauberei und ähnlichen Unsinn glaubten und nicht viel mehr gebildet wären als die Schweine, mit denen sie unter einem Dach wohnten. Natürlich wußte sie, daß diese Geschichten übertrieben waren, aber sie konnte nicht wissen, wie empfindlich Lope darauf reagierte. Sie wollte nicht, daß er sie für überheblich hielt.

«Ich habe eine Hauslehrerin gehabt, die es mir beigebracht hat», sagte sie und setzte mit einem entgegenkommenden Lächeln hinzu: «Es ist ganz einfach. Du könntest es auch lernen, wenn du einen Lehrer hättest.»

Er blickte sie zweifelnd an. «Ich könnte es auch lernen?» fragte er.

«Warum nicht», sagte sie.

Er dachte eine Weile nach. Dann fragte er mit schüchternem Eifer: «Kannst du es mir zeigen?»

Sie schüttelte den Kopf. «Ich habe mein Schreibzeug nicht bei mir», sagte sie.

«Kannst du es nicht holen?» fragte er.

Sie wollte es ihm ausreden, aber als sie den Ernst in seinen Augen sah, wurde sie auf einmal ganz weich gestimmt und stand zögernd auf. In der Tür blieb sie noch einmal stehen. «Du solltest ganz ruhig liegen und schlafen», sagte sie mit gespieltem Vorwurf. «Mein Vater wird böse sein, wenn ich dich davon abhalte.»

«Er wird es nicht erfahren», sagte Lope.

Sie rannte leichtfüßig in den ersten Hof hinüber und in ihr Zimmer, packte in fliegender Hast ihr Schreibzeug zusammen, einen Bogen Papier, rannte zurück.

«Karīma! Töchterchen!» rief ihr Ammi Hassān vom Dach herunter nach. «Du sollst das nicht tun, Töchterchen! Komm zurück!»

Sie achtete nicht auf ihn. Ihr war auf einmal der Gedanke gekommen, daß sie ihren Vater bitten könnte, ihr zu erlauben, Lope das Lesen und Schreiben beizubringen, solange er liegen mußte. Sie verhielt den Schritt vor der Tür zu seinem Zimmer und gab sich Mühe, ganz ruhig zu erscheinen, obwohl ihr das Herz bis zum Hals schlug. Sie sah, daß er ihre Abwesenheit benutzt hatte, sich ein zweites Kissen in den Rücken zu ziehen. Sie übersah es. Sie stellte den Teller mit den Nüssen auf den Boden und setzte sich auf den Schemel, legte die Schreibunterlage auf ihre Knie, breitete den Papierbogen darüber.

Er beobachtete in gespannter Aufmerksamkeit, wie sie das Papier mit dem Glättstein glättete und eine neue Spitze in die Rohrfeder schnitt und sie in das Tuschglas tauchte.

«Was soll ich schreiben?» fragte sie.

Er blickte auf die Feder in ihrer Hand. «Deinen Namen», schlug er vor.

Sie senkte hastig den Kopf und starrte auf das weiße Blatt Papier auf ihren Knien. Ihre ganze Selbstsicherheit war mit einem Mal wieder dahin. «In welcher Schrift soll ich schreiben?» fragte sie. «In arabischer Schrift? In hebräischer? In lateinischer?» Sie wartete mit gesenktem Kopf auf seine Antwort und blickte vorsichtig auf, als er stumm blieb, und sah seine Augen in fragendem Unverständnis auf sich gerichtet und mußte unwillkürlich lächeln. «Ich werde in lateinischer Schrift schreiben, so wie bei euch geschrieben wird», sagte sie und begann, in großen, ein wenig unsicheren Buchstaben ihren Namen auf das Blatt zu setzen. Sie war nicht sehr geübt in lateinischer Schrift.

Er betrachtete die ihm unverständlichen Zeichen mit einer Art heiliger Scheu, beobachtete Karīma, wie sie mit dem Finger die einzelnen Buchstaben abfuhr.

«K-a-r-ī-m-a», buchstabierte sie.

Seine Blicke gingen zwischen ihrem Finger, der auf die Buchstaben deutete, und ihren Lippen, die die Laute dazu formten, hin und her. Dann las er ihren Namen selbst, las ihn auf die gleiche Weise, wie sie es vorgemacht hatte. «Ka-rī-m-a». Las noch einmal: «Ka-rī-m-a ...» Blickte sie mit erwartungsvollen Augen an, als hätte er das geheimnisvolle Rätsel des Lesens schon gelöst, schob ihr das Blatt wieder zu und sagte, vom Schwung seiner Begeisterung mitgerissen: «Kannst du auch meinen Namen schreiben? Kannst du Lope schreiben?»

Sie tauchte die Feder in das Tuscheglas und setzte seinen Namen unter den ihren. «L-o-p-e», buchstabierte sie.

«Lo-pe», wiederholte er.

«Willst du es selbst versuchen?» fragte sie und schob ihm die Schreibunterlage mit dem Papier hin und drückte ihm die Feder in die Hand.

Er setzte die Spitze vorsichtig auf und versuchte, mit ungeschickter Hand den ersten Buchstaben ihres Namens nachzumalen, aber die Feder sträubte sich und kleckste, daß er den Versuch erschrocken aufgab. Er richtete einen hilfesuchenden Blick auf sie und war schon bereit, ihr die Feder zurückzugeben, aber als er das aufmunternde Lächeln in ihrem Gesicht sah, faßte er wieder Mut und tauchte die Feder noch einmal in das Tuscheglas, so wie er es vorher bei ihr beobachtet hatte, und setzte aufs neue an und begann kurz entschlossen einen Kreis um ihre beiden Namen zu malen. Die Feder kratzte, aber er gab nicht nach und führte sie mit überraschend sicherer Hand weiter über das Papier, bis der Kreis geschlossen war.

Sie wagte nicht, ihn anzublicken. Sie wagte kaum zu atmen. Sie starrte auf die beiden Namen auf dem weißen Blatt Papier und auf den Kreis, der sie einschloß. Es wurde auf einmal so still, als endete die Welt hinter den Wänden dieses Zimmers, in dem sie einander gegenübersaßen. Als sie den Kopf hob, trafen sich ihre Blicke, und eine seltsame Vertrautheit war auf einmal zwischen ihnen, die keine Scheu mehr kannte, und für einen Augenblick war es, als wären sie allein auf der Welt.

Aber dann drang unüberhörbar von draußen Ammi Hassāns Stimme herein, und der Zauber war wieder aufgehoben. «Töchterchen! Karīma!» rief er. «Komm schnell! Dādā ist schon auf dem Weg, sie wird gleich hier sein!»

Sie sprang auf und lief zur Tür und sah Ammi Hassān gestikulierend auf dem Dach stehen.

«Ich muß gehen», sagte sie und kam zurück und griff hastig nach Feder und Tuscheglas. Sie wollte auch das Blatt Papier an sich nehmen, aber er hielt es fest.

«Darf ich es behalten?» fragte er.

Sie überließ es ihm und wandte sich rasch ab. In der Tür drehte sie sich noch einmal um.

«Kommst du wieder?» fragte er.

Sie erwiderte seinen Blick. «Ich weiß nicht», sagte sie. «Ich weiß es nicht.» In ihrer Stimme war ein Ton, der ihn fürchten ließ, daß er sie nicht mehr sehen könnte. Der Gedanke war ihm unerträglich, aber bevor er noch etwas sagen konnte, war sie schon draußen und hatte die Tür hinter sich geschlossen.

Sie fand keine Gelegenheit mehr, Lope in seinem Krankenzimmer aufzusuchen. Yūnus kam kurze Zeit später aus dem Schloß zurück und blieb die folgenden vier Tage im Haus. Wenn er in den Garten ging, setzte sich Dādā in der Küche fest und entfernte sich keinen Schritt daraus. Wenn Dādā beim Einkaufen war, machte sich Yūnus im ersten Hof zu schaffen und hielt den Durchgang im Auge. Es schien, als hätten die beiden sich heimlich abgesprochen.

Sie sah Lope erst wieder, als die Sänfte kam, die ihn nach Sevilla bringen sollte. Sie stand mit Yūnus am Tor, als man ihn hinaustrug. Zum Abschied blieb ihnen nur ein kurzer Blick.

Als sie ins Haus zurückkam, fand sie einen Vorwand, um aufs Dach hinaufzusteigen. Von oben schaute sie der Sänfte nach, bis sie im Talausgang verschwand. Sie wußte, daß etwas mit ihr geschehen war, das sie nicht mehr rückgängig machen konnte. Sie wußte auch, daß es keine Hoffnung gab für die Träume, denen sie nachhing. Aber sie wollte es sich nicht eingestehen.

Lope wurde die Zeit lang. Man hatte ihn in das Krankenhaus gebracht, das von Ibn Ammar gestiftet worden war. Er lag in einem langgestreckten Raum, in dem acht Betten nebeneinander aufgereiht waren. Er hatte ein Bett an der Wand, und sein Nachbar war ein alter Mann, der stumm vor sich hin glotzte und mit dem er sich nicht unterhalten konnte. Zweimal am Tag kam Zecharia, der junge Arzt, von dem Yūnus ihm erzählt hatte, daß er sein Schüler gewesen sei, und untersuchte seine Wunde. Auch mit ihm konnte er nur ein paar belanglose Worte wechseln. Er hatte viel Zeit, nachzudenken. Seine Gedanken kreisten um Karīma und verloren sich in immer neuen Überlegungen, wie er es anstellen könnte, sie wiederzusehen. Er weigerte sich weiterzudenken, er richtete alle seine Hoffnungen nur auf dieses ersehnte Wiedersehen. Wenn sich die Hindernisse vor seinen Gedanken zu hoch auftürmten, nahm er sich das Blatt Papier vor, auf dem ihre beiden Namen standen, und zog neue Zuversicht daraus.

Alle zwei Tage besuchte ihn Zaqūti. Der Hidalgo war ein kluger Mann, und er war ein Freund. Er schien zu ahnen, was Lope beschäftigte. Als er eines Tages das Gespräch darauf brachte, kam es so überraschend für Lope, daß ihm keine Zeit blieb, sich in Deckung zu bringen.

«Du hast in Guarda einmal von einem Mädchen gesprochen», sagte er. «Es war die Tochter des jüdischen Hakīms, von der du gesprochen hast, ist es nicht so?»

Lope gab keine Antwort, aber sein Schweigen war beredt genug.

«Sie ist so schön, wie du gesagt hast», fuhr Zaqūti fort. »Weiß Gott, sie ist so schön wie die Frauen in unseren Träumen.» Er schenkte ihm ein mitleidiges Lächeln und setzte ernst hinzu: «Es ist nicht gerecht, daß Gott uns von solchen Frauen nur träumen läßt.»

«Wie meinst du das?» fragte Lope.

«Du weißt, wie ich es meine», erwiderte Zaqūti und blickte an ihm vorbei. «Du bist nicht der einzige, der seine Träume mit sich herumschleppt. Was glaubst du, warum ich meine Familie verlassen habe? Warum ich aus Coimbra weggegangen bin? Sie war die Tochter unseres Nachbarn. Sie war meinem ältesten Bruder versprochen. Ich hätte ihn umbringen müssen, um meine Träume wahr zu machen. Würdest du deinen Bruder umbringen wegen einer Frau?»

«Sie ist keinem versprochen», widersprach Lope. «Sie hätte es mir gesagt.»

«Sie ist mindestens fünfzehn Jahre alt», unterbrach ihn Zaqūti mit sanftem Nachdruck. «Sie ist schon über das Alter hinaus, in dem die Mädchen bei uns verheiratet werden. Sie ist längst einem Mann versprochen. Glaub mir, Lope. Häng dein Herz nicht an so eine Frau. Du mußt sie vergessen, hörst du! Sie ist keine Frau für unsereinen. Je eher du sie vergißt, desto leichter ist es zu ertragen.»

Lope sagte nichts.

«Denk auch an den Hakīm», fuhr Zaqūti fort. «Du hast mir erzählt, wie sehr du ihn schätzt. Willst du ihn unglücklich machen? Warum, glaubst du, hat er so darauf gedrängt, daß sie dich aus seinem Haus geholt und hierher gebracht haben. Willst du von ihm verlangen, daß er seine Tochter einem Christen zur Frau gibt, einem Hidalgo, der nicht mehr besitzt als das Pferd, auf dem er reitet?»

Lope schwieg immer noch.

«Du mußt sie vergessen, Lope», sagte Zaqūti voll Mitgefühl. «Die Zeit wird dir helfen. Die Zeit heilt die Wunde an deinem Bein, sie heilt auch das andere. Mach, daß du wieder auf die Beine kommst. Der Vezir hat uns gut aufgenommen. Er läßt es uns an nichts fehlen. Du wirst sie vergessen. Nichts hilft besser, eine Frau zu vergessen, als eine andere Frau. Mach, daß du bald hier herauskommst. Das ist kein Ort für dich. Hier sind die Tage zu lang und die Nächte zu einsam.»

Er sprach mit der gleichen besorgten Stimme wie Zecharia, der Arzt, der Lope jeden Tag vorhielt, das verletzte Bein nicht zu bewegen und das Bett unter keinen Umständen zu verlassen. Es fiel Lope schon schwer genug, den Vorschriften des Arztes zu folgen. Nein, er konnte das Mädchen nicht vergessen. Er würde sie nie vergessen. Sein ganzes Leben nicht.

Die Ärzte hielten ihn weiter auf seinem Lager fest. Manchmal kamen sie zu zweit und zu dritt, untersuchten die Wunde, beratschlagten in ihrer Sprache, die er nicht verstand, nickten zufrieden mit den Köpfen, nur um ihm hinterher mit unvermindertem Nachdruck einzuschärfen, daß er sich noch schonen müßte. Nach drei Wochen erlaubten sie ihm das erste Mal aufzustehen.

Draußen war Frühling. Die Sonne schien warm vom Himmel, und die Vögel sangen, und auf den Blumenrabatten im Innenhof blühten die Narzissen. Selbst der mürrische alte Hausknecht, der vor der Arztvisite immer mit dem Wischlappen zwischen den Betten herumschlurfte, war an diesem Morgen gut gelaunt.

Lope hatte gehofft, daß sein Aufenthalt im Krankenhaus an diesem Tag zu Ende ginge, aber als ihn Zecharia mit Hilfe eines Pflegers behutsam aus dem Bett hob und er zum ersten Mal versuchte, auf eigenen Füßen zu stehen, begriff er schnell, daß er sich zu früh gefreut hatte. Seine Beine trugen ihn nicht mehr, seine Muskeln waren so schlaff, daß er auch auf dem gesunden Bein einknickte. Er mußte erst mühsam wieder lernen, sie zu gebrauchen.

Es dauerte fünf Tage, bis er endlich ohne fremde Hilfe mit einer Krücke gehen konnte. Drei Tage später schaffte er an Zecharias Seite eine Runde um den ganzen Innenhof. Eine Woche danach wurde er entlassen.

Der Sohn des Conde war mit seiner Begleitung in einem der Gästehäuser des Dimāq-Palastes in den Hügeln am jenseitigen Ufer des Flusses untergebracht, einem großen Haus mit eigener Dienerschaft, in dem sie unter sich waren. Der Junge selbst war nicht da, als Lope ankam. Er war im Palast. Zaqūti hatte Lope schon berichtet, daß er sich mit einem der Prinzen angefreundet hatte und häufig Gast im Harām des Fürsten war. Der ranghöhere der beiden Infanzones spielte den Hausherrn und stolzierte in maurischer Tracht herum und ließ sich bedienen wie ein Moro-Fürst.

«Man lebt nicht übel hier, mein Junge», sagte er, als er Lope begrüßte.

«Ich sehe es», sagte Lope.

«Du mußt erst die Weiber sehen!» sagte der Infanzon, «du glaubst nicht, was sie für Weiber hier haben!»

Lope hatte von Zecharia genaue Anweisungen mitbekommen, die ihm vorschrieben, täglich eine bestimmte, sich allmählich steigernde Anzahl von Übungen vorzunehmen, die sein Bein wieder gelenkig machen und die Muskeln kräftigen sollten. Er mußte jeden zweiten Tag den Hofarzt im Palast konsultieren, um die Wunde, die noch immer nicht ganz geschlossen war, untersuchen zu lassen. Zaqūti half ihm bei den Übungen. Zaqūti begleitete ihn zum Arzt. Zaqūti war immer in seiner Nähe. Sie vermieden es beide, über die Tochter des Hakīms zu sprechen.

Manchmal gegen Abend ließ sich der Infanzon herbei und schlug Lope grinsend auf die Schulter und sagte: «Was ist, mein Junge. Kommst du mit ins Bad? Mann, ich sage dir, du hast noch nie solche Weiber gesehen!»

Lope wehrte ihn ab. Kein Bad. Keine Weiber. Der Arzt habe es ihm verboten, solange die Wunde noch offen sei.

Zaqūti blieb bei ihm. Zaqūti ließ ihn nicht aus den Augen. Als der Arzt ihm erlaubte, wieder in den Sattel zu steigen, begleitete ihn Zaqūti auf seinen ersten Ausritten durch die Hügel um den Palast und in die Olivenhaine hinein, die sich endlos wie ein riesiger Wald zwischen dem Fluß und den Bergen im Norden ausbreiteten.

Eines Abends, als sie nach einem ausgedehnten Ritt nach Hause kamen, machte Zaqūti den Vorschlag, das Bad aufzusuchen. Lope lehnte ab, aber zuletzt ließ er sich doch überreden. Sie waren allein, die beiden Infanzones mit ihren Leuten waren auf der Jagd.

Das Bad lag innerhalb der Palastmauer und war über eine schmale Pforte zu erreichen, die nur dann geöffnet wurde, wenn ein Badebesuch angemeldet war. Zaqūti hatte dem Hausverwalter schon vor ihrem Ausritt Bescheid gegeben.

Sie kamen in eine hohe, von einer Kuppel überwölbte, weißgekalkte Halle, die von einem milden Licht erfüllt war. Über dem Eingang thronte eine kleine säulenverzierte Empore. In die Wände waren tiefe, mit Matratzen und Kissen ausgelegte Nischen eingelassen, die man mit Vorhängen verschließen konnte. Es war angenehm still, kein Mensch da außer ihnen, auch kein Badeknecht. Sie mußten sich Futas und Badetücher selbst holen. Zaqūti wußte, wo alles zu finden war: Sandalen, Seifentiegel, Schwämme, Bürsten, Rasierzeug. Der Schwitzraum war auf seine Anweisung hin nur mäßig beheizt worden, um Lope zu schonen.

Sie setzten sich nebeneinander auf die Stufen vor der Ofenwand und warteten in entspannter Ruhe, bis ihnen der Schweiß aus den Poren brach. Von irgendwoher war eine Stimme zu hören, die ein Lied summte, eine Frauenstimme, ganz in der Nähe.

Zaqūti ließ sich in das Heißwasserbecken gleiten und tauchte unter und kam langsam wieder zurück.

«Wenn du willst, kannst du dich massieren lassen», sagte er. «Es wird dir guttun, glaub mir.» Er hielt den Kopf gesenkt.

«Nein», sagte Lope steif. «Nicht für mich.»

«Wie du willst», sagte Zaqūti. «Es war nur ein Vorschlag».

Lope fühlte sich auf einmal von einer seltsamen Unruhe ergriffen, die ihm das Bad verleidete. Er wusch sich in unziemlicher Eile und ließ Zaqūti allein im Schwitzraum zurück und begab sich in die Halle, wo er sich rasch abtrocknete und die Futa um die Hüften wickelte und sich neben dem Brunnenbecken auf einer der dort bereitliegenden Matten ausstreckte. Er drehte sich auf den Bauch und legte den Kopf in die Armbeuge und versuchte, sich zu entspannen. Es gelang ihm nicht, seiner Unruhe Herr zu werden. Seine Glieder waren schwer, aber innerlich war er hellwach, und er horchte angestrengt in die Stille hinein, die ihn umgab, wie ein Kind, das sich in einer dunklen Höhle von bedrohlichen Geistern umstellt fühlt. Er meinte Stimmen zu hören, kaum wahrnehmbar wie durch einen dichten Vorhang erstickt, eine tiefe Stimme dabei. Zaqūtis Stimme? Er konnte es nicht genau ausmachen, obwohl er den Atem anhielt, um besser hören zu können.

Dann waren da auf einmal noch andere Geräusche, leise heranhuschendes Geklingel und unterdrücktes Gewisper. Und wieder Stille. Und plötzlich ganz nah ein verstecktes Gekicher, so nah, daß er erschreckt hochfuhr. Niemand zu sehen, die Halle so leer, wie sie es vorher gewesen war. Kein Laut mehr. Er lauschte mit schiefgehaltenem Kopf, als das Getuschel wieder einsetzte. Es schien von allen Seiten her zu kommen, verfing sich in der Kuppel, war überall, ein unterdrücktes Gezischel und ein leises Lachen hinter vorgehaltener Hand, das nach und nach mutiger wurde und sich immer weiter vorwagte, während er vergeblich Ausschau hielt.

Bis er endlich merkte, daß es von der Empore kam, die über ihm war.

Zwei Mädchen standen oben, blickten auf ihn herunter, zogen sich kichernd zurück, als er sie entdeckte. Zeigten sich wieder, die eine dunkelbraun, die andere hellhäutig mit offenen schwarzen Haaren, die lang herunterfielen, als sie sich wieder über das Geländer beugte. Sie stießen sich gegenseitig an und lachten glucksend und flüsterten miteinander, und die Braune zeigte lachend die Zähne, und die andere knüpfte ihre Haare hoch und sagte mit einer tiefen kehligen Stimme: «Was machst du da unten allein? Bist du einer von den Spaniern? Bist du der Freund von Zaqūti?» Der Dialekt, den sie sprach, klang so fremd, daß Lope Mühe hatte, sie zu verstehen.

Er nickte zur Antwort. Er war so verwirrt, daß er auf jede Frage genickt hätte. Er sah, wie die beiden sich mit einem raschen Blick verständigten und dann verschwanden. Er hörte sie über eine verborgene Treppe herunterkommen und setzte sich auf und zog sich hastig das Badetuch um die Schultern. Sie kamen aus einer der Wandnischen, durch eine Tür, die hinter dem Vorhang verborgen war. Sie trugen beide das gleiche leuchtendrote Gewand mit breiten goldfarbenen Gürteln, die ihre Körperformen auf eine Weise betonten, wie er es noch nie gesehen hatte.

«Wo ist der, der Zaqūti heißt?» fragte das Mädchen mit den langen Haaren.

Lope deutete stumm auf die Tür, die zum Schwitzraum führte.

Sie gab der anderen mit dem Kopf ein Zeichen, und die Braune nahm den Gürtel ab und schlüpfte mit einer geschmeidigen Bewegung aus ihrem Gewand und warf es auf die Stufen, die zu der Wandnische hinaufführten. Sie tat es mit solcher Anmut und so ohne jede Scheu, daß es schien, als hätte sie Lopes Anwesenheit gar nicht zur Kenntnis genommen. Sie war nackt bis auf den Schmuck, den sie am Leib hatte. Ein langbeiniges braunes Fohlen. Die Reifen, die sie um ihre Fußgelenke trug, klingelten leise, als sie durch die Halle ging. Lope starrte ihr nach wie einer Erscheinung. Vor der Tür, die zum Schwitzraum führte, blieb sie noch einmal stehen und warf ihm über die Schulter hinweg einen spöttisch abschätzenden Blick zu, der verriet, daß sie sich ihrer Wirkung wohl bewußt war.

«Gefällt sie dir besser als ich?» fragte die andere mit ihrer kehligen Stimme.

Lope riß es den Kopf herum. Auch sie hatte ihr Gewand abgelegt und stand nackt vor ihm, sie war fester gebaut als die Braune, fülliger, mit vollen Brüsten und runden Hüften. Sie lächelte ihm aus schmalen Augen zu, während sie sich aufreizend langsam in eine Futa wickelte und den Knoten in ihrem Haar löste.

«Gefalle ich dir?» fragte sie lächelnd.

Er brachte kein Wort heraus. Er war verzweifelt bemüht, seine Fassung wiederzugewinnen.

Sie griff nach Schwamm und Seifentiegel. «Warte hier auf mich», sagte sie und zog den Vorhang vor die Nische. «Du gefällst mir», sagte sie.

Er war unfähig, sich zu rühren, saß starr wie ein Mönch im Gebet, als sie auf ihn zukam und ihm im Vorbeigehen mit einer weichen Hand über die Wange fuhr. Er kam erst wieder zu sich, als sie die Halle verlassen hatte. Er sprang auf, riß sich die Futa vom Leib, raffte seine Sachen zusammen, warf sich seinen Mantel über und verließ das Bad in solcher Eile, als wäre einer mit der Peitsche hinter ihm her.

Zaqūti kam am Abend an seine Kammer und klopfte. Er hörte ihn, aber er gab keine Antwort. In der Nacht fand er keinen Schlaf. Er versuchte, sich Karīmas Bild vor Augen zu holen, aber jedesmal drängte sich das Mädchen aus dem Bad dazwischen mit ihrem aufreizenden Lächeln und diesem verführerisch wiegenden Gang, der ihm nicht aus dem Sinn gehen wollte.

Am Morgen, bevor Zaqūti noch wach wurde, ließ er sein Pferd satteln und ritt nach Norden. Er jagte in derart wildem Galopp über die Hügel und in die Olivenhaine hinein, daß die Bauern erschreckt auseinanderstoben. Er hetzte sein Pferd, bis es fast unter ihm zusammenbrach.

Er fand den Eingang des Tals, das zum Landhaus des Hakīms führte. Sein Herz schlug wie ein Hammer, als er den schmalen Weg hinaufritt. Auf sein Klopfen öffnete ein alter Mann, der nur arabisch sprach. «Ishbīliya», sagte der alte Mann. «Ishbīliya!»

Lope begriff, daß der Hakīm mit seiner Tochter nach Sevilla zurückgekehrt war.

40
SEVILLA

FREITAG 22. RADJAB 463
25. APRIL 1071 / 22. IJAR 4831

Der Bote aus dem al-Qasr kam zwei Stunden nach Mitternacht. Die Wachen wagten nicht, an Ibn Ammars Tür zu klopfen, weil der Hādjib gerade erst eine Stunde zuvor todmüde ins Bett gefallen war. Man weckte in aller Eile den Kahramān, aber auch der wollte die Verantwortung nicht allein übernehmen und ließ Hādī, einen der beiden Leibburschen, zu Rate ziehen, und der unternahm es dann, so lange vor der verschlossenen Tür zu rufen, bis Ibn Ammar wach wurde.

Er brauchte eine ganze Weile, bis er den Schlaf so weit abgeschüttelt hatte, daß er begriff, was vor sich ging. Anstrengende Tage lagen hinter ihm. Vor einer Woche war Ibn Zaydūn gestorben. Am Tag darauf hatte der Fürst ihn selbst zum Hādjib ernannt. Das langwierige Zeremoniell der Amtseinsetzung hatte sich angeschlossen, Empfänge waren gefolgt, Audienzen, öffentliche Auftritte in der Hauptmoschee und in den einzelnen Stadtvierteln, dazwischen die laufenden Beratungen mit den Veziren, den Qadis, den Amtsleitern von Kanzlei und Finanzverwaltung, ständige Anfragen des eigenen Oberkämmerers, der vor der Aufgabe stand, den Haushalt seines Herrn innerhalb weniger Wochen um ein Mehrfaches zu vergrößern, Beratungen mit den engsten Freunden und Vertrauten über die Neubesetzung wichtiger Verwaltungsstellen, Besuche bei den Militärbefehlshabern mit Truppenparaden und weiteren Empfängen, eine endlose Kette von Verpflichtungen, die sich vom frühen Morgen bis in die späte Nacht hinzogen und kein Ende nahmen.

Er war so müde, daß er sich kaum auf den Beinen halten konnte, aber es blieb ihm nichts übrig, als sich anzukleiden und dem Boten zu folgen. Der Fürst hatte ihn rufen lassen, der Fürst wartete auf ihn, und höchste Eile war geboten.

Ibn Ammar ahnte, was ihn erwartete, es war nicht das erste Mal, daß al-Mutamid ihn mitten in der Nacht zu sich befahl. Aber was er diesmal vorfand, übertraf seine schlimmsten Befürchtungen.

Man brachte ihn zum al-Mubārak-Palast im ältesten Teil des al-Qasr, und zwar zu dem mächtigen Eckturm, in dem der Staatsschatz verwahrt wurde. Er passierte die schwerbewaffneten Wachen. An der inneren Pforte empfing ihn ein zitternder Leibdiener, der ihn in aller Eile informierte, während sie die engen Treppen hinaufhasteten. Al-Mutamid war ohne jede Ankündigung kurz nach Mitternacht zu Pferd vor den Wachen aufgetaucht, nur von einem einzigen Leibwächter begleitet, der ihm nachgeritten war. Er hatte Einlaß in die Schatzkammer verlangt. Die beiden Posten der inneren Wache hatten ihn nicht erkannt und vor der Pforte stehenlassen, bis vorschriftsgemäß der Kommandant verständigt war. Der Fürst hatte getobt vor Wut, und endlich eingelassen, hatte er den älteren der beiden Wachhabenden mit den Fäusten niedergeschlagen und so schwer mißhandelt, daß man einen Arzt hatte holen müssen. Danach war er in das Obergeschoß des Turms hinaufgestiegen, allein, jede Begleitung zurückweisend, und hatte sich in das Schatzhaus eingeschlossen. Hatte auch irgendwann nach Wein und nach mehr Licht verlangt, worauf sie einen Pagen zu ihm hineingeschickt hatten. Dieser Page war schließlich mit der Nachricht zurückgekommen, daß der Fürst Ibn Ammar zu sehen wünschte.

Zwei Mann der Leibwache, zwei riesige Sudanesen, standen zusammen mit dem Pagen und dem Kommandanten des Schatzhauses vor der mit eisernen Bändern beschlagenen Tür, die den Zugang zu den innersten Räumen versperrte. Der Fürst hatte sich nicht mehr gerührt, seit der Bote zu Ibn Ammar abgegangen war. Vielleicht hatte er sich beruhigt. Vielleicht war er eingeschlafen. Nach Aussagen des Leibdieners hatte er schon am Nachmittag angefangen, süßen Wein zu trinken. Wahrscheinlich war er sinnlos betrunken. Das Gesicht des kleinen Negerpagen war grau vor Angst.

Ibn Ammar hatte die Schatzkammer noch nie zuvor betreten. Als er die Außentür öffnete, kam er in einen engen Gang, der auf eine steil nach oben führende Treppe stieß. Die Treppe endete vor einer zweiten eisenbeschlagenen Tür. Er klopfte. Als keine Antwort kam, drückte er die Tür auf. Ein dunkler Raum lag vor ihm, von hohen Gewölben überdacht, die sich auf eine klafterdicke Mittelsäule stützten, ein Raum von solchen Ausmaßen, daß sich das Licht der Lampe, die er vor sich hertrug, darin verlor. Er schloß die Tür hinter sich und ging leise ein paar Schritte in den Raum hinein. Überall war Gold und Silber, von überall her wurde das Licht seiner Lampe blinkend und glitzernd zurückgeworfen. Gold in Münzen, Gold in Barren, Truhen voll Gold, Schüsseln voll Gold, große Kupferkessel bis zum Rand mit Silbermünzen gefüllt, goldene und silberne Tabletts und Karaffen, Becher aus Jade und Kristall, edelsteinbesetzte Schilde an den Wänden und Kettenhemden aus purem Silber, Prunkschwerter, silberne Sporen und prächtige, überreich mit Silber beschlagene Sättel und Schalen, gefüllt mit Perlen und Hyazinthen und Rubinen, seltsam gedrehte Hörner, gewaltig große Elefantenstoßzähne, Leopardenfelle und dazwischen merkwürdig unscheinbare Gegenstände, wie ein altes zerbrochenes Ruder und eine ausgetretene Sandale, daneben kostbar gebundene Bücher auf langen Regalen und immer wieder Haufen von Geld, abgepackt in Rollen und Beuteln, zu Stapeln aufgetürmt oder in achtlos aufeinandergeschütteten Haufen. Der Schatz der Fürsten von Sevilla, die riesige Beute, die al-Mutadid im Laufe seiner langen Herrschaft zusammengerafft hatte. Der größte Schatz Andalusiens.

Der Fürst war nirgends zu sehen. Aber weiter hinten, im Schatten der Säule, fiel Licht aus einer angelehnten Tür.

Ibn Ammar lief um die Säule herum. Hinter der Tür lag ein schmaler Gang, von dem rechts und links zwei weitere Türen abgingen. Die rechte Tür stand offen, und in dem kleinen, kahlen Raum, der dahinterlag, fand er endlich den Fürsten.

Al-Mutamid kniete vor einer Truhe, die an der gegenüberliegenden Wand stand. Als Ibn Ammar an die Tür klopfte, fuhr er herum wie ein ertappter Dieb, und für einen Augenblick sah es so aus, als wollte er sich auf ihn stürzen. Er schien gereizt wie ein wildes Tier, und mit der Schnelligkeit eines wilden Tieres war er auf den Beinen. Seine Augen waren blutunterlaufen, die Kopfbinde hing ihm um den Hals, das Gesicht war schweißnaß, die roten Haare fielen ihm verklebt und strähnig ins Gesicht. In der Linken hielt er einen Totenschädel.

«Muhammad! Muhammad!» rief Ibn Ammar in beschwörendem Ton. «Muhammad, *ich* bin es! Abu Bakr, dein Freund! Hörst du mich, Muhammad!»

Al-Mutamid blieb schwankend drei Schritte vor ihm stehen, seine Augen versuchten, sich an ihm festzuhalten, sein Mund klappte auf und zu, ohne daß ein Ton herauskam. Er war so schwer betrunken, wie Ibn Ammar es noch nie erlebt hatte. Es war ein Wunder, daß er sich überhaupt noch auf den Beinen halten konnte, und es war ein Wunder, daß er endlich erkannte, wer vor ihm stand.

«Abu Bakr!» stammelte er. «Abu Bakr!» lallte er mit tränenerstickter Stimme. «Abu Bakr! Abu Bakr!» rief er immer wieder, als hätte er in diesem Namen einen Rettungsanker gefunden, der ihm im Meer seiner Trunkenheit wieder festen Halt verschaffte. «Abu Bakr, mein Freund!» rief er, und seine Augen füllten sich mit Tränen, während er die Arme ausbreitete und auf ihn zukam und sich an ihm festklammerte mit einer verzweifelten, unbeholfenen Zärtlichkeit, die Ibn Ammar mit leisem Schauder an die Umarmung eines Bären erinnerte. «O Abu Bakr, daß du gekommen bist!» sagte er in überschwenglicher Dankbarkeit. Seine Beine knickten ein, und Ibn Ammar versuchte, ihn festzuhalten, aber er war zu schwer, und sie gerieten aus dem Gleichgewicht und stolperten beide, einer am anderen hängend und jeder sich am anderen festhaltend, auf die Wand zu und gingen neben der Truhe zu Boden. Sie lagen ineinander verknäult am Boden, und al-Mutamid begann haltlos zu lachen, während der Totenschädel mit knöchernem Geschepper über den Boden kullerte.

«Was ist das?» fragte Ibn Ammar in plötzlich aufsteigender Angst.

Al-Mutamid kroch dem Schädel auf allen vieren nach wie ein kleines Kind, das einem Ball hinterherkriecht. Dann richtete er sich auf den Knien auf und hielt den Schädel mit gestreckten Armen von sich weg. «Das ist Ya'yā Ibn Ali Ibn Hammūd», sagte er mit der Stimme eines Ausrufers.

«Der Kalif?» fragte Ibn Ammar verblüfft.

«Der Kalif», bestätigte al-Mutamid und lachte lautlos in sich hinein, schüttete sich aus vor Lachen, ohne daß ein Ton herauskam, außer einem dünnen, heiseren Keuchen. «Ya'yā Ibn Ali, der Berber-Amīr, der Kalif von Cordoba!» fuhr er fort, als er sich wieder beruhigt hatte. «Weißt du nicht, daß er einmal Sevilla belagert hat zusammen mit Muhammad Ibn Abdallāh, dem Herrn von Carmona.» Er lief schwankend zu der Truhe und griff hinein und holte einen zweiten Schädel heraus. «Hier hast du ihn. Muhammad Ibn Abdallāh.» Er stieß die beiden Schädel gegeneinander. «Diese beiden haben Sevilla belagert. Zu Zeiten meines Großvaters, des Qadis, haben sie die Stadt belagert. Mein Großvater hatte damals noch viele Feinde in der Stadt und konnte nicht sicher sein, daß nicht einer gemeinsame Sache mit den Belagerern machte. Deshalb bot er Ya'yā an, ihn als Kalif anzuerkennen, wenn er seine Truppen von Sevilla abzog. Ya'yā war einverstanden, aber er verlangte Geiseln. Keine von den großen Familien in der Stadt war bereit, eine einzige Geisel zu stellen. Deshalb blieb meinem Großvater nichts anderes übrig, als seinen Sohn auszuliefern, meinen Vater. Er war damals neun Jahre alt, mein Vater, als er nach Cordoba gebracht wurde. Er freundete sich mit einem von Ya'yās Söhnen an, der im gleichen Alter war. Der Junge ertrank beim Spielen in einem Brunnen. Seine Mutter gab meinem Vater die Schuld an seinem Tod, und wahrscheinlich hätte man ihn umgebracht, wenn Ya'yā nicht kurze Zeit darauf aus Cordoba vertrieben worden wäre.» Er starrte dem Schädel, von dem er behauptete, daß es der des toten Ya'yā Ibn Hammūd sei, in die leeren Augenhöhlen, als hätte er einen lebendigen Menschen vor sich.

«Woher weißt du, daß es der Schädel des Kalifen ist?» fragte Ibn Ammar.

Der Fürst streckte ihm den Schädel entgegen. Auf dem Stirnknochen war ein silbernes Schild befestigt. «Sie tragen alle ihre Namen auf der Stirn, siehst du!» sagte er. «Die aus der Sammlung meines Großvaters haben silberne Schilder. Mein Vater hat die seinen mit goldenen Schildern gekennzeichnet.» Er legte die zwei Schädel, die er in den Händen hielt, vorsichtig in die Truhe zurück und holte zwei andere heraus. «Hier siehst du al-Qā'im Ibn Hizrūn von Arcos und Muhammad Ibn Nuh von Morón. Kennst du ihre Geschichte?» fragte er.

Ibn Ammar schüttelte den Kopf.

«Es ist acht Jahre her», fuhr al-Mutamid fort, «da ging mein Vater nach Morón, um mit den Herren von Arcos, Ronda und Morón zu verhandeln. Er ging allein, ohne Bedeckung, nur von zwei Dienern begleitet. Er konnte die Berber-Amīre in ihren uneinnehmbaren Festungen nicht mit Waffengewalt besiegen, also wählte er einen anderen Weg. Er lieferte sich ihnen aus, um ihr Vertrauen zu gewinnen. Er bot ihnen ein Bündnis gegen Granada an. Wie üblich zogen sich die Verhandlungen bis tief in die Nacht hin, und wie üblich tranken die Berber Unmengen von Wein. Mein Vater hielt mit, bis er einschlief. Aber er hatte vorher seine Diener beauftragt, wach zu bleiben und sich nur schlafend zu stellen. Es waren zwei Männer, die die Sprache der Berber verstanden.»

Er drehte die beiden Schädel in seinen Händen so, daß sie Ibn Ammar anblickten.

«Sobald sich die Berber-Amīre unbeobachtet glaubten, machten diese beiden hier den Vorschlag, meinem Vater die Kehle durchzuschneiden. Sie hätten es zweifellos getan, wenn der Herr von Ronda nicht die Gesetze der Gastfreundschaft beschworen hätte.»

Er legte die beiden Schädel wieder in die Truhe zurück.

«Die drei Amīre kamen zwei Jahre später nach Sevilla. Das Risiko hatte sich gelohnt, mein Vater hatte ihr Vertrauen gewonnen. Er setzte sie auf der Stelle fest und verlangte die Auslieferung ihrer Burgen. Nur der Herr von Ronda wurde ehrenhaft behandelt. Die beiden anderen ließ mein Vater in Ketten legen. Sie wurden so eng gefesselt, daß ihnen die Eisen ins Fleisch wuchsen. Drei Jahre lang hielten sie sich noch am Leben, dann starben sie. Mein Vater kannte kein Mitleid.»

Er drehte sich mit einer schwerfälligen Bewegung von der Truhe weg und setzte sich so, daß er sie im Rücken hatte.

«Weißt du, was er mit ihrem Gefolge gemacht hat? Kennst du den Hammām ar-Rakkākīn am Hafen?» fragte er und fuhr, ohne eine Antwort abzuwarten, fort: «Der Hammām ar-Rakkākīn war früher ein vornehmes Bad. Jetzt gehen nur noch die Gerber und die Abdecker hin. Mein Vater hat das ganze Gefolge der Herren von Arcos und Morón in dieses Bad führen und dort einmauern lassen. Es waren mehr als vierzig Männer. Sie haben versucht, sich mit den Fingernägeln durch die Mauern zu kratzen.»

Er verstummte und blickte Ibn Ammar aus trüben Augen an. «Nein, er hat nie eine Spur von Mitleid gezeigt, mein Vater.»

Er stand stöhnend auf und ging zu dem schmalen, von einer Doppelsäule geteilten Fenster an der Stirnwand des Raumes und blickte in die Nacht hinaus.

«Hier unten liegt die große Freiterrasse, die auf den Park des al-Mubārak-Palastes hinausführt. Früher gehörte sie zum Harām des Palastes, und als Kinder haben wir dort immer gespielt. Du kennst den Laubengang, der außen herumführt. Als ich klein war, hing in jedem Bogen dieses Laubengangs ein Totenschädel. Mit Erde gefüllt und mit Blumen bepflanzt. Aus den Augenhöhlen wuchsen Geranien. Mein Vater erwartete, daß sich die ganze Familie an dem Anblick erfreute. Jeder Schädel ein Gegner, den er besiegt hatte. Wenn die Gegner von hohem Rang waren, kamen sie in die Schatzkammer, die weniger hochgestellten wurden als Blumentöpfe aufgehängt. Ich kann mich noch gut erinnern, wie es von Jahr zu Jahr mehr wurden.»

Er kam vom Fenster zurück und stellte sich wieder vor die Truhe hin und starrte mit einem Ausdruck faszinierten Abscheus hinein, wie einer, den es graut vor dem Entsetzlichen, der sich aber nicht losreißen kann von seinem Anblick.

«Ich habe ihn nie weinen gesehen, meinen Vater», fuhr er fort. «Wenn einem von uns die Tränen kamen, wurde er böse und hielt uns den großen al-Mansūr vor, der, als er einen seiner Söhne an seinem Sterbelager weinen sah, nur bedauernd feststellte, daß diese Tränen ein Vorzeichen für den baldigen Untergang seiner Dynastie wären. Genauso war mein Vater. Tränen galten ihm als ein Zeichen von Schwäche. Er hat nicht einmal geweint, als er meinen Bruder erschlug. Er hat sich drei Tage eingeschlossen, aber er hat nicht geweint. Ich bin sicher, daß er nicht geweint hat.»

Er beugte sich über die Truhe, aber irgend etwas hielt ihn davon ab, den Schädel seines Bruders herauszuholen. Er beließ es dabei, mit zaghaft ausgestrecktem Finger darauf zu deuten.

«Er ist der einzige, der kein Schild auf der Stirn hat», sagte er und winkte mit der Hand, und als Ibn Ammar allzu zögernd näher kam, brüllte er in plötzlich ausbrechender Ungeduld: «Schau ihn dir an!» Um gleich darauf, in seinen gewohnten Ton weinerlichen Selbstmitleids zurückfallend, leise hinzuzusetzen: «Ismail, mein Bruder. Er hat ihn mit eigener Hand erschlagen und nicht eine Träne darüber vergossen.»

Ibn Ammar sah den Schädel, auf den er deutete. Der Scheitel war völlig zertrümmert, die Einzelteile hatte ein geschickter Handwerker wieder aneinandergepaßt und mit Golddraht zusammengefügt.

«Auch al-Mansūr hat seinen ältesten Sohn umgebracht», sagte der Fürst mit dumpfem Vorwurf. Und faßte Ibn Ammar plötzlich an der Brust und schüttelte ihn in einem Ausbruch wilden Schmerzes. «Was sind das für Väter! Könntest du deinen eigenen Sohn umbringen?» Er ließ Ibn Ammar los und starrte voll Entsetzen auf seine Hände. «Könnte ich einen meiner Söhne umbringen? Mit diesen Händen? Könnte ich ein Schwert in die Hand nehmen und auf ihn einschlagen, wie es mein Vater mit Ismail getan hat?» Er schlug mit einem verzweifelten Aufschrei den Deckel der Truhe zu und klammerte sich an Ibn Ammar und brach an seiner Schulter in Tränen aus. «Ich könnte es nicht», heulte er. «Ich brächte es nicht fertig. Ich weine. Ich vergieße Tränen, wenn ich traurig bin. Ich hasse meine Feinde nicht, wie er sie gehaßt hat. Ich war immer ein schwacher Mensch in seinen Augen. Ich bin ein Schwächling. Ich bin kein guter Fürst, Abu Bakr, ich hätte nie den Mut, nur von zwei Dienern begleitet, in das Haus meines Feindes zu gehen. Ich habe Angst, Abu Bakr. Was soll ich tun? Was soll ich nur tun?»

Ibn Ammar legte ihm die Arme um die Schultern und sagte beruhigend: «Es ist gut, Muhammad, es ist alles gut. Warum beklagst du dich, es gibt keinen Grund zu klagen. Du bist ein großer Fürst, und du wirst noch größer werden mit Gottes Hilfe. Wenn diese Schädel längst zu Staub zerfallen sind, wird man deinen Namen noch mit Ehrfurcht nennen, und deine Gedichte werden in aller Munde sein. Warum machst du dir trübe Gedanken über Väter, die ihre Söhne töten? Warum dankst du Gott nicht dafür, daß dich deine Söhne lieben?» Er hielt ihn in seinen Armen fest und sprach immer weiter im gleichen beruhigenden Ton auf ihn ein, sprach tröstliche Worte wie ein Arzt, der einem Kranken wieder Hoffnung machen will. Er kannte diese Phase tränenreicher Minderwertigkeitsgefühle, diesen Zustand haltloser Selbstbezichtigung, in den der Fürst nach übermäßigem Weingenuß immer wieder verfiel. Er wußte, daß es kein anderes Mittel dagegen gab als geduldiges Zureden.

«Laß uns gehen, Muhammad», sagte er. «Laß uns weggehen von hier.» Er bemühte sich um einen aufmunternden Ton, obwohl ihm die Augen zufielen vor Müdigkeit. «Laß uns einen Ritt machen oder in den Park gehen. Oder laß uns ein paar Mädchen holen, die uns auf andere Gedanken bringen.»

Al-Mutamid streckte sich plötzlich und schüttelte ihn ab. «Ja, gehen wir!» sagte er entschlossen.

Dann versperrte er sorgfältig die Truhe und band den Schlüssel in den Bund, den er am Gürtel trug. Versperrte mit der gleichen Sorgfalt auch die Tür. Ging dann voraus durch die große Schatzkammer mit der Mittelsäule.

Im Licht der dreiflammigen Lampe, die er trug, wirkten die Schätze noch imposanter. Die kostbarsten Gegenstände waren in merkwürdiger Achtlosigkeit zusammengestellt: In Gold gefaßte Muscheln, Schatullen aus Bernstein und Elfenbein, über und über mit Perlen besetzte Tierstatuetten, ein byzantinischer Orgelbaum mit goldenen Blättern und farbenprächtigen Vögeln, die so täuschend echt nachgebildet waren, daß man meinen konnte, sie fingen auch ohne Blasebalg gleich zu pfeifen an.

Al-Mutamid hob den Leuchter hoch über den Kopf. «Du siehst, mein Vater hat mir nicht nur ein Beinhaus hinterlassen», sagte er mit einer alles umgreifenden Gebärde aufrichtigen Besitzerstolzes und drehte sich zu Ibn Ammar um. «Such dir aus, was du willst, mein Freund. Ich möchte dir ein Geschenk machen. Schau dich um! Nimm, was dir gefällt.»

«Muhammad, laß es gut sein», versuchte Ibn Ammar ihn abzuwehren, aber al-Mutamid ließ sich nicht aufhalten. Er griff wahllos im Vorübergehen nach irgendwelchen Gegenständen.

«Ein Pokal aus Bergkristall? Gefällt er dir? Oder willst du lieber dieses kleine goldene Äffchen, das Grimassen schneidet und die Arme bewegt, wenn man an dieser Kette zieht? Oder diese Sandale, die unser Vater Abraham getragen hat, wenn die Überlieferung nicht lügt.» Er blickte sich suchend um. «Nein», sagte er, «ich weiß, was für dich paßt. Dieses Schachspiel sollst du haben. Es kommt aus dem Schatzhaus von Madīnat az-Zahrā, es hat einmal dem Kalifen al-Hakam gehört.» Er übergab Ibn Ammar den Leuchter und knüpfte einen Zipfel seines Gewandes in den Gürtel und machte sich daran, die Figuren eines kunstvoll gestalteten

Schachspiels hineinzupacken, schwergoldene und silberne mit roten und blauschwarzen Steinen geschmückte Figuren von unschätzbarem Wert. Zuletzt griff er sich auch noch den Spieltisch, auf dem in Rosenholz und Elfenbein das Schachfeld eingelegt war, klemmte ihn sich unter den Arm, als wäre er irgendein Möbelstück.

Als sie auf den im nächsttieferen Geschoß gelegenen Vorraum hinauskamen, wartete die Dienerschaft in tiefer Verbeugung. Man hatte noch den Inspekteur der Schatzkammer und einen Offizier der Leibwache geholt, um auf alle Wünsche des Fürsten vorbereitet zu sein, jeder wußte, wie jähzornig er werden konnte, wenn er betrunken war, und nicht alle seine Befehle auf der Stelle in die Tat umgesetzt wurden. Er übergab dem Schatzkämmerer das Schachspiel mit dem Auftrag, es Ibn Ammar zuzustellen, verteilte Goldmünzen unter die Diener und Leibwachen, vergaß auch den Wachtposten nicht, den er zusammengeschlagen hatte. Lief dann in langen Sätzen die Treppe hinunter.

«Komm, Abu Bakr!»

«Wohin?» fragte Ibn Ammar.

«Komm mit, ich muß dir etwas zeigen!» rief al-Mutamid zurück. Er saß schon im Sattel und trieb sein Pferd an.

Die Wachen waren vorgewarnt und öffneten auf Zuruf die Tore. Der Fürst hielt auf den Fluß zu, bis sie zuletzt in jenen abgesperrten Teil des Hafens kamen, der nur der goldenen Galeere und den anderen Schiffen des Fürsten offenstand. Ein Hund fing wütend an zu bellen, und ein halbnackter Mann kam aus einem Gebäude neben der Anlegestelle und fuchtelte mit seinem Spieß und schrie: «Wer da? Wer da?» Bis er den Fürsten erkannte und nach einer kurzen Pause des Erschreckens in ebenso laute Segenswünsche ausbrach und sich rückwärtsgehend unter tiefen Verbeugungen entfernte.

Sie ritten am Ufer entlang flußabwärts, bis sie an den Eckturm der Stadtmauer stießen, der unmittelbar neben dem Wasser aufragte. Sie scheuchten den Turmwächter auf und banden die Pferde an und stiegen auf die oberste Plattform des Turms. Ein halber Mond stand hoch am Himmel und warf ein mildes Licht auf den großen Strom, der schwarz und schweigend unter ihnen dahinfloß. Genau gegenüber, am anderen Ufer, in Taryāna, war noch ein Glasbläser an der Arbeit, dessen Ofen zwei nebeneinanderliegende Schürlöcher hatte. Sie öffneten sich nacheinander und schlossen sich wieder wie die Glutaugen eines Höllendämons.

Al-Mutamid deutete auf das freie Feld, das sich zwischen dem Fluß und der Mauer, die die Parks des al-Qasr einschloß, ausbreitete. «Hier», sagte er, «hier werde ich einen großen Garten anlegen. Und an dieser Stelle, an der wir uns jetzt befinden, werde ich einen Palast bauen. Er wird den Namen az-Zāhī tragen, und er wird von einem Kuppelsaal gekrönt sein, der alle Gebäude der Stadt überragt, alle bis auf den Turm der Hauptmoschee.» Er faßte Ibn Ammar um die Schultern. «Du sollst es als erster erfahren, Abu Bakr, mein Freund. Ein Palast am Fluß. Wir werden mit dem Schiff bis an den Eingang des Palastes fahren können.»

Ibn Ammar war froh, daß die Dunkelheit sein Gesicht verbarg, so daß al-Mutamid seine Bestürzung nicht sehen konnte. «Eine Idee, die deiner würdig ist, Muhammad. Eine große Idee!» sagte er mit mühsam beherrschter Stimme.

Die Neuigkeit traf ihn völlig unvorbereitet. Er war bis dahin überzeugt gewesen, daß die Bauleidenschaft des Fürsten nach wie vor auf Cordoba gerichtet sei, er hatte gehofft, daß sich auf diesem Weg irgendwann auch die falsche Entscheidung, mit dem Hof in Sevilla zu bleiben, rückgängig machen ließe. Jetzt war auch diese Hoffnung dahin. Wenn der Fürst anfing, in Sevilla einen Palast zu errichten, würde er auf Jahre hinaus hier festgehalten werden. Die Aussichten, Cordoba zur Hauptstadt des Reiches zu machen, wären schlechter denn je.

Ibn Ammar versuchte, sich über die Tragweite dieser neuen Entwicklung klar zu werden. Warum weihte der Fürst ihn gerade jetzt in seine Pläne ein, mitten in der Nacht, noch halb im Rausch? Warum hatte er bisher nie ein Wort darüber verlauten lassen? Ibn Ammar erinnerte sich plötzlich, daß schon seit Wochen alle seine Vorstöße, die in Richtung auf Cordoba gezielt hatten, mit eisigem Schweigen übergangen worden waren. Er erinnerte sich, daß der Fürst sogar die Horoskope und Traumdeutungen Isaak Ibn al-Balias, die auf Ibn Ammars Geheiß hin so eingefärbt worden waren, daß sie den Fürsten auf die alte Hauptstadt einstimmen mußten, völlig ignoriert hatte, obwohl er sonst jedem astrologischen Unsinn ein fast schon kindliches Vertrauen entgegenbrachte.

Ibn Ammar hörte mit halbem Ohr zu, wie al-Mutamid seine Pläne ausbreitete, die Ausstattung beschrieb, die der neue Palast erhalten sollte. Die Pläne schienen schon sehr konkret, der Entschluß stand offenbar schon seit langem fest. Hatte es überhaupt noch einen Sinn, dagegen anzukämpfen?

Vielleicht war es besser, sich fürs erste damit abzufinden. Vielleicht mußte man dem Fürsten noch Zeit lassen, auf eine weitere große Eroberung warten, die sein Selbstbewußtsein stärkte. Vielleicht konnte man die Zeit nutzen. Noch waren die Spanier im Norden damit beschäftigt, sich gegenseitig zu bekriegen. Vielleicht ließ sich auch aus dem Entschluß des Fürsten selbst Gewinn schlagen.

Wenn die Baupläne in den nächsten Tagen bekanntgegeben wurden, würde jeder eine Verbindung ziehen zur Amtseinsetzung des neuen Hādjibs. Man konnte verbreiten lassen, daß er, Ibn Ammar, selbst die Ideen des Fürsten gefördert habe. Man konnte ausstreuen lassen, daß es in Wahrheit Ibn Zaydūn gewesen sei, der den Fürsten zu einer Entscheidung für Cordoba gedrängt habe. Man konnte sich auf diese Weise das Wohlwollen der Kaufmannschaft erwerben und es für eigene Zwecke nutzen.

Er schickte sich an, auf die Pläne des Fürsten einzugehen, ließ Begeisterung erkennen, rückhaltlose Zustimmung, während er gleichzeitig darüber nachdachte, wie er die Hochstimmung dieses Morgens ausnutzen könnte, um das Plazet des Fürsten für einige schwierige Entscheidungen zu erlangen, die in den nächsten Tagen anstanden. Man mußte die Haustruppen verstärken oder eine neue Art der Rekrutierung andalusischer Einheiten praktizieren oder Söldner anwerben oder die Waffenhilfe eines spanischen Königs erkaufen, um jedes Jahr mindestens einen Feldzug gegen Granada unternehmen zu können. Man mußte, anders als es Ibn Zaydūn gehalten hatte, aktiv in die Politik der spanischen Könige im Norden eingreifen. Man mußte die Schwächeren gegen die Stärkeren unterstützen: Die Duero-Grafen gegen König Garcia von Galicien, Garcia gegen seine Brüder, die Könige von Leon und Kastilien.

Vor wenigen Tagen war eine Geheimbotschaft von einer Musikerin gekommen, die am Hof von Leon eingeschleust war und bis jetzt immer zuverlässige Informationen geliefert hatte. Nach ihrem Bericht hatten sich König Sancho von Kastilien und König Alfonso von Leon vor einem Monat in Burgos getroffen und dort ein gemeinsames Vorgehen gegen Garcia vereinbart. Man mußte den König von Galicien vor ihnen warnen, ihn womöglich mit Geld unterstützen. Man mußte neue Geldquellen erschließen. Die Kaufleute zahlen lassen für die Entscheidung des Fürsten, in Sevilla zu bleiben. Den Landadel, der durch die lange Friedenszeit am meisten profitiert hatte, stärker besteuern. Man mußte die maßlose Verschwendungssucht der Fürstin eindämmen, wenn nötig mit Hilfe der Strenggläubigen. Man mußte auf allen Gebieten nach Einsparungsmöglichkeiten suchen, um das nötige Geld für die Eroberung Granadas aufzutreiben, man durfte auch vor dem übermäßig aufgeblähten Harām nicht Halt machen, der von al-Mutadid hinterlassen worden war und den der Fürst aus Pietät vor seinem Vater oder aus welchen Gründen auch immer bis jetzt ohne jede Einschränkung weiter erhalten hatte, obwohl der Unterhalt riesige Summen verschlang. Man mußte seine Zustimmung dafür gewinnen, daß zumindest die Dienerschaft verringert und die nach Hunderten zählenden Konkubinen verkauft oder an Beamte verheiratet werden konnten.

Der Morgen graute, und im Osten über den Palastgärten zeichneten sich die feingezackten Wipfel der Palmen ab, als wären sie mit schwarzer Tusche in den Himmel gemalt. Irgendwann versiegte al-Mutamids Redestrom, und Ibn Ammar fing an, mit zielstrebiger Geduld seine Anliegen vorzutragen. Der Fürst gab ihm in allem freie Hand. Er hatte keine Einwände. Er war vollauf mit seinen Bauplänen beschäftigt, und er schien glücklich und erleichtert darüber, daß Ibn Ammar Cordoba nicht mehr erwähnte.

Ibn Ammar verließ den al-Qasr kurz nach Sonnenaufgang. Er legte sich den Mantel seines Leibburschen um, nahm auch dessen Pferd und band sich den Tailasān so, daß er Mund und Nase verdeckte und nur die Augen freiließ.

Als er zu Hause ankam, benutzte er den Hintereingang. Vor dem Hauptportal seines Hauses standen schon die Bittsteller, die darauf warteten, daß sich der neue Hādjib wie jeden Morgen auf den Weg in den Audienzsaal des al-Qasr machte.

41

SEVILLA

SABBAT 14. SIWAN 4831
14. RADJAB 463 / 17. MAI 1071

Als der Aushilfs-Kantor vor das Pult trat, wurde das Getuschel auf der Frauengalerie so laut, daß der Rabbi mit dem Fuß aufstampfte und mit vor Empörung zitternder Stimme um Ruhe bat. Sein Ausbruch konnte die Frauen nur vorübergehend zum Schweigen bringen, dann setzte das Geflüster wieder ein. Es war also doch etwas an den Gerüchten. Auch Karīma hatte davon gehört. In der ganzen Gemeinde war es herumgegangen wie ein ansteckendes Fieber.

Der junge Kantor, den Yūnus so verehrte, der Hazzān mit der schönen Stimme, um den die Palästinenserkongregation von allen anderen Juden

Sevillas beneidet wurde, al-Amalfiī, der Mann aus Amalfi, wie er nach seiner Heimatstadt genannt wurde, der junge Kantor war angeblich vor einer Woche, am Abend nach Shawuot, in einer Kneipe in Taryāna angetroffen worden. In einer Absteige, die von einer christlichen Wirtin von äußerst zweifelhaftem Ruf geführt wurde.

Ein ehrenwerter Ältester hatte ihn entdeckt, ein Mitglied des Gemeinderats. Der Älteste war auf dem Rückweg von Huelva aufgehalten worden und so spät vor der Stadt angekommen, daß die Tore schon geschlossen waren und er in der Vorstadt hatte übernachten müssen. Dabei war ihm dann die unverkennbar klangvolle Stimme des jungen Kantors aufgefallen, und er hatte nachgeforscht und ihn schließlich in höchst anrüchiger Gesellschaft in dieser verrufenen Christenkneipe gefunden.

Einige Frauen auf der Galerie gaben vor zu wissen, daß der Kantor schon seit langem dem Wein verfallen und schon des öfteren aus höchst zweifelhaften Tavernen gezogen worden sei, daß man bis jetzt die Sache jedoch immer habe vertuschen können.

Karīma war hin- und hergerissen zwischen Mitleid und Verachtung. Was mochte es nur gewesen sein, das den Mann nach Taryāna getrieben hatte. Jedes ehrbare Mitglied der Judengemeinde mied die Vorstadt auf der anderen Flußseite, so gut es ging. Sie stand in schlechtem Ruf. Wenn eine Wolke üblen Gestanks über Sevilla hinwegzog, kam sie aus Taryāna. Wenn irgend etwas gestohlen, irgendwo eingebrochen wurde, waren es die Leute aus Taryāna gewesen. Was hatte den Hazzān dort hingezogen? Er war ein angesehenes Mitglied der Gemeinde, er hatte eine liebenswerte Frau und drei kleine Kinder. Was hatte ihn dazu gebracht, nachts in Hurenhäusern zu singen.

Man hatte ihn längst verurteilt. Anfangs war nur von einer üblen Taverne die Rede gewesen, jetzt sprachen die Frauen schon davon, daß seine Zechkumpane Diebe und Huren gewesen seien, und ihr Abscheu entzündete sich vor allem daran, daß er sich mit Christengesindel herumgetrieben habe. In Taryāna lebten in der Mehrzahl Christen. Was hatte er bei ihnen gesucht, das er in der Geborgenheit der jüdischen Gemeinde von Sevilla nicht hatte finden können?

Karīma selbst wußte von Taryāna wenig, sie kannte nur die breite Straße, die von der Anlegestelle der Fähre zum äußeren Tor führte, und die sie mit Yūnus jedesmal, wenn sie sich auf den Weg in das neue Landhaus machten, passieren mußte. Sie kannte auch keine Christen, bis auf ein paar Patientinnen ihres Vaters, die sie ein oder zweimal gesehen hatte, und einige Straßenhändler, die regelmäßig ans Tor kamen: Den Talglichtverkäufer, der jeden Monat die Fettreste abholte, und die Latrinenreiniger, die zweimal im Jahr die Grube im Haus leerten.

Und sie kannte Lope.

Sie schrak zusammen, als er ihr plötzlich ins Gedächtnis kam, und blickte sich verstohlen um, als könnte man es ihr ansehen. O allwissender Gott, wie oft hatte sie schon versucht, sich die Erinnerung an ihn aus dem Herzen zu reißen, wie oft hatte sie sich schon gesagt, daß es sinnlos war, hoffnungslos, wider alle Vernunft, auch nur an ihn zu denken. Alles umsonst. Alles vergeblich. Ihre Gedanken fanden immer wieder einen Weg zu ihm, selbst hier, beim Sabbatgottesdienst in der Synagoge.

Aus ein paar Andeutungen ihres Vaters hatte sie erfahren, daß seine Wunde gut verheilt war und daß man ihn vor einiger Zeit aus dem Krankenhaus entlassen hatte. Aber sonst wußte sie nichts. Sie wußte nicht, wo er sich aufhielt. In Alcalá de Guadaira, wo das Militär stationiert war? Oder im Stadtpalais Ibn Ammars? Oder in einer der Residenzen des Fürsten außerhalb der Stadt? Sie wußte nicht einmal, ob er überhaupt noch in Sevilla war. Es gab niemanden, den sie fragen konnte, niemanden, von dem sie einen Rat hätte erbitten können. Sie fühlte sich so allein, so hilflos wie nie in ihrem Leben. Sie war manchmal so verzweifelt, daß sie meinte, es nicht länger ertragen zu können. Sie hatte sich in diesen vergangenen Wochen sehnlich eine Mutter gewünscht, der sie sich hätte anvertrauen können. Warum jetzt auf einmal? Sie hatte nie eine Mutter vermißt, seit sie in Yūnus' Haus war. Dādā war ihre Mutter gewesen, Dādā hatte ihr alles beigebracht, was eine Mutter ihrer Tochter beibringt. Auch Yūnus hatte einen Teil der mütterlichen Rolle übernommen. Während Dādā die Strenge herausgekehrt hatte, war er langmütig gewesen und einfühlsam und voll Verständnis. Sie hatte sich mit allem an ihn wenden können, sie hatte keine Geheimnisse vor ihm gehabt, sie hatte nie etwas vermißt an Zuneigung und Liebe. Jetzt war auf einmal alles ganz anders. Sie konnte bei Dādā kein Verständnis erwarten für die Gefühle, die sie bedrängten und mit denen sie nicht fertig wurde. Sie konnte auch nicht zu Yūnus gehen. Sie hatte sich in ihrer Verzweiflung schon Ammi Hassān anvertrauen wollen, aber der hatte sich die Ohren zugehalten, um seinem Herrn nicht untreu zu werden. Sie hatte sogar mit dem Gedanken gespielt, Nabīla einzuweihen in der uneingestandenen Hoffnung, die Schwester würde ihren Schwiegervater Ibn Eli ins Vertrauen ziehen, und der wiederum wüßte sicherlich, wo Lope zu finden wäre, und könnte auf irgendeine geheimnisvolle Weise ein Wunder bewirken, das für alles eine Lösung brächte. Manchmal flog ihre Phantasie so hoch, daß sie den Boden unter den Füßen verlor.

Sie sah Ibn Eli unten in der ersten Reihe sitzen. Yūnus saß neben ihm. Er ahnte nichts von dem, was in ihr vorging. Er hatte sie einmal auf ihre blasse Gesichtsfarbe angesprochen, aber er war nur um ihre Gesundheit besorgt gewesen. Nein, er ahnte nichts. Aber er würde bald anfangen, Fragen zu stellen, auf die sie keine Antwort wußte. Drei Reihen hinter ihm saß Zecharia. Er war vor kurzem fünfundzwanzig Jahre alt geworden, und alle in der Gemeinde warteten darauf, daß er sich endlich verheiratete. Es war nicht nur wegen seines Arztberufs, sondern weil sich die Leute allmählich zu wundern begannen, warum die Ehe nicht längst geschlossen war. Jeder erwartete ganz selbstverständlich, daß er die Tochter seines Ziehvaters zur Frau nehmen würde, und mit jeder Woche wurden die fragenden Blicke für ihn peinlicher. Nur das hohe Ansehen, das Yūnus genoß, verhinderte, daß der Klatsch aufblühte. Aber sie konnte ihre Entscheidung jetzt nicht mehr lange hinausschieben. Irgendwann, vielleicht schon in der nächsten Woche, würde Yūnus sie zur Rede stellen. Wenn sie sich weigerte, Zecharia zu heiraten, würde er eine Erklärung verlangen. Was sollte sie ihm sagen? War es nicht nur ein aberwitziger Traum, dem sie nachhing? Wie konnte sie sicher sein, daß Lope sie nicht längst vergessen hatte?

Sie war so trostlos eingesponnen in ihre Gedanken, daß sie das Ende des Gottesdienstes überhörte. Erst als die alte Dādā sie am Arm packte und mit sich zog, fand sie in die Wirklichkeit zurück.

Die Mitglieder der Gemeinde standen hinterher wie üblich noch im Hof der Synagoge zusammen. Die jungen Leute flanierten im Kreis, die Alten debattierten in kleineren und größeren Gruppen, die Kinder versuchten, ihren Müttern zu entkommen und neue Spielkameraden zu finden. Yūnus stand mit dem Rabbi noch vor dem Eingang der Synagoge. Die meisten einflußreichen Mitglieder der Kongregation waren bei ihnen. Kein Zweifel, daß sie über den Hazzān sprachen. Auch bei den Frauen war der junge Kantor das einzige Thema.

Karīma stellte sich mit Dādā in den Schatten der Mauer, die den Hof gegen die Gasse hin abschloß. Sie grüßte die Frauen, die sie kannte, aber sie hielt sich abseits. Sie war nicht in der Stimmung für das übliche Geplauder. Sie tat so, als hätte sie es eilig, nach Hause zu kommen, und wartete nur noch auf ihren Vater. Als sie Lope sah, fuhr sie so zusammen, daß sie fast einen Schrei ausgestoßen hätte.

Er stand in der Nähe des Tors, das auf die Gasse hinausführte. Er trug eine weiße Kopfbinde und einen hellen Umhang und war so unauffällig nach andalusischer Art gekleidet, daß man ihn für einen Gast aus einer anderen Gemeinde hätte halten können. Wegen seiner Jugend fiel es nicht einmal auf, daß sein Kinn rasiert war. Sie hätte ihn fast übersehen. Auch den anderen schien er nicht aufzufallen.

Seine Augen waren auf sie gerichtet und hielten sie fest. Sie konnte sich nicht losreißen. Ihre Knie wollten nachgeben, sie stand starr und zitternd und atemlos wie ein kleiner Vogel am Rand des Nestes, der zu seinem ersten Flug ansetzt. Sie sah nichts außer ihm, und sie hörte nichts außer dem Schlag ihres Herzens, und für ein paar Augenblicke federleicht schwebenden Glücks war alles ganz einfach. Er war da, er stand vor ihr, nur ein paar Schritte entfernt, sie brauchte nur zu ihm zu gehen, um ihn zu fragen: Wie geht es dir? Woher kommst du? Was machst du hier? Sie brauchte nur ein paar Schritte zu machen. Aber im selben Augenblick fiel ihr ein, daß Dādā neben ihr war, und dann sah sie auf einmal, wie der alte Japhet auf Lope zuging, der Synagogendiener, und wie er auf ihn einsprach und ihn dann mit unmißverständlichen Gesten aufforderte, den Hof zu verlassen. Sie sah, wie der Alte ihn zum Tor drängte, und fing noch einen hilflos fragenden Blick von ihm auf, dann war er draußen, und das Tor schloß sich hinter ihm, und der alte Japhet stellte sich wie ein Wächterengel davor auf.

Sie schrak zusammen. Sie war auf einmal sicher, daß alle im Hof der Synagoge sie beobachtet haben mußten. Sie fühlte sich wie in jenen Träumen, in denen man nackt und bloß auf offener Straße steht und den Blicken fremder Leute ausgeliefert ist. Sie machte sich klein, sie wünschte, unsichtbar zu sein. Aber dann bäumte sich etwas in ihr auf, und ein trotziger Stolz erfüllte sie, der sie bereit machte, alles auf sich zu nehmen. Warum sollten sie es nicht alle gesehen haben? Warum sollten sie es nicht alle wissen? Es war so, wie es war. Sie liebte diesen Fremden. Sie konnte es nicht ändern.

Sie hob den Kopf, um allen in die Augen zu blicken, und starrte fassungslos in die Runde. Da war keiner, der zu ihr herschaute, keiner, der ihr auch nur die geringste Aufmerksamkeit geschenkt hätte. Die Frauen standen immer noch plaudernd herum, die Kinder rannten hin und her, und Yūnus war noch immer im Gespräch mit dem Rabbi.

Sie sah aus den Augenwinkeln, daß Zecharia näher kam. Er versäumte es nie, sie am Sabbat im Hof der Synagoge zu begrüßen und ein paar Worte mit ihr zu wechseln. Sie wandte sich rasch ab, bevor sich ihre Blicke treffen konnten, und drehte sich zu Dādā hin, als wäre ihr in eben diesem Augenblick etwas eingefallen, das sie ihr mitteilen müßte. Und dann sah sie Dādās Gesicht und sah ihre Augen und sah die Frage darin und den Vorwurf und wußte, daß Dādā alles gesehen hatte.

Dādā war die einzige, die alles gesehen hatte.

Spät in der Nacht nach diesem Sabbat, als in Karīmas Kammer endlich das Licht ausging, setzte sich Yūnus an das Schreibpult in der Bibliothek und vertraute sich seinem Tagebuch an. Er drehte und wendete jeden Satz lange hin und her, bevor er ihn niederschrieb. Es war eine heiße Nacht, und der Schweiß stand ihm auf der Stirn. Er brauchte Stunden, bis er mit den wenigen Sätzen, in die er seine Sorgen kleidete, zu Ende kam.

Was für ein Tag. Der Tag, an dem die Sonne senkrecht über Mekka steht und die Sonnenscheibe sich mittags im Brunnen Zem-Zem spiegelt, wie die Muslims sagen. Auch bei uns hat die heiße Zeit eingesetzt ... Gott helfe mir, ich schreibe über nebensächliche Dinge, weil ich nicht den Mut finde, zu schreiben, was mich bedrückt.

Am Nachmittag paßte mich Dādā in der Eingangshalle ab, als ich vom Empfang des Nāsī zurückkam. Sie behauptete, daß sie Lope, den Jungen aus Guarda, im Hof der Synagoge gesehen habe. Sie behauptete, daß Karīma, was Gott verhüten möge, für diesen Jungen mehr empfinde ... Sie ist der Meinung, daß die beiden sich womöglich schon mehrfach getroffen hätten, und daß es schlimmer um Karīma stehe, als ich es mir vorzustellen vermöchte. Ich wollte ihr nicht glauben. Natürlich habe ich ihr nicht geglaubt, ich war blind und taub und unwissend und ohne die geringste Ahnung wie üblich. Ich habe Karīma noch nicht darauf angesprochen. Ich habe sie heimlich beobachtet. Ich habe über sie nachgedacht, und je mehr ich mir gewisse Einzelheiten ihres Verhaltens während der letzten Wochen ins Bewußtsein zurückhole, desto schlüssiger erscheinen mir Dādās Vermutungen. (Hat sie nicht auf diesem Feld schon immer sehr viel schärfere Augen gehabt als ich!) Immerhin sind auch mir Karīmas Blässe, ihre Appetitlosigkeit und ihre Verschlossenheit aufgefallen. Sie hat auch stark an Gewicht verloren, wie ich heute festgestellt habe. O Gott, ich hatte von Anfang an kein gutes Gefühl, als der Junge mit dieser Wunde in unserer Munya ankam. Aber was hätte ich tun sollen, er war nicht transportfähig in seinem Zustand. Natürlich hätte ich Karīma mit Ammi Hassān sofort nach Sevilla zurückschicken sollen. Ich hätte es ahnen müssen. Ein junger Mann im selben Haus, schwer verletzt dazu. Weiß Gott, es ist unverzeihlich. Dutzende von Spatzen hüpfen herum, man übersieht sie alle, aber der eine mit dem gebrochenen Flügel rührt unser Herz.

Ich bin mir inzwischen sicher, daß Dādā recht hat. Aber was soll ich tun? Seit Stunden denke ich jetzt schon darüber nach und komme zu keiner Lösung. Eine Aussprache? Ein väterliches Machtwort? Ich glaube nicht, daß ich damit etwas erreichen könnte. Nicht bei Karīma. Sie würde nur noch halsstarriger werden und sich noch tiefer in diese Geschichte verrennen. (Zum Glück sind die Erinnerungen an die eigene Jugend noch nicht ganz verschüttet.) Soll ich sie für eine Weile in eine andere Stadt schicken? Nach Cordoba vielleicht, zu Masliah Ibn Elija? Oder nach Lucena zu Abu Zikrī? Dādā plädiert dafür. Aber Karīma wird mich nach dem Grund für diese Reise fragen. Welche Erklärung könnte ich ihr geben? Und was soll ich Zecharia sagen? Nein, ich muß einen anderen Weg finden.

Am Morgen legte sich, von Süden kommend, ein trüber Schleier vor die Sonne, der immer dichter wurde und schließlich den ganzen Himmel mit einem stumpfen, giftigen Gelb überzog. Yūnus war allein in der Praxis und beeilte sich, die Läden vor die Fenster zu legen, die Türen abzudichten und die Lüftungskamine zu verschließen. Er war noch nicht ganz fertig, als die ersten Windstöße durch die Gasse fegten. Der Bawārih, der Wind aus der Wüste. Er hatte sich heuer um ein paar Tage verspätet. Jetzt brach er mit verdoppelter Wut über die Stadt herein. Der Wind war so heiß und so trocken und er blies so stark, daß es Yūnus schier die Atemluft vom Mund wehte.

Der plötzliche Hitzeeinbruch hielt die Patienten von seiner Praxis fern, er hatte viel Zeit zum Nachdenken.

Am Nachmittag schickte er einen Jungen zum Stadtpalais Ibn Ammars, um zu erfahren, wann der Hādjib von seinen Amtsgeschäften zurückkehrte. Er hatte sich entschlossen, ihn um Hilfe anzugehen. Der Hādjib hatte die Macht, den jungen Spanier in eine andere Stadt zu versetzen, und genau darum wollte Yūnus ihn bitten.

Seit der Zeit, als Ibn Ammar aus Silves zurückgekommen war, besaß Yūnus ein von ihm eigenhändig ausgefertigtes Dokument, das alle Torwachen und Kammerdiener und Privatsekretäre anwies, ihn unverzüglich und ohne Prüfung seines Anliegens vorzulassen, wenn er es wünschte. Er hatte nicht vorgehabt, diesen Zauberschlüssel jemals für sich zu benutzen, aber jetzt befand er sich in einer Notlage, und es ging auch nicht um ihn selbst, sondern um seine Tochter, und es war Eile geboten. Keine Zeit, seine Empfindlichkeiten zu pflegen.

Der Hādjib empfing ihn spät in der Nacht. Sie saßen in einem angenehm kühlen Innenhof, der durch eine Plane gegen den Wind und den Staub geschützt war. Hinter einem Wandschirm sang ein Mädchen zur Laute, leise und unaufdringlich und so weit entfernt, daß sie dem Gespräch nicht folgen konnte.

Yūnus bemühte sich um die vorgeschriebene Anrede, aber Ibn Ammar unterbrach ihn schon nach dem ersten Wort.

«Laß das beiseite, Yūnus Ibn al-A'war!» sagte er mit einem verlegenen Lächeln. «Ich war einmal sehr klein vor dir. Du beschämst mich, wenn du mich jetzt groß machst.» Er hörte mit aufrichtiger Anteilnahme zu, als Yūnus seine Sorgen vor ihm ausbreitete. «Ich habe keine Erfahrung als Vater einer Tochter», sagte er. «Ich fürchte, ich bin ein schlechter Ratgeber.»

«Für einen Rat ist es zu spät», erwiderte Yūnus bekümmert. «Ich habe schon alles falsch gemacht, was falsch zu machen war. Ich habe nur noch die Hoffnung, daß meine Tochter diesen Jungen vergißt, wenn sie ihn nicht mehr zu Gesicht bekommt. Ich frage dich, ob es möglich ist, ihn für einige Zeit aus Sevilla wegzubringen. Es ist nur eine Frage.»

«Bist du sicher, daß das die richtige Lösung ist?» fragte Ibn Ammar.

«Weißt du einen anderen Weg?» fragte Yūnus ohne Hoffnung zurück.

Ibn Ammar blickte ihn nachdenklich an. Es war eine neue Erfahrung für ihn, diesen Mann, dessen Klugheit er hoch einschätzte, so völlig ratlos zu sehen. «Ich halte viel von dem Jungen», sagte er. «Ich habe schon darüber nachgedacht, den Grafen von Guarda zu bitten, ihn freizugeben, um ihn ganz nach Sevilla zu holen. Ich könnte ihn zum Hauptmann machen. Ich könnte ihm ein Haus geben und dreihundert Dinar im Jahr... auch mehr, wenn er sich bewährt, woran ich nicht zweifle.» Er sah Yūnus' Augen mit einem verständnislosen Blick auf sich gerichtet und beeilte sich, ihm noch mehr entgegenzukommen. «Ich könnte ihn auch in meinen persönlichen Stab aufnehmen. Ich weiß, ihm fehlt die nötige Ausbildung, er spricht kaum ein Wort arabisch, aber ich traue ihm zu, daß er sich schnell das Nötige aneignet. Er hat einen wachen Verstand, und er ist jung. Du weißt, daß ich ihm genauso verpflichtet bin wie dir. Du kannst dich darauf verlassen, daß ich alles tun würde, um ihm eine angemessene Stellung zu geben.»

Yūnus hob abwehrend die Hände. «Aber das ist es nicht, worum ich dich bitte», sagte er bestürzt.

«Es wäre eine Möglichkeit», erwiderte Ibn Ammar.

«Diese Möglichkeit steht außer Betracht», sagte Yūnus förmlich.

«Warum?» fragte Ibn Ammar. «Hast du nicht gesagt, daß deine Tochter diesen Jungen liebt? Und liebt er sie nicht genauso? Nach dem, was man mir von ihm berichtet, scheint er nicht weniger...»

«Ich habe nie gesagt, daß meine Tochter diesen Jungen liebt», unterbrach ihn Yūnus mit unerwarteter Heftigkeit.

Ibn Ammar rief der Musikerin zu, ihr Spiel einzustellen. Seine Stimme klang ungehalten, als empfinde er die musikalische Begleitung auf einmal als unpassend.

«Hast du schon mit deiner Tochter über ihn gesprochen?» fragte er.

Yūnus schüttelte den Kopf.

«Warum nicht?»

«Ich hielt es nicht für richtig», erwiderte Yūnus bedrückt.

«Ist sie nicht einem anderen Mann versprochen, diesem jungen Arzt? Hast du nicht schon längst einen Heiratsvertrag geschlossen?»

Yūnus schüttelte wieder den Kopf und blickte beharrlich schweigend auf seine Füße. Er kam sich lächerlich vor wie ein Schüler, dem immer nur die falschen Antworten einfallen.

«Kommt es deshalb nicht in Betracht, weil der Junge Christ ist?» fragte Ibn Ammar mit teilnahmsvoller Geduld.

Yūnus blickte ihn erleichtert an, als wäre er froh, daß er diese Begründung nicht selbst hatte formulieren müssen.

Ibn Ammar erwiderte seinen Blick mit einem ungläubigen Lächeln. «Das hätte ich nicht vermutet», sagte er zweifelnd. «Nicht von dir.»

«Warum nicht?» fragte Yūnus mit steifem Ernst.

Ibn Ammar musterte ihn aus aufmerksamen Augen, als hätte er einen gänzlich neuen Zug an ihm entdeckt. «Du empfängst in deinem Haus Juden, Christen und Muslims. Du machst keinen Unterschied, welchem Glauben einer anhängt. Ich habe in Barbastro den Eindruck gewonnen, daß du die Strenggläubigen eher belächelst und an Gott eher zweifelst. Warum auf einmal diese Prinzipien?»

«Ich zweifle an Gott, aber ich folge seinen Gesetzen», sagte Yūnus ohne besondere Betonung.

«Und euer Gesetz kennt keine Ausnahme?»

«Genausowenig wie das eure.»

«Es gibt immer eine Hintertür», sagte Ibn Ammar mit einem gewinnenden Lächeln.

«Nicht für mich. Nicht in diesem Fall», erwiderte Yūnus unbeugsam.

Ibn Ammar begriff, daß er gegen eine Mauer anredete, aber er war noch nicht bereit, aufzugeben. «Und wenn die beiden sich aufrichtig lieben?» fragte er voll Mitgefühl.

Yūnus schüttelte den Kopf. «Sie lieben sich, wie sich junge Leute lieben. Schnell entflammt, genauso schnell wieder erloschen.»

«Die Bücher sind voll von solchen Geschichten», erwiderte Ibn Ammar lächelnd. Und ohne Yūnus Zeit für eine Entgegnung zu lassen, setzte er schnell hinzu: «Was hättest du getan, wenn du dich als junger Mann in ein muslimisches Mädchen verliebt hättest, oder in eine Christin?»

«Die Frage ist müßig», sagte Yūnus einsilbig.

«Und was hätte dein Vater getan?»

«Er hätte alles getan, um seinen Sohn vor solch einem unüberlegten Schritt zu bewahren.»

«Wie du es jetzt bei deiner Tochter versuchst?»

«Genau so.»

Sie saßen sich eine Weile schweigend gegenüber, Yūnus in einer Haltung steifer Würde, die die Unnachgiebigkeit seines Standpunkts noch zu unterstreichen schien, Ibn Ammar ungezwungen und entgegenkommend und fast schon bereit, die Diskussion zu beenden.

«Ich schätze ihn wirklich sehr, diesen Jungen», sagte Ibn Ammar. Und mit einem kleinen Lächeln, das um Verzeihung bat, setzte er hinzu: «Der Gedanke, daß er sich mit deinem Haus verbinden könnte, hat mir gut gefallen für einen Augenblick. Vielleicht wäre er sogar bereit, euren Glauben anzunehmen.»

Yūnus schnob hörbar durch die Nase und schloß die Augen, als verursachte ihm diese Vorstellung einen körperlichen Schmerz. Er wollte etwas erwidern, aber Ibn Ammar kam ihm zuvor.

«Ich weiß, ein Glaubensbekenntnis, das man in einem Atemzug herunterleiern kann, oder eine Handvoll Wasser über den Scheitel genügen euch nicht», sagte er ohne Spott. «Aber bist du wirklich sicher, daß es eurem Gott mißfällt, wenn sich ein Andersgläubiger in eine eurer Töchter verliebt?»

Yūnus sagte nichts.

«Bist du sicher, daß du deine Tochter nicht unglücklich machst?» fuhr Ibn Ammar leise fort. Er hatte längst aufgegeben, Yūnus beeinflussen zu wollen. Er fragte nur noch aus Anteilnahme.

Yūnus setzte zweimal an, bevor er antwortete. Aber als er sprach, war seine Stimme fest, und seine Augen waren in ruhiger Selbstgewißheit auf Ibn Ammar gerichtet. «Ich könnte meinem Gefühl folgen, aber mein

Gefühl kann mich täuschen. Ich könnte meinem Verstand folgen, aber mein Verstand kann sich irren. Wer bin ich schon. Also folge ich den Gesetzen meines Volkes. Sie sind nicht vollkommen, aber hundert Generationen haben sich daran gehalten, und die weisesten Männer haben daran herumgefeilt und geschliffen.» Er machte eine Pause und senkte den Blick und fuhr dann zögernd mit leiser Stimme fort: «Mag sein, daß die Liebe manchmal stärker ist als das Gesetz. Mag sein. Aber wenn es so ist, dann soll sie es beweisen. Ich spiele nur meine Rolle. Es kommt nicht darauf an, was ich für richtig halte und was für falsch. Ich bin der Vater. Ich bin nicht dazu da, den Weg zu ebnen, sondern das Gesetz hochzuhalten. Also spiele ich meine Rolle, so gut ich kann, und bete zu Gott, daß ich meine Tochter nicht unglücklich mache.»

Er schwieg und warf Ibn Ammar einen bekümmerten Blick zu, der nur wenig zu seinen Worten passen wollte. Es schien, als spielte er die Rolle, von der er gesprochen hatte, gegen seinen Willen.

«Ich werde dir helfen, soweit es in meiner Macht steht», sagte Ibn Ammar mit Wärme. Und stand auf und blickte nach oben auf die Plane, die unter den Windstößen klatschte und knatterte. Und begann dann langsam, die Hände auf dem Rücken, auf und ab zu gehen.

«Ich könnte den Jungen aus Sevilla entfernen, wie du es vorschlägst«, sagte er in nachdenklichem Ton. «Ich könnte ihn und seine Leute in Cordoba unterbringen. Aber ich glaube, das würde nicht viel helfen. Nein, wir sollten uns etwas anderes einfallen lassen. Ich denke, ich werde einen besseren Weg finden.»

Er blieb vor Yūnus stehen. «Wie sieht sie aus, deine Tochter?» fragte er.

Yūnus blickte ihn verständnislos an.

«Ist sie groß? So groß wie du?»

Yūnus nickte.

«Mit schwarzen Haaren? Gelockten Haaren?»

Yūnus nickte wieder. Er begriff noch immer nicht, worauf Ibn Ammar hinauswollte.

«Wie alt?»

«Fünfzehn», sagte Yūnus mit belegter Stimme.

«Fünfzehn», wiederholte Ibn Ammar. «Und natürlich ist sie schön wie eine Blume.» Er wiegte lächelnd den Kopf. «Wie in all den schönen Geschichten. Immer wieder die gleichen Geschichten. Ist es nicht sonderbar, wie sie sich ständig wiederholen?»

«Was hast du vor?» fragte Yūnus beklommen.

«Ich werde dafür sorgen, daß der Junge deine Tochter vergißt», antwortete Ibn Ammar. «Ich weiß nicht, ob ich Erfolg habe, aber ich werde es versuchen. Sorge du dafür, daß deine Tochter den Jungen vergißt.»

Yūnus wollte eine Frage stellen, aber er fand nicht den Mut dazu.

Ibn Ammar warf ihm einen mitleidigen Blick zu. «Ich fürchte, deine Aufgabe wird sehr viel schwieriger sein als die meine», sagte er leise.

42

SEVILLA

FREITAG 23. MAI 1071

20. SIWAN 4831 / 20. RADJAB 463

Manchmal war es ihm, als träumte er einen Traum in einem Traum. Manchmal war er so wach, daß ihm nichts entging, kein noch so flüchtiger Duft, keine Bewegung, kein Geräusch. Manchmal, wenn er mit geschlossenen Augen auf dem Rücken lag, war sein ganzer Körper ein einziges lauschendes Ohr, und die Vögel draußen sangen so überlaut, als sängen sie in seinem Kopf. Manchmal schien es ihm, als stürzte er in einen bodenlosen Abgrund, und er geriet in Panik, obwohl er gleichzeitig mit scharfsichtiger Klarheit erkannte, daß er nur in seiner Einbildung stürzte und nur seinen Verstand einzusetzen brauchte, um den Fall aufzuhalten. Manchmal fühlte er sich so schwerelos wie eine Feder im Wind und streckte sich in den Kissen, erschöpft wie ein Kind vom Spielen, und ließ sich einlullen von zärtlichen Lauten, und seine Gedanken waren wie Schmetterlinge vor seinen Augen, schwebend leicht und losgelöst von allem. Manchmal verflüchtigten sich alle seine Gedanken, zerplatzten wie schillernde Seifenblasen mit einem feinen, kaum hörbaren Ton, und nichts war mehr da, nichts außer einer vagen Erinnerung an etwas unwirklich Schönes. War es das Paradies? War nicht alles, was er in diesen letzten Tagen erlebt hatte, so unwirklich wie ein Traum vom Paradies? War er noch er selbst? War nicht alles, was er wahrnahm, auf seltsame Weise verändert, die Konturen schärfer, die Farben leuchtender, die Düfte unvergleichlich viel wohlriechender als je zuvor, jeder Laut wie durch sein eigenes Echo verstärkt?

Manchmal, wenn sie voneinander ließen und er sich abwandte und die Lider schloß, sah er Karīma vor sich, sah ihre Augen ernst und fragend auf sich gerichtet, und ein wehes Gefühl erfaßte ihn, drückte ihm die Kehle zu, war wie ein bohrender Schmerz oder wie die schmerzliche Erinnerung an einen Schmerz, der einmal unerträglich tief in ihm gesessen hatte. Manchmal, wenn sie sich in den Armen lagen, meinte er Karīma in den Armen zu halten. War der Schmerz Wirklichkeit? War er nicht auch nur Teil eines Traums, peinigende Einbildung seiner Phantasie, unwirklich wie alles andere? Manchmal war er geneigt, alles hinzunehmen, ohne Fragen zu stellen. Irgend etwas war mit ihm geschehen, er trug keine Verantwortung, er ließ sich fallen, er war wie im Rausch, alles verschwamm in seinem Kopf, das Vergangene und das Gegenwärtige, er hatte Mühe, sich den Ablauf der Ereignisse ins Gedächtnis zurückzuholen, er wußte nicht, wie weit er seinen Erinnerungen trauen konnte.

Wenn er sie neben sich liegen sah, ihren weißen Leib zwischen den Seidenkissen ausgestreckt, entspannt im Schlaf, das Gesicht in den Armen verborgen, das glänzende Haar wie ein schwarzes Vlies über ihren Schultern, wenn ihm ihre Schönheit bewußt wurde und er seinen Augen nicht trauen wollte, brauchte er nur die Hand auszustrecken, um sich zu vergewissern. Unter ihrer Haut zuckte etwas, wenn er mit den Fingerspitzen darüber strich, und die feinen Härchen stellten sich auf, als ginge ein Luftzug darüber hinweg. Er spürte, wie sie sich unter seiner Hand bewegte, bevor sie wach wurde. Er sah, wie ihre Lider flatterten. Sie war so nah, sie lag so dicht neben ihm. Sie blickte ihn über den Arm hinweg an, und er erwiderte ihren Blick, staunend wie ein Kind, als könnte er es noch immer nicht fassen, daß er sie durch die Berührung seiner Hand zum Leben erweckt hatte. Er sah, wie sie ihm zulächelte, und lächelte zurück. Und sie hob den Kopf und strich sich mit dem Arm die Haare aus dem Gesicht und streckte sich wohlig unter seiner Hand und kam mit einer geschmeidigen Bewegung näher, schmiegte sich an ihn, flüsterte ihm zärtliche Worte ins Ohr, die er nicht verstand.

Sie hieß Nujūm. Sie hatte es ihm irgendwann gesagt. Wie lange war das schon her? Sie hatten sich geliebt, und irgendwann danach hatte sie ihn nach seinem Namen gefragt und hatte ihm den ihren genannt.

Nujūm. Er wußte nicht mehr genau, ob es «Stern» bedeutete oder «Sterne» oder ob es der Name eines bestimmten Sterns war. Sie hatte es ihm erklärt, aber er hatte sie nicht genau verstanden. Er hatte sie kaum verstanden am Anfang. Sie sprach ein merkwürdig gebrochenes Spanisch, wie er es nur einmal in Cordoba bei einem Reiter der Berbertruppe gehört hatte. Sie kam aus demselben Land wie die Berber, aus dem Land über dem Meer. Das Dorf, aus dem sie herkam, lag am Fuß einer

Bergkette, deren Gipfel weiß waren vom Schnee. Nur daran konnte sie sich erinnern. Man hatte sie schon als kleines Kind an einen Händler verkauft. Sie konnte sich nicht einmal an ihre Mutter erinnern, nur an diese schneebedeckten Gipfel.

Er hatte sich inzwischen an ihr gebrochenes Spanisch gewöhnt. Er hörte ihre Stimme dicht an seinem Ohr. Sie nannte ihn bei seinem Namen. Es klang, als spielte ihre Zunge mit den Buchstaben, um sich an den Klang seines Namens zu gewöhnen. Sie konnte ihn nicht richtig aussprechen, es klang wie «Lubb», was sie sagte.

Sie sagte: «Der Herr... wenn der Herr fragt, was sagst du, Lubb? Du bist zufrieden? Du sagst, Lubb ist zufrieden mit Nujūm?»

Er begriff nicht, was sie wollte. «Welcher Herr?» fragte er.

«Der Herr», sagte sie ungeduldig. «Dein Herr, mein Herr, der Mawla, der großmächtige Hādjib... was sagst du, Lubb, wenn er dich fragt?»

«Warum soll er mich fragen?» fragte Lope.

«Er fragt dich, Lubb», erwiderte sie mit dünner Stimme. «Morgen fragt er dich. Wenn du sagst, ich bin zufrieden, darf Nujūm bleiben. Oh, ich möchte bei dir bleiben, Lubb, ich möchte bleiben.» Sie klammerte sich an ihn und fiel in ihre Sprache zurück, die er nicht verstand, und wiederholte immer wieder denselben Satz dicht an seinem Ohr. Es klang wie eine Beschwörung.

Er nahm ihren Kopf zwischen die Hände und versuchte, sie zu trösten. Sie kam ihm so jung vor in diesem Augenblick, so zart und zerbrechlich. Sie schien voller Angst zu sein, und er begriff nicht, wovor sie sich ängstigte. Er ahnte nur, daß sie seinen Schutz brauchte.

Einmal war er aufgewacht, und sie war zitternd in seinen Armen gelegen, das Gesicht tränenüberströmt, und hatte sich an ihn gepreßt, als wollte sie ihn nie mehr loslassen. Und schluchzend und stockend hatte sie ihm eine wirre Geschichte erzählt, die er nur zur Hälfte verstanden hatte.

Sie war in Ceuta, einer Hafenstadt an der afrikanischen Küste, aufgewachsen, im Haus jenes Händlers, der sie ihren Eltern abgekauft hatte. Sie war zusammen mit vielen anderen Mädchen von einer schwarzen Sklavin ausgebildet worden. (Er hatte nicht verstanden, von welcher Ausbildung sie gesprochen hatte. Er hatte nicht danach gefragt, er hatte nicht gewagt, sie zu unterbrechen.)

Mit zwölf Jahren war sie von einem Diener al-Mutadids, des alten Fürsten, gekauft und nach Sevilla gebracht worden. Im Harām des

Fürsten hatte sie ihre Kammer mit einer Abessinierin geteilt, einem fröhlichen braunen Kind, im selben Alter wie sie. Sie waren wie Schwestern gewesen. Sie hatten sich aneinander festgehalten.

Eines Nachts waren sie von einem zitternden Diener aus tiefem Schlaf geweckt worden. Zwei Kammerzofen hatten sie mit fliegenden Händen geschminkt und geschmückt, und ein Kämmerer hatte sie danach dem Fürsten vorgeführt. (Er hatte ihre Geschichte nicht hören wollen. Er hatte es ihr gesagt, aber sie hatte darauf bestanden, daß er sie bis zum Ende anhörte.)

Der Fürst hatte sie mit geübten Griffen entkleidet und ausgestreckt und sie mit kalten Händen betastet und auf ihre Jungfernschaft untersucht. Er hatte sie mit teilnahmslosen Augen betrachtet, wie ein Fallensteller die verängstigten Tiere betrachtet, die sich in seinen Fallen gefangen haben. Er war über ihnen gestanden, ein alter Mann mit weißem Bart, weiß gekleidet von der Kopfbinde bis zu den Schuhen, mit fahler Haut und gelben wässrigen Augen, als wäre er von der Bahre aufgestanden. Er hatte sie mit seinem Stock entjungfert, mit dem elfenbeinernen Knauf dieses Stockes. Sie war starr gewesen vor Angst, stumm vor Angst, unfähig, sich zu rühren. Sie hatte das Gewimmer ihrer braunen Freundin im Ohr gehabt und die Lippen aufeinandergepreßt, um nicht selbst vor Angst zu schreien. Der Fürst hatte keinen Gefallen an ihr gefunden und sie mit einem billigen Geschenk entlassen. Die Freundin war ihr erst Wochen später wieder begegnet, mit Schmuck behängt, in golddurchwirkte Seide gekleidet, eitel, hochnäsig, für kurze Zeit die Favoritin des Fürsten, von einem Schwarm von Kammerzofen und Palastdienern umgeben. (Er hatte nicht glauben wollen, was sie ihm erzählte, aber sie hatte die Geschichte so oft wiederholt, bis kein Zweifel mehr möglich gewesen war. Sie hatte Wert darauf gelegt, daß er begriff, auf welche Weise der Fürst ihr die Jungfernschaft genommen hatte. Warum hatte sie solche Angst, daß er mit ihr nicht zufrieden sein könnte? Warum hatte sie Angst vor dem Hādjib?)

Flüsternd mit gehetzter Stimme und wie unter einem inneren Zwang hatte sie ihm diese Geschichte erzählt, hatte ihren Kopf an seinem Hals vergraben und ihren Mund an sein Ohr gepreßt. Sie hatte lange gebraucht, bis sie zum Ende gekommen war. Sie war ruhiger geworden, je länger er ihr zugehört hatte. Sie hatte aufgehört zu zittern unter seinen Händen und war still in seinen Armen gelegen.

Aber im nächsten Augenblick hatte sie sich mit einer verzehrenden Wildheit auf ihn gestürzt, hatte sich mit Zähnen und Nägeln an ihm festgehalten, hatte sich an ihm festgekrallt und angeklammert, als wollte sie ihn sich einverleiben, sich so innig mit ihm verbinden, daß nichts mehr imstande wäre, sie voneinander zu trennen.

Alles war anders, alles war unvergleichlich viel schöner gewesen, als er es je erlebt hatte. Manchmal, wenn er mit leichter Hand die Linien ihres Körpers nachfuhr, erschien sie ihm wie ein vom Himmel gefallener Engel, und eine zitternde Angst stieg in ihm auf, daß sie sich vor seinen Augen in Nichts auflösen könnte, sobald die Sonne aufging.

Manchmal dachte er an Karīma. Manchmal, wenn er die Augen geschlossen hielt, sah er sie vor sich, sah ihren Blick auf sich gerichtet. Und das Herz tat ihm weh. War es seine Schuld? War da je auch nur der Hauch einer Chance gewesen, daß sie sich hätten näher kommen können als auf die Entfernung eines sehnsuchtsvollen Blicks? Was galten schon seine Wünsche. Er hatte das Blatt Papier, auf dem ihre Namen nebeneinanderstanden, in das Lederfutter seines Panzerhemdes eingenäht, über der Stelle, an der das Herz sitzt. Was hatte es geholfen?

Als ihn der kleine schwarze Page aus dem Turmzimmer geführt hatte, in dem er von Ibn Ammar empfangen worden war, hatte er gemeint, er könnte es nicht ertragen. Aber in Wahrheit hatte er es längst gewußt: Da war nie eine Chance gewesen für ihn und die Tochter des jüdischen Hakīms.

Hätte er sich wehren sollen? Hätte er vor der Schönheit dieses Mädchens die Augen verschließen, hätte er ihre Zärtlichkeiten zurückweisen sollen?

Er war nach dieser Audienz bei Ibn Ammar nach einer endlos langen Nacht aus taghellen Träumen aufgewacht, den Kopf voll wilder Pläne, mit jagenden Pulsen wie nach einem halsbrecherischen Ritt. Der schwarze Page war vor seinem Lager gestanden.

«Der hochwürdige Herr, der Hādjib, über den Gott das Füllhorn seiner Gaben ausgießen möge, läßt Euch sein Bad anbieten, um Euch den Morgen zu verschönen.»

Er war dem Pagen in den Schloßpark gefolgt zu einem blendend weißen, niedrigen, von mehreren, unterschiedlich großen Kuppeln gekrönten Bau, der zwischen hohen Bäumen gestanden hatte. Eine lichtdurchflutete Umkleidehalle, mit weißem Marmor ausgelegt, ein von leuchtend grünen Steinen eingefaßtes Wasserbecken in der Mitte, ringsum eine Reihe von Ruhekammern, eine luxuriöser ausgestattet als die andere, mit farbigen Kacheln und Fenstern aus durchbrochenem Marmor und seidenbezogenen Liegen, alle Türen weit offen, als sollte es dem Gast selbst überlassen bleiben, welcher Kammer er zum Abschluß des Bades den Vorzug gab.

Ein alter Badeknecht hatte ihn empfangen, ein würdiger, grauhaariger Abessinier, der ihn stumm bedient und mit zuvorkommender Höflichkeit durch das Bad geführt hatte bis vor die Tür des Schwitzraums. Er erinnerte sich noch an jede Einzelheit: Das farbige Licht, das in Streifen aus den Kuppeln fiel und bunte Bilder auf die weißen Marmorböden malte, die geschnitzten Türen aus kostbarem Holz, die Wasserbecken aus einem Marmor, der so durchscheinend weiß war wie schmelzender Schnee, die blankpolierten Wasserröhren, die silbernen Hähne, die wie Vögel geformt waren und wie Vögel trillerten, wenn das Wasser aus ihnen lief. Die geheimnisvolle Stille war noch in seinem Ohr, die ihn umfangen hatte, das leise Geplätscher des Wassers, das feine Getriller, das mit den Vogelstimmen aus dem Park wetteiferte, das leise Geraschel der leinenen Futa, die ihm der Badediener um die Hüften geschlungen hatte, das kaum hörbare Geräusch seiner Schritte auf den Marmorfliesen.

Nie hatte er etwas Schöneres gesehen als dieses Bad. Und was er bis dahin gesehen hatte, war erst der Anfang gewesen.

Im Schwitzraum war der Dampf in dichten Schwaden gehangen, und ein so helles Licht war von oben hereingefallen, daß er kaum drei Schritte weit hatte sehen können. Es war ein milchiges, beinahe überirdisches Licht gewesen, gelb und golden und ins Rötliche spielend, die Farben ineinanderlaufend, während der Dampf aufgewallt war und manchmal überraschende Durchblicke freigegeben hatte auf die beiden Wasserbekken gegenüber der Ofenwand und auf die farbigen Gläser in den Fensteröffnungen der Kuppel, durch die das Licht hereinfiel.

Sie war schon dagewesen, als er in den Schwitzraum gekommen war, aber der Dampf hatte sie vor seinen Blicken verborgen. Er hatte sich auf die unterste Stufe vor der Ofenwand gesetzt und den Kopf in die Hände gestützt und das wirbelnde Spiel der Dampfwolken betrachtet. Er hatte eine ganze Weile so dagesessen, ohne sie zu bemerken, bis er plötzlich ein Geräusch wahrgenommen hatte und eine flüchtige Bewegung aus den Augenwinkeln.

Sie hatte schräg hinter ihm auf einer höheren Stufe gesessen und war an ihm vorbeigegangen zum Wasserbecken, nur ein paar Schritte entfernt. Und für einen Augenblick wahnwitzig übersteigerter Erwartung hatte er geglaubt, daß es Karīma wäre, war er überzeugt gewesen, Ibn Ammar hätte trotz allem das Wunder wahr gemacht. Sie war ihm in seinen Träumen immer so nah gewesen, daß es ihm auf einmal ganz natürlich erschienen war, daß sie im Bad auftauchte. Es war nur die Erfüllung seiner Träume gewesen.

Er hatte sie nur undeutlich durch den wabernden Dampf gesehen, die gleiche schlanke Gestalt, die gleichen lang herabfallenden schwarzgelockten Haare. Ein weicher Widerschein goldenen Lichts auf ihrer Haut. Er hatte sich nicht einmal über ihre Nacktheit gewundert.

Sein Herz hatte für einen Schlag ausgesetzt, als sie ihm das Gesicht zugewandt und ihn angelächelt hatte, und als er erkannt hatte, daß sie nicht Karīma war.

Er hatte sie beobachtet, wie sie im Wasser untergetaucht war. Er war ihr mit den Augen gefolgt, als sie an ihm vorbei zur Tür gegangen war, leichtfüßig mit der Anmut eines jungen Tieres, im Laufen die Haare auswringend. Sie war durch die Tür verschwunden, ohne sich noch einmal nach ihm umzudrehen.

Er war lange im Schwitzraum geblieben. Er hatte sich von dem alten Badediener massieren und rasieren und mit dem Roßhaarhandschuh abreiben lassen, bis die Haut gesirrt hatte, wenn er mit dem Finger darübergefahren war. Danach hatte er eine frische Futa umgelegt und war dem Diener in den Umkleideraum gefolgt.

Er hatte insgeheim erwartet, das Mädchen dort wiederzufinden, aber er hatte sie nirgends entdecken können.

Der Badediener hatte ihn dann zu einer Tür mit silbernen Beschlägen geführt. Er hatte sie aufgesperrt und war beiseite getreten, um den Eingang freizugeben.

«Der gnädige Herr, der erhabene Hādjib, Gott schenke ihm noch viele Jahre, hat mir auftragen lassen, Euch die Tür zu seiner eigenen Halwa aufzuschließen. Alles ist zu Euren Diensten. Alles steht zu Eurer Verfügung. Alle Eure Wünsche sind Befehle des gnädigen Herrn.»

Er war in einen Raum gekommen, dessen Schönheit jede Vorstellungskraft überstieg. Ein achteckiger Raum, der nicht mehr als drei Schritte im Durchmesser maß, fensterlos und doch von einem warmen Licht erfüllt, als schiene die Abendsonne herein. Die Wände mit dunklen Steinplatten getäfelt, die so blank poliert waren, daß sie wie Spiegel wirkten. Die Kuppel aus durchscheinendem Marmor in weiß und gelb zu kunstvollen Mustern zusammengesetzt. Gegenüber der Tür ein kleines marmornes Waschbecken, in das vier goldene Röhren mündeten, aus denen, wenn man an den Hähnen drehte, heißes, warmes, lauwarmes und kaltes Wasser floß. Ein rundes Ruhepolster in der Mitte. Der kreisförmige

Ausschnitt des Fußbodens zwischen Polster und Wand mit Bildern geschmückt, die aus winzigen farbigen Steinchen zusammengesetzt waren. Was für Bilder! Er hatte nie etwas dergleichen gesehen. Sie zeigten Männer und Frauen und Knaben, die sich in einem Garten zwischen Blumen und Rosenbüschen vergnügten, die sich umarmten und sich liebten und sich auf so unterschiedliche Weise vereinigten und umschlungen hielten, wie er es nie für möglich gehalten hätte. Die Frauen waren unbekleidet und mit solcher Natürlichkeit dargestellt, daß ihn schon der bloße Anblick in Erregung versetzte.

Er hatte kaum gewagt, aufzutreten, noch weniger, sich auf dem Polster niederzulassen. Er hatte noch unschlüssig am Rand des Ruhelagers gestanden, als plötzlich hinter ihm die Tür geöffnet worden war. Er hatte sich nicht umzudrehen brauchen, um zu wissen, wer hereingekommen war. Ein betörender Duft hatte ihn umfangen. Das Mädchen hatte die Tür geschlossen und sich vor ihm verbeugt und ihn im gleichen Tonfall tiefer Ergebenheit angesprochen wie vorher der Page und der Badediener.

«Mein Herr, der großmächtige Hādjib, den Gott segnen möge, schickt mich, um Eure Wünsche zu erfüllen.»

Sie hatte ein Tablett mit Früchten und Getränken in den Händen gehalten und hatte es abgestellt und war an ihm vorbeigegangen, um ein Räucherbecken zu entzünden, das über dem Waschbecken in die Wand eingelassen war. Sie war so nah an ihm vorbeigegangen, daß sie ihn berührt hatte. Sie war nicht viel mehr bekleidet gewesen als die Frauen auf den Bildern am Fußboden. Das Gewand, das sie getragen hatte, war aus so hauchfeinem Stoff gewesen, daß man es durch einen Fingerring hätte ziehen können.

«Wollt ihr Euch nicht setzen, Herr», hatte sie gesagt, und er war ihrer Aufforderung stumm gefolgt. Der Raum war ihm eng geworden, als sie sich ihm gegenüber auf dem Polster niedergelassen hatte, kein Platz, um ihr auszuweichen, keine Möglichkeit, ihren Blicken zu entgehen. Ihre schlanke Gestalt, ihr anmutiges Lächeln von allen Wänden widergespiegelt, und sein Spiegelbild neben dem ihren, so nah, als lägen sie sich schon in den Armen wie die Paare auf den Bildern am Fußboden.

Es war wie ein Spiel gewesen, über dessen Ausgang es von Beginn an nie einen Zweifel gegeben hatte. Er konnte sich nicht mehr genau an den Ablauf des Spiels erinnern. Hatte sie ihn zuerst berührt? War er es gewesen? Hatten sich ihre Blicke im Spiegel der Wand getroffen oder Auge in Auge über das Polster hinweg? Er erinnerte sich an ihr Lachen über seinen Schreck, als sie ihn aus dem Mund mit Rosenwasser besprüht hatte. Er erinnerte sich, wie sie ihr spinnwebfeines Gewand abgestreift hatte. Er erinnerte sich, wie ihre Augen dunkel geworden waren und wie ihre Stimme einen heiser vibrierenden Klang angenommen hatte, als sie plötzlich in ihre Sprache verfallen war und ihn mit Worten angesprochen hatte, die so unendlich vertraut geklungen hatten, so zärtlich, daß er gemeint hatte, sie zu verstehen. Er erinnerte sich an ihre Hände, ihre Lippen, ihre Fingerspitzen, die ihn in ungeahnte Geheimnisse eingeweiht hatten.

Er brauchte sich nicht zu erinnern. Er teilte alle Geheimnisse mit ihr. Er spürte ihre Lippen auf seiner Haut, er spürte ihre Hände, ihren schlanken, glatten Leib. Er hielt sie in den Armen.

Irgendwann hatten sie die Halwa verlassen, und Nujūm hatte ihn zu einem Pavillon geführt, der mit dem Bad durch einen verschwiegenen Laubengang verbunden war. Niemand hatte sie behelligt, sie waren allein gewesen wie das Paar im Paradies. Und sie hatten das Spiel weitergespielt.

Ein marmorgefaßter Bach floß durch eine Wandöffnung in den Pavillon, sammelte sich in einem flachen Becken, in dem silbern glänzende Fische schwammen, fiel mit stetigem Rauschen über einen niedrigen Wasserfall und floß auf der anderen Seite wieder ins Freie. Zwei Klingelzüge hingen von der Decke über das Wasserbecken herunter, ein blauer und ein gelber. Wenn sie an dem blauen Band zogen, kam ein Schiffchen mit Getränken auf dem Bach hereingeschwommen. Wenn sie das gelbe Band zogen, war das Schiffchen mit köstlichen Speisen beladen. Es fehlte ihnen an nichts.

Als es dunkel wurde, zündete Nujūm eine Lampe an. Die Lampe verlosch wieder, als sie einschlief. Irgendwann schlief auch er ein.

Er träumte einen finsteren Traum. Er begegnete einem riesigen Neger, der die Züge des Badedieners trug und ihn unterwürfig begrüßte, bis er sich auf einmal die Maske würdigen Alters vom Gesicht riß und zähnefletschend auf ihn losging. Unter der Maske verbarg sich der Castellan. Er kämpfte mit ihm und wußte auf einmal, daß er verlieren mußte, und versuchte zu fliehen, aber er kam nicht vorwärts, so schnell er auch rannte, seine Beine gehorchten ihm nicht, sie wurden immer schwerer. Er versteckte sich in einem engen dunklen Gang, kroch immer weiter hinein, bis er steckenblieb. Er geriet in Panik, als er merkte, daß er weder vor noch zurück konnte und kopfunter in dem dunklen Gang festklemmte. Aber dann fing er an zu rutschen, rutschte immer tiefer, stürzte in ein schwarzes Loch, bis er sich unvermittelt in der Halwa wiederfand. Er sah die Bilder auf dem Fußboden, und während er sie betrachtete, erkannte er zu seinem Erschrecken Karīma in einer der nackten Frauen. Sie wandte sich zu ihm um und kam durch die Blumenwiese auf ihn zu und blickte ihn mit traurigen Augen an, während er sich vergeblich vor ihr zu verbergen trachtete. Er sah, daß sie ihm etwas sagen wollte, er sah, wie sie die Hände an den Mund legte und ihm etwas zurief, aber er konnte sie nicht verstehen. Sie war viel zu weit weg.

Als er aufwachte, war es noch dunkel, aber die ersten Vögel ließen sich schon hören. Er setzte sich auf. Er war schweißnaß, und seine Stirn fühlte sich kalt an. Nujūm lag zwischen seinen Beinen, entspannt wie eine junge Katze. Sie schlief noch und atmete lautlos. Er hielt sich ruhig, um sie nicht zu wecken.

«Ich möchte dir ein Geschenk machen, Lope aus Guarda», hatte Ibn Ammar zu ihm gesagt, bevor er ihn an jenem Abend nach der Audienz verabschiedet hatte. «Ich hoffe, daß es dir gefällt und daß du es annimmst. Es würde mich glücklich machen, wenn ich auf diese Weise einen Teil meiner Dankesschuld abtragen könnte.»

War Nujūm das Geschenk, von dem Ibn Ammar gesprochen hatte? Ging seine Dankbarkeit so weit, daß er ihm ein Mädchen zum Geschenk machte?

Vor vier Tagen hatte ein Palastdiener den Sohn des Conde mit seiner Begleitung zu einem Empfang des Fürsten geladen. War es wirklich erst vier Tage her?

Sie hatten zuerst an einer Parade vor der Stadt teilgenommen und den Vorbeimarsch des fürstlichen Zuges miterlebt: voraus die grüne Herrscherstandarte, die Kesselpauken zu Pferd, die Pfeifer und Trompeter der Kapelle hinter dem silbernen Schellenbaum. Maultiere und Kamele dahinter, hochbeladen mit den Geschenken und Ehrengewändern, die der Fürst an die Offiziere seiner Truppen auszugeben beabsichtigte. Reiterabteilungen in dichtgeschlossenen Reihen, jede Schwadron in eine andere Farbe gekleidet, karmesinrot, himmelblau, goldgelb mit flatternden Lanzenwimpeln, die Pferde der vordersten Reihen in gleichfarbigen Schabracken. Dann der Fürst selbst auf einem Schimmel in leuchtend weißem Mantel, weißen Seidenstiefeln, weißer Kopfbinde. Dicht hinter ihm auf einem Rappen ein schwarzer Riese in Purpur und Gold, der den grünseidenen, mit blinkenden Steinen verzierten Schirm über ihn hielt, das Zeichen seiner Herrscherwürde. Der Schwertträger dichtauf, ebenso prächtig gekleidet wie der Schirmträger. Vier Offiziere der Leibwache dahinter. Dann der Hādjib, der das Gefolge anführte, die Vezire, die Würdenträger des Hofes, die Qadis und Beamten der Stadt, alle in großer Festgala. Am Schluß die Negerleibwache, gefolgt von Lanzenreitern in schwarzen Waffenröcken, zwischen denen Träger mit kupferbeschlagenen Truhen gingen, in denen sich der Ehrensold befand, den die Truppe an diesem Tag erhalten sollte. Ganz am Ende des Zuges auf einem Wagen die große Pauke aus getriebenem Messing, deren dumpfer, lang nachhallender Donner alle anderen Geräusche übertönt hatte.

Am Nachmittag waren sie in der großen Audienzhalle des al-Qasr Zeugen des Empfangs gewesen, der für eine Gesandtschaft des Fürsten von Almeria gegeben worden war. Der Hof hatte seine ganze Pracht entfaltet. Soldaten hatten dicht an dicht Spalier gestanden vom Flußtor bis zum Eingang des Palastes. Drei Hallen hatten sie durchquert, jede besetzt von einem großen Aufgebot prächtig gekleideter Diener, die die Gäste begrüßt und weitergeleitet hatten, bis sie endlich vor die Halle des Fürsten gekommen waren. Vor dem Eingang livrierte Türsteher, schwerbewaffnete Leibwachen mit silbernen Helmen, Protokollbeamte, die nur die bevorzugten Gäste eingelassen hatten.

Braune Pagen hatten sie mit Wohlgerüchen überstäubt, ein hoher Palastbeamter mit silbernem Stab hatte ihre Namen ausgerufen, als sie das Innere der Halle betreten hatten. Ringsum waren die Würdenträger gestanden, gestaffelt nach ihrem Rang, noch kostbarer gekleidet als zur Parade. Der Fürst als einziger sitzend, als einziger auch ganz in Weiß. Seine Umgebung dafür um so prächtiger. Der Schirmträger starrend vor Gold und Edelsteinen. Der Page mit dem Fliegenwedel in einem Gewand, das über und über mit Perlen bestickt war. Zur Rechten des Fürsten zwei seiner Söhne, zur Linken Ibn Ammar, der Hādjib.

Nie zuvor hatte Lope eine derartige Farbenpracht gesehen, nie so viel Reichtum, so viel Luxus, nie einen solchen Prunk, der auch noch den kleinsten Pagen wie einen großen Herrn erscheinen ließ. Er hatte miterlebt, wie der Gesandte aus Almeria dem Fürsten seine Aufwartung gemacht hatte, er hatte den Austausch der Geschenke erlebt, die Verteilung der Ehrengewänder, das Zeremoniell der Ansprachen und Ehrenbezeugungen. Er war überzeugt gewesen, daß es auf der Welt keinen mächtigeren Herrscher geben könnte als al-Mutamid, den Fürsten von Sevilla.

Am nächsten Morgen hatte er die Stadt im Gefolge Ibn Ammars verlassen. Am Abend waren sie im Sommerpalast des Hādjibs angekommen, der in den Bergen im Norden lag, einem weißen, von weitläufigen

Parks umgebenen Schloß, das einstmals den Kalifen von Cordoba gehört hatte. Noch am selben Abend hatte Ibn Ammar ihn zu sich rufen lassen.

Sie waren allein gewesen in einem kleinen, mit Teppichen ausgelegten Turmzimmer. Nur ein kleiner schwarzer Page war manchmal zu ihrer Bedienung hereingekommen. Ibn Ammar hatte von Barbastro gesprochen und von ihrer Begegnung am Fuß der Stadtmauer. Er hatte von Yūnus gesprochen und wie sehr er dem Hakīm zu Dank verpflichtet sei, und für eine kurze Spanne atemlosen Glücks hatte sich Lope in der Hoffnung gewiegt, daß die Träume, die ihn mit Karīma verbanden, sich allen Widerständen zum Trotz doch erfüllen könnten. Aber im nächsten Augenblick hatte Ibn Ammar, ohne es zu ahnen, alles mit ein paar dürren Worten zunichte gemacht.

Er hatte von Zecharia gesprochen, dem jungen Arzt, der Lope im Krankenhaus gesundgepflegt hatte. Er hatte gesagt, daß Yūnus seine Tochter diesem jungen Arzt zur Frau geben wollte, daß sie ihm schon versprochen sei, der Heiratsvertrag längst geschlossen. Er hatte gesagt, daß er Zecharia aus diesem Anlaß in die Liste seiner Leibärzte aufnehmen wollte, um mit der Beförderung des Schwiegersohns auch Yūnus eine Ehrung zukommen zu lassen. Er hatte keinen Ausweg offengelassen. Nichts, woran Lope noch eine Hoffnung hätte knüpfen können.

Draußen war es taghell inzwischen, und das Vogelgezwitscher war so laut geworden, daß es klang, als hätten sich alle Vögel des Parks vor dem Pavillon versammelt, um den Morgen einzusingen. Nichts war zu hören außer dem Gesang der Vögel und dem leisen Rauschen des Wassers über dem marmornen Wasserfall. Dann fiel plötzlich eine neue Stimme in das Konzert ein, zaghaft zunächst und leise tastend, als müßte sie sich ihrer Sangeskunst erst wieder vergewissern, bevor sie sich mit jubilierender Kraft in die Höhe schwang, klar und schlank wie der Ton einer Flöte, schluchzend, schmelzend, jeden Triller mit einem noch hinreißenderen Triller überbietend, in immer neuen Melodien schwelgend, so unbeschreiblich schön, daß alle anderen Vögel davor zu verstummen schienen.

Es war ein kleiner, unscheinbarer Vogel mit gelbem Schnabel. Er saß in einem Käfig, der am höchsten Punkt der Kuppel hing, wo eine runde Öffnung ausgespart war, durch die das Licht hereinfiel. Er saß auf der höchsten Sprosse, so nah an der Öffnung, wie es die Gitterstäbe erlaubten. Er konnte nicht in den Park hinaussehen, aber er schien zu ahnen, daß das Loch über ihm ins Freie führte, und er sang mit emporgerecktem Schnabel, als wollte er nach draußen rufen. Er sang ohne Pause. Er schien keine Antwort zu erwarten, und manchmal ließ sich aus seinem jubilierenden Gesang ein klagender Unterton heraushören, als sänge er nicht aus Freude über diesen neuen Morgen, sondern nur in der Erinnerung an einen anderen Morgen, den er anderswo an einem glücklicheren Ort erlebt hatte.

Als der erste Sonnenstrahl den Dachreiter über der Kuppelöffnung vergoldete, verstummte er, und auf einmal war es sonderbar still, der Gesang der anderen Vögel draußen nur noch wie ein fernes Echo.

Lope spürte, wie sich Nujūm bewegte, als hätte die plötzlich einsetzende Stille sie geweckt. Er sah, wie sie die Augen aufschlug, und sah ihr Lächeln, als sie bemerkte, auf welch vertraute Weise sie sich im Schlaf zwischen seine Beine geschmiegt hatte. Sie begann, noch halb im Schlaf, ihn zu liebkosen, und unter ihren zärtlichen Händen verblaßten alle Gedanken, die ihn bedrückten, und wurden leicht und schwerelos und flogen davon.

Yūnus gab sich jede Mühe, um vor seiner Tochter den Eindruck zu erwecken, als liefe alles seinen gewohnten Gang. Aber es fiel ihm von Tag zu Tag schwerer. Wenn sie sich am Morgen beim Frühstück gegenübersaßen und das Gespräch einsilbig wurde, erschienen ihm die Pausen unerträglich lang. Wenn er beim Abendessen von den Ereignissen des Tages erzählte, kam er sich auf peinliche Art geschwätzig vor und empfand den Plauderton, den er dabei anschlug, als falsch und verlogen, seine Freundlichkeit als aufgesetzt, sein ganzes Benehmen als so unnatürlich, daß es jedem auffallen mußte. Manchmal war er überzeugt, daß Karīma ihn längst durchschaut hätte. Manchmal zweifelte er daran, ob sie ihn überhaupt wahrnahm.

Er hatte lange nicht bemerkt, wie sie sich verändert hatte, wie sie schmaler geworden war, stiller, verschlossener. Jetzt, seitdem er wußte, wie es um sie stand, entdeckte er jeden Tag neue Anzeichen dieser beunruhigenden Entwicklung. Sie war zusehends abgemagert. Die Augen waren unnatürlich groß in ihrem blassen Gesicht, die Haut fast durchscheinend. Sie aß kaum etwas. Oft war sie so abwesend, daß sie seine Stimme überhörte, wenn er sie ansprach. Er hatte sie anfangs häufiger in die Praxis mitgenommen, nachdem ihm Ibn Ammar versichert hatte, daß Lope keine Gefahr mehr darstellte. Er hatte gehofft, die Arbeit in der Praxis könnte sie ablenken. Er hatte nicht bedacht, daß sie, ganz im Gegenteil, noch unruhiger geworden war, weil sie außerhalb des Hauses jeden Augenblick damit gerechnet hatte, den jungen Spanier irgendwo auftauchen zu sehen. Sie war zweimal ohnmächtig geworden in diesem Zustand ständiger Anspannung, und es war ihm nichts anderes übriggeblieben als sie unter Dādās und Ammi Hassāns Aufsicht im Haus zurückzulassen.

Er hatte sie auch am Sabbat in der Synagoge immer wieder beobachtet, und ihr Anblick hatte ihm jedesmal die Kehle abgeschnürt. Er hatte ihre atemlose Unruhe auf dem Hinweg erlebt, und das erwartungsvolle Flackern ihrer Augen, wenn sie im Hof der Synagoge nach Lope Ausschau gehalten hatte, und ihre tiefe Verzweiflung, wenn sie hatte einsehen müssen, daß es vergeblich gewesen war. Es gab Augenblicke, da verfluchte er sich dafür, daß er zu Ibn Ammar gegangen war. Es gab Augenblicke, da war er nahe daran, nachzugeben und allem seinen Lauf zu lassen.

Aber er war Arzt, und er kannte die Symptome, die er bei seiner Tochter beobachten konnte, gut genug. Er hatte zu oft miterlebt, wie verzagte Eltern ihm ein blasses, abgemagertes Mädchen in die Praxis gebracht hatten mit allen Anzeichen jener Leiden, die unglückliche Liebe hervorruft. Er wußte aus langer Erfahrung, wie rasch diese Leiden für gewöhnlich vergingen, auch ohne Hilfe des Arztes. Zwar hatte es auch einmal einen Fall gegeben, der tragisch ausgegangen war: Vor acht Jahren war die Tochter eines Ältesten wegen eines jungen Mannes ins Wasser gegangen, aber das war eine seltene Ausnahme gewesen. Und Yūnus war überzeugt, daß seine Tochter vor einer solchen Verzweiflungstat gefeit wäre. Sie gehörte nicht zu jenen, die sich aufgeben, sie war zu stark, um vor Leid zu vergehen.

Irgendwann aber begriff Yūnus, daß sie auch zu stark war, um sich einfach seinen Wünschen zu fügen. Daß sie zu eigensinnig war, zu selbstbewußt, um Lope so ohne weiteres aufzugeben und ihn zu vergessen. Und er beschloß, sich noch ein zweites Mal an Ibn Ammar um Hilfe zu wenden.

Zwei Tage danach kam ein Sekretär mit der Nachricht, daß der Hādjib sich erlaubt habe, ihm zum Fest des Fastenbrechens am Ende des Ramadan ein Boot zur Verfügung zu stellen, ein großes Boot mit einem Steuermann und vier Ruderern und Platz für mehr als zwanzig Passagiere. Yūnus lud seine Freunde ein, Ibn Eli und ar-Rashīdi mit ihren Familien, auch Nabīla und Sarwa dabei mit ihren Kindern. Und Ammi Hassān packte Polster und Kissen zusammen, und die alte Dādā bereitete Speisen und Getränke vor für einen Ausflug auf dem Fluß.

Am Tag des Festes war wie üblich die ganze Stadt in Feierstimmung.

Es war hart für die Muslims, wenn der Ramadan in die heißeste Zeit des Jahres fiel. Um so ausgelassener feierten sie dann das Ende der Fastenzeit. Auch Juden und Christen feierten mit, in der Vorstadt Taryāna waren die Tavernen die ganze Nacht hindurch geöffnet, in allen Straßen war Musik, auf dem Fluß ein Gewimmel von Booten, daß es manchmal den Eindruck machte, als könnte man trockenen Fußes vom einen Ufer zum anderen gelangen. Es gehörte zu den bevorzugten Vergnügungen der Sevillaner Gesellschaft, an Feiertagen eine Bootsfahrt auf dem Fluß zu unternehmen. Die kleinen Leute fuhren auf Fischerkähnen und selbstgezimmerten Flößen, die Wohlhabenden mieteten sich größere Boote und elegante Gondeln, die Reichen und die Vornehmen hatten ihre eigenen Schiffe, manche besaßen große Galeeren mit zehn, zwölf Ruderern und einem Orchester, das auf Deck spielte. Manchmal nahm auch der Fürst mit seinen Prunkschiffen an dem Vergnügen teil und führte die Parade der Feiertagsschiffer an.

Man fuhr zum Leuchtturm von Shantabaws, wo fliegende Händler ihre Imbißstände aufgebaut hatten, man besuchte die kleine oder die große Insel im Delta, wo immergrünes Gras wuchs und riesige Pferdeherden aus den Gestüten des Fürsten weideten. Man machte Picknick auf einer der kleineren Inseln oder am Ufer im Schatten von Ulmen und Weiden. Die Armen angelten und brieten Fische über offenem Feuer, die Reichen ließen sich von Köchen auf Deck auserlesene Gerichte zubereiten und tauschten ihre Spezialitäten von Bord zu Bord. Die Halbwüchsigen ruderten um die Wette, die jungen Männer umkreisten jedes Boot, in dem sie ein hübsches Mädchen entdeckten. Und überall, wo sich Bekannte und Verwandte trafen, gab es ein fröhliches Hin und Her bis tief in die Nacht hinein, wenn sich die letzten mit Lichtern geschmückten Boote von der Flutwelle des Meeres in die Stadt zurücktreiben ließen.

Yūnus' Freunde genossen den Tag. Es war ein tiefblauer Sommertag, nicht zu heiß, der Samum hatte noch nicht eingesetzt, die Luft war klar und mild und vom Salzgeruch des Meeres erfüllt. Händler auf kleinen, schnellen Ruderbooten verkauften die ersten Weintrauben und Feigen aus Malaga. Selbst Karīma ließ sich von der fröhlichen Stimmung an Bord mitreißen und schien für Augenblicke ihren Kummer zu vergessen.

Nur Yūnus hatte nicht die rechte Muße, unbeschwert mitzufeiern. Er hatte nicht in Erfahrung gebracht, was Ibn Ammar vorhatte, aber er ahnte, daß ihnen eine Begegnung bevorstand, die seiner Tochter einen bösen Schmerz bereiten würde. Während des ganzen Tages suchte er unablässig die Boote ab, die ihnen begegneten, beobachtete die winkenden Ausflügler am Ufer, blickte sich in wachsender Unruhe um. Nichts geschah.

Erst kurz vor Sonnenuntergang, als sie schon die Kalkbrennöfen vor Taryāna passiert hatten, fiel ihm plötzlich ein Boot auf, das ihnen in einigem Abstand folgte. Es war in den gleichen Farben bemalt und trug den gleichen Wimpel wie das, auf dem sie fuhren, aber es war schlanker und schneller und holte rasch auf. Nur zwei Passagiere waren auf dem erhöhten Achterdeck zu sehen, ein vornehm gekleideter junger Mann mit einer meergrünen Kopfbinde und ein Mädchen von auffallender Schönheit, ohne Schleier und mit offenen Haaren. Die beiden saßen nebeneinander, das Mädchen hatte den Kopf an die Schulter des jungen Mannes gelehnt, und sie blickten zurück auf die blinkende Spur, die ihr Boot auf dem Wasser hinterließ. Ein Sohn aus adligem Hause, der mit seiner Lieblingssklavin auf dem Fluß spazierenfuhr.

Erst als das andere Boot fast gleichauf war, erkannte Yūnus, daß es Lope war, der da an ihnen vorüberfuhr.

Nur einen Atemzug später sah ihn auch Karīma. Yūnus wagte nicht, sie offen anzublicken, er beobachtete sie mit gesenktem Kopf unter den Brauen heraus. Er sah, wie sie alle Farbe verlor, wie sie um Fassung rang und alle Kraft aufwandte, um sich nichts anmerken zu lassen. Er betete inständig, daß Lope nicht auf sie aufmerksam würde. Er betete, daß Ibn Eli ihn nicht erkannte. Er starrte in verzweifelter Anspannung auf die Ruder an Lopes Boot, als könnte er ihren Schlag beschleunigen.

Karīma wandte die Augen nicht ab, sie blickte den beiden nach, bis das Segel ihr die Sicht nahm.

Danach saß sie lange regungslos auf ihrem Platz am Mast, stellte sich dann an die Reling und schaute auf das Wasser hinaus. Als sie sich umwandte, schien sie völlig gelassen. Auch auf dem Heimweg war ihr nichts anzumerken.

«Ich glaube, unser Schäfchen hat es überstanden», sagte die alte Dādā am nächsten Abend. Vier Tage später gab Karīma ihre Einwilligung zur Heirat mit Zecharia.

MSHAD

Zweites Zwischenspiel

1071 bis 1082

Lope erlebte zwei Monate unbeschwerten Glücks.
Gegen Ende August wurde er zusammen mit dem Infanzon, der das Gefolge des jungen Grafen von Guarda anführte, überraschend vor Ibn Ammar gerufen. Es gab alarmierende Nachrichten aus dem Norden, die auch für sie von weitreichender Bedeutung waren.

Don Sancho, der König von Kastilien, hatte sich heimlich mit einigen einflußreichen Männern des galicischen Adels verständigt, war mit nur dreihundert Rittern unter dem Vorwand einer Wallfahrt nach Santiago de Compostela gezogen, hatte sich dort mit seinem Bruder Don Garcia, dem König von Galicien, getroffen und ihn bei diesem Treffen überrumpelt und gefangengesetzt. Don Alfonso von Leon, der dritte Bruder, dessen Herrschaftsgebiet die kastilische Truppe auf ihrem Weg nach Galicien hatte durchqueren müssen, war genauso getäuscht worden wie Don Garcia. Bevor der König von Leon hatte reagieren können, war Don Sancho mit seinem Gefangenen schon wieder in Burgos zurück gewesen, hatte den Bruder einen Vasalleneid schwören lassen und dessen zweijährigen Sohn Ramiro als Geisel einbehalten.

Wenige Tage später kam ein Bote Don Garcias nach Sevilla, der für seinen Herrn um Asyl bat. Und wiederum zwei Wochen später traf der abgesetzte König selbst ein, erschöpft, mit kleinem Gefolge, nahezu mittellos. Al-Mutamid bereitete ihm auf Anraten Ibn Ammars einen fürstlichen Empfang und stellte ihm ein Stadtpalais mit großer Dienerschaft zur Verfügung.

Ibn Ammar beobachtete die Entwicklung im Norden mit größter Besorgnis. Es war abzusehen, daß es zum Krieg kommen würde. Don Alfonso von Leon saß in der Zange, solange Don Sancho über Kastilien und Galicien herrschte. Es blieb ihm keine andere Wahl, als loszuschlagen.

In den ersten Januartagen des Jahres 1072 kam es am Ufer des Flüßchens Pisuerga, bei Golpejera, eineinhalb Wegstunden nördlich von Carrión, zur Schlacht. Der Kampf ging einen Tag lang unentschieden hin und her, dann griff Don Sancho zu einer gängigen List. Er täuschte eine Flucht vor, überließ dem Gegner sein Lager mit großen Vorräten an Lebensmitteln und Wein, wartete danach, bis die Truppen aus Leon ihren vermeintlichen Sieg ausreichend gefeiert hatten, und griff im Morgengrauen an. Don Alfonso erlitt eine vernichtende Niederlage. Er selbst wurde gefangen und mit ihm fast der gesamte Adel von Leon. Schon ein paar Tage später, Mitte Januar, ließ sich Don Sancho zum König von Leon krönen. Er hatte erreicht, was er von Anfang an gewollt hatte: das ungeteilte Erbe seines Vaters. Er war König von Kastilien, Galicien und Leon.

Von dem Tag an, als die ersten Nachrichten vom Sieg Don Sanchos nach Sevilla gekommen waren, wartete Lope voll banger Ungewißheit auf eine Botschaft aus Guarda. Es gab keinen Zweifel, daß der neue König die Duero-Grafen zu freiwilliger Unterwerfung und zur Stellung von Geiseln zwingen würde. Er hatte schon vor der entscheidenden Schlacht gegen Don Alfonso seinen Herrschaftsanspruch auf das Gebiet südlich des Duero geltend gemacht, indem er einen Mann seines Vertrauens auf den Bischofsstuhl von Braga gesetzt hatte, obwohl es dort noch nicht einmal eine Domkirche gab. Es war nur eine Frage der Zeit, wann er den Sohn des Conde an seinen Hof holen würde.

Der Bote kam schon im März. Früher, als erwartet. Der König hatte mit Widerstand zu kämpfen und mußte sich den Rücken freihalten.

Don Alfonso, der im kastilischen Kloster Sahagun gefangengesetzt worden war, hatte sich mit Hilfe seiner Schwester Urraca befreien können und war zu al-Ma'mūn geflüchtet, dem Fürsten von Toledo. Er bekam eine Residenz in der Nähe der Stadt zugewiesen und das Jagdschloß Brihuegas am Tajuna, wo er seiner Lieblingsbeschäftigung nachgehen konnte.

Die Schwester Urraca begann indessen unter den Adligen von Leon den Aufstand zu schüren. Sie war sechsunddreißig Jahre alt, die älteste unter den fünf Kindern des großen Don Fernando. Sie war eine willensstarke, energische Frau. Das Heiratsverbot, das ihr vom Vater auferlegt worden war, hatte sie daran gehindert, eine Familie zu gründen und Kinder großzuziehen. Ihre ganze Liebe schenkte sie jetzt dem fünf Jahre jüngeren Bruder Alfonso. Er war schon als Kind ihr Liebling gewesen wegen seiner sanften, nachgiebigen Art. Sancho dagegen, den groben, großspurigen Kraftprotz, hatte sie immer gehaßt. Sie verschanzte sich in der starken Festung Zamora, die ihr der Vater als Erbe hinterlassen hatte, und forderte ihn offen heraus. Al-Ma'mūn von Toledo unterstützte sie heimlich mit Geld. Er wußte so gut wie Ibn Ammar in Sevilla, welch gefährliche Bedrohung ein unter einer Hand geeintes spanisches Königreich im Norden für Andalusien darstellen mußte.

Der Graf von Guarda versuchte, die Auslieferung seines Sohnes hinauszuzögern, aber schließlich mußte er nachgeben, und im Juni bekam Lope den Befehl, sich mit dem Jungen nach Sahagún zu begeben, wo Don Sancho sein Heer sammelte. Vor der Abreise wurde er noch einmal in den Palast des Hādjibs geholt. Ibn Ammar war nicht allein, als er ihn empfing, Don Garcia war bei ihm, und beide unterbreiteten ihm ein Angebot, das ihm den Abschied von Nujūm leichter machte, als er es je zu hoffen gewagt hatte.

Don Garcia vermutete, daß der König seine Geiseln mit in das Feldlager vor Zamora nehmen würde, um ihrer sicher zu sein. Er versprach, Lope zum Burgherrn zu machen, wenn es ihm gelänge, seinen Sohn Ramiro auf irgendeine Weise zu befreien und nach Sevilla zu bringen. Es war die Chance, die sich nur einmal im Leben bietet, und Lope zögerte keinen Augenblick, sie zu ergreifen.

Als er ankam, lag das Heer schon vor Zamora, und der Belagerungsring war fast geschlossen. Aber anders als erwartet, war Don Garcias Sohn Ramiro nicht im Feldlager, sondern in der Obhut der Königin in Burgos. So war es Lope unmöglich, an ihn heranzukommen.

Die Belagerung zog sich in die Länge. Die Stadt war von einer gewaltigen Mauer umgeben, die sie so gut wie unangreifbar machte. Man konnte sie nur aushungern, aber wie es schien, hatte Donna Urraca genügend Vorräte gestapelt. Don Sancho versuchte, mit einigen der Verteidiger auf den Mauern Verbindung aufzunehmen, um sie durch Bestechungsgelder und Versprechungen zu bewegen, seinen Leuten nachts Zugang zu einem der Türme zu verschaffen. Donna Urraca ihrerseits gelang es, einen Mann aus der Umgebung des Königs zu einem Attentatsversuch anzustacheln. In einem unbewachten Augenblick rammte dieser Mann Don Sancho einen Spieß durch die Brust. Man rief die Leibärzte. Als sie kamen, lebte der König noch, aber sie wagten nicht, die tödliche Waffe aus der Wunde zu ziehen. Der Mörder konnte in die Stadt entkommen.

Die Nachricht von dem Attentat ging wie ein Sturmwind durch das Heer der Belagerer. Der König war noch nicht tot, da verschwanden schon die ersten seiner Gefolgsleute, die Kastilier am schnellsten. Jeder wollte möglichst rasch auf seine Besitzungen kommen, um sie während der königlosen Zeit besser verteidigen, und, wenn sich die Gelegenheit bieten sollte, vielleicht auch erweitern zu können. Jeder wollte den Vorsprung nutzen, den ihm das Wissen um den Tod des Königs vor den Daheimgebliebenen gab. Auch die Geiseln, die Don Sancho auf den Feldzug mitgenommen hatte, machten sich eilig aus dem Staub. Nur Lope blieb mit dem Sohn des Conde im Lager zurück.

Er folgte den wenigen Getreuen und den Kaplänen, die bei dem toten König ausgeharrt hatten und jetzt die Leiche in rasender Hast zum Kloster Oña brachten, wo Don Sancho, wie es üblich war, schon kurz nach seinem Regierungsantritt die nötigen Stiftungen für seine Grablege gemacht hatte. Ein Teil des Gefolges blieb bei der Bahre im Kloster, der andere Teil ritt nach Burgos weiter, Lope mit ihnen. Die böse Nachricht war vorausgeeilt, die Stadt schon aus den Fugen, der Hof in voller Auflösung. Mit Hilfe eines der Kapläne kam Lope in die Burg und gewann das Vertrauen eines Kämmerers. Zwei Tage danach, als die Königin mit den Resten ihres Hofstaates zu den Trauerfeierlichkeiten nach Oña abgereist war, gelang es ihm, mit dem Prinzen Ramiro und dem Sohn des Conde unbemerkt aus der Burg und der Stadt zu entkommen. Sie ritten zu dritt auf einem Pferd, zuerst nach Süden, bis sie an den Fuß der Berge kamen, und dann in westlicher Richtung immer in Sichtweite der Bergkette durch das Niemandsland. Nach drei Wochen erreichten sie Guarda.

Don Garcia, durch Eilboten verständigt, kam Mitte November aus Sevilla zurück, nahm seinen Sohn in Empfang und begab sich nach Tuy, wo er seine Leute um sich zu sammeln begann. Lope begleitete ihn und wartete auf das versprochene Lehen.

Don Alfonso hatte sich unmittelbar nach dem Mord an Don Sancho von Toledo aus nach Leon begeben. Noch vor Ende Oktober hielt er dort einen Hoftag ab, um sich von seinen Vasallen erneut huldigen zu lassen. Ein großer Teil des kastilischen Adels blieb jedoch fern. Man verdächtigte den König einer Mitschuld an der Ermordung seines Bruders. Er konnte sich zunächst nur auf sein Stammland Leon verlassen.

Anfang des Jahres 1073 lud er auf den Rat Donna Urracas hin seinen Bruder Garcia zu einem Treffen ein. Mitte Februar kam Don Garcia arglos und ahnungslos und ohne die geringsten Vorsichtsmaßnahmen getroffen zu haben an den vereinbarten Ort. Der Bruder setzte ihn ohne Skrupel fest und ließ ihn in der Festung Luna, nordwestlich von Leon, in Eisen legen. Mit ihm einige seiner engsten Vertrauten, unter ihnen auch Lope, der seit der waghalsigen Entführung des Prinzen Ramiro als treuer Gefolgsmann Don Garcias galt.

Während die spanischen Könige im Norden sich gegenseitig bekämpften und der siegreiche Don Alfonso schließlich seine neugewonnene Macht zu konsolidieren suchte, erlebten die andalusischen Reiche im Süden eine Zeit des Friedens und des Wohlstands. Andalusien war wie eine Insel der Ruhe in einem von Stürmen aufgepeitschten Meer.

Im Jahre 1071 wurde das byzantinische Heer von den Türken vernichtet, die sich mit diesem Paukenschlag in der Weltgeschichte anmeldeten. Der Kaiser wurde gefangen, das ganze Oströmische Reich war dem Zusammenbruch nah. Im selben Jahr eroberten die Türken Jerusalem. Die Yeshiva, der hohe Rat der palästinensischen Judenschaft, mußte nach Tyrus ausweichen. Christliche Pilger konnten vorübergehend nicht mehr zu den heiligen Stätten wallfahrten.

Anfang Januar 1072 eroberten die Normannen Palermo und beendeten die muslimische Herrschaft in Sizilien. In Ägypten tobte ein Bürgerkrieg. Im westlichen Nordafrika drangen die fanatisch religiösen Beduinenkrieger der Almoraviden unter ihrem neuen Amīr, Yūsuf Ibn Tashfin, nachdem sie sich in Marrakesch festgesetzt hatten, immer weiter vor und bedrohten die reichen Hafenstädte an der Küste des Mittelmeers.

In allen Ländern der muslimischen Welt herrschten Krieg, Hunger, Gewalt und Zerstörung. Nur Andalusien war verschont.

In Sevilla verfolgte Ibn Ammar, während der Fürst an seinem neuen Palast baute, der sich dort erhob, wo heute der Torre del oro steht, seine Pläne zur Erweiterung des Reiches, um für den erwarteten Ansturm der Spanier aus dem Norden gerüstet zu sein. Als im Sommer 1073 der älteste Sohn des Fürsten, Siradj ad-Daula, vierzehn Jahre alt wurde, bewegte er al-Mutamid dazu, den Prinzen als Gouverneur nach Cordoba zu schicken. Ein erster Schritt auf dem Weg, Cordoba doch noch zur Hauptstadt des Reiches zu machen.

Ein Jahr später starb Badis, der Berber-Fürst von Granada, und hinterließ sein Reich seinen beiden Enkeln. Abd-Allāh, der ältere, erhielt Granada, Tamim, der jüngere, Malaga. Beide waren noch minderjährig, Abd-Allāh siebzehn, Tamim fünfzehn Jahre alt. Ibn Ammar nutzte die Gelegenheit sofort zu einem Angriff. Er mobilisierte die eigenen Truppen in Sevilla und Cordoba, warb zusätzlich spanische Söldner an, eroberte die starke Bergfestung Alcalá la Real an der Grenze und begann Granada zu belagern. Gleichzeitig ließ er mitten in der Vega, sechs Stunden westlich von Granada, bei Pinos puente eine Burg errichten, von der aus die Stadt unter Druck gehalten werden konnte, auch als im Spätherbst das Gros des Belagerungsheeres abgezogen werden mußte.

Abd-Allāh versuchte, die Burg zu stürmen. Als ihm das nicht gelang, wandte er sich an seinen Nachbarn im Norden um Hilfe, an al-Ma'mūn, den Fürsten von Toledo. Und nun rächte es sich bitter, daß al-Mutamid, der Fürst von Sevilla, nicht den Mut gehabt hatte, die Residenz nach Cordoba zu verlegen.

Als Cordoba im Jahre 1070 von sevillanischen Truppen besetzt worden war, hatte Ibn Martīn, der Oberbefehlshaber, die Spitzen der toledanischen Partei in der Stadt verhaften lassen, unter ihnen auch einen gewissen Hakam, einen Mann von altem arabischem Adel, der seinen Stammbaum bis auf den Propheten-Gefährten Ukasha zurückführte. Dieser Hakam Ibn Ukasha hatte sich bald danach aus der Gefangenschaft befreien können und war nach Toledo geflüchtet. Er war bekannt als großer Haudegen und fähiger Truppenführer. Al-Ma'mūn ernannte ihn zum Gouverneur der Provinz von Calatrava, die unmittelbar im Norden an das Gebiet von Cordoba angrenzte. Jetzt, auf den Hilferuf Abd-Allāhs von Granada hin, schickte er ihm Geld und Truppen und gab ihm den Auftrag, Cordoba anzugreifen.

Hakam Ibn Ukasha nahm Verbindung zu seinen Parteigängern in der Stadt auf. Mitte Mai 1075 rückte er unbemerkt mit wenigen zuverlässigen Reitern an, wurde nachts heimlich eingelassen und überfiel zuerst den Palast des Kronprinzen, danach den des Oberbefehlshabers Ibn Martīn, den er bei einem intimen Fest mit Musikern und Tänzerinnen überraschte. Am Morgen ließ er die Köpfe der beiden auf Stangen durch die Straßen tragen. Innerhalb weniger Stunden hatte er die Stadt ohne Kampf gewonnen.

Für Sevilla war es eine Katastrophe. Nicht nur Cordoba war verloren, man mußte auch die Zwingburg vor Granada aufgeben und alle Burgen auf dem Weg dorthin. Alle Gewinne waren verspielt, die Grenzen wieder so wie zu Beginn der Regierungszeit al-Mutamids. Der Fürst war erschüttert über den Tod seines ältesten Sohnes. Ibn Ammar überreichte ihm ein mitfühlendes Beileidsgedicht, überließ ihn seiner theatralischen Trauer und machte sich mit zäher Energie daran, das Verlorene zurückzugewinnen.

Im Spätsommer 1078 konnte er einen Teil des Stadtadels von Cordoba und die dortige Judengemeinde zu einem Aufstand bewegen. Hakam Ibn Ukasha mußte fliehen und wurde auf der Brücke über den Guadalquivir von einem Juden aus der Stadt erschlagen. Mit seinem Tod fiel auch die Provinz von Calatrava in die Hände der sevillanischen Truppen unter Ibn Ammar, und damit das gesamte toledanische Herrschaftsgebiet südlich der Guadiana. Wenig später konnte die Festung Alcalá la Real zurückerobert werden, und auch die Bürger von Jaen sagten sich von Granada los, vertrieben ihren Burgherrn und schlossen sich Sevilla an.

Im selben Jahr erreichte Ibn Ammar ein Brief aus Aledo. Er kam von al-Djilliqī, der Galicierin, der Witwe des alten Qa'id von Murcia. In dem Brief erinnerte sie ihn daran, daß der Enkel, der ihr dank seiner, Ibn Ammars, erfindungsreicher Hilfe von Gott geschenkt worden sei, inzwischen das Alter von vierzehn Jahren erreicht habe, was ihn befähige, das Erbe seines Großvaters anzutreten. Um dem Enkel zur Macht zu verhelfen, müßte lediglich sein Onkel, Muhammad Ibn Tāhir, verjagt werden, eine Aufgabe, die sich um so leichter lösen ließe, als viele Bürger Murcias und große Teile des Adels nur auf Hilfe von außen warteten, um gegen den Usurpator loszuschlagen.

Das Angebot der Galicierin eröffnete die grandiose Aussicht, das Herrschaftsgebiet von Sevilla mit einem Schlag bis an die östliche Küste der Halbinsel auszudehnen und die beiden letzten Gegner in Südandalusien, Granada und Almeria, von allen Seiten einzuschließen.

Ibn Ammar bereitete den Feldzug nach Murcia für das Jahr 1079 vor. Er konnte sich nur auf eine geringe Zahl eigener Truppen stützen, weil er den Großteil des sevillanischen Heeres für die Sicherung der eroberten Gebiete im Norden und Osten von Cordoba benötigte. Er war darauf angewiesen, eine Söldnertruppe anzuwerben. Auf den Rat Abu'l-Fadl Hasdais, des Hādjibs von Zaragoza, wandte er sich nach Barcelona.

Die Grafschaft von Barcelona nahm eine Sonderstellung unter den souveränen Staaten der Halbinsel ein. Sie war hervorgegangen aus der spanischen Mark, dem einzigen Stützpunkt südlich der Pyrenäen, den Karl der Große nach seinem berühmten Feldzug gegen die Sarazenen in Spanien behalten hatte. Die Grafen von Barcelona hatten seitdem immer den fränkischen, später den französischen König als Oberherrn anerkannt und sich stärker als ihre Nachbarn nach Frankreich orientiert.

Im Jahr 1079, als sich Ibn Ammar nach Barcelona wandte, hatte er es dort aufgrund einer der sonderbarsten Nachfolgeregelungen, die je ein regierender Fürst in seinem Testament verfügt hat, gleichzeitig mit zwei Grafen zu tun. Über die Hintergründe soll hier kurz berichtet werden, weil dabei die turbulenteste Liebesgeschichte eine Rolle spielt, die aus dem elften Jahrhundert überliefert ist:

Die Geschichte von Almodis de la Marche und Ramon-Berenguer

Im Jahr tausendundzweiundfünfzig unternahm Ramon-Berenguer, Graf von Barcelona, eine Reise nach Rom. Er nahm den Landweg, denn Barcelona war damals noch nicht Seemacht, und die Reise über Land wurde als sicherer angesehen. In Narbonne machte er Station und wurde, wie üblich, als hochrangiger Besucher vom Landesherrn, dem Grafen von Toulouse, der sich gerade in der südfranzösischen Hafenstadt aufhielt, empfangen.

Graf Pons von Toulouse war ein Herr von siebenundfünfzig Jahren, einer der mächtigsten Fürsten Frankreichs. Er war verheiratet mit Almodis de la Marche, der Schwester des Markgrafen von Limousin. Die Gräfin nahm an dem Empfang teil. Als sie und der Gast sich zum ersten Mal gegenüberstanden, müssen die Funken geflogen sein. Es ist nichts überliefert, aber es kann nicht anders gewesen sein. Für ein langwieriges Getändel hatten sie gar keine Zeit.

Ramon-Berenguer eilte nach Rom, wo er vom Papst empfangen wurde. Er hetzte zurück, machte wieder in Narbonne Station. Und diesmal traf er sich heimlich mit Almodis. Auch das ist nicht überliefert, aber auch das kann nicht anders gewesen sein, denn genau neun Monate danach brachte sie Zwillinge zur Welt, die dem Grafen von Barcelona so ähnlich sahen, daß ein Zweifel über den Vater ausgeschlossen war.

Die beiden vereinbarten noch in Narbonne eine Entführung. Ein völlig wahnsinniges Unterfangen in der gegebenen Situation.

Der Graf von Barcelona war kein Jüngling mehr, die Gräfin von Toulouse kein junges Mädchen. Sie waren beide schon dreißig und beide in zweiter Ehe verheiratet. Die Verbindung zwischen Ramon-Berenguer und seiner zweiten Frau Blanca war gerade erst ein Jahr alt. Almodis hatte sechs Kinder, zwei von ihrem ersten Mann Guy de Lusignan, vier aus der Ehe mit dem Grafen von Toulouse. (Der zweite Sohn aus dieser Ehe war Graf Raymond de St. Gilles, einer der Anführer des ersten Kreuzzugs und einer der größten Ritter seiner Zeit. Seine Tochter Philippie heiratete später Guilleaume X., Herzog von Aquitanien. Beider Tochter wiederum, und damit die Urenkelin der Almodis de la Marche, war die berühmte Alienor von Aquitanien: Nacheinander Königin von Frankreich und von England, Patronin der Troubadoure und die bemerkenswerteste Frau des zwölften Jahrhunderts in Europa. Aber wieder zurück zu ihrer Urgroßmutter.)

Ramon-Berenguer, kaum in Barcelona zurück, nahm die vereinbarte Entführung in Angriff. Er verstieß als erstes seine Frau Blanca. Eine Scheidung war zwar nach den Gesetzen der Kirche verboten, aber die Kirche selbst hatte einen klassisch schönen Weg gefunden, dieses Verbot zu umgehen: Sie erlaubte nämlich nur dann eine Eheschließung, wenn die beiden Partner bis ins siebte Glied, also sieben Generationen zurück, keinen gemeinsamen Blutsverwandten hatten. Das war für adlige Heiratskandidaten eine unerfüllbare Forderung. Der europäische Adel war derart verschwistert und verschwägert, daß unter diesen Bedingungen nicht einmal ein spanischer Prinz mit einer norwegischen Prinzessin eine legitime Ehe hätte führen können. Mit anderen Worten: Alle Ehen unter dem europäischen Adel der damaligen Zeit waren kirchenrechtlich ungültig. Um überhaupt heiraten zu können, brauchte man eine Ausnahmegenehmigung der Kirche.

Wer sich danach wieder scheiden lassen wollte, mußte diese Ausnahmegenehmigung lediglich von der nächsthöheren kirchlichen Instanz für ungültig erklären lassen. Das war nur eine Kostenfrage. Die Kirche verdiente an beidem. Wer reich war, konnte sich nach Belieben scheiden lassen.

Der Graf von Barcelona war reich genug. Nachdem er sich auf die beschriebene Weise für Almodis frei gemacht hatte, ließ er die Vorsteher der Judengemeinde seiner Hauptstadt zu sich kommen und schickte Boten an den andalusischen Fürsten Ali Ibn Mudjāhid, den Herrn von Denia, Tortosa und den Balearischen Inseln. Die Juden von Barcelona unterhielten enge Beziehungen zu der großen und angesehenen Judengemeinde von Narbonne. Ali Ibn Mudjāhid gebot über die größte Flotte im westlichen Mittelmeer. Beide, die Juden und der Mauren-Fürst, sollten ihm helfen, Almodis sicher von Narbonne nach Barcelona zu bringen.

Ali Ibn Mudjāhid war Muslim, aber er war der Sohn einer Christin. Sein Vater war ein gefürchteter Pirat gewesen. Er hatte Sardinien überfallen und die italienische Hafenstadt Luna geplündert. Danach aber war er von einer Flotte aus Pisa und Genua überraschend besiegt worden und hatte in der Schlacht nicht nur einen Großteil seiner Schiffe, sondern auch seine Frauen und Kinder, unter ihnen den ältesten Sohn Ali, der damals neun Jahre alt gewesen war, verloren. Es war der erste große Seesieg über die bis dahin für unbezwinglich gehaltenen «Sarazenen» gewesen, und er hatte in Europa ungeheures Aufsehen erregt. Der Kronprinz war als Beuteanteil an den deutschen Kaiser Heinrich II. gegangen, dem als Oberherrn der siegreichen italienischen Seefahrer ein Fünftel der Kriegsbeute zustand. Ali war deshalb am deutschen Kaiserhof aufgewachsen. Als ihn sein Vater sechzehn Jahre später endlich hatte auslösen können, sprach er fließend deutsch, wie andalusische Chronisten verblüfft berichten.

Ali Ibn Mudjāhid kam dem Hilfeersuchen des Grafen von Barcelona umgehend nach. Er beauftragte seinen Statthalter in der Hafenstadt Tortosa, die an der Mündung des Ebro liegt, dem Grafen die gewünschten Galeeren zur Verfügung zu stellen. Die Juden von Barcelona fuhren also mit andalusischen Schiffen nach Narbonne, und die Entführung gelang, obwohl der Graf von Toulouse im letzten Augenblick Verdacht geschöpft und seine Gemahlin unter Hausarrest gestellt hatte.

Wenig später fand in Barcelona die Hochzeit statt.

Der Maurenfürst von Denia schickte Glückwünsche und Geschenke. Die adlige Gesellschaft im christlichen Europa dagegen war empört oder zumindest höchst verwundert. Dabei war es nicht der Ehebruch, über den man sich erregte, sondern die Tatsache, daß Almodis und Ramon-Berenguer aus Liebe geheiratet hatten. Eine Liebesheirat zu einer Zeit, in der der Adel seine Söhne und Töchter meist schon im Kindesalter verlobte und die Partner nur nach wirtschaftlichen oder machtpolitischen Gesichtspunkten auswählte, das war unerhört.

Die verstoßene Blanca reiste unverzüglich nach Rom und klagte vor dem Papst, Ramon-Berenguer habe sich keineswegs aus den allgemein anerkannten Gründen einer zu nahen Verwandtschaft von ihr getrennt, sondern nur aus Liebe zu Almodis de la Marche: aus niedrigen Beweggründen sozusagen nach dem Verständnis der Zeitgenossen.

Der Papst exkommunizierte die beiden Liebenden. Er wiederholte seinen Bannfluch im nächsten Jahr und verfluchte sie im Jahr darauf noch ein drittes Mal. Drei Jahre lang durften die Priester in der Grafschaft Barcelona keine Messen lesen. Die Vasallen des Grafen waren von allen Treueschwüren und Lehnspflichten entbunden.

Almodis und Ramon-Berenguer überstanden auch diese Probe. Sie machten den Bischöfen von Barcelona und Gerona ein paar größere Schenkungen und bekamen dafür erstklassige Gutachten über zu nahe

Verwandtschaft für alle Beteiligten. Die schickten sie nach Rom. Außerdem ließ der Graf durchblicken, daß er sich mit dem Gedanken trage, statt des französischen Königs in Zukunft den Bischof von Rom als weltlichen Oberherrn anzuerkennen. Daraufhin gab der Papst nach.

Die Untertanen hatten die neue Gräfin ohnehin längst anerkannt. Sie nahm regen Anteil an der Regierung, wie nie eine Gräfin zuvor in Barcelona. Sie muß eine eindrucksvolle Frau gewesen sein, und sie verkörperte ein Frauenideal, das ausgesprochen modern anmutet. Der normannische Mönch William von Malmesbury erregte sich noch hundert Jahre später über ihre «schrankenlose Unzucht» (er war ein Gegner der schönen Alienor von Aquitanien und wollte die Königin der Troubadoure treffen, indem er auf die Urgroßmutter einschlug). Das Stadtrecht von Barcelona dagegen, das unter ihrer Ägide geschrieben wurde, nennt sie «die sehr kluge Almodis».

Die Liebesgeschichte von Almodis und Ramon-Berenguer hat eine Fortsetzung mit einem bitteren Ende. Schuld war das damals gültige Erbfolgerecht, das dem erstgeborenen Sohn das Stammland des Vaters ungeteilt als Erbe zusprach. Nur wenn der Vater während seiner Regierungszeit neue Ländereien erobert oder erworben hatte, konnte er auch die nachgeborenen Söhne bedenken. Die Zwillinge, die Almodis zur Welt gebracht hatte, waren Nachgeborene. Es lebte noch ein Sohn aus der ersten Ehe des Grafen, Pere-Ramon, der unbestritten das Recht auf die Nachfolge besaß.

Almodis, in der Rolle der Stiefmutter, machte es ihm nicht streitig. Aber sie bemühte sich mit dem gleichen Elan, den sie schon in ihrer Liebesgeschichte bewiesen hatte, auch den Zwillingen ein angemessenes Erbe zu verschaffen. Die beiden hießen Ramon-Berenguer und Berenguer-Ramon. Der erste, der als der ältere galt, weil er als erster das Licht der Welt erblickt hatte, wurde wegen seiner Haare und zur besseren Unterscheidung von seinem gleichnamigen Vater «Krauskopf» genannt. Für diesen Krauskopf kauften die Eltern um die ungeheure Summe von achttausend Goldunzen die südfranzösische Grafschaft Carcassonne-Rhazès. Danach machte sich Almodis auf die Suche nach einem passenden Erbe für den zweiten Zwilling. Auch gegenüber ihren Kindern kannte ihre Liebe kein Maß.

Der legitime Nachfolger Pere-Ramon mußte ihre kostspieligen Bemühungen als einen Ausverkauf seines Erbes empfinden. Er brachte die Stiefmutter um, mußte fliehen und tauchte nie wieder auf. Mit dem Opfer ihres Lebens machte Almodis ihre Zwillingssöhne zuletzt noch zu Haupterben der Grafschaft Barcelona.

Als der Vater fünf Jahre später auf dem Sterbebett lag, hätte er unschwer nach dem üblichen Muster verfahren können: das Stammland Barcelona für den erstgeborenen Zwilling, den Krauskopf, die gekaufte Grafschaft in Südfrankreich für den Bruder. Aber vielleicht weil sie Zwillinge waren und weil er sie im gleichen Maße liebte, entschied er sich für eine andere, völlig ungewöhnliche Lösung: Er teilte das gesamte Erbe in zwei gleiche Hälften, und zwar nicht nur den Besitz, sondern auch die Herrschaft. Jeder Sohn bekam eine Hälfte, und jeder sollte ein halbes Jahr lang im ständigen Turnus in Barcelona als Graf regieren. Es war eine Regelung, die nach allen Erfahrungen der damaligen Zeit nur mit einem Brudermord enden konnte. Und so ging die Geschichte auch aus. Der Krauskopf wurde von seinem Bruder umgebracht.

Anfang des Jahres 1079, als sich Ibn Ammar nach Barcelona wandte, um eine Söldnertruppe für den Feldzug gegen Murcia anzuwerben, waren beide Brüder noch am Leben. Berenguer-Ramon war an der Regierung, und der Krauskopf war frei, die Expedition zu unternehmen. Man wurde sich einig.

Im Frühjahr setzte sich Ibn Ammar mit dem sevillanischen Aufgebot in Marsch. Er traf die alte Galicierin, die nur noch von dem eisernen Ehrgeiz, ihren Enkel an die Macht zu bringen, am Leben gehalten wurde, in ihrem Felsennest Aledo. Und er traf diesen Enkel, der sein Sohn war.

Er war dem Treffen mit gewissen Erwartungen entgegengegangen. Der Unfall in Barbastro hatte ihm eigene Kinder verwehrt, er hatte nur diesen einen Sohn, der nicht seinen Namen trug. Als er ihm gegenüberstand, machte er die enttäuschende Erfahrung, daß er keinerlei väterliche Zuneigung verspürte. Er war eher abgestoßen. Er fand einen verzogenen fünfzehnjährigen Jungen, zwar von anziehendem Äußeren, aber ohne Manieren und ohne die geringste Bildung, einen ungehobelten Bengel, dem man anmerkte, daß er auf einer entlegenen Burg unter Soldaten und einer zu nachgiebigen Großmutter aufgewachsen war. Ibn Ammar war unangenehm berührt, als er entdeckte, daß der Junge ihm auffallend ähnlich sah. Und als auch andere darauf aufmerksam wurden, benutzte er diese Tatsache vor sich selbst als Ausrede, um ihn so weit wie möglich von sich fernzuhalten.

Im Mai zog er mit seinem Heer vor die Stadt und vereinigte sich dort mit dem Aufgebot aus Barcelona. Muhammad Ibn Tāhir, der Qa'id von Murcia, war rechtzeitig informiert worden und hatte sich auf der Burg Monteagudo verschanzt. Damit hatte Ibn Ammar nicht gerechnet. Er hatte dem Krauskopf eine Summe von zehntausend Mithqal zugesagt und außerdem die Beute, die seinen Leuten bei der Gefangennahme des Qa'id in die Hände fallen würde. Aber der hatte seine Schätze längst in Sicherheit gebracht, und die Bürger von Murcia waren nicht bereit, Ersatz zu leisten, solange der Qa'id noch in Freiheit war. Sie erlaubten nicht einmal, daß Ibn Ammar mit seinen Truppen in die Stadt einzog, weil sie die Beutegier der Söldner aus Barcelona fürchteten.

Ibn Ammar versuchte, den Grafen mit den vereinbarten zehntausend Goldstücken abzuspeisen, aber der Krauskopf ließ sich nicht für dumm verkaufen. Beim nächsten Treffen bemächtigte er sich Ibn Ammars, nahm auch den Prinzen ar-Rashīd gefangen, der das sevillanische Aufgebot formell als Oberbefehlshaber anführte, und verlangte als Lösegeld die dreifache Summe. Der Prinz war vierzehn Jahre alt, ein stiller, gescheiter junger Mann, der mehr an seinen Studien und am Lautenspiel interessiert war als am Kriegshandwerk, und den Ibn Ammar von allen Söhnen al-Mutamids am meisten schätzte. Die sevillanischen Truppen, ihrer Anführer beraubt, zogen sich von Murcia zurück. Al-Mutamid, durch Brieftauben verständigt, rückte in höchster Eile von Cordoba mit Verstärkung heran, wurde aber durch ein Hochwasser aufgehalten. Schließlich gelang es Isaak Ibn al-Balia, dem jüdischen Nāsī und engen Berater Ibn Ammars, die verlangte Summe aufzubringen, indem er die vorhandenen zehntausend Goldstücke einschmelzen, mit Kupfer und Silber strecken und neu prägen ließ. Der Krauskopf gab sich mit den falschen Meticalen zufrieden und entließ seine beiden Gefangenen.

Der Feldzug aber war fürs erste gescheitert.

Im folgenden Jahr traten Ereignisse ein, die die Annexion Murcias noch einmal hinauszögerten. Abd-Allāh, der junge Fürst von Granada, hatte sich an Don Alfonso von Leon gewandt und von ihm für dreißigtausend Mithqal eine starke Truppe spanischer Söldner angeworben, mit deren Hilfe er die Stadt Jaen und die anderen, an Sevilla verlorenen Gebiete im Norden seines Reiches zurückerobern wollte. Es war eine gefährliche Entwicklung. Wie schon sein Vater vor ihm tauchte jetzt auch Don Alfonso plötzlich tief in Andalusien auf und mischte, weit von den Grenzen seines Reiches entfernt, in innerandalusischen Angelegenheiten mit. Wie war es dazu gekommen?

Der König hatte es vor allem der Energie und den guten Ratschlägen seiner Schwester Urraca zu verdanken gehabt, daß er wieder auf den Thron von Leon gekommen war. In der Folge geriet er noch stärker unter ihren Einfluß. Er tat nichts mehr ohne ihre Zustimmung, ließ jeden Erlaß von ihr gegenzeichnen. Das Verhältnis war so eng, daß den beiden inzestuöse Beziehungen unterstellt wurden und diese Gerüchte sich bis nach Andalusien ausbreiteten. Als das Gerede zu gefährlich wurde, zumal die Vertrautheit zwischen Bruder und Schwester auch die Vorwürfe über die Beteiligung des Königs an dem Mord vor Zamora zu bestätigen schienen, begann Don Alfonso zu handeln. Er war sanft und nachgiebig und machte den Eindruck eines Mannes, der sich leicht beeinflussen läßt, aber in Wirklichkeit war er hartnäckiger und zielstrebiger, als die meisten vermuteten. Er verfolgte seine Ziele nur mit unauffälliger Geduld.

Im Frühsommer des Jahres 1074, eineinhalb Jahre nachdem ihm Donna Urraca wieder an die Macht verholfen hatte, benutzte er die Ankunft seiner französischen Braut Agnes von Aquitanien, um die Schwester wieder in ihre Klöster zurückzuschicken, deren Verwaltung ihr der Vater übertragen hatte. Danach söhnte er sich mit den kastilischen Adligen aus, indem er ihnen ein gewisses Maß an Selbständigkeit überließ und den mächtigsten von ihnen, den Grafen Gonzalo Salvadorez, zum Verwalter über das Teilreich einsetzte. Gleichzeitig begann er mit zähem Eifer, die Macht der großen Adelsfamilien einzudämmen und die selbstherrliche Unabhängigkeit der Bischöfe und Äbte zu beschneiden, wozu er sich wiederum ausländischer Hilfe bediente. Er zwang die geistlichen Herren seines Reiches, im Gottesdienst den einheitlichen, von Rom verordneten römischen Ritus einzuführen und damit den Primat des Papstes anzuerkennen, was ihm dessen Wohlwollen verschaffte. Er verdoppelte die Summe, die schon sein Vater an das französische Kloster Cluny gezahlt hatte, auf jährlich tausend, später sogar auf zweitausend Meticalen und erkaufte sich dadurch nicht nur eine tägliche Messe für seinen Vater und eine zweite für sich selbst, bei der die Mönche seinen Namen nannten und Gottes Segen auf ihn herabflehten, was ihm internationales Ansehen brachte, sondern er gewann dadurch vor allem die Unterstützung dieses mächtigsten Reformklosters der abendländischen Christenheit. Er unterstellte Cluny mehrere spanische Klöster, entzog sie damit dem Einfluß des Adels und der Bischöfe und unterwarf die adligen Mönche der strengen cluniazensischen Klosterzucht, was sie davon abhielt, sich allzusehr in die Politik einzumischen. Gleichzeitig holte er immer mehr Franzosen in sein Land, Söhne von Bauern genauso wie Söhne von Grafen, Abenteurer und Ritter ohne Erbe, die sich im Kampf gegen die Sarazenen ein Lehen erwerben wollten, fromme Mönche und gebildete Priester, die als Äbte und Bischöfe eingesetzt oder als Berater an den Hof von Leon gezogen wurden. Die Franzosen kamen in so großer Zahl, daß es bald kaum mehr eine spanische Stadt gab, die nicht ein eigenes Franzosenviertel, ein Barrio Franco, hatte.

Auch die Heiratspolitik des Königs blieb nach Frankreich ausgerichtet. Die erste Verbindung ging unglücklich aus. Agnes von Aquitanien war vierzehn Jahre alt gewesen, als sie nach Leon gekommen war, Don Alfonso dreiunddreißig. Der König hatte mit der Kindfrau nichts anfangen können und sich statt dessen eine Konkubine gehalten, die ihm zwei Töchter geboren hatte: Elvira und Theresa. Die junge Königin starb vier Jahre nach ihrer Ankunft unbemerkt und unbetrauert.

Die zweite Verbindung war erfolgreicher. Sie kam durch die Vermittlung des Abtes Hugo von Cluny zustande, der einer der einflußreichsten Männer des damaligen Europa war. Er stammte aus der Familie der Herzöge von Burgund, und von dort kam auch die neue Braut: eine Nichte des Abtes, Constance de Bourgogne, Tochter des Herzogs Robert von Burgund, Enkelin des französischen Königs Roberts des Frommen.

Sie traf Anfang 1079 in Leon ein und brachte einen ganzen Schwarm von Landsleuten mit, darunter zwei Neffen, die später in Spanien selbst Karriere machten: Raymond de Bourgogne und Henri de Bourgogne.

Im selben Jahr legte sich Don Alfonso zum ersten Mal den Titel eines Kaisers zu und erhob Ansprüche auf die Herrschaft über die ganze Halbinsel. «Imperator totius Hispaniae» nannten ihn von da an auch die Mönche von Cluny in ihren Gebeten.

Schon drei Jahre vorher hatte er sein Reich erweitern können. Der König von Navarra war von seinem jüngeren Bruder ermordet worden. Der Adel des Landes hatte den Mörder vertrieben und das Reich geteilt. Der Osten mit der Hauptstadt Pamplona war an den König von Aragon gefallen, der Westen mit der fruchtbaren Rioja an Don Alfonso. Seitdem gab es außer der Grafschaft Barcelona nur noch zwei spanische Reiche im Norden: Aragon und Leon. Don Alfonso konnte von da an alle seine Kräfte gegen die andalusischen Fürstentümer jenseits der Grenzen seines

Herrschaftsgebietes richten. Das erste Ziel, das er sich setzte, war die alte Hauptstadt Toledo, und er mußte dazu nicht einmal selbst losschlagen. Das Opfer kam von sich aus auf ihn zu.

Im Jahr 1075, kurz nach der Eroberung Cordobas durch Ibn Ukasha, war al-Ma'mūn, der Fürst von Toledo, gestorben. Um die Nachfolge hatte es erbitterte Kämpfe gegeben zwischen einer Partei um den zweitgeborenen Sohn des Fürsten, einer zweiten Partei um den Sohn des verstorbenen Kronprinzen, also einen Enkel al-Ma'mūns, und einer republikanischen Partei, die die ganze Fürstenfamilie insgesamt loswerden wollte. Aus den Kämpfen ging zunächst die Partei des Enkels, der sich al-Qādir nannte, als Sieger hervor.

Dieser al-Qādir war noch minderjährig, als ihm die Rolle des Fürsten aufgedrängt wurde. Er war unfähig, die einander bekämpfenden Parteien zu befrieden oder gar zu unterwerfen. Im März 1080 gewann die republikanische Partei des Stadtadels die Oberhand und verjagte ihn aus der Stadt. Er mußte so überstürzt fliehen, daß Frau und Kind zurückblieben. Die Fürstin, eine Tochter des Herrn von Valencia, hastete zwei Stunden zu Fuß hinter ihm her, die kleine Tochter auf dem Arm, bis sie wenigstens ein Reittier fand. Der Palast im al-Qasr der Stadt wurde geplündert.

Al-Qādir fand in der Festung Cuenca Zuflucht. Von dort aus wandte er sich an Don Alfonso um Hilfe und leistete ihm einen Vasalleneid gegen die Zusicherung, ihn wieder in seine Herrschaft einzusetzen. Das heißt, er erkannte offiziell die Oberherrschaft Leons über das Reich von Toledo an. Das verschaffte Don Alfonso zwar noch nicht Zugang zu den Burgen und Städten des Landes, aber es erlaubte ihm, sich frei darin zu bewegen. Mit einem Schlag war er Herr über die ganze Mitte der Halbinsel geworden und hatte ungehinderten Zugang zu den andalusischen Reichen im Süden gewonnen.

Er wurde in seiner neuen Stellung auch sofort von einigen anderen Fürsten Andalusiens anerkannt. Abd-Allāh von Granada hatte sich noch sechs Jahre zuvor an den Fürsten von Toledo gewandt, als er Hilfe gegen Sevilla gesucht hatte. Jetzt wandte er sich gleich an den Oberherrn, den König von Leon. Und der König kassierte das andalusische Gold und schickte eine Hilfstruppe nach Granada. Viel früher als erwartet, wurde er plötzlich auch zu einer unmittelbaren Bedrohung für das Reich von Sevilla.

Ibn Ammar wußte, daß er den drohenden Angriff aus Granada unter allen Umständen abwehren mußte, wenn er seine Pläne, den Süden

Andalusiens unter der Herrschaft al-Mutamids zu vereinigen, nicht ganz aufgeben wollte. Er nahm wieder Verbindung nach Zaragoza auf, und der Hādjib Abu'l-Fadl Hasdai vermittelte ihm noch einmal eine Söldnertruppe. Keine Truppe aus Barcelona diesmal, sondern einen bunt zusammengewürfelten Haufen unter dem Befehl eines kastilischen Ritters mit Namen Rodrigo Diaz.

Dieser Rodrigo Diaz (der später unter dem Namen «el Cid» berühmt werden sollte), war ein kleiner Adliger aus der Gegend von Burgos. In jungen Jahren hatte er sich als Zweikämpfer einen Namen gemacht und war danach in Diensten Don Sanchos, des Königs von Kastilien, gestanden. Nach der Ermordung Don Sanchos hatte er seine Hoffnungen auf eine rasche Karriere begraben müssen. Der Hof Don Alfonsos, an dem leonesische und französische Adlige den Ton angaben, bot für einen kleinen kastilischen Burgherrn keine Zukunftsaussichten. Deshalb hatte sich Rodrigo Diaz ein anderes Feld gesucht für seinen Ehrgeiz und seinen unbändigen Unternehmungsgeist. Er hatte auf eigene Kosten eine Abenteurertruppe angeworben und sich dem Fürsten von Zaragoza angedient.

Im Sommer 1080 kam Rodrigo Diaz mit seiner Truppe nach Cordoba, wo er von Ibn Ammar empfangen wurde. Er stand noch am Anfang seiner Laufbahn, aber er zeigte damals schon alle seine Qualitäten als mitreißender Truppenführer und unberechenbarer Taktiker in der Schlacht. Als die Heere von Granada und Sevilla bei Cabra aufeinanderstießen, errang er nicht nur einen glänzenden Sieg, es gelang ihm sogar, den Hauptmann des spanischen Aufgebots, das Don Alfonso dem Fürsten von Granada zu Hilfe geschickt hatte, den Grafen Garcia Ordonez von Najera samt allen seinen Unterführern gefangenzunehmen. Ibn Ammar konnte die Gefangenen als Druckmittel benutzen, um den König von Leon und Abd-Allāh von Granada zu Friedensverhandlungen zu zwingen. Das Treffen fand noch im selben Jahr in der Nähe von Jaen statt. Sevilla erhielt alle seine territorialen Erwerbungen bestätigt, bekam zusätzlich noch mehrere Burgen, darunter die Festung Martos, die die Stadt Jaen beherrschte, und mußte lediglich die Grenzfeste Alcalá la Real an Granada zurückgeben. Außerdem garantierte Don Alfonso dem Hādjib von Sevilla eine fünfjährige Waffenruhe.

Es war ein großer politischer Erfolg für Ibn Ammar, den er nicht nur dem Geld verdankte, das er dem spanischen König zahlte, sondern ebensosehr seinem persönlichen Verhandlungsgeschick. Die Chronisten knüpfen diesen Erfolg auch an ein Schachspiel, bei dem Ibn Ammar einen Sieg gegen den König errungen haben soll. Den Schachtisch mit den edelsteinbesetzten Figuren machte er Don Alfonso zum Geschenk. Don Alfonso revanchierte sich mit einer gewaltigen beidhändig zu führenden Streitaxt, die Ibn Ammar nach der Rückkehr in Sevilla dem Fürsten übergab.

Der König von Leon nutzte den Waffenstillstand, um Toledo einzukreisen. Er ließ sich von al-Qādir mehrere Burgen an den Abhängen der Sierra im Norden der Stadt ausliefern, legte spanische Besatzungen hinein und erhöhte die Abgaben und Dienstleistungen, die die Bauern der umliegenden Moro-Dörfer den Burgherren schuldeten, um das Doppelte. Danach ließ er seine Leute von diesen festen Stützpunkten aus systematisch das ganze Land durch ständige Cabalgadas und Überfälle in Angst und Schrecken versetzen. Sie raubten Bauern und Kaufleute aus, nahmen Bürger und Adlige auf offener Straße gefangen und gaben sie nur gegen hohe Lösegeldzahlungen wieder frei. Die ersten Dörfer an der Nordgrenze von Toledo wurden verlassen, und auch in der Hauptstadt selbst begannen einige Familien heimlich ihre Güter zu verkaufen und Geld und Wertsachen in den Süden zu schaffen.

Die ständigen Streifzüge der spanischen Banden zermürbten die Toledaner schließlich so sehr, daß sie im Juni des Jahres 1081 nachgaben und den vertriebenen al-Qādir wieder als ihren Herrn anerkannten. Aber al-Qādir war nur noch ein Fürst von Don Alfonsos Gnaden. Und jeder, der Augen hatte, konnte sehen, daß es nicht mehr lange dauern würde, bis der König von Leon nicht nur das Land und den Fürsten von Toledo beherrschte, sondern auch die mächtige Stadt selbst, die der Nabel des Landes war.

Während all dieser Jahre saß Lope als Gefangener auf der Festung Luna. Er hatte gehofft, im Dienst Don Garcias ein Lehen zu gewinnen, eigenen Besitz, das Recht, eine Familie zu gründen, und hatte mit der Gefangennahme des unglücklichen Königs von Galicien alles verloren: seine Hoffnungen, das Mädchen Nujūm, das ihm Ibn Ammar zum Geschenk gemacht hatte, und seine Freiheit. Neun Jahre verbrachte er hinter undurchdringlichen Mauern auf der Festung Luna. Erst Anfang des Jahres 1082 kam er mit vier anderen Gefolgsleuten Don Garcias wieder frei.

An einem milden, regnerischen Januarmorgen führte man ihn ohne ein Wort der Erklärung in demselben Gewand, das er bei seiner Ankunft getragen hatte, vor das Burgtor und schloß die kleine Pforte hinter ihm. Man gab ihm kein Pferd, gab ihm auch seine Waffen nicht zurück. Man überließ ihm nur einen alten Wollmantel, einen Schultersack mit zwei Broten und sechs Silberpfennige für die Reise. Neun Jahre lang hatte er nur an diesen Augenblick der Freiheit gedacht, und er war überzeugt gewesen, daß er vom Burgtor aus sofort nach Sevilla aufbrechen würde. Aber jetzt, als dieser Augenblick da war, fühlte er sich so hilflos wie ein alter Stubenvogel, der hinter der offenen Käfigtür sitzt und sich nicht hinauswagt. Plötzlich fehlte ihm der Mut, nach Sevilla zu gehen. Plötzlich hatte er eine beklemmende Angst, daß die Welt, die er wieder vorzufinden hoffte, nur noch in seiner Erinnerung bestand. Neun Jahre lang hatte er in dem unbeirrbaren Glauben gelebt, daß er nach seiner Freilassung an derselben Stelle wieder anknüpfen könnte, an der er vor seiner Einkerkerung aufgehört hatte. Jetzt begriff er auf einmal, wieviel Zeit vergangen war. Nichts würde mehr so sein, wie es früher gewesen war.

Auch er selbst war ein anderer geworden. Er spürte es. Er hatte Angst wie noch nie in seinem Leben. Als er losging, trugen ihn seine Beine wie von selbst dorthin zurück, wo er herkam. Er ging nach Guarda.

Der alte Graf lebte noch, er war über siebzig Jahre alt, ein greisenhaft zusammengeschrumpftes Männchen, zahnlos und unter Gelenkschmerzen leidend, aber immer noch von wachem Verstand und mit väterlicher Strenge seine kleine Grafschaft regierend. Mit der Klugheit einer alten Eule hatte er sich ein gewisses Maß an Selbständigkeit bewahrt und hoffte immer noch, dieses Erbe an seinen Sohn weitergeben zu können. Er teilte Lope aufs neue dem Gefolge des jungen Grafen zu, der inzwischen mit eigenem Hof in Sabugal residierte.

Der junge Graf war inzwischen einundzwanzig Jahre alt. Er erkannte Lope nicht wieder. Erst als man ihn aufklärte, begann er sich zu erinnern. Er war weißhäutig und dünn mit flachsblonden Haaren, wasserblauen Augen und schiefen Zähnen, von der gleichen schwächlichen Konstitution wie sein Vater, aber ohne dessen Willenskraft. Lope fand keinen Zugang mehr zu ihm, aber er versuchte, es sich nicht anmerken zu lassen.

Allmählich gewöhnte er sich wieder an das Leben in Freiheit. Allmählich kehrten auch seine Lebensgeister zurück. Er nahm Verbindung mit der Judengemeinde in Guarda auf, um Nachrichten aus Sevilla zu bekommen und vielleicht auch etwas über Nujūm zu erfahren. Er glaubte nicht mehr daran, daß sie noch auf ihn wartete, aber er wollte die Hoffnung nicht ganz aufgeben.

Ibn Ammar hatte den zweiten Feldzug nach Murcia, der endlich die Annexion der Stadt bringen sollte, schon im Frühjahr 1081 unternehmen wollen, um die Zeit des Waffenstillstands mit den Spaniern von Beginn an zu nutzen. Aber er mußte seine Pläne noch einmal um ein Jahr hinausschieben. Es war kein Geld mehr vorhanden, um die nötigen Truppen aufzustellen. Die Zeiten waren härter geworden. Der aufwendige Lebensstil der fürstlichen Familie, die Palastbauten, die Feldzüge der vergangenen Jahre, der Festungsbau, die Anwerbung von Söldnern, die Zahlungen an die Spanier, die Hilfszuwendungen an Freunde, die man halten, und die Bestechungsgelder an Feinde, die man als Verbündete gewinnen wollte, hatten Unsummen gekostet und den riesigen Schatz al-Mutadids, des alten Fürsten, aufgezehrt.

Gleichzeitig war das Steueraufkommen gesunken. Zwei mäßige Ernten waren aufeinander gefolgt, die letzte Olivenernte war so schlecht ausgefallen, wie seit Menschengedenken nicht mehr. Die Goldzufuhr aus dem Maghreb war fast völlig versiegt, der Handel mit Nordafrika stagnierte, seit die Almoraviden Oran erobert hatten. Auch der Fernhandel hatte empfindliche Einbußen hinnehmen müssen, weil die Handelsschiffe nicht nur von italienischen Piraten angegriffen wurden, sondern in jüngster Zeit zunehmend auch von normannischen Schiffen, die von Sizilien aus operierten und ständig in der Meerenge präsent waren.

Ibn Ammar hatte den Fürsten gedrängt, die Kriegssteuern zu erhöhen und den reichen Landadel, der sich seiner Verteidigungspflichten durch lächerlich geringe Zahlungen entledigte, mit einer Sonderabgabe zu belegen. Al-Mutamid hatte um seine Beliebtheit gefürchtet und nur höfliche Bittbriefe geschrieben, die nichts brachten. Trotzdem verfolgte Ibn Ammar seine Pläne, den Süden Andalusiens unter der Herrschaft des Fürsten von Sevilla zu vereinigen, mit zäher Beharrlichkeit weiter.

Er hatte die Beziehungen zu den Duero-Grafen wieder verstärkt. Der Süden Galiciens stellte noch das einzige nennenswerte Gegengewicht zu Don Alfonso von Leon dar. Die Bischöfe von Tuy, Orense und Compostela waren Gefolgsleute seines gefangenen Bruders Don Garcia. Der Bischof von Braga war ein enger Vertrauter des ermordeten Don Sancho gewesen und stand Leon auch deshalb feindlich gegenüber, weil der König den Papst bewogen hatte, das Pallium zu verweigern, das dem ehemaligen Erzbistum Braga rechtmäßig zustand. Die mächtigen Kirchenfürsten bildeten einen Schutzwall, hinter dem sich die Duero-Grafen noch ein gewisses Maß an politischer Freiheit hatten bewahren können. Wenn Don Garcia durch einen glücklichen Zufall freikommen oder wenn Don Alfonso überraschend sterben sollte, konnten die Grafen eine wichtige Rolle spielen. Darauf war Ibn Ammars Politik ausgelegt.

Es gab unter den Nebenfrauen al-Mutamids eine Christin aus Italien, die über mehrere Jahre hinweg zu seinen Favoritinnen gezählt und ihm zwei Töchter geschenkt hatte. Sie hatte die Mädchen heimlich in ihrem Glauben erzogen. Die Fürstin, die über den immer noch großen Einfluß der Rivalin besorgt war, hatte ihre Bestrafung verlangt und gefordert, ihr die beiden Töchter zu entziehen, um sie zum rechten Glauben zu bekehren, eine billige Methode, sich bei den Strenggläubigen, die in jüngster Zeit zunehmend an Einfluß gewonnen hatten, in Szene zu setzen.

Ibn Ammar hatte den Fürsten statt dessen für eine andere Lösung gewonnen. Er hatte die ältere Tochter mit einem Neffen Don Sisnandos, des Grafen von Tentugal und Coimbra, dessen einziger leiblicher Sohn gestorben war, verheiratet. Die zweite Tochter sollte dem Sohn des Grafen von Guarda zur Frau gegeben werden. Das Angebot war durch eine hohe Mitgift versüßt worden. Der Graf hatte zugestimmt. Im März des Jahres 1082 schickte Ibn Ammar einen Gesandten nach Guarda, der den Sohn des Grafen nach Sevilla begleiten sollte, damit er die Braut in Empfang nehmen konnte. Im Gefolge des jungen Grafen kam auch Lope nach Sevilla zurück.

Ibn Ammar empfing Lope in Privataudienz und fragte ihn über die Haftbedingungen aus, unter denen Don Garcia auf der Festung Luna gefangengehalten wurde. Der Bericht, den Lope gab, zerstörte alle Hoffnungen auf eine Befreiung des Gefangenen. Der abgesetzte König von Galicien saß in einem Turm, der nur über eine Leiter durch eine hochgelegene Pforte zu betreten war. Er war mit einer Fußkette an die Wand geschmiedet und hatte seinen Kerker in den neun Jahren, die Lope seine Gefangenschaft geteilt hatte, nicht ein einziges Mal verlassen dürfen, ebensowenig wie die Männer, die mit ihm eingeschlossen waren. Es gab nur zwei Wachtposten, die den Turm betreten durften, um die Gefangenen mit Nahrung zu versorgen. Beide waren taubstumm. Der Burgherr war der ehemalige Waffenmeister Don Alfonsos, ein unbestechlicher Mann. (Tatsächlich kam Don Garcia nie mehr frei. Er starb zehn Jahre später in Ketten.)

Während der Audienz im Palast des Hādjibs fragte Lope auch nach Nujūm. Er hatte bis dahin nichts über sie in Erfahrung bringen können. Ibn Ammar konnte ihm auch keine Auskunft geben, aber er versprach, sie ausfindig machen zu lassen, und beauftragte damit einen seiner

Sekretäre. Niemand wußte etwas über ihren Verbleib. Erst nach langwierigen Nachforschungen fand ein Schreiber aus der Vermögensverwaltung des Fürsten schließlich heraus, daß sie sechs Jahre zuvor auf Vorschlag einer von Ibn Ammar eingesetzten Sparkommission verkauft worden war. In den Akten fand sich auch der Name des Käufers: ein reicher Adliger und Steuerpächter aus Carmona. Nujūm war für sechshundert Dinar verkauft worden. Ibn Ammar ließ sie zurückkaufen und bekam sie für achtzig Dinar, aber sie war in einer Verfassung, die kaum einen Preis von vierzig gerechtfertigt hätte. Sie hatte sich ihrem neuen Herrn verweigert, hatte sich durch kein Mittel gefügig machen lassen und deshalb als Küchenmagd und Wäscherin arbeiten müssen.

Ibn Ammar ließ Lope um vier Wochen vertrösten. Während dieser Zeit wurde Nujūm in seinem Haus von erfahrenen Händen gepflegt. Die Dienerinnen konnten die Spuren der bösen Jahre nicht ganz auslöschen, aber als Lope ihr gegenüberstand, machte das Glück des Wiedersehens sie schöner als zuvor. Es war alles so, wie er es neun Jahre lang erträumt hatte, und er fand alles wieder, was er verloren hatte.

Während der langen Wochen, die er auf Nujūm gewartet hatte, war er einmal vor einem der Tore des großen Bazars in der Nähe der Hauptmoschee unvermittelt auf Karīma gestoßen. Sie war verschleiert gewesen, und er wäre an ihr vorbeigelaufen, wenn nicht Yūnus bei ihr gewesen wäre. Der Hakīm hatte blaß ausgesehen, und sein Schritt war schleppend gewesen und seine Haltung gebeugt, so als ob ihm das Gehen starke Schmerzen verursachte. Lope war rasch in einen Laden getreten, und die beiden waren an ihm vorübergegangen, ohne ihn zu bemerken.

DRITTES BUCH

BARWAL

Finale

1082 bis 1086

43

MURCIA

FREITAG 24. MUHARRAM 475
24. JUNI 1082/25. TAMUS 4842

Sālim, der Sekretär, erschien lautlos wie ein Schatten zwischen den Topfpalmen und meldete, daß die Sayyīda angekommen und in den kleinen Audienzraum geführt worden sei. «Ihr solltet sie nicht zu lange warten lassen, Herr», sagte er besorgt.

«Ich weiß», sagte Ibn Ammar. «Entschuldige mich bei ihr und erfinde eine Ausrede. Ich komme gleich.» Er ahnte, was ihm bevorstand, er wollte die unangenehme Begegnung hinausschieben, um den schönen Augenblick des Erfolgs noch ein wenig zu genießen.

Es war ein guter Einfall gewesen, die Häupter der großen Familien und die einflußreichsten Herren der Kaufmannschaft gemeinsam zu einem Empfang zu laden. Der Adel folgte nur seinen Privatinteressen, ließ sich von schwer durchschaubaren Sippenbindungen und Familienfehden beeinflussen, stand allen Veränderungen mit größtem Mißtrauen gegenüber. Der Bazar dagegen war berechenbar. Die Kaufherren und Bankiers waren nur an Gewinnen interessiert, sie erwarteten möglichst niedrige Steuern, möglichst viel Freiheit für ihre Geschäfte und vor allem Ruhe und Ordnung. Sie waren Pragmatiker und für die Idee eines starken und unter sevillanischer Herrschaft geeinten Andalusien eher zu gewinnen als die eifersüchtig ihre Einflußsphären und Machtpositionen verteidigenden Adligen. Die Kaufleute waren es auch, die am ehesten die Gefahr erkannten, die aus dem Norden drohte.

Man hatte auch in Murcia schon üble Erfahrungen gemacht. Ein Warentransport nach Toledo war fast in Sichtweite der Festung Cuenca von einer spanischen Bande ausgeraubt, acht Männer waren entführt worden, darunter der Sohn des Obmanns der Edelsteinbörse der Stadt. Erst nach langwierigen Verhandlungen hatte man die Gefangenen freikaufen können. Ibn Ammars Schilderung der Lage an den Grenzen im Norden, seine drastische und mit Berichten von Flüchtlingen untermauerte Beschreibung der Zustände in Toledo hatten großen Eindruck gemacht, und die Betroffenheit der Handelsherren hatte sich auch den Adligen mitgeteilt. Bald würde sich sein Bericht in Almeria und in Denia und Valencia verbreiten, es gab keinen besseren Nachrichtenverteiler als den Bazar, und wenn erst einmal die Handelsherren in den großen Städten der Ostküste für seine Pläne eingenommen waren, hatte er schon halb gewonnen.

Er hatte den Tailasān abgenommen und fächelte sich damit Luft zu. Die Sonne war schon untergegangen, aber es war immer noch brütend heiß, und selbst hinter den offenen Fenstern des Laubenganges auf der Turmplattform war kein Windhauch zu spüren. Er erinnerte sich noch von früher her an diese mörderische Hitze in Murcia, die einem bei der geringsten Bewegung den Schweiß austrieb. Wie groß mußte der Ärger der alten Galicierin sein, daß sie an einem solchen Tag den weiten Ritt von Aledo in die Stadt unternommen hatte. Welche Zähigkeit steckte in dieser alten Frau, welche Kraft, daß sie nach dieser Strapaze noch in der Lage war, seinen Sekretär, der sich sonst nicht so leicht beeindrucken ließ, derart in Unruhe zu versetzen. Sie mußte jetzt fast achtzig Jahre alt sein. Was für eine eisenharte Berghexe, dachte Ibn Ammar nicht ohne Bewunderung.

Sie war noch im Reisegewand. Sie hatte kein Bad genommen. In allen Falten und Runzeln ihres Gesichts klebte der Staub, so daß es aussah, als wären Stirn und Wangen von einem feinen Gitter überzogen. Sie war bleich vor Wut unter der Staubkruste. Ibn Ammars höflich lächelnde Anrede unterbrach sie schon nach dem ersten Wort. Ihre Stimme war schrill wie eine überspannte Saite.

«Ich wünsche kein Bad, ich verzichte auf deine Höflichkeiten, ich will wissen, was hier gespielt wird, junger Mann!» sagte sie mit schneidender Schärfe. Sie behandelte ihn immer noch wie den kleinen Dichter, der er vor fast zwanzig Jahren am Hof ihres Sohnes gewesen war. «Ich höre, daß Muhammad Ibn Tāhir in ehrenvollem Hausarrest gehalten wird! Ich höre, daß man diesem gottverfluchten Schwein sogar seine griechischen Weiber gelassen hat! Ich muß mir sagen lassen, daß du in der Madjlis das große Wort führst und Befehle erteilst und Erlasse unterschreibst und die Mütze des Fürsten trägst, während der Prinz, mein Enkel, sich in irgendeinem Winkel des al-Qasr verstecken muß! Ich höre gerade eben noch bei meiner Ankunft, daß du große Empfänge gibst, ohne daß der Prinz auch nur eingeladen ist! Ich weiß nicht, was du vorhast, aber es ist gegen unsere Abmachungen, junger Mann! Es ist ganz und gar gegen unsere Abmachungen!» Sie schrie so laut, daß die beiden Leibwachen, die vor der Tür standen, mit gezogener Waffe hereinkamen.

Ibn Ammar versuchte, immer noch lächelnd, sie zu beruhigen. «Sayyīda, ich werde Euch alles erklären!»

«Ich will wissen, warum der Prinz nicht den Platz einnimmt, der ihm zusteht!» schrie sie.

Er winkte die Wachen hinaus. «Ja, Sayyīda, ich werde Euch alles erklären», versprach er. Er hätte sie von den Wachen hinauswerfen lassen können, sie spielte keine Rolle mehr in seinem Spiel, sie war ohne Bedeutung, genauso wie ihr Enkel. Aber er brachte es nicht fertig. Sie lebte in einer Scheinwelt, in der sie noch die große Herrin war, der halb Murcia gehorchte. Sie sah aus wie eine uralte Bäuerin, aber sie spielte die große Fürstin, obwohl ihr Wort nur noch in ihrem gottverlassenen Felsennest Aledo galt, wo sie sich mit ein paar kastilischen Strauchdieben umgeben hatte, die die Gegend unsicher machten und denen man bei nächster Gelegenheit das Handwerk legen mußte. Vielleicht galt ihr Wort nicht einmal mehr dort in der eigenen Burg. Ibn Ammar war seltsam gerührt, jedesmal wenn er sie sah. Er wußte, daß ihr wildes Gehabe nur aufgesetzt war, der herrische Ausdruck ihres Gesichts nur eine Maske, die sie sich selbst vorhielt. In Wirklichkeit war sie eine vom Tod geängstigte alte Frau, die mit verzweifeltem Eigensinn an ihrem Traum festhielt, den Enkel an die Spitze des Reiches von Murcia zu bringen. Er konnte ihr nicht sagen, daß es dieses Reich gar nicht mehr gab.

Er sagte: «Sayyīda, es ist ein Gebot vorausschauender Politik, wenn wir den Prinzen für diese Zeit des Übergangs im Hintergrund halten. Er ist jung, und er ist der legitime Erbe, niemand kann ihm seinen Platz streitig machen. Aber diese Zeit verlangt harte und unangenehme Entscheidungen. Wir sollten vermeiden, daß sein guter Ruf damit belastet wird.»

Ibn Ammar hatte den jungen Mann in den vergangenen Wochen, seit er in den al-Qasr gezogen war, häufig beobachtet, und der Eindruck, den er schon vor drei Jahren in Aledo gewonnen hatte, war nur bestätigt worden. Der Prinz hatte nach dem unerforschlichen Ratschluß Gottes die Wesensart des Mannes angenommen, der dem Namen nach sein Vater war. Er war der gleiche träge, verzogene, weichliche Kretin, der Hassūn Ibn Tāhir gewesen war, der Sohn der alten Galicierin. Man würde ihn irgendwann in ein kleines Landgut im Westen von Sevilla abschieben, wo er für den Rest seines Lebens aus dem Weg war. Im Herbst, spätestens im nächsten Frühjahr, würde ar-Rashīd, der vierte Sohn des Fürsten, als Gouverneur nach Murcia kommen und die Herrschaft im Osten des Reiches übernehmen, mit dem Ziel, als nächstes Almeria zu annektieren. Nein, es gab keinen Platz mehr für die alte Galicierin und ihren Enkel.

«Es war vereinbart, daß dieser Hurensohn Muhammad Ibn Tāhir *mir* überlassen bleibt», sagte sie voll Argwohn. «Warum wird er behandelt wie ein Ehrenmann!»

Ibn Ammar war sich klar darüber, was mit dem Qa'id geschehen würde, wenn man ihn der Alten überließ. Sie würde dem Mörder ihres Sohnes die Haut in Streifen abziehen, sie würde ihn in Jauche kochen und mit der Säge zweiteilen lassen. Sie hatte nichts vergessen und nichts verziehen, sie war unerbittlich wie ein Racheengel.

Er sagte: «Sayyīda, er wird seiner Strafe nicht entgehen. Er hat den Tod verdient. Aber wir werden nicht die Mittel gebrauchen, die er gebraucht hat.» Er konnte ihr nicht sagen, daß der abgesetzte Qa'id mit drei Burgen an der Grenze zu Almeria, die von seinen Gefolgsleuten besetzt waren, noch ein Faustpfand in der Hand hielt, das jede Strafmaßnahme gegen ihn ausschloß. Er konnte ihr nicht sagen, daß er nie eine solche Maßnahme erwogen hatte. Es war undenkbar, einen Fürsten, der sich auf ein Ultimatum hin ergeben hatte, anders als in ehrenvoller Weise zu behandeln. Man mußte an die anderen Fürsten denken, die man noch auf die gleiche Weise zum Verzicht auf ihre Herrschaft bewegen wollte. Der Qa'id Muhammad Ibn Tāhir würde in Sevilla oder in Cordoba ein seinem Rang angemessenes Palais beziehen und eine großzügige Pension erhalten. Die alte Galicierin würde ihre Racheschwüre mit ins Grab nehmen. Man konnte ihr nicht mehr helfen, man konnte ihr nur einen gnädigen Tod wünschen, der ihr die Wahrheit ersparte.

Sie erschien ihm auf einmal so zart und zerbrechlich wie ein kleines Mädchen, und er sah, daß ihre Augen voll Tränen waren, obwohl sie es vor ihm zu verstecken suchte. Er hatte manchmal den Verdacht, daß selbst ihre Kraft nicht ausreichte, die Scheinwelt aufrechtzuerhalten, die sie um sich herum aufgebaut hatte. Er geleitete sie in die Gemächer, die man ihr zugewiesen hatte, und gab die nötigen Befehle, damit ihr ein Bad bereitet wurde und die Badedienerinnen sich um sie kümmerten. Es war alles, was er noch für sie tun konnte.

Sālim wartete auf ihn, als er zurückkam. «Verzeiht, Herr, wenn ich mir eine Bemerkung erlaube», sagte er. Es war seine übliche Einleitungsfloskel, wenn er sich eine Kritik erlaubte. «Ihr solltet diese Frau nicht mehr empfangen. In Murcia beobachtet man mit großem Mißtrauen das enge Verhältnis, das Ihr mit ihr pflegt. Ich darf auch nicht verschweigen, daß üble Gerüchte im Umlauf sind, die Euch auf unerhörte Weise mit dem Prinzen in Verbindung bringen. Es wird sogar der Verdacht geäußert, daß Ihr im Sinn habt, den Prinzen aufgrund dieser unterstellten

Verbindung entgegen Euren Zusagen an die Macht zu bringen.» Er wand sich vor Unbehagen, und Ibn Ammar drehte ihm den Rücken zu, um ihn nicht noch mehr in Verlegenheit zu bringen.

«Ich werde sie nicht mehr empfangen, Sālim», sagte er. Der Sekretär hatte recht. Es war sträflich, sentimentalen Gefühlen nachzugeben. Die Alte hatte ihn schon genug gekostet. Es waren nicht zuletzt ihre falschen Ratschläge und ihre Selbstüberschätzung gewesen, die zu dem unglücklichen Ausgang des ersten Feldzugs vor drei Jahren geführt hatten. Drei verlorene Jahre! Nein, es gab nicht den geringsten Grund, sie noch zu schonen.

Draußen war es dunkel geworden. Ein Leibdiener brachte ein einfaches weißes Baumwollgewand mit passender Kopfbinde, und Sālim erinnerte Ibn Ammar daran, daß Djābir und Hādī, seine beiden Leibburschen, bereit stünden, ihn in den Bazar zu begleiten. Es war ein Ausflug, den er schon seit langem geplant und immer wieder verschoben hatte. Sālims Miene verriet, daß er auch dieses Vorhaben mit größter Mißbilligung beobachtete.

«Mach dir keine Sorgen, Sālim», sagte Ibn Ammar gutgelaunt. «Ich werde mich nicht lange aufhalten.»

«Wäre es nicht doch besser, wenn Euch ein paar Wachen in Zivil folgen würden?» fragte Sālim ohne viel Hoffnung.

«Keine Wachen!» sagte Ibn Ammar bestimmt. Er hatte häufig Anlaß, Sālim für seine besonnenen Ratschläge dankbar zu sein, aber in diesem Fall überschätzte der Sekretär zweifellos die Entschlossenheit derer, die noch immer auf der Seite Muhammad Ibn Tāhirs standen. Es gab nichts mehr zu fürchten. Der Erfolg des Unternehmens gegen Murcia stand längst fest, und es war ein überwältigender Erfolg. Der ganze Feldzug war von Anfang an unter einem guten Stern gestanden.

Während Ibn Ammar sich umzog, dachte er mit angenehmen Empfindungen an jene aufreibend schönen Abende zurück, die er vor dem Abmarsch im ar-Rusāfa-Palast in Cordoba mit al-Fath verbracht hatte, dem drittgeborenen Sohn des Fürsten, der den von Ibn Ukasha ermordeten Kronprinzen als Gouverneur in Cordoba abgelöst hatte. Al-Fath war der ansehnlichste von allen Söhnen al-Mutamids. Das Schicksal hatte ihm die zu kurze Statur und das Bauerngesicht seines Vaters erspart und ihm nur dessen fürstliche Eigenschaften vererbt: die Großzügigkeit, den theatralischen Mut, die Lust an Festen und großen Gesten. Er war nicht der klügste, aber dieser Fehler ließ sich ausgleichen. Man konnte den Prinzen mit klugen Beratern umgeben, und Ibn Ammar war überzeugt, daß sein Einfluß groß genug war, um ihn für seine Pläne zu gewinnen. Mit al-Fath als Statthalter in Cordoba und seinem Bruder ar-Rashīd auf dem Gouverneursposten in Murcia hatte er in Zukunft zwei starke Stützen, auf die er bauen konnte.

An al-Faths Hof hatte er vor einem Jahr auch jenen Mann kennengelernt, der jetzt nicht unwesentlich zu dem glücklichen Ausgang des Feldzugs gegen Murcia beigetragen hatte: Ibn Rashiq, einen Mann von altem arabischem Adel, dessen Vorfahren schon mit den Eroberern auf die Halbinsel gekommen waren, und der seine Stammburg in Velez Rubio hatte, einem staubigen Nest, halbwegs zwischen Jaen und Murcia gelegen. Er war ein Landedelmann, einer jener großen, unabhängigen Viehbarone, die über riesige Ländereien verfügten und im Notfall ein paar hundert Viehhirten auf die Beine stellen konnten, wenn sie sich Geltung verschaffen wollten. Ibn Rashiq war das Muster eines solchen adelsstolzen Grundherrn: großspurig, ungebildet und von hinterwäldlerischer Ruppigkeit, dabei gastfreundlich und trinkfest und mit der schlitzohrigen Schläue eines Viehhändlers begabt. Aber der Herr von Baldj, wie er sich nannte, war außerdem auch noch ehrgeizig. Er wollte sich nicht begnügen mit dem ungeheuren Landbesitz, den seine Väter angehäuft hatten, er langweilte sich auf seiner abgelegenen Burg, er hatte das Leben am Hof von Cordoba genossen, er war vierzig Jahre alt und hatte plötzlich die raffinierten Genüsse des städtischen Adels kennengelernt, die süßen Weine, die feine Küche, die Freuden musikalischer Soireen und schattiger Gärten, die glatten Schmeichelsprüche der Dichter, die flotten Witzeleien der Höflinge und nicht zuletzt die Reize exotischer Tänzerinnen und in allen Künsten der Liebe ausgebildeter Konkubinen. Er war sofort bereit gewesen, sich an dem Feldzug zu beteiligen, der ihm den Weg nach Murcia öffnete. Und Ibn Ammar hatte sein Angebot ebenso schnell angenommen: eine halbe Armee, die ihn keinen Dirham kostete, eine Truppe dazu, die schlagkräftiger war als die eigenen Einheiten. Tatsächlich waren es in erster Linie Ibn Rashiqs wilde Reiterhirten gewesen, denen man es zu verdanken gehabt hatte, daß die Burgen um Murcia in so kurzer Zeit eine nach der anderen gefallen waren, was wiederum Muhammad Ibn Tāhir keinen anderen Ausweg gelassen hatte, als eine rasche Kapitulation. Der Feldzug hatte kaum Opfer gefordert. Jetzt kontrollierte Ibn Rashiq mit seinen Leuten das Land, während Ibn Ammar die Städte Murcia und Cartagena besetzt hielt.

Wenn Prinz ar-Rashīd seinen Gouverneursposten übernahm und Ibn Ammar nach Sevilla zurückkehrte, würde man dem Herrn von Baldj den

Titel eines Amīrs verleihen und ihn zum Oberbefehlshaber der Truppen im Osten des Reiches ernennen. Damit würde sein Ehrgeiz zur Genüge befriedigt sein.

Der Leibdiener hatte Ibn Ammar Bart und Brauen schwarz gefärbt und band ihm jetzt noch die Kopfbinde um. Er band sie nach Art der Berber, so daß nur ein schmaler Ausschnitt des Gesichts frei blieb. Als Ibn Ammar wenig später den al-Qasr durch die kleine Durchlaßpforte des Parktors verließ und in die Menschenmenge eintauchte, die sich zwischen Hauptmoschee und Bazar drängte, hätte ihn nicht einmal seine eigene Mutter erkannt. Er sah aus wie ein Händler aus dem Maghreb, der sich von seinen Dienern zum Bazar geleiten ließ, um die Abendkühle für ein paar Einkäufe zu nutzen.

Djābir und Hādī hielten sich dicht hinter ihm. Seit ihn vor zwei Jahren ein Fanatiker bei der Rückkehr von seinen Verhandlungen mit dem König von Leon im Hafen von Sevilla aus der Menge heraus mit einem Messer angefallen hatte, tat er keinen Schritt mehr in der Öffentlichkeit ohne seine beiden Leibburschen. Sie waren Freigelassene, Söhne von Palastdienern, beide um die dreißig Jahre alt und ihm blind ergeben. Djābir ein sehniger Riese, Hādī klein, mit hellem Kopf und einer wachen Beobachtungsgabe. Sie sorgten nicht nur für seinen Schutz, er bediente sich ihrer auch, wenn vertrauliche Botengänge zu erledigen waren oder bei anderen diskreten Unternehmungen.

Der Bazar war von vielen Lichtern erhellt. Wo sich die Ladengassen kreuzten, hingen kupferne Leuchter von den Gewölben herunter. Auch in den Geschäften rechts und links brannten überall Lampen. Ibn Ammar fand sich ohne Mühe zurecht. Es war, als hätte sich nichts verändert in den fast zwanzig Jahren, die vergangen waren, seit er das letzte Mal Ibn Mundhirs Laden aufgesucht hatte.

Er hatte Sālim beauftragt, Erkundigungen einzuziehen. Er hatte erfahren, daß der Tuchhändler schon vor zwölf Jahren verstorben war und daß seine Witwe das Geschäft weitergeführt hatte, um es ihrem Sohn zu erhalten. Zohra, die Schöne, die Frau des Kaufmanns, die damals seine Geliebte gewesen war. Er konnte sie sich kaum vorstellen an der Spitze eines so großen Unternehmens.

Er hatte Sālim auch beauftragt, sich nach dem Sohn zu erkundigen und sein Alter in Erfahrung zu bringen. Und was ihm daraufhin zugetragen worden war, hatte ihm seitdem keine Ruhe mehr gelassen. Er spürte auch jetzt, daß sein Herz schneller ging, je näher sie dem Laden des Tuchhändlers kamen.

Auch der Laden hatte sich kaum verändert. Alles war wie früher: die Stoffballen, die den Verkaufsraum gegen die Ladengasse hin abtrennten, die aufgehängten Konfektionsgewänder an den Seitenwänden, die hohen Truhen, in denen die feineren Stoffe aufbewahrt wurden, die teuren Ausstellungsstücke an der Rückwand. Die Tür, die in das Kontor führte, stand offen, das Schreibpult befand sich noch an derselben Stelle wie vor zwanzig Jahren. Der Kātib, der daran arbeitete, war zu jung, als daß Ibn Ammar ihn hätte kennen können. Es gab unter den Ladendienern und den Angestellten im Kontor überhaupt keinen, an den er sich erinnern konnte.

Und dann sah er Zohras Sohn. Er war von mittlerer Größe, schlank, schwarzhaarig mit elegant gestutztem Bart, der für seine achtzehn Jahre schon ungewöhnlich dicht war und ihn älter machte, als er war. Er hatte die Augen seiner Mutter, und er hatte ihren ausdrucksvollen Mund. Er hatte auch ihre gerade Haltung, die ihn auffallend heraushob aus der Masse der Kaufleute ringsum mit ihrer Neigung zu serviler Beflissenheit. Er hatte nichts von Ibn Mundhir, aber er hatte auch nicht das, wonach Ibn Ammar mit unruhiger Erwartung in seinem Gesicht suchte.

Er streifte Ibn Ammar mit einem flüchtigen Blick, der den möglichen Kunden daraufhin abschätzte, ob es sich lohnte, daß der Besitzer selbst sich um ihn bemühte, und lud ihn dann mit einer höflichen Verbeugung ein, im Laden Platz zu nehmen, um seine Wünsche zu äußern.

Ibn Ammar schüttelte stumm den Kopf. Er hatte nicht vorgehabt, sich in ein Gespräch einzulassen. Er war hin- und hergerissen. Er wollte einerseits seinem Vorsatz treu bleiben, sich nicht aufzudrängen oder sich gar zu erkennen zu geben, er wollte den jungen Kaufmann aber auch nicht brüskieren. «Dies ist noch nicht der Tag, um zu kaufen», sagte er hastig.

«Wie Ihr wünscht, Herr», erwiderte der junge Mann mit zurückhaltendem Lächeln. Weder in seiner Stimme noch in seinem Äußeren konnte Ibn Ammar die geringste Ähnlichkeit mit sich selbst feststellen. Es war eine schmerzliche Feststellung. Er war sich so sicher gewesen nach seinen Berechnungen.

Er beließ es bei diesem einen Besuch im Bazar. Er widerstand auch der Versuchung, Verbindung mit Zohra, der Mutter, aufzunehmen. Er hatte Angst, sie zu kompromittieren. Er begnügte sich damit, Sālim gelegentlich mit größter Diskretion Erkundigungen über die Geschäfte des Handelshauses Ibn Mundhir einholen zu lassen.

Einen Monat später, an einem Freitagmorgen, als er den al-Qasr verließ, um sich in die Hauptmoschee zu begeben, rief ihn aus der Menge der Bittsteller und der Neugierigen, die das Tor umlagerten, eine alte Frau an, die sich nicht damit begnügen wollte, ihre Bittschrift einem der zwei Diener zu übergeben, die ihn rechts und links begleiteten, sondern die sich zu ihm selbst hindurchzudrängen versuchte. Djābir hielt sie auf, aber Ibn Ammar gab ihm ein Zeichen, sie vorzulassen, und nahm die kleine Papierrolle, die sie ihm überreichen wollte, selbst in Empfang.

Er fand die Rolle erst am Abend in seinem Ärmel wieder. Sie enthielt ein kleines, vergilbtes Blatt Papier, auf dem ein Vers stand, den er sofort wiedererkannte:

Der Tag wird kurz, wenn wir uns finden.
Laß uns das Gitter überwinden.

Es war sein Antwortvers auf die erste Botschaft, die ihm Zohra damals hatte zukommen lassen. Auf der Rückseite stand in ihrer großen, steilen Schrift eine kurze Nachricht: «Es ist um Deinetwillen, daß ich Dich um ein Treffen bitte», hieß es knapp. Dazu der Hinweis, daß die Dienerin, die ihm bekannt sei, sich am folgenden Tag bei der Wache am Haupttor des al-Qasr einfinden werde.

Als die Dienerin vor ihm stand, erkannte er auch sie wieder. Es war die Zofe mit den warmherzigen braunen Augen, die ihn an die Augen seiner Mutter erinnert hatten. Sie führte ihn zu einer kleinen Moschee, die in der Nähe des Flußtors versteckt in einem Gewirr schmaler Gassen lag. Ein Park grenzte daran, der vom Hof der Moschee durch eine doppeltmannshohe Mauer getrennt war. In die Mauer war eine Fensteröffnung eingelassen, die von einem Gitter versetzt aufeinander geschichteter Ziegel ausgefüllt war. Dahinter wartete Zohra.

Sie hielt den Schleier vors Gesicht, er sah nur ihre Augen, und es schien ihm auf einmal, als wäre die Zeit stehengeblieben. Ihre Augen hatten sich nicht verändert in all den Jahren. Er war so bewegt, daß er im ersten Augenblick kein Wort herausbrachte.

«Hör mich an, Abu Bakr«, sagte sie mit leiser, eindringlicher Stimme. «Wir haben wenig Zeit. Ich will nicht, daß ich durch irgendeinen Zufall hier mit dir entdeckt werde.» Ihre Stimme klang seltsam unbeteiligt, als spräche sie zu einem Fremden.

«Du bist noch immer so schön wie damals», sagte er lächelnd, als hätte er nicht gehört, was sie gesagt hatte.

Sie ging nicht auf seinen vertraulichen Ton ein. «Nein», sagte sie abweisend. «Ich würde mich nicht hinter einem Schleier verstecken, wenn es so wäre, wie du sagst.»

Er wollte ihr widersprechen, aber sie schüttelte ungeduldig den Kopf. «Ich bin gekommen, um dich zu warnen, Abu Bakr», sagte sie. «Seit dem Tod Ibn Mundhirs lasse ich mich in allen geschäftlichen Fragen von einem Mann beraten, der zu seinen engsten Freunden gezählt hat. Er ist ein Tajir, frage mich nicht nach seinem Namen. Er kennt alle einflußreichen Leute in Murcia, und er kennt viele der großen Familien. Er war gestern in meinem Haus, und er gab mir den Rat, keine Geschäfte mehr mit dir und deinen Leuten zu machen oder auf Barzahlung zu bestehen. Er sagte, daß bald Veränderungen im al-Qasr zu erwarten seien.»

«Er hat recht», sagte Ibn Ammar unbekümmert. «Es wird bald Veränderungen geben. Einer der Prinzen wird mich ablösen, wahrscheinlich noch in diesem Jahr.»

«Das war es nicht, was gemeint war», erwiderte sie ernst. «Man hat mir empfohlen, mich an Ibn Rashiq zu halten, den Herrn von Baldj. Er sei der kommende Mann.»

«Ibn Rashiq?» fragte Ibn Ammar. «Bist du sicher, daß du deinen Ratgeber nicht falsch verstanden hast? Ibn Rashiq ist mein Verbündeter!» Er hatte bis jetzt keinen Anlaß gehabt, an der Loyalität Ibn Rashiqs zu zweifeln. War er getäuscht worden? Konnte Ibn Rashiq ihm gefährlich werden? Er überdachte rasch die Möglichkeiten und kam zu einem negativen Ergebnis. Solange er selbst im Besitz der Stadt und des al-Qasr war, bestand keinerlei Gefahr. «Nein», sagte er bestimmt. «Ich bin überzeugt, daß es sich nur um Gerüchte handelt.»

«Ich konnte mich bis jetzt immer auf die Ratschläge dieses Mannes verlassen», erwiderte sie. «Ich hatte das Gefühl, ich müßte dich warnen.» Ihre Stimme klang nicht mehr ganz so selbstsicher wie zuvor.

«Ich werde nachforschen lassen», sagte Ibn Ammar entgegenkommend. «Vielleicht gibt es ein paar Adlige, die Ibn Rashiq lieber an meiner Stelle sähen. Aber ich glaube, die Vernünftigen sind auf meiner Seite, und die meisten Kaufleute sind es auch.»

«Ich bin nicht der Meinung, daß du den Bazar von Murcia schon auf deiner Seite hast», sagte sie.

«Woher weißt du das?» fragte er.

«Ich habe viel gelernt in diesen letzten Jahren, seit dem Tod Ibn Mundhirs», sagte sie ausweichend.

«Du bist eine ungewöhnliche Frau», sagte er in aufrichtiger Bewunderung. «Du warst es schon damals.»

«Ich bin die Mutter eines Sohnes, der beim Tod seines Vaters noch zu jung war, um die Geschäfte weiterzuführen», sagte sie.

Er zuckte zusammen, als er sie Ibn Mundhir als Vater des Jungen bezeichnen hörte. Aber er faßte sich schnell wieder. Was hätte sie anderes sagen sollen.

Er sagte leise: «Ich habe ihn gesehen. Ich habe ihn im Bazar gesehen.»

Sie blickte ihn erschrocken an. «Das hättest du nicht tun sollen, Abu Bakr», sagte sie mit leisem Vorwurf. «Das hättest du nicht tun sollen.»

«Ich habe ihn nur im Vorbeigehen gesehen», sagte er schuldbewußt und setzte hastig hinzu: «Ich werde den Bazar nicht mehr betreten, wenn du es wünschst.»

«Ich bitte dich darum», sagte sie, und ihre Stimme klang so hart, daß er betroffen den Kopf senkte.

«Ist er nicht auch mein Sohn?» fragte er kaum hörbar.

«Er ist nicht dein Sohn», sagte sie.

Er sah ihre Augen in ruhiger Selbstgewißheit auf sich gerichtet und bemühte sich, ihrem Blick standzuhalten. Es schmerzte ihn, was sie gesagt hatte, er wußte nichts darauf zu erwidern. Dann sah er sie unter dem Schleier lächeln. Es war das erste Mal, daß sie lächelte während ihres Gesprächs.

Sie sagte: «Du verstehst mich nicht, Abu Bakr. Ich will dich nicht in deinem Stolz verletzen. Wahrscheinlich hast du dich nach dem Geburtstag meines Sohnes erkundigt und deine Berechnungen angestellt.» Das Lächeln war jetzt auch in ihren Augen. «Ja», sagte sie, «ich habe mir ein Kind gewünscht an jenem Tag, als wir uns das letzte Mal getroffen haben, Abu Bakr. Ich wollte einen Sohn von dir. Aber ich wollte nicht, daß er ohne Vater aufwächst. Deshalb habe ich auch Ibn Mundhir Anlaß gegeben zu glauben, daß er der Vater wäre. Er ist *mein* Sohn, Abu Bakr, und ich habe ihn Abdallah genannt nach *meinem* Vater.»

Ibn Ammar schwieg beschämt, und für eine Weile saßen sie sich stumm gegenüber, ohne sich anzublicken.

«Ich muß jetzt gehen», sagte sie schließlich.

Der Gedanke, daß er sie ganz aus den Augen verlieren könnte, versetzte ihn auf einmal in Panik. «Können wir uns nicht wiedersehen?» fragte er beinahe flehend.

Sie schüttelte den Kopf. «Nein, Abu Bakr», sagte sie. «Es würde alles zerstören.» Und nach einer kleinen Pause setzte sie hinzu: «Wir gehen alle unseren Weg. Manchmal münden die Wege ineinander. Manchmal kreuzen sie sich nur. Wir müssen für alles dankbar sein.»

Sie wollte sich schon abwenden, da fragte er sie noch einmal: «Ist er mein Sohn?»

Sie blickte ihm lächelnd in die Augen. «Ich allein weiß es», sagte sie.

Er sagte: «Gibst du mir Nachricht, wenn dir noch etwas zu Ohren kommt?» Es war ein verzweifelter Versuch, die Verbindung nicht ganz abreißen zu lassen.

«Ich glaube nicht, daß es nötig ist», sagte sie ruhig. «Wahrscheinlich hast du recht, und ich habe mir unnötig Sorgen gemacht.» Sie lächelte ihm durch den Schleier hindurch zu. «Gott sei mit dir, Abu Bakr», sagte sie.

Er wußte, daß er sie nie mehr wiedersehen würde.

44

SEVILLA

SABBAT 9. ELUL 4842
6. AUGUST 1082/8. RABI I 475

Die Schmerzen hatten sich zum ersten Mal im vergangenen Herbst bemerkbar gemacht. Yūnus konnte sich deshalb noch so genau daran erinnern, weil es der erste kalte Tag des Herbstes gewesen war, jener Tag, an dem gewöhnlich die ganze Stadt wie auf eine geheime Absprache hin die weißen Sommerkleider ablegt und die dunklen Wollgewänder des Winters hervorholt. Zuerst hatte er nur ein leichtes Ziehen gespürt, einen unangenehmen Reiz im Magen oberhalb der Leber. Die Schmerzen waren gekommen und wieder gegangen. Im Winter waren sie stärker geworden und hatten nicht mehr ausgesetzt. Da hatte er schon geahnt, daß es ein Tumor war.

Er hatte die Schmerzen durch eine strenge Diät noch für eine Weile beschwichtigen können, aber schon im Frühjahr hatte er seine Stellung am Hof aufgeben müssen und kurz danach auch seine Praxis. Die Schmerzen waren so unerträglich geworden, daß er schließlich versucht hatte, sie mit Opium zu dämpfen. Er hatte sich immer höhere Dosen verabreicht, bis er nur noch in einem gefühllosen, gedankenlosen Halbdämmer auf seinem Lager gelegen hatte, ohne etwas wahrzunehmen. Die alte Dādā war gestorben und zwei Tage nach ihr Ammi Hassān, sein alter Hausdiener, ohne daß er es bemerkt hatte.

Als ihm das in einem lichten Augenblick bewußt geworden war, hatte er das Opium auf der Stelle abgesetzt und den Kampf gegen die Schmerzen wieder aufgenommen. Mehrmals war er nah daran gewesen, seinem Leben ein Ende zu machen, aber er hatte nicht den Mut dazu gefunden.

Er war entsetzlich abgemagert. Seit Wochen vertrug er nur noch flüssige Nahrung, seit vier Tagen nahm sein Magen auch das nicht mehr an. Er erbrach alles, was Karīma ihm einflößte.

Er hatte für diesen Sabbat noch einmal alle, die ihm nahestanden, in sein Haus eingeladen, um sich von ihnen zu verabschieden. Er fühlte sich überraschend frisch, das Leben wehrte sich noch ein letztes Mal mit aller Kraft gegen den Tod, auch die Schmerzen schienen erträglich, als hätte sich sein Körper endlich daran gewöhnt. Die Holzläden lagen vor den Fenstern, um die Hitze auszusperren, Kräuterbündel hingen dahinter, um der hereinströmenden Luft einen frischen Duft zu verleihen. Ein mildes Halbdunkel herrschte im Zimmer.

Er hörte Karīmas Stimme, sie war im Hof und sprach mit der Frau aus Toledo, und dann fing das Baby an zu schreien, und beide Frauen versuchten es zu beruhigen, wahrscheinlich glaubten sie, daß ihn das Geplärr störte, aber es störte ihn überhaupt nicht, er fand den Gedanken eher tröstlich, daß sich da draußen ein neues Leben zu Wort meldete, während seines zu Ende ging. Er hatte selbst noch mitgeholfen, das Kind zur Welt zu bringen. Die Eltern waren im Frühjahr aus Toledo gekommen. Auf der Reise waren sie vollständig ausgeraubt worden. Er hatte sie bei sich aufgenommen. Die Frau besorgte seit Dādās Tod den Haushalt und half Karīma bei seiner Pflege.

Nach dem Gottesdienst kamen zuerst seine beiden Töchter Nabīla und Sarwa mit ihren Familien und ar-Rashīdi, der Apotheker. Ibn Eli hatte noch einer dringenden Einladung zu einem Treffen der Gemeindespitze im Haus des Nāsī folgen müssen. Auch Zecharia fehlte. Er hatte sein Haus am Morgen zusammen mit Karīma verlassen, um im Krankenhaus noch rasch zwei Patienten zu besuchen, die am Vortag operiert worden waren. Danach hatte er in die Synagoge gehen wollen, aber dort war er nicht angekommen.

Die beiden kamen erst weit nach Mittag, als alle bis auf Karīma schon wieder gegangen waren. Sie waren ungewöhnlich ernst und wortkarg, und Yūnus merkte, daß sie Mühe hatten, den freundlich aufmunternden Ton zu finden, den man gewöhnlich am Bett eines Kranken anschlägt. Zecharias Gesicht war völlig versteinert.

«Was ist geschehen?» fragte Yūnus. «Was hat euch aufgehalten?» Er spürte, daß sie ihm etwas verheimlichten.

«Nichts von Bedeutung», erwiderte Ibn Eli schnell. «Nichts, womit du dich belasten solltest.»

Yūnus sah Karīmas Blick fragend auf Zecharia gerichtet und sah, wie Zecharia kaum merklich den Kopf schüttelte und dann ein abwesend freundliches Lächeln aufsetzte, als er bemerkte, daß Yūnus ihn beobachtete.

«Was ist? Wollt ihr mir schlechte Nachrichten ersparen?» fragte Yūnus mit mildem Vorwurf.

«Du solltest versuchen, ein bißchen zu schlafen, Vater», sagte Karīma sanft.

Er schob ihre Hand beiseite. «Ich habe noch genug Zeit zu schlafen, ich will wissen, was hier vor sich geht!» Er blickte von einem zum anderen, und als sie alle seinem Blick auswichen, faßte er Zecharia ins Auge und sagte: «Ich kann mir vorstellen, was geschehen ist. Sie haben dir im Krankenhaus deine Instrumente und deine Bücher ausgehändigt und dir die Tür gewiesen. Das ist es, nicht wahr?»

Er sah, wie es in Zecharias Gesicht arbeitete.

«Woher weißt du das?» fragte Ibn Eli.

«Ich weiß nichts, ich stelle nur Vermutungen an», sage Yūnus. «Aber ich warte seit Wochen darauf, daß der Blitz herunterfährt und das große Unwetter losbricht.»

«Aufgrund welcher Informationen?» fragte Ibn Eli.

«Du lieber Himmel, Etan, was willst du!» erwiderte Yūnus. «Es deutet sich doch schon seit Monaten an. Ich konnte es ja selbst erleben, als ich noch auf den Beinen war. Die Moscheen so voll wie noch nie, die Feindseligkeit, die sich plötzlich überall bemerkbar macht. Al-Balia, der Nāsī, ist seit mindestens acht Wochen nicht mehr beim Fürsten gewesen. Statt seiner kommt ein neuer Astrologe aus Byzanz oder was weiß ich woher. Zecharia steht zwar noch auf der Liste der Hofärzte, aber seit einem dreiviertel Jahr wird er nicht mehr an den Hof gerufen. Bei mir war es doch das gleiche. Fünf Monate keine Konsultation mehr, bis ich wegen meiner Krankheit von mir aus gekündigt habe. Kein jüdischer Händler, der nicht über Umsatzrückgänge klagt. Vor drei Wochen diese Ausschreitungen in Taryāna gegen den Weinausschank. Vor einer Woche die Wasserträger, die sich auf einmal weigern, jüdische Häuser zu beliefern. Das zeigt doch alles in die gleiche Richtung. Diese gespannte Atmosphäre, das war doch fast mit Händen zu greifen.»

«Dann hast du ein besseres Gespür als ich», sagte Ibn Eli düster.

«Vielleicht», sagte Yūnus. «Vielleicht wird man hellsichtiger, wenn man selbst nicht mehr betroffen ist.» Er ließ seinen Blick zwischen Zecharia und Ibn Eli hin und her gehen. «Also was hat es beim Nāsī gegeben. Will mir niemand sagen, was geschehen ist?»

Ibn Eli tauschte einen kurzen Blick mit Zecharia und sagte dann leise: «Es gibt Gerüchte, daß Ibn Ammar die Gunst des Fürsten verloren hätte.»

«Mehr als Gerüchte», fügte Zecharia hinzu.

«So schlimm?» fragte Yūnus. Und an Zecharia gewandt, fuhr er bekümmert fort: «War meine Vermutung also richtig?»

«Man hat mich nicht gerade vor die Tür gesetzt», antwortete Zecharia mit einem bitteren Lächeln. «Aber man hat mir nahegelegt, meinen Platz freiwillig zu räumen, bevor eine Weisung von oben kommt.»

«Mit welcher Begründung?» fragte Yūnus.

«Ohne Begründung», sagte Zecharia. «Jeder geht davon aus, daß ich ein Mann Ibn Ammars bin, also versucht man, mich loszuwerden. Seine Leute fliegen überall aus ihren Posten.»

«Keine Hoffnung mehr?» fragte Yūnus.

Ibn Eli zuckte die Achseln, und sie schwiegen betreten, und für einen Augenblick schien Yūnus' Krankheit vergessen vor den Sorgen des Tages.

Draußen schrie das Baby, es ließ sich nicht beruhigen.

«Weiß man, was den Ausschlag gegeben hat?» fragte Yūnus nach einer Weile.

«Nichts Genaues, nur Gerüchte», sagte Ibn Eli. «Ibn Ammar trete in Murcia auf wie ein unabhängiger Fürst, er lasse seinen Namen in der Hauptmoschee ausrufen ...»

«Das kann ich nicht glauben», unterbrach ihn Yūnus.

«Es wird behauptet», sagte Ibn Eli. «Es wird auch behauptet, daß er mit dem König von Leon Verbindung aufgenommen habe, um sich unter seinen Schutz zu stellen.»

«Das ist doch ausgemachter Unsinn», protestierte Yūnus.

«Es wird behauptet», sagte Ibn Eli achselzuckend. «Und es wird geglaubt. Es wird vor allem an höchster Stelle geglaubt.»

«Es war ein Fehler, daß er diesen Feldzug selbst angeführt hat», sagte Yūnus. «Es war ein Fehler von Anfang an. Es war falsch, sich so weit zu entfernen. Es war falsch, den Fürsten so lange Zeit sich selbst zu überlassen in diesen schlechten Zeiten.»

«Es sollen Gedichte in Umlauf sein, die sich über den Fürsten lustig machen», sagte Zecharia leise.

«Davon war heute auch beim Nāsī die Rede», bestätigte Ibn Eli.

«Irgend ein windiger Poet, ein Jude aus Valencia, hat angeblich ein paar böse Spottverse mitgebracht, die von Ibn Ammar stammen sollen.»

«Gott sei ihm gnädig», sagte Yūnus. «Es ist ein Hohn, daß nur noch Schandmäuler und Ohrenbläser am Hof das Wort führen. Es werden böse Zeiten kommen für uns, glaubt mir. Auch der Nāsī gilt als Mann Ibn Ammars.» Er wandte sich an Ibn Eli. «Auch du, Etan.»

«Der Nāsī ist schon lange auf Distanz gegangen», sagte Ibn Eli mit leisem Spott. «Er gab sich heute ganz zuversichtlich, was seine Stellung am Hof angeht. Der neue Astrologe scheint sich nicht allzugut eingeführt zu haben. Und der Fürst ist unsicherer denn je, wie er sagt. Er ist überzeugt, daß seine Fähigkeiten bald wieder gefragt sein werden.»

«Er hat alles Ibn Ammar zu verdanken», sagte Yūnus.

«Davon will er heute nichts mehr wissen», erwiderte Ibn Eli.

«Es ist traurig», sagte Yūnus.

«Es ist traurig, welche Leute auf einmal den Ton angeben», sagte Ibn Eli. «Nicht nur am Hof, auch im Bazar. Ich rede nicht einmal von den strenggläubigen Fanatikern, die man schon immer kennt. Ich rede von den kleinen Händlern und Handwerkern, die plötzlich einen ekelhaften Glaubenseifer an den Tag legen, seit die Geschäfte nicht mehr so gut gehen. Sie reden von der Verteidigung des wahren Glaubens und wollen sich in Wahrheit nur die Konkurrenz vom Hals schaffen. Ich fürchte mich nicht vor Leuten, die mir vielleicht vorwerfen, daß ich gute Beziehungen zu einem in Ungnade gefallenen Hādjib unterhalten habe. Ich fürchte mich vor diesen Eiferern, die sich jetzt wieder aus ihren Löchern hervorwagen und zuerst Bücher verbrennen und dann Menschen.»

«Was hast du vor?» fragte Yūnus.

Ibn Eli breitete die Arme aus. «Ich habe keine Angst um mich», sagte er. «Aber ich habe meinen Söhnen empfohlen, die Stadt für eine Weile zu verlassen. Nicht dem jüngsten. Ein kleiner Lehrer hat nichts zu befürchten. Aber die beiden älteren werden unsere engen Geschäftsverbindungen mit Ibn Ammar zu büßen haben. Es ist besser, wenn man dem aus dem Weg geht. Ich denke, sie werden nach Cordoba gehen oder nach Lucena und das Geschäft von dort aus weiterführen, bis sich die Lage wieder beruhigt hat.» Er machte eine Pause und setzte dann nachdenklich hinzu: «Wenn sie sich je wieder beruhigt.»

Yūnus blickte voll Sorge auf Karīma und dann auf Zecharia. «Und ihr?» fragte er. «Was wollt ihr machen?»

«Ich habe noch nicht darüber nachgedacht» sagte Zecharia.

«Die Praxis steht noch leer», sagte Yūnus.

«Ich weiß nicht», sagte Zecharia. «Ich glaube nicht, daß schon alles entschieden ist. Ibn Ammar ist kein Mann, der sich so leicht überrumpeln läßt. Er wäre nicht seit weiß-nicht-wieviel Jahren der engste Vertraute des Fürsten, er wäre nicht seit mehr als einem Jahrzehnt Hādjib... ich kann es mir einfach nicht vorstellen, daß ein paar üble Verleumdungen... ich kann es mir nicht vorstellen.»

«Er hat nur gute Zeiten erlebt», widersprach Ibn Eli. «Ihm fehlt die Härte, die Rücksichtslosigkeit gegenüber seinen Feinden. Seine ganze Macht beruhte einzig auf dieser engen Beziehung zum Fürsten. Jetzt ist es seinen Feinden zum ersten Mal gelungen, den Fürsten gegen ihn aufzubringen. Al-Mutamid soll getobt haben, als ihm die Gedichte zu Ohren gekommen sind.»

«Er tobt häufig», erwiderte Zecharia. «Er tobt auch ohne Anlaß. Er trinkt sehr viel in letzter Zeit, sagen die Kollegen. Seine Stimmung kann genauso schnell wieder umschlagen.»

«Aber Ibn Ammars Feinde halten seine Wut am Kochen», sagte Ibn Eli. «Und Ibn Ammar selbst ist nicht da, um dagegenzuhalten. Und irgendwann wird es zu spät sein, und er wird keine Gelegenheit mehr haben, seine Sache vor dem Fürsten zu vertreten.»

Der Schmerz fiel wieder über Yūnus her und machte ihn blind und taub und raubte ihm fast das Bewußtsein. Es war, als säße ein Tier in ihm, das ihn mit scharfen Zähnen von innen her zerfleischte. Seine Züge verkrampften sich, und seine Augen wurden starr, und obwohl er all seine Kraft zusammennahm, um sich nichts anmerken zu lassen, wurde Karīma aufmerksam und gab Ibn Eli und Zecharia heimlich hinter seinem Rücken Zeichen, daß es Zeit wäre, das Krankenzimmer zu verlassen. Sie kamen an sein Bett, um sich zu verabschieden. Ibn Eli liefen die Tränen über die Wangen. Yūnus war unfähig, ihn zu trösten. Er war so geschwächt von den Schmerzen, daß er kein einziges Wort herausbrachte. Aber als Zecharia sich neben seinem Lager niederkniete, fand er die Kraft, ihm die Hand auf den Scheitel zu legen und mit stummen Lippen den Segen zu sprechen.

Karīma blieb bei ihm. Seit zwei Wochen war sie nicht mehr von seiner Seite gewichen. Nachts schlief sie in der Madjlis vor der offenen Türe zu seiner Kammer. Nabīla und Sarwa hatten ihr angeboten, sie abzulösen, aber sie hatte abgelehnt. Er war glücklich, sie um sich zu haben, es erwärmte ihm das Herz, wenn er sie sah. Er dankte Gott jeden Tag für diese Tochter, die er mehr liebte als alles andere auf der Welt. Er betete jeden Tag, daß Gott auch sie eines Tages mit Kindern segnen möge.

Gegen Abend, als die Schmerzen wieder ein wenig nachließen, bat er Karīma, ihm das Heft zu bringen, das ihm als Tagebuch diente. Er hatte seit langem nichts mehr eingetragen. Anfangs hatte er noch über seinen Kampf gegen den Schmerz geschrieben und über seine Niederlage und hatte die Gedanken beschrieben, die ihn bewogen hatten, den Kampf wieder aufzunehmen. Irgendwann hatte er damit aufgehört. Irgendwann waren ihm seine Worte sinnlos erschienen und ohne Wert. Es gab keine Worte für die Schmerzen, die er durchlitten hatte.

Als er die letzten Eintragungen noch einmal überflog, wurde ihm klar, daß er genau an dem Tag aufgehört hatte zu schreiben, als er begonnen hatte, sich auf den Tod vorzubereiten. Er hatte viel nachgedacht, und er hatte sich keinen Illusionen hingegeben und keinen falschen Hoffnungen nachgehangen. Das Leben, das er geführt hatte, war ein erfülltes Leben gewesen, und es hatte nur wenige Wünsche offengelassen. Er hatte seine Rolle mit Gottes Hilfe nicht allzu übel gespielt, er hatte seinen Platz ausgefüllt, jetzt machte er ihn wieder frei. Er würde ein paar heimliche Begierden mit ins Grab nehmen, die er sein Leben lang versteckt gehalten hatte, aber er war zufrieden mit dem Leben, das ihm Gott geschenkt hatte, und deshalb fürchtete er sich nicht vor dem Tod. Manchmal war er dem Leben schon so weit entrückt, daß er sich vorkam wie eine jener alten Frauen, die den ganzen Tag im Erker über dem Haustor verbringen und durch das Fenstergitter auf die Straße starren, selbst kaum mehr lebend, sondern nur noch das Leben beobachtend. Das war es auch, was er manchmal noch bedauerte: Daß er nicht mehr erleben würde, wie es weiterging. Daß ihm der Ausgang des Spiels verborgen bleiben würde.

Manchmal erfreute er sich an dem Gedanken, daß Gott den Toten die Möglichkeit eingeräumt haben könnte, das Treiben auf der Welt wie von einer Aussichtsplattform herunter weiter zu beobachten. Es war eine Idee, die er schon seit seiner Kindheit mit sich herumtrug und die ihm von seinem Großvater eingegeben worden war. Der Großvater hatte ihm auf dem Sterbebett leise ins Ohr geflüstert, daß er ihn immer im Auge behalten würde, selbst wenn er sich im tiefsten Keller verstecken und die Tür hinter sich verriegeln sollte. Und tatsächlich hatte er sich von diesem Großvater mit seinen verschmitzt blickenden Augen unter den struppig aufgebürsteten Brauen lange Zeit ständig beobachtet und zu rechtem Verhalten angespornt gefühlt, viel mehr als von jenem abstrakten Gott, mit dem ihn seine Lehrer auf den schmalen Weg eines gottesfürchtigen Lebens zu lenken versucht hatten.

Er hatte in den letzten Tagen lange Gespräche mit Karīma geführt. Er hatte darauf gehofft, daß die Gewißheit des Todes, das Wissen um das unausweichlich bevorstehende Ende seines Lebens ihm irgendwelche ungeahnten Erkenntnisse verschaffen würden, irgendwelche blitzartig aufleuchtenden Einsichten. Nichts dergleichen war geschehen. Er war enttäuscht über die unerwartete Banalität des Todes. Das war auch der Grund, warum er nach seinem Tagebuch verlangt hatte. Manche der Gedanken, die ihn bewegten, erschienen ihm so banal, daß er sie nicht vor Karīma äußern wollte, sondern sie zuerst dem Papier anzuvertrauen gedachte, um sie sich gewissermaßen vor Augen zu führen und sie damit einer besseren Beurteilung zugänglich zu machen.

Er schrieb mühsam. Er mußte seine ganze Willenskraft aufwenden, um die Feder zu führen. Er mußte für jeden einzelnen Buchstaben einen eigenen Anlauf nehmen.

Es waren nur wenige Zeilen, die er auf diese Weise zustande brachte.

Das Alter macht uns nicht weise, und der Tod bringt uns Gott nicht näher. Wir sind nur sterbliche Menschen. Der uns geschaffen hat, hat uns einen Funken von seinem Geist gegeben und die Ahnung, daß irgendwo eine helle Flamme brennt. Aber er läßt uns im Dunkeln.

Die folgenden zwei Zeilen waren sorgfältig durchgestrichen und unleserlich gemacht. Darunter stand in einer Schrift, die kaum mehr zu entziffern war:

Wir müssen den Funken zum Leuchten bringen, um das Dunkel zu erhellen, das uns angst macht. Aber nur die Glücklichen haben die Kraft dazu und die Starken, und es ist nicht ihr Verdienst. Den anderen bleibt nur der Glaube, um die Angst zu überwinden. Der Glaube braucht kein Licht, denn er ist blind. So wenige Inseln des Lichts in diesem finsteren Meer der Dummheit und des Aberglaubens.

Darunter stand in großen, deutlich lesbaren Buchstaben, die keinerlei Schwäche mehr verrieten:

Da wird nichts mehr sein nach unserem Tod als die Spur, die wir auf dieser Erde hinterlassen. Ich weiß es. Aber was weiß ich schon.

Spät in der Nacht schlief Yūnus noch einmal ein. Als er gegen Morgen erwachte, war er so schwach, daß er nicht mehr sprechen konnte. Sein Gesicht war noch immer verzerrt von den Qualen, die er erduldet hatte, aber er lächelte, als hätten die Schmerzen keine Macht mehr über ihn.

Er starb vor Sonnenaufgang. Karīma hielt seine Hand, bis sie spürte, daß die Hand kalt wurde zwischen ihren Fingern.

Lope erfuhr von Yūnus' Tod noch am selben Morgen. Es war ein Zufall, daß er davon erfuhr.

Lu'lu, der schwarze Hausverwalter des kleinen Palais, das der Sohn des Conde mit seiner Begleitung bewohnte, war ein Patient des jüdischen Hakīms gewesen. Der junge Graf war zur Jagd ausgeritten, Lope war der Ranghöchste im Haus, der zurückgeblieben war, deshalb kam Lu'lu zu ihm, um sich die Erlaubnis zu holen, an der Beerdigung teilnehmen zu können.

Lope begleitete ihn. Sie mußten nach Taryāna und über den Fluß und durch den großen Bazar, um ins jüdische Viertel zu gelangen. Lu'lu hatte ihm empfohlen, sich nach maurischer Art zu kleiden und eine Kopfbinde zu tragen, um nicht aufzufallen. Erst als sie die Fähre hinter sich hatten, begriff er Lu'lus Sorge. Die ganze Stadt schien auf den Beinen zu sein. Vor dem Hafentor waren Lanzenreiter postiert. Die Torwachen waren verstärkt, und die Posten durchsuchten Wagen und Warenballen, griffen sich sogar einzelne Passanten heraus und tasteten sie nach Waffen ab. Auch Lope wurde durchsucht. In der Stadt an den Straßenkreuzungen und vor den Eingängen zum großen Bazar standen überall Bewaffnete und Doppelposten, die trotz der Hitze Helm und Halsschutz trugen. Auf dem Platz vor der großen Moschee ein Gewimmel von Menschen. Geschrei und Gedränge vor dem Eingang. Ein paar vornehme Herren zu Pferd, die sich von schreienden Dienern und Lanzenreitern einen Weg durch die Menge bahnen ließen.

Als sie um die Mauer des al-Qasr herum in die engen Gassen des jüdischen Viertels einbogen und sahen, daß auch das innerstädtische Tor dort durch einen Doppelposten bewacht wurde, obwohl es heller Tag war, zog Lu'lu Lope in eine Tornische und flüsterte ihm hastig zu: «Ich glaube, es ist besser, wenn Ihr nichts sagt, Herr. Laßt mich reden, wenn sie uns ansprechen.» Er war voll Unruhe. Aber die Posten ließen sie unbehelligt passieren.

Hinter dem Tor waren die Gassen auf einmal leer, kein Mensch mehr zu sehen, das ganze Viertel wie ausgestorben. Sie kamen auf einen kleinen Platz heraus, auf dem zwei Orangenbäume standen, und Lope erinnerte sich auf einmal, daß er diesen Weg schon einmal gegangen war, damals, als er sich zur Synagoge hatte führen lassen. Er erinnerte sich noch so genau, daß er den Weg selbst hätte wiederfinden können.

Längst vergessen geglaubte Bilder tauchten wieder vor ihm auf. Karīma an der Seite dieser alten schwarzen Dienerin im Hof der Synagoge. Karīma an seinem Krankenlager, als er diese Lanzenwunde am Bein gehabt hatte. Sie würde dabei sein, wenn sie den Hakīm zu Grabe trugen. Sie würde hinter dem Sarg hergehen.

Die Gasse vor der Synagoge war voll von Menschen. Die ganze Judengemeinde der Stadt schien versammelt zu sein. Sie konnten sich mit Mühe so weit hindurchdrängen, daß sie in den Hof der Synagoge hineinsehen konnten, wo der Sarg aufgebahrt war. Sie warteten, eingekeilt in der Menge, auf das Ende des Gottesdienstes, aber als die Trauergäste aus der Synagoge strömten, wurden sie abgedrängt und an das Ende der Gasse zurückgeschoben. Lu'lu fand schließlich eine Nische hinter einem Pfeiler, in der er sich halten konnte, und es gelang ihm, Lope an seine Seite zu ziehen, während sich die Menge stumm an ihnen vorbeizwängte.

Dann schob sich der Sarg aus dem Tor der Synagoge, langsam und feierlich, als schwebte er über den Köpfen. Das Gemurmel der betenden Männer schwoll allmählich an, und die schrillen Klageschreie und das haltlose Gejammer der Frauen wurde lauter, während der Sarg unendlich langsam näher kam. Lope erkannte Ibn Eli unter den Sargträgern und Zecharia, den Arzt, trotz der Asche, die ihre Gesichter bedeckte. Und dann sah er Karīma.

Sie ging unmittelbar hinter dem Sarg zwischen zwei anderen Frauen, die ein paar halbwüchsige Kinder mit sich führten. Wie alle war sie ohne Kopftuch und hatte sich den Scheitel mit Asche bestreut und das Gewand eingerissen. Sie hielt den Kopf gesenkt, aber sie ging aufrecht. Sie schritt hinter dem Sarg her, als spürten ihre Füße die Unebenheiten des Bodens nicht. Sie ging durch die Menge wie Moses durch das Meer.

Lope reihte sich mit Lu'lu in den Zug ein. Der Sarg war so weit vor ihnen, daß sie ihn immer wieder aus den Augen verloren. Dann kamen sie endlich auf die breite Straße hinaus, die zum Carmona-Tor führte, und dort konnten sie zum ersten Mal die ganze Trauergemeinde überblicken. Es mußten einige tausend Menschen sein, die dem Sarg des Hakīms folgten. Lope war überwältigt von dem Gedanken, daß so viele Menschen Yūnus gekannt hatten und daß auch er selbst sich zu den Freunden des Hakīms zählen durfte.

Von vorn waren plötzlich laute Rufe zu hören, die das Klagegeheul der Frauen übertönten. Der Sarg war nur mehr ein paar Schritte vom Tor entfernt. Die Sargträger hatten angehalten, um einen vornehmen Herrn vorbeizulassen, der, von einer berittenen Garde begleitet, durch das Tor hereinkam. Die Reiter versuchten, ihrem Herrn und seinem Gefolge Platz zu machen, aber sie kamen nicht vorwärts. Der Trauerzug füllte die ganze Breite der Straße aus. Lope war einer der wenigen, der alles beobachten konnte, weil er groß genug war, um über die Köpfe der vor ihm Stehenden hinwegblicken zu können. Er bemerkte erst jetzt, daß die Läden auf beiden Seiten der Straße alle geschlossen waren, die Türen versperrt, die Fenster abgedeckt. Die Bewohner standen auf den Dächern und blickten über die Brüstungen herunter. Er sah, wie die Reiter vorn ihre Pferde in die Menge hineintrieben und mit Peitschen auf die Leute einzuschlagen begannen. Er sah, wie sich vor den Pferden wider Erwarten eine Gasse öffnete und wie die eingezwängte Menschenmenge wild hin und her drängte und an den Rändern die ersten davonliefen und in die Seitenstraßen hineinflüchteten. Er sah, wie sich ein paar Fäuste über die Köpfe hoben, während das Geschrei jetzt immer mehr anschwoll. Er sah auf einmal, wie weiter vorne am Tor, von der linken Seite her, aus der Straße, die sich innen an der Mauer entlangzog, einige Männer herausgerannt kamen, die sich mit wildem Gebrüll auf die Spitze des Zuges stürzten, als wollten sie den Reitern zu Hilfe kommen.

Und dann ging auf einmal alles rasend schnell. Der Sarg verschwand schwankend auf den Schultern seiner Träger in dem dunklen Torgewölbe. Eines der Pferde stieg hoch und warf seinen Reiter ab, der aber den Zügel nicht aus der Hand ließ und am Boden liegend das Pferd festhielt, das wild nach hinten ausschlug, während es sich von ihm zu befreien suchte. Die Leute im Zug drängten in Panik von dem Pferd weg. Auch von vorn, von der Spitze des Zuges, fluteten sie jetzt zurück. Dort tauchten immer mehr Männer auf, die mit offener Feindseligkeit auf die Trauergäste losgingen. Einige hatten Prügel in der Hand.

Und dann sah Lope, wie die ersten Steine flogen. Auch von den Dächern wurden Steine heruntergeworfen. Er stemmte sich gegen die Flut der flüchtenden Trauergäste, die gegen ihn anbrandete. Er hörte Lu'lu hinter sich: «Herr! Sayyid! Wir müssen fort von hier! Hört ihr, Sayyid, wir müssen fort!» Er sah plötzlich keine fünfzig Schritte voraus Karīma stehen in ihrem dunklen Trauergewand, aufrecht und seltsam unbewegt inmitten der durcheinanderhastenden Menge, bis auf einmal das reiterlose Pferd die Sicht versperrte, und die Leute, die sich vor den Hufen in Sicherheit zu bringen versuchten, aufeinander aufliefen und sich gegenseitig umstießen und, einer sich am anderen festklammernd, zu Boden stürzten, Männer, Frauen, Kinder, alle durcheinander, während andere rücksichtslos über die am Boden Liegenden hinwegtrampelten.

Das Pferd riß sich endlich los und lief angstvoll wiehernd mit hocherhobenem Kopf den Reitern nach, die sich in den Torweg zurückgezogen hatten. Karīma war nicht mehr zu sehen. Lope hielt vergeblich nach ihr Ausschau. Die Straße begann sich jetzt zu leeren, und zwischen den Flüchtenden sah er einzelne Leute am Boden liegen.

Er stürzte vorwärts, pflügte sich einen Weg durch die Menge, geradewegs auf die Stelle zu, an der er Karīma vermutete.

«Herr! Nicht!» hörte er Lu'lu hinter sich rufen. «Sayyid, kommt zurück! Bitte Sayyid!» Er achtete nicht auf ihn, stürmte weiter gegen die Menge an. Ein weißgekleideter Mann mit schreiend aufgerissenem Mund kam, eine Latte über dem Kopf schwingend, auf ihn zu. Er machte einen Schritt zur Seite und schlug dem Mann mit einem Fußtritt die Beine weg, daß er krachend auf dem Pflaster landete. Weiter vorn droschen drei Männer auf eine Frau ein, die wehrlos am Boden lag. Er schlug dem, der ihm am nächsten stand, ins Genick und schleuderte den zweiten, der ihn ansprang, beiseite, es waren ganz junge Burschen, fünfzehnjährige halbwüchsige Bengel. Er zog die Frau auf die Beine. Es war nicht Karīma.

Er blickte sich um. Der Zug hatte sich aufgelöst, die Männer, die über die Trauergäste hergefallen waren, hatten die Straße in der Hand, sie waren schon fast in der Überzahl und machten Jagd auf die Nachzügler, die nicht schnell genug davongekommen waren und sich jetzt furchtsam zusammendrängten. Ein paar zerlumpte Gestalten, die aussahen, als kämen sie vom Taglöhnermarkt, versuchten, den am Boden liegenden die Kleider vom Leib zu reißen. Sie flüchteten, als Lope auf sie losging. Er konnte Karīma noch immer nirgends entdecken.

«Sayyid, wir müssen fort, es ist zu gefährlich!» jammerte Lu'lu hinter ihm.

Im selben Augenblick sah er sie. Sie kauerte am Rand der Straße im Schatten einer Hauswand. Sie hatte eine Hand vor den Augen und versuchte mit der anderen, sich an der Wand hochzuziehen. Sie kam nicht hoch.

Er war mit ein paar Schritten bei ihr. «Karīma!» sagte er. «Karīma!»

Sie gab keine Antwort. Sie schien ihn nicht zu hören.

Er sah, daß Blut an ihren Händen war und an ihren Haaren unter der Asche. Irgend etwas hatte sie am Kopf getroffen. Sie kam nicht auf die Beine, er mußte ihr aufhelfen. Er hörte einen erstickten Schrei und sah einen Mann an der Hauswand heruntersinken, und als er aufblickte, sah er, wie Lu'lu mit den Fäusten zwei Männer abwehrte, die sich auf ihn zu stürzen versuchten.

«Herr, wir müssen weg hier, es werden immer mehr, und es ist kein Zufall, daß diese Leute hier sind», rief ihm Lu'lu zu.

Lope bückte sich und lud sich Karīma auf die Arme und lief mit ihr los. Sie war schwer, und er kam nur langsam voran. Ihr Kopf schaukelte haltlos hin und her, während er die Straße überquerte, um auf die Seite zu kommen, die an das jüdische Viertel grenzte. Er hörte Lu'lu, der hinter ihm herlief, um ihn abzuschirmen und in arabisch auf die Männer einbrüllte, die ihnen folgten. Sie kamen endlich zur Einmündung der Gasse, aus der sie hergekommen waren, und Lope blieb schweratmend stehen und stützte sich gegen eine Mauer, um Karīma besser in den Griff zu bekommen, als er plötzlich merkte, daß sie zu sich kam. Sie schüttelte den Kopf und öffnete blinzelnd die Augen und strich sich die blutverschmierten Haare aus der Stirn und starrte ihn an, und als sie ihn erkannte, trat ein so entsetzter Ausdruck in ihre Augen, daß ihm die Worte im Hals steckenblieben und er nur stumm dastand, während sie sich mit steifen Armen von ihm abstieß und sich aus seinem Griff befreite. Er mußte sie am Arm festhalten, damit sie nicht umfiel, aber sie wehrte seine Hilfe ab und machte sich davon. Er blickte ihr nach, als sie auf unsicheren Beinen, sich mit beiden Händen an der Mauer abstützend, in die Gasse hineinlief. Sie drehte sich nicht mehr um, und sie hielt nicht an, bis sie um die nächste Ecke verschwunden war.

«Sie war nicht gerade dankbar», sagte Lu'lu und blickte ihn fragend an. «Habt Ihr sie gekannt? Es hörte sich so an, als ob Ihr sie gekannt hättet?»

«Es war die Tochter des Hakīms», sagte Lope.

«Die Tochter des Hakīms?» wiederholte Lu'lu verwundert. «Die Tochter des Hakīms!»

Am Abend dieses Tages kam ein Bote aus Guarda mit der Nachricht, daß der Conde erkrankt sei, und mit dem Befehl, unverzüglich die Rückreise anzutreten.

Lope war darauf vorbereitet, er wartete schon seit Tagen auf den Befehl zum Abmarsch. Er ging ungern aus Sevilla fort, aber der Abschied fiel ihm diesmal nicht schwer, denn Nujūm kam mit ihm, um ihn nach Guarda zu begleiten. Sie hatte sich mit der Prinzessin angefreundet, die der junge Graf heimführte. Die Prinzessin hatte darauf bestanden, daß Nujūm ihr in ihrer Maultiersänfte Gesellschaft leistete.

Zwei Tage später reisten sie ab.

45

MURCIA

DIENSTAG 18. RABI I 475
16. AUGUST 1082 / 20. ELUL 4842

Sie waren in der ersten Morgendämmerung aufgebrochen, um die Stadt zu erreichen, noch bevor die große Hitze einsetzte. Es waren sieben Wegstunden von Alhama bis Murcia, aber sie hatten die morgendliche Kühle ausgenutzt und waren von Beginn an ein scharfes Tempo geritten, so daß sie jetzt, am Ende der dritten Stunde, schon kurz vor Alcantarillo angelangt waren. Die Sonne brannte auch um diese Zeit schon erbarmungslos heiß vom Himmel, aber der Weg führte mitten durch die Huertas und war fast durchgehend von Bäumen gesäumt, und im Schatten war es noch erträglich.

Hādī und Djābir ritten an der Spitze, dahinter Ibn Ammar, Sālim, der Sekretär, zu seiner Linken. Die Eskorte folgte in einigem Abstand. Ibn Ammar hatte einen halboffiziellen Besuch in Lorca gemacht und danach noch einige kleinere Burgherren aufgesucht, um sich ihrer Treue zu versichern und diese Treue mit Geschenken und Versprechungen zu festigen. Ein paar undurchsichtige Schachzüge Ibn Rashiqs hatten ihn dazu gezwungen, sich zu vergewissern, welchen Rückhalt er außerhalb Murcias noch hatte. Der Herr von Baldj war seinem Wunsch nach einem Treffen seit Wochen ausgewichen. Er hatte unter merkwürdigen Umständen Muhammad Ibn Tāhir entkommen lassen und kurz darauf im Handstreich die drei Burgen an der Grenze zu Almeria erobert, die noch von den Vasallen des abgesetzten Qa'id von Murcia gehalten worden waren. Er hatte sie mit eigenen Leuten besetzt, obwohl sie nach den vorher getroffenen Vereinbarungen Ibn Ammar zustanden. Er hatte die Vorhaltungen, die ihm Ibn Ammar deswegen gemacht hatte, bisher nicht beantwortet. Jetzt schien sich die Lage zu klären.

Am Vortag, als sie in Alhama angekommen waren, hatte sie ein Bote aus Murcia erwartet. Der Naqīb, der die sevillanischen Truppen befehligte, die in der Stadt lagen, und der Ibn Ammar während seiner Abwesenheit vertrat, hatte den Mann geschickt mit der Nachricht, daß Ibn Rashiq für den folgenden Tag sein Erscheinen angekündigt habe. Die Nachricht war völlig überraschend gekommen. Warum war Ibn Rashiq auf einmal bereit einzulenken?

Ibn Ammar hatte lange darüber nachgedacht, ohne eine schlüssige

Erklärung zu finden. Immerhin war zu hoffen, daß das Treffen zumindest eine Entscheidung bringen würde. Er brauchte jetzt klare Verhältnisse in Murcia, um möglichst bald die Rückreise antreten zu können.

Einen Tag vorher in Totana hatte ihn ein Brief aus Sevilla erreicht. Er war nicht von einem offiziellen Botenreiter überbracht worden, sondern von einem jüdischen Kaufmann, der ihn in Jaen von einem anderen Kaufmann übernommen hatte. Er hatte von alarmierenden Entwicklungen am Hof von Sevilla berichtet, von bösartigen Gerüchten und wüsten Unterstellungen, und er hatte keine Unterschrift getragen, was fast noch beunruhigender war.

Ibn Ammar kannte seine Feinde: Abu Bakr Ibn Zaydūn, den Sohn des alten Hādjibs. Die großen Familien, die ihn als Emporkömmling verachteten. Die Fürstin mit ihrem Anhang. Ibn Adham, den Oberqadi des Reiches und dessen fanatische Turbanträger, die ihm seine Indifferenz in Fragen der Religion vorwarfen und seine guten Verbindungen zu Don Alfonso, dem König von Leon. Er war es gewohnt, daß auf seinen Sturz hingearbeitet wurde, sobald er den Hof verließ. Aber jetzt wurde eine neue Strategie sichtbar.

Dem Brief waren zwei Gedichte beigefügt, die am Hof zirkulierten, und die angeblich von ihm selbst stammen sollten. Raffinierte Machwerke, in seinem ureigenen Stil verfaßt und mit großer Kennerschaft genau auf den leicht verletzbaren Stolz des Fürsten zielend. Das erste war ein Vierzeiler, der sich über den Fürsten und seinen Vater lustig machte. Kunstlos, aber eingängig:

> ... und dabei treibt's der Sohn noch schlimmer als der Vater:
> Führt sich als Löwe auf, ist nur ein dreister Kater!

Das zweite war eine giftige Satire, die den Fürsten in seiner Ehre zu treffen versuchte, ein böses Spottlied, das um so gefährlicher war, als es von einem Könner stammte, der es verstanden hatte, Ibn Ammars poetischen Schwung nahezu vollkommen zu imitieren. Es begann harmlos und in klassischem Stil, als wäre es eine Antwort auf jenes berühmte Gedicht, das der Fürst vor Jahren einmal im Gedenken an die mit Ibn Ammar gemeinsam in Silves verbrachten Jugendjahre verfaßt hatte:

> Grüß in Sevilla mir den edlen Herdentreiber,
> der dort sein Zelt gebaut, grüß seine Söhne, seine Weiber!

Dann, nach einigen Zeilen, ging es unvermittelt mit hohntriefender

Gehässigkeit auf die niedere Herkunft der Fürstin los, machte sich die Tatsache, daß sie ihre ersten Söhne nicht als legitime Hauptfrau, sondern nur als Konkubine al-Mutamids geboren hatte, zunutze, um die Prinzen als Bastarde zu verspotten, verhöhnte die Prinzen wegen ihrer Kurzbeinigkeit, die sie von den Eltern geerbt hätten, und nahm schließlich jene uralten Verleumdungen wieder auf, die vor mehr als einem Vierteljahrhundert dem damals sechzehnjährigen al-Mutamid ein homosexuelles Hörigkeitsverhältnis zu Ibn Ammar unterstellt hatten. Das Perfide daran war, daß sich dieser Teil des Gedichts als intimes Geständnis des angeblichen Autors ausgab:

Ich wußte damals schon, es war verboten, was wir trieben.
Du sagtest nur: Es ist erlaubt, wenn wir uns lieben.

Danach folgte eine offene Drohung, weitere Geheimnisse zu enthüllen, und am Schluß eine klatschende Ohrfeige:

Du falscher Fürst, wer kann noch auf dich bauen,
läßt deine Gäste hungern und verkuppelst deine Frauen!

Ibn Ammar hatte sich im ersten Schreck sofort darangemacht, der untergeschobenen Satire ein eigenes Gedicht entgegenzusetzen, das die feige Verleumdung mit einer Fanfare flammender Empörung übertönen sollte. Aber er hatte es bald wieder aufgegeben. Allein schon der Versuch einer Rechtfertigung würde am Hof als Schuldeingeständnis gewertet werden. Wenn der Fürst den Anwürfen auch nur den mindesten Glauben schenkte, würde ein Schreiben, in welcher Form auch immer, nur noch alles verschlimmern. Er mußte al-Mutamid selbst gegenübertreten. Er mußte so rasch wie möglich nach Sevilla.

Er wandte sich an Sālim. «Wie lange braucht ein Schiff um diese Jahreszeit von Cartagena nach Sevilla?» fragte er. Der Sekretär kannte sowohl den Brief als auch die Gedichte.

«Ein Schiff für Euch oder für eine Botschaft?»

«Für mich», sagte Ibn Ammar.

Sālim blickte ihn forschend von der Seite an. «Wenn der Samum pünktlich aufhört in diesem Jahr, bläst er nur noch drei, vier Tage. Danach ist Windstille. Ihr müßtet eine Galeere benutzen...»

«Wie lange?» unterbrach ihn Ibn Ammar.

«Mindestens zehn Tage», sagte Sālim zögernd. «Vorausgesetzt, daß eine Galeere im Hafen liegt.»

Sie ritten schweigend weiter. Sie hatten Alcantarillo erreicht, aber sie ließen die Stadt rechts liegen und umrundeten sie in einem weiten Bogen. Sie wollten keine Aufmerksamkeit erregen. Ibn Ammar hatte keinen Empfang gewünscht.

Auf der schnurgeraden Straße vor ihnen tauchte ein Reiter auf, der in scharfem Trab auf sie zukam. Die Lanzenreiter der Vorhut, die zweihundert Schritte voraus waren, hielten ihn auf und ließen ihn am Straßenrand absitzen. Ibn Ammar sah es, ohne darauf zu achten.

«Ich möchte wissen, woher dieses verdammte Gedicht stammt!» sagte er.

Sālim wiegte nachdenklich den Kopf. «Almeria?» schlug er vor. «Valencia?»

Der Fürst von Valencia hatte Muhammad Ibn Tāhir nach seiner Flucht vor einem knappen Monat mit allen Ehren an seinem Hof aufgenommen. Ibn Ammar hatte daraufhin ein paar zündende Verse in der Stadt verbreiten lassen, die die Bürger zum Aufstand gegen ihren Fürsten aufriefen. Wenn die Satire eine Antwort darauf war, dann mußte sie auf Flügeln nach Sevilla gelangt sein.

Sie kamen an die Stelle, wo der Reiter neben seinem Pferd am Straßenrand wartete. Ein paar Bauern standen neben ihm, die ebenfalls von der Vorhut aus dem Weg gescheucht worden waren. Sie ritten vorbei, ohne die Leute zu beachten, bis der Reiter auf einmal loslief und laut schreiend versuchte, um Sālims Pferd herum vor Ibn Ammar zu kommen. «Mawla! Herr! Großmächtiger Hādjib!» schrie er. «Erweist mir eine Gnade, hoher Herr! Ich bitte nicht um mich, Herr! Eine Gnade, Herr, um Gottes Barmherzigkeit willen!» Es war ein junger Mann.

Djābir hatte schon sein Pferd gewendet, um ihn abzudrängen, aber er wich dem Lanzenschaft aus, mit dem Djābir nach ihm schlug, und schrie verzweifelt: »Herr, hört mich an, ich bitte Euch!«

Ibn Ammar blickte unwillig auf, er war nicht in der Stimmung, jetzt einen Bittsteller anzuhören, aber dann sah er für einen Augenblick, bevor sich Djābirs Pferd dazwischenschob, das Gesicht des Burschen und hielt beinahe gewaltsam sein Pferd an. Es war der junge Mann aus dem Bazar, der Sohn Zohras.

Er brachte es irgendwie fertig, Djābir mit halbwegs ruhiger Stimme zuzurufen, daß er von dem Jungen ablassen sollte, und sein eigenes Pferd so zu wenden, daß es dem Hauptmann der nachfolgenden Eskorte die Sicht versperrte. Eine bange Vorahnung überfiel ihn plötzlich, während der Junge sich bückte, um seinen Steigbügel zu küssen. Er hinderte ihn daran. «Was ist?» fragte er.

Der Junge warf ihm einen hilfesuchenden Blick zu und wandte sich halb nach Djābir um, der mit stoßbereiter Lanze hinter ihm stand.

«Es ist gut. Du kannst sprechen. Ich weiß, wer du bist», sagte Ibn Ammar leise. Er sah aus den Augenwinkeln, daß der Hauptmann ihn beobachtete und langsam näher kam.

Der Junge hielt sich an seinem Sattel fest. «Ich soll Euch sagen, daß Ihr in Gefahr seid, Herr», sagte er flüsternd. In seiner Stimme war keine Furcht. «Ich soll Euch eine Botschaft übergeben, Herr», sagte er und steckte Ibn Ammar einen klein zusammengefalteten Zettel zu. «Man bittet Euch, dieses Papier zu vernichten, wenn Ihr es gelesen habt.» Er blickte mit ernsten Augen zu Ibn Ammar auf, als erwarte er eine Bestätigung.

Ibn Ammar hielt ihn am Ärmel fest. «Warte!» sagte er mit unterdrückter Stimme. Und wandte sich an Sālim und sagte laut: «Schreib seinen Namen auf!» Und nannte einen falschen Namen. Und streifte seinen Siegelring vom Finger und drückte ihn dem Jungen in die Hand. «Bring dich in Sicherheit!» sagte er. «Beeil dich! Gib auf dich acht!»

«Ja», sagte der Junge und nickte ernsthaft und zog sich rückwärtsgehend unter tiefen Verbeugungen an den Rand der Straße zurück. «Ich danke Euch, Herr!» rief er. «Gottes Segen sei mit Euch, Herr! Seine Wohltaten mögen sich über Euch ergießen, Herr! Gott schütze Euch auf allen Wegen, Herr!» Er spielte seine Rolle gut.

Ibn Ammar trieb sein Pferd an. Er fing einen fragenden Blick von Hādī auf und nickte ihm kaum merklich zu. Auch Hādī schien den Jungen wiedererkannt zu haben.

«Gott lasse sein Auge auf Euch ruhen, Herr! Gott segne Euch, Herr!» rief der Junge laut schreiend hinter ihm her.

Er hörte seine Stimme und biß die Zähne aufeinander, um nicht dem beinahe unwiderstehlichen Verlangen nachzugeben, sich noch ein letztes Mal nach ihm umzudrehen. Er durfte sich nicht umdrehen, er brachte den Jungen in tödliche Gefahr, wenn er sich umdrehte. Er durfte nichts unternehmen, bis der Junge einen genügend großen Vorsprung hatte. Er faltete den Zettel auseinander. Er erkannte die Schrift. Zohras Schrift. Wenige Zeilen, in großer Eile hingeschrieben:

O Abu Bakr, Gott sei mit Dir! Der Mann, den Du als Deinen Stellvertreter eingesetzt hast, hat heute nacht Ibn Rashiq in den al-Qasr eingelassen. Er hat Befehl, Dich gefangenzusetzen und in Ketten nach Sevilla zu bringen. Ich schicke Dir meinen Sohn, um Dich zu warnen. Er ist mein Leben, denk daran. Er ist mein Leben!

Ibn Ammar starrte auf das Stück Papier in seinen Händen, und ein heißes Glücksgefühl durchströmte ihn auf einmal. Es war, als ginge ihn die Botschaft gar nichts an. Er fühlte sich ganz leicht. Da hatte er den Beweis, auf den er nie mehr zu hoffen gewagt hatte. Da hatte er die Antwort, die sie ihm im Hof der kleinen Moschee am Flußtor nicht hatte geben wollen. ‹Ich schicke Dir meinen Sohn›. Sie hätte nicht ihren Sohn geschickt, um mich zu warnen, wenn er der Sohn eines anderen wäre, dachte er, und ein unbändiger Stolz erfüllte ihn.

Erst allmählich ging ihm die Tragweite der Nachricht auf, die er in Händen hielt. Es waren also doch Boten aus Sevilla gekommen. Aber sie waren an ihm vorbeigegangen. So weit stand es schon. Er war längst verurteilt. Der Fürst mußte Ibn Rashiq bereits zu seinem Nachfolger in Murcia ernannt haben, denn ohne ausdrücklichen fürstlichen Befehl hätte der Naqīb den al-Qasr niemals an den Herrn von Baldj ausgeliefert. Es blieb keine andere Erklärung. Von seinem eigenen Unglück abgesehen auch noch eine fatale Fehlentscheidung. Ibn Rashiq würde sich bei nächster Gelegenheit der sevillanischen Truppen entledigen und sich in Murcia selbständig machen. Es war wieder alles verloren.

Eine ganze Weile war er unfähig, einen klaren Gedanken zu fassen. Er zerriß den Zettel, der sein Todesurteil enthielt, in winzige Fetzen, die er zwischen den Fingern zerknüllte und auf den Boden fallen ließ. Als er auf diese Weise auch das letzte Stückchen Papier beseitigt hatte, begann sein Kopf allmählich wieder klar zu denken.

Er mußte sich beeilen. Sie waren nur noch eine Stunde von Murcia entfernt. Es blieb ihm nicht mehr viel Zeit, wenn er noch etwas zu seiner Rettung unternehmen wollte.

Er weihte Sālim ein. Der Sekretär starrte ihn in fassungslosem Entsetzen an. Er war ein guter Mann und ein treuer Ratgeber, aber in Krisensituationen war er keine große Hilfe. Er drehte sich erschrocken nach der Eskorte um.

«Bleib ganz ruhig, Sālim», sagte Ibn Ammar. «Wir sollten uns so benehmen, daß wir nicht auffallen.»

«Verzeiht, Herr, aber wenn es so ist, wie Ihr sagt, dann hat der Bote in Alhama möglicherweise ...»

«Mit Sicherheit, Sālim. Mit Sicherheit», sagte Ibn Ammar. «Die Eskorte folgt uns nicht mehr zu unserem Schutz, sondern zu unserer Bewachung.»

«Aber es sind Männer Eurer persönlichen Leibwache! Der Hauptmann verdankt Euch alles!»

«Vielleicht hat man ihm ein Schreiben mit dem Siegel des Fürsten gezeigt. Soldaten sind nur einem erfolgreichen Herrn treu.» Sālims offenkundige Angst ließ Ibn Ammar immer ruhiger werden. «Zähl die Lanzenreiter vor uns», sagte er. «Bis gestern bestand unsere Vorhut immer nur aus vier Mann. Seit Alhama sind es acht.»

Sālim starrte voll Verzweiflung auf die Reiter, die vorausritten, als wollte er nachzählen, was auf einen Blick zu übersehen war. Sein Gesicht war totenblaß. «Was habt Ihr vor, Herr?» fragte er mit trockener Zunge.

«Wir werden versuchen zu entkommen», sagte Ibn Ammar und zeigte lächelnd die Zähne.

Sie verständigten Djābir und Hādī und begannen gemeinsam, ihre Chancen abzuschätzen.

Es gab nur einen einzigen Zufluchtsort, der sicher und in erreichbarer Nähe war: Aledo, das Felsennest der alten Sayyīda, der Galicierin. Die Burg lag in der Richtung, aus der sie herkamen. Sie mußten nach Alhama zurück, von dort noch einmal zwei Wegstunden weiter flußaufwärts nach Totana und dann in die Berge hinein. Sie hatten bessere Pferde als die Männer der Eskorte, aber Sālim war ein schlechter Reiter, und Ibn Ammars Alter ließ es auch fraglich erscheinen, ob er noch in der Lage war, einen derart langen Gewaltritt durchzuhalten.

«Wir können uns jede Überlegung sparen», sagte Ibn Ammar, wie um sich selbst Mut zu machen. «Wir haben keine andere Wahl.»

Sie hielten das Gelände zu beiden Seiten der Straße im Auge. Sie hatten nur dann eine Chance, wenn es ihnen gelang, die Eskorte, die ihnen folgte, auf irgendeine Weise im Bogen zu umgehen und hinter ihr wieder auf die Straße zu kommen. Sie waren mitten in den Huertas. Rechts und links zogen sich meilenweit grün überwucherte Gärten hin, kleine, von Bewässerungsgräben eingefaßte Äcker, Weingärten, Gemüsebeete, Obstplantagen. Von den großen Schöpfrädern am Fluß kamen Verteilerkanäle auf übermannshohen gemauerten Wällen, die den grünen Talgrund in regelmäßige Abschnitte teilten und die Straße auf schlanken Bogenbrücken überquerten. Diese Kanäle waren auf beiden Seiten von breiten Fahrwegen begleitet, die von der Straße abzweigten. Die Frage war, ob es tiefer in den Huertas auch Wege gab, die parallel zur Straße liefen. Sie konnten es nicht erkennen, die Bäume und die Weinranken verdeckten jede Sicht. Sie konnten nur hoffen, daß der Hauptmann hinter ihnen ihre Absicht nicht erriet und ihnen blindlings nachfolgte. Wenn sie ihn weit genug von der Straße weglocken konnten und wenn sie dann einen Nebenweg fanden, auf dem sie eine Abschnittslänge von einem Kanal zum anderen zurückreiten konnten, dann hatten sie fürs erste gewonnen.

Sie faßten den nächsten Kanal ins Auge und vereinbarten eine Reihenfolge: Djābir voraus, dann Ibn Ammar, hinter ihm Sālim und am Schluß Hādī. Djābir sollte die Aufgabe übernehmen, die Bauern aus dem Weg zu scheuchen. Hādī mußte versuchen, die Eskorte in ihrem Rücken auf Distanz zu halten. Hādī war ein Meister mit dem Bogen.

Als es soweit war, trieben sie ihre Pferde aus dem Schritt in den Galopp, und die Überraschung half ihnen, einen Vorsprung zu gewinnen. Der Weg am Kanal entlang war leer. Djābir fegte laut schreiend vor ihnen her. Erst als sie schon dreißig, vierzig Pferdelängen tief in den Huertas waren, bogen die ersten Reiter der Eskorte hinter ihnen in den Weg ein.

Sie jagten an der Mauer entlang, auf der der Kanal lief. Sie hörten, wie der Hauptmann mit gellenden Kommandos seine Leute antrieb. Er tat genau das, was sie von ihm erwartet hatten, die ganze Meute war hinter ihnen her. Djābir drehte sich um und deutete mit der freien Hand, in der er die Lanze hielt, voraus und raste dann in halsbrecherischer Schräglage in einen Seitenweg hinein. Da war der Weg, den sie gesucht hatten. Ibn Ammar blickte sich um, bevor er abbog, und sah zu seinem Schrecken, daß der Hauptmann sein Pferd angehalten hatte und mit Gebrüll und Armgefuchtel seinen Männern klarzumachen versuchte, daß sie umdrehen und auf die Straße zurückreiten sollten. Er war nicht so dumm, wie sie gehofft hatten. Ibn Ammar hätte es wissen müssen. Er hatte den Mann selbst ausgewählt und zum Hauptmann gemacht.

Sie waren jetzt in höchster Gefahr. Wenn die hintersten Reiter der Eskorte schnell genug reagierten, konnten sie ihnen den Rückweg auf die Straße abschneiden.

Er drehte sich im Sattel um. «Hādī!» rief er und deutete ihm mit unmißverständlichen Gesten an, daß er die Spitze übernehmen sollte. Die Gefahr kam jetzt nicht mehr von hinten, sie wartete an der Einmündung zur Straße. Hādī ritt das schnellste Pferd, und er war der leichteste. Hādī mußte es schaffen, noch vor den Lanzenreitern auf die Straße zu kommen.

Hādī hob die Hand zum Zeichen, daß er verstanden hätte, und beugte sich über den Hals des Tieres, um ihm das Wort ins Ohr zu sagen, das es zu höchster Schnelligkeit antrieb, und jagte in einem wahnwitzigen Tempo an ihnen vorbei, überholte auch Djābir, noch bevor sie die nächste Kanalmauer erreichten, fegte durch die Kurve, daß sie meinten, Pferd und Reiter müßten im nächsten Augenblick auf die Mauer aufprallen, klemmte in vollem Galopp den Bogen um das linke Bein, um die Sehne aufzulegen, hatte den ersten Pfeil schon in der Hand, als er auf die Straße hinauskam. Sie konnten durch die Bäume hindurch nicht erkennen, wie weit die Lanzenreiter schon heran waren, sie sahen nur, wie Hādī den ersten Pfeil abschoß, bevor sein Pferd noch ganz zum Stehen gekommen war. Er stand quer auf der Straße und schoß den nächsten Pfeil ab und zog den dritten aus dem Köcher, als sie nachkamen und um die Ecke bogen.

Die vordersten Lanzenreiter waren keine zwanzig Schritte entfernt, sie hatten angehalten, eines der Pferde stieg mit einem Pfeil im Hals wiehernd hoch, ein zweites hatte seinen Reiter abgeworfen.

Sie ritten auf der Straße weiter, Djābir wieder voraus, Hādī einige Pferdelängen zurück. Die Eskorte hielt Abstand. Sie ließen die Pferde jetzt in einem mäßigen Galopp gehen. Solange die Straße von Mauern und Hecken gesäumt war, und solange Hādī ihren Rücken deckte, hatten sie nicht allzuviel zu befürchten. Wenn die Pferde durchhielten, konnten sie in zwei Stunden in Totana sein.

Sie ritten an Alcantarillo vorbei und weiter auf der langen, schnurgeraden Straße, die in das weite Tal des Guadalentin hineinführte. Die Sonne stand jetzt schon so hoch am Himmel, daß die Bäume nur noch wenig Schatten gaben. Ibn Ammar ließ sich zurückfallen, bis er neben Sālim war, der verkrampft und mit angespanntem Gesicht im Sattel saß. Er lächelte ihm aufmunternd zu, und Sālim machte einen tapferen Versuch, das Lächeln zu erwidern.

«Verzeiht, Herr!» sagte er. «Aber ist es nicht möglich, daß der Hauptmann Nachricht nach Murcia gegeben hat und daß man von dort aus versucht, die Burgherren in Alhama und Totana über Brieftauben zu verständigen?»

«Ich nehme an, daß er das getan hat», erwiderte Ibn Ammar. «Ich nehme an, daß der Hauptmann uns aus diesem Grund auch nicht angreift. Er vermutet wohl, daß wir uns auf eine der beiden Burgen flüchten wollen und damit selbst in die Falle gehen. Gefährlich wird es erst vor Totana, wenn er merkt, daß wir nach Aledo wollen.»

Sālim nickte angestrengt, aber Ibn Ammar war sich nicht sicher, ob er seinen Schlußfolgerungen glaubte. Der Sekretär war zu klug, um sich etwas vorzumachen. Sie wußten beide, daß der Hauptmann acht Bogenschützen in seiner Truppe hatte, die nicht viel schlechter als Hādī waren.

Dennoch, aus welchen Gründen auch immer, griffen die Verfolger nicht an.

Sie ritten an Alhama vorbei, hielten das Tempo. Die Eskorte hielt den gleichen Abstand. Der Hauptmann hatte vier Ersatzpferde dabei und ließ regelmäßig wechseln. Seine Männer hatten keine Mühe, ihnen zu folgen. Erst kurz vor Totana ließ Ibn Ammar eine schärfere Gangart einlegen, und der Abstand vergrößerte sich. Aber auch Sālims Pferd fiel plötzlich zurück. Der Sekretär hatte nicht mehr die Kraft, sein Tier im Galopp zu entlasten, er konnte sich kaum mehr im Sattel aufrecht halten.

Als sie die Straße verließen und in den Weg nach Aledo einbogen, war ihr Vorsprung nicht größer als vierzig Pferdelängen. Der Hauptmann hinter ihnen trieb seine Männer an, das letzte aus ihren Pferden herauszuholen. Sie konnten hören, wie die Reiter auf ihre Tiere einschrien.

Der Weg führte gerade auf die Bergkette zu, die das Tal im Norden abschloß. Der Weg stieg mäßig an, aber die Steigung war stetig, und die Pferde wurden langsamer. Sālim hing nur noch im Sattel.

Ibn Ammar versuchte, ihn anzuspornen, aber der Sekretär schien ihn nicht mehr zu hören. Er mußte nur noch bis zum Fuß des Berges vor ihnen durchhalten. Dort mündete der Weg in eine Schlucht, die Hādī mit seinem Bogen allein gegen eine ganze Schwadron verteidigen konnte.

Zwei Meilen davor kamen sie aus den Huertas heraus in offenes Gelände, wo sich der Weg in mehrere Pfade verzweigte. Jetzt waren die Verfolger im Vorteil. Der Hauptmann konnte seine Bogenschützen ausschwärmen lassen und versuchen, sein Wild einzukreisen. Jetzt kam es nur auf die Pferde an.

Hādī rückte auf. «Herr, wir sind zu langsam!» rief er drängend. Djābir ließ sich so weit zurückfallen, daß er Ibn Ammar im Rücken deckte. Alle drei wußten, daß Sālim die zwei Meilen bis zum Eingang der Schlucht in diesem Tempo nicht mehr durchstehen konnte. Auch Sālim wußte es. Seine Augen waren mit einem verzweifelten Ausdruck auf Ibn Ammar gerichtet, und er bewegte tonlos die Lippen. Es sah so aus, als wollte er Ibn Ammar um Verzeihung bitten. Selbst in diesem Augenblick größter Erschöpfung und Todesangst schien er die Formen höfischer Etikette wahren zu wollen.

«Herr!» rief Hādī, und in seiner Stimme war jetzt offene Angst. «Schneller, Herr!»

Und Ibn Ammar trieb sein Pferd an. Er sah aus den Augenwinkeln, wie Djābir sein Schwert zog, und wandte sich ab. Gott bestimmt jedem von uns die Stunde seines Todes, dachte er. Sālim wußte zuviel. Djābir folgte nur den Instruktionen, die der Sekretär ihm selbst gegeben hatte. Es ist alles Gottes Wille, dachte er und versuchte, sich ganz auf den Weg zu konzentrieren und auf sein Pferd, das jetzt trotz des mörderischen Ritts, der hinter ihnen lag, unter seinem Zuruf noch einmal merklich schneller wurde.

Aledo lag hinter dem Bergrücken, der das Tal des Guadalentin im Norden begleitete, auf einer schmalen, langgestreckten Felsnase, die auf drei Seiten steil und ungeheuer tief abfiel. Der Zugang war durch eine mächtige Schildmauer geschützt, dahinter drängte sich die Stadt, kleine Häuschen, weißleuchtend über der grauen Bergwüste. An der Spitze der Felsnase stand die Burg, ein mächtiger eckiger Turm, wie aus dem Felsen herausgewachsen: Das Adlernest der alten Galicierin.

Die Wache am äußeren Tor ließ sie ein, aber der Posten am Burgtor öffnete nur die Luke und wies sie mürrisch ab und ließ sich durch nichts beeindrucken. Er war Franzose, der Aussprache nach, er war kaum zu verstehen. Die Burgherrin sei krank, empfange niemanden, habe den ausdrücklichen Befehl gegeben, keinen Menschen vorzulassen.

Sie fragten in der Stadt nach dem Wāli. Der bot ihnen zumindest eine Unterkunft an. Aber auch er konnte nicht sagen, was von der Auskunft der Burgwache zu halten war. Die Sayyīda sei ganz in der Hand der spanischen Bande, die sie als Leibwache angeworben habe. Der Anführer, ein kastilischer Ritter namens Garcia Jiménez, führe sich auf, als wäre er selbst der Herr von Aledo. Er habe schon eine ganze Reihe seiner Leute samt Weibern und Kindern in der Stadt einquartiert, die rechtmäßigen Eigentümer aus ihren Häusern gedrängt. Der Wāli hatte Angst vor ihm, das war deutlich herauszuhören. Alle Muslims in der Stadt schienen Angst zu haben.

Der Hauptmann mit der Eskorte war vor die Stadt nachgekommen und wartete vor der Mauer. Er brauchte nur zu warten. Es gab nur diesen einen Zugang zur Stadt.

Sie baten immer wieder am Burgtor um Einlaß. Erst am Abend des zweiten Tages wurde ihnen geöffnet. Im Untergeschoß des Wohnturms empfing sie Garcia Jiménez, ein schwerer, untersetzter Mann mit starkem Haarwuchs, schwarz behaarten Armen. Er wußte schon über sie Bescheid. Er hatte mit dem Hauptmann vor dem Tor verhandelt. Offensichtlich hatte man ihm gutes Geld versprochen für die Auslieferung Ibn Ammars. Er behandelte sie so, als wären sie seine Gefangenen. Sie waren schon am Burgtor nach Waffen durchsucht worden. Bis auf die Messer, die Hādī und Djābir in den Stiefeln trugen, waren sie wehrlos. Der Kastilier hatte sie in der Hand, er wahrte nur noch den Schein. Wahrscheinlich wartete er nur noch darauf, daß das Geld aus Murcia kam.

Die Sayyīda hauste im obersten Geschoß des Turms. Sie lag auf ihrem Lager, und es gab keinen Zweifel, daß sie dieses Lager nicht mehr lebend verlassen würde. Ihr Gesicht war wachsgelb und eingeschrumpft wie ein alter Apfel, die Hände wie Vogelkrallen, die Lippen blutleer und blau verfärbt. Nur in ihren Augen war noch Leben.

«Was willst du?» fragte sie schroff. Ihre Stimme war ohne Ton.

Ibn Ammar wartete, bis sie die Magd hinausgeschickt hatte, die ihr aufwartete.

«Ihr wißt Bescheid, Sayyīda?» fragte er.

Sie nickte. Sie hielt ihn mit den Augen fest. «Warum bist du zu mir gekommen?» fragte sie.

Er lächelte ihr zu, um Zeit zu gewinnen. «Ich konnte keinem mehr vertrauen außer Euch, Sayyīda», sagte er.

Sie blickte ihn unverwandt an und öffnete den Mund und verzog die Lippen. Es sah aus, als wollte sie lachen, ein stummes, zahnloses Lachen ohne Ton. »Man hat nicht mehr viele Freunde, wenn das Glück einen verlassen hat», sagte sie, und das stumme Lachen verzerrte ihren Mund. »Was hast du jetzt vor?» fragte sie.

«Ich gehe nach Sevilla», sagte Ibn Ammar. «Der Fürst ist betrogen worden. Ich werde ihn aufklären.»

«Viele sind betrogen worden», sagte sie. Das furchtbare Lachen war noch immer in ihrem Gesicht.

Ibn Ammar spürte auf einmal die Hitze, die im Raum stand, eine schwüle, drückende Hitze. Kein Windhauch, obwohl die Fenster weit geöffnet waren. Ein unerträglicher Gestank hing in der Luft, und eine Wolke schwarzer, aufdringlich summender Fliegen umschwirrte das Lager der Alten, als wäre sie schon gestorben.

«Weißt du, was aus meinem Enkel geworden ist?» fragte sie krächzend.

Ibn Ammar wechselte einen raschen Blick mit Hādī. «Ich weiß es nicht», erwiderte er. «Er ist im al-Qasr. Ich glaube nicht, daß er etwas zu befürchten hat. Sie sind hinter *mir* her, Sayyīda.»

Sie blickte an ihm vorbei, als hätte sie seine Antwort nicht gehört, und ihre Augen wurden starr. «Mein kleiner Junge», sagte sie mit dünner Stimme. «Er ist hier, mein armer kleiner Junge. Sie haben ihn mir gebracht.»

Sie setzte sich auf und lehnte sich mit dem Rücken gegen die Wand, griff in die Kissen neben sich, zog einen ledernen Beutel heraus und legte ihn vorsichtig auf ihren Schoß.

Ibn Ammar wich unwillkürlich einen Schritt zurück, als er sah, wie die Fliegen sich darüber sammelten.

Sie öffnete den Beutel mit behutsamen Händen und holte den Kopf heraus, als wäre er aus zerbrechlichem Glas. Sie hielt ihn zwischen den Händen, und in ihren Augen war ein unbegreiflich zärtlicher Ausdruck, als sie ihn betrachtete. Der Kopf sah grauenhaft aus, aufgedunsen, schon halb in Verwesung übergegangen in der Hitze, schwarz vor Fliegen.

Sie strich mit der Hand sanft über die blutverklebten Haare. «Mein Kleiner», sagte sie mit tonloser Stimme. «Mein armer Kleiner. Haben wir uns nicht so viel Mühe gegeben, dich zur Welt zu bringen. Und was haben sie dir jetzt angetan. Hat der Hādjib nicht versprochen, dich zum Herrn von Murcia zu machen?»

Ibn Ammar wandte sich hastig ab und ging zum Fenster. Der Magen kam ihm hoch. Das ist also das Ende, dachte er. Das Geld aus Murcia war schon vor der Stadt, und um ganz sicher zu gehen, daß der Handel auch zustande käme, hatten sie den Kopf des Enkels der Galicierin gleich mitgebracht.

Er drehte sich zu Hādī um und winkte ihn zu sich.

Der Blick aus dem Fenster ging nach Westen über ein tief eingeschnittenes Tal, das sich gegen den Horizont hin weit öffnete und sich bis an eine Kette schwarzer Berge dehnte. Darüber stand rot die Sonne. Sie stand schon so tief, daß sie nicht mehr blendete.

«Ja, Herr?» hörte er Hādīs Stimme dicht hinter sich.

«Ihr müßt euch diesen Garcia Jiménez greifen», sagte er leise. Er sprach zum Fenster hin. «Es ist unsere einzige Chance, hörst du.»

«Ja, Herr», sagte Hādī.

«Ich werde versuchen, ihn hier heraufzuholen. Und dann werde ich versuchen, seine Leute abzulenken, denn er wird nicht allein kommen.»

«Ja, Herr», sagte Hādī.

Ibn Ammar drehte sich langsam um und ging zum Lager der Alten zurück. «Ihr solltet dieses Ding wieder wegpacken, Sayyīda», sagte er grob. «Es stinkt. Packt es wieder in den Beutel, Sayyīda.»

Sie blickte ihn aus haßerfüllten Augen an. «Nenn mich nicht Sayyīda!» schrie sie, und ihre Stimme war auf einmal so gellend laut, daß Ibn Ammar erschreckt zusammenfuhr. «Ich bin niemandes Herrin mehr, verstehst du! Ich bin eine alte Frau, und in ein paar Tagen werde ich eine tote alte Frau sein. Aber ich werde dafür sorgen, daß ihr mich nicht vergeßt. Du nicht und die anderen nicht, die diesen unschuldigen Jungen auf dem Gewissen haben.» Sie nahm den Kopf und steckte ihn wieder in den Beutel zurück.

Von unten war die Stimme des Kastiliers zu hören. «Braucht ihr Hilfe, Dueña?» fragte er.

«Komm herauf, Garcia!» rief sie zurück.

Ibn Ammar sah, wie Hādī und Djābir sich langsam zur Türe hin bewegten, der eine links, der andere rechts. Es war eine glückliche Fügung, daß die Alte selbst nach dem Mann gerufen hatte.

«Garcia wird diese Burg übernehmen, wenn ich gestorben bin», sagte sie. «Verstehst du, Ibn Ammar! Er wird ihnen die Hölle heiß machen mit seinen Leuten.» Das kalte, starre Grinsen war wieder in ihrem Gesicht.

Die Tür ging auf, aber wie erwartet kam nicht der Kastilier als erster herein. Der Mann war klug genug, seine Leute vorauszuschicken. Zwei baumlange Wachen schoben sich herein, blickten sich mißtrauisch um, hielten ihre Schwerter stoßbereit, beide in Rüstung. Sie drängten Hādī und Djābir von der Tür weg. Erst danach kam der Anführer.

Die Alte winkte ihn näher und deutete auf Ibn Ammar und maß ihn mit einem kalten Blick. «Er gehört dir, Garcia», sagte sie mit harter Stimme. «Er gehört dir. Gott verfluche ihn!»

Ibn Ammar sah den Kastilier, der auf halbem Weg zwischen der Tür und dem Lager der Alten stehengeblieben war. Er sah die beiden Wachen, die kein Auge von Djābir und Hādī ließen. Und war mit zwei Schritten neben der Alten und packte sie am Hals mit einem Griff, der ihr das Genick brechen konnte, wenn er fester zudrückte.

«Bleib, wo du bist!» rief er dem Kastilier zu. Und sah das mitleidig-höhnische Grinsen im Gesicht des Mannes und sah die beiden Wachen, die ihn anstarrten wie scharfe Hunde, die nur auf den Befehl ihres Herrn warteten, um sich auf ihn zu stürzen. Und er sah Hādī, der im selben Augenblick, schnell wie eine Schlange, hinter den Kastilier glitt und ihm mit dem Messer an die Kehle fuhr.

«Keiner rührt sich, oder er ist ein toter Mann!» schrie Ibn Ammar die beiden Wachen an.

«Gott verfluche dich!» kreischte die Alte. «Gott verfluche dich und lasse dich in die siebte Hölle fahren!»

Sie hörten sie noch schreien, als sie schon längst im Burghof waren und auf dem Weg nach draußen.

Keine Viertelstunde später, es war noch nicht ganz dunkel, verließen sie die Stadt durch eine geheime Schlupfpforte in der Nordmauer, die gerade groß genug war, daß ein Pferd hindurchkam, und machten sich an den Abstieg. Der Weg führte in engen Kehren steil hinunter. Djābir ging voraus. Er führte sein Pferd am Zügel hinter sich her. Vor ihm ging Garcia Jiménez, die Arme auf den Rücken gebunden und eine Lederschlinge um den Hals, deren freies Ende Djābir in der Hand hielt. Sie hatten der Burgbesatzung keine Zeit gelassen, die Truppe aus Murcia, die noch immer vor der Stadt auf sie wartete, zu verständigen. Wenn sie erst unten im Tal waren, würden sie einen guten Vorsprung haben.

Sie brauchten fast eine Stunde für den Abstieg mit den Pferden. Als sie im Tal standen, fragte Hādī, ob er dem Kastilier die Kehle durchschneiden sollte, aber Ibn Ammar entschied sich dagegen. Er war überzeugt, daß er eines Tages wieder nach Murcia zurückkehren würde, und vielleicht konnte er dann mit dem Mann ins Geschäft kommen. Er konnte jetzt nicht mehr wählerisch sein in der Wahl seiner Verbündeten.

Sie ritten zuerst in westlicher Richtung, um eine falsche Fährte zu legen. Dann bogen sie nach Norden ab, um die Straße nach Toledo zu erreichen. Sie hatten einen langen Weg vor sich.

46

ALCÁNTARA

FREITAG 19. AUGUST 1082
23. ELUL 4842/21. RABI I 475

Am Abend des neunten Reisetages kamen sie nach Alcántara. Sie hatten die weite Strecke von Sevilla ohne Unterbrechung hinter sich gebracht, der junge Graf mit Lope und den anderen Männern seines Gefolges, die Prinzessin in ihrer Maultiersänfte mit ihren Dienern und Mägden und Kammerzofen und der elfköpfigen Begleitmannschaft, die man ihr zur Bedeckung mitgegeben hatte. Nujūm bei ihr in der Sänfte. Auch Zecharia dabei, der jüdische Arzt, und Karīma, seine Frau. Die beiden hatten sich dem Zug in Merida angeschlossen. Sie waren auf dem Weg nach Zaragoza gewesen mit zwei schwerbeladenen Maultieren, die ihren ganzen Hausrat trugen. Lope hatte sie erkannt, und der junge Graf hatte Zecharia nach Guarda eingeladen, damit er die Krankheit seines Vaters behandelte.

Am Morgen dieses Tages hatte die Reisegesellschaft sich geteilt. Der Haupttrupp mit den Frauen war vorausgeritten. Lope war in der zweiten Gruppe, die erst gegen Abend vor der Stadt ankam. Er sah die Stadt vor sich liegen. Die Sonne stand schon so tief, daß sie auf den Dächern aufsaß. Er kannte den Anblick, er kannte den Weg, der im Osten um die Stadt herum und in einer steilen Kehre zum Fluß hinunterführte. Er war diesen Weg schon mehrmals entlanggeritten, das erste Mal noch als Junge mit dem Capitan. Er kannte auch die Brücke, die der Stadt ihren Namen gegeben hatte, die Brücke über den Tajo, die erst dann vor einem auftauchte, wenn man die letzte Biegung des Weges hinter sich brachte, und deren Anblick einem jedesmal aufs Neue den Atem nahm. Qantarat as-Saif, wie sie im Arabischen genannt wurde: die Brücke mit dem Schwert. Sechs gewaltige Bogen, der größte fast sechzig Ellen weit, die Fahrbahn vierzig Mannshöhen über dem Fluß und so breit, daß zwei Wagen leicht aneinander vorbeifahren konnten. Über dem mittleren Pfeiler ein aus mächtigen Quadern gemauerter Torbogen, der die Fahrbahn überspannte. Die große Brücke, eines der Wunder der Welt, wie die Leute sagten. Sie würden sie erst am nächsten Tag zu Gesicht bekommen. Sie hatten vor, die Nacht in der Stadt zu verbringen. Der Haupttrupp mit den Frauen und den Moro-Reitern der Bedeckung mußte schon im Quartier sein.

Sie ließen die Pferde im Schritt gehen, sie hatten keine Eile. Sie waren zu acht. Der junge Graf und der Infanzon seiner Begleitung mit ihren beiden Burschen, dazu der Falkenmeister und sein Gehilfe und am Schluß Lope und Lu'lu, der schwarze Diener, den sich der junge Graf zum Abschied als Geschenk erbeten hatte. Ein anstrengender Tag lag hinter ihnen, aber sie waren in guter Stimmung, weil es ein erfolgreicher Tag gewesen war, obwohl er so übel begonnen hatte.

In der Nacht war ein Gewitter heruntergegangen, und einer der beiden Falken des jungen Grafen hatte sich, wahrscheinlich durch Blitz und Donner beunruhigt, auf irgendeine Weise von seiner Fessel losgemacht und war beim ersten Morgenlicht aus der Schlafkammer entkommen. Als man den Verlust bemerkt hatte, war er längst außer Sicht gewesen.

Der junge Graf hatte getobt, und der Falkenmeister hatte seinen Gehilfen in der ersten Wut fast erschlagen. Der Falke war ein Geschenk des Prinzen ar-Rashīd gewesen, ein Bergfalke, ein edles Tier, auf große Vögel abgetragen und schon im zweiten Flug, ein erfahrener Beizvogel. Der junge Graf war nicht bereit gewesen, die Reise fortzusetzen, ohne wenigstens den Versuch gemacht zu haben, den Falken wieder einzufangen. Deshalb hatte er den Haupttrupp nach Alcántara vorausgeschickt, und sie hatten sich zu acht aufgemacht, den Falken zu suchen.

Sie hatten die Nacht, in der der Falke entkommen war, in einem Dorf an der großen Straße verbracht, die von Merida nach Salamanca führte, ein paar Meilen südlich der Furt über den Tajo. Die Leute im Dorf hatten von einer Reiherkolonie in den Flußniederungen im Nordosten berichtet, dort hatten sie gehofft, den Falken wiederzufinden. Auf dem Weg hatten sie mehrmals versucht, ihn mit Rufen und Pfiffen und auch mit dem Federspiel zu locken, aber er war nicht beigeritten, und sie hatten ihn auch nicht zu Gesicht bekommen. Dann, schon in Sichtweite der Nistbäume, war auf einmal ein Reiher über sie hinweggestrichen, ein schwerer Reiher, der mit vollem Kropf zum Horst zurückgeflogen war. Sie hatten den zweiten Falken des jungen Grafen auf ihn angeworfen in der vagen Hoffnung, daß der erste dazustoßen könnte, denn die beiden hatten schon mehrmals in einem Flug auf Reiher gejagt.

Der Reiher war beim Anblick des Falken sofort in engen Kreisen in die Höhe gestiegen und hatte sich nach vorn und hinten entleert und ganze Ladungen von Kot und Kropfinhalt ausgestoßen, um sich zu erleichtern. Sie waren ihm gefolgt, als er versucht hatte, flußaufwärts zu entkommen. Der Falke hatte mutig angegriffen, aber allein war er ohne Chance gewesen, und er hatte schon aufgeben wollen, als plötzlich, wie ein Stein aus den Wolken fallend, der gesuchte Bergfalke dazugestoßen war. Ein wilder Luftkampf hatte sich entsponnen. Beide Falken hatten sich abwechselnd in kühnem Angriffsflug auf den Reiher gestürzt, der sich seinerseits mit harten Schnabelhieben zur Wehr gesetzt hatte, den Kopf in den Rücken legend, wenn sie von oben auf ihn niederstießen, sich in der Luft überschlagend, wenn sie ihm zu nahe zu kommen drohten.

Sie hatten mit den Pferden in dem steinigen, mit Buschwerk bewachsenen Gelände kaum nachfolgen können, und sie waren ständig in Angst gewesen, daß der Reiher über den Fluß nach Norden abschwenken könnte, aber zuletzt hatten ihn die beiden Falken doch geschlagen und zu Boden gezwungen. Und die Kühnheit der Falken und der gute Ausgang der Suche, die unerwartet in ein schönes Jagdvergnügen umgeschlagen war, hatte sie allen Ärger vergessen lassen.

Der junge Graf trug den wiedergefundenen Falken selbst auf der Hand, als sie in die Vorstadt von Alcántara einritten. Sie hielten Ausschau nach einem ihrer Leute, sie wußten nicht, wo der Vorreiter Quartier gemacht hatte, ob beim Burgherrn oder in einer Taverne. Niemand ließ sich sehen, aber dann kam plötzlich ein Wirt auf die Straße herausgestürzt und winkte sie zu sich. Er hatte verwirrende Nachrichten: Der Vorreiter hätte ihm die Gäste angekündigt, aber die Reisegesellschaft, die der Beschreibung entsprach, war vor einer Viertelstunde an der Stadt vorbei zur Brücke weitergeritten. Niemand wußte eine Erklärung dafür, und der junge Graf schickte schließlich Lope auf den Weg. Vielleicht hatte die Prinzessin die berühmte Brücke noch bei Tageslicht besichtigen wollen.

Lope winkte Lu'lu zu sich, und sie ritten in leichtem Trab die Straße hinunter. Ein Reiter kam ihnen entgegen, der sein Pferd schreiend die Steigung hinaufhetzte. Einige Männer und Frauen rannten den Serpentinenweg hinunter, der von der Stadt unmittelbar über den steilen Talhang herabführte. Sie sahen die Brücke vor sich liegen, schwarz und gewaltig im Gegenlicht der untergehenden Sonne. Sie sahen auch das Schwert, das hoch über dem glitzernden Fluß unter dem größten Bogen hing. Mitten auf der Brücke zu beiden Seiten des gemauerten Torbogens liefen ein paar Leute umher, aber von ihrer Truppe war nichts zu sehen, kein einziger Reiter, kein Pferd.

Als sie auf die Brücke einbogen, stand die Sonne schon so tief, daß die Mauer, die das Geländer bildete, ihren Schatten über die ganze Fahrbahn warf. In Höhe des Torbogens, dicht neben dem Brückengeländer, lag ein weißes Bündel, aus der Ferne sah es aus wie eine menschliche Gestalt. Weiter hinten, dort wo die Leute herumliefen, lagen noch mehr am Boden. Lope trieb sein Pferd so heftig an, daß es mit einem Satz vorwärts schoß. Da lag eine Frau in einem weißen Reitumhang, der Rücken rot von Blut, das Gesicht gegen die Mauer gekehrt. Da lagen lauter Erschlagene auf der Brücke. Er sprengte mit seinem Pferd unter die Leute, die stumm zur Seite auswichen. Er sprang aus dem Sattel, noch ehe das Pferd stand, ließ die Lanze fallen, beugte sich über die blutverschmierte Leiche eines Mannes, der lang ausgestreckt auf dem Pflaster lag. Er erkannte ihn, noch bevor er ihn auf den Rücken gedreht hatte. Es war der zweite Infanzon aus der Begleitung des jungen Grafen. Er war ohne Helm und Panzerhemd und ohne Waffen. Sein Bursche lag ein paar Schritte weiter mit eingeschlagenem Schädel, genauso ausgezogen wie sein Herr. Auf der anderen Fahrbahnseite lag der Bote, der sie aus Sevilla geholt hatte, daneben eine der beiden Zofen der Prinzessin, alle tot, erschlagen, erstochen, die Gesichter in blankem Entsetzen verzerrt.

Wo war Nujūm? Um Gottes willen, wo war Nujūm? Wo war die Prinzessin?

Er blickte sich um. Da lagen noch mehr Leichen. Die Leute wichen scheu zurück, als er an ihnen vorbeilief. Die zweite Zofe lag da und Zecharia, der Arzt, und der schwarze Page der Prinzessin und ihr Diener und ihre beiden Mägde, die sich noch umklammert hielten, als hätten sie im Tod aneinander Halt gesucht.

Wo war Nujūm? Bei allen Heiligen, bei der Mutter Christi, wo war Nujūm?

Er suchte mit den Augen die Brücke ab. Er sah Lu'lu neben der Frau knien, die vor dem Torbogen lag. «Wer ist sie?» rief er ihm zu. Er mußte zweimal ansetzen, ehe ihm die Stimme gehorchte.

«Die Tochter des Hakīms!» rief Lu'lu zurück.

Also auch Karīma, dachte Lope, und für einen Atemzug stand er wie gelähmt und starrte blicklos über das Brückengeländer hinunter auf den dunklen Fluß, der tief unter ihm dahinrauschte. Alle tot, dachte er, die ganze Gruppe hingeschlachtet von irgendwelchen Wahnsinnigen. Alle bis auf Nujūm und die Prinzessin.

Wo war die Prinzessin? Wo war Nujūm?

Eine furchtbare Ahnung überfiel ihn, die ihn so erschreckte, daß er jäh wieder zu sich kam.

«Lu'lu!» rief er. «Hol die anderen! Geh und hol die anderen her!»

Der schwarze Diener zögerte und deutete auf die leblose Gestalt zu seinen Füßen. «Ich glaube, sie atmet noch, Herr», rief er zurück.

«Hol die anderen!» befahl Lope. «Hol einen Arzt!» Er machte sich auf den Weg. Er meinte, die Beine müßten ihm in den Knien einknicken. Er wandte sich an die Leute, die ihn mit lauernd neugierigen Blicken beobachteten. «Wer hat gesehen, was hier vor sich gegangen ist?» fragte er.

Die Leute schraken zurück vor dem Klang seiner Stimme.

«Wer von euch hat etwas gesehen?»

Sie schoben eine alte Frau vor, die sich bekreuzigte, bevor sie zu sprechen anfing, und dann einen Schwall von Worten ausstieß, der kaum zu verstehen war. Sie hatte nur noch zwei Zähne im Mund.

«Von wo aus hast du es gesehen?» fragte Lope scharf.

Sie habe alles vom Eingang der Brücke aus beobachten können, sagte die Frau. Sie habe gesehen, wie die Reiter plötzlich über die Frauen hergefallen seien. Sie habe gesehen, wie sie sie mit den Schwertern erschlagen hätten. Sie habe ihre Schreie gehört. Sie heulte auf und rang jammernd die Hände und hob die Augen zum Himmel.

«Welche Reiter? Lanzenreiter? Wie viele Reiter?» fragte Lope.

Ja, es seien Lanzenreiter gewesen, bestätigte die Frau, zehn, zwölf Lanzenreiter.

Also die Begleitmannschaft aus Sevilla, dachte Lope in kalter Wut, und eine wild flackernde Hoffnung stieg auf einmal in ihm auf. Hatten die verfluchten Moros vielleicht den Auftrag gehabt, die Prinzessin wieder zurückzubringen? Hatten sie aus dem gleichen Grund auch Nujūm mitgenommen?

«Was haben sie danach gemacht?» fragte er. «Wohin sind sie geflohen? Was ist mit den Pferden geschehen? Was mit den Maultieren?» Er fragte die Alte aus, er stellte irgendwelche Fragen, die ohne Bedeutung waren, um der einen Frage auszuweichen, die sich ihm mit unerbittlicher Folgerichtigkeit aufdrängte.

Er sah den jungen Grafen und die anderen in vollem Galopp die Straße herunterkommen und auf die Brücke einbiegen. Er wandte sich an die Frau. Er hatte die Frage auf den Lippen und schrak noch einmal davor zurück. Aber die Frau hatte ihre Scheu verloren und kam näher und stellte sich vor ihn hin. Sie stank aus dem Mund, sie stank wie ein alter Strumpf.

«Zwei von den Frauen haben sie in den Fluß geworfen», sagte sie. «Sie haben sie aus einer Sänfte gezogen und über die Mauer gestoßen. Sie haben auch die Sänfte hinuntergeworfen, ich habe es mit eigenen Augen gesehen. Gott ist mein Zeuge.»

Lope blickte über sie hinweg. Er hörte sie nicht mehr. Ihre Worte dröhnten in seinem Kopf nach. Er hörte undeutlich das Geklapper der Hufe auf dem Pflaster der Brücke, als die anderen hinter ihm anhielten. Die Sonne war hinter den nachtschwarzen Hügeln versunken, die den Fluß säumten. Er ging an der alten Frau vorbei zu der gemauerten Brüstung und schaute hinunter auf den schwarzen Fluß, der gurgelnd und rauschend und trüb-weißen Schaum schlagend zwischen den Pfeilern der Brücke herausquoll, tief, ungeheuer tief unter ihm. In seinem Kopf war nichts, kein Gedanke, keine Empfindung. Auch kein Schmerz, keine Trauer. Seine Sinne nahmen nichts auf, nichts drang zu ihm durch. Da war nur die stetige, gleichförmige, sich immer aufs neue wiederholende Bewegung der schwarzen, von Schaumschlieren bedeckten Wasser des Flusses unter ihm, die ihn mit einer unheimlichen Kraft anzuziehen schienen.

Irgendwann hörte er einen wehen Schmerzensschrei und drehte sich langsam um. Der junge Graf stand hemmungslos schluchzend zwischen den Leichen der Dienerinnen. Die alte Frau war bei ihm. Der Infanzon, der ihn um einen Kopf überragte, hielt ihn an den Schultern fest, als müßte er ihn daran hindern, selbst in den Fluß hinunterzuspringen. Der junge Graf barg den Kopf an der Schulter des Infanzons und trommelte im nächsten Augenblick mit den Fäusten auf ihn ein. Er schrie und heulte und ließ sich nicht beruhigen. Als er Lope vor sich sah, kam er ihm mit tränenüberströmtem Gesicht entgegen und warf sich ihm an den Hals. «O Lope, Lope, was soll ich tun! Was soll ich nur tun!»

Lope faßte ihn an den Armen und griff hart zu. «Wir werden sie finden», sagte er.

«Sie ist tot», heulte der junge Graf. «Sie ist tot, weißt du es nicht? Sie ist tot. Nicht einmal Gott kann sie mir wiedergeben!»

«Wir werden ihre Mörder finden», sagte Lope.

«Ihre Mörder?» erwiderte der junge Graf entsetzt. Es war nicht der Trost, den er sich erhofft hatte.

Lope ließ ihn los und lief zu Lu'lu hinüber, der sich wieder neben Karīma niedergekniet hatte. Er hatte sie auf seine Satteldecke gebettet und mit seinem Umhang zugedeckt. Sie lag auf dem Rücken. Es sah aus, als ob sie schliefe. Sie war am Kopf unverletzt, auch aus dem Mund lief kein Blut. Ihr Gesicht war so blaß, daß es in der einsetzenden Dunkelheit zu leuchten schien.

«Sie atmet», sagte Lu'lu mit flüsternder Stimme. «Auch ihr Puls ist zu spüren... ganz schwach, aber man kann ihn spüren.» Er schlug den Umhang zurück. Der ganze obere Teil ihres Gewandes war blutdurchtränkt, und das Blut glänzte, als bluteten ihre Wunden immer noch. Auch auf dem Pflaster neben ihr war alles voll von Blut.

«Sie hat auch auf dem Rücken eine Wunde», sagte Lu'lu.

Lope faßte nach ihrem Handgelenk und suchte den Puls. «Einen Arzt!» sagte er. «Wir müssen einen Arzt holen!» Er sprang auf. «Bleib du bei ihr, ich hole einen Arzt.»

«Es kommt ein Arzt», sagte Lu'lu schnell. «Ich habe dem Wirt Bescheid gegeben. Er hat versprochen, einen Arzt zu schicken.»

«Ich hole eine Bahre», sagte Lope.

«Sie bringen eine Bahre», sagte Lu'lu.

Lope blieb unschlüssig neben ihm stehen und fühlte sich seltsam beschämt und spürte auf einmal, wie eine schwarze Verzweiflung nach ihm griff und ihm den Hals zudrückte. Und lief los, lief zu seinem Pferd, sprang in den Sattel, er mußte etwas tun, dem Arzt entgegenreiten, die Leute mit der Bahre antreiben, irgend etwas. Aber als er die Brückenauffahrt erreichte, kamen sie ihm schon entgegen.

Der Arzt war ein kleiner, dünner Mann, der beim Anblick von Karīmas Wunde sichtlich erschrak und noch mehr zusammenzuckte, als er Lopes starren Blick auf sich gerichtet sah. Er schnitt mit flatternden Händen das Gewand über der Wunde auf. «Barmherziger Gott», murmelte er. «Was hat man mit ihr gemacht?»

Irgend jemand leuchtete mit einer Fackel.

«Einer von den Leuten hier behauptet, sie hätte versucht zu fliehen und ein Reiter wäre ihr nach und hätte sie von hinten umgerannt», sagte Lu'lu. «Von hinten mit der Lanze», setzte er hinzu.

«Von hinten?» sagte der Arzt entsetzt.

Er legte ein Tuch zusammen und bestrich es mit einer Salbe und drückte es auf die Wunde, drehte Karīma dann mit Lu'lus Hilfe um und ließ sie bäuchlings auf die Bahre legen. Die Wunde im Rücken sah noch schlimmer aus. «Gott ist gnädig, aber das überlebt sie nicht», sagte der Arzt. Er schüttelte den Kopf, während er den gleichen Verband auflegte wie auf der anderen Seite. «Es ist ein Wunder, daß sie noch lebt», sagte er.

«Versuch alles, was du kannst!» sagte Lope rauh. «Wir zahlen, was du verlangst.»

«Es liegt nicht an mir», erwiderte der Arzt, Lopes Blick ausweichend. «Sie verliert zuviel Blut. Die Wunde ist zu groß.»

Zwei junge Burschen aus der Stadt halfen ihnen, die Bahre zu tragen. Sie brachten Karīma in die Taverne vor dem Stadttor, in der der Vorreiter Quartier gemacht hatte. Der Arzt lief nebenher und hielt den Verband auf der Wunde fest und achtete darauf, daß Lope und die anderen im Gleichschritt blieben. Als sie oben ankamen, wies er sie an, Karīma bäuchlings auf ein Lager zu betten, und verschwand, um in der Stadt Medikamente zu holen, wie er sagte. Aber er kam nicht wieder. Er schickte statt dessen einen Jungen mit der Nachricht, daß er die Behandlung nur gegen eine Vorauszahlung von vier Dinar und die Stellung einer Geisel fortsetzen könne. Die Verletzung der Frau sei lebensgefährlich, er könne für nichts garantieren und müsse sich gegen Schadensersatzansprüche absichern, er hätte in ähnlichen Fällen schon üble Erfahrungen mit den Angehörigen spanischer Patienten gemacht.

Es war inzwischen Nacht geworden. Das Stadttor war geschlossen. Sie verhandelten mit dem Arzt durch die Luke in der Nachtpforte. Er wollte Lu'lu nicht als Geisel akzeptieren, also stellte sich Lope zur Verfügung. Man ließ ihn ein und brachte ihn in eine Kammer neben der Wachstube im Torhaus und schloß eine Gittertür hinter ihm, während Lu'lu mit dem Arzt zur Taverne ging.

Lope saß in dem engen Gelaß, das wie ein Gefängnis war, und starrte mit trockenen Augen in die Dunkelheit. Er hatte Nujūm verloren. Er hatte sie für immer verloren. Er meinte, die Berührung ihrer Hand zu spüren, den sanften Druck ihres Kopfes an seiner Schulter, er sah sie auf einmal so deutlich vor sich, als stünde sie vor ihm, und eine so abgrundtiefe Verzweiflung erfaßte ihn, daß er nur noch in dem einen Gedanken Trost fand, ihr in den Tod zu folgen.

Er saß regungslos und starrte in die Dunkelheit, saß endlos lange, ohne etwas wahrzunehmen, bis ihm irgendwann jenes andere Bild vor Augen kam, das er nur aus dem Bericht der alten Frau auf der Brücke kannte und das nur ganz allmählich in seinem Kopf Gestalt anzunehmen begann. Er sah, wie Nujūm aus der Sänfte gerissen wurde, er sah, wie grobe Fäuste sie gepackt hielten und über das Pflaster schleiften und über das Brückengeländer in die Tiefe stießen. Er sah, wie sie sich wehrte und um Gnade bettelte und um Hilfe schrie, er meinte sie schreien zu hören. Er konnte die Männer nicht erkennen, die sie gepackt hielten, obwohl er sich verzweifelt bemühte, ein schärferes Bild von ihnen zu gewinnen, aber er spürte, daß der Gedanke an diese Männer ihn vor dem schwarzen Abgrund zurückhielt, der sich vor ihm auftat und ihn zu verschlingen drohte.

Er begann, über diese Männer nachzudenken. Er dachte an den Arīf, der die Moro-Begleitmannschaft angeführt hatte, ein Mann in seinem Alter, dem er im Verlauf der Reise fast freundschaftlich nahegekommen war. Er konnte sich nicht vorstellen, daß dieser Mann imstande gewesen sein sollte, wehrlose Frauen umzubringen.

Er versuchte, sich alle Einzelheiten der Reise noch einmal ins Gedächtnis zurückzurufen. Hatte der Arīf vielleicht auf Befehl gehandelt?

Es hatte einige Merkwürdigkeiten gegeben bei ihrem Aufbruch in Sevilla. Kein Abschiedsempfang beim Fürsten, wie vorgesehen, kein Ehrengeleit. Nicht einmal Prinz ar-Rashīd war zu ihrer Verabschiedung erschienen, sondern hatte nur ein paar Geschenke geschickt. Sie waren mit unhöflicher Hast auf Seitenstraßen aus dem Gesichtskreis der Stadt gebracht worden. Erst Zecharia, der Arzt, hatte ihnen von dem Umsturz in Sevilla erzählt, der die Merkwürdigkeiten erklärte: Ibn Ammar in Ungnade gefallen, ein neuer Hādjib an der Regierung, der sich auf die Strenggläubigen stützte und alle Verhandlungen mit den Christen ablehnte, auch die von Ibn Ammar geknüpften Verbindungen zu den Duero-Grafen. War das der Grund gewesen? Hatte man dem Arīf einen Boten nachgehetzt, um die Heirat der Prinzessin mit dem Sohn des

Conde zu verhindern? Aber warum hatten die Moros dann die ganze Truppe umgebracht? Und warum vor aller Augen auf der Brücke von Alcántara? Und warum waren sie nach Norden geflüchtet? Einer der Burschen, der geholfen hatte, die Bahre zu tragen, hatte alles gesehen und eindeutig ausgesagt, daß sie nach Norden abgeritten waren. Und warum hatten sie die Prinzessin umgebracht, die eine Tochter des Fürsten gewesen war?

Es gab zu viele Ungereimtheiten. Und es gab diese andere Aussage des Burschen, daß einige der Männer in Eisen gewesen wären. Die Moros hatten einheitlich mit grünem Stoff verkleidete Panzer getragen, ganz unverkennbar. Hatten sie zusätzliche Kettenhemden übergezogen? Hatten sie überhaupt welche mit sich geführt? Er konnte sich nicht erinnern. Er hielt es für unwahrscheinlich.

Wenn aber die Moros ausschieden, wer war es dann gewesen? Die Empfangstruppe aus Guarda? Hatten die sechs Maultiere mit der Mitgift der Prinzessin, ihren Gewändern, ihrem Geld, ihrem Schmuck, so viel Gier geweckt, daß die eigenen Leute zu Mördern geworden waren?

Luis, der Bote, der sie in Sevilla abgeholt hatte, hatte ihnen gesagt, daß sie in Castelo Branco, eineinhalb Tagereisen nordwestlich von Alcántara, von einer Empfangstruppe aus Guarda erwartet würden, die die Moro-Begleitmannschaft ablösen sollte. War die Truppe ihnen entgegengeritten? Hatte die Ablösung schon vor Alcántara stattgefunden? Das würde zumindest erklären, warum Luis und Jiméno, der zweite Infanzon aus der Begleitung des jungen Grafen, so ahnungslos und so ohne jede Gegenwehr in den Tod gegangen waren.

Lope spürte, wie sein Herz schneller schlug. Er fühlte sich wie ein Jäger, der nach langer Fährtensuche das Wild zum ersten Mal zu Gesicht bekommt. Da war endlich ein Ziel für seine rasende Wut, noch weit entfernt, aber deutlich sichtbar. Die Männer der Empfangstruppe aus Guarda. Plötzlich paßten auch die Aussagen des Burschen in das Bild. Der Bursche hatte dreizehn Männer gezählt, die abgeritten waren. Die Moros waren nur elf gewesen. Und auch die Ablösung hatte nur dann so reibungslos vonstatten gehen können, wenn es Männer aus Guarda gewesen waren. Sonst hätten Luis und Jiméno die Moros nicht nach Hause geschickt.

Ein Gedanke schoß ihm durch den Kopf, so schnell, daß er ihn nicht festhalten konnte, aber deutlich genug immerhin, um ihn in höchste Erregung zu versetzen. Da war eine Spur, die er übersehen hatte. Da war etwas, das eine ganz andere Bedeutung gewann, wenn man es aus dem neuen Blickwinkel betrachtete, den er gerade eben gewonnen hatte. Und plötzlich hatte er es, plötzlich stand es ihm klar vor Augen: der Falke. Es konnte kein Zufall gewesen sein, daß der Falke genau an diesem Morgen entkommen war. Er hatte noch das verzweifelte Gejammer im Ohr, mit dem der Gehilfe des Falkenmeisters seine Unschuld beteuert hatte. Sonst waren die Vögel immer vom Falkenmeister selbst am Abend in der Schlafkammer des jungen Grafen auf das Reck gesetzt worden. Warum hatte er diese Aufgabe ausgerechnet an diesem Tag seinem Gehilfen überlassen?

Eine Stunde vor Mitternacht kam der Torwächter und öffnete die Gittertür. Der Arzt wartete in der Wachstube. Karīma sei noch am Leben, berichtete er. Die Blutung habe aufgehört, der Lanzenstich scheine keine Knochen verletzt zu haben und auch keine lebenswichtigen Blutgefäße. Die Spitze sei zwischen dem linken Schulterblatt und der Wirbelsäule eingedrungen und dicht unterhalb des Schlüsselbeins wieder ausgetreten. «Wenn sie die Nacht übersteht, hat sie Aussichten zu überleben», sagte er. «Sie hat unglaublich viel Glück gehabt.»

«Ist sie noch bewußtlos?» fragte Lope.

Der Arzt bestätigte es. «Aber es kann sein, daß sie bald wieder zu sich kommt», sagte er. «Ich habe dem Diener Anweisungen gegeben.» Er versprach, am Morgen zu Beginn der dritten Stunde wiederzukommen, und verabredete sich mit Lope am Tor. «Ich habe gehört, daß sie Jüdin ist», sagte er. «Wenn du willst, kann ich den Vorsteher der Judengemeinde fragen, ob man bereit ist, sie in der Stadt aufzunehmen.»

«Nicht, bevor ich sie befragt habe», sagte Lope.

Lu'lu wartete vor dem Tor. Eine Weile lief er schweigend neben Lope her, dann faßte er ihn am Arm und hielt ihn fest. «Der junge Herr will morgen früh aufbrechen», sagte er mit gepreßter Stimme.

Lope blickte ihn überrascht an. Lu'lu pflegte sonst immer darauf zu warten, daß man ihn ansprach. Er ergriff nie das erste Wort.

«Warum nicht?» sagte Lope. «Wir brechen alle auf, um diese Bande zu verfolgen.»

«Keine Verfolgung», sagte Lu'lu. «Er will nach Guarda!» Er hielt immer noch Lopes Arm fest.

«Woher weißt du das?» fragte Lope zweifelnd.

«Sie haben den ganzen Abend darüber beraten.»

«Aber warum nach Guarda?»

«Sie sagen, daß der Vater des jungen Herrn gestorben ist.»

«Bist du sicher, daß du richtig gehört hast?» fragte Lope. Er wollte es nicht glauben. Die Nachricht gab den Schlußfolgerungen, zu denen er gelangt war, auf einmal eine unerwartet stichhaltige Begründung. Vielleicht hatten einige Burgherren den Tod des alten Conde und die Abwesenheit seines Sohnes ausgenutzt, um sich selbständig zu machen.

«Woher stammt die Nachricht?» fragte er.

«Am Abend ist ein Bote gekommen von seinen Leuten, die ihn erwarten», erwiderte Lu'lu.

«Seinen Leuten?»

«Ja, Leute aus Guarda. Sie warten in einem Ort eineinhalb Tagereisen von hier. Sie haben ihm diesen Boten entgegengeschickt, um ihn zur Eile anzutreiben. Er hat noch in der Nacht den Burschen des Infanzons losgehetzt, damit er sie verständigt. Sie sollen ihm entgegenreiten. Er hat Angst.»

Lope hörte nur noch mit halbem Ohr zu. Was gerade eben noch so klar erschienen war, lag wieder völlig im Dunkeln. Wer waren die Männer auf der Brücke gewesen? Seine Gedanken jagten sich. Wenn es nicht die Moros gewesen waren und nicht die Leute aus Guarda, wer dann? Es gab nur drei Wege, auf denen er weiterkommen konnte: Er mußte der Bande nach, er mußte Karīma befragen und er mußte sich den Falkenmeister vornehmen. Den Falkenmeister als ersten, noch bevor der junge Graf am Morgen aufbrach. Er selbst würde nicht mit nach Guarda gehen. Er faßte diesen Entschluß ohne lange Überlegung. Er hatte seinen Diensteid dem alten Conde geleistet, der Conde war tot, er war frei. Mochte der junge Graf tun, was er für richtig hielt, er selbst würde die Verfolgung der Bande aufnehmen. Er würde versuchen, am Morgen Karīma zu befragen und sich dann auf den Weg machen.

Er sah Lu'lus Augen mit einem ängstlich forschenden Blick auf sich gerichtet. «Was gibt es noch?» fragte er.

Lu'lu zögerte. «Was habt Ihr vor, Herr?» fragte er schließlich. «Werdet Ihr mit nach Guarda reiten?»

«Wir werden sehen», sagte Lope.

«Und die Tochter des Hakīms?» fragte Lu'lu.

«Der Arzt kümmert sich um sie», sagte Lope. «Er spricht mit den Juden in der Stadt, damit sie sie aufnehmen.» Er faßte Lu'lu um die Schulter und zog ihn mit sich zur Taverne.

Der Bursche des jungen Grafen hatte die Mitternachtswache. Die anderen Männer schliefen alle, als Lope in die Kammer kam. Er nahm seine Satteltaschen und das Bündel mit den Waffen, brachte beides leise zur

Tür und legte sich daneben nieder. Er hielt die Augen offen. Er verspürte keine Müdigkeit. Der Bursche hatte gesagt, daß der Falkenmeister ihn zur Morgenwache ablösen würde.

Lope wartete bis zur Ablösung und schlug den runden Stein, den er im Hof der Taverne aufgelesen hatte, so in ein Tuch ein, daß er das überstehende Ende des Tuchs als Griff benutzen konnte. Dann wartete er noch einmal eine Viertelstunde und nahm seine Habseligkeiten auf und verließ so geräuschlos wie möglich die Kammer.

«Was ist?» fragte der Falkenmeister. Er saß neben der Tür, den Rücken gegen die Wand gelehnt. Es war so dunkel, daß er nur zu erahnen war.

«Ich bin es», sagte Lope und bückte sich und schlug ihm den Stein seitlich gegen den Kopf. Der Mann sackte in sich zusammen, ohne einen Laut von sich zu geben.

Lope legte ihn sich über die Schulter und trug ihn über den Hof der Taverne in den Stall. Der Stallknecht fuhr hoch, aber er beruhigte sich und schlief gleich wieder ein, als er erkannte, daß es nur einer der Gäste war. Lope band den Falkenmeister an Händen und Füßen, stopfte ihm einen Knebel in den Mund, sattelte sein Pferd, sattelte auch das Pferd des Falkenmeisters, legte ihn über den Sattel und band ihn fest, deckte ihn mit einer Satteldecke zu und verließ mit den beiden Pferden die Taverne.

Die Nacht war hell, ein halber Mond stand am Himmel, der Weg war gut zu erkennen. Er führte die Pferde zu Fuß den Weg zur Brücke hinunter. Die Brückenwache schlief. Er klopfte so lange, bis einer der beiden Männer wach wurde, und zahlte ihm zwei Silberdirhams, damit er ihn durchließ, ohne lange nach der Ladung des zweiten Pferdes zu fragen, und setzte seinen Weg fort. Als er auf die Brücke einbog, begann sich der Falkenmeister zu rühren und stöhnte durch den Knebel hindurch. Lope hielt hinter dem Torbogen an, genau über der Mitte des Flusses, und hob den Mann vom Pferd herunter und band ihm Hände und Füße auf dem Rücken eng zusammen und legte ihn bäuchlings auf das gemauerte Brückengeländer, legte ihn so weit gegen die äußere Kante vor, daß er auf der Kippe lag, hielt ihn mit einer Hand fest. Und während er ihm mit der freien Hand den Knebel aus dem Mund zog, sagte er ruhig: «Kein Ton, Mann, oder ich laß dich los!»

«Um Gottes Barmherzigkeit willen!» stöhnte der Falkenmeister.

«Du redest nur, wenn ich dich frage», sagte Lope. «Und überleg dir deine Antworten. Ich frage nur einmal.»

«Was willst du! Um Gottes willen, was willst du!» sagte der Falkenmeister. Seine Stimme war heiser vor Angst.

«Wieviel haben sie dir gegeben dafür, daß du den Falken losgebunden hast?» fragte Lope.

«Mein Gott! O mein Gott», heulte der Falkenmeister.

«Wieviel?» fragte Lope und lockerte den Griff seiner Hand.

«Vierzig Meticalen», sagte der Falkenmeister.

«Wo ist das Geld?»

«Im Gürtel.»

«Wo haben sie dich angesprochen?»

«In Caceres. Vorgestern in Caceres.»

«Was waren das für Leute?»

«Es war nur einer! Nur einer!»

«Wie sah er aus?» fragte Lope und zog dem Falkenmeister mit der freien Hand den Gürtel ab und ließ ihn auf den Boden fallen, während er sich die Beschreibung des Mannes anhörte. Sie war wenig zufriedenstellend: Ein Hidalgo zwischen vierzig und fünfzig Jahren, mittelgroß mit grauem kurzgeschnittenen Bart, ohne auffallende Kennzeichen.

«Woher war er? Aus Guarda?»

«Nein, nicht aus Guarda», beeilte sich der Falkenmeister zu antworten. «Keiner, den ich kannte. Der Sprache nach kam er aus Navarra, ich bin sicher, daß er aus Navarra war.»

«Und sonst ist dir nichts aufgefallen?» fragte Lope.

«Nichts!» sagte er. «Gar nichts. Heilige Mutter Gottes, glaub mir!» Er verschluckte sich vor Eifer, Lope eine zufriedenstellende Antwort zu geben. «Wie konnte ich ahnen, was er vorhatte. Er wollte nur den Falken. Er sagte mir, sein Herr wäre ein Moro, er hätte den Falken gesehen und wollte ihn haben. Er hat mir zehn Meticalen geboten, und ich habe nein gesagt. Er hat mir zwanzig geboten, und ich habe nein gesagt ...» Er redete und redete in verzweifelter Hast, aber Lope hörte ihn nicht mehr. Tief unter ihm spiegelte sich der Mond in den schwarzen Wassern des Flusses, sein Licht war so hell, daß es blendete, und plötzlich hatte Lope wieder das Bild vor sich, wie sie Nujūm aus der Sänfte zogen und über das Pflaster schleiften, und er meinte ihre Stimme zu hören, wie sie um Hilfe schrie, und sah, wie sie über das Brücken-Geländer gestoßen wurde und schreiend in der Tiefe verschwand. Und er ließ den Mann los, ließ ihn fallen, ohne darüber nachzudenken, hörte seinen Schrei, der kein Ende nehmen wollte, und hörte den Aufschlag im Wasser und dann nichts mehr.

Er stand lange, und das Echo des Schreis war noch in seinen Ohren, aber er empfand nichts dabei. Er bückte sich nach dem Gürtel und verstaute ihn in der Satteltasche. Dann ging er um sein Pferd herum und strich ihm über den Hals und fuhr ihm mit den Fingern durch die Mähne und streichelte sanft die geblähten Nüstern und die schwarzen weichen Lippen, die zärtlich nach seiner Hand faßten. Dann stieg er in den Sattel und ritt, das Pferd des Falkenmeisters an kurzer Leine hinter sich herziehend, auf der Straße nach Norden.

Als er das Ende des Anstiegs über dem Tal erreichte, wurde es hell. Er sah die Fährte deutlich vor sich. Er suchte nach einer feuchten, lehmigen Stelle, wo sich die Hufe gut abgedrückt hatten. Er hoffte, das eine oder andere unverkennbare Trittsiegel zu finden, einen charakteristischen Übertritt, ein auffällig geformtes Eisen, einen unverwechselbaren Abdruck, der sich auch noch nach Tagen wiedererkennen ließ. Aber er fand nichts. Die Straße führte über eine steinige, von zerzausten Büschen und niedrigen Steineichen bewachsene und von riesigen Granitblöcken übersäte Hochebene, auf der es nur grobkörnigen, trockenen Sand gab. Alle Spuren waren verwischt.

Bei Sonnenaufgang erreichte er eine Abzweigung, wo die Fährte nach Osten abbog. Er folgte ihr ein paar hundert Schritte weit und führte die Pferde dann zwischen die Büsche und wartete. Eine halbe Stunde nach Sonnenaufgang kamen auf der Straße, die von der Brücke nach Norden führte, vier Reiter näher. Sie ritten in scharfem Trab und waren in Rüstung und hatten zwei Ersatzpferde dabei. Sie sahen aus wie die Truppe des jungen Grafen, aber sie waren einen Mann zuwenig. Als sie näher kamen, erkannte er, daß es doch der junge Graf mit seinen Leuten war, und er sah, daß Lu'lu fehlte. Also hatte sich auch der schwarze Diener abgesetzt. Vielleicht war ihm die Vorstellung, sein Leben in einem gottverlassenen Dorf im kalten Norden verbringen zu müssen, zuwider gewesen. Vielleicht war ihm der Gedanke unerträglich gewesen, den Gästen seines neuen Herrn, des jungen Grafen, immer wieder vorführen zu müssen, was ihm ein griechischer Arzt zwischen den Beinen weggeschnitten hatte. Vielleicht hatte er auch die Tochter des Hakīms nicht allein lassen wollen.

Der Gedanke an Karīma begann Lope plötzlich zu beunruhigen. Weiß Gott, er hatte sie allein in dieser Vorstadttaverne zurückgelassen. Zum ersten Mal wurde ihm bewußt, daß sie allein war. Sie hatte vorgehabt, mit Zecharia, ihrem Mann, nach Zaragoza zu gehen, um dort eine neue Heimat zu suchen. Sie waren beide froh gewesen, daß sie sich auf ihrer gefährlichen Reise zumindest bis Guarda einer bewaffneten Truppe hatten anschließen können. Jetzt war ihnen genau das zum Verhängnis geworden.

Längst vergessen geglaubte Bilder tauchten in ihm auf. Da waren manchmal in diesen letzten Tagen nach dem unverhofften Wiedersehen, wenn sich ihre Blicke zufällig begegnet waren, seltsam wehmütige Empfindungen wach geworden, die ihn an die verzweifelte Sehnsucht erinnert hatten, mit der er sich damals in Sevilla vor so vielen Jahren in den Hof der Synagoge geschlichen hatte, nur um sie aus der Ferne sehen zu können. Die Bilder waren immer noch lebendig in seiner Erinnerung. Wenn Karīmas Verletzung ausheilte, würde er ihr helfen, nach Zaragoza zu kommen. Das war er ihr schuldig. Ihr und ihrem Vater, dem Hakīm.

Er verfolgte die vier Reiter mit den Augen, bis sie in nördlicher Richtung verschwunden waren. Dann machte er sich auf den Rückweg nach Alcántara.

47

ALCÁNTARA

SABBAT 24. ELUL 4842

20. AUGUST 1082 / 22. RABI I 475

Das erste, was ihr zu Bewußtsein kam, lange bevor sie wirklich wach wurde, war der Schmerz in ihrer Schulter, ein wütender, hart pochender Schmerz, der unaufhörlich ihren Körper durchzuckte und grelle Blitze in ihren Augen aufscheinen ließ. Es schien ihr, als wäre sie unter Wasser und tauchte aus einem tiefen Brunnen auf. Sie sah den Ausschnitt der Brunnenöffnung über sich, ein kreisrundes helles Loch, das nur unendlich langsam näher kam, obwohl sie mit Armen und Beinen ruderte und alle ihre Kraft aufwandte, um aus dem Wasser herauszukommen. Sie spürte, wie ihr die Luft ausging. Es zersprengte ihr fast die Lungen. Und gleichzeitig merkte sie, wie der Schmerz immer unerträglicher wurde, je näher sie der rettenden Brunnenöffnung kam. Sie war am Ende ihrer Kraft und am Ende ihrer Leidensfähigkeit, da stieß ihr Kopf endlich durch die Wasseroberfläche, und sie sog tief die Luft in die Lungen, und für einen erlösenden Augenblick war die Erleichterung über diesen befreienden Atemzug größer als das quälende Pochen in ihrer Schulter, aber gleich darauf gewann der Schmerz wieder die Oberhand und packte sie mit solcher Heftigkeit, daß sie an den Rand einer neuen Ohnmacht geriet.

Sie hielt die Augen geschlossen und nahm lange nichts wahr, außer dem Dröhnen des Schmerzes, der wie eine stetig anrollende Brandungswelle von innen gegen ihre Schulter schlug und ein peinigendes Echo hinter ihrer Stirn hervorrief. Irgendwann drangen noch andere Laute durch das Brandungsgeräusch des Schmerzes, und sie konnte Stimmen unterscheiden, zwei Männerstimmen ganz in ihrer Nähe. Zwei Männer, die miteinander sprachen. Sie bemühte sich, die Stimmen zu erkennen und die Worte zu verstehen, die gesprochen wurden. Sie glaubte, Lopes Stimme zu erkennen. Sie war sich nicht sicher. Irgendein angenehmer Gedanke ging ihr durch den Kopf, aber er verlor sich wieder unter einem Ansturm nebelhafter Erinnerungen. Sie lauschte auf die Stimmen, die sich immer weiter entfernten und schließlich ganz verstummten. Sie lauschte auf das Pochen des Schmerzes.

Sie spürte, daß sie auf der rechten Seite lag und daß ihr rechter Arm schmerzte. Sie versuchte, sich zu drehen, um den Arm zu entlasten, aber schon die geringste Bewegung steigerte den Schmerz in ihrer Schulter ins Unerträgliche. Es dauerte lange, bis das wahnwitzige Pochen wieder so weit abgeklungen war, daß sie einen klaren Gedanken fassen konnte. Zu ihrer eigenen Überraschung wurde ihr auf einmal bewußt, daß sie lebte. Sie empfand Schmerzen. Sie lebte.

Da war noch das Hufgeklapper in ihrem Rücken, das so unheimlich schnell näher kam, obwohl sie lief, was ihre Beine laufen konnten. Sie hatte es noch so deutlich im Ohr, dieses Hufgeklapper, das lauter und immer lauter wurde. Da war die Gewißheit, daß sie diesem Mann auf seinem schwarzen Pferd nicht entkommen konnte, die lähmende Gewißheit, daß alles zu Ende war. Und dann dieser höllische Schmerz, der ihr durch die Brust fuhr wie ein glühendes Messer, und in dem rasend kurzen Augenblick, bevor sie in schwarze Nacht gefallen war, die wie ein Blitz in scharfer Helligkeit aufleuchtende Erkenntnis, daß es der Tod war, der sie getroffen hatte.

Warum war sie nicht tot? Was war geschehen, daß sie noch am Leben war? Sie lauschte angestrengt. Aus irgendeinem Grund wagte sie nicht, die Augen zu öffnen. Warum hatte sie Angst? Wovor hatte sie Angst? Plötzlich hörte sie wieder eine Stimme, und diesmal war sie sich ganz sicher, daß es Lope war, den sie hörte. Sie verstand nicht, was er sagte, aber sie erkannte seine Stimme wieder, und für ein paar Augenblicke, während sie in atemloser Spannung lauschte, spürte sie keinen Schmerz mehr. Sie hörte die andere Stimme antworten, und dann hörte sie noch ein Geräusch, das ihr nichts sagte, und dann hörte sie nichts mehr.

Als die Schmerzen wieder einsetzten, schien es ihr, als hätten sie um eine Spur nachgelassen. Sie hielt die Lider noch immer geschlossen, aber der Gedanke begann sie zu beschäftigen, daß da Lope vor ihren Augen sein würde, wenn sie sie öffnete.

Warum war sie damals so unsäglich erschrocken, als sie unverhofft sein Gesicht vor sich gesehen hatte an jenem Tag, als ihr Vater zu Grabe getragen worden war. Das grelle Licht der Mittagssonne, die weiße Wand, die sie geblendet hatte, der Geschmack des Blutes in ihrem Mund. Warum war sie in solch panischer Hast vor ihm davongerannt?

Warum hatte sie ihn so völlig unvermutet aus zwei Dutzend Reitern heraus wiedererkannt auf dieser staubigen Dorfstraße kurz vor Merida. Noch dreißig, vierzig Schritte entfernt, das Gesicht grau vor Staub und halb verdeckt von der Kopfbinde, aber sie hatte ihn wiedererkannt. Sie erinnerte sich an den Widerstreit ihrer Gefühle, als sie sich entschlossen hatte, Zecharia nicht auf ihn aufmerksam zu machen. Sie erinnerte sich an den heimlichen Jubel in ihrem Herzen, als er plötzlich angehalten hatte und auf Zecharia zugeritten war. Sie erinnerte sich an seinen unruhig suchenden Blick, bevor er sie unter dem Vordach der Taverne entdeckt hatte.

Ich brauche nur die Augen aufzumachen, um ihn zu sehen, dachte sie.

Sie dachte auch an Zecharia und war beschämt, weil ihr erster Gedanke nicht ihm gegolten hatte. Sie hatte nicht mehr gesehen, ob er aus dem Sattel gefallen war, sie hatte nicht einmal gesehen, ob das Schwert ihn getroffen hatte, sie hatte nur diesen schrecklichen Laut gehört, der ihm aus der Kehle gedrungen war, ein langgezogenes keuchendes Zischen zwischen zusammengebissenen Zähnen. Sie hatte nur diesen Mann gesehen, der plötzlich ohne Vorwarnung auf ihn losgegangen war, dieses bärtige, von schwarzen Haaren zugewucherte Gesicht, diesen in einem stummen Schrei weit aufgerissenen Mund. Sie erinnerte sich, wie der Mann von Zecharia abgelassen hatte und mit hocherhobenem Schwert auf sie zugekommen war. Sie erinnerte sich, wie ihr Maultier hochgegangen war und sie aus dem Sattel geworfen hatte. Sie erinnerte sich an das Hufgeklapper in ihrem Rücken. Sie hatte Zecharia nicht mehr gesehen. Hatte er dieses Massaker auf genauso wunderbare Weise überlebt, wie sie selbst? Lag er vielleicht neben ihr? Wo war sie überhaupt?

Sie hörte wieder die Männerstimmen. Sie hörte, wie sie näher kamen.

Sie meinte arabische Worte zu hören. Wieso sprachen die Männer arabisch? Lope sprach nicht arabisch. Sie erkannte seine Stimme nicht mehr. Hatte sie sich getäuscht? War es gar nicht seine Stimme gewesen, die sie gerade eben noch gehört hatte?

Sie öffnete die Augen.

Sie sah zwei Männer vor sich stehen, die auf sie herunterblickten. Sie kannte nur den einen, Lu'lu, den schwarzen Diener des Grafen von Guarda, der sich auf der Reise in so rührender Anhänglichkeit um sie gekümmert hatte, weil ihr Vater ihm irgendwann einmal einen falsch geschienten Bruch kuriert hatte. Sie blickte sich suchend um. Lope war nirgends zu sehen. Sie wollte etwas sagen, aber sie brachte keinen Ton heraus, ihr Mund war so trocken, als wäre er mit Staub gefüllt. Sie spürte auf einmal, daß sie einen brennenden Durst hatte.

Der Mann, den sie nicht kannte, beugte sich über sie. «Seid Ihr schon länger bei Bewußtsein?» fragte er.

Sie wollte ihm antworten, aber wieder brachte sie keinen Ton heraus.

«Es genügt, wenn Ihr mir ein Zeichen gebt», sagte der Mann schnell. «Ich bin Arzt. Ihr könnt unbesorgt sein.» Er war ein hagerer kleiner Mann von fünfzig Jahren mit einem bekümmerten Ausdruck im Gesicht, als litte er selbst an einer schmerzhaften Krankheit. «Ich gebe Euch etwas zu trinken», sagte er. «Ihr solltet versuchen, möglichst viel zu trinken, auch wenn es Euch Schmerzen bereitet.» Er begann, ihr mit einem Löffel eine Brühe einzuflößen, die ihr angenehm warm die Kehle hinunterrann. Sie spürte dem Salzgeschmack in ihrem Mund nach und dem Geschmack des Weins, mit dem die Brühe gekocht war, und trank in gierigen Zügen, obwohl sie jeden Schluck mit einem wütend aufzuckenden Schmerz bezahlen mußte. Der Arzt redete weiter mit leiser Stimme auf sie ein. Er beschrieb ihr den Verlauf des Wundkanals. Sie hörte seine Worte wie durch einen Vorhang hindurch.

«Habt Ihr Schmerzen beim Atmen?» fragte er.

Sie schüttelte den Kopf.

«Also scheint auch die Lunge nicht verletzt zu sein», sagte er. Sie hörte ihm zu, ohne richtig zu begreifen, was er sagte. Sie war zu sehr mit der quälend schmerzhaften Aufgabe des Schluckens beschäftigt.

«Wir werden Euch in die Stadt schaffen, sobald es Euer Zustand erlaubt», fuhr der Arzt fort. «Eure Glaubensbrüder sind bereit, Euch aufzunehmen. Der Nāsī der Gemeinde will Euch morgen aufsuchen.»

Die Schmerzen steigerten sich so, daß sie ihr jedes Durstgefühl nahmen und jeden Geschmack. Sie schloß erschöpft die Augen, um neue Kraft zu sammeln. Als sie sie wieder öffnete, sah sie Lu'lus Gesicht vor sich. Er musterte sie mit einem besorgten Blick und bemühte sich um ein aufmunterndes Lächeln, als er bemerkte, daß sie seinen Blick erwiderte.

«Wo sind die anderen?» fragte sie. Ihre Stimme war nur ein Hauch.

Er schüttelte mit einer fast beschwörenden Eindringlichkeit den Kopf. «Ihr sollt nicht sprechen, Herrin», sagte er flüsternd. «Der Arzt hat gesagt, daß Ihr nicht sprechen sollt. Ihr sollt ganz ruhig liegen, Herrin. Versucht zu schlafen. Der Arzt hat gesagt, daß Euch nichts besser hilft als der Schlaf.»

Sie blickte sich um. Sie konnte den Arzt nirgends mehr entdecken. Hatte sie geschlafen? Hatte die Anstrengung des Essens sie wieder in Bewußtlosigkeit fallen lassen. Sie fühlte sich durch das Essen gestärkt. Sie fühlte sich besser als zuvor.

«Was ist mit den anderen?» fragte sie noch einmal und versuchte, Lu'lu mit den Augen festzuhalten. Sie sah, wie er den Kopf senkte, und sah, wie sich in seinem Gesicht der Kampf widerspiegelte, den er mit sich kämpfte, und ahnte, wie die Antwort lauten würde. Aber sie wollte sie hören, sie wollte sie unmißverständlich hören. «Sag es mir», bat sie. «Sag es mir.»

«Keiner hat überlebt außer Euch, Herrin», sagte Lu'lu kaum hörbar gegen den Boden hin.

Sie sprach den Satz mit stummen Lippen nach, als müßte sie ihn sich selbst vorsprechen, um seinen Sinn ganz zu begreifen.

«Denkt nicht daran, Herrin», sagte Lu'lu unglücklich. Seine Augen waren voll Tränen. «Denkt daran, daß Ihr noch am Leben seid. Gott hat seine Hand über Euch gehalten.» Er wiegte den Oberkörper hin und her in stummer Selbstanklage. «Oh, ich hätte es Euch nicht sagen sollen», jammerte er.

Keiner hat überlebt, dachte sie, und im ersten Augenblick erschien ihr der Gedanke genauso unwirklich wie jener schreckliche Anblick auf der Brücke, als die Lanzenreiter der neuen Begleittruppe urplötzlich ihre Schwerter gezogen hatten und auf die drei Bewaffneten an der Spitze losgegangen waren und auf die Frauen dahinter. Sie war zuerst weder entsetzt gewesen, noch hatte sie irgendwelche Angst empfunden. Sie hatte einfach nicht geglaubt, was ihre Augen gesehen hatten. Sie erinnerte sich, daß der ganze Überfall sich in gespenstischer Stille abgespielt hatte. Keine heulende Angst, keine Schmerzensschreie, kein Kampfgebrüll, nur halbunterdrückte Hilferufe und zaghaftes Gejammer. Eine der Mägde, die hinter der Sänfte hergeritten war, hatte nach ihrer Mama gerufen, kläglich wie ein kleines Tier. Auch Zecharia hatte in stummer Erstarrung auf den tödlichen Schlag gewartet, ohne sich zur Wehr zu setzen wie das Schaf vor dem Schächter. Nur dieser grauenvolle, zischende Laut, der ihm aus der Kehle gedrungen war.

Also auch Zecharia.

Sie schloß wieder die Augen und horchte in sich hinein. Empfand sie Schmerz über seinen Tod? Empfand sie Trauer? Sie schämte sich plötzlich, daß die Nachricht von seinem Tod sie so seltsam unbeteiligt ließ. Zecharia hatte ihr nie einen Grund zur Klage gegeben. Er war ihr immer mit großem Respekt gegenübergetreten, mit beinahe zu großer Bescheidenheit und Zurückhaltung. Wäre sie ihm eine bessere Frau gewesen, wenn er größere Ansprüche gestellt hätte, wenn er fordernder gewesen wäre, nicht so aufreizend verständnisvoll, so nachgiebig? Er hatte nie ein Wort darüber verloren, daß ihre Ehe kinderlos geblieben war, er hatte nie seine Rechte eingefordert, wenn sie sich ihm auch in der Nacht des Sabbat verweigert hatte. Er hatte sich nie beklagt, daß sie ihn für etwas hatte büßen lassen, wofür er keine Schuld trug und von dem er nicht einmal etwas ahnte. Er hatte geduldig auf ihre Zuneigung gewartet, er hatte geduldig um sie geworben, mehr als zehn Jahre lang. Und jetzt bei seinem Tod rührte sich nur ihr Gewissen. Sie empfand keine Trauer, wie sie sie beim Tod ihres Vaters empfunden hatte. Sie empfand keinen Schmerz über seinen Verlust. Warum empfand sie nichts?

Sie spürte, wie eine lähmende Müdigkeit über sie kam. Das gleichmäßige Pochen in ihrer Schulter schläferte sie ein. Irgendwann ging sie unmerklich über die Schwelle, hinter der sich alle Gedanken und Selbstvorwürfe in einem barmherzigen Nebel auflösten.

Als sie wieder wach wurde und die Augen aufschlug, saß Lope neben ihrem Lager. Sie erschrak so, wie sie am Todestag ihres Vaters erschrokken war, wie in dem Dorf vor Merida. Sogar das Pochen des Schmerzes in ihrer Schulter schien für einen Augenblick auszusetzen. Sie war erleichtert, als sie sah, daß er die Augen geschlossen hatte. Warum erschreckte sie sein Anblick jedesmal aufs neue? Warum konnte sie ihm nicht mit der Gelassenheit begegnen, die ihr sonst immer zu Gebote stand?

Er atmete in gleichmäßigen Zügen, als ob er schliefe. Ein angestrengter Ausdruck war in seinem Gesicht, die Brauen waren zusammengezogen, schwarze Krusten hingen in den Augenfalten, die Haare waren starr vor Staub. Sie prägte sich die Linien seines Gesichtes ein. Während der Reise hatte sie sich immer von ihm ferngehalten. Sie hatte kein einziges Wort mit ihm gewechselt, nur zweimal waren sich ihre Blicke begegnet. Jetzt hatte sie Zeit, ihn zu betrachten. Manches war ihr vertraut, die glatten Haare, die ihm in die Stirn fielen, die geraden Augenbrauen, die hohen Wangenknochen. Manches war ihr neu, oder sie hatte es anders im Gedächtnis behalten. Da waren zwei harte Linien um seinen Mund, durch den Staub noch hervorgehoben, und da war eine breite Narbe, die sich vom linken Ohr bis zum Augenwinkel zog. Er war älter geworden, er mußte jetzt dreiunddreißig Jahre alt sein, er war acht Jahre älter als sie.

Sie beobachtete ihn, bis er die Augen öffnete.

Sie wich seinem Blick nicht aus. Er nickte ihr zu, ohne eine Miene zu verziehen.

«Der Arzt hat gesagt, ich könnte ein paar Fragen stellen», sagte er mit einer seltsam heiseren Stimme.

Sie nickte. Sie beobachtete, wie er sich den nächsten Satz zurechtlegte.

«Ich werde versuchen, meine Fragen so zu stellen, daß Ihr möglichst nur mit Ja oder Nein zu antworten braucht.»

Sie nickte wieder.

«Wann kam die Truppe, die die Begleitmannschaft aus Sevilla abgelöst hat», fuhr er fort. «Kam sie gleich am Morgen nach dem Abmarsch? Eine Stunde danach? Zwei Stunden?» Er wartete kaum ihre Bestätigung ab, er wußte, daß die Ablösung ziemlich früh stattgefunden haben mußte, sonst hätte die Bande riskiert, daß die Moros dem Trupp des Grafen noch begegnet wären.

«Kannte der Infanzon aus Guarda, der den Zug angeführt hat, die neuen Männer?» fragte er weiter, und als er sah, daß sie nicht recht begriff, worauf er hinauswollte, beeilte er sich, seine Frage neu zu formulieren: «Hat der Infanzon die Männer begrüßt wie alte Bekannte oder waren sie ihm fremd?»

«Ich weiß es nicht. Ich habe nicht darauf geachtet», erwiderte sie mit leiser, tonloser Stimme. «Ich weiß nur, daß sich der Infanzon später mit einem von den Anführern der anderen unterhalten hat, und auch mit einem zweiten Mann. Sie ritten nebeneinander.»

«Gab es mehrere Anführer?»

Sie nickte. «Es gab drei, die etwas zu sagen hatten.»

«Habt Ihr einen Namen gehört?»

Sie schüttelte den Kopf.

«Konntet Ihr an der Sprache erkennen, woher sie kamen? Waren es Kastilier? Galicier? Franzosen?»

«Ich kann das nicht unterscheiden», sagte sie. «Einer sprach mit einem starken Akzent. Und der größte von ihnen, ein sehr großer Mann ohne Bart, sprach mit einem solchen Akzent, daß ich ihn kaum verstehen konnte.» Ihre Stimme war jetzt so leise, daß er ganz nah heranrücken mußte, um sie verstehen zu können. Der Geruch seines verschwitzten Lederzeugs stieg ihr in die Nase. Er blickte angestrengt an ihr vorbei.

«Aber sie sprachen alle spanisch?» fragte er.

Sie nickte, erleichtert darüber, daß sie ihm eine klare Antwort geben konnte.

«Und wie sahen die beiden Männer aus, mit denen der Infanzon gesprochen hat?» fragte er.

Sie versuchte, die Männer zu beschreiben. Der eine war alt gewesen mit grauem Bart und hartem, verwittertem Gesicht. An den anderen konnte sie sich noch deutlicher erinnern. Es war der Mann gewesen, der Zecharia erschlagen hatte und der ihr auf seinem schwarzen Pferd nachgeritten war. Ein breitschultriger, grobschlächtiger Mann, das Gesicht von einem ungepflegten schwarzen Bart überwuchert.

Lope versuchte, sich den Mann vorzustellen. Es gab viele mit wild wuchernden schwarzen Bärten, allein in Guarda fielen ihm schon ein halbes Dutzend Männer ein, auf die die Beschreibung passen konnte. Er fragte sie nach den anderen, und sie bemühte sich, ihm eine Beschreibung zu geben, aber sie spürte, wie ihre Kräfte allmählich nachließen, und obwohl sie sich alle Mühe gab, ihn zufriedenzustellen, fiel es ihr immer schwerer, ihre Gedanken zu ordnen und in Worte zu fassen.

«Wie viele Männer waren es?» fragte er. «Wie groß war die Truppe?»

Sie schloß die Augen, um sich zu sammeln, und begriff plötzlich, daß er vorhatte, diese Männer zu verfolgen, und daß er nur aus dem einem Grund an ihr Krankenlager gekommen war, um sie auszufragen. Sie versuchte, sich an die Männer zu erinnern, sie versuchte, sie in Gedanken zu zählen, aber wenn sie bis zur Hälfte gekommen war, hatte sie schon wieder vergessen, mit wem sie angefangen hatte. «Ich weiß es nicht genau», sagte sie verzweifelt. «Ich werde mir Mühe geben, ich werde alles aufschreiben, was mir einfällt.»

Sie öffnete die Augen um einen Spalt und sah durch den Schleier ihrer Wimpern hindurch Lope neben sich sitzen und sie mit unbewegtem Gesicht mustern. Und dann sah sie Lu'lu hinter ihm auftauchen. Sie hatte ihn vorher nicht bemerkt. Sie schloß wieder die Augen und hörte Lu'lus Stimme.

«Herr, der Arzt hat gesagt, sie darf nur ganz wenig sprechen. Es strengt sie zu sehr an, seht Ihr es nicht!»

Lope gab keine Antwort. Aber sie spürte, daß er noch neben ihr war. Sie wartete in banger Vorahnung, als warte sie auf einen Urteilsspruch. Sie hörte, wie er Atem holte.

«Ich werde diese Männer finden», sagte er flüsternd. Sein Mund war ganz nah an ihrem Ohr. «Ich werde sie finden, und danach werde ich zurückkommen, und ich werde Euch nach Zaragoza bringen, wenn Ihr es wünscht. Lu'lu wird bei Euch bleiben und für Euch sorgen.»

Sie hörte jedes Wort, das er sagte. Sie überhörte, daß seine Stimme so teilnahmslos klang wie die Stimme eines Fremden, es genügte ihr dieser eine Satz, der ihr sagte, daß er noch einmal zurückkommen würde.

Sie hörte, wie er sich leise mit Lu'lu unterhielt, und wie er danach die Tür hinter sich schloß. Sie lag ganz ruhig und dachte an jenen Tag zurück, als sie mit dieser blutenden Wunde über ihrer Stirn vom Leichenbegängnis ihres Vaters nach Hause gekommen war und sich unter hämmernden Kopfschmerzen sein Tagebuch vorgenommen hatte, um die Eintragungen aus jener Zeit nachzulesen, in der sie Lope begegnet war. Sie wußte seitdem, warum er sich damals nicht mehr hatte sehen lassen. Sie wußte, wer jene Bootsfahrt auf dem Guadalquivir arrangiert hatte und jene Begegnung auf dem Fluß, die ihr noch immer das Herz zerriß, sooft sie ihr ins Gedächtnis kam. Das schöne Mädchen an seiner Seite. Die junge Frau in der Sänfte. Der unerwartet heftige Schmerz, als sie sie wiedererkannt hatte.

Warum nach so vielen Jahren noch immer ein solcher Aufruhr in ihrem Herzen? Warum das alles? Warum hatte sie als einzige überlebt? Warum?

Lope machte sich mit einem Ersatzpferd an die Verfolgung. Er schlug die schnellste Gangart ein, die er den Tieren auf lange Entfernung zumuten konnte. Er wollte bis zum Einbruch der Dunkelheit zumindest den ersten Lagerplatz der Bande erreichen. Er rechnete damit, daß er bei klarem Himmel schon in der zweiten Nachthälfte die Spur wiederaufnehmen konnte, sobald der Mond herauskam.

Von der Abzweigung, die er schon am Morgen entdeckt hatte, führte die Fährte zuerst in nordöstlicher Richtung weiter. Dann bog sie noch einmal ab und durchquerte den Rio Alagón und lief gerade nach Westen. Er folgte ihr in einem Gewaltritt ohne Pause und erreichte kurz nach Sonnenuntergang die große Straße nach Salamanca. Dort verschwand sie unter unzähligen Hufspuren und Fußabdrücken und Wagengeleisen. Er konnte nur noch feststellen, daß sie nach Norden weiterführte.

Er hatte unterwegs keinen Lagerplatz gefunden. Die Bande war offenbar die Nacht durchgeritten und hatte die Flucht am Tag ohne Rast fortgesetzt. Sie hatte einen Vorsprung, der nicht einzuholen war, nicht ohne eine brauchbare Fährte. Lope war sich jetzt sicher, daß er die Männer nicht in Guarda zu suchen brauchte. Er war überzeugt, daß er sie allenfalls in einer der Städte an der Grenze finden konnte. Es mußte eine zusammengewürfelte Bande gewesen sein, die sich nur für diesen einen Überfall zusammengetan hatte. Irgendein untreuer Dienstmann des Grafen von Guarda war in einer der wilden Städte an der Grenze mit der Nachricht hausieren gegangen, daß der junge Graf mit einer Moro-Braut und einer fetten Mitgift auf dem Weg nach Hause sei. Zwei Hidalgos mit ihren Leuten, die gerade ohne Dienstherrn waren und dankbar für jede Beute, die sich bot, hatten sich ihm angeschlossen. So oder so ähnlich mußte es sich abgespielt haben. Er wußte nicht, ob der Überfall von langer Hand vorbereitet gewesen war, er wußte nicht, warum die Bande dieses Blutbad angerichtet hatte. Aber eines Tages würde er auch darauf die Antwort wissen. Eines Tages würde er die Männer finden.

Es gab jetzt nur noch einen Weg, um an sie heranzukommen. Karīma mußte ihn begleiten. Sie kannte jeden einzelnen, sie hatte alle gesehen. Sie mußte ihm helfen, einen der Männer zu finden. Wenn er den ersten in der Hand hatte, konnte er selbst weitersuchen, um den zweiten zu finden und den dritten. Er brauchte nur einen Anfang.

Er ritt am nächsten Morgen zurück und kam am Abend des zweiten Tages in Alcántara an. Karīma war schon in die Stadt gebracht worden, und Lu'lu hatte sie begleitet. Lope ließ ihm eine Nachricht zukommen und bezog wieder sein Quartier in der Taverne in der Vorstadt.

Drei Tage später, in der Neumondnacht, traf er sich mit Lu'lu und holte die geflochtene Lederpeitsche, in deren Gebrauch ihn sein alter Lehrmeister, der Capitan, unterwiesen hatte, aus der Satteltasche und machte sich mit dem schwarzen Diener auf den Weg zur Brücke hinunter. Sie nahmen eine lange Stange mit und ein starkes Seil. Sie warteten am jenseitigen Ufer bis nach Mitternacht, dann gingen sie so weit auf der Brücke zurück, bis sie über dem mittleren Bogen standen, der den Fluß überspannte. Unter diesem Bogen hing das Schwert.

Lope band sich das Seil um die Brust und machte das andere Ende an der Stange fest, die Lu'lu hielt. Dann ließ er sich über das Brückengeländer hinunter. Es war dunkle Nacht, nur die Sterne standen am Himmel, aber es war hell genug für das, was er vorhatte. Er sah das Schwert deutlich vor sich, schwarz gegen den nachtdunklen Himmel.

Es gab eine Legende um dieses Schwert, die die Leute in der Stadt erzählten. Die Legende berichtete, daß Roderich, der Gotenkönig von Toledo, vor vielen hundert Jahren auf der Flucht nach Alcántara gekommen war. Die Moros, die über das Meer gekommen waren, hatten ihn in einer gewaltigen Schlacht an der Küste im Süden besiegt. Die eigenen Leute hatten ihn verraten, ein Pfeil hatte ihn schwer verwundet, mit wenigen Getreuen war er entkommen. Als er Alcántara erreichte, starb er. Seine Leiche wurde nach Viseu gebracht und dort begraben. Sein Schwert aber wurde unter den größten Bogen der Brücke gehängt, unerreichbar hoch über dem Fluß. Dort hatte es die Zeiten überdauert.

Lope nahm mit der Peitsche Maß und schwang sie so, daß sich das bleibeschwerte Ende dicht unterhalb der Parierstange um die Klinge wickelte. Er hatte gehofft, daß die angerostete Kette, an der das Schwert hing, reißen würde, aber nach fünf vergeblichen Versuchen riß statt dessen der Mauerhaken aus und gab es frei.

Die Klinge war aus Stahl. Sie ließ sich mit der Spitze bis zum Griff biegen und schnellte wieder zurück wie eine Weidenrute. Die Schneiden waren verrostet und schartig, aber Lope war überzeugt, daß ein guter Schmied die Klinge wieder zum Glänzen bringen konnte. Es war das Schwert eines Königs, und es würde das Schwert seiner Rache sein.

Noch in derselben Nacht knüpfte er dreizehn Knoten in das Ende seiner Peitsche und schwor einen feierlichen Eid, keinen der Männer, der auf der Brücke von Alcántara dabeigewesen war, zu verschonen. Nicht einen von ihnen.

48

ZARAGOZA

MONTAG 7. DJUMADA I 475
3. OKTOBER 1082 / 8. MARCHESHWAN 4843

Es lag mehr als dreizehn Jahre zurück, daß Ibn Ammar das letzte Mal mit Abu'l-Fadl Hasdai zusammengetroffen war. Der Hādjib des Fürsten von Zaragoza war nur wenige Jahre älter als er. Ibn Ammar hatte ihn als einen vor Gesundheit strotzenden, energiegeladenen Mann in Erinnerung, von dessen Potenz sich die Leute am Hof hinter vorgehaltener Hand Wunderdinge erzählt hatten. Als er ihn jetzt wiedersah, mußte er sich gewaltsam zusammennehmen, um sein Erschrecken nicht allzu deutlich sichtbar werden zu lassen.

Der Hādjib war ein alter Mann geworden. Er hielt sich noch immer aufrecht, und seine Augen waren noch klar, aber sein Haar war weiß, das Gesicht eingefallen, die Bewegungen langsam und vorsichtig tastend, als litte er unter starken Schmerzen, die er vor den anderen zu verbergen trachtete. Er sah aus wie einer, der zu viele harte Schläge hat einstecken müssen. Er sah aus wie ein Mann, der zuviel arbeitete und zuwenig schlief.

Er hatte Ibn Ammar schon einen Tag nach der Ankunft offiziell in den Regierungspalast im al-Qasr eingeladen und ihn nach dem formellen Empfang in der großen Halle vor allen Honoratioren noch zu einer Privataudienz gebeten, eine Geste, die Ibn Ammar nach den schlimmen Erfahrungen der vergangenen Wochen mit tiefer Dankbarkeit erfüllt hatte.

Der Hādjib war ihm, solange er selbst noch in Sevilla regiert hatte, immer ein zuverlässiger Bundesgenosse gewesen. Jetzt im Unglück erwies er sich als aufrichtiger Freund. Als Ibn Ammar zur Begrüßung die vorgeschriebenen Formen der Ehrerbietung einhalten wollte, wehrte er lächelnd ab: «Laß es gut sein, Freund. Wir kennen uns zu lange, um uns noch mit Förmlichkeiten abzugeben.»

Sie kamen rasch ins Gespräch. Der Hādjib hatte klar umrissene Fragen zur Lage in Toledo. «Wir sind in größter Sorge über die Vorgänge dort.»

Ibn Ammars Auskünfte waren nicht dazu angetan, diese Sorgen zu zerstreuen. Er hatte zwei Wochen in Toledo verbracht, er hatte mit den Oberhäuptern einiger der großen Familien gesprochen, er war von al-Qādir, dem Fürsten, empfangen worden, er hatte sich auch mit dem Nāsī der Judengemeinde unterhalten. Der Eindruck, den er aus seinen Gesprächen gewonnen hatte, war niederschmetternd. Es gab keinerlei Aussichten auf einen Konsens zwischen dem Adel und dem Fürsten. Al-Qādir besaß fast keinen Rückhalt mehr in der Stadt. Er stützte sich nur noch auf den Mob und auf kastilische Söldner und konnte sich lediglich zwischen dem al-Qasr und der großen Brücke frei bewegen. Er wagte sich am Freitag nicht mehr in die Hauptmoschee. Er unternahm vom al-Qasr aus einzelne Vorstöße gegen die befestigten Häuser des Adels in der Stadt, ließ den Mob plündern.

«Er ist völlig in der Hand Don Alfonsos, des Königs von Leon», sagte Ibn Ammar.

«Es war ein Fehler gewesen, ihn damals fliehen zu lassen», erwiderte Abu'l-Fadl Hasdai. «Sie hätten ihn beseitigen sollen. Jeder hatte voraussehen können, daß er sich an den Spanier wenden würde. Sie haben ihm keine andere Wahl gelassen.»

«Es ist das alte Übel von Toledo», sagte Ibn Ammar. «Sie dulden weder einen der ihren als Fürsten, noch können sie sich auf einen Fremden einigen.»

«Sie waren sich immer nur einig in ihrer Uneinigkeit», bestätigte der Hādjib verdrossen. «Es gab so viele Chancen, nicht nur für Toledo, sondern für ganz Andalusien. Unsere Nachkommen werden die, die sie nicht genutzt haben, eines Tages noch verfluchen.»

Ibn Ammar glaubte einen zutiefst pessimistischen Unterton aus Abu'l-Fadls Stimme herauszuhören, der ihn noch mehr erschreckte als der schlechte Gesundheitszustand des Hādjibs. Er kannte die Hintergründe.

Vor sechs Jahren war es dem Hādjib gelungen, das Reich von Denia zu gewinnen. Vor drei Jahren hatte er al-Muzaffar, den Herrn von Lerida, besiegen und auf der Festung Rueda gefangensetzen können. Das Reich von Zaragoza war auf dem Weg gewesen, jene Ausdehnung zu gewinnen, die er seit seinem Amtsantritt angestrebt hatte und über die er sich auch mit Ibn Ammar einig gewesen war, als sie sich verständigt hatten, Andalusien in zwei Einfluß-Sphären aufzuteilen, die von Zaragoza und Sevilla beherrscht werden sollten.

Als die Toledaner vor zwei Jahren ihren Fürsten vertrieben hatten, hatte für ein paar glückliche Wochen die Hoffnung bestanden, daß der erste Teil dieses Plans aufgehen könnte. Wenn die großen Familien von Toledo sich auf den Fürsten von Zaragoza als Oberherrn hätten einigen können, wäre auch dem Herrn von Valencia nichts anderes übriggeblieben, als sich ihm unterzuordnen, und der ganze Nordosten Andalusiens wäre unter einer Herrschaft geeint gewesen. Aber die Uneinigkeit und die Uneinsichtigkeit des toledanischen Adels hatten alles zunichte gemacht. Und dann war es noch schlimmer gekommen.

Vor einem Jahr war al-Muktadir, der alte Fürst von Zaragoza, gestorben und hatte auf dem Sterbebett das mühsam geeinte Reich wieder geteilt: dem älteren Sohn al-Mutāmin hatte er Zaragoza hinterlassen, dem jüngeren al-Mundhir Lerida. Es mußte eine bittere Erfahrung für Abu'l-Fadl gewesen sein. Zwei unsinnige Entscheidungen kurz hintereinader hatten sein ganzes Lebenswerk zerstört.

«Gibt es in Toledo überhaupt noch eine Alternative zu al-Qādir?»

fragte der Hādjib in dem gleichen bitteren Ton, der keine Hoffnung mehr erkennen ließ.

«Seine Gegner in der Stadt sind ohne Anführer. Schon daran wird jeder Aufstand scheitern», sagte Ibn Ammar. «Der Klan der Hadīdī ist fast ganz ausgeschaltet, die Söhne des alten Vezirs sind nach Valencia geflüchtet, die wenigen Gefolgsleute, die sich noch in der Stadt gehalten hatten, sind jetzt auch vertrieben und haben sich in Madrid niedergelassen. Ihre Häuser in Toledo hat al-Qādir plündern lassen. Vor zwei Monaten ist auch noch das Oberhaupt der Banu Mujīd gestorben. Aber der Opposition fehlt nicht nur ein Anführer, es fehlt ihr auch an Geld und an Leuten. Die ständigen Raubzüge der Kastilischen Banden, die mit stillschweigendem Einverständnis des Königs operieren, bluten das Land aus. Viele adlige Familien haben Toledo schon den Rücken gekehrt. Wenn man durch die Stadt geht, stößt man überall auf verlassene Häuser, in denen sich Gesindel festgesetzt hat, das aus den Dörfern im Norden geflohen ist. Es herrscht eine merkwürdige Atmosphäre. Auf der einen Seite Untergangsstimmung, auf der anderen eine übersteigerte Euphorie, die sich in ausgelassenen Festen und grandioser Geldverschwendung äußert. Am seltsamsten aber ist, daß anscheinend keiner die Gefahr erkennen will. Als seien alle mit Blindheit geschlagen. Keiner will wahrhaben, daß der König von Leon während des ganzen Sommers und bis jetzt in unmittelbarer Nähe der Stadt, eineinhalb Tagereisen im Norden, ein Kriegslager unterhalten hat, in dem er häufig genug selbst anzutreffen war. Alle scheinen die Augen davor zu verschließen.»

«Hat ihn nicht eine Abordnung aus Toledo dort aufgesucht?» fragte Abu'l-Fadl.

«Ja, vor drei Monaten», erwiderte Ibn Ammar. «Damals lebte Ibn Mujīd noch. Sie hätten den ganzen Norden des Reiches ausgeliefert, wenn der König bereit gewesen wäre, al-Qādir fallenzulassen. Aber er hat sie nicht einmal angehört. Er hat sie mit Steinwürfen aus seinem Lager vertreiben lassen. Er konnte auf ihr Angebot verzichten, er hat den Norden des Reiches von Toledo schon so gut wie in der Hand.»

Der Hādjib nickte kaum merklich und blickte nachdenklich an ihm vorbei. Ibn Ammar wartete darauf, daß er ihn auch auf seinen eigenen Besuch im Lager des Königs ansprach. Abu'l Fadl hatte zweifellos seine Zuträger in der Umgebung Don Alfonsos, die ihn längst darüber informiert hatten. Das Thema war peinlich, er wollte es nicht von sich aus anschneiden, aber er konnte es nicht übergehen, wenn er auf sein eigentliches Anliegen zu sprechen kommen wollte.

Er hatte sich schon am zweiten Tag nach seiner Ankunft in Toledo auf den Weg zu Don Alfonso gemacht. Er hatte es als ein gutes Omen genommen, daß der König so überraschend leicht erreichbar gewesen war. Aber man hatte ihn nicht vorgelassen. Allem Anschein nach waren ihm schon Boten aus Sevilla zuvorgekommen, die die Spanier über seinen Sturz aufgeklärt hatten. Man hatte ihn einen ganzen Tag lang vor dem Lagertor warten lassen und ihm dann einen subalternen Kanzlisten geschickt. Der hatte das Bittschreiben, in dem er den König um eine Söldnertruppe zur Wiedereroberung Murcias ersucht hatte, entgegengenommen und ihn vor dem Tor stehengelassen. Man hatte es nicht einmal für notwendig befunden, ihm eine Antwort zukommen zu lassen. Es war ein böser Augenblick der Wahrheit gewesen.

«Ich frage mich, was der König wirklich mit al-Qādir vorhat», sagte Abu'l-Fadl. «Wie lange will er diese Puppe von einem Fürsten noch halten?»

Ibn Ammar bemerkte mit Unbehagen, daß das Gespräch sich wieder von dem Thema entfernte, auf das er es hinzulenken versuchte. «Er hat nur Vorteile von der Situation, wie sie ist», sagte er. «Solange sich der Fürst und die großen Familien gegenseitig in Schach halten, steht ihm das Land völlig offen. Die kastilischen Herren können ihre Beutegier befriedigen und machen die Stadt für ihn reif. Eines Tages wird Toledo ihm von selbst in den Schoß fallen.»

«Er will die Stadt, das ist mir auch klar», sagte Abu'l-Fadl.

«Als König von Leon ist er nur einer von vielen Fürsten. Als König von Toledo ist er Nachfolger der alten westgotischen Könige und kann Anspruch auf die Herrschaft über die ganze Halbinsel erheben. Er tut es bereits. Er läßt sich schon jetzt als Kaiser über ganz Spanien bezeichnen, und nach seinem Sprachgebrauch schließt das Andalusien mit ein.»

«Das größte Übel ist, daß er gerade erst die Vierzig überschritten hat», sagte Abu'l-Fadl mürrisch.

«Aber Gott hat ihm bis jetzt nur drei Töchter geschenkt. Immerhin eine kleine Hoffnung», erwiderte Ibn Ammar.

Der Hādjib ging nicht darauf ein. Er starrte mit einem abwesenden Blick vor sich auf den Boden, als visierte er ein unsichtbares Ziel an. Ibn Ammar wartete, daß er das Gespräch von sich aus wieder aufnahm. Er hoffte nach wie vor auf seine Hilfe. Er hatte einen aussichtsreichen Plan entwickelt, der ihn wieder in den Besitz von Murcia bringen sollte. Dieser Plan sah vor, mit einer Söldnertruppe überraschend in die Ländereien Ibn Rashiqs einzufallen, dessen Stammsitz Velez Rubio zu erobern und zu plündern und ihn danach mit Hilfe der Kaufmannschaft aus dem al-Qasr von Murcia zu vertreiben. Er konnte keinen festen Sold garantieren, er konnte nur die Plünderung der Besitzungen Ibn Rashiqs anbieten und eine Prämie versprechen, falls die Wiedereroberung Murcias gelang. Er war überzeugt, daß der Plan durchführbar war. Er war auch überzeugt, daß einer Aussöhnung mit dem Fürsten von Sevilla nichts mehr im Wege stehen würde, wenn er erst wieder in Murcia saß. Er brauchte nur diese Söldnertruppe. Er hatte sie bei Don Alfonso nicht bekommen. Er setzte jetzt seine ganze Hoffnung auf den Hādjib von Zaragoza.

«Wir können nur hoffen, daß sich die Stadt noch möglichst lange hält», sagte Abu'l-Fadl.

«Das ist die Frage», sagte Ibn Ammar.

«Er kann sie nicht mit Gewalt einnehmen, dafür ist sie zu stark befestigt.»

«Wenn die Zustände, so wie sie jetzt sind, noch ein paar Jahre anhalten, braucht er kein Belagerungsgerät mehr. Dann wird ihm die Stadt freiwillig die Tore öffnen.»

«Du gibst ihr nur noch ein paar Jahre?»

«Drei, vier, fünf Jahre. Nicht mehr», sagte Ibn Ammar.

Abu'l-Fadl blickte ihn nachdenklich an. «Gegen wen wird sich der König dann wenden. Gegen uns? Oder nach Süden?»

«Nach Süden», sagte Ibn Ammar. «Er wird gegen Badajoz vorgehen und danach gegen Sevilla.»

«Was gibt dir die Gewißheit, daß er nicht gegen uns vorgeht.»

«Wenn er jetzt gegen euch vorginge, hätte er Zaragoza, Lerida und Aragon gegen sich. Ich nehme an, er wartet lieber, bis ihr euch gegenseitig aufgerieben habt.»

Abu'l-Fadl nickte mit schwerem Kopf, als hätte Ibn Ammar seine eigenen Überlegungen nur bestätigt. «Ja», sagte er bitter, «auch bei uns braucht er nicht mehr lange zu warten.»

Ibn Ammar suchte vergeblich nach einer Spur von Zuversicht im Gesicht des Hādjibs. «Steht es so übel?» fragte er.

«So übel wie noch nie», erwiderte Abu'l-Fadl. Er verknotete die Hände und rieb sie gegeneinander. Es gab ein unangenehm knarzendes Geräusch. «Ich spreche nicht von dem Kleinkrieg an der Grenze, der mit den Jahreszeiten kommt und geht. Ich meine den großen Krieg, der uns bevorsteht. Alles spricht dafür, daß Sancho Ramirez von Aragon im nächsten Jahr wieder einen Angriff auf die Festung Graus unternehmen wird. Ich bin mir nicht sicher, ob wir sie diesmal noch halten können.»

Ibn Ammar stellte eine gleichmütige Miene zur Schau, obwohl er begriff, daß der Hādjib dabei war, seinen Plänen endgültig den Boden zu entziehen.

«Wir könnten mit Aragon fertigwerden, aber wir führen auch noch Krieg gegen den Herrn von Lerida, der sich mit dem Grafen von Barcelona verbündet hat», fuhr Abu'l-Fadl fort. «Von dort droht uns im nächsten Jahr ein Angriff auf die Festung Almenara. Wenn es dem König von Aragon gelingt, sich der Festung Graus zu bemächtigen, und wenn der Herr von Lerida mit Hilfe aus Barcelona gleichzeitig Almenara nehmen kann, werden sie gemeinsam Monzón belagern. Wenn Monzón fällt, ist unsere ganze Grenze im Nordosten offen, und wir sind schutzlos jedem Angriff ausgeliefert.»

Er knarzte unaufhörlich mit den Händen, und Ibn Ammar hatte Mühe, seinen Worten zu folgen, weil ihn das nervöse Händereiben und das damit verbundene Geräusch so sehr irritierte, daß er kaum mehr etwas anderes wahrzunehmen imstande war.

«Der Fürst will von meinen Warnungen nichts wissen», setzte Abu'l-Fadl verdrossen hinzu. «Er verläßt sich auf die Festungen mit dem Argument, daß sie bisher noch immer standgehalten hätten, und im übrigen setzt er auf seinen neuen Helden.»

Ibn Ammar warf ihm einen fragenden Blick zu, der Unwissenheit andeuten sollte. Er wußte, von wem der Hādjib sprach, er hatte sich längst informiert. Es war derselbe Mann, auf dem auch seine eigenen Hoffnungen ruhten: Rodrigo Diaz, der kastilische Söldnerführer, der schon seit vier Jahren in den Diensten des Fürsten stand.

«Du kennst ihn, du wirst dich an ihn erinnern», fuhr Abu'l-Fadl fort. «Der Mann, den ich dir vor zwei Jahren geschickt habe für deinen Feldzug gegen Abd-Allāh von Granada.»

«Ich weiß», sagte Ibn Ammar.

«Ein kleiner kastilischer Ritter, aber in Zaragoza verneigen sich inzwischen die größten Herren vor ihm. Er hat das Ohr des Fürsten.»

«Er ist ein glänzender Soldat», sagte Ibn Ammar, der plötzlich wieder einen Hoffnungsschimmer zu sehen meinte.

«Er ist nichts als ein gerissener Bandenführer», entgegnete Abu'l-Fadl unwillig. Und als hätte er Ibn Ammars Gedanken erraten, fügte er mit unmißverständlichem Nachdruck hinzu: «Er erhält seine Befehle ausschließlich durch den Fürsten selbst. Ich bin nur noch für die Finanzierung seiner Unternehmungen zuständig.»

Ibn Ammar versuchte, sich seine Enttäuschung nicht anmerken zu lassen. «Ist er hier genauso erfolgreich, wie er es in meinen Diensten gegen Granada war?» fragte er mit leisem Widerspruch.

Abu'l-Fadl warf ihm einen abschätzenden Blick zu. «Ich behaupte nicht, daß er keinen Erfolg hätte», sagte er mit leicht erhobener Stimme. «Er hat Erfolg, weil er eine neue Art der Kriegführung praktiziert. Er stützt sich nicht auf ein Gefolge oder auf die Männer seiner Sippe, er betreibt den Krieg wie ein Handelsunternehmen. Er nimmt Kapital auf, kauft Ausrüstung und Proviant für einen Feldzug, bemüht sich um Teilhaber, die das Risiko mittragen, wirbt eine Mannschaft an, die mit der Aussicht auf Gewinnbeteiligung zu höchster Leistung angespornt wird. Politische Ziele, Begriffe wie Ehre und Moral oder gar der Wunsch nach einem Friedensschluß existieren für diese Art der Kriegführung nicht mehr. Sie ist ausschließlich am Gewinn orientiert, nur auf das Beutemachen gerichtet.» Und mit einem bekümmerten Blick auf Ibn Ammar setzte er hinzu: «Der Fürst ist begeistert davon. Er schießt das Kapital vor und läßt sich dafür einen angemessenen Beuteanteil zusichern. Er sieht nicht, wohin das führt.»

Ibn Ammar begriff allmählich, daß ihm diese Privataudienz nicht deshalb gewährt worden war, um ihm Gelegenheit zu geben, seine Lage zu schildern und mögliche Maßnahmen zu seiner Unterstützung zu erörtern, sondern daß der Hādjib in ihm lediglich einen willkommenen Zuhörer erblickte, vor dem er ungestört seine von tiefem Pessimismus geprägten Ansichten, die anscheinend sonst keiner mehr hören wollte, ausbreiten konnte. Er kam Ibn Ammar auf einmal vor wie ein Mann, der sich auf einem sinkenden Schiff glaubt und, weil er nirgends Gehör findet, sich an jenen Unglücklichen wendet, der schon über Bord gefallen ist und um sein Leben kämpft, weil er bei ihm noch am ehesten Verständnis für seine Untergangsprognosen zu finden hofft. Es war eine fast noch schlimmere Erfahrung als die höhnische Abfuhr, die er sich bei Don Alfonso geholt hatte. Aber es blieb ihm nichts übrig, als seine Rolle als geduldiger Zuhörer weiterzuspielen. Er ahnte, daß er sich an diese Rolle würde gewöhnen müssen.

«Du verstehst, worauf ich hinaus will», sagte Abu'l-Fadl und fuhr fort, ohne auf eine Bestätigung zu warten: «Ein Mann, der einer großen Familie vorsteht und der mit seinen Brüdern und seinen Söhnen und Knechten in den Krieg zieht, ein Graf, der sein Gefolge anführt, beide sind genauso auf Beute aus wie jeder andere. Aber sie haben auch noch ein Interesse daran, möglichst bald wieder aus dem Krieg nach Hause zu kommen, weil sie ihre Leute brauchen, um die Herden zu hüten, die eigenen Bauern zu beaufsichtigen und ihre Ländereien zu bewachen. Dieser Kastilier hat kein Land. Für ihn ist der Krieg die einzige Einnahmequelle. Er hat auch keine eigenen Dienstleute um sich. Die Leute, mit denen er Krieg führt, sind angeworben. Tagelöhner in Waffen. Er kann seine Truppen nur dann unterhalten, wenn er ständig Krieg führt und ständig Beute macht. Er hat nichts zu verteidigen, er will nur Gewinn machen. Also führt er nur Krieg gegen schwache Gegner und gegen reiche Gegner. Wir können ihn nicht gegen Aragon einsetzen, weil bei den Leuten des Königs von Aragon nichts zu holen ist. Er führt nur Krieg gegen Lerida. Aber er ist nicht daran interessiert, Lerida für uns zu erobern. Er ist daran interessiert, den Krieg möglichst lange hinzuziehen, um möglichst viel Beute zu machen. Wenn uns Lerida wirklich eines Tages mit seiner Hilfe in die Hände fallen sollte, wird es so ausgeraubt sein, daß nichts mehr darin zu finden ist.» Er beugte sich vor und faßte Ibn Ammar hart am Handgelenk, als könnte er dadurch seinen Worten noch mehr Nachdruck verleihen. «Vor vier Jahren, als dieser Kastilier zu uns kam, hatte er eine Bande von vierzig Leuten bei sich. Vor zwei Jahren, als ich ihn dir nach Cordoba geschickt habe, hatte er schon achtzig Mann. Im letzten Jahr waren es hundertzehn, in diesem hundertfünfzig und im nächsten Jahr werden es über zweihundert sein. Irgendwann wird er ein Heer von tausend kampferprobten, beutegierigen Söldnern anführen, und dann wird er nicht mehr die Befehle des Fürsten entgegennehmen, sondern er wird selbst entscheiden, gegen wen er Krieg führt.»

«Ich verstehe vollkommen», sagte Ibn Ammar eilfertig, um den Redestrom Abu'l-Fadls nicht noch mehr in Fluß zu bringen. Er hatte Verständnis für die Sorgen des Hādjibs, aber er hätte ihn auch fragen können, mit welchen Truppen der Fürst von Zaragoza seine Kriege sonst führen sollte, wenn nicht mit dem Söldnerhaufen dieses kastilischen Abenteurers. Er verkniff sich die Frage. Er war auf den Hādjib angewiesen. Er begann, sich in seine neue Rolle einzufinden.

Abu'l-Fadl stellte ihm ein Haus mit vier Bediensteten zur Verfügung und setzte ihn mit einer ausreichenden Summe auf die Gehaltsliste. Er wurde an den Hof geladen und vom Fürsten empfangen, und er hatte Sitz und Stimme in der Madjlis Abu'l-Fadls. Er mußte regelmäßig im kleinsten Kreis die endlosen Vorträge des Hādjibs über sich ergehen lassen. Er langweilte sich zu Tode.

Er hatte schon von Toledo aus versucht, mit Sevilla Verbindung aufzunehmen. Er hatte stolze und demütige Gedichte an den Fürsten gesandt, Bittschreiben um Vermittlung an die Prinzen al-Fath und ar-Rashīd, dringende Gesuche an seine Freunde. Nur ein paar enge Vertraute hatten geantwortet: Ibn Wahbun, der Dichter. Abu'l-Hadjdjadj. Auch Isaak al-Balia hatte ihm mit äußerster Vorsicht auf verschlungenen Umwegen eine Antwort zukommen lassen. Die Informationen lauteten alle gleich: Der Fürst sei zutiefst verletzt, sein Zorn nicht zu besänftigen, schon die Nennung von Ibn Ammars Namen versetze ihn in unbeschreibliche Wut.

Er versuchte, wenigstens zwei seiner Frauen, die ihm besonders nahestanden, aus Sevilla herauszubekommen. Auch damit hatte er keinen Erfolg. Niemand am Hof wagte, eine Hand für ihn zu rühren. Man behandelte ihn wie einen Aussätzigen, vermied jede Berührung, um sich nicht selbst mit der tödlichen Krankheit der Ungnade anzustecken.

In der letzten Herbstwoche traf aus Barcelona die Nachricht ein, daß Graf Ramon-Berenguer, der «Krauskopf», nur wenige Tage nach der Geburt seines ersten Sohnes von seinem Zwillingsbruder umgebracht worden war. Der Hādjib schickte Ibn Ammar an den Grafenhof, um in Erfahrung zu bringen, ob sich durch die Gewalttat möglicherweise die politischen Gewichte verschoben hätten und das Bündnis zwischen Barcelona und Lerida aufzubrechen wäre. Es war eine undankbare Aufgabe. Jeder wußte, daß der Herr von Lerida dem Grafen eine riesige Summe für die militärische Unterstützung in Aussicht gestellt hatte, die der Fürst von Zaragoza nicht überbieten konnte.

Auch Ibn Ammar fand kein Zaubermittel gegen das größere Geld. Die Gesandtschaft blieb ohne den geringsten Erfolg.

Der Winter verging ereignislos. Als der Frühling kam und sich in Sevilla noch immer keine Veränderung erkennen ließ, wurde er krank. Er fühlte sich wie ein toter Ast an einem Baum, der überall Knospen treibt. Er ließ einen Arzt kommen. Der Arzt verschrieb ihm eine strenge Diät mit Speisen und Getränken, auf die er keinerlei Appetit hatte. Er quälte sich durch die Tage. Er magerte ab.

Irgendwann ging ihm auf, daß er nichts mehr zu verlieren hatte, und diese Erkenntnis erfüllte ihn auf einmal mit einer ungeahnten Tatkraft.

Er besuchte wieder die Madjlis Abu'l-Fadls, die er während seiner Krankheit gemieden hatte, und nahm an den Beratungen teil. Er meldete sich nicht mehr zu Wort, sagte nur dann etwas, wenn er angesprochen wurde, begnügte sich damit, die Teilnehmer der Beraterrunde stillschweigend zu beobachten. Er beobachtete sie in ihrer Eitelkeit, ihrer Beschränktheit und Aufgeblasenheit, in ihrem hemmungslosen Ehrgeiz, ihrer Gier und in ihren sorgsam verborgenen Schwächen. Was früher seinen Ärger erregt hatte oder seinen Zorn, das fand er jetzt nur noch lächerlich. Er war von einer nie gekannten Ruhe erfüllt. Es war, als hätte er sein Leben schon abgeschlossen und säße nur noch als stiller Beobachter unter den Leuten.

Eines Tages wurde über die Verstärkungen beraten, die den Grenzburgen im Nordosten für den erwarteten Angriff aus Aragon und Lerida zugeteilt werden sollten. Jedem Einsichtigen war klar, daß der Hādjib mit dieser Maßnahme auch noch einen anderen Zweck verfolgte. Die zur Verstärkung geschickten Mannschaften aus Zaragoza sollten sicherstellen, daß die örtlichen Burgherren nicht mit dem Feind paktierten. Die Reaktion der Burgherren auf die Verstärkungen erlaubte außerdem Rückschlüsse auf ihre Zuverlässigkeit.

Der Kommandant einer wichtigen Festung südlich von Graus hatte die ihm zugeteilte Truppe trotz eines fürstlichen Befehls bisher noch nicht eingelassen. Es gab kein Druckmittel gegen ihn, man hatte versäumt, ihn Geiseln stellen zu lassen. An eine Belagerung war aus Kostengründen nicht zu denken. Man mußte versuchten, den Mann auf andere Weise zum Einlenken zu bewegen.

Niemand war bereit, die Mission zu übernehmen. Es war abzusehen, daß der Burgherr nur im Schutz seiner Mauern verhandeln würde. Man mußte sich also in seine Gewalt begeben, war damit selbst der Gefahr ausgesetzt, als Geisel benutzt zu werden. Und wenn es überhaupt zu Verhandlungen kam, konnten sie nur mit einem Mißerfolg enden.

Ibn Ammar übernahm den Auftrag. Er brach schon am folgenden Tag auf, nur von Djābir und Hādī begleitet. Der Burgherr war mißtrauisch wie der Fuchs vor der Falle. Er ließ sich zuerst verleugnen, dann verhandelte er von der Höhe der Mauer herunter. Ibn Ammar ging ganz aus der Deckung heraus. Er schilderte dem Mann in aller Offenheit die Überlegungen des Hādjibs, ließ anklingen, daß er selbst die Mission nur unter Zwang übernommen hätte, gab sich schließlich zu erkennen als der ehemalige Hādjib des Fürsten von Sevilla.

Beides zusammen, seine Offenheit und der Nimbus, der ihn umgab und der die Neugier des Burgherrn weckte, öffneten ihm schließlich das Tor. Das Leben auf einer Grenzburg bietet nur selten Abwechslung, die Tage und Wochen vergehen eintönig, die große Welt ist fern. Der Burgherr lud Ibn Ammar und seine beiden Begleiter zum Essen. Er war noch vorsichtig genug, sie die Waffen im Torhaus ablegen zu lassen, aber er rechnete nicht mit Ibn Ammars Kaltblütigkeit und mit den Messern, die Djābir und Hādī in den Stiefeln trugen. Sie brachten ihn auf die gleiche Weise in ihre Gewalt, wie den kastilischen Hauptmann auf der Burg von Aledo.

Ibn Ammar erlebte die Augenblicke der Gefahr wie eine Wiedergeburt. Ganz unerwartet spürte er auf einmal, wie das Leben in ihn zurückkehrte. Auf dem Heimweg nach Zaragoza war er voll neuer Pläne. Er war fünfzig Jahre alt. Warum sollte er nicht noch einmal einen Anfang wagen? Was hatte er schon zu verlieren!

49

RIO ALCANADRE

DIENSTAG 29. IJAR 4844
7. MAI 1084/28. DU'L-HIDJDJA 476

«Wie lange bist du schon mit ihm zusammen?» fragte Felicia, während sie ein Laken straff zog und es über einen Busch breitete. Sie waren an diesem Morgen zum Wäschewaschen an den Fluß gegangen. Gut zwanzig Frauen knieten eine neben der anderen am Ufer, die Kinder spielten dazwischen, es war ein hübsches Bild, die Uferbüsche in ihrem frischen Grün und die zum Trocknen darübergebreiteten bunten Kleider und Tücher und Wäschestücke wie große Blüten, die in der Sonne leuchteten.

«Noch nicht lange», antwortete Karīma. Sie mußte vorsichtig sein. Felicia hatte sie ins Herz geschlossen und schien daraus ein Anrecht abzuleiten, alles über sie erfahren zu dürfen. Sie war voll Neugier. Auch die anderen Frauen beobachteten sie voll Neugier. Schon am Tag ihrer Ankunft hatte sie die Aufmerksamkeit des ganzen Lagers erregt. Eine andalusische Jüdin, die in der Heilkunst bewandert war, begleitet von einem spanischen Hidalgo, bei dem es sich lohnte, zweimal hinzuschauen, und einem pechschwarzen Neger, dem man schon nach ein paar Worten an der Stimme anhörte, daß ihm das gleiche fehlte, was auch dem Hammel fehlt und dem Kapaun.

«Und nichts Kleines unterwegs?» fragte Felicia mit einem prüfenden Blick.

Karīma antwortete mit einem vielsagenden Lächeln, das alles offen ließ. Felicia war die Frau des Kochs und nahm in der Hierarchie des Lagers eine hohe Stellung ein, und zwar nicht nur, weil ihr Mann einen wichtigen Posten bekleidete und sie beide zu den ältesten Mitgliedern der Truppe zählten, sondern weil sie eine Art natürlicher Autorität ausstrahlte, die von allen anderen Frauen anerkannt wurde. Sie war eine beeindruckend dicke Frau, die sich trotz ihres Leibesumfangs mit unerwarteter Grazie bewegte. Sie war jünger, als sie auf den ersten Blick aussah, nicht älter als Mitte der Zwanzig, mit hellen Kinderaugen und einem fröhlichen, hübschen Gesicht mit Grübchen in den Wangen. Sie strahlte eine warme, mütterliche Herzlichkeit aus, und wie eine Mutter wollte sie alles von Karīma wissen.

Sie war in den Wehen gelegen, als Karīma mit Lope und Lu'lu angekommen war. Ihre Schmerzensschreie hatten das ganze Lager erstarren lassen. Karīma hatte ihre Hilfe angeboten. Aber der Koch, mit dem tief eingewurzelten Mißtrauen der kleinen Leute gegen alles Fremde, hatte sie nicht an seine Frau heranlassen wollen. Daraufhin hatte sich Lu'lu ins Zeug gelegt und halb in arabisch, halb in seinem gebrochenen Spanisch ihr Loblied gesungen. Hatte sie als eine große gottbegnadete Ärztin und als die Tochter des berühmtesten jüdischen Hakīms von Sevilla vorgestellt. Und die Andalusierinnen im Lager, die sein Arabisch verstehen konnten, hatten den Koch schließlich so lange bedrängt, bis er seinen Widerstand aufgegeben hatte.

Karīma hatte das Kind in Steißlage gefunden. Es war bereits tot gewesen. Die Frau, die als Hebamme bemüht worden war, hatte versucht, es mit Gewalt zu drehen und damit alles noch verschlimmert. Karīma hatte einen Arm im Leib mit dem Skalpell abtrennen müssen, eine scheußliche Operation, aber dadurch hatte sie wenigstens die Mutter retten können. Seitdem stand sie unter Felicias besonderem Schutz. Seitdem war sie aber auch ihren ständigen Fragen ausgesetzt.

Wie kam die Tochter eines so berühmten jüdischen Arztes an einen spanischen Hidalgo? Wie kam eine Frau, die so reich war, daß sie sich einen schwarzen Eunuchen als Diener halten konnte, in ein Söldnerlager im äußersten Norden Andalusiens? Felicia vermutete eine leidenschaftliche Liebesgeschichte in der Art, wie sie von den Geschichtenerzählern auf den Marktplätzen zum besten gegeben wurden. Es war schwer, ihre Fragen abzuwehren, ohne sie zu beleidigen. Es war doppelt schwer für Karīma, weil sie auf viele Fragen selbst keine Antwort wußte.

Wie war sie hierhergekommen? Eine Jüdin aus Sevilla, Witwe eines Arztes, wohlbehütet aufgewachsen im Haus eines Arztes. Warum war sie mit Lope mitgegangen? Warum hatte sie das alles auf sich genommen? Was für eine verworrene Geschichte. Und wie sollte sie Felicia klarmachen, daß diese Geschichte nach so langer Zeit noch immer erst am Anfang stand. Felicia würde sie nicht verstehen. Manchmal verstand sie sich selbst nicht.

Sie hatte zwei Monate in Alcántara gelegen, bis ihre Wunde ausgeheilt war. Danach hatte sie noch einmal zwei Monate gebraucht, bis alle Folgen überstanden gewesen waren. Während dieser langen Zeit hatte sie sorgfältig alle Gründe erwogen, die dafür gesprochen hatten, nach Sevilla zurückzukehren, und hatte sich dann von einem Augenblick auf den anderen entschieden, mit Lope mitzugehen. Sie hatte sich eingeredet, daß er ihr keine andere Wahl ließe, als ihn zu begleiten, um die Männer von der Brücke zu finden. Aber sie wußte längst, daß das nur eine Ausrede war, um ihren Verstand zu beruhigen. Niemand hätte sie zwingen können, mit ihm von Stadt zu Stadt zu ziehen, tags an den Toren zu stehen und über die Märkte zu gehen, nachts die Betrunkenen in den Tavernen durchzumustern, sonntags die Kirchgänger an sich vorbeiziehen zu lassen. Nein, sie war ihm aus freien Stücken gefolgt, und sie war sich klar darüber, warum sie ihm gefolgt war.

Sie liebte ihn. Sie liebte ihn mit einer Unbedingtheit, die sie oft selbst erschreckte. Es war eine Liebe, die stärker war als ihre Selbstachtung, stärker als ihr Verstand. Sie liebte ihn, obwohl er ihre Liebe nicht erwiderte.

Sie hatte versucht, sich dagegen aufzulehnen. Als sie nach einem halben Jahr, nach einer endlosen Reise von Stadt zu Stadt, in Leon angekommen waren, hatte sie eines Tages die Kraft gefunden, sich von ihm zu trennen. Sie war in der dortigen Judengemeinde bei ehemaligen Freunden ihres Vaters untergekommen. Sie hatte als Lehrerin gearbeitet. Sie war ihm ausgewichen. Sie hatte ihn monatelang nicht gesehen. Aber er hatte gewartet, und sie hatte es gewußt.

Er hatte in Alcántara ein Gelübde abgelegt, sich ein Jahr lang nicht zu waschen, die Haare nicht zu schneiden, die Kleider nicht zu wechseln. Ein Akt der Trauer. Als sie ihn verlassen hatte, war er kaum mehr zu erkennen gewesen mit verwildertem Bart, schmutzstarrenden Haaren, zerlumpten, verdreckten, zerrissenen Kleidern.

Dann, eines Tages, hatte sie ihn wiedergesehen und ihn wieder so gefunden, wie er zuvor gewesen war, ein bißchen schmaler, eine Spur blasser, mit diesen leicht zusammengekniffenen Augen unter den geraden Brauen, und mit dieser beiläufigen Kopfbewegung, mit der er sich die Haare aus der Stirn warf. Da war ein Jahr um gewesen, die Trauerzeit vorüber, das Gelübde erfüllt.

Sie hatte über dieses Gelübde nachgedacht und über jenes andere, das ihm vorschrieb, die Männer von der Brücke zu töten, wenn er sie fand. Sie hatte lange über Lope nachgedacht. Sie hatte alles zusammengenommen, was sie über ihn wußte, was er selbst ihr berichtet hatte, was sie von ihrem Vater erzählt bekommen hatte, von Ibn Eli, von Lu'lu. Sie hatte sich seinen Lebensweg vor Augen geführt: Als Kind den Eltern weggenommen, von einem Hidalgo aufgezogen, schon als Halbwüchsiger nur auf der Straße zu Hause, in Kriegslagern unter Soldaten. Auch den Hidalgo wieder verloren, auch den Mann, an den er sich danach angeschlossen hatte, und den nächsten Herrn. Von Ort zu Ort gezogen, nirgends lange genug geblieben, um Wurzeln zu schlagen. Alles wieder verloren, woran er sich angehängt hatte, auch sie, auch diese junge Frau, die ihm Ibn Ammar untergeschoben hatte. Und dann neun Jahre in einem Kerkerloch verbracht, eine Ewigkeit, ein halbes Leben. Und dann diese junge Frau in Sevilla wiedergefunden, nur, um sie kurz darauf noch einmal zu verlieren. Für immer zu verlieren.

War es nicht verständlich, daß er den Boden unter den Füßen verloren hatte? Waren seine Gelübde nicht wie ein letzter Versuch, doch noch irgendeinen Halt zu finden, um nicht ganz abzustürzen?

Als ihr dann im Spätherbst von einem Bruder des Vorstehers der Judengemeinde von Leon ein sehr ehrenwertes Angebot unterbreitet worden war, hatte ihr Entschluß festgestanden. Noch am selben Tag hatte sie Lu'lu ausgeschickt, um Lope zu suchen, und am folgenden Tag waren sie zu dritt abgereist. Sie hatten alle Städte an der südlichen Grenze abgesucht, ohne einen der Männer zu finden. Zu Beginn des Frühjahrs waren sie nach Navarra gekommen und hatten die Suche fortgesetzt. Einer der Männer sollte angeblich aus Navarra stammen. Aber auch dort war ihre Suche vergeblich gewesen.

Sie hatte anfangs darum gebetet, daß Gott sie einen der Männer finden ließe. Sie war überzeugt gewesen, daß nur die Erfüllung seines Gelübdes Lope aus seiner Erstarrung lösen könnte. Sie hatte ihre ganze Hoffnung darauf gesetzt. Aber dann hatte sie gemerkt, daß die Zeit ein besserer Helfer war.

Lope hatte sie während dieser ganzen Monate, die sie zusammen herumgezogen waren, wie eine Fremde behandelt. Er war ihr mit immer gleichbleibender Zurückhaltung begegnet, er war den alltäglichsten Berührungen ausgewichen, er hatte nur das Nötigste mit ihr gesprochen. Er hatte eine Kälte ausgestrahlt, die sie frieren gemacht hatte. Es war, als hätte er eine unsichtbare Mauer um sich errichtet, die sie nicht übersteigen konnte.

Aber irgendwann hatte der Eifer, mit dem sie ihm bei seiner Suche behilflich war, ihn doch zu beeindrucken begonnen, irgendwann hatte ihre ständige Nähe eine Bresche in die Mauer geschlagen, die ihn umgab. Und als die Suche auch in Navarra ergebnislos geblieben war und als sich der Frühling angekündigt hatte, war ganz allmählich auch mit ihm eine Veränderung vor sich gegangen. Es waren kaum wahrnehmbare Zeichen gewesen, aber sie hatte sie erkannt: Die Spur eines Lächelns, ein Blick, der länger auf ihr ruhte, als es zur Verständigung nötig gewesen wäre, ein unsicherer Ton in seiner Stimme, der seine teilnahmslose Miene Lügen strafte.

In Nájera waren sie auf einen Hidalgo gestoßen, der Söldner angeworben hatte für einen kastilischen Ritter im Dienst des Fürsten von Zaragoza. Lope hatte sich gewisse Hoffnungen gemacht, einen der Männer in dem Söldnerhaufen dieses Kastiliers zu finden. Es war eine letzte Hoffnung gewesen nach dieser langen vergeblichen Suche, aber er hatte gezögert, ihr zuzumuten, ihn in ein Söldnerlager zu begleiten. Und als er es schließlich doch getan hatte, war es wie ein stillschweigendes Versprechen gewesen, daß er die Suche aufgeben würde, falls sich auch dort niemand finden sollte.

Sie hatte zugestimmt und ihre Freude unterdrückt und insgeheim für sich entschieden, ihm von da an nichts mehr zu entdecken, selbst wenn sie doch noch einem der Männer begegnen sollten. Sie war mit bangen Erwartungen in das Lager gekommen. Sie hatte am Tag nach ihrer Ankunft alle Männer durchgemustert und am Tag darauf noch einmal, um Lope von ihrem guten Willen zu überzeugen, und sie hatte nicht einmal zu einer Lüge greifen müssen. Sie war keinem der Männer begegnet.

Sie war wie erlöst seitdem. Und an diesem Morgen hatte sie gemeint, auch bei Lope eine lang vermißte Unbeschwertheit festzustellen, als hätte auch er sich inzwischen an den Gedanken gewöhnt, daß die Suche zu Ende war. Eine Woche lang war der Himmel grau gewesen, und Regenschauer waren niedergegangen, und ein kalter Wind hatte geweht. Jetzt schien wieder die Sonne und brannte warm auf der Haut und war noch nicht so heiß, daß sie das frische Grün der Pflanzen verbrannte. Es war ein schöner Frühlingstag, und der rhythmische Gesang, mit dem die Frauen das Wäschewaschen begleiteten, war wie eine verheißungsvolle Musik.

Sie beobachtete Felicia, die die nassen Wäschestücke mit lässiger Kraft klatschend auf den Waschstein schlug und sich zwischendurch mit wohligem Stöhnen streckte. Die furchtbare Entbindung lag erst vier Tage zurück, aber es war ihr kaum mehr etwas anzumerken, es sah so aus, als hätte sie die Schmerzen und das tote Kind längst vergessen. Karīma bemühte sich, ihre Bewegungen nachzuahmen, aber sie geriet immer wieder aus dem Takt.

Felicia warf ihr einen mitleidigen Blick zu. «Du hast noch nicht oft Wäsche gewaschen in deinem Leben, wie!» stellte sie fest und zog Karīmas Wäschekorb zu sich herüber und setzte in einem Ton, der keinen Widerspruch zuließ, hinzu: «Es ist auch keine Arbeit für dich, Schwester, keine Arbeit für eine Frau wie dich!»

Eine helle, meckernde Stimme ließ sich plötzlich hinter ihnen vernehmen. «Bei den Pfeilen Amors, was für ein Anblick!»

Felicia schaute sich mit gerunzelten Brauen um. «Mein Gott, Esteban! Auch schon wieder da, wo du nicht hingehörst!» sagte sie grollend. Auch die anderen Frauen drehten sich um und begrüßten den Mann, der Esteban hieß, mit lauten Zurufen, aber aus ihren Stimmen klang eher Spott als Ärger. Der Mann war um die dreißig Jahre alt, kräftig und untersetzt mit rundem Kopf und feistem Gesicht, ein Mönch mit dunkler Kutte und roten tonsurierten Haaren, aber die Tonsur nicht ausrasiert, sondern mit roten Stoppeln bedeckt, und die Kutte mit einer leuchtend blauen Seidenkordel gegürtet.

«Warum sollte ich nicht da sein, wo sich ein solch unvergleichlicher Anblick bietet», sagte er und blieb hinter Karīma stehen und fuhr in begeistertem Schwung fort: «Oh! Was sehe ich! Ein neuer Stern an unserem Himmel! Schlank und biegsam wie Salome unter ihren Schleiern, schön wie die Königin von Saba, verführerisch wie das Weib des Potiphar, aufreizend wie Bathseba im Bade.»

«Beim Sohn und seiner Mutter», sagte Felicia in gespielter Verzweiflung. «Einmal möchte ich erleben, daß deine Mühle stillsteht!»

«He, gefällt sie dir, Esteban?» sagte eine von den Frauen weiter unten am Fluß, und eine andere rief ihm zu: «Du möchtest ihr gern das Kummet fegen, was, Esteban! Du möchtest ihr die Muschel stechen!»

«Was soll ich sagen», fuhr der Mönch fort. «Eine Figur, wie aus feinem Holz gedrechselt, eine Haut, so weiß wie frische Milch, ein Hintern, so fest wie eine Melone. Die Korallen sind eifersüchtig auf ihre Lippen, die Perlen sind neidisch auf ihre Zähne!»

«Warte, bis ihr Kerl dich hört!» fuhr ihn Felicia zornig an. «Er klopft dir die Kutte aus, daß nicht viel Staub drin bleibt.»

«Vielleicht will ihr Kerl gar nichts von ihr wissen», sagte der Mönch. «Warum soll ich nicht anklopfen, wo eine Tür ist!» In seiner Stimme war auf einmal ein unüberhörbar herausfordernder Ton, der Karīma unwillkürlich herumfahren ließ. Sie sah seine Augen mit einem lauernden Blick auf sich gerichtet. Sie erinnerte sich, daß sie ihn schon mehr als einmal um ihre Hütte hatte schleichen sehen.

«Was willst du, Esteban!» spottete eine von den Frauen. «Dein Docht brennt doch schon lang nicht mehr!»

«Kommt darauf an, wer ihn anzündet», gab der Mönch zurück.

Felicia beugte sich fürsorglich zu Karīma herüber. «Mach dir nichts aus seinen Sprüchen», sagte sie, als müßte sie sich für die Zudringlichkeit des Mannes entschuldigen. «Er ist harmlos. Eine Maulhure, sonst nichts!»

«Wenn er könnte, wie er wollte, wäre er nicht so harmlos», sagte eine andere von den Frauen.

«Ach, sie sind alle gleich», erwiderte Felicia seufzend. «Und die Mönche und die Priester sind die schlimmsten.»

«Das kannst du laut in der Kirche ausschreien», sagte die andere. «Seit mich der erste hinter den Altar gezerrt hat, geh ich nur noch mit dem Messer zur Beichte!»

Und sie begannen mit fröhlichem Spott und in drastischer Offenheit über die Mönche und die Priester herzuziehen, mit denen sie irgendwann einmal aneinandergeraten waren: Über einen, der seinen Schafen im Beichtstuhl immer den blanken Wetzkegel in die Hand gedrückt hätte. Über einen, der die Horen auf ganz besondere Art gelesen hätte, aber dabei so fromm gewesen wäre, daß er beim ersten Ton des Aveläutens mit dem Beten ausgesetzt und erst, wenn der Mesner ausgeläutet, seine Lektionen fortgesetzt hätte. Über einen, der noch frömmer gewesen wäre und sich jedesmal nach vollbrachter Tat hätte geißeln lassen. «Aber sanft hat er es haben wollen: mit einem Fuchsschwanz!»

Sie hechelten die Priester durch und danach die Männer ihrer Freundinnen, die gerade nicht in der Nähe waren, und dann die eigenen Männer und zuletzt alle Männer insgesamt. Sie gebrauchten Ausdrücke, die Karīma die Sprache verschlugen, sie erzählten Geschichten, die ihr die Schamröte ins Gesicht trieben, sie überboten sich gegenseitig mit Zweideutigkeiten und anzüglichen Scherzen und klagten lauthals und schimpften und kicherten und lagen sich lachend in den Armen. Karīma konnte nur staunend zuhören.

Irgendwann streckte Felicia ihren Arm aus und sagte: «Da ist etwas

Geschriebenes!» Und reichte ihr ein klein zusammengefaltetes Stück Papier herüber.

«Woher hast du das?» fragte Karīma.

Felicia zeigte auf das Wäschestück in ihrer Hand. Es war Lopes gepolstertes Wams, das er unter dem Kettenhemd trug. Innen auf der linken Brustseite war eine kleine Ledertasche angenäht. «Da war es drin», sagte sie. «Du mußt immer alle Taschen durchsuchen. Gott hat die Männer vergeßlich gemacht, damit wir besser mit ihnen fertig werden.»

Karīma faltete den Zettel vorsichtig auf. Das Papier war mürbe und fleckig, aber die beiden Namen waren noch deutlich zu lesen, und auch der Kreis war noch zu erkennen, den Lope um ihre Namen herumgemalt hatte. Die Erinnerung daran war noch so lebendig in ihr, daß ihr das Wasser in die Augen stieg. Sie schob den Zettel vorsichtig in ihren Ärmel.

«Ist es etwas Wichtiges?» fragte Felicia.

«Ja», sagte sie. «Etwas Wichtiges.»

Eine Stunde vor Mittag machten sie sich mit ihren Wäschekörben auf den Rückweg. Das Lager befand sich auf einem weit ins Tal vorspringenden, auf drei Seiten steil abfallenden Plateau, das ungefähr dreißig Mannshöhen über dem Fluß lag. Ein schmaler Serpentinenweg führte nach oben.

Karīma hatte sich, ohne genau darüber nachzudenken, unter einem Söldnerlager eine burgähnliche Anlage vorgestellt, von Palisaden umgeben und ausschließlich von Männern bevölkert. Statt dessen hatte sie eine Art Dorf im Grünen gefunden. Zelte und Unterstände und kleine, mit Schilf gedeckte und mit geflochtenen Schilfmatten verkleidete Hütten, beiderseits einer breiten Schneise zwischen breitkronige Pinien gebaut. Der Zugang mit einem mächtigen Verhau aus Stämmen und Ästen und Dornengestrüpp geschützt. Ein Dorf mit einer großen Pferdekoppel, mit Rindern und Schafen und Ziegen und gackernden Hühnern und Gänseherden und zahllosen Hunden. Ein kleines Gemeinwesen mit einem halben Tausend Einwohnern, zum überwiegenden Teil Frauen und Kindern, wie Karīma zu ihrer größten Überraschung noch am Tag ihrer Ankunft festgestellt hatte.

Es war ein buntgemischtes Volk, Spanier aus allen Gegenden des Landes, Franzosen, Leute aus den Bergen, Andalusier, Muslims und Christen und Juden, wilde Gestalten darunter und auffallend hübsche Mädchen, und überall Kinder, Kinder in allen Altersstufen.

Als sie das Plateau erreichten, sah Karīma, daß ihre Nachbarin vor ihnen war, Alienor, die Provençalin, die die Hütte neben ihr bewohnte. Sie war die Frau eines der beiden Hauptleute des Don. Felicia hatte Karīma schon am ersten Tag nach der Ankunft vor ihr gewarnt: «Nimm dich in acht vor der. Die hat Feuer unter der Haut!»

Die Provençalin war dreißig Schritte vor ihnen. Sie war barfuß und hatte den Rock aufgebunden, so daß ihre Beine fast bis zum Knie zu sehen waren. Ihr Kopftuch war so locker geschlungen, daß die Haare darunter hervorquollen, lange braunrote Haare. Um die Taille hatte sie ein Tuch gebunden, das ihre Formen betonte. Sie war von einer beinahe aufdringlichen Schönheit, der sie sich in allen Fasern ihres Körpers bewußt war und die sie bei jeder Bewegung herauskehrte. Sie trug ein Bündel Wäsche auf dem Kopf, das leicht genug war, um sie nicht zu belasten. Sie wiegte sich in den Hüften, sie rollte die Schultern, sie stellte die Arme aus, bewegte sich wie ein geschmeidiges Tier. Als sie in den breiten Mittelweg des Lagers einbog, schien sie sich noch zu strecken, so daß ihr Gang noch herausfordernder wurde.

Karīma fing einen vielsagenden Blick von Felicia auf und erwiderte ihn lächelnd aus schmalen Augen und hob in plötzlichem Entschluß den Wäschekorb, den sie bis dahin unter dem Arm getragen hatte, auf den Kopf und raffte ihren Rock und stützte die Hände in die Hüften. Sie war eine Handbreit größer als Alienor und breiter in den Schultern, und es gab nichts, was sie nicht genauso hätte vorzeigen können wie die schöne Provençalin. Sie trug den Kopf hoch und blickte über die Männer hinweg, die ihr auf dem Weg entgegenkamen und die rechts und links von den Hütten herüberstarrten. Sie hörte die Zurufe und die anerkennenden Pfiffe und war sich bewußt, daß sie nicht nur Alienor galten.

«He, mein Täubchen!» rief Felicia ihr zu. «Mach die Männer nicht verrückt! Das sieht der Don gar nicht gern!» Und stieß ihr lachend mit spitzem Finger in die Seite, und Karīma wich ihr mit gewandtem Schwung aus, nahm in derselben Bewegung den Korb vom Kopf, klemmte ihn sich wieder in die Hüfte, streckte den freien Arm aus, faßte Felicia um die Schulter, zog sie an sich. Und sie blickten sich an und fingen beide im selben Augenblick an zu lachen, hielten sich lachend aneinander fest, setzten lachend ihren Weg fort, und plötzlich wurde Karīma sich bewußt, daß sie lachte, und sie hielt inne und konnte es kaum fassen. Weiß Gott, wie lange hatte sie nicht mehr gelacht. Wie lange!

Unter dem Vordach der Hütte saß nur Lu'lu, als sie ankam. Er blickte ihr strahlend entgegen. Er war immer ein Spiegel ihrer Stimmungen gewesen in diesen endlosen Monaten des Umherreisens. Er hatte ihr viel geholfen in dieser Zeit, er hatte sie getröstet, wenn sie Trost gebraucht hatte, und hatte sie aufgemuntert, wenn sie mit ihrer Kraft am Ende gewesen war. Er war ein einfühlsamer Mann, er hatte sie längst durchschaut. Er war die Stütze gewesen, an der sie ihr Selbstbewußtsein immer wieder aufgerichtet hatte.

Lope war auf der Koppel. Die meisten Männer schienen mit ihren Pferden oder mit ihren Waffen beschäftigt zu sein.

«Im Lager geht das Gerücht, daß die Truppe noch heute ausrückt», sagte Lu'lu.

Karīma kannte das Gerücht. Auch Felicia hatte davon gesprochen. Jedes Jahr um diese Zeit bezog die Truppe des Don ein festes Lager im Gebiet des Herrn von Lerida, um von diesem Stützpunkt aus bis in den Spätherbst hinein Plünderungszüge zu unternehmen. Seit drei Wochen war schon ein Vortrupp unterwegs, um einen geeigneten Ort auszukundschaften. In der Nacht waren zwei Männer aus dem Vortrupp zurückgekommen und hatten dem Don Bericht erstattet. Es war das Zeichen, daß es bald losgehen würde. Als erstes würde der Haupttrupp ausrücken, um den Ort zu erobern. Nach ein paar Tagen würde der Troß mit den Frauen und Kindern nachgeholt werden. So war es jedes Jahr gewesen, so würde es auch diesmal ablaufen. Nur über das Ziel war im Lager noch nichts bekannt.

Sie begann, die noch feuchten Wäschestücke auf dem Dach ihrer Hütte zum Trocknen auszubreiten. Lu'lu wollte ihr helfen, aber sie ließ es nicht zu. Sie mußte die Rolle spielen, die die anderen Frauen im Lager von ihr erwarteten. Sie tat sich sowieso schon schwer genug damit. Lopes unpersönliches, auf Abstand bedachtes Verhalten machte es ihr fast unmöglich, dieser Rolle gerecht zu werden. Sie galt als Lopes Frau im Lager, als seine Geliebte, seine Beischläferin, wie immer es die Frauen hier nannten. Sie war mit ihm zusammen gekommen, sie lebte mit ihm in einer Hütte, also gehörte sie zu ihm. Niemand hatte das bisher in Frage gestellt, aber es war abzusehen, daß die Frauen bald Verdacht schöpfen würden. Die steife Zurückhaltung, mit der Lope sie behandelte, war schon aufgefallen, auch Lu'lu war schon darauf angesprochen worden.

«Der rothaarige Mönch war unten am Fluß», sagte sie. «Er hat unverschämte Reden geführt.»

Lu'lu nickte bekümmert. «Ja, Herrin», erwiderte er. «Es wird Zeit, daß Ihr das auch dem Herrn sagt.»

Sie nickte entschlossen. «Wir müssen uns zumindest nach außen hin so benehmen, als wären wir Mann und Frau», sagte sie. «Oder wir müssen uns eine Geschichte einfallen lassen, die erklärt, warum wir uns nicht so benehmen.»

«Was für eine Geschichte?» fragte Lu'lu.

«Irgendeine glaubwürdige Geschichte», erwiderte sie. «Ich könnte behaupten, daß ich erst vor kurzem Witwe geworden bin und noch die Trauerzeit einhalten muß, wie sie unser Gesetz vorschreibt.»

«Das wird nicht genügen, Herrin», erwiderte Lu'lu vorsichtig, und nach einem tastenden Seitenblick setzte er leise hinzu: «Schon die Art, wie der Herr mit Euch spricht, wird immer Verdacht erregen.»

Sie gab keine Antwort. Sie wußte, daß Lu'lu recht hatte. Lope hatte ihr gegenüber seit Alcántara in unnachgiebiger Hartnäckigkeit an allen Formen der Höflichkeit festgehalten, so daß ihr nichts anderes übriggeblieben war, als in gleicher Weise zu antworten. Im Lauf der Monate war aber selbst ihm die förmliche Anrede allmählich derart unpassend erschienen, daß er darauf verzichtet hatte, und sie waren in stillschweigender Übereinkunft dazu übergegangen, jede direkte Anrede zu vermeiden. Es war der einzige Ausweg gewesen, der es ihnen erlaubt hatte, in der Öffentlichkeit wenigstens einigermaßen vertraut miteinander umzugehen, ohne daß Lope seine Zurückhaltung aufgeben mußte.

Unterwegs hatten sie ihr seltsames Verhältnis damit noch tarnen können, da hatten sie sich nirgends länger als drei Tage an einem Ort aufgehalten, aber hier in diesem Lager würden sie es nicht durchhalten können. Hier waren ständig die Augen aller Nachbarn auf sie gerichtet, hier waren sie Tag und Nacht unter Beobachtung, hier würde die Wahrheit bald herauskommen. Karīma beschloß, nicht länger zu warten und noch am selben Tag mit Lope zu sprechen.

Aber als Lope von der Koppel kam, schob sie es noch einmal auf, weil er gerade nicht in der richtigen Stimmung war, wie ihr schien, und dann fand sie nicht die passende Gelegenheit, und dann fehlten ihr auf einmal die richtigen Worte, und schließlich war es zu spät, da ließ sich vom Tor her das Hornsignal hören, auf das alle schon den ganzen Tag über gewartet hatten, und überall im Lager sprangen die Männer auf und griffen nach ihren Waffen und luden sich die Sättel auf die Schultern. Auch Lope packte seine Sachen. Das Hornsignal war das Zeichen zum Abmarsch.

Sie begleitete ihn zur Koppel. Sie ging neben ihm her, als er seine beiden Pferde vor das Tor führte, wo sich die Berittenen sammelten. Sie sah, wie sich die anderen Männer von ihren Frauen verabschiedeten. Sie sah, wie sie sie umarmten, wie sie sie vor sich auf die Pferde hoben und ein Stück mitnahmen auf dem Weg. Sie sah, wie die Frauen sich heulend und jammernd an ihre Männer hängten, als wollten sie sie zurückhalten. Sie sah alles und stand stumm daneben, als Lope in den Sattel stieg. Sie sah sein starres Gesicht, seine zusammengepreßten Lippen. Sie wollte ihm etwas sagen. Sie wollte ihm sagen, daß er auf sich achtgeben sollte, daß sie auf ihn warten würde, aber sie brachte kein Wort heraus. Und dann spürte sie, wie ihre Augen feucht wurden, und senkte den Blick, und dann kam von vorn das Signal zum Aufbruch, und dann war es zu spät.

Sie sah, wie er ihr mit steifem Kopf zunickte, und erwiderte stumm seinen Gruß und sah ihn davonreiten. Und erst in diesem Augenblick, als er schon fast zu weit war, faßte sie sich endlich ein Herz und lief los und rief hinter ihm drein: «Lope! Lope!» Und lief neben ihm her und zog den kleinen Zettel aus ihrem Ärmel und reichte ihn ihm hoch.

Er hielt ihn in der Hand, und sie meinte zu sehen, wie auf einmal alle Starrheit von ihm abfiel, und sah, wie ihm die Röte ins Gesicht stieg. Und bevor er sich abwenden konnte, sagte sie schnell: «Komm zurück, Lope! Laß mich nicht so lange warten!»

Sie blickte ihm nach, bis sie ihn nicht mehr sehen konnte.

50

ALBESA

DIENSTAG 7. MAI 1084
29. IJAR 4844 / 28. DU'L-HIDJDJA 476

Sie ritten in scharfem Trab in östlicher Richtung durch steiniges Hügelland, das in unregelmäßigen Abständen von tief eingeschnittenen Tälern durchzogen war. Sie ritten in langer Reihe auf schmalen Wegen abseits der Straßen, nur acht leichte Reiter als Vorhut, der Haupttrupp in Sichtweite dahinter, siebzig Berittene, fast die Hälfte in Eisen. Die Fußtruppe kam als Nachhut hinterher. Sie sollte erst einen Tag später am Ziel sein.

Keiner kannte dieses Ziel außer dem Don und seinen engsten Beratern und dem Adalil, der an der Spitze ritt. Keiner fragte danach. Das Vertrauen, das sie alle in ihren Anführer setzten, war grenzenlos.

Lope hatte erst vier Tage Gelegenheit gehabt, ihn zu beobachten, aber er hatte in dieser kurzen Zeit schon genug erlebt, um die Bewunderung der Männer und ihre fast an Verehrung grenzende Zuneigung zu verstehen. Rodrigo Diaz war um die vierzig Jahre alt, ein Mann von kräftiger Statur mit breiten Handgelenken, die auf große Körperkraft schließen ließen, nicht auffallend groß, aber knapp über dem Durchschnitt mit einem langen, gutgeschnittenen Gesicht und scharfblickenden Augen unter dichten Brauen. Er hatte glattes schwarzes Haar und einen sorgfältig gestutzten Schnauzbart. Seine Stimme war tief und volltönend und bekam einen metallischen Klang, wenn er laut wurde. Aber es kam selten vor, daß er laut wurde. Seine Autorität war so groß, daß er mit sparsamen Mitteln auskam.

Er hatte noch kein Gefecht verloren, wie einer der Veteranen Lope voll Stolz berichtet hatte, und er war selten von einer Cabalgada ohne Beute zurückgekommen. Er führte ein hartes Regiment, aber er war so erfolgreich, daß es die Männer ohne Murren ertrugen. Vor dem Abmarsch hatte er den Befehl gegeben, den Pferden wegen des langen Ritts eine zweite Satteldecke aufzulegen. Er hatte einen Mann, der diesen Befehl mißachtet hatte, auf der Stelle zum Fußsoldaten degradiert. Er war sich nicht zu schade gewesen, alle siebzig Pferde zu überprüfen. Seine Erfolge kamen nicht von ungefähr.

Nach Sonnenuntergang erreichten sie das Tal des Rio Cinca, gingen an einer Furt über den Fluß und machten nach dem Talanstieg am jenseitigen Ufer eine erste Rast, um den Pferden eine Ruhepause zu gönnen.

Pater Jerome, ein Franzose, ein entlaufener Mönch, der ein Kreuz über dem Brustpanzer trug und zum engsten Beraterkreis Rodrigo Diaz' zählte, holte Lope und brachte ihn vor den Don. Es war schon dunkel. Der Don saß unter dem Schirm einer Pinie, den Rücken gegen den Stamm gelehnt. Nur sein hünenhafter Leibwächter war bei ihm. Die Männer hielten respektvoll Abstand.

«Du kannst mit dem maurischen Bogen umgehen?» fragte er ohne Einleitung.

«Ja», bestätigte Lope.

«Wir haben zu wenige Bogenschützen in der Truppe», fuhr der Don fort. «Wir sollten versuchen, ein paar von den jungen Leuten auszubilden.»

Lope sagte nichts. Er wußte nicht, ob der Satz ihm gegolten hatte oder dem Franzosen.

«Setz dich!» sagte der Don.

Lope folgte der Aufforderung. Auch der Franzose ließ sich nieder.

«Ich habe dich kommen lassen, weil wir noch einen guten Bogenschützen brauchen für das, was wir vorhaben», sagte der Don.

Lope beugte sich vor, um ihn besser verstehen zu können.

«Der Ort, den wir nehmen wollen, ist ziemlich gut befestigt», fuhr der Don fort. «Er hat keine Burg, aber eine starke Mauer, und er liegt so, daß ein Überraschungsangriff ausgeschlossen ist. Wir kommen mit den Pferden nicht näher heran als bis auf eineinhalb Meilen. Aber wir haben einen Plan.» Er wandte sich an den Franzosen. «Erklär ihm den Plan, Jerome», sagte er.

Der Franzose setzte sich zurecht. «Seit Beginn der Fastenzeit kommt alle zwei Wochen ein Händler in den Ort. Er kommt aus Roda in den Bergen. Er bringt Tierhäute zu einem Gerber. Er kommt mit drei Eseln und einem Knecht. Er ist zwei Stunden nach Sonnenaufgang am Tor, zu einer Zeit, wenn die Leute längst auf den Feldern sind. Wir fangen ihn rechtzeitig vorher ab. Wir haben einen Mann aus Roda in der Truppe, der seinen Dialekt spricht und seine Rolle übernehmen wird. Wir tauschen den Knecht aus, und wir verstecken drei Männer unter den Tierhäuten. Das sind fünf Mann. Mit fünf Mann wird es möglich sein, die Torwachen zu überwältigen und das Tor so lange zu halten, bis die ersten Reiter aus unserer Truppe heran sind.

«Wie viele Torwachen?» fragte Lope.

«Zwei», erwiderte der Franzose. «Ein alter Mann unten und ein junger auf dem Turm.

«Ein gemauerter Torturm?» fragte Lope.

«Ja», sagte der Don. «Deshalb werden drei Bogenschützen mitgehen.»

«Und wer führt das Unternehmen an?» fragte Lope. «Der Mann aus Roda?»

«Nein», erwiderte der Don. «Der Normanne. Einer meiner Hauptleute. Du kennst ihn noch nicht.»

«Ich verstehe», sagte Lope.

«Du bist einverstanden?» fragte der Don.

«Was bringt es mir?» fragte Lope zurück.

«Acht Teile von der Beute», sagte der Don.

Lope kannte den Schlüssel, nach dem die Beute in der Truppe verteilt wurde: Für die Fußsoldaten ein Teil, für die leichten Reiter zwei, die schweren vier. Der Don bot ihm das Doppelte dessen, was ihm zustand. Es war ein gutes Angebot. «Acht Teile», bestätigte er.

«Also sind wir uns einig», sagte der Don. Und der Franzose stand auf und sagte: «Du reitest von jetzt ab in der Vorhut. Der Adalil weiß

Bescheid, er wird dich später auch dorthin bringen, wo der Hauptmann dich erwartet.»

Lope blieb sitzen.

«Gibt es noch etwas?» fragte der Don.

«Wenn ich nicht lebend herauskomme», sagte Lope mit ruhiger Stimme, «kann ich mich darauf verlassen, daß die Frau, die mit mir gekommen ist, meine Anteile erhält und meine Pferde und alles, was ich besitze, und daß sie mit dem Schwarzen sicher nach Zaragoza kommt?»

«Du kannst dich darauf verlassen», sagte der Don.

Eine halbe Stunde später brachen sie auf. Es war Neumond, aber der Himmel war sternenklar, und der Weg gut zu erkennen. Lope ritt unmittelbar hinter dem Adalil an der Spitze des Zuges. Es war ein angenehmes Reiten nach der Hitze des Nachmittags und den Wolken von Staub, die er geschluckt hatte. Das Tempo war nicht mehr ganz so hoch. Sie ließen die Pferde in einem schnellen Schritt gehen, der die Tiere nicht überanstrengte und sie dennoch rasch voranbrachte.

Lope dachte über die Aufgabe nach, die ihm bevorstand. Er hatte keine Angst davor. Wenn auch der normannische Hauptmann daran teilnahm, mußte der Plan gut durchdacht sein. Er hatte viel von diesem Hauptmann gehört in den vergangenen Tagen. Der Normanne war erst seit gut einem Jahr bei der Truppe, angeblich war er der Sohn eines normannischen Barons. Die Leute erzählten Wunderdinge von ihm. Er hätte in der Linken genug Kraft, ein Maultier am Fuß festzuhalten, um ihm mit der Rechten eine Tracht Prügel verabreichen zu können. Er hätte eine Burgherrin, die ihr Geldversteck nicht hatte preisgeben wollen, dadurch zum Reden gebracht, daß er ihr eine lebende Kröte ins Maul gestopft hatte. Er war berüchtigt für seine Weibergeschichten, und er hatte im vergangenen Sommer ein Heldenstückchen vollbracht, von dem Lope schon in Kastilien gehört hatte:

Die Truppe des Don war zum Entsatz der Festung Almenara aufgeboten worden, die der Herr von Lerida belagert hatte. Gleichzeitig war ein Heer aus Barcelona angerückt, um die Belagerer zu verstärken. Rodrigo Diaz war dem Grafen von Barcelona in einem nächtlichen Gewaltmarsch entgegengezogen, hatte ihn völlig überraschend in einem Wald angegriffen, das Heer zersprengt und zahlreiche Herren aus dem engsten Gefolge des Grafen gefangengenommen. Am folgenden Tag hatte der Graf Verhandlungen angeboten, und sie hatten ein Treffen vereinbart: Auf freiem Feld, ihre Truppen im Rücken, nur die beiden Anführer, zu

Pferd und ohne Waffen, jeder nur von einem Burschen zu Fuß begleitet. Der normannische Hauptmann hatte den Burschen des Don gespielt. Und dann, als sie sich in der Mitte des Feldes begegnet waren, hatte er mit zwei Fausthieben den Grafen zum Gefangenen gemacht. Mit dem ersten hatte er das Pferd des Grafen niedergestreckt, mit dem zweiten dessen riesigen fränkischen Leibwächter. Achtzigtausend Meticalen in Gold waren das Lösegeld gewesen, mit dem der Graf sich und seinen Leuten die Freiheit hatte erkaufen müssen.

Lope hatte sich den Hauptmann unbewußt als einen Mann von gewaltiger Körpergröße vorgestellt und war verblüfft, als er ihn am Morgen zu Gesicht bekam. Der Normanne war groß, aber nicht übermäßig groß. Er war kräftig gebaut, aber eher schlank und keineswegs der Riese, den er erwartet hatte. Seine Kraft schien sich eher auf starke Knochen und feste Sehnen zu gründen als auf mächtige Muskelberge. Er war noch keine dreißig Jahre alt, die Haare so hell wie gebleichtes Stroh und auf normannische Art im Nacken und bis zum Scheitel hinauf ausrasiert. Er hatte wasserhelle Augen und einen gepflegten Schnauzbart, und häufig hatte er ein zähnefletschendes Lachen im Gesicht, das sowohl überschäumende Lebensfreude als auch eine gefährliche Angriffslust anzeigen konnte, ohne daß es auf den ersten Blick gleich zu unterscheiden war.

Sie hatten während der letzten Stunde vor dem Hellwerden das Tempo noch einmal angezogen und schließlich in einem Auwald über einem Flußtal haltgemacht. Dort hatte ein Mann aus Mallorca gewartet, der einen Langbogen führte und Cosme hieß, ein untersetzter Mann, nur eine Handbreit länger als sein Bogen. Cosme hatte Lope zu der Straße gebracht, auf der dann eine Stunde nach Sonnenaufgang der Hauptmann mit den drei Eseln des Händlers aus Roda entlanggekommen war.

«Bist du der neue Bogenschütze?» fragte der Hauptmann, als sie sich gegenüberstanden, und als Lope es bestätigte, musterte er ihn von oben bis unten und streckte ihm dann gutgelaunt die Hand entgegen und sagte: «Ich bin Baudry Fiz Nicolas, Herr von Gravemont und Montmarin, falls mich mein Herr, der verfluchte Bastard, nicht längst enterbt hat, weil ich ohne seine Erlaubnis nach Spanien gezogen bin.» Er trug den zerschlissenen Umhang des Knechts und darunter ein Kettenhemd auf bloßer Haut. «Ich kann nur hoffen, daß du so gut mit dem Bogen umgehen kannst, wie man es von dir erzählt», sagte er.

Ein Mann lag schon auf dem ersten Esel, von einem Stapel Häuten zugedeckt. Cosme und Lope legten sich auf die beiden anderen und ließen sich die Ladung aufschnallen. Es stank bestialisch, und Fliegen krochen Lope in Mund und Nase, und als der Esel endlich loslief, drückte ihm bei jedem Schritt die hölzerne Versteifung des Packsattels gegen den Magen, daß ihm fast übel wurde. Er lag auf dem dritten Esel, und zwischen den auf und nieder schwappenden Häuten konnte er die Beine des Hauptmanns sehen.

«He!» hörte er ihn rufen. «Hat man dir gesagt, was wir vorhaben?» Der Normanne hatte eine helle, junge Stimme.

«Keine Einzelheiten», sagte Lope.

«Hör zu», erwiderte der Hauptmann. «Es gibt nur eine Schwierigkeit für uns, und das ist der Mann auf dem Turm. Mit dem Alten in der Wachstube werden wir schnell fertig, aber an den Mann auf dem Turm kommen wir nicht heran, weil der Zugang von innen versperrt ist.»

«Ich verstehe», sagte Lope. Der Gestank verursachte einen ständigen Brechreiz, so daß er kaum Luft zu holen wagte.

«Wir haben nur zwei Möglichkeiten», fuhr der Hauptmann fort. «Entweder wir bringen den Alten in der Wachstube dazu, daß er den Mann herunterruft, oder ihr müßt ihn von außen irgendwie mit einem Pfeil erledigen, wenn er sich über die Brüstung beugt.»

Lope begriff, daß der Plan mehr Unwägbarkeiten enthielt, als der Don hatte zugeben wollen. Es ging offenbar gegen einen stark befestigten kleinen Ort. Nach der Richtung, die sie eingeschlagen hatten, waren sie mitten im Grenzgebiet. Hier ließen sich die Leute nicht so leicht überrumpeln. Hier rechneten sie stets mit Überfällen, und jeder Mann hatte seine Waffen griffbereit hinter dem Haustor hängen, und die meisten konnten nicht schlecht damit umgehen, und sogar die Frauen waren es gewohnt, ihre Dörfer und ihre Häuser zu verteidigen.

«Was ist, wenn zu viele Leute am Tor sind?» fragte er.

«Es werden nicht so viele sein, nicht mehr um diese Zeit», erwiderte der Hauptmann zuversichtlich.

Sie waren aus dem Wald herausgekommen. Die Straße war jetzt von einer niedrigen Mauer aus sorgfältig aufeinandergeschichteten Steinen gesäumt. Schmale Streifen milden Sonnenlichts lagen quer darüber. Der Staub war noch naß vom Tau.

«Welches Zeichen geben wir den anderen?» fragte Lope.

«Kein Zeichen», sagte der Hauptmann. «Sie reiten los, sobald sie sehen, daß wir am Tor sind.»

«Und wie lange wird es dauern, bis sie heran sind?»

Der Hauptmann zögerte für einen kurzen Augenblick. «Es sind eineinhalb Meilen, die sie zurückzulegen haben», sagte er dann. «Zuerst über ebenes Gelände, die letzte halbe Meile leicht ansteigend. Die schnellsten werden ziemlich bald da sein. Der Don hat eine Prämie ausgesetzt für den ersten, der das Tor erreicht.»

Lope hatte das Gefühl, als würde der Esel immer langsamer. Hatten sie schon die Steigung vor dem Ort erreicht? Er wollte fragen, wie weit es noch wäre, aber der Hauptmann unterbrach ihn schon nach dem ersten Wort und zischte ihm zu, Ruhe zu halten. Leute kamen ihnen entgegen. Bauern auf kleinen Eseln, barfüßige Frauen, Hirten mit Schafen und Ziegen, kleine Mädchen, die Gänseherden vor sich hertrieben. Lope hörte, wie der Mann aus Roda, der an der Spitze ging, jeden Entgegenkommenden begrüßte. Der Staub wirbelte auf unter den Füßen. Die Sonne war höher gestiegen und leckte den Tau von der Straße wie eine durstige Zunge. Er schloß die Augen. Er fühlte sich so elend, daß ihm alles gleichgültig war.

Irgendwann hörte er den Mann aus Roda etwas sagen und hörte den Hauptmann mit einem Fluch antworten und schrak auf und fragte: «Was ist?»

«Das Tor ist zu!» sagte der Hauptmann.

«Was ist daran ungewöhnlich?» fragte Lope.

«Bis jetzt war es nie geschlossen um diese Zeit», antwortete der Hauptmann flüsternd.

Lope war mit einem Mal hellwach. Er spürte, daß etwas nicht in Ordnung war, daß es nicht so lief, wie es laufen sollte. Er lauschte angestrengt, aber er konnte nichts mehr hören. Der Hauptmann war noch an seiner Seite, aber er wagte nicht, ihm eine Frage zu stellen, er wußte nicht, wie nah sie schon am Tor waren. Der Esel wurde langsamer und hielt schließlich an, und er konnte sehen, wie der Hauptmann nach vorn ging. Er hörte lautes Pochen und Rufe und dann eine fremde Stimme, die zurückschrie: «Was soll der Lärm, Mann! Wartet, bis er zurückkommt. Er kommt gleich!» Es war die Stimme eines jungen Burschen. Nach einer Pause ließ sie sich noch einmal vernehmen. «Wo ist Hicai? Was ist mit ihm, warum kommt er nicht selbst?»

«Er ist krank, er hat die rote Scheißerei. Ich bin sein Bruder!» hörte Lope den Mann aus Roda antworten.

Von irgendwoher ganz in der Nähe waren zwei hellklingende Schmiedehämmer zu hören, die im gleichen Takt auf denselben Amboß schlugen. Der Klang war so durchdringend, daß er die Luft erzittern ließ. Lope lauschte mit angehaltenem Atem. Und ein panischer Schrecken packte ihn plötzlich, als er begriff, daß alles verloren war, wenn nicht im nächsten Augenblick das Tor geöffnet wurde. Sie standen davor. Es war das vereinbarte Zeichen. Die ganze Truppe war schon losgeritten und hielt in äußerstem Galopp auf den Ort zu. Selbst wenn der Mann auf dem Turm sie auf die Entfernung hin nicht gleich als feindliche Reiter erkannte, die Staubwolke, die sie aufwirbelten, konnte er nicht übersehen.

Wieder waren Stimmen zu hören. Und dann plötzlich ein entsetzter Schrei, in höchster Erregung ausgestoßen, und ein zweiter Schrei, der wie ein Hilfeschrei klang und unvermittelt abbrach. Und im selben Augenblick setzte sich der Esel in Bewegung, und von oben ertönte ein Alarmgong mit rasend schnellen Schlägen und einem durchdringend hohen Ton, der an den Nerven zerrte. Und dann war der Esel in der Tordurchfahrt, und der Hauptmann hackte mit dem Schwert die Stricke durch, die die Ladung festhielten.

«Raus!» schrie er. «Schnell!» schrie er. Vor der Tür zur Wachstube lag die verkrümmte Leiche eines Mannes, Lope sah sie aus den Augenwinkeln, während er sich zwischen den Häuten herausarbeitete. Er spannte mit vor Anstrengung zitternden Händen die Sehne auf den Bogen, er war so steif, daß er sich kaum bewegen konnte. Er sah, wie der Hauptmann den oberen Torbalken aus der Führung zog und ihn über die Brücke in den Graben warf.

«Scheiße!» schrie der Hauptmann. «Verfluchte Scheiße! Die Häute müssen weg, sonst kommen unsere Leute nicht durch.»

«Was ist mit dem Mann oben?» fragte Lope.

«Nichts mehr zu machen!» rief der Hauptmann zurück. Seine Stimme hallte in der engen Tordurchfahrt.

Lope trieb den Esel vor sich her, scheuchte ihn aus der Torhalle hinaus, zerrte einen Stapel Häute hinter sich her auf die Straße hinaus, so daß sie ihnen zur Not als Deckung dienen konnten.

«Vorsicht!» schrie der Mann aus Roda. Er stand im Schutz des Torbogens. Cosme und der dritte Schütze waren neben ihm, beide mit schußbereiten Bogen.

Lope war mit drei Sätzen über dem Weg, der hinter der Mauer entlanglief, rannte in die Gasse, die vom Tor in den Ort hineinführte, drückte sich an die nächste Hauswand. «Wir müssen auf die Mauer! Wo sind die Strickleitern?» rief er den anderen zu.

Der Mann aus Roda hatte einen Anker wurfbereit in der Hand, aber er wagte sich nicht aus dem Schutz des Torbogens heraus.

«Los, Mann! Auf die Mauer!» schrie Lope.

Der Hauptmann war noch immer damit beschäftigt, die Häute aus der Tordurchfahrt zu räumen und in den Graben zu werfen. Der dritte Schütze griff sich endlich die Strickleiter und versuchte, den Wurfanker über das Geländer des Laufgangs zu werfen. Er traf es nicht. Der Laufgang war ohne Dach. Wenn es ihnen nicht gelang, den Mann auf dem Turm unschädlich zu machen, konnten sie sich nicht auf der Mauer halten, nicht in der Nähe des Turms.

Der Alarmgong verstummte plötzlich, und Lope sah den Kopf des Mannes über der Brüstung des Turms. Der Winkel war viel zu steil, keine Chance, ihn mit einem Pfeil zu erreichen. Lope hörte die gellenden Schreie, mit denen er seine Leute zu warnen versuchte. Er mußte weiter weg vom Turm. Er lief tiefer in die Gasse hinein, dicht an der Wand entlang. Noch immer war kein Mensch zu sehen, aber es konnte nicht mehr lange dauern, bis sie kommen würden. Die Gasse war nur auf dreißig Schritte einzusehen, dann machte sie einen Bogen.

Er hörte plötzlich Stimmen und bemerkte erst jetzt, daß er mit dem Rücken an einem Tor lehnte. Es war ein schweres, zweiflügeliges Balkentor mit einer kleinen Pforte im rechten Flügel. Er sah, wie sich die Pforte um einen Spalt öffnete, und trat hart mit dem Fuß dagegen und warf sich mit seinem ganzen Gewicht hinterher, landete auf allen vieren auf einem gepflasterten Boden, sah schemenhaft im Dunkel der Torhalle zwei Schatten, ging auf den größeren los, stieß mit dem Messer dorthin, wo er das Gesicht zu erkennen glaubte, spürte, daß er traf, und stieß tiefer zu, noch einmal und noch einmal. Er sah den zweiten Schatten zurückweichen, sah, als sich seine Augen endlich auf die Dunkelheit eingestellt hatten, daß es eine Frau war, packte sie, drehte ihr einen Arm auf den Rücken, schob sie zum Tor, wo er seinen Bogen verloren hatte. «Kein Laut!» zischte er ihr zu.

Er schloß die Pforte, legte den Balken vor, ohne die Frau loszulassen. «Wie viele Männer sind noch im Haus?» fragte er.

Der Mann, den er niedergestochen hatte, bewegte sich stöhnend am Boden. Es war ein alter Mann, es wäre nicht nötig gewesen, ihn umzulegen, aber es war zu spät. Er wußte, daß er ihn zu gut getroffen hatte. «Wie viele Männer?» fragte er.

«Nur der junge Herr und ein Knecht», sagte die Frau, winselnd vor Angst.

«Bring mich aufs Dach!» befahl Lope und stieß sie gegen die rückwärtige Tür. Sie führte ihn zur Treppe, und er stieg hinter ihr hinauf. Er hatte nicht darauf geachtet, wie hoch das Haus war, er wußte nicht einmal genau, ob es das Eckhaus war, in dem er sich befand. Nach vier Treppen kamen sie an eine Falltür.

«Mach auf!» befahl Lope mit unterdrückter Stimme. Draußen war wieder der Alarmgong zu hören und entferntes Geschrei, aber im Haus selbst schien alles ruhig zu sein.

Die Frau drückte die Tür auf, Lope hielt ihr das Messer an die Kehle, während er dicht hinter ihr die letzten Stufen nahm. Sie kamen auf ein flaches Dach hinaus, das den Innenhof auf drei Seiten umschloß. Dort, wo nach seiner Meinung die Mauer sein mußte, war das Niveau des Daches noch um mehrere Stufen höher, so hoch, daß er den Turm dahinter von seinem Standort aus nicht erkennen konnte. Niemand war zu sehen. Er hörte die gellenden Rufe des Mannes auf dem Turm und Lärm aus der Gasse und Geschrei von überall her. Kein Gong mehr, aber in der Luft ein unheimliches Donnern wie fernes Gewittergrollen.

Er schob die Frau durch die Bodenluke ins Haus zurück und schloß die Tür und legte den Riegel vor. Die Dachterrasse war von einer mannshohen gemauerten Brüstung umgeben. In regelmäßigen Abständen waren Schießscharten eingelassen, die mit hölzernen Läden verschlossen waren. Sorgfältig aufgeschichtete Steinhaufen lagen daneben. Er hetzte die Stufen hinauf, die auf den höhergelegenen Teil des Daches führten, hob den Laden von der nächsten Schießscharte ab, blickte hinaus.

Der Torturm war unmittelbar vor ihm, keine zwei Lanzenlängen entfernt, und der obere Rand der Brüstung nicht mehr als eineinhalb Mannshöhen über ihm. Der Turmwächter hing über der Brüstung und warf mit Steinen nach unten. Lope konnte nicht erkennen, worauf er zielte. Er zog langsam den Kopf zurück und drehte sich aus dem Blickfeld des Mannes und holte einen Pfeil aus dem Köcher. Er wählte das schwerste Kaliber, er wollte ganz sicher gehen, falls der Mann wider Erwarten unter dem Hemd einen Panzer trug. Er drehte sich zur Schartenöffnung zurück, während er auszog, und ließ den Pfeil fliegen, sobald er den Mann im Auge hatte. Er traf genau unterhalb des Brustbeins, und der Mann war so überrascht, daß er völlig ungedeckt stehen blieb und mit erstaunten Augen auf das gefiederte Pfeilende starrte, das ihm aus der Brust ragte. Er hob die Hände in einer hilflos fahrigen Geste, er schien es gar nicht zu spüren, als ihn der zweite Pfeil traf, eine Handbreit neben dem ersten. Lope hatte schon den dritten auf der Sehne, als er plötzlich über dem Lärm, der aus der Gasse heraufdrang, und über dem anschwellenden Donner ein knackendes Geräusch in seinem Rücken hörte. Er stieß sich von der Mauer ab, duckte sich unwillkürlich und sah einen Mann mit einer Axt über das Dach auf sich zukommen und jagte ihm den Pfeil entgegen, sprang mit einem einzigen Satz die Stufen hinunter auf den niedrigeren Teil des Daches. Als er sich umschaute, sah er, wie der Mann oben auf die Brüstungsmauer aufprallte und davor zusammensackte. Der Pfeil ragte spannenlang aus seinem Rücken.

Das donnernde Geräusch war jetzt so laut, daß das ganze Haus davon zu vibrieren schien. Er war mit ein paar Sätzen wieder oben, blickte am Torturm vorbei in die Ebene hinaus, und da kamen sie, kamen in einem langgestreckten Pulk die Steigung herauf, ein paar in gestrecktem Galopp vorneweg, die ersten nicht mehr als dreihundert Schritte entfernt. Eine riesige Staubwolke zog hinter ihnen her wie eine gewaltige Fahne, die höher und höher wuchs, als wollte sie in den Himmel steigen.

«Hauptmann! He, Hauptmann!» rief Lope über die Brüstung hinunter. Er sah den dritten Schützen vor der Mauer auf dem Pflaster liegen, alle viere von sich gestreckt, und sah die anderen drei im Schutz der Tordurchfahrt hinter einen Stapel Tierhäute geduckt. Cosme jagte einen Pfeil in die Gasse hinein, sein Köcher war leer, so wie es aussah. Weder der Hauptmann noch die anderen schienen Lope gehört zu haben. Und dann drang auf einmal ein laut knallendes Geratter aus der Gasse herauf, und als Lope hinunterblickte, sah er, daß sie einen schweren Karren gegen das Tor vorschoben, zehn, zwölf Leute dahinter, Männer und Frauen, mit Äxten und Spießen bewaffnet. Er deckte sie von oben mit Steinen ein, er traf mit jedem Wurf, sie waren genau unter ihm und waren nicht darauf gefaßt, aus dieser Richtung angegriffen zu werden. Drei blieben liegen, die anderen zogen sich eilig zurück, während der Wagen allein weiterrollte und neben dem Tor krachend gegen die Mauer stieß.

«Hauptmann!» rief Lope. «Hauptmann!» Und winkte mit dem Arm. Diesmal hörten sie ihn, und der Hauptmann legte die Hand über die Augen und schaute zu ihm herauf.

«Ihr könnt auf den Turm!» rief Lope ihm zu. «Der Mann ist erledigt!»

Und im selben Augenblick donnerte der erste Reiter über die Brücke und preschte mit knallenden Hufen in die Gasse hinein, und der nächste hinterher, und aus dem langgestreckten Pulk vor der Mauer lösten sich zwei kleine Trupps, die sich daranmachten, den Ort auf beiden Seiten zu umrunden, um ihn ganz einzukreisen und die Flüchtlinge abzufangen.

Es würde noch ein, zwei Tage dauern, bis sie alle festen Häuser und die

Moschee und alle Türme an der Mauer in ihre Gewalt gebracht hatten. Aber es gab schon jetzt keinen Zweifel mehr: Der Ort mit allem, was darinnen war, gehörte ihnen.

51

RIO ALCANADRE

DONNERSTAG 9. SIWAN 4844
16. MAI 1084/7. MUHARRAM 477

Eine der Frauen aus dem Lager hatte Karīma den Namen «at-Tubayba» gegeben, «unsere kleine Ärztin». Die meisten Andalusierinnen nannten sie inzwischen so. Es gab viele Andalusierinnen im Lager, Mozaraberinnen, aber auch muslimische Frauen, die irgendwann von den Männern bei einem Überfall erbeutet worden waren und es vorgezogen hatten, bei ihnen zu bleiben, weil ihnen das Leben an der Scite eines Söldners angenehmer erschien als die unaufhörliche Plackerei, die von einer Magd oder einer Bäuerin verlangt wurde. Es gab Frauen aus allen Ständen und aus allen Ländern im Lager. Karīma hatte unglaubliche Geschichten gehört und abenteuerliche Lebensläufe erzählt bekommen von entlaufenen Mägden und gebrandmarkten Huren und halbwüchsigen Mädchen, die man ihren Eltern abgekauft hatte. Eine ihrer Nachbarinnen war ein achtzehnjähriges blondes Mädchen, die aus dem Land des Kaisers der Franken stammte und behauptete, die Tochter eines vornehmen Herrn zu sein. Sie hatte als Zwölfjährige mit ihrem Vater eine Pilgerreise nach Compostela unternommen. Der Vater war am Ziel der Reise gestorben. Er hatte die Tochter mit allem Reisegeld einem seiner Dienstleute anvertraut. Der Dienstmann war mit dem Geld verschwunden und hatte das Mädchen schutzlos zurückgelassen. Sie hatte sich als Junge ausgegeben und zwei Jahre lang vom Bettel gelebt, war dann an eine Gauklertruppe geraten und hatte gelernt, mit Messern zu jonglieren, bis sich der Bastardsohn eines kleinen kastilischen Burgherrn in sie verliebt und sie in das Lager des Don mitgenommen hatte.

Karīma hatte unzählige Geschichten gehört. Aber nach zwei Wochen hatten diese Geschichten allmählich ihren Reiz verloren, und das Leben auf dem blanken Boden und hinter Wänden aus Schilf und gewachster Leinwand hatte allmählich begonnen, ihr lästig zu werden. Das Lager wimmelte von Ungeziefer, und Karīma kämpfte einen verzweifelten

Kampf gegen Flöhe und Läuse. Bald wurde sie es auch leid, wieder und wieder die gleichen Männergeschichten anhören zu müssen. Selbst Felicia mit ihrer schwitzenden Zuneigung war auf die Dauer nur schwer zu ertragen. Karīma zog sich zurück, soweit sie konnte.

Sie begann sich zu fragen, wie lang dieses Leben noch weitergehen sollte? Wie lange hatte Lope vor, bei diesem Söldnerhaufen zu bleiben? Sie hatte sich anfangs nicht viel dabei gedacht, als die Rede davon gewesen war, daß die Männer einen festen Ort erobern würden, in den das ganze Lager später umziehen sollte. Sie hatte keine rechte Vorstellung davon gehabt, was das bedeutete. Aber inzwischen wußte sie es. Die Männer überfielen irgendeine friedliche kleine Stadt, machten die Einwohner zu Gefangenen, töteten die, die sich zur Wehr setzten. Sie führten Krieg gegen unschuldige Leute. Und Lope war dabei. Sie selbst war dabei. Sie machte sich genauso schuldig, wenn sie später mit den anderen in die eroberte Stadt einzog. Worauf hatte sie sich eingelassen! Welchen Hoffnungen rannte sie hinterher? Was erwartete sie eigentlich? Welche Gemeinsamkeiten gab es für sie beide, welche Zukunft? Welche andere Zukunft hatte Lope außer dieser hier: Krieg führen und Beute machen im Dienst irgendeines Söldnerführers. Was hatte er anderes gelernt, als mit Waffen umzugehen!

Sie erinnerte sich an ein Gespräch mit Ibn Eli, der damals hellsichtiger gewesen war als ihr Vater und besser begriffen hatte, wie sehr sie als Mädchen von vierzehn, fünfzehn Jahren von diesem jungen spanischen Hidalgo beeindruckt worden war. Er war über den Soldatenstand hergezogen mit ein paar beiläufigen, aber genau gezielten Worten, die sie nie vergessen hatte. Von einem überflüssigen Stand hatte er gesprochen, der nur zerstörte, ohne etwas aufzubauen. Von einem dummen Mut, der sich Gefahren aussetzte, vor denen jeder vernünftige Mensch davonlief. Von törichten Männern, die sich von den Spielen ihrer Kindheit nicht trennen könnten und noch als erwachsene Männer mit Spielzeug umgingen, nur daß es unglücklicherweise tödliches Spielzeug sei.

Es hatte Augenblicke gegeben in diesen Tagen des Alleinseins, da war sie nahe daran gewesen, Lu'lu zu bitten, sie nach Zaragoza zu bringen.

Aber als an diesem Abend kurz vor Sonnenuntergang Unruhe im Lager aufkam und die Frauen mit wehenden Röcken zum Tor rannten und Alienor, die schöne Provençalin aus der Nachbarhütte, rasch ihr rotes Kleid überzog und das Haar losband, daß es ihr lang über die

Schultern fiel, und als das laute Geschrei vom Tor her endlich den Einzug der Männer ankündigte, da war wieder alles vergessen.

Es wurde nur ein kleiner Trupp erwartet, der helfen sollte, das Lager abzubauen und die Frauen und den ganzen Troß sicher in das neue Quartier zu bringen. Es war nicht zu erwarten, daß Lope dabei war, aber jetzt hoffte sie doch. Sie wollte wie die anderen zum Tor laufen, aber nach ein paar Schritten hielt sie an und blieb unschlüssig am Rand der breiten Lagerstraße stehen und strich ihren Rock glatt und blickte sich verlegen um und wurde rot, als sie Lu'lus Blick auf sich gerichtet sah.

«Da ist er!» sagte Lu'lu und deutete mit gestrecktem Arm in die Richtung auf das Tor hin.

Sie sah ihn zwischen den anderen die Lagerstraße herunterkommen. Es waren nicht mehr als zwanzig Mann, einige waren schon aus den Sätteln gestiegen, einige hatten ihre Frauen vor sich auf die Pferde gehoben. Alienor mit ihrem roten Kleid saß vor einem, der neben Lope herritt, ihr Hauptmann offenbar. Sie hing ihm am Hals.

Lope war unverletzt. Er hob den Arm, als er sie erkannte. Er war grau vor Staub, das Gesicht eine steinerne Maske. Auch die anderen waren von oben bis unten eingestaubt. Es waren Männer dabei, die sie vorher im Lager noch nicht gesehen hatte, ein Gesicht kam ihr bekannt vor, aber sie hatte keine Zeit, darüber nachzudenken, da war Lope schon heran und stieg vom Pferd und klopfte sich den Staub aus den Kleidern.

Sie hörte eine Stimme über sich, eine laute helle Stimme: «He, Mann, Lope, ist das deine Frau?» Die Stimme ließ ihr den Atem stocken, ohne daß sie noch wußte, warum. Als sie aufblickte, sah sie einen Reiter vor sich, er stand gegen die Sonne. Sie kniff die Augen zusammen. Alienor in ihrem roten Kleid. Der Hauptmann. Sie erkannte ihn nicht gleich. Da war dieser strohfarbene Schnauzbart, der sie verwirrte, er hatte damals keinen Bart getragen, aber dann blickte er sie an und zeigte strahlend die Zähne, und da wußte sie es, kein Zweifel mehr möglich, nicht der geringste Zweifel, dieser breite Mund, diese Raubtierzähne, diese wasserblauen Augen.

«Mann, Bruder, warum hast du mir nichts von dieser Frau erzählt?» hörte sie ihn sagen. «Warum hast du mir das verheimlicht, Bruder? Was für eine Schönheit!» Er verbeugte sich aus dem Sattel heraus. «Meine Verehrung, Dueña», sagte er strahlend. «Meine aufrichtige Bewunderung.»

Sie war so überrascht, daß sie seine Verbeugung erwiderte, und ein kalter Schauer durchfuhr sie, als ihr plötzlich der Gedanke kam, daß auch er sie erkannt haben müßte, bis sie sich bewußt wurde, daß er sie damals unter ihrem Reiseschleier gar nicht gesehen haben konnte.

«Lope, mein Freund», hörte sie ihn sagen. «Ich hoffe, daß ich euch bald in meinem Haus empfangen kann.» Und sie sah, wie er mit großer Geste auf seine Hütte deutete und dann endlich sein Pferd antrieb. Sie erkannte auch den Burschen hinter ihm, diesen langgesichtigen, sanftäugigen jungen Kerl mit dem dünnen blonden Bart. Die Knie wurden ihr weich, sie mußte sich an einem Pfosten festhalten. Sie wagte kaum, aufzublicken und Lope ins Gesicht zu sehen, sie fürchtete, daß er längst die Wahrheit erraten hätte. Aber dann sah sie, daß er gar nicht auf sie geachtet hatte, er machte auch keine Anstalten, auf sie zuzugehen, um sie zu begrüßen. Er machte sich an seinem Pferd zu schaffen und hob die Packtaschen herunter, und als Lu'lu dazukam und sie ihm abnahm und sich dann beeilte, das Pferd wegzuführen, und als sie beide allein zurückblieben, standen sie vor der Hütte nebeneinander wie zwei Fremde, die der Zufall unverhofft an einen Platz zusammengeführt hat und die sich nichts zu sagen wissen.

Sie war beinahe erleichtert, als kurze Zeit später der Hauptmann von der Nachbarhütte herüber nach Lope rief und ihm vorschlug, ihn zum Waschen an den Fluß zu begleiten.

Als Lope zurückkam, war er in gelösterer Stimmung. Lu'lu hatte Feuer gemacht und Wein besorgt und ein paar Vögel gebraten, und als sie beim Essen saßen, fragte er Lope über die Cabalgada aus, fragte nach immer neuen Einzelheiten, bis Lope allmählich auftaute und zu erzählen begann.

Aber als die Sonne unterging, kam die Unterhaltung unvermittelt ins Stocken, denn aus der Hütte des Hauptmanns drangen unüberhörbar die Seufzer der schönen Provençalin herüber und spitze Schreie und kaum unterdrücktes kitzliges Gekicher und schließlich immer lauter ihr knurrendes, keuchendes, wimmerndes, alle Tonhöhen durchlaufendes Lustgestöhn, so hemmungslos laut, als legte sie es geradezu darauf an, das ganze Lager an ihrem Vergnügen teilhaben zu lassen.

Lu'lu versuchte in wachsender Verzweiflung, die Geräusche durch größere Lautstärke und schnelleres Reden zu übertönen, aber es war vergeblich. Lope verstummte und starrte mit versteinertem Gesicht ins Feuer, und zuletzt stand er schweigend auf und verschwand in Richtung auf das Lagertor und die Pferdekoppel zu.

Karīma und Lu'lu blieben stumm und bedrückt am Feuer zurück. Sie sahen zu, wie es niederbrannte. Als nur noch ein paar kleine blaurote

Flämmchen aus der Glut züngelten, tauchte geräuschlos wie eine hungrige Ratte der rothaarige Mönch am Rande des Feuerscheins auf und sagte grinsend: «Was ist das für ein Mann! Schleppt einen Honigtopf mit sich herum und mag keinen Honig!»

Lu'lu sprang auf, aber bevor er noch ganz auf den Beinen war, hatte sich der Mönch schon wieder in den Schutz der Dunkelheit zurückgezogen, und sie hörten nur noch sein meckerndes Lachen.

Die Nachricht über Lopes sonderbares Verhalten machte schnell die Runde. Karīma bekam es schon am nächsten Tag zu spüren. Sie war bis dahin im Lager nie belästigt worden. Der Don verhängte drakonische Strafen, wenn seine Männer sich gegenseitig die Frauen abspenstig zu machen versuchten und darüber in Streit gerieten. Solange Karīma als Lopes Frau angesehen worden war, hatte sie sich völlig sicher fühlen können, denn Lope, der als schwerer Reiter angemustert hatte, zählte zur Oberschicht im Lager. Jetzt aber, nachdem er durch sein Verhalten zu verstehen gegeben hatte, daß er sie nicht als Beischläferin beanspruchte, war sie plötzlich Freiwild geworden. Zuerst begriff sie gar nicht, was in den Köpfen der Männer vor sich ging, sie war zu wenig vertraut mit den Gepflogenheiten in dieser neuen Welt. Sie stellte nur plötzlich fest, daß die Blicke begehrlicher wurden, und daß die Männer ihr anders begegneten, wenn sie durchs Lager ging: aufdringlicher, herausfordernder, aufgeblasen wie balzende Hähne. Auch die Frauen verhielten sich auf einmal anders, beobachteten sie mit lauernden Blikken, wurden aggressiv, wie die schöne Alienor, die sie beim Wasserholen so offen anrempelte, daß ihr der Krug vom Kopf fiel. Viele Frauen, die ihr bisher freundlich begegnet waren, gingen ihr jetzt aus dem Weg, als wäre sie über Nacht zu einer Feindin geworden. Selbst Felicia wich ihr aus.

Sie verließ kaum mehr die Hütte, und wenn es sich nicht umgehen ließ, sorgte sie dafür, daß Lu'lu sie begleitete. Aber der schwarze Diener war keine Hilfe. Trotz seiner imponierenden Größe schien ihn keiner der Männer ernst zu nehmen. Er war kein Mann für sie. Sie ließen sich durch seine Anwesenheit nicht einschüchtern.

Am späten Nachmittag, als Lope auf der Koppel war, stattete ihr der Hauptmann einen Besuch ab. Er trug einen paprikaroten Seidenumhang und dattelbraune Schuhe, stolzierte vor ihr herum wie ein Pfau, machte ihr unverblümt den Hof. Er gab vor, zu bedauern, daß er Lope nicht angetroffen habe, aber er ließ keinen Zweifel daran, daß er froh darüber war, und allen war klar, daß er genau den richtigen Zeitpunkt abgepaßt hatte, um sie allein vorzufinden.

Am nächsten Tag schickte er seinen Burschen mit einer formellen Einladung zu einem Essen in seiner Hütte. Er bemühte eigens den Koch, ließ Wachteln und Rebhühner braten und servierte Wein aus Valencia in maurischen Gläsern. Er zeigte sich von seiner besten Seite, überschlug sich vor Höflichkeit gegenüber Karīma, sagte ausgesuchte Artigkeiten, die sich in seinem gebrochenen Spanisch so unfreiwillig komisch anhörten, daß sie wider Willen selbst darüber lachte. Manchmal, wenn sie sich vorstellte, daß dieser fröhlich plaudernde, sie mit gewinnendem Charme hofierende Mann einer der Mörder auf der Brücke von Alcántara war, zweifelte sie an ihrem Verstand und wollte es nicht für möglich halten.

Sie spürte die Blicke der schönen Provençalin auf sich gerichtet, die sich herausgeputzt hatte wie eine Hure zum Fest und auftrat wie eine große Dame und Lope feurige Blicke zuwarf in dem hilflosen Versuch, ihren Liebhaber eifersüchtig zu machen. Sie sah, wie ihre Selbstsicherheit immer mehr schwand unter der Mißachtung des Hauptmanns und wie der Haß in ihr aufzulodern begann, bis er Funken aus ihren Augen schlug.

Dem Hauptmann stand die nackte Begehrlichkeit in den Augen. Karīma hatte Mühe, seine Komplimente abzuwehren. Die Spannung, die über der Runde lag, war mit Händen zu greifen. Nur Lope merkte nichts. Er aß mit gutem Appetit, er trank so viel, wie sie ihn noch nie hatte trinken sehen, und ließ sich geschmeichelt die Blicke der Provençalin gefallen und überhörte die Anzüglichkeiten des Hauptmanns, als wäre er taub. Sie war wütend, sie war so wütend auf ihn, wie noch nie zuvor. Sie war nahe daran, ihn über den Hauptmann aufzuklären.

Am nächsten Tag machte sie die überraschende Feststellung, daß die Männer sie wieder in Ruhe ließen. Keine Pfiffe mehr, kein Zungenschnalzen, keine schamlosen Gesten. Sie brauchte eine ganze Weile, bis ihr klar wurde, was dahintersteckte: Der Hauptmann hatte ihr vor aller Augen seine Aufwartung gemacht. Damit war sie für die anderen Männer unerreichbar geworden. Keiner wollte sich mit dem Normannen anlegen. Sie war zutiefst empört. Sie war um so mehr empört, als Lope noch nicht einmal zu ahnen schien, was vor sich ging.

Schon am folgenden Nachmittag machte ihr der Hauptmann aufs neue seine Aufwartung. Er kam, sobald Lope auf die Koppel gegangen war. Sie versuchte, ihn abzuwehren, aber er trat auf, als gründeten sich seine Besuche inzwischen schon auf eine lange Tradition, die ihm feste

Rechte einräumte. Er brachte eine rote Korallenkette als Geschenk. Als sie sich weigerte, das Geschenk anzunehmen, tat er zerknirscht und bat auf liebenswürdigste Weise um Verzeihung für seine Aufdringlichkeit.

Am Abend, als sich die Männer mit dem Hauptmann zu einer Beratung trafen und Karīma allein vor der Hütte saß, tauchte plötzlich wieder der rothaarige Mönch neben ihr auf.

«Warum seid Ihr nicht ein bißchen entgegenkommender zu unserem Hauptmann?» fragte er, und diesmal war kein Spott in seiner Stimme. «Er hält große Stücke auf Euch, der Hauptmann. Ihr könntet ein schönes Leben haben an seiner Seite. Ihr findet keinen besseren Mann in der Truppe.»

Sie tat so, als hörte sie ihn nicht.

«Der Hauptmann wäre bereit, noch heute diese hübsche kleine Provençalin fortzuschicken, wie ich höre. Er hat ihr sechs Golddinar im Monat gezahlt. Er wäre bereit, Euch das Doppelte anzubieten, die Geschenke nicht mitgerechnet.»

Sie preßte die Lippen zusammen und blickte starr geradeaus.

«Der Hauptmann würde Euch alles bieten, was ihr Euch wünschen könnt», fuhr der Mönch fort. Er kam so nah, daß sie seinen Atem riechen konnte, und setzte mit flüsternder Stimme hinzu: «Es heißt, der Hauptmann kann einen Kiesel aus der Wand brunzen, so ist er unterm Gürtel ausstaffiert!»

Sie rührte sich nicht. Sie wartete, bis der Mönch sich wieder zurückgezogen hatte. Dann stand sie auf und ging in ihre Hütte, und im Dunkel der Hütte kauerte sie sich auf den Boden und schlug die Hände vors Gesicht, um das Schluchzen zu unterdrücken. Ihre Schultern zuckten, während sie stumm in sich hineinweinte. Sie weinte, wie sie nicht mehr geweint hatte, seit sie ein Mädchen gewesen war.

Lope hatte es sich zur Gewohnheit gemacht, jeden Tag bei Sonnenaufgang für eine Stunde in den Flußauen auszureiten, um die Pferde in Bewegung zu halten. Anfangs, als die ganze Truppe noch im Lager gewesen war, hatte er manchmal einen Mann gefunden, der ihn begleitet hatte. In den letzten Tagen war er immer allein ausgeritten.

An diesem Morgen wartete der Hauptmann auf ihn, als er auf die Koppel kam. Sie ritten gemeinsam los, zuerst durch den Pinienwald nach Norden und auf einem schmalen Weg ins Tal hinunter und dann im Talgrund weiter. Als sie auf freies Gelände hinauskamen, wo sie nebeneinander reiten konnten, sagte der Hauptmann ohne lange Einleitung: «Hör zu, Bruder, ich habe etwas mit dir zu bereden.»

Lope warf ihm einen fragenden Blick zu.

«Ich denke, du kannst dir vorstellen, worum ich dich bitten will», fuhr der Hauptmann fort.

«Nein», sagte Lope.

Der Hauptmann schien überrascht, aber er ließ sich dadurch nicht lange aufhalten. «Es geht um die Frau, die du bei dir hast», sagte er. «Die Leute im Lager behaupten, daß sie dir nichts bedeutet. Ich gebe nichts auf das Gerede der Leute, aber wenn es so ist, wie sie sagen, bin ich bereit, dir ein Angebot zu machen.» Er legte eine Pause ein und blickte Lope fragend an.

«Was soll das!» sagte Lope. «Was für ein Angebot?»

«Ein ehrliches Angebot unter Brüdern», sagte der Hauptmann und zeigte die Zähne. «Hör zu, Freund, jeder von uns braucht die Abwechslung, ich verstehe das, du brauchst mir nichts zu sagen. Ich biete dir diese kleine Französin an und fünfzig Meticalen in Gold. Ist das ein Angebot?»

Lope sah den Blick des Hauptmanns erwartungsvoll auf sich gerichtet und redete sich im ersten Augenblick ein, nicht richtig gehört zu haben, und hatte doch längst begriffen, was der Hauptmann von ihm wollte, war sich nur nicht sicher, ob er empört sein sollte oder wütend, spürte, wie die Wut in ihm die Oberhand gewann, wollte schon eine passende Antwort geben, als ihn plötzlich im letzten Augenblick etwas zurückhielt. Welchen Anlaß hatte er für einen Wutausbruch? Was gab ihm das Recht dazu? Karīma war weder seine Frau noch seine Schwester. Wenn der verdammte Normanne hinter ihr her war, hatte er das Recht, ihn daran zu hindern? War das Angebot des Hauptmanns nicht ganz im Einklang mit dem Kodex, der in der Truppe galt?

«Achtzig Meticalen!» sagte der Hauptmann.

Lope wich seinem Blick aus. War es möglich, daß dieser normannische Hurenbock schon einen Anlaß hatte, sich Hoffnungen zu machen? Hatte nicht Lu'lu davon gesprochen, daß der Hauptmann Karīma schon zweimal in seiner Abwesenheit einen Besuch abgestattet hatte? Hatte dieser verdammte Bastard nicht auch schon bei diesem Essen vor ihr sein Rad geschlagen?

«Hundert Meticalen!» sagte der Hauptmann.

«Das ist kein Thema», sagte Lope mit steifer Förmlichkeit.

Der Hauptmann blickte ihn breit lächelnd von der Seite an: «Das ist keine Antwort, Bruder», erwiderte er.

«Es gibt keine andere Antwort», sagte Lope, den Kopf immer noch steif geradeaus gerichtet.

«Wie du willst, Bruder», sagte der Hauptmann ohne Zorn. «Ich wollte dich nicht verletzen. Aber mein Angebot steht: Die kleine Französin und hundert Meticalen in Gold. Überlege es dir in Ruhe. Ich kann warten.» Und er hielt sein Pferd an und wendete es und machte sich auf den Rückweg, bevor Lope noch etwas erwidern konnte.

Lope stieß seinem Pferd die Fersen in die Seite und jagte in rasendem Galopp das Tal hinauf, als könnte er seinen Gedanken auf diese Weise entkommen. Irgendwann hielt er genauso unvermittelt an, und die Vorstellung überfiel ihn, daß der Hauptmann gerade in diesem Augenblick bei Karīma sitzen und ihr vom Ergebnis seiner Unterredung berichten könnte. Er jagte zurück. Er redete sich ein, daß er es dem Hakīm schuldig wäre, Karīma vor diesem verdammten Normannen zu schützen. Er redete sich ein, daß er für sie verantwortlich sei. Auf halbem Weg nahm er das Tempo wieder zurück und ließ das Pferd in einem langsamen Schritt weitergehen. Plötzlich wurde ihm klar, daß die Schuld ganz allein ihn traf. Er hätte Karīma nicht in dieses Söldnerlager mitnehmen dürfen, er hätte sie zumindest nicht allein in diesem Lager zurücklassen dürfen, er hätte sie gleich nach der Ankunft mit Lu'lu nach Zaragoza bringen müssen, er hätte ihr den Aufenthalt unter dieser Söldnerbande nicht zumuten dürfen. Er erging sich in Selbstvorwürfen, aber je näher er dem Lager kam, desto mehr drängte sich ein anderer Gedanke in den Vordergrund. Aus welchem Grund war sie bei den Leuten im Lager ins Gerede gekommen, wie es der Hauptmann angedeutet hatte? War es jemals zu Belästigungen gekommen auf ihrer langen gemeinsamen Reise bisher? Hatte er nicht Lu'lu zu ihrem Schutz bei ihr zurückgelassen? War es vielleicht so, daß sie das Gerede im Lager selbst herausgefordert hatte! Er hielt sich an diesem Gedanken fest, und als er die Koppel erreichte, war er überzeugt, daß die Schuld viel eher bei ihr zu suchen wäre als bei ihm selbst. Er war voll von Vorwürfen, und während er die Lagerstraße hinunterlief, legte er sich schon die Worte zurecht, in die er seine Vorwürfe kleiden wollte, und als er ihr vor der Hütte begegnete, ging er sie ohne lange Vorrede an.

«Es haben sich Dinge ereignet, die an meine Ehre gehen! Dinge, die uns beide betreffen und über die wir reden müssen», sagte er aufgebracht, aber so leise, daß nur sie ihn hören konnte.

Sie warf ihm einen verwunderten Blick zu und machte die Augen schmal. «Dinge! Dinge! Was für Dinge?»

Er war nicht gefaßt auf diese Antwort, aber es gelang ihm, seinen aufgebrachten Ton beizubehalten. «Ich glaube nicht, daß wir das hier besprechen sollten, wo uns alle hören können!» sagte er.

«Gut», erwiderte sie mit der gleichen Heftigkeit wie zuvor. «Dann gehen wir dorthin, wo uns niemand hören kann!» Und war im nächsten Augenblick auch schon aufgesprungen und auf dem Weg die Lagerstraße hinunter in Richtung auf den Fluß zu.

Sie zwang ihn, eine ganze Strecke weit fast im Geschwindschritt hinter ihr herzulaufen. Die unwürdige Hast, die sie ihm aufnötigte, nahm ihm einiges von seiner Selbstsicherheit. Dann merkte er auf einmal, daß ihm auch die Worte entfallen waren, die er sich so sorgfältig zurechtgelegt hatte. Und als sie den Serpentinenweg erreichten, der zum Fluß hinunterführte, und sie ihn anfauchte, was es nun eigentlich zu bereden gebe, kam er unvermeidlich ins Stottern.

«Es geht um diesen normannischen ... es geht um den Hauptmann», begann er und verstummte sofort wieder, als sie sich mit funkelnden Augen zu ihm umwandte.

«Um den Hauptmann!» sagte sie mit bedrohlicher Schärfe. «Das trifft sich gut! Über den Hauptmann habe ich auch einiges zu sagen!»

Er fand eine passende Entgegnung, aber bevor er sie loswerden konnte, hatte sie sich schon wieder umgedreht und lief mit langen Schritten vor ihm her, den Serpentinenweg hinunter, und er fand es unangebracht, seine Vorwürfe gegen jemanden zu richten, der ihm den Rücken zukehrte.

«Ich höre!» sagte sie bissig.

Er mußte etwas sagen, wenn er nicht ganz das Gesicht verlieren wollte. «Ich habe keine Lust, mich im Laufschritt zu unterhalten!» sagte er.

Sie blieb so überraschend stehen, daß er fast auf sie aufgelaufen wäre. «Ach, auf einmal!» fauchte sie ihn an. «Haben wir je etwas anderes getan in diesen letzten Monaten, als uns im Laufschritt zu unterhalten!»

«Das ist nicht das Thema», sagte er streng.

«Was ist dann das Thema?» erwiderte sie wütend. «Was soll es sein? Ich warte schon lange darauf, daß wir endlich auf das Thema kommen!» Und sie drehte sich wieder um und lief weiter den Weg hinunter.

Er hastete hinter ihr her, um nicht zu weit zurückzufallen. «Es geht darum ... daß ich mich in meiner Ehre verletzt fühle, wenn im Lager Gerüchte umgehen ...», begann er stockend. «Es geht darum, daß ich es nicht zulasse, wenn dieses normannische Großmaul oder wer auch immer sich einbildet ... ich bin nicht bereit, hinzunehmen ...» Er unterbrach sich, weil er plötzlich den Eindruck gewann, daß sie ihm gar nicht zuhörte. Er ärgerte sich über sich selbst, weil ihm nicht die richtigen Worte einfallen wollten. Er wußte selbst nicht mehr genau, was er ihr eigentlich hatte vorwerfen wollen, und versuchte angestrengt, den Faden wiederzufinden. Aber dann hatten sie auf einmal den Talgrund erreicht, und sie wandte sich um und blickte ihn aus zornig zusammengekniffenen Augen an. Sie zitterte vor Wut, sie war so wütend, daß er unwillkürlich einen Schritt zurückwich.

«*Du! Du!* Immer nur *du*!» schrie sie ihm ins Gesicht. «*Deine* Ehre, *deine* Rache, *deine* unsinnigen Gelübde! Alles, woran du denkst, bist *du*! Alles, was du im Kopf hast, bist nur *du*! Alles dreht sich nur um *dich*! Um *dich*! Um *dich*!»

Er war sicher, sie würde gleich mit den Fäusten auf ihn losgehen, und hob unwillkürlich die Hände in einer hilflosen Geste der Abwehr.

«Hast du auch nur ein einziges Mal in dieser ganzen Zeit an mich gedacht?» fuhr sie mit vor Empörung zitternder Stimme fort. «Hast du jemals auch nur einen einzigen Gedanken daran verschwendet, wie es *mir* ergangen ist, was *ich* durchgemacht habe, was *ich* empfunden habe in dieser ganzen Zeit? Ist es dir je in den Sinn gekommen, dich auch einmal in *meine* Lage zu versetzen? Hast du je daran gedacht? Sag mir das! Hast du ein einziges Mal an *mich* gedacht in dieser ganzen Zeit?!»

Er wußte nicht, was er sagen sollte. Er starrte sie völlig entgeistert an. Er war nicht auf so einen Ausbruch vorbereitet. Er hätte nie für möglich gehalten, daß sie so laut werden könnte.

«Du läßt mich hier unter diesen Weibern zurück, die sich über mich das Maul zerreißen, weil sie nicht wissen, ob ich deine Frau bin oder deine Schwester oder nur irgendeine jüdische Hure. Du schleppst mich zu diesem großspurigen Hauptmann und merkst nicht, daß er mir den Hof macht, und ich muß ihm sogar noch dankbar sein, weil er mir dadurch wenigstens die anderen Männer vom Hals hält. Du benimmst dich mir gegenüber, als hätte ich den Aussatz, und dann wunderst du dich, daß die Leute im Lager zu reden anfangen. Du bringst es nicht einmal fertig, mir zur Begrüßung die Hand zu geben. Du sitzt herum, steif wie ein Stock, du redest nichts, du bemühst dich nicht einmal, den Schein zu wahren, und dann wagst du es auch noch, dich zu beschweren, daß im Lager Gerüchte umgehen. Du wagst es, mir Vorwürfe zu machen, während ich mir gefallen lassen muß, daß irgendwelche Kerle ihre Leute schicken, um mir schamlose Angebote zu machen. Das muß ich mir gefallen lassen! Ich denke nicht daran, mir das gefallen zu lassen!»

Er war unfähig, irgendeinen klaren Gedanken zu fassen, er war so betreten, war ihr in diesem Augenblick so hilflos ausgeliefert, daß sie ihn mit dem kleinen Finger hätte umstoßen können.

«Welche Angebote? Welche Leute? Welche Kerle?» stammelte er.

«Ja!» sagte sie aufgebracht. «Das ist es, was du wissen möchtest. Welche Leute! Welche Männer! Weil es deine Ehre berührt, deine empfindliche Ehre. Ich will dir sagen, was ich davon halte. Ich pfeife darauf! Ich pfeife auf deine Ehre!»

Sie stand zornbebend vor ihm, als warte sie nur darauf, daß er etwas zu entgegnen wagte, und als er schwieg, riß sie sich mit einem Ruck das Kopftuch herunter, das sich gelöst hatte, und für die Dauer eines Wimpernschlags meinte er ein spöttisches Lächeln in ihren Augen aufblitzen zu sehen, aber er war sich nicht sicher, und sie ließ ihm auch keine Zeit, darüber nachzudenken, sondern ging an ihm vorbei und schüttelte den Kopf, daß die Haare flogen, und lief mit energischen Schritten den Serpentinenweg wieder hinauf, band sich im Laufen das Kopftuch fest.

Als sie auf halber Höhe angelangt war, drehte sie sich noch einmal um. «Das wurde Zeit», rief sie herunter, «daß das endlich einmal beredet wurde.»

Er wußte nichts zu erwidern.

Einen Tag später brachen sie auf, ein langer Zug, Saumtiere, hoch beladene Karren, an denen Ziegen und Schafe und Rinder festgebunden waren, die Reiter vorn und an den Seiten wie Hirtenhunde, die die Herde zusammenhielten, die Frauen und Kinder zu Fuß. Die Langsamsten bestimmten das Tempo. Der Hauptmann hatte drei Tage für die Reise veranschlagt.

Ihr erstes Nachtlager schlugen sie im Tal der Cinca auf. Sie hatten sich gerade eingerichtet, die Wagen zusammengestellt, die Pferde versorgt, als im Süden die ersten Blitze über den Nachthimmel zuckten. Ein seltsames Geräusch war auf einmal in der Luft, ein unheimliches, kaum hörbares Summen und Sirren, das sich nur deshalb wahrnehmen ließ, weil gleichzeitig alle anderen Geräusche erstarben. Kein Blätterrauschen war mehr zu hören, kein Vogelgezirp, kein Geraschel im trockenen Gras. Kein Lufthauch war zu spüren. Lautlose Stille, als hielte die Natur den Atem an. Nur dieses stetig anwachsende Summen in der Luft, das die Tiere unruhig machte und die Kinder zum Heulen brachte. Und dann kam alles rasend schnell heran. Die über den Horizont fegenden Blitze, das immer lauter und immer bedrohlicher werdende Rollen des Donners, das kein Ende mehr nahm, und eine mächtige schwarze Wolkenwand, die sich über den Himmel heraufschob.

Sie mußten aus dem Tal heraus, weil zu befürchten war, daß der Fluß über die Ufer trat. In aller Hast wurden die Pferde angespannt und die Habseligkeiten gepackt, aber mitten unter den Vorbereitungen fegte der erste Windstoß durch die Bäume und ließ die Feuer hell aufflammen, und zwei Pferde gingen durch, rasten quer durch den aufgescheuchten Haufen flußaufwärts, und Panik brach aus, als alle versuchten, sich in wilder Flucht in Sicherheit zu bringen, nur weg aus dem Tal, irgendwo hinauf, weg vom Fluß.

Lope war mit Karīma und Lu'lu an der Spitze des Zuges geritten, und sie hatten ihren Lagerplatz nah am Hauptarm des Flusses auf einer baumbestandenen Kiesaufschüttung gewählt. Als das Gewitter näher gekommen war, hatte Lope sofort zum Aufbruch gedrängt, aber während die anderen sich alle nach rückwärts geflüchtet hatten, waren sie zu dritt durch den Fluß gegangen und hatten versucht, noch rechtzeitig auf das östliche Hochufer zu kommen. Sie erreichten gerade noch die Hangkante, dann brach die Hölle los mit grellen Blitzen und schmetternden, reißenden Donnerschlägen, und das Wasser kam herunter, als hätte ein Riese den ungeheuren schwarzen Wolkensack über ihnen der Länge nach mit dem Messer aufgeschlitzt.

Es dauerte nur ein paar Augenblicke, da waren sie bis auf die Haut durchnäßt, die Stiefel bis zum Rand mit Wasser gefüllt, die Packtaschen naß bis in die innersten Schichten. Nichts hielt dem Wasser stand. Sie führten die Pferde am Zügel hinter sich her durch einen lichten Wald, in dem überall kleine Bäche aufsprangen. Es war stockfinstere Nacht, aber die Blitze folgten so dicht aufeinander, daß sie sich sicher zwischen den Bäumen bewegen konnten. Lope fand schließlich abseits der Straße einen halbwegs geschützten Platz im Windschatten einer großen, schrägstehenden Steineiche, an deren Stamm er eine gewachste Plane band, die zumindest Karīma Schutz bieten konnte. Vor dem Eingang dieses behelfsmäßigen Zeltes schichtete er die Sättel und die Packtaschen aufeinander, um den Wind noch besser abzuhalten, und riß ein paar Zweige ab, mit denen er den Boden auslegte, während Lu'lu sich bemühte, die Pferde ruhig zu halten.

Als der Unterstand fertig war und Karīma sich endlich darin niedergelassen hatte, stellte sich heraus, daß er völlig unnütz war, denn sobald sich das Gewitter verzogen und der Regen aufgehört hatte, fing es an, aus den Bäumen zu tropfen, und sie wären besser beraten gewesen, sich einen Platz unter freiem Himmel zu suchen, aber dazu war es zu spät, es war so dunkel, daß man die Hand nicht mehr vor Augen sehen konnte.

Lope hockte sich in einiger Entfernung vor dem Unterstand neben einem Baumstamm nieder und kauerte sich zusammen und schlang die Arme um die Knie, spannte die Muskeln, um das Zittern zu unterdrükken, das ihn immer häufiger überfiel. Die Nacht war nicht kalt, aber die Nässe kühlte ihn aus, und jeder Windstoß schien durch ihn hindurchzufahren, und jeder Tropfen, der ihn traf, ließ ihn zusammenschauern. Er hätte sich einen trockeneren Platz suchen können, aber solange Karīma unter der Plane lag, auf die aus den Baumwipfeln noch immer ohne Unterlaß die Tropfen platschten, meinte er, es ebenfalls unter seinem Baum aushalten zu müssen. Er wollte zumindest warten, bis sie eingeschlafen war. Er lauschte angestrengt und meinte zu hören, wie ihre Zähne aufeinanderschlugen, und sein Gewissen drückte ihn, als wäre ganz allein er verantwortlich für das Gewitter und für die Nässe und die Kälte, unter der sie zu leiden hatte.

Irgendwann schlief er ein.

Als er aufwachte, war es immer noch dunkel. Er hörte kein Geräusch aus dem Zelt, er hörte auch nichts von den Pferden. Er fror jämmerlich, und nach einer Weile redete er sich ein, daß er nach den Pferden sehen müßte, und stand leise auf und tastete sich zwischen den Bäumen entlang, bis er zu Lu'lu kam. Der schwarze Diener lag bäuchlings auf dem Beipferd, die Füße über der Kruppe ineinander verhakt, die Hände über dem Hals des Tieres verschränkt und den Kopf darauf gebettet. Er schlief ruhig, er schien es warm zu haben auf dem warmen Rücken des Pferdes.

Lope lief wieder zurück und lauschte noch einmal auf Karīmas Atemzüge und suchte sich dann eine Lichtung, wo es weniger naß war, und legte sich dort nieder. Schwarze Wolken zogen über den Himmel, und zwischen den Wolkenfetzen kamen die ersten Sterne heraus. Er fror immer noch wie eine nasse Katze, aber er schlief wieder ein, bevor es hell zu werden begann.

Ein Kälteschauer schüttelte Karīma und weckte sie aus tiefem Schlaf. Sie lag wie erstarrt auf dem Boden, und es schien ihr, als hätte sich ihr ganzer Körper zusammengezogen, um an dem winzigen Rest von Wärme teilzuhaben, der sich tief in ihrem Innern wie durch ein Wunder noch erhalten hatte. Sie lag eng zusammengerollt in klammen Kleidern unter einer klammen Decke, und ein krampfartiges Zittern schüttelte sie in regelmäßigen Abständen. Sie hörte plötzlich den Gesang der Vögel, jubilierend laut, und sie schlug die Augen auf und sah, daß es draußen hell war. Ein warmes, goldenes Licht sickerte durch die Kronen der Bäume. Sie meinte förmlich zu spüren, wie warm es draußen schon sein mußte, und schlug in raschem Entschluß die feuchte Decke zurück und kroch hinaus.

Alle Glieder taten ihr weh, als wären sie abgestorben, und sie rieb sich Arme und Beine, bis sie spürte, daß das Leben in sie zurückkehrte. Es war heller Morgen, und die Sonne wärmte schon, dort, wo sie durch die Bäume schien. Sie hielt Ausschau nach Lope, aber sie konnte ihn nicht entdecken, auch Lu'lu war nirgends zu sehen.

Sie lief auf eine Lichtung zu, die schon ganz in der Sonne lag. Der Boden war weich unter ihren Füßen, das Gras wie ein grünseidener Teppich, alle Farben vom Regen blankgewaschen. Als sie aus dem Schatten der Bäume heraus in das helle Licht kam, schloß sie geblendet die Augen und legte den Kopf in den Nacken. Sie spürte die Wärme auf ihrer Haut und stand ganz still und spürte, wie die Wärme in ihren Körper eindrang, und streckte sich wohlig. Aber im selben Augenblick nahm sie plötzlich eine Bewegung zu ihren Füßen wahr und fuhr erschrocken zusammen, bis sie erkannte, daß es Lope war, der da am Boden lag. Er sprang hastig auf und blickte sie verwirrt an, wie einer, der, unvermittelt aus tiefen Träumen geschreckt, noch nicht unterscheiden kann, ob das, was er vor Augen sieht, Wirklichkeit ist oder noch ein Teil seines Traums.

«Ich hab dich nicht gesehen», sagte sie mit einem Lächeln. «Die Sonne hat mich geblendet.» Sie sah ihn vor sich stehen mit hochgezogenen Schultern, in den Augen einen verwunderten Ausdruck, als wäre er noch immer halb im Schlaf. Er stand ganz nah vor ihr.

«Die Sonne ist so schön warm», sagte sie. «Noch nie in meinem Leben habe ich mich so auf die Sonne gefreut wie heute.» Sie hielt ihn mit ihrem Blick fest, sie ließ ihn nicht aus den Augen. Sie dachte, mein Gott, wie er sich quält mit seinem dummen Männerstolz, mit seiner Ehre, mit seinen Schwüren. Warum hält er sich daran fest wie der Einbeinige an seinen Krücken, dachte sie. Warum nimmt er alles so schwer? Warum hat er so wenig Phantasie? Hört er nicht die Vögel singen? Spürt er nicht die Sonne auf seiner Haut? Fühlt er nicht, daß ich ihn liebe?

Wie hilflos er ist, dachte sie, wie dumm er ist, wie schrecklich dumm mit seinem Männerstolz. Er wird es nie lernen, dachte sie. Wenn ich ihm nicht helfe, lernt er es nie.

Und sie machte den einen Schritt auf ihn zu, der sie noch trennte, und legte die Arme um ihn.

52

ZARAGOZA

FREITAG 20. SAFAR 477
21. TAMMUS 4844/28. JUNI 1084

Die Tatsache, daß al-Mutamin, der Fürst von Zaragoza, sich alle wichtigen politischen Entscheidungen selbst vorbehielt und dabei Abu'l-Fadl Hasdai, seinen obersten Minister, kaum mehr zu Rate zog, ja oft nicht einmal mehr informierte, hatte unter anderem die sonderbare Auswirkung, daß der Hādjib einen geradezu krankhaften Geiz entwikkelte. Noch vor einem Jahr waren, wenn Ibn Ammar ihn besucht hatte, in seiner Madjlis zur Essenszeit regelmäßig zwölf, fünfzehn, zwanzig Männer versammelt gewesen, die mit ihm gespeist hatten. Jetzt aß er fast immer allein.

«Ich kann niemandem mehr beim Essen zusehen in meinem Hause», sagte er. «Bei jedem Bissen muß ich daran denken, daß es mein Brot ist, das sie essen. Dabei vergeht mir jeglicher Appetit.»

Wenn er mit Ibn Ammar manchmal durch den Park seines Palastes ging, war er sich nicht zu schade, die trockenen Äste aufzulesen, die von den Bäumen gefallen waren, und sie ins Brennholzdepot zu bringen. Er schlug sogar mit seinem Stock die trockenen Äste, die noch auf den Bäumen hingen, herunter. «Auch kleine Äste geben Feuer», pflegte er zu sagen.

Ibn Ammar hielt noch immer engen Kontakt zu ihm, obwohl er inzwischen längst einen eigenen Zugang zur Madjlis des Fürsten gefunden hatte und auf die Protektion des Hādjibs nicht mehr angewiesen war. Sein Einfühlungsvermögen, das seine größte Stärke war im Umgang mit den Mächtigen, hatte ihm auch in Zaragoza den Weg zum Hof geebnet.

Al-Mutamin von Zaragoza war das genaue Gegenteil al-Mutamids, des Fürsten von Sevilla. Er war streng, asketisch, sehr belesen, vom Typ her eher ein Gelehrter als der Herrscher eines mächtigen Reiches. Die beiden hatten nur eine Gemeinsamkeit: einen übersteigerten Hang zu Horoskopen und astrologischen Berechnungen. Diese Vorliebe äußerte sich jedoch bei beiden in ganz unterschiedlicher Weise.

Al-Mutamid von Sevilla befragte die Sterne nur dann, wenn er unter Depressionen litt, wenn er Angst hatte und aus Feigheit oder Unwissenheit oder aus schlechtem Gewissen keine Entscheidung zu treffen wagte. Sobald er wieder in Hochstimmung war, achtete er weder auf die Sterne noch auf andere Zeichen.

Al-Mutamin von Zaragoza dagegen betrieb die Astrologie als Wissenschaft und richtete sein ganzes Handeln an den Konstellationen der Sterne aus. Die astronomischen Instrumente auf dem höchsten Turm der al-Djaferīa, die seinem Vater zur wissenschaftlichen Beobachtung der Sterne gedient hatten, benutze er für astrologische Messungen. Er stellte selbst seine Horoskope, wobei ihm zwei hochbezahlte Hofastrologen assistierten. Er verbrachte mit ihnen ganze Nächte auf dem Dach des Palastes.

Dieser Sternengläubigkeit entsprang auch seine Vorliebe für den kastilischen Abenteurer Rodrigo Diaz, der in seinen Diensten stand, und vor dessen Gefährlichkeit und Unberechenbarkeit Abu'l-Fadl Hasdai, der Hādjib, nicht aufhörte zu warnen. Der Fürst hatte ein Geburtshoroskop des Söldnerführers erstellt und dabei herausgefunden, daß dessen Leben durch eine Konjunktion von Mars und Merkur am Eingang des zehnten Hauses, also im Zentrum des Himmels, bestimmt wurde, was einerseits darauf hindeuten sollte, daß er unvorstellbaren Ruhm erringen und alle seine Vorfahren weit in den Schatten stellen würde, ihm jedoch andererseits mit der gleichen Folgerichtigkeit einen gewaltsamen Tod vorausbestimmte.

Der Fürst war überzeugt, daß er unbeschadet am Ruhm des Kastiliers teilhaben könnte und dank ständiger Überprüfung der astrologischen Gegebenheiten in der Lage wäre, vorauszusagen, wann der in den Sternen festgelegte gewaltsame Tod eintreten würde, was ihm Gelegenheit gäbe, sich rechtzeitig von ihm zu trennen. Er war überzeugt, den Mann völlig in der Hand zu haben.

Pikanterweise glaubte auch der Kastilier an ein vorhersehbares Geschick und orientierte sein Handeln an allen möglichen Vorzeichen, die er mit größter Sorgfalt beobachtete. Er glaubte Glück oder Unglück aus dem Vorbeiflug von Raben und Krähen ablesen zu können, aus der Tatsache, ob sie mit oder ohne Gekrächz vorbeiflogen und in welcher Zahl und in welcher Richtung. Er glaubte sein Schicksal abhängig von dem zufälligen Ereignis, ob sein Pferd zuerst mit dem linken oder mit dem rechten Fuß über die Schwelle des Stalls trat, oder ob er vor dem Mittagsläuten einer gähnenden Frau begegnete.

Der Hādjib goß beißenden Spott über beides, sowohl den blanken Aberglauben des Kastiliers als auch die wissenschaftlich garnierte Sterndeuterei des Fürsten, wobei er keinen Zweifel daran ließ, daß er die Astrologie sogar noch mehr verachtete. Diese Einstellung hatte nicht wenig zu der Entfremdung zwischen ihm und dem Fürsten beigetragen. Wenn er mit Ibn Ammar allein war, ließ er sich kaum je die Gelegenheit entgehen, über die Manie des Fürsten herzuziehen.

«Er sagt diesem Abenteurer großen Ruhm voraus, und wenn der Kerl dann mit List und hinterhältiger Taktik einen Sieg erringt, wie gegen den Grafen von Barcelona, dann holt er ihn nach Zaragoza und läßt ihm die Leute zujubeln und sorgt auf diese Weise dafür, daß sich seine eigene Voraussage erfüllt», erklärte er mürrisch und schloß daran seine üblichen pessimistischen Betrachtungen an: «Dabei hat der Kerl nicht mehr geboten als ein spektakuläres Schauspiel ohne politische Bedeutung. Während wir seinen Triumph feiern mußten, ist im Norden die Festung Graus gefallen. Das war das entscheidende Ereignis des vergangenen Jahres. Aber der Fürst feiert nur die Siege und vergißt die Niederlagen.»

Der Hādjib hatte noch immer ein ausnehmend gutes Urteil, trotz seiner Wunderlichkeiten. Man mußte nur die Bitternis abziehen und den verletzten Stolz. Ibn Ammar suchte häufig seinen Rat und tat es nicht nur aus alter Anhänglichkeit. Auch an diesem Freitag war er gekommen, um seinen guten Rat zu erbitten.

Der Fürst hatte ihn beauftragt, eine Festung im äußersten Westen des Reiches von Denia aufzusuchen, einen Ort ohne großen strategischen Wert, tief im Hinterland auf einem unzugänglichen Felsen gelegen. Der Burgherr hatte sich geweigert, den Treueid zu leisten, und alles sprach dafür, daß er sich mit seiner Burg dem Fürsten von Sevilla unterwerfen wollte. Ibn Ammar sollte ihn auf irgendeine Weise von diesem Schritt abhalten.

Die Burg hieß Segura, und der Burgherr war ein kleiner Adliger namens Ibn Suhail, zu unbedeutend, als daß man einen regelrechten Feldzug gegen ihn hätte unternehmen können. Aber er hielt ein Faustpfand in der Hand, das eines Tages unter Umständen eine gewisse Bedeutung erlangen konnte. Ein Enkel Ali Ibn Mudjāhids, des ehemaligen Herrn von Denia, ein sechsjähriger Junge, einziger legitimer männlicher Nachkomme des alten Herrscherhauses, lebte unter seinem Schutz in Segura. Man konnte nicht zulassen, daß dieser Junge dem Fürsten von Sevilla irgendwann den Vorwand lieferte, Ansprüche auf das Reich von Denia zu erheben.

Diese Aussichten und ihre Verknüpfung mit sevillanischen Machtinteressen machten den Auftrag für Ibn Ammar besonders heikel.

«Hast du schon einen Plan, wie du vorgehen willst?» fragte der Hādjib.

«Nein, nichts», erwiderte Ibn Ammar. «Der Fürst gibt mir zwanzig Mann aus der Truppe des Kastiliers mit.»

«Kein Geld? Keine Verhandlungsangebote?»

«Nichts. Auch keine Informationen, die mir weiterhelfen könnten. Niemand am Hof konnte mir etwas über diesen Ibn Suhail sagen.»

«Ich kenne ihn auch nicht», sagte Abu'l-Fadl nachdenklich. «Er ist nie nach Zaragoza gekommen, hat auch dem Vater des Fürsten nicht gehuldigt. Halsstarriger Landadel. Einer von der alten Sorte. Sehr auf seine Unabhängigkeit bedacht und unangreifbar in seiner Felsenhöhle.»

«Gibt es einen Weg, an ihn heranzukommen?» fragte Ibn Ammar.

«Wenn du Glück hast, läßt er dich gar nicht erst in seine Nähe», erwiderte der Hādjib.

«So schlecht sind die Aussichten?»

«Ich fürchte, ja.»

«Ich hatte keine Möglichkeit, den Auftrag abzulehnen.»

«Das ist mir klar», sagte der Hādjib. «Ich vermute, der Fürst hat längst dein Horoskop erstellt und ist überzeugt, daß du Erfolg haben wirst.» Und mit leisem Spott setzte er hinzu: «Seit Rueda weist dich dein Horoskop als einen Mann aus, der für die Lösung außergewöhnlicher Aufgaben prädestiniert ist.»

«Ich kann nur hoffen, daß ihm kein Rechenfehler unterlaufen ist», erwiderte Ibn Ammar mit einem gequälten Lächeln.

Rueda war die stärkste Festung des Landes. Sie lag eine knappe Tagereise westlich von Zaragoza und sollte dem Fürsten im Notfall als letzter Zufluchtsort dienen. Sie war besonders stark ausgebaut und mit einer zuverlässigen Besatzung versehen. Aus diesen Gründen hatte der Fürst auch seinen gefährlichsten Gefangenen dort festgesetzt: Seinen Onkel al-Muzaffar, den ehemaligen Herrn von Lerida, gegen den sein Vater mehr als dreißig Jahre lang einen erbitterten Krieg geführt hatte, bis es ihm endlich gelungen war, seiner habhaft zu werden. Al-Muzaffar war ein alter Fuchs, auf der ganzen Halbinsel bekannt für seine Schläue und seine Unbeugsamkeit und seinen unversöhnlichen Haß auf den Herrn von Zaragoza. Er war auch bekannt als leidenschaftlicher Schachspieler, und diese Vorliebe des Gefangenen hatte Ibn Ammar die Idee zu einem waghalsigen Unternehmen eingegeben.

Er hatte sich vom Fürsten nach Rueda beordern lassen und dort über das Schachspiel in monatelangen Bemühungen das Vertrauen al-Muzaffars gewonnen. Gemeinsam hatten sie dann einen Plan zur Befreiung des Gefangenen entwickelt. Der Plan hatte vorgesehen, Don Alfonso, dem König von Leon, ein verlockendes Angebot zu unterbreiten: Auslieferung der Festung Rueda gegen die Zusicherung, al-Muzaffar militärisch zu unterstützen, um ihm wieder zur Herrschaft über Lerida zu verhelfen.

Der Burgherr von Rueda hatte auf Anweisung des Fürsten das Spiel mitgespielt und war zum Schein auf die Bestechungsversuche al-Muzaffars eingegangen. Ibn Ammar war in das Feldlager Don Alfonsos vor Toledo gereist und hatte den Köder ausgelegt. Der König hatte ihn begierig angenommen. Er hatte seinen Statthalter in Kastilien, den mächtigen Grafen Gonzalo Salvadorez, mit einer kleinen, schlagkräftigen Truppe in Ibn Ammars Begleitung nach Rueda geschickt. Die Spanier waren voll Mißtrauen gewesen, aber Ibn Ammar hatte sie in Sicherheit gewiegt, indem er sie vor den Toren von Rueda von al-Muzaffar und dem Burgherrn hatte empfangen lassen. Sie waren zusammen in die Burg eingeritten. Die Besatzung hatte die Spitze des Zuges mit dem Grafen und seinem Gefolge, dem Burgherrn, al-Muzaffar und Ibn Ammar in den Burghof eingelassen und dann das Gros der spanischen Truppe von der Tor-Bastion herunter mit einem Steinhagel überschüttet und ausgesperrt und den Grafen gefangengenommen.

Es war ein überwältigender Erfolg gewesen. Die Auslöseverhandlungen liefen noch. Der Fürst verlangte die Übergabe von vier Burgen, die die Kastilier in den Jahren zuvor an der Grenze von Medinaceli erobert hatten.

Ibn Ammars Hoffnungen waren damals noch viel weiter gegangen. Er hatte damit gerechnet, daß der König von Leon selbst in die Falle gehen würde. Für ein paar Stunden im Kriegslager Don Alfonsos hatte er gemeint, alles wieder in der Hand zu haben: Den König der Spanier gefangennehmen. Mit dieser triumphalen Siegesbotschaft nach Sevilla gehen und mit erhobenem Kopf vor den Fürsten treten, und dann noch einmal, aber unter ungleich günstigeren Voraussetzungen, den großen Plan in Angriff nehmen, Andalusien zu einigen. Das waren seine Hoffnungen gewesen. Sie hatten sich nicht erfüllt. Aber er hatte sich längst damit abgefunden. Er hatte schon wieder ein neues Ziel. Alle seine Hoffnungen waren jetzt auf Segura gerichtet.

Er beurteilte die Aussichten nicht so pessimistisch wie der Hādjib. Die Mission würde ihn bis auf vier Tagesreisen an Murcia heranbringen, bis dicht an die Grenze des Reiches von Sevilla. Er hatte noch keinerlei Vorstellungen, was sich daraus für ihn ergeben könnte, aber in seinem Kopf hatte er längst damit begonnen, die Gegebenheiten dieser Mission, soweit sie ihm bekannt waren, wie Figuren auf einem Spielfeld hin und her zu bewegen und mit ihnen die verschiedensten Kombinationen durchzuspielen: Da waren die leicht durchschaubaren Interessen al-Mutamids von Sevilla und seiner jetzigen Berater. Da war der Landadlige auf seiner uneinnehmbaren Burg. Der kleine Prinz mit seinen Ansprüchen auf die Herrschaft in Denia. Das Desinteresse oder die Unfähigkeit des Fürsten von Zaragoza, dem von ihm eingesetzten Gouverneur von Denia mit mehr als nur einer Truppe von zwanzig Mann zu Hilfe zu kommen. Da war vor allem diese Söldnertruppe selbst, die ihm der Fürst für die Mission zur Verfügung gestellt hatte und deren Anführer vielleicht auch für andere Aufgaben zu gewinnen war.

Er hatte noch kein klares Ziel vor Augen, er wußte noch nicht, was ihn erwartete, aber er war überzeugt, daß ihm vor Ort rechtzeitig ein Einfall kommen würde. Er war um Einfälle nie verlegen gewesen, wenn er unter Druck gestanden hatte.

«Ich weiß, daß der Fürst fest mit einem Erfolg rechnet», sagte er.

«Und was rechnest du dir aus?» fragte der Hādjib.

«Ich beginne erst zu rechnen, wenn ich die Örtlichkeiten und die näheren Umstände kenne», erwiderte Ibn Ammar ausweichend.

Der Hādjib wandte ihm sein kluges, altes Gesicht zu und sagte teilnahmsvoll und mit großem Ernst: «Sei vorsichtig, mein Freund. Ich weiß nicht, ob ich dir helfen kann, wenn du keinen Erfolg hast. Ich weiß nur, daß du von al-Mutamin nichts erwarten kannst. Der Fürst wird dich fallen lassen. Er liebt keine Männer, die seine Berechnungen durcheinanderbringen.»

«Ich weiß», sagte Ibn Ammar. «Ich weiß.»

Ein Adalil, der aus Zaragoza gekommen war, hatte sie in drei Tagesmärschen nach Süden über den Ebro und in eine Stadt namens Alcañiz gebracht. Baudry Fiz Nicolas, der normannische Hauptmann, führte das Kommando, Lope war als sein Stellvertreter eingeteilt worden.

Sie warteten zwei Tage auf den Herrn, dem sie als Eskorte dienen sollten. Als er ankam, ließ er die ganze Truppe antreten und verteilte ein großzügiges Geldgeschenk. Lope erkannte ihn auf den ersten Blick, und auch er wurde wiedererkannt.

«Ein gutes Zeichen», sagte Ibn Ammar. «Was kann mir mehr Glück bringen als der Mann, der mir schon einmal das Leben gerettet hat.»

Sie ritten Seite an Seite, als sie am nächsten Tag aufbrachen. Lope nahm sich vor, Ibn Ammar weder etwas von dem gewaltsamen Tod Nujūms zu erzählen noch davon, daß er mit der Tochter des jüdischen Hakīms zusammenlebte. Er berichtete ihm lediglich, daß er nach dem Tod des alten Grafen den Dienst in Guarda quittiert hätte. Aber sie hatten neun Reisetage vor sich, und der Ritt ging endlos lange Zeit durch menschenleere Bergregionen, und Ibn Ammar war ein einfühlsamer Gesprächspartner, der es verstand, Lope mehr und mehr aus seiner Reserve herauszulocken.

So erfuhr Ibn Ammar schließlich alles, was sich auf der Brücke von Alcántara und danach ereignet hatte, und Lope erfuhr dafür von ihm, was Jahre zuvor hinter seinem Rücken in Sevilla geschehen war: Daß der Hakīm Ibn Ammar gebeten hatte, ihn, Lope, von seiner Tochter fernzuhalten, daß Ibn Ammar ihm daraufhin Nujūm zum Geschenk gemacht hatte, daß man Karīma bei einem Bootsausflug auf dem Guadalquivir ihn und Nujūm als glückliches Paar vorgeführt hatte, um ihr die unerwünschte Liebe auszutreiben, und daß sie erst daraufhin in die Heirat mit Zecharia, dem Schüler ihres Vaters, eingewilligt hatte.

Lope fühlte sich von einer nie gekannten schmerzlichen Sehnsucht ergriffen. Karīma hatte ihm kein Wort von alldem erzählt.

Als sie die Hälfte der Strecke hinter sich hatten, machte Ibn Ammar Lope das Angebot, in seine Dienste zu treten. «Ich bin nicht mehr der Hādjib des Fürsten von Sevilla, aber ich kann dir ein bescheidenes Haus anbieten und ein angemessenes Gehalt, vorausgesetzt, wir bringen diese Mission hier erfolgreich zu Ende.»

Lope erbat sich eine Nacht Bedenkzeit. Am nächsten Morgen stimmte er zu.

Die Burg von Segura lag auf einem Felskegel, der wie ein Hut auf einem kahlen Berg thronte. An den Fuß des steil aufragenden Kegels schmiegte sich ein kleiner Ort, dessen Häuser in den Fels hineingebaut waren. Der Ort war unzugänglich, die Burg, wenn sie mit ausreichend Wasser und Lebensmitteln versorgt war, nicht einmal von einem Tausend-Mann-Heer zu erobern. Das Land ringsum war karg, von einer unbarmherzigen Sonne ausgetrocknet.

Auf dem steilen Weg vom Tal herauf hatten sie keinen Menschen zu Gesicht bekommen, aber sie hatten die weithin hallenden Warnrufe der

Hirten gehört. Sie waren längst angekündigt, als sie vor die Burg kamen. Von dem Turm, der den Zugang bewachte, starrten drei Männer herunter.

Ibn Ammar ließ die Truppe in sicherem Abstand vor dem Tor anhalten, stieg aus dem Sattel, legte die Waffen ab und befahl Djābir und Hādī, seinem Beispiel zu folgen. Dann ging er voraus, den schmalen, an Steilstücken mit Stufen versehenen Saumpfad hinauf, der an dem kleinen Ort vorbei zum Eingang der Burg führte. Seine beiden Wachen folgten ihm auf dem Fuß. Lope mit drei Mann aus der Truppe dahinter.

Als sie auf Steinwurfweite an die Torbastion herangekommen waren, befahl er Lope, mit seinen Leuten zurückzubleiben.

«Ich werde versuchen, mit Djābir und Hādī in die Burg zu kommen», sagte er.

Er war ganz ruhig, aber in seinem rechten Augenlid zuckte ein Nerv. Dieses unkontrollierbare Zucken irritierte ihn schon seit ein paar Monaten. Eine Alterserscheinung. Er drehte den Kopf, um es vor Lope zu verbergen.

«Warte hier, bis ich dir Nachricht gebe», fuhr er fort. Und ging dann nahe an ihn heran und setzte leise hinzu: «Es ist möglich, daß du nichts mehr von mir hörst. In diesem Fall wartet ihr so lange, bis euch der Burgherr eine Nachricht zukommen läßt, und entscheidet dann selbst, was zu tun ist. Unter Umständen müßt ihr den Rückweg allein antreten.»

«Was soll das bedeuten?» fragte Lope.

«Es ist möglich, daß mich der Burgherr gefangennimmt», erwiderte Ibn Ammar lächelnd.

«Warum setzt Ihr Euch dann dieser Gefahr aus?» fragte Lope.

«Ich kann die Burg nur dann in meine Hand bekommen, wenn ich hineingehe», erwiderte Ibn Ammar. Er legte Lope eine Hand leicht auf die Schulter und setzte in aufmunterndem Ton hinzu: «Kein Gewinn ohne Risiko.» Und wandte sich im Gehen noch einmal um und sagte: «Grüß mir die Tochter des Hakīms, wenn wir uns nicht mehr sehen!» Dann winkte er Djābir und Hādī, ihm zu folgen.

Das Tor war in einen Felsspalt eingebaut, der den einzigen Zugang zur Burg darstellte. Der Spalt war zugemauert, darüber erhob sich die Torbastion, ein mächtiger Turm, der mehr als zwölf Mannshöhen hoch aufragte. Oben hinter der Brüstung standen jetzt fünf Männer. Am Tor rührte sich nichts. Die Einlaßpforte war verschlossen.

Ibn Ammar blieb in einiger Entfernung vor dem Tor stehen und rief hinauf. Er nannte seinen Namen und verlangte den Burgherrn zu sprechen.

«Ich bin Ahmad Ibn Suhail», rief einer der fünf zurück. «Was willst du?»

«Ich bringe eine Botschaft des Fürsten von Zaragoza», sagte Ibn Ammar.

Die fünf Männer oben berieten sich leise. Dann meldete sich wieder der Burgherr. «Bist du jener Ibn Ammar, der einmal Hādjib des Fürsten von Sevilla war?»

Ibn Ammar bestätigte es. Es schien ihm, als beugten sich die Männer oben noch weiter über die Brüstung, um ihn besser sehen zu können.

«Das Tor ist verrammelt», rief der Burgherr herunter. «Wir müssen dich über die Mauer holen.»

«Ich warte», sagte Ibn Ammar. Er drehte sich zu Djābir und Hādī um, die unmittelbar hinter ihm standen. Hādī hielt unverwandt die Männer oben im Auge, als traute er ihnen nicht. Auch Djābir schien innerlich zu zittern vor Unruhe. Sie standen völlig ungedeckt. Die Männer oben konnten sie mit ein paar Steinwürfen erledigen, es gab keine Möglichkeit, sich davor zu schützen.

Ibn Ammar sah Lope neben dem Felsklotz stehen, an dem er sich von ihm verabschiedet hatte, legte die Hände an den Mund und rief ihm zu: «Alles in Ordnung. Sie müssen uns nur über die Mauer holen, weil das Tor verrammelt ist.» Er sah, wie Lope die Hand hob zum Zeichen, daß er verstanden habe.

Dann kam der Korb über die Mauer herunter. Er hing an einem starken Seil und hatte am Boden zwei Löcher für die Beine, damit man sich beim Hochziehen an der Mauer abstützen konnte.

Djābir griff danach und sagte leise: «Laßt mich als ersten hinauf, Herr!»

Aber Ibn Ammar schüttelte den Kopf. «Nein, es ist besser, wenn ich den Anfang mache. Sie sollen nicht denken, ich hätte Angst.»

Er setzte sich in den Korb und ließ sich hochziehen. Zwei der Männer oben hoben ihn über die Brüstung. Er sah mit Verwunderung, daß sie auch den Korb hereinholten, aber er ließ sich nichts anmerken, sondern grüßte, wie es die Höflichkeit verlangte.

Der Burgherr stand ihm gegenüber, ein Riese, der ihn um einen ganzen Kopf überragte, vielleicht zehn Jahre jünger als er selbst, mit pechschwarzem Bart und blauen Augen.

«Du hast einen Fehler gemacht, Ibn Ammar, daß du hierhergekommen bist», sagte er mit einer merkwürdig schleppenden Stimme.

Ibn Ammar hob kaum sichtbar die Brauen und merkte plötzlich, daß das Zucken in seinem Augenlid aufgehört hatte, und fühlte sich auf sonderbare Art erleichtert. Er hatte sich diese Situation auf dem langen Ritt so häufig ausgemalt, daß sie ihn nicht mehr überraschte. Das ist also das Ende, dachte er. Und fragte mit einer leichten Verbeugung: «Muß ich mich als deinen Gefangenen betrachten?»

Der Burgherr nickte steif und ohne die Spur eines Lächelns. Abu'l-Fadl Hasdai hatte recht gehabt mit seiner Einschätzung: Ein Landadliger ohne Manieren, ohne die geringste Lebensart.

«Darf ich meinen Leuten eine Nachricht zukommen lassen?» fragte Ibn Ammar.

«Später», sagte der Burgherr. Und drehte sich um und ging voraus in das Innere der Burg. Ibn Ammar folgte ihm, ohne zu zögern. Er wollte vermeiden, daß man Hand an ihn legte.

Hinterher machte sich Lope Vorwürfe. Als Ibn Ammar ihm zugerufen hatte, daß man ihn über die Mauer in die Burg holen müßte, hätte er gleich Verdacht schöpfen müssen. Aus welchem Grund hätte die Besatzung dieser unangreifbaren Festung das Tor unpassierbar machen sollen, wenn nur eine Truppe von nicht viel mehr als zwanzig Mann anrückte. Aber da war es längst zu spät gewesen. Schon als Ibn Ammar über die lotrechte Mauer hinaufgezogen worden war, hatte ihn das beunruhigende Gefühl geplagt, daß ihre Bekanntschaft vor diesem Burgtor zu Ende gehen könnte. Am Fuß einer Mauer war Ibn Ammar in sein Leben getreten, jetzt war er, wieder über eine Mauer, auf dem umgekehrten Weg daraus verschwunden.

Sie warteten zwei Tage, dann rief der Burgherr über die Mauer herunter, daß er Ibn Ammar nur gegen ein angemessenes Lösegeld freizulassen gedächte. Er würde auf ein Angebot aus Zaragoza warten, aber der Fürst müsse sich beeilen, weil man den Gefangenen auch dem Fürsten von Sevilla zum Kauf anbieten wolle.

Sie machten sich sofort auf den Rückweg. Die beiden Wachen Ibn Ammars schlossen sich ihnen an. Sie ritten nach Nordosten, nahmen denselben Weg, auf dem sie hergekommen waren, verkürzten nur die Tagesstrecken, um die Pferde zu schonen, und um besser nach Beute Ausschau halten zu können. Sie hielten die Augen offen. Nach Ibn Ammars Gefangennahme hatten sie keinen Sold mehr zu erwarten, sie mußten sich selbst bedienen, wenn sie nicht mit leeren Händen nach Hause kommen wollten. Aber das Land, durch das sie ritten, war öde und arm, eine trockene, windzerzauste, von kahlen Bergen durchzogene Hochebene, in der sie über halbe Tage hinweg nicht einmal eine Hirtenhütte zu Gesicht bekamen. Kein Land zum Beutemachen.

Am Abend des siebten Tages trafen sie auf die Straße, die von Valencia nach Toledo führte. Sie hatten einen Moro in der Truppe, der aus der Nähe von Valencia stammte. Dort wäre etwas zu holen, sagte er. Eine weite, fruchtbare Ebene zwischen den Bergen und dem Meer, mit reichen Dörfern und vielen Händlern auf den Straßen. Es war ein weiter Umweg nach Osten gegen das Meer hin, aber sie waren alle dafür, diesen Umweg zu machen, alle ohne Ausnahme, auch die beiden Wachen Ibn Ammars.

Sie ritten quer durch die Wälder, durch wilde menschenleere Bergregionen. Vor dem letzten Bergrücken, der sie von der Küstenebene trennte, machten sie halt, gönnten den Pferden einen Tag Ruhe und erkundeten den Weg. Dann ritten sie mitten in der Nacht los, ritten bis zum Hellwerden tief in die Ebene hinein, überfielen im Morgengrauen zwei Landhäuser, raubten nur Geld und Kleidung und nahmen die Reittiere mit und eine Frau, an der der Hauptmann Gefallen fand. Danach jagten sie wie ein Spuk durch die Dörfer, drangen in die Häuser ein, durchsuchten alles, was nach einem Geldversteck aussah, holten die silbernen Lampen aus den Moscheen, erschlugen jeden, der sich zu wehren versuchte, steckten die Ställe in Brand, bevor sie weiterritten. Erst eine Stunde nach Sonnenaufgang hatten sich die Moros so weit von ihrer Überraschung erholt, daß sie ihr Alarmsystem in Gang setzten.

Danach fanden sie in den Dörfern nur noch verschlossene Tore und Türen, und die Einwohner waren mit Steinen und Spießen und Äxten auf den Dächern und deckten sie von oben ein, wenn sie durch die leeren Straßen jagten. Ein Mann wurde von einem Stein aus dem Sattel gerissen, einen zweiten traf ein Spieß auf die Nasenstange, daß es ihm die Nase zu Brei quetschte, zwei Pferde wurden so schwer getroffen, daß sie sie zurücklassen mußten. Von da an umgingen sie alle Ansiedlungen und hielten sich nur noch an das, was ihnen auf den Straßen begegnete. Es war nicht viel, die meisten Moros hatten sich inzwischen in Sicherheit gebracht.

Erst auf dem Rückweg, als sie schon fast wieder die Berge erreicht hatten, trafen sie noch einmal auf einen Kaufmann, der die Warnsignale überhört zu haben schien. Es war ein Moro aus Valencia mit vier jungen Frauen, Sklavinnen, wie es aussah. Alle vier tief verschleiert und jede auf einem eigenen Maultier. Die drei Reiter der Bedeckung hatten die Flucht ergriffen.

Sie zogen den Kaufmann aus bis auf die Haut, nahmen ihm sein Pferd ab und die vier Sklavinnen und ritten weiter, wieder in die Berge hinein.

Es war nicht der große Beutezug gewesen, von dem sie geträumt hatten, aber es war auch nicht wenig, was ihnen in die Hände gefallen war. Sie konnten zufrieden sein. Und der Weg, den sie vor sich hatten, war noch lang.

53

RIO TURIA

MITTWOCH 24. JULI 1084
17. RABI I 477 / 18. AB 4844

Sie hatten alles getan, um ihre Spuren zu verwischen. Sie hatten zweimal den Fluß durchquert und dabei die Pferde über weite Strekken durch flaches Wasser geführt. Sie waren bis in den späten Nachmittag hinein durch die Wälder geritten, tief in die Berge, und sie hatten schließlich in einem engen Tal am Fuß eines Steilhanges ihr Lager aufgeschlagen und zwei doppelte Wachen aufgestellt, um jede Überraschung auszuschließen.

Sie waren alle erschöpft, aber gleichzeitig auch auf eine seltsam übersteigerte Weise aufgedreht wie Kinder nach einem wilden Spiel. Manche zitterten immer noch vor Erregung. Und dann waren da auch noch die vier Sklavinnen, die eng zusammengekauert bei den Pferden saßen und scheu und ängstlich herüberäugten, vier ausgesucht schöne Mädchen. Der Hauptmann hatte sich mit eigener Hand vergewissert, daß sie alle vier noch das Häutchen trugen, und daraufhin strikt verboten, daß einer sie anrührte, weil sie in jungfräulichem Zustand bei den Händlern in Zaragoza einen unvergleichlich viel höheren Preis erbringen würden. Er selbst aber hatte sich mit der erbeuteten Frau zwischen die Büsche zurückgezogen. Es gab nicht wenige, die ihm sein Vergnügen neideten und denen man ansah, mit welcher Begehrlichkeit ihre Gedanken um die vier Mädchen kreisten, aber es gab keinen, der es gewagt hätte, das Verbot des Hauptmanns zu mißachten. Auch das schürte die Erregung der Männer.

Sie saßen um das Feuer und brieten die Fische, die sie im Fluß gefangen hatten. Sie mußten sich beeilen, denn die Sonne war schon untergegangen, und sie konnten das Feuer nur bis zum Dunkelwerden brennen lassen. Der Mann mit der zerschmetterten Nase saß neben Lope, er war ein Serrano aus Galicien, ein junger Bursche noch, erst seit einem Jahr dabei. Die Nase war zu einem unförmigen blauroten Kolben aufgeschwollen, und unter der Schwellung war schon zu erkennen, daß sie einen scharfen Knick behalten würde. Die Männer machten ihre Witze darüber, aber der Serrano nahm es nicht übel, sondern lachte mit. Es war seine erste Verwundung, die er im Kampf erhalten hatte. Er war stolz darauf. Er war auch stolz auf den Knick, den der Spieß auf der Nasenstange seines Helms hinterlassen hatte, es war etwas, das er später einmal würde herzeigen können, es gab ihm eine Geschichte, die er erzählen konnte.

Und während sie ihre Fische aßen, begannen die Älteren, und die, die schon länger in der Truppe des Don dienten, ihre Narben vorzuführen und von den Erlebnissen zu berichten, denen sie sie zu verdanken hatten.

Einer, der aus Segovia stammte, nahm die Binde ab, die ihm das linke Auge verdeckte, und schilderte, wie ihn ein Pfeil ins Auge getroffen hatte, und zeigte die Narbe an der Schläfe, wo die Spitze wieder ausgetreten war.

Und ein Franzose, den sie Eisenarm nannten, krempelte sein Wams hoch und ließ sie das Kettenglied fühlen, das ihm ein Lanzenstich aus dem Panzer gefetzt und in den Unterleib gedrückt hatte und das unter der Haut eingewachsen war.

Und der rote Fulco, der von allen schon am längsten unter dem Don diente, zog noch einmal die blankgescheuerte Rippe heraus, die schon jeder kannte, und erzählte die unvermeidliche Geschichte dazu: Wie er sich mit Todesverachtung einem Moro aus Lerida entgegengeworfen hatte, der von hinten mit der Lanze auf den Don losgegangen war, und wie ihm die Lanze des Moros eben diese Rippe aus der Brust gerissen hatte, die er seitdem an einem Lederband ständig um den Hals trug.

Es gab kaum einen, der ohne Narben war und der nicht eine Geschichte dazu erzählen konnte. Die Sonne ging unter, während sie diesen Geschichten lauschten. Und dann setzte die Abenddämmerung ein, und allmählich wurden sie müde, und die ersten begannen einzuschlafen.

Auch Lope hatte sich schon zum Schlafen niedergelegt und lag auf der Seite und hatte die Augen halb geschlossen. Am Rand seines Blickfelds, auf der anderen Seite der Feuerstelle, aus der nur noch ein dünner

Rauchfaden aufstieg, saß ein junger Bursche, den sie wegen seiner rostroten Haare Rubio nannten. Er war der Sohn eines Hidalgos aus Najera, der zu den Gefolgsleuten des normannischen Hauptmanns zählte, ein zu groß geratener Junge mit blassem Gesicht. Er hatte jeder Geschichte mit Hingabe zugehört, er hatte voll Bewunderung Beifall gespendet und über jeden Scherz gelacht, aber er hatte nie selbst ein Wort dazugegeben. Jetzt stieß ihn der Mann aus Segovia freundschaftlich in die Seite und zeigte auf seine linke Hand. «Und woher hast du das da?» fragte er.

Der Junge versuchte die Hand zu verstecken und preßte die Lippen aufeinander wie eine schamhafte Jungfer. Am linken Zeigefinger fehlte ihm das erste Glied. Lope sah es zum ersten Mal, es war ihm nie aufgefallen.

«Na sag schon, Rubio», drängte der Mann aus Segovia.

Der Junge blickte sich unsicher um. Sein Vater lag hinter ihm, er schien schon zu schlafen.

«Eine Frau hat es mir abgebissen», sagte er leise mit niedergeschlagenen Augen.

Der Mann aus Segovia wandte sich lachend an die anderen, die noch wach waren: «Habt ihr das gehört! Eine Frau hat ihm den halben Finger abgebissen!» Und drehte sich wieder zu dem Jungen um und schlug ihm freundschaftlich auf die Schulter. «Mann, Junge, was hast du mit ihr gemacht, daß sie so wild geworden ist! Was hast du bloß mit ihr gemacht!»

Und der Junge lächelte ihn dankbar an, und mutig geworden durch den unerwarteten Erfolg seiner Geschichte, setzte er stolz hinzu: «Ich hab sie von einer Brücke geworfen.»

Der Mann aus Segovia blickte ihn zweifelnd an, und der Junge wollte schon voll Eifer zu einer Erklärung ansetzen, aber bevor er ein Wort herausbrachte, ließ sich sein Vater vernehmen, der hinter ihm lag. «Halt's Maul!» sagte er , und er sagte es so, daß der Junge wie unter einem Schlag zusammenzuckte.

Lope lag regungslos am Boden. Er hatte die Augen offen, aber er nahm nichts wahr. Er lauschte angestrengt, aber kein Laut drang in sein Bewußtsein. Da war nur die Stimme des Jungen, die wie ein Echo und wie das Echo eines Echos in seinen Ohren widerhallte. Es war kein Raum in seinem Kopf für irgendeinen Gedanken, er fühlte auch nichts, er hatte keinerlei Empfindungen, lag nur da und lauschte in sich hinein, lauschte auf das Echo dieser Stimme. Und erst als das Echo ganz verklungen war, begann sein Verstand wieder zu arbeiten, und das Bild vor seinen Augen wurde wieder scharf, und er hörte wieder die Stimmen der Männer und ihr unterdrücktes Gelächter.

Er sah, wie der Junge eine Decke um sich schlug und sich neben seinem Vater zusammenrollte, er blickte auf den leuchtend roten Himmel über den fernen Hügeln im Westen und beobachtete, wie die langgestreckte schwarze Wolke, die als schmaler Streifen dicht über dem Horizont lag, sich allmählich ausdehnte und dem Rot des Himmels mehr und mehr seine Leuchtkraft nahm und ihre Schwärze in das Rot überfließen ließ, bis der ganze Himmel schwarz war.

Der Falkenmeister des jungen Grafen von Guarda hatte behauptet, daß der Mann, der ihn bestochen hatte, den Dialekt der Leute von Navarra gesprochen hätte. Er hatte ihn als einen alten Mann mit grauem Bart beschrieben. Beides traf auf den Vater des Jungen zu. Der Alte hatte ein Durchschnittsgesicht ohne hervorstechende Merkmale. Hatte ihn Karīma deshalb nicht erkannt? Auch der Sohn hatte nichts Auffallendes an sich außer seinen rostroten Haaren. Keiner von ihnen sah so aus, daß er einem im Gedächtnis blieb. Aber beide zusammen? Mußten sie als Paar nicht auffallen? Warum waren sie Karīma nicht aufgefallen?

Als er mit ihr im Lager angekommen war, waren die beiden mit dem Hauptmann unterwegs gewesen, um den Ort auszukundschaften, den sie dann erobert hatten. Aber sie waren mit ihm und dem Hauptmann zurückgekehrt und von da an im Lager gewesen und hatten den Umzug mitgemacht, und auch danach mußte Karīma sie noch ein paarmal gesehen haben. Waren sie am Tag des Überfalls auf der Brücke so vermummt gewesen, daß Karīma sich ihre Gesichter nicht gut genug hatte einprägen können? Oder hatte sie sie erkannt und es ihm absichtlich verschwiegen? Das war die Frage, die ihm am meisten zu schaffen machte. Es gab keine Antwort darauf, solange er Karīma nicht zur Rede stellen konnte.

Aber wie auch immer ihre Antwort ausfallen würde, er hatte die Spur, hinter der er so lange her gewesen war, er hatte die ersten beiden jener dreizehn Männer, die Nujūm auf dem Gewissen hatten. Und wie ein Jagdhund, der die Witterung des Wildes in die Nase bekommt und die Fährte aufnimmt, spannte er alle Sinne, richtete er all seine Gedanken wieder auf dieses eine Ziel, das er so lange verfolgt und dann beinahe aus den Augen verloren hatte. Plötzlich sah er alles wieder vor sich, er sah Nujūm und die Prinzessin in der Maultiersänfte, er sah, wie dieser ungeschlachte, weißhäutige Kerl mit seinen langen Armen die Vorhänge auseinanderriß und Nujūm herauszog. Er zweifelte keinen Augenblick daran, daß es Nujūm gewesen war, die ihm den Finger abgebissen hatte. Die Prinzessin war noch ein halbes Kind gewesen, gerade vierzehn Jahre alt, sie hätte nicht die Kraft gehabt, sich so zur Wehr zur setzen. Aber Nujūm war es zuzutrauen. Das Herz zog sich ihm zusammen bei dem Gedanken, wie verzweifelt sie sich gewehrt haben mußte.

Noch vor wenigen Tagen hatte er mit Ibn Ammar darüber gerätselt, warum die Männer auf der Brücke nur die beiden Frauen aus der Sänfte in den Fluß geworfen hatten. Hatten sie vorgehabt, auch alle anderen Opfer auf diese Weise zu beseitigen und waren sie dabei nur gestört worden. Oder hatten sie es nur auf die Prinzessin abgesehen gehabt und ganz sicher gehen wollen, daß sie nicht überlebte, und Nujūm nur deshalb hinterhergeworfen, weil sie nicht gewußt hatten, welche der beiden Frauen in der Sänfte die richtige gewesen war?

Jetzt brauchte er nicht weiter darüber nachzugrübeln. Er würde die Antwort bald erfahren, er hatte die Fährte aufgenommen.

Eine seltsam feierliche Ruhe überkam ihn plötzlich und ließ ihn den Entschluß fassen, die Rache bis zur Rückkehr aufzuschieben. Er hatte das Schwert von der Brücke nicht bei sich, und aus einem unbestimmten Gefühl heraus war er auf einmal der festen Überzeugung, daß er von jetzt an seinem Gelübde bis in alle Einzelheiten hinein treu bleiben müßte. Er hatte es Nujūm auf der Brücke versprochen. Er hatte versprochen, die Mörder mit jenem Schwert zu richten, und er glaubte, seine Rache wäre nicht vollkommen, wenn er sie nicht auf diese Weise vollzog. Er schlief beruhigt ein mit diesem Gedanken.

Aber lange bevor es hell wurde, wachte er wieder auf und entschied sich anders. Er wollte nicht warten. Er fürchtete, daß ihm die beiden Männer, die ihm der Zufall in die Hand gespielt hatte, durch einen neuen Zufall wieder entkommen könnten. Vielleicht war es auch nur die Wut, die nicht warten wollte. Er dachte nicht weiter darüber nach.

Der Hidalgo war mit seinem Sohn zur Frühwache am Talausgang eingeteilt. Die beiden hatten schon abgelöst. Es mußte bald hell werden, der Mond hatte keinen Glanz mehr. Lope stand auf und lief hinüber zu den Pferden und holte den Köcher mit dem Bogen und schnallte ihn sich auf den Rücken. Außer dem Bogen nahm er nur noch ein Messer mit.

Er bewegte sich leise und vorsichtig, aber er unternahm keine besonderen Anstrengungen, sich vor den anderen zu verbergen. Er war für die Wachen verantwortlich, er hatte sie eingeteilt und die Plätze bestimmt. Jeder, der ihn beobachtete, mußte vermuten, daß er nur einen Kontrollgang unternahm.

Er schlich sich bis auf hundert Schritte an die Stelle heran, an der der Hidalgo mit seinem Sohn postiert war, und wartete dann, bis die Morgendämmerung einsetzte. Er hatte zuerst vorgehabt, sich den beiden offen zu nähern, aber jetzt erschien ihm dieses Vorgehen als zu heimtükkisch und nicht der Feierlichkeit angemessen, mit der er seine Rache ins Werk zu setzen gedachte.

Als es hell wurde, bemerkte er zuerst den Jungen, der sich unentwegt streckte und die Arme ineinanderschlang und gähnte und das Gesicht verzog und nach den Mücken schlug, als könnte er sich nur durch ständige Bewegung wach halten. Der Alte stand im Schatten und hielt scharf Ausschau, ruhig, wie ein Luchs auf der Lauer. Im Gegensatz zu seinem Sohn wußte er gut genug, wie groß die Gefahr war, daß sie von den Moros verfolgt würden. Er war ein erfahrener Mann. Er war anscheinend nur blind diesem Sohn gegenüber.

Lope bewegte sich in einem weiten Viertelkreis um ihn herum, bis er genau in seinem Rücken war, und schlich sich dann, in Abständen von einem Baum zum anderen vorgehend, langsam näher. Als die Sonne aufging und den Talhang gegenüber beleuchtete, befand er sich unmittelbar hinter dem Stamm, an dem der Hidalgo lehnte. Der Alte hatte seinen Sohn so sträflich falsch aufgestellt, daß Lope ohne Gefahr hatte herankommen können.

Lope wartete, bis der Mann seinen Standort wechselte, dann sprang er ihn von hinten an, drückte ihm das Messer an die Kehle, trat ihm in die Kniekehlen, drückte ihn bäuchlings auf den Boden und setzte ihm das Knie in den Rücken, während er ihm gleichzeitig den Kopf in den Nacken zog.

«Arme flach auf den Boden!» befahl er.

Der Junge war aufgesprungen, er stand keine fünf Schritte entfernt und hatte das Schwert halb aus der Scheide gezogen. Seine Augen traten fast aus den Höhlen.

«Bleib, wo du bist, und steck dein Messer weg!» sagte Lope.

Der Junge zögerte. Die Angst schien ihn steif und willenlos zu machen.

«Tu, was er sagt!» stieß der Hidalgo heraus. Sein Kopf war so weit zurückgebogen, daß er kaum sprechen konnte. «Was willst du?» fragte er. «Bist du wahnsinnig? Was hast du vor?»

Der Junge hielt die Arme so, daß die Handflächen nach außen zeigten, und starrte wie gebannt auf das Messer an der Kehle seines Vaters.

«Welche Brücke war das, von der du eine Frau hinuntergeworfen hast?» fragte Lope.

«Unsinn war das!» sagte der Hidalgo. «Dummes Gerede!»

«Ich habe deinen Sohn gefragt», sagte Lope und drückte dem Alten den Kopf noch weiter ins Genick.

«Alcántara», sagte der Junge.

«Das wollte ich wissen», sagte Lope.

Der Alte bewegte sich unter seinem Knie. «Was hast du mit uns vor?» fragte er, und obwohl seine Stimme verzerrt war, konnte man die Angst heraushören.

«Ich will wissen, wer alles dabei war», sagte Lope. «Ich will die Namen. Alle Namen. Ich will wissen, wer euch befehligt hat? Ich will wissen, wer euch den Auftrag gegeben hat!»

«Bist du wahnsinnig! Es ist Jahre her!» sagte der Hidalgo.

«Es ist genau zwei Jahre her», sagte Lope.

«Was hast du mit uns vor, wenn ich rede?» fragte der Hidalgo.

«Es bleibt dir nichts anderes übrig, als zu reden, Alter, hörst du!» sagte Lope.

Der Junge bewegte in flatternder Angst die Arme und klappte den Mund auf und zu wie einer, der die Stimme verloren hat.

«Du hältst das Maul!» sagte der Hidalgo scharf.

«Ich geb dir noch einen Atemzug», sagte Lope.

Der Hidalgo lag ganz ruhig unter seinem Knie und rührte sich nicht, als hätte er sich schon aufgegeben. «Verdammt, siehst du die Reiter nicht!» sagte der unvermittelt.

«Laß das!» sagte Lope unwillig. «Ich fall darauf nicht herein.»

Aber im nächsten Augenblick schrie der Hidalgo plötzlich los, so laut, wie es seine Lage nur erlaubte, schrie seinem Sohn zu: «Lauf, Junge! Lauf zum Lager! Er bringt dich um, Junge! Lauf! Lauf!» Er schrie, bis ihm das Messer die Kehle durchtrennte.

Lope riß ihm den Kopf zurück, er hörte die Wirbel knacken und spürte, wie der Körper unter ihm schlaff wurde. Und war schon auf den Beinen, bevor der Junge auch nur einen Schritt gemacht hatte. Aber dann sah er plötzlich die Reiter unten im Tal und blieb wie angewurzelt stehen. Drei, fünf, acht Reiter kamen da durch den lichten Wald herauf, ganz offensichtlich auf der Spur, die sie am Tag zuvor hinterlassen hatten.

Der Junge war schon zwischen den Bäumen, er war schnell wie ein flüchtender Hirsch, die Angst machte ihm Beine. Lope zog den Bogen aus dem Köcher und jagte ihm einen Pfeil hinterher und einen zweiten und einen dritten in rascher Folge. Er fehlte mit dem dritten, aber die beiden ersten hatten getroffen. Der Junge lag auf dem Bauch, als er zu ihm kam. Die Pfeile steckten in seinem Rücken, dicht nebeneinander unter dem rechten Schulterblatt, es waren keine Treffer, die einen Mann fällen konnten, wahrscheinlich hatte die Angst den Jungen stolpern lassen, er versuchte auf dem Boden kriechend weiterzufliehen. Lope riß ihm die Pfeile heraus und drehte ihn um. Die nackte Angst stand dem Jungen in den Augen, und eine Blutblase quoll ihm aus dem Mund, als er die Lippen öffnete. Lope drehte ihn wieder auf den Bauch. Er hatte ihn doch zu gut getroffen.

Dann nahm er ihm die Waffen ab und den Helm und lief zu dem Hidalgo zurück, zog ihm in aller Hast das Kettenhemd über den Kopf und schob alles, Waffen und Rüstung, unter einen Busch am Rand der Lichtung und deckte es mit Gestrüpp zu.

Die Reiter waren inzwischen schon auf eine Viertelmeile herangekommen. Es waren mehr als zwanzig Mann, er hatte keine Zeit mehr, genau zu zählen. Er rannte los, zum Lager zurück.

Die anderen waren schon dabei, die Pferde zu satteln.

«Alarm!» rief er und zeigte in die Richtung, aus der die Verfolger kamen. «Zwanzig Reiter! Sie sind gleich hier!»

Er zog sich in fliegender Hast den Panzer über und band den Helm fest, gab dazwischen Antwort, so gut er konnte, während die anderen von allen Seiten auf ihn einredeten.

«Wo ist Enneg?» fragte der Hauptmann.

«Tot», sagte Lope. «Sein Sohn auch. Sie haben ihm die Kehle durchgeschnitten.»

«Wer?» fragte der Hauptmann, während alle anderen verstummten.

«Was weiß ich», erwiderte Lope. «Vielleicht Leute, die uns schon gestern beobachtet haben. Vielleicht dieselben Leute, die jetzt mit Verstärkung anrücken.»

Im selben Augenblick tauchten unten im Tal die ersten Reiter auf. Und Lope begriff plötzlich, daß er mit seiner Geschichte über die erfundenen feindlichen Beobachter einen Fehler gemacht hatte: Wenn sie ausgespäht worden waren, mußten die Verfolger auch über ihre Zahl informiert sein, und der Hauptmann mußte damit rechnen, daß sie nicht nur mit zwanzig Mann anrückten, sondern in großer Überzahl. Er mußte vor allem annehmen, daß sie nicht nur von einer Seite kommen würden. Nach Lopes Bericht konnte er nur noch angreifen.

Der Hauptmann zögerte keinen Augenblick. Er gab zwei von den

Alten den Befehl, die Frauen in die Mitte zu nehmen und sich am Ende des Trupps zu halten, und ging sofort zum Angriff über, übernahm selbst die Spitze.

Sie donnerten das Tal hinunter, schnell wie ein Krähenschwarm, aber als sie auf zweihundert Schritte heran waren, wendeten sich die Moro-Reiter zur Flucht und stoben davon, daß ein paar von den Jungen in der Truppe schon zu brüllen anfingen, bis der Hauptmann ihnen das Maul verbot.

Sie jagten in einem dichten Pulk hinter den Moros her, ohne daß sich der Abstand verringerte. Eine Strecke weit folgten sie demselben Weg, auf dem sie am Tag zuvor heraufgekommen waren, dann bogen die Moros ab und ritten schräg den Talhang hinauf, als wollten sie versuchen, über die Hügelkette zu entkommen, die das Tal im Süden begleitete. Es sah so aus, als würde der Abstand allmählich geringer. Die Pferde der anderen waren offenbar schon durch einen langen Ritt ausgepumpt, während die eigenen über Nacht Zeit gehabt hatten, sich auszuruhen. Wenn es ihnen gelang, den Moros vor dem Hügelkamm so nahe zu kommen, daß sie nicht mehr wenden konnten, hatten sie eine gute Chance, mit ihnen fertig zu werden.

Sie kamen bis auf zwanzig Pferdelängen an die hintersten Reiter heran, aber als sie den Hügelkamm erreichten, mußten sie erkennen, daß es auf der anderen Seite nicht wieder bergab ging, was ihnen einen Vorteil verschafft hätte, sondern daß der Weg, weiter leicht ansteigend, in ein enges Hochtal hineinführte.

Eine Viertelmeile später wurde ihnen klar, daß sie in einen Hinterhalt geraten waren. In einiger Entfernung voraus tauchten plötzlich neue Reiter auf, die den Weg sperrten, und als der Hauptmann das Zeichen zum Anhalten gab und sie sich umdrehten, sahen sie, daß ihnen auch der Rückweg abgeschnitten war. Mehr als dreißig Reiter waren hinter ihnen. Genauso viele voraus.

Für einen Augenblick standen sie unentschlossen in den Steigbügeln und ließen ihre Blicke hin und her gehen. Da war kein Ausweg. Der Hauptmann zögerte und warf Lope einen fragenden Blick zu.

Lope deutete auf die Reiter vor ihnen. «Schau dir die Pferde an!» rief er ihm zu.

Jeder konnte sehen, daß die Pferde der zwanzig Moros, die sie in den Hinterhalt gelockt hatten, am Ende ihrer Kraft waren. Sie schlugen mit den Schweifen und ließen die Köpfe seitwärts hängen. Einige der Reiter hatten ihre Tiere noch nicht einmal gewendet. Wenn sie die Gruppe vor ihnen angriffen, hatten sie zwar auch ein Dutzend Reiter mit frischen Pferden vor sich, und sie mußten eine leichte Steigung nehmen, aber wenn es ihnen gelang, durchzubrechen, waren sie in der besseren Position und hatten gegenüber den anderen, die hinter ihnen waren, den Vorteil das Geländes. Es war ihre einzige Chance, hier herauszukommen.

Der Hauptmann drehte sich im Sattel um. «Laßt die Frauen hier», rief er den beiden Alten zu. Und hob im nächsten Augenblick seine Lanze und rief: «Los, Männer! Holt sie aus den Sätteln!» Und trieb sein Pferd schreiend in den Galopp. Was man auch gegen ihn haben mochte, er war kein Feigling. Er ritt immer in der ersten Reihe, auch jetzt, und sein Beispiel feuerte seine Leute an. Lope hielt sich dicht hinter ihm. Der Mann aus Segovia mit der Augenbinde war an seiner Seite, er hielt die Lanze aufrecht mit gestrecktem Arm, stand in den verkürzten Bügeln, schrie mit weit aufgerissenem Mund, heulte wie ein Wahnsinniger, während sie ausschwärmten, um sich nicht gegenseitig zu behindern.

Erst jetzt schienen die Moros vor ihnen zu begreifen, daß der Angriff ernst zu nehmen war, und die ersten setzten ihre Pferde in Bewegung und kamen ihnen entgegen. Aber schon da war zu erkennen, daß sie ohne Elan angriffen, ein paar voraus, die anderen mit halber Kraft hinterdrein, und dahinter einige, die ihre Pferde kaum vorwärts brachten, und zwei, die schon versuchten, sich seitwärts davonzumachen. Und Lope wußte auf einmal, daß es nicht so übel stand, wie er auf den ersten Schreck hin befürchtet hatte. Er suchte sich seinen Gegner, er ritt ganz nach außen auf den linken Flügel und hielt auf einen an, der einen Rappen mit einer weißen Blesse ritt und einen grünen Wimpel führte, grün mit rotem Rand. Er sah aus dem Augenwinkel, wie der Hauptmann mit dem vordersten Moro zusammenstieß und im Sattel schwankte und ohne Lanze herauskam und im Weiterreiten sein Schwert zog und nach rechts ausbrach, da war der mit dem grünen Wimpel schon heran, und Lope brachte seine Lanze gut auf das Ziel, aber im letzten Augenblick bockte sein Pferd vor irgendeinem Hindernis, und die Lanze schwang nach unten und bohrte sich in den Hals des Rappen, und er hatte sie so fest im Griff, daß es ihn fast aus dem Sattel gehebelt hätte. Er sah den gesplitterten Lanzenschaft in seiner Hand, während sein Gegner wie ein schwarzer Schatten an ihm vorbeifegte, und er spürte, wie sein rechtes Bein zurückgerissen wurde, und sah erst jetzt, daß die Lanze seines Gegners im Sattelpolster steckte und seitwärts am Boden schleifte und sein Bein einklemmte. Er drehte sein Pferd bei und riß an der Lanze, um sie aus dem Sattel zu ziehen. Er hörte das schrille Geheul des Mannes aus Segovia und sah ihn Seite an Seite mit einem Moro, die Pferde so dicht nebeneinander, als wären sie zusammengespannt, und die Reiter wie im Ringkampf. Der aus Segovia hatte den Kopf seines Gegners in der Armbeuge und versuchte ihn vom Pferd zu ziehen, und der Moro wehrte sich mit Klauen und Zähnen. Er sah den Hauptmann mit vorgestrecktem Schwert den gegenüberliegenden Abhang hinaufpreschen hinter einem Moro her, der einen Apfelschimmel ritt und mit eingezogenem Kopf zu entkommen suchte. Und er sah den roten Fulco mit einem Schwert, das wie ein Haken umgebogen war und das er unter dem Fuß wieder gerade zu biegen versuchte. Er sah ein reiterloses Pferd mit einer Lanze in der Brust, das hell wiehernd immer wieder hochstieg, bis die Lanze herausfiel, und die aufgeschlitzte Haut von der Brust des Pferdes herunterklappte, daß sie wie eine blutige Schürze über die Vorderfüße hing. Er sah zwei Moros vor Angst schreiend von ihren Pferden springen und die Waffen wegwerfen und sich mit ausgebreiteten Armen auf den Boden legen, und sah Eisenarm, den Franzosen, wie er die beiden wehrlosen Männer mit dem Schwert köpfte, als wären es Hühner auf dem Markt.

Er brachte endlich die Lanze aus dem Sattel und blickte sich nach seinem Gegner um. Der Rappe lag keine vierzig Schritte hinter ihm schlegelnd am Boden, und der Reiter lag unter ihm und bemühte sich vergeblich, sein Bein herauszuziehen. Das Pferd hob müde den Kopf, aus den Nüstern schoß das Blut wie Wein aus einer Kanne mit zwei Tüllen. Weiter hinten lagen noch zwei Pferde, und ein paar Männer lagen da, er konnte nicht unterscheiden, ob es Moros waren oder eigene Leute, der eine rührte sich noch und wälzte sich am Boden. Staubschwaden hingen in der Luft, und aus dem Staub sah er plötzlich einen herauskommen, der geduckt im Sattel saß und seinem Pferd in verzweifelter Hast mit den Fersen in die Seiten trat, und er jagte ihm nach, talabwärts, und hörte hinter sich die helle Stimme des Hauptmanns: «Mir nach, Männer! Mir nach!» Und sah, daß der Moro vor ihm seinen Schild wegwarf und sich im Reiten das Panzerhemd über den Kopf zog, um sich leichter zu machen. Und merkte auf einmal, daß er geradewegs auf die Morotruppe zuritt, die ihnen den Rückweg abgesperrt hatte und noch immer am Talausgang wartete. Und er sah sie vor sich und blickte sich um und sah den Hauptmann dreißig Pferdelängen hinter sich, und sah hinter dem Hauptmann jetzt auch die anderen nachkommen, sechs, acht, zwölf Mann.

Der Hauptmann schrie ihm etwas zu, er konnte ihn nicht verstehen, er sah nur, wie er den Arm hochreckte. Erst als er wieder nach vorn schaute, wußte er, was gemeint war: Da waren die Moros schon in voller Flucht und verschwanden in einer Staubwolke hinter der Hangkante. Der eine, hinter dem Lope her war, in panischer Angst wie das letzte Schaf der Herde hinterdrein.

Lope ließ ihn laufen und brachte sein Pferd zum Stehen, und der Hauptmann hielt neben ihm an und stützte sich schweratmend auf den Sattelknopf, und dann sahen sie plötzlich neben sich am Fuß des Hanges, halb verdeckt hinter einem umgestürzten Baum, an derselben Stelle, wo sie sie zurückgelassen hatten, die fünf Frauen, eng aneinandergerückt, wie Hennen auf der Stange.

Der Hauptmann fing zu lachen an, weil es so komisch aussah, wie die fünf herüberäugten, voller Angst mit großen Augen und hochgereckten Hälsen hinter dem Baumstamm. Und er deutete mit gestrecktem Arm hinüber, um auch die anderen aufmerksam zu machen, und lachte, lachte, bog sich vor Lachen. Er hatte den Helm verloren, und irgend etwas hatte ihn am Kopf getroffen, das Blut lief ihm in fünf breiten, leuchtend roten Streifen über das Gesicht, daß es aussah, als hielte eine rote Hand seinen Kopf von oben umfaßt, während er lachte und immer noch lachte und fast aus dem Sattel fiel vor Lachen.

54

ALBESA

DIENSTAG 25. AB 4844
30. JULI 1084/24. RABI I 477

Jeden Nachmittag, sobald die Sonne rot wurde und die Hitze nachließ, stieg Karīma auf die Dachterrasse, die dem Torturm gegenüberlag, und hielt Ausschau. Sie konnte die Straße, die von Südwesten auf den Ort zuführte, auf eine Strecke von gut drei Meilen überblicken. Seit einer Woche schaute sie sich die Augen aus, seit einer Woche wartete sie jeden Tag, daß Lope zurückkam. Er war jetzt schon seit über einem Monat unterwegs. Ihr Herz krampfte sich zusammen bei dem Gedanken, daß ihm etwas zugestoßen sein könnte.

Es war kein Leben ohne ihn. Schon die wenigen Tage in dem Lager am Fluß hatten ihr gezeigt, daß sie nicht geschaffen war für ein Leben unter diesem Söldnerhaufen. Sie hielt es aus, wenn Lope bei ihr war. In den

Tagen, die sie seit jenem Unwetter am Rio Cinca mit ihm gemeinsam verbracht hatte, war die Zeit so schnell vergangen. Ohne ihn schleppte sie sich dahin, ohne ihn war alles unerträglich.

Dabei waren die äußeren Umstände jetzt gar nicht mehr so, daß sie Grund zur Klage gehabt hätte. Der Don hatte Lope jenes Haus zugewiesen, das ihm bei der Eroberung des Ortes in die Hände gefallen war. Der Eigentümer war ein jüdischer Färber, dessen Familie ihr aus Dankbarkeit, daß man es mit der Einquartierung so gut getroffen hatte, jeden Wunsch von den Augen ablas. Auch Lu'lu war ständig um sie bemüht. Wenn ihr bewußt wurde, mit wieviel Zuneigung ihr alle begegneten, kam sie sich oft undankbar vor und schämte sich vor sich selbst. Aber die Selbstvorwürfe halfen ihr auch nicht. Sie war ein Kind der Großstadt, und das Leben in diesem kleinen Ort an der Grenze, weitab von aller Zivilisation, unter Bauern und kleinen Händlern und Handwerkern und den Söldnern des Don und ihren Weibern kam ihr von Tag zu Tag enger und bedrückender vor.

Sie sehnte sich nach Sevilla, nach dem quirligen Leben in der Stadt, der Vielfalt, der Abwechslung. Sie vermißte die Gespräche im Haus ihres Vaters, die Leichtigkeit und Unbeschwertheit im Umgang mit Freunden und Bekannten, sie vermißte sogar den Lärm der Stadt, das Geschrei im Bazar, die Rufe der fliegenden Händler in den Straßen. Hier war alles dumpf und stickig, und die Menschen waren roh und abstoßend dumm und von einer groben, schwer erträglichen Dickfelligkeit. Manchmal glaubte sie zu ersticken.

Es gab auch Zeiten, in denen sie anders empfand, in denen ihr bewußt wurde, daß sie sich gar nicht so unglücklich fühlte, wie sie es sich einredete. Dann lud sie Felicia zum Essen ein und freute sich an ihrer warmherzigen Zutraulichkeit und schaute dem Färber bei der Arbeit zu, ließ sich die verschiedenen Arbeitsgänge erklären und pflegte ausgedehnte Gespräche mit seiner Frau, die vier Kinder großgezogen und ebenso viele begraben hatte und die voller Geschichten war, die sie mit anschaulichen Gesten und einer bildhaften Sprache zu erzählen wußte.

Manchmal, wenn sie aufrichtig genug war, wurde ihr klar, daß es gar nicht dieser kleine Ort am Rande der zivilisierten Welt war, der sie so unzufrieden machte, auch nicht die Menschen, die hier lebten, sondern daß ihre Übellaunigkeit, dieses Gefühl, ersticken zu müssen, ganz andere Ursachen hatte.

Sie erinnerte sich an die Zeit ihrer Kindheit, als ihr Vater jene unerwartet lange Reise unternommen hatte, die nach ihren kindlichen

Begriffen Jahre und Jahre gedauert hatte. Sie erinnerte sich an den Groll, den sie damals empfunden hatte und der sich auf alles gerichtet hatte, ihre Umgebung, die Menschen, die um sie herum gewesen waren, die alte Dādā, den armen guten Ammi Hassān, auf alle, nur nicht auf den, dem er in Wahrheit am meisten gegolten hatte, ihren Vater. Genauso war es jetzt mit Lope. Sie wollte sich nicht damit abfinden, daß er sie alleingelassen hatte, aber ihre Unzufriedenheit richtete sich nicht gegen ihn, sondern wahllos gegen alle anderen. In Wirklichkeit war sie nicht wütend auf dieses kleine, verschlafene Provinznest und die Menschen, die darin lebten, sondern sie haßte nur das Alleinsein. Sie sehnte sich nicht nach Sevilla zurück, sie sehnte sich nach Lope. Und zu dieser Sehnsucht kam jetzt die Angst.

Erst seine lange Abwesenheit machte ihr richtig bewußt, wie gefährlich das Gewerbe war, das er ausübte. Sie malte sich in Gedanken aus, was ihm alles zugestoßen sein könnte, und ihre Angst um ihn steigerte sich immer mehr, je länger er ausblieb. Warum ließ er sie so lange allein?

Seit einer Woche wußte sie, daß sie ein Kind von ihm erwartete. Sie hatte es zuerst nicht wahrhaben wollen. Sie kannte alle Anzeichen der Schwangerschaft, aber bisher hatte sie sie nur aus ärztlicher Sicht gekannt, und es war etwas anderes gewesen, sie am eigenen Körper zu erleben. Sie war so glücklich. Und sie war so unglücklich, daß sie Lope nicht in das Geheimnis einweihen konnte, daß er nicht bei ihr war, um das Glück mit ihr zu teilen.

Er kam nicht, wie sie es erwartet hatte, am Abend, sondern am hellen Mittag, als alles sich vor der Hitze in die Häuser geflüchtet hatte. Die Torwache schlug erst auf den Gong, als die Truppe schon auf eine Meile heran war. Karīma schlief. Sie hörte nicht einmal den Gong. Sie wurde erst durch Lu'lus aufgeregte Rufe geweckt.

Sie rannte die Treppen hinauf auf das Dach. Sie durchlebte bange Augenblicke, bis sie ihn endlich erkannte. Er ritt am Ende des Zuges. Mein Gott, dachte sie, er lebt, er ist unverletzt. Sie sah den Hauptmann an der Spitze: Auch diese Angst überstanden, dachte sie.

Sie ließ Lu'lu, der ihr nachgekommen war, auf dem Dach stehen und lief in fliegender Hast wieder hinunter und zum Tor hinaus, den anderen Weibern hintennach.

Lope stieg aus dem Sattel, als sie neben ihm ankam. Sie wollte sich ihm an den Hals werfen, aber als sie sein Gesicht sah, hielt sie im letzten Augenblick etwas davor zurück. «O Lope», sagte sie, «wie lange bist du weg gewesen.» Sie hatte etwas ganz anderes sagen wollen.

Er nahm sie flüchtig in die Arme. «Es hätte länger dauern können», sagte er.

Sie blickte ihn von der Seite an, während sie nebeneinander hergingen. Er wirkte hagerer, aber sie war sich nicht sicher, vielleicht war es nur der Staub, der die Linien in seinem Gesicht härter hervortreten ließ. Sie hatte sich dieses Wiedersehen so oft vorgestellt, sie hatte so viele Fragen, aber jetzt wußte sie nicht, was sie sagen sollte. Sie hängte sich glücklich an seinen Arm und blickte ihn an und sah seine Augen auf sich gerichtet und spürte plötzlich, wie ihr kalt wurde. Da war wieder diese Abwesenheit in seinen Augen, unter der sie so gelitten hatte, dieser teilnahmslose Blick, der über sie hinwegsah, als nähme er sie gar nicht wahr. Da war wieder dieser harte Ausdruck in seinem Gesicht, der sagte, zuerst meine Rache, zuerst mein Gelübde, meine Ehre. Er war so weit weg von ihr, daß sie erschrak.

Sie war froh, als sie an das Tor kamen und das Geschrei der Menge, die herbeigelaufen kam, um den Einzug der Truppe mitzuerleben, so laut wurde, daß es jedes Gespräch unmöglich machte. Sie sah zu, wie der Don seine Leute begrüßte und jeden von ihnen umarmte. Sie hörte das Jammergeschrei der Frauen, deren Männer nicht zurückgekommen waren. Sie war wie betäubt, unfähig, einen klaren Gedanken zu fassen. Sie stand in dem Staub und der Hitze zwischen all den Menschen auf dem kleinen Platz vor der Moschee und wartete darauf, daß endlich jenes langwierige Ritual, in dem die Beute vor dem Don und den Zuschauern ausgebreitet wurde, ein Ende nahm. Sie beobachtete Lope voller Unruhe und hoffte, daß er sich nach ihr umdrehte, hoffte auf einen Blick von ihm. Was war nur geschehen? War es vielleicht nur die Anstrengung des Ritts gewesen, die ihn so abweisend gemacht hatte?

Sie setzte ihre ganze Hoffnung in die freudige Nachricht, die sie für ihn bereit hatte. Alles würde wieder gut werden, wenn sie ihn damit überraschte. Sie wollte es ihm gleich sagen, noch auf dem Weg nach Hause. Aber als sie gemeinsam zurückgingen, war Lu'lu bei ihnen, und als sie ankamen, stand die Familie des Färbers Spalier, und alle bestürmten ihn mit Fragen, und die Hausfrau hatte schon den Waschzuber bereitgestellt, und die Magd brachte Wein und Früchte. Es gab keine Gelegenheit, es ihm zu sagen.

Erst am Abend ließ man sie allein.

Sie standen sich in der Madjlis des Hauses gegenüber, und Karīma dachte beglückt, jetzt gleich wird er mich in die Arme nehmen, gleich werde ich es ihm sagen, und wir werden uns lieben, und wir werden uns in den Armen halten und werden wissen, daß wir ein Kind haben, das uns für immer verbindet.

«Warum hast du mir nicht gesagt, daß zwei Männer bei der Truppe waren, die den Überfall auf der Brücke von Alcántara mitgemacht haben?» fragte er mit einer unnatürlich harten Stimme.

Es traf sie so unvorbereitet, wie ein Pfeil aus dem Dunkeln. Sie wollte etwas sagen, aber als sie seinen kalt forschenden Blick auf sich gerichtet sah, blieb ihr das Wort im Hals stecken.

«Du hast es mit Absicht getan», sagte er erbittert.

Sie spürte, wie ihr die Tränen kamen, und schlug die Hände vor das Gesicht und wandte sich ab. Sie konnte seinen kalten Blick nicht mehr ertragen. «Was willst du von mir!» sagte sie. «Was verlangst du von mir!»

«Warum hast du mir nichts gesagt?» fragte er unnachgiebig. «Muß ich nicht glauben, daß du es mir auch schon vorher verschwiegen hast, wenn wir einem der Männer begegnet sind? Muß ich nicht glauben, daß ich all diese Monate umsonst herumgelaufen bin!»

Der Rest von Stolz, den sie sich bewahrt hatte, ließ sie herumfahren. «Was soll das heißen: Du bist herumgelaufen!» erwiderte sie. «Bin ich nicht mitgelaufen? Habe ich nicht diese ganze endlose Sucherei mitgemacht?»

«Ich will nur wissen, ob du mir etwas verschwiegen hast», sagte er mit flacher Stimme.

«Nein!» schrie sie ihm ins Gesicht.

«Und warum hast du mir die beiden hier in der Truppe verschwiegen?» fragte er unbeeindruckt.

Sie starrte ihn fassungslos an. Sie wollte nicht glauben, was sie gehört hatte. Begriff er, was er da sagte? Begriff er überhaupt etwas? «Das fragst du noch!» erwiderte sie zwischen Wut und Tränen. «Kannst du dir das nicht vorstellen? Kannst du dir überhaupt etwas vorstellen? Begreifst du nicht, daß ich Angst um dich hatte! Was wäre geschehen, wenn du ihn getötet hättest? Er ist die rechte Hand des Don, er ist bei allen im Lager beliebt, sie hätten dich in Stücke gerissen!» Sie sah, wie er zusammenfuhr, und glaubte zuerst, daß sie ihn endlich getroffen hätte, und war schon wieder zur Versöhnung bereit, aber dann sah sie plötzlich die Fassungslosigkeit in seinem Gesicht und zuckte zurück und wußte auf einmal, daß sie ihm etwas eingestanden hatte, was sie ihm gar nicht hätte eingestehen müssen, und im selben Augenblick fiel ihr jenes Gesicht ein, das ihr damals so bekannt vorgekommen war, bevor die Begegnung mit dem Hauptmann sie es hatte vergessen lassen, der alte Hidalgo mit seinem Sohn, dem sie danach immer ausgewichen war. O mein Gott, dachte sie, was habe ich bloß getan! Warum habe ich nicht einfach alles abgeleugnet? Warum habe ich nicht einfach geschwiegen? O mein Gott! Und sie starrte mit trockenen Augen blicklos an ihm vorbei. Sie fühlte sich so elend, daß sie nicht einmal weinen konnte.

Lope ließ sie stehen. Er verließ die Madjlis. Er lief, zwei Stufen auf einmal nehmend, die Treppen zum Dach hinauf, scheuchte die Magd davon, die ihm oben entgegenkam.

Baudry Fiz Nicolas, der Normanne, dachte er. Der Hauptmann! Warum gerade der Hauptmann! Warum erfuhr er es erst jetzt. Noch vor zwei Monaten hätte er ihn mit kaltem Herzen zum Zweikampf herausgefordert. Aber jetzt? Sie hatten so viel gemeinsam erlebt in dieser Zeit. Sie waren Freunde geworden. Warum von allen Männern im Lager gerade der Hauptmann.

Lope versuchte, sich ihn auf der Brücke von Alcántara vorzustellen. Er konnte es nicht. Er konnte sich nicht vorstellen, daß der Hauptmann eine wehrlose Frau erschlug. Seine Phantasie weigerte sich, ihm ein solches Bild vor Augen zu führen. Der Hauptmann mochte grausam und skrupellos sein, aber er war kein kaltblütiger Mörder. Lope wollte es nicht gelingen, die Gefühle, die er ihm gegenüber empfand, in Haß zu verwandeln.

Er blieb die ganze Nacht auf dem Dach und versuchte, mit dem Aufruhr seiner Gefühle fertig zu werden. Er wollte Karīma nicht verlieren, aber er wußte, daß immer etwas zwischen ihnen stehen würde, wenn er jetzt nicht hielt, was er Nujūm auf der Brücke versprochen hatte. Da würde immer ein Schatten bleiben, ein Riß in seiner Seele. Er fand keinen Ausweg.

Am Morgen entschloß er sich, Karīma mit Lu'lu nach Zaragoza zu bringen und danach den Hauptmann auf irgendeine Weise zum Zweikampf zu fordern. Wenn der Hauptmann ihm die Namen der anderen Männer gab, würde er die Suche fortsetzen. Weiter wagte er nicht zu denken. Er war sich nur klar darüber, daß er Karīma nicht wieder mit hineinziehen durfte. Sie hatte nichts damit zu tun. Er konnte ihr nicht einmal zumuten, auf ihn zu warten. Er konnte sie nur in Sicherheit bringen.

Noch am selben Morgen bat er den Don um sechs Tage Urlaub und die Erlaubnis für die Reise nach Zaragoza. Er bekam beides gewährt, aber als er Karīma seine Pläne vortrug, weigerte sie sich, nach Zaragoza zu gehen.

«Ich lasse mich nicht wegschicken», sagte sie. «Jetzt nicht mehr.»

Er fand keine Worte, um sie zu überzeugen.

In der folgenden Nacht, eine Stunde nachdem der Muezzin zum letzten Mal gerufen hatte, war weiter oben aus der Gasse ein markerschütterndes Wehgeschrei zu hören, und wenig später kam ein Schwarm aufgeregter Frauen vor das Haus, die nach Karīma riefen. Sie hatten die Provençalin bei sich, Alienor, die Frau des Hauptmanns. Sie trugen sie zu viert in einer Decke. Sie war nackt und lag bäuchlings in der Decke und schrie wie am Spieß. Der Hauptmann hatte ihr das Messer zweimal über die Hinterbacken gezogen. Das Blut quoll heraus wie der Saft aus einer reifen Melone.

Karīma ließ die Frau in ihr Zimmer bringen und nähte die Wunden. Als sie wieder herauskam, war sie bleich vor Zorn. Aber auch dieser Vorfall konnte sie nicht bewegen, nach Zaragoza zu gehen. Lope war hilflos, und er spürte, daß seine Hilflosigkeit alle seine Überlegungen mehr und mehr in Frage stellte. Die Zeit arbeitete gegen ihn. Schon ging das Leben wieder seinen gewohnten Gang, und seine Racheschwüre wurden mit jedem Tag fragwürdiger.

Der Hauptmann brachte Geschenke für Alienor. Die Provençalin ließ ihn drei Tage warten, dann verzieh sie ihm.

«Sie sagt, er sei kein Engel, er sei aber auch kein Teufel, er sei ein Mann, und sie liebe ihn», berichtete Karīma achselzuckend.

Lope versuchte, Karīma aus dem Weg zu gehen, aber sie ließ es nicht zu. Sie war von gleichbleibender Liebenswürdigkeit, sie tat so, als wäre nie etwas gewesen, als hätten sie nie jenes Gespräch über den Hauptmann geführt.

Der Hauptmann machte Karīma einen Zelter zum Geschenk, eine große Fuchsstute, die sie in dem Landhaus vor Valencia erbeutet hatten und die er sich als seinen Beuteanteil vorbehalten hatte. Es war sein Dank für ihre ärztliche Hilfe, und sie nahm das Geschenk an. Als er das Tier brachte, kündigte er an, daß er am folgenden Tag nach Zaragoza reiten wollte.

Lope schwieg dazu. Aber als er an diesem Tag zu seinem üblichen Morgenritt aufbrach, ging er voll gepanzert und mit allen Waffen. Er ritt in nordwestlicher Richtung los, und erst, als er außer Sichtweite war, bog er nach Südwesten ab, um auf den Weg nach Zaragoza zu kommen. Er fand die Spuren des Hauptmanns und seines Burschen und folgte ihnen und erreichte sie kurze Zeit später in einem trockenen Flußtal.

Der Hauptmann grüßte überschwenglich und ritt ihm entgegen. Als er auf vierzig Schritte heran war, zog Lope den Bogen aus dem Köcher und legte einen Pfeil auf die Sehne.

«Komm mir nicht näher!» rief er ihm zu.

Der Hauptmann brachte sein Pferd zum Stehen. «He, was soll das!» rief er gutgelaunt zurück und zeigte lachend die Zähne.

«Mach dich fertig für einen Kampf, Baudry Fiz Nicolas!» sagte Lope. Er hatte sich die Worte zurechtgelegt, aber jetzt kamen sie ihm merkwürdig gestelzt vor.

«Was meinst du damit?» erwiderte der Hauptmann immer noch mit lachendem Gesicht. «Verdammt, was hast du vor?»

«Tu, was ich dir gesagt habe!» rief Lope zurück. Er war kurz davor zu schreien.

Der Hauptmann stellte sich in den Steigbügeln auf. «Hör zu, Bruder», sagte er ruhig. «Es ist nicht gut, was du machst! Es ist kein Spaß mehr.»

«Tu, was ich gesagt habe!» sagte Lope.

«Verdammter Hurensohn, sag mir, was du von mir willst!» schrie der Hauptmann aufgebracht zurück. «Ich kämpfe nicht ohne Grund. Sag mir den Grund, wenn du einen Kampf willst!»

«Es ist wegen einer Frau, die deine Leute vor zwei Jahren von der Brücke von Alcántara geworfen haben», sagte Lope, und seine Stimme hatte einen so harten Klang, daß er selbst überrascht war.

Der Hauptmann setzte sich wieder in den Sattel zurück. Er blieb eine ganze Weile stumm. «Deine Frau?» fragte er dann.

«Ja», sagte Lope. «Meine Frau.»

Das Pferd des Hauptmanns tänzelte unruhig im Stand und warf den Kopf, bis der Hauptmann es grob wieder zur Ruhe brachte. «Es tut mir leid», sagte er.

Lope gab keine Antwort.

«Hör zu, Freund», fuhr der Hauptmann fort. «Ich sage, es tut mir leid. Es war damals nur von einer Moro-Prinzessin die Rede gewesen, die einem Grafen zur Frau gegeben werden sollte. Ich war dagegen, die ganze Begleitung umzulegen. Das war Knechtsarbeit, nicht meine Sache. Ich kann nur sagen, es tut mir leid um deine Frau.» Man konnte seiner Stimme anhören, wie schwer es ihm fiel, diesen Satz zu sagen.

«Hol deine Waffen!» schrie Lope. «Hol deine verdammten Waffen!» schrie er.

Der Hauptmann wendete wortlos sein Pferd und ritt zu seinem Burschen zurück und stieg aus dem Sattel. Lope sah zu, wie ihm der Bursche in den zweiten Panzer half und den Helm festschnallte, dann ritt er ein Stück weit in das trockene Flußbett hinein und steckte seine Lanze in einen Busch und griff nach der Peitsche, die am Sattelknopf hing.

Der Hauptmann hatte seine Lanze mit dem langen hellgrünen Wimpel in der Fußhalterung und hielt sie seitlich ausgestellt mit gestrecktem Arm, als ginge es zur Parade. Sein Bursche war hinter ihm, ohne Waffen. Als sie auf sechzig Schritte heran waren, gab der Hauptmann dem Burschen das Zeichen, zurückzubleiben, und ritt allein noch ein paar Pferdelängen weiter. Dann blieb er stehen.

«Hör zu, Lope», sagte er mit ruhiger Stimme. «Ich habe noch nie einen Kampf gescheut. Auch diesen nicht. Aber es fällt mir schwer.»

«Das ist meine Waffe!» unterbrach ihn Lope und hob die zusammengerollte Peitsche über den Kopf. «Wenn du etwas dagegen hast, dann sag es!»

Der Hauptmann nahm die Lanze aus der Halterung. «Es ist mir egal, mit welcher Waffe du kämpfst!» schrie er zurück, und seine Stimme war jetzt hell vor Zorn. «Der Teufel soll dich holen! Was bist du für ein sturer Hund! Alcántara liegt zwei Jahre zurück, und die Frau, die du jetzt hast, ist besser als alles, was ich in meinem Leben je gesehen habe! Willst du sie unglücklich machen? Was riskierst du dein Leben für eine Tote!»

Lope wendete sein Pferd und ritt ein Stück flußabwärts, um Abstand zu gewinnen und zu verhindern, daß er gegen die tiefstehende Sonne anreiten mußte. Er hörte den Hauptmann weiter hinter sich herschreien, aber er konnte ihn über dem knirschenden Geräusch, das die Hufe auf dem Kies machten, nicht mehr verstehen. Er wollte ihn nicht mehr verstehen. Als er anhielt, sah er, daß auch der Hauptmann bereit war.

«Also warst es auch du, der den alten Enneg umgelegt hat und seinen Sohn!» rief ihm der Hauptmann zu.

«Ja!» rief Lope zurück. «Du bist der nächste!» Und er gab seinem Pferd die Fersen zu spüren und trieb es in den Galopp und hob die Peitsche über den Kopf.

Er hatte diese Waffe, in deren Handhabung ihn sein alter Lehrmeister, der Capitan, eingeweiht hatte, erst zweimal seither gebraucht. Beide Male hatte er seinen Gegner fast mühelos aus dem Sattel geholt. Die Waffe war so gefährlich, weil keiner auf sie gefaßt war. Auch der Hauptmann würde kein Mittel dagegen finden.

Als Lope sein Pferd aus der geraden Angriffsrichtung herausbrachte, daß es aussah, als wollte er im letzten Augenblick dem Zusammenstoß ausweichen, bemerkte er, wie der Hauptmann den Griff der Lanze lockerte und die Deckung aufmachte. Er schwang die Peitsche mit langem Arm über dem Kopf und meinte einen zornig-erschreckten Ausruf zu hören in dem wimpernschlagkurzen Augenblick, als sie aneinander vorbeifegten und sich das bleibeschwerte Peitschenende in Höhe der Nasenstange um den Kopf des Hauptmanns wickelte, und spürte den heftigen Ruck, als sich der Riemen straffte und am Sattelknopf riß, daß sein Pferd in den Hinterfüßen einknickte, und hörte den dumpfen Knall, mit dem der Hauptmann auf den Boden aufschlug, und hielt sein Pferd an, ohne den Zug des Peitschenriemens nachzulassen. Der Hauptmann lag auf dem Rücken, Arme und Beine von sich gestreckt. Er lag regungslos wie tot.

Lope löste die Schlaufe am Sattelgurt und ritt im Bogen um den Hauptmann herum und hob dessen Lanze vom Boden auf und scheuchte das Pferd ein Stück weiter gegen das Flußbett hin und kehrte dann mit stoßbereiter Lanze zu ihm zurück. Er beachtete peinlich genau alle Vorsichtsmaßregeln, die ihm der Capitan eingeschärft hatte, aber er sah bald, daß diesmal keine Vorsicht mehr nötig war.

Der Hauptmann lebte noch. Sein Mund stand weit offen, und in seinen Augen war ein Ausdruck blicklosen Entsetzens, als hätten sie schon den Tod gesehen.

Lope nahm plötzlich aus den Augenwinkeln eine Bewegung wahr und sah zwei Reiter aus dem Auwald herauskommen. Sie kamen auf demselben Weg, auf dem auch er gekommen war. Sie waren zu weit entfernt, als daß er sie erkennen konnte, aber er erkannte ein weißes und ein schwarzes Gesicht und ahnte, daß es Karīma und Lu'lu waren. Aber bevor er sich dessen noch ganz bewußt wurde, sah er plötzlich den Burschen des Hauptmanns sein Pferd wenden und in gestrecktem Galopp über die Kiesbank flußabwärts davonjagen. Er sah noch, wie Karīma und Lu'lu am Rande des Auwalds stehenblieben, dann nahm er die Verfolgung auf. Er war schon mehr als sechzig Pferdelängen zurück, er mußte den Burschen einholen. Der Junge würde die ganze Truppe des Don auf ihn hetzen, wenn er davonkam.

Er trieb sein Pferd zu schnellster Gangart an, aber der Abstand schien sich eher noch zu vergrößern. Er holte den Bogen aus dem Köcher. Die Entfernung war viel zu groß für einen sicheren Schuß, aber er hoffte, das Pferd zu treffen und es dadurch langsamer zu machen. Er schoß mehrere Pfeile hinter dem Burschen her, aber er konnte nicht erkennen, ob sie trafen, das Pferd kam nicht aus dem Tritt und hielt das Tempo nach wie vor. Sie ritten zwei Meilen hintereinander her das Flußtal hinunter, und Lope merkte plötzlich, daß das eigene Pferd langsamer wurde, und schoß noch einmal drei Pfeile ab und sah plötzlich, wie das Pferd des Burschen in wilden Bocksprüngen vorn und hinten hochging, sah, wie der Reiter aus dem Sattel geschleudert wurde, sah das Pferd durchgehen und den Reiter, der mit einem Fuß noch im Steigbügel festhing, hinter sich herschleifen, sah ihn auf dem harten Boden aufschlagen, wieder und wieder, bis das Pferd endlich innehielt und scheuend und schnaubend stehenblieb.

Lope ritt näher heran, stieg in einigem Abstand aus dem Sattel, benutzte das eigene Pferd als Deckung, um das unruhig tänzelnde Tier nicht noch mehr zu erschrecken. Der Bursche war so tot wie ein Stück Fleisch beim Metzger. Das Pferd hatte ihn mindestens dreihundert Schritte weit mitgeschleift. Lopes Pfeil hatte es im After getroffen.

Lope löste den Fuß des Burschen aus dem Bügel und zog dem Pferd den Pfeil aus dem After und legte die Leiche über den Sattel und machte sich auf den Rückweg.

Als er ankam, kauerten Karīma und Lu'lu neben dem Hauptmann. Sie blickten ihm entgegen. Auch der Hauptmann blickte ihm entgegen. Er lag noch immer auf dem Rücken. Seine Züge waren angespannt wie bei einem, der die Zähne zusammenbeißt, aber er sah nicht so aus, als ob er Schmerzen litte. Sie hatten ihm den Helm abgeschnallt und den Mundschutz heruntergeklappt.

«Was ist das für eine Waffe, mit der du kämpfst?» fragte er, als Lope sich über ihn beugte.

«Eine Peitsche», sagte Lope.

Der Hauptmann machte die Augen schmal. «Eine Peitsche!» sagte er verächtlich. «Ist das eine Waffe für einen Mann von Ehre?»

«Ich habe dir eine bessere Chance gegeben, als ihr sie den Frauen auf der Brücke von Alcántara gelassen habt», sagte Lope.

Der Hauptmann blickte an ihm vorbei. «Dann mach ein Ende», sagte er. «Los, mach ein Ende!»

«Ich will wissen, wer außer dir noch dabei war», sagte Lope hart. «Ich will die Namen der anderen. Ich will wissen, wer euch befehligt hat. Ich will wissen, von wem der Auftrag kam und wer euch den Hinweis gegeben hat!»

Der Hauptmann erwiderte seinen Blick ohne Furcht. «Du erfährst nichts von mir, hörst du! Nichts!» sagte er.

Lope hielt ihm das Messer ans Auge. «Die Namen!» sagte er.

«Du kannst mir nicht mehr drohen, Mann! Begreifst du das nicht!» erwiderte der Hauptman.

Karīma hob den linken Arm des Hauptmanns an und ließ ihn wieder fallen. Der Arm war so schlaff wie der Arm eines Toten.

«Siehst du nicht, daß er gelähmt ist!» sagte sie unwillig. «Er hat den Hals gebrochen, er kann weder Arme noch Beine bewegen.»

Lope stand auf und betrachtete den leblos daliegenden Körper mit ungläubigen Augen. Er sah das Messer in seiner Hand und steckte es hastig weg, als müßte er sich dafür schämen.

«Ich will die verdammten Namen!» sagte er verbissen und verstummte sofort wieder.

Karīma nahm ihn am Arm und zog ihn beiseite. «Laß mich mit ihm reden», sagte sie leise.

«Was soll das nützen?» erwiderte er.

«Laß es mich versuchen», sagte sie.

Er zuckte die Achseln und hob die Peitsche vom Boden auf und begann, sie in Schleifen zu legen, während er mit steifen Schritten zu seinem Pferd ging. Seine Hände zitterten von der Anspannung, die hinter ihm lag. Als er bei seinem Pferd ankam, zitterte er am ganzen Körper und hielt sich mit beiden Händen krampfhaft am Sattel fest, um es die anderen nicht merken zu lassen.

Karīma sah die Augen des Hauptmanns auf sich gerichtet und meinte ein spöttisches Lächeln darin zu entdecken. «Hast du Schmerzen?« fragte sie.

«Nein», sagte er.

Eine Weile blickten sie sich schweigend an. Das Lächeln breitete sich in seinem Gesicht aus.

«Du hättest doch zu mir kommen sollen, wir hätten ein gutes Paar abgegeben», sagte er und zeigte die Zähne. «Was willst du mit diesem Verrückten!» sagte er.

«Ich liebe ihn, was soll ich tun», erwiderte sie.

Er verzog das Gesicht zu einer schmerzlichen Grimasse. «Er ist ein guter Mann, aber er ist ein Verrückter. Sie sind alle verrückt, diese Spanier mit ihrer gottverfluchten Ehre. Was für ein Unsinn!» Er wandte die Augen ab, und sein Blick wurde starr. «Mit einer Ochsenpeitsche hat er mich aus dem Sattel geholt. Weiß Gott, ich hätte einen besseren Tod verdient!»

«Jetzt redest du wie er», sagte sie mit sanftem Vorwurf. «Was macht es für einen Unterschied?»

«Du hast recht», sagte er und richtete die Augen wieder auf sie und blickte sie unverwandt an, als wollte er sich ihr Gesicht für die Ewigkeit einprägen. «Was willst du von mir?» fragte er.

«Das gleiche, wonach er gefragt hat», sagte sie. «Die Namen.»

«Warum?» fragte er verwundert.

«Vielleicht, weil ich auch verrückt bin», sagte sie lächelnd. Und ernst setzte sie hinzu: «Weil er keine Ruhe geben wird, bis er alle gefunden hat. Und weil ich bei ihm bleiben werde und nicht mein ganzes Leben mit dieser Suche vergeuden will.»

Er warf ihr einen mitleidig-spöttischen Blick zu. «Was für ein Leben», sagte er. Und starrte mit einem abwesenden Lächeln an ihr vorbei und setzte mit rauher Stimme hinzu: «Nimm mein Messer und schneide mir die Adern an den Handgelenken auf. Dann werde ich dir sagen, was du wissen willst.»

Sie zuckte zurück und schüttelte heftig den Kopf.

«Nimm das Messer!» befahl er. «Oder willst du, daß sich die Krähen über mich hermachen.» Er lächelte, als er ihren entsetzten Blick sah. «Nimm schon das Messer! Nimm es!» bat er.

Sie zog das Messer aus seinem Gürtel und streifte ihm die eisenbesetzten Handschuhe ab. Sie scheute sich immer noch, den Schnitt zu machen, aber dann fiel ihr ein, daß der Bruch des Halswirbels auch sein Schmerzempfinden ausgelöscht haben mußte, und dieser Gedanke beruhigte sie auf sonderbare Weise und gab ihr Mut. Das Messer war so scharf, daß sie es nur einmal anzusetzen brauchte, um die Adern ganz durchzutrennen. Sie machte noch einen zweiten, schrägen Einschnitt, um sicherzugehen, und legte das Messer aus der Hand.

«Versprich mir, daß ihr mich verscharrt, wenn es vorbei ist», sagte er. «Ich will nicht, daß mir ein Stück fehlt am Tag des Gerichts.»

«Ich verspreche es», sagte Karīma.

«Gut», sagte er, «dann hör zu.» Er sprach jetzt so leise, daß sie sich zu ihm hinunterbeugen mußte, um ihn zu verstehen. «Der Mann, der alles befehligt hat, war ein Franzose, ein Mann des Königs. Ich habe ihn nicht zu Gesicht bekommen. Ich kenne auch seinen Namen nicht. Er war nicht dabei, er hat nur ein paar von seinen Leuten mitgeschickt, fünf, sechs Mann, alles Franzosen, die Namen habe ich vergessen, ich habe sie nie mehr gesehen danach.» Er schaute auf das Blut, das im Takt seines Herzschlages aus den Wunden an seinen Handgelenken quoll. «Wie lange dauert es?» fragte er.

«Nicht sehr lange», sagte sie. «Ich weiß es selbst nicht genau.»

«Es ist das erste Mal, daß du einem die Pulsadern aufgeschnitten hast, wie?» sagte er und entblößte die Zähne in dem vergeblichen Versuch, noch einmal sein altes siegessicheres Lächeln zu zeigen.

«Das erste Mal», sagte sie leise.

Das Lächeln verschwand wieder aus seinem Gesicht, und er fuhr rasch und mit sachlicher Stimme fort, als spürte er, daß ihm nicht mehr viel Zeit blieb: «Ich kann dir nur einen Namen nennen, der dir weiterhilft: Alvar. Ein alter Mann, ein Infanzon. Don Alvar. Den Namen seines Vaters weiß ich nicht mehr. Aber du findest ihn auch ohne das. Er ist in Sepúlveda. Ich habe ihn vor eineinhalb Jahren das letzte Mal gesehen, da war er die rechte Hand des Tenente von Sepúlveda. Er weiß über alles Bescheid. Er kennt auch den Franzosen.»

Er verstummte plötzlich, und auf seinem Gesicht erschien ein Ausdruck kindlichen Erstaunens. Es sah aus, als horche er voll banger Ahnung in sich hinein. Aus seinem Gesicht war alle Farbe gewichen, und seine Lippen hatten sich blau verfärbt.

Karīma wollte ihm irgend etwas Tröstliches sagen, aber ihr fiel nichts ein. Dann erinnerte sie sich auf einmal an ihren Vater und begann ohne Zusammenhang von seinem Tod zu erzählen, nur um etwas zu sagen, nur um die Stille zu übertönen. Sie konnte sich später nicht mehr erinnern, was sie gesagt hatte. Sie spürte, wie ihr die Tränen kamen, und machte keinen Versuch, sie zurückzuhalten. Sie sprach weiter, bis seine Augen starr wurden, und wartete, bis sie sicher sein konnte, daß kein Leben mehr in ihm war.

Dann holte sie Lope und Lu'lu, und sie zogen den leblosen Körper in eine Bodensenke und legten die Leiche des Burschen daneben und deckten beide mit Steinen zu.

Danach machten sie sich auf den Weg. Karīma ritt voraus. Sie ritt nach Westen. Als sie das Tal hinter sich hatten, berichtete sie Lope, was sie erfahren hatte.

«Er kannte nur einen Mann mit Namen», sagte sie. «Don Alvar.»

«Ist das alles?» fragte Lope verdrossen.

«Nein», erwiderte sie. «Er hat mir auch gesagt, wo er zu finden ist.» Und mit einem kaum merklichen Zögern setzte sie hinzu: «Ich werde dich hinführen.»

55

SEPÚLVEDA

SAMSTAG 31. AUGUST 1084
26. ELUL 4844 / 25. RABI I 477

Drei Tagereisen vor Sepúlveda waren sie auf eine Gauklertruppe gestoßen, die zum selben Ziel unterwegs war, und hatten sich ihr für den Rest der Strecke angeschlossen. Es war immer besser, in dieser wilden Gegend im Norden der Sierra, wenn man sich mit anderen Reisenden zusammentat. Die Truppe wurde von zwei Männern in Lopes Alter angeführt, zwei Spielleuten, die hochtrabende Namen trugen und sich als nachgeborene Söhne leonesischer Infanzones ausgaben. Es war nicht herauszubekommen, ob es sich wirklich so verhielt oder ob sie nur das Maul vollnahmen, aber sie waren zumindest in Eisen gerüstet und ritten brauchbare Pferde, und wie es schien, konnten sie auch mit Schwert und Lanze umgehen. Der eine war lang und knochig, der andere dick und untersetzt. Der Lange spielte den Tolpatsch, der über die eigenen Füße stolpert, der Dicke gab sich als der fröhliche Draufgänger. Schon ihr Anblick, wenn sie nebeneinander auftraten, reizte zum Lachen. Zu ihrem Gefolge gehörten ein Zwerg mit unmäßig großem Kopf, drei junge Moro-Frauen, die als Musikerinnen und Artistinnen ausgebildet waren, dressierte Affen und Hunde und ein Knecht und zwei Mägde. Die Frauen hatten keine Reittiere, nur zwei Esel, die mit dem Zwerg und den Affen und dem Gepäck schon überlastet waren. Als Lope ihnen die Ersatzpferde anbot, konnte er sich kaum retten vor ihrer wortreichen Dankbarkeit.

Am Sonntag begann in der Stadt der große Markt, auf dem die Leute der ganzen Gegend die Beute verkauften, die sie im Lauf des Sommers bei ihren Cabalgadas über die Sierra in die Länder der Moros zusammengerafft hatten: Kleidung und Hausrat und Schmuck und Schätze aller Art und vor allem zahlreiche Gefangene. Als sie ankamen, war die Vorstadt schon voll von Händlern, andalusischen Juden, die noch vor der Eröffnung des Marktes einzelne Gefangene auszulösen versuchten, Kaufleuten aus Frankreich, Compostela-Pilgern, die die Gelegenheit zu einem günstigen Einkauf nutzen wollten. Vor der Stadt waren schon die Marktstände aufgebaut, in den Mietsställen gab es keinen Platz mehr, um ein Pferd unterzustellen, und die Tavernen außerhalb der Stadtbefestigung waren überfüllt.

Lope schloß sich den beiden Spielleuten an, die sich nicht erst in der Vorstadt aufhielten, sondern gleich auf das Tor zuritten. Sie waren bekannt wie Peter und Paul, wurden von allen Seiten begrüßt, auch die Torwache wußte, wer sie waren.

Lope kannte die Stadt. Er war im Winter mit Karīma und Lu'lu auf der Suche nach den Mördern schon einmal für drei Tage hier gewesen. Sepúlveda war Grenzstadt. Jahrhundertelang nichts als ein Haufen Ruinen, nur von Eulen bewohnt, erst vor wenigen Jahrzehnten wieder besiedelt, in den letzten Jahren stark angewachsen, mehrere streng abgegrenzte Viertel, in denen sich die Kolonisten getrennt nach ihrer Herkunft niedergelassen hatten: Kastilier, Franzosen, Galicier, Serranos aus dem Norden von Leon, Juden und Moros dazwischen, ohne Unterschied der Religion, viele Handwerker, die für die Viehzüchter der Umgebung arbeiteten. Vor acht Jahren hatte der König einen Tenente über sie gesetzt, der sich seitdem bemühte, unter den ungebärdigen Einwohnern für Recht und Ordnung zu sorgen. Die beiden Spielleute kannten ihn, wie sie behaupteten. Sie ritten geradewegs auf seine Burg zu, die am höchsten Punkt der Stadt lag.

Die Burg war erst zur Hälfte fertiggestellt, nur der Wohnturm eingedeckt und ein paar Stallungen und Wirtschaftsgebäude um den Innenhof, sonst alles noch im Bau, die Außenbastionen gerade erst aus den Fundamenten herausgewachsen.

Der Tenente war unterwegs, aber der Burgwächter kannte die Truppe und ließ sie ein, ließ auch Lope und Karīma und Lu'lu passieren, weil er wohl annahm, daß sie dazugehörten.

Kaum waren sie hinter dem Tor, preschten die beiden Spielleute in den Burghof und erhoben ein wüstes Geschrei, als wären sie im Begriff, die Burg zu überfallen. Sie brüllten so laut herum und fuchtelten mit den Schwertern, daß die Bauarbeiter, zu Tode erschreckt, nach allen Seiten auseinanderstoben. Erst als die Burgherrin aus dem Obergeschoß des Wohnturms herunterkeifte, hörten sie auf und sprangen von den Pferden, gaben sich zu erkennen und brachen in schallendes Gelächter aus. Die Burgherrin lachte mit. Anscheinend hatten die beiden ihren Geschmack getroffen.

Lope stellte sich ihr als ein Freund Baudry Fiz Nicolas', des Normannen, vor und wurde mit besonderer Herzlichkeit begrüßt. Der Hauptmann schien einen tiefen Eindruck hinterlassen zu haben. Sie bot Lope sogar eine Unterkunft an, aber er lehnte ab, nahm nur ihre Einladung für den Abend an.

Sie fanden ein passendes Quartier bei einem Juden im Barrio Serrano, wo sie auch die Pferde unterstellen konnten. Das Serrano-Viertel hatte den Vorteil, daß es außerhalb der Palisade lag, die die Stadt umgab, so daß sie, wenn es nötig werden sollte, auch nachts aufbrechen konnten.

Der Tenente kam mit seinen Leuten erst am Abend in die Stadt zurück. Lope stellte sich mit Karīma in der Nähe des Burgtors auf. Er hielt sie im Auge, als der Zug an ihnen vorüberritt. Er sah, wie sie plötzlich zusammenzuckte, und sah den Mann, auf den ihr Blick gerichtet war, einen schwergewichtigen, stiernackigen Klotz von einem Mann mit niedriger Stirn und dichtem schwarzen Bart, der ihm das Gesicht bis fast an die Augen überwucherte. Er blickte sie fragend an. Der Schwarzbehaarte war schwer zu schätzen, aber er war mit Sicherheit nicht älter als dreißig Jahre, er konnte nicht jener Don Alvar sein, von dem der Hauptmann gesprochen hatte.

Es gab nur noch einen im Gefolge des Tenente, auf den die Beschreibung paßte. Es war ein Mann mit eisengrauem Bart und eingefallenen Wangen, der ihm seltsam bekannt vorkam. Er war verwirrt darüber. Es kam ihm merkwürdig vor, daß ihm einer jener Unbekannten, hinter denen er jetzt schon seit zwei Jahren her war, auf einmal bekannt sein sollte. Der Name brachte ihn schließlich darauf: Don Alvar. Alvar Perez, der Castellan von Sabugal. Er starrte ihn in fassungsloser Verwunderung an, und als sich ihre Blicke begegneten, war er überzeugt, daß auch Don Alvar ihn erkannt haben müßte, aber der Blick des Castellans ging durch ihn hindurch, und seine Miene blieb unbewegt, und er ritt vorbei, ohne anzuhalten.

Lope wandte sich zu Karīma um. «War er das? Der mit dem grauen Bart?»

Sie nickte stumm.

Er deutete mit dem Kopf auf den Burschen, der hinter dem Castellan herritt. «Und der Bursche?»

«Nein», sagte sie.

«Und wer war der andere?» fragte er.

«Das war der, der Zecharia getötet hat», sagte sie.

«Und der dich mit der Lanze getroffen hat», sagte er.

Sie blickte ihn lange an. «Es ist *deine* Rache», sagte sie dann. «Es ist *deine* Rache.»

Als Lope am Abend in die Halle der Burg kam, wies ihm der Tenente einen Platz neben dem Castellan zu, der als ein Freund des normannischen Barons angesehen wurde. Don Alvar musterte ihn eingehend, aber er zeigte auch jetzt kein Zeichen des Wiedererkennens. Seine Augen waren stumpf, als litte er am Altersstar.

Lope berichtete ihm über den Hauptmann, aber die spektakulären Ereignisse ließ er beiseite. Er wollte jedes Aufsehen vermeiden. Das Gespräch versiegte auch bald. Der Castellan verlor schon nach kurzer Zeit jegliches Interesse und erstarrte auf seinem Sitz, daß es aussah, als schliefe er mit offenen Augen. Lope beobachtete den Schwarzbehaarten, der am Tisch des Tenente saß und mit beiden Händen zulangte, wenn der Küchenknecht die Fleischplatten auftrug. Der Tenente schien große Stücke auf den Mann zu halten. Nur wenn der Weinkrug herumging, wurde er übergangen. Auch Lope trank nur so viel, wie er unbedingt zu sich nehmen mußte, um die Trinksprüche zu erwidern.

Später in der Nacht, als die Stimmung stieg, gaben die beiden Spielleute ein paar Verse zum besten, zuletzt ein Lied, nach dem alle schon von Beginn an verlangt hatten, weil es eine wahre Begebenheit zum Inhalt hatte, die sich in der Gegend von Sepúlveda zugetragen hatte. Ein Lied, für das die beiden offenbar berühmt waren. Es handelte von den sieben Söhnen eines kleinen Burgherrn, dem Moro-Viehdiebe eine Rinderherde von den Weiden treiben. Es erzählte, wie er den Moros seine Söhne hinterherhetzt, einen nach dem anderen, um ihnen die Herde wieder abzujagen. Es berichtete, wie ein Sohn nach dem anderen von der Bande erschlagen wird, bis schließlich der Burgherr selbst aufbricht und furchtbare Rache nimmt. Viele der Männer sangen mit, und als die Spielleute an die Stelle kamen, wo der Vater die Leichen seiner Söhne findet, fingen nicht wenige an zu schluchzen, und am Ende füllte der Beifall die ganze Halle.

Danach traten die Musikerinnen auf, und die jüngste und hübscheste der drei Moro-Frauen jonglierte mit fünf Messern im Takt der Musik und erbat sich schließlich das Schwert des Tenente und schob es sich zwei Spannen tief in den Hals, daß die Männer vor Begeisterung johlten und ihr von allen Seiten Münzen zuwarfen, die sie graziös mit dem Mund auffing.

Lope hatte während ihrer Darbietungen den Schwarzbehaarten nicht aus den Augen gelassen. Er hatte die begehrlichen Blicke gesehen, mit denen er das Moro-Mädchen verfolgt hatte, und er sah jetzt, wie er ihr drei Münzen nacheinander zuwarf. Es sah aus wie eine Anzahlung auf ein anderes Vergnügen, das er von ihr erwartete.

Der Castellan stand unvermittelt auf. Er bot Lope einen Platz in seiner

Kammer an, und Lope begleitete ihn hinaus. Die Kammer lag im Obergeschoß des Wirtschaftsgebäudes über dem Getreidelager. Fünf Strohsäcke lagen darin. So wie es aussah, war der Castellan nicht mehr der enge Vertraute des Tenente, er war nur noch ein einfacher Hidalgo, und in einem Alter, in dem er nichts mehr zu erwarten hatte. Er mußte einen bitteren Abstieg hinter sich haben. Er war am Ende, ein Mann ohne Zukunft. Er schlief ein, sobald er seinen Strohsack unter sich hatte.

Lope wartete, bis seine unruhigen Atemzüge in ein gleichmäßiges Schnarchen übergegangen waren, dann verließ er die Kammer wieder und ging in den Burghof hinunter und postierte sich im Winkel zwischen dem Pferdestall und der Mauer an einer Stelle, von der aus er sowohl den Zugang zum Wohnturm im Augen behalten konnte als auch die Leiter, die in den Speicher über dem Pferdestall führte, in dem die beiden Spielleute mit ihrer Truppe untergebracht waren. Die Nacht war sternenklar, kein Mond am Himmel, das Gezirp der Grillen so laut, daß der Lärm, den die Männer in der Halle des Wohnturms machten, nur gedämpft, wie fernes Gemurmel zu ihm drang.

Er hörte die Moro-Frauen über dem Stall, die sich leise unterhielten, und sah ab und zu einen Mann aus dem Wohnturm kommen und sein Wasser abschlagen. Irgendwann kam auch der Mann, auf den er wartete. Der schwarze Bart war auch in der Dunkelheit zu erkennen. Lope sah, wie der Mann die steile Holztreppe herunterkam und den Burghof überquerte und die Leiter am Pferdestall hinaufstieg. Als er wieder herunterkam, folgte ihm das Mädchen. Lope beobachtete die beiden, wie sie auf das Gebäude zugingen, in das er den Castellan begleitet hatte. Das Mädchen schrie plötzlich auf, und Lope kam es so vor, als versuchte sie, dem Schwarzbehaarten zu entkommen, aber im selben Augenblick ging die Pforte des Wohnturms auf und eine befehlsgewohnte Stimme rief herüber: «Gaspár! Gaspár!» Es war der Tenente selbst.

Die beiden hatten schon fast das Gebäude auf der anderen Seite des Burghofs erreicht, und der Mann zögerte, aber dann gab er doch Antwort: «Ja, Herr?» rief er kleinlaut zurück.

«Komm her, Gaspár!» sagte der Tenente. «Ich will, daß du diese Nacht im Turm schläfst, hörst du!»

«Ja, Herr», antwortete der Schwarzbehaarte.

«Es ist besser, wenn du deine Kräfte für morgen aufsparst», fuhr der Tenente fort. «Ich werde dafür sorgen, daß dir keiner die Kleine streitig macht, wenn du alles hinter dir hast. Aber jetzt komm!»

«Ja, Herr», sagte der Schwarzbehaarte.

Die Fürsorglichkeit des Tenente fand am Morgen des Sonntag eine einfache Erklärung. Nach dem Gottesdienst war eine Gerichtssitzung anberaumt, auf der sich der schwarze Gaspár, wie er von seinen Leuten genannt wurde, einer Anklage wegen Vergewaltigung stellen mußte. Er hatte sich in der Nähe eines Dorfes weiter im Norden über ein Mädchen hergemacht, ein halbes Kind noch. Es war nicht das erste Mal, daß man ihn einer solchen Tat beschuldigte, es war auch nicht das erste Mal, daß man ihn dabei gesehen und erkannt hatte, aber diesmal hatte der Tenente die Sache nicht durch die Zahlung einer kleinen Geldsumme, die dem Mädchen als Mitgift dienen konnte, aus der Welt schaffen können. Denn zu Gaspárs Unglück war das Mädchen, an dem er sich diesmal vergriffen hatte, die Tochter eines Schmieds, der zu den Obleuten seines Dorfes zählte, und das Dorf gehörte dem Kloster San Pedro de Cardeña, und der Schmied war nicht nur in der Lage, zwei Augenzeugen aufzubieten, sondern er war auch bereit gewesen, selbst einen Zweikampf auszufechten, um die Ehre seiner Tochter wiederherzustellen.

Die Verhandlung fand auf dem freien Platz vor dem Osttor statt, außerhalb des Marktbezirks.

Die halbe Stadt war versammelt, und viele Leute aus der Umgebung hatten sich eingefunden, als der schwarze Gaspár vorgerufen wurde.

Er ließ die sieben Zeugen auftreten, die für seine Unschuld bürgten, alles Leute aus dem Gefolge des Tenente, auch der Castellan dabei. Und sie hoben alle sieben die Hand. Aber auch der Schmied hatte neben seinen zwei Augenzeugen noch sieben ehrenwerte Männer aus seinem Dorf bei sich, die bestätigten, daß seine Tochter die Vergewaltigung nach allen Regeln des Rechts im Dorf ausgeschrien und den Täter dabei so genau beschrieben hätte, daß jeder Zweifel ausgeschlossen war. Der Tenente hatte keine Wahl, er mußte den Fall mit einem Gottesgerichts-Zweikampf entscheiden lassen.

Lope stellte sich neben den Castellan, als die Priester aus der Stadt den Kampfplatz absteckten und mit geweihtem Wasser besprengten, und als sich die beiden Gegner für den Kampf rüsteten. Beide waren in Eisen, beide mit Schwert und Rundschild bewaffnet. Der Schmied zehn Jahre älter als sein Gegner, gleichgroß, aber gute zwanzig Pfund leichter. Auf den ersten Blick schien es, als wäre er hoffnungslos unterlegen.

Anfangs sah auch alles nach einem raschen Sieg des schwarzen Gaspár aus, der mit weitausholenden Schlägen auf seinen Gegner losging und ihn so eindeckte, daß er keine Gelegenheit fand zurückzuschlagen. Die Leute des Tenente, die auf einem Haufen neben der Gerichtstribüne standen, brachen in ein Freudengeheul aus und feuerten ihren Mann mit lauten Sprechchören an. Aber allmählich ließ sein Angriffsschwung nach, und der Rhythmus seiner Schläge verlangsamte sich, und das knurrende Keuchen, mit dem er jeden Schlag begleitete, wurde lauter und klang von Mal zu Mal angestrengter. Bis er schließlich erschöpft innehielt und seinen Gegner mit ungläubig staunenden Augen anstarrte.

Der Schmied stand fest wie ein Amboß. Die Lederbespannung seines Schildes war zerfetzt, der eiserne Rand an mehreren Stellen durchgehauen, aber ihm selbst war nichts anzumerken, und der erste Hieb, mit dem er jetzt seinen eigenen Angriff eröffnete, traf hart und genau.

«Was macht Gaspár? Warum schlägt er nicht zurück? Ist er verletzt?» fragte der Castellan in atemloser Unruhe. Er schien kaum mehr etwas zu sehen, gerade daß er noch die beiden Kämpfer auseinanderhalten konnte.

«Er ist unverletzt», sagte Lope. «Aber er wird den Kampf verlieren.»

Der Castellan fuhr herum und packte ihn am Arm. «Wer sagt das?»

«Ich sage es. Und ich weiß, was ich sage.»

«Woher willst du das wissen?»

«Weil euer Mann Angst hat. Er kämpft wie einer, der Angst hat», erwiderte Lope ruhig.

Der Castellan ließ seinen Arm los und wandte sich ruckartig ab und starrte mit vorgestrecktem Kopf auf die beiden Kämpfer, die sich lauernd umkreisten. «Gaspár wird diesen Kampf gewinnen», sagte er verbissen. Es klang wie eine Beschwörung.

«Er wird ihn verlieren, wenn der Schmied keinen Fehler macht», erwiderte Lope unnachgiebig. «Schau dir den Schmied an», sagte er. «Siehst du die Wut in seinen Augen?» Er beneidete den Mann um diese heiße Wut. Als er am Morgen erfahren hatte, daß dem schwarzen Gaspár ein Zweikampf im Gottesgericht bevorstand, bei dem es um Leben und Tod ging, hatte er zuerst gehofft, daß Gaspár als Sieger daraus hervorgehen würde. Jetzt wünschte er dem Schmied einen raschen Erfolg. Der Schmied hatte mehr Rechte auf diesen Mann, er hatte jüngere Rechte.

Der Kampf zog sich lange unentschieden dahin, ohne daß einer einen entscheidenden Vorteil erringen konnte. Aber allmählich machte sich die größere Ausdauer des Schmieds bemerkbar. Seine Schläge kamen noch immer mit der gleichen Härte wie zu Beginn des Kampfes, während die Kraft des schwarzen Gaspár merklich nachließ. Manchmal sah es so aus, als könnte der Gefolgsmann des Tenente kaum mehr das Schwert in der Hand halten. Und dann begann er in Panik zu geraten und schleuderte plötzlich seinen Schild gegen den Schmied und faßte sein Schwert mit beiden Händen und ging schreiend auf seinen Gegner los. Der Schmied deckte sich mit Schild und Schwert zugleich gegen die schweren ungezielten Schläge und wich Schritt für Schritt zurück, ohne sich über die Einfriedung des Kampfplatzes hinausdrängen zu lassen. Beide hatten inzwischen schwere Treffer eingesteckt, beiden quoll das Blut unter dem Helmrand heraus, der schwarze Gaspár schien kaum mehr zu sehen, wohin er schlug, und dann flog ihm auf einmal das Schwert aus den Händen, und er ging wie ein Bär mit ausgebreiteten Armen auf den Schmied los, unterlief dessen Schwertarm und warf ihn zu Boden, hielt ihm den Kopf nieder, versuchte, ihm mit der freien Hand die Augen auszudrücken, während sich der Schmied mit der Kraft der Verzweiflung bemühte, unter ihm herauszukommen und den Schild loszuwerden, der seinen linken Arm behinderte. Für einen Augenblick sah es so aus, als könnte der schwarze Gaspár den Kampf doch noch für sich entscheiden, aber seine Finger fanden die Augenhöhlen nicht in dem blutverschmierten Gesicht seines Gegners, und schließlich gelang es dem Schmied, ihn abzuschütteln, und er kam schneller wieder auf die Beine und schlug erbarmungslos zu, bevor der schwarze Gaspár ihn noch einmal unterlaufen konnte, schlug ihn zu Boden, schlug weiter auf ihn ein, während seine Dorfgenossen jetzt wie befreit losbrüllten, zerschlug die in hilfloser Abwehr hochgereckten Arme, hackte in fürchterlicher Gleichmäßigkeit auf ihn ein, bis das wahnwitzige Angstgeheul in ein dünnes Winseln überging und bis auch das Gewinsel erstarb und der zerschlagene Körper am Boden sich nicht mehr rührte, schlug auch dann noch weiter, als könnte er nicht mehr aufhören, schlug zu, bis ihn die beiden Kampfrichter mit ihren Pferden beiseite drängten und seine Leute ihm das Schwert aus den Händen wanden.

Der Castellan wandte den Blick nicht ab. Er war weiß wie die Wand, sein Mund stand offen, und er bewegte die Lippen, als ob er etwas sagen wollte, aber kein Ton kam heraus.

«Gehen wir!» sagte Lope.

Der Castellan schien es nicht zu hören, er stand starr, ohne den Blick von der Leiche des schwarzen Gaspár zu lassen, die jetzt von zwei Knechten des Tenente ausgezogen und in einer alten Satteldecke fortgetragen wurde. Erst als die Knechte mit der Leiche außer Sicht waren, gelang es Lope, ihn fortzuziehen.

Die nächste Stunde verbrachten sie in einer Kneipe im Franzosenviertel, in der jeder den Castellan zu kennen schien, vom Schankkellner bis zum letzten Gast. Ein Gewitter ging über die Stadt, während sie beim Wein saßen. Der Regen war so stark, daß es durchs Dach tropfte. Der Castellan trank den Wein unverdünnt und stierte mit leerem Blick vor sich hin und sagte kein Wort. Lope wartete. Er wollte es jetzt rasch hinter sich bringen. Er wartete nur auf eine Gelegenheit.

Als sich die Wolken verzogen hatten, brach alles auf und drängte mit lautem Geschrei zur Hauptstraße. Ein Wettlauf war angekündigt. Vier alte Frauen sollten um ein Schwein laufen, das der Tenente gestiftet hatte. Das Schwein war am Burgtor angebunden. Die Hauptstraße war schon dicht gesäumt von Menschen, als Lope mit dem Castellan ankam. Sie stellten sich in der Nähe des Startplatzes hinter dem Stadttor auf, wo die vier Frauen schon auf das Zeichen zum Loslaufen warteten. Es waren vier uralte Weiber, die sich nur noch am Stock vorwärtsbewegen konnten, zahnlos und zerlumpt. Die erste fiel schon nach wenigen Schritten in den Dreck. Die Straße war vom Regen aufgeweicht und voller Pfützen. Die Krückstöcke bohrten sich in den Morast, die Füße rutschten aus, die Kleider wurden immer schwerer, bald waren alle vier über und über voll Schlamm und Kot, aber keine gab auf. Das Publikum begleitete ihre Anstrengungen mit kreischendem Gelächter und johlenden Anfeuerungsrufen, und die Männer schlossen Wetten ab, und die Kinder wälzten sich in den Pfützen, als wollten sie es den Alten nachmachen.

Lope fand sich plötzlich allein mit dem Castellan vor dem Tor, während sich der schreiende Pulk der Zuschauer mit den Kindern im Gefolge langsam in Richtung auf die Burg hin entfernte. Der Castellan stand steif wie ein Stock, er hatte den Kopf eingezogen und in den Nacken gedrückt und den Mund weit aufgerissen wie in einem Erstikkungsanfall. Lope dachte an den hastigen Weingenuß in der Franzosenkneipe, aber im nächsten Augenblick krümmte sich der Castellan zusammen und krampfte die rechte Hand in die Halsbeuge, als quälte ihn ein unerträglicher Schmerz. «Hilf mir!» stöhnte er.

Lope faßte ihn um den Leib und zog sich seinen rechten Arm über die Schulter und schleppte ihn in den Schatten der Palisade. Der Castellan stöhnte bei jedem Schritt, und als er am Boden saß, ging seine Lunge wie ein Blasebalg. Es war, als bekäme er keine Luft mehr, als müßte er um jeden Atemzug kämpfen.

«Diese Schmerzen!» stöhnte er. «Oh, diese Schmerzen.»

Und dann sah Lope seine Augen auf sich gerichtet und sah die Angst darin, eine entsetzliche namenlose Angst, und prallte unwillkürlich zurück. Er wußte auf einmal, daß er einen Sterbenden vor sich hatte.

«Mir ist übel», sagte der Castellan. Und seine Brust hob sich, und er klappte den Mund auf, und ein Schwall roter Flüssigkeit kam zwischen seinen Lippen heraus. Lope dachte im ersten Augenblick, es wäre Blut, aber es war nur der Wein, den er getrunken hatte, eine eklige Brühe, die einen beißend süßlichen Gestank verbreitete.

Er muß mir die Namen geben, dachte Lope. Er muß mir die Namen geben, bevor er stirbt. Als er den Castellan erkannt hatte, war ihm klar gewesen, woher die Nachricht über die Rückreise des jungen Grafen mit seiner Moro-Prinzessin gekommen war. Irgendein Mann aus Sabugal hatte sie dem Castellan überbracht, und der Castellan war damit hausieren gegangen. Aber wer hatte die Bande angeführt? Wer hatte den Befehl gegeben, die ganze Begleitung der Prinzessin umzubringen? Wer war der Mann an der Spitze gewesen?

«Hör zu, Alter», sagte er. «Ich bin hierhergekommen nach Sepúlveda, weil ich dir ein paar Fragen stellen wollte, ein paar Fragen, die mir Baudry Fiz Nicolas, der Normanne, nicht beantworten konnte.» Er sprach schnell und ohne Pause, er wollte keine Zeit verlieren. «Verstehst du, was ich sage? Hörst du mich?»

Der Castellan richtete einen unsicher fragenden Blick auf ihn und nickte zögernd.

«Du bist mit dem Normannen vor zwei Jahren in Alcántara gewesen», fuhr Lope fort. «Ihr habt diese Moro-Prinzessin überfallen. Es ist dein Plan gewesen. Aber wer war der Anführer? Sag mir, wer euer Anführer gewesen ist!»

Der Castellan starrte ihn aus leeren Augen an. «Anführer», sagte er tonlos. Er sagte es so, als begriffe er gar nicht mehr den Sinn dessen, was er sagte.

«Sag mir den Namen!» sagte Lope. «Den Namen des Mannes, der euch befehligt hat, hörst du! Sag mir den Namen!»

Der Castellan bewegte stumm die Lippen. In seinen Augen war noch immer dieser verständnislose Blick. «Der Connetabel», sagte er. Er hatte Mühe, das Wort herauszubringen.

«Welcher Connetabel», drängte Lope. «Welcher Connetabel? Gib mir seinen Namen!»

«Der Connetabel des Grafen Henri de Bourgogne», sagte der Castellan mit unerwartet klarer Stimme.

Lope wiederholte den Namen, um sicher zu gehen. «Graf Henri de Bourgogne, der Franzose?» fragte er. Aber im selben Augenblick durchfuhr den Castellan wieder dieser furchtbare Schmerz, der ihn zusammenkrümmte und ihn taub und blind machte und diese grauenhafte Angst in seinen Augen aufscheinen ließ. Lope sah, wie er die Lippen bewegte, und beugte sich über ihn und brachte das Ohr nah an seinen Mund.

«Er war mein Sohn, verstehst du», sagte der Castellan.

Lope brauchte eine ganze Weile, bis er begriff, was der alte Mann meinte. «Gaspár?» fragte er.

«Er war ein Bastard!» fuhr der Castellan mit kaum hörbarer Stimme fort. «Ein feiger, großmäuliger Bastard. Aber er war mein Sohn.» Und ein paar hastige Atemzüge später setzte er mit noch leiserer Stimme hinzu: «Ich habe es ihm nie gesagt.» In seinen Augen war auf einmal keine Angst mehr. Er schien auch keine Schmerzen mehr zu verspüren. Er blickte mit teilnahmsloser Miene an Lope vorbei.

Lope blieb bei ihm, bis es mit ihm zu Ende war. Dann verständigte er die Torwache. Von der Burg her war das immer mehr anschwellende Geschrei der Menge zu hören. Er wartete neben der Leiche, bis zwei Dienstleute des Tenente kamen, um sie zu holen. Er hatte noch den süßlichen Geruch des erbrochenen Weins in der Nase. Er fühlte sich elend. Er fühlte sich so elend wie einer, der nach einem nächtlichen Fest aufwacht und noch die bunten Bilder der Nacht im Kopf hat, das fröhliche Gelächter und die Musik im Ohr, und dann die Augen aufschlägt und sieht, wie die fahle Morgensonne durch die Fenster hereinsickert und alles bloßlegt, was die Nacht gnädig verborgen hat: Die Weinlachen auf den Tischen, die klebrigen Essensreste, die verwelkten Blumen und das zerbrochene Geschirr und die im Schlaf röchelnden Säufer unter den Bänken, die Rinnsale von Pisse und Erbrochenem auf den Stufen zur Tür und in den Ecken die abgenagten Knochen, auf die sich Schwärme schwarzer Fliegen stürzen.

Er spuckte aus, um den üblen Geschmack in seinem Mund loszuwerden.

Karīma drehte sich nicht mehr nach ihm um. Sie wußte nicht, ob ihr Entschluß richtig war, und es zerriß ihr das Herz, wenn sie daran dachte, daß er hinter ihr zurückblieb, aber sie drehte sich nicht um. Sie hatte Angst, daß sie wieder nachgeben könnte, daß alles noch einmal von vorne anfinge. Sie durfte nicht noch einmal schwach werden. Sie mußte endlich wieder ihrem Verstand gehorchen.

Lu'lu ritt neben ihr. «Er wartet noch immer, Herrin», sagte er unglücklich, und seine Augen waren mit einem so flehenden Ausdruck auf sie gerichtet, als litte er noch mehr unter dieser Trennung als sie selbst. Aber sie drehte sich nicht mehr um. Sie wußte nicht, ob ihr Entschluß richtig war oder falsch, sie wußte nur, daß es falsch wäre, ihn noch einmal umzustoßen.

Sie war sich nicht einmal sicher, was zuletzt den Ausschlag gegeben hatte für diesen Entschluß. Vernünftige Überlegung? Eine Laune, ein Zufall, ein falsches Wort?

Da waren diese beiden Juden gewesen, die jetzt an der Spitze des Zuges ritten. Der eine aus Toledo, der andere aus Sevilla, zwei Gefangenenfreikäufer, die auf dem Markt von Sepúlveda sechzehn Muslims ausgelöst hatten. Sie waren am Vortag plötzlich in das Haus gekommen, in dem sie mit Lope und Lu'lu Quartier gefunden hatte. Sie waren im Hof gestanden und hatten sich in Hebräisch unterhalten, und als sie den Sevillaner gehört hatte, war ein solch übermächtiges Heimweh über sie gekommen, daß sie in Tränen ausgebrochen war.

Da hatte sich auf einmal ganz unerwartet die Möglichkeit eröffnet, im Schutz einer großen Reisegruppe und in Begleitung von Landsleuten wieder nach Hause zu kommen.

War es das gewesen? Oder war es die Angst gewesen, wieder in Leon anzukommen, wo sie schon einmal den Versuch gemacht hatte, sich von Lope zu trennen. Oder die niederschmetternde Gewißheit, daß auch jetzt nach Sepúlveda noch immer kein Ende dieser endlosen Suche abzusehen war.

«Der Mann, der alles zu verantworten hat, ist der Waffenmeister eines französischen Grafen am Hof», hatte Lope gesagt.

Ein Mann, der bei dem Überfall auf der Brücke nicht einmal dabei gewesen war, den selbst Baudry Fiz Nicolas, der Hauptmann, nie zu Gesicht bekommen hatte. Und wenn Lope mit diesem französischen Connetabel abgerechnet hatte, blieben immer noch sieben von den dreizehn Männern übrig. Und wenn er auch noch an diesen sieben Rache genommen hätte, bliebe noch der Graf selbst, der dem Connetabel seine Befehle gegeben hatte. Und mitten in der Nacht war ihr in einem Augenblick hellsichtiger Verzweiflung auf einmal klargeworden, daß es gar nicht mehr der Gedanke an Rache war, der Lope umhertrieb und ihn nicht aufhören ließ, diese unsinnige Suche fortzusetzen, sondern daß er vielmehr vor irgend etwas davonlief. Daß er die Suche nur vorschob, um zu verbergen, daß er selbst auf der Flucht war. Auf der Flucht vor der eigenen Vergangenheit, auf der Flucht vor der Erinnerung an diese verlorenen neun Jahre, die er in der Einsamkeit eines Kerkers zugebracht hatte, vor der Erinnerung an jene Tote, die noch immer in seinem Gedächtnis lebendig war und die noch immer zwischen ihnen stand.

Sie hatte gehofft, daß unter ihrer Gegenwart das Bild dieser Frau allmählich verblassen würde, statt dessen schien es sich in Lopes Erinnerung immer mehr zu verklären. Die Wirklichkeit war grau neben den Bildern, die er in seinem Gedächtnis bewahrte. Sie hatte nicht mehr die Kraft, dagegen anzukämpfen. Und sie war auch nicht mehr allein. Da war das Kind, das sie unter dem Herzen trug.

Vielleicht war es der Gedanke an dieses Kind gewesen, der zuletzt den Ausschlag gegeben hatte.

Vielleicht war es auch seine Kälte gewesen, seine Verschlossenheit. Er hatte sie nicht mehr angerührt seit seiner Rückkehr aus Segura, kein zärtliches Wort, nicht einmal eine Umarmung aus Höflichkeit. Sie hatte nicht mehr die Kraft, immer nur zu warten.

Sie hatte ihm nicht viel Zeit gelassen für eine Antwort, hatte ihm ihre Entscheidung, sich den beiden Juden anzuschließen, erst an diesem Morgen, eine halbe Stunde vor dem Abmarsch, mitgeteilt. War es falsch gewesen? Eine überstürzte Flucht?

Es hatte ihr gutgetan, die Betroffenheit in seinem Gesicht zu sehen.

«Wo kann ich dich wiederfinden?» hatte er gefragt.

«Ich weiß noch nicht, wohin ich gehe», hatte sie geantwortet. «Wenn du die Männer von der Brücke wiederfinden kannst, sollte es dir nicht schwerfallen, auch mich wiederzufinden.»

War ihre Antwort zu hart gewesen? Sie hatte in diesem Augenblick selbst noch nicht gewußt, was sie vorhatte. Sie wußte es jetzt noch nicht. Die beiden Juden und die freigekauften Muslims hatten vor, zuerst nach Toledo, dann nach Cordoba und Sevilla zu reisen. Sollte sie nach Hause gehen? War Sevilla noch ihr Zuhause?

Die Reise nach Toledo dauerte sechs Tage. Jeden Tag hielt sie Ausschau, ob ein einzelner Reiter hinter ihnen auftauchte. Sie wurde hin und her gerissen zwischen Hoffnungen und Selbstzweifeln. Sie begann sogar an der Liebe zu zweifeln, die sie selbst für Lope empfand.

Hatte sie nicht nur ihren Mädchenträumen nachgehangen? Hatte sie nur erreichen wollen, was sie sich als Vierzehnjährige in den Kopf gesetzt hatte? War alles nur ihrem Eigensinn zuzuschreiben. War sie nur deshalb hinter Lope her gewesen, weil sie es nie hatte verwinden können, daß er sie wegen einer anderen vergessen hatte? Sie verstrickte sich in sinnlose Gedankenketten über die Aufrichtigkeit ihrer Gefühle. Nur der Gedanke an das Kind gab ihr Trost.

Sie hatte ihm nicht gesagt, daß sie ein Kind von ihm erwartete. Sie hatte Angst gehabt, er würde es als Erpressung auffassen, wenn sie es ihm sagte. War es richtig gewesen? War es falsch gewesen?

Jetzt war es zu spät, darüber nachzugrübeln.

Sie hoffte bis zuletzt, daß er nachkommen würde, aber er kam nicht.

Am Abend des sechsten Tages erreichten sie ein verlassenes Dorf, das vier Wegstunden nördlich von Toledo lag. Der König von Leon ließ die Stadt noch nicht formell belagern, aber er unterhielt mit Zustimmung des Fürsten von Toledo ein Kriegslager unmittelbar vor der Stadt in den ehemaligen Palastgärten auf der anderen Seite des Flusses, und seine Truppen kontrollierten alle Zufahrtswege. Sie kassierten bei Händlern und Bauern, die Waren und Nahrungsmittel in die Stadt brachten, manche raubten sie ganz aus, manche verschleppten sie, um Lösegeld zu erpressen.

Der Geleitbrief, den die beiden Juden vom Tenente von Sepúlveda erhalten hatten, garantierte ihnen nur Schutz bis zu den Pässen der Sierra. Um unbeschadet nach Toledo hineinzugelangen, mußten sie sich anderer Mittel bedienen. Es gab Männer, die über die spanischen Reitertrupps und ihre Standorte Bescheid wußten und die auch die Schleichwege kannten, auf denen man sie umgehen konnte. Ein solcher Führer holte sie eine Stunde nach Sonnenuntergang in dem verlassenen Dorf ab und brachte sie bis Mitternacht in die Stadt.

Karīma entschloß sich, in Toledo zu bleiben. Sie kaufte ein großes Anwesen im jüdischen Viertel von einem Pelzhändler, der die Stadt verlassen wollte und glücklich war, eine Käuferin zu finden, die den Kaufpreis mit einer Anweisung auf ein Guthaben in Sevilla zahlen konnte. Sie war sich bewußt, daß sie Toledo nur deshalb als Aufenthaltsort gewählt hatte, um Lope näher zu sein. Sie konnte ihn nicht vergessen, aber sie begann sich an den Gedanken zu gewöhnen, daß sie ohne ihn weiterleben mußte.

56

SEVILLA

MONTAG 25. RABI I 478
26. TAMUS 4845 / 21. JULI 1085

Ibn Ammars Gefängnis hatte gewaltige Ausmaße. Es lag im obersten Geschoß des Turms, der sich über dem Palmentor des al-Mubārak-Palastes im al-Qasr von Sevilla erhob. Ein Raum, der sieben auf neun Schritte maß. Aber diese Geräumigkeit war wie ein Hohn, denn er konnte sie nicht nutzen.

Er war mit einer Kette gefesselt, die zwei Qintar wog. Die Kette verband Arme und Beine und lief in der Mitte in einem massiven Ring zusammen. Irgendein übereifriger Beamter, der sich dem Fürsten gegenüber als besonders dienstfertig hatte erweisen wollen, hatte sie ihm damals, als er al-Mutamid zum ersten Mal vorgeführt worden war, anmessen lassen. Bei jedem Schritt mußte er das ganze Gewicht der Kette mitschleppen. Dieses Gewicht hielt ihn am Boden fest, zwang ihn zu einer liegenden, kriechenden Lebensweise, die ihn den Tieren anglich, mit denen er sein Gefängnis teilte, den Spinnen und Käfern und Kellerasseln. Es hatte eine Zeit gegeben, da hatte er sich selbst schon wie eines dieser Tiere gefühlt. Die Kette hatte ihn erniedrigt, sie hatte seinen Willen gelähmt, ihn in den Staub gezogen. Sie hatte ihn stumpf gemacht und trübe und teilnahmslos. Er hatte sich zuletzt überhaupt nicht mehr bewegt. Er war dahinvegetiert in einem Zustand halber Bewußtlosigkeit zwischen Tag und Traum, nie ganz wach und nie ganz im Schlaf, in einem lähmenden, geisttötenden Dämmerzustand, in dem die Zeit nicht mehr eingeteilt war in Tag und Nacht, in Schlafen und Wachsein, sondern in dem sie ihm wie eine zähfließende Strömung erschienen war, die sich hoffnungslos ohne Anfang und Ende und in tödlicher Gleichförmigkeit dahinzog.

Er hatte in diesem Zustand teilnahmslosen Dahindämmerns jeden Lebenswillen verloren, er hatte den Eimer nicht mehr benutzt, der für die Notdurft bereitstand, er hatte sich nicht mehr gegen die Fliegen gewehrt, er hatte irgendwann auch aufgehört, das Essen anzurühren, das ihm ein stummer Diener jeden Tag von einer Luke in der Decke herunterließ.

Dann aber, vor sieben Wochen, war von einem Tag auf den anderen plötzlich alles anders geworden. Eines Morgens war der Diener von einem Palastbeamten begleitet gewesen und hatte eine Leiter durch die

Luke geschoben, auf der beide in sein Gefängnis heruntergekommen waren. Zum ersten Mal seit dem Beginn seiner Kerkerhaft in Sevilla hatte Ibn Ammar wieder eine menschliche Stimme gehört, Worte, die an ihn gerichtet waren. Das Erlebnis hatte auf ihn gewirkt wie eine starke Medizin. Der gleichförmige Fluß der Zeit war unvermittelt unterbrochen worden, und sein Lebenswille war wieder erwacht.

Der Khādim hatte ihn waschen und in ein neues Gewand kleiden lassen. Er hatte dafür gesorgt, daß der ganze Raum von Grund auf gereinigt und vom Ungeziefer befreit worden war. Er hatte ihn mit kräftigenden Speisen versorgt und ihm ein auf Rädern laufendes, sinnreich konstruiertes Gestell gebracht, das ihm half, seine Ketten zu tragen, so daß er sich seitdem ohne viel Mühe in seinem Gefängnis bewegen konnte.

Der Khādim war von da an jeden Tag gekommen und hatte sich mit ihm unterhalten und ihm Auskunft auf seine Fragen gegeben. Er war sehr vorsichtig in seinen Äußerungen, und die entscheidende Frage, was der Fürst mit seinem Gefangenen vorhabe, überging er hartnäckig, aber in allem anderen zeigte er sich gut informiert.

Ibn Ammar hatte lange darüber nachgedacht, warum der Fürst ihn nicht gleich dem Henker überantwortet hatte. Irgend etwas mußte al-Mutamid daran gehindert haben, seiner Wut auf der Stelle nachzugeben. Vielleicht war das Band ihrer Freundschaft noch nicht ganz zerrissen. Vielleicht hielt den Fürsten eine geheimnisvolle Scheu zurück, die ihm sagte, daß das Schwert, das den Freund traf, auch ihn selbst verletzen könnte.

Nach der Gefangennahme in Segura war sich Ibn Ammar bald klar darüber geworden, daß man ihn nach Sevilla ausliefern würde. Der Fürst von Zaragoza hatte keine Hand für ihn gerührt. Auch Abu'l-Fadl Hasdai hatte nichts für ihn tun können. Hādī und Djābir, die nach vier Wochen wieder vor der Burg erschienen waren, hatten nur einen Brief des Hādjibs überbracht, ein paar Zeilen des Trostes, kein Lösegeldangebot. Es wäre auch sinnlos gewesen. Al-Mutamid von Sevilla hatte dem Burgherrn von Segura mitteilen lassen, daß er jedes Angebot überbieten würde.

Anfangs hatte sich Ibn Ammar noch darüber lustig gemacht, welch hohen Preis der Fürst von Sevilla für ihn zu zahlen bereit gewesen war, und er hatte ein paar spöttische Verse über seine Versteigerung geschrieben, die er seinen beiden Leibburschen als Antwort auf den Brief des Hādjibs nach Zaragoza mitgegeben hatte. Aber der Spaß war ihm schnell vergangen.

Ar-Rādi, der älteste Sohn al-Mutamids, hatte ihn abgeholt und zuerst nach Cordoba gebracht. Dort hatte man ihn, rücklings auf einem Esel sitzend, zwischen zwei Strohballen eingeklemmt, durch die Straßen der Stadt geführt. Er erinnerte sich noch an das höhnische Geheul der Menge und an jene verblüffende Erfahrung, die ihm dabei zuteil geworden war: Daß es nämlich kaum einen Unterschied machte, ob die Menge jubelte oder ob sie nach dem Henker schrie. Daß der Eindruck für den, der durch die lebende Gasse aus jubelnden oder hohnschreienden Menschen ritt, annähernd gleich war: Die gleichen ausgestreckten Arme, die nach einem zu greifen suchten, die gleichen schreiend aufgerissenen Münder, die gleichen verzerrten Gesichter, das gleiche hysterische Gebrüll. Sogar die Kinder verhielten sich gleich, nur daß sie einmal Blumen streuten und das andere Mal mit Mist warfen, aber auch das taten sie offensichtlich mit dem gleichen Vergnügen.

Er erinnerte sich an die Verwünschungen der Frauen aus dem Harām des Fürsten, die ihn mit Unrat überschüttet hatten, als er in den al-Qasr von Sevilla gebracht worden war. Er erinnerte sich vor allem an jene unwirkliche Szene in der riesigen Madjlis des al-Mubārak-Palastes, als er zum ersten Mal nach so vielen Jahren wieder dem Fürsten gegenübergestanden hatte, mitten in der Nacht aus dem Schlaf gerissen, allein, gebückt unter der Last seiner Ketten, voll Todesangst in der düsteren, nur von einer einzigen Lampe erhellten und von drohenden Schatten erfüllten Halle. Er erinnerte sich, wie al-Mutamid plötzlich aus dem Dunkel herausgetreten war, unförmig fett geworden, so daß er ihn auf den ersten Blick gar nicht wiedererkannt hatte, das Gesicht aufgeschwemmt, die Augen wässrig und rotgerändert wie die Augen eines Säufers. Er hatte seine weinerliche, lallende, bald tränenerstickte, bald sich vor Wut überschlagende Stimme noch im Ohr, seine haltlosen Anklagen, seine Vorwürfe, seine Drohungen. Den zwischen Wut und Verzweiflung schwankenden Aufschrei am Schluß, als er, Ibn Ammar, auf die ganze lange Suada kein einziges Wort der Bußfertigkeit erwidert, sondern nur schlicht an seine Milde appelliert hatte.

«Was du getan hast, kann niemand verzeihen!»

Er erinnerte sich an den tränenreichen Zusammenbruch danach und den gellenden Befehl an die hinter den Türen wartenden Diener.

«Bringt ihn weg! Schafft ihn mir aus den Augen! Schafft ihn fort!»

Er wußte, daß er in jener Nacht ganz nah am Abgrund gestanden hatte und daß auch in den Monaten danach sein Leben keine drei Erbsen wert gewesen war. Inzwischen aber war etwas geschehen, das die Stimmung im Palast unversehens zu seinen Gunsten hatte umschlagen lassen.

Vor sieben Wochen hatte Don Alfonso, der König von Leon, Toledo in seine Gewalt gebracht. Al-Qādir, der Fürst, hatte den al-Qasr und die große Brücke an die Spanier übergeben und war mit seinem gesamten Haushalt in die Festung Cuenca übergesiedelt. Danach war auch der Stadt kein anderer Ausweg mehr geblieben, als sich zu unterwerfen. Ganz plötzlich war es zu einer Katastrophe gekommen, die zwar von vielen schon seit Jahren vorausgesehen worden war, von der aber selbst die größten Schwarzseher nicht erwartet hatten, daß sie schon so bald eintreten könnte.

«Jeder Mantel franst zuerst an den Rändern aus. Der Mantel Andalusiens aber ist durch den Fall Toledos gleich in der Mitte aufgerissen!» Mit diesem Vergleich hatte der Khādim die Katastrophe umschrieben. Es war ein treffender Vergleich. Mit der Einnahme Toledos hatte der König von Leon tatsächlich das Herzstück der ganzen Halbinsel gewonnen. Alle andalusischen Reiche waren jetzt dem direkten Zugriff der Spanier ausgesetzt. Auch Sevilla war unmittelbar bedroht.

Al-Mutamid hatte jetzt nur noch die Wahl zwischen zwei Möglichkeiten. Er konnte versuchen, in einer gewaltigen Kraftanstrengung mit drastischen Steuererhöhungen und dem Einsatz aller Mittel neue Truppen zu rekrutieren, um die anderen andalusischen Fürsten doch noch zu unterwerfen oder sie wenigstens zu einem Bündnis unter sevillanischer Oberherrschaft zu zwingen. Oder er mußte die Almoraviden aus Afrika zu Hilfe holen.

Das erste entsprach der Politik, die Ibn Ammar von Beginn seiner Regierung als Hādjib an verfolgt hatte. Das zweite war das Ziel seiner Gegner, die jetzt am Hof den Ton angaben: Abu Bakr Ibn Zaydūns, der ihm im Amt des Hādjibs nachgefolgt war, und Ibn Adhams, des Ober-Qadis, der die Partei der Strenggläubigen anführte.

Die Almoraviden hatten unter ihrem Amīr Yūsuf Ibn Tashfin in den vergangenen Jahren mit alarmierender Geschwindigkeit die nördlichen Küstenregionen des Maghreb erobert und zuletzt im vergangenen Herbst auch die Hafenstadt Ceuta eingenommen, so daß sie jetzt in Sichtweite, nur noch durch die Meerenge von Gibraltar getrennt, vor der andalusischen Küste standen. Abd-Allāh, der Fürst von Granada, hatte schon mit ihnen Verbindung aufgenommen. Al-Mutamid von Sevilla hatte sich bis jetzt noch geweigert, diesen Schritt zu tun, obwohl der neue Hādjib und der Ober-Qadi seit langem darauf drängten.

Ibn Ammar hatte den Fürsten jahrelang vor dem Fanatismus dieser Wüstenberber gewarnt und darauf hingewiesen, daß sich ihr Angriffsschwung, wenn sie erst einmal nach Andalusien übergesetzt hätten, nicht mehr steuern ließe. Er hatte ihm eindringlich vor Augen geführt, daß sich Yūsuf Ibn Tashfin nicht damit begnügen würde, den andalusischen Fürsten mit seinen Reiterheeren zu Hilfe zu kommen, wenn man ihn riefe, sondern daß er versuchen würde, nach dem Maghreb auch ganz Andalusien zu unterwerfen.

Seine Warnungen hatten lange vorgehalten. Aber jetzt hatte sich der Fürst selbst um jede Entscheidungsfreiheit gebracht.

Vor zwei Wochen war der Khādim überraschend von einem höherrangigen Palastbeamten begleitet gewesen, einem jungen Mann, der keinen Namen genannt, sich aber als der Ghulām einer hochrangigen Persönlichkeit am Hof des Fürsten vorgestellt hatte. Der Khādim war auf der Plattform des Turms zurückgeblieben, offensichtlich mit dem Auftrag, den Zugang scharf im Auge zu behalten. Der Ghulām selbst war voll Unruhe gewesen, als hätte er den Auftrag zu diesem Besuch nur sehr ungern übernommen. Er hatte Papier und Schreibzeug mitgebracht, eine Vergünstigung, um die Ibn Ammar den Khādim bisher vergeblich gebeten hatte.

«Ein Geschenk meines Herrn», hatte er erklärt und eindringlich hinzugefügt: «Wenn Ihr ungewöhnliche Geräusche im Turm hört, solltet Ihr es sofort durch die Fensterluke hinauswerfen!»

«Hat der Fürst ausdrücklich verboten, daß ich Schreibzeug und Papier benutze?« hatte Ibn Ammar erwidert.

«Mein Herr hat nicht ausdrücklich danach gefragt», hatte der Ghulām geantwortet, und als Ibn Ammar sich erkundigt hatte, ob es erlaubt sei, dem unbekannten Gönner in schriftlicher Form zu danken, hatte er dringend abgeraten. Dann war er schnell zur Sache gekommen.

Der Fürst war eine Woche zuvor nach Cordoba abgereist, um eine Gesandtschaft des Königs von Leon zu empfangen. Ibn Ammar hatte bis dahin weder von dieser Reise noch von der Gesandtschaft etwas gehört, aber er war sich rasch darüber klar gewesen, was es damit auf sich hatte: Der noch von ihm selbst ausgehandelte fünfjährige Waffenstillstand zwischen Sevilla und Leon war nahezu abgelaufen. Die Eroberung von Toledo hatte den spanischen König in eine Position gebracht, die es ihm gestattete, noch viel weitergehende Forderungen zu stellen als vor fünf Jahren. Diese Gelegenheit hatte er schon jetzt, früher als erwartet, wahrgenommen.

«Weiß man etwas über die Höhe der geforderten Summen?» hatte Ibn Ammar gefragt.

«Keine Zahlen», hatte der Ghulām geantwortet. «Es wird nur berichtet, daß die Forderungen unverschämt hoch gewesen seien.»

«Nur unverschämt oder unerfüllbar?»

«So hoch, daß der Gesandte den Vorschlag wagen konnte, die Zahlungen durch die Auslieferung einiger Burgen abzulösen.»

«Welcher Burgen?»

«Einiger Burgen an der Guadiana.»

«Almodóvar?»

«Auch Almodóvar.»

«Der Fürst ist nicht darauf eingegangen!»

«Natürlich nicht.»

«Er hat auch die Zahlungen abgelehnt?»

«Er war bereit, die gleichen Summen zu zahlen, die in den vergangenen Jahren gezahlt worden sind.»

«Der Gesandte hat abgelehnt?»

«Der Gesandte war bereit, die Zahlung als Anzahlung zu akzeptieren, aber er hat die angebotene Münze zurückgewiesen.»

«Wegen zu geringen Goldgehalts?»

«Ja.»

«In Gegenwart des Fürsten?»

«In Gegenwart des Fürsten und des ganzen Hofes. Der König von Leon hatte dazu noch den beleidigenden Einfall gehabt, einen Juden aus Toledo zum Leiter der Gesandtschaft zu ernennen.»

Es war ein niederschmetterndes Gespräch gewesen. Ibn Ammar war sich dabei vorgekommen wie der Herr des Dieners Ma'mun, der eines Tages von langer Reise zurückkehrt und am Stadttor auf diesen seinen Diener Ma'mun stößt und ihn völlig aufgelöst findet, von ihm aber zunächst nur erfährt, daß sein Lieblingshund gestorben sei. Bis er nachfragt und eins ums andere herausbringt, daß sein Hund von seinem Maultier erdrückt worden sei, das sich auf der Gasse den Fuß gebrochen habe. Daß sich sein Maultier den Fuß gebrochen habe, weil es gescheut habe. Daß es gescheut habe, weil sein Sohn vom Dach gefallen sei und sich den Hals gebrochen habe. Daß sein Sohn diesen Sturz getan habe, weil in seinem Haus ein Feuer ausgebrochen sei. Daß das Feuer entstanden sei, weil seine Frau plötzlich einen Herzschlag erlitten und dabei eine Kerze umgeworfen habe. Eine Schreckensnachricht war der anderen gefolgt.

Das rüde Verhalten des jüdischen Gesandten in Cordoba hatte zu einem unerhörten und beispiellosen Eklat geführt. Der Fürst war auf den Mann losgegangen und hatte ihm eigenhändig die Augen ausgedrückt. Danach hatte er ihn zusammen mit einem Hund ans Stadttor nageln und seine gesamte Begleitung festsetzen lassen. Es war eine Tat, auf die der König von Leon nur mit einem Feldzug antworten konnte. Es war sogar durchaus möglich, daß dieser Feldzug in Leon längst geplant war, und daß der König den Fürsten bewußt hatte provozieren lassen, um einen Anlaß zu schaffen. Al-Mutamids Jähzorn war überall bekannt.

Es war aber auch möglich, daß die Almoraviden-Partei am Hof diesen Jähzorn des Fürsten erst angestachelt hatte, um den Fürsten endgültig auf ihre Seite zu ziehen. Nach diesem Vorfall hatte er keine andere Wahl mehr, als sich an den Amīr der Almoraviden um Hilfe zu wenden.

«Hat der Fürst schon entschieden, einen Botschafter nach Ceuta zu schicken?» hatte Ibn Ammar gefragt.

«Es ist nichts bekannt», hatte der Ghulām erwidert.

«Aber man ist am Hof allgemein überzeugt, daß die Entscheidung bald fallen wird?» hatte Ibn Ammar nachgefragt. Und diese Frage hatte den Ghulām endlich dazu gebracht, auf den eigentlichen Zweck seines Besuchs zu sprechen zu kommen.

«Mein Herr ist überzeugt, daß die Entscheidung noch nicht gefallen ist, und er wünscht, daß Ihr ihm einige Argumente an die Hand gebt, die den Fürsten dazu bewegen könnten, den Schritt, einen Botschafter nach Ceuta zu entsenden, noch einmal zu überdenken.»

Es war ein Auftrag gewesen, und der Ghulām hatte ihm dafür auch gleich den Termin genannt: «Mein Herr erwartet Eure Vorschläge in schriftlicher Form bis morgen mittag!»

Ibn Ammar hatte sich sofort an die Arbeit gemacht.

Der politische Engpaß, in den der Fürst durch seinen Jähzorn geraten war, ließ ihm nur noch einen geringen Handlungsspielraum. Wenn es zum Krieg mit Leon kam, war er auf die Hilfe der Almoraviden angewiesen. Wenn man verhindern wollte, daß die Almoraviden ins Land kamen, mußte man also alles tun, um den Krieg mit Leon zu verhindern. Es gab noch zwei Faustpfänder, mit deren Hilfe man die Spanier von einem Feldzug abbringen konnte: Einmal die Infanzones, die der Fürst in Cordoba gefangengesetzt hatte. Zum anderen die Drohung mit den Almoraviden.

Die Infanzones konnte man dazu benutzen, die Spanier zu Verhandlungen zu zwingen. Außerdem mußte man ein Rechtsgutachten erstellen lassen, das eine glaubwürdige Begründung lieferte für die Hinrichtung des Botschafters in Cordoba und damit dem König die Möglichkeit gab, ohne Gesichtsverlust in diese Verhandlungen einzutreten. Wenn man sich erst wieder gegenübersaß, konnte man die Drohung einsetzen. Dazu mußte man vorher mit den Almoraviden Verbindung aufnehmen. Es war sinnlos, sich jetzt noch gegen einen solchen Schritt zu sperren. Der Fürst mußte den Strenggläubigen, die in dem Almoraviden-Amīr Yūsuf Ibn Tashfin inzwischen schon so etwas wie einen neuen Imam sahen, einen Erneuerer der Religion, in irgendeiner Weise entgegenkommen. Einen Botschafter an den Hof des Amīrs zu entsenden, bedeutete noch nicht, daß man ihm schon Andalusien öffnete, aber es machte die Drohung gegenüber den Spaniern glaubwürdiger. Und wenn der Krieg mit Leon erst einmal hinausgeschoben war, konnte man wieder die Politik der Einigung Andalusiens verfolgen, die einzige Politik, die Andalusien auf Dauer retten konnte.

Man konnte auch die von den Almoraviden wiederaufgenommene Idee der von Glaubenskriegern besetzten Grenzburgen übernehmen und die wildesten Fanatiker der strenggläubigen Partei gegen die Spanier einsetzen, um sie auf diese Weise loszuwerden. Man konnte sogar eine kleine Almoraviden-Hilfstruppe herüberholen, um dem König von Leon die Gefährlichkeit dieser fanatisierten Wüsten-Krieger vorzuführen. Es gab noch immer genügend Möglichkeiten, wenn der Fürst das richtige Ziel im Auge behielt und bereit war, Entscheidungen zu treffen.

Ibn Ammar war gezwungen, seine Vorschläge in die denkbar knappste Form zu bringen. Der Ghulām hatte ihm nur ein handgroßes Stück Papier überlassen, und Ibn Ammar hatte es noch einmal geteilt, um wenigstens einen kleinen Rest übrigzubehalten.

Sein Schreiben war ihm am folgenden Tag von dem Khādim abgenommen worden. Der Ghulām war nicht mehr aufgetaucht. Zwei Wochen lang hatte Ibn Ammar vergeblich auf ihn gewartet. Seit neun Tagen war auch der Khādim ausgeblieben.

An diesem Tag kam er zum ersten Mal wieder, aber er kam nicht herunter, sondern blieb oben an der Luke stehen und warf Ibn Ammar nur ein winziges Papierröllchen zu und sagte: «Hier ist ein Brief für Euch. Wenn Ihr ihn gelesen habt, sollt Ihr ihn zerkauen.» Dann schloß er die Luke wieder.

Der Brief enthielt nur wenige Zeilen in einer Handschrift, die Ibn Ammar nicht vertraut war:

Der Fürst ist übereingekommen, den obersten Rechtspfleger des Reiches zum Leiter jener Mission zu ernennen, die die Meerenge überqueren und den Berberfürsten Yūsuf beehren soll. Der Fürst ließ zur Begründung seiner Entscheidung folgende Bemerkung verbreiten: Er sei lieber Eseltreiber in der Wüste denn Schweinehirt in Leon.

Es gab weder eine Anrede noch eine Unterschrift, aber nach mehrmaligem Durchlesen entdeckte Ibn Ammar, daß der Schreiber zweifellos mit Absicht in dem gesamten Text den Buchstaben A ausgelassen hatte. Es war ein literarisches Spiel, das er einmal vor fünf Jahren mit dem damals fünfzehnjährigen Prinzen ar-Rashīd gespielt hatte.

Die Erkenntnis, daß er diesen Prinzen noch immer zu seinen Freunden zählen konnte, war der einzige Trost, der ihm nach den niederdrückenden Nachrichten der letzten beiden Wochen noch blieb.

57

TOLEDO

FREITAG 1. AUGUST 1085
8. AB 4845 / 6. RABI II 478

Der Connetabel des Grafen Henri de Bourgogne war leicht zu finden gewesen. Um so mehr Mühe hatte Lope aufwenden müssen, an ihn heranzukommen.

Sein Herr, der Graf, gehörte zu den engsten Vertrauten des Königs. Er war ein Neffe der Königin Constance und vor sechs Jahren mit ihr aus Burgund nach Spanien gekommen. Don Alfonso, der König, hatte ihn zu seinem Schwiegersohn gemacht und ihn mit seiner Tochter Theresa verlobt, die zwar nur die Tochter einer Konkubine war, aber am Hof wie eine legitime Prinzessin gehalten wurde. Er war von königlicher Abstammung und zählte zu den vornehmsten Herren am Hof. Er war abgeschirmt wie der König selbst.

Lope hatte sich in Leon ein halbes Jahr lang vergeblich bemüht, Zugang zur Mesnada des Grafen zu finden. Zu Beginn des Frühjahrs, als Graf Henri im Gefolge des Königs in das Kriegslager vor Toledo aufgebrochen war, war er ihm nachgezogen und hatte Aufnahme in das Heer gefunden, das die Stadt belagerte. Er war nur als einfacher Hidalgo auf Zeit angenommen worden, aber er hatte sich zweimal auszeichnen können vor den Augen des Königs, das zweite Mal nach der Einnahme der Stadt, als er bei einem Wettkampf der Bogenschützen einen Preis gewonnen hatte. Der König hatte ihm daraufhin ein Haus in der Stadt gegeben und einen Anteil an den Marktgebühren des Getreidemarkts mit der Auflage, die Verteidigung eines Turms der Stadtbefestigung zu übernehmen und sich dem König für vier Wochen im Jahr als Jagdbegleiter zur Verfügung zu halten.

Er war ein Dienstmann des Königs geworden, ein Herr, und dieser Aufstieg hatte ihn endlich auch in die Nähe des Mannes gebracht, den er verfolgte.

Der König war ein großer Jäger. Er hatte sich von al-Qādir, als der noch Fürst von Toledo gewesen war, schon vor Jahren eine Burg ausliefern lassen, die zwei Tagereisen weit im Norden der Stadt inmitten ausgedehnter Waldungen am Südhang der Sierra lag und als Jagdschloß und Sommerresidenz eingerichtet war. Er hatte diese Burg in den vergangenen Jahren häufig aufgesucht, nicht nur zur Jagd, sondern auch, um von dort aus die Vorstöße zur Eroberung Toledos zu überwachen.

Am Ende der ersten Juli-Woche, als die Übernahme der Stadt abgeschlossen war, hatte er sich wieder dorthin zurückgezogen. Lope war zu seiner Begleitung aufgeboten worden unnd in seinem Gefolge mitgeritten. Ein paar Tage später war auch Graf Henri de Bourgogne nachgekommen und mit ihm Sire Hugues, sein Connetabel. Die Herren aus der Mesnada des Grafen hatten im selben Gebäude Quartier bezogen, in dem auch Lope untergebracht war, und es hatte nur wenige Tage gedauert, bis er mit dem Connetabel bekannt geworden war.

Sire Hugues war ein Mann, der als Sonderling galt. Er war schon über die Fünfzig. Gott hatte ihn so kurz geraten lassen, daß ihm nicht einmal seine mit hohen Absätzen versehenen Stiefel helfen konnten, ein Durchschnittsmaß zu erreichen. Die fehlende Körpergröße glich er aus durch eine an Tollkühnheit grenzende Tapferkeit. Man erzählte von ihm, daß er bei einem Gefecht in Burgund im Laufe eines einzigen Tages sechs Männer aus dem Sattel gehauen habe. Man erzählte, daß er allein mit dem Schwert eine ausgewachsene Bärin niedergemacht habe, die auf seinen Herrn losgegangen war. Unter seinen Leuten hatte er den Beinamen Vierarm, weil er im Kampf vier Arme zu haben schien. Er lebte wie ein Mönch, ging jeder Frau aus dem Weg, aß nicht einmal einen Apfel, eingedenk jener folgenreichen Verführung im Paradies. Er trank keinen Wein, verachtete Musik und Spiel, ging auch allen anderen Vergnügungen des Hofes aus dem Weg. Er war ein einsamer Mann, der aufging im

Dienst an seinem Herrn und nichts anderes kannte als seine Pflicht und seinen Dienst und die Waffen seines Herrn und die Pferde und die Hunde und die Falken seines Herrn und die Ausbildung der Männer, die er zum Schutz seines Herrn befehligte.

Auch Lopes Bekanntschaft mit ihm beschränkte sich auf Äußerlichkeiten, auf einen gelegentlichen Gruß, ein kurzes Gespräch im Stall. Der Connetabel hatte ihn beim Bogenschießen gesehen und legte keinen besonderen Wert darauf, sich weiter mit ihm einzulassen. Er lehnte den Bogen als eine unritterliche Waffe ab, er wollte ihn nicht einmal bei der Jagd gelten lassen. Zu seinen Grundsätzen gehörte es, sich nie weiter als auf Rufweite von seinem Herrn zu entfernen. Solange der Graf auf der Burg war, tat er keinen Schritt vor das Tor. Wenn der Graf ausritt, wich er keinen Schritt von seiner Seite. Lope fand keine Gelegenheit, ihm allein gegenüberzutreten, bis ihm nach drei Wochen endlich der Zufall zu Hilfe kam.

Es war hohe Zeit für die Jagd auf den Hirsch. Der August hatte begonnen, der Monat, in dem die Hirsche am feistesten sind und das Wildbret den besten Geschmack hat. Einer der Jäger des Königs war am Abend in die Burg gekommen und hatte von einem kapitalen Tier berichtet, das seinen Einstand in einem Auwalddickicht am Oberlauf des Rio Guadarrama hatte. Der Jäger hatte den Hirsch selbst nicht zu Gesicht bekommen, aber er hatte anhand von Knickspuren an den Zweigen und aufgrund des Umfangs und der Tiefe der Trittsiegel die Größe des Tiers abschätzen können, und er hatte dem Jagdherrn in seinem Horn eine Probe der Losung mitgebracht: Feste, nicht zu fette, sauber getrennte Losung von der Art, wie sie für einen voll ausgewachsenen, außergewöhnlich schweren Hirsch charakteristisch war. Es war ein Hirsch für den König.

Aber Don Alfonso zeigte wenig Interesse daran. Er litt unter der Sommerhitze, die jetzt auch in den Bergen immer drückender wurde. Die Hirschhatz zu Pferd hinter der Hundemeute her war ein anstrengendes, schweißtreibendes und dazu nicht ungefährliches Jagdvergnügen. Der Einstand des Hirsches lag außerdem eine gute halbe Tagesreise entfernt, man mußte mit einem Ausflug von drei Tagen rechnen und alle möglichen Unbequemlichkeiten in Kauf nehmen. Deshalb verzichtete der König schließlich auf die Jagd und überließ den Hirsch dem Grafen Henri de Bourgogne.

Lope wurde zum Vortrupp eingeteilt, der in der Nähe des Einstands ein Jagdlager aufbauen sollte. Der Graf mit seinem Gefolge kam zwei

Tage später nach. Wie vielen französischen Herren ging ihm die Hirschjagd über alles, und er kümmerte sich selbst um jede Einzelheit, ließ sich die Hundemeute vorführen, die Pferde, die ihm während der Hatz zum Wechseln nachgeführt werden sollten. Er inspizierte noch am Tag seiner Ankunft den Einstand des Hirsches und das Gelände, durch das die Hatz voraussichtlich führen würde, besprach sich am Abend ausführlich mit den Jägern und den Hundeführern, verständigte sich über die Hornsignale, die Postierung der Ersatzpferde, die nötigen Vorkehrungen, falls der Hirsch während der Hatz versuchen sollte, zu seinem Einstand zurückzuflüchten, und es ihm gelänge, unbemerkt an der nachfolgenden Jagdgesellschaft vorbeizukommen.

Am nächsten Morgen brachen sie schon vor dem Hellwerden auf. In einiger Entfernung vor dem Einstand blieb die Jagdgesellschaft mit den Hunden zurück, und nur der Jäger mit dem Spürhund und der Graf mit seinem Leibburschen, beide zu Pferd, gingen weiter vor. Der Wald war so dicht, daß die Zurückbleibenden sie bald aus den Augen verloren.

Als die Sonne aufging, ertönte der erste Hornruf, der anzeigte, daß der Jagdherr an den Rand des Dickichts gekommen war, in dem der Hirsch sein Lager hatte, und daß er jetzt allein und zu Fuß mit dem Jäger in das Dickicht eindrang.

Lope wartete mit den anderen auf das nächste Signal. Er hielt sich neben dem Connetabel. Er hoffte, daß der Hirsch stark genug wäre, um die Hatz lange durchzustehen, und daß sich die Jagdgesellschaft in dem unwegsamen und unübersichtlichen Gelände bald auseinanderziehen würde. Der Connetabel schien zwar entschlossen, seinem Herrn immer auf den Fersen zu bleiben, aber wenn die Jagd länger andauerte und der Graf mehrmals die Pferde wechselte, mußte er irgendwann doch zurückfallen.

Nach einer halben Stunde kam aus dem Dickicht das dreifache Signal, das die Hatz eröffnete. Der Spürhund hatte den Jäger und den Jagdherrn zum Lager des Hirsches geführt. Jetzt war der Hirsch flüchtig, und das Signal rief die Meute nach und den Leibburschen mit den Pferden, damit der Graf die Verfolgung aufnehmen konnte. Auch die Jagdgesellschaft setzte sich in Bewegung und folgte den Hornrufen, die jetzt in regelmäßigen Abständen ertönten, um die Hunde anzufeuern und die Richtung anzuzeigen, in der der Hirsch flüchtete. Manchmal, wenn der Wind günstig stand, war auch das jaulende Gebell der Meute zu hören, die hinter dem an langer Leine geführten Spürhund herjagte.

Der Hirsch wandte sich anfangs talaufwärts und hielt sich in dem wuchernden Auwald in der Nähe des Talgrunds, wo das Gestrüpp so ineinander verwachsen war, daß die Pferde kaum durchkamen. Die Hornrufe folgten dicht aufeinander. Es hörte sich so an, als wollte der Graf trotz des schwierigen Geländes den Abstand schon am Anfang so weit verringern, daß die Hunde die Witterung auch dann nicht mehr so leicht verlieren konnten, wenn der Hirsch offenes Gelände erreichte.

Lope ließ sich zurückfallen, um sein Pferd zu schonen, hielt sich auf halber Höhe am Talhang, wo der Wald lichter war, und achtete nur auf die Hornsignale von der Spitze, die ihm die grobe Richtung angaben, so daß er alle Umwege, die der Hirsch auf seiner Flucht machte, abschneiden konnte.

Irgendwann hatte er einen freien Blick auf den Fluß und sah die Meute am Ufer und erlebte mit, wie der Graf viel Zeit verlor, weil der Jäger mit dem Leithund das andere Ufer wie üblich erst flußaufwärts absuchte, bis er endlich feststellte, daß der Hirsch ein gutes Stück flußabwärts ausgestiegen war. Er wartete, bis die ersten Reiter der nachfolgenden Jagdgesellschaft auftauchten, und sah zu, wie einer nach dem anderen über den Fluß setzte, der Connetabel an der Spitze. Er ersparte sich die Taldurchquerung und blieb am diesseitigen Ufer, weil er überzeugt war, daß der Hirsch nicht versuchen würde, über den Hügelkamm zu entkommen, sondern es für viel wahrscheinlicher hielt, daß das Tier den Fluß noch einmal durchquerte, um wieder in das vertraute Gelände um seinen Einstand zu gelangen. Er hielt sich auf der gleichen Höhe wie zuvor, er mußte nicht befürchten, daß er den Anschluß verlor, die Geräusche drangen vom gegenüberliegenden Talhang so laut herüber, daß er sogar die Hetzrufe des Meutenführers ständig im Ohr hatte.

Ungefähr eine halbe Stunde lang ging die Jagd in raschem Tempo flußabwärts. Der Hirsch verließ den Auwald und flüchtete durch lichteres Gelände, wo er schneller vorankam. Lope hatte keine Mühe zu folgen.

Aber dann weitete sich das Tal plötzlich an einer Stelle, wo gegenüber ein schmaler Wildbach einmündete, und der Hirsch flüchtete in das Seitental hinein, und Lope stand unerwartet vor der Frage, ob er versuchen sollte, in einem Gewaltritt hinterherzukommen, oder ob er eher darauf setzen sollte, daß der Hirsch irgendwann auf dem gleichen Weg aus dem Seitental wieder herauskommen würde. Es blieb ihm nur diese Hoffnung, wenn er sein Pferd nicht zuschanden reiten wollte.

Er hörte, wie das Gebell der Meute leiser wurde, bis es ganz verstummte. Er sah den Connetabel auf seinem braunen Hengst, der den anderen Jagdgenossen jetzt schon weit voraus war und den Grafen fast eingeholt hatte. Er wartete, bis auch alle anderen Reiter in dem Seitental verschwunden waren, und beobachtete mit Genugtuung, daß der Jagdmeister einen Roßknecht mit einem Ersatzpferd am Talausgang postierte, was darauf hindeutete, daß auch der Mann, der die Gegend am besten kannte, mit der Möglichkeit rechnete, daß der Hirsch zurückflüchtete. Dann stieg er aus dem Sattel und machte es sich im Schatten eines Baumes bequem.

Kein Windhauch war mehr zu spüren. Die Luft stand still, und die Sonne heizte den Wald auf, bis der Harzgeruch der Pinien stärker war als der Duft des Rosmarins. Die Hornsignale, die wie langgezogene Klagerufe klangen, wurden von Mal zu Mal leiser. Bald war kein Geräusch mehr zu hören außer dem Gezirp der Grillen und dem Gesumm der Bienen und dem hellen Schrei eines Raubvogels, der so hoch flog, daß er sich im gleißenden Blau des Himmels verlor.

Lope wartete voll Unruhe. Immer wieder stand er auf und legte die Hände hinter die Ohren und lauschte in die Richtung, aus der er den Hirsch erwartete, aber alles blieb still. Vielleicht hatten die Hunde das Tier am Ende des Tales längst gestellt. Auch der Roßknecht unten am Fluß schien nicht mehr damit zu rechnen, daß er noch gebraucht würde, er hatte dem Pferd die Vorderfüße zusammengebunden und schlief zwischen den Büschen und rührte sich nicht.

Aber dann war auf einmal wieder das Horn zu hören. Die Signale ertönten in langen Abständen und kamen rasch näher. Und dann sah Lope den Hirsch. Er hatte offenbar den Wildbach weit oben gequert und kam jetzt auf der anderen Talseite herunter, kam hoch über dem Fluß heraus, ein paar Hunde waren schon bei ihm, und der Rest der Meute kam kläffend hinterher. Er war schon so erschöpft, daß er immer wieder in den Vorderläufen einknickte, während er den Talhang hinunterhetzte, er hielt auf das Wasser zu und auf den Auwald, um die Hunde schwimmend abzuschütteln oder sich im Dickicht zu verkriechen. Der Graf war keine achtzig Pferdelängen hinter ihm, er war allein, weder sein Leibbursche noch der Jäger zu sehen.

Als der Roßknecht unten das Signal gab, das den Grafen auf das Ersatzpferd aufmerksam machen sollte, verließ er die Fährte und kam herunter und wechselte das Pferd und ritt dann am Ufer entlang flußabwärts, bis er die Stelle erreichte, wo der Hirsch ins Wasser gegangen war und wo jetzt der Großteil der Meute kläffend auf und ab fegte. Lope wartete, bis der Graf den Fluß durchquert hatte und bis auch der

Roßknecht ihm gefolgt war, dann ritt er rasch hinunter, um sich dort zu postieren, wo der Hirsch und seine Verfolger am diesseitigen Ufer wieder aus dem Wasser gestiegen waren.

Der Fluß war hier am Unterlauf schmal und tief, der Uferstreifen so morastig, daß das Pferd bis zum Bauch einsank. Lope brachte es zurück auf festen Grund und band es zwischen den Bäumen fest, so daß es vom Fluß aus nicht zu sehen war. Dann ging er zu Fuß, feste Grasinseln als Tritte benutzend, neben der tiefen Spur, die der Hirsch und die ihn verfolgenden Hunde und die beiden Pferde hinterlassen hatten, zum Ufer vor und versteckte sich zwischen den Uferbüschen. Er hoffte, daß Sire Hugues als nächster zum Fluß kommen würde. Er hatte vor, zu warten, bis der Connetabel mit seinem Pferd im Wasser war, um ihn dann mit einem aufgelegten Pfeil zu zwingen, mit der Strömung flußabwärts zu reiten bis hinter die nächste Biegung des Flusses, wo sie außer Sichtweite sein würden. Er hörte das Horn des Grafen schon weit entfernt, tief in dem Auwald-Dickicht, das sich im Talbecken ausbreitete. Er hörte das Signal, das anzeigte, daß die Hunde den Hirsch gestellt hatten, und das die Jagdgenossen und die Jäger herbeirief, damit sie das Ende der Jagd miterleben konnten.

Er hörte zwei dünne Antwortsignale von der anderen Seite des Flusses und nahm den Bogen aus dem Köcher und legte die Sehne auf. Er spürte plötzlich eine zitternde Unruhe in sich aufsteigen, ein Jagdfieber, das ihn an längst vergangene Zeiten erinnerte, als er im Dienst des Grafen von Foix noch Jagd auf Wölfe gemacht hatte. Es war das gleiche, sonderbar zwiespältige Gefühl, das ihn jedesmal am Ende einer langen Jagd beschlichen hatte, wenn nach wochenlanger Suche und sorgfältiger Vorbereitung ein alter, erfahrener Wolf doch auf das Zicklein ansprang, das im Herzen der Falle angebunden war. Ein Gefühl des Stolzes über den Erfolg der Jagd, aber auch ein Gefühl der Trauer über ihr unvermeidliches Ende. Und eine unbestimmte Angst vor der Leere, die danach kam.

Fast drei Jahre war er jetzt hinter den Männern von der Brücke her. Von den dreizehn Knoten, die er in das Ende seiner Peitsche geknüpft hatte, waren sieben aufgelöst: Vier für den normannischen Hauptmann und seine Leute, zwei für den Castellan und seinen Sohn, einer für seinen Burschen, den ihm ein anderer abgenommen hatte, der ihn bei einer Rauferei in Sepúlveda erschlagen hatte. Sechs Männer fehlten noch und als siebenter der Connetabel, der auf der Brücke nicht dabeigewesen war, aber die Bande angeführt hatte. Wenn er erst den Connetabel in seinen Händen hatte, würde er auch die sechs, die noch fehlten, zu fassen kriegen. Und dann würde auch diese Jagd endlich ein Ende haben.

Er sah den Connetabel den Talhang herunterkommen. Der braune Hengst, den er ritt, war schaumbedeckt und taumelte vor Erschöpfung. Nahe dem Ufer blieb er im Morast stecken und mühte sich vergeblich ab, wieder herauszukommen. Der Connetabel schlug mit Händen und Füßen auf ihn ein. Er war ein Schinder, er war auch seinen Männern gegenüber von erbarmungsloser Härte und Grausamkeit. Er schlug schreiend und wie von Sinnen mit dem flachen Schwert zu, aber das Tier war am Ende seiner Kraft, es warf nur hilflos den Kopf hin und her und legte ihn dann mit einer sanften Bewegung auf den Boden und rührte sich nicht mehr.

«Sire!» rief Lope. «Sire!» Er mußte mehrmals rufen, bis der Connetabel endlich von dem toten Pferd abließ und sich umwandte. Ein irrer Blick traf ihn, der ihn zuerst gar nicht erkannte. Das Gesicht unter dem Helm war rot wie rohes Fleisch.

«Ein Pferd! Ich brauche ein Pferd!» schrie der Connetabel und kam keuchend und mit rudernden Armen durch den Morast zum Ufer gestapft.

«Gib mir dein Pferd! Wo ist dein Pferd?» schrie er und ließ sich, ohne zu zögern, in das Wasser gleiten, als wäre ihm überhaupt nicht bewußt, daß der Fluß ihm gefährlich werden könnte. Er versank bis zu den Schultern, und im selben Augenblick erfaßte ihn die Strömung, und er ging unter wie ein Stein und kam erst ein gutes Stück flußabwärts gurgelnd und prustend und in panischer Angst mit den Armen um sich schlagend wieder an die Oberfläche. Für ein kurzes Atemholen konnte er sich auf den Beinen halten, dann riß ihn die Strömung wieder um, er hatte nicht mehr die Kraft, sich oben zu halten, seine Hände griffen ins Leere, und dann ging er ganz unter, nur seine Füße tauchten noch einmal auf, während ihn die Strömung weiter flußabwärts trieb. Er trug einen Panzer, er hatte zur Jagd einen Eisenpanzer untergezogen, er hatte sein Pferd totgeritten, und er brachte sich jetzt selbst ums Leben nur um seiner Grundsätze willen, die ihm vorschrieben, stets kampfbereit in Rufweite seines Herrn zu sein.

Lope schob den Bogen in den Köcher und rannte mit langen Sätzen von Grasinsel zu Grasinsel springend am Ufer entlang hinter ihm her. Hinter der Biegung sah er den leblos treibenden Körper noch einmal aus dem Wasser auftauchen, die Füße voraus. Der Fluß wurde an dieser

Stelle breiter und flacher und teilte sich vor einer Felsplatte in zwei Arme, um sich dreißig Schritte weiter in einer Kaskade von Strudeln und Wasserfällen wieder zu vereinigen. Lope warf sich durch die Büsche, hetzte über eine Kiesbank, watete durch das eiskalte Wasser zu der Felsplatte, bekam gerade noch vor dem ersten Strudel die Füße des Connetabel zu fassen, zog den schlaffen Körper aus dem Wasser und hob ihn, sobald er auf dem Trockenen war, an den Füßen hoch.

Das Wasser lief dem Connetabel in einem Strahl aus dem Mund. Er zuckte wie ein Fisch an der Angel und kam hustend und spuckend zu sich, krümmte sich am Boden, schnappte mit weit geöffnetem Mund nach Luft, in den Augen noch die Todesangst, die er ausgestanden hatte.

Lope zog ihm das Schwert aus der Scheide und nahm ihm das Messer ab und legte beides beiseite und hockte sich dann neben ihn nieder und wartete, bis das Leben wieder in ihn zurückgekehrt war. Er hörte das Geschrei, mit dem die Reiter weiter oben ihre Pferde durch den Fluß trieben, er hörte die Hornsignale hin und her, das Wasser rauschte so laut, daß sie nur wie aus weiter Ferne an sein Ohr drangen.

Als der Connetabel versuchte, sich aufzurichten, faßte er ihn an der Brust und drückte ihn wieder auf den Boden zurück. «Ich habe ein paar Fragen an dich!» sagte er.

Der Connetabel bäumte sich auf. «Was soll das, Mann! Was willst du? Was für Fragen?» fauchte er.

«*Ich* stelle die Fragen», sagte Lope ruhig und hielt ihn am Boden fest. «Ich habe dich aus dem Wasser gezogen, aber es genügt ein kleiner Stoß, um dich wieder hineinzuwerfen.» Er spürte, wie der Connetabel unter seiner Hand erstarrte. «Ich bin seit drei Jahren hinter dir her, Alter, das solltest du als erstes wissen.» Er sagte ihm, warum er hinter ihm her war. Er schob ihn noch ein Stück näher an die Kante der Felsplatte heran und sah, wie die Angst seine Augen weitete. Der Connetabel mochte ein mutiger Mann im Kampf sein, vor dem Wasser war er ein Feigling.

«Warum hast du mich aus dem Wasser gezogen, wenn du meinen Tod willst?» kreischte er. Er war nur noch ein Bündel Angst.

«Ich will alles wissen, von Anfang an», sagte Lope.

«Was soll ich dir sagen? Ich weiß nichts! Ich weiß nicht einmal mehr die Namen der Männer, die ich geschickt habe!» schrie der Connetabel.

Lope nannte ihm die Namen. «Der, der Don Alvar Perez hieß, hat dir die Nachricht überbracht, daß der junge Graf von Guarda mit seiner Moro-Braut aus Sevilla zurückkam. An ihn wirst du dich erinnern!»

«Ich weiß, wen du meinst», erwiderte der Connetabel. «Ein heruntergekommener Infanzon. Er kam nicht zu mir! Wie kommst du darauf, daß er sich an mich gewandt hätte? Er ging zu den Leuten des Königs. Erst der König hat ihn zu meinem Herrn geschickt.» Er sprach in rasender Hast, als fürchtete er, Lope könnte ihm nicht genug Zeit lassen, um alles vorzubringen, was er zu seiner Entlastung sagen wollte.

«Was hat der König damit zu tun? Was hat dein Herr damit zu tun?» fragte Lope unwillig.

«Der Graf von Guarda ist ein Vasall des Königs. Er hat versucht, seinem Sohn eine Tochter des Herrn von Sevilla zur Frau zu geben, ohne die Zustimmung des Königs einzuholen, ohne die üblichen Zahlungen zu leisten, ohne Erlaubnis seines Lehnsherrn. Der König hat meinen Herrn beauftragt, diese Heirat zu verhindern. Meinem Herrn ist vom König die Herrschaft über alle Grafen am Duero versprochen. Ihm ist die Grafschaft von Portocale und Guimaraes versprochen, sobald sie frei wird. Er hat nur seine Rechte als zukünftiger Herr wahrgenommen.»

Lope war so verwirrt, daß er unwillkürlich den Griff seiner Hand lockerte. Er bemühte sich, seiner Stimme einen harten Klang zu geben. «Dann hat dein Herr den Befehl gegeben, die Moro-Prinzessin umzubringen und alle anderen mit ihr?» fragte er.

«Was redest du da!» erwiderte der Connetabel aufgebracht. Er schien auf einmal zu spüren, daß Lope verunsichert war. «Niemand hat einen derartigen Befehl gegeben. Wie kommst du darauf. Die Prinzessin sollte entführt werden. Sie war als Geschenk für den Onkel meines Herrn bestimmt, den Herzog von Burgund. Es war eine verfluchte Eigenmächtigkeit dieser Hidalgos, daß es zu diesem Blutbad gekommen ist. Sie haben meine Befehle mißachtet. Warum kommst du zu mir, wenn du dich rächen willst. Such deine Rache bei ihnen!»

«Wie konnten sie deine Befehle mißachten, wenn sechs von deinen Leuten dabei gewesen sind!» schrie Lope in neuerwachter Wut.

«Wie kommst du darauf!» erwiderte der Connetabel empört. «Kein einziger meiner Männer war dabei. Meine Leute sind keine Straßenräuber!»

«Es waren sechs Franzosen auf der Brücke dabei!» widersprach Lope.

«Ja, irgendein Abenteurer, den dieser Alvar Perez in Zamora aufgetan hat», sagte der Connetabel. «Ein ehemaliger Dienstmann des Grafen von Vermandois. Ich weiß nicht einmal seinen Namen. Er war mit diesem verfluchten Infanzon unter einer Decke, genau wie der Normanne, den ich nicht einmal zu Gesicht bekommen habe. Alvar Perez hat die Leute ausgesucht, wende dich an ihn! Ich habe ihm nur den Auftrag gegeben!»

Lope war es auf einmal, als würde ihm der Boden unter den Füßen weggezogen. Er starrte über den Connetabel hinweg auf das Wasser, das schäumend an der Felsplatte entlangschoß. Er meinte plötzlich die nachtdunklen, wild strudelnden Wasser des Flusses tief unter der Brücke von Alcántara zu sehen, auf denen im Licht der untergehenden Sonne rote Funken tanzten. Er meinte, die blutüberströmten Leichen auf dem Pflaster der Brücke zu sehen. Er meinte einen Augenaufschlag zu sehen, einen lächelnden Blick über die Schulter, einen Mund, der sich zu einem Schrei öffnete, eine blutende Hand mit einem abgebissenen Finger. Er sah plötzlich Karīma, wie sie sich abwandte und ihr Pferd antrieb und davonritt auf dieser langen, langen Straße vor Sepúlveda. Er sah sie in der Ferne verschwinden. So viel Zeit, dachte er. So viel Zeit ist vergangen, und es ist alles sinnlos gewesen.

Er wollte es nicht wahrhaben. Er packte den Connetabel mit beiden Händen vor der Brust und schüttelte ihn, als könnte er die Wahrheit aus ihm herausschütteln. «Ihr habt diese Männer losgeschickt, ihr habt sie bezahlt, ihr habt ihnen den Auftrag gegeben, die Prinzessin nach Leon zu schaffen. Warum hätten sie sie umbringen sollen? Warum? Aus welchem Grund?»

Der Connetabel blickte ihn aus kalten Augen an. «Wir haben sie nicht bezahlt», sagte er mit unbeteiligter Stimme. «Sie sollten zwei Fünftel der Beute erhalten. Sie sollten drei Fünftel abliefern, eines für den König, zwei für den Grafen. Sie haben uns betrogen. Sie haben die Prinzessin und ihre Dienerinnen getötet, damit wir nicht herausfinden konnten, wie groß die Mitgift war. Das ist der Grund, wenn du ihn wissen willst!»

Lope blickte über ihn hinweg. Er hielt ihn noch immer mit beiden Händen am Boden fest, aber es war keine Kraft mehr in seinen Händen. Dann ließ er ihn los und stand auf und starrte blicklos vor sich hin. Er sah, wie der Connetabel in vorsichtiger Hast von ihm wegkroch und sich auf unsicheren Beinen aufrichtete. Er sah, wie er sich nach seinem Schwert bückte und nach seinem Messer, ohne es richtig wahrzunehmen. Er hätte sich nicht einmal zur Wehr gesetzt, wenn der Connetabel ihn in diesem Augenblick angegriffen hätte. Alles erschien ihm auf einmal so sinnlos. Alles war umsonst gewesen. Die Rachegedanken, die ihn umhergetrieben hatten, ohne Sinn. Der einzige, den wirklich Schuld traf an diesem Überfall auf der Brücke, der Castellan, ohne sein Zutun von einer höheren Macht gerichtet. Die Jahre vertan. Die Strapazen, die er Karīma zugemutet hatte, diese ganze endlose Suche, alles umsonst und für nichts und ohne Sinn. Warum diese Hartnäckigkeit, diese sinnlose

Besessenheit? Warum hatte er nicht wenigstens in Sepúlveda ein Ende gemacht? Warum hatte er Karīma fortziehen lassen? Es wäre so leicht gewesen, ihr zu folgen, er hätte nur seinem Gefühl nachgeben müssen. Er war ihr nachgeritten, aber er war nicht weit genug geritten. Warum? Warum war er wieder umgekehrt?

Er hörte plötzlich Stimmen hinter sich, und im nächsten Augenblick sah er sich umringt von den Männern des Grafen, die auf ihn einredeten und ihn mit Fragen überschütteten, und dann war auch der Graf selbst bei ihm und schüttelte ihm die Hand und schlug ihm auf die Schulter. Er verstand nicht, was sie alle von ihm wollten, bis er auf einmal begriff, daß sie ihm für die Rettung des Connetabel dankten. Der Roßknecht, der das Ersatzpferd für den Grafen bereitgehalten hatte, war ihm gefolgt, als er dem Connetabel am Ufer entlang nachgerannt war, und hatte beobachtet, wie er ihn aus dem Wasser gezogen hatte.

Er fing einen Blick des Connetabels auf, der ihm sagte, daß er auf der Hut sein müßte, aber er empfand keine Furcht. Da war auf einmal eine ganz andere Befürchtung in ihm, eine zitternde Unruhe, die ihn an Karīma denken ließ und ihm Angst machte, daß er zu spät kommen könnte.

Als er eineinhalb Monate zuvor in das Haus eingezogen war, das ihm der König in Toledo übereignet hatte, war er mit aller Vorsicht darangegangen, Nachforschungen über Karīma anzustellen. Er hatte wenig Hoffnungen gehabt, sie in der Stadt zu finden, er hatte gewußt, daß die beiden Juden, denen sie sich in Sepúlveda angeschlossen hatte, nach Sevilla unterwegs gewesen waren. Er hatte seinen Hausknecht losgeschickt, der aus Toledo stammte. Eine jüdische Ärztin mit einem ungewöhnlich großen Neger-Eunuchen als Diener mußte auch in einer Stadt wie Toledo auffallen. Vier Tage, bevor er mit dem König zur Jagd aufgebrochen war, hatte der Hausknecht eine Frau gefunden, auf die die Beschreibung paßte. Lope hatte ihr Haus aus der Ferne beobachtet. Er hatte sie nicht selbst zu Gesicht bekommen, aber er hatte Lu'lu erkannt. Er mußte nach Toledo, er mußte so schnell wie möglich zurück nach Toledo.

Als er am folgenden Tag nach der Rückkehr in das Jagdschloß vor den König gerufen wurde und sich eine Gnade erbitten durfte, bat er um vier Tage Urlaub, damit er nach Toledo reiten konnte.

Er brach eine Stunde vor Sonnenuntergang mit zwei Pferden auf. Es war ein Freitag. Er ritt die ganze Nacht hindurch und wechselte in gleichen Abständen die Pferde und kam am Morgen, eine Stunde nach

Öffnung der Tore, vor der Stadt an. Er übergab seinem Hausknecht die beiden Pferde. Er hatte vorgehabt, sich zuerst zu waschen und die Kleider zu wechseln, aber als der Hausknecht ihm eröffnete, daß er die jüdische Ärztin mit einem Säugling gesehen habe, einem kleinen Mädchen, das ihre Tochter sei, wie die Nachbarn behaupteten, hielt es ihn nicht mehr im Haus. Die Unruhe trieb ihn weiter. Er war verschwitzt und verdreckt und von oben bis unten mit Staub bedeckt, daß sich die Leute in den Straßen nach ihm umdrehten. Er lief zum jüdischen Viertel in die Unterstadt. Er wußte, wo er Karīma finden konnte. Es war der Morgen des Sabbat, und sie würde in der Synagoge der Palästinensergemeinde sein. Auch in Sevilla hatte diese jüdische Gemeinschaft, der sie angehörte, nur eine einzige Synagoge gehabt, in Toledo würde es nicht anders sein. Er fragte sich durch.

Er wartete vor dem Tor der Synagoge, bis er hörte, daß der Gottesdienst beendet war und die Gläubigen in den Hof herauskamen. Als die Pforte von innen geöffnet wurde, schob er den Torwächter beiseite und ging hinein. Eine Frau stieß einen unterdrückten Schrei aus und schlug die Hände vors Gesicht, und ein paar Kinder rannten in stummer Angst vor ihm weg, und die Männer mit ihren schwarzen Bärten und ihren dunklen Kopfbinden und Mänteln starrten ihn erschrocken an, als er hinter dem Tor stehenblieb. Er trug die leichte Lederrüstung, die auch die kastilischen Ritter im Sommer zu tragen pflegten, wahrscheinlich gab es nicht wenige, die in den vergangenen Jahren böse Erfahrungen mit Männern in solchen Rüstungen gemacht hatten. Er hob beide Hände in einer beschwichtigenden Geste.

Alle blickten jetzt zu ihm her, auch die auf der anderen Seite des Hofes vor dem Eingang der Synagoge. Alle Augen waren auf ihn gerichtet. Es waren mehr als hundert Menschen in dem kleinen Hof, aber er erkannte Karīma sofort. Sie war keine zehn Schritte entfernt, und als sich ihre Blicke trafen, fühlte er sich mit einem Mal wieder nach Sevilla versetzt, viele Jahre zurück, als er schon einmal, krank vor Sehnsucht, in den Hof einer Synagoge eingedrungen war, um sie zu sehen. Diesmal gab es keinen Türsteher, der ihn hinausdrängte, und keine schwarze Dienerin, die ihr den Blick verstellte. Er sah ein Lächeln über ihr Gesicht gehen, und es kam ihm vor, als breite sich dieses Lächeln über den ganzen Hof aus und machte, daß alle diese erschreckten, mißtrauischen, verängstigten Gesichter ihm zulächelten. Und er wußte auf einmal, daß er nicht zu spät gekommen war. Es war, als wäre er nach einer langen, langen Reise endlich nach Hause gekommen.

Zwei Tage später nahm er das Schwert des Gotenkönigs, das ihm als Werkzeug seiner Rache hatte dienen sollen und das zu nichts nutze gewesen war, und warf es von der großen Brücke, die sich zu Füßen des al-Qasr in einem einzigen gewaltigen Bogen über den Tajo spannte. Er warf es in denselben Fluß, der auch unter der Brücke von Alcántara hindurchfloß. Es versank im Wasser, ohne eine Spur zu hinterlassen.

58

SEVILLA

MITTWOCH 23. RABI I 479
8. JULI 1086/23. TAMUS 4846

Es war dunkle Nacht, als Ibn Ammar geweckt wurde. Er blinzelte in das Licht der Lampe, die in dem Viereck der Luke über ihm aufschien, er konnte nicht erkennen, wer die Lampe hielt, er sah nur, wie die Leiter heruntergelassen wurde, und wunderte sich, daß er keine Angst verspürte, nicht eine Spur von Angst.

Er erkannte den Khādim, der über die Leiter herunterkam, und erhob sich, stand schwankend unter dem Gewicht der Ketten auf. Er war darauf gefaßt, sein Todesurteil zu hören, und wollte es stehend entgegennehmen.

Der Khādim hastete auf ihn zu. «Beeilt Euch, Herr! Der Fürst will Euch sehen!» sagte er und stellte die Lampe ab und bemühte sich mit flatternden Händen, Ibn Ammar in einen Mantel zu helfen, den er mitgebracht hatte. «Schnell, Herr! Schnell!» drängte er.

«Warum will der Fürst mich sehen?» fragte Ibn Ammar, als sie, zu zweit schwer an der Kette tragend, die Turmtreppe hinunterstiegen.

«Ich weiß es nicht», erwiderte der Khādim.

«Gibt es irgendeinen Anlaß?» fragte Ibn Ammar.

«Der Fürst hat am Abend ein Fest gegeben», erwiderte der Khādim zögernd. «Ein Fest für die Gesandten Yūsuf Ibn Tashfins, des Almoraviden-Amīrs.»

Ibn Ammar erinnerte sich, daß er vor ein paar Tagen die große Musikkapelle des Fürsten gehört hatte. Also waren die Gesandten mit allem Pomp empfangen worden und mit allen Ehren. Was aber wollte der Fürst dann noch von ihm? Sollte das Fest mit seinem Opfer abgeschlossen werden?

Sie liefen durch den Park. Kein Mensch war zu sehen. Der Khādim hatte die Lampe gelöscht, sobald sie ins Freie gekommen waren. Nach dem Stand der Sterne mußte es eine Stunde nach Mitternacht sein.

Sie kamen in eine Torhalle, wo ein Posten, der die Uniform der Leibwache trug, Ibn Ammar ins Gesicht leuchtete und sie dann passieren ließ. Sie liefen weiter zum Tor des az-Zāhir-Palastes. Dort wartete ein Leibdiener des Fürsten auf sie. Auch er drängte zur Eile. Ibn Ammar kannte ihn und versuchte, aus seinem Gesicht abzulesen, was ihn erwartete, aber er konnte im Flackerlicht der Lampe, die der Diener vorantrug, nichts erkennen.

Sie hetzten, keuchend unter der Last der Kette, die breite, in einer achteckigen Wendel aufsteigende Treppe hinauf, die in das Obergeschoß des großen Palast-Turms führte, in die Privatgemächer des Fürsten und in die prunkvoll ausgestattete Madjlis auf der obersten Plattform, die er von allen seinen Bauten am meisten liebte. Ibn Ammar kannte den Weg, er war ihn in besseren Zeiten oft genug gegangen.

Als er oben ankam, war er völlig außer Atem, und seine Beine zitterten vor Anstrengung. Er mußte sich auf die Stufen setzen. Das Herz schlug ihm wie ein Klöppel gegen die Rippen. Es war nach fast zwei Jahren das erste Mal, daß man ihn aus seinem Kerker geholt hatte.

Die Madjlis war erleuchtet wie die Freitagsmoschee am Ende des Ramadan, es war so hell, daß er die Augen schließen mußte. Er folgte dem Leibdiener blindlings in die Mitte des Raums und blieb stehen, während der Mann sich geräuschlos entfernte. Das Gewicht der Kette zog schwer an seinen Armen. Als sich seine Augen an die Helligkeit gewöhnt hatten, hielt er vorsichtig Ausschau, ohne den Kopf zu bewegen. Al-Mutamid stand in einer der Türen, die auf den Fluß hinausgingen. Er hatte die Hände auf dem Rücken zusammengelegt und starrte in die Dunkelheit. Er trug eine weiße Kopfbinde aus einfachem Leinen und ein weißes Gewand, wie es auch sein Vater bei großen Empfängen gern getragen hatte, eine gelungene Maskerade, um die puritanischen Herren aus Afrika zu beeindrucken. Es kam Ibn Ammar vor, als wäre er noch mehr in die Breite gegangen, seitdem sie sich das letzte Mal gegenübergestanden hatten, aber das mochte auch an der vornübergebeugten Haltung liegen oder an dem weißen Gewand, das ihn vor dem nachtdunklen Hintergrund noch wuchtiger erscheinen ließ.

Der Fürst verharrte eine ganze Weile in dieser Stellung, ohne sich zu rühren. Dann drehte er sich abrupt um und heftete den Blick auf Ibn Ammar. Sein Gesicht war schweißnaß, und seine Augen hatten einen seltsam intensiven Glanz im Licht der Lampen, als wären sie voll Tränen. Aber als er näher kam, erkannte Ibn Ammar, daß sie nur glasig waren vom übermäßigen Weingenuß.

Ibn Ammar wartete darauf, daß der Fürst das Gespräch eröffnete, wie es die Konvention verlangte. Er wollte sich keine Blöße geben. Er wollte auch keine Anzeichen von Angst oder Schwäche zeigen und hielt seinem Blick stand und war entschlossen, ihm nicht auszuweichen. Aber als al-Mutamid hartnäckig stumm blieb und ihn nur weiter unverwandt anstarrte wie ein kleiner Junge, der sich beweisen will, daß sein Blick unbezwinglich ist, senkte er den Kopf und sagte mit erzwungener Leichtigkeit: «Früher wäre uns ein Vers eingefallen zu dieser Nacht. Aber es ist keine Zeit mehr für Verse.»

Al-Mutamids Mund klappte auf, während seine Augen noch immer starr auf Ibn Ammar gerichtet waren, und er bemühte sich vergeblich, wie unter einem Krampf, ihn wieder zu schließen, und wandte sich dann ab und ging auf steifen Beinen zu dem goldenen Baldachin hinüber, der den Platz des Fürsten überdachte, und nahm ein Glas, das ein unsichtbarer Page gefüllt hatte, hob es hoch, ohne daraus zu trinken, hielt es in der Faust, als wollte er es zerquetschen, drückte zu, bis ihm der Arm zitterte, und lockerte endlich seinen Griff und öffnete unter ebenso großer Anspannung einen Finger nach dem anderen, bis ihm das Glas aus der Hand rutschte und klirrend am Boden zersprang. Er war schwer betrunken und versuchte, es zu verheimlichen.

«Ich habe die große Kapelle gehört vor ein paar Tagen und heute am Abend die Kesselpauken», sagte Ibn Ammar leise.

Al-Mutamid wandte sich mit eingezogenem Kopf zu ihm um und kniff die Augen zusammen, als wollte er ein Ziel anvisieren. «Hat man dir nicht berichtet, wen ich empfangen habe?» fragte er drohend.

Ibn Ammar schüttelte den Kopf.

«Ich habe den Botschafter Yūsuf Ibn Tashfins empfangen», fuhr al-Mutamid fort, während er langsam auf ihn zukam. «Den Botschafter dieses Berber-Amīrs, vor dem du mich immer gewarnt hast!» Er blieb dicht vor ihm stehen und starrte ihn aus blutunterlaufenen Augen an. «Ist es nicht so, daß du mich immer vor ihm gewarnt hast?»

«Es wird gute Gründe gegeben haben, den Botschafter zu empfangen», erwiderte Ibn Ammar.

«Kennst du die Gründe?» fragte al-Mutamid.

«Nein», sagte Ibn Ammar.

Der Fürst warf ihm einen lauernden Blick zu und begann dann mit überraschend sicheren Schritten vor ihm in der Halle auf und ab zu gehen, wie ein Mann, der in großer Erregung sich bemüht, seine Gedanken zu sammeln. «Der König von Leon hat angedroht, sein Heer zusammenzurufen», sagte er verdrossen. «Er hat unerhörte Forderungen gestellt. Aber er wird kein Gold aus Sevilla mehr erhalten. Soll er kommen, wenn er meint, es sich holen zu können. Soll er kommen mit seinen verfluchten Rittern. Wir werden sie mit blutigen Köpfen zurückschicken.»

«Werden die Truppen Yūsuf Ibn Tashfins dabei sein, wenn es zur Schlacht kommt?» fragte Ibn Ammar.

«Ja», sagte al-Mutamid mit abgewandtem Gesicht.

«Der Botschafter hat die Zusage gebracht?»

Al-Mutamid nickte zögernd.

«Aber er hat Bedingungen gestellt?» fragte Ibn Ammar vorsichtig tastend.

Der Fürst unterbrach seine Wanderung und blieb wieder vor der Tür stehen, die auf den Fluß hinausging. «Sie verlangen Algeciras», sagte er so leise, daß er kaum zu verstehen war.

«Den Hafen?» fragte Ibn Ammar. «Oder die ganze Stadt?»

Der Fürst gab keine Antwort.

Also die ganze Stadt, den al-Qasr eingeschlossen, dachte Ibn Ammar. Es war die alte Taktik aller Berber-Amīre, die aus Nordafrika herübergekommen waren. Sie alle hatten, sobald sie in Andalusien gelandet waren, als erstes sich bemüht, einen Stützpunkt an der Küste zu gewinnen, um im Notfall sicher wieder in ihre Heimat übersetzen zu können. Cadiz, Algeciras, Malaga. Es hatte langer Anstrengungen bedurft, um ihnen diese Städte wieder zu entreißen. Malaga war noch immer in den Händen des Fürsten von Granada, dessen Großvater auch ein Berber-Amīr gewesen war. Jetzt griffen die Almoraviden wieder nach Algeciras, das bei günstigem Wind in einem halben Tag von Ceuta aus über die Meerenge zu erreichen war. Und jetzt brauchten sie sich den Stützpunkt nicht einmal zu erkämpfen. Sie bekamen ihn überreicht, als Willkommensgeschenk dargeboten.

«Hat der Botschafter die Zusage schon erhalten?» fragte Ibn Ammar.

«Er erwartet sie morgen», sagte der Fürst in die Nacht hinaus.

Ibn Ammar lauschte den Worten nach, und für einen Augenblick war er versucht, dem Gewicht seiner Ketten nachzugeben und sich einfach fallenzulassen.

«Gibt es überhaupt noch eine Wahl?» fragte er.

«Die Wahl zwischen ertrinken und verbrennen», erwiderte al-Mutamid mutlos. «Die Wahl zwischen Schweinehirt und Kameltreiber.»

«Man kann das Feuer mit dem Wasser löschen und das Wasser mit dem Feuer austrocknen«, sagte Ibn Ammar und wunderte sich selbst über die Zuversicht, die in seiner Stimme mitklang. «Man kann dem Schweinehirten mit den Kameltreibern drohen und den Kameltreibern mit dem Schweinehirten!»

Al-Mutamid blickte ihn müde an. «Dies ist keine Zeit für Wortspiele», sagte er ohne den Anflug eines Lächelns.

Ibn Ammar ließ ihn nicht aus den Augen. Er stand aufrecht, obwohl ihm die Ketten fast die Arme aus den Schultern zogen. Er war hellwach. Was hatte er schon zu verlieren. «Der König von Leon hat ausgedehnte Eroberungen gemacht», begann er mit eindringlicher Stimme. «Er braucht Zeit, um sie seinem Reich einzuverleiben. Er kann nicht daran interessiert sein, daß sich eine Berberarmee in Andalusien festsetzt. Mag sein, daß er die Gefahr noch für gering erachtet. Mag sein, daß er noch keine Vorstellung davon hat, was auf ihn zukommt, wenn diese Wüsten-Reiter in Leon einfallen. Ist es dann aber nicht Zeit, ihn darüber aufzuklären? Könnte man ihn nicht mit der Drohung, Algeciras auszuliefern, zu einem neuen Waffenstillstand bewegen?»

Der Fürst wandte sich ab und rief mit ungeduldiger Stimme nach dem Pagen und ließ sich ein volles Glas reichen, und erst als er es ausgetrunken hatte, drehte er sich wieder um und sagte gequält: «Es ist zu spät! Es ist zu spät! Man verlangt von mir, daß ich morgen meine Zustimmung gebe.»

Der Page bemerkte die Glasscherben am Boden und bückte sich, um sie aufzusammeln, aber der Fürst versetzte ihm einen so wütenden Fußtritt, daß er zu Tode erschrocken aufsprang und wie ein verirrter Vogel ein paarmal gegen die Wand stieß, bevor er den Ausgang fand.

«Man braucht die Zustimmung zunächst nur anzukündigen!» fuhr Ibn Ammar mit unvermindertem Schwung fort. «Man kann sie an Bedingungen knüpfen, die einen Aufschub unvermeidlich machen. Man kann geltend machen, daß die Zustimmung aller Prinzen eingeholt werden muß, weil es sich um ihr Erbe handelt, über das zu entscheiden ist. Man kann argumentieren, daß die Räumung der benötigten Gebäude in der Stadt eine bestimmte Zeit erfordert. Auf diese Weise läßt sich noch ein Aufschub gewinnen. Der Aufschub läßt sich vergrößern durch eine Krankheit des Gesandten, der die Verhandlungen führt, durch eine Havarie des Schiffes, das den Gesandten nach Ceuta bringen soll. Die gewonnene Zeit ließe sich nutzen, um mit dem König von Leon zu verhandeln. Wenn es gelingt, die Verhandlungen bis in den Herbst hinzuziehen, ist die Zeit für einen Feldzug vorbei. Ein Aufschub bis zum Frühjahr wäre gewonnen, fast schon ein ganzes Jahr. Gott allein weiß, was in einem Jahr geschehen kann. Yūsuf Ibn Tashfin ist ein alter Mann. Der König von Leon könnte krank werden.» Er sprach mit so viel Feuer, daß der Fürst mitgerissen wurde. Er kannte ihn gut genug, um die Anzeichen richtig zu deuten: Die straffere Haltung, das vorgereckte Kinn, die energisch zusammengepreßten Lippen. Er hatte ihn zweifellos beeindruckt. Aber das genügte noch nicht. Er mußte ihn weiter anstoßen, er mußte ihn in Bewegung setzen, er durfte jetzt nicht nachlassen, er hatte nur noch wenig Zeit. Die Kette war so schwer, daß ihm schwarz vor Augen wurde.

«Warum sollte es nicht gelingen, diesen Aufschub zu erreichen», fuhr er mit erhobener Stimme fort. «Sind wir nicht Andalusier! Müssen wir uns verstecken vor diesen Schweinehirten und Kameltreibern? Ist nicht die Erfahrung auf unserer Seite, die Klugheit, die Bildung, das Wissen? Haben wir diesen spanischen Barbaren und diesen Wüstennomaden nicht alles voraus? Wer sagt, daß wir nicht mit ihnen fertig werden, daß wir sie nicht gegeneinander ausspielen können! Wer ist er schon, dieser Amīr, daß er es wagen könnte, Algeciras zu fordern. Wer war sein Vater. Was war er schon? Ein Ziegenhirte in einem Land aus Sand und Steinen!»

Der Fürst trank sein Glas in einem Zug leer und ließ sich schwer auf das Sitzpolster unter dem Baldachin fallen. «Ja!» sagte er mit einer heiseren, aus der Brust gepreßten Stimme. «Der Sohn eines verdammten Eseltreibers. Ein Heuschreckenfresser! Ein Mistkugeldreher! Ein stinkender Bauernfurz!» Er wandte sich mit einer weitausholenden Geste an Ibn Ammar. «Soll ich dir sagen, was er mir zum Geschenk gemacht hat? Eine Sängerin! Willst du sie hören?»

Er brüllte nach dem Pagen und befahl ihm, die Sängerin herbeizuschaffen. Sofort! Auf der Stelle!

«Eine Nachtigall der Wüste!» höhnte er. «Eine Sängerin nach ihrem Bauern-Geschmack, du wirst dich wundern. Sie singt wie eine Krähe, aber weiß Gott, vielleicht kennen sie nichts anderes in der Wüste als den Gesang der Krähen.»

Das Mädchen kam herein. Sie war groß und schlank und trug den Kopf hoch. Ihr schwarzes Haar war zu einem dicken Zopf geflochten, der ihr über die Schulter nach vorn fiel und bis zu den Hüften reichte. Sie trug einen schweren Silberschmuck um die Stirn und ein enganliegendes indigoblaues Gewand mit seltsam ausgebuchteten Beinkleidern. Um Fuß- und Armgelenke hatte sie silberne Glockenschellen und in der Hand ein Tamburin.

Sie warf einen verwunderten Blick auf Ibn Ammar und seine Ketten und blickte dann furchtlos auf den Fürsten, der sie mit bösen Augen anfunkelte, und blieb abwartend stehen. Sie hatte wohl schlafend in einem Vorzimmer gewartet. Sie schien noch gar nicht zu begreifen, wo sie sich befand und warum man sie geweckt hatte.

«Was stehst du hier herum!» schrie sie der Fürst an. «Laß etwas hören! Sing uns etwas vor! Los, fang schon an!»

Sie warf einen hilfesuchenden Blick auf Ibn Ammar und hob dann das Tamburin über den Kopf und begann, während ihre Füße einen langsamen Takt auf den Boden stampften und ihre Finger hart gegen das Tamburin schlugen, mit leiser Stimme zu singen.

Es war ein fremdartiger Gesang, den sie anstimmte, ungewohnt für andalusische Ohren, aber es war alles andere als das Gekrächz einer Krähe. Ihre Stimme kam tief aus der Kehle, in der Höhe hatte sie einen harten, federnden Klang, und wenn sie laut wurde, war sie schreiend laut und von einer animalischen Kraft, die Ibn Ammar kalte Schauer über den Rücken jagte. Sie war keine nach den Regeln der Kunst ausgebildete Sängerin, sie war ein Berber-Mädchen aus den Bergen, und das Lied, das sie sang, war ein Lied aus ihrer Heimat. Jede Strophe endete in einem wirbelnden, tamburinschlagenden Tanz und in einem Schrei, der wie ein wilder Anfeuerungsruf klang.

Der Fürst lachte und schlug sich prustend auf die Schenkel, jedesmal, wenn sie zu diesem Schrei kam, als könnte er sich nicht genug darüber auslassen. Er schwenkte sein Glas und schrie nach dem Pagen, damit er es wieder füllte, und wandte sich lachend an Ibn Ammar: »Hör dir das an!» rief er. «Hör dir dieses Gekreische an!»

Der Text des Liedes war arabisch, aber das Mädchen sang in einem Dialekt, der nur schwer zu verstehen war. Erst nach der dritten Strophe ging Ibn Ammar der Sinn ihrer Worte auf, und er blickte voll Besorgnis auf den Fürsten, der inzwischen auch aufmerksam geworden war und mit angestrengter Miene zuhörte.

Was das Mädchen vortrug, war ein Preislied auf ihre Landsleute. Ein Lied, das die Tapferkeit der jungen Berber-Krieger besang und ihren Siegeswillen im Kampf und ihren Löwenmut, mit dem sie alle ihre Gegner überwanden. Ein Lied, das davor warnte, sie sich zu Feinden zu machen, und das alle die beglückwünschte, die unter dem schützenden Dach ihrer Freundschaft wohnten.

Ibn Ammar beobachtete, wie sich das Gesicht des Fürsten vor Wut verfärbte. Er sah ihn aufspringen und sich mit einem gurgelnden Schrei auf die Sängerin stürzen, sah in hilfloser Bestürzung zu, wie er sie mit seinen Händen packte und hochhob, als wäre sie eine Stoffpuppe, und sie zu der Tür trug, die auf den Fluß hinausging, sah ihr entsetztes Gesicht, die angstvoll aufgerissenen Augen, die hilfeflehend auf ihn gerichtet waren, sah, wie der Fürst sie über die Brüstung stieß, hörte den dünnen, langgezogenen Schrei, der unvermittelt abbrach, als sie am Fuß des Turms aufprallte, meinte das Wasser zu hören, das über ihr zusammenschlug, hörte Hundegebell und den Wer-da-Ruf eines Wachtpostens. Dann gaben seine Beine unter ihm nach, und die Kette zog ihn nach unten, zog in tiefer und tiefer in ein schwarzes Loch, das keinen Boden hatte.

Als er aufwachte, lag er wieder auf dem Boden seines Gefängnisses, und nur die Schmerzen in seinen Schultern und die blaurot eingekerbten Druckstellen an seinen Handgelenken sagten ihm, daß das, was er erlebt hatte, kein böser Traum gewesen war. Es war später Vormittag. Von draußen war der dumpfe Schlag der großen Kesselpauken zu hören, die den Botschafter des Almoraviden-Amīrs zum Hafen geleiteten.

Vier Tage danach besuchte ihn überraschend der Ghulām des Prinzen ar-Rashīd. Er bestellte die Grüße seines Herrn und überreichte Ibn Ammar einen kleinen Bogen Papier und verbeugte sich tief, bevor er Bericht erstattete.

Der Fürst hatte den Botschafter mit einer vagen Zusicherung verabschiedet und zunächst einen Aufschub von dreißig Tagen vereinbart. Der Tod der Berber-Sängerin war verheimlicht worden, aber alle einflußreichen Leute am Hof wußten darüber Bescheid, und es war auch bekannt geworden, daß Ibn Ammar vom Fürsten in Privataudienz empfangen worden war.

«Der Hādjib ist in höchster Unruhe», sagte der Ghulām mit einem undurchschaubaren Lächeln.

Als Ibn Ammar wieder allein war, wurde ihm seltsam feierlich zumute. Er empfand Freude, aber es war keine überschäumende Freude. Er war eher gelassen, beinahe unbeteiligt, als ginge die freudige Nachricht nicht ihn selbst an, sondern einen anderen.

Am nächsten Morgen, sobald es hell wurde, machte er sich daran, zwei Gedichte zu verfassen, eines an den Fürsten, eines an den Prinzen. Er hatte in den letzten zwölf Monaten seiner Haft häufig mit dem Gedanken gespielt, die Vorwürfe, die gegen ihn erhoben worden waren, endlich doch mit ein paar klaren, aufrechten Versen abzuschmettern. Er hatte sich diese Verse im Kopf längst zurechtgelegt, aber er behielt sie auch jetzt für sich. Er stattete nur seinen Dank ab, beschränkte sich auf wenige Zeilen, um beiden Gedichten auch von der Form her den Ausdruck spontaner Dankbarkeit zu verleihen. Noch am selben Tag brachte er sie endgültig zu Papier.

Der Ghulām des Prinzen hatte versprochen, am folgenden Tag wiederzukommen. Aber er kam nicht. Ibn Ammar mußte die beiden Gedichte dem Khādim aushändigen. Er wartete in wachsender Ungeduld auf neue Nachrichten.

Er hatte sich ausgerechnet, daß der Botschafter des Amīrs mit dem sevillanischen Gesandten, den ihm der Fürst beigeordnet hatte, nach spätestens fünf Tagen Ceuta erreicht haben mußte. Wenn die beiden noch am Tag ihrer Ankunft vor dem Amīr Bericht erstatteten, konnte der Gesandte des Fürsten am sechsten Tag in Algeciras zurück sein. Am siebenten Tag mußten dann die ersten Nachrichten mit Brieftauben in Sevilla eintreffen.

Der siebente Tag verging, ohne daß etwas geschah. Auch der achte und der neunte. Ibn Ammar spürte, wie die Angst nach ihm griff. Er war nie ein Held gewesen. Er kannte die Angst.

Er hatte seit seiner Gefangennahme in Segura oft über den Tod nachgedacht. Er hatte keine Angst dabei empfunden, aber er wurde von der Vorstellung gepeinigt, daß ihn im Angesicht des Todes wider seinen Willen doch jene winselnde, zähneklappernde Angst ergreifen könnte, wie er sie bei anderen so oft erlebt hatte, jene erbärmliche unwürdige Todesfurcht, die sich vor dem Henker und vor Gott auf den Bauch wirft und um Gnade bettelt. Er wollte nicht auf so eine Weise sterben. Er wollte einen aufrechten Tod sterben. Sein Sohn in Murcia, wenn er eines Tages erführe, wer sein Vater war, sollte sich seiner nicht schämen müssen.

Er hatte auch jetzt keine Angst vor dem Tod. Er hatte nur Angst vor seiner eigenen Schwäche, Angst davor, daß ihn die Ungewißheit, in der er lebte, dieses ständige Bangen zwischen Hoffnung und Niedergeschlagenheit schwach machen und eben jener Todesangst ausliefern könnte, vor der er sich so fürchtete.

In der Nacht des zehnten Tages wurde er noch einmal aus seinem Kerker geholt. Statt des Khādim waren es diesmal drei Askarī aus der Negerleibwache des Fürsten, die ihn abholten, drei schwarze Riesen, die ihn schweigend mit sich schleppten. Er stellte keine Fragen, er war überzeugt, daß man drei Männer ausgewählt hatte, die kein Wort arabisch sprachen.

Sie brachten ihn zu dem Turm im alten Teil des al-Qasr, der den Staatsschatz beherbergte und in dem er schon einmal ein nächtliches Zusammentreffen mit dem Fürsten erlebt hatte.

Die gewaltige Halle im Obergeschoß mit der klafterdicken Mittelsäule, die damals erfüllt gewesen war vom Glanz des Goldes, war jetzt gähnend leer. Als die Tür hinter ihm zugeschlagen wurde, hallte es hohl von den Gewölben zurück. Irgendwo im hinteren Teil der Schatzkammer brannte ein Licht. Es bewegte sich plötzlich und ließ einen riesigen Schatten über die Wände gleiten und kam langsam näher, und dann kam der Fürst hinter der Säule heraus. Er hielt einen vielarmigen Leuchter in der Hand, den er hoch über den Kopf hob, als er Ibn Ammar gegenüberstand.

«Ja, schau dich um!» sagte er, während sein Arm mit der Lampe einen weiten Bogen beschrieb. «Es ist dein Werk, das du siehst. Alles Gold, das hier einmal war, ist jetzt in den Händen der Spanier. Du hast es ihnen gegeben. Du hast behauptet, du könntest damit den Frieden erkaufen. Wo ist der Frieden? Wo ist mein Gold?»

Ibn Ammar sagte nichts. Er stand mit dem Rücken an der Tür, tief gebückt, um die Last der Kette zu vermindern. Er war zu schwach, um aufrecht zu stehen, zu müde. Seit er die drei Askarī in der Luke über seinem Gefängnis gesehen hatte, war er sich klar darüber, was ihn erwartete. Er horchte in sich hinein. Er verspürte keine Angst.

Der Fürst stellte den Leuchter auf einer der leeren Truhen, die an der Wand aufgereiht standen, ab. Er hatte getrunken, aber er war nicht so schwer betrunken, wie er es vor zehn Tagen im az-Zāhir-Palast gewesen war. Er stand wie ein Klotz mit hochgezogenen Schultern neben der Säule.

Ibn Ammar sah den angestrengten Ausdruck in seinem Gesicht und mußte unwillkürlich lächeln. Er kannte ihn so gut. Er spürte förmlich, wie der Fürst mit verbissenem Eifer nach den passenden Worten suchte, die der Rolle, die zu spielen er sich vorgenommen hatte, angemessen waren: der Rolle des enttäuschten Freundes und des betrogenen Fürsten. Schon der Schauplatz war danach ausgesucht, die leere Schatzkammer, und auch das schwarze Gewand, das er trug, war eigens für diesen Auftritt gewählt. Es war der alte Hang zum Theatralischen, der ihm schon als junger Mann angehaftet hatte, und der jetzt im Alter immer komischer hervortrat.

Ibn Ammar beobachtete ihn mit seltsam unbeteiligter Neugier. Die Kette zog unerbittlich an seinen Handgelenken, und er gab ihr nach und ließ sich mit dem Rücken an der Tür hinabgleiten, bis er am Boden saß und die Kette zwischen seinen Beinen lag.

«Steh auf!» schrie der Fürst mit Donnerstimme. «Ich befehle dir, aufzustehen!»

Ibn Ammar rührte sich nicht. «Ach, Muhammad», sagte er müde. «Die Kette ist mir zu schwer.»

«Nicht diesen Ton!» schrie der Fürst. «Du sprichst mit deinem Herrn!» Er kam zwei Schritte näher und streckte befehlend die Hand aus. «Steh auf!» schrie er. «Du sollst aufstehen!»

Ibn Ammar blickte ihm ruhig in die Augen. «Was willst du, Muhammad?» sagte er. «Willst du mir Angst machen?»

Er sah, wie der Fürst sich aufblies und die Luft anhielt, während er mit einem Ausdruck mühsam gebändigter Wut auf ihn herabblickte. Er sah, daß in Griffweite an der Mittelsäule zwischen ein paar verstaubten Gegenständen aus dem Kuriositätenkabinett des alten Qadi auch eine Axt hing. Er erkannte sie wieder, es war jene schwere Streitaxt, die ihm Don Alfonso, der König von Leon, nach den Waffenstillstandsverhandlungen vor sechs Jahren als Geschenk für al-Mutamid überreicht hatte.

Der Fürst wandte sich plötzlich um und lief mit kurzen Schritten neben der Säule hin und her. «Du hast versucht, mir meinen Sohn abspenstig zu machen!» sagte er, jedes Wort einzeln ausspuckend. «Du hast versucht, ihn auf deine Seite zu ziehen!»

«Das redest du dir ein, Muhammad», erwiderte Ibn Ammar. «Der Prinz teilt meine Ansichten, das hat ihn auf meine Seite gebracht. Er ist zu klug, um sich beeinflussen zu lassen.»

«Du hast ihn mit deinen verfluchten Versen zu ködern versucht!» schrie der Fürst in sich steigernder Wut.

«Ein kleines Gedicht, Muhammad, nur ein paar Zeilen», widersprach Ibn Ammar, aber der Fürst überschrie ihn.

«Woher hast du das Schreibzeug? Wer hat dir das Papier gegeben? Wer war es?»

«Was spielt das für eine Rolle, Muhammad?» erwiderte Ibn Ammar.

«Ich will es wissen!» schrie der Fürst. «Ich will es wissen!» Seine

Stimme war schrill vor Wut, und Ibn Ammar begriff auf einmal, daß diese Wut nicht mehr gespielt war. Keine Pose mehr, keine aufgesetzte Rolle. So hatte er ihn schon einmal erlebt, damals in ihrer Jugendzeit in Silves, als al-Mutamid nach dem Henker geschrien hatte. Der Fürstensohn mit dem Bauerngesicht, rasend vor Eifersucht, weil er erleben mußte, daß die schwärmerisch geliebte Tänzerin zwar ihm zu willen war, aber hinter seinem Rücken sich nach dem glücklicheren Freund verzehrte. Der Neid des kleinen, dicken Prinzen auf den großgewachsenen jungen Dichter an seiner Seite, der immer alle Blicke auf sich zog und immer die besseren Verse machte und die witzigeren Antworten wußte.

War ihre Freundschaft je, auch in den glücklichsten Augenblicken, ganz frei gewesen von dieser Spannung, die sich unvermeidlich aus dem Standesunterschied ergab und noch viel mehr aus der Kluft zwischen ihren Begabungen und der unübersehbaren Diskrepanz in ihrer äußeren Erscheinung? Sie waren von Anfang an zu ungleich gewesen, um Freunde zu sein. Der Fürst, der alles das sein wollte, was Ibn Ammar verkörperte, und ihn sich zum Freund nahm, um seinem Traum wenigstens nahe zu sein, und der kleine Versemacher, der nach der Macht strebte und an dieser Macht auch nur über den Freund teilhaben konnte. War es nicht längst abzusehen gewesen, daß diese merkwürdige Freundschaft scheitern mußte? War es nicht abzusehen gewesen, daß der eine, der nur auf seine unumschränkte Macht bauen konnte, diese Macht eines Tages auch herauskehren würde?

Ibn Ammar hörte, wie der Fürst auf ihn einschrie. Seine Stimme hallte so laut von den Gewölben wider, daß er ihn kaum verstand.

«Sag mir, wer diese verfluchten Verse geschrieben hat! Sag mir, ob sie von dir sind! Sag es mir!»

Waren es nicht die gleichen Fragen, die der Fürst ihm schon vor zwei Jahren gleich nach seiner Ankunft in Sevilla gestellt hatte? Immer noch diese unsinnigen Fragen nach dem Autor jenes verleumderischen Gedichts, dem ihre Freundschaft endgültig zum Opfer gefallen war. Wie dünn mußte der Mantel seiner Ehre sein, daß ihn ein paar verleumderische Verse derart tief treffen konnten. Wie schwach war er in Wirklichkeit, wie unsicher seiner selbst, wie klein hinter diesem bombastischen Gehabe.

«Sag mir, ob diese Verse von dir sind!» schrie der Fürst. «Ich will es wissen! Sag es mir! Ich will die Wahrheit wissen!»

«Es ist zu spät, Muhammad», erwiderte Ibn Ammar leise. «Auch wenn ich die Wahrheit sagte, würdest du mir nicht glauben.»

«Sag es mir!» schrie der Fürst. «Sag mir die Wahrheit!»

Ibn Ammar blickte ihn lächelnd an. «Es ist so, wie du es vermutest, Muhammad», sagte er.

Er sah, wie der Fürst zusammenzuckte und wie er rot anlief, als wäre in seinem Kopf eine Ader geplatzt. Er sah, wie er mit gestrecktem Arm nach der Axt tastete. Er verspürte noch immer keine Angst.

Unter der wirbelnden Flut von Bildern und Erinnerungsfetzen, die auf ihn einstürzten, war auch jene anrührende Geschichte, die ihm sein Vater einmal von Abd-ar-Rahman an-Nāsir erzählt hatte, dem großen Kalifen von Cordoba, der nach einem Leben von siebzig Jahren, von denen er annähernd fünfzig in Krieg und Frieden über Andalusien geherrscht hatte, sich auf dem Sterbebett sein Tagebuch vorgenommen und die Tage unbeschwerten Glücks zusammengezählt hatte, die ihm Zeit seines Lebens beschieden gewesen waren. Der Kalif war auf vierzehn Tage gekommen.

Ibn Ammar dachte an die Tage unbeschwerten Glücks, die er genossen hatte. Wie viele Tage? Genug für ein Leben von fünfundfünfzig Jahren? Wie viele Höhen, wie viele Tiefen! Beides zur Genüge, und das eine nicht vom anderen zu trennen. Was für ein Leben! Er hatte nie die Hoffnung auf das Paradies gebraucht. Er hatte sich nie etwas entgehen lassen aus Angst vor der Hölle. Er hatte gelebt. Er konnte dem Tod ins Auge sehen. Was für ein dummer Tod.

Er machte keinen Versuch, der Axt auszuweichen. Er hatte keine Angst. Nicht eine Spur von Angst.

KHATM

Nachspiel

Als Ibn Ammar erschlagen wurde, hatten die Almoraviden schon den ersten Fuß nach Andalusien gesetzt. Yūsuf Ibn Tashfin hatte schnell durchschaut, daß der Fürst von Sevilla ihn nur hinzuhalten versuchte, um mit den Spaniern zu einem Ausgleich zu kommen. Als der sevillanische Gesandte von Ceuta nach Algeciras zurückfuhr, wurde er von mehreren Berberschiffen begleitet, die versteckte Truppen an Bord hatten. Nach der Ankunft legten sie überraschend an und besetzten im Handstreich den Hafen und die danebenliegende Schiffswerft. Noch in derselben Nacht wurden aus Ceuta Verstärkungen herübergeschafft, darunter berittene Einheiten, die einen Belagerungsring um die Stadt legten. Am Morgen wurde der Gouverneur von Algeciras ultimativ aufgefordert, die Stadt bis zum Mittag vollständig zu räumen. Al-Mutamid von Sevilla blieb nichts anderes übrig, als sich damit abzufinden.

Als die Nachricht von der Landung der Almoraviden nach Leon kam, schickte Don Alfonso, der König, einen Hilferuf an die französische Ritterschaft und begann sein Heer zu sammeln. Anfang Oktober setzte er seine Truppen in Marsch und bezog im Norden von Badajoz bei der Burg az-Zallāka ein Lager.

Von Sevilla her, wo al-Mutamid zur Eröffnung des Feldzugs einen großen Empfang gegeben hatte, rückten ihm die Heere des Almoraviden-Amīrs Yūsuf Ibn Tashfin und der andalusischen Fürsten entgegen.

Am Donnerstag den 22. Oktober 1086 trafen sich die Parlamentäre beider Seiten und vereinbarten, die Schlacht am Samstag zu schlagen. Don Alfonso hielt sich nicht an die Abmachung und griff schon am Freitag an. Es gelang seinen Truppen, die andalusischen Einheiten in die Flucht zu schlagen. Nur al-Mutamid konnte dank persönlicher Tapferkeit seine Stellung behaupten. Dann griffen die Berber-Reiter und die Neger-Einheiten der Almoraviden ein, und das Blatt wendete sich. Das Heer Don Alfonsos erlebte eine schwere Niederlage, der König selbst wurde auf der Flucht verwundet. Die Sieger schichteten die abgeschnittenen Köpfe der erschlagenen Spanier und Franzosen auf dem Schlachtfeld zu Pyramiden auf und schickten sie dann zusammen mit der Siegesbotschaft in alle Hauptstädte Andalusiens und Nordafrikas.

Die Schlacht von az-Zallāka bremste zunächst einmal den Angriffsschwung der christlichen Spanier und verschaffte den andalusischen Fürsten eine Ruhepause. Auch Yūsuf Ibn Tashfin, der eigentliche Sieger, zog sich zu aller Überraschung nach der Schlacht zurück und setzte wieder nach Afrika über. Aber er hatte gesehen, wie leicht die andalusischen Fürsten in ihrer Uneinigkeit zu besiegen waren, und er behielt den Stützpunkt in Algeciras.

Im Jahr 1089 kam er wieder. Er belagerte den kastilischen Abenteurer Garcia Jiménez in der Festung Aledo und zerstörte sie so weit, daß sie von den Spaniern aufgegeben werden mußte. Danach half er al-Mutamid, Murcia wiederzugewinnen und Ibn Rashiq gefangenzusetzen.

Im Sommer 1090 belagerten seine Truppen Toledo. Um diese Zeit begannen die andalusischen Fürsten endlich zu begreifen, daß sie nicht mehr Herren im eigenen Land waren, und begannen Verhandlungen mit Don Alfonso von Leon aufzunehmen, um seine Unterstützung gegen die Almoraviden zu gewinnen. Aber dazu war es inzwischen zu spät.

Yūsuf Ibn Tashfin gab die Belagerung Toledos auf und wandte sich nach Granada. Er setzte den dortigen Fürsten Abd-Allāh ab, ebenso dessen Bruder Tamim in Malaga, und schaffte sich damit einen leicht zu verteidigenden Ausgangspunkt für die Eroberung ganz Andalusiens.

Im Jahr 1091 nahmen die Almoraviden Cordoba ein und erschlugen den Gouverneur der Stadt, den Prinzen al-Fath. Danach schickten sie den abgeschnittenen Kopf dem Vater nach Sevilla und erstürmten im September desselben Jahres auch diese Stadt. Al-Mutamid wurde gefangengenommen und mit seiner Familie nach Agmat gebracht, ein kleines Nest in der Nähe von Marrakesh, wo er 1095 starb. In seinen letzten Gedichten beklagt sich der ehemals reichste und mächtigste Fürst Andalusiens, daß seine Töchter barfuß und in Lumpen gehen müßten.

Die goldene Zeit Andalusiens fand ein abruptes Ende. Nach der Machtübernahme der Almoraviden gaben Militärs und strenggläubige Fundamentalisten den Ton an. Sie verboten den Wein, rissen den Bilderschmuck aus den Palästen und Privathäusern, zwangen die Frauen, sich wieder streng zu verschleiern, und drangsalierten Juden und Christen. Bücher wurden verbrannt, Wissenschaftler und Freigeister mußten sich verstekken, Dichter und Literaten fanden keine Gönner mehr. Der freie, lebendige Geist Andalusiens machte einem düsteren Fanatismus Platz.

Zwar verfielen auch die strengen Almoraviden bald der leichten

Lebensart Andalusiens, aber bevor die alte Freiheit wiederkehrte, kam um die Mitte des zwölften Jahrhunderts die nächste Welle strenggläubiger Berber von Nordafrika herüber: Die Almohaden. Sie übertrumpften ihre Vorgänger noch in ihrem religiösen Eifer, zerstörten in Andalusien alle Kirchen und Synagogen, ließen Christen und Juden nur die Wahl zwischen Bekehrung zum Islam und Auswanderung.

Erst unter den Almoraviden und den Almohaden wurde der Krieg gegen die christlichen Spanier im Norden zu jenem erbarmungslosen Glaubenskampf, der auf beiden Seiten zu immer mehr Intoleranz und Fanatismus führte. Auch die Spanier reagierten jetzt mit Zwangstaufen und Ausweisungen all jener, die nicht dem richtigen Glauben anhingen. Dem muslimischen Glaubenskrieger, der im ‹heiligen Krieg› gegen die Ungläubigen das Paradies zu gewinnen hoffte, stellten sie den christlichen Ordensritter gegenüber, den Mönchskrieger, eine der schlimmsten Erscheinungen des Mittelalters. Der Hang zur Intoleranz und die Übermacht von Kirche und Militär, an der Spanien noch heute zu tragen hat, sind ein Erbe jener langen Kämpfe, die erst 1492 mit der Vertreibung des letzten Maurenfürsten aus Granada endeten.

Nur in Toledo lebten Geist und Toleranz, wie sie im Andalusien des elften Jahrhunderts geblüht hatten, noch eine Weile fort. Dort konnten Christen, Muslims und Juden unter christlicher Herrschaft noch ein Jahrhundert lang in Frieden zusammenleben. Dorthin flüchtete sich 1091 die Witwe des in Cordoba erschlagenen Prinzen al-Fath mit ihrem Gefolge, wurde die Geliebte Don Alfonsos, des Königs von Leon, und schenkte ihm einen Sohn. (Er fiel 1108 im Kampf gegen die Almoraviden, sonst hätte tatsächlich der Sohn einer Mauren-Prinzessin den spanischen Thron von Leon bestiegen.) Noch hundert Jahre danach war es in Toledo möglich, daß sich ein Nachfolger des Königs, Alfons VIII., in der Galiana, einem Schloß vor den Toren der Stadt, ganz offiziell eine jüdische Geliebte hielt: die berühmte Jüdin von Toledo.

Die Stadt am Tajo war im zwölften Jahrhundert dank ihres bunten Bevölkerungsgemisches aus Spaniern, Andalusiern und Franzosen, aus Angehörigen aller Glaubensbekenntnisse und Konvertiten aller Richtungen, die lebendigste Stadt Europas, und neben Palermo der einzige Ort, an dem es genügend Gelehrte gab, die dank ihrer Sprachkenntnisse und ihrer Weltläufigkeit in der Lage waren, dem europäischen Wissensdurst die weite Welt der arabischen Wissenschaft zu erschließen. Das europäische Mittelalter hat aus dieser Quelle reichlich geschöpft, und die geistige Entwicklung Europas hat hier eine ihrer Wurzeln.

NACHWORT

Den Juden des Mittelalters war es verboten, Schriftstücke, die den Namen Gottes trugen, auf den Abfallhaufen zu werfen oder zu verbrennen. Solche Schriftstücke – und das waren die meisten, denn in fast alle Texte war irgendwo ein Segensspruch eingeflochten – mußten vielmehr begraben werden. Zu diesem Zweck gab es in der Synagoge eine sogenannte Geniza, eine Art Briefkasten, in den man alles überflüssige Papier einwerfen konnte. In einer Synagoge in Fustat (Alt-Kairo) blieb auf diese Weise die gesamte schriftliche Hinterlassenschaft der dortigen Judengemeinde aus dem 11. und 12. Jahrhundert erhalten, mehr als 200 000 Blatt: Briefe, Urkunden, religiöse Schriften, Rechtsentscheide, Notizen, Rechnungen, Preislisten, Verträge und vieles andere mehr bis hin zu jenen kleinen Einkaufszettelchen, mit denen die Hausfrau schon damals die Magd in den Bazar schickte und die der Händler auf einem Spieß sammelte, um damit am Monatsende abzurechnen.

Der Schatz blieb lange Zeit unberührt, weil die Juden von Fustat fürchteten, daß sie von einem Unglück heimgesucht würden, wenn sie ihn anrührten, aber im 19. Jahrhundert verlor dieser Zauber seine Wirksamkeit. Ein Teil der Geniza-Papiere wurde gestohlen, ein Teil verschenkt, vieles verkauft, bis endlich im Jahre 1896 die verbliebene Hälfte des Schatzes nach Cambridge in Sicherheit gebracht werden konnte.

Sechzig Jahre später machte sich der Arabist Salomo Dob Goitein daran, das gesamte, inzwischen in vielen Sammlungen über die ganze Welt verstreute Material zusammenzusuchen und erstmals unter sozialgeschichtlichen Aspekten zu sichten und auszuwerten. Er veröffentlichte zahlreiche Aufsätze darüber und schrieb zuletzt nach jahrzehntelangen Vorarbeiten ein fünfbändiges Riesenwerk mit dem Titel *«A Mediterranean Society»*, das mit bewundernswertem Kenntnisreichtum den Alltag und die Lebensumstände der Juden des 11. und 12. Jahrhunderts in den von den Muslims beherrschten Mittelmeerländern beschreibt.

Im Jahre 1013 reiste der Mönch Bernard von Angers in das südfranzösische Kloster Conques, das der heiligen Fides geweiht war. Er war entsetzt, als er feststellte, daß seine Ordensbrüder eine schwergoldene, mit Edelsteinen verzierte Statue dieser Heiligen auf dem Altar ihrer Klosterkirche stehen hatten und den Gläubigen zur Verehrung darboten. Im glaubensstrengeren Nordfrankreich, wo er herkam, waren solche edlen Materialien und das Vorrecht der plastischen Darstellung damals ausschließlich dem Sohn Gottes vorbehalten, Heilige durften allenfalls auf Wandgemälden oder in Büchern abgebildet werden.

Nachdem Bernard von Angers jedoch Zeuge geworden war, wie sich vor der Statue der heiligen Fides mehrere Wunder ereigneten, gab er seine Bedenken auf, wurde ein glühender Verehrer der wundertätigen Märtyrerin und begann, die Mirakel, die sie bewirkte, aufzuschreiben: Geschichten von Blinden, die wieder sehend wurden, von Gefangenen, die auf wunderbare Weise freikamen, Geschichten von Bauern und Handwerkern und kleinen Adligen, zumeist Angehörigen jener Schichten also, die in den Chroniken der Zeit sonst kaum zu Wort kommen. Andere Mönche haben Bernard von Angers' Wunderliste im Laufe des 11. Jahrhunderts weiter vervollständigt. Sie ist in verschiedenen Abschriften erhalten.

Der andalusische Historiker Ibn Hayyan (987/88–1076) schrieb eine sechzigbändige Geschichte seines Landes, die ausschließlich jene Zeit umfaßte, die er selbst bewußt miterlebt hatte. Das große Werk ist im Original verlorengegangen, aber Teile davon haben sich in Schriften jüngerer andalusischer Chronisten erhalten, und dank der Akribie der arabischen Autoren, die lange vor den europäischen Gelehrten jedes Zitat kennzeichneten, läßt es sich wenigstens teilweise rekonstruieren.

Ibn Hayyan arbeitete wie ein moderner Zeitgeschichtler, indem er vor Ort recherchierte und Augenzeugen interviewte. So befragte er kurz nach der Eroberung Barbastros durch die aragonesische und fränkische Ritterschaft einen Kaufmann, der sich zu Lösegeldverhandlungen in die besetzte Stadt begeben hatte. Sein ungemein lebendiger, zum Teil in wörtlicher Rede wiedergegebener Bericht darüber ist in aller Ausführlichkeit überliefert.

Ibn Hayyans Bericht hat mir als Grundlage für die Schilderung der Vorgänge bei der Einnahme Barbastros gedient. Auch die Episode mit der Frau auf der Mauer, die einem Soldaten des Belagerungsheers Wasser abkauft, ist daraus entnommen und, als nur geringfügig verändertes Zitat, der «Bericht des Kaufmanns Ibn Eli».

Aus dem Mirakelbuch der heiligen Fides stammen viele Einzelheiten des in Conques spielenden Kapitels, wie beispielsweise die Geschichte des blinden Jungen. Ebenso der Erlebnisbericht des von den Sarazenen gefangenen französischen Ritters, den sich der Capitan zu eigen macht.

Ergänzt habe ich diesen Bericht durch eine eingeschobene Episode um den Piraten Jabbara, den Amīr von Barqa (Cyrenaika), der um 1050 die Schiffahrtswege im östlichen Mittelmeer unsicher machte. Die Informationen dazu stammen aus den von S. D. Goitein ausgewerteten Papieren der Kairoer Geniza. Derselben Quelle habe ich zahlreiche Einzelheiten über Kleidung und Alltagsleben entnommen, ebenso wie die Fakten für den Reisebericht des Sabī aus Aden und Alexandria und unter anderem auch das Vorbild für die Figur der Zohra.

Die genannten Beispiele sollen verdeutlichen, welcher Art die Quellen sind, die ich für dieses Buch ausgewertet habe, und in welcher Weise sie von mir genutzt worden sind. Ich habe mich durchweg bemüht, möglichst dicht an der überlieferten historischen Wirklichkeit zu bleiben, und der Leser kann sich darauf verlassen, daß die Geschichten, die ich im Roman erzähle, exakt in den Rahmen der vorgegebenen historischen Daten eingepaßt sind. Wenn ich an einigen Stellen von der offiziellen Geschichtsschreibung abweiche, ist das mit Absicht geschehen: Die Quellen erlauben manchmal unterschiedliche Auslegungen.

Im Folgenden gebe ich noch ein paar Erläuterungen zum Text:

Jedes Kapitel ist mit einer dreifachen Datumsangabe eingeleitet, und zwar nach dem christlichen Kalender, der von der Geburt Christi ausgeht, dem muslimischen, der das Jahr der Flucht des Propheten nach Medina als Ausgangspunkt nimmt, und dem jüdischen, der von der Erschaffung der Welt an zählt. Muslims und Juden rechnen in Mondjahren, die aus jeweils zwölf Monaten von abwechselnd 29 und 30 Tagen bestehen (jeder Monat beginnt bei Neumond, um die Monatsmitte ist Vollmond). Das Mondjahr ist demnach um elf bis zwölf Tage kürzer als das Sonnenjahr. Die Juden gleichen das aus, indem sie innerhalb von 19 Jahren siebenmal einen dreizehnten Monat einschieben. Bei den Muslims wandert der Jahresanfang fortlaufend durch das Sonnenjahr, in hundert Jahren, grob gerechnet, dreimal, so daß ein hundertjähriger Araber nach unserer Rechnung nur 97 Jahre alt ist (bei Altersangaben im Roman ist allerdings durchweg nach Sonnenjahren gezählt). Die muslimischen und die jüdischen Mondmonate sind manchmal um einen oder zwei Tage gegeneinander verschoben. Das erklärt sich daraus, daß die

Muslims den ersten Tag jedes Monats nach der aktuellen Mondbeobachtung, also nach dem Augenschein bestimmen, während die Juden astronomische Berechnungen zugrunde legen.

Eine andere Schwierigkeit bei den Zeitangaben ergibt sich dadurch, daß im Mittelalter der Tag nicht wie heute um Mitternacht, sondern schon am Abend bei Sonnenuntergang begann, eine Einteilung, an die bei uns nur noch der Heilige Abend erinnert, der das Weihnachtsfest schon am 24. Dezember beginnen läßt, und die Bezeichnung Sonnabend für den Tag vor dem Sonntag. Der «Abend des Sonntag» war also im Mittelalter der Samstagabend. Im Text habe ich jedoch auf solche verwirrenden Zeitangaben verzichtet und allenfalls Umschreibungen gebraucht wie «am Abend nach diesem Tag».

Das enge Nebeneinander von Muslims, Juden und Christen, von arabischer, jüdischer und abendländischer Kultur auf der spanischen Halbinsel bringt auch in anderen Bereichen manchmal einige Verwirrung mit sich.

Mit dem Begriff Andalusien wird heute nur noch das südliche Spanien zwischen Sevilla und Granada gekennzeichnet. Für die unter muslimischer Herrschaft lebenden Spanier des 11. Jahrhunderts war al-Andalus die ganze Halbinsel (der Name soll angeblich von den Vandalen herrühren, die während der Völkerwanderungszeit auf ihrem Weg nach Nordafrika kurz in Spanien Station machten). Die christlichen Spanier ihrerseits nannten die ganze Halbinsel Spanien und bezeichneten die muslimischen Landsleute im Süden als Moros, Mauren (von lat. maurus = Schwarzer, Dunkelhäutiger, einem Spottnamen, mit dem schon die Römer die nordafrikanischen Berber [= Barbaren] belegt hatten). Die Moros selbst bezeichneten sich als Andalusier, ebenso wie die unter muslimischer Herrschaft lebenden Juden und Christen. Für die andalusischen Christen (die im 11. Jahrhundert zumindest in den Städten nur noch eine kleine Minderheit darstellten) gab es noch die Bezeichnung Mozaraber (von arab. Mustarib = Fremder, Andersgläubiger).

Im Roman ist mit Andalusien grundsätzlich das muslimische Herrschaftsgebiet gemeint, mit Spanien das christliche im Norden der Halbinsel.

Spanier und Andalusier sprachen die gleiche, aus dem Lateinischen hervorgegangene Sprache, im Roman der Einfachheit halber «spanisch» genannt. In Andalusien sprachen Ober- und Mittelschicht und in den Städten wahrscheinlich auch der Großteil der Unterschicht fließend arabisch, wobei die Gebildeten nicht nur die arabische Umgangssprache beherrschten, sondern auch das klassische Arabisch der Literatur. Wenn man sich vor Augen hält, wie weit am Ende der modernen Kolonialzeit nach einer nur rund 150 Jahre andauernden Besetzung durch eine vergleichsweise sehr viel geringere und nicht im Land selbst beheimatete Verwaltungstruppe die englische Sprache in Indien verbreitet war, kann man ermessen, wie stark im Andalusien des 11. Jahrhunderts arabische Sprache und Kultur dominierten.

Die aus dem Lateinischen hervorgegangenen romanischen Sprachen waren um diese Zeit noch so eng miteinander verwandt, daß sich Andalusier, Spanier, Franzosen (zumindest Provençalen) und Italiener unschwer verständigen konnten. Möglicherweise galt das auch noch für die Berber der nordafrikanischen Küste, die ebenfalls einen lateinischen Dialekt sprachen, bis sich das Arabische im Lauf des 11. Jahrhunderts endgültig durchsetzte. Die zweisprachigen Andalusier (die gebildeten andalusischen Juden sprachen zusätzlich noch hebräisch) gewannen dadurch eine Weltläufigkeit, wie sie selbst in unserer Zeit selten ist.

Ich habe im Text einige arabische Worte verwendet, teils weil es für bestimmte Begriffe keine deutsche Entsprechung gibt, teils um den in Andalusien spielenden Kapiteln ein wenig arabisches Kolorit zu geben. Ich habe dabei immer die international gebräuchliche englische Schreibweise benutzt, und zwar auch bei Worten, die schon in den deutschen Sprachschatz eingegangen sind (z. B. «Harām» statt «Harem» oder «Qur'an» statt «Koran»).

Ein Querstrich auf dem Vokal zeigt an, wo die Betonung liegt.

Ein Apostroph wie in Qur'an zeigt an, wie die Silben in der Aussprache zu trennen sind (also nicht Ko-ran sondern Kor-an).

Zum Schluß noch eine persönliche Anmerkung.

Ich danke meiner Frau, Annette von Heinz, für viele Anregungen und die zwar zähnefletschende, aber ausdauernde Geduld, mit der sie fünf Jahre lang meine Abwesenheit im 11. Jahrhundert ertragen hat. Ich danke den Mitarbeitern der Bayerischen Staatsbibliothek München für die Tonne Bücher, die sie mir herangeschafft haben. Ich danke dem Arabisten Dr. Paul Gerhard Dannhauer für die Durchsicht der andalusischen Kapitel des Romans. Und ich danke meinem Verleger und seiner Mitarbeiterin, Dr. Gisela Menza, für die Lektorierung meines Manuskripts.

GLOSSAR

ADALIL Von den Spaniern aus dem Arabischen übernommene Bezeichnung für einen Kundschafter und Führer, meist ein Andalusier, der eine spanische Truppe durch maurisches Gebiet führte. War die Cabalgada erfolgreich, stand ihm eine besondere Belohnung zu. Nach dem Stadtrecht von Teruel beispielsweise durfte er sich in dem Ort, der dank seiner Kundschafterdienste erobert werden konnte, ein Haus nach freier Wahl aussuchen.

ALDEA Kleines Kolonistendorf in dem von den Spaniern im 11. Jahrhundert besiedelten Grenzgebiet zwischen dem Duero im Norden und den Gebirgszügen der Sierra de Gredos und der Sierra de Guadarrama im Süden.

ALFÉREZ Von den Spaniern aus dem Arabischen übernommene Bezeichnung für den Fahnenträger eines Fürsten.

ĀMIL Hoher Verwaltungsbeamter, zuständig für die Eintreibung der Steuern.

AMĪR Stammesführer, hochgestellter Vasall eines Fürsten, dessen Rang nach europäischen Begriffen dem eines Herzogs oder Grafen entsprach.

ARĪF Hauptmann, Anführer einer Truppe von 40 bis 100 Mann.

ARMARIUS Bibliothekar eines Klosters. Im 11. Jahrhundert noch kein sehr bedeutsamer Posten. Die Klosterbibliotheken jener Zeit umfaßten nicht mehr als einige Dutzend, höchstenfalls ein paar hundert Bücher (das große Cluny besaß 1042/43 vierundsechzig, 1158/61 fünfhundertsiebzig Bände), nicht zu vergleichen mit den Beständen der großen öffentlichen und privaten Bibliotheken Andalusiens. Jeder Mönch bekam in der Regel zu Beginn der Fastenzeit ein Buch ausgehändigt, das er in den folgenden zwölf Monaten durcharbeiten mußte.

ASKARĪ Berittener Soldat.

AL-BARRĀZ Berufszweikämpfer, den es sowohl an andalusischen als auch an spanischen Höfen gab. Er focht im Dienst seines Herrn vor der Schlachtreihe gegen einen feindlichen Herausforderer oder im gerichtlichen Zweikampf, wenn sein Herr oder ein Angehöriger von dessen Familie oder Dienstmannschaft sich nicht anders von einer schweren

Anschuldigung befreien konnte. Um die Mitte des 11. Jahrhunderts beschäftigte der Fürst von Zaragoza einen al-Barrāz, der ein Jahresgehalt von 500 Dinar bezog und mit einer Peitsche kämpfte, wie sie im Roman beschrieben ist.

BARRIO Stadtviertel.

BAWARĪH Wüstenwind, mit dem in Südspanien um den 15. Mai die heiße Zeit einsetzt.

CABALGADA Bewaffnete Expedition zu Pferd über die Grenze hinweg in die Länder der Mauren. Jahrhundertelang eine Lieblingsbeschäftigung des spanischen Adels und zahlloser Abenteurer. Bei den Mauren wurde die gleiche Übung RAZZIA genannt.

CAPICIARIUS SACRISTA Sakristan und Schatzmeister eines Klosters, zuständig für die Klosterkirche und das Kirchengerät sowie für den Klosterschatz, der ja vorwiegend aus dem Altarschmuck und dem aus wertvollen Materialien gefertigten Kirchengerät wie seidenen Meßgewändern, silbernen und goldenen Kelchen, Leuchtern und Reliquiaren bestand.

CLAUSTRUM Der allein den Mönchen zugängliche innere Bereich des Klosters mit Kapitelsaal, Refectorium (Speisesaal) und Dormitorium (Schlafsaal bzw. Zellentrakt).

CONNETABEL (von lat. comes stabuli) Im Französischen (connétable) und Englischen (constable) geläufiger Begriff für einen hohen fürstlichen Dienstmann, ursprünglich den Stallmeister. Im Roman ist damit der Waffenmeister eines Fürsten bezeichnet, der zuständig war für die Waffenkammer und die Einsatzbereitschaft der besoldeten Wachmannschaft seines Herrn.

DABĪQĪ-Leinen Kleidung war im Mittelalter nicht nur ein wichtiges Statussymbol (die orientalischen Fürsten belohnten ihre Untertanen für besondere Verdienste mit Ehrengewändern), sondern auch eine Vermögensanlage. Entsprechend groß war der Luxus, der damit betrieben wurde. Im muslimischen Herrschaftsbereich trugen die Armen im Winter Wolle, im Sommer Baumwolle. Die Reichen Seide und Leinen. Das feinste Leinen, federleicht und durchsichtig, kam aus Dabîq und Tinnîs, zwei Städten im Nildelta, von denen man heute nicht einmal mehr die genaue Lage kennt. Es wurde vor allem für Kopfbinden und Unterkleidung verwendet.

DINAR/DIRHEM Währungseinheit in den muslimischen Ländern. Der Dinar war eine Goldmünze von nominell 4,23 Gramm Gewicht. Vollwertige Dinare (die also je nach Goldgehalt das Nominalgewicht um ein entsprechendes Maß überschritten) wurden Mithqal genannt. Die Spanier, die im 11. Jahrhundert noch kaum eigene Münzen prägten, sondern arabisches Geld benutzten, sprachen von Meticalen. Den unterwertigen Dinar nannten sie Mancuse, weil sie das arabische Wort in diesem Fall nicht verwenden konnten. Mit Denar wurde nämlich im benachbarten Frankreich die in ganz Europa übliche Münzeinheit des Pfennigs bezeichnet (von lat. denarius, frz. denier). Auch diese Pfennige waren in Spanien im Umlauf. Es waren Silbermünzen von rund 1,25 Gramm Gewicht. 240 Pfennige ergaben ein Pfund, also ein Pfund Pfennige. Die europäischen Silberpfennige waren in der Regel so schlecht (zu geringes Gewicht, zu geringer Silbergehalt), daß die arabischen Geldwechsler sie nur mit großen Abschlägen eintauschten.

Auch der Dirhem, die arabische Silbermünze, war von unterschiedlichem Gewicht und Silbergehalt. In der Regel gingen 40 Dirhem auf einen Dinar. Ein Tagelöhner verdiente zwei bis drei Dirhem. Ein Essen im Bazar kostete ein bis zwei Dirhem. Der Jahresverdienst eines kleinen Handwerkers lag bei 25 Dinar. Eine gewöhnliche Sklavin als Magd für den Haushalt kostete 20 Dinar, ein kleines Haus in der Großstadt rund 50 Dinar.

DJARIA, pl. DJAWARI Sklavin, die als Konkubine dient.

FAKĪH, pl. FUKAHĀ Rechtsgelehrter.

FUNDUQ Gasthaus für fremde Kaufleute mit Ställen und Lagerräumen im Erdgeschoß und Wohnräumen im ersten Stock.

FUTA Tuch, in das sich der Badegast kleidet.

GAON (hebr.) Der Vorsitzende einer jüdischen Talmud-Akademie (s. YESHIVA).

GHILĀLA Untergewand. Vornehme Damen trugen Unterkleider aus feinstem durchsichtigen Leinen.

GHULĀM Bursche, Leibdiener.

HĀDJIB In Andalusien der oberste Regierungsbeamte des Fürsten. Ursprünglich der Oberkämmerer, der darüber entschied, wer zum Fürsten vorgelassen wurde.

HĀFIZ Frommer Muslim, der den Qur'an auswendig im Kopf hat.

HAKĪM Weltlicher Gelehrter, Doktor der Wissenschaft, gelehrter Arzt.

HALWA Nische oder separater Raum im Bad, wo sich der Badegast ausruhen oder (in Privatbädern) auch anderen Vergnügungen nachgehen kann.

HAMMĀMI Bademeister.

HARĀM Abgeschlossener Teil des Hauses, der nur den Frauen und Kindern des Hausherrn und den Frauen seiner Vasallen zugänglich ist.

HAVĒR Rechtsgelehrter. Höchste Stufe der Gelehrsamkeit bei den Juden. In Fustat (Alt-Kairo) gab es gegen Ende des 11. Jahrhunderts bei 3500 jüdischen Einwohnern 29 solcher «Söhne der Thora», die die Befähigung zum Richter und Rabbi hatten und zum Teil von der Gemeinde ein festes Gehalt bezogen, damit sie in Ruhe weiterstudieren konnten.

HAZZĀN (hebr.) Kantor.

HIDALGO Spanischer berittener Söldner.

HIDJĀZ Gebirgiger Landstrich in Arabien entlang der Küste des Roten Meeres.

HULLA Festgewand. Unser Wort Gala ist davon abgeleitet.

HYDROPS ANASARCA/HYDROPS ASCITES Die alten Ärzte wußten zwar, daß die bei älteren Patienten häufig auftretende Ansammlung von Gewebsflüssigkeit in den Beinen und darauffolgend auch in den oberen Partien des Körpers mit akuter Herzschwäche einhergeht, sahen aber keinen ursächlichen Zusammenhang zwischen beidem und bezeichneten die Krankheit deshalb als Wassersucht (Hydrops). Nach dem römischen Arzt Galen wurden mehrere Arten von Wassersucht unterschieden. Bei «Hydrops ascites» waren nur die Beine und der Unterleib betroffen, bei «Hydrops anasarca» der ganze Körper.

IMAM Religiöser Führer bei den Muslims.

INFANZON Spanischer Lehensritter von niederem Adel.

INFIRMARIUS Leiter des Klosterkrankenhauses.

JUBBA Obergewand mit Ärmeln für Männer und Frauen.

KAHRAMAN Oberkämmerer, Majordomus.

KARAVANSARAI Warenbörse, großes Gebäude mit Innenhöfen, in dem ausländische Kaufleute wohnen, ihre Waren lagern und anbieten konnten.

KĀTIB Sekretär, Beamter.

KĀTIB AZ-ZIMĀM Leiter der Finanzbehörde.

KHĀDIM/KHASĪ Verschnittener Diener oder Hofbeamter. Die Eunuchen an den orientalischen und andalusischen Fürstenhöfen des Mittelalters dienten nicht nur zur Beaufsichtigung und Bedienung der Frauen im Harām des Fürsten, sondern hatten hohe Stellungen am Hof und in der Verwaltung inne. Viele stiegen bis in die höchsten Macht-Positionen auf. Die Herrschenden bevorzugten Eunuchen in Vertrauensstellungen, weil die kastrierten Palastsklaven, die ja keinen Familien-Klan im Rücken hatten, ganz allein von der Gnade ihrer Herrn abhingen und weil die Vermögen, die sie im Amt ansammelten, nach ihrem Tod ungeschmälert an ihre Herren zurückfielen. (Aus dem gleichen Grund besetzten die abendländischen Fürsten wichtige Verwaltungsposten häufig mit Geistlichen, die dem Zölibat verpflichtet waren.) Als Palastbeamte wurden in der Regel weiße Sklaven verwendet, in Andalusien vor allem Sklaven aus Osteuropa (das Wort Sklave ist von Slawe abgeleitet). Als Palastsklaven dienten in der Regel Neger. Die Kastration wurde vor Eintritt der Pubertät vorgenommen. Den Negerjungen wurde dabei das gesamte Geschlechtsteil radikal entfernt, bei den weißen Sklaven begnügte man sich meist damit, sie zeugungsunfähig zu machen. Die Operation, die in vielen Fällen tödlich ausging, wurde von christlichen Ärzten ausgeführt. Juden und Muslims war sie verboten. Die Sitte selbst hatten die Araber aus Byzanz übernommen.

KRASIS Fachausdruck der alten Ärzte für die Konstitution des Patienten, also das harmonische oder gestörte Mischungsverhältnis der vier Körpersäfte Blut, Schleim, schwarze und gelbe Galle, das nach ihrer Meinung über Gesundheit und Krankheit entschied.

KUKULLE (lat. cuculla) Festtagskutte der Mönche mit weiten Ärmeln.

LITHĀM Gesichtsschleier, der von den Frauen im muslimischen Herrschaftsbereich außerhalb des Hauses getragen wird. Die Sanhādja-Berber, zu denen die Almoraviden gehörten, schrieben auch den Männern in der Öffentlichkeit das Tragen eines Gesichtsschleiers vor, wie es noch heute bei den Tuareg üblich ist.

MADJDULA Wohlproportionierte Frau nach dem Geschmack der Zeit: schlank, aber wohlgerundet.

MADJLIS Repräsentationsraum des Hauses, in dem der Hausherr seine Gäste empfängt. Gesprächsrunde, die sich regelmäßig im Haus einer hochgestellten Persönlichkeit versammelt.

MADJŪS Arabische Bezeichnung für die Normannen oder Wikinger, unter denen vom 9. Jahrhundert an auch die andalusischen Küstenstädte zu leiden hatten.

MAJSHAR Landhaus. Alle vornehmen Andalusier hatten solche Landhäuser in Verbindung mit großen Gutsbetrieben, die von Sklaven und Pächtern bewirtschaftet wurden.

MAKHSAN, pl. MAKHAZIN Lagerraum für Waren. Unser Wort Magazin ist davon abgeleitet.

MAQSURA Besonders ausgeschmückter Platz in der Moschee, an dem der Fürst sein Gebet verrichtet.

MALHAFA Umhang oder großes Umschlagtuch.

MASLĀH Aufenthaltsraum eines Bades, in dem sich die Gäste umkleiden und nach den verschiedenen Badegängen ausruhen.

MASTABA, pl. MASĀTIB Höhergelegene Empore im Aufenthaltsraum eines Bades, die vornehmen Gästen vorbehalten ist.

MAWLĀ Herr! Arabische Anrede für eine hochgestellte Persönlichkeit. Auch der Sklave sprach seinen Herrn so an.

MESNADA/MESNIE Spanische bzw. französische Bezeichnung für das Gefolge eines adligen Herrn.

MITHQAL s. Dinar.

MUHTASIB Marktaufseher, hoher Verwaltungsbeamter, der nicht nur für den Marktfrieden, sondern auch für Maße und Gewichte, Müllabfuhr, Friedhofsordnung, Sitte und Anstand usw. zuständig war.

MUNYA Landhaus.

NAGĪD HA-NEGIDIM (hebr.) Vorsteher aller Vorsteher. Ehrentitel für den obersten Vorsteher aller Judengemeinden eines Landes.

NAQĪB Oberst, Anführer einer größeren Truppe oder ein adliger Grundherr, der eigene und angeworbene Leute befehligt.

NĀSĪ Vorsteher der Judengemeinde einer Stadt.

PALÄSTINENSISCHE KONGREGATION Die Judenschaft des Mittelalters war in mehrere Konfessionen gespalten. Die «Rabbaniten» stützten sich in ihren Glaubensregeln sowohl auf die Thora (die heiligen Schriften) als auch auf den Talmud (die Auslegung der Schriften). Die «Karäer» ließen nur die Thora gelten und erlaubten keine Auslegung. Daneben gab es noch zahlreiche kleinere Sekten, wie die «Samariter» und andere. Die «Rabbaniten« teilten sich noch einmal in eine babylonische und eine palästinensische Kongregation. Die erste folgte dem babylonischen Talmud, der im Zweistromland entstanden ist, die zweite dem palästinensischen von Jerusalem. Die andalusischen Juden waren größtenteils «Rabbaniten» der babylonischen Richtung, die als konservativer galt als die palästinensische.

PARASCHA (hebr.) Abschnitt der Thora. Die ganze Thora (die fünf Bücher Moses) wurde im Laufe eines Jahres während des Sabbat-Gottesdienstes einmal abschnittsweise von den Gemeindemitgliedern vorgetragen. Verdiente Männer wurden dadurch geehrt, daß man ihnen ein besonders wichtiges Kapitel der Schrift zubilligte.

PARDOS Volkstümlicher Name für die «caballeros villanos», die weder Ritter waren noch Berufssoldaten, sondern Milizionäre: Nichtadlige kleine Grundherren auf dem Land oder Bürger in den Städten der spanischen Grenze, die wohlhabend genug waren, um sich Pferd und Waffen leisten und von Zeit zu Zeit an Cabalgadas in die Länder der Mauren teilnehmen zu können.

PARNAS (hebr.) Führer, Leiter.

PESSACH Jüdisches Fest, das sieben Tage dauert und am ersten Vollmondtag nach Frühlingsanfang beginnt. Vorbild für das christliche Osterfest, das auf den ersten Sonntag nach dem ersten Vollmond nach Frühlingsanfang fällt. Als Frühlingsanfang gilt der Zeitpunkt der Tag- und Nachtgleiche.

PERICARDIUM Herzbeutel.

PURIM Jüdischer Festtag, an dem (nach Esther 9,20–28) ausgelassen gefeiert werden darf. Vorbild für den Faschingsdienstag, den letzten Tag vor Beginn der christlichen Fastenzeit.

QA'ID Arabischer Adliger, dessen Rang nach europäischen Begriffen dem eines Barons oder königlichen Burgherrn entspricht.

QAMIS Kleid mit Ärmeln, nach unseren Begriffen ein langes Hemd. Das französische chemise ist davon abgeleitet.

QAYNA Sklavin, die als Sängerin, Tänzerin und Unterhalterin ausgebildet ist in der Tradition der griechischen Hetäre. Ibn Butlan, christl. Arzt aus Baghdad († 1066), beschreibt die ideale Qayna folgendermaßen: Ein Berbermädchen mit allen Vorzügen ihrer Rasse, als Kind nach Arabien gebracht, drei Jahre in Mekka, drei in Medina großgezogen, dann in Baghdad ausgebildet und mit 25 Jahren gekauft.

QUIBLA-Wand In der Moschee die besonders reich geschmückte Wand, die nach Mekka zeigt und den Gläubigen die Gebetsrichtung angibt.

QINTAR Gewichtsmaß von 100 Pfund. Entspricht unserem Zentner, hat auch dieselbe sprachliche Wurzel. Das andalusische Pfund wog 450 Gramm.

QURAYSH Arabischer Stamm, der zur Zeit des Propheten Mekka und Umgebung bewohnte. Andalusische Adlige, die ihre Abstammung auf diesen Stamm zurückführen konnten, genossen besonders hohes Ansehen.

RAFĪQ Reisegefährte.

RADJUL Fußsoldat.

RIBĀT Islamische Ordensburg an der Grenze, von Männern besetzt, die ihr Leben dem Kampf gegen die Ungläubigen geweiht haben. Vorbild für die nach dem ersten Kreuzzug gegründeten christlichen Ritterorden. Von den Muslims wurde jedoch kein Ehelosigkeitsgelübde verlangt, die meisten verpflichteten sich nur auf Zeit. Durch die Almoraviden gewann der Ribāt-Gedanke im Andalusien des ausgehenden 11. Jahrhunderts wieder an Bedeutung. Schon ihr Name (arab. al-Murābitūn) war programmatisch: er bedeutete «die Ribāt-Leute», d. h. die Kämpfer gegen die Ungläubigen.

ROSH HA-SHANA Jüdischer Neujahrstag, der meist in den September fällt. Beginn des bürgerlichen Jahres.

SABĪ «Junger Mann», Juniorpartner, Assistent.

SAHIB AL-FAHS Herr des Kampfplatzes, Ehrentitel für einen Zweikämpfer (s. al-Barrāz).

SAHIB AL-INZAL Protokollchef am Hof.

SAHIB ASH-SHURTA Polizeichef.

SAMUM Heißer Wüstenwind aus der Sahara, der feinen Wüstenstaub mit sich führt und den Süden Spaniens regelmäßig zwischen Anfang Juli und Mitte August heimsucht. Heißeste Zeit des Jahres in Andalusien.

SAR HA-SARIM (hebr.) Fürst der Fürsten. Jüdischer Ehrentitel für einen Nagîd.

AS-SAUT Peitsche.

AS-SAYYĪDA AL-KUBRĀ Die große Herrin. Ehrentitel der Hauptfrau eines Fürsten.

SCHACHSPIEL Schach wurde im 11. Jahrhundert anders gespielt als heute: kein Doppelzug der Bauern am Anfang – der Läufer kann Figuren überspringen, zieht aber nicht mehr als zwei Felder – der Vezir kann in alle Richtungen ziehen, aber, anders als die Dame heute, jeweils nur ein Feld weit – wer Patt verursacht, verliert – wer nur noch den König hat, verliert ebenfalls. Diese Regeln bedingten eine ausgedehnte Eröffnungsphase und führten zu langwierigen Stellungskämpfen.

SEPHARAD Hebräische Bezeichnung für die spanische Halbinsel im Mittelalter (nach einer falschen Auslegung des Propheten-Textes Obadia 1,20).

SERGEANT (frz.) Fußsoldat.

SHAIKH Ein Mann, dem Alter und Wissen eine besondere Würde verleihen.

SHAHBENDER Hafenkommandant.

SHĀRIA Versammlungs- und Paradeplatz vor der Stadt.

SUK Kleine Ladengasse, in der meist mehrere Händler desselben Gewerbes ihre Waren feilbieten.

TABĪB Approbierter Arzt.

TAILASĀN Kopfbinde, die sich der Mann um Kopf und Hals schlingt (nicht zu verwechseln mit dem Turban, der im 11. Jahrhundert in der Regel nur von Theologen getragen wurde).

TAJIR, pl. TUJJAR Fernhändler.

TENENTE Königlicher Vogt auf einer Burg oder in einer Stadt. Stellvertreter des Königs.

UMM WALAD Konkubine, die dem Fürsten ein Kind geboren hat und deshalb besondere Vorrechte genießt. Sie darf nicht verkauft werden und erlangt nach dem Tod des Herrn die Freiheit.

WAKĪL Handelsrepräsentant, Vertreter ausländischer Kaufleute in einer Stadt. Unterhält meist eine große Warenbörse, in der die von ihm vertretenen Händler ihre Waren anbieten können.

WALĪ Ehevermittler.

WĀLI Dorfältester.

YESHIVA Jüdische Talmud-Akademie, oberste Instanz in allen Rechtsstreitigkeiten und Glaubensfragen. In der 2. Hälfte des 11. Jahrhunderts bestanden zwei solcher Akademien, eine in Jerusalem (ab 1072 in Tyrus), die andere in Baghdad (s. PALÄSTINENSISCHE KONGREGATION).

ZAHIRIT Muslimischer Fundamentalist, der nur den Koran als Grundlage des Glaubens anerkennt und keine Auslegung der heiligen Schriften erlaubt.

ZIHĀRA Leichtes Gewand für Männer.